DAN SIMMONS

SOMMER DER NACHT

DAN SIMMONS

SOMMER DER NACHT

ROMAN

WILHELM HEYNE VERLAG
MÜNCHEN

Band-Nr. 41/36

Titel der Originalausgabe
SUMMER OF NIGHT
Aus dem Amerikanischen übersetzt
von Joachim Körber

DEUTSCHE ERSTAUSGABE

Redaktion: Wolfgang Jeschke

Printed in Germany 1992
Umschlagillustration: Walter Martinek
Umschlaggestaltung: Atelier Ingrid Schütz, München
Gesamtherstellung: Ebner Ulm

ISBN 3-453-05338-9

Dieses Buch ist für Wayne, der dabei war,
als alles passiert ist.

1

Die Old Central-Schule stand immer noch aufrecht und wahrte ihre Geheimnisse und ihre Stille fest im Inneren. Kreidestaub von vierundachtzig Jahren schwebte in den seltenen Schächten des Sonnenlichts, und die Erinnerung an über achtzig Jahre des Einwachsens stieg von den dunklen Treppen und Böden auf und aromatisierte die stehende Luft mit dem Mahagonigeruch von Särgen. Die Wände von Old Central waren so dick, daß sie Geräusche zu absorbieren schienen, die hohen Fenster, deren Glas von Alter und Schwerkraft verkrümmt und verzerrt worden war, tönten die Luft mit tintenfarbener Müdigkeit.

Die Zeit verrann langsamer in Old Central, wenn überhaupt. Schritte hallten durch Flure und Treppenhäuser hinauf, doch die Geräusche schienen gedämpft zu sein und nicht synchron mit jedweden Bewegungen in den Schatten zu verlaufen.

Der Grundstein von Old Central war 1876 gelegt worden, in dem Jahr, als General Custer und seine Männer weiter westlich beim Little Bighorn River abgeschlachtet worden waren; in dem Jahr, als weiter östlich während der Hundertjahrfeier der Nation in Philadelphia das erste Telefon vorgestellt wurde. Die Old Central-Schule lag in Illinois, in der Mitte zwischen diesen beiden Ereignissen, aber fernab vom Lauf der Geschichte.

Im Frühling des Jahres 1960 glich die Old Central-Schule einigen der steinalten Lehrer, die dort unterrichtet hatten: zu alt, um weiterzumachen, aber zu stolz für den Ruhestand, und nur durch Gewohnheit und die störrische Weigerung, sich zu beugen, aufrecht gehalten. Weil selbst unfruchtbar, eine tückische alte Jungfer, lieh sich Old Central im Lauf der Jahrzehnte anderer Leute Kinder aus.

Mädchen hatten im Schatten ihrer Flure und Klassenzimmer mit Puppen gespielt und waren später im Kindbett gestorben. Jungs rannten rufend durch die Korridore, mußten in der zunehmenden Dunkelheit der Winternachmittage in stummen Zimmern nachsitzen und wurden in Orten begraben, die nie im Geographieunterricht erwähnt wurden: San Juan Hill, Belleau, Okinawa, Omaha Beach, Pork Chop Hill oder Inchon.

Ursprünglich war Old Central von freundlichen jungen Schößlingen umgeben gewesen, und die näheren Ulmen hatten an warmen Mai- und Septembertagen den unteren Klassenzimmern Schatten gespendet. Aber im Lauf der Jahre starben die umliegenden Bäume ab und die Umgrenzung gigantischer Ulmen, die den Block von Old Central säumten wie stumme Wächter, wurden infolge Alter und Krankheit kalkig und skelettartig. Einige wurden gefällt und abtransportiert, aber der Großteil blieb stehen, und die Schatten der kahlen Äste fielen über den Spielplatz und die Sportfelder wie knorrige Hände, die nach Old Central selbst zu greifen schienen.

Besucher der kleinen Stadt Elm Haven, die die Hard Road verließen und die zwei Blocks entlangschlenderten, die sie hinter sich bringen mußten, um Old Central zu sehen, hielten das Gebäude manchmal irrtümlich für ein übergroßes Gerichtsgebäude oder ein abgelegenes Amt des County, das durch Anbauten zu grotesken Dimensionen aufgebläht worden war. Welche Funktion konnte dieses riesige dreigeschossige Bauwerk inmitten seines eigenen Blocks schon in einer verfallenden Kleinstadt mit achtzehnhundert Seelen haben? Dann sahen die Besucher die Geräte auf dem Spielplatz und erkannten, daß es sich um eine Schule handelte. Eine bizarre Schule: das schmuckvolle Dachgestühl aus Kupfer und Bronze auf dem schwarzen, steilen Dach war von Grünspan überzogen und lag mehr als fünfzehn Meter über dem Boden; Richardsonsche romaneske Steinbögen krümmten sich wie Schlangen über dreieinhalb Meter hohen Fenstern; die zusätzlichen, weit verteilten runden und ovalen Buntglasfenster wirkten wie eine absurde Kreuzung aus Schule und Kathedrale; die châteauesken Giebel der Dachgauben ragten über Erkern im dritten Stock empor; die seltsamen Voluten über den nach innen versetzten Türen und blinden Fenstern sahen wie Stein gewordene Holzschnitzereien aus und wirkten auf den Betrachter äußerst beunruhigend aufgrund ihrer gewaltigen, unpassenden und irgendwie geheimnisvollen *Größe*. Old Central mit seinen drei Fensterreihen, den überhängenden Erkern und spitzgiebligen Dachgauben, dem schrägen Dach und dem schorfigen Dachgestühl schien für so eine bescheidene Stadt eine viel zu große Schule zu sein.

Wenn der Besucher überhaupt eine Ahnung von Architektur hatte, hielt er (oder sie) auf der stillen Asphaltstraße an, stieg aus dem Auto, staunte und machte ein Foto.

Doch noch während das Bild gemacht wurde, fiel dem aufmerksamen Betrachter auf, daß die hohen Fenster große, schwarze Löcher waren – als wären sie entworfen worden, das Licht zu absorbieren, anstatt es einzulassen oder zu reflektieren –, die Richardson-romanesken, Second Empire oder pseudoitalienischen Verzierungen dagegen einem brutalen und gewöhnlichen architektonischen Stil aufgepfropft, den man als Schul-Gotik des Mittelwestens bezeichnen konnte; der abschließende Eindruck war nicht der eines atemberaubenden Bauwerks, nicht einmal der einer wahren architektonischen Kuriosität, sondern lediglich der einer zu groß geratenen und schizophrenen Anhäufung von Ziegeln und Steinen, von einem Dachgestühl gekrönt, das eindeutig von einem Wahnsinnigen entworfen worden war.

Ein paar Besucher mißachten vielleicht ein zunehmendes Gefühl des Unbehagens oder trotzen ihm und erkundigen sich bei Einheimischen oder fahren gar nach Oak Hill, dem Sitz des County, um die Aufzeichnungen über Old Central durchzusehen. Dort können sie erfahren, daß Old Central vor über achtzig Jahren Teil eines umfassenden Plans gewesen war, fünf große Schulen im County zu bauen. – Northeast, Northwest, Central, Southeast und Southwest. Davon war Old Central die erste und einzige, die gebaut wurde.

Elm Haven war 1870 größer gewesen als heute, 1960, was weitgehend auf die Eisenbahn (heute nicht mehr in Betrieb) und einen massiven Zustrom von Siedlern zurückzuführen war, die ambitionierte Städteplaner von Chicago nach Süden geholt hatten. Die Bevölkerung des County war von achtundzwanzigtausend im Jahre 1875 auf zwölftausend bei der Volkszählung von 1960 geschrumpft, hauptsächlich Farmer. 1875 hatten viertausenddreihundert Menschen in Elm Haven gewohnt, und Richter Ashley, der Millionär, der hinter dem Siedlungsplan und dem Bau von Old Central stand, hatte vorhergesagt, daß die Stadt bald mehr Einwohner als Peoria haben würde.

Der Architekt, den Richter Ashley von irgendwo aus dem Osten geholt hatte – ein Solon Spencer Alden –, war Student von Henry Hobson Richardson und R. M. Hunt gewesen, und sein daraus resultierender architektonischer Alptraum reflektierte die dunkleren Elemente der bevorstehenden romanesken Renaissance ohne den Eindruck von Größe oder öffentlichem Zweck, den diese Bauwerke darbieten mochten.

Richter Ashley hatte darauf bestanden – und Elm Haven hatte sich gefügt –, daß die Schule für kommende, größere Generationen von Schulkindern erbaut werden sollte, die ins Creve Coeur County gezogen werden würden. Daher verfügte das Gebäude nicht nur über K-6-Klassenzimmer, sondern auch über Klassenzimmer der High-School im dritten Stock – die nur bis zum Zweiten Weltkrieg benützt wurden – und Flügel, die einmal als Stadtbibliothek dienen sollten, sowie obendrein Räumlichkeiten für ein College, sollte sich einmal die Notwendigkeit ergeben.

Aber es kam nie ein College nach Creve Coeur County oder Elm Haven. Richter Ashleys Villa am Ende der Broad Avenue brannte bis auf die Grundmauern nieder, nachdem sein Sohn während der Wirtschaftskrise von 1919 bankrott gemacht hatte. Old Central blieb die Jahre über eine Grundschule, die von immer weniger Kindern besucht wurde, da die Leute aus der Gegend fortzogen und in anderen Teilen des County gemeinschaftliche Schulen erbaut wurden.

Die High-School-Abteilung im dritten Stock wurde überflüssig, als 1920 die richtige High-School in Oak Hill ihre Tore öffnete. Die möblierten Zimmer wurden abgesperrt und Dunkelheit und Spinnweben überlassen. 1939 wurde die Stadtbibliothek aus den Räumen der Grundschulabteilung mit ihren Bogendecken abgezogen, die Regale der oberen Galerie standen weitgehend leer und blickten auf die wenigen verbliebenen Schüler herunter, die durch die dunklen Flure und die breiten Treppen und Kellergewölbe schlichen wie Flüchtlinge in einer längst verlassenen Stadt aus einer unverständlichen Vergangenheit.

Im Herbst 1959 entschieden der neue Stadtrat und der Schuldistrikt Creve Coeur County, daß Old Central längst nicht mehr zweckdienlich und die architektonische Monstrosität – selbst in ihrem beschnittenen Zustand – zu schwierig zu heizen und zu warten war; man beschloß, die letzten 134 Schüler der Klassen K-6 ab Herbst 1960 zur neuen Zentralschule in der Nähe von Oak Hill zu schicken.

Aber im Frühling des Jahres 1960, am letzten Schultag, nur Stunden bevor sie zwangsweise in den endgültigen Ruhestand versetzt werden sollte, stand die Old Central immer noch aufrecht und wahrte ihre Geheimnisse und ihre Stille fest in ihrem Innern.

2

Dale Stewart saß im Zimmer der sechsten Klasse von Old Central und war insgeheim davon überzeugt, daß der letzte Schultag die schlimmste Strafe war, die sich Erwachsene je für Kinder ausgedacht hatten.

Die Zeit verging langsam; es war schlimmer, als wäre er im Wartezimmer eines Zahnarztes, schlimmer als hätte er Ärger mit seiner Mom und wartete darauf, bis sein Dad nach Hause kam, um das Strafmaß festzulegen, schlimmer als . . .

Es war übel.

Die Uhr an der Wand über dem blau getönten Kopf von Old Double-Butt sagte, daß es 14.32 Uhr war. Der Kalender an der Wand informierte ihn, es war Mittwoch, der 1. Juni 1960, der letzte Schultag, der letzte Tag, an dem Dale und die anderen *jemals* die Langeweile ertragen mußten, im Bauch von Old Central eingesperrt zu sein, aber die Zeit schien in jeder Hinsicht und Beziehung so unerbittlich stehengeblieben zu sein, daß sich Dale vorkam wie ein Insekt in Bernstein, wie die Spinne in dem gelblichen Stein, den Pater Cavanaugh Mike geliehen hatte.

Es gab *nichts* zu tun. Nicht einmal Schularbeiten. Die Sechstkläßler hatten diesen Nachmittag um halb zwei ihre geliehenen Schulbücher zurückgegeben, Mrs. Doubbet hatte die Bücher entgegengenommen und jedes aufs gründlichste nach Schäden untersucht ... obwohl Dale sich nicht vorstellen konnte, wie sie Beschädigungen dieses Schuljahrs von denen der jahrelangen Mißhandlungen unterschied, die die zerlesenen Schulbücher von früheren Ausleihern hatten hinnehmen müssen ... und als das vorbei und das Klassenzimmer auf bizarre Weise leer war, bis hin zu den kahlen schwarzen Brettern und den säuberlich geschrubbten Holzpulten, hatte Old Double-Butt lethargisch vorgeschlagen, daß sie lesen sollten, obwohl die Bücher der Schulbibliothek schon am Freitag zuvor fällig gewesen waren, wenn man nicht das Risiko eingehen wollte, das abschließende Zeugnis nicht zu bekommen.

Dale hätte sich eines seiner Bücher von zu Hause zum Lesen mitgebracht – vielleicht das Tarzan-Buch, das er mittags offen auf dem Küchentisch liegengelassen hatte, als er zum Mittagessen nach Hause gegangen war, vielleicht auch einen der ACE-Double Sciencefiction-Romane, die er verschlang –, aber obwohl er mehrere Bücher pro Woche las, hätte Dale niemals die *Schule* als Ort zum Lesen betrachtet. Die Schule war ein Ort, wo man Klassenarbeiten schrieb, dem Lehrer zuhörte und Antworten gab, die so einfach waren, daß sogar ein Schimpanse sie aus den Büchern hätte ablesen können.

Und so saßen Dale und die anderen sechsundzwanzig Sechstkläßler in der sommerlichen Hitze und Schwüle da, während draußen ein aufziehendes Gewitter den Himmel verdunkelte und die ohnehin schon düstere Atmosphäre in Old Central noch finsterer zu werden und der Sommer weit zurückzuweichen schien, während die Zeiger der Uhr erstarrten und die stickige *Dichte* des Innern von Old Central sich wie eine Decke über sie legte.

Dale saß am vierten Pult in der zweiten Reihe von rechts. Von seinem Platz aus konnte er am Eingang zur Garderobe vorbei über den dunklen Flur sehen und gerade noch einen Teil der Tür des Zimmers der fünften Klasse erkennen, wo Mike O'Rourke, sein bester Freund, ebenfalls auf das Ende des Schuljahrs wartete. Mike war so alt wie Dale ... sogar einen Monat älter ... aber er hatte die vierte Klasse wiederholen müssen, daher waren die Freunde seit zwei Jahren durch den Abgrund eines ganzen Schuljahrs voneinander getrennt. Doch Mike hatte sein Unvermögen, die vierte Klasse zu absolvieren, mit derselben Fröhlichkeit hingenommen wie die meisten Situationen – er machte Witze darüber, war weiterhin Anführer auf dem Spielplatz, gehörte zu Dales engstem Freundeskreis und zeigte keinen Groll gegenüber Mrs. Groissant, der alten Vettel von einer Lehrerin, die ihn ... da war Dale ganz sicher ... aus schierer Boshaftigkeit hatte sitzenbleiben lassen.

In diesem Klassenzimmer befanden sich auch ein paar von Dales anderen guten Freunden: Jim Harlen am ersten Pult, wo Mrs. Doubbet ihn im Auge behalten konnte. Harlen hatte den Kopf auf die Hände gestützt, seine Augen blickten sich hektisch im Klassenzimmer um, ein Tanz der Hyperaktivität, die Dale ebenfalls spürte, aber sich nicht anmerken lassen wollte. Harlen sah Dales Blick und verzog das Gesicht – sein Mund war so elastisch wie Silly Putty-Knetmasse.

Old Double-Butt räusperte sich, worauf Dale wieder in Unterwürfigkeit versank.

In der Fensterreihe saßen Chuck Sperling und Digger Taylor – Kumpels, Anführer, Klassenpolitiker. Knallköpfe. Außerhalb der Schule sah Dale Chuck und Digger selten, nur bei Training und Spielen der Jugendliga. Hinter Digger saß Gerry Daysinger in einem zerrissenen und grauen T-Shirt. Außerhalb der Schule trugen alle Jeans und T-Shirts, aber nur die ganz armen Kinder wie Gerry und Cordie Cookes Brüder hatten sie auch in der Schule an.

Hinter Gerry saß Cordie Cooke mit ihrem Mondgesicht und einem Ausdruck von Trägheit, der irgendwie weit über Dummheit hinausging. Sie hatte das feiste, flache Gesicht zum Fenster gewendet, aber ihre farblosen Augen schienen nichts zu sehen. Sie kaute Kaugummi – sie kaute immer Kaugummi –, aber aus irgendwelchen Gründen schien Mrs. Doubbet es nie zu sehen oder das Mädchen deshalb zurechtzuweisen. Hätten Harlen oder einer der anderen Tunichtgute der Klasse mit solcher Regelmäßigkeit Kaugummi gekaut, hätte Mrs. D. sie deswegen wahrscheinlich suspendiert – aber bei Cordie Cooke schien es ein natürlicher Zustand zu sein. Dale kannte das Wort Wiederkäuer nicht, aber wenn er Cordie sah, fiel ihm häufig das Bild einer Kuh ein, die ihr Heu mampfte.

Hinter Cordie, am letzten besetzten Pult der Fensterreihe, saß Michelle Staffney, die einen beinahe erschreckenden Kontrast bildete. Michelle trug einen makellosen hellgrünen Rock und eine gestärkte braune Bluse. Das Licht brachte ihr rotes Haar zum Leuchten, und Dale konnte selbst über das Zimmer hinweg ihre Sommersprossen sehen, die sich von ihrer blassen, fast durchscheinenden Haut abhoben.

Michelle sah von ihrem Buch auf, als Dale sie ansah, und obwohl sie nicht lächelte, reichte der kurze anerkennende Blick aus, daß das Herz des Elfjährigen raste.

Nicht alle Freunde von Dale befanden sich in diesem Zimmer. Kevin Grumbacher war in der fünften Klasse – von Rechts wegen, da er neun Monate jünger als Dale war. Lawrence, Dales Bruder, war in Mrs. Howes dritter Klasse im Erdgeschoß.

Dales Freund Duane McBride *war* hier. Duane – doppelt so dick wie der nächste pummelige Schüler nach ihm – beanspruchte den ganzen Stuhl des dritten Pults der Mittelreihe. Er war wie immer beschäftigt und schrieb etwas in das abgegriffene Spiralringbuch, das er dauernd mit sich herumschleppte. Duanes störrisches braunes Haar stand zerzaust empor, er rückte sich mit einer unbewußten Geste die Brille zurecht, während er stirnrunzelnd durchlas, was er geschrieben hatte, und sich wieder an die Arbeit machte. Obwohl die Temperatur über fünfundzwanzig Grad lag, trug Duane das dicke Flanellhemd und die ausgebeulten Cordhosen, die er den ganzen Winter über angehabt hatte. Dale konnte sich nicht erinnern, daß er Duane je in Jeans und T-Shirt gesehen hatte, obwohl der dicke Junge von einer Farm stammte – Dale und Mike und Kevin und Jim und die meisten anderen kamen aus der Stadt – und dort Arbeiten erledigen mußte.

Dale zappelte herum. Es war 14.49 Uhr. Der Schultag ging aus einem abstrusen Grund, der mit dem Busfahrplan zu tun hatte, um 15.15 Uhr zu Ende.

Dale studierte das Porträt von George Washington an der vorderen Wand und fragte sich zum zehntausendsten Mal dieses Jahr, wieso die Schulbehörde den Druck eines unfertigen Bildes aufhängte. Er sah zur Decke viereinhalb Meter über dem Boden und zu den drei Meter hohen Fenstern an der gegenüberliegenden Wand. Er betrachtete die Bücherkisten auf den leeren Regalen und fragte sich, was aus den Schulbüchern werden würde. Würden sie zur gemeinschaftlichen Schule abtransportiert werden? Verbrannt? Wahrscheinlich letzteres, da Dale sich die alten, stockfleckigen Bücher nicht in der brandneuen Schule vorstellen konnte, an der seine Eltern mit ihm vorbeigefahren waren.

Vierzehn Uhr fünfzig. Noch fünfundzwanzig Minuten, bis der Sommer wirklich anfing, bis die Freiheit regierte.

Dale betrachtete Old Double-Butt. Der Name kam ihm nicht voll Boshaftigkeit oder Gemeinheit in den Sinn; sie war *immer* Old Double-Butt gewesen. Achtunddreißig Jahre lang hatten Mrs. Doubbet und Mrs. Duggan gemeinsam die sechste Klasse unterrichtet – ursprünglich in gegenüberliegenden Klassenzimmern, aber dann, als die Schülerzahl etwa zur Zeit von Dales Geburt zurückgegangen war, in ein und derselben Klasse –, Mrs. Doubbet vormittags Lesen und Aufsatz und Sozialkunde, Mrs. Duggan nachmittags Mathe und Naturwissenschaften und Buchstabieren und Schreiben.

Das Paar war Mutt und Jeff, die humorlosen Abbott und Costello von Old Central gewesen – Mrs. Duggan dünn und groß und hektisch, Mrs. Doubbet klein und dick und langsam, ihre Stimmen fast gegensätzlich, was Timbre und Tonlage anging, ihre Leben miteinander verflochten –, sie lebten in nebeneinandergelegenen viktorianischen Häusern an der Broad Avenue, besuchten dieselbe Kirche, nahmen gemeinsam an Kursen in Peoria teil, verbrachten ihre Ferien gemeinsam in Florida, zwei unvollständige Persönlichkeiten, die ihre Fähigkeiten und Schwächen irgendwie vereinten und so ein ausgewogenes Individuum schufen.

In diesem letzten Jahr der Vorherrschaft von Old Central war Mrs. Duggan kurz vor dem Erntedankfest krank geworden. Krebs, hatte Mrs. O'Rourke, Dales Mutter, mit Flüsterstimme verraten, als sie glaubte, die beiden Jungs würden nicht zuhören. Mrs. Duggan war nach den Weihnachtsferien nicht mehr zum Unterricht erschienen, aber anstatt eine Vertretung die Nachmittagsstunden übernehmen zu lassen und dadurch einzugestehen, wie ernst die Krankheit von Mrs. Duggan war, hatte Mrs. Doubbet die Fächer übernommen, die sie verabscheute, ›nur bis Cora zurückkommt‹, und derweil ihre Freundin gepflegt – zuerst in dem großen rosa Haus in der Broad, dann im Krankenhaus –, bis eines Morgens nicht einmal Old Double-Butt erschienen war, zum ersten Male seit vier Jahrzehnten eine Aushilfe die sechste Klasse übernahm und man auf dem Spielplatz flüsterte, daß Mrs. Duggan gestorben sei. Das war am Tag vor dem Valentinstag gewesen.

Die Beerdigung fand in Davenport statt und keiner der Schüler nahm daran teil. Auch wenn sie hier in Elm Haven gewesen wäre, hätte kein Schüler daran teilgenommen. Mrs. Doubbet kam zwei Tage später zurück.

Dale sah die alte Dame an und spürte eine Art mitleidiger Regung. Mrs. Doubbet war immer noch dick, aber jetzt hing das Gewicht an ihr wie ein zu groß geratener Mantel. Wenn sie sich bewegte, wabbelten und schlotterten die Unterseiten ihrer dicken Arme wie Kreppapier, das am Knochen hing. Ihre Augen waren dunkler geworden und lagen so tief in den Höhlen, daß sie wie Blutergüsse wirkten. Momentan saß die Lehrerin da und sah zum Fenster; ihr Gesichtsausdruck war so leer und hoffnungslos wie der von Cordie Cooke. Das blaugetönte Haar wirkte zerzaust und gelblich an den Wurzeln, und das Kleid saß seltsam schief, als hätte sie es irgendwo falsch zugeknöpft. Sie hatte einen üblen Geruch um sich, der Dale an den Geruch von Mrs. Duggan kurz vor Weihnachten erinnerte.

Dale seufzte und verlagerte sein Gewicht auf dem Stuhl. 14.52 Uhr.

Der Hauch einer Bewegung war auf dem Flur zu sehen, ein verstohlenes Huschen und blasses Leuchten, und Dale erkannte Tubby Cooke, Cordies fetten und verblödeten Bruder, der über den Flur ging. Tubby sah herein und versuchte, die Aufmerksamkeit seiner Schwester auf sich zu lenken, ohne von Old Double-Butt bemerkt zu werden. Es war vergebens. Cordie war vom Himmel draußen hypnotisiert und hätte ihren Bruder nicht bemerkt, wenn er einen Backstein nach ihr geworfen hätte.

Dale nickte Tubby knapp zu. Der große Viertkläßler in der Latzhose zeigte ihm den Vogel, hielt etwas hoch, das ein Passierschein für die Toilette sein konnte und verschwand in den Schatten.

Dale verlagerte das Gewicht. Tubby spielte gelegentlich mit ihm und seinen Freunden, obwohl die Cookes in einer Hütte aus Dachpappe auf Schlackeblocks draußen bei den Bahngleisen in der Nähe des Getreidesilos wohnten. Tubby war dick und häßlich und dumm und schmutzig und kannte mehr schlimme Wörter als jeder andere Viertkläßler, den Dale bisher kennengelernt hatte, aber das war letztendlich kein Hindernis, Mitglied der Gruppe von Stadtkindern zu sein, die sich selbst die ›Fahrradpatrouille‹ nannten. Aber normalerweise wollte Tubby nichts mit Dale und seinen Freunden zu tun haben.

Dale fragte sich kurz, was der Depp im Schilde führen konnte, dann sah er wieder auf die Uhr. Es war immer noch 14.52 Uhr.

Insekten in Bernstein.

Tubby Cooke gab auf, seiner Schwester zu winken und ging zur Treppe, ehe Old Double-Butt oder eine andere Lehrerin ihn auf dem Flur bemerkten. Tubby hatte zwar einen Passierschein für die Toilette von Mrs. Groissant, aber das bedeutete nicht, daß eine der alten Schachteln ihn nicht in sein Klassenzimmer zurückschicken würde, wenn sie ihn beim Herumlungern auf dem Flur erwischten.

Tubby schlurfte die breite Treppe hinunter und sah, wo das Holz von Generationen von Kinderfüßen ausgetreten war, und hastete dann über den Treppenabsatz unter dem runden Fenster. Das einfallende Licht war durch das aufziehende Gewitter rot und eklig. Tubby ging unter den leeren Regalen der ehemaligen Stadtbibliothek hier auf dem Absatz und der Galerie entlang, die das gesamte Zwischengeschoß umgab, aber er sah sie eigentlich nicht. Die Regale waren leer, seit Tubby hier zur Schule ging.

Er hatte es eilig. Der Unterricht dauerte keine halbe Stunde mehr, und er wollte nach unten zur Knabentoilette, bevor der Tag zu Ende war und sie diese verfluchte alte Hütte für immer schlossen.

Im Erdgeschoß fiel mehr Licht herein, und durch die summende Aktivität der Klassen eins bis drei wirkte der Raum hier menschlicher, obwohl sich das dunkle Treppenhaus zur Dunkelheit der oberen Stockwerke hin auftat. Tubby eilte quer durch die offene Halle, bevor einer der Lehrer ihn sehen konnte, ging durch eine Tür und lief die Treppe in den Keller hinunter.

Es war unheimlich, daß die dumme Schule keine Toiletten im Erdgeschoß oder dem ersten Stock hatte. Nur im Keller gab es Klos, aber dafür zu viele ... Die vorderen und dazwischenliegenden Waschräume, das abgeschlossene Klo neben dem in die Wand versetzten

Zimmer mit der Aufschrift LEHRERZIMMER, die kleine Toilette neben dem Heizraum, wo Van Syke pinkeln ging, wenn er mußte, und darüber hinaus eine Menge weitere Räumlichkeiten in den unbenutzten Fluren in die Dunkelheit, bei denen es sich um Toiletten handeln konnte.

Tubby wußte, wie viele Kinder, daß es noch Treppen gab, die vom Keller aus *abwärts* führten, aber Tubby war, wie die anderen Kinder, noch nie da unten gewesen und hatte es auch nicht vor. Herrgott, da unten gab es nicht einmal *Licht!* Niemand außer Van Syke und möglicherweise Rektor Roon wußten, was da unten lag.

Wahrscheinlich noch mehr Klos, dachte Tubby.

Er betrat den dazwischenliegenden Jungenwaschraum mit der Aufschrift BOY'S. Das Schild war schon seit Menschengedenken so – Tubbys alter Herr hatte ihm gesagt, es wäre schon so gewesen, als *er* noch in Old Central zur Schule gegangen war –, und Tubby wie auch sein alter Herr wußten nur, daß der Wieheißterdochgleich, der Apostroph an der falschen Stelle war, weil die alte Lady Duggan von der sechsten Klasse dauernd herumnörgelte und sich beschwerte, daß er falsch war. Sie hatte deswegen schon ein Gezeter veranstaltet, als Tubbys alter Herr noch ein Kind gewesen war. Nun, jetzt war die alte Lady Duggan tot – sie war tot und verfaulte auf dem Friedhof Calvary hinter der Black Tree Tavern, wo Tubbys alter Herr fast den ganzen Tag herumhing –, und Tubby fragte sich, warum die alte Dame das Wort nicht *geändert* hatte, wenn es ihr soviel Kopfzerbrechen bereitete. Sie hatte an die hundert Jahre Zeit gehabt, hier runterzukommen und das Schild neu zu schreiben. Tubby vermutete, daß sie *gern* ein Gezeter und Aufhebens darum vollführte . . . weil sie sich dann klug und andere Menschen, wie Tubby und sein Vater, dumm vorkamen.

Tubby eilte durch den dunklen Flur zu eben dem Waschraum mit der Aufschrift BOY'S. Hier waren die Backsteinwände vor Jahrzehnten grün und braun gestrichen worden, an der niederen Decke verliefen Rohre und die Sprinkleranlage, und man hatte den Eindruck, als würde man durch einen langen, schmalen Tunnel in einer Gruft oder so etwas gehen. Wie in dem Film über die Mumie, den Tubby im vergangenen Sommer gesehen hatte, als der Freund seiner älteren Schwester ihn und Cordie ins Autokino von Peoria geschmuggelt hatte, indem er sie im Kofferraum versteckte. Es war ein guter Film gewesen, aber Tubby hätte ihn mehr genossen, wenn er nicht ständig das Schmatzen, Schlabbern und Stöhnen auf dem Rücksitz hätte anhören müssen, wo seine ältere Schwester Maureen es mit einem pickligen Jungen namens Berk getrieben hatte. Jetzt war Maureen schwanger und lebte mit Berk hinter der Müllhalde ganz in der Nähe von Tubbys Wohnort, aber er glaubte nicht, daß sie und dieser Depp Berk verheiratet waren.

Cordie war die beiden ganzen Filme über verkehrt herum auf dem Vordersitz gekauert und hatte lieber die geile Maureen und Berk dabei beobachtet, statt sich die tollen Filme anzusehen.

Jetzt hielt Tubby vor dem Eingang zum Waschraum mit der Aufschrift BOY'S inne und lauschte, ob er noch jemanden hier unten hören konnte. Manchmal lauerte der alte Van Syke hier unten Kindern auf, und wenn sie Unfug anstellten, wie es Tubby vorhatte – manchmal auch, wenn sie gar nichts machten –, verpaßte Van Sykes ihnen einen Schlag auf den Kopf oder kniff sie schmerzhaft in den Oberarm. Er tat nicht allen Kindern weh – den reichen Rotznasen wie Dr. Staffneys Tochter, wiehießsiedochgleich Michelle, nicht –, nur den Kindern wie Tubby oder Gerry Daysinger oder sonst jemand. Kinder von Eltern, denen es scheißegal war oder die Angst vor Van Syke hatten.

Eine Menge Kinder hatten Angst vor Van Syke. Tubby fragte sich, ob auch viele Eltern Angst vor ihm hatten. Tubby lauschte, hörte nichts und schlich fast auf Zehenspitzen in den Waschraum.

Der Raum war lang, nieder und dunkel. Es gab keine Fenster und nur eine Glühbirne funktionierte. Die Pissoirs waren uralt und sahen aus, als wären sie aus einem glatten Stein oder so was hergestellt worden. Dauernd rann Wasser darin. Die sieben Toilettenkabinen waren verwüstet und verkritzelt ... Tubbys Namen konnte man in zweien finden, den seines alten Herrn in der letzten ... und alle bis auf zwei hatten die Türen verloren. Aber Tubby hatte etwas hinter Waschbekken und Pissoirs vor, hinter den Kabinen, im dunkelsten Bereich bei der hinteren Steinmauer.

Die Außenwand bestand aus Stein. Die gegenüberliegende Wand, wo sich die Pissoirs befanden, war aus rauhen Backsteinen gebaut. Aber die Innenwand ... die hinter den Kabinen ... die bestand nur aus einer Art Gips, und dort verweilte Tubby und grinste.

In dieser Wand war ein Loch, ein Loch, das zwölf oder fünfzehn Zentimeter über dem kalten Steinboden anfing (wie konnte noch ein Keller unter einem Steinboden sein?) und fast neunzig Zentimeter hoch war. Tubby konnte frischen Gipsstaub auf dem Boden sehen, verfaulte Latten ragten wie freigelegte Rippen aus dem Loch hervor.

Seit Tubby heute morgen hier unten gewesen war, hatten sich wieder andere Kinder dort zu schaffen gemacht. Das war in Ordnung. Sie konnten einen Teil der Arbeit übernehmen, wenn nur Tubby derjenige war, der dem Ding den letzten Arschtritt verpaßte.

Tubby duckte sich und sah in das Loch. Es war jetzt schon so breit, daß er den Arm hineinstecken konnte, was er auch tat, und dabei spürte er eine Armeslänge weiter drinnen eine Mauer aus Stein oder Ziegeln. Links und rechts spürte er freien Raum, und Tubby tastete und fragte sich, wieso jemand diese neue Wand eingezogen hatte, wo die alte noch dahinter war.

Tubby zuckte die Achseln und fing an zu kicken. Der Lärm war laut, Gips bekam Sprünge, Lattenstäbe brachen, Trümmer der Wand und Staub flogen überall hin, aber Tubby war ziemlich sicher, daß ihn niemand hören würde. Die Mauern dieser dummen Schule waren dicker als die eines Forts.

Van Syke ging in diesen Kellerräumen um, als würde er hier wohnen ... vielleicht wohnt er ja *echt* hier, überlegte Tubby, niemand hatte ihn je *anderswo* gesehen ... aber der unheimliche Hausmeister mit den schmutzigen Händen und gelben Zähnen war seit Tagen von keinem Schüler mehr gesehen worden, und es war augenscheinlich, daß es ihm scheißegal war, ob manche der Boys (*Boy's*, dachte Tubby) im Keller auf dem Klo eine Wand eintraten. Warum sollte sich Van Syke auch daran stören? In ein oder zwei Tagen würden sie dieses große alte Scheißhaus von einer Schule zunageln. Und dann abreißen. Warum also sollte sich Van Syke daran stören?

Tubby kickte mit einer Verbissenheit, die er nur selten an den Tag legte, und tobte seine ganze Frustration von fünf Jahren aus, auch noch aus dem Kindergarten, und die Tatsache, daß man ihn in diesem Dreckhaufen von einer Schule immer einen ›langsamen Schüler‹ genannt hatte. Fünf Jahre als ›Verhaltensgestörter‹, in denen er eingepfercht mit alten Schachteln wie Mrs. Groissant und Mrs. Howe und Mrs. Farris hier hatte sitzen müssen, immer an einem Pult ganz in ihrer Nähe, damit sie ihn ›im Auge behalten‹ konnten, so daß er ihren Altfrauengestank riechen und ihren Altfrauenstimmen zuhören und sich ihren Altfrauenregeln beugen mußte ...

Tubby kickte gegen die Wand und spürte, wie sie jetzt, wo das Loch größer war, zusehends nachgab, bis schließlich Mörtelbrocken über seine Turnschuhe purzelten, ein sechzig mal einszwanzig großes Stück einbrach und er in ein verdammtes Loch sah. Ein *großes* Loch. Eine richtige *Höhle!*

Tubby war ein dicker Viertkläßler, aber dieses Loch war so groß, daß selbst er fast hineingepaßt hätte. Er *paßte* hinein! Ein ganzer Abschnitt der Wand war eingestürzt, so daß das Loch jetzt wie ein Schott in einem Unterseeboot war, oder so. Tubby drehte sich zur Seite, steckte den linken Arm und die Schulter in die Öffnung, ließ den Kopf aber noch draußen, und ein breites Grinsen bildete sich in seinem Gesicht. Er zog das linke Bein in die Lücke zwischen der Trennwand und der alten Mauer dahinter. Das war ein verdammter Geheimgang hier!

Tubby duckte sich und trat ganz in das Loch, zog das rechte Bein nach, bis nur noch Kopf und ein Teil seiner Schulter herausragten. Er duckte sich noch tiefer und grunzte leise, als er sich in die kühle Dunkelheit zurückzog.

Würden Cordie oder mein alter Herr nicht Scheiße schreien, wenn sie jetzt reinkommen und mich sehen würden? Natürlich würde Cordie niemals eine Toilette für BOY'S betreten. Oder doch? Tubby wußte, daß seine ältere Schwester ziemlich daneben war. Vor zwei Jahren, als sie selbst noch in der vierten Klasse gewesen war, hatte Cordie den Baseballspieler, Hitzeblitz und Star der Jugendliga Chuck Sperling, von Kopf bis Fuß ein Arschloch, bis zum Spoon River verfolgt, als er allein angeln gegangen war, hatte ihn den halben Vormittag beobachtet und schließlich überfallen, niedergeschlagen, sich auf seinen Bauch gesetzt und gedroht, sie würde ihm den Kopf mit einem Stein einschlagen, wenn er ihr nicht seinen Pimmel zeigte.

Laut Cordie hatte er ihn weinend und Blut spuckend herausgeholt und ihr gezeigt. Tubby war ziemlich sicher, daß sie das außer ihm niemandem erzählt hatte, und er war ganz sicher, daß *Sperling* es niemandem erzählen würde.

Tubby lehnte sich in seiner kleinen Höhle zurück, spürte den Mörtelstaub in seinem Bürstenschnitt und grinste in die spärlich erhellte Toilette. Er würde hinausspringen und dem nächsten Jungen, der pinkeln kam, eine Heidenangst einjagen.

Tubby wartete zwei oder drei Minuten lang, aber es kam niemand. Einmal war ein Schlurfen oder Rasseln im Hauptkorridor des Kellers zu hören, aber dem folgten keine Turnschuhe, die sich näherten, und niemand machte die Tür auf. Die einzigen anderen Geräusche waren das ständige Rinnen des Wassers in den Pissoirs und ein leises Blubbern in den Röhren an der Decke, als würde die verfluchte Schule mit sich selbst reden.

Hier ist es wie in einem Geheimgang, dachte Tubby wieder, drehte den Kopf nach links und sah die schmale Passage zwischen den beiden Wänden hinab. Es war dunkel und roch wie der Boden unter der Veranda seines Hauses, wo er sich vor seiner Ma und seinem alten Herrn versteckt und gespielt hatte, als er noch kleiner war. Derselbe erdige, durchdringende Fäulnisgeruch.

Als ihm allmählich ein wenig verkrampft und unheimlich in der engen Zelle zumute wurde, sah Tubby ein Licht am anderen Ende der Passage. Es war ungefähr dort, wo sich das Ende der Toilette und die Außenmauer befinden mochten ... vielleicht ein Stückchen weiter. Und es war eigentlich gar kein Licht, dachte er sich, sondern so eine Art Leuchten. So ähnlich wie das weiche, grüne Licht, das Tubby schon nachts im Wald bei Schimmel und verfaulenden Pilzen gesehen hatte, wenn er und sein alter Herr auf der Jagd gewesen waren.

Tubby spürte, wie sein Hals kalt wurde. Er wollte aus dem Loch kriechen, aber dann wurde ihm klar, was das Leuchten bedeuten mußte, und er grinste. Die Mädchentoilette (GIRLS' – das hatte der Schildermaler richtig gemacht) nebenan mußte eine Öffnung haben.

Tubby stellte sich vor, wie er durch den Riß oder das Loch oder was auch immer, durch den das Leuchten drang, ins Mädchenklo spähte.

Mit etwas Glück konnte er ein Mädchen pinkeln sehen. Vielleicht sogar Michelle Staffney oder Darlene Hansen oder eine der anderen hochnäsigen Sechstkläßlertussies mit zu den Knöcheln runtergezogenen Schlüpfern und entblößten Schamteilen.

Tubby spürte sein Herz klopfen, spürte die Regungen des Blutes in einem anderen Körperteil und schlurfte seitwärts, weg von dem Loch und tiefer in die Passage. Es war sehr eng.

Tubby blinzelte Spinnweben und Staub aus den Augen, roch das Unter-der-Veranda-Aroma von Erde ringsum und zwängte sich dem Leuchten entgegen, weg vom Licht.

Dale und die anderen hatten sich in einer Reihe aufgestellt und waren bereit, ihre Zeugnisse in Empfang zu nehmen und verabschiedet zu werden, als das Kreischen anfing. Zuerst war es so laut, daß Dale es für ein seltsames, schrilles Donnern des Gewitters hielt, das immer noch den Himmel vor dem Fenster verfinsterte. Aber es war zu hoch, zu schrill und dauerte zu lange, als daß es zu dem Unwetter gehören konnte, obwohl es sich nicht menschlich anhörte.

Zuerst schien das Geräusch von oben zu kommen ... von der Treppe zur dunklen Etage der High-School herunter ... aber dann schien es von den Wänden widerzuhallen, von unten, sogar von den Rohren und dem Heizkörper aus Metall. Es hörte nicht auf. Dale und sein Bruder Lawrence hatten den vergangenen Sommer auf der Farm von Onkel Henry und Tante Lena verbracht, wo ein Schwein geschlachtet und seine Kehle aufgeschnitten worden war und es kopfunter am Balken der Scheune über einer Blechschüssel hing, mit der man das Blut auffing. Dieses Geräusch hatte ein wenig Ähnlichkeit damit: dasselbe Falsettkreischen und Quietschen, als würden Fingernägel über eine Schiefertafel kratzen, gefolgt von einem tieferen, volltönenderen Schrei, der in ein Gurgeln überging. Aber dann fing es wieder an. Und wieder.

Mrs. Doubbet, im Begriff, dem ersten Schüler der Reihe – Joe Allen – sein Zeugnis auszuhändigen, erstarrte, drehte sich zur Tür um und starrte sie noch einen Augenblick lang, nachdem das Geräusch verstummt war, an, als würde sie damit rechnen, daß die Quelle des Schreis dort auftauchen würde. Dale dachte, daß sich in den entsetzten Gesichtsausdruck der alten Dame noch etwas anderes mischte ... Vorfreude?

Eine dunkle Gestalt tauchte im Halbdunkel unter der Tür auf, und die Klasse, die immer noch alphabetisch in einer Reihe stand, um die Zeugnisse in Empfang zu nehmen, holte kollektiv Luft.

Es war Dr. Roon, der Rektor, dessen dunkler Nadelstreifenanzug und eingeöltes schwarzes Haar mit der Finsternis des Flurs hinter ihm verschmolzen, so daß sein schmales Gesicht körperlos und mißbilligend dort zu schweben schien. Dale betrachtete die rosa Haut des Mannes und dachte nicht zum ersten Mal: *Wie die Haut einer neugeborenen Ratte.*

Dr. Roon räusperte sich und nickte Old Double-Butt zu, die noch genau dort stand, wo sie gewesen war, Joe Allen sein Zeugnis hinhielt, die Augen aufgerissen und so blaß, daß das Rouge und das sonstige Make-up auf ihren Wangen aussah wie bunter Kreidestaub auf weißem Pergament.

Dr. Roon sah auf die Uhr. »Es ist . . . äh . . . Viertel nach drei. Ist die Klasse zur Verabschiedung bereit?«

Mrs. Doubbet brachte ein Nicken zustande. Die rechte Hand hatte sie so fest um Joes Zeugnis geklammert, daß Dale fast damit rechnete, ein Knacksen zu hören, wenn ihre Knöchel brachen.

»Äh . . . ja«, sagte Dr. Roon und ließ den Blick über die siebenundzwanzig Schüler schweifen, als wären sie Eindringlinge in seinem Gebäude. »Nun, Jungs und Mädchen, ich wollte euch nur mitteilen, daß es sich bei dem seltsamen Geräusch, das ihr eben gehört habt, wie Mr. Van Syke mir versicherte, lediglich um den Boiler handelte, der getestet wurde.«

Jim Harlen drehte sich einen Moment lang um, und Dale war sicher, daß er eine komische Grimasse schneiden würde – eine todsichere Katastrophe für Dale, der so nervös war, daß er sicher in hysterisches Gelächter ausgebrochen wäre. Aber Dale wollte um nichts auf der Welt nachsitzen müssen. Harlen riß die Augen zu einer Miene auf, die mehr skeptisch als komisch wirkte, und wandte sich wieder zu Dr. Roon um.

». . . wie dem auch sei, ich wollte die Gelegenheit nicht versäumen, euch allen schöne Sommerferien zu wünschen«, fuhr Dr. Roon fort, »und euch alle daran zu erinnern, daß ihr niemals das Privileg vergeßt, zumindest einen Teil eurer Ausbildung in der guten alten Old Central bekommen zu haben. Es ist zu früh, etwas über das endgültige Schicksal dieses prächtigen alten Bauwerks zu sagen, wir können nur hoffen, daß die Schulbehörde in ihrer Weisheit dafür sorgen wird, es für zukünftige Generationen von Schülern zu erhalten.«

Dale sah Cordie Cooke weiter hinten in der Reihe; sie blickte immer noch über die linke Schulter zum Fenster hinaus und bohrte selbstvergessen in der Nase.

Dr. Roon schien es nicht zu bemerken. Er räusperte sich, als wollte er eine zweite Ansprache halten, sah wieder auf die Uhr und sagte nur: »Nun gut. Mrs. Doubbet, wenn Sie nun so gut wären, den Kindern die Zeugnisse des vierten Quartals auszuteilen.« Der kleine Mann nickte, drehte ihnen den Rücken zu und löste sich in den Schatten auf.

Old Double-Butt blinzelte einmal, schien sich zu erinnern, wo sie war und gab Joe Allen sein Zeugnis. Joe machte sich nicht die Mühe, auch nur einen Blick darauf zu werfen, sondern beeilte sich, an der Tür Aufstellung zu nehmen. Die anderen Klassen gingen schon in ordentlichen Reihen die Treppen hinunter; Dale war aufgefallen, daß in Fernsehserien und Filmen über Schulen die Schüler immer wie verrückt losstürmten, wenn sie entlassen wurden oder die Pausenglocke ertönte, aber in Old Central hatte er die Erfahrung gemacht, daß alle überallhin in Reihen gingen und diese letzten Sekunden der letzten Minute des letzten Schultags bildeten da keine Ausnahme.

Die Reihe schlurfte an Mrs. Doubbet vorbei, und Dale nahm sein Zeugnis in dem braunen Umschlag und nahm einen säuerlichen Geruch von Schweiß und Talkum um seine Lehrerin wahr, als er an ihr vorbei in die andere Reihe ging. Schließlich hatte auch Pauline Zauer ihr Zeugnis bekommen, die Reihen an der Tür wurden gebildet – zum Hinausgehen stellten sie sich nicht alphabetisch auf, sondern Jungen und Mädchen getrennt, die auf den Bus mußten zuerst, dann die Kinder aus der Stadt – und Mrs. Doubbet stellte sich vor sie, verschränkte die Arme, als wollte sie eine abschließende Bemerkung oder einen Kommentar von sich geben, bedeutete ihnen dann aber nur mit einer stummen Geste, sie möchten Mrs. Shrives fünfter Klasse folgen, die gerade die Treppe hinunterging.

Joe Allen machte den Anfang.

Draußen atmete Dale die schwüle Luft ein und tanzte beinahe im Licht und der plötzlichen Freiheit. Die Schule ragte wie eine gigantische Mauer hinter ihm auf, aber auf den Schotterwegen und Rasenflächen des Schulhofs tummelten sich aufgeregt Kinder, holten Fahrräder von den Radständern, liefen zu den Schulbussen, wo die Fahrer sie zur Eile mahnten und drückten ihre Freude ganz allgemein durch Lärm und Gesten aus. Dale winkte Daune McBride zum Abschied, der in einen Schulbus gedrängt wurde, dann sah er eine Gruppe Drittkläßler, die sich wie Wachteln um den Fahrradständer scharten. Dales Bruder Lawrence galoppierte den Weg entlang, ließ sein Überbißgrinsen unter der dicken Brille sehen und hielt den leeren Leinenschulranzen fest, als er sich von seinen Drittkläßlerkumpeln verabschiedete und zu Dale gestürmt kam.

»Frei!« rief Dale und wirbelte Lawrence in der Luft herum.

Mike O'Rourke und Kevin Grumbacher und Jim Harlen kamen auch herüber. »Herrje«, sagte Kevin, »habt ihr den Lärm gehört, als Mrs. Shrives uns Aufstellung nehmen ließ?«

»Was war das, was meint ihr?« fragte Lawrence, als die Gruppe sich über den Rasen des Baseballfelds in Bewegung setzte.

Mike grinste. »Ich glaube, es war Old Central, die einen Drittkläßler verspeist hat.« Er strich mit den Knöcheln über Lawrences Bürstenschnitt.

Lawrence lachte und duckte sich weg. »Nee, *echt?*«

Jim Harlen bückte sich und reckte der alten Schule seinen Hintern zu. »Ich glaube, es war Old Double-Butt, die einen Furz gelassen hat«, sagte er und lieferte den entsprechenden Geräuscheffekt dazu.

»He«, rief Dale, zielte einen Tritt in Richtung von Jim Harlens Allerwertesten und nickte zu seinem kleinen Bruder. »Paß auf, was du sagst, Harlen.«

Aber Lawrence lachte schon und wälzte sich im Gras.

Die Schulbusse fuhren in verschiedene Straßen davon. Der Schulhof leerte sich zusehends, Schüler hasteten unter den hohen Ulmen davon, als wollten sie vor dem drohenden Unwetter fliehen.

Dale blieb am Rand des Baseballfelds auf der anderen Straßenseite gegenüber seinem Haus stehen und betrachtete die Wolken, die sich über Old Central auftürmten. Es war schwül und die Luft so still wie vor Sturmwarnungen, aber er bemerkte beim bloßen Hinsehen, daß die Sturmfront schon fast vorbeigezogen war. Im Süden war über den Bäumen ein Streifen blauen Himmels zu sehen. Noch während die Jungen hinsahen, kam Wind auf, brachte die Blätter der Bäume rings um den Block zum Rauschen, und der Sommergeruch von frisch gemähtem Gras und Blüten und Vegetation erfüllt die Luft.

»Seht«, sagte Dale.

»Ist das nicht Cordie Cooke?« fragte Mike.

»Ja.« Die plumpe Gestalt stand allein vor dem Nordeingang zur Schule, hatte die Arme verschränkt und tippte mit dem Fuß auf und ab. In dem zu großen Hauskleid, das fast auf dem Kies schleifte, sah sie altbackener und dümmer denn je aus. Zwei der kleinsten Jungs der Cookes, die Zwillinge, die in der ersten Klasse waren, standen in schlotternden Latzhosen hinter ihr. Die Cookes wohnten so weit außerhalb der Stadt, daß sie ein Anrecht auf Transport mit dem Schulbus gehabt hätten, aber kein Bus fuhr Richtung Getreidesilo und Müllhalde, daher gingen sie und ihre drei Brüder zu Fuß auf den Eisenbahnschienen. Jetzt schrie sie etwas in das Gebäude hinein.

Dr. Roon tauchte unter der Tür auf und scheuchte sie mit einem Schnippen seiner rosa Hand fort. Weiße Schlieren in den hohen Fenstern oben hätten die Gesichter von Lehrern sein können, die heraussahen. Mr. Van Sykes Gesicht schwebte hinter dem des Rektors in der dunklen Türöffnung.

Roon rief noch etwas, drehte sich um und machte die große Tür zu. Cordie Cooke bückte sich, hob einen Stein vom Kiesweg hoch und warf ihn nach der Schule. Der Stein prallte von der Fensterscheibe der Haupttür ab.

»Herrje«, hauchte Kevin.

Die Tür wurde aufgerissen und Van Syke stürmte in dem Augenblick heraus, als Cordie ihre beiden kleinen Brüder an den Händen nahm, den Kiesweg entlanggging und dann die Depot Street entlang Richtung Schienen. Für ein dickes Mädchen bewegte sie sich ziemlich schnell. Einer ihrer Brüder stolperte, als sie die Third Avenue überquerten, aber Cordie zerrte ihn einfach durch die Luft mit, bis seine Füße wieder den Boden gefunden hatten. Van Syke lief zum Rand des Schulgeländes und blieb dort stehen, seine langen Finger machten Greifbewegungen in der Luft.

»Herrje«, sagte Kevin wieder.

»Kommt mit«, sagte Dale. »Ziehen wir Leine. Meine Mom hat gesagt, sie hat nach der Schule für uns alle Zitronenlimonade.«

Die Gruppe der Jungs verließ mit einem Jubelruf den Schulhof, eilte unter den Ulmen dahin, hüpfte über den Asphaltbelag der Depot Street und rannte der Freiheit und dem Sommer entgegen.

3

Wenige Ereignisse im Leben eines Menschen – zumindest eines Mannes – sind so frei, so übermütig, so grenzenlos umfassend und voller Möglichkeiten wie der erste Sommertag, wenn man ein elfjähriger Junge ist. Der Sommer liegt wie ein großes Festmahl vor einem, die Tage sind voll von üppiger, langsamer Zeit, in der man jeden Gang genießen kann.

Als er am ersten, köstlichen Morgen der Sommerferien erwachte, war Dale Stewart für einen Moment in der kurzen Dämmerung des Bewußtseins liegengeblieben und hatte schon den *Unterschied* gekostet, bevor ihm klar wurde, worin der bestand: kein Wecker, kein Ruf seiner Mutter, der ihn und seinen Bruder Lawrence weckte, kein grauer, kalter Nebel, der an die Fensterscheibe drückte und keine noch grauere, noch kältere Schule, die sie um halb neun erwartete, kein lautstarker Chor von Erwachsenenstimmen, die ihnen sagten, was sie zu tun hatten, welche Schulbuchseiten sie aufschlagen mußten, welche Gedanken sie denken mußten. Nein, heute morgen war Vogelzwitschern zu hören, die duftende, warme Sommerluft kam durch die Jalousie, weiter unten in der Straße war das Summen eines Rasenmähers zu hören, als ein Frühaufsteher mit der täglichen Gartenarbeit anfing, und schließlich – hinter den Vorhängen bereits zu sehen – der strahlende, warme Segen des Sonnenscheins, der über die Betten von Dale und Lawrence fiel, als wäre der Vorhang des grauen Schuljahrs hochgezogen worden.

Dale hatte sich auf die Seite gedreht und die Augen seines Bruders gesehen, die offen waren und über den schwarzen Glasaugen seines Teddybärs herüberblickten. Dann hatte Lawrence sein freudiges Überbißgrinsen gegrinst, und die beiden Jungs waren aufgesprungen, hatten hastig die Pyjamas abgestreift, Jeans und T-Shirts angezogen, die auf Stühlen lagen, dann saubere weiße Socken und nicht ganz so saubere Turnschuhe, und dann stürmten sie hinaus, trampelten die Treppe hinunter, um ein eiliges Frühstück einzunehmen und mit ihrer Mutter über alberne Dinge zu lachen, und dann ging es hinaus . . . auf die Räder, die Straße entlang, fort, direkt in den Sommer hinein.

Drei Stunden später waren die Brüder in Mike O'Rourkes Hühnerhaus und fläzten mit ihren Freunden auf dem Sprungfedersofa ohne Füße, aufgerissenen Stühlen und auf dem abfallübersäten Boden ihres inoffiziellen Clubhauses. Die anderen waren auch da – Mike, Kevin, Jim Harlen, sogar Duane McBride war von seiner Farm gekommen, solange sein Dad im Genossenschaftsladen einkaufen war –, und alle schienen durch die bestürzende Vielfalt von Möglichkeiten, die sich ihnen bot, zur Tatenlosigkeit erstarrt zu sein.

»Wir könnten zum Stone Creek oder Hartley's Pond fahren«, sagte Kevin. »Schwimmen gehen.«

»Nn-nnn«, sagte Mike. Er lag auf dem Sofa, hatte die Beine über der Rückenlehne hängen, den Rücken auf dem Sprungfederkissen und den Kopf auf einem Fanghandschuh auf dem Boden. Mit einem Gummiband, das er nach jedem Schnalzen wieder spannte, schoß er auf einen Weberknecht an der Decke. Bisher hatte er sorgfältig darauf geachtet, daß er das Insekt nicht traf, aber es wuselte schon einigermaßen aufgeregt hin und her. Jedesmal, wenn es sich einem schützenden Riß oder Sechs-mal-acht-Balken näherte, ließ Mike das Gummiband schnalzen, so daß das Tier in die andere Richtung krabbelte. »Ich will nicht schwimmen gehen«, sagte Mike. »Nach dem Gewitter gestern abend werden sämtliche Mokkassinschlangen aufgeschreckt sein.«

Dale und Lawrence sahen sich an. Mike hatte Angst vor Schlangen; die einzige Angst, die ihr Freund ihres Wissens hatte.

»Ballspielen«, sagte Kevin.

»Nee«, sagte Harlen, der in einem Sprungfedersessel hing und ein Superman-Heft las. »Ich hab meinen Handschuh nicht mitgebracht und müßte nach Hause fahren und ihn holen.« Die anderen Jungs – mit Ausnahme von Duane – wohnten alle innerhalb eines Blocks, Jim Harlen dagegen am anderen Ende der Depot Street bei den Schienen, die zur Müllhalde und den baufälligen Hütten führten, wo Cordie Cooke wohnte. Harlens Haus war in Ordnung, ein weißes Farmhaus, das schon vor Jahrzehnten von der Stadt geschluckt worden war, aber eine Menge seiner Nachbarn waren komische Käuze. J. P. Congden, der verrückte Friedensrichter, wohnte nur zwei Häuser von Harlen entfernt, und C. J., der Sohn von J. P., war der gemeinste Schläger in der Stadt. Die Jungs spielten nicht gern in Harlens Haus, sie gingen nicht einmal dorthin, wenn sie es vermeiden konnten, und sie hatten Verständnis dafür, daß Jim Harlen selbst nur ungern dorthin fahren wollte, um seine Sachen zu holen.

»Gehen wir in den Wald«, schlug Dale vor. »Wir könnten die Gypsy Lane abklappern.«

Die anderen Jungs räkelten sich träge. Es gab keinen ersichtlichen Grund, sich gegen den Vorschlag auszusprechen, aber die Faulheit hatte sie alle fest im Griff. Mike ließ das Gummiband schnalzen, der Weberknecht wuselte von der Stelle des Aufpralls fort.

»Das dauert zu lange«, sagte Kevin. »Ich muß zum Essen zu Hause sein.«

Die anderen Jungs lächelten, sagten aber nichts. Sie kannten alle die Stimme von Kevins Mutter, wenn sie die Tür aufmachte und mit steigendem Falsett ›Ke-VIIIN!‹ brüllte. Und sie kannten auch den Eifer, mit dem Kevin fallen ließ, was er gerade in der Hand hatte, und zu dem weißen Ranchhaus auf dem Hügel gleich neben dem älteren Haus von Dale und Lawrence eilte.

»Was willst du machen, Duane?« fragte Mike. O'Rourke war der geborene Anführer, er fragte stets jeden, ehe er eine Entscheidung traf.

Der große Farmjunge mit dem windschiefen Haarschnitt, den ausgebeulten Cordhosen und dem gleichgültigen Gesichtsausdruck kaute etwas – keinen Gummi – und sein Ausdruck war beinahe zurückgeblieben. Dale wußte, wie irreführend das Bauerntölpeläußere war – alle Jungs spürten es –, denn Duane McBride war so klug, daß die anderen seine Gedankengänge nur *erahnen* konnten. Er war so klug, daß er es nicht einmal nötig hatte, in der Schule zu beweisen, wie klug er war; statt dessen zog er es vor, die Lehrer sich in Frustration über die völlig korrekten, aber einsilbigen Antworten des zu groß geratenen Jungen winden oder sich die Köpfe angesichts mündlicher Antworten kratzen zu lassen, die von einer Ironie geprägt waren, die an Impertinenz grenzte. Duane lag nichts an der Schule. Ihm lag an Dingen, die die anderen Jungs nicht einmal verstanden.

Duane hörte auf zu kauen und nickte zu dem alten Musikschrank von RCA Victor, der in der Ecke stand. »Ich glaube, ich würde gern Radio hören.« Er machte drei stapfende Schritte auf das Ding zu, kauerte sich ohne jede Anmut davor nieder und drehte am Tuner.

Dale sah verblüfft hin. Der Schrank war riesig, über einen Meter hoch, und er sah mit seinen verschiedenen Kanalstreifen eindrucksvoll aus – auf dem obersten stand NATIONAL, Mexico City war bei neunundvierzig Megahertz eingetragen, Hongkong, London, Madrid, Rio und eine ganze Liste anderer bei 40 MHz, die bösen Städte Berlin, Tokio und Pittsburgh bei 31 MHz und Paris einsam und geheimnisvoll am anderen Ende der Skala bei 19 MHz –, aber der Schrank war leer. Es waren keine Röhren und nichts mehr da.

Duane kauerte, drehte sorgfältig den Tuner, hatte den Kopf schiefgelegt und lauschte auf das leiseste Geräusch.

Jim Harlen ging als erstem ein Licht auf. Er kroch hinter den Musikschrank und zwängte sich in eine Ecke, so daß nichts mehr von ihm zu sehen war.

Duane sagte: »Ich versuch's mit dem Lokalsender.« Er drehte die mittlere Skala zwischen INTERNATIONAL und SPECIAL SERVICE. »Hier unten steht Chicago«, murmelte er zu sich selbst.

Aus dem Innern des Geräts ertönte ein Summen, als würden sich die Röhren erwärmen, dann Statikrauschen, als Duane die Skala verstellte. Kurze Baritonsalven wurden ebenso abgewürgt wie Sprecher mitten im Satz abgeschnitten wurden, Bruchstücke Rock and Roll explodierten und verstummten, Statik, Knistern, ein Ballspiel – die White Sox von Chicago!

»Er läuft zurück! Zurück! Zurück zur rechten Spielfeldbegrenzung des Comiskey Park! Er springt daran hoch! Er klettert die Mauer hinauf! Er ...«

»Ach, das ist nichts«, murmelte Duane. »Ich versuch das Internationale Band. Dum-da-di ... da haben wir ... Berlin.«

»Ach du lieber der fershtugginer ball ist op und outta hier!« sagte Harlens Stimme, der augenblicklich vom aufgeregten Chicagoer Dizzy-Deanischen Dröhnen zu einer teutonischen, kehligen Aneinanderreihung von Silben wechselte. »Der Führer ist nicht gehappy. Nein! Nein! Er ist gerflugt und vertunken und der veilige pistoffen!«

»Auch nichts«, murmelte Duane. »Ich versuch's mit Paris.«

Aber das schrille nachgeahmte Französisch hinter dem Schrank ging im Kichern und Gelächter im Hühnerhaus unter. Mike O'Rourkes letzter Schuß mit dem Gummiband ging fehl und der Weberknecht entkam in einen Spalt im Dach. Dale schleppte sich zum Radio und war bereit, selbst ein paar Sender zu versuchen, während sich Lawrence auf dem Boden wälzte. Kevin verschränkte die Arme und schürzte die Lippen, während Mike ihn mit den Turnschuhen in die Rippen stieß.

Der Bann war gebrochen. Die Jungs konnten machen, was sie wollten.

Stunden später, nach dem Essen, im langen, schmerzlich lieblichen Dämmerlicht des Sommerabends, kamen Dale, Lawrence, Kevin und

Harlen schlitternd mit ihren Fahrrädern an einer Ecke in der Nähe von Mikes Haus zum Stillstand. »Ee-aw-kee!« rief Lawrence.

»Kee-aw-ee!« kam die brüllende Antwort aus den Schatten unter den Ulmen, und Mike kam ihnen entgegengefahren, ließ den Hinterreifen im lockeren Kies abschmieren und drehte sich so herum, daß er in dieselbe Richtung wie die anderen sah.

Das war die Fahrradpatrouille, die die fünf Jungs vor zwei Jahren gegründet hatten, als die ältesten in der vierten Klasse und die jüngsten noch so klein waren, daß sie an den Weihnachtsmann glaubten. Sie nannten sich heute nicht mehr Fahrradpatrouille, weil ihnen die Bedeutung des Namens aufgegangen war und sie zu alt waren, noch so zu tun, als würden sie Elm Haven patrouillieren, um Menschen in Not zu helfen und die Unschuldigen vor Bösewichtern zu beschützen, aber sie *glaubten* noch an die Fahrradpatrouille. Glaubten mit der simplen Hingabe an die Realität des *Jetzt* daran, die sie einst veranlaßt hatte, mit rasendem Puls und trockenem Mund am Weihnachtsabend wach zu bleiben.

Sie verweilten einen Augenblick lang auf der stillen Straße. Die First Avenue verlief an Mikes Haus vorbei aufs Land, eine Viertelmeile nach Norden, bis zum Wasserturm und dann nach Osten, bis sie im abendlichen Dunst über den Feldern am Horizont verschwand, wo außer Sicht der Wald und Gypsy Lane und die Black Tree Tavern warteten.

Der Himmel war ein matt polierter grauer Schild, der in der Stunde zwischen Sonnenuntergang und Dunkelheit allmählich verblaßte, der Mais auf den Feldern war noch jung und reichte einem Elfjährigen nicht mal bis ans Knie. Dale sah über die Felder, die sich bis zu einem von der Entfernung weichgezeichneten Horizont mit Bäumen nach Osten erstreckten, und stellte sich Peoria dort vor – achtunddreißig Meilen jenseits der Hügel und Täler und Wälder, in einem Flußtal gelegen, tausend Lichter in der Dunkelheit –, aber man sah kein Leuchten, lediglich den zunehmend dunkleren Horizont, und er konnte sich die Stadt eigentlich gar nicht vorstellen. Statt dessen hörte er das leise Rascheln und Flüstern des Mais. Es wehte kein Wind. Vielleicht war es das Geräusch des Wachstums, das der Mais von sich gab, während er zu der Mauer wurde, die Elm Haven bald ganz umgeben und von der Welt abriegeln würde.

»Kommt«, sagte Mike leise, trat in die Pedale, beugte sich weit über die Lenkstange nach vorne und fuhr in einem Kieselregen an.

Dale und Lawrence und Kevin und Harlen folgten ihm.

Sie fuhren im schwachen grauen Licht die First Avenue hinab nach Süden, sausten unter den Schatten der Ulmen dahin und kamen bald im offenen Dämmerlicht heraus. Die flachen Felder lagen offen links von ihnen, rechts dunkle Häuser. An der School Street und der Andeutung von Donna Lou Perrys Haus vorbei, das einen Block westlich leuchtete. An der Church Street mit ihrem langen Korridor aus Ulmen und Eichen vorbei. Und dann waren sie auf der Hard Road, Highway 151A, und bremsten aus Gewohnheit, bevor sie auf den verlassenen, aber noch warmen Asphalt der zweispurigen Main Street abbogen.

Sie traten in die Pedale, was das Zeug hielt, und fuhren nach dem ersten Block auf den Gehweg, um einen alten Buick vorbeidröhnen zu lassen. Jetzt fuhren sie nach Westen, auf das Leuchten am Himmel zu, und die Häuserfassaden der beiden Blocks der Main Street glommen im erlöschenden Licht. Ein Pritschenwagen fuhr aus dem diagonalen Parkplatz vor Carl's Tavern auf der Südseite der Straße und schlingerte auf der Hard Road auf sie zu. Dale erkannte im Fahrer des alten GM-Lasters Duane McBrides Dad. Der Fahrer war betrunken.

»Licht!« riefen alle fünf Jungs, als sie vorbeistrampelten. Der Laster fuhr weiter, ohne die Front- oder Heckscheinwerfer einzuschalten und bog hinter ihnen in breitem Bogen in die First Avenue ein.

Sie sprangen vom höhergelegenen Gehweg auf die verlassene Hard Road und fuhren weiter nach Westen, vorbei an der Second und der Third Avenue, vorbei an der Bank und dem A & P rechts, vorbei am Parkside Café und dem Bandstand Park, die still und dunkel unter den Ulmen rechts von ihnen lagen. Es *schien* wie Samstagabend, aber es war erst Donnerstag. Kein Freikonzert erfüllte die Nacht mit Licht und Lärm im Park. Noch nicht. Aber bald.

Mike brüllte und bog nach links ab, die Broad Avenue am Nordrand des Parks entlang und vorbei an der Traktorenhandlung und den kleinen Häusern, die sich dort drängten. Allmählich wurde es richtig dunkel. Hinter ihnen in der Main Street gingen flackernd die Straßenlaternen an und erhellten die beiden Blocks der Innenstadt. Broad Avenue war ein zunehmend dunklerer Tunnel unter den Ulmen hinter ihnen, und ein noch dunklerer Tunnel vor ihnen.

»Die Treppe berühren!« brüllte Mike.

»Nein!« rief Kevin.

Mike schlug es immer vor; Kevin war immer dagegen. Sie machten es immer.

Noch einen Block nach Süden, in einen Stadtteil, den die Jungs nur während dieser abendlichen Patrouillen besuchten. An der langen Sackgasse neuer Häuser vorbei, wo Digger Taylor und Chuck Sperling wohnten. Am offiziellen Ende der Broad Avenue vorbei. Den Privatweg zum Ashley Mansion hinauf.

Unkraut hatte den unebenen Weg zugewuchert. Ungeschnittene Zweige hingen tief herunter und ragten aus dem Dickicht auf beiden Seiten, um den arglosen Radfahrer zu verletzen. In diesem Tunnel von einem Radweg war es völlig dunkel.

Dale senkte wie immer den Kopf und trat rasend in die Pedale, damit er dicht bei Mike blieb. Lawrence keuchte, um mit seinem kleineren Rad mitzuhalten, aber er blieb dran ... wie immer. Harlen und Kevin waren lediglich ein Knirschen von Reifen auf dem Kies hinter ihnen.

Sie kamen in der Nähe der Ruine des alten Hauses ins offene Gelände. Graues Licht spiegelte sich auf einer Säule über den Hecken und Büschen. Die Steine des verkohlten Fundaments waren schwarz. Mike raste um die halbkreisförmige Einfahrt, schwang nach rechts, als wollte er die unkrautüberwucherte Steintreppe hochschnellen und in den eingestürzten Keller springen, doch dann schlug er nur gegen die flache Stufe und brauste weiter.

Dale ebenso. Lawrence holte aus, verfehlte, kehrte aber nicht mehr um. Kevin und Harlen strampelten in einem Kiesschauer vorbei.

Durch den breiten Halbkreis der zugewucherten Einfahrt, wo die Reifen auf Kies und in Spurrillen wegschmierten. Dale fiel auf, wieviel dunkler es war, wenn sommerliches Grün das Licht abhielt. Hinter ihm wurde Ashley Mansion zu einem dunklen Umriß, einem geheimnisvollen Ort mit verbrannten Balken und eingestürzten Decken. So gefiel es ihm am besten – mysteriös und ein wenig unheimlich, wie es jetzt aussah, und nicht nur traurig und verlassen, wie es bei Tageslicht wirkte.

Sie kamen aus der nachtschwarzen Einfahrt, formierten sich auf der Broad Street wieder zur Fünferformation und brausten bergab zum neuen Stadtteil und dem Bandstand Park. Sie hielten den Atem an und strampelten schneller, damit sie die Hard Road zwischen einem Laster nach Westen und einem nach Osten überqueren konnten. Die Scheinwerfer des westwärts fahrenden Lasters strahlten Harlen und Kevin hell an, und Dale drehte sich um und konnte gerade noch sehen, wie Jim dem Fahrer den Finger zeigte.

Hinter ihnen ertönte die Hupe, während sie die Broad Avenue entlangfuhren, wo ihre Reifen auf dem Asphalt unter den überhängenden Ulmen fast keinen Laut mehr von sich gaben, und sie atmeten den Duft frisch gemähten Grases von den breiten Rasenflächen ein, die von der Straße zu den großen Villen verliefen. Und immer weiter nach Norden, vorbei am Postamt und der kleinen weißen Bibliothek und dem größeren weißen Gebäude der presbyterianischen Kirche, wo Dale und Lawrence hingingen, weiter nordwärts, einen weiteren langen Block mit hohen Häusern, wo sich die Schatten von Laub über und unter den Straßenlampen bewegten und wo in Mrs. Doubbets altem Haus ein einziges Licht im zweiten Stock brannte, und in Mrs. Duggans Haus überhaupt kein Licht.

Sie kamen zur Depot Street und schlitterten an der Kieskreuzung keuchend zum Stillstand. Jetzt war es Nacht. Fledermäuse flatterten über ihren Köpfen dahin. Der Himmel schnitt hellere Muster aus dem dunklen Blattwerk über ihnen. Dale kniff die Augen zusammen und sah im Osten den ersten Stern.

»Wir sehen uns morgen, Jungs«, sagte Harlen und lenkte das Rad nach Westen in die Depot Street.

Die anderen warteten und sahen ihm nach, bis er nicht mehr unter den tiefhängenden Eichen und Baumwollbäumen zu sehen war, die die Straße verdunkelten, und bis das Geräusch seines Tretens verstummt war.

»*Gehen* wir«, flüsterte Kevin. »Meine Mom wird rasend vor Wut sein.«

Mike grinste Dale im spärlichen Licht an, und Dale spürte eine Leichtigkeit und Energie in Armen und Beinen, eine fast elektrische Ladung Potential im Körper. *Sommer.* Dale schlug seinem Bruder freundschaftlich auf die Schulter.

»Hör auf damit«, sagte Lawrence.

Mike stieg wieder auf und strampelte die Depot Street nach Osten hinab. Diese Straße besaß keine Lampen, das letzte bißchen Helligkeit am Himmel malte blasse Formen auf die Straße – Formen, die rasch von den zappelnden Schatten der Blätter ausgelöscht wurden.

Sie rasten wortlos an Old Central vorbei, aber jeder schaute nach rechts und sah sie an; der Blick wurde teilweise durch die abgestorbenen Ulmen verdeckt, und die Masse des alten Bauwerks verdrängte den Himmel.

Kevin löste sich als erster aus der Gruppe, schwang nach links und fuhr knirschend seine Einfahrt hinauf. Seine Mutter war nicht zu sehen, aber die Innentür stand offen – ein sicheres Zeichen, daß sie ihn gerufen hatte.

Mike bremste schlitternd an der Kreuzung Depot und Second Avenue, wo der Schulhof einen ganz dunklen Block hinter ihnen lag.

»Morgen?« sagte er.

»Klar«, sagte Dale.

»Klar«, sagte Lawrence.

Mike nickte und fuhr davon.

Dale und Lawrence schoben ihre Räder nach hinten auf die kleine offene Veranda. Sie sahen ihre Mutter, wie sie sich in der hell erleuchteten Küche zu schaffen machte. Sie backte etwas, ihr Gesicht war gerötet.

»Hör mal«, sagte Lawrence und ergriff die Hand seines älteren Bruders.

Auf der anderen Straßenseite, in der Dunkelheit rings um Old Central, war ein zischelndes Hauchen zu hören, als würden sich Stimmen hastig in einem angrenzenden Raum unterhalten.

»Nur ein Fernseher irgendwo . . .«, begann Dale, aber dann hörte er das Klirren zerbrechenden Glases und einen hastig unterdrückten Schrei.

Sie blieben noch eine Minute lang stehen, aber es kam Wind auf, die Blätter der ausladenden Eiche über der Einfahrt raschelten und übertönten jedes weitere Geräusch.

»Komm mit!« sagte Dale, der noch die Hand seines Bruders hielt.

Sie gingen ins Licht hinein.

4

Duane McBride wartete im Bandstand Park, bis der Alte so betrunken war, daß sie ihn aus Carl's Tavern hinauswarfen. Es war nach halb neun, als der Alte herausgetorkelt kam, schwankend am Bordstein stand, die Fäuste schüttelte, Dom Steagle, den Besitzer von Carl's (es gab seit 1943 keinen Carl mehr), mit Flüchen überhäufte und dann in seinen Laster kletterte, fluchte, als er die Schlüssel fallen ließ, wieder fluchte, als er sie gefunden hatte, den Anlasser zog und den Motor absaufen ließ. Duane beeilte sich. Er wußte, der Alte war so betrunken, er hatte vergessen, daß Duane mit ihm gefahren war, als sie vor fast zehn Stunden in die Stadt gekommen waren, um ›ein paar Kleinigkeiten bei der Genossenschaft zu besorgen‹.

»Duanie«, sagte der Alte und sah seinen Sohn blinzelnd an. »Verdammt, was machst du denn hier?«

Duane sagte nichts und ließ den Alten seine Erinnerung strapazieren.

»Ach ja«, sagte der Alte schließlich, »hast du deine Freunde besucht?«

»Ja, Dad.« Duane hatte Dale und die anderen am Spätnachmittag verlassen, als sie zum Spielen aufs städtische Spielfeld gegangen waren. Da hatte die Möglichkeit bestanden, daß der Alte einigermaßen nüchtern blieb und nach Hause zurückfuhr, bevor Dom ihn rauswarf.

»Spring rein, Junge!« Der Alte sprach präzise und mit dem Süd-Bostoner Akzent, der nur herauskam, wenn er ernsthaft betrunken war.

»Nein, danke, Dad. Ich fahr hinten mit, wenn's recht ist.«

Der Alte zuckte die Achseln, zog wieder am Starter und ließ die Rostlaube an. Duane machte es sich hinten neben den Traktorersatzteilen bequem, die sie heute morgen geholt hatten. Er steckte Notizbuch und Stift in die Hemdentasche, duckte sich auf der Metallpritsche, spähte über die Seite und hoffte, der Alte würde diesen neuen GM-Schrotthaufen nicht ebenso in den Graben setzen wie die beiden letzten gebrauchten Laster, die sie gehabt hatten.

Duane sah Dale und die anderen im trüben Licht die Main runterfahren, aber er glaubte nicht, daß sie dieses Vehikel vorher schon mal gesehen hatten, daher duckte er sich auf der Pritsche, als der Alte an ihnen vorbeipreschte. Duane hörte den Ruf ›Licht!‹, aber der Alte achtete nicht darauf oder hatte es nicht gehört. Der Laster bog quietschend um die Ecke First Avenue, und Duane richtete sich auf und sah gerade noch das alte Backsteinhaus an der Ostseite – das Sklavenhaus nannten die Kinder der Stadt es, aber die meisten wußten nicht, warum.

Duane wußte es. Es war das alte Thompson-Haus und war um 1850 eine Station der unterirdischen Eisenbahn gewesen. Duane hatte sich für die Fluchtroute der Sklaven interessiert, als er in der dritten Klasse war und darüber in der Stadtbücherei in Oak Hill nachgelesen. Außer dem Thompson-Haus hatte es noch zwei weitere Untergrund-Haltestellen in Creve Coeur County gegeben ... eine war ein altes Bauernhaus aus Holz gewesen, das einer Quäkerfamilie im Tal des Spoon River Richtung Peoria gehörte und vor dem Zweiten Weltkrieg abgebrannt war. Aber das andere hatte einer Familie in Duanes dritter Klasse gehört, und eines Tages war Duane einmal mit dem Fahrrad dorthin gefahren – achteinhalb Meilen hin, achteinhalb Meilen zurück –, nur um sich das Haus anzusehen. Duane hatte dem Jungen und seiner Familie den versteckten Raum hinter dem Schrank unter der Treppe gezeigt. Dann war er nach Hause gefahren. Der Alte hatte an jenem Samstag nicht getrunken gehabt, daher war Duane um eine Tracht Prügel herumgekommen.

Sie fuhren an Mike O'Rourkes Haus und am städtischen Spielfeld nördlich der Stadt vorbei und bogen am Wasserturm nach Osten ab. Duane wurde auf der Pritsche durchgeschüttelt, als sie auf den Kiesweg kamen. Er duckte sich und machte die Augen zu, während Kies herumflog und Staub ihn einhüllte, ihn unter dem dicken Baumwollhemd am Hals kitzelte und sich in seinen Haaren und zwischen den Zähnen niederließ.

Der Alte kam nicht von der Straße ab, aber er verpaßte um ein Haar die Ausfahrt zur County Road Six. Der Laster bremste, rutschte, schlingerte, kippte, richtete sich wieder auf und dann hielten sie auf dem brechend vollen Parkplatz der Black Tree Tavern.

»Dauert nur einen Moment, Duanie.« Der Alte klopfte Duane auf den Oberarm. »Nur den Jungs Hallo sagen, dann fahren wir heim und kümmern uns um den Traktor.«

»Okay, Dad.« Duane ließ sich tiefer auf die Pritsche sinken, lehnte den Kopf an die Rückwand des Fahrerhauses und zog das zerfledderte Notizbuch nebst Stift heraus. Es war jetzt völlig dunkel, die Sterne waren hinter den Bäumen nach dem Black Tree zu sehen, aber durch die Außentür drang soviel gelbliches Licht, daß Duane lesen konnte, wenn er die Augen zusammenkniff.

Das Notizbuch war dick, schweißgetränkt und staubverschmiert, die Seiten fast zur Gänze mit Duanes winziger Schrift vollgeschrieben. Zu Hause in seinem geheimen Versteck im Keller hatte er fast fünfzig solcher Notizbücher.

Duane McBride wußte, er wollte Schriftsteller werden, seit er sechs Jahre alt war. Duanes Lektüre – er las ganze Bücher seit er vier war – war stets eine andere Welt für ihn gewesen. Keine Flucht, da er selten eine Flucht suchte ... Schriftsteller mußten die Welt konfrontieren, wenn sie sie akkurat beobachten wollten ... aber dennoch eine andere Welt. Eine Welt voll mächtiger Stimmen, die noch mächtigere Gedanken vermittelten.

Duane würde den Alten immer lieben, weil er mit ihm die Bücher und die Freude am Lesen teilte. Duanes Mutter war gestorben, ehe er alt genug gewesen war, sie wirklich kennenzulernen, und die Jahre seither waren hart gewesen, weil die Farm zum Teufel ging und der Alte trank, er gelegentlich geschlagen und noch häufiger allein gelassen wurde, aber es gab auch schöne Zeiten – der normale Tagesablauf, wenn der Alte nüchtern war, der Zyklus harter Arbeit im Sommer, auch wenn sie nicht nachkamen, die langen Abende, wenn sie beiden sich mit Onkel Art unterhielten ... drei Junggesellen, die Steaks im Garten grillten und über alles unter den Sternen redeten – einschließlich der Sterne.

Duanes Alter hatte Harvard verlassen, aber seinen Magister in Ingenieurwissenschaften an der Universität von Illinois gemacht, bevor er zurückgekommen war und die Farm seiner Mutter übernommen hatte. Onkel Art war Weltenbummler und Dichter gewesen – ein Jahr bei der Handelsmarine, im nächsten Lehrer an einer Privatschule in Panama, in Uruguay und Orlando. Auch wenn sie zuviel tranken, waren ihre Gespräche für den dritten Junggesellen in der Runde von Interesse, den jungen Duane, und er sog die Informationen mit dem unstillbaren Hunger der Hochbegabten in sich auf.

Niemand in Elm Haven oder dem Schulsystem von Creve Coeur County betrachtete Duane McBride als begabt. Der Ausdruck existierte im ländlichen Illinois des Jahres 1960 einfach nicht. Er war dick. Er war seltsam. Die Lehrer beschrieben ihn oft – in schriftlichen Beurteilungen oder bei den seltenen Elternabenden – als schlampig, unmotiviert, unaufmerksam. Aber kein Problem der Disziplin. Lediglich eine Enttäuschung. Duane bemühte sich nicht genug.

Wurde er von seinen Lehrern darauf angesprochen, entschuldigte sich Duane, lächelte und widmete sich weiter den privaten Gedanken oder Projekten, die ihn zu dem Zeitpunkt beschäftigten. Die Schule war kein Problem, eigentlich nicht einmal ein Hindernis, da ihm das *Konzept* der Schule gefiel ... sie war lediglich eine Ablenkung von seinen Studien und Vorbereitungen, Schriftsteller zu werden.

Besser gesagt, sie wäre lediglich eine Ablenkung gewesen, hätte ihm nicht etwas an Old Central Kopfzerbrechen bereitet. Nicht so sehr die Kinder. Nicht einmal Rektor und Lehrer, so dumpfbackig und provinziell sie schienen. Da war noch etwas anderes.

Duane kniff die Augen im trüben Licht zusammen und blätterte in seinem Notizbuch ein paar Seiten zurück bis gestern, dem letzten Schultag:

›Anderen scheint der Geruch hier nicht aufzufallen, oder wenn doch, sprechen sie nicht darüber: ein Geruch von Kälte, von Fleischtruhen, ein Hauch Verwesung wie damals, als die Färse hinter dem Südteich gestorben ist und der Alte und ich sie erst nach einer Woche gefunden haben.

Das Licht in Old Central ist seltsam. Schwer. Einmal hat der alte Mann mich mit in ein verlassenes Hotel in Davenport mitgenommen, als er das ganze Mobiliar plündern und ein Vermögen machen wollte. *Schweres* Licht. Durch Staub und dicke Vorhänge und Erinnerungen an einstigen Ruhm gefiltert. Auch derselbe staubige, hoffnungslose Geruch. Erinnere mich an einen Schacht Sonnenlicht von einem hohen Fenster zum Parkettboden des leeren Ballsaals – wie von den Buntglasfenstern über der Treppe in Old Central?

Nein. Mehr ein Gefühl von . . . Vorahnung? Dem Bösen? Zu melodramatisch. Beiden Orten ist ein Gefühl des *Lebendigen* eigen. Und das Wuseln von Ratten in den Mauern. Frage mich, warum sonst niemand über das Wuseln von Ratten in Old Central spricht. Man sollte meinen, die Leute vom Gesundheitsamt des County dürften nicht sehr erbaut vom Gedanken an eine Grundschule voller Ratten sein, Rattendreck überall und Ratten, die auf den Rohren im Keller entlanglaufen, wo die Toiletten sind. Ich weiß noch, als ich in Old Central in die zweite Klasse ging und einmal da runter mußte . . .‹

Duane blätterte weiter zu den Aufzeichnungen, die er heute nachmittag im Bandstand Park gemacht hatte.

›Dale, Lawrence (niemals Larry), Mike, Kevin und Jim. Wie soll man Erbsen in einer Schote beschreiben?

Dale, Lawrence, Mike, Kevin und Jim. (Wie kommt es, daß alle ›Harlen‹ zu Jim sagen? Man hat den Eindruck, sogar seine Mutter. *Sie* ist ja gar keine Harlen mehr. Hat ihren Mädchennamen wieder angenommen, als sie geschieden wurde. Wen kenne ich noch in E. H., der geschieden ist? Niemand, wenn man die Frau von Onkel Art nicht mitrechnet, die ich nie kennengelernt habe und an die er selbst sich wahrscheinlich nicht einmal mehr erinnert, weil sie Chinesin war und die Ehe nur zwei Tage gehalten hat, und das vierundzwanzig Jahre vor meiner Geburt.)

Dale, Lawrence, Mike, Kevin und Jim.

Wie soll man Erbsen in einer Schote beschreiben? Frisuren:

Dale hat den Elm Haven-Einheitsbürstenschnitt – der alte Friers schneidet ihn in seinem unheimlichen Barbierladen (Barbierstange = Schuldsymbol. Blut läuft spiralförmig daran herunter. Vielleicht waren sie im Mittelalter Vampire). Aber Dales Bürstenschnitt ist vorne ein bißchen länger – fast lang genug, daß er Löckchen bildet. Dale schenkt seinem Haar keine Beachtung. (Außer damals, als es seine Mom geschnitten hatte, da waren wir in der dritten Klasse, und er hatte Strähnen und Stufen und kleine kahle Inseln ... da hat Dale sogar im Unterricht die Pfadfindermütze aufbehalten.)

Das Haar von Lawrence ist kürzer und vorne mit Pomade hochgestriegelt. Paßt zu seiner Brille und den Hasenzähnchen. Macht sein schmales Gesicht noch schmaler. Ich frage mich, wie die Frisuren in der Zukunft aussehen? Sagen wir 1975? Eines steht fest – nicht wie in den Science-fiction-Filmen, wo die Schauspieler aussehen wie heute und nur Glitzeranzüge an- und Mützen aufhaben. Vielleicht lange Haare? Wie zu Zeiten von Thomas Jefferson? Oder mit Pomade glattgestrichen und Mittelscheitel, wie der Alte auf seinen Fotos von Harvard aussieht? Eines ist sicher, wir werden alle unsere Fotos von heute ansehen und denken, daß wir wie Geeks aussehen.‹

Duane hielt inne, nahm die Brille ab und dachte über den Ursprung des Wortes ›Geek‹ nach. Er wußte, damit bezeichnete man den Typen beim Zirkus, der lebenden Hühnern den Kopf abbiß ... Onkel Art hatte ihm das gesagt, und auf Onkel Arts Wort konnte man sich verlassen ... aber was war der etymologische Ursprung?

Duane schnitt sich das Haar selbst. Wenn er daran dachte. Es war oben lang ... viel länger als es bei einem Jungen 1960 üblich war ... aber über den Ohren ziemlich kurz. Er kämmte es nicht. Jetzt fühlte es sich schmutzig an – die staubige Fahrt von Elm Haven. Duane schlug das Notizbuch wieder auf.

›Mike: derselbe Bürstenschnitt, wahrscheinlich von seiner Mom oder einer seiner Schwestern, weil sie nicht genug Geld für den Friseur haben, aber irgendwo sieht er bei O'Rourke besser aus. Vorne länger, aber nicht hochgestrichen, und kein Pony. Fällt nie auf, aber Mike hat so lange Wimpern wie ein Mädchen. Seine Augen sind merkwürdig – so graublau, daß sie einem schon von weitem auffallen. Seine Schwestern würden wahrscheinlich den rechten Arm für solche Augen geben. Aber er ist nicht etepetete, weibisch (schw.?) ... nur irgendwie hübsch. Wie Senator Kennedy, nur ganz anders, wenn das einen Sinn ergibt. (Kann es nicht leiden, wenn Mailer oder sonstwer eine Figur beschreibt, die wie ein Schauspieler aussieht. Faulheit.)

Kevin Grumbachers Haar steht irgendwie steil in die Höhe, wie ein Striegel über einem Kaninchengesicht. Paßt zu seinem vorspringenden Adamsapfel und den Sommersprossen und dem nervösen Grinsen und allgemeinen Eindruck ängstlicher Bestürzung. Wartet immer darauf, daß seine Mommy ihn nach Hause ruft.

Jims Haar – Harlens Haar –, eigentlich kein Bürstenschnitt, aber kurz. Ein ziemlich eckiges Gesicht mit einem Haarschopf darüber. Jim Harlen erinnert mich an den Schauspieler, den wir letzten Sommer in der Gratisvorstellung gesehen haben, im Film *Mr. Roberts*, der Typ, der Ensign Pulver gespielt hat. Jack Lemmon. (Hoppla, schon wieder. Beschreib die Figuren in deinen Büchern ruhig wie Filmstars; das erleichtert die Besetzung, wenn sie es an H'wood verkaufen.) Aber Harlen sieht *wirklich* aus wie dieser Ensign Pulver-Typ. Derselbe Mund. Dieselbe komische, nervöse Gestik. Dieselbe gepreßte, sarkastische Sprechweise. Derselbe Haarschnitt? Wen kümmert das?

O'Rourke ist irgendwie ruhig, ein Anführer, so wie Henry Fonda in diesem Film. Vielleicht stellt Jim Harlen auch nur seine Rolle aus diesem Film dar. Vielleicht imitierten wir alle Figuren, die wir letzten Sommer in der Gratisvorstellung gesehen haben, und wissen es gar nicht ...‹

Duane klappte das Notizbuch zu, nahm die Brille ab und rieb sich die Augen. Er war müde, obwohl er heute nichts gearbeitet hatte. Und hungrig. Er versuchte sich zu erinnern, was er sich zum Frühstück gemacht hatte, und gab es auf. Als die anderen zum Mittagessen gegangen waren, war Duane im Hühnerhaus geblieben, hatte sich Notizen gemacht und nachgedacht.

Duane war müde vom Denken.

Er sprang von der Pritsche herunter und ging zum Waldrand. Glühwürmchen funkelten in der Schwärze. Duane hörte die Frösche und Grillen am Bach in der Schlucht unter sich. Der Hügel hinter der Black Tree Tavern war mit Müll und Abfall übersät, schwarze Schatten vor einem schwärzeren Hintergrund, und Duane machte den Reißverschluß auf, pinkelte in die Dunkelheit und hörte den Strahl unten auf etwas Metallisches plätschern. Brüllendes Gelächter erklang aus einem hellen Fenster, und Duane konnte die Stimme des Alten hören, die sich über die anderen erhob und darauf vorbereitete, ihnen den Gag der Geschichte zu präsentieren.

Duane liebte die Geschichten des Alten, aber nicht, wenn er trank. Dann wurden die sonst lustigen Schilderungen gemein und düster und zynisch. Duane wußte, daß sich der Alte für einen Versager hielt. Gescheiterter Harvardstudent, gescheiterter Ingenieur, gescheiterter Farmer, gescheiterter Erfinder, gescheiterter Wie-werde-ich-schnell-reich-Geschäftsmann, gescheiterter Ehemann, gescheiterter Vater. Duane stimmte der Einschätzung des Alten normalerweise zu, fand aber, daß das Urteil zu letzterem noch nicht endgültig gesprochen werden konnte.

Duane ging zum Laster zurück, stieg ins Führerhaus und ließ die

Tür offen, damit der Whiskygeruch abziehen konnte. Er wußte, der Barkeeper, der heute abend Dienst hatte, würde den Alten rauswerfen, bevor er gewalttätig wurde. Und er wußte, er würde den Alten auf die Ladepritsche des Lasters verfrachten müssen, damit er nicht herumzappelte oder ins Lenkrad griff, und dann würde er – Duane, letzten März elf Jahre alt geworden, ein Dreier-Schüler mit einem IQ von 160+ laut Onkel Art, der ihn vor zwei Wintern zur U von I geschleift hatte, damit er sich einem Test unterzog, aus weiß Gott für Gründen –, dann würde er den Alten heimfahren, ins Bett bringen, das Abendessen machen und in die Scheune gehen und nachsehen, ob die Teile für den John Deere-Traktor paßten.

Später, viel später, wurde Duane von einem Flüstern in seinem Ohr geweckt.

Obwohl er noch halb schlief, wußte er, daß er zu Hause war – er hatte den Alten über die beiden Hügel, am Friedhof und dem Haus von Dales Onkel Henry vorbei und über die County Six zur Farm gefahren; er hatte den schon schnarchenden alten Mann ins Bett gebracht und danach die neue Sämaschine angeschraubt, ehe er hereingekommen und sich einen Hamburger gemacht hatte –, aber es überraschte ihn, daß er eingeschlafen war, obwohl ihm das Radio noch ins Ohr flüsterte.

Duane schlief im Keller in einem Raum, den er mit einer hängenden Decke und ein paar Kisten abgeteilt hatte. Es war nicht so bemitleidenswert wie es sich anhörte. Der erste Stock war im Winter zu kalt und einsam, der Alte schlief nicht mehr im Schlafzimmer, das er mit Duanes Mutter geteilt hatte. Der Alte schlief auf der Bettcouch im Wohnzimmer, und Duane hatte seinen Keller; hier unten beim Ofen war es warm, selbst wenn der Wind im kalten Bauch des Winters über die Stoppelfelder wehte, hier war eine Dusche, im ersten Stock nur eine Badewanne, und Duane hatte ein Bett heruntergebracht, einen Schrank, sein Labor und das Zeug aus der Dunkelkammer, seine Werkbank und seinen elektronischen Kram.

Duane hörte seit er drei war bis spät in die Nacht Radio. Das hatte der Alte auch gemacht, aber vor ein paar Jahren hatte er es aufgegeben.

Duane hatte Röhrengeräte und gekaufte Receiver, Bausätze von Heath und umgebaute Konsolen, Kurzwellenempfänger und sogar ein neues Transistormodell. Onkel Art hatte vorgeschlagen, Duane sollte es mit CB-Funk versuchen, aber das interessierte Duane nicht. Er wollte nicht senden; er wollte *zuhören*.

Und er hörte zu – spät nachts im Schatten seines Kellers, wo überall Antennenkabel gespannt waren, an Leitern hinauf verliefen und zu Fenstern hinaus. Duane hörte die Sender von Peoria, Des Moines und Chicago, und natürlich auch die großen Sender in Cleveland und Kansas City, aber am meisten Freude bereiteten ihm die fernen Sender, das Flüstern von North Carolina und Arkansas und Toledo und Toronto, und gelegentlich, wenn die Ionosphäre richtig und die Sonnenflecken ruhig waren, ein Plappern in Spanisch oder die fast ebenso fremden langsamen Töne von Alabama, die Kennbuchstaben eines kalifornischen Senders oder ein Hörerwunschkonzert in Quebec. Duane hörte Sportübertragungen, machte in der Dunkelheit in Illinois die Augen zu und stellte sich die Spielfelder bei Flutlicht vor, wo das Gras so grün war wie Blut rot, und er hörte Musik – er mochte Klassik, stand auf Big Band, aber starb für Jazz –, aber am liebsten hörte er Anrufsendungen, wo geduldige, unsichtbare Moderatoren darauf warteten, daß anonyme Zuhörer anriefen und ihre genuschelten, aber von Herzen kommenden Kommentare loswurden.

Manchmal stellte sich Duane vor, er wäre das einzige Besatzungsmitglied eines fliehenden überlichtschnellen Raumschiffs, Lichtjahre von der Erde entfernt, ohne Möglichkeit zu wenden, dazu verdammt, niemals zurückzukehren, sogar außerstande, sein Ziel zu Lebzeiten zu erreichen, aber noch mit dieser expandierenden Sphäre elektromagnetischer Strahlung in Kontakt – so schwebte er nun durch zwiebelähnliche Schichten alter Rundfunksendungen, reiste in der Zeit rückwärts, während er im Raum vorwärts reiste, lauschte Stimmen, deren Besitzer schon lange gestorben waren, reiste zu Marconi zurück und dann Stille.

Jemand flüsterte seinen Namen.

Duane richtete sich in der Dunkelheit auf und stellte fest, *daß* er den Kopfhörer noch auf hatte. Er hatte das neue Gerät von Heath ausprobiert, bevor er eingeschlafen war.

Die Stimme ertönte wieder. Sie war wahrscheinlich weiblich, schien aber seltsam geschlechtslos zu sein. Der Ton klang aufgrund der Entfernung dünn, war aber so klar wie die Sterne, die er um Mitternacht gesehen hatte, als er von der Scheune hereingekommen war.

Sie ... es ... rief seinen Namen.

»Duane ... Duane ... wir kommen dich holen, Lieber.«

Duane setzte sich im Bett auf und hielt den Kopfhörer fester auf die Ohren. Die Stimme schien nicht aus den Kopfhörern zu kommen. Sie schien unter dem Bett hervorzukommen, aus der Dunkelheit über den Heizungsrohren, aus den Schlackewänden.

»Wir *werden* kommen, Duane, Lieber. Wir kommen bald.«

Niemand nannte Duane ›Lieber‹. Nicht einmal im Spaß. Er hatte keine Ahnung, ob seine Mutter ihn so genannt hatte, als sie noch lebte. Duane strich mit der Hand am Kabel des Kopfhörers entlang und kam zum kalten Stecker, den er herausgezogen hatte, als er den Radio abgeschaltete.

»Wir kommen bald, Duane, Lieber«, flüsterte ihm die Stimme drängend ins Ohr. »Warte auf uns, Lieber.«

Duane beugte sich in die Dunkelheit, tastete nach dem hängenden Kabel und schaltete das Licht an.

Der Kopfhörer war nicht eingesteckt. Das Radio war ausgeschaltet. Keiner seiner Rundfunkempfänger war an.

»Warte auf uns, Lieber.«

5

Dale roch den Tod, bevor er ihn sah.

Es war Freitag, der dritte Juni, der zweite Tag der Sommerferien, und die ganze Bande hatte seit dem Frühstück Ball gespielt – am frühen Nachmittag waren sie alle mit Staub verkrustet, den ihr Schweiß zu Schlamm machte –, als Dale den Tod roch, der näherkam.

»Herrgott!« rief Jim Harlen, der zwischen dem ersten und zweiten Base stand. »Was ist denn *das?*«

Dale wollte gerade aufs Schlagmal steigen, um zu schlagen, aber nun wich er zurück und deutete mit dem Finger.

Der Geruch kam von Osten, der Wind wehte ihn den Feldweg entlang, der das städtische Spielfeld mit der First Avenue verband. Es war der Geruch des Todes – Verwesung, der Gestank eines Kadavers auf der Straße, die zum Bersten aufgeblähten Gase von Bakterien, die in toten Mägen wirkten – und er kam näher.

»Oh, *igitt*«, sagte Donna Lou Perry vom Werferhügel. Sie hielt den Ball in der rechten Hand, hob den Baseballhandschuh vor Mund und Nase und drehte sich in die Richtung, in die Dale deutete.

Der Laster der Abdeckerei bog langsam von der First Avenue ab und rollte die hundert Meter Feldweg auf sie zu. Das Führerhaus des Lasters war schorfig rot, die Pritsche mit soliden Holzbrettern verkleidet. Dale konnte vier Beine sehen, die senkrecht in die Höhe standen – eine Kuh möglicherweise, oder ein Pferd, auf die Entfernung war das schwer zu sagen –, der Kadaver war offensichtlich zusammen mit anderen hineingeworfen worden und die Hufe deuteten himmelwärts wie die Karikatur eines toten Tieres.

Dies war keine Karikatur.

»Ooo, *aufhören*«, sagte Mike auf der Fängerposition hinter dem Schlagmal. Er hielt das T-Shirt vor Mund und Nase, als der Gestank näherkam.

Dale wich noch einen Schritt vom Schlagmal zurück, Tränen traten ihm in die Augen, sein Magen drehte sich um. Der Abdeckereilaster kam zum Ende des Feldwegs und fuhr auf den Grasplatz hinter der offenen Tribüne rechts von ihnen. Die Luft schien um sie herum zu gerinnen, als sich der Verwesungsgestank wie eine Hand über Dales Gesicht legte.

Kevin kam vom dritten Base herübergelaufen. »Ist das Van Syke?«

Lawrence kam von der Bank und stellte sich neben Dale, dann blinzelten beide mit in die Stirn gezogenen Baseballmützen zu dem Lastwagen.

»Ich weiß nicht«, sagte Dale. »Ich kann wegen der blöden Sonne das Führerhaus nicht sehen. Aber Van Syke fährt den Wagen normalerweise den Sommer über, oder nicht?«

Gerry Daysinger hatte einsatzbereit hinter Dale gewartet. Jetzt hielt er den Schläger wie ein Gewehr und verzog das Gesicht. »Ja, den fährt Van Syke ... meistens.«

Dale sah den Jungen an. Alle wußten, daß Gerrys Vater den Abdekkereiwagen manchmal fuhr oder den Friedhof mähte ... Gelegenheitsarbeiten in der Stadt, die Van Syke normalerweise erledigte. Niemand hatte Mr. Van Syke je mit einem *Freund* gesehen, aber Gerrys Dad hing manchmal mit ihm herum.

Als hätte er ihr Gedanken gelesen, sagte Daysinger: »Es ist Van Syke. Mein Alter ist heute droben in Oak Hill und arbeitet auf dem Bau.«

Donna Lou kam vom Hügel; sie hatte immer noch den Handschuh über der unteren Gesichtshälfte. »Was will er?«

Mike O'Rourke zuckte die Achseln. »Ich sehe nichts Totes hier, ihr etwa?«

»Nur Harlen«, sagte Gerry und warf Jim, der zur Gruppe geschlurft kam, einen Dreckklumpen entgegen.

Der Abdeckereiwagen stand da, zehn Meter entfernt, das gleißende Sonnenlicht machte die Windschutzscheibe undurchsichtig, und die dicke Farbschicht des Führerhauses sah wie getrocknetes Blut aus. Durch die Ritzen an der Seite konnte Dale graue und schwarze Felle erkennen, noch einmal eine Andeutung von Hufen bei der Heckklappe und etwas Großes und Braunes und Aufgedunsenes dicht hinter der Kabine. Die vier Beine, die himmelwärts ragten, waren die einer Kuh. Dale zog den Schirm der Mütze tiefer und konnte weiße Knochen hinter verwesten Häuten erkennen. Die Luft war vom Summen der Fliegen erfüllt, die über dem Laster schwebten wie eine schwarze Wolke.

»Was *will* er?« fragte Donna Lou wieder. Die Sechstkläßlerin hing schon seit Jahren mit den Jungs der Fahrradpatrouille herum – sie war die beste Werferin der Mannschaft –, aber diesen Sommer war

Dale aufgefallen, wie groß sie geworden war ... das, und die Kurven unter ihrem T-Shirt.

»Gehen wir ihn fragen«, sagte Mike. Er warf den Handschuh hin und ging auf die Öffnung im Schutzgitter zu.

Dale spürte, wie sein Herz schneller schlug. Er konnte Van Syke schon im günstigsten Fall nicht ausstehen. Wenn er an ihn dachte – sogar im Zusammenhang mit der Schule, wo Dr. Roon und die Lehrer in Rufweite waren –, sah er das Bild von langen, spinnengleichen Fingern mit schmutzigen Nägeln, dreckigen Falten in einem Nacken voller Pusteln und gelben Zähnen, die viel zu groß waren. Wie die Zähne der Ratten auf der Müllhalde.

Und der Gedanke, näher zu diesem Wagen zu gehen – und dem Gestank – drehte Dale wieder die Eingeweide um.

Mike war beim Zaun angelangt und ging durch die schmale Öffnung darin.

»He, Moment mal!« rief Harlen. »Seht!«

Ein Mädchen kam den Feldweg entlanggefahren, das Rad schwang aufs rechte Feld und überquerte in einem Regen von Klümpchen den Aschenplatz. Dale sah das Damenrad und erkannte, das Mädchen, das gefahren kam, war Sandra Whittaker, Donna Lous Freundin.

»*Puuuh*«, sagte Sandy, als sie mit dem Rad schlitternd bei der Gruppe hielt. »Was ist denn gestorben?«

»Mikes tote Vettern sind gerade hergefahren worden«, sagte Harlen. »Er wollte eben rübergehen und sie begrüßen.«

Sandy warf Harlen einen Blick zu, ließ ihn aber mit einem Schlenkern ihrer Zöpfe links liegen. »Ich hab Neuigkeiten. Etwas *Unheimliches* geht vor sich!«

»Was?« sagte Lawrence und rückte die Brille zurecht. Die Stimme des Drittkläßlers klang nervös.

»J. P. und Barney und alle sind in Old Central. Cordie ist auch da, und ihre Mom, die so gruslig aussieht. Roon ist dort. Alle. Sie suchen nach Cordies dummem Bruder.«

»Tubby?« sagte Gerry Daysinger. Er wischte sich die laufende Nase mit dem Handrücken ab und diesen wiederum an seinem grauen T-Shirt. »Ich dachte, der wäre am Mittwoch abgehauen.«

»Ja«, keuchte Sandy, die jetzt zu Donna Lou sprach, »aber Cordie denkt, daß er noch in der *Schule* ist! Unheimlich, hm?«

»Gehen wir«, sagte Harlen, der zu der Reihe Fahrräder beim ersten Base lief. Die anderen folgten ihm, zogen Lenkstangengriffe aus den Zaunmaschen und verstauten Baseballhandschuhe auf Gepäckträgern oder steckten sie auf Schläger, die sie über den Schultern trugen.

»He!« rief Mike von der anderen Seite des Schutzgitters. »Was ist mit Van Syke?«

»Gib ihm einen Kuß von uns«, rief Harlen und strampelte den Feldweg entlang.

Dale folgte ihm, Lawrence und Kevin dichtauf. Dale stieg gewaltig in die Pedale und tat so, als hätte Sandys Nachricht ihn total aufgeregt. Wenn er nur vom Gestank des Todes und dem stummen Abdekkereilaster wegkommen konnte.

Mike wartete einen Moment lang, während die anderen in aufwirbelnden Staubwolken davonstoben. Daysinger hatte kein Fahrrad, er fuhr auf der Stange von Grumbachers Rad mit. Kevins lange Beine hoben und senkten sich, während er strampelte, was er konnte. Donna Lou sah zu Mike, dann stieg sie auf ihr blauweißes Rad, warf den Handschuh in den Korb und fuhr mit Sandy davon.

Einen Augenblick lang war Mike allein auf dem Spielfeld. Nur er und der schreckliche Gestank toter Wesen und der stumme Laster. Mike stand hinter dem Schutzgitter und betrachtete den Wagen. Hier draußen herrschten heute mindestens zweiunddreißig Grad – die Sonne brannte so heiß, daß ihm der Schweiß in Strömen den staubigen Hals und die Wangen hinabrann. Wie konnte Van Syke das aushalten, wenn er bei geschlossenen Fenstern in dem Führerhaus war?

Mike stand noch da, als die Gruppe die First Avenue erreichte und auf den Asphalt einbog. Sandy und Donna Lou waren die letzten, die hinter der Ulmenreihe verschwanden.

Fliegen summten. Etwas hinten auf dem Laster bewegte sich mit einem leisen, blubbernden Laut, worauf der Gestank noch schlimmer und fast sichtbar in der geschwängerten Luft wurde. Mike spürte Panik in sich aufsteigen, so wie spät nachts in seinem Zimmer, wenn er ein Kratzen im Zimmer seiner Großmutter unter sich hörte und dachte, es wäre ihr Geist, der kratzte, damit sie herauskonnte ... oder wenn er während der Messe zu lange kniete, vom Weihrauch und der Litanei und seiner eigenen Müdigkeit halb hypnotisiert, und an seine Sünden dachte, an das schreckliche Feuer der Hölle und die schleimigen Wesen, die ihn dort erwarteten ...

Mike ging noch fünf Schritte auf den Laster zu. Grashüpfer sprangen im trockenen Gras davon. Hinter dem Gleißen der Windschutzscheibe war gerade noch ein Schatten zu erkennen.

Mike blieb stehen und zeigte dem Laster und seinen Insassen – tot wie lebend – den Finger. Dann drehte er sich langsam um, ging zur Öffnung im Schutzzaun zurück und zwang sich, nicht zu laufen, wartete aber die ganze Zeit auf das Zuschlagen der Kabinentür und das eilige Stapfen schwerer Schritte.

Aber nur das Summen der Fliegen war zu hören. Dann ertönte von der Pritsche leise aber unmißverständlich ein dünnes Winseln, das zum Wimmern eines Babys wurde. Mike erstarrte, als er gerade den Handschuh auf die Lenkstange schieben wollte.

Irrtum ausgeschlossen. Ein Baby weinte dort in dieser Krippe des Todes voll verendeter, von der Straße abgekratzter Tiere, toter Hunde, deren Gedärme heraushingen, aufgeblähter Kühe und Pferde mit weißen Augen, plattgewalzten Ferkeln und dem verwesenden Fleischabfall von einem Dutzend Farmen.

Das Wimmern wurde schriller und durchdringender, schwoll zu einem Klagen an, das perfekt zu Mikes plötzlichem Entsetzen paßte, und ging dann in ein Gurgeln über . . . als würde das, was sich dort befand, fressen. Säugen.

Mike schob das Rad mit weichen Knien vom Zaun weg. Er radelte am ersten Base vorbei, bog auf den Feldweg und raste in Richtung First Avenue.

Er hielt nicht an.

Er drehte sich nicht um.

Sie sahen die Autos und das Durcheinander schon aus einem Block Entfernung. J. P. Congdens mattschwarzer Chevy parkte auf dem Schulhof neben dem Wagen des Constable und einem alten blauen Kleinlaster, der, vermutete Dale, Cordie Cookes Mutter gehörte. Cordie war auch da, sie trug dasselbe formlose Kleid, das sie den ganzen letzten Monat in der Schule getragen hatte, und die übergewichtige, mondgesichtige Frau neben ihr mußte ihre Mutter sein. Dr. Roon und Mrs. Doubbet standen auf der untersten Stufe der Treppe des Nordeingangs, als würden sie den Zutritt versperren. Der Friedensrichter und Stadtconstable – Barney – standen zwischen den beiden Gruppen wie Schiedsrichter.

Dale und die anderen kamen auf dem Rasen etwa zehn Meter von der Gruppe der Erwachsenen entfernt zum Stillstand: nicht so nahe, daß sie weggescheucht werden würden, aber auch nicht so weit, daß sie nichts hören konnten. Dale sah auf, als Mike angestrampelt und schlitternd zum Stillstand kam. Das Gesicht seines Freundes war blaß.

»Und *ich* sage, daß Terence am Mittwoch überhaupt nicht nach Hause gekommen ist!« kreischte Mrs. Cooke. Das feiste Gesicht der Frau war braungebrannt und so runzlig, daß Dale an Mikes Fängerhandschuh denken mußte. Ihre Augen hatten dasselbe graue, verwaschene, hoffnungslose Aussehen, das er von seiner Klassenkameradin Cordie kannte.

»Terence?« flüsterte Jim Harlen und schnitt eine Grimasse.

»Ja, Ma'am«, sagte Barney, der immer noch zwischen der dicken Frau und Rektor und Lehrerin stand. »Das weiß Dr. Roon. Aber sie sind sicher, daß er die Schule verlassen hat. Wir müssen herausfinden, wohin er nach der Schule gegangen ist.«

»*Unsinn!*« schrie Mrs. Cooke. »Meine Cordelia sagt, sie hat nicht gesehen, daß er über den Schulhof gegangen wäre ... und mein Terence hätte die Schule sowieso ohne Erlaubnis nich' verlassen. Er ist ein guter Junge. Wenner's hätte, hätt' ich ihm 'n Hintern bis auf die Knochen versohlt.«

»Aber Mrs. Cooke«, begann der kleine, kahle, gemeine Friedensrichter, »wir wissen alle, daß Tubby ... äh ... Terence seine kleinen Teufeleien an sich hatte und ...«

Mrs. Cooke stürzte sich auf den kleinen Mann. »Halten Sie den Mund, J. P. Congden. Alle wissen, daß ihr Junge C. J. das gemeinste kleine Arschloch ist, das je ein Klappmesser gehabt hat. Erzählen Sie mir nichts von den Teufeleien meines kleinen Terence.« Sie sah wieder zu dem mageren Constable, den jeder in der Stadt Barney nannte, und deutete mit einem Wurstfinger auf Dr. Roon und Old Double-Butt. »Constable, diese Leute haben was zu verheimlichen.«

Barney machte eine Geste mit beiden Händen, Handflächen nach außen. »Aber, aber, Mrs. Cooke. Sie wissen, sie haben überall gesucht. Mrs. Doubbet hat *gesehen,* wie Terence an dem Nachmittag die Schule verlassen hat, bevor die Kinder nach Hause geschickt wurden ...«

»Und ich sag, daß das dummes Zeug ist!« schrie Cordies Mutter. Cordie selbst blickte über die Schulter, sah die Gruppe und maß sie mit einem leeren Blick.

Mrs. Doubbet schien aus ihrer Benommenheit zu erwachen. »Niemand spricht so mit mir. Ich bin seit fast vier Jahrzehnten Erzieherin in diesem Bezirk und ich ...«

»Mir scheißegal, wie lange Sie unterrichten ...«, erwiderte Mrs. Cooke.

»Ma, sie *lügt!*« weinte Cordie und zupfte am formlosen Kleid ihrer Mutter. »Ich hab zum Fenster rausgeschaut und Tubby nirgendwo gesehen. Old Double-Butt hat nich' mal hingesehen.«

»Einen Augenblick mal, junge Dame«, begann Dr. Roon. Seine langen Finger spielten mit der Uhrkette auf der Weste. »Wir sehen ein, daß dich die ... äh ... vorübergehende Abwesenheit deines Bruders aus der Fassung gebracht hat, aber wir können nicht dulden, daß ...«

»Sagen Sie mir, wo mein Junge ist!« schrie Mrs. Cooke, die sich gegen den Friedensrichter drängte, als wollte sie versuchen, die kleinen, dicken Hände an den Rektor zu legen.

»He! He!« rief J. P. Congden und wich einen Schritt zurück.

Barney trat zwischen die beiden, sagte hastig und ernst etwas zu Cordies Mutter, das die Kinder nicht hören konnten, und dann leise etwas zu Dr. Roon.

»Ich stimme zu, daß wir die Unterhaltung nicht unter dem ... äh ... Blick der Öffentlichkeit fortsetzen sollten«, sagte Dr. Roon mit Grabesstimme.

Barney nickte, sagte noch etwas, dann betrat die Gruppe Old Central. Cordie sah einmal über die Schulter zu Dale und den anderen, aber jetzt drückte ihr Gesicht keine Feindseligkeit mehr aus ... nur Traurigkeit und etwas, das Angst gewesen sein könnte.

»Es wäre besser, wenn ... *äh* ... Mr. Cooke sich noch zu uns gesellen könnte«, sagte Dr. Roon noch, als sie gerade hineingingen.

»Dem geht es schon die ganze Woche nicht so gut«, sagte Cordies Mutter mit müder, monotoner Stimme.

»Er ist schon die ganze Woche betrunken wie eine Müllhaldenratte«, sagte Jim Harlen – eine passable Nachahmung von Mrs. Cookes Okie-Slang. Harlen blinzelte zur Sonne und dem jetzt verlassenen Parkplatz. »Scheiße, es wird spät, und ich hab Mom versprochen, daß ich den Rasen mähe. Ich glaube, der Spaß hier ist sowieso vorbei.«

Lawrence schob die Brille auf der Nase hoch. »Was meint ihr, wohin Tubby gegangen ist?«

Harlen beugte sich über den Drittkläßler, verzog das Gesicht zu einer gräßlichen Fratze, hob die Hände und krümmte die Finger wie Krallen. »Etwas hat ihn *geholt,* Bengel. Und heute nacht holt es *dich!*« Er beugte sich noch näher, Speichel troff ihm aufs Kinn.

»Hör auf«, sagte Dale und trat zwischen Harlen und seinen Bruder.

»*Hör auf*«, parierte Harlen in schrillem Falsett. »Mach mei'm kloinen Brudder keen Angs nich!« Er sprang zurück und machte eine Pirouette, ganz Fäuste und wirbelnde Finger.

Dale sagte nichts.

»Du solltest lieber gehen, wenn du noch den Rasen mähen mußt«, sagte Mike. Seine Stimme hatte einen nervösen Unterton.

Harlen sah O'Rourke an, zögerte, sagte: »Ja. Auf bald, Leute«, und strampelte die Depot Street hinab.

»Seht ihr. Ich hab ja gesagt, daß es *unheimlich* war«, sagte Sandy und fuhr mit Donna Lou weg. Donna rief »Morgen!« über die Schulter, als sie die Reihe der Ulmenwachtposten an der südöstlichen Seite des Schulhofs erreichten.

Dale winkte.

Gerry Daysinger sagte: »Verdammt, jetzt passiert nichts mehr. Ich fahr heim und zieh eine Limonade rein.« Er lief zu seinem Holz- und Dachpappehaus auf Hohlziegeln auf der anderen Seite der School Street.

»Ke-VIIINNN!« Der schrille Ruf hörte sich an wie Johnny Weismüllers Tarzanschrei. Mrs. Grumbachers Kopf und Schultern ragten zur Eingangstür heraus.

Kevin vergeudete keine Zeit mit einer Verabschiedung, sondern drehte das Rad herum, und weg war er.

Der Schatten von Old Central reichte fast bis zur Second Avenue, sog die Farbe aus den Spielfeldern, die grün waren, wo die Sonne hindrang, und hüllte die Stämme von drei großen Ulmen ins Halbdunkel.

J. P. Congden kam ein paar Minuten später heraus, rief den Kindern etwas Einschüchterndes zu und fuhr dann mit einem Kiesregen davon.

»Mein Dad sagt, mit diesem Chevy verführt er die Leute zu Geschwindigkeitsüberschreitungen«, sagte Mike.

»Wie?« fragte Lawrence.

Mike setzte sich ins Gras und zupfte einen Halm aus. »J. P. versteckt sich in der Einfahrt der Molkerei auf dem Hügel, wo die Hard Road zum Spoon River hin abfällt. Wenn jemand vorbeigefahren kommt, braust er hervor und versucht, ihn zu einem Wettrennen herauszufordern. Wenn sie rasen, macht er das Licht aufs Dach und nimmt sie wegen Geschwindigkeitsüberschreitung fest. Schleppt sie in sein Haus und knöpft ihnen fünfundzwanzig Dollar Strafe ab. Wenn sie *nicht* rasen . . .«

»Ja?«

»Dann überholt er sie vor der Brücke, bremst ab, und wenn sie ihn schließlich überholen, nimmt er sie fest, weil sie dreißig Meter vor der Brücke überholt haben.«

Lawrence kaute auf seinem Grashalm und schüttelte den Kopf. »So ein Stinkbiber!«

»He!« sagte Dale. »Paß auf, was du sagst! Wenn Mom dich so reden hört . . .«

»Seht mal«, sagte Lawrence, sprang auf und lief zu einer aufgeworfenen Furche im Boden. »Was ist das?«

Die beiden Jungs schlurften hin und sahen es sich an. »Wühlmaus«, sagte Dale.

Mike schüttelte den Kopf. »Zu groß.«

»Wahrscheinlich haben sie einen Graben für ein neues Abwasserrohr ausgehoben, und die Furche ist noch zu sehen«, sagte Dale. Er deutete mit dem Finger. »Seht ihr. Da ist noch so eine Aufwerfung. Beide verlaufen zur Schule.«

Mike ging zu der Furche, folgte ihr, bis sie nahe der Schule unter dem Gehweg verschwand und kaute auf seinem Grashalm. »Irgendwie unlogisch, neue Rohre zu verlegen.«

»Warum nicht?« sagte Lawrence.

Mike deutete auf die im Schatten gelegene Seite der Schule. »Sie reißen sie *ab.* Noch ein paar Tage, bis sie den ganzen Plunder draußen haben, dann nageln sie die Fenster zu. Wenn sie . . .« Mike verstummte, sah blinzelnd zu den Erkern hinauf und wich zurück.

Dale gesellte sich zu ihm. »Was ist denn?«

Mike deutete nach oben. »Dort. Siehst du das mittlere Fenster im Stock der High-School?«

Dale schirmte die Augen ab. »Hm-mmm. Und?«

»Jemand schaut raus«, sagte Lawrence. »Ich habe ein weißes Gesicht gesehen, bevor es verschwunden ist.«

»Nicht jemand«, sagte Mike. »Es war Van Syke.«

Dale sah über die Schulter an seinem Haus vorbei zu den Spielfeldern dahinter. Schatten der Bäume und Entfernung machten es unmöglich zu sehen, ob der Laster der Abdeckerei immer noch beim Spielfeld stand.

Schließlich kamen Mrs. Cooke, Cordie, Barney und Old Double-Butt heraus, sagten ein paar unverständliche Worte und fuhren in verschiedenen Richtungen weg. Nur Dr. Roons Auto blieb stehen; kurz vor Dunkelheit, bevor Dale und Lawrence zum Abendessen gerufen wurden, kam auch er heraus, schloß die Schultür ab und fuhr in seinem einem Leichenwagen ähnlichen Buick davon.

Dale hielt Wache bis seine Mutter ihn an den Tisch beorderte, aber Van Syke kam nicht heraus.

Nach dem Essen vergewisserte er sich noch einmal. Das Abendlicht fiel lediglich auf die Baumwipfel und die schuppig grüne Kuppel. Der Rest war Dunkelheit.

6

Samstagmorgen, der erste Samstag der Sommerferien, und Mike O'Rourke stand bei Dämmerung auf. Er ging ins dunkle Wohnzimmer, um nach Memo zu sehen – sie schlief so gut wie nicht mehr –, und als er das helle Haar und ein blinzelndes Auge in dem Wust von Kissen und Schals sah und sich vergewissert hatte, daß sie noch lebte, war er zufrieden und gab ihr einen Kuß – wobei er den schwächsten Hauch der Verwesung wahrnahm, die tags zuvor von dem Abdeckereilastwagen ausgegangen war, dann ging er in die Küche. Sein Vater war schon wach und rasierte sich über dem Spülbekken; er mußte um sieben in der Brauerei Pabst in Peoria stechen, und die Stadt war über eine Fahrtstunde entfernt. Mikes Dad war imposant – einen Meter achtzig groß, aber über dreihundert Pfund schwer, und diese konzentrierten sich zum überwiegenden Teil in einem dicken, runden Bauch, der sogar beim Rasieren verhinderte, daß er sich zu weit übers Becken beugen konnte. Sein rotes Haar war so schütter geworden, es war kaum mehr als ein Flaum über den Ohren; seine Kopfhaut war von der Sonne gebräunt, weil er an Wochenenden im Garten arbeitete, und geplatzte Äderchen auf Nase und Wangen trugen ein Weiteres zu seinem allgemein rosigen Äußeren bei. Er rasierte sich mit dem uralten Rasiermesser, das seinem Großvater gehört hatte; jetzt hielt er inne – Finger an einer gespannten Wange, Klinge darüber – und nickte seinem Sohn zu, als dieser hinaus zum Abort ging.

Mike war erst vor kurzem klar geworden, daß seine Familie die einzige in Elm Haven war, die noch einen Abort benützen mußte. Es gab noch andere Aborte – Mrs. Moon hatte einen hinter ihrem alten Holzhaus, Gerry Daysinger einen hinter dem Werkzeugschuppen –, aber die waren nur Überbleibsel, Artefakte einer früheren Zeit. Die O'Rourkes *benützten* ihren Abort. Mikes Mutter hatte jahrelang davon gesprochen, außer der Pumpe über dem Waschbecken noch andere Wasserleitungen legen zu lassen, aber Mikes Dad war stets der Meinung gewesen, es wäre zu teuer, da die Stadt kein Abwassersystem besaß und septische Tanks ein Vermögen kosteten. Mike argwöhnte, daß sein Vater keine Toilette im Haus *wollte*: da Mikes Mutter und seine vier Schwestern immerzu im Haus schwatzten und schwatzten und schwatzten, sagte Mikes Vater oft, der einzige Ort, wo er wirklich Ruhe und Frieden fände, sei das Klo hinten.

Mike erledigte sein Geschäft, ging den Steinplattenweg zwischen dem Blumengarten seiner Mutter und dem Gemüsegarten seines Vaters zurück, sah auf und erblickte Stare, die sich zwischen den höchsten Blättern tummelten, auf die das erste Licht der Dämmerung fiel, ging über die kleine rückwärtige Veranda hinein und wusch sich die Hände an der Spüle, die sein Vater gerade geräumt hatte. Dann ging er zum Kramschränkchen, holte seine Schreibunterlage und den Schulbleistift heraus und setzte sich an den Tisch.

»Du kommst zu spät zu den Zeitungen«, sagte sein Dad. Er stand an der Arbeitsplatte, trank Kaffee und sah durchs Küchenfenster in den Garten. Laut Wanduhr war es 5.08.

»Nein, stimmt nicht«, sagte Mike. Die Zeitungen wurden Viertel nach fünf vor der Bank neben dem A & P auf der Main Street abgeladen, wo Mikes Mutter arbeitete. Er hatte sie noch nie zu spät abgeholt.

»Was schreibst du da?« fragte sein Dad. Der Kaffee schien ihn wach gemacht zu haben.

»Nur ein paar Notizen für Dale und die anderen.«

Sein Vater nickte, scheinbar ohne richtig zuzuhören, und sah wieder in den Garten hinaus. »Der Regen gestern hat dem Mais wirklich gutgetan.«

»Bis bald, Dad.« Mike steckte den zusammengelegten Zettel in die Jeanstasche, zog eine Baseballmütze auf, gab seinem Vater einen Klaps auf die Schulter, ging zur Tür hinaus, schwang sich auf sein vorsintflutliches Fahrrad und raste mit Höchstgeschwindigkeit die First entlang.

Sobald Mike die morgendliche Zeitungsroute hinter sich gebracht hatte, würde er zur Kirche St. Malachy's an der Westside der Stadt bei den Schienen fahren, wo er als Meßknabe fungierte, während Pater Cavanaugh die Messe las. Das machte Mike jeden Tag des Jahres. Er war Meßknabe seit er sieben war; andere Kinder kamen und gingen, aber Pater C. sagte, daß keines so zuverlässig sei wie Mike – und auch niemand das Lateinische so sorgfältig und ehrerbietig aussprach. Manchmal war der Stundenplan hart, besonders im Winter, wenn der Schnee hoch lag und er nicht mit dem Fahrrad durch die Stadt konnte. Da kam er manchmal nach St. Malachy's, zog das Chorhemd und die Soutane an, ohne vorher den Mantel auszuziehen oder in die braunen Schuhe zu schlüpfen, nahm an der Messe teil, während Schnee an seinen Stiefeln schmolz, und dann raste er, wenn nur die übliche Halb-sieben-Gemeinde versammelt war – Mrs. Moon, Mrs. Shaugnessy, Miß Ashbow und Mr. Kane –, mit Pater C's Erlaubnis gleich nach dem Abendmahl los, damit er es vor dem letzten Glockenton in die Schule schaffte.

Dennoch kam er manchmal zu spät. Mrs. Shrives sagte nicht einmal mehr etwas zu ihm, wenn er hereinkam, sondern blickte nur finster drein und nickte in Richtung des Rektorats. Dort wartete Mike, bis Dr. Roon Zeit fand, ihn zu maßregeln oder ihm eine Tracht Prügel mit dem Vollstrecker zu verabreichen, dem Lineal, das Roon in der linken unteren Schublade aufbewahrte. Die Prügel machten Mike nichts mehr aus, aber es gefiel ihm nicht, daß er im Büro sitzen mußte und die Lesestunde und den größten Teil von Mathe versäumte.

Mike verdrängte jeden Gedanken an die Schule aus seinem Kopf, als er auf dem hohen Bordstein vor der Bank saß und auf den Laster wartete, der die Morgenzeitung von Peoria brachte. Es war *Sommer.*

Der bloße Gedanke an den Sommer, an die *Wirklichkeit* mit Wärme im Gesicht, dem Geruch von erwärmtem Asphalt und nassem Getreide, erfüllte Mikes Seele mit Energie und schien seine Brust zu schwellen, während der Laster kam, während er die Zeitungsbündel aufschnitt und die Zeitungen zusammenlegte – wobei er in manche Zettel klemmte; diese steckte er in ein Extrafach seiner Gepäcktasche –, während er durch die morgendlichen Straßen fuhr, Zeitungen warf, den Frauen, die Milchflaschen hereinholten, und den Männern, die in ihre Auto stiegen, um anderswo zur Arbeit zu fahren, guten Morgen zurief, und die Tatsache, daß alles Wirklichkeit war, sowie die verringerte Schwerkraft des Sommers verliehen ihm auch dann noch Auftrieb, als er sein Rad an die Mauer von St. Malachy's lehnte und ins kühle Schatten-und-Weihrauch-Innere seines liebsten Platzes auf der ganzen Welt eilte.

Dale wachte spät auf, nach acht, und er blieb noch eine ganze Weile im Bett liegen. Licht und Laubschatten der großen Ulme draußen nahmen das Fenster ein. Warme Luft wehte durch die Jalousie. Lawrence war schon auf; Dale konnte die Geräuschkulisse von Zeichentrickfilmen vom Wohnzimmer unten hören, wo sein Bruder Heckle und Jeckle und Ruff und Reddy ansah.

Dale stand auf, machte sein Bett und das von Lawrence, zog Unterwäsche, Jeans, ein T-Shirt, frische Socken und die Turnschuhe an und ging nach unten, um zu frühstücken.

Seine Mutter hatte seine Lieblingsfrühstücksflocken und Rosinentoast fertig. Sie war fröhlich und plapperte, was für Filme wohl heute abend in der Gratisvorstellung gezeigt werden würden. Dales Dad war immer noch unterwegs – sein Verkaufsbereich erstreckte sich über zwei Bundesstaaten –, aber er würde spät heute abend heimkommen.

Lawrence rief aus dem Wohnzimmer, er solle sich beeilen, er würde Ruff und Reddy verpassen.

»Das ist eine Kleinkinderserie!« rief Dale zurück. »Interessiert mich nicht.« Aber er aß trotzdem schneller.

»Oh, das war heute morgen in der Zeitung«, sagte seine Mom. Sie legte den Zettel neben seine Schlüssel.

Dale lächelte, als er das billige Papier Marke Big Chief Tablet sah und Mikes sorgfältige Schrift und miserable Rechtschreibung erkannte:

ALLE TREFFENN SICH UM HALB ZEN BEI DER HÖLLE

Dale aß den Rest seiner Weizenflocken und fragte sich, was so wichtig war, daß sie den weiten Weg zurücklegen und sich dort draußen treffen mußten. Die Höhle war besonderen Ereignissen vorbehalten – Geheimnissen, Notfallpalavern, speziellen Treffen der Fahrradpatrouille, als sie noch so klein waren, daß ihnen daran etwas lag.

»Es ist doch keine *richtige* Höhle, oder, Dale?« sagte seine Mutter mit einem leicht besorgten Unterton.

»Nn-nnn, Mom. Das weißt du doch. Nur der alte Abzugskanal draußen hinter dem Black Tree.«

»Na gut, aber vergiß nicht, daß du versprochen hast, den Rasen zu mähen, bevor Mrs. Sebert heute nachmittag zu Besuch kommt.«

Duane McBrides Vater hatte die Zeitung von Peoria nicht abonniert – er las keine Zeitungen, außer der *New York Times,* und die nur selten –, daher bekam Duane keinen von Mikes Zetteln. Das Telefon läutete gegen neun Uhr. Duane wartete: sie hatten einen Gemeinschaftsanschluß – ein Klingeln galt ihren nächsten Nachbarn, den Johnsons; zweimal Klingeln galt Duanes Leitung; dreimal Klingeln bedeutete einen Anruf für Swede Olafson unten an der Straße. Das Telefon läutete zweimal, verstummte, läutete wieder zweimal.

»Duane«, ertönte Dale Stewarts Stimme. »Ich hab gedacht, du würdest deine Arbeit machen.«

»Hab meine Arbeit schon gemacht«, sagte Duane.

»Ist dein Dad daheim?«

»Der ist nach Peoria einkaufen gefahren.«

Schweigen. Duane wußte, auch Dale wußte, daß die samstäglichen ›Einkaufsausflüge‹ von Duanes Altem manchmal bis spät in die Samstagnacht dauerten.

»He, wir treffen uns um halb zehn bei der Höhle. Mike hat uns was zu sagen.«

»Wer ist ›wir?‹« Duane sah in sein Notizbuch. Er arbeitete seit dem Frühstück an seiner Charakterstudie. Dieses spezielle Stück hatte er seit April in Arbeit, das Notizbuch war voll von Durchstreichungen, Ergänzungen, ganzen Abschnitten und Seiten, die durchgeixt waren, und Anmerkungen in winziger Kritzelschrift. Er wußte, diese Übung würde ebenso wenig perfekt sein wie die anderen.

»Du weißt schon«, sagte Dale. »Mike und Kevin und Harlen und vielleicht Daysinger. Ich weiß nicht. Ich habe gerade vorhin seine Nachricht mit der Zeitung bekommen.«

»Was ist mit Lawrence?« Duane sah über das Meer des wachsenden Mais hinaus – fast kniehoch –, das sich auf beiden Seiten des langen Schotterwegs zu ihrem Haus erstreckte. Als seine Mutter noch lebte, hatte sie verboten, daß etwas Höheres als Bohnen auf den umliegenden achthundert Ar angebaut wurde. »Ich fühle mich zu isoliert, wenn der Mais hochwächst«, hatte sie Onkel Art einmal erzählt. »Zu klaustrophobisch.« Der Alte hatte ihr den Gefallen getan und Bohnen gepflanzt. Aber Duane konnte sich nicht mehr an die Zeit erinnern, als der Sommer nicht bedeutet hatte, daß ihre Farm langsam aber sicher vom Rest der Welt abgeschnitten wurde. ›Hüfthoch am vierten Juli‹, lautete eine alte Bauernregel über den Mais, aber normalerweise war der Mai in diesem Teil von Illinois am vierten Juli schon schulterhoch für Duane. Und nach diesem Tag war es so, daß der Mais nicht mehr wuchs, sondern das Farmhaus *schrumpfte.* Duane konnte nicht einmal mehr die Landstraße am Ende des Wegs sehen, wenn er nicht in den ersten Stock raufging und über den Mais hinwegblickte. Und weder er noch sein Alter gingen noch in den ersten Stock.

»Was soll mit Lawrence sein?« sagte Dale.

»Kommt er mit?«

»*Logisch* kommt er mit. Du weißt doch, daß er immer mit uns rumhängt.«

Duane lächelte. »Ich wollte nur nicht, daß du deinen kleinen Bruder vergißt«, sagte er.

Ein verzweifelter Laut drang durch die Leitung. »Hör zu, Duane, kommst du oder nicht?«

Duane dachte an die Arbeit, die er heute auf der Farm erledigen mußte. Er konnte sich glücklich schätzen, wenn er bis Einbruch der Dunkelheit fertig wurde, auch wenn er jetzt gleich damit anfing. »Ich hab ziemlich viel zu tun, Dale. Du weißt nicht, was Mike vorhat?«

»Nun, ich bin nicht sicher, aber ich glaube, es hat etwas mit Old Central zu tun. Tubby Cookes Verschwinden. Du weißt schon.«

Duane überlegte. »Ich bin da. Halb zehn, hm? Wenn ich jetzt gleich losmarschiere, dürfte ich bis dahin dort sein.«

»Himmel«, sagte Dale, dessen Stimme blechern durch die Leitung tönte, »hast du *immer noch* kein Rad?«

»Wenn Gott wollte, daß ich ein Rad habe«, sagte Duane, »wäre ich mit dem Nachnamen Schwinn auf die Welt gekommen. Bis bald.« Er legte auf, bevor Dale antworten konnte.

Duane ging nach unten, holte sein Notizbuch mit der Studie über Old Central, zog eine Mütze mit der Aufschrift CAT auf und rief seinem Hund. Witt kam sofort. Der Name war die Kurzform von Wittgenstein, einem Philosophen, über den der Alte und Onkel Art andauernd zankten. Der alte Collie war fast blind und bewegte sich mit den langsamen, schmerzhaften Bewegungen der Arthritis, aber er spürte, daß Duane wegging und kam mit dem freudigen Schwanzwedeln, das bedeutete, er war bereit für den Ausflug.

»Nn-nnn«, sagte Duane, der sich Sorgen machte, der Spaziergang bei dieser Hitze könnte zuviel für seinen alten Freund sein. »Du bleibst heute hier, Witt. Bewachst das Anwesen. Ich bin zum Mittagessen wieder da.«

Die vom grauen Star umwölkten Augen des Collie sahen gekränkt und inständig zugleich drein. Duane streichelte ihn, führte ihn zum Stall und vergewisserte sich, daß der Wassernapf voll war. »Scheuch die Einbrecher und Maismonster fort, Witt.«

Der Collie fügte sich mit einem Hundeseufzen und ließ sich auf der Decke im Stroh nieder, die sein Bett war.

Der Tag war heiß, als Duane den Weg zur County Six hinunterschlurfte. Er krempelte die Ärmel seines karierten Flanellhemds hoch und dachte über Old Central und Henry James nach. Duane hatte gerade *The Turn of the Screw* gelesen, und jetzt dachte er an das Anwesen mit Namen Bly, an James' subtile Andeutung, daß ein Gemäuer etwas derart Böses bergen konnte, daß es ›Gespenster‹ hervorbrachte, die die Kinder Miles und Flora heimsuchten.

Der Alte war Alkoholiker und ein Versager, aber auch ein nachdenklicher Atheist und entschiedener Rationalist, und so hatte er auch seinen Sohn erzogen. Soweit sich Duane zurückerinnern konnte, hatte er das Universum als einen komplexen Mechanismus betrachtet, der einsichtigen Gesetzen gehorchte: Gesetzen, die von den erbarmenswerten Intellekten der Menschen nur unzureichend oder gar nicht begriffen wurden – aber nichtsdestoweniger Gesetzen.

Er schlug das Notizbuch auf und fand die Stelle über Old Central. ›. . . ein Gefühl von . . . Vorahnung? Dem Bösen? Zu melodramatisch. Ein Gefühl des *Lebendigen* . . .‹ Duane seufzte, riß die Seite heraus und steckte sie in die Tasche seiner Cordhose.

Er kam zur County Six und wandte sich nach Süden. Sonnenlicht gleißte auf dem weißen Kies der Straße und brannte sengend auf Duanes entblößte Unterarme. Hinter ihm raschelten und summten Insekten im wachsenden Mais auf beiden Seiten des Weges zu seinem Haus.

Dale, Lawrence, Kevin und Jim Harlen fuhren gemeinsam zur Höhle.

»Warum müssen wir uns so weit draußen treffen, verdammt noch mal?« knurrte Harlen. Sein Rad war kleiner als die der anderen, ein Dreiundvierziger, daher mußte er doppelt so schwer strampeln, damit er den Anschluß nicht verlor.

Sie fuhren an O'Rourkes Haus unter den großen, schattenspendenden Bäumen vorbei, nach Norden zum Wasserturm und dann auf der breiten Schotterstraße nach Osten; Kevin und Dale und Lawrence auf der festgestampften linken Spur, Harlen rechts. Es herrschte kein Verkehr, kein Lüftchen regte sich, und abgesehen von ihrem Atem und dem Knirschen von Kies unter den Reifen war kein Laut zu hören. Es war fast eine Meile bis zur County Six. In den Feldern dahinter und nördlich der Kreuzung begannen Hügel und dichter Baumbestand. Wenn sie auf der Straße vom Wasserturm blieben, würden sie in das bergige Land zwischen Elm Haven und der fast verlassenen Stadt Jubilee College gelangen. County Six führte anderthalb Meilen nach Süden und vereinigte sich mit dem Highway 151A, der Hard Road, die durch Elm Haven führte, aber die Abkürzung war kaum mehr als Reifenspuren durch die Felder und im Winter und Frühling größtenteils unpassierbar.

Sie bogen nach Norden ab, kamen an der Black Tree Tavern vorbei und brausten den steilen Hügel hinab, wobei sie förmlich auf den Rücktrittbremsen standen. Hier neigten sich die Bäume über die schmale Straße und hüllten sie in dunkle, scheckige Schatten. Als Dale ›Die Geschichte vom schlafenden Tal‹ zum ersten Mal gehört hatte – Mrs. Grossaint, ihre Lehrerin in der vierten Klasse, hatte sie im Unterricht vorgelesen –, hatte er sich diesen Ort hier mit einer überdachten Brücke in der Talsohle vorgestellt.

Hier gab es keine überdachte Brücke, nur ein halb verfaultes Holzgeländer auf beiden Straßenseiten. Die Jungs kamen schlitternd zum

Stillstand, als sie unten waren, und schoben die Räder über einen schmalen Trampelpfad durch das Unkraut auf der westlichen Straßenseite. Hier war das Unkraut hüfthoch, oder noch höher, und vom Staub vorbeifahrender Autos überzogen. Stacheldrahtzäune trennten den Wald vom dichten Gestrüpp am Straßenrand ab. Sie versteckten die Räder unter Büschen, vergewisserten sich, daß sie von der Straße nicht zu sehen waren, und gingen dann weiter den Pfad entlang zum kühlen Ufer des Bächleins.

Ganz unten war der Pfad fast unsichtbar, da er *unter* dem hohen Unkraut und den jungen Bäumen dahinführte und sich den schmalen Bach entlangwand. Dale führte die anderen in die Höhle.

Es war keine Höhle. Eigentlich nicht. Aus unerfindlichen Gründen hatte das County hier ein vorgegossenes Betonrohr unter der Straße durchgelegt, und nicht eins der siebzig Zentimeter durchmessenden Edelstahlrohre, wie man sie sonst überall fand. Vielleicht hatten sie im Frühling mit Überschwemmungen gerechnet; vielleicht hatten sie ein Betonrohr übrig gehabt und nicht gewußt, was sie sonst damit machen sollten. Was sie auch für Gründe gehabt haben mochten, das Ding war riesig – zwei Meter im Durchmesser –, und unten befand sich eine vierzig Zentimeter breite Vertiefung, durch die der Bach fließen konnte, so daß die Jungs sich auf der gekrümmten Wand des Rohrs niederlassen und die Beine ausstrecken konnten, ohne naß zu werden. Selbst an den heißesten Tagen war es kühl in dem Rohr, und der Zugang war fast von Ranken und Unkraut zugewuchert, und durch das Dröhnen der Autos, die drei Meter über ihnen auf der Straße fuhren, wirkte das Versteck nur um so abgeschiedener.

Hinter dem anderen Ende der Höhle hatte sich eine kleine Pfütze gebildet. Sie war nur zweieinhalb bis drei Meter breit und im Sommer vielleicht halb so tief, aber ihr war eine gewisse überraschende Schönheit eigen, wenn das Wasser wie ein Miniaturwasserfall aus dem Rohr tropfte und der tiefe Schatten der Bäume die Oberfläche des Tümpels fast schwarz färbte.

Mike hatte den kleinen Bach, der sich in die Pfütze ergoß, Leichenbach genannt, weil in der kleinen Lache so häufig überfahrene Tiere lagen, die von der Straße oben heruntergeschleudert wurden. Dale konnte sich erinnern, wie er die Kadaver von Opossums, Waschbären, Katzen, Stachelschweinen und einmal den eines großen deutschen Schäferhundes in der Pfütze gefunden hatte. Er erinnerte sich, wie er dort am Rand der Höhle gelegen hatte, Ellbogen auf kühlem Beton, und den Hund über anderthalb Meter vollkommen ruhiges Wasser hinweg betrachtete: die schwarzen Augen des Schäferhundes waren offen gewesen und hatten Dale angesehen, und der einzige Hinweis darauf, daß das Tier tot war – abgesehen von der Tatsache, daß es auf dem Grund einer Pfütze lag –, war ein kleines Rinnsal aus seinem Maul, das wie weiße Kiesel aussah, als hätte das Tier Steine erbrochen.

Mike wartete in der Höhle auf sie. Einen Moment später gesellte sich auch Duane McBride zu ihnen, der schnaufend und keuchend und mit rotem Gesicht unter der Mütze den Pfad entlang gestapft kam. Er blinzelte in der plötzlichen Dunkelheit des Rohrs. »Aha, die Thanatopsis Clam und Altherrengesellschaft hält Sitzung«, sagte er, immer noch ein bißchen außer Atem.

»Hä?« sagte Jim Harlen.

»Vergiß es«, sagte Duane. Er setzte sich und wischte sich mit dem Zipfel seines Flanellhemds das Gesicht ab.

Lawrence stocherte mit einem Stock, den er gefunden hatte, in einem großen Spinnennetz herum. Er drehte sich um, als Mike zu sprechen anfing.

»Ich habe eine Idee.«

»Puh, haltet die Pressen an«, sagte Harlen. »Neue Schlagzeile für die morgige Zeitung.«

»Sei still«, sagte Mike ohne Verdruß. »Ihr wart gestern alle bei der Schule, als Cordie und ihre Mom nach Tubby gefragt haben.«

»Ich war nicht dabei«, sagte Duane.

»Ja.« Mike nickte. »Dale, sag ihm, was passiert ist.«

Dale beschrieb die Konfrontation zwischen Mrs. Cooke und Dr. Roon und J. P. Congden. »Old Double-Butt war auch da«, sagte er abschließend. »Sie hat gesagt, sie hätte Tubby weggehen sehen. Cordies Ma hat gesagt, das wäre Scheiße.«

Duane zog eine Braue hoch.

»Und was hast du für eine Idee, O'Rourke?« fragte Harlen. Er baute mit Zweigen und Blättern einen kleinen Damm in der Rinne des Rohrs. Das Wasser staute sich schon und bildete eine kleine Lache auf dem Beton.

Lawrence zog die Turnschuhe weg, bevor sie naß wurden.

»Sollen wir ein bißchen mit Cordie schmusen, damit sie nicht mehr so unglücklich ist?« fragte Harlen.

»Nn-nnn«, sagte Mike. »Ich will Tubby finden.«

Kevin hatte Kiesel in die Pfütze geworfen. Jetzt hörte er damit auf. Sein frisch gebügeltes T-Shirt sah im Halbdunkel grellweiß aus. »Wie sollen wir das anstellen, wenn es Congden und Barney nicht schaffen? Und warum *sollten* wir überhaupt?«

»Die Fahrradpatrouille sollte es«, sagte Mike. »So was wollten wir machen, als wir den Club gegründet haben. Und wir *können* es, weil wir uns an Orten umsehen können, wo Barney und Congden nicht hinkönnen.«

»Versteh ich nicht«, sagte Lawrence. »Wie sollen wir Tubby finden, wenn er weggelaufen ist?«

Harlen beugte sich herüber und tat so, als wollte er Lawrence an der Nase packen. »Wir benützen dich als *Bluthund*, Purrsche! Wir geben dir ein Paar von Tubbys alten Stinkesocken und dann nimmst du seine Fährte auf. Okay?«

»Sei still, Harlen«, sagte Dale.

»Zeig mir's doch«, sagte Jim Harlen und spritzte Dale Wasser ins Gesicht.

»Seid *beide* still«, sagte Mike. Er fuhr fort, als wäre er gar nicht unterbrochen worden. »Wir folgen Roon und Old Double-Butt und Van Syke und den anderen und finden heraus, ob sie Tubby etwas getan haben.«

Duane spielte das Schnurspiel mit einem Bindfaden, den er in seiner Tasche gefunden hatte. »Warum sollten sie Tubby Cooke etwas antun?«

Mike zuckte die Achseln. »Ich weiß nicht. Vielleicht weil sie schräge Vögel sind. Findet ihr nicht auch, sie sind Gruselmumien?«

Duane lächelte nicht. »Ich glaube, eine Menge Menschen sind Gruselmumien, aber deshalb haben sie kein Motiv, herumzulaufen und dicke Kinder zu entführen.«

»Wenn«, sagte Harlen, »wärst du schon längst weg.«

Duane lächelte und drehte sich etwas zu dem anderen Jungen um. Harlen war dreißig Zentimeter kleiner als Duane und wog etwa halb soviel. »Et tu, Brute?« sagte Duane.

»Was heißt das?« fragte Harlen und kniff die Augen zusammen.

Duane wandte sich wieder seinem Schnurspiel zu. »Das hat Cäsar gesagt, als Brutus ihn gefragt hat, ob er an dem Tag schon seine Harlenburger gegessen hatte.«

»He«, sagte Dale, »fassen wir einen Entschluß. Ich muß nach Hause und den Rasen mähen.«

»Und ich helfe meinem Vater heute mittag den Tank des Milchlasters sauberzumachen«, sagte Kevin. »Fassen wir den Entschluß.«

»Was für einen Entschluß?« fragte Harlen. »Ob wir Roon und Double-Butt folgen und herausfinden, ob sie Tubby Cooke getötet und verspeist haben?«

»Ja«, sagte Mike. »Oder ob sie wissen, was aus ihm geworden ist, und es aus irgend einem Grund vertuschen.«

»Möchtest *du* Van Syke folgen?« wandte sich Harlen an Mike. »Der Typ ist der einzige von den Gruselmumien in Old Central, der so daneben ist, daß er einen Jungen umbringen würde. Und er würde uns umbringen, wenn er spitzkriegt, daß wir ihm folgen.«

»Ich übernehme Van Syke«, sagte Mike. »Wer will Roon?«

»Ich«, sagte Kevin. »Er geht immer nur in die Schule oder das Zimmer, das er gemietet hat, daher dürfte es nicht allzu schwer sein, ihm zu folgen.«

»Was ist mit Mrs. Doubbet?« fragte Mike.
»Ich!« sagten Harlen und Dale gleichzeitig.
Mike deutete auf Harlen. »Die übernimmst du. Aber sieh zu, daß sie nicht bemerkt, wie du ihr folgst.«
»Ich mach mich unsichtbar, Mann.«
Lawrence schlug Harlens Damm mit einem Stock auseinander. »Wen bekommen Dale und ich?«
»Jemand sollte sich um Cordie und ihre Familie kümmern«, sagte Mike. »Tubby könnte zurückkommen, während wir herumfurzen, und wir bekommen es vielleicht nicht mit.«
»Och«, sagte Dale. »Die wohnen draußen bei der Müllkippe.«
»Du mußt ja nicht jede *Stunde* hin. Sieh nur jeden Tag oder jeden zweiten Tag nach, halt die Augen auf, wenn Cordie in die Stadt kommt, und so.«
»Okay.«
»Was ist mit Duane?« fragte Kevin.
Mike warf einen Stein in die Pfütze und sah den größeren Jungen an. »Was möchtest du machen, Duano?«
Duanes Bindfaden glich an Kompliziertheit inzwischen Lawrences Spinnennetz. Er seufzte und ließ die komplexe Form in sich zusammenstürzen. »Wißt ihr, was ihr Jungs da vorhabt, ist Wahnsinn. Ihr wollt wissen, ob *Old Central* irgendwie hinter allem steckt. Also folge ich Old Central.«
»Glaubst du, du kannst damit Schritt halten, Fettsack?« fragte Harlen. Er war zum Rand des Rohrs gegangen und pinkelte in den dunklen Tümpel.
»Was meinst du damit, du folgst ihr?« fragte Mike.
Duane rieb sich die Nase und rückte die Brille zurecht. »Ich stimme zu, diese Schule hat etwas Seltsames an sich. Ich werde nachforschen. Hintergrundinformationen beschaffen. Vielleicht kann ich auch was über Roon und die anderen rausfinden.«
»Roon ist ein Vampir«, sagte Harlen, schüttelte die letzten Tropfen ab und zog den Reißverschluß hoch. »Van Syke ist ein Werwolf.«
»Was ist Old Double-Butt?« fragte Lawrence.
»Die ist eine alte Fotze, die zuviel Hausaufgaben aufgibt.«
»He«, sagte Mike. »Hüte deine Zungunge vor dem Jungungen.«
»Ich bin kein Jungunge«, sagte Lawrence.
Mike sagte zu Duane: »Woher willst du diese Informationen bekommen?«
Der größere Junge zuckte die Achseln. »In Elm Havens erbarmenswertem Abklatsch einer Bibliothek ist so gut wie nichts zu finden, aber ich versuch's in Oak Hill.«
Mike nickte. »Okay, gut, wir können uns in ein paar Tagen wieder treffen und ...« Er verstummte. Während sie sich unterhalten hat-

ten, waren ein paar Autos oben vorbeigefahren, und nach jedem Fahrzeug waren Kieselsteine ins Blattwerk gespritzt und Staub hatte sich herabgesenkt, aber jetzt ertönte ein so tiefes Rumpeln, daß es sich anhörte, als würde oben ein Wohnmobil fahren. Das Fahrzeug kam mit quietschenden Bremsen zum Stillstand.

»Psssst!« flüsterte Mike, worauf die sechs sich im Rohr auf die Bäuche legten, als wären sie so noch besser versteckt. Harlen wich von der Öffnung zurück.

Über ihnen lief ein Motor im Leerlauf. Das Geräusch der Fahrerhaustür war zu hören, gleichzeitig drang ein schrecklicher Geruch herunter und legte sich über sie wie unsichtbares Giftgas.

»O Scheiße«, flüsterte Harlen. »Der Abdeckereilaster.«

»Sei still!« zischte Mike. Jim gehorchte.

Über ihnen knirschten Stiefel im Kies. Dann Stille, als Van Syke, oder wer auch immer, unmittelbar über der Pfütze am Straßenrand stand.

Dale nahm den Stock, den Lawrence fallengelassen hatte, und hielt ihn wie eine dünne Keule. Mikes Gesicht war käsig weiß. Kevin sah die anderen an; sein Adamsapfel hüpfte. Duane faltete die Hände zwischen den Knien und wartete.

Etwas Schweres fiel durch das Laub, klatschte in den Tümpel und spritzte Harlen naß.

»Scheiße!« schrie Harlen und wollte noch mehr sagen, als Mike ihm eine Hand auf den Mund drückte.

Neuerliches Knirschen von Kies, dann das Geräusch schnappender Zweige, als würde Van Syke den Hang herunterkommen.

Ein zweiter Motor ertönte, als ein Wagen oder Kleintransporter vom Friedhof Calvary herunterkam. Dann das Quietschen von Bremsen und eine Hupe.

»Er kann nicht vorbei«, flüsterte Kevin.

Mike nickte. Das Knirschen im Unkraut verstummte, wich zurück. Eine Tür wurde zugeschlagen, dann fuhr der Abdeckereilaster mit knirschendem Getriebe bergauf Richtung Black Tree. Das Auto dahinter hupte wieder. Nach einer Minute herrschte wieder Stille, und der Geruch war fast verschwunden. Fast.

Mike stand auf und ging zum Rand des Rohrs. »Ach du Scheiße«, flüsterte er. Mike fluchte so gut wie nie.

Die anderen drängten sich am Rand des Rohrs.

»Verdammt, was ist das?« flüsterte Kevin. Er hielt sich das T-Shirt vors Gesicht, da ein Gestank aus dem dunklen Wasser aufzusteigen schien.

Dale sah über Kevins Schulter. Wellen und aufgewirbelter Schlamm beruhigten sich langsam wieder, das Wasser war noch nicht ganz klar, aber er konnte weiße Haut, einen aufgedunsenen

Bauch, dünne Arme, Finger und tote braune Augen sehen, die aus dem Wasser starrten.

»O Jesus Christus«, stöhnte Harlen. »Das ist ein Baby. Er hat ein totes Baby runtergeworfen.«

Duane nahm Dales Stock, legte sich auf den Bauch, steckte den Arm ins Wasser, stocherte nach dem toten Ding und drehte es um. Haar auf den Armen des Leichnams bewegte sich, die Finger schienen zu winken. Duane brachte den Kopf fast bis zur Oberfläche.

Die anderen Jungs wichen zurück. Lawrence ging zum anderen Ende der Höhle, wimmerte leise und war den Tränen nahe.

»Kein Baby«, sagte Duane. »Jedenfalls kein Menschenbaby. Es ist eine Art Affe. Ein Rhesusaffe, glaube ich. Ein Makake.«

Harlen streckte sich, damit er besser sehen konnte, kam aber nicht näher. »Wenn es ein elender *Affe* ist, wo ist dann sein Fell?«

»Haar«, sagte Duane geistesabwesend. Er nahm einen anderen Stock und drehte das Ding um. Der Rücken brach durch die Wasseroberfläche, sie konnten deutlich den Schwanz sehen. Ebenfalls unbehaart. »Ich weiß nicht, was mit seinem Haar passiert ist. Vielleicht war er krank. Vielleicht hat ihn jemand abgekocht.«

»Abgekocht«, wiederholte Mike und sah mit einem Ausdruck unverhohlenen Ekels in die Pfütze.

Duane ließ das Ding los, sie sahen alle zu, wie es wieder auf den Grund sank. Die Finger bewegten sich, als würde es ihnen Zeichen geben oder zum Abschied winken.

Harlen klopfte ein nervöses Stakkato auf der gekrümmten Betonwand über ihnen. »He, Mikey, willst du immer noch Van Syke übernehmen?«

Mike drehte sich nicht um. »Ja.«

»Gehen wir hier weg«, sagte Kevin.

Sie drängten hinaus, zertrampelten Unkraut, so eilig hatten sie es, zu den Rädern zu kommen, und lungerten noch einen Moment lang herum, ehe sie bergauf strampelten. Hier hing der Geruch des Abdeckereilasters immer noch in der Luft.

»Und wenn er zurückkommt?« flüsterte Harlen und sprach aus, was Dale dachte.

»Werfen wir die Räder ins Dickicht«, sagte Mike. »Laufen durch den Wald. Zu Dales Onkel Henry und Tante Lena.«

»Und wenn er zurückkommt, wenn wir auf der Straße zur Stadt sind?« fragte Lawrence. Seine Stimme zitterte.

»In die Maisfelder«, sagte Dale. Er berührte seinen kleinen Bruder an der Schulter. »He, Van Syke ist nicht hinter *uns* her. Er hat nur diesen toten Affen in den Bach geworfen.«

»Verschwinden wir trotzdem«, sagte Kevin, worauf sie aufstiegen und sich auf die steile Fahrt bergauf vorbereiteten.

»Moment mal«, sagte Dale. Duane McBride war gerade oben bei der Straße angekommen. Der dicke Junge war rot im Gesicht und japste; sein Asthma war deutlich zu hören. Dale drehte sein Rad um. »Alles klar?«

Duane gestikulierte mit einer Hand. »Prima.«

»Sollen wir dich zur Farm begleiten?«

Duane grinste sie an. »Und dann bleibt ihr und haltet mir das Händchen, bis der Alte irgendwann nach Mitternacht heimkommt? Oder morgen?«

Dale zögerte. Er dachte, daß Duane mit zu ihm nach Hause kommen sollte; daß sie alle zusammenbleiben sollten. Dann wurde ihm klar, wie albern der Gedanke war.

»Ich melde mich bei euch, wenn ich was über Old Central rausgefunden habe«, sagte Duane. Er winkte, drehte sich um und stapfte den ersten der beiden steilen Hügel hinauf, die zwischen ihm und dem Heimweg lagen.

Dale winkte und radelte mit den anderen die anstrengende Strecke ihren Hügel hinauf. Nach der Zufahrt zum Black Tree war die Straße so eben, wie es nur Straßen in Illinois sein konnten. Sie stiegen kräftig in die Pedale, und der Wasserturm war zu sehen, als sie von der County Six auf die Straße nach Jubilee College abbogen.

Bis Elm Haven kamen keine Autos oder Laster mehr vorbei.

7

Die Gratisvorstellung begann bei Dämmerung, aber die Leute trafen schon im Bandstand Park ein, als das Sonnenlicht noch auf der Main Street lag wie eine träge Katze, die sich nicht vom warmen Boden trennen mag. Farmerfamilien stellten ihre Pritschenwagen auf dem Schotterparkplatz entlang der Broad Avenue-Seite des Parks ab, damit sie den besten Blick hatten, wenn der Film auf das Parkside Café projiziert wurde; dann machten sie Picknick im Gras oder saßen auf dem Pavillon und schwatzten mit Leuten aus der Stadt, die sie lange nicht mehr gesehen hatten. Die meisten hiesigen Einwohner trafen ein, als die Sonne schließlich untergegangen war und die Fledermäuse vor dem dunklen Schirm des Himmels zu flattern anfingen. Broad Avenue unter ihrem Bogen aus Ulmen schien ein dunkler Tunnel zu sein, der sich zur helleren, breiteren Main Street auftat und am strahlenden, vielversprechenden Park mit seinen Lichtern, dem Lärm und Gelächter aufhörte.

Die Gratisvorstellung war eine Tradition, die zu den Anfangstagen des Zweiten Weltkriegs zurückreichte, als das nächste Kino – Ewalts

Palace in Oak Hill – geschlossen hatte, weil Walt, Ewalts einziger Sohn und Vorführer, sich zum Marine-Corps gemeldet hatte. Peoria war die nächste Möglichkeit, Filme zu sehen, aber aufgrund von Benzinrationierungen war der Ausflug von vierzig Meilen für die meisten Leute zuviel. Daher hatte der alte Mr. Ashley-Montague in jenem Sommer des Jahres 1942 jeden Samstagabend einen Projektor von Peoria geholt und die Wochenschauen und Werbung für Kriegsanleihen, die Zeichentrickfilme und Spielfilme dort im Bandstand Park gezeigt, wo die Bilder sechs Meter hoch auf eine gebleichte Segeltuchleinwand am Parkside Café geworfen wurden.

Die Ashley-Montagues wohnten eigentlich nicht mehr in Elm Haven, seit ihre Villa abgebrannt war und der Großvater des derzeitigen Mr. Ashley-Montague 1919 Selbstmord begangen hatte, aber die männlichen Familienmitglieder kamen gelegentlich zu Besuch, spendeten für Vorhaben der Gemeinde und wachten ganz allgemein über die kleine Stadt wie alte englische Landadlige über ein Dorf wachten, das auf ihrem Anwesen entstanden war. Achtzehn Monate nachdem der Sohn des letzten Ashley-Montague in Elm Haven im Juni des Jahres 1942 die erste samstagabendliche Gratisvorstellung in die Stadt gebracht hatte, führte *dessen* Sohn die Tradition fort.

Heute, am vierten Abend des Juni im Sommer 1960, fuhr der lange Lincoln von Mr. Ashley-Montague in die Parklücke, die immer westlich des Pavillons für ihn reserviert wurde, Mr. Taylor und Mr. Sperling und andere Mitglieder des Stadtrats halfen ihm, den gewaltigen Projektor auf sein Podest im Pavillon zu tragen, Familien setzten sich auf Decken und Parkbänke, abenteuerlustige Kinder wurden von den unteren Ästen der Bäume und aus dem Freiraum unter dem Pavillon gescheucht, Eltern auf den Pritschen ihrer Wagen rückten Klappstühle zurecht und gaben Schüsseln mit Popcorn herum, und dann senkte sich eine erwartungsvolle Stille über den Park, während der Himmel über den Ulmen dunkler wurde und das Leinwandrechteck an der Wand des Parkside Café im Licht erstrahlte.

Dale und Lawrence brachen spät auf, weil sie hofften, ihr Vater würde rechtzeitig nach Hause kommen, daß die ganze Familie zur Gratisvorstellung gehen konnte. Er kam nicht, rief aber kurz nach halb neun von der Grenze des Bundesstaates an und sagte, er sei unterwegs und sie sollten nicht auf ihn warten. Dales Mom machte ihnen Popcorn, gab jedem Jungen eine Tüte und einen Dime, damit sie sich im Parkside eine Limo kaufen konnten, und sagte ihnen, sie sollten nach Hause kommen, sobald der Film vorbei war.

Sie fuhren nicht mit den Rädern. Normalerweise ging keiner der beiden Jungs zu Fuß irgendwo hin, wenn sie es vermeiden konnten, aber zu Fuß zur Gratisvorstellung zu gehen war eine Tradition, die noch in die Zeit zurückreichte, als Lawrence klein war und kein Fahrrad hatte und Dale mit ihm zum Park lief und ihn an der Hand führte, wenn sie die stillen Straßen überquerten.

Auch jetzt waren die Straßen still. Das Licht war vom Abendhimmel verschwunden, aber von Sternen ersetzt worden; die Lücken zwischen den Ulmen waren dunkel, da Wolken aufzogen. Ein schwerer Geruch von frisch gemähtem Gras und Blüten hing in der Luft. Grillen stimmten sich für ihr nächtliches Konzert in den dunklen Gärten und dichten Hecken ein, im abgestorbenen Baumwollbaum hinter Mrs. Moons Haus probierte eine Eule ihre Stimme aus. Old Central war eine dunkle Masse in der Mitte der verlassenen Spielplätze, und die Jungs eilten auf der Second Avenue daran vorbei und bogen nach Westen in die Church Street ein.

An jeder Ecke befanden sich Lampen, aber die langen Zwischenräume unter den Bäumen waren dunkel. Dale wollte laufen, damit sie den Zeichentrickfilm nicht versäumten, aber Lawrence hatte Angst, er könnte auf dem unebenen Gehweg hinfallen und sein Popcorn verschütten, daher schritten die beiden nur schnell aus und wanderten durch Laubschatten, während sich die Bäume über ihnen bewegten. Die großen alten Villen der Church Street waren entweder dunkel oder nur vom blauweißen Pulsieren der Fernsehgeräte erleuchtet, das durch Erkerfenster oder Glastüren drang. Ein paar Zigaretten glommen auf Veranden, aber es war zu dunkel, die Leute dort zu erkennen. An der Ecke Third und Church, wo Dr. Roon ein Zimmer im ersten Stock von Mrs. Samsons alter Pension gemietet hatte, rannten Dale und Lawrence über die Straße, gingen an dem dunklen Backsteingebäude der Eisbahn vorbei, die den Sommer über geschlossen war, und bogen nach links auf die Broad ein.

»Ist wie Halloween«, sagte Lawrence mit dünner Stimme. »Als wären die Leute verkleidet in den Schatten, wo wir sie nicht sehen können. Als wäre dies mein Süßigkeitenbeutel, aber niemand ist zu Hause und . . .«

»Sei still!« sagte Dale. Er konnte schon die Musik der Gratisvorstellung hören, hell und blechern: ein Zeichentrickfilm von Warner Brothers. Der Ulmentunnel der Broad Avenue lag hinter ihnen, nur wenige Lichter waren in den großen viktorianischen Villen fernab der Straße zu sehen. Die Erste Presbyterianische Kirche, wo die Familie Stewart hinging, ragte blaß und einsam an der Ecke gegenüber dem Postamt auf.

»Was ist das?« flüsterte Lawrence, blieb stehen und umklammerte seine Popcorntüte.

»Nichts. Was denn?« fragte Dale und blieb wie sein Bruder stehen.

Aus der Dunkelheit in und über den Ulmen erklang ein Rascheln, Schlittern, Kreischen.

»Das ist nichts«, sagte Dale und wollte Lawrence weiterziehen. »Vögel.« Lawrence bewegte sich nicht, und Dale blieb auch wieder stehen und lauschte. »Fledermäuse.«

Jetzt konnte Dale sie sehen: dunkle Schemen, die durch die helleren Lücken zwischen den Bäumen flatterten, geflügelte Schatten, die man vor dem Weiß der Kirche eben noch erkennen konnte, wo sie hin und her schossen. »Nur *Fledermäuse.*« Er zog Lawrence an der Hand.

Sein Bruder bewegte sich nicht. »Hör doch!« flüsterte er.

Dale überlegte sich, ob er ihm eine scheuern, ihm einen Tritt in den Hosenboden seiner Levis verpassen oder ihn an einem seiner großen Ohren packen und den letzten Block zur Gratisvorstellung *zerren* sollte. Statt dessen lauschte er auch.

Blätter raschelten, die aberwitzige Musik eines Trickfilms in der Ferne, und dumpf in der schwülen Luft das ledrige Schlagen von Flügeln. Stimmen.

Die Geräusche in der von Bewegungen erfüllten Dunkelheit um sie herum waren nicht das fast im Ultraschallbereich liegende Zirpen der Fledermäuse, die den Weg vor sich sondierten, sondern das Kreischen leiser, schriller Stimmen. Rufe. Quietschen, Flüche. Obszönitäten. Die meisten Geräusche waren unmittelbar an der Grenze, Wort zu sein, die zum Wahnsinn treibenden hörbaren, aber nicht ganz verständlichen Silben einer brüllenden Unterhaltung im Nebenzimmer. Aber zwei Laute waren ganz deutlich.

Dale und Lawrence standen starr auf dem Gehweg, hielten ihre Popcorntüten umklammert und sahen in die Höhe, wo die Fledermäuse ihre Namen mit Konsonanten schrien, die sich anhörten, als würden Zähne über eine Schiefertafel kratzen. Weit, weit entfernt sagte die verstärkte Stimme von Schweinchen Dick: »D-d-d-das war's, Leute!«

»Lauf!« flüsterte Dale.

Jim Harlen hatte keine Anweisung, nicht zur Gratisvorstellung zu gehen; seine Mutter war ausgegangen – eine Verabredung in Peoria –, und sie sagte zwar, daß er alt genug sei, ohne Babysitter zu Hause zu bleiben, aber er durfte das Haus nicht verlassen. Harlen präparierte das Bett mit seiner Bauchrednerpuppe, die er, Gesicht zur Wand, hineinlegte, sowie einem ausgestopften Paar Jeans, um die Beine unter der Decke anzudeuten, falls sie vor ihm heimkam und nach ihm sah. Aber das würde sie nicht. Sie kam nie vor ein oder zwei Uhr morgens heim.

Harlen holte sich als Snack zum Film ein paar Butterkekse aus dem Schrank, holte das Fahrrad aus dem Schuppen und radelte die Depot Street entlang. Er hatte sich *Rauchende Colts* im Fernsehen angesehen, und darüber war es schneller dunkel geworden, als er gedacht hatte. Er wollte den Zeichentrickfilm nicht versäumen.

Die Straßen waren verlassen. Harlen wußte, daß alle, die alt genug zum Fahren waren, aber jung genug, nicht so dumm zu sein, herumzuhängen und sich Lawrence Welk oder die Gratisvorstellung anzusehen, schon vor Stunden nach Peoria oder Galesburg aufgebrochen waren. *Er* würde samstagabends ganz bestimmt nicht in Elm Haven herumhängen, wenn er älter war.

Jim Harlen hatte generell nicht vor, noch allzu lange in Elm Haven herumzuhängen. Entweder würde seine Mutter einen dieser Lackaffen heiraten, mit denen sie ausging – wahrscheinlich einen Automechaniker, der sein ganzes Geld für Anzüge ausgab –, und Harlen würde nach Peoria oder sonstwohin ziehen und in einem oder zwei Jahren weglaufen. Harlen beneidete Tubby Cooke. Der dicke Junge war etwa so hell wie eine Fünfundzwanzigwattbirne gewesen, mit denen Harlens Mom die hintere Veranda erhellte, aber er hatte genug gewußt, daß er sich schleunigst aus Elm Haven absetzte. Natürlich wurde Harlen nicht so oft *verprügelt* wie Tubby wahrscheinlich – danach zu urteilen, wie betrunken sein Alter andauernd war und wie doof seine Ma aussah –, aber Harlen hatte auch seine Probleme.

Es *stank* ihm, daß seine Mutter ihren alten Namen wieder angenommen hatte, so daß er mit dem Namen seines Vaters gestrandet war, wo er seinen Dad nicht einmal in ihrem Beisein *erwähnen* durfte. Es *stank* ihm, daß sie jeden Freitag- und Samstagabend ausging – mit tief ausgeschnittenen Blusen und sexy schwarzen Kleidern, die komische Gefühle in Harlen weckten ... irgendwie als wäre seine Mom eine der Frauen in den Magazinen, die er hinter seinem Schrank versteckte. Es *stank* ihm, wenn sie rauchte und Kippen mit Lippenstiftringen im Aschenbecher ließ, so daß er sich denselben Lippenstift auf den Wangen von irgendwelchen Männern vorstellen konnte, die er nicht einmal *kannte* ... oder gar auf ihren Körpern. Es *stank* ihm, wenn sie zuviel getrunken hatte und versuchte, es zu verbergen, indem sie die vollkommene Dame spielte – aber Harlen merkte es immer an ihrer präzisen Aussprache, den langsamen, vorsichtigen Bewegungen und der Art, wie sie rührselig wurde und versuchte, ihn zu umarmen.

Er *haßte* seine Mutter. Wenn sie bloß nicht so eine ... Harlens Denken schlitterte um das Wort ›Hure‹ herum ... wäre, wenn sie bloß eine bessere Ehefrau gewesen wäre, dann hätte Harlens Vater nichts mit der Sekretärin anfangen müssen, mit der *er* abgehauen war.

Harlen radelte die Broad Avenue entlang, stieg fest in die Pedale und wischte sich mit einer zornigen Bewegung des Ärmels die Augen ab. Etwas Weißes bewegte sich zwischen den großen alten

Häusern auf der linken Straßenseite, und er sah auf, sah noch einmal hin und brachte sein Rad in einem großen Bogen, der Kies aufwirbelte, zum Stillstand.

Jemand bewegte sich in der Gasse zwischen breiten Gärten. Harlen sah noch einmal flüchtig eine kleine, untersetzte Gestalt, weiße Arme und ein helles Kleid, bevor sie von der Dunkelheit in der Gasse verschluckt wurde. *Scheiße, das war Old Double-Butt.* Die Gasse verlief zwischen ihrem großen alten Haus und der vernagelten viktorianischen Villa, die Mrs. Duggan gehört hatte.

Verdammt, was hat Old Double-Butt in dieser Gasse rumzuschleichen? Harlen ließ es um ein Haar dabei bewenden und wollte zur Gratisvorstellung fahren, aber dann fiel ihm ein, daß er der Lehrerin ja folgen sollte.

Ist doch Quatsch. O'Rourke müssen sie ins Hirn geschissen haben, wenn er denkt, daß ich diesem alten Dinosaurier die ganze Zeit folge. Ich habe ihn *und die anderen nicht gesehen, oder daß sie heute mittag ihren Leuten gefolgt wären. Mike kann toll den Großkotz machen, wenn er Befehle gibt ... und die anderen machen gern, was er sagt ... aber ich bin zu groß für diesen Babyquatsch!*

Aber was hatte Mrs. D. nun im Dunkeln in dieser Gasse zu suchen?

Den Müll rausbringen, Dummkopf!

Aber der Müll wurde erst am Dienstag abgeholt. Und sie hatte nichts getragen. Sie war sogar gut angezogen gewesen ... wahrscheinlich das tolle rosa Kleid, das sie am letzten Tag vor den Weihnachtsferien getragen hatte. Nicht, daß ihnen die alte Fregatte Gelegenheit zu einer richtigen Party gegeben hätte – nur dreißig Minuten, damit sie den Leuten Geschenke überreichen konnten, deren Namen sie bei Heimliche Weihnacht gezogen hatten.

Wo geht sie bloß hin?

Würde es O'Rourke nicht überraschen, wenn Jim Harlen der einzige ihrer bepißten Fahrradpatrouille war, der tatsächlich etwas über jemand *herausfand,* dem sie folgen sollten? Zum Beispiel, daß es Old Double-Butt mit Dr. Roon oder dem gruseligen Van Syke trieb, während alle anderen bei der Gratisvorstellung waren.

Bei dem Gedanken wurde Harlen irgendwie übel.

Er fuhr über die Straße, versteckte sein Rad in den Büschen auf Mrs. Duggans Seite der Gasse und spähte um das Dickicht herum. Die blasse Gestalt war gerade noch zu sehen; sie hatte fast die ganze Strecke zu der Stelle zurückgelegt, wo die Gasse in die Third Avenue mündete.

Harlen kauerte einen Augenblick nieder, überlegte sich, daß das Rad zuviel Lärm auf Schlacke und Kies machen würde und huschte dann zu Fuß von Schatten zu Schatten, wobei er sich dicht an den hohen Zäunen hielt und Mülleimern auswich, damit er keinen Lärm machte. Er dachte an bellende Hunde und sagte sich, daß Dexter, der den Gibsons gehörte, in der Gegend hier der einzige Hund im Garten sein würde, aber Dexter war alt, und sie behandelten ihn wie ein Kind. Wahrscheinlich würde er drinnen sein und sich zusammmen mit ihnen Lawrence Welk ansehen.

Old Double-Butt überquerte die Third, ging an der Pension vorbei, wo Dr. Roon seine Zimmer im ersten Stock hatte, und weiter über den Spielplatz an der Südseite von Old Central.

Scheiße, dachte Harlen, *sie holt nur was in der Schule.* Dann fiel ihm ein, daß sie das nicht konnte. Als er heute mittag von ihrem beschissenen Ausflug zur Höhle in die Stadt zurückgekehrt war, hatten er und Dale und die anderen gesehen, daß jemand die Fenster im Erdgeschoß von Old Central zugenagelt hatte – wahrscheinlich, um sie vor Jungs wie Harlen zu beschützen, der das Bauwerk haßte –, und Nord- wie Südeingang mit Ketten und Vorhängeschlössern gesichert waren.

Mrs. Doubbet – Harlen hatte sie im Schein der Straßenlampe an der Ecke deutlich erkannt – verschwand in den Schatten unter der Feuerleiter, und Harlen versteckte sich auf der anderen Straßenseite hinter einer Pappel. Sogar aus zwei Blocks Entfernung konnte er Musik hören, als der Hauptfilm der Gratisvorstellung anfing.

Das Geräusch von Absätzen auf Metallstufen war zu hören, und Harlen sah flüchtig blasse Arme, als sie über die Feuerleiter zum ersten Stock hinaufstieg. Da oben ging knirschend eine Tür auf.

Verdammt, sie hat einen eigenen Schlüssel.

Harlen versuchte sich einen Grund zu überlegen, weshalb Old Double-Butt nachts in Old Central herumschleichen würde – an einem Samstag – in den Sommerferien –, *nachdem* die Schule ausgeräumt worden war, weil man sie möglicherweise abreißen würde.

Scheiße, sie treibt es doch mit Dr. Roon.

Harlen strengte seine Fantasie an und versuchte sich vorzustellen, wie Mrs. Doubbet sich über die Kante ihres Eichenschreibtischs legte, während Dr. Roon ihn ihr reinschob. Harlens Fantasie war der Aufgabe nicht gewachsen. Schließlich hatte er noch nie *gesehen,* wie eine gefickt wurde . . . auch in den Magazinen hinter seinem Schrank waren die Mädchen nur allein abgebildet, spielten mit ihren Titten und benahmen sich, als wären sie *bereit,* sich ficken zu lassen.

Harlen spürte sein Herz klopfen, während er darauf wartete, daß im ersten Stock ein Licht angehen würde. Es ging kein Licht an.

Er ging um die Schule herum, wobei er sich dicht am Gebäude hielt, damit sie ihn nicht erkennen konnte, wenn sie zu einem der Fenster heraussah.

Kein Licht.

Moment. Da, an der Nordwestseite war ein Schimmer zu sehen,

eine schwache Phosphoreszenz hinter den hohen Fenstern des Eckzimmers. Mrs. Doubbets altem Klassenzimmer. *Harlens* Klassenzimmer im vergangenen Jahr.

Wie konnte er sehen, was da vor sich ging? Die Türen unten waren abgesperrt, die Kellerfenster mit Metallgittern geschützt. Harlen überlegte sich, ob er die Feuerleiter hoch und durch die Tür gehen sollte, die Old Double-Butt gerade benützt hatte. Dann stellte er sich vor, daß er ihr auf der Feuerleiter begegnete, oder – noch schlimmer – im dunklen Flur oben, und gab den Gedanken rasch auf.

Harlen stand einen Augenblick da und sah, wie der Schimmer von Fenster zu Fenster wanderte, als würde die alte Schachtel ein Glas Glühwürmchen durch das Klassenzimmer tragen. Drei Blocks entfernt war Gelächter zu hören; der Film heute abend mußte eine Komödie sein.

Harlen sah an der Ecke des Schulhauses entlang. Dort stand ein Müllcontainer, von dem er auf den schmalen Sims einen Meter achtzig über dem Boden klettern konnte. Am Regenabfluß mit seinen Stahlkammern konnte er zum Sims über den Erdgeschoßfenstern gelangen, zu der Steinverzierung an der Ecke der Schule. Dann mußte er nur weiter an der Regenrinne zwischen den Fensterrahmen aus Stein hinaufklettern, wo er konnte, die Turnschuhe in die Rillen der Verzierung stemmen, wo er sich festhalten mußte, und schon würde er auf dem Sims sein, der um den ersten Stock herum verlief, kaum einen Meter unterhalb der Fenster.

Der Sims war etwa zwölf Zentimeter breit – er hatte ihn lange genug durch das Klassenzimmer betrachtet, das zu wissen, und sogar die Tauben vor dem Fenster mit Resten aus seiner Hosentasche gefüttert, wenn er nachsitzen mußte. Der Sims war nicht so breit, daß man frei darauf stehen konnte – um die Schule herumgehen oder so was –, aber er war breit genug, daß er darauf balancieren konnte, wenn er sich dabei am Regenrohr festhielt, um sich zu stützen. Er mußte sich nur zwei Schritte herübertasten und dann den Kopf heben, damit er durchs Fenster sehen konnte.

Das Fenster, durch das der schwache Schimmer drang, wurde dunkel und wieder heller.

Harlen kletterte auf den Müllcontainer, hielt inne und sah wieder hoch. Es waren zwei *hohe* Geschosse . . . gut über sechs Meter. Der Boden hier bestand weitgehend aus Kopfsteinpflaster und Kies.

»He«, flüsterte Harlen, »scheiß drauf! Mal sehen, ob *du* das bringen würdest, O'Rourke.«

Er fing an zu klettern.

Mike O'Rourke kümmerte sich am Abend der Gratisvorstellung um seine Großmutter. Seine Eltern waren zur Knights of Columbus-

Tanzveranstaltung im Silverleaf Dance Emporium gegangen – einem altersschwachen Bauwerk unter silbernem Laub zwölf Meilen die Hard Road Richtung Peoria hinab –, Mike mußte mit seinen Schwestern und Memo zu Hause bleiben. Praktisch hatte damit seine älteste Schwester die Aufsicht, die siebzehnjährige Mary, aber Marys Freund war zehn Minuten nachdem Mr. und Mrs. O'Rourke gegangen waren aufgekreuzt. Mary durfte an Abenden, wenn ihre Eltern weg waren, nicht ausgehen, und derzeit hatte sie einen Monat Ausgehverbot wegen Reibereien, von denen Mike nichts wußte und auch nichts wissen wollte –, aber als ihr pickliger Freund mit seinem vierundfünfziger Chevy vorfuhr, machte sie die Flatter, ließ ihre Schwestern Stillschweigen schwören und drohte Mike, sie würde ihn umbringen, wenn er petzte. Mike zuckte die Achseln; wieder etwas, womit er Mary eines Tages einmal erpressen konnte, wenn er Druck ausüben mußte.

Danach war die fünfzehnjährige Peg an der Reihe, aber zehn Minuten nach Marys Abschied riefen drei Jungs von der High-School und zwei von Megs Freundinnnen – alle zu jung zum Fahren – aus der Dunkelheit des Gartens und Peg ging mit ihnen zur Gratisvorstellung. Beide Mädchen wußten, wenn sie tanzen waren, kamen ihre Eltern erst lange nach Mitternacht nach Hause.

Offiziell hätte damit die dreizehnjährige Bonnie die Verantwortung gehabt, aber Bonnie übernahm niemals für etwas die Verantwortung. Mike dachte manchmal, daß nie ein Mädchen einen so unpassenden Namen bekommen hatte. Alle anderen Kinder der O'Rourkes – sogar Mike – hatten wunderschöne Augen und eine irische Anmut der Gesichtszüge geerbt, Bonnie dagegen war übergewichtig, hatte stumpfe braune Augen und noch stumpferes braunes Haar, eine teigige Gesichtshaut, die von ersten Ansätzen von Akne verwüstet wurde, und ein verbittertes Verhalten, das die schlimmste Seite ihrer Mutter spiegelte, wenn sie nüchtern war, und die Verbitterung ihres Vaters, wenn er betrunken war. Bonnie war in das Zimmer gestapft, das sie mit der siebenjährigen Kathleen teilte, hatte das jüngere Mädchen prompt ausgesperrt und weigerte sich auch, die Tür aufzumachen, als Kathleen in Tränen ausbrach.

Kathleen war das hübscheste Mädchen der O'Rourkes – rothaarig, blauäugig mit einer rosa Haut voll Sommersprossen und einem verblüffenden Lächeln, bei dem Mikes Dad Geschichten von Dorfschönheiten in einem Irland erzählte, das er nie gesehen hatte. Kathleen war wunderschön. Außerdem war sie leicht zurückgeblieben und mit sieben immer noch im Kindergarten. Wenn Mike Kathleen manchmal sah, wie sie sich bemühte, selbst die einfachsten Sachen zu begreifen, mußte er immer auf den Abort hinausgehen und in der Einsamkeit Tränen unterdrücken. Jeden Morgen, wenn er Pater Cavanaugh bei der Messe half, sprach er ein stummes Gebet, daß Gott in Ordnung bringen würde, was mit seiner jüngeren Schwester nicht stimmte. Aber bis jetzt hatte Er das nicht getan, und Kathleens Behinderung wurde zunehmend offensichtlicher, als ihre Altersgenossen die Rätsel von Arithmetik und Lesen knackten und das bestürzte Kind weiter und weiter hinter sich zurückließen.

Mike beruhigte Kathleen, kochte Stew zum Abendessen, brachte sie in Marys Bett unter dem niederen Erker und kümmerte sich um Memo.

Mike war neun gewesen, als Memo ihren ersten Schlaganfall hatte. Er erinnerte sich noch gut an das Chaos im Haushalt, als die alte Frau nicht mehr der verbale Mittelpunkt in der Küche war, sondern plötzlich zur Sterbenden im Salon wurde. Memo war die Mutter seiner Mutter, und Mike kannte das Wort Matriarchin zwar nicht, kannte aber die praktische Definition: die alte Frau in der getupften Schürze, die immer in der Küche war oder in ihrem Zimmer nähte, die Probleme löste und Entscheidungen traf, die Stimme von Mary Margaret Houlihan mit dem ausgeprägten irischen Akzent, die singend durch das Lüftungsgitter von Mikes Zimmer heraufdrang, wenn sie seine Mutter während einer ihrer zynischen Depressionen aufmunterte oder seinen Vater schimpfte, weil er wieder einen ganzen Abend lang mit seinen Freunden getrunken hatte. Memo hatte die Familie finanziell gerettet, als John O'Rourke ein Jahr lang nicht bei Pabst arbeiten konnte, als Mike sechs war – er erinnerte sich noch, wie er die langen Diskussionen am Küchentisch mitgehört hatte, wo sein Vater protestierte, es wären die Ersparnisse ihres Lebens, und Memo darauf bestand –, und Memo hatte Mike und Kathleen das Leben gerettet, als er acht und Kathleen vier gewesen war und der tollwütige Hund die Depot Street entlanggekommen war. Mike war etwas Seltsames an dem Tier aufgefallen und er war weggeblieben und hatte Kathleen gesagt, sie solle nicht näher rangehen. Aber seine Schwester liebte Hunde und konnte nicht begreifen, daß ihr einer wehtun konnte; sie war auf das knurrende Tier zugelaufen, das Schaum vor dem Maul hatte. Kathleen war auf Armeslänge dort, der Hund richtete die verklebten Augen auf sie und machte sich zum Sprung bereit, und Mike konnte nur mit einer hohen, schrillen Stimme schreien, die sich ganz und gar nicht nach seiner eigenen anhörte.

Da war Memo mit wehender getupfter Schürze und einem Besen in der Hand herausgekommen, und ihr graues Haar hing lose unter dem Kopftuch hervor. Sie hatte Kathleen mit einem Arm hochgerissen und mit dem Besen so fest zugestoßen, daß der Hund von allen vieren gerissen und mitten auf die Straße geschleudert wurde. Memo hatte Kathleen in Mikes Richtung geschubst, ihm mit einer leisen Stimme, die dennoch keinen Widerstand duldete, den Befehl gegeben, sie ins Haus zu bringen, dann hatte sie sich umgedreht, als der Hund gerade wieder auf die Beine kam und zum Sprung ansetzte. Mike hatte beim Laufen über die Schulter gesehen und würde niemals den Anblick vergessen, wie Memo dastand, die Beine gespreizt und das Kopftuch um den Hals geschlungen ... wartete, wartete ... Später sagte Constable Barney, er hätte noch nie gesehen, wie ein Hund mit einem Besen getötet worden sei – schon gar kein tollwütiger Hund –, aber Mrs. Houlihan hätte das Monster fast enthauptet.

Genau dieses Wort hatte Barney benützt – Monster. Danach hatte Mike gewußt, welche Monster auch immer durch die Nacht schleichen mochten, Memo war mehr als geeignet, kurzen Prozeß mit ihnen zu machen.

Doch dann, kein Jahr später, hatte Memo ihr Fett bekommen. Der erste Schlaganfall war schlimm gewesen – er hatte sie gelähmt und die Nervenleitungen zu den Muskeln des immer so beweglichen Gesichts durchgeschnitten. Dr. Viskes hatte gesagt, es wäre eine Frage von Wochen, vielleicht Tagen. Aber Memo hatte den Sommer überlebt. Mike erinnerte sich noch, wie seltsam es gewesen war, daß der Salon – das Zentrum von Memos unerschöpflichen Aktivitäten – in ein Krankenzimmer für sie umgewandelt worden war. Er hatte mit dem Rest der Familie auf das Ende gewartet.

Sie hatte den Sommer überlebt. Im Herbst teilte sie ihre Bedürfnisse mit einem Code von Blinzeln mit. An Weihnachten konnte sie wieder sprechen, auch wenn nur die Familienangehörigen die Worte verstanden. An Ostern hatte sie den Kampf mit ihrem Körper soweit gewonnen, daß sie die rechte Hand bewegen und sich im Wohnzimmer aufrecht setzen konnte. Drei Tage nach Ostern hatte sie den zweiten Schlaganfall. Einen Monat später den dritten.

In den vergangenen anderthalb Jahren war Memo wenig mehr als ein atmender Leichnam im Salon gewesen, ihr Gesicht gelb und schlaff, die Handgelenke verkrümmt wie die Klauen eines toten Vogels. Sie konnte sich nicht bewegen, hatte keine Kontrolle über ihre Körperfunktionen und konnte außer durch das Blinzeln keine Verbindung mit der Welt halten. Aber sie lebte weiter.

Mike ging in den Salon, als es draußen so richtig dunkel wurde. Er zündete die Petroleumlampe an – ihr Haus war an den Strom angeschlossen, aber Memo hatte in ihrem Zimmer oben stets lieber Öllampen gehabt, und diese Tradition hatten sie fortgesetzt – und ging zu dem hohen Bett, wo sie lag.

Sie lag auf der rechten Seite, ihm zugewandt, wie immer, außer wenn sie sie jeden Tag behutsam umdrehten, um die unvermeidlichen wundgelegenen Stellen zu verringern. Ihr Gesicht war von einem Labyrinth von Falten durchzogen, die Haut sah gelb und wachsern aus – nicht menschlich. Die Augen sahen ins Leere, waren schwarz und irgendwie aufgequollen, als würden sie unter einem schrecklichen inneren Druck stehen oder der schieren Frustration, die Gedanken nicht übermitteln zu können, die sich dahinter abspielten. Sie sabberte; Mike nahm ein sauberes Handtuch vom Stapel am Fußende des Betts und wischte ihr sanft den Mund ab.

Er vergewisserte sich, daß er ihr die Unterwäsche nicht wechseln mußte – eigentlich sollte er seinen Schwestern nicht bei dieser Tätigkeit helfen, aber er paßte mehr als sie alle zusammengenommen auf Memo auf, daher waren ihm die Bedürfnisse von Eingeweiden und Blase seiner Großmutter kein Geheimnis –, stellte fest, daß sie trokken war, setzte sich auf den Stuhl und hielt ihre Hand.

»War ein schöner Tag draußen, Memo«, flüsterte er. Er wußte nicht, warum er in ihrer Gegenwart flüsterte, aber ihm war aufgefallen, daß es die anderen auch machten. Sogar seine Mutter. »So richtig wie im Sommer.«

Mike sah sich in dem Zimmer um. Dicke Vorhänge vor den Fenstern. Tischchen voll Medizinfläschchen, auf anderen Flächen Daguerrotypien und braune Fotos ihres Lebens, als sie noch ›gelebt‹ hatte. Wie lange war es her, seit sie zum letztenmal die Augen zu einem dieser Fotos richten konnte?

In der Ecke stand ein alter Victrola, Mike legte eine ihrer Lieblingsplatten auf – Caruso sang aus dem *Barbier von Sevilla.* Die hohe Stimme und noch höheren Kratzer ertönten durch das Zimmer. Memo reagierte nicht – zuckte und blinzelte nicht einmal –, aber Mike dachte, daß sie immer noch hören konnte. Er wischte Speichel von ihrem Kinn und den Mundwinkeln, machte es ihr auf dem Kissen bequemer, setzte sich wieder auf den Stuhl und hielt ihre Hand. Sie fühlte sich wie etwas Trockenes und Totes an. Memo hatte Mike ›Die Affenpfote‹ an Halloween vorgelesen, als er noch klein war, und ihm solche Angst gemacht, daß er sechs Monate lang nachts das Licht anlassen mußte.

Was würde passieren, fragte er sich, *wenn ich mir etwas auf Memos Hand wünschen würde?* Mike schüttelte den Kopf, verdrängte den garstigen Gedanken und betete ein Ave Maria als Buße.

»Mom und Dad sind im Silverleaf«, flüsterte er und bemühte sich, fröhlich zu klingen. Das Singen um sie herum war leise, mehr Kratzer als Stimme. »Mary und Peg sind zum Film gegangen. Dale sagt, bei der Gratisvorstellung heute abend zeigen sie *Die Zeitmaschine.* Er sagt, es handelt von einem Mann, der in die Zukunft reist oder so.« Mike verstummte und beobachtete eingehend, wie sich Memo etwas zu bewegen schien: ein schwaches, unwillkürliches Zucken der

Hüfte, ein Rascheln der Bettdecke. Mit einem leisen Geräusch ließ sie einen fahren.

Mike sprach hastig weiter, um seine Verlegenheit zu verdrängen. »Irgendwie eine unheimliche Idee, hm, Memo? In die Zukunft zu reisen. Dale sagt, eines Tages werden die Menschen es können, aber Kevin sagt, es ist unmöglich. Kev sagt, es ist nicht, als würde man ins All fliegen, wie die Russen mit dem Sputnik ... weißt du noch, wie du und ich den vor ein paar Jahren vorbeiziehen gesehen haben? Ich habe gesagt, vielleicht schicken sie als nächstes einen Menschen hoch, und du hast gesagt, du wünschtest, du könntest fliegen.

Na, wie dem auch sei, Kev sagt, es ist unmöglich, durch die Zeit oder in ihr zurück zu reisen. Er sagt, das führt zu vielen Para ...« Mike suchte nach dem Wort. Es gefiel ihm nicht, wenn er vor Memo dumm wirkte; sie war die einzige in der Familie, die ihn nicht für dumm gehalten hatte, als er die vierte Klasse wiederholen mußte. »Para ... *Paradoxe.* So etwa, was würde passieren, wenn man in der Zeit zurückreist und aus Versehen seinen Großvater erschießt ...« Mike verstummte, als ihm klar wurde, was er da sagte. Sein Großvater – Memos Mann – war vor zweiunddreißig Jahren im Getreidesilo ums Leben gekommen, als eine Luke nachgegeben hatte und Tonnen Weizen auf ihn herabgestürzt waren, während er den Hauptbehälter saubermachte. Mike hatte gehört, wie sein Vater anderen Männern erzählte, daß der alte Devin Houlihan in dem steigenden Strudel des Getreides geschwommen war wie ein Hund in einer Flut, bis er erstickt war. Die Autopsie hatte ergeben, daß seine Lungen prall mit Staub gefüllt waren, wie zwei Säcke voll Mehl.

Mike betrachtete Memos Hand. Er streichelte die Finger und dachte an einen Abend im Herbst zurück, als er sechs oder sieben gewesen war und Memo in eben diesem Salon im Schaukelstuhl gesessen und genäht hatte, während sie mit ihm sprach. »Michael, dein Großvater ist mitgegangen, als der Tod ihn holen gekommen ist. Der Mann im dunklen Gewand ist einfach zum Getreidesilo gegangen und hat meinen Devin an der Hand genommen. Aber er hat gekämpft – Herrgott, und wie er gekämpft hat! Und genau das werde ich auch machen, Michael, Liebster, wenn der Mann im dunklen Gewand versucht, hier reinzukommen. Ich lasse ihn nicht rein. Nicht ohne Kampf. Nein, Michael, nicht ohne Kampf!«

Danach hatte sich Mike den Tod als Mann im dunklen Gewand vorgestellt und stets gedacht, Memo würde ihn so verprügeln, wie sie den tollwütigen Hund verprügelt hatte. Jetzt senkte er den Kopf und sah ihr in die Augen, als könnte allein die Nähe den Kontakt herstellen. Er sah sein eigenes Gesicht, verzerrt von den Linsen ihrer Pupillen und dem Flackern der Petroleumlampe.

»Ich laß ihn nicht rein, Memo«, flüsterte Mike. Er sah, wie sein

Atem die weißen Härchen auf ihren Wangen bewegte. »Ich laß ihn nicht rein, wenn du es mir nicht sagst.«

Er sah, wie die Dunkelheit zwischen den Vorhängen und der Wand gegen die Scheiben drückte. Oben quietschte eine Diele, als sich das alte Haus bewegte. Draußen kratzte etwas am Glas.

Die Schallplatte war zu Ende, die Nadel schabte über die Endrille und kratzte wie Krallen auf Schiefer, aber Mike saß weiter da, hatte das Gesicht dicht bei dem von Memo und seine Hand fest auf ihrer.

Die Fledermäuse wirkten lächerlich, fern, und sie waren schon halb vergessen, als Dale Stewart neben seinem Bruder im Bandstand Park saß und *Die Zeitmaschine* sah. Dale hatte schon gehört, daß es sich um diesen Film handeln konnte – Mr. Ashley-Montague brachte häufig Filme mit, die ein paar Tage vorher in dem Kino in Peoria abgesetzt worden waren, das ihm gehörte –, und Dale war ganz versessen darauf gewesen, den Film zu sehen, da er letztes Jahr den *Illustrierten Klassiker* gelesen hatte.

Ein Windhauch brachte das Laub im Park zum Rascheln, als Rod Taylor Yvette Mimieux vor dem Ertrinken im Bach rettete, während apathische Eloi ausdruckslos zusahen. Lawrence saß auf den Knien – wie immer, wenn er aufgeregt war –, aß den letzten Rest Popcorn und trank ab und zu aus der Flasche Dr. Pepper, die sie im Parkside Café gekauft hatten. Lawrence hatte große Augen, während er verfolgte, wie Rod Taylor in die unterirdische Welt der Morlocks hinabstieg. Er rückte näher zu seinem älteren Bruder.

»Schon gut«, flüsterte Dale. »Sie haben Angst vor dem Licht und der Typ hat Streichhölzer.«

Auf der Leinwand leuchteten die Augen der Morlocks gelb wie die Glühwürmchen in den Büschen am Südende des Parks. Rod Taylor zündete ein Streichholz an, worauf die Ungeheuer zurückwichen und die Augen mit den blauen Unterarmen abschirmten. Die Blätter raschelten weiter; Dale sah auf und stellte fest, daß die Sterne von Wolken bedeckt wurden. Er hoffte, die Gratisvorstellung würde nicht wegen Regen abgebrochen werden.

Mr. Ashley-Montague brachte zusätzlich zu dem im Projektor eingebauten noch zwei Außenlautsprecher mit, aber der Ton war dennoch leiser als in einem richtigen Kino. Jetzt verschmolzen die Rufe von Rod Taylor und die Schreie der aufgebrachten Morlocks mit dem Rascheln der Blätter im zunehmenden Wind und dem ledrigen Schlagen der Flügel dunkler Schemen, die zwischen den Bäumen über dem Park hin und her schossen.

Lawrence rutschte näher, bekam Grasflecken auf die Levis und vergaß völlig sein Popcorn zu mampfen. Er hatte die Baseballmütze abgezogen und kaute – wie häufig, wenn er nervös war, auf dem Schirm.

»Schon gut«, flüsterte Dale und klopfte seinem kleinen Bruder mit der Faust auf die Schulter. »Er holt Weena aus den Höhlen.«

Die bunten Bilder tanzten weiter, während der Wind zunahm.

Duane war in der Küche und nahm einen späten Imbiß zu sich, als er hörte, wie der Lastwagen in die Einfahrt bog.

Im Keller, bei eingeschaltetem Radio, hätte er den Laster normalerweise nicht gehört, aber die Innentür stand offen, die Fenster waren auf und es war still, abgesehen vom unablässigen Sommerkonzert der Grillen, Laubfrösche beim Teich und dem gelegentlichen Poltern der Futterklappe aus Eisen beim Schweinetrog.

Der Alte kommt aber früh heim, dachte er und stellte im selben Augenblick fest, daß der Motor sich nicht richtig anhörte. Es war ein größerer Laster . . . oder zumindest ein größerer Motor.

Duane duckte sich und sah zur Glastür hinaus. In ein paar Wochen würde der wachsende Mais selbst diesen Ausblick auf die Zufahrt zum Haus verdecken, aber noch konnte er die letzten rund dreißig Meter des Wegs einsehen. Kein Pritschenwagen tauchte auf. Das Knirschen von Kies, das er erwartet hatte, blieb aus.

Duane runzelte die Stirn, biß von seinem Leberwurstbrot ab, ging zur Glastür hinaus und schritt zum Wendehammer zwischen Haus und Scheune, damit er besser den Weg entlangsehen konnte. Es kam vor, daß Leute in der Einfahrt wendeten, aber nicht oft. Und das Geräusch war eindeutig ein Lastwagenmotor gewesen; Onkel Art weigerte sich, einen Pritschenwagen zu fahren – er sagte, auf dem Land zu leben wäre schon Fluch genug, auch wenn man nicht im häßlichsten Fortbewegungsmittel saß, das Detroit jemals entworfen hatte –, und der Motor, den Duane gehört hatte, war nicht der von Onkel Arts Cadillac gewesen.

Duane stand in der warmen Dunkelheit draußen, aß sein Brot und sah die Einfahrt entlang. Der Himmel bestand aus einer dunklen, konturlosen Wolkendecke, die Felder mit dem niederen Mais lagen stumm in der seidigen Ruhe vor dem Sturm. Glühwürmchen leuchteten über den Gräben und vor der Schwärze des niederen Holzapfelbaums neben dem Weg zur County Six.

Ein großer Lastwagen mit abgeschalteten Scheinwerfern stand reglos beim Eingang zur Einfahrt etwa hundert Meter entfernt. Duane konnte keine Einzelheiten erkennen, aber das Ding bildete einen dunklen Keil, wo eine hellere Lücke hätte sein sollen.

Duane verweilte für ein paar Augenblicke, aß sein Brot fertig und überlegte, ob er jemanden mit einem so großen Laster kannte, der am Samstagabend zu Besuch kommen konnte. Er kannte niemand.

Bringt jemand den Alten betrunken nach Hause? Das war schon vorgekommen. Aber nicht so früh.

Weit im Süden leuchtete ein Blitz auf – so weit entfernt, daß kein Donner zu hören war. Der kurze Augenblick des Lichts hatte Duane keine Einzelheiten des Lastwagens gezeigt, nur daß der dunkle Umriß immer noch da war.

Etwas strich an Duanes Schenkel entlang.

»Psst, Wittgenstein«, flüsterte er, ließ sich auf ein Knie sinken und schlang die Arme um den Hals des Collie. Der Hund zitterte und gab ein kehliges Geräusch von sich, das nicht ganz ein Knurren war. »Pssst«, flüsterte Duane, tätschelte dem Hund den schmalen Kopf und hielt ihn fest. Das Zittern hörte nicht auf.

Wenn sie aus dem Laster ausgestiegen sind, könnten sie inzwischen fast hier sein, dachte Duane. Und dann dachte er: *Wer?*

»Komm mit, Witt«, sagte er leise. Er führte den Collie am Halsband ins Haus zurück, machte sämtliche Lichter aus, ging in den unordentlichen Raum, den der Alte als sein Arbeitszimmer bezeichnete, fand den Schlüssel in der Schreibtischschublade, ging ins Eßzimmer und schloß den Waffenschrank auf. Er zögerte nur einen Moment, dann ließ er die Doppelläufige, die .30-06 und die Kaliber 12 stehen und nahm die Kaliber 16 mit Durchladegriff.

In der Küche winselte Wittgenstein. Seine Krallen schabten über das Linoleum.

»Psst, Witt«, sagte Duane leise. »Schon gut, Junge.« Er sah in den Verschluß und vergewisserte sich, daß dieser frei war, zog durch, überprüfte ihn erneut, hielt sie hoch, um das leere Magazin im schwachen Licht von den Vorhängen zu kontrollieren und zog die unterste Schublade auf. Dort lagen die Patronen in ihrem gelben Karton, und Duane kauerte neben dem Eßzimmertisch, lud fünf und steckte noch drei in die Brusttasche seines Flanellhemds.

Wittgenstein bellte. Duane ließ ihn in der Küche, nahm das Fliegengitter im Eßzimmerfenster heraus, trat hinaus in die Dunkelheit des Gartens seitlich vom Haus und ging langsam um das Gebäude herum.

Das Licht vom Laternenmast erhellte den Wendehammer und die ersten zehn Meter der Einfahrt. Duane duckte sich und wartete. Er merkte, daß sein Herz schneller als gewöhnlich schlug, daher holte er tief und regelmäßig Luft, bis es wieder normal war.

Die Grillen und andere Insekten waren verstummt. Die abertausend Maisstauden bewegten sich nicht, es herrschte vollkommene Stille, im Süden flackerten wieder Blitze. Diesmal war der Donner zu hören; er ertönte fünfzehn Sekunden später. Duane wartete, atmete flach durch den Mund und hatte den Daumen auf der Sicherung. Die Schrotflinte roch nach Öl. Wittgenstein hatte aufgehört zu bellen, aber Duane konnte seine Krallen auf dem Linoleum hören, als der Collie in der Küche von einer geschlossenen Tür zu nächsten ging.

Duane wartete.

Mindestens fünf Minuten später hustete der Motor des Lasters, sprang an, und der Kies knirschte.

Duane ging rasch zum Rand des Maisfelds, hielt sich geduckt und lief die erste Reihe entlang bis zu der Stelle, von wo er den Weg sehen konnte.

Immer noch keine Scheinwerfer. Der Laster stieß rückwärts auf die County Six, verweilte einen Augenblick und fuhr dann nach Süden – Richtung Friedhof, Black Tree Tavern und Elm Haven.

Duane hob den Kopf über den Mais und beobachtete, aber er sah keine Heckleuchten, während der Motorenlärm auf der County Six leiser wurde. Er duckte sich wieder in den Mais, verharrte dort, atmete gleichmäßig und legte die Kaliber 16 über die Knie und lauschte.

Zwanzig Minuten später fielen die ersten Regentropfen. Duane wartete noch einmal drei oder vier Minuten, dann kam er aus dem Mais, blieb aber dicht am Feldrain, damit sich seine Silhouette nicht gegen den Himmel abhob, ging auf einem komplizierten Weg um Haus und Scheune herum – die Spatzen in der Scheune waren still, die Schweine im Stall grunzten und wühlten normal – und trat durch die Küchentür ein.

Wittgenstein wedelte mit dem Schwanz wie ein Welpe, sah Duane mit seiner Schrotflinte kurzsichtig an und ging von dem Jungen zur Tür, von der Tür zu dem Jungen.

»Nn-nnn«, sagte Duane, ließ die Patronen eine nach der anderen herausspringen und reihte sie auf dem karierten Tischtuch auf, »wir gehen heute nacht nicht auf die Jagd, Blödmann. Aber *du* bekommst etwas ganz Besonderes zu essen ... und dann darfst du die ganze Nacht unten bei mir schlafen.« Duane ging zum Schrank, worauf Witts Schwanz einen schnelleren Rhythmus auf dem Linoleum schlug.

Draußen hatte der Regen nach dem ersten Guß nachgelassen, aber der Wind rauschte durch den Mais und peitschte die Holzapfelbäume.

Jim Harlen stellte fest, daß das Klettern doch nicht ganz so leicht war. Besonders nicht, als der Wind aufkam und Staub vom gekiesten Spielplatz und dem Schulparkplatz heraufwehte. Harlen hielt auf halber Höhe des Regenrohrs inne und rieb sich den Dreck aus den Augen.

Nun, immerhin polterte der Wind alles gehörig durch und würde jeden Laut übertönen, den er selbst machen konnte, während er an diesem dummen Ablaufrohr hinaufkletterte.

Harlen war zwischen dem Erdgeschoß und dem ersten Stock, fast drei Meter über dem Müllcontainer, als ihm klar wurde, wie dumm sein Vorgehen wirklich war. Was sollte er machen, wenn Van Syke oder Roon oder sonst jemand vorbeikam? Womöglich Barney. Harlen versuchte sich vorzustellen, was seine Mutter sagen würde, wenn sie von ihrem Stelldichein nach Hause kam und ihren einzigen Sohn in J. P. Congdens Gewahrsam fand, wo er auf den Abtransport zum Gefängnis von Oak Hill wartete.

Harlen lächelte grimmig. Damit würde er die Aufmerksamkeit seiner Mutter gewinnen. Er kletterte die letzten Zentimeter des Rohrs hinauf, ertastete den Sims im ersten Stock mit dem rechten Knie, preßte die Wange an den Stein und ruhte sich aus. Der Wind zerrte an seinem T-Shirt. Vor sich konnte er Licht sehen, das von der Straßenlampe Ecke School Street und Third Avenue durch das Ulmenlaub heraufschien. Er war sehr hoch droben.

Harlen hatte keine Höhenangst. Er hatte O'Rourke und Stewart und alle anderen geschlagen, als sie im letzten Herbst auf die große Eiche hinter Congdens Garten geklettert waren. Er war tatsächlich so hoch geklettert, daß die anderen Jungs ihm zugerufen hatten, er solle herunterkommen, aber er hatte darauf bestanden, auf einen allerletzten Ast zu steigen – einen Ast, der so dünn wirkte, als würde er keine Taube aushalten, ohne abzubrechen – und vom Wipfel der Eiche über das Meer der Baumspitzen von Elm Haven zu blicken. Verglichen damit war dies hier ein Kinderspiel.

Aber dann sah Harlen nach unten und wünschte sich, er hätte es nicht getan. Abgesehen vom Regenrohr und der Verzierung an der Ecke war nichts zwischen ihm und dem Müllcontainer und dem Betonweg acht Meter tiefer.

Er machte die Augen zu, konzentrierte sich darauf, auf dem schmalen Sims das Gleichgewicht zu halten, machte sie wieder auf und sah zum Fenster hinauf.

Es war keine fünfzig Zentimeter entfernt ... mehr einen Meter. Er mußte das verdammte Rohr loslassen, wenn er dorthin reichen wollte.

Und der Schimmer war verschwunden. Er war fast sicher. Harlen sah plötzlich Old Double-Butt, die um die Ecke des Schulhauses kam, in der Dunkelheit zu ihm hochsah und rief: *»Jim Harlen! Du kommst auf der Stelle da runter!«*

Und was dann? Würde sie ihn durch die sechste Klasse fallen lassen, die er gerade bestanden hatte? Seine Sommerferien streichen?

Harlen lächelte, holte Luft, verlagerte das Gewicht auf die Knie und tastete sich platt an die Mauer gedrückt an dem Sims entlang, wo ihn außer Reibung und zehn Zentimetern Stein nichts hielt.

Er ertastete mit der rechten Hand den Fenstersims, seine Finger klammerten sich um die seltsame Form unter dem Sims. Er hatte Halt. Alles war gut.

Harlen blieb für einen Augenblick in dieser Position, Kopf gesenkt, Wange an der Mauer. Er mußte nur noch den Kopf heben, dann konnte er in das Zimmer sehen.

In diesem Moment sagte ein Teil von ihm, er solle es nicht tun. *Hör auf! Geh zur Gratisvorstellung! Geh heim, bevor Mom zurückkommt*!

Der Wind rauschte in den Blättern unter ihm und wehte ihm noch mehr Staub in die Augen. Harlen sah zum Ablaufrohr. Kein Problem, dorthin zurückzugelangen; und hinunterzuklettern würde viel einfacher sein als herauf. Harlen stellte sich vor, wie ihn Gerry Daysinger oder einer der anderen Jungs eine Memme nannte.

Sie müssen nicht wissen, daß ich hier oben war.

Warum bist du dann überhaupt raufgeklettert, Arschloch!

Harlen überlegte sich, wie er es den anderen erzählen würde – er konnte ja ein wenig ausschmücken, wenn Old Double-Butt nur hergekommen war, um ihre Lieblingskreide zu holen, oder so etwas. Er stellte sich das Staunen dieser Zimperliesen vor, wenn er ihnen von seiner Kletterpartie erzählte, und daß er gesehen hatte, wie Old Double-Butt und Roon es auf ihrem Schreibtisch trieben, genau hier im Klassenzimmer ...

Harlen hob den Kopf und sah zum Fenster hinein.

Mrs. Doubbet war nicht an ihrem Schreibtisch am anderen Ende des Zimmers, sondern saß an dem kleinen Arbeitstisch an diesem Ende des Klassenzimmers – keine drei Schritte von Harlen entfernt. Es waren keine Lichter an, aber eine fahle Phosphoreszenz erfüllte das Zimmer mit dem ekligen Licht von verfaulendem Holz in einem dunklen Wald.

Mrs. Doubbet war nicht allein. Die Phosphoreszenz ging von der Gestalt neben ihr aus. Diese Gestalt saß ebenfalls an dem kleinen Tisch, keine Armeslänge von der Stelle entfernt, wo Harlen das Gesicht ans Glas drückte. Er erkannte sie sofort.

Mrs. Duggan, Mrs. Doubbets Ex-Partnerin, war immer mager gewesen. In den Monaten, als der Krebs sie heimgesucht hatte, bis sie vor Weihnachten das Unterrichten aufgab, war sie noch dünner geworden. Harlen erinnerte sich, ihre Arme waren kaum mehr gewesen als Knochen und fleckige Haut. Niemand aus der Klasse hatte Mrs. Duggan in den letzten Wochen vor ihrem Tod im Februar gesehen – oder bei der Beerdigung –, aber Sandy Whittakers Mom hatte sie zu Hause besucht und bei der Beerdigung gesehen, und sie hatte Sandy gesagt, die alte Dame wäre am Ende nur noch Haut und Knochen gewesen.

Harlen erkannte sie sofort.

Er sah einmal zu Old Double-Butt – diese war nach vorn gebeugt, lächelte breit und konzentrierte sich völlig auf ihre Partnerin am Tisch –, dann wanderte sein Blick wieder zu Mrs. Duggan.

Sandy hatte gesagt, Mrs. Duggan wäre in ihrem besten Seidenkleid begraben worden – dem grünen, das sie an ihrem letzten Schultag zur Weihnachtsfeier angehabt hatte. Dieses Kleid trug sie auch jetzt. Es war an einigen Stellen verfault, dort schien die Phosphoreszenz durch.

Das Haar der alten Dame war immer noch sorgfältig zurückgekämmt und wurde von den Spangen aus Schildkrötenpanzer gehalten, die Harlen auch im Unterricht aufgefallen waren, aber es war teilweise in Büscheln ausgefallen, und da sah man Stellen der Kopfhaut weiß glänzen. In der Kopfhaut waren Löcher, so wie in ihrem Kleid Löcher waren.

Aus drei Schritt Entfernung konnte Harlen Mrs. Duggans Hand auf dem Tisch sehen – die langen Finger, den zu weiten Goldring, den schwachen Schimmer von Knochen.

Mrs. Doubbet beugte sich näher zum Leichnam ihrer Freundin und sagte etwas. Sie sah verwirrt drein und blickte zum Fenster, wo Harlen kauerte und die Knie an den Sims drückte.

In diesem letzten Augenblick wurde ihm klar, daß er zu sehen sein mußte – daß der Schimmer sein Gesicht vor der Scheibe ebenso beleuchten mußte wie die freiliegenden Sehnen, die wie Spaghetti unter den Rissen in Mrs. Duggans Handgelenken glommen, ebenso wie die dunklen Schimmelpilzkolonien unter der durchscheinenden Haut – oder dem, was von der Haut noch übrig war.

Aus den Augenwinkeln sah Harlen, daß Old Double-Butt sich umgedreht hatte und ihn betrachtete, aber er konnte den Blick nicht von Mrs. Duggans Nacken wenden, wo die pergamentartige Haut umklappte und Wirbel sich sichtbar bewegten wie weiße Steine unter einem verfaulten Tuch.

Mrs. Duggan drehte sich um und sah ihn an. Aus zwei Schritt Entfernung brannte das phosphoreszierende Leuchten durch den dunklen Tümpel der Fäulnis, wo ihr linkes Auge gewesen war. Zähne leuchteten in einem lippenlosen Lächeln, als sie sich nach vorn beugte, wie um Harlen durch die Fensterscheibe hindurch zu küssen. Kein Atem beschlug das Glas.

Harlen stand auf, drehte sich um und lief weg, ohne daran zu denken, daß er auf einem schmalen Sims acht Meter über Kies und Beton kauerte. Aber auch wenn er daran gedacht hätte, wäre er weggelaufen.

Er schrie nicht, als er fiel.

8

Mike liebte das Ritual der Messe. An diesem Sonntag half er Pater Cavanaugh – wie an allen Sonntagen, ausgenommen besonderen heiligen Tagen – bei der regulären Messe um halb acht und blieb dann als oberster Meßknabe für die Hohe Messe um zehn. Die Frühmesse war natürlich die gut besuchte, da die meisten Katholiken in und um Elm Haven die zusätzliche halbe Stunde der Hohen Messe nur auf sich nahmen, wenn es sich nicht vermeiden ließ.

Mike bewahrte immer ein Paar braune Halbschuhe in dem Zimmer auf, das Pater Cavanaugh Kanzel nannte; dem alten Pater Harrison hatte es nichts ausgemacht, wenn die Meßknaben Turnschuhe unter dem Meßgewand anhatten, aber Pater C. hatte gesagt, an der Eucharistie mitzuwirken erfordere, daß man größeren Respekt zeigte. Mikes Dad hatte wegen der Kosten geschimpft. Mike hatte vorher noch nie ein zusätzliches Paar guter Schuhe gehabt – sein Dad hatte gesagt, es wäre schwer genug, Kleider für die vier Mädchen zu kaufen –, aber letztendlich konnte sein Vater keine Einwände dagegen erheben, Gott Respekt zu zeigen. Mike trug die Halbschuhe ausschließlich in St. Malachy's, und auch da nur während der Messe.

Mike gefiel jeder Aspekt der Kirchentätigkeit, und je mehr er tat, um so besser gefiel es ihm. Als er vor fast vier Jahren als Meßknabe angefangen hatte, hatte Pater Harrison wenig von den paar Jungs verlangt, die dazu bereit waren, davon abgesehen, daß sie pünktlich zur Stelle waren. Mike hatte wie alle anderen seine Aufgaben erfüllt und auf die lateinischen Antworten gemurmelt, ohne die Übersetzungen auf den laminierten Karten auf der Stufe zu lesen, wo er kniete, ohne über das Wunder *nachzudenken,* das geschah, wenn er die kleinen Flaschen Wein und Wasser zu dem Priester trug, der die Kommunion vorbereitete. Es war eine Pflicht gewesen, die er erfüllte, weil er katholisch war und gute katholische Jungs es eben machten ... auch wenn alle anderen katholischen Jungs in Elm Haven Ausreden zu haben schienen, es nicht zu tun.

Doch dann war Pater Harrison vor etwas mehr als einem Jahr in den Ruhestand gegangen – oder gegangen *worden*; der alte Priester hatte Spuren von Alter und Alkoholismus gezeigt, seine Predigten waren zunehmend bizarrer geworden –, und die Ankunft von Pater Cavanaugh hatte für Mike alles verändert.

Pater C. war in vieler Hinischt das genaue Gegenteil von Pater H., obwohl beide Männer Priester waren. Pater Harrison war alt und irisch gewesen, grauhaarig und mit rosigen Wangen, gemächlich in Denken, Sprechen und Gebaren. Die Messe schien ein Ritual zu sein, das Pater H. so oft vor so wenig Besuchern durchgeführt hatte, daß es kaum mehr Bedeutung für ihn zu haben schien als das Rasieren. Pater Harrison hatte ausschließlich für die Hausbesuche und Essen gelebt, zu denen er eingeladen wurde – sogar ein Besuch bei Kranken oder Sterbenden war für ihn eine Ausrede gewesen, sich zu setzen, zu reden, Kaffee zu trinken, Geschichten zum besten zu geben und sich an Einwohner zu erinnern, die schon lange tot waren. Mike hatte Pater H. bei einigen Besuchen begleitet – gelegentlich verlangten die Kranken das Abendmahl, und Pater H. dachte, einen Meßknaben dabei zu haben, würde das schlichte Ritual etwas feierlicher gestalten. Bei diesen Besuchen war Mike stets zum Erbrechen langweilig gewesen.

Pater Cavanaugh dagegen war jung, dunkelhaarig – Mike wußte, daß sich der Priester zweimal täglich rasierte und trotzdem einen Fünf-Uhr-Schatten auf der dunklen Haut hatte – und ungeheuer vital. Pater C. war die Messe *wichtig* – er bezeichnete sie als Christi Einladung an uns, mit Ihm das Letzte Abendmahl einzunehmen –, und er sorgte dafür, daß auch die Meßknaben sie wichtig nahmen. Zumindest diejenigen, die weiter kamen.

Mike gehörte zu den wenigen, die weiterhin auf regelmäßiger Basis Dienst versahen. Pater C. verlangte viel: der Meßknabe mußte verstehen, was er sagte, nicht nur lateinische Sätze murmeln. Mike hatte sechs Monate lang eine spezielle Katechismusklasse mittwochs abends besucht, die Pater C. abhielt, damit er die lateinischen Ausdrücke und den historischen Hintergrund der Messe selbst lernte. Dann mußten die Meßknaben *teilnehmen* – wirklich darauf achten, was vor sich ging. Pater C. besaß ein aufbrausendes Temperament und stürzte sich auf jeden Jungen, der nachlässig war oder seinen Pflichten nicht nachkam.

Pater Harrison hatte gern gegessen und noch lieber getrunken – alle in der Gemeinde, nein, im ganzen County, hatten vom Alkoholproblem des alten Priesters gewußt –, aber Pater C. trank nie, außer beim Abendmahl, und schien Essen als notwendiges Übel anzusehen. Etwas von derselben Einstellung schien er auch bezüglich der Besuche zu haben; Pater Harrison hatte über alles und jeden gesprochen – manchmal hatte er einen ganzen Nachmittag damit verbracht, mit pensionierten Farmern im Parkside über Getreide zu diskutieren; aber Pater C. wollte über Gott sprechen. Selbst seine Besuche bei Kranken und Sterbenden waren wie jesuitische Kommandoeinsätze, ein geistliches Quiz in letzter Minute für alle, die kurz vor der Letzten Prüfung standen.

Pater Cavanaughs einziges Laster, soweit Mike das beurteilen konnte, war das Rauchen – der junge Priester war Kettenraucher, und wenn er nicht rauchte, schien er sich zu *wünschen*, er könnte es –, aber das machte Mike nichts aus. Die Eltern all seiner Freunde rauchten –

außer denen von Kevin Grumbacher, und die waren Deutsche und *unheimlich* –, und Pater Cavanaughs Rauchen schien ihn nur noch vitaler zu machen.

An seinem ersten Sonntag der Sommerferien half Mike bei beiden Messen, genoß das kühle Innere des Sanktuariums und das hypnotische Murmeln der Gemeinde, die ihre Antworten nuschelte. Mike sprach seine sorgfältig aus, präzise, weder zu laut noch zu leise, und betonte das Lateinische so, wie Pater Cavanaughs es ihm während der langen Abendlektionen in der Pfarrei beigebracht hatte.

»Agnus Dei, qui tollis peccata mundi ... miserere nobis ... Kyrie eleison, Kyrie eleison ...«

Mike liebte es. Während ein Teil von ihm voll und ganz damit beschäftigt war, das Wunder der Eucharistie vorzubereiten, ließ er einem anderen Teil von sich freien Lauf ... als könnte er wirklich seinen Körper verlassen ... und war mit Memo in ihrem dunklen Zimmer, aber jetzt konnte Memo wieder sprechen, und sie führten Unterhaltungen wie damals, als er ein Kind war, und sie erzählte ihm Geschichten aus der alten Heimat; oder er schwebte über den Feldern und Wäldern jenseits des Friedhofs Calvary und der Höhle, flog frei wie ein Rabe mit dem Verstand eines Menschen, sah auf Bäume und Flüsse hinab, auf die Hügel mit ihren Tagebauminen, die die Kinder Billy Goat Mountains nannten, trieb über den verblichenen Wagenspuren der Gypsy Lane, die alte Straße, die sich durch Wälder und Wiesen wand ...

Dann war die Kommunion vorbei – Mike wartete immer bis zur Hohen Messe am Sonntag, um selbst die Kommunion zu empfangen –, die letzten Gebete gesprochen, Antworten gegeben, die Eucharistie war ins Tabernakel über dem Altar weggeschlossen, Pater Cavanaughs segnete die Gemeinde und führte die Prozession aus dem Sanktuarium, und dann war Mike in der kleinen Kammer, wo sie sich umzogen, legte Soutane und Meßgewand beiseite, damit die Haushälterin von Pater C. sie bügeln konnte, und stellte vorsichtig die polierten Halbschuhe in den Zedernspind.

Pater Cavanaugh kam herein. Er hatte ebenfalls die schwarze Soutane abgelegt und trug weite Hosen, ein blaues Baumwollhemd und einen Cordmantel. Es schockierte Mike immer, den Priester ohne Uniform zu sehen.

»Gute Arbeit, Michael, wie immer.« Obwohl er alles andere formlos erledigte, nannte der Priester ihn nie Mike.

»Danke, Pater.« Mike überlegte, was er noch sagen könnte – um den Augenblick mit dem einzigen Mann, den er bewunderte, in die Länge zu ziehen. »Waren nicht eben viele bei der zweiten Messe.«

Pater C. hatte sich eine Zigarette angezündet, das rauchige Aroma drang durch das kleine Zimmer. Der Priester stand am schmalen Fenster und sah auf den jetzt verlassenen Parkplatz hinaus. »Hmmmm? Nein, wie meistens.« Er drehte sich um und sah Mike an. »War dein Liebling heute wieder da?«

»Hm?« Mike kannte wenig katholische Jungs in seinem Alter.

»Du weißt schon ... Michelle – wie heißt sie doch gleich? – Staffney.«

Mike errötete bis zum Haaransatz. Er hatte Michelle nie gegenüber Pater Cavanaugh erwähnt ... eigentlich nie gegenüber *irgend jemand* ... aber er vergewisserte sich immer, ob sie sich in der Gemeinde befand. Das kam selten vor – sie und ihre Eltern fuhren normalerweise zur Kathedrale St. Mary's in Peoria –, aber bei den seltenen Anlässen, wenn die Rothaarige einmal da war, fiel es Mike sehr schwer, sich zu konzentrieren.

»Ich bin nicht einmal in derselben Klasse wie Michelle Staffney«, schnaubte Mike und versuchte, beiläufig zu klingen. Er dachte: *Wenn Donnie Elson, diese Ratte, Pater C. von ihr erzählt hat, schlag ich ihm die Fresse zu Brei.*

Pater Cavanaugh lächelte und nickte. Es war ein sanftes Lächeln, ohne Spott, aber Mike errötete wieder. Er senkte den Kopf, als müßte er sich mit aller Macht darauf konzentrieren, die Turnschuhe zu binden.

»Mein Fehler«, sagte Pater C. Er drückte die Zigarette im Aschenbecher auf dem Schreibtisch aus und tastete in der Tasche nach einer neuen. »Haben du und deine Freunde Pläne für heute nachmittag?«

Mike zuckte die Achseln. Er hatte vorgehabt, mit Dale und den anderen herumzuhängen und heute damit anzufangen, Van Syke zu beobachten. Er errötete wieder, als ihm bewußt wurde, wie albern ihr kleines Spionagespiel war. »Nn-nnn«, sagte er. »Nichts geplant.«

»Ich habe mir gedacht, ich sehe gegen fünf bei Mrs. Clancy vorbei«, sagte Pater C. »Ich kann mich erinnern, daß ihr Mann Fische im Teich auf ihrer Farm ausgesetzt hat, bevor er letztes Frühjahr gestorben ist. Ich glaube, es würde ihr nichts ausmachen, wenn wir unsere Angeln holen und nachsehen, was aus den Fischen geworden ist. Möchtest du mitkommen?«

Mike nickte und spürte, wie Freude in ihm aufstieg wie das Bild vom Heiligen Geist als Taube an der Westwand des Kirchenschiffs.

»Gut. Ich hol dich gegen Viertel vor fünf mit dem Papstmobil ab.«

Mike nickte wieder. Pater Cavanaugh bezeichnete das Auto der Pfarrei – einen schwarzen Lincoln Town Car – immer als Papstmobil. Anfangs hatte der Ausdruck Mike zutiefst schockiert, aber dann war ihm klar geworden, daß Pater C. diesen Scherz wahrscheinlich mit niemandem sonst machte. Er bekam vielleicht sogar größte Schwierigkeiten, wenn Mike den Ausdruck gegenüber anderen wiederholte

– Mike hatte manchmal Visionen von zwei Kardinälen aus dem Vatikan, die aus einem Helikopter sprangen, Pater C. im Pfarrhaus die Hölle heiß machten und ihn mit Eisenkugeln an den Beinen abführten –, daher war der Scherz eigentlich eine Art Vertrauensbeweis, eine andere Art zu sagen: »Wir sind beide Männer von Welt, Freund Michael.«

Mike winkte zum Abschied und ging aus der Kirche ins Sonnenlicht des Sonntagmittags hinaus.

Duane arbeitete fast den ganzen Tag, reparierte den John Deere-Traktor, spritzte das Unkraut im Straßengraben, trieb die Kühe von der Westwiese auf das Feld zwischen Scheune und Maisäckern und ging schließlich durch die Reihen, obwohl es noch zu früh zum Unkrautjäten war.

Der Alte war gegen drei Uhr morgens nach Hause gekommen. Duane hatte eines der Kellerfenster offen gelassen, obwohl es kein Fliegengitter hatte, damit er das Auto kommen hören konnte. Der Alte war betrunken, aber nicht so, daß er nicht mehr stehen konnte. Er kam polternd herein und machte sich unter noch mehr Poltern und Brummeln ein Sandwich in der Küche. Duane und Wittgenstein blieben im Keller, der alte Collie winselte sogar ein wenig, während sein Schwanz auf den Kellerboden klopfte.

Wenn der Alte sonntagmorgens keinen Kater hatte, spielten er und Duane Schach bis zum Mittag. Diesen Sonntag gab es kein Schachspiel.

Es war schon Nachmittag, als Duane von seinem Spaziergng durch die Reihen zurückkam und den Alten auf dem Holzgartenstuhl unter der Pappel auf dem Südrasen fand. Im Gras um ihn herum war eine Sonntagsausgabe der *New York Times* ausgebreitet.

»Hab ganz vergessen, daß ich die gestern aus Peoria mitgebracht habe«, murmelte der Alte. Er rieb sich die Wangen. Er hatte sich seit zwei Tagen nicht mehr rasiert, die grauen Stoppeln sahen im Licht fast silbern aus.

Duane setzte sich ins Gras, sah den Stapel durch und suchte nach der Literaturbeilage. »Die Zeitung vom letzten Sonntag?«

Der Alte grunzte. »Verdammt, was hast du erwartet, die Zeitung von *heute*?«

Duane zuckte die Achseln und las die Beilage. Sie handelte fast ausnahmslos von Shirers *Aufstieg und Fall des Dritten Reiches* und anderen Büchern, aus denen man nach der Verhaftung von Adolf Eichmann in Buenos Aires letzte Woche Kapital schlagen konnte.

Der Alte räusperte sich. »Ich wollte ... äh ... gestern nacht nicht so spät nach Hause kommen. Aber ein hühnerbrüstiger kleiner Professor aus Bradley hat angefangen, in einem kleinen Pub in der

Adams Street mit mir über Marx zu diskutieren, und ich . . . na ja, bist du zurechtgekommen?«

Duane nickte ohne aufzusehen.

»Hat dieser Soldat die Nacht hier verbracht?«

Duane ließ die Literaturbeilage sinken. »Welcher Soldat?«

Der Alte strich sich wieder über Wangen und Nacken und bemühte sich augenscheinlich, Wahn und Wirklichkeit voneinander zu trennen. »Äh . . . ich kann mich erinnern, daß ich einen Soldaten mitgenommen habe. Ich hab ihn bei der Brücke über den Spoon River aufgelesen.« Er rieb sich erneut die Wangen. »Normalerweise nehme ich keine Anhalter mit . . . das weißt du . . . aber es fing an zu regnen . . .« Er verstummte und sah Richtung Haus und Scheune, als könnte der Soldat immer noch auf dem Pritschenwagen sitzen. »Ja, jetzt kann ich mich deutlicher erinnern. Er hat die ganze Fahrt über kein Wort gesagt. Nur genickt, als ich ihn gefragt habe, ob er gerade aus dem Dienst entlassen worden wäre. Das Tolle ist, ich wußte gleich, daß etwas nicht stimmte, wie er angezogen war, aber ich war so . . . äh . . . müde, daß mir nicht aufgefallen ist, was es war.«

»Was war es denn?« sagte Duane.

»Seine Uniform. Es war keine moderne Uniform. Nicht einmal eine Eisenhower-Jacke. Er trug dicke Drillichsachen . . . brauner Stoff . . . einen alten Militärhut mit breiter Krempe und Wickelgamaschen.«

»Wickelgamaschen«, sagte Duane. »Du meinst die Schuhe, die die Landser damals im Ersten Weltkrieg getragen haben?«

»Ja«, sagte der Alte. Er kaute auf dem Nagel des Zeigefingers, wie er es immer machte, wenn er über eine neue Erfindung oder eine Methode nachdachte, schnell reich zu werden. »Eigentlich stammte alles an dem Soldaten aus dem Ersten Weltkrieg . . . Wickelgamaschen, Nietenstiefel, der alte Militärhut, sogar ein Sam Browne-Gürtel. Er war ziemlich jung, aber er kann kein richtiger Soldat gewesen sein . . . muß die Uniform seines Großvaters getragen haben oder von einer Art Kostümfest nach Hause gegangen sein.« Der Alte sah Duane an. »Ist er zum Frühstück geblieben?«

Duane schüttelte den Kopf. »Er ist nicht mit dir reingekommen. Du mußt ihn irgendwo abgesetzt haben.«

Der Alte konzentrierte sich einen Moment, dann schüttelte er heftig den Kopf. »Nn-nnn. Ich bin *sicher*, daß er bei mir im Auto saß, als ich in die Einfahrt eingebogen bin. Ich weiß noch, ich hatte fast vergessen, daß er noch da war, weil er so still war. Ich wollte ihm ein Sandwich geben und ihn auf dem Sofa schlafen lassen.« Der Alte sah Duane an. Seine Augen waren blutunterlaufen. »Ich *weiß*, daß er noch bei mir war, als ich in die Einfahrt gebogen bin, Duane.«

Duane nickte. »Nun, ich habe nicht gehört, daß jemand mit dir gekommen ist. Vielleicht ist er zu Fuß in die Stadt gegangen.«

Der Alte sah blinzelnd über den Mais zur County Six. »Einfach so, mitten in der Nacht? Außerdem erinnere ich mich, er hat gesagt, daß er irgendwo gleich hier in der Gegend lebt.«

»Hast du nicht gesagt, er hätte nicht gesprochen?«

Der Alte kaute auf seinem Nagel. »Er hat nicht ... ich kann mich nicht erinnern, daß er etwas gesagt hätte ... ach, scheiß doch drauf!« Er las den Wirtschaftsteil weiter.

Duane las die Literaturbeilage zu Ende, dann ging er zum Haus zurück. Witt kam aus der Scheune, er war offenbar nach einem seiner häufigen Schläfchen erfrischt und wollte etwas mit Duane unternehmen.

»He, Junge«, sagte Duane, »hast du einen Landser aus dem Ersten Weltkrieg hier in der Scheune rumlaufen sehen?«

Witt winselte leise, legte den Kopf schief und schien nicht sicher zu sein, was er gefragt wurde. Duane kraulte ihn hinter den Ohren. Er ging zum Laster und machte die Tür der Beifahrerseite auf. Die heiße Kabine roch nach Whisky und alten Socken. Der Vinylbezug auf der Beifahrerseite war niedergedrückt, als würde momentan eine unsichtbare Person dort sitzen, aber das war schon so, seit sie das Fahrzeug besaßen. Duane stocherte unter den Sitz, überprüfte den Boden und sah ins Handschuhfach. Jede Menge Plunder – Lappen, Karten, ein paar Taschentücher des Alten, ein Schlüssel, Bierdosen, sogar eine Schrotpatrone –, aber kein Hinweis. Kein Bajonett und keine Spanish Mauser, die aus Versehen zurückgelassen worden wären, keine Karte mit Schützengräben um die Somme oder taktische Pläne des Wäldchens bei Belleau.

Duane lächelte in sich hinein und ging in den Garten, um mit Witt zu spielen.

Es war Abend, als Mike und Pater Cavanaugh ihren Angelausflug beendeten. Mrs. Clancy, die altersschwach und schrullig war, hatte niemand sonst im Haus haben wollen, wenn Pater Cavanaugh ihr die Beichte abnahm, daher hatte Mike beim Teich gewartet, Steine darüber hüpfen lassen und sich gewünscht, er hätte nicht aufs Abendessen verzichtet. Es gab wenige Gründe, die Mike vom sonntäglichen Abendessen abgehalten hätten, aber wie sich herausstellte, gehörte dazu, Pater C. zu helfen. Als der Priester zu ihm gesagt hatte: »Du hast doch schon gegessen, oder?« hatte Mike genickt. Nächstesmal würde er das in seiner Beichte unter dem allgemeinen Oberbegriff *Manchmal habe ich gegenüber Erwachsenen nicht die Wahrheit gesagt, Pater* unterbringen. Als Mike älter wurde, war ihm der Grund klar geworden, warum Priester nicht heiraten konnten – wer wollte schon mit jemandem zusammenleben, bei dem man regelmäßig alles beichten mußte?

Pater C. kam um sieben zu ihm zum Teich – er brachte die Anglerausrüstung aus dem Kofferraum des Papstmobils mit –, und es schien früher zu sein, da die Sonne zwar tief stand, aber immer noch über den Bäumen. Die beiden angelten über eine Stunde, aber nur Mike fing etwas – ein paar Sonnenbarsche, die er wieder hineinwarf –, doch führten sie eine so ausgiebige Unterhaltung, daß dem Jungen ganz schwindlig wurde: über die Natur der Dreieinigkeit, wie es war, auf der Southside von Chicago aufzuwachsen, als Pater C. noch jünger gewesen war, wie die Straßenbanden waren, warum alles geschaffen worden war, Gott aber nur *sein* konnte, warum alte Menschen zur Kirche zurückfanden – Pater C. erklärte Mike Pascals Wette ... oder versuchte es zumindest – und ein Dutzend andere Themen. Mike unterhielt sich gerne mit dem Priester über solche Dinge; es machte Spaß, mit Dale oder Duane oder einigen der echten Schlauberger unter den Jungs zu sprechen – die hatten manchmal abgefahrene Vorstellungen –, aber Pater C. hatte *gelebt.* Er kannte sich nicht nur in den Mysterien des Lateinischen und der Kirche aus, sondern auch in der harten, zynischen Seite des Lebens in Chicago, was Mike sich nie hätte träumen lassen.

Die Schatten der Bäume reichten schon über das Grasufer und einen Teil des Teichs, als Pater C. auf die Uhr sah und ausrief: »Herrje, Michael, sieh mal, wie spät es ist. Mrs. McCafferty wird sich Sorgen machen.« Mrs. McCafferty war die Haushälterin der Pfarrei. Sie hatte sich um Pater Harrison gekümmert wie eine Schwester, die einen vom Wege abgekommenen Bruder vor Schafen bewahren möchte; sie verhätschelte Pater C. als wäre er ihr eigener Sohn.

Sie verstauten die Ausrüstung und fuhren in die Stadt zurück. Als sie auf der County Six nach Süden fuhren und eine Staubwolke hinter dem Papstmobil auf der Schotterstraße aufwirbelten, sah Mike flüchtig Duane McBrides Haus zur Linken, bevor sie den ersten steilen Hügel hinab- und dann am Friedhof Calvary vorbei wieder hinauffuhren. Mike sah den Friedhof einsam und golden im Abendlicht, stellte fest, daß keine Autos auf dem Grasplatz entlang der Straße standen, und plötzlich fiel ihm wieder ein, daß er heute Van Syke hätte beobachten sollen. Er bat Pater C. anzuhalten, worauf der Priester das Papstmobil auf dem Grasstreifen zwischen der Straße und dem schwarzen schmiedeeisernen Zaun zum Stillstand brachte.

»Was ist denn?« fragte Pater C.

Mike dachte schnell nach. »Ich ... äh ... ich habe Memo versprochen, ich würde heute nach Großvaters Grab sehen. Sie wissen schon, ob das Gras gemäht ist, und die Blumen noch da sind, die wir letzte Woche hergebracht haben. Sie wissen schon, solche Sachen.« Wieder eine Lüge für die Beichte.

»Ich warte auf dich«, sagte der Priester.

Mike errötete und sah zum Friedhof, damit Pater C. das Erröten nicht sehen sollte. Er hoffte, der Priester würde die Lüge nicht aus seiner Stimme heraushören. »Äh ... ich würde lieber eine Weile allein sein. Ich möchte beten.« *Großer Gott, Mike, das ist* echt *logisch. Du möchtest beten, also sagst du dem Priester, er soll in den Wind schießen. Ist es eine Todsünde, wegen dem Beten zu lügen*? »Außerdem muß ich vielleicht Blumen im Wald pflücken, und das könnte eine Weile dauern.«

Pater Cavanaugh sah nach Westen über die Straße, zur Sonne, die wie ein roter Ballon über den Maisfeldern hing. »Es ist fast dunkel, Michael.«

»Ich bin zu Hause, bevor es dunkel ist. Ehrlich.«

»Aber bis zur Stadt ist es mindestens eine Meile.« Der Priester hörte sich zweifelnd an, als würde er einen Schabernack vermuten, sich aber nicht erklären konnte, wie der aussehen mochte.

»Kein Problem, Pater. Wir Jungs legen die andauernd zurück. Wir spielen oft hier draußen im Wald.«

»Du gehst doch nicht in den Wald, wenn es dunkel ist?«

»Nee«, sagte Mike. »Ich tue nur, was ich Memo versprochen habe, dann gehe ich nach Hause. Ich gehe gern spazieren.« Er dachte: *Könnte Pater C. Angst vor der Dunkelheit haben?* Er verwarf den Gedanken. Einen Augenblick lang fragte er sich, ob er nicht lügen und dem Priester von ihrer Vermutung erzählen sollte, daß etwas mit Old Central nicht stimmte – das etwas mit dem Verschwinden von Tubby Cooke zu tun hatte – und daß er im Werkzeugschuppen hinter dem Friedhof nachsehen wollte, wo Van Syke angeblich manchmal schlief. Auch diesen Gedanken verwarf er – Pater Cavanaugh sollte ihn nicht für verrückt halten.

»Sicher?« sagte Pater C. »Deine Eltern werden denken, du bist bei mir.«

»Sie wissen, daß ich es Memo versprochen habe«, sagte Mike, dem das Lügen jetzt leichter fiel. »Ich bin daheim, bevor es dunkel wird.«

Pater Cavanaugh nickte, beugte sich herüber und machte Mike die Tür auf. »Na gut, Michael. Danke für deine Hilfe beim Angeln und die nette Unterhaltung. Morgen zur Frühmesse?«

Es war eine rhetorische Frage. Mike half bei jeder Frühmesse. »Klar, morgen«, sagte er, schlug die schwere Tür zu, beugte sich vor und sprach durchs offene Fenster. »Danke ...« Er verstummte, weil er nicht wußte, wofür er dem Priester danken wollte. *Weil er ein Erwachsener war, der mit ihm redete?* »Danke, daß Sie mir die Angelrute geliehen haben.«

»Gern geschehen«, sagte Pater C. »Nächstesmal fahren wir zum Spoon River, wo es richtige Fische gibt.« Er salutierte mit zwei Fingern, fuhr mit dem Papstmobil an und verschwand hinter dem nächsten Hügel im Süden. Mike stand noch einen Moment lang da, blinzelte Staub weg und spürte, wie die Grashüpfer im flachen Gras von seinen Füßen wegsprangen. Dann drehte er sich um und sah zum Friedhof. Sein Schatten verschmolz mit dem schwarzen Gitter des Schattens des Zauns. *Großartig. Und wenn Van Syke da ist?*

Er glaubte nicht, daß der Hausmeister/Friedhofswächter da war. Die Luft war still und vom Mais- und Staubgeruch des warmen Juniabends geschwängert. Und der Friedhof machte einen verlassenen Eindruck. Er zog den Kopf des Riegels am Fußgängertor zurück, ging hinein, sah die Schatten, die vor ihm tanzten, sah die hohen Grabsteine, die ihre eigenen Schatten warfen, aber ganz besonders merkte er die drückende Stille nach der stundenlangen Unterhaltung.

Er besuchte Großpapas Grab. Es lag etwa in der Mitte des sechzehn Hektar großen Friedhofs, drei Grabsteine links vom Gras- und Schotterweg, der die Grabreihen in zwei Hälften teilte. Die O'Rourkes drängten sich in diesem Abschnitt – die Verwandtschaft seiner Mutter dichter beim Zaun auf der anderen Seite –, und Großpapas Grab war das direkt beim Weg. Dort befand sich eine große Rasenfläche, die, wie Mike wußte, für seine Eltern reserviert war. Und seine Schwestern. Und ihn.

Die Blumen waren noch da – welk und tot, aber noch da –, die er am vergangenen Montag, dem Memorial Day, gebracht hatte, ebenso die winzige amerikanische Flagge, die die American Legion angebracht hatte. Sie wechselten die Flaggen an jedem Memorial Day aus, und Mikes Empfinden, welche Jahreszeit herrschte, hing teilweise davon ab, wie verblaßt die Flagge an Großpapas Grab war: Er hatte sich im Ersten Weltkrieg freiwillig gemeldet, war aber nie nach Übersee gegangen, sondern hatte lediglich vierzehn Monate in einer Kaserne in Georgia verbracht. Als Mike noch klein gewesen war, hatte er sich Memos Geschichten von den Abenteuern von Großpapas Freunden im großen Krieg in Übersee angehört und von Memo den eindeutigen Eindruck gewonnen, zu den wenigen Dingen in seinem Leben, die der alte Mann bedauerte und die er sich anders gewünscht hätte, gehörte auch, daß er nie an die Front gekommen war.

Die Farben der Flagge waren strahlend: blutrot und strahlend weiß über dem grünen Gras. Im schrägen, horizontalen Licht wirkte alles noch greller und voller. Auf der Farm von Dales Onkel Henry auf dem Hügel eine Viertelmeile entfernt muhte eine Kuh, und der Ruf war deutlich in der stillen Luft zu hören.

Mike senkte den Kopf und sprach ein Gebet. Vielleicht mußte er die kleinen Notlügen ja doch nicht beichten. Dann bekreuzigte er sich und ging den Weg entlang zum hinteren Teil des Friedhofs und Van Sykes Schuppen.

Eigentlich war es gar nicht Van Sykes Schuppen, lediglich ein alter Werkzeugschuppen, der schon seit Ewigkeiten auf dem Friedhof stand. Er stand abgeschieden beim hinteren Zaun, hinter einem gemähten Stoppelstreifen abseits der letzten Grabreihe – aber Mike dachte, der Friedhof würde eines Tages auch dorthin wachsen –, das volle Abendlicht lag auf der Westwand wie Butter auf Stein.

Mike bemerkte, daß das Vorhängeschloß an der Tür hing, und er ging vorbei, als wollte er zu den Wäldern und Tagebauminen weit hinter dem Friedhof – das übliche Ziel der Kinder, wenn sie hier durchkamen –, dann kehrte er um und schlich in den dunklen Schatten an der Westseite des Gebäudes. Grashüpfer sprangen aus den Stoppeln unter seinen Füßen, trockenes Gras knisterte.

An dieser Seite war ein Fenster – das einzige Fenster des Schuppens –, klein und auf Kopfhöhe von Mike. Er ging näher, schirmte die Augen ab und blickte hinein.

Nichts. Das Fenster war zu staubig, das Innere zu dunkel.

Mike schlenderte pfeifend und mit den Händen in den Taschen um den Schuppen herum. Er sah mehrmals über die Schulter und vergewisserte sich, daß niemand den Weg entlang kam. Die Straße war verlassen, seit Pater C. weggefahren war. Der Friedhof war still. Jenseits der Straße war die Sonne mit der scharlachroten Zeitlupeneleganz untergegangen, die nur Sonnenuntergängen in Illinois eigen ist. Aber am wolkenlosen Himmel leuchtete immer noch das abendliche Junilicht, das allmählich zu wahrer Dämmerung und sommerlicher Dunkelheit verblaßte.

Mike begutachtete das Vorhängeschloß. Es war ein solides Schloß Marke Yale, aber die Metallplatte, wo das Schloß am Türrahmen befestigt war, war in gesplittertes, verfaultes Holz eingelassen. Mike pfiff immer noch leise und bewegte die Platte hin und her, bis eine – dann zwei der drei rostigen Schrauben sich vom Rahmen lösten. Die letzte Schraube erforderte ein wenig Überredung durch Mikes Taschenmesser, aber schließlich löste sich auch sie. Mike sah sich um, vergewisserte sich, daß ein Stein in der Nähe lag, mit dem er die Schrauben wieder reinklopfen konnte, wenn er gehen mußte, dann betrat er den Schuppen.

Es war dunkel. Die Luft roch nach frischer Erde und etwas Saurem. Mike machte die Tür hinter sich zu – ließ aber einen Spalt offen, damit Licht hereindrang und er hören konnte, wenn ein Auto vor dem Tor vorfuhr –, blinzelte einen Moment lang und wartete, bis sich seine Augen angepaßt hatten.

Van Syke war nicht da – das war das Entscheidende, das Mike sichergestellt hatte, noch bevor er eingetreten war. Es war überhaupt nicht viel da: ein paar Schaufeln und Spaten – Standardausrüstung für einen Friedhof, sagte er sich –, ein paar Regale mit Dünger und Gläsern voll dunkler Flüssigkeit, ein paar rostige Eisenstangen, offensichtlich Teile des Zauns, die entfernt worden waren, in einer

Ecke ein Aufsatz zum Rasenmähen für den Traktor, ein paar kleine Kisten – auf einer stand eine Lampe, sie sah aus, als wäre sie als Tisch benützt worden –, ein paar dicke Leinenbänder, die Mike einen Moment Kopfzerbrechen bereiteten, bis ihm klar wurde, das waren die Gurte, die unter einem Sarg durchgezogen wurden, damit man ihn ins Grab hinunterlassen konnte, und unmittelbar unter dem staubigen Fenster eine flache Pritsche.

Mike überprüfte die Pritsche. Sie roch stark vermodert, und es lag eine Decke darauf, die nicht viel besser roch. Aber jemand hatte dieses Bett eindeutig in letzter Zeit benützt – eine zusammengeknüllte Ausgabe des *Peoria Star Journal* vom Mittwoch lag darauf an der Wand –, die Decke lag halb auf dem Boden, als hätte sie jemand hastig zurückgeschlagen.

Mike kniete sich neben die Pritsche und nahm die Zeitung weg. Darunter lag ein Magazin mit glatten, glänzenden Seiten zwischen billigerem Papier. Mike hob es hoch, blätterte es durch und ließ es erschrocken wieder fallen.

Auf den glatten Seiten befanden sich glänzende Schwarzweißfotos nackter Frauen. Mike hatte schon nackte Frauen gesehen – er hatte vier Schwestern –, und er hatte sogar schon *Zeitschriften* mit nackten Frauen gesehen: Gerry Daysinger hatte ihm einmal ein Nudistenmagazin gezeigt. Aber solche Fotos hatte er noch nie gesehen.

Die Frauen lagen mit gespreizten Beinen da, so daß man ihre intimen Teile sehen konnte. Die Nudistenfotos, die Mike gesehen hatte, waren retuschiert gewesen – kein Schamhaar, nur züchtige Glätte zwischen den Beinen –, aber auf diesen Fotos war alles zu sehen. Haar, die Schlitze der Frauen, die offenen Lippen da unten . . . die häufig von den Frauen selbst auseinandergezogen wurden – lackierte Nägel entblößten die Öffnung zu ihren intimsten Stellen. Andere Frauen hockten auf den Knien und hatten der Kamera den Hintern zugewandt, so daß man auch noch ihre Polöcher sehen konnte, nicht nur die haarigen Stellen. Andere spielten mit ihren Titten.

Mike spürte, wie seine Errötung nachließ, aber gleichzeitig – als müßte das Blut *anderswo* hinfließen, merkte er, wie sein Penis steif wurde. Er berührte das Magazin – hob es aber nicht mehr hoch – und blätterte die Seiten um.

Noch mehr Frauen. Noch mehr gespreizte Beine. Mike hätte sich nie träumen lassen, daß Frauen so etwas vor jemand mit einer Kamera machen würden. Was war, wenn ihre Familien diese Bilder jemals sahen?

Er spürte, wie seine Erektion gegen die Jeans pochte. Mike hatte sich schon dort angefaßt – hatte sich sogar schon bis zum Höhepunkt gerieben, der ihn vor einem Jahr so sehr überrascht hatte –, aber Pater Harrison hatte ihm lang und ausführlich die Folgen der Selbstbeflekkung geschildert, körperlich wie seelisch, und Mike hatte nicht die Absicht, wahnsinnig zu werden oder diese spezielle Akne zu bekommen, die Selbstbeflecker immer bekamen – und damit alle Welt wissen ließen, daß sie sich selbst befleckten. Außerdem hatte Mike diese spezielle Sünde die wenigen Male gebeichtet, wenn er sie begangen hatte, und es war etwas anderes, so etwas Pater Harrison im Dunkeln zu erzählen und sich dafür schimpfen zu lassen, als es Pater Cavanaugh zu erzählen; das wäre wieder etwas ganz anderes. Mike war klar, lieber würde er Atheist werden und in die Hölle kommen, als Pater C. diese Sünde zu beichten. Und wenn er es machte und *nicht* beichtete ... nun, Pater Harrison hatte ihm die Strafe geschildert, die abtrünnige Sünder in der Hölle erwartete.

Mike seufzte, steckte das Magazin dorthin zurück, wo er es gefunden hatte, breitete die Zeitung darüber und stand auf. Er würde den Hügel hinunterlaufen und rasch den nächsten emporsteigen, das dürfte die schlimmen Gedanken in seinem Kopf und die Härte hinter dem Hosenschlitz vertreiben.

Die Decke rutschte von der Pritsche, als Mike aufstand, und ein ekliger Geruch erfüllte den Raum.

Mike wich zurück, aber dann kam er wieder näher und zog die Decke ganz weg.

Der Geruch von aufgeworfener Erde ... und etwas Schlimmerem ... drang unter der Pritsche hervor. Mike hielt einen Moment den Atem an, dann hob er die Pritsche hoch und stellte sie gegen die Kisten.

Da war ein Loch. Es hatte einen Durchmesser von über sechzig Zentimetern und war vollkommen rund, wie ein offener Kanaldeckel auf einer städtischen Straße. Aber die Ränder bestanden aus gestampfter Erde. Mike ließ sich auf allen vieren nieder und sah hinein.

Der Gestank war sehr schlimm. Mike war einmal im Schlachthof von Oak Hill gewesen, und der Geruch erinnerte ihn an den Raum, wo sie die Eingeweide und andere Abfälle hineinwarfen, die sie nicht verkaufen konnten. Der Blutgeruch war derselbe. Er mischte sich mit dem kräftigen Geruch der frischen Erde, alles zusammen war so stark, daß Mike fast schwindlig wurde. Er schwankte einen Moment mit geschlossenen Augen.

Als er sie wieder aufmachte, sah er eine verstohlene Bewegung tief unten in dem Loch, als wäre gerade etwas vom Licht fortgewuselt. Mike blinzelte. Die Ränder des Lochs waren seltsam – rötlich, obwohl der Boden hier kein Lehm war, und gleichmäßig gestreift. Es erinnerte Mike an etwas, obwohl es ihm momentan gerade nicht einfiel. Dann kam die Erleuchtung.

Dale Stewart besaß eine Ausgabe von *Compton's Illustrierter Enzyklopädie.* Die Jungs sahen sich gern den Eintrag über den menschlichen

Körper an; der enthielt Transparentbilder zum Übereinanderlegen. Einer dieser Bogen zeigte nur das Verdauungssystem mit Querverweisen und farbigen Ausschnitten.

Die Wände dieses Lochs sahen wie menschliche Eingeweide aus; rot und roh.

Dann schienen sich die roten Ränder vor Mikes Augen ein wenig zu bewegen – sie zogen sich zusammen und entspannten sich wieder. Der Geruch aus dem Loch wurde schlimmer.

Mike kroch auf allen vieren rückwärts und atmete flach. Irgendwo ertönte ein raschelndes, schabendes Geräusch. *Ratten draußen . . . oder irgendwo da unten*?

Plötzlich stellte Mike sich vor, daß dieser Tunnel zum Friedhof verlief und die Gräber dort miteinander verband. Er stellte sich vor, wie Van Sykes Kopf voraus in das Loch kroch und die rohe Öffnung hinunter in die tieferen Eingeweide der Erde verschwand – wie Van Syke sich wie eine Schlange gewunden hatte und sich versteckte, als er Mikes Pfeifen vor einer Minute gehört hatte.

Van Syke . . . oder etwas Schlimmeres?

Mike zitterte. Das staubige Fenster verriet, daß es draußen bereits dunkel war, obwohl in der Türspalte noch fahles Licht glomm.

Mike stellte die Pritsche wieder zurück, legte Magazin und Zeitung wieder so hin, wie er sie vorgefunden hatte, und zog die Decke so zurecht, daß sie das Loch wieder bedeckte. Ihm wurde klar, daß es der Decke gar nicht bedurfte, es zu verbergen. *Es ist so dunkel hier drinnen, daß man das Loch unter Umständen gar nicht bemerken würde, wenn der Geruch nicht wäre.*

Mike war noch auf den Knien, als er sich eine madenweiße Hand vorstellte, und einen Arm, die aus der Schwärze unter der Pritsche hervorschnellten – hervorschnellten und sein Handgelenk und den Knöchel packten.

Mikes sexuelle Erregung war völlig dahin. Einen Augenblick lang war ihm, als müßte er sich übergeben. Er machte die Augen zu und den Mund auf, damit er den Geruch nicht mehr so sehr wahrnahm, und konzentrierte sich darauf, ein Ave Maria und ein Vaterunser zu sprechen.

Es half nichts.

Er stellte sich vor, daß er schleichende Schritte auf den Grasstoppeln draußen hörte.

Mike riß die Tür auf, stürzte hinaus und scherte sich nicht darum, ob er jemandem in die Arme lief, er wollte nur weg von dem Loch . . . weg von hier.

Der Friedhof war verlassen. Der Himmel war dunkler, ein einsamer Stern leuchtete im Osten über den Baumwipfeln, der Wald sah finster aus, aber noch herrschte die Sommerdämmerung. Zwanzig

Meter entfernt saß eine Amsel mit roten Flügeln auf einem Grabstein und starrte ihn an.

Er wollte gehen und setzte sich schnellen Schrittes in Bewegung, aber dann fiel ihm das Schloß ein. Er zögerte, sagte sich, daß er ein Idiot war, ging zurück und klopfte die Schrauben fest. Die dritte mußte er mit seinem Taschenmesser hineinschrauben, und dabei stellte Mike fest, daß seine Hand ein wenig zitterte.

Wenn etwas aus diesem Loch herauskommt, wie kann es aus dem Schuppen? Vielleicht schlängelt es sich durch das Fenster.

Hör auf, Dummkopf! Die Messerklinge glitt ab, er schnitt sich in den kleinen Finger. Mike achtete nicht darauf, drehte die Schraube die letzten fünf Millimeter hinein und achtete nicht auf die Blutstropfen, die auf den Holzrahmen fielen.

So. Es war nicht perfekt. Eine eingehende Untersuchung würde zeigen, daß der Schloßrahmen herausgezogen und wieder festgemacht worden war. Na und? Mike drehte sich um und ging den Weg entlang.

Immer noch kein Verkehr auf der County Six. Mike lief den Hügel hinab und wünschte sich, die Schatten unten wären nicht so dunkel. Im dichten Wald auf beiden Seiten war es schon Nacht.

Die Black Tree Tavern war dunkel und geschlossen – sonntags durfte kein Alkohol ausgeschenkt werden –, es war seltsam, das kleine Haus ohne parkende Autos zu sehen. Mike ging langsam, als er auf dem Hügel war und die Einfahrt des Black Tree passierte. Links erstreckte sich weiter der Wald, und irgendwo da drinnen lag die Gypsy Lane, aber rechts ging das Land in Maisfelder über, und da war es viel heller. Mike konnte die Kreuzung der Jubilee College Road ein paar hundert Meter weiter vorne erkennen, und wenn er dort war, würde er den Wasserturm von Elm Haven eine Dreiviertelmeile im Westen sehen können.

Mike wurde noch langsamer und schalt sich innerlich einen Feigling, als er hinter sich den Kies knirschen hörte. Es war kein Auto, sondern das leise Stapfen von Schritten.

Mike blieb nicht stehen, als er sich umdrehte und die Hände unwillkürlich zu Fäusten ballte.

Noch ein Junge, dachte er, als er den Schatten sah, der sich aus der Dunkelheit unter den Bäumen auf der Straße oben auf dem Hügel schälte. Er kannte den Jungen nicht, sah aber den altmodischen Pfadfinderhut und die Uniform. Der Junge war etwa fünfzehn Meter hinter ihm.

Dann stellte Mike fest, daß es kein Junge war. Es war ein Mann um die zwanzig, und seine Kleidung war keine Pfadfinderuniform, sondern eine Art Uniform, wie Mike sie auf alten Fotos gesehen hatte. Das Gesicht des Burschen wirkte wächsern, glatt und im düsteren Licht seltsam konturlos.

»He!« rief Mike und winkte. Er kannte den Soldaten nicht, war aber trotzdem erleichtert. Als Mike die Schritte hinter sich gehört hatte, hatte er sofort daran denken müssen, daß Van Syke ihn auf der Straße verfolgen könnte.

Der junge Soldat winkte nicht zurück. Mike konnte seine Augen nicht sehen, aber er hatte irgendwie den Eindruck, als wäre der Mann blind. Er rannte nicht – er schritt nur rasch mit steifen Beinen aus, aber immerhin so schnell, daß der Soldat die Entfernung zwischen ihnen beiden schon ein wenig verringert hatte. Er war jetzt zehn Meter entfernt, und Mike konnte deutlich die Messingknöpfe an der braunen Uniform erkennen, sowie die seltsamen Khakilappen – wie Bandagen – um seine Füße. Die genagelten Stiefel erzeugten knirschende Laute auf dem Kies. Mike versuchte wieder, das Gesicht zu erkennen, aber die breite Hutkrempe warf trotz des Restlichts einen dunklen Schatten.

Der junge Mann schritt so rasch aus, Mike bekam das eindeutige Gefühl, daß er ihn einholen wollte ... daß er sich bemühte, die Entfernung zu verringern.

Drauf geschissen, dachte Mike und überlegte sich am Rande, daß er Pater C. noch ein schlimmes Wort beichten mußte.

Mike drehte sich um und rannte so schnell er konnte die Jubilee College Road entlang in Richtung der fernen Baumwipfel, die Elm Haven waren.

Dales kleiner Bruder Lawrence hatte Angst vor der Dunkelheit.

Soweit Dale sagen konnte, hatte der Achtjährige sonst vor nichts Angst. Er kletterte an Stellen, zu denen sich sonst niemand trauen würde – außer vielleicht Jim Harlen. Lawrence war zäh und hatte einen stillen Mut, der dafür verantwortlich war, daß er mit gesenktem Kopf und rudernden Fäusten gegen Schläger stürmte, die doppelt so groß waren wie er, während er Prügel einsteckte, bei denen ein älterer Junge unter Tränen fliehen würde. Lawrence liebte Todesfahrer-Stunts – er sprang mit dem Fahrrad von der höchsten Rampe, die sie bauen konnten, und wenn ihre Teufelsfahrer-Show im Garten verlangte, daß sich jemand *unter* die Rampe legte, während andere mit den Rädern darüber sprangen, war Lawrence der einzige, der sich freiwillig meldete. Er spielte Football mit wesentlich größeren Jungs, und es machte ihm den größten Spaß, sich in einer zugeklebten Kartonkiste die vom Tagebau zerfurchten Hänge der Billy Goat Mountains herunterstoßen zu lassen. Manchmal war Dale überzeugt, Lawrences Unerschrockenheit würde ihn eines Tages das Leben kosten.

Aber er hatte Angst vor der Dunkelheit.

Lawrence fürchtete sich besonders vor der Dunkelheit im Flur oben an der Treppe, und noch mehr vor der Dunkelheit in ihrem Zimmer.

Das Haus der Stewarts – sie hatten es seit fünf Jahren gemietet, seit sie von Chicago hierher gezogen waren – war alt. Mit dem Lichtschalter unten an der Treppe konnte man die Glühbirnen des kleinen Kandelabers über der unteren Eingangsdiele einschalten, aber der Zwischenstock oben blieb dunkel. Wenn man zum Zimmer der Jungs wollte, mußte man durch diese Dunkelheit im Zwischenstock gehen. Von Lawrence Standpunkt aus noch schlimmer war die Tatsache, daß es in ihrem Zimmer keinen Wandschalter gab. Um die hängende Glühbirne in der Mitte des Zimmers einzuschalten, mußten die Jungs in die Dunkelheit gehen, mußten nach der Kordel tasten, die herunterhing, und daran ziehen. Lawrence mißfiel das ganz besonders, er flehte immer Dale an, nach oben zu gehen und das Licht für ihn anzumachen.

Einmal, als sie bei eingeschaltetem Nachttischlämpchen schlafen gingen, hatte Dale ihn gefragt, was ihm daran nicht gefiel ... wovor er denn genau Angst hatte. Es war *ihr Zimmer.* Zuerst wollte Lawrence nicht antworten, aber schließlich sagte er verschlafen: »Jemand könnte hier drinnen sein. Und warten.«

»Jemand?« hatte Dale geflüstert. »Wer?«

»Weiß nicht«, hatte Lawrence schläfrig zurückgeflüstert, »jemand halt. Manchmal denke ich, ich komme ins Zimmer und taste nach der Lichtschnur ... du weißt ja, die ist irgendwie schwer zu finden ... und anstelle der Schnur werde ich sein Gesicht ertasten.«

Dales Nacken war kalt geworden.

»Du weißt schon«, fuhr Lawrence fort, »das Gesicht eines großen Burschen ... aber kein richtiges Menschengesicht ... und ich werde hier drinnen im Dunkeln sein und meine Hand auf diesem Gesicht haben ... und seine Zähne werden ganz glatt und kalt sein, und ich spüre seine Augen, weit offen wie bei einem Toten ... und ...«

»Sei still!« hatte Dale geflüstert.

Selbst wenn das Nachttischlämpchen eingeschaltet war, fürchtete sich Lawrence vor Ungeheuern im Zimmer. Das Haus war so alt, daß es keine Einbauschränke besaß – Dales Dad hatte gesagt, daß die Leute damals große Schränke für ihre Kleidung benützten –, aber Vorbesitzer und Mieter hatten im Zimmer der Jungs einen Schrank eingebaut. Das war ein einfaches Ding – kaum mehr als eine Kiste aus gestrichenem Kiefernholz vom Boden zur Decke in einer Ecke –, und Lawrence sagte immer, er erinnere ihn an einen an die Wand gestellten Sarg. Er erinnerte auch Dale an einen Sarg, doch hätte dieser das niemals zugegeben. Lawrence machte nie als erster die Schranktür auf, nicht einmal bei Tage. Dale konnte sich nur ausmalen, was sein Bruder da drinnen zu finden erwartete.

Aber am meisten Angst hatte Lawrence vor dem, was unter seinem Bett sein könnte.

Die Jungs schliefen wenige Schritte voneinander entfernt in Betten, die bis hin zu den Roy Rogers-Bettdecken identisch waren. Aber Lawrence war sicher, daß unter seinem Bett etwas lauerte.

Lawrence kniete auf dem Boden und betete, wenn seine Mom im Zimmer war, aber wenn die beiden Jungs allein waren, zog er hastig den Pyjama an und sprang auf das Bett – ohne in Reichweite der Dunkelheit darunter zu kommen –, und dann kam das Ritual, die Decke festzustecken und alles zu sichern, damit nichts ihn nach unten ziehen konnte. Wenn er einen Comic oder so etwas las, und er fiel ihm hinunter, bat er Dale, ihn aufzuheben. Wenn Dale das nicht machte, blieb der Comic bis zum Morgen auf dem Boden.

Dale versuchte schon seit Jahren, seinem Bruder mit Vernunftgründen beizukommen. »Hör zu, Dummkopf«, sagte er, »unter deinem Bett ist nichts außer Staubflocken.«

»Da könnte ein Loch sein«, hatte Lawrence einmal geflüstert.

»Ein Loch?«

»Ja, wie ein Tunnel, oder so. Etwas könnte darin warten, daß es mich erwischt.« Lawrences Stimme war sehr piepsig gewesen.

Dale hatte gelacht. »Spatzenhirn, wir sind im ersten Stock. Im ersten Stock kann kein Loch oder Tunnel sein. Außerdem ist der Boden solides Holz.« Er hatte sich runtergebeugt und mit den Knöcheln auf den Boden geklopft. »Siehst du, solide.«

Lawrence hatte die Augen zugemacht, als hätte er erwartet, daß eine Hand herausgreifen und Dales Arm packen würde.

Dale hatte es aufgegeben, Lawrence davon überzeugen zu wollen, daß er keinen Grund hatte, Angst zu haben. Dale hatte keine Angst vor der Dunkelheit oben – seine Furcht konzentrierte sich auf den Keller, besonders den Kohlenkeller, wo er jeden Winterabend runtergehen und Kohlen holen mußte –, aber er erzählte weder Lawrence noch sonst jemandem je von dieser Angst. Dale mochte den Sommer, weil er da nicht in den Keller mußte. Aber Lawrence hatte das ganze Jahr über Angst vor der Dunkelheit.

Am ersten Sonntagabend der Sommerferien bat Lawrence Dale, für ihn nach oben zu gehen und das Licht anzumachen, und Dale seufzte, klappte das Tarzan-Buch zu, das er las, und ging mit seinem Bruder nach oben.

Es lauerten keine Gesichter in der Dunkelheit. Nichts kam unter seinem Bett hervor. Als Dale die Schranktür aufmachte und das gestreifte Hemd seines Bruders aufhängte, sprang nichts heraus und zog ihn hinein. Lawrence zog seinen Zorro-Schlafanzug an, und Dale stellte fest, daß er auch müde wurde, obwohl es nicht einmal neun Uhr war. Er zog seinen blauen Pyjama an, warf seine schmutzige Wäsche in den Korb und legte sich ins Bett, um weiter von Tarzan und der vergessenen Stadt Opar zu lesen.

Sie hörten Schritte, und ihr Dad stand unter der Tür. Er hatte die Lesebrille auf, mit deren dunklem Gestell er älter und ernster als sonst aussah.

»Hallo, Dad«, sagte Lawrence von seinem Bett. Er hatte gerade sein Ritual beendet, alles festzustecken und sich zu vergewissern, daß nichts lose herunterhing, das Kreaturen unter dem Bett in Versuchung führen könnte.

»Hallo, Tiger. Früh im Bett heute, was?«

»Ich les' noch eine Weile«, sagte Dale und wußte plötzlich, daß etwas passiert war. Normalerweise kam ihr Dad nicht nach oben, um gute Nacht zu sagen, und heute abend waren seine Augen und Lippen verkniffen. »Was ist denn, Dad?«

Ihr Vater trat ein, nahm die Brille ab, als wäre ihm gerade eingefallen, daß sie noch da war, setzte sich auf Lawrences Bett und überbrückte mit der linken Hand den Spalt zu dem von Dale. »Habt ihr das Telefon gehört?«

»Hm-mm«, sagte Dale.

»Ja«, sagte Lawrence.

»Das war Mrs. Grumbacher . . .«, begann ihr Dad. Er spielte mit der Brille, klappte sie auf und zu. Dann hörte er auf und steckte sie in die Tasche. »Mrs. Grumbacher hat erzählt, daß sie Miß Jensen heute in Oak Hill getroffen hat . . .«

»Miß Jensen«, sagte Lawrence. »Du meinst Jim Harlens Mom?« Lawrence hatte nie verstanden, warum Harlens Mom einen anderen Nachnamen hatte . . . oder warum sie eine »Miß« sein und trotzdem ein Kind haben konnte.

»Psst«, sagte Dale.

»Ja«, sagte ihr Dad und tätschelte Lawrences Bein unter der Bettdecke. »Jims Mom. Sie hat Mrs. Grumbacher erzählt, daß Jim einen Unfall gehabt hat.«

Dale spürte, wie sein Herz für einen Schlag aussetzte und dann langsamer schlug. Er und Kevin hatten Harlen am Nachmittag besuchen wollen – Mike war nicht da gewesen, und sie hatten genügend Jungs zum Ballspielen gebraucht –, aber Harlens Haus war dunkel und verriegelt gewesen. Sie hatten sich gedacht, er hätte einen Sonntagsausflug zu Verwandten oder so mitmachen müssen.

»Einen Unfall«, wiederholte Dale nach einer Weile. »Ist er tot?« Dale wußte intuitiv mit Sicherheit, daß Harlen tot war.

Dales Dad blinzelte. »Tot? Nein, Junge, Jim ist nicht tot. Aber er ist verletzt. Er war heute immer noch bewußtlos im Krankenhaus von Oak Hill, als Mrs. Grumbacher mit seiner Mutter gesprochen hat.«

»Was ist passiert?« fragte Dale. Seine Stimme klang trocken, krächzend.

Ihr Dad rieb sich die Wange. »Sie sind nicht sicher. Sieht so aus, als wäre Jim an der Schule hinaufgeklettert . . .«

»Old Central!« hauchte Dale.

»Ja, er ist auf der Schule auf der anderen Straßenseite herumgeklettert und dabei abgestürzt. Mrs. Moon hat ihn heute morgen gefunden. Sie hat in dem Müllcontainer bei der Schule nach Dosen und alten Zeitungen gesucht . . . nun, Jim war entweder in der Nacht zuvor oder am Morgen da hineingefallen und war bewußtlos.«

Dale leckte sich die Lippen. »Ist er schwer verletzt?«

Ihr Vater schien einen Moment zu überlegen, ob er antworten sollte. Er tätschelte beiden Jungs die Beine unter den Bettdecken. »Mrs. Grumbacher sagt, Miß Jensen sagte ihr, er würde wieder gesund werden. Er ist immer noch bewußtlos – sie sagt, er hat sich den Kopf angeschlagen und eine schwere Konkussion . . .«

»Was ist eine Konkussion?« fragte Lawrence mit großen Augen.

»Eine Gehirnerschütterung, wenn man auf den Kopf fällt oder einen Schädelbruch hat«, flüsterte Dale. »Und jetzt sei still und laß Dad reden.«

Ihr Dad lächelte etwas. »Er ist nicht im Koma, aber bewußtlos. Die Ärzte sagen, bei einer schweren Kopfverletzung ist das normal. Soweit ich weiß, hat er auch mehrere Rippen gebrochen und einen mehrfachen Armbruch . . . Mrs. G. hat nicht gesagt, welchen. Offenbar ist Jim ein gutes Stück abgestürzt und auf den Rand des Containers geschlagen. Wenn nicht weicher Müll darin gewesen wäre, der seinen Sturz abgefangen hat . . . nun . . .«

Lawrence sagte: »Dann wäre er wie Mikes Kätzchen, das letzten Sommer auf der Hard Road plattgefahren worden ist, Dad, hm?«

Dale kniff seinen Bruder in den Arm. Bevor sein Dad ihn zurechtweisen konnte, sagte er: »Können wir nach Oak Hill ihn besuchen, Dad?«

Ihr Vater holte die Brille aus der Tasche. »Aber sicher. Warum nicht. Aber es wird mindestens noch ein paar Tage dauern. Jim muß erst das Bewußtsein wiedererlangen, und sie müssen sicherstellen, daß alles gut wird. Wenn sich sein Zustand verschlechtert oder er nicht zu sich kommt, müssen sie ihn vielleicht ins Krankenhaus nach Peoria bringen . . .« Er stand auf und tätschelte zum letzten Mal Lawrences Bein. »Aber wir besuchen ihn diese Woche noch, wenn es ihm besser geht. Lest nicht zu lange, Jungs, okay?« Er ging zur Tür.

»Dad?« sagte Lawrence. »Wieso hat Harlens Mom gestern nacht nicht gewußt, daß er weg war? Wieso hat bis heute morgen niemand nach ihm gesucht?«

Das Gesicht ihres Dad ließ einen Moment lang Zorn erkennen. Aber nicht Zorn auf Lawrence. »Ich weiß nicht, Junge. Vielleicht hat seine Mom gedacht, er sei zu Hause und schlafe. Vielleicht ist Jim auch heute morgen erst weggegangen und auf die Schule geklettert.«

»Nn-nnn«, sagte Dale. »Harlen schläft länger als jeder andere Junge, den ich kenne. Es war gestern abend. Jede Wette.« Dale dachte an die Gratisvorstellung, an die Blitze und ersten Regentropfen, als alle in die Autos geflüchtet waren oder unter Bäumen Zuflucht gesucht hatten, während Rod Taylor mit den Morlocks kämpfte, und an den zweiten Film, der völlig ins Wasser fiel. Er und Lawrence waren mit einer von Mikes Schwestern und ihrem verblödeten Freund zurückgegangen.

Warum ist Harlen aufs Old Central geklettert?

»Dad«, sagte Dale, »weißt du, wo Harlen hochgeklettert ist? An welchem Teil der Schule?«

Ihr Dad runzelte die Stirn. »Nun, er ist in den Müllcontainer beim Parkplatz gestürzt, daher nehme ich an, es muß auf dieser Seite an der Ecke gewesen sein. Da, wo letztes Schuljahr euer Klassenzimmer war, oder nicht?«

»Ja«, sagte Dale. Er stellte sich den Weg vor, den Harlen hochgeklettert sein mußte – wahrscheinlich am Regenrohr hinauf, möglicherweise an den Steinverzierungen an der Ecke, auf jeden Fall auf den Sims unterhalb des Klassenzimmers. *Verflixt, das ist weit oben. Was hatte Harlen so weit oben zu suchen?*

Sein Dad schien Dales Gedanken auszusprechen. »Weiß einer von euch, warum Jim versucht haben könnte, in euer altes Klassenzimmer zu klettern?«

Lawrence schüttelte den Kopf. Er hielt den zerschlissenen Pandabär im Arm, den er »Teddy« nannte. Dale schüttelte den Kopf und sagte: »Nn-nnn, Dad. Es ist völlig unerklärlich.«

Ihr Dad nickte. »Ich werde morgen nacht und am Dienstag unterwegs sein, aber ich ruf an und erkundige mich nach euch ... und wie es eurem Freund geht ... und wir besuchen Jim Ende der Woche, wenn ihr wollt.«

Beide Jungs nickten.

Später versuchte Dale wieder zu lesen, aber mit einemmal kamen ihm die Abenteuer von Tarzan in der vergessenen Stadt reichlich albern vor. Als er schließlich aufstand und das Licht ausmachte, streckte Lawrence die Hand über die Kluft zwischen den beiden Betten. Lawrence wollte normalerweise Händchen halten, während er einschlief – das einzige Risiko, etwas könnte ihn packen, das er einging –, aber Dale sagte normalerweise nein. Nun aber nahm er die Hand seines kleinen Bruders.

Die Vorhänge beider Fenster waren offen. Laubschatten malten Silhouetten auf die Fliegengitter. Dale hörte Grillen und das Rauschen der Blätter. Er konnte Old Central aus diesem Winkel nicht sehen, wohl aber das Leuchten der einzigen Lampe beim Nordeingang.

Dale machte die Augen zu, aber sobald er zu schlafen versuchte, sah er Harlen, wie er zwischen zertrümmerten Brettern und anderem Müll in dem Container lag. Er stellte sich vor, wie sich Van Syke und Roon und die anderen im Dunkeln um den Container versammelt hatten, den bewußtlosen Jungen betrachteten und einander mit ihren Rattenzähnen und Spinnenaugen anlächelten.

Dale wurde wach. Lawrence war eingeschlafen; er hatte Teddy noch im Arm und schnarchte leise. Ein dünner feuchter Fleck war unter seinem Mund auf dem Kissen.

Dale lag stumm da und atmete kaum. Er ließ Lawrences Hand nicht los.

9

Duane McBride wachte am Montagmorgen vor Einbruch der Dämmerung auf und dachte sich einen verwirrten Augenblick, daß er seine Arbeit erledigen und dann zum Schulbus am Ende des Weges mußte. Dann fiel ihm ein, daß Montag war – der erste Montag der Sommerferien – und er nie wieder in die Old Central mußte. Eine Last war ihm von den Schultern genommen, und er ging pfeifend nach oben.

Der Alte hatte ihm einen Zettel hingelegt: er war früh aufgebrochen, weil er sich zum Frühstück mit Freunden im Parkside Café treffen wollte, würde aber am frühen Nachmittag wieder daheim sein.

Duane erledigte seine morgendlichen Aufgaben. Als er die Eier im Hühnerhaus suchte, mußte er daran denken, welche Angst er als kleines Kind vor den militanten Hennen gehabt hatte, aber es war eine gute Erinnerung, weil es eine der wenigen war, die er an seine Mutter hatte – auch wenn die Erinnerung nur eine getupfte Schürze und eine gütige Stimme umfaßte.

Nachdem er zwei Eier, fünf Scheiben Speck, Toast, Bratkartoffeln und einen Schokoladenkrapfen zum Frühstück gegessen hatte, war Duane bereit, wieder nach draußen zu gehen – die Pumpe am Wassertank auf der hinteren Wiese mußte gereinigt werden und brauchte einen neuen Schwengel –, als das Telefon läutete. Es war Dale Stewart. Duane hörte sich die Neuigkeiten über Jim Harlen stumm an. Nachdem Dale einen Augenblick auf eine Antwort gewartet hatte, die nicht kam, fuhr Dale fort und informierte Duane, daß Mike O'Rourke um zehn Uhr heute morgen ein Treffen in seinem Hühnerhaus wollte.

»Warum nicht in *meinem* Hühnerhaus?« lautete Duanes Antwort.

»Weil in deinem Hühnerhaus noch Hühner sind. Außerdem müßten wir alle mit den Rädern zu dir fahren.«

»Ich habe kein Rad«, sagte Duane. »Ich müßte den ganzen Weg zu Fuß gehen. Was ist mit unserem geheimen Treffpunkt im Abwasserrohr?«

»Die Höhle?« sagte Dale. Duane konnte das Zögern in der Stimme des Elfjährigen hören. Duane war auch nicht besonders scharf darauf, heute zur Höhle zurückzukehren.

»Okay«, sagte er. »Ich bin um zehn da.« Nachdem Duane aufgelegt hatte, saß er eine Weile in der Küche und dachte an die Arbeiten, die er heute nachmittag doppelt so schnell erledigen mußte. Schließlich zuckte er die Achseln, holte einen Schokoriegel, damit er Energie für den weiten Weg bekam, und ging hinaus. Witt kam ihm mit wedelndem Schwanz im Hof entgegen, und diesmal brachte Duane es nicht übers Herz, den alten Hund zurückzulassen. Heute hatte sich eine hohe Wolkendecke zusammengebraut, die die Hitze ein wenig linderte – die Temperatur lag um die dreißig Grad –, und er dachte, das Training könnte Witt Spaß machen.

Duane ging ins Haus zurück, stopfte sich die Hosentaschen mit Hundekuchen voll, nahm noch einen Schokoriegel fürs Mittagessen mit, dann gingen die beiden den Weg entlang. Duane dachte nie darüber nach, aber aus der Ferne bildeten die beiden ein seltsames Gespann – Duane mit seinem schlurfenden, schlaksigen Halbwatscheln; Wittgenstein mit seinem arthritischen Hinken, der die Pfoten behutsam aufsetzte wie ein barfüßiger Vierbeiner auf heißem Asphalt, und kurzsichtig Dinge betrachtete, die er riechen, aber nicht richtig sehen konnte.

Der Schatten im Tal zwischen den Hügeln war eine Erleichterung, aber als er den Hang zur Black Tree Tavern erklommen hatte, schwitzte Duane unter dem karierten Flanellhemd. Es parkten schon ein paar Autos dort. Der Laster seines Dad war nicht dabei, aber Duane vermutete, daß das ›Frühstück‹ sich schon vom Parkside Café zu Carl's Tavern in der Stadt verlagert hatte.

Als Junge und Hund auf der Jubilee College Road nach Westen abgebogen waren, war die Wolkendecke schon aufgebrochen und der ferne Wasserturm flackerte im Hitzeflimmern. Duane betrachtete die Maisfelder auf beiden Seiten und verglich deren Wachstum mit dem ihrer Felder um die Farm herum – sie waren ein paar Zentimeter höher –, dann las er die gelben Schilder am Stacheldrahtzaun, um festzustellen, um was für eine Marke und Züchtung es sich handelte. Das Sonnenlicht war jetzt etwas Solides, das schwer auf seinem Gesicht und den Schultern lastete, und Duane fluchte, weil er seine Mütze vergessen hatte. Witt trottete neben ihm her, ab und zu folgte er auch einem interessanten Geruch, den er schnupperte, und stürzte sich blind ins staubige Unkraut im Straßengraben. Der Zaun machte seinen Nachforschungen normalerweise ein Ende, dann kam der Collie zu Duane zurückgehinkt, der geduldig wartete.

Duane war keine Viertelmeile mehr vom Wasserturm und der Biegung in der Straße entfernt, als der Lastwagen kam. Er roch ihn im selben Augenblick, wie er ihn hörte. Es mußte der Abdeckereiwagen sein. Witt hob den Kopf und versuchte blind, Ursprung von Geruch und Geräusch zu finden; Duane packte ihn am Halsband und zog ihn zum Rand der Schotterstraße. Duane mißfiel es, wenn Lastwagen vorüberfuhren, wenn er hier unterwegs war; der Staub blieb ihm stundenlang in Augen, Mund und Haaren. Wenn zu viele Fahrzeuge an ihm vorbeifuhren, mußte er vielleicht eines Tages sogar ein Bad nehmen.

Als er am Rand des Unkrauts stand, fiel Duane auf, wie schnell der Laster angerast kam. Es mußte der Abdeckereilaster sein – wie viele Lastwagen gab es schon in der Gegend mit abblätternder roter Farbe auf der Kabine und einem Bretterverschlag dahinter? Die Windschutzscheibe war ein Spiegel des Sonnengleißens. Das Ding raste nicht nur mit fünfzig oder sechzig Meilen pro Stunde heran, es bewegte sich auch nicht zur Mitte oder zur linken Straßenseite, wie die meisten Fahrzeuge. Duane dachte an aufspritzenden Kies und zog Witt noch weiter an den Rand des flachen Grabens zurück.

Der Laster donnerte am rechten Fahrbahnrand entlang, zerfetzte Unkraut unter der gewaltigen Stoßstange und näherte sich Duane und dem Hund mit fünfzig Meilen pro Stunde.

Duane nahm sich keine Zeit zum Nachdenken. Er bückte sich, hob Witt mit einer einzigen Bewegung hoch, sprang über den Graben und prallte gegen den Stacheldrahtzaun. Es gelang ihm nur mit Mühe, den zappelnden, panischen Collie festzuhalten, als der Lastwagen keine drei Schritte an ihnen vorbeidonnerte und Staub, Kies und Abfall vom Straßenrand um sie herum aufwirbelte.

Duane konnte die Kadaver von mehreren Kühen, einem Pferd, zwei Schweinen und einem, wie es aussah, hellen Hund auf dem Wagen erkennen, als dieser wieder auf die Schotterstraße schwenkte und in einer Staubwolke davonfuhr.

»Du Drecksack!« schrie er und trat wieder auf den Schotter, hielt aber den ängstlichen alten Hund immer noch auf den Armen. Seine Hände waren beschäftigt, er konnte keine Faust machen, daher spie Duane hinter dem Laster her. Die Spucke war staubfarben.

Der Laster kam zum Wasserturm und bog nach links ab; das Quietschen der Reifen war deutlich zu hören, als er auf den Asphalt fuhr.

»Blödes Arschloch«, murmelte Duane. Er fluchte fast nie, aber jetzt verspürte er den Drang. »Du verblödeter, vollgeschissener Sack.« Witt winselte und zappelte in seinen Armen, und Duane merkte plötzlich, wie schwer der alte Hund war und wie heftig sein Herz klopfte. Duane spürte das Pochen am Unterarm. Er trat auf die festgefahrenen Spuren der Straße, setzte Witt ab und beruhigte ihn mit Streicheln und gutem Zureden.

»Schon gut, Witt. Schon recht, alter Freund«, sagte er. »Dieses dumme, alte verpißte Arschloch von einem behämmerten Hausmeister hat uns nichts getan, oder? Nein.« Der beschwichtigende Tonfall beruhigte den Hund, aber seinen Herzschlag konnte man immer noch unter den Rippen erkennen.

Duane hatte Van Syke eigentlich nicht am Lenkrad gesehen – er war zu sehr damit beschäftigt gewesen, Witt festzuhalten und sich nicht am Stacheldraht zu verletzen, als daß er hätte ins Fahrerhaus sehen können, als der Laster vorbeigebraust war –, aber er zweifelte nicht daran, daß der wahnsinnige Hausmeister und Tierkadavereinsammler am Steuer gesessen hatte. Nun, alle würden früh genug davon erfahren. Es war eines, ein paar Jungs zu erschrecken, indem man einen toten Affen in den Bach warf; es war etwas anderes, wenn man versuchte, einen dieser Jungs zu töten.

Duane wurde plötzlich klar, daß Van Syke – oder wer auch immer – *tatsächlich* versucht hatte, ihn zu töten. Es war kein Streich gewesen. Auch keine Art wahnsinnige Warnung. Der Laster hatte auf sie *gezielt,* und nur die Gewißheit, daß das Fahrzeug sich überschlagen würde, wenn es mit dieser Geschwindigkeit in den flachen Graben fuhr, hatten den Fahrer daran gehindert, die letzten fünfzig Zentimeter herüberzuschwenken, damit er sie erwischte. *Jemand wäre vorbeigekommen und hätte meine Leiche im Unkraut gefunden,* dachte Duane. *Und die von Witt. Sie hätten nie erfahren, wer es war. Ein leichtsinniger Junge und ein Fall von Fahrerflucht.* Duane dachte an den Stacheldraht und tastete über seinen Rücken. Blut war an seiner Hand. Schlimmer, er hatte zwei lange Risse im Hemd, die er wieder zunähen mußte.

Duane tätschelte Witt weiter, aber jetzt zitterte der Junge schlimmer als der Hund. Mit der freien Hand griff Duane in die Tasche, fand einen Hundekuchen für das Tier und den Schokoriegel für sich.

Der Abdeckereilaster kam um die Kurve beim Wasserturm gerast.

Duane stand auf und starrte ihm entgegen; die Stücke des Riegels hatte er unzerkaut im Mund. Es war der Abdeckereilaster, er konnte deutlich das rote Fahrerhaus und die breite Stoßstange vor der Staubwolke erkennen. Er fuhr jetzt langsamer, aber immer noch mit mindestens dreißig Meilen pro Stunde. Schnell genug, diese drei Tonnen auf Reifen, um ihn und Witt sofort ins Jenseits zu befördern.

»O Scheiße!« flüsterte Duane aus tiefstem Herzen. Witt winselte und wehrte sich gegen Duanes Hand am Halsband.

Duane zerrte den Hund zur linken Straßenseite, als wollte er zu den Feldern der Südseite. Dort war der Straßengraben voll Unkraut, aber nicht tief, beinahe flach. Kein Hindernis für ein Fahrzeug.

Der Abdeckereiwagen schwenkte nach rechts und füllte Duanes Straßenseite aus. Er hatte jetzt die halbe Strecke zurückgelegt und Duane konnte den Umriß eines Fahrers in der Kabine sehen. Der Mann war groß, aber nach vorne gebeugt und aufs Fahren konzentriert . . . aufs *Zielen*!

Duane packte Witt am Halsband und zog den panischen Collie über die Straße – dieser hatte die Vorderbeine steif gemacht, Kies rutschte unter seinen Pfoten weg – in den Graben.

Der Abdeckereiwagen scherte nach links aus, kam von der Straße herunter, holperte über den Straßengraben, bis die linken Reifen fast am Zaun streiften. Unkraut wurde von der Stoßstange niedergemäht, die Staubwolke wirbelte hoch in die Luft.

Duane sah über die Schulter und hoffte wider besseres Wissen, ein anderes Auto würde aus der Gegenrichtung kommen, ein Erwachsener würde eingreifen . . . er würde aufwachen.

Der Laster war keine dreißig Meter mehr entfernt und schien Gas zu geben.

Duane wurde klar, daß er nicht mehr rechtzeitig mit Witt über die Straße kommen würde, und selbst wenn, würde der Laster ihn erwischen, wenn er versuchte, dort über den Zaun zu klettern.

Wittgenstein bellte und zuckte und schnappte in seiner Raserei nach Duanes Handgelenk. Einen Sekundenbruchteil überlegte sich Duane, den Collie loszulassen – ihn sich selbst zu überlassen –, aber dann wurde ihm klar, daß Witt keine Chance haben würde. Trotz des Adrenalinstoßes der Panik waren die Gelenke des alten Hundes zu steif, sein Augenlicht zu schlecht.

Der Laster war zwanzig Meter entfernt und kam näher. Das linke Vorderrad erwischte einen morschen Zaunpfahl und riß ihn aus dem Boden. Der Drahtzaun summte wie eine gesprungene Harfe.

Duane bückte sich, hob Witt hoch und warf ihn mit einer geschmeidigen Bewegung so weit über den Zaun, wie er konnte. Witt landete drei Maisreihen weiter, rutschte auf die Seite und bemühte sich, die Beine unter den Körper zu bekommen.

Duane hatte keine Zeit mehr, ihn zu beobachten. Er packte einen dünnen Pfosten und zog sich hoch. Der gesamte Zaun wankte und hing durch. Stacheldraht schnitt in Duanes linke Hand. Sein Fuß war zu groß für das Quadrat aus Draht, in das er ihn gesteckt hatte, der Turnschuh saß fest.

Der Abdeckereilaster füllte die Welt aus mit Dröhnen und Staub und einer herandonnernden Mauer aus schorfigem rotem Metall. Der Fahrer war nicht mehr zu erkennen, da die Windschutzscheibe blendend gleißte. Er war noch zehn Meter entfernt, hüpfte polternd auf und ab und mähte im Fahren Zaunpfosten um.

Duane ließ den Turnschuh, wo er war, befreite den Fuß, stemmte sich hinüber – wobei er spürte, wie der Stacheldraht an seinem Bauch riß –, fiel schwer in den weichen Boden am Feldrain und rollte sich zu den Maisstauden, während er keuchend nach Luft rang.

Der Laster verfehlte ihn, mähte den Pfosten um, auf den er geklettert war, und schleuderte Draht und Unkraut und Kies in die Luft.

Duane richtete sich im tiefen Sand des Feldes auf die Knie auf. Er war fassungslos. Sein Flanellhemd war zerfetzt, Blut tropfte aus der aufgerissenen Haut am Bauch auf seine Cordhose. Seine Hände waren zerschunden.

Der Abdeckereilaster polterte wieder auf die Straße. Seine Bremsleuchten sahen aus wie rote Augen hinter der Staubwolke.

Duane drehte sich nach Witt um, sah ihn zwei Reihen weiter liegen – immer noch verblüfft – und wandte sich wieder um. Der Laster drehte sich langsam, träge nach links, Schnauze im Graben. Die Hinterräder drehten durch und wirbelten Kies wie Schrot auf. Duane hörte, wie Steine ins gegenüberliegende Maisfeld prasselten. Der Laster stieß zurück, sackte in den flachen Graben auf der anderen Straßenseite, rückte die lange Haube in Duanes Richtung und fuhr wieder an.

Duane rappelte sich auf und stolperte Maisstauden beiseite tretend zu Witt, hob den geschockten Hund hoch und schritt durch die Reihen tiefer in das Feld hinein. Der Mais reichte ihm knapp bis zur Hüfte. Witts Schwanz schleifte über die Pflanzen. Eine Meile erstreckte sich nur dieser Mais nach Norden, und dann kamen nur ein weiterer Zaun und ein paar Bäume.

Duane ging weiter und drehte sich auch nicht um, als er den Laster über den Straßengraben rumpeln, den Zaun zum zweiten Mal brechen und reißen und dann das Geräusch von Maisstauden hörte, die unter Stoßstange und Rädern zermalmt wurden.

Es hat vor ein paar Tagen erst geregnet, dachte Duane, während er sich im Schneckentempo dahinschleppte. Witt hing müde und schwer in seinen Armen. Nur sein leises Hecheln und die Bewegung der Flanken bewiesen, daß er noch lebte. *Es hat vor ein paar Tagen erst geregnet. Die obersten zwei Zentimeter oder so sind Staub, aber darunter ist ... Schlamm. Bitte, lieber Gott. Laß es Schlamm sein.*

Der Laster war jetzt bei ihm auf dem Feld. Duane hörte das Surren des Differentialgetriebes und das Knirschen von Gängen. Es war, als wäre ein riesiges, wahnsinniges Tier hinter ihm her. Der Gestank von totem Vieh war überwältigend.

Duane stapfte weiter. Er fragte sich, ob er stehenbleiben und sich ihm stellen sollte – und im letzten Augenblick beiseite springen wie ein behender Matador. Versuchen, hinter das verdammte Ding zu kommen. Einen Stein aufheben und gegen die Windschutzscheibe werfen.

Er war nicht behende. Mit Witt auf den Armen konnte er nicht springen. Er stapfte weiter.

Der Laster war zwölf Meter hinter ihm, dann sechs, dann vier. Duane versuchte zu laufen, brachte aber nur ein ausgreifendes Gehen zustande. Der Mais wogte um ihn herum, Kletten setzten sich in Witts Fell fest. Er merkte, daß eine Reihe, die er gerade überquert hatte, breit und naß gewesen war, eine behelfsmäßige Bewässerungsrinne. Er ging weiter.

Hinter ihm wurde das Dröhnen von Motor und Reifen auf Sand zu einem Winseln, dann zum Kreischen.

Duane sah nach hinten. Der Laster stand in einem schiefen Winkel, die linken Hinterreifen drehten durch. Schlamm und zerfetzte Vegetation flogen in hohem Bogen hinter ihnen davon.

Duane ging weiter und kickte Stauden weg, die Witts Augen zerkratzen konnten. Als er sich wieder umdrehte, war der Laster dreißig Meter hinter ihm, immer noch in seinem schiefen Winkel, aber jetzt wippte er hin und her. Er steckte im Schlamm fest.

Duane fixierte den Blick auf die Reihe verstreuter Felder im Norden und ging weiter. Hinter dem Zaun lag Johnsons Wiese . . . und dahinter, im Norden und Osten, der Wald, der sich bis hin zum Black Tree erstreckte. Dort waren Hügel. Und ein tiefer Graben am Bach entlang.

Noch zehn Reihen, dann drehe ich mich um.

Der Schweiß rann jetzt in Strömen an ihm hinab, er spürte ihn im Rücken, wo er sich mit Blut und Staub zu einem schrecklichen Juckreiz vereinte. Witt regte sich einmal und strampelte mit den Beinen wie als Welpe, wenn er davon geträumt hatte, Kaninchen oder so etwas zu jagen, dann entspannte er sich, als wäre er bereit, sein Herrchen die ganze Arbeit tun zu lassen.

Acht Reihen. Neun. Duane kickte Maisstauden beiseite und drehte sich um.

Der Laster war frei und hatte sich wieder in Bewegung gesetzt. Aber rückwärts. Er stieß rumpelnd und schwankend aus dem Feld zurück. Eindeutig rückwärts.

Duane blieb nicht stehen. Er stapfte weiter auf den Zaun zu – der jetzt keine hundert Meter mehr entfernt war –, auch dann noch, als er hörte, wie das Winseln von Reifen und Differentialgetriebe eine andere Tonart annahm und in der Ferne Kies knirschte, als der Laster beschleunigte.

Hier führt kein Weg rein. Er kann mir den Weg auch nicht abschneiden. Ich kann bis zu unserer hinteren Wiese laufen, wenn ich im Wald bleibe und mich von der Straße und der Einfahrt fernhalte.

Duane kam zum Zaun, hob Witt behutsam darüber und verlor noch mehr Haut am Stacheldraht, als er selbst darüber kletterte; erst dann gönnte er sich einen Moment zum Ausruhen.

Er hockte neben seinem Hund, ließ die Hände auf den aufgeschürften Knien baumeln, keuchte laut und lauschte dem Dröhnen seines eigenen Pulses in den Ohren. Er hob den Kopf und sah zurück.

Der Wasserturm war deutlich sichtbar. Eine weitere Viertelmeile südlich konnte er die dunklen Bäume von Elm Haven erkennen. Die Straße war verlassen. Kein Laut war zu hören. Nur die langsam sinkende Staubwolke und der verwüstete Zaun auf der anderen Seite des Felds sagten Duane, daß er das alles nicht geträumt hatte.

Er hockte neben Witt und tätschelte dessen Flanken. Der Collie regte sich nicht. Seine Augen waren glasig. Duane legte den Kopf auf Witts Rippen und hielt selbst den Atem an, damit sein rasselndes Keuchen das Geräusch nicht übertönen konnte.

Kein Herzschlag. Witts Herz hatte wahrscheinlich schon aufgehört zu schlagen, bevor sie den ersten Zaun überquert hatten. Nur der Wunsch des alten Collie, bei seinem Herrn zu bleiben, war der Grund gewesen, daß er so lange weitergekämpft und geatmet hatte.

Duane strich seinem alten Freund über den schmalen Kopf, tätschelte das dünne Fell dort und versuchte, Witts Augen zuzumachen. Die Lider senkten sich nicht.

Duane kniete. Er verspürte einen tiefen Schmerz in Brust und Hals, der nichts mit Schnitten und Schürfwunden zu tun hatte. Der Schmerz wurde zu einer schrecklichen Schwellung, fast einer Explosion von Gefühlen, aber er konnte sie nicht hinunterschlucken oder als Tränen herauslassen. Sie drohte, ihn zu ersticken, während er nach Luft rang und das Gesicht zum jetzt blauen Himmel hob.

Wie er da kniete und mit blutenden Händen auf den Boden hämmerte, schwor Duane Witt und dem Gott, an den er nicht glaubte, daß dafür jemand bezahlen würde.

Mike O'Rourke und Kevin Grumbacher waren die einzigen, die zum Treffen der Fahrradpatrouille erschienen, das Mike einberufen hatte. Kevin war nervös, ging im Hühnerhaus hin und her und spielte mit einem Gummiband, aber Mike zuckte nur die Achseln. Ihm war klar, daß Dale und die anderen Besseres zu tun hatten, als an einem Sommervormittag zu albernen Treffen zu kommen.

»Wir lassen es, Kev«, sagte er auf dem Sprungfedersofa ausgestreckt. »Ich rede mit den Jungs, wenn wir wieder mal zusammen sind.«

Kevin hielt in seinem Auf-und-ab-Gehen inne, wollte etwas sagen, schwieg aber dann doch, weil Dale und Lawrence zu der kleinen Tür hereinplatzten.

Es war eindeutig, daß etwas Dale aufgeregt hatte: seine Augen blickten wild, das kurze Haar war unordentlich. Lawrence war ebenfalls zappelig.

»Was ist?« sagte Mike.

Dale hielt den Türrahmen umklammert und rang nach Luft. »Duane hat eben angerufen ... Van Syke hat versucht, ihn umzubringen.«

Mike und Kevin sahen ihn an.

»Es stimmt«, keuchte Dale. »Er hat mich angerufen, als die Bullizei grade eingetroffen ist. Er mußte in Carl's Tavern anrufen, damit sein Dad nach Hause kam, und dann hat er Barney angerufen, und er hat gedacht, Van Syke würde vielleicht kommen, während er zu Hause wartete, aber er ist nicht gekommen, und sein Dad kam heim, hat ihm aber nicht richtig geglaubt, aber sein Hund ist tot ... Van Syke hat ihn eigentlich nicht getötet, aber irgendwie doch, weil ...«

»Langsam«, sagte Mike.

Dale verstummte.

Mike stand auf. »Fang ganz von vorne an. Wie du Geschichten erzählst, wenn wir zelten fahren. Von Anfang an. Geht es Duane gut, und wie hat Van Syke versucht, ihn zu töten?«

Dale warf sich auf das Sofa, das Mike gerade geräumt hatte. Lawrence fand ein Kissen auf dem Boden. Kevin stand, wo er stehengeblieben war, und war völlig reglos, abgesehen von seinen Händen, die unbewußt komplizierte Muster mit dem Gummiband formten.

»Okay«, sagte Dale und ließ sich noch ein paar Sekunden Zeit. »Duane hat gerade angerufen. Vor einer halben Stunde hat Van Syke – er *glaubt*, es war Van Syke, aber er hat ihn nicht richtig gesehen –, hat jemand in Van Sykes Abdeckereilastwagen versucht, ihn auf der Jubilee College Road zu überfahren. Nicht weit vom Wasserturm entfernt.«

»Herrgott«, sagte Kevin leise. Mike warf ihm einen Blick zu, der ihn zum Schweigen brachte.

Dale nickte; seine Augen blickten leicht verschwommen, als er sich auf das konzentrierte, was er sagte, und ihm allmählich die volle Bedeutung aufging. »Duane sagt, der Laster hat versucht, ihn auf der Straße zu überfahren, dann hat er den Zaun eingerissen und ihn ins Feld verfolgt. Er sagt, dabei ist sein Hund gestorben – sozusagen zu Tode geängstigt.«

»Witt?« sagte Lawrence. Die Stimme des kleinen Jungen drückte Schmerz aus. Wenn er und Dale zu Besuch bei Duane gewesen waren, hatte Lawrence stundenlang mit dem alten Collie gespielt.

Dale nickte wieder. »Duane mußte durch Johnsons Felder und über den Leichenbach und durch die Wälder zu sich nach Hause. Und das echt Unheimliche ist ...«

»Was?« sagte Mike leise.

»Das echt Unheimliche ist, Duane sagt, er hat seinen Hund bis nach Hause getragen. Er hat ihn nicht auf dem Feld liegen lassen, wo er ihn später hätte holen können.«

Lawrence nickte, als würde er das vollkommen verstehen.

»Mehr hat er nicht gesagt?« drängte Mike. »Hat er gesagt, *warum* Van Syke hinter ihm her gewesen sein könnte?«

Dale schüttelte den Kopf. »Er sagt, er hat nichts gemacht, er war nur auf dem Weg hierher. Ich habe ihn angerufen und ihm von der Versammlung erzählt. Er hat gesagt, der Laster hat nicht herumgealbert ... es war nicht, als würde J. P. Congden oder eines dieser Arsch ...« Dale sah seinen jüngeren Bruder streng an. »Es war nicht, als würde einer der alten Deppen so tun, als würde er den Laster auf dich steuern, um dir Angst zu machen. Duane sagte, wer den Abdeckereilaster gefahren hat, hat wirklich versucht, ihn und Witt umzubringen.«

Mike nickte sehr nachdenklich.

Dale kämmte die Tolle mit den Fingern nach unten. »Er mußte auflegen, weil Barney gerade gekommen ist.«

Kevin ließ das Schnurspiel zwischen den Fingern zusammenstürzen. »Und er hat dich von sich zu Hause angerufen?«

»Ja.«

Kevin sah Mike an. »Hat das etwas mit dem zu tun, worüber du mit uns reden wolltest?«

Der größte Junge zuckte aus seinem Nachdenken. »Vielleicht.« Er sah zum Hof, wo ihre Räder überall herumlagen. »Gehen wir.«

»Wohin?« fragte Lawrence. Er hatte auf dem Schirm seiner Baseballmütze gekaut – eine Angewohnheit, wenn er nervös oder abgelenkt war.

Mike lächelte verhalten. »Was meinst du, wohin Duane Barney und seinen Dad führen wird? Wenn der Laster ihn *in* das Feld verfolgt hat, muß es jede Menge Reifenspuren und so geben.«

Alle vier Jungs eilten zu den Fahrrädern.

Barney war da. Sein grüner Pontiac mit den verblaßten goldenen Buchstaben CONS ABLE auf der Tür parkte am Straßenrand, ebenso der Pritschenwagen von Duanes Dad und J. P. Congdens schwarzer Chevy. Duane und sein Dad standen an der Lücke, wo der Zaun niedergerissen worden war, Duane sprach leise und deutete ab und zu auf die tiefen Furchen im Feld. Barney nickte und machte sich Notizen in einem kleinen Ringbuch. J. P. rauchte eine Zigarre und sah finster drein, als wäre Duane der eigentliche Tatverdächtige.

Dale und die anderen Jungs hielten mit den Rädern dreißig Schritte von der Gruppe im Feld entfernt an. Congden wandte sich von Duanes Erklärung ab, spuckte ins Feld und rief den Jungs zu, sie sollten verschwinden. Mike und die anderen nickten und blieben, wo sie waren.

Duanes Vater sagte eben: ». . . und ich möchte, daß Sie rausfahren und ihn festnehmen, Howard.« Barneys richtiger Name war Howard Sills. »Der verdammte Idiot hat versucht, meinen Jungen zu *töten*!«

Barney nickte und machte sich eine Notiz. »Martin, eigentlich haben wir keinen Beweis, daß es Karl Van Syke gewesen ist . . .«

Mike sah Dale, Kevin und Lawrence an; diese erwiderten den Blick. Sie hatten Van Sykes Vornamen noch nie gehört gehabt.

». . . und Ihr Sohn hat gesagt, er konnte ihn nicht erkennen«, fuhr Barney hastig fort und sprach zu Ende, bevor Mr. McBride wieder explodieren konnte.

Duanes Dad wurde rot im Gesicht und näherte sich diesem Augenblick der Explosion, als J. P. Congden die Zigarre von einem Mundwinkel in den anderen rollen ließ und sagte: »War nicht Karl.«

Barney schob die Mütze zurecht und zog eine Braue in Richtung des Friedensrichters hoch. Aus dreißig Schritt Entfernung dachte Dale: *Barney sieht eigentlich gar nicht wie Barney aus der Fernsehserie aus.* Sheriff Howard Sills war kurz und fast kahl. Er hatte zwar eine Andeutung von Don Knotts' erbärmlicher Haltung und die geweiteten Augen, aber sonst hatte er wirklich nicht viel Ähnlichkeit mit dem Hilfssheriff in der *Andy Griffith Show.* Aber alle nannten ihn Barney.

»Woher wissen Sie, daß es nicht Karl war?« fragte Barney den dikken Mann.

Congden ließ die Zigarre wieder rollen und betrachtete Duane und seinen Dad als wären die beiden die Art von weißem Abschaum, mit dem ein Friedensrichter seine Zeit vergeuden sollte. »Ich weiß es, weil ich den ganzen Morgen mit Karl unterwegs war«, sagte er. Er nahm die Zigarre aus dem Mund, spie wieder aus und grinste. Seine Zähne hatten in etwa dieselbe Farbe wie der Stumpen. »Karl und ich waren unten am Spoon River und haben ein wenig unter der Highwaybrücke geangelt.«

Barney nickte. »Van Syke fährt den Abdeckereilaster normalerweise«, sagte er mit tonloser Stimme. »Ich habe mich bei Billy Daysinger erkundigt, und der hat gesagt, er hätte ihn seit letzten Sommer nicht mehr gefahren.«

Congden zuckte die Achseln und spie wieder aus. »Karl hat mir heute morgen gesagt, daß jemand den Laster, der in der Nähe der Talgfabrik geparkt war, in der Nacht gestohlen hat.«

Mike O'Rourke sah die anderen Jungs an. Die Talgfabrik war ein altes, verfallenes Gebäude nördlich der aufgegebenen Getreidesilos auf dem Weg zur Müllhalde. Dorthin waren das tote Vieh und die überfahrenen Tiere von der Straße gebracht worden, bevor auch sie geschlossen worden war. Der Geruch hielt sich aber, und manchmal wehte er bis zu Harlens Haus am Nordwestrand der Stadt.

Barney kratzte sich das spitze Kinn. »Warum haben Sie das nicht gemeldet, J. P.? Sie oder Karl?«

Congden zuckte die Achseln; dies alles langweilte ihn offenbar. *Das bißchen Haar, das er noch hat, steht hinter seinen Ohren ab wie nasses Wieselfell,* dachte Dale, *und seine Platte hat keinen Sonnenbrand, sie glänzt im Sonnenlicht wie der Bauch eines Karpfens.*

»Wie gesagt, wir waren beschäftigt«, sagte der Friedensrichter der Stadt. »Außerdem haben wir uns gedacht, ein paar der verdammten Bengel hätten sich einen Streich erlaubt und ihn mitgenommen. Woher sollen wir wissen, daß es nicht diese kleinen Scheißer da waren?« Er deutete zu der Gruppe Jungs auf den Rädern.

Barney sah gleichgültig zu ihnen hinüber.

Duanes Vater stieg über die zerrissenen Stacheldrahtstränge. Sein Gesicht war fleckig und inzwischen mehr purpurn als rot. »Hol Sie der Teufel, Congden, Sie verlogener Kapitalist und Drecksack. Sie wissen, mein Junge ... keiner der Jungs hier ... hatte etwas damit zu tun. Jemand hat versucht, Duane zu *töten,* hat versucht, ihn genau hier zu überfahren, und ich habe den Eindruck, Sie decken dieses klägliche Abziehbild eines australo-pithezinen Untermenschen namens Van Syke, weil *Sie beide* den Lastwagen gestohlen haben. Das ist auch nicht schlimmer als Ihre Diebstähle bei den sogenannten ›Rasern‹, die Sie vor Gericht schleppen, damit Ihnen das Geld für Bier nicht ausgeht, Sie blöder ...«

Barney trat zwischen die beiden Männer und legte Mr. McBride eine Hand auf die Schulter. Der Griff mußte fester gewesen sein, als es den Anschein hatte, denn Duanes Dad wurde blaß, verstummte und wandte sich ab.

»Ach, drauf geschissen«, sagte der Friedensrichter und ging zu seinem Auto zurück.

»Sag Karl, er soll sich bei mir melden«, sagte Barney.

Congden nickte nicht einmal, während er die Tür seines schwarzen Chevy zuschlug und den Zündschlüssel herumdrehte. Der speziell aufgemotzte Motor erwachte brüllend zum Leben, der Friedensrichter schleuderte Kies zwanzig Meter hinter sich, als er Richtung Stadt losbrauste. Die Jungs mußten die Räder hastig in den Straßengraben schieben, sonst hätte Congden sie überfahren, als er vorüberraste.

Mr. McBride redete noch ein paar Minuten, deutete in das Feld, brüllte ab und zu und begnügte sich schließlich mit einem aufgeregten Murmeln, während sich Barney Notizen machte. Duane hatte die ganze Zeit ein paar Schritte entfernt im Feld gestanden, Arme verschränkt, die Augen hinter den dicken Brillengläsern gleichgültig. Als Duanes Dad und der Sheriff zur Straße zurückgingen, um sich zu unterhalten, legten die Jungs die Räder ins staubige Unkraut und liefen durch die Lücke im Zaun.

»Alles in Ordnung?« fragte Dale. Er wollte den größeren Jungen berühren, einen Arm um Duanes Schultern legen, aber das ließ das Protokoll nicht zu.

Duane nickte.

»Hat er Witt wirklich getötet?« fragte Lawrence. Die Stimme des Achtjährigen zitterte.

Duane nickte wieder. »Witts Herz ist stehengeblieben«, erläuterte er. »Er war alt.«

»Aber jemand hat versucht, dich zu überfahren?«

Duane nickte.

Duanes Dad rief nach ihm. Duane breitete die Arme aus und sagte leise zu den Jungs: »Etwas geht hier vor. Ich spreche später mit euch, wenn ich mich verdünnisieren kann.« Er watschelte durch die Lücke im Zaun zu seinem Vater. Barney sagte etwas zu ihm und legte ihm schließlich die Hand auf die Schulter. Die Jungs konnten hören: »Das mit dem Hund tut mir leid, Junge.« Dann schien Barney Duanes Dad wegen irgend etwas zu ermahnen. Schließlich stieg der Constable in seinen Pontiac und fuhr weg – langsam die Straße entlang, damit er die anderen nicht mit einer Staubwolke belästigte.

Duane und sein Dad blieben noch für einen Moment stehen, sahen über das Feld, dann stiegen sie in ihren Lieferwagen, wendeten mit mehrmaligem Vor- und Zurückstoßen und fuhren die Jubilee College Road Richtung County Six. Duane winkte nicht.

Die vier Jungs standen einen Augenblick lang auf dem Feld, und kickten gegen die tiefen, schlammigen Spuren und zerquetschten Maisstauden. Sie sahen sich um, als könnte der Geist von Duanes Collie durch den hüfthohen Mais gelaufen kommen.

»He«, sagte Kevin schließlich und sah sich um. Die Felder waren still. Der Himmel hatte sich wieder bewölkt. Keine Bewegung, kein Laut. »Was ist, wenn der Abdeckereiwagen zurückkommt?«

Sie waren innerhalb von acht Sekunden auf den Rädern und fuhren Richtung Stadt; Spuren im Kies markierten ihr Kielwasser. Dale blieb zurück, damit Lawrence den Anschluß nicht verlor, aber das Vierzig-Zentimeter-Rad des Achtjährigen war kaum mehr als ein Schemen, als er Dales größeres Rad überholte, dann das von Kevin und schließlich Mikes alten roten Drahtesel.

Erst als sie sicher unter den reglosen Ulmen von Elm Haven waren, fuhren sie langsamer, keuchten, lehnten sich zurück, nahmen die Hände von den Lenkstangen und ließen die Arme herunterbaumeln, während sie gemächlich durch die Depot Street, an Dales Haus und Old Central vorbeifuhren. Sie ließen die Räder auf den Hügel neben der Einfahrt von Kevins Haus holpern, wälzten sich dort im kühlen

Gras und schnappten immer noch nach Luft; ihre kurzen Haare waren matt und feucht.

»He«, japste Lawrence, als er wieder sprechen konnte, »was ist ein Kapitalist?«

10

Der Anschlag auf Duane McBrides Leben war eine halbe Stunde oder länger Gegenstand ernster Diskussionen, aber nach einer Weile verloren die Jungs das Interesse daran und gingen Ballspielen. Mike verlegte die Sitzung der Fahrradpatrouille auf die Zeit nach dem Spiel oder wenn Duane schließlich in die Stadt kam, je nachdem, was zuerst eintrat.

Das städtische Spielfeld lag im Feld hinter Kevins und Dales Häusern, um dorthin zu gelangen, kletterten die meisten Kinder aus der Stadt über den Zaun der Stewarts, wo der dicke Holzpfahl mit einem diagonalen Holzbalken an der Seite verbunden war. Damit wurde die Einfahrt und die Westseite des langen Hofs der Stewarts zu einem öffentlichen Durchgangsweg für Kinder – was Dale und Lawrence nichts ausmachte – und als Folge dessen war ihr Haus ein ständiger Treffpunkt für Kinder überall aus der Stadt. Daß Dales Mutter zu den wenigen gehörte, die sich nicht an Banden von Kindern störte, erleichterte die Sache zusätzlich – sie ging sogar so weit, daß sie manchmal Sandwiches und Limonade und andere Leckereien für die Kinderschar machte.

An diesem Tag kam das Spiel nur langsam in Schwung – Kevin und Dale gegen Mike und Lawrence in der ersten Stunde, wobei die Hands-out-Regel des Werfers galt –, aber um die Mittagszeit hatten sich Gerry Daysinger und Bob McKown, Donna Lou Perry und Sandy Whittacker dazu gesellt – Sandy konnte ganz gut schlagen, doch sie warf eben wie ein Mädchen, aber sie war Donna Lous Freundin, und beide Mannschaften wollten Donna Lou –, und dann ließen sich noch ein paar Jungs vom Schickimicki-Ende der Stadt sehen: Chuck Sperling, Digger Taylor, Bill und Barry Fussner und Tom Castanatti. Andere Kinder hörten den Lärm oder sahen die Menge, und am frühen Nachmittag machten sie ihr drittes Spiel und spielten mit regulären Mannschaften und Auswechselspielern auf den Bänken.

Chuck Sperling wollte Captain sein – er wollte immer Captain sein; sein Dad war der Manager der einzigen Jugendligamannschaft der Stadt, daher konnte Chuck Captain und Werfer zugleich sein, obwohl Chuck noch ein bißchen schlechter warf als Sandy Whittakker –, aber heute wurde er niedergebrüllt. Zuerst war Mike Captain, als sie für das vierte Spiel wählten, und Castanatti – ein vierschrötiger, stiller Junge, der den besten Schläger in der Stadt hatte (er war ein guter Schläger, aber zuallererst *besaß* er den besten Schläger, einen wunderschönen Louisville Slugger aus Weißesche, den sein Vater von einem Freund in der Mannschaft der Chicagoer White Sox bekommen hatte) – durfte als zweiter wählen.

Mike wählte als erste Donna Lou, was niemanden störte. Sie war die beste Werferin der Stadt, soweit sich jeder erinnern konnte, und wenn die Jugendliga Mädchen zugelassen hätte, hätten die meisten Jungs in der Mannschaft – zumindest die Jungs, die keine Angst vor Chuck Sperlings Vater hatten – sich dafür ausgesprochen, sie werfen zu lassen, damit sie wenigstens ein paar Spiele gewinnen konnten.

Die Mannschaftsauswahl lief mehr oder weniger darauf hinaus, daß das Nordende der Stadt – Dales Ende, das ärmere Ende – gegen das Südende spielte, und obwohl der Bekleidungscodex derselbe war, Jeans und weiße T-Shirts, konnte man den Unterschied an den Handschuhen erkennen: Sperling und die anderen vom Südende spielten mit neuen, relativ großen und steifen Baseballhandschuhen, während Mike und die anderen sich mit gebrauchten Handschuhen begnügen mußten, die schon ihre Väter benutzt hatten. Die alten Handschuhe hatten keine Taschen als solche – sie sahen mehr wie *gewöhnliche* Handschuhe aus, nicht wie die verstärkten, gepolsterten Lederwunder, die Sperling und die anderen trugen, und es tat weh, mit ihnen einen Fastball zu fangen, aber das störte die Jungs nicht. Das gehörte zum Spiel, ebenso die Kratzer und Blutergüsse, die ein Tag auf dem Spielfeld mit sich brachte. Keiner der Jungs spielte je Softball, es sei denn, Mrs. Doubbet oder eine andere alte Schachtel in der Schule bestand darauf, und dann wechselten sie auf die verbotene Hardball-Spielweise um, sobald die Lehrerin sich verzogen hatte.

Momentan dachten sie als allerletztes an Lehrerinnen, als Mrs. Stewart mit einem Tablett Mettwurst- und Erdnußbutter-mit-Gelee-Brötchen und einem Krug Orangenbrause herauskam; die Jungs beraumten eine kurze Siebte-Runde-Pause an, obwohl sie erst in der zweiten Runde waren, und dann machten sie sich wieder ans Werk. Der Himmel blieb grau, aber die Hitze war unvermindert, sie war auf über dreißig Grad gestiegen und zu einer soliden Mauer schwülen Unbehagens geworden. Die Kinder achteten nicht darauf. Sie brüllten und spielten, schlugen und fingen, rannten zu den Bänken und wieder aufs Spielfeld, stritten darum, wer mit Aussetzen dran war oder wer welche Position zu lange innegehabt hatte, aber im großen und ganzen kamen sie besser miteinander aus als die meisten Jugendligamannschaften. Es kam zu gutmütigem Gespött – besonders als Sperling darauf bestand, zu werfen, und fünf Läufe in der vierten

Runde vermasselte – und einer Menge Witzeleien, aber weitgehend nahmen die Jungs und zwei Mädchen das Baseballspiel ernst und gingen ihm mit wortloser Konzentration und der Perfektion eines Zen-Gedichtes nach.

Das reiche Südviertel spielte gegen das Nordviertel der unteren Mittelschicht – auch wenn keines der Kinder daran dachte –, und das Nordviertel verteilte Arschtritte. Castanatti schlug ausgezeichnet und machte vier der sechs Läufe seiner Mannschaft im ersten Spiel, aber Donna Lou zeigte es fast allen anderen Schlägern, und Mike, Dale und Gerry Daysinger hatten einen guten Tag und konnten jeder mindestens vier Läufe verbuchen. Am Ende ihres zweiten Spiels zu neun Runden hatte Mikes Mannschaft 15:6 und 21:6 gewonnen. Sie verteilten die Spieler neu und begannen das dritte Spiel.

Dazu wäre es wahrscheinlich nicht gekommen, wenn Digger Taylor, McKown und ein paar andere diesmal nicht in der Mannschaft von Donna Lou gespielt hätten. Es war in der dritten Runde, sie hatte einundzwanzig Schläge in einer Reihe hingelegt, und ihr Arm war kräftig wie immer, als sie Chuck Sperling schätzungsweise zum millionstenmal abschlug und Mikes Mannschaft zur Bank schlurfte. Lawrence war als erster an der Reihe, daher lehnten sich die anderen an den Draht des Schutzzauns und streckten die Beine von sich: zehn Klone in verblaßten Jeans und weißen T-Shirts. Sandy war müde geworden und gegangen, als Becky Cramer und ein paar ihrer Freundinnen vorbeigekommen waren: Donna Lou war das einzige Mädchen.

»Zu schade, daß wir die Mannschaften nicht unterscheiden können«, sagte Digger Taylor.

Mike wischte sich mit dem T-Shirt den Schweiß von der Stirn. »Was meinst'n damit?«

Taylor zuckte die Achseln. »Ich meine, es ist zu dumm, daß wir alle gleich aussehen. Beide Mannschaften, meine ich.«

Kevin räusperte sich und spie in der ihm eigenen zimperlichen Art aus. »Meinst du, wir brauchen Trikots oder so was?« Die Vorstellung war absurd. Selbst die Jugendligamannschaft der Stadt besaß nur T-Shirts ohne Zahlen und mit dem offiziellen Abzeichen darauf, und das Abzeichen verblaßte nach ein paarmal Waschen.

»Nee«, sagte Taylor. »Ich hab nur gedacht mit Hemden gegen ohne Hemden.«

»He, klar«, sagte Bob McKowan, ein Junge, der in einem verwahrlosten Dachpappehaus in der Nähe von Daysingers verwahrlostem Dachpappehaus wohnte. »Mir ist sowieso zu heiß.« Er streifte das T-Shirt ab. »He, Larry!« rief er Lawrence zu. »Wir sind jetzt die Ohnehemden. Zieh dein T-Shirt aus und geh aufs Feld!«

Lawrence sah den älteren Jungen böse an, weil der ihn mit dem verbotenen Namen angesprochen hatte, aber er zog sein Fruit of the

Loom Größe sieben aus und stand auf, um zu schlagen. Seine knochige Wirbelsäule zeichnete sich unter der blassen Haut ab wie winzige Stegosaurierschuppen.

»Ja, heiß!« tutete einer der Fussner-Zwillinge, worauf beide ihre T-Shirts auszogen. Sie hatten identische kleine Wampen.

McKown schlug sich auf die bloße Brust und wandte sich an Kevin, der neben ihm saß. »Ziehst du dich auch aus, oder wechselst du zur anderen Seite?«

Kevin zuckte die Achseln, zog das T-Shirt aus und legte es neben sich auf der Bank zusammen. Er hatte blasse Sommersprossen auf der Hühnerbrust.

Daysinger war der nächste, er machte eine Prozedur daraus, sein T-Shirt über den Schutzzaun zu werfen. Es blieb oben hängen, vier Meter hoch, und die Kinder auf dem Spielfeld johlten. Ein Zehnjähriger namens Michael Shoop – ein Tunichtgut in der Schule und totaler Versager auf dem Spielfeld – saß neben ihm, er knüllte sein graues T-Shirt zusammen und schaffte es, es neben dem von Daysinger auf dem Zaun zu plazieren. Es war der erste gute Wurf, den Dale den Jungen den ganzen Tag über hatte machen sehen.

Mike O'Rourke war der nächste. Er sah ein wenig mißfällig drein, zog das Hemd aber aus. Seine Haut war braun, die Muskeln unter der Haut deutlich ausgebildet.

Dale Stewart war der nächste. Er hatte schon die Mütze abgesetzt und nach dem Saum seines T-Shirts gegriffen, als ihm klar wurde, wer als nächstes kam. Er hielt einen Moment lang inne. Donna Lou war die letzte auf der Bank. Sie sah ihn nicht an; sie schien überhaupt nichts anzusehen. Sie trug schmutzige Turnschuhe, verblichene Jeans und ein weißes T-Shirt. Obwohl dieses T-Shirt weiter als die meisten anderen war, stellte Dale fest, daß er deutlich die Rundungen darunter sehen konnte. Donna Lous Körper hatte sich den Winter über entwickelt – vergangenen Sommer war das T-Shirt so straff und flach gewesen wie die aller anderen in der Mannschaft –, und ihre Brüste waren zwar nicht gerade Berge geworden, aber dennoch deutlich zu erkennen.

Dale zögerte einen Augenblick. Er wußte nicht genau, *warum* er zögerte – Donna Lous T-Shirt war Donna Lous Problem, oder nicht? – aber er spürte auch, daß etwas nicht ganz richtig war. Er hatte die ganzen Jahre mit Mike und Kevin und Harlen und Lawrence und *ihr* Ball gespielt, nicht mit den anderen Knallköpfen auf dem Spielfeld oder der Reservebank.

»Wovor hast'n Angst?« rief Chuck Sperling, der auf dem Weg zum ersten Base gewesen war. »Haste was zu verbergen, Stewart?«

»Ja, komm schon!« rief Digger Taylor vom anderen Ende der Bank. »Wir sind die *Ohnehemden*, Stewart.«

»Halt die Klappe!« sagte Dale. Aber er konnte die Röte auf den Wangen und hinter den Ohren spüren. Teilweise um sie zu verbergen, zog er sein T-Shirt aus. Es war heiß, aber seine Haut fühlte sich kalt und klamm an. Er drehte sich um und sah Donna Lou Perry an.

Diese hatte sich endlich auch umgedreht und sah die anderen an. Lawrence, der sich in Bewegung gesetzt hatte, blieb am Ende der Bank stehen. Er bestand nur aus Rippen und Staub, seine Handgelenke und der Hals waren auf komische Weise dunkler als der Körper, und so stand er mit dem Schläger auf der Schulter da und runzelte die Stirn angesichts der plötzlichen Stille. Niemand stand auf, um in den Kreis der Spieler zu gehen. Niemand auf dem Spielfeld gab einen Laut von sich. Auch auf der Bank waren alle still, und alle Köpfe waren Donna Lou zugewendet. Sie saßen gespannt da – Taylor, Kevin, Bill und Barry, McKown, Daysinger, Michael Shoop, Mike und Dale –, neun Jeans und Turnschuhe und entblößte Oberkörper.

»Komm schon«, sagte Digger leise. Seine Stimme hatte einen seltsamen Unterton. »Wir sind die Ohnehemden, Perry. Runter damit.«

Donna Lou sah ihn an.

»Ja«, sagte Daysinger. Er stieß Bob McKown mit dem Ellbogen an. »Komm schon, Donna Lou! Bist du in der Mannschaft oder nicht?«

Eine Windbö wehte von der Spielfeldmitte und blies eine Staubwolke an Castanatti auf dem Werferhügel vorbei. Er bewegte sich nicht. Keiner auf dem Spielfeld sagte etwas.

»Komm schon«, sagte Michael Shoop in seinem insektengleichen Zirpen, »beeil dich und zieh's aus, bevor sie auf Spielverzögerung erkennen!«

Niemand verbesserte ihn und wies darauf hin, daß er hier die Regeln für Football mit denen für Baseball durcheinanderbrachte. Niemand sagte einen Ton. Dale war so dicht bei Donna Lou, daß sein Ellbogen fast ihren berührte – ihn vor einem Augenblick tatsächlich unabsichtlich berührt hatte –, und jetzt sah er ihr in die Augen und stellte fest, daß sie blau waren und sich plötzlich mit Tränen füllten. Sie sagte auch nichts, sondern saß nur da, hatte den alten Basemannshandschuh an der rechten Hand und die linke – die Wurfhand – darauf zu einer schwachen Faust geballt.

»Komm schon, Perry. Beeil dich!« sagte Digger. Jetzt hatte seine Stimme einen neuen, älteren, gemeineren Klang. »Runter damit! Uns ist egal, was du hast. Wir sind jetzt die Ohnehemden. Entweder machst du mit, oder du bist raus aus der Mannschaft.«

Donna Lou saß noch zehn Sekunden so da, während denen das Schweigen so tief war, daß Dale den Mais auf den Feldern nördlich von ihnen rascheln hören konnte. Irgendwo hoch droben stieß ein Falke einen leisen Ruf aus. Dale konnte die Sommersprossen auf

Donna Lous schmalem Nasenrücken sehen, den Schweiß auf ihrer Stirn im Schatten der blauen Mütze, und ihre Augen – jetzt sehr blau und sehr glänzend –, als sie ihn ansah, Mike, Kevin. Dale wußte, es war eine Frage oder Bitte in diesem Blick, aber er wußte nicht, was für eine.

Digger Talor wollte noch etwas sagen, hielt aber den Mund, als das Mädchen aufstand.

Donna Lou blieb einen Moment lang stehen, dann ging sie ihren Baseball und Schläger holen, die am Zaun lagen. Und dann ging sie weg. Sie sah nicht zurück.

»Scheiße!« sagte Chuck Sperling vom ersten Base. Er warf seinem Freund Taylor einen verschlagenen Blick zu.

»Ja«, sagte Digger lachend. »Hab gedacht, wir bekämen heute mal Möpse zu sehen.« Michael Shoop und die Fussner-Zwillinge lachten.

Lawrence sah sich um, runzelte die Stirn und verstand nicht richtig. »Ist das Spiel vorbei?«

Neben Dale stand Mike auf und zog das T-Shirt wieder an. »Ja«, sagte er, und seine Stimme klang müde und angewidert, »es ist vorbei.« Er holte seinen Handschuh, Schläger und Ball und ging zum Zaun hinter Dales Haus.

Dale saß da und fühlte sich – seltsam. Er versuchte, eine Mischung aus Erregung und Traurigkeit und dem Gefühl, als wäre ihm die Luft herausgeprügelt worden, auseinanderzusortieren. Gleichzeitig war ihm zumute, als wäre etwas Wichtiges geschehen, das er nicht mitbekommen hatte, das er ebenso wenig mitbekommen hatte wie Lawrence, das aber eine herbstliche Endzeitstimmung besaß, wie im August, wenn der Old Settlers Jahrmarkt vorüber war, die Wagen weiterzogen und nur die gräßliche Aussicht auf die Schule übrigblieb. Ihm war ein wenig nach Lachen und ein wenig nach Weinen zumute, aber er konnte sich keins der beiden Gefühle erklären.

»Feigling!« rief Digger Taylor Mike nach.

Mike drehte sich nicht um. Er warf seine Sachen über den Zaun, packte den Pfosten, kletterte mühelos über den hohen Zaun, hob seine Ausrüstung auf, ging über den Garten und verschwand im Schatten der Ulmen bei Dales Einfahrt.

Dale saß da und wartete auf die Pause zwischen den Runden, um Lawrence zu sagen, daß sie nach Hause mußten, obwohl es noch nicht Zeit fürs Abendessen war. Der Himmel schien einen dunkleren, konturloseren Grauton angenommen zu haben, versteckte den Horizont hinter Dunst und saugte das Licht aus dem Nachmittag.

Das Spiel ging weiter.

Es war Abend, als Duane kam.

Dale hatte zu Abend gegessen, lag auf seinem Bett, las ein altes Onkel-Dagobert-Heft, während das Licht immer schwächer durch die Jalousie drang, und bekam nur am Rande mit, daß der Abend näherrückte und der Wind den vollen Geruch frisch gemähten Grases mit sich trug, als Mike vom Rasen des Vorgartens rief.

»Eeawkee!«

Dale rollte sich vom Bett und hielt die hohlen Hände an den Mund. »Keeawee!« Er polterte die Treppe hinunter, platzte zur Eingangstür hinaus und sprang die vier Stufen von der Veranda hinunter.

Mike stand mit den Händen in den Taschen da. »Duane ist im Hühnerhaus.«

Mike hatte sein Rad nicht dabei, daher ließ auch Dale seines im Garten liegen. Beide Jungs eilten im Laufschritt die Depot Street hinab.

»Wo ist Lawrence?« fragte Mike beim Laufen. Er atmete nicht schwerer.

»Mit Mrs. Moon und Mom spazierengegangen.«

Mike nickte. Mrs. Moon war sechsundachtzig, ließ sich ihre abendlichen Spaziergänge aber nicht nehmen. Die meisten Leute aus der Nachbarschaft gingen abwechselnd mit ihr, wenn ihre Tochter – Miß Moon, die Bibliothekarin – nicht konnte.

Mikes Garten war eine Masse dunkler Schatten der großen Eichen und Ulmen entlang der Straße und der Apfelbäume hinter dem Haus. Glühwürmchen flogen an den Grenzen von Mr. O'Rourkes zwanzig Ar großem Garten. Das Hühnerhaus glomm weiß im Halbdunkel, seine Tür war ein dunkles Rechteck. Dale trat vor Mike ein und wartete, bis sich seine Augen angepaßt hatten.

Duane war da und stand neben dem leeren Radioschränkchen. Kevin lag auf dem Sofa, sein T-Shirt war verblüffend weiß. Dale sah sich nach Harlen um, dann erst fiel ihm ein, daß ihr Freund im Krankenhaus lag.

Dale beugte sich nach vorne, um wieder zu Atem zu kommen, während Mike sich mitten in den Raum stellte. »Gut, daß Lawrence nicht hier ist«, sagte Mike. »Was Duane zu sagen hat, ist echt unheimlich.«

»Alles klar?« fragte Dale den dicken Jungen. »Wie hast du denn in die Stadt kommen können?«

»Der Alte ist hergefahren, weil er ins Carl's wollte«, sagte Duane und rückte die Brille zurecht. Er wirkte noch zerstreuter als sonst. »Es ist wirklich passiert«, fügte er hinzu. »Der Abdeckereilaster hat wirklich versucht, mich heute umzubringen.« Seine Stimme klang leise und emotionslos wie immer, aber Dale glaubte einen leisen Unterton von Betroffenheit herauszuhören.

»Das mit Witt tut mir leid«, sagte Dale. »Lawrence auch.«

Duane nickte wieder.

»Erzähl ihnen von dem Soldaten«, sagte Mike.

Duane erzählte ihnen, wie sein Vater am Samstag spät nachts heimgefahren war – eigentlich früh am Sonntagmorgen –, und von dem jungen Mann, den er mitgenommen hatte.

Kevin legte die Hände hinter den Kopf. »Na und? Was soll daran unheimlich sein?«

Mike erzählte ihnen, wie ihm derselbe Mann am Abend zuvor die Jubilee College Road entlang gefolgt war. »War schon irgendwie gruslig«, schloß er. »Ich fing an zu laufen . . . normalerweise laufe ich ziemlich schnell . . . aber dieser Typ blieb irgendwie dran, obwohl er nur ging. Schließlich war ich ihm fünfzehn bis zwanzig Meter voraus, aber als ich mich beim Wasserturm umdrehte, konnte ich ihn nicht mehr sehen.«

»War es dunkel?« fragte Dale.

»Etwa wie jetzt. Nicht so dunkel, daß ich ihn einen Augenblick vorher nicht hätte sehen können. Ich ging sogar bis zur Biegung der Straße zurück, aber die war die ganze Strecke, die ich gekommen war, einsam und verlassen.«

Kevin summte die Titelmusik einer neuen Fernsehserie mit dem Titel *Twilight Zone.*

Dale saß auf dem Sprungfedersessel unter dem schmalen Fenster. »Der Typ könnte sich in den Feldern versteckt haben. Zwischen den Mais gelegt.«

»Ja«, sagte Mike, »aber warum? Was hat er gemacht?« Er erzählte ihnen von dem Loch, das er im Geräteschuppen hinter dem Friedhof Calvary gesehen hatte.

Kevin richtete sich auf. »Hergott, O'Rourke, du bist tatsächlich dort *eingebrochen*?

»Klar. Aber darum geht es nicht.«

Kevin pfiff. »Es wird darum gehen, wenn Congden oder Barney es herausfinden.«

Mike steckte die Hände wieder in die Taschen. Er schien ebenso betroffen zu sein wie Duane, aber viel mehr durcheinander. »Barney ist in Ordnung, aber ich finde, Congden ist ein richtiger Schauerling. Ihr habt ihn ja heute mit Duanes Dad gesehen. Ich glaube, er hat wegen Van Syke gelogen.«

Dale beugte sich nach vorn. »Gelogen? Warum?«

»Weil er zu ihnen gehört«, sagte Mike. »Oder ihnen hilft.«

»Zu wem?« fragte Kevin.

Mike ging zur Tür und sah hinaus, ließ aber die Hände tief in den Taschen. Die Dunkelheit draußen war gerade eine Nuance heller als die Dunkelheit drinnen, so daß sich seine Silhouette vor der Tür abhob. »Zu ihnen«, sagte er. »Dr. Roon. Van Syke. Wahrscheinlich Old Double-Butt. Wer diese Sachen eben macht.«

»Und der Soldat«, sagte Dale.

Duane räusperte sich. »Die Uniform ist die, wie die Landser sie damals im Ersten Weltkrieg getragen haben.«

»Was ist ein Landser?« fragte Mike.

Dale und Duane setzten gleichzeitig zu einer Erklärung an. Duane nickte, worauf Dale zu Ende erklärte.

»Und wann war dieser Krieg?« fragte Mike, obwohl er es von Memos Geschichten wußte.

Duane sagte es ihm.

Mike drehte sich unter der Tür herum und schlug gegen den Türrahmen. »Toll. Was hat ein Typ, der wie ein Soldat aus dem Ersten Weltkrieg angezogen ist, hier herumzuschleichen?«

»Vielleicht geht er in der Nähe seines Wohnorts spazieren«, sagte Kevin in seinem spöttischen Tonfall.

»Und wo soll das sein?« fragte Dale.

»Auf dem Friedhof.«

Kevin hatte einen Scherz machen wollen, aber es war zu dunkel und der Tod von Duanes Hund noch zu frisch. Eine Weile sagte niemand etwas.

Mike brach das Schweigen. »Hat jemand was von Harlen gehört?«

»Ja«, sagte Kevin. »Ma war heute nachmittag droben in Oak Hill und hat seine Ma dort getroffen. Sie hat im Drugstore auf dem Platz gegenüber vom Krankenhaus etwas gegessen, und sie hat Ma gesagt, daß Harlen immer noch bewußtlos ist. Sein Arm ist total im Eimer. Mehrfacher Bruch.«

»Ist das schlimm?« fragte Dale und merkte noch während er sprach, wie dumm die Frage war.

Mike nickte. Er hatte mehr Pfadfinderabzeichen in Erste Hilfe als alle anderen, die Dale kannte. »Mehrfach bedeutet eben, daß er nicht nur an einer Stelle gebrochen ist. Wahrscheinlich ist auch der Knochen durch die Haut gestoßen.«

»Igitt«, sagte Kevin. Dale wurde auch ein wenig übel bei der Vorstellung.

»Am schlimmsten ist wahrscheinlich die Gehirnerschütterung«, fuhr Mike fort. »Wenn Harlen immer noch weg ist, ist sie wahrscheinlich ziemlich übel.«

Wieder folgte Schweigen. Eine Maus oder Spitzmaus wuselte unter den Dielenbrettern dahin. Es war inzwischen so dunkel in dem Zimmer, daß Dale nur die Umrisse der anderen Jungs sehen konnte – Kevins Hemd leuchtete am hellsten, Duanes dunkles Flanellhemd war lediglich ein Schatten zwischen Schatten –, und jetzt waren noch mehr Glühwürmchen vor Tür und Fenstern zu sehen, die wie Glut im Dunkeln leuchteten. Wie Augen.

»Ich gehe morgen nach Oak Hill«, sagte Duane schließlich. »Ich sehe nach Jim und lasse euch wissen, wie es ihm geht.«

Kevins T-Shirt bewegte sich im Halbdunkel. »Vielleicht könnten wir alle gehen.«

»Nn-nnn«, sagte Duane. »Ihr Jungs habt hier Aufträge zu erledigen, wißt ihr noch? Bist du Roon schon gefolgt?« Die Frage war an Kev in der Dunkelheit gerichtet.

Grumbacher grunzte. »Ich war beschäftigt.«

»Ja«, sagte Duane. »Das waren wir alle. Aber ich glaube, wir sollten lieber machen, was wir uns am Samstag in der Höhle vorgenommen haben. Etwas Unheimliches geht hier vor.«

»Vielleicht hat Harlen etwas gesehen«, sagte Dale. »Sie haben ihn im Müllcontainer hinter Old Central gefunden. Vielleicht ist er Old Double-Butt gefolgt, oder so.«

»Vielleicht«, stimmte Duane zu. »Ich versuche, es morgen rauszufinden. Derweil könnte es nicht schaden, wenn sich jemand anders um Mrs. Doubbet kümmert, bis Jim wieder da ist.«

»Das mach ich«, sagte Dale, der erstaunt zur Kenntnis nahm, daß er sich freiwillig meldete.

Mikes Schatten unter der Tür sagte: »Ich hab Van Syke auf dem Friedhof nicht gefunden, aber morgen erwische ich ihn.«

»Sei vorsichtig«, sagte Duane. »Ich habe ihn nicht mit Sicherheit in dem Lastwagen gesehen, aber ich war irgendwie sicher, daß er ihn fuhr.«

Die Jungs bedrängten ihn nach weiteren Einzelheiten des Hergangs. Duane faßte so kurz er konnte zusammen. »Ich muß gehen«, sagte er schließlich. »Ich will nicht, daß mein Alter bei Carl's zuviel säuft.«

Die drei anderen räkelten sich verlegen und waren froh um die Dunkelheit. »Kann ich Lawrence davon erzählen?« fragte Dale.

»Klar«, sagte Mike. »Aber erschreck ihn nicht zu Tode.«

Dale nickte. Das Treffen war vorbei, jeder wurde anderswo erwartet, aber keiner schien gehen zu wollen. Eine der Katzen der O'Rourkes kam herein, sprang auf Dales Schoß und rollte sich schnurrend zusammen.

Kevin seufzte. »Diese ganze Scheiße ergibt einfach keinen Sinn.« Kevin fluchte fast nie.

Die anderen sagten nichts, sondern verweilten nur noch einen Augenblick gemeinsam in der Dunkelheit. Ihr Schweigen drückte Übereinstimmung aus.

In dieser Nacht lag Mike O'Rourke wach und zählte Glühwürmchen vor seinem Fenster. Der Schlaf war wie ein Tunnel, und er hatte nicht die Absicht, da hineinzugehen.

Etwas bewegte sich auf dem Rasen des Vorgartens unter der Linde. Mike beugte sich nach vorn, drückte die Nase gegen das Fliegengitter und versuchte, zwischen den Blättern und den Erkern der kleinen vorderen Veranda durchzusehen.

Jemand war aus dem dunklen Schatten unter den Bäumen bei Memos Fenster gekommen und auf die Straße getreten. Mike horchte nach Schritten auf dem Asphalt oder dem Knirschen von Kies auf der Straße, aber abgesehen vom seidigen Rascheln der Maisstauden war kein Laut zu hören.

Er hatte nur einen flüchtigen Blick darauf erhaschen können, aber Mike hatte den runden Schatten eines Hutes gesehen. Perfekt rund für einen Cowboyhut. Mehr wie ein Pfadfinderhut.

Oder der Uniformhut des Soldaten, den Duane als ›Landser‹ bezeichnet hatte.

Mike lag mit klopfendem Herzen am Fenster und hielt den Schlaf von sich fern wie einen Gegner, der unbedingt auf Distanz gehalten werden mußte.

11

Duane McBride brach zur Bibliothek auf, sobald er seine morgendlichen Arbeiten erledigt hatte. Der Alte war wach und nüchtern und in der übellaunigen Stimmung, die diese Kombination normalerweise hervorbrachte. Duane ging in die Werkstatt des Alten und sagte ihm, daß er wegginge.

»Arbeit getan?« grunzte sein Vater. Er spielte mit dem neuesten Modell seiner ›Lernmaschine‹. Die Werkstatt des Alten war früher einmal das Eßzimmer der Familie gewesen, aber da Duane und sein Vater nur in der Küche aßen – wenn sie überhaupt einmal zusammen aßen, was selten vorkam –, hatte der Alte eine Werkstatt aus dem Eßzimmer gemacht. Ein halbes Dutzend Türen und Sägeböcke dienten als massive Tische, auf den meisten waren Variationen der Lernmaschine und andere Prototypen verteilt.

Der Alte war ein richtiger Erfinder; er hatte fünf Patente angemeldet, aber nur eines davon – der automatische Briefkastenalarm – hatte ihm je Geld eingebracht. Die meisten Einrichtungen waren so unpraktisch wie die Lernmaschine, mit der er sich gerade beschäftigte: ein massives Metallkästchen mit Hebeln, Sichtpanel, Knöpfen, Lochkartenschlitzen und zugehörigen Lichtern. Das Ding sollte die Bildung revolutionieren. Wenn sie richtig mit Rollen des jeweiligen Frage-/Antwort-Materials programmiert und den richtigen Schülerantwortkarten versehen war, konnte die Maschine stundenlang Bildungsmöglichkeiten und Privatunterricht bieten. Das Problem – auf das Duane wiederholt hingewiesen hatte – war schlicht und einfach, daß die Lernmaschine mit allen zugehörigen Druckwerken fast tausend Dollar kosten würde, und sie war *mechanisch.*

Duane beharrte schon lange darauf, daß Computer eines Tages solche Sachen machen würden, aber sein Vater verabscheute Elektronik fast so sehr, wie Duane sie liebte. *Weißt du, wie groß ein Computer sein müßte, damit er die einfachsten autonomen Lehrtätigkeiten ausführen kann?* wollte sein Vater wissen. *So groß wie Texas,* antwortete Duane. *Und die stündliche Strömung der Niagarafälle wäre erforderlich, ihn zu kühlen.* Aber dann fügte er noch hinzu: *Aber das sind die mit Vakuumröhren, Pop. Sie machen jetzt aufregende Sachen mit Transistoren und Resistoren.*

Dann grunzte der Alte und machte sich an die Arbeit an einem neuen Prototyp der Lernmaschine. Duane mußte zugeben, daß sie Spaß machten – als er acht war, hatte er einmal einen vollständigen Politikwissenschaftskurs der High-School mit einer durchgemacht –, aber sie waren klobig und furchteinflößend. Nur eine war verkauft worden – vor fast vier Jahren an den Brimfield School District, und dort kannte Onkel Art einen Einkäufer. Ansonsten verstopften die Prototypen die Werkbänke und beanspruchten Platz in den Fluren und leerstehenden Zimmern oben.

Duane dachte sich, daß das Perpetuum mobile-Projekt Lernmaschine nicht so schädlich war wie das rund um die Uhr geöffnete ländliche Einkaufszentrum, das der Alte Mitte der fünfziger Jahre eröffnet hatte. Das »Einkaufszentrum« hatte zwei Geschäfte umfaßt, einen Eisenwarenladen und den Mehrzweck-»OmniMarkt« des Alten, der größtenteils Brot und Milch verkaufte, aber der Alte war der einzige Auslieferer gewesen und hatte mitten in der Nacht telefonische Bestellungen angenommen, war ständig auf sämtlichen Schotter- und Feldwegen unterwegs gewesen und hatte um vier Uhr morgens einer alten Dame in Knox County einen Laib Brot geliefert, um sich dann sagen zu lassen, daß sie es dem Sofortkreditplan des OmniMarkts angeschrieben haben mochte. Onkel Art – der den Eisenwarenladen übernommen hatte – hatte diesen Traum ebenso gern sterben gesehen wie Duane. Der Alte beharrte freilich bis auf den heutigen Tag darauf, daß er mit »Einkaufszentren« vollkommen richtig gelegen hätte – man sehe sich nur das Sherwood Center an, das gerade in Peoria entstand, neun Stockwerke! –, und nur seiner Zeit voraus gewesen war. Der Alte sagte voraus, daß Einkaufszentren eines Tages gewaltige Innenräume sein würden – Dutzende Spezialgeschäfte unter einem einzigen Glasdach, so wie die Gallerias, die er nach dem Krieg in Italien gesehen hatte. Die meisten Leute hörten zu und fragten mit verwirrtem Gesichtsausdruck *Warum?*, aber Duane und Onkel Art hatten gelernt, zu nicken und den Mund zu halten.

»Arbeit getan?« wiederholte der Alte.

Duane riß sich aus seiner Betrachtung der Lernmaschine. »Ja. Ich wollte zur Bibliothek gehen.«

Der Alte blickte auf und ließ seine Arbeitsbrille von der Nase rutschen. »Bibliothek? Warum heute? Bist du nicht am Samstag dort gewesen?«

»Ja, aber ich habe vergessen nachzusehen, ob sie eine Reparaturanleitung für Kleinmotoren haben.«

Der Alte runzelte die Stirn. Die Pumpe des alten Windrads mußte repariert werden. »Ich habe gedacht, du wüßtest schon alles darüber.«

Duane zuckte die Achseln. »Der Motor ist *alt.* Er wurde vor dem allgemeinen Anschluß ans Stromnetz hier installiert. Ich sollte besser eine Anleitung haben, wenn ich etwas anderes mache als Keilriemen und Bürsten wechseln.«

Der Blick des Alten wurde verschwommen, und Duane konnte sich vorstellen, was er dachte: Es hatte ihn aufgerüttelt, als der Lastwagen gestern versucht hatte, seinen Jungen zu töten – als sie Witt am Nachmittag beerdigt hatten, hatte Duane geglaubt, Tränen in den Augen des Alten zu sehen . . . aber der Wind wehte, und es hätte auch sein können, daß Sand sie reizte – doch andererseits konnte der Alte Duane nicht den ganzen Sommer über zu Hause einsperren oder ihn ständig in der Gegend herumfahren.

»Kannst du dorthin, ohne die Straße zu nehmen?«

»Klar, kein Problem«, sagte Duane. »Ich gehe einfach über die Südwiese und am Rand von Johnsons Feld entlang.«

Der Alte betrachtete das Geflecht von Zahnrädern und Hebeln, das er einstellte. »Na gut, aber sei zum Essen zu Hause, klar?«

Duane nickte, ging in die Küche, machte sich zwei Mettwurstbrote, steckte sie in eine fettige Tüte, füllte eine Thermosflasche mit Kaffee und hängte sie am Griff an seinen Gürtel, vergewisserte sich, daß er Notizbuch und Stift dabei hatte, und schlurfte hinaus. Er war vier Schritte zur Scheune gegangen, um sich von Witt zu verabschieden, als es ihm wieder einfiel. Duane rückte die Brille zurecht, ging zum Tor hinaus und in Richtung Südwiese, wie er es dem Alten versprochen hatte.

Er hatte vor, auf Johnsons Feld bis zu den Eisenbahnschienen zu gehen. Er hatte seinen Vater nicht belogen. Aber er hatte auch nicht exakt die Wahrheit gesagt: er wollte nicht zu der winzigen Bibliothek von Elm Haven, die etwas mehr als zwei Meilen entfernt war . . . er wollte zur Bibliothek von Oak Hill, die über acht Meilen auf den Nebenstraßen entfernt war, und sicher mehr als zehn Meilen auf dem Weg, den Duane gehen wollte.

Duane schlug seinen ausgreifenden Schritt an; die Thermoskanne schlug ihm bei jedem Schritt gegen den linken Schenkel, seine schwarzen Schuhe schreckten Grashüpfer im hohen Gras auf. Die Sonne schien, der Morgen war der heißeste dieses Sommers. Duane machte die beiden obersten Hemdenknöpfe auf und überlegte sich, ob er eine Melodie pfeifen sollte.

Er entschied sich dagegen.

Der beste Weg nach Oak Hill von Duanes Haus wäre gewesen, auf der County Six nach Norden zu gehen, bis diese auf die namenlose Schotterstraße nördlich der Farm der Barmintons traf, die nach Westen, bis sie den State Highway 626 kreuzte, besser bekannt als Oak Hill Road, und dann darauf die letzten viereinhalb Meilen zur Stadt. Aber das hieß, auf Straßen gehen.

Duane überquerte seine erste Straße nördlich von Elm Haven – er überquerte den Schotterweg hastig, der nach Süden verlief und zur First Avenue wurde –, und dann kürzte er durch einen Wald metallener Getreidesilos nördlich der Spielfelder der Stadt ab. Eine Reihe Pinien, die vom Wasserturm aus in westlicher Richtung verlief, verdeckte Duanes Blick, daher konnte er nicht nachsehen, ob seine Freunde Ball spielten.

Westlich von dort wandte er sich wieder nach Norden, um die Stadt und das obere Ende der Broad Avenue zu umgehen.

Nach dem Ende der Catton Road mußte er einen schmalen Weg durch die Büsche bis zu den Schienen nehmen, aber er konnte sich nicht vorstellen, daß sich der Abdeckereilaster hier durch Gestrüpp und Unterholz zwängen würde. Da erst wurde ihm klar, daß er nur ein paar hundert Meter von der Talgfabrik entfernt war – wo der Laster laut Congden angeblich ›gestohlen‹ worden war –, aber der Wald war hier so dicht, daß Duane nicht einmal das Blechdach des Gebäudes sehen konnte.

Nach dem Unterholz waren die Schwellen eine Erleichterung beim Gehen, und Duane machte langsamer, schraubte die Thermosflasche auf und schenkte sich einen Becher Kaffee ein. Er blieb nicht stehen, sondern trank beim Gehen und nahm in Kauf, daß ihm Kaffee auf Hemd und Hose tropfte. Nun, die Hosen hatten sowieso dieselbe Farbe wie die Flecken.

Er roch die Müllkippe, bevor er sie sah, und dann erblickte er die erbärmliche Ansammlung von Schuppen vor dem Südeingang zur Halde. Cordie Cooke wohnte in einem dieser Häuser – wenn man dieses Durcheinander von Dachpappe und Wellblech und Schlackestein überhaupt als *Häuser* bezeichnen konnte –, aber Duane wußte nicht genau, in welchem. In diesem Moment sah er etwas aus dem Augenwinkel. Etwas bewegte sich im Unterholz auf der Westseite der Schienen, aber obwohl Duane sofort hinsah, konnte er das Tier nicht erkennen.

Er ging weiter, an den Halden des städtischen Müllabladeplatzes vorbei – die Müllberge waren deutlich zwischen und über den Bäumen zu sehen –, dann ging er über die schmale Brücke des Rinnsals, das drei Meilen östlich von hier zum Leichenbach wurde. Er hatte Glück: der Wind wehte von Norden, daher ließ er die Müllhalde wirklich hinter sich, als er daran vorbei war.

Von der Müllhalde aus war es ein einfacher, sieben Meilen langer Spaziergang durch die Wälder und Felder von Creve Coeur County, den Duane in etwas mehr als zwei Stunden schaffte.

Oak Hill war mehr als dreimal so groß wie Elm Haven und konnte sich einer Einwohnerzahl von fast 5500 rühmen. Es besaß ein kleines Krankenhaus und eine Bibliothek, die größer als ein Hühnerstall war, eine kleine Fabrik am Stadtrand, ein County-Gerichtsgebäude, einen Block Vorort – einfach alles.

Duane kletterte vom Wall herunter, als sich die Schienen nach Osten an der Stadt vorbei krümmten. Es machte ihm nichts aus, die Alleen von Oak Hill entlangzugehen, aber jedesmal, wenn ein Auto oder Lastwagen hinter ihm um die Ecke bog, sah er rasch über die Schulter und vergewisserte sich vage, daß Veranden in Reichweite waren.

Auf dem Rasen des Gerichtsgebäudes machte er im Schatten einer Eiche und einer Bronzekanone Rast, aß seine Mettwurstbrote und trank den Kaffee dazu. Ihm war heiß – es mußte über dreißig Grad haben –, aber das Flanellhemd klebte nicht an ihm. Als er fertig war, befestigte er die Thermosflasche wieder am Gürtel und ging zum Krankenhaus an der Südseite des Platzes.

Der Name der Frau auf einem grünen Schild war Miß Alnutt, ihr Schreibtisch stand unerbittlich in der Mitte des einzigen Flurs zu den Stationen, und sie war eisenhart. »Du kannst da nicht hinein«, sagte sie in ihrem harschen Altjungfernton. Der schwache Wind des Ventilators an der Decke fächelte Duane ihren Geruch nach Talkumpuder und alter Haut zu. »Du bist zu jung.«

Duane nickte. »Ja, Ma'am. Aber Jimmy ist mein einziger Vetter, und seine Mama hat gesagt, ich darf ihn besuchen.«

Miß Alnutt ruckte mit dem Kopf – eine Geste, die man als Verneinung deuten konnte. »Du bist zu jung. Niemand unter sechzehn darf den Patientenflügel betreten. Keine Ausnahmen.« Sie betrachtete ihn durch die Halbbrille auf der Nase. »Außerdem ist kein Essen und Trinken von außerhalb in den Zimmern der Patienten gestattet.«

Duane betrachtete seine Thermosflasche und löste sie hastig vom Gürtel. »Ja, Ma'am. Ich könnte sie hierlassen. Ich möchte ihn nur ganz kurz sehen – ich verspreche Ihnen, ich sehe ihn mir nur an und komme gleich zurück.«

Miß Alnutt machte eine hastige Gebärde mit der von Äderchen

durchzogenen Hand und konzentrierte ihre Aufmerksamkeit wieder auf die Karten in ihrem kleinen Karteikasten. Duane war die Zimmernummer aufgefallen, als er nach Harlen gefragt hatte. Jetzt sagte er: »Danke, Ma'am«, drehte sich um und stapfte in die Halle zurück.

Der einzige Münzfernsprecher befand sich im Flur zu den öffentlichen Toiletten. Das einzige Telefon in der Halle hatte er auf dem Empfangstisch gesehen, zwanzig Schritte den Korridor entlang und um die Ecke. Er hatte fünfzig Cent in Kleingeld mitgebracht, für alle Fälle. Er brauchte nur zehn. Die Nummer stand in dem zerlesenen Telefonbuch.

Sie riefen sie nicht aus. Eine der Schwestern aus der Halle kam her, flüsterte mit Miß Alnutt und ging mit ihr, als die alte Dame zum Empfangstisch eilte. Es war schließlich ein wichtiger Anruf.

Duane schlenderte an dem verlassenen Schreibtisch vorbei, betrat den Patientenflügel und widerstand zum zweiten Mal an diesem Tag dem Impuls zu pfeifen.

Nach dem Frühstück lieh sich Dale Stewart das Fernglas seines Dad aus und fuhr die Depot Street zum Güterbahnhof hinunter und dann an den Schienen entlang zu Cordies Haus. Er wollte eigentlich nicht gehen – das ganze Viertel hier war ihm wegen Congdens Haus zu mulmig, und im Wald bei der Müllkippe war es noch schlimmer –, aber nach der Unterhaltung im Hühnerhaus am Abend zuvor empfand Dale es gewissermaßen als seine Pflicht. Aber Dale hatte keine Ahnung, was Cordie und Tubby Cooke mit einem Deppen zu tun hatten, der Duane mit dem Abdeckereilaster Angst gemacht hatte.

J. P. Congdens schäbiges Haus lag im selben Block wie das von Harlen, aber der schwarze Chevy stand nicht wie sonst im Hof, und in dem unkrautüberwucherten Garten regte sich nichts. Dale hatte nicht so sehr Angst vor dem Friedensrichter – obwohl ihm der alte Furz am Vortag einen gehörigen Schrecken eingejagt hatte –, aber er hatte Angst vor dem kriminellen Sohn von J. P., nämlich C. J. *Jedes* Kind in der Stadt hatte Angst vor C. J.

C. J. Congden hatte die Schule im vergangenen Jahr endgültig geschmissen – sechzehn Jahre und immer noch in der achten Klasse, wer konnte es ihm verdenken? –, und den meisten Jungs in Elm Haven war an diesem Tag nach einer Party zumute gewesen. Congden war die Karikatur eines Kleinstadtschlägers: Entenarschfrisur, Pickel im teigigen Gesicht, die wie eine tropische Krankheit aussahen, fettiges T-Shirt mit einer Schachtel Zigaretten im Ärmel, groß, schlank, aber muskulös, mit gewaltigen, bösen Pranken, dreckige Jeans, die er so tief trug, daß Leute, die ihn laufen sahen, fast damit rechneten, sein Pimmel würde über den Gürtel herausschnellen, schwere Fliegerstiefel mit Metallkappen, die Funken auf dem Beton schlugen, wenn er schlurfte, eine Dose Schnupftabak in der Gesäßtasche und ein Klappmesser in der vorderen ... Dale hatte einmal zu Kevin gesagt, daß C. J. Congden ein Handbuch für Schläger haben mußte, nach dem er sich einkleidete.

Aber Dale machte keine Witze über C. J., wenn sie mitgehört oder wiederholt werden konnten. Als die Stewarts vor vier Jahren von Peoria nach Elm Haven gezogen waren – da kam Dale in die dritte Klasse und Lawrence in die erste –, hatte Dale den Fehler gemacht, C. J's Aufmerksamkeit auf sich zu ziehen. Congden war damals zwölf Jahre alt und immer noch Fünftkläßler gewesen, aber er streifte durch den Spielplatz der kleinen Kinder wie ein Hai durch eine Schule Rötlinge.

Nach der zweiten Tracht Prügel auf dem Schulhof hatte sich Dale an seinen Dad um Hilfe gewandt. Sein Dad hatte ihm gesagt, daß alle Schläger Feiglinge waren, wenn man sich ihnen entgegenstellte, zögen sie ab. Am nächsten Tag hatte Dale sich C. J. entgegengestellt.

An diesem Tag hatte Dale zwei Milchzähne verloren, einige der zweiten waren locker geworden. Seine Nase blutete drei Tage lang, und er hatte immer noch eine Narbe an der Hüfte, wo C. J. ihn getreten hatte, nachdem er gestürzt war und sich zusammengerollt hatte. Seit dieser Woche stand Dale den Ratschlägen seines Vaters mit einer gewissen Skepsis gegenüber.

Dale versuchte es mit Bestechung. Congden nahm die Smarties und das Essensgeld und prügelte Dale trotzdem windelweich. Dale versuchte, zum Mitläufer zu werden, ging sogar so weit, daß er versuchte, als Teil der Equipage von Dummköpfen des Schlägers mit über den Spielplatz zu schlendern. Congden verpaßte ihm aus Prinzip einmal wöchentlich eine Abreibung.

Daß Congdens einziger legitimer Handlanger – Archie Kreck – in Dales Klasse war, verschlimmerte die Lage zusätzlich. Archie hätte selbst der Stadtschläger sein können, wenn es C. J. nicht gegeben hätte: er trug die gleiche Kleidung, hatte Kappen an den Schuhen, war klein und vierschrötig und gemein, sah ein bißchen wie Mickey Rooneys böser Zwillingsbruder aus und hatte ein Glasauge.

Niemand wußte, wie Archie sein Auge verloren hatte – auf dem Schulhof munkelte man, daß C. J. es als Teil eines bizarren Aufnahmerituals mit einem Taschenmesser herausgeschnitten hatte, als Archie erst sechs oder sieben war –, aber das Glasauge, sein linkes, wurde stets wirksam eingesetzt. Wenn Mrs. Howe manchmal in einer Geographiestunde allzu weitschweifig daherschwafelte, nahm Archie das Auge heraus, legte es in die Bleistiftmulde vorne am Pult und tat so, als würde er dösen, während sein Auge Wache hielt.

Als er das zum ersten Mal gesehen hatte, hatte Dale gelacht, aber Archie hatte ihm aufgelauert, nachdem der Rektor mit ihm fertig war, hatte Dale auf dem Weg zur Boys' Toilette (oder BOY'S, wie es in Old Central hieß) aufgelauert. Archie hatte Dales Gesicht fünf Spülungen lang ins Pissoir gedrückt und ihn gezwungen, wieder zu lachen. An diesem Tag hatten Archie und C. J. *beide* nach der Schule am Rand des Schulhofs auf ihn gewartet. Dale war noch nie so schnell gelaufen – er war die Gasse hinter Mrs. Moons Haus entlanggerast, durch Mikes Hühnerhaus geplatzt, hatte durch den Garten der Graysons abgekürzt, war über die Straße zu seinem eigenen Haus gesprintet und hatte die Eingangstür, zwei Sekunden bevor die beiden menschlichen Dobermänner in Fliegerstiefeln kamen, hinter sich zugeschlagen.

Zwei Tage später hatten sie ihn erwischt und ihn windelweich geprügelt. Egal, was Väter sagen und Mütter nicht verstehen, Schlägern kann man nicht entkommen. Und die beiden waren Weltklasse.

Dale war froh, als er am Haus der Congdens vorbei war: C. J. hatte kein eigenes Auto, und sein Alter ließ ihn den aufgemotzten Chevy nicht fahren, aber Dale hatte gesehen, wie er mit Autos von ›Freunden‹ gefahren war. Es war herrlich, wenn der Stadtschläger anfing zu fahren; dann war er von der Straße weg.

Harlens Haus lag drei Häuser weiter, nur hundert Meter vom alten Bahnhof entfernt. Dale hielt mit dem Rad vor der untersten Eingangsstufe an und klopfte an die Tür, aber das Haus machte einen verlassenen Eindruck, und es machte niemand auf. Dale sah unablässig die Straße entlang, ob C. J. und Archie nicht plötzlich auftauchten, und schob sein Rad. Das Lederetui des Fernglases seines Dads klopfte ihm beim Gehen gegen die Brust.

Es führten zwei Wege zu Cordie Cookes Haus: das Rad über die Schienen schieben und sich durchs Unkraut zum Schotterweg kämpfen, der zur Müllkippe führte; oder das Rad irgendwo verstecken und auf den Schwellen gehen.

Dale wollte sein Rad nur ungern in diesem Teil der Stadt zurücklassen – einmal war Lawrences Rad zwei Wochen lang verschwunden gewesen, bis Harlen es in dem Wäldchen hinter Congdens Haus gefunden hatte –, aber er mußte auch an Duanes Fangspiel mit dem Laster denken.

Dale versteckte das Rad im Unkraut hinter dem Bahnhof, zog Zweige darüber, die es völlig bedeckten, und ging – nachdem er sich mit dem Fernglas umgesehen und vergewissert hatte, daß C. J. sich nicht irgendwo herumtrieb – vorsichtig an der Westseite der Böschung dahin, bis er hinter dem Getreidesilo war. Dann hob er einen Ast auf, balancierte auf dem rechten Gleis, pfiff und schlug Kieselsteine in das Feld. Er machte sich keine Sorgen wegen Zügen: das Gleis wurde selten befahren – manchmal vergingen, laut Harlen, der an den Schienen wohnte, Wochen, bis ein Güterzug durchkam.

Jenseits der Catton Road hörten die Bäume auf, abgesehen von Baumwolle beim Bach und gelegentlichen Bäumen zwischen den Feldern. Dale überlegte, was er machen sollte. Was war, wenn ihn jemand erwischte, wie er das Haus der Cookes mit dem Fernglas beobachtete? Gab es nicht ein Gesetz dagegen? Was war, wenn Cordies betrunkener Vater ihn erwischte ... oder er einer der anderen Gruselmumien in die Arme lief, die bei der Müllkippe lebten? Was war, wenn das Fernglas kaputt ging?

Dale warf den Ast ins Gras, ging weiter und hielt das Lederetui mit einer Hand.

Das ist verrückt.

Er sah das Dach der Talgfabrik links, aber kein Abdeckereilaster kam aus den Büschen geprescht, um ihn plattzuwalzen. Dann roch er die Halde und sah Cordies Haus zwischen den Bäumen.

Dale verließ die Böschung, schlich durch das marschige Gras und hielt sich dort, wo die Bäume am dichtesten waren. Es waren fast hundert Meter bis zum Haus selbst, daher fühlte er sich hier im Wald ziemlich sicher. Niemand konnte ihn von der Straße zur Müllkippe oder den Gleisen hinter ihm sehen. Es würde schwer sein, sich an ihn anzuschleichen, weil überall trockene Zweige herumlagen. Er nistete sich in einer Nische zwischen zwei Bäumen und einem Busch ein, stellte das Fernglas auf Cordies Haus ein und wartete.

Cordies Haus war chaotisch. Es war so klein, man konnte sich kaum vorstellen, daß vier Erwachsene – zwei Onkel von Cordie wohnten auch dort – und ein paar Kinder dort wohnen konnten. Verglichen mit dem Haus waren Daysingers Hütte und Congdens Mausefalle Paläste.

Drei alte Häuser lagen in der Mulde beim Tor zur Halde. Das von Cordie war das schlimmste, aber sie waren alle gräßlich. Alle Häuser standen auf Schlackeblocks, aber ihres sah aus, als wäre es hinten runtergefallen und lag tatsächlich schief wie ein Boot, das nach einem Sturm an Land gespült worden war. Am Waldrand und dem Bach dreißig Meter hinter dem Haus wuchs das Gras dicht und grün, aber der Hof bestand aus gestampfter Erde, in der Schlammpfützen die einzige Abwechslung boten. Überall lag Schrott verstreut.

Dale liebte Schrott, wie alle Jungs. Wenn die Müllkippe nicht so viele böse Ratten und Nachbarn wie die Cookes und Congdens beherbergt hätte, wären er und die anderen Jungs ständig hier gewesen und hätten gespielt, gegraben, erforscht und Beutezüge gemacht. So aber verbrachte die Fahrradpatrouille mehr Zeit damit, beim Sperrmüll Sachen, die weggeworfen wurden, in den Straßen der Stadt durchzusehen, als mit jeder anderen Tätigkeit. Schrott war toll. Die Leute warfen die tollsten Sachen weg. Einmal hatten Dale und Lawrence einen richtigen Panzerhelm gefunden – ein gepolstertes Ding aus echtem Leder und deutscher Schrift an der Innenseite –, den Lawrence seither bei jedem Footballspiel einer gegen zehn aufsetzte. Ein andermal hatten Dale und Mike ein großes Waschbecken gefunden und den ganzen Weg zu Mikes Hühnerhaus geschleppt, bis Mr. O'Rourke sie angebrüllt hatte, sie sollten es zurückbringen.

Schrott war toll.

Aber nicht dieser Schrott. Hinter Cordies Haus lagen rostige Federn, kaputte Toilettenschüsseln – obwohl Dale sicher war, Cordie hatte einmal gesagt, sie hätten einen Abort –, Windschutzscheiben, deren Scherben zwischen Unkraut aufragten, rostige Autoteile, die wie die Organe eines Monsterroboters aussahen, hunderte verrostete Konservendosen, deren scharfkantige Deckel wie Sägeblätter hochstanden, verbogene Dreiräder, die aussahen, als wäre ein Lastwagen auf ihnen hin und her gefahren, weggeworfene Puppen mit Schimmel auf der rosa Plastikhaut, deren tote Augen himmelwärts starrten. Dale verbrachte mindestens zehn Minuten damit, den Schrottplatz hinter Cordies Haus zu inspizieren, bevor er das Fernglas sinken ließ und sich die Augen rieb. *Verdammt, was machen sie mit dem ganzen Plunder?*

Spionieren war eine langweilige Sache, stellte Dale fest. Nach einer halben Stunde hatte er einen Krampf im Bein, Insekten krabbelten auf ihm herum, er bekam Kopfschmerzen von der Hitze, und er hatte nur Cordies Mutter gesehen, die Wäsche von der Leine nahm – die Laken sahen grau und fleckig aus – und zwei dreckige kleine Cooke-Kinder anschrie, die sich in der tiefsten Pfütze im Hof mit Schlamm bewarfen, in der Nase bohrten und den Rotz an die Hosen wischten.

Keine Spur von Cordie. Keine Spur von etwas, wonach er suchte. *Wonach* suchte er eigentlich? Verdammt, sollte doch Mike herkommen und das machen, wenn er Cordie Cooke überwacht haben wollte.

Dale wollte gerade aufbrechen, als er Schritte auf den Schwellen auf der Eisenbahnböschung hörte. Er duckte sich, schirmte das Fernglas ab, damit sich die Sonne nicht in den Linsen spiegelte, und versuchte zu erkennen, wer es war. Er sah Cordhosen zwischen den Blättern und Beine, die in bekannter Weise watschelten.

Verflixt, was hat Duane hier zu suchen?

Dale lief zu einer anderen Stelle, wobei er ein Geräusch im Unterholz erzeugte, aber dreißig Meter nördlich machten die Gleise eine Biegung, und als Dale eine Stelle erreicht hatte, von der aus er etwas sehen konnte, gab es nichts mehr zu sehen.

Er ging in Richtung seines Beobachtungspostens zurück, aber als er vor sich zwischen den Bäumen etwas Graues sah, das sich bewegte, ging er in Deckung und nahm das Fernglas zur Hand.

Cordie stapfte nachdrücklich durch den Wald zu den Schienen. Sie hatte eine doppelläufige Schrotflinte dabei.

Dale spürte, wie seine Knie irgendwie weich wurden. Wenn sie ihn nun gesehen hatte? Cordie war verrückt – das war keine Beleidigung, nur eine Feststellung. Letztes Jahr, in der fünften Klasse, kam ein neuer Musiklehrer, den sie nicht leiden konnte – Mr. Aleo aus Chicago –, und so schrieb Cordie ihm einen Brief, in dem stand, sie würde ihre Hunde auf ihn hetzen, damit sie ihm Arme und Beine und was anderes ausrissen. Sie hatte der Klasse den Brief auf dem Schulhof vorgelesen, bevor sie ihn ihm gegeben hatte.

Wahrscheinlich war sie wegen dem »was anderes«, das abgerissen werden sollte, von der Schule suspendiert worden. Mr. Aleo gab Elm Haven auf und ließ sich noch vor Ende des Schuljahrs nach Evansville zurückversetzen.

Cordie war echt verrückt. Wenn sie Dale gesehen hatte, konnte es durchaus sein, daß sie ihn mordlüstern verfolgte.

Dale duckte sich ins Unkraut, versuchte nicht zu atmen, versuchte nicht einmal zu *denken*, da er die Theorie hatte, daß verrückte Menschen telepathisch begabt waren.

Cordie sah weder nach rechts noch nach links, während sie durch den Wald stapfte, etwa fünfzig Meter südlich von der Stelle, wo Dale heruntergesprungen war, auf die Böschung kletterte, und Richtung Stadt ging. Das Gewehr war größer als sie; sie trug es über der Schulter wie ein Liliputanersoldat.

Dale wartete, bis sie nicht mehr zu sehen war, dann folgte er ihr langsam und darauf bedacht, sich nicht sehen zu lassen. Sie waren halb in der Stadt, zwischen der Talgfabrik und dem aufgegebenen Getreidesilo, und Cordie war immer noch ein paar hundert Schritte voraus – ohne nach hinten zu sehen, ohne nach rechts oder links zu sehen, so schritt sie wie ein Aufziehspielzeug in einem schmuddeligen grauen Kleid von einer Schwelle zur nächsten, als er plötzlich um eine Kurve kam – und sie verschwunden war.

Dale zögerte, suchte die Schienen und den Waldrand mit dem Fernglas ab und hob vorsichtig den Kopf, um nachzusehen, ob sie auf der Ostseite der Schienen in den Wald gegangen war.

Da sagte eine vertraute Stimme hinter ihm: »He, das ist ja der elende kleine Stewart. Hast du dich verlaufen, du Pisser?«

Dale, der noch das Fernglas seines Dad hielt, drehte sich langsam um.

C. J. und Archie standen beide keine zehn Schritte hinter ihm. Er hatte so sehr darauf geachtet, daß Cordie ihn nicht sah, daß er sich nicht um seine Rückendeckung gekümmert hatte.

Archie hatte kein Hemd an und ein rotes Tuch um die Stirn gebunden. Fettiges Haar ragte darüber empor. Sein Gesicht war gerötet, das

Glasauge glänzte in der Morgensonne. C. J. hatte einen Fuß auf der Schiene, den anderen Stiefel auf einer Schwelle. Die Haltung erinnerte Dale an einen pickligen weißen Großwildjäger auf Safari. Das Bild stimmte bis hin zu der Flinte, die C. J. in der Armbeuge hielt.

Jesus Christus, dachte Dale. Seine Beine waren plötzlich so schwach, daß er nicht glaubte, er könnte weglaufen, selbst wenn sich ihm die Möglichkeit dazu bieten sollte. *Was ist denn heute bloß los, nationaler Schußwaffentag?* Er stellte sich vor, daß er das laut sagte, so dumm es sich anhörte. Er stellte sich vor, wie C. J. und Archie lachten, einer ihm vielleicht auf die Schulter klopfte, worauf sie sich umdrehten und zur Müllhalde gingen, um Ratten zu schießen.

»Verdammt, warum lachst du, Pisser?« fauchte C. J. Congden, der einzige Sohn von Elm Havens Friedensrichter.

Er hob das Gewehr und richtete es aus einer Entfernung von zehn Schritt direkt in Dales Gesicht. Es klickte, als die Waffe entsichert oder möglicherweise der Hahn gespannt wurde.

Dale versuchte, die Augen zuzumachen, aber nicht einmal das gelang ihm. Er merkte, daß er das Fernglas abschirmte, damit die Kugel es nicht beschädigte, wenn sie ihm durch die Brust ging. Er spürte den Drang, sich hinter etwas zu verstecken, so stark wie den Drang zu urinieren, wenn man es gar nicht mehr aushalten konnte . . . aber er hätte sich nur hinter sich selbst verstecken können.

Dales rechtes Bein fing leicht an zu zittern. Sein Herz schlug so schnell, es schien sein Gehör zu beeinträchtigen; C. J. sagte etwas, aber er verstand keinen Laut.

Congden kam zwei Schritte näher und drückte die Mündung an Dales Hals.

Duane McBride hatte keine Schwierigkeiten, Jim Harlens Zimmer zu finden. Es war ein Zweibettzimmer, aber der Vorhang war zurückgezogen und das zweite Bett war leer. Helles Junilicht fiel zum Fenster herein und zeichnete ein weißes Rechteck auf den Fliesenboden.

Harlen schlief. Duane sah in den verlassenen Flur und zog die Tür zu, als das Quietschen von Schuhen einer Schwester sich der Ecke näherte.

Duane kam näher und zögerte. Er war nicht sicher, was er erwartet hatte – möglicherweise Harlen in einem Sauerstoffzelt, die Züge von durchsichtigem Plastik verzerrt, ganz von Sauerstoffflaschen umgeben, so wie Duanes Großvater, bevor er vor zwei Jahren gestorben war –, aber Jim schlief friedlich unter einem gestärkten Laken und einer dünnen Decke, und nur der dicke Gips an seinem linken Arm und die weiße Verbandkrone um seinen Kopf deuteten auf seine Verletzungen hin. Duane blieb stehen, bis die quietschenden Schuhe auf dem Flur vorbeigegangen waren, dann ging er näher ans Bett.

Harlen schlug rasch die Augen auf, wie eine Eule, die wach wird, und sagte: »He, McBride.«

Duane machte fast einen Sprung rückwärts. Er blinzelte und sagte: »He, Harlen. Alles klar?«

Harlen versuchte zu lächeln, und Duane fiel auf, wie dünn und blutleer die Lippen des Jungen aussahen. »Ja, alles klar«, sagte Harlen. »Ich wach hier mit verdammten Kopfschmerzen und einem total zu Klumpatsch geschlagenen Arm auf. Davon abgesehen geht es mir prima.«

Duane nickte. »Wir haben gedacht, du bist . . .« Er verstummte, weil er nicht »im Koma« sagen wollte.

»Tot?« sagte Harlen.

Duane schüttelte den Kopf. »Bewußtlos.«

Harlens Lider flatterten, als würde er ins Koma zurücksinken. Er riß sie weit auf und runzelte die Stirn, als versuchte er, sich zu konzentrieren. »Ich glaube, das war ich. Bewußtlos, meine ich. Ich bin vor ein paar Stunden mit diesen beschissenen, elenden Kopfschmerzen aufgewacht und habe meine Mom am Bettrand sitzen sehen. Eine Weile dachte ich, es wäre Sonntagmorgen. Scheiße, ein paar Minuten wußte ich überhaupt nicht, wo ich bin.« Er sah sich um, als wäre er immer noch nicht sicher, wo er war.

»Wo ist deine Mutter jetzt, Jim?«

»Über den Platz, was essen und ihren Boß anrufen.« Harlen sprach langsam, als bereitete ihm jedes Wort Schmerzen.

»Also ist alles klar?« fragte Duane noch einmal.

»Ja, glaub schon. Heute morgen waren eine ganze Bande Ärzte hier, haben mir in die Augen geleuchtet und mich bis fünfzig zählen lassen, und so weiter. Sie haben mich sogar gefragt, ob ich ihnen sagen kann, wer ich bin.«

»Hast du?«

»Klar. Ich hab gesagt ich bin Dwight Arschloch Eisenhower.« Harlen lächelte trotz der Schmerzen.

Duane nickte. Er hatte nicht viel Zeit. »Jim, kannst du dich erinnern, wie du dich verletzt hast? Was ist passiert?«

Harlen sah einen Moment zu ihm auf, und Duane stellte fest, wie weit die Pupillen des Jungen waren. Harlens Lippen zitterten, als versuchte er, das Lächeln an Ort und Stelle zu halten. »Nein«, sagte er schließlich.

»Du kannst dich nicht erinnern, daß du Old Central besucht hast?«

Harlen machte die Augen zu, seine Stimme war fast ein Winseln. »Ich kann mich verdammt an *gar nichts* erinnern«, sagte er. »Zumindest an nichts nach unserm dummen, hirnrissigen Treffen in der Höhle.«

»Die Höhle«, wiederholte Duane. »Du meinst Samstag im Abflußrohr.«

»Ja.«

»Erinnerst du dich an den Samstagnachmittag? *Nach* der Höhle?«

Harlen schlug die Augen auf; Zorn war drin zu sehen. »Eben hab ich gesagt, daß ich mich nicht erinnere, Dicker.«

Duane nickte. »Du warst im Müllcontainer von Old Central, als sie dich am Sonntagmorgen gefunden haben . . .«

»Ja. Das hat Mom mir gesagt. Sie hat dabei geweint, als wäre es ihre Schuld.«

»Aber du weißt nicht, wie du dorthin gelangt bist?« Duane hörte, wie über die Sprechanlage draußen ein Arzt gerufen wurde.

»Nn-nnn. Ich kann mich an überhaupt nichts am Samstagabend erinnern. Könnte auch sein, daß du und O'Rourke und ein paar andre Scheißkerle mich aus dem Bett gezerrt, mir mit einem Knüppel eins übergebraten und mich dort abgeladen habt.«

Duane betrachtete den gewaltigen Gips an Harlens Arm. »Kevins Mom hat gesagt, deine Mutter hat gesagt, daß dein Rad auf der Broad Avenue in der Nähe von Old Double-Butts Haus gefunden worden ist.«

»Echt? Das hat sie mir nicht gesagt.« Harlens Stimme klang tonlos, unlustig und überhaupt nicht neugierig.

Duane strich mit dem Finger am weichen Saum der Decke entlang. »Glaubst du, du hast es dort liegen lassen, weil du Mrs. Doubbet gefolgt bist? Vielleicht zur Schule?«

Harlen hob die Hand und bedeckte damit die Augen. Die Fingernägel waren bis zu den Kuppen abgenagt. »Hör zu, McBride, ich hab gesagt, daß ich es verdammt noch mal nicht *weiß.* Also laß mich in Ruhe, okay? Du dürftest nicht einmal hier sein, richtig?«

Duane tätschelte Harlen durch den steifen Krankenhausstoff die Schulter. »Wir wollten alle wissen, wie es dir geht«, sagte er. »Mike und Dale und die anderen wollen dich auch besuchen kommen, wenn es dir besser geht.«

»Ja, ja.« Harlens Stimme war gedämpft, weil er die Hand über die untere Gesichtshälfte hielt. Seine Finger tasteten nach den Verbänden.

»Sie werden sich freuen, wenn sie hören, daß du auf dem Damm bist.« Duane sah zum Flur, wo wieder Schritte ertönten: wahrscheinlich Krankenhauspersonal, das von der Mittagspause zurückkam. »Können wir dir was bringen?«

»Michelle Staffney nackt«, sagte Harlen, der die Hand nicht vom Gesicht nahm.

»Klaro«, sagte Duane und ging zur Tür. Der Flur war momentan verlassen. »Wir seh'n uns später, Freund Peter.« Der Ausdruck war der Renner unter den Jungs gewesen, als sie in der vierten Klasse waren.

Harlen seufzte. »McBride?«

»Ja.«

»Eines könntest du machen.« Die Lautsprecheranlage auf dem Flur gab ein Pfeifen von sich. Vor dem Fenster ließ jemand einen Rasenmäher an. Duane wartete. »Mach das Licht an«, sagte Harlen. »Machst du das?«

Duane blinzelte ins grelle Sonnenlicht, das ins Zimmer strömte, schaltete aber das Licht ein. Die zusätzliche Helligkeit war im Gleißen nicht zu sehen.

»Danke«, sagte Harlen.

»Kannst du gut sehen, Jim?« Duanes Stimme war leise.

»Doch. Ich kann sehen.« Harlen ließ die Hand sinken und sah Duane mit einem undeutbaren Gesichtsausdruck an. »Es ist nur ... nun ... wenn ich wieder einschlafe, möchte ich nicht im Dunkeln aufwachen. Klar?«

Duane nickte, wartete noch einen Augenblick, aber ihm fiel nichts mehr ein, was noch zu sagen wäre, daher winkte er Harlen zu, ging hinaus und schlich sich zu einem Nebenausgang.

Dale Stewart sah am Gewehrlauf entlang in C. J. Congdens Pickelgesicht und dachte: *Mein Gott, ich werde sterben.* Das war eine neue Vorstellung, welche die Szene um ihn herum zu einem soliden Block von Eindrücken einzufrieren schien: Congdens, Archie Kreck, der warme Sonnenschein auf Dales Gesicht, der Schatten der Blätter und der blaue Himmel hinter C. J., das Hitzeflimmern, das von Schotter und Schienen aufstieg, der blaue Stahl des Gewehrlaufs und der schwache aber irgendwie schwindelerregende Ölgeruch, der von der Waffe ausging – das alles trug dazu bei, den Augenblick so sicher in der Zeit zu versiegeln wie Mikes Bernstein eine Spinne vor einer Million Jahren gefangen hatte.

»Verdammt, ich hab dich was gefragt, blödes Arschgesicht«, schnarrte c. J.

Dale schien Congdens Stimme aus weiter, weiter Ferne zu hören. Sein Puls hämmerte ihm immer noch laut in den Ohren. Obwohl er fast seine gesamte Konzentration aufbieten mußte, nur um sich nicht der Ohnmacht zu ergeben, die ihn bedrohte, brachte Dale eine Antworte heraus: »Hä?«

Congden lachte gehässig. »Ich habe *gesagt*: Verdammt, warum lachst du?« Er hob den Kolben des Gewehrs an die Schulter, ohne die Mündung einen Sekundenbruchteil von Dales Halsansatz zu nehmen.

»Ich lächle nicht.« Dale hörte das Zittern seiner Stimme und war sich darüber im klaren, daß er sich dessen schämen sollte, aber auch das war weit entfernt. Sein Herz schien sich aus der Brust befreien zu wollen. Es schien, als würde sich die Erde neigen, daher mußte Dale sich darauf konzentrieren, das Gleichgewicht zu wahren.

»Einen Scheißdreck machst du nicht!« schrie Archie Kreck. Der Schläger im zweiten Glied hatte ihm das Gesicht leicht im Profil zugewendet, und Dale konnte sehen, daß sein Glasauge etwas größer als das echte war.

»Sei still«, sagte C. J. abwesend. Er hob den Lauf, so daß der Druck vom Hals Dales schwand – er konnte den Schmerz spüren, wo die Mündung gedrückt hatte, und wußte, dort war jetzt ein roter Ring –, und zielte direkt auf das Gesicht des kleineren Jungen. »Du grinst *immer noch,* Arschgesicht. Wie würde es dir gefallen, wenn ich ein Loch in dieses dämliche Grinsen pusten würde?«

Dale schüttelte den Kopf, konnte aber nicht aufhören zu grinsen. Er spürte das Lächeln, ein Krampf, über den er keine Macht hatte. Sein rechtes Bein zitterte jetzt deutlich, seine Blase schien prall voll zu sein. Er konzentrierte sich darauf, das Gleichgewicht zu halten und sich nicht in die Hose zu machen.

Die Gewehrmündung war zwanzig Zentimeter von seinem Gesicht entfernt. Dale konnte nicht glauben, wie groß sie war. Die schwarze Öffnung schien den Himmel auszufüllen und das Sonnenlicht zu trüben; Dale erkannte, daß es sich um ein Gewehr Kaliber .22 handelte, von der Art, wo man den Lauf abklappen mußte, damit man jeweils eine Patrone laden konnte – Ia, um Ratten auf der Müllkippe zu schießen, wohin diese beiden Ratten wahrscheinlich unterwegs gewesen waren –, und seine Fantasie zeigte ihm die Patrone Kaliber .22 am Ende des Laufs, wo sie nur darauf wartete, daß der Hammer herunterschnalzte und das Bleigeschoß durch Dales Zähne, Zunge, Gaumen und Gehirn jagte. Er versuchte sich zu erinnern, welchen Schaden eine .22er im Gehirn eines Tieres anrichten konnte, aber von den Belehrungen seines Dad während der Vorbereitungen zu einem gemeinsamen Jagdausflug fiel ihm nur noch ein, daß eine .22er-Lang eine Reichweite von einer Meile hatte.

Dale kämpfte gegen den Drang, C. J. zu fragen, ob er das Gewehr mit einer Patrone .22-Lang geladen hatte.

»Wie würde dir das denn gefallen, du Pißkopf?« sagte C. J. und sah am Lauf entlang, als wollte er genau aussuchen, durch welchen Zahn er feuern würde.

Dale schüttelte wieder den Kopf. Er hatte die Arme herunterhängen und hielt es für einen prima Einfall, sie zu heben, aber irgendwie schienen sie sich nicht bewegen zu wollen.

»Erschieß ihn! Erschieß ihn, C. J.!« Archies Stimme war heiser vor Aufregung oder Pubertät. »Mach den kleinen Wichser alle!«

»Sei still«, sagte Congden. Er sah Dale mit zusammengekniffenen Augen an. »Du bist der Stewart-Wichser, richtig?«

Dale nickte. Seine Angst vor C. J. über die Jahre hinweg und seine Wut und Hilflosigkeit nach den Prügeln hatte ihn in eine so intime Beziehung zu dem Schläger gebracht, daß es ihm unvorstellbar erschien, daß Congden seinen Namen nicht kannte.

C. J. sah ihn wieder verkniffen an. »Du wirst mir sagen, was du uns nachzuspionieren und anzugrinsen hast, verdammt, oder soll ich abdrücken?«

Die Frage war im Augenblick zu kompliziert für Dale, und er schüttelte wieder den Kopf. Ihm schien, als wäre der wichtigste Teil, auf die Frage zu antworten, ob er wollte, daß abgedrückt wurde. Das wollte er nicht.

»Okay, Arschgesicht, du hast es so gewollt«, sagte C. J., der Dales Geste offenbar als Weigerung zu reden betrachtete. Er zog den Hammer der einschüssigen Flinte mit einem hörbaren Klick zurück und senkte die Wange an den Kolben.

Dale hörte schlichtweg auf zu atmen. Seine Brust war erstarrt. Er wollte die Hände vors Gesicht heben, sah aber im Geiste, wie die Kugel seine Handflächen durchschlug, ehe sie in den Mund eindrang. Dale wurde zum ersten Mal bewußt, was der Tod war: er war, nicht auf den Eisenbahnschienen weiterzugehen, heute kein Abendessen zu sich zu nehmen, seine Mom nicht zu sehen und *Sea Hunt* im Fernsehen zu verpassen. Er war, am Samstag nicht den Rasen zu mähen oder seinem Dad im Herbst helfen dürfen, das Laub zusammenzurechen.

Er war, überhaupt keine Wahl zu haben, außer tot auf dem Kieswall der Schienen zu liegen, wo einem die Vögel die Augen auspickten wie Beeren, und Ameisen einem über die Zunge krabbelten. Er war *keine Wahl, keine Entscheidungen, überhaupt keine Zukunft.* Als hätte man für alle Ewigkeit Stubenarrest.

»Tschüs«, sagte Congden.

»Wenn du abdrückst, pust ich dir *deine* elende Rübe in Stücke«, sagte eine Stimme hinter Dale.

Congden und Archie zuckten zusammen, als hätte sie jemand in einem dunklen Zimmer erschreckt. C. J. sah nach links, ließ das Gewehr aber nicht sinken.

Dale, der immer noch nicht atmete, stellte fest, er konnte den Kopf ein klein wenig nach rechts drehen und sehen, wer da stand.

Cordie Cooke war aus dem Wald gekommen und hatte einen Fuß noch im Unkraut, den anderen auf dem Schotterwall der Schienen stehen. Sie hatte die doppelläufige Schrotflinte hochgehoben, den Kolben fest an die Schulter gedrückt und beide Läufe auf C. J. Congden gerichtet.

»Cooke, du kleine Fotze . . .«, begann Archie mit hoher, krächzender Stimme.

»Sei still!« sagte C. J. Die Stimme des größeren Jungen war ruhig. »Was soll denn das werden, Cordie?«

»Ich habe die Zwölfkalibrige meines Vaters auf deine Pickelvisage gerichtet, Dumpfbacke.« Cordies Stimme war dünn und kratzig wie immer – dürre Kreide auf altem Schiefer –, aber vollkommen unerbittlich.

»Leg das Gewehr weg, Dummerchen«, sagte C. J. »Das hier hat nichts mit dir zu tun.«

»Leg du deins weg«, sagte Cordie. »Leg es weg und geh weiter!«

C. J. sah sie wieder an, als würde er abschätzen, wie lange es dauern würde, den Lauf in ihre Richtung zu schwenken. In diesem Augenblick hoffte Dale, so dankbar er Cordie für ihr Eingreifen war, von ganzem Herzen, daß C. J. *wirklich* auf sie anlegen würde. Alles war besser als diese Mündung vor dem Gesicht zu haben.

»Was liegt dir schon daran, ob ich diesen kleinen Wichser erschieße?« fragte C. J. im Plauderton. Die Mündung war immer noch zwanzig Zentimeter vor Dale.

»Leg es weg, Congden!« Dale fand, daß sich Cordies Stimme ganz wie im Unterricht anhörte – bei den seltenen Anlässen, wenn sie etwas sagte: leise, unbeteiligt, leicht gelangweilt. »Leg es weg und zieh Leine! Du kannst es wieder holen, wenn ich weg bin. Ich rühr es nicht an.«

»Ich werde ihn erschießen, und dann *dich*, du blöde Fotze«, fauchte C. J. Jetzt war er wütend. Die Pusteln und Pickel auf seinem spitzen Gesicht pulsierten, dann wurden sie wieder rot.

»Es ist eine einschüssige Remington, Congden«, sagte Cordie.

Dale sah sie wieder an. Sie hatte den Finger um beide Abzüge der uralten Schrotflinte gelegt. Das Ding sah schwer und riesig aus, die Läufe verrostet, der Kolben durch das Alter rissig. Aber Dale zweifelte nicht daran, daß sie geladen war. Er überlegte sich am Rande, ob die Streuung der Schrotkugeln ihn auch erwischen würde, wenn sie C. J. den Kopf abrissen.

»Dann erschieße ich dich zuerst«, knurrte C. J. Aber er drehte den Lauf nicht in ihre Richtung.

Dale sah, wie sich die Muskeln der bloßen Oberarme des Kerls spannten und merkte, daß Congden ebenso starr vor Angst war wie er selbst.

»Schnapp sie dir, Archie!« befahl C. J.

Kreck zögerte, drehte den Kopf, damit er mit seinem echten Auge die Situation abschätzen konnte, dann nickte er, griff in die weiten Jeans, holte ein Messer hervor, ließ die fünfzehn Zentimeter lange Klinge herausschnappen und schlurfte über die Gleise auf Cordie zu.

»Wenn er über das zweite Gleis kommt, bist du Hackfleisch«, sagte sie zu Congden.

»*Stop!*« schrie C. J. Es war ein allgemeiner Befehl, fast ein Kreischen, aber Archie war derjenige, der stehenblieb. Er sah seinen Boß an und wartete auf weitere Befehle.

»Zurück, der Teufel soll dich holen, du blödes Arschloch!« sagte C. J. zu seinem besten Freund.

Archie zog sich hinter das erste Gleis zurück.

Dale merkte, daß er wieder atmete. Die Zeit verging wieder – langsamer als normal, aber sie verging eindeutig –, und er fragte sich, was er machen sollte. Er hatte Hunderte Cowboy-Filme gesehen, in denen Sugarfoot oder Bronco Lane oder sonst jemand vor einem Gewehr standen, das auf sie gerichtet war, so wie hier, und sie entwanden es dem Bösewicht immer. Es wäre ganz einfach: der Lauf war immer noch zwanzig Zentimeter von Dales Gesicht entfernt, und Congdens ganze Aufmerksamkeit war jetzt auf Cordie gerichtet. Er müßte nur zupacken und drehen.

Dale stellte fest, daß er leichter auf Luft gehen als sich in diesem Augenblick bewegen konnte.

»Los doch!« sagte Cordie mit müder, monotoner Stimme. »Streng dein verblödetes Hirn an und entscheide dich! Mein Finger wird müde.«

Die Wangenmuskeln von C. J. zuckten. Dale sah, wie Schweiß von Nase und Kinn des Schlägers troff.

»Dir ist klar, daß ich dir das heimzahle, Cordie, ja? Du weißt, daß ich dir auflauere und was *echt* Schlimmes mit dir mache? Du weißt, damit kommst du nicht ungestraft davon.«

Cordie schien die Achseln zu zucken, obwohl der Lauf nicht wankte. »Wenn du mir was antust und mich *nicht* dabei umbringst, C. J., dann bin *ich* hinter *dir* her, das weißt du auch. Ich komme mit Daddys Zwölfkalibriger hinter dir her. Letztes Jahr hab ich die Hunde auf Mr. Aleo gehetzt. Es macht mir nichts aus, dich umzubringen.«

Dale kannte die Episode mit dem Musiklehrer und den Hunden. Alle in der Stadt kannten sie. Cordie war zehn Wochen der Schule verwiesen worden. Als sie wieder in die Schule gekommen war, war Mr. Aleo nach Chicago zurückgekehrt.

»Hol dich der Teufel«, sagte C. J. und legte langsam und mit großer Sorgfalt das Gewehr auf eine der Schwellen. Er wich zurück. »Und du, Stewart, Arschgesicht Stewart, glaub nicht, daß ich *dich* vergesse.« C. J. wich weiter von dem Gewehr zurück und nickte Archie zu. Archie gesellte sich mit noch gezücktem Messer zu ihm, dann gingen beide rückwärts die Schienen entlang, drehten sich um, als sie das Unkraut erreicht hatten, und verschwanden rasch zwischen den Bäumen.

Dale stand noch einen Moment lang da und betrachtete das Gewehr zu seinen Füßen, als würde es in die Höhe schweben und ihn wieder bedrohen. Als das nicht geschah, spürte er, wie die Erde wieder in ihr normales Schwerefeld eintrat. Er fiel um ein Haar, erlangte das Gleichgewicht wieder und setzte sich auf die heiße Schiene. Seine Knie zitterten.

Cordie wartete, bis C. J. und Archie völlig in dem kleinen Wäldchen verschwunden waren, dann drehte sie sich so, daß die Schrotflinte auf Dale zeigte. Nicht genau *auf* ihn, aber in seine ungefähre Richtung.

Dale merkte es nicht. Er war zu sehr damit beschäftigt, Cordie mit einer durch große Mengen Adrenalin geschärften Wahrnehmung zu betrachten. Sie war klein und pummelig; das Kleid war dasselbe formlose graue Ding, das sie oft in der Schule angehabt hatte; sie trug schmutzige Turnschuhe, aus dem rechten ragte der große Zeh hervor; ihre Nägel und Ellbogen waren schmutzig, das Haar hing ihr in schlaffen, fettigen Strähnen herunter, ihr Gesicht flach, teigig und mondförmig, die kleinen Äuglein, schmalen Lippen und der Klumpen der Nase drängten sich in der Mitte, als wären sie für ein viel dünneres Gesicht gedacht gewesen.

In diesem Augenblick war sie das schönste Wesen, das Dale je gesehen hatte.

»Zum Teufel, warum bist du mir gefolgt, Stewart?«

Dale stellte fest, daß seine Stimme immer noch piepsig klang, aber er versuchte zu antworten. »Ich bin dir nicht . . .«

»Komm mir nicht mit abgelutschten Ausreden«, sagte sie, und die Schrotflinte rückte ein Stück mehr in seine Richtung. »Ich hab dich mit deinem kleinen Fernglas hier gesehen, wie du mein Haus ausspioniert hast. Und dann kommst du mir nachgeschlichen, als ob ich dich nicht hell wie den lichten Tag sehen und hören könnte. *Antworte* mir!«

Dale war zu ausgewrungen, es mit einer Lüge zu versuchen. »Ich bin dir gefolgt, weil . . . ein paar von uns versuchen, Tubby zu finden.«

»Was wollt ihr'n von Tubby?« Wenn Cordie blinzelte, war es, als hätte sie gar keine Augen.

Dale stellte fest, daß sein Puls das Gehör nicht mehr so sehr beeinträchtigte. »Wir wollen gar nichts von ihm. Wir wollen ihn nur . . . finden. Rausfinden, ob er okay ist.«

Cordie klappte die Schrotflinte auf und legte sie in die Beuge ihres pummeligen rechten Arms. »Und du glaubst, ich hab was mit ihm angestellt?«

Dale schüttelte den Kopf. »Nn-nnn. Ich wollte nur sehen, was sich bei dir daheim abspielt.«

»Warum liegt euch überhaupt was an Tubby?«

Mir nicht, dachte Dale. Er sagte: »Ich bin nur der Meinung, daß hier was nicht stimmt. Dr. Roon und Mrs. Doubbet und die anderen sagen nicht die Wahrheit.«

Coordie spuckte und traf die Schiene. »Du hast gesagt ›wir‹. Wer macht sonst noch mit dir rum und versucht, Tubby zu finden?«

Dale betrachtete die Schrotflinte. Er war jetzt mehr denn je überzeugt, daß Cordie vollkommen verrückt war. »Nur ein paar Freunde.«

»Hmmmpf«, schnaubte Cordie. »Das müssen O'Rourke und Grumbacher und Harlen und die anderen Pimpfe sein, mit denen du herumhängst.«

Dale blinzelte. Er hatte keine Ahnung gehabt, daß Cordie wußte, mit wem er herumhing.

Das Mädchen kam auf ihn zu, hob die Remington hoch, klappte sie auf, holte die Patrone Kaliber .22 heraus, warf sie in die Büsche und legte die Waffe ins Unkraut. »Komm mit«, sagte sie, »verduften wir, bevor die beiden Pißnelken ihren Mut wieder beisammen haben!«

Dale stand auf und beeilte sich, mit ihr Schritt zu halten, als sie weiter in Richtung Stadt ging. Fünfzig Meter weiter ging sie von den Schienen herunter zwischen die Bäume und zu den Feldern dahinter.

»Wenn ihr Tubby sucht«, sagte sie, ohne Dale anzusehen, »wieso bist du dann bei meinem Haus, dem einzigen Ort, wo er *nicht* ist?«

Dale zuckte die Achseln. »Weißt du, wo er ist?«

Cordie sah ihn angewidert an. »Glaubst du, ich würde so nach ihm suchen, wenn ich wüßte, wo er ist?«

Dale holte Luft. »Hast du eine Ahnung, was mit ihm passiert ist?«

»Ja.«

Dale wartete zwanzig Schritte lang, aber sie sagte nichts mehr. »Was?« bohrte er weiter.

»Jemand oder etwas in der verdammten Schule hat ihn getötet.«

Dale spürte, wie ihn wieder die Puste verließ. Trotz allen Interesses der Fahrradpatrouille daran, Tubby zu finden, hatte niemand daran gedacht, der Junge könnte tot sein. Möglicherweise ausgerissen. Vielleicht entführt. Dale hatte nie gedacht, sein Klassenkamerad könnte *tot* sein. Da die Erinnerung an die Mündung noch frisch in sein Gedächtnis eingebrannt war, hatte das Wort eine vollkommen neue Bedeutung für ihn erlangt. Er sagte nichts.

Sie kamen zur Catton Road, wo in der Nähe ein anderer Weg abzweigte, der zur Broad Avenue wurde.

»Du gehst jetzt besser«, sagte Cordie. »Du und deine Pfadfinderkumpels sollten mir nicht in die Quere kommen, solange ich meinen Bruder suche, verstanden?«

Dale nickte. Er betrachtete die Schrotflinte. »Gehst du damit in die Stadt?«

Cordie strafte die Frage mit der stummen Verachtung, die sie offenbar dafür angemessen fand.

»Was machst du damit?« fragte Dale.

»Van Syke oder einen der anderen Scheißer suchen. Sie zwingen, mir zu sagen, wo Tubby ist.«

Dale schluckte. »Sie werfen dich ins Gefängnis.«

Cordie zuckte die Achseln, strich ein paar strohige Strähnen aus dem Gesicht, drehte sich um und ging Richtung Stadt.

Dale stand da und sah ihr nach. Die kleine Gestalt im grauen, sackförmigen Kleid war fast unter dem Schatten der Ulmen am Anfang der Broad Avenue, als er plötzlich rief: »He, danke!«

Cordie blieb nicht stehen und drehte sich nicht um.

12

Nachdem er Jim Harlen besucht hatte, saß Duane für ein paar Minuten im Schatten auf dem Platz vor dem Gerichtsgebäude, trank Kaffee aus der Thermosflasche und dachte nach. Er kannte Jim nicht gut genug, um abschätzen zu können, ob er die Wahrheit sagte und sich wirklich nicht erinnern konnte, was in der Samstagnacht geschehen war. Wenn er nicht die Wahrheit sagte, weshalb sollte er lügen? Duane trank Kaffee und legte sich Möglichkeiten zurecht:

(A) Etwas hatte Harlen so große Angst gemacht, daß er nicht darüber sprechen wollte . . . konnte.

(B) Jemand hatte ihm befohlen, nicht darüber zu sprechen, und so massive Drohungen ausgesprochen, daß Harlen gehorchte.

(C) Harlen beschützte jemanden.

Duane trank den Kaffee aus, schraubte den Deckel auf die Thermosflasche und sagte sich, daß die letzte Möglichkeit die unwahrscheinlichste war. Die erste Möglichkeit schien die wahrscheinlichste zu sein, aber Duane hatte nur das *Gefühl,* daß Jim Harlen gelogen hatte. Eine Kopfverletzung, die so gravierend war, daß jemand über vierundzwanzig Stunden bewußtlos war, konnte dieser Person sicherlich die Erinnerung an die Ursache der Verletzung rauben.

Duane kam zu dem Ergebnis, es wäre am sichersten, davon auszugehen, daß Jim Harlen sich *nicht* erinnern konnte, was passiert war. Vielleicht später.

Er überquerte den Platz zur Bibliothek und zögerte, bevor er eintrat. Was hoffte er hier zu finden, das O'Rourke und Company helfen konnte, etwas über Tubby, Van Syke, Harlens Verletzung, Duanes eigenes gefährliches Erlebnis oder etwas anderes herauszufinden? Warum die Bibliothek? Warum wollte er sich die Geschichte von Old

Central ansehen, wo es sich doch ganz eindeutig um einen individuellen Wahnsinn handelte – oder möglicherweise nur Van Sykes Perversion –, die hinter diesen scheinbar zusammenhanglosen Ereignissen steckte?

Duane wußte, warum er zur Bibliothek ging. Er war damit aufgewachsen, Sachen dort nachzuschlagen – die vielen privaten Geheimnisse aufzuklären, die das Denken eines Jungen quälten, der zu klug war. Die Bibliothek war eine anonyme, private Informationsquelle. Es mußte eine Menge intellektuelle Rätsel geben, die man *nicht* durch einen Besuch – oder viele Besuche – in einer guten Bibliothek lösen konnte, aber Duane McBride hatte noch keines gefunden.

Außerdem wurde ihm klar, hatte dieses ganze Sturm-im-Wasserglas-Geheimnis seinen Anfang genommen, weil er und ein paar andere Jungs böse Ahnungen bezüglich Old Central hatten. Das hatte Duane und den anderen schon lange vor dem Verschwinden von Tubby Cooke zu schaffen gemacht. Diese Recherchen waren überfällig.

Duane seufzte, versteckte die Thermosflasche hinter einem Busch neben der Bibliothekstreppe und trat ein.

Es dauerte Stunden länger, als Duane erwartet hatte, aber letztendlich fand er das meiste dessen, was er gesucht hatte.

Die Bibliothek von Oak Hill besaß nur eine Mikrofichemaschine und weniges tatsächlich auf Mikrofiche. Um etwas über die Geschichte von Elm Haven – und speziell Old Central – herauszufinden, mußte er sich den Stapeln der hier veröffentlichten und gebundenen Bücher zuwenden, die von der Historischen Gesellschaft von Creve Coeur County verwahrt wurden. Duane wußte, daß die Historische Gesellschaft eigentlich nur aus einem Mann bestanden hatte – Dr. Paul Priestmann, ehemals Professor an der Bradley-Universität und Lokalhistoriker, der vor knapp einem Jahr gestorben war –, aber die Damen, die Geld gesammelt hatten, um Dr. Priestmanns Bücher zu veröffentlichen, den letzten Band posthum, wie Duane herausfand, hielten die Gesellschaft am Leben, wenn auch nur dem Namen nach.

Old Central spielte eine gewichtige Rolle in der Geschichte von Elm Haven – und von Creve Coeur County, wie Duane feststellte –, und er füllte das halbe Notizbuch nur, um das Wesentliche festzuhalten. Jedesmal, wenn Duane die Bibliothek besuchte, wünschte er sich, sie hätte einen dieser neuen Xeroxkopierer, wie sie Firmen neuerdings benützten. Das würde die Aufgabe, Informationen aus Nachschlagewerken zu kopieren, so sehr vereinfachen.

Duane betrachtete die Seiten mit den alten Fotos, die Dr. Priestmann aufgenommen hatte, um den Bau von Old Central zu dokumentieren ... 1876 nur die Central School ... und danach weitere Seiten in Sepiatönen und förmlich starr wie alle alten, langsamen Fotografien, die den Eröffnungsball im Spätsommer des Jahres 1876 zeigten, das Old Settlers Picknick, das im August desselben Jahres auf dem Schulgelände abgehalten wurde, die erste Klasse, die in Central unterrichtet wurde – 29 Schüler, die in dem riesigen Gebäude verloren gewirkt haben mußten –, sowie Feierlichkeiten auf dem Bahnhof von Elm Haven, als die Glocke einige Zeit vorher diesen Sommer geliefert wurde.

Die groß gesetzte Legende unter dem letzten Foto lautete: *Mr. und Mrs. Ashley und Bürgermeister Wilson begrüßen die Borgia-Glocke für die neue Schule.* Der Text darunter lautete: *Historische Glocke als krönende Errungenschaft für Elm Havens Zitadelle des Lernens und Stolz des County.*

Duane hielt inne. Der Glockenturm von Old Central war seit er sich erinnern konnte zugenagelt und versperrt. Er hatte noch nie gehört, daß je einmal eine Glocke erwähnt worden wäre, ganz zu schweigen von einer Borgia-Glocke.

Duane beugte sich dichter über die Seite. Auf dem alten Foto befand sich die Glocke noch in ihrer Kiste auf dem Güterwaggon, die Glocke selbst teilweise im Schatten, aber eindeutig riesig: sie war doppelt so groß wie die beiden Männer auf dem Waggon, die sich in der Bildmitte die Hände schüttelten – der besser gekleidete Herr mit Schnurrbart neben der elegant gekleideten Frau an seiner Seite war offenbar Mr. Ashley; der kleinere, bärtige Mann mit der Melone wahrscheinlich Bürgermeister Wilson. Das untere Ende der Glocke schien über zweieinhalb Meter im Durchmesser zu haben. Das uralte Foto war so schlecht, daß man kaum Einzelheiten ausmachen konnte – an einer Droschke auf der anderen Seite der Gleise schienen zwei Phantompferde angeschirrt zu sein, da die Belichtungszeit so lang war, daß man ihre Bewegung nicht draufbekommen hatte –, nahm Duane seine Brille als Vergrößerungsglas und konnte Verzierungen oder eine Art Inschrift erkennen, die sich in einer Höhe von etwa zwei Dritteln bandförmig um die Glocke herum zogen.

Er lehnte sich zurück und versuchte sich vorzustellen, wieviel eine Glocke wiegen mochte, die drei bis dreieinhalb Meter hoch war und einen Durchmesser von zweieinhalb Metern hatte. Er konnte es nicht ausrechnen, aber allein die Vorstellung, daß sie die vergangenen Jahre über an verfaulten Balken über seinem und den Köpfen der anderen Kinder gehangen hatte, verschaffte ihm eine Gänsehaut am Hals. *Sie konnte unmöglich noch dort sein.*

Die nächsten paar Stunden kämpfte sich Duane durch die Bücher der Historischen Gesellschaft und verbrachte eine staubige Stunde in den ›Archiven‹ – einem langen, schmalen Raum neben dem Zimmer, in dem Mrs. Frazier und die anderen Angestellten der Bibliothek ihr Mittagessen einnahmen –, wo er die riesigen Folianten der alten Ausgaben des *Oak Hill Sentinel Times-Call* durchblätterte, die Lokalzeitung, die Duanes Alter immerzu als *Sentimental Times-Crawl* bezeichnete.

Zeitungsartikel aus dem Sommer 1876 erwiesen sich als besonders informativ, sie schwärmten in ihrem überfrachteten, hyperbolischen viktorianischen Stil über die ›Borgia-Glocke‹ und ihren Platz in der Geschichte. Anscheinend hatten Mr. und Mrs. Ashley den Kunstgegenstand in einer Lagerhalle außerhalb von Rom entdeckt, als sie in den Flitterwochen ihre große Tour durch Europa gemacht hatten, hatten durch örtliche und eingeflogene Historiker ihre Echtheit nachweisen lassen und das Ding dann für sechshundert Dollar gekauft, damit sie zum *pièce de résistance* der Schule werden sollte, für deren Bau die Familie Ashley so sehr eingetreten war.

Duane kritzelte hastig, füllte ein Notizbuch und nahm sein Ersatzexemplar zur Hand. Die Geschichte, wie die Borgia-Glocke von Rom nach Elm Haven verschickt worden war, füllte mindestens fünf Zeitungsartikel und mehrere Seiten in Dr. Priestmanns Buch: die Glocke schien – jedenfalls in der blumigen Prosa der viktorianischen Korrespondenten – allen Unglück zu bringen, die etwas damit zu tun hatten. Nachdem die Ashleys die Glocke gekauft hatten und nach Amerika aufgebrochen waren, brannte die Lagerhalle, in der das Ding aufbewahrt worden war, bis auf die Grundmauern nieder, wobei drei Menschen ums Leben kamen, die anscheinend in dem alten Bauwerk gehaust hatten. Die meisten namenlosen und nicht katalogisierten Kunstgegenstände in der Halle wurden vernichtet, aber die Borgia-Glocke war rußig und unversehrt gefunden worden. Der Frachter, der die Glocke nach New York befördert hatte – ein britisches Schiff, die *H.M.S. Erebus* – sank um ein Haar während eines für die Jahreszeit ungewöhnlichen Sturms vor den Kanarischen Inseln: der beschädigte Frachter wurde in den Hafen geschleppt, seine Ladung umgeladen, aber zuvor ertranken fünf Mannschaftsmitglieder, ein weiteres kam ums Leben, als Frachtkisten im Laderaum verrutschten.

Die monatelange Zwischenlagerung der Glocke in New York schien nicht von Katastrophen begleitet gewesen zu sein, aber eine Verwechslung der Etikettierung sorgte beinahe dafür, daß das Ding dort verlorenging. Einige New Yorker Anwälte der Familie Ashley spürten das verschwundene Stück Geschichte auf, gaben im Naturkundemuseum von New York einen großen Empfang für die Glocke, zu dessen Gästen Mark Twain, P. T. Barnum und der ursprüngliche John D. Rockefeller gehörten, und ließen sie dann auf einen Güterzug nach Peoria verladen. Dort schien die Pechsträhne wieder anzufangen: der Zug entgleiste bei Johnstown, Pennsylvania, der Ersatzzug war in einen Brückeneinsturz von Richmond, Indiana, verwikkelt. Die Pressemeldungen waren unklar, aber offenbar war bei beiden Unfällen niemand verletzt worden.

Die Glocke traf schließlich am 14. Juli 1876 in Elm Haven ein und wurde ein paar Wochen später in den verstärkten Glockenturm eingebaut – der Old Settlers-Jahrmarkt erkor die Glocke in diesem Sommer zum Mittelpunkt, und es wurden zahlreiche Veranstaltungen durchgeführt, darunter eine, bei der Historiker und Berühmtheiten aus Peoria und Chicago mit einem Sonderzug hergefahren wurden.

Offenbar war das Ding rechtzeitig zum Schulanfang am dritten September dieses Jahres im Glockenturm, denn ein Zeitungsbild vom Schulanfang in Creve Coeur County zeigte ein Old Central in einer seltsam baumlosen Stadt unter der Schlagzeile: *Historische Glocke ruft hiesige Schulkinder zu einem neuen Zeitalter des Lernens.*

Duane lehnte sich im Archivsaal zurück, wischte sich mit einem Zipfel seines Flanellhemds den Schweiß vom Gesicht, klappte den schweren Zeitungsfolianten zu und wünschte sich, die Notlüge, die er Mrs. Frazier genannt hatte, um Zutritt zu bekommen, wäre wahr – daß er tatsächlich vorgehabt hätte, einen Aufsatz über Old Central und die Glocke zu schreiben.

Aber niemand schien sich zu erinnern, daß die Glocke da war. Nach weiteren anderthalbstündigen Recherchen hatte Duane nur noch drei Verweise auf die Glocke gefunden – und in keinem wurde sie noch als Borgia-Glocke bezeichnet. In Dr. Priestmanns Buch waren ältere Quellen zitiert, in denen sie als Borgia-Glocke bezeichnet wurde, aber der Lokalhistoriker selbst nannte sie nie so. Den einzigen Hinweis fand Duane in einem Abschnitt, wo es hieß: ». . . die massive Glocke, die angeblich aus dem fünfzehnten Jahrhundert stammt und mit großer Wahrscheinlichkeit tatsächlich so alt ist, welche Mr. Charles Catton Ashley und seine Gemahlin während ihrer Europareise im Winter 1875 für das County kauften.«

Erst als er vier Bände der Bücher der Historischen Gesellschaft durchgelesen hatte, fiel Duane auf, daß ein Band fehlte. Der Band 1875–1885 war unversehrt, bestand aber hauptsächlich aus Fotos und großen Ereignissen. Dr. Priestmann hatte einen detaillierten und wissenschaftlicheren Abriß der anderen Jahre des Jahrzehnts unter der allgemeinen Überschrift *Monographien, Dokumentation und Primärquellen* geschrieben, wobei die Jahreszahlen in eckigen Klammern standen; 1876 war einfach nicht da.

Duane ging nach unten und sprach Mrs. Frazier darauf an. »Entschuldigung, Ma'am, aber könnten Sie mir sagen, wo die Historische Gesellschaft heute ihre anderen Unterlagen aufbewahrt?«

Die Bibliothekarin lächelte und ließ die Brille an der Perlenkette sinken. »Gewiß, mein Lieber. Du mußt wissen, daß Dr. Priestmann gestorben ist . . .«

Duane nickte und sah aufmerksam drein.

»Nun, da weder Mrs. Cadberry noch Mrs. Esterhazy – die Damen, die dafür verantwortlich waren, die Mittel zur Unterstützung der Gesellschaft zu beschaffen –, da keine der beiden wünschte oder imstande war, Dr. Priestmanns Arbeit fortzusetzen, haben sie die Dokumente und anderen Bände gespendet.«

Duane nickte wieder. »Der Bradley?« Es schien logisch, daß die Unterlagen des alten Gelehrten der Universität übergeben wurden, wo er seinen Titel gemacht und so viele Jahre unterrichtet hatte.

Mrs. Frazier sah ihn überrascht an. »Aber nein, mein Lieber. Die Unterlagen wurden der Familie übergeben, die die Forschungen von Dr. Priestmann all die Jahre wirklich unterstützt hat. Ich glaube, das war schon vorher so vereinbart gewesen.«

»Die Familie . . .«, begann Duane.

»Die Familie Ashley-Montague«, sagte Mrs. Frazier. »Da du aus Elm Haven kommst – oder in der *Nähe* wohnst –, hast du doch bestimmt von den Ashley-Montagues gehört.«

Duane nickte, dankte ihr, vergewisserte sich, daß alle Bücher wieder ordnungsgemäß im Regal standen und er die Notizbücher in der Tasche hatte, ging hinaus, holte seine Thermosflasche und stellte erschrocken fest, wie spät es geworden war. Abendschatten erstreckten sich von den Bäumen und fielen über den Rasen des Gerichtsgebäudes und die Hauptstraße. Ein paar Autos fuhren auf dem Highway, ihre Reifen zischten auf dem abkühlenden Beton und erzeugten Geräusche wie Galopp an den geteerten Kanten des Belags, aber die Innenstadt selbst leerte sich gegen Abend zusehends.

Duane überlegte, ob er ins Krankenhaus sollte, um noch einmal mit Jim zu sprechen, aber es war Zeit fürs Abendessen und er nahm an, Harlens Mutter würde dort sein. Außerdem mußte er noch zwei bis drei Stunden den langen Weg nach Hause laufen, und der Alte machte sich vielleicht Sorgen, wenn Duane bei Dunkelheit noch draußen war.

Duane pfiff und dachte an die Borgia-Glocke, die dunkel wie ein vergessenes Geheimnis im vernagelten Glockenturm von Old Central hing, während er sich zu den Schienen und nach Hause auf den Weg machte.

Mike gab auf.

Er hatte Montagnachmittag und den ganzen Dienstag nach Kräften versucht, Karl Van Syke zu finden, damit er ihm folgen konnte, aber der Mann war nicht aufzuspüren. Mike versuchte es, indem er sich bei Old Central herumtrieb, sah Dr. Roon am Dienstagmorgen kurz nach halb neun aufkreuzen und hielt Wache, bis eine Stunde später ein Trupp Arbeiter in einem Transporter erschien und anfing,

Bretter vor die Fenster im ersten und zweiten Stock zu nageln. Mike lungerte weiter vor der Schultür herum, bis Roon ihn im Lauf des Vormittags wegscheuchte.

Mike überprüfte sämtliche Stellen, wo man Van Syke normalerweise aufstöbern konnte. In Carl's Tavern in der Innenstadt hingen drei oder vier der bekannten Trunkenbolde herum – darunter auch Duane McBrides Dad, wie Mike traurig feststellte –, aber kein Van Syke. Mike rief vom Telefon im A & P in der Black Tree Tavern an, aber der Barkeeper sagte, daß er Van Syke seit einer Woche nicht mehr gesehen hatte, und wer sprach überhaupt? Mike legte hastig auf. Er ging zu Fuß zur Depot Street und überprüfte J. P. Congdens Haus, weil er wußte, daß der dicke Friedensrichter und Van Syke häufig zusammensteckten, aber der schwarze Chevy war nicht da, und das Haus machte einen verlassenen Eindruck.

Mike überlegte, ob er zu den Gleisen rausfahren und sich die alte Talgfabrik ansehen sollte, aber er war sicher, Van Syke würde nicht dort sein. Eine Weile lag er einfach nur im hohen Gras beim Baseballdiamanten, kaute einen Grashalm und beobachtete den wenigen Verkehr, der am Wasserturm vorbei über die First Avenue strömte; hauptsächlich staubige Pritschenwagen von Farmern und große alte Autos. Kein Abdeckereilaster mit Van Syke am Steuer.

Mike seufzte, drehte sich auf den Rücken und sah zum Himmel hinauf. Er wußte, er sollte zum Friedhof Calvary fahren und den Schuppen inspizieren, aber das konnte er nicht. So einfach war das. Die Erinnerung an den Schuppen, den Soldaten und die Gestalt im Garten am Abend zuvor lagen Mike wie ein schweres Gewicht auf der Brust.

Er drehte sich herum und sah den silberverchromten Milchwagen von Kevin Grumbachers Dad von der Jubilee College Road kommen. Es war noch nicht Mittag, aber Mr. Grumbacher hatte sein Tagwerk fast vollbracht und die Milch von allen Milchfarmen des County geholt. Mike wußte, der Laster würde zur zwölf Meilen östlich gelegenen Molkerei Cahill fahren, gleich am Anfang des Spoon River Valley, und dann war Mr. G. mit seinem Arbeitstag fertig, davon abgesehen, daß er den Tanklaster ausspülen und an der Zapfsäule an der Westseite ihres Hauses auftanken mußte.

Wenn er sich nach links drehte, konnte Mike das neue Haus der Grumbachers unter den Ulmen gleich neben Dales großem viktorianischen Haus sehen. Mr. G. hatte das leerstehende Haus von Mrs. Carmichael in der Depot Street vor etwa fünf Jahren gekauft, kurz bevor Dales Familie nach Elm Haven gezogen war, und die Grumbachers hatten das alte Haus abgerissen und das einzige neue Haus im Ranchstil in diesem alten Stadtteil gebaut. Mr. Grumbacher selbst hatte mit einer Planierraupe Boden zusammengeschoben, so daß das flache Haus höher lag als die Fenster der Ostseite von Dales Haus.

Die wenigen Male, wo er in Kevs Haus gewesen war, war Mike stets komisch zumute gewesen. Es hatte eine Klimaanlage – das einzige Haus mit Klimaanlage, das Mike jemals betreten hatte, abgesehen von Ewalts' Kino in Oak Hill –, und es roch komisch. Abgestanden, aber nicht richtig abgestanden. Es war, als würde der kühle Geruch von Beton und Kiefernbalken und neuen Teppichböden noch vorherrschen, obwohl das Haus seit vier Jahren bewohnt war. Natürlich fand Mike, sah es nie so *aus*, als würden Menschen dort wohnen: im Wohnzimmer der Grumbachers lagen Plastikmatten auf dem Fußboden und raschelnde Zellophanhüllen auf dem teuren Sofa und den Sesseln, die Küche war strahlend und makellos – sie enthielt die erste Geschirrspülmaschine und Frühstücksbar, die Mike je in einem Haus gesehen hatte –, und das Eßzimmer sah aus, als würde Mrs. G. den langen Tisch aus Kirschbaumholz jeden Morgen polieren.

Die wenigen Male, als Mike und die anderen Jungs in Kevins Haus spielten durften, mußten sie gleich in den Keller . . . den Kev aus irgendwelchen Gründen das »Trümmerzimmer« nannte. Dort standen eine Tischtennisplatte und ein Fernseher – Kevin sagte, oben hätten sie noch zwei Fernseher –, und eine verzweigte elektrische Eisenbahn, deren Anlage das halbe Zimmer beanspruchte. Mike hätte gern mit den Zügen gespielt, aber Kev durfte die Schalter nicht anfassen, wenn sein Dad nicht dabei war, und Mr. G. schlief nachmittags meistens. Im Hinterzimmer stand außerdem ein langer Edelstahltank – dessen Metall so sauber und blank war wie alles im Haus –, den Kevins Dad, wie Kev sagte, eigens hereingestellt hatte, damit die beiden mit Motorbooten spielen konnten, die sie in ihrer Freizeit selbst bastelten. Aber Mike, Dale und die anderen Jungs durften den Booten nur zusehen, sie nicht berühren oder die tolle Fernsteuerung bedienen.

Die Bande verbrachte nicht viel Zeit in Kevins Haus.

Mike stand auf und ging auf Dales rückwärtigen Zaun zu. Er wußte, es war albern, aber er versuchte, nicht an den Soldaten zu denken.

Dale und Kevin lagen auf dem Grashang zwischen den Einfahrten der Grumbachers und Stewarts und warteten darauf, daß Lawrence einen Segelflieger aus Balsaholz fliegen lassen würde. Dann würden beide Jungs mit Kieseln von Dales Einfahrt aus schmeißen und versuchen, den Segelflieger aus der Luft zu holen. Lawrence mußte starten und sich dann hastig ducken, bevor die Geschosse hagelten.

Mike nahm sich eine Handvoll Kies und ließ sich neben die beiden fallen. Der Kniff schien darin zu bestehen, das Ding zu treffen, ohne den Kopf vom Gras zu heben. Lawrence startete und duckte sich. Steine flogen. Der Segelflieger machte einen Looping, schwebte auf die große Eiche zu, deren Äste vor Dales Zimmer oben ragten, und landete dann unbeschadet in der Einfahrt. Alle drei sammelten frische Munition, während Lawrence das Flugzeug holte und Tragflächen und Heckflosse justierte.

»Steine im Garten«, sagte Mike zu Dale. »Wird hart, wenn du mähst.«

»Ich habe Mom versprochen, daß wir sie aufsammeln, wenn wir fertig sind«, sagte Dale und winkelte erwartungsvoll den Arm an.

Lawrence schoß den Flieger hoch. Beim ersten Boden-Luftangriff verfehlten sie alle, aber jeder Junge machte beim Werfen unbewußt Gewehr- oder Raketenlärm. Mike traf den Flieger mit dem zweiten Wurf, zertrümmerte die rechte Tragfläche und zwang den Segelflieger zu einer trudelnden Bruchlandung auf dem Rasen. Die drei anderen gaben Notsignale und Explosionsgeräusche von sich. Lawrence zog die kaputte Tragfläche heraus und rannte zu einem Ersatzteilstapel beim alten Baumstumpf.

»Ich kann Van Syke nicht finden«, sagte Mike und kam sich vor wie bei der Beichte.

Kev reihte Wurfgeschoßsteine neben sich im Gras auf.

Seine Eltern hätten ihn in *ihrem* Garten nie mit Steinen werfen lassen. »Macht nichts«, sagte er. »Ich habe Roon heute morgen gefunden, aber er hat nur überwacht, wie die Fenster zugenagelt worden sind.«

Mike sah hinüber. Old Central sah anders aus, wenn alle drei Stockwerke vernagelt waren – vier, wenn man die Kellerfenster mitzählte, und Mike konnte erkennen, daß sie die Fliegengitter entfernt, die Fenster zugenagelt und die Fliegengitter wieder eingesetzt hatten. Die Schule sah unheimlich aus . . . auf seltsame Weise blind. Nun waren nur noch die winzigen Dachfenster im steilen Dach verglast, aber kaum ein Junge, den Mike kannte, konnte so hoch werfen. Das Dachgestühl war schon immer zugenagelt gewesen.

»Vielleicht ist es doch keine gute Idee gewesen, den Leuten zu folgen«, sagte Mike. Lawrence wickelte Klebeband um Teile des nächsten Flugzeugs . . . »panzern«, sagte er.

»Ich weiß, daß es heute morgen für mich wirklich keine gute Idee war«, sagte Dale. Die beiden anderen Jungs hörten auf, sich um ihre Munition zu kümmern, während Dale fast alles erzählte, was sich am Vormittag auf den Schienen abgespielt hatte.

»Herrgott«, wisperte Kevin. »Kriminilistisch.«

»Was hat Cordie dann gemacht?« fragte Mike und versuchte sich vorzustellen, wie es sein würde, wenn ein Gewehr auf einen gerichtet wurde. C. J. Congden hatte in den unteren Klassen ein paarmal auf

Mike herumgehackt, aber Mike hatte immer so hart, so schnell und so erbittert zurückgeschlagen, daß die beiden Halbstarken der Stadt dazu neigten, ihn in Ruhe zu lassen. Mike sah zur Schule. »Ist sie hergekommen und hat Dr. Roon erschossen?«

»Wenn ja, haben wir es nicht gehört«, sagte Dale.

»Vielleicht hat sie einen Schalldämpfer benützt«, sagte Mike.

Kev verzog das Gesicht. »Idiot. Schrotflinten haben keine Schalldämpfer.«

»War nur Spaß, Grunz-hacker.«

»*Krumm-knacker*«, verbesserte Kevin gewohnt mürrisch. Er konnte es nicht leiden, wenn man seinen Namen verhunzte. Alle in der Stadt nannten ihn Grumm-packer.

»Wie auch immer«, sagte Mike und grinste plötzlich. Er warf sanft einen Kiesel auf Dales Knie. »Und was machen wir jetzt?«

»Nichts«, sagte Dale. Etwas in seiner Stimme verriet, es tat ihm leid, daß er es den anderen erzählt hatte. »Ich hüte mich vor C. J.«

»Hast du es deiner Mom nicht gesagt?«

»Nn-nnn. Wie sollte ich ihr erklären, daß ich Dads Fernglas mitgenommen hatte, um Cordies Haus auszuspionieren? Hm?«

Mike verzog das Gesicht und nickte. Ein Spanner zu sein war eines, aber Cordie Cookes Haus zu spannen, das war echt daneben. »Wenn er dir nachstellt«, sagte er zu Dale, »helfe ich dir. Congden ist gemein, aber dumm. Und Archie Kreck ist noch dümmer. Wenn man beim Kämpfen auf Archies blinde Seite geht, hat er keine Chance.«

Dale nickte, sah aber düster drein. Mike wußte, sein Freund war beim Kämpfen nicht besonders gut. Ein Grund, warum er ihn leiden konnte. Dales murmelte etwas.

»Was?« sagte Mike. Gleichzeitig sagte Lawrence etwas vom Ende der Einfahrt.

»Ich habe gesagt, ich habe nicht einmal mein Rad geholt«, sagte Dale zum zweiten Mal.

Mike erkannte in dem Tonfall denselben, den er bei der Beichte für seine schwerwiegendsten Sünden aufhob. »Wo ist es?«

»Ich habe es hinter dem alten Güterbahnhof versteckt.«

Mike nickte. Wenn er das Rad holen wollte, mußte Dale in Congdens Viertel zurück. »Ich hol es«, sagte er.

Dale sah ihn mit einer Mischung aus Erleichterung, Verlegenheit und Wut an. Die Wut, überlegte Mike, wahrscheinlich, weil er sich so erleichtert fühlte. »Warum? Warum solltest du es holen? Es ist mein Rad.«

Mike zuckte die Achseln, stellte fest, daß er immer noch etwas Gras vom Feld bei sich hatte, und kaute auf der unteren Hälfte. »Mir ist das egal. Aber ich komme nachher auf dem Weg zur Kirche dort vorbei, daher wäre es logisch, wenn ich es hole. Denk doch nach . . .

Congden ist nicht hinter *mir* her. Außerdem, wenn heute jemand auf mich ein Gewehr gerichtet hätte, würde ich das Risiko nicht noch einmal eingehen. Nn-nnn, ich hol es nach dem Abendessen, weil ich da hoch muß, für Pater C. eine Besorgung machen.« Mike dachte: *Noch eine Lüge. Ob ich die auch beichte?* Er glaubte es nicht.

Diesmal drückte Dales Gesicht eine solche Erleichterung aus, daß er den Kopf senken mußte, als würde er seinen Steinhaufen zählen, um es zu verbergen. »Okay«, sagte er leise. Und noch leiser: »Danke.«

Lawrence stand zwanzig Schritte entfernt, das »gepanzerte« Flugzeug in der Hand. »Seid ihr Heinis bereit, oder wollt ihr den ganzen Tag reden?«

»Bereit«, sagte Dale.

»Abschuß!« rief Kevin.

»Ducken!« schrie Mike.

Die Geschosse flogen.

Der Alte war nicht zu Hause, als Duane kurz vor Sonnenuntergang eintraf, daher ging dieser wieder durch die Felder zurück zu Wittgensteins Grab.

Witt hatte seine Geschenkknochen und die, die er nach dem Fressen bekam, immer hierher zu dieser flachen, grasbewachsenen Stelle auf der Ostwiese getragen und im weichen Boden auf dem Hügel über dem Bach verscharrt. Daher hatte Duane Witt dort begraben.

Hinter der Wiese und den Maisfeldern im Westen hing die Sonne in dem dichten, aufgeblähten Sonnenuntergang von Illinois über dem Horizont, ohne den sich Duane sein Leben nicht vorstellen konnte. Die Luft um ihn herum war abendlich blaugrau, Geräusche reisten mit der langsamen Behendigkeit von Gedanken. Duane hörte das leise Schlurfen und Muhen der Kühe, die von den weiter entfernten Wiesenabschnitten zurückkamen, obwohl sie noch hinter dem Hügel im Norden seinem Blick verborgen waren. Rauch hing schwer in der Luft, weil der alte Mr. Johnson Unkraut an seinem Zaun entlang verbrannt hatte, mehr als eine Meile im Süden, und der Abend roch nach Staub und Müdigkeit und dem süßlichen Weihrauch dieses Qualms.

Duane setzte sich neben Witts kleines Grab, während die Sonne unterging und der Abend langsam der Nacht entgegensank. Venus ging als erste auf, sie strahlte über dem Horizont im Westen wie eines der UFOS, nach denen Duane nachts in den Feldern sitzend Ausschau gehalten hatte, während Witt geduldig an seiner Seite lag. Dann bevölkerten die anderen Sterne nach und nach den Himmel; jeder war so fernab von jeder Lichtquelle deutlich zu erkennen. Die Luft kühlte langsam und widerwillig ab, Duanes Hemd klebte ihm in der Schwüle immer noch an der Leibesfülle, aber schließlich ließ die Tageshitze doch nach und der Erdhügel unter Duanes Hand wurde kühler. Er strich ein letztes Mal über das Grab, schlenderte langsam zum Haus zurück und stellte wieder fest, wie anders es war, allein durch das hohe Gras zu gehen und nicht langsam zu schreiten, damit ein alter und halb blinder Collie den Anschluß nicht verlor.

Die Borgia-Glocke. Er wollte mit dem Alten darüber reden, aber wenn sein Vater den ganzen Nachmittag bei Carl's oder in der Black Tree Tavern gewesen war, würde er nicht in Stimmung sein zu reden.

Duane machte sich das Abendessen selbst, frittierte Schweinegeschnetzeltes in der großen Friteuse und schnitt mit geübter Hand Kartoffeln und Zwiebeln, während er eine Zeitlang den Sender WHO aus Des Moines hörte. Die stündlichen Nachrichten brachten das Übliche – Nationalchina beschwerte sich immer noch in der UN darüber, daß Rotchina vergangene Woche Quemoy bombardiert hatte, aber niemand in den UN schien ein neues Korea zu wollen; die Vorstellungen am Broadway fielen immer noch wegen eines Streiks der Schauspielergewerkschaft aus; Senator John Kennedys Leute sagten, der einstige und zukünftige Kandidat würde nächste Woche in Washington eine bedeutende Rede zur Außenpolitik halten, aber Ike schien allen potentiellen Kandidaten die Schau zu stehlen, indem er eine großangelegte Reise in den Fernen Osten plante; die USA verlangten, daß Gary Powers von den Russen ausgeliefert wurde, während Argentinien darauf bestand, daß die Israelis den entführten Adolf Eichmann zurückgaben. In den Sportnachrichten wurde gemeldet, daß beim Indianapolis 500 selbstgebaute Tribünen verboten werden sollten, weil dieses Jahr beim Rennen am Memorial Day eine eingestürzt war, wobei zwei Menschen ums Leben gekommen und fast hundert verletzt worden waren. Man sprach von einem bevorstehenden Turnier zwischen Floyd Patterson und Ingemar Johansson.

Duane drehte die Lautstärke auf und hörte zu, während er allein an dem langen Tisch aß. Boxen gefiel ihm. Eines Tages würde er gern eine Geschichte darüber schreiben. Vielleicht eine über Neger … Neger, die Gleichberechtigung fanden, weil sie im Ring kämpften. Duane hatte vor Jahren gehört, wie der Alte und Onkel Art sich über Jackie Johnson unterhalten hatten, und die Erinnerung hatte sich in seinem Denken festgesetzt wie das Handlungsgerüst eines großen Romans. *Es* könnte *ein guter Roman sein,* dachte Duane, *wenn ich wüßte, wie man ihn schreibt.* Und genügend über Boxen und Neger und Jackie Johnson und das Leben und *alles* wüßte, ihn zu schreiben.

Die Borgia-Glocke. Duane beendete sein Abendessen, spülte das Geschirr und die Kaffeetassen zusammen mit dem Frühstücksgeschirr des Alten, verstaute alles im Schrank und ging durch das Haus.

Es war dunkel, abgesehen vom Licht in der Küche, und das alte

Gemäuer schien knarrender und unheimlicher denn je zu sein. Das Obergeschoß mit dem verlassenen Schlafzimmer des Alten und Duanes altem Zimmer war wie eine drückende Präsenz über ihm. *Die Borgia-Glocke soll all die Jahre über uns da oben in Old Central gehangen haben?* Duane schüttelte den Kopf und machte das Licht im Eßzimmer an.

Dort standen die Lernmaschinen in all ihrer staubigen Pracht. Andere Erfindungen drängten sich auf Werkbank und Fußboden. Das einzige Angeschlossene und Funktionierende war der Anrufbeantworter, den der Alte vor einigen Wintern gebaut hatte, weil ihm auf die Nerven ging, daß er Anrufe verpaßte: eine einfache Verbindung von Telefonteilen und einem einfachen Spulentonbandgerät; steckte man sie in den Telefonstecker, gab das Gerät eine aufgezeichnete Botschaft von sich und bat den Anrufer, eine Nachricht zu hinterlassen.

Fast alle Anrufer – ausgenommen Onkel Art – legten erbost oder verwirrt wieder auf, weil eine Maschine ans Telefon ging, aber manchmal wußte der Alte anhand aufgezeichneter Flüche oder Murmeln, wer angerufen hatte. Außerdem genoß Duanes Vater die gereizten Reaktionen. Sogar bei der Telefongesellschaft. Die Leute von Ma Bell waren schon zweimal auf der Farm gewesen und hatten gedroht, den Apparat der McBrides stillzulegen, falls Mr. McBride nicht aufhörte, das Gesetz zu brechen, indem er mit Einrichtungen und Anlagen der Telefongesellschaft herumspielte, ganz zu schweigen davon, daß er gegen das Bundesgesetz verstieß, indem er Gespräche der Teilnehmer ohne deren Erlaubnis auf Tonband aufzeichnete.

Der Alte hatte darauf hingewiesen, daß es *seine* Gespräche waren, daß die Leute *ihn* anriefen, daß das Bundesgesetz nur verlangte, die Leute mußten *wissen*, daß sie mitgeschnitten wurden – worüber er sie in *seiner* Ansage informierte –, und wenn man es genau betrachtete, war Ma Bell ein verdammtes kapitalistisches Monopolunternehmen und konnte sich Drohungen samt Ausrüstung liebend gerne in den Arsch schieben.

Aber die Drohungen hatten den Alten bewogen, seinen Beantworter nie zu vermarkten – seine »Telefonsklaven« nannte er sie. Duane war nur froh, daß sie überhaupt noch ein Telefon besaßen.

Duane hatte die Erfindung des Alten in den zurückliegenden Monaten verbessert, so daß ein Licht blinkte, wenn Nachrichten aufgezeichnet waren. Er hatte vor, sie noch soweit zu verbessern, daß verschiedenfarbige Lichter leuchteten und verschiedene Anrufer anzeigten – grün für Onkel Art, blau für Dale oder einen anderen der Jungs, grellrot für den Typen von der Telefongesellschaft, und so weiter –, aber obwohl das Problem der Stimmerkennung nicht allzu schwer zu lösen gewesen war – Duane hatte einen umgebauten Tongenerator an einen ID-Stromkreis gekoppelt, der auf alten Bandaufzeichnungen von Anrufern basierte, und dann ein einfaches Schema für eine Rückkopplungsschleife zur Batterie des Wer-hat-angerufen-Lichts gemacht –, waren die Teile zu teuer gewesen, daher hatte er sich damit begnügt, daß für jeden Anruf auf dem Band ein Licht blinkte.

Das Licht war aus. Keine Anrufe. Es kamen selten welche.

Duane ging zum Fliegengitter der Tür und sah zur Lampe bei der Scheune. Sie tauchte die Wendeschleife und Nebengebäude in grelles Dampflampenlicht; die Felder dahinter wirkten dadurch noch dunkler. Die Grillen und Laubfrösche waren an diesem Abend besonders laut.

Duane stand eine Minute lang an der Tür und überlegte sich, wie er Onkel Art dazu bringen konnte, ihn morgen zur Bradley-Universität zu fahren. Aber bevor er ins Eßzimmer ging, um ihn anzurufen, machte er etwas, das er noch nie vorher gemacht hatte. Er befestigte den Haken der Tür in der Öse und vergewisserte sich, daß die selten benützte Eingangstür abgeschlossen war.

Das bedeutete, er mußte wach bleiben, bis der Alte heimkam, damit er ihn hereinlassen konnte, aber das machte nichts. Sie schlossen ihre Türen nie ab – nicht einmal bei den seltenen Anlässen, wenn Duane und der Alte über ein Wochenende mit Onkel Art nach Peoria oder Chicago fuhren. Sie dachten einfach nicht daran.

Aber an diesem Abend wollte Duane nicht, daß die Türen unverschlossen blieben.

Er klopfte auf den winzigen Haken im Holzrahmen, dachte sich, daß er ihn mit einem ernsthaften Ruck oder Tritt selbst von draußen abreißen könnte, lächelte über seine eigene Albernheit und ging Onkel Art anrufen.

Mikes kleines Zimmer befand sich über dem ehemaligen Salon, der jetzt Memos Zimmer war. Das Obergeschoß verfügte nicht über eine eigene Heizung, lediglich über große Metallgitter, durch die die warme Luft von unten aufsteigen konnte. Das Gitter befand sich direkt neben Mikes Bett, daher konnte er an seiner Decke den schwachen Schimmer der Petroleumlampe erkennen, die sie die ganze Nacht als Nachttischlämpchen in Memos Zimmer brennen ließen. Mikes Mutter sah mehrmals pro Nacht nach Memo, was das schwache Licht erleichterte. Mike wußte, wenn er sich auf die Knie niederließ und durch das Gitter spähte, konnte er das reglose Bündel Bettzeug sehen, das Memo war. Das würde er aber nie machen; es wäre zu sehr wie Spionieren.

Aber manchmal war Mike sicher, daß er Memos Gedanken und

Träume hören konnte, die durch das Gitter nach oben drangen. Keine Worte oder Bilder, und doch stiegen sie wie halb vernommene Seufzer zu ihm empor, ein Windhauch warmer Liebe oder eine kalte Brise der Angst. Mike lag häufig in seinem Zimmer unter der niederen Decke wach und fragte sich, ob er, sollte Memo sterben, wenn er hier war, spüren würde, wie ihre Seele durch das Gitter an ihm vorbei schwebte und verweilte, ihn mit ihrer Wärme umfing, so wie sie es jeden Abend mit ihrem Körper gemacht hatte, als er noch klein war und sie hereingekommen war, um nach ihm zu sehen, und ob die kleine Petroleumlampe flackern und ein leises Zischen in ihrem Glasgehäuse von sich geben würde.

Mike lag da und sah zu, wie sich die Schatten der Blätter an der steilen Dachschräge bewegten. Er wollte nicht schlafen. Den ganzen Nachmittag hatte er gegähnt und brennende Augen wegen des Schlafmangels in der Nacht zuvor gehabt, aber jetzt, wo Dunkelheit und finstere Nacht waren, hatte er Angst, die Augen zuzumachen. Er lag da und versuchte wach zu bleiben – malte sich Unterhaltungen mit Pater C. aus und träumte von den Tagen, als seine Mutter noch mit ihm gelacht und ihn in die Arme genommen hatte –, als ihre Stimme nicht so schneidend mit allen gesprochen und ihre Zunge irischen Sarkasmus von sich gegeben hatte, aber nicht soviel Verbitterung, und schließlich träumte er nur von Michelle Staffney, stellte sich ihr rotes Haar vor – so weich und hübsch wie das seiner Schwester Kathleen, aber von intelligenten Augen und einem ausdrucksvollen Mund begleitet, anders als der träge Blick seiner Schwester und ihre schlaffen Züge.

Mike war kurz vor dem Einschlafen, als er spürte, wie ein kalter Luftzug über ihn hinwegstrich. Sofort war er hellwach.

In dem Zimmer war es auch dann heiß, wenn das kleine Fenster offenstand. Die ganze Tageshitze war ins Obergeschoß gestiegen, und dort gab es keine Ventilation, sie zu verteilen. Aber der Luftzug, der an Mike vorbeigestrichen war, war so kalt gewesen wie die Winde, die in Januarnächten durch das kalte Zimmer wehten; und er hatte einen Geruch von kaltem Fleisch und Blut mit sich gebracht, den Mike mit den Kühltruhen verband, in denen sie drunten im A & P das Fleisch aufbewahrten.

Mike drehte sich aus dem Bett und sank vor dem Gitter auf die Knie. Die Lampe unten flackerte ungestüm, als würde ein Sturm in dem kleinen Zimmer herrschen. Die Kälte hüllte Mike so deutlich ein, als hielten kalte Hände seine Handgelenke, Knöchel und den Hals umklammert. Er erwartete, daß seine Mutter mit um sich gehaltenen Morgenmantel und wirrem Haar ins Zimmer gestürzt kommen würde, um nachzusehen, was los war – aber das Haus war still und stumm, abgesehen vom sägenden Schnarchen seines Vaters im Schlafzimmer seiner Eltern.

Die Kälte wurde schwächer, schien durch das Gitter zurückzuweichen und schwoll dann wieder mit der Heftigkeit eines Januarwindes an, der durch offene Fenster pfeift. Die Petroleumlampe flackerte zum letzten Mal und ging aus. Mike glaubte ein Stöhnen aus der dunklen Ecke zu hören, in der Memo lag.

Mike sprang auf die Füße, holte seinen Louisville Slugger-Baseballschläger aus der Ecke und flog die Treppe hinunter, wobei seine bloßen Füße fast keinen Laut auf den Holzstufen erzeugten.

Memos Tür wurde stets einen Spalt offen gelassen. Jetzt war sie fest zu.

Mike rechnete fest damit, daß sie von innen verriegelt sein würde – ein Ding der Unmöglichkeit, wenn Memo allein war –, kauerte ein paar Sekunden vor dem Zimmer und drückte die Finger flach auf die Tür wie ein Feuerwehrmann, der die Hitze von Flammen hinter dem Holz zu spüren versucht – obschon es die Kälte war, die er halb durch die Fingerspitzen fühlte –, und dann stieß er die Tür weit auf und trat rasch und mit von der Schulter genommenem, schlagbereitem Baseballschläger ein.

Es fiel genügend Licht herein, daß man sehen konnte, das Zimmer schien verlassen zu sein, abgesehen vom dunklen Bündel, das Memo war, und dem gewohnten Durcheinander gerahmter Fotos auf jeder freien Oberfläche, Arzneifläschchen, dem Krankenhaustablettwägelchen, das sie gekauft hatten, dem zusätzlichen unnötigen Gewimmel ihres Schaukelstuhls, Großvaters Lieblingssessel in der Ecke, dem alten Radio Marke Philco, das noch funktionierte . . . alles wie üblich.

Doch als er so auf den Fußballen stand und den Baseballschläger erhoben hatte, war Mike überzeugt, daß er und Memo nicht allein waren. Die kalte Luft wehte und waberte lautlos um ihn herum, ein Strudel kalter, übelriechender Luft. Mike hatte einmal eine Gefriertruhe voll Hähnchen und Fleisch bei Mrs. Moon ausgeräumt, nachdem die Stromzufuhr zehn Tage lang unterbrochen gewesen war. Hier roch es ähnlich, nur kälter und abstoßender.

Mike hob den Schläger, als ihm der Wind ins Gesicht blies und um ihn herum wirbelte: kalte Fingernägel kratzten über seinen Bauch und den Rücken, wo sie nicht vom Pyjama bedeckt waren; ein Gefühl, als würden ihm kalte Lippen über den Nacken streichen; übelriechender Atem an seinen Wangen, als wäre ein unsichtbares Gesicht Zentimeter von seinem entfernt und würde ihm die Fäulnis des Grabes ins Antlitz hauchen.

Mike fluchte und schwang den Schläger in der Dunkelheit. Der Wind peitschte um ihn herum; er konnte sein schwarzes Sausen fast hören, als würde ihm jemand in die Ohren zischen. Die losen Papiere im Zimmer waren davon unberührt. Kein externer Laut war zu hören, abgesehen vom leisesten Rascheln von Mais auf den Feldern der anderen Straßenseite.

Mike unterdrückte einen zweiten Fluch, schwang den Schläger aber wieder mit beiden Händen und stand in einer Haltung mitten im Zimmer, die teils die eines Schlägers und teils die eines Preisboxers war. Der dunkle Wind schien sich in die gegenüberliegende Ecke zurückzuziehen; Mike trat einen Schritt vor, sah über die Schulter, erblickte Memos blasses Gesicht im Bettzeug und machte statt dessen einen Schritt zurück, damit das, was hier war, nicht um ihn herumgehen konnte. Zu ihr.

Er kauerte sich vor Memo nieder, spürte ihren trockenen Atem im Nacken – und wußte nun immerhin, daß sie noch am Leben war – und versuchte, mit seiner eigenen Körperwärme die Kälte von ihr fernzuhalten.

Ein letztes Rascheln und Aufbäumen des Windes, fast wie ein leises Lachen, dann verschwand die Kälte durch das offene Fenster wie schwarzes Wasser in einem Ausguß.

Plötzlich ging die Lampe flackernd wieder an, die zischende Flamme und tanzenden Schatten im goldenen Licht erschreckten Mike so sehr, daß er aufsprang und sein Herz plötzlich ziemlich weit im Halse schlug. Er stand mit erhobenem Schläger da und wartete ab.

Die Kälte war fort. Nur ein laues Junilüftchen und die Laute der Grillen und das Rascheln von Blättern, die plötzlich wieder eingesetzt hatten, drangen zum Fenster herein.

Mike drehte sich um und kniete neben Memo nieder. Sie hatte die Augen weit offen, die Iris von beiden wirkte schwarz und feucht im Licht. Mike beugte sich nach vorn, war beruhigt, als er die raschen Atemzüge hörte, und strich ihr mit der freien Hand über die Wange.

»Alles in Ordnung, Memo?« Manchmal schien sie zu verstehen und blinzelte Antworten – einmal Blinzeln für ja, zweimal blinzeln für nein. Heutzutage kam jedoch meistens keine Antwort.

Ein Blinzeln. Ja.

Mike spürte, wie sein Herz wieder wie wild zu schlagen anfing. Es war lange her, seit Memo mit ihm gesprochen hatte – selbst in diesem einfachen Code.

Er spürte, wie sein Mund völlig trocken wurde. Er löste die Zunge vom Gaumen und rang sich die Worte ab: »Hast du das gespürt?«

Ein Blinzeln.

»War etwas da?«

Ein Blinzeln.

»War es . . . echt?«

Ein Blinzeln.

Mike holte tief Luft. Abgesehen vom Blinzeln war es, als würde er mit einer Mumie sprechen, und im Halbdunkel schien selbst dieses

Blinzeln eine Illusion zu sein. Er hätte in diesem Augenblick alles, was er im Leben noch verdienen konnte, dafür gegeben, daß Memo hätte mit ihm sprechen können. Und sei es nur eine Minute.

Er räusperte sich in plötzlicher Rührung. »War es etwas Böses?«

Ein Blinzeln.

»War es wie . . . ein Gespenst?«

Zwei Blinzeln. Nein.

Mike erwiderte ihren Blick. Zwischen den Antworten blinzelte sie überhaupt nicht. Es war, als würde er eine Leiche befragen.

Mike schüttelte den Kopf, um diesen verräterischen Gedanken zu vertreiben.

»War es . . . war es der Tod?«

Ein Blinzeln Ja.

Als sie ihm geantwortet und die Augen geschlossen hatte, beugte Mike sich über sie und vergewisserte sich, daß sie noch atmete, dann strich er ihr wieder mit der Handfläche über die Wange. »Schon gut, Memo«, flüsterte er ihr ins Ohr. »Ich bin da. Heute nacht kommt er nicht zurück. Schlaf.«

Er saß neben ihr, bis ihr abgehacktes, gequältes Atmen ruhiger und langsamer zu werden schien. Dann holte er Großpapas Sessel, zog ihn dicht ans Bett – obwohl der Schaukelstuhl viel leichter zu bewegen gewesen wäre, wollte er Großpapas Sessel –, setzte sich hinein, hielt den Baseballschläger auf der Schulter und hielt zwischen Memo und dem Fenster Wache.

Früher an diesem Abend machten sich einen halben Block westlich von Mikes Haus Lawrence und Dale fürs Bett fertig.

Sie hatten um halb zehn *Sea Hunt* mit Lloyd Bridges angesehen – die einzige Ausnahme von der Regel, daß sie um neun ins Bett mußten – und waren dann nach oben gegangen, Dale zuerst, damit er im dunklen Zimmer nach der Lichtschnur tasten konnte. Es war schon zehn Uhr, aber der schwache Schein der Dämmerung kurz vor der Sonnenwende drang noch durch die Fenster.

Dale und sein kleiner Bruder lagen in ihren Betten, die nur vierzig Zentimeter auseinander standen, und tuschelten noch ein paar Augenblicke.

»Wieso hast du keine Angst vor der Dunkelheit?« fragte Lawrence leise. Er hatte seinen Pandabär in der Armbeuge. Den Bär, den Lawrence beharrlich Teddy nannte, obwohl Dale darauf bestand, daß es ein *Panda* war, kein Teddybär, hatten sie vor Jahren beim Affenrennen in Riverside Park von Chicago gewonnen, und er sah reichlich mitgenommen und abgenutzt aus: ein Auge war lose, das linke Ohr fast abgekaut, das Fell in der Mitte schütter, wo fast sechs Jahre Umarmen es abgenutzt hatten, der schwarze Faden des Mundes teilweise gelöst, wodurch Teddy einen schiefen, verschlagenen Ausdruck bekam.

»Angst vor der Dunkelheit?« sagte Dale. »Es ist doch gar nicht dunkel. Die Nachttischlämpchen sind an.«

»Du weißt, was ich meine.«

Dale wußte, was sein Bruder meinte. Und er wußte, wie schwer es für Lawrence war, seine Angst einzugestehen. Tagsüber hatte der Achtjährige vor nichts Angst. Nachts bat er normalerweise Dale, daß dieser ihm die Hand hielt, damit er einschlafen konnte. »Ich weiß nicht«, sagte Dale. »Ich bin älter. Wenn man älter ist, hat man keine Angst vor der Dunkelheit mehr.«

Lawrence lag eine Zeitlang schweigend da. Von unten waren die Schritte ihrer Mutter zu hören, als sie von der Küche ins Eßzimmer ging. Als sie den Wohnzimmerteppich erreichte, hörten die Schritte auf. Ihr Dad war noch nicht von seiner Verkaufsreise zurück. »Aber du hast Angst gehabt«, sagte Lawrence, formulierte es aber nicht ganz wie eine Frage.

Nicht so sehr wie du, Angsthase, war die Antwort, die Dale als erstes einfiel. Aber dies war keine Gelegenheit zu Spott. »Ja«, flüsterte er. »Ein bißchen. Manchmal.«

»Vor der Dunkelheit?«

»Ja.«

»Davor, nach der Lichtschnur zu suchen?«

»Als ich klein war, in der Wohnung von Chicago, hatte mein Zimmer – unser Zimmer – keine Lichtschnur. Es hatte einen Schalter an der Wand.«

Lawrence hob Teddy zur Wange. »Ich wünschte, wir würden noch dort wohnen.«

»Nee«, flüsterte Dale, verschränkte die Hände hinter dem Kopf und sah zu, wie sich die Schatten der Blätter an der Decke bewegten. »Dieses Haus ist eine millionmal schöner. Und Elm Haven ist toller als Chicago. Wir mußten in den Garfield Park zum Spielen, und es mußte immer ein Erwachsener dabei sein.«

»Irgendwie kann ich mich daran erinnern«, sagte Lawrence, der erst vier war, als sie umgezogen waren. Seine Stimme nahm wieder den beharrlichen Tonfall an. »Aber du *hast* Angst vor der Dunkelheit gehabt?«

»Ja.« Dale konnte sich nicht erinnern, daß er in ihrer Wohnung Angst vor der Dunkelheit gehabt hatte, aber er wollte nicht, daß sich Lawrence wie eine Memme vorkam.

»Und vor dem Schrank?«

»Dort hatten wir einen richtigen Schrank«, sagte Dale. Er sah zu dem selbstgebauten Eckschrank aus gelb gestrichenem Kiefernholz.

»Aber du hast Angst davor gehabt?«

»Ich weiß nicht. Ich kann mich nicht erinnern. Warum hast du vor diesem hier Angst?«

Lawrence antwortete nicht gleich. Er schien sich tiefer unter die Bettdecke zu kuscheln. »Etwas macht Geräusche darin«, flüsterte er nach einer Weile.

»In diesem alten Haus gibt es Mäuse, Dummkopf. Du weißt doch, daß Mom und Dad immer Fallen aufstellen.« Dales Aufgabe war es, die Fallen zu leeren, was er verabscheute. Ab und zu konnte er selbst hier oben das Wuseln in den Wänden hören.

»Es sind keine Mäuse.« Lawrence Stimme barg keinen Zweifel, obwohl er sich schläfrig anhörte.

»Woher weißt du das?« Dale bekam unwillkürlich eine Gänsehaut nach den Worten seines Bruders. »Woher weißt du, daß es keine Mäuse sind? Was soll es denn sonst sein, eine Art Ungeheuer?«

»Keine Mäuse«, flüsterte Lawrence kurz vor dem Einschlafen. »Dasselbe, was ab und zu auch unter dem Bett ist.«

»Unter dem Bett ist nichts«, sagte Dale heftig, der der Unterhaltung überdrüssig wurde. »Außer Staubflocken.«

Anstatt die Unterhaltung fortzusetzen, streckte Lawrence die Hand über den schmalen Spalt zwischen den Betten aus. »Bitte?« Seine Stimme klang verträumt und schläfrig nuschelnd. Lawrences Ärmel reichte ihm nur noch bis halb über den Unterarm, weil ihm sein Lieblingspyjama ›Roy Rogers‹ zu klein war, er sich aber weigerte, einen anderen anzuziehen.

Manchmal weigerte sich Dale, die Hand seines Bruders zu halten – schließlich waren sie dafür beide zu alt –, aber heute abend war es in Ordnung. Dale stellte fest, daß er den Trost selber brauchte.

»Nacht«, flüsterte er, ohne mit einer Antwort zu rechnen. »Träum schön.«

»Ich bin froh, daß du keine Angst hast«, flüsterte Lawrence zurück. Seine Stimme kam von einem anderen Ort und war vom Vorhang des Schlafs gedämpft.

Dale hielt die Hand seines Bruders mit der linken und spürte, wie klein Lawrences Finger noch waren. Als er die Augen zumachte, sah er die Mündung von C. J. Congdens .22er, die auf sein Gesicht gerichtet war, zuckte schlagartig wieder hoch und bekam Herzklopfen.

Dale wußte, es gab immer noch Dunkelheiten, vor denen er Angst hatte. Aber das waren *echte* Ängste, *echte* Bedrohungen. In den kommenden Wochen würder er ganz besonders darauf achten müssen, C. J. und Archie nicht in die Quere zu kommen.

In diesem Augenblick wurde Dale klar, das Spiel, das sie gespielt hatten, die Suche nach Tubby Cooke und die Verfolgung von Roon und den anderen war vorbei. Jedenfalls soweit es ihn betraf. Es war albern, und jemand konnte dabei zu Schaden kommen.

Es gab keine Geheimnisse in Elm Haven – keine Abenteuer wie von Nancy Drew oder Joe Hardy mit Geheimtüren und schlauen Hinweisen –, nur eine Bande Arschlöcher wie C. J. und seinen Alten, die einem wahrscheinlich weh taten, wenn man ihnen in die Quere kam. Jim Harlen *hatte* sich wahrscheinlich wegen ihres dummen Herumschleichens schon den Arm gebrochen, und so weiter. Dale hatte am Nachmittag den Eindruck gehabt, als hätten Mike und Kevin die ganze Sache auch satt gehabt.

Viel später seufzte Lawrence, drehte sich im Schlaf um, hielt Teddy noch umklammert, ließ aber Dales Hand nicht los. Dale drehte sich auf die rechte Seite und döste auch langsam ein. Vor den Fliegengittern der beiden Fenster rauschten die Blätter der alten Eiche, und Grillen spielten ihr unbeschwertes Konzert im Gras. Der letzte Abendschimmer war schon lange vom Fenster verschwunden, aber ein paar Glühwürmchen ließen ihre Signale noch vor der Schwärze der Äste erstrahlen.

Bevor Dale eindöste, glaubte er seine Mutter zu hören, die unten in der Küche bügelte. Eine Zeitlang herrschte absolute Stille im Zimmer, abgesehen vom regelmäßigen Atem der beiden Jungs. Draußen gab eine Eule oder eine Taube gurrende Töne von sich. Dann kratzte und schabte etwas in der Nähe, im Schrank in der Ecke, hielt inne und kratzte dann ein letztes Mal.

13

Duane McBride hatte seinen Onkel Art überzeugt, daß Mittwoch ein prima Tag wäre, zur Universitätsbibliothek zu fahren – Art hatte im Lauf der Jahre fast sein ganzes Geld in Büchern angelegt, besuchte aber dennoch gerne ab und zu eine ›anständige Bibliothek‹ –, und so fuhren die beiden kurz nach acht Uhr morgens los.

Was Onkel Art nicht für Bücher ausgegeben hatte, hatte er in sein Auto gesteckt – einen ein Jahr alten Cadillac –, und Duane konnte nur über die Pracht dieses Schlachtschiffes staunen. Es verfügte über jedes Zubehör, das der Detroiter Technologie bekannt war, einschließlich einem automatischen Scheinwerferdimmer, dessen Sensor, der wie ein Strahlengewehr aussah, vom Armaturenbrett hochstand wie etwas, das Duanes Alter hätte erfunden haben können. Onkel Art hielt das Lenkrad mit drei Fingern am unteren Rand, sein massiger Leib ruhte behaglich auf dem Sitzpolster.

Duane mochte seinen Onkel. Art besaß eines jener rundlichen, rosigen Gesichter mit einem Mund, der ständig kurz vor einem Lächeln zu sein schien, so daß die Leute den Eindruck bekamen, als hätte ihn etwas erheitert, das gerade gesagt worden war oder gleich gesagt werden würde. Bei Onkel Art traf das normalerweise zu.

Art McBride war eine ironische Natur. Wo Duanes Vater ob seines Unvermögens, es zu etwas zu bringen, in Verbitterung und Enttäuschung verfallen war, hatte Onkel Art eine ironische Resignation kultiviert, die er mit Humor würzte. Duanes Alter neigte dazu, überall Verschwörungen und Kabale zu sehen – in der Regierung, der Telefongesellschaft, der Veteranenvereinigung, bei den prominenteren Familien von Elm Haven –, wohingegen Onkel Art der Meinung war, die meisten Individuen und alle Bürokratien wären zu schwachsinnig, eine Verschwörung überhaupt zustande zu bringen.

Jeder Bruder hatte auf seine Weise versagt. Duanes Vater hatte mit ansehen müssen, wie seine Unternehmungen aufgrund von schlechtem Management, schrecklichen Zeitplänen und Geschäftsführungsstrategien, zu denen bei aller manischen Energie, die der Alte darauf verwendete, niemals Effektivität gehörte, gescheitert waren. Zudem überwarf sich der Alte unweigerlich immer mit jedwedem Individuum und jeder Firma, die für den Erfolg des Unternehmens unerläßlich waren. Onkel Art dagegen hatte nur sehr selten Ausflüge ins Geschäftsleben unternommen – hatte Profite erwirtschaftet und für seine drei Ehefrauen ausgegeben, die alle gestorben waren – und dann entschieden, daß das Geschäftsleben einfach nichts für ihn sei. Art arbeitete in der Planierraupenfabrik bei Peoria, wenn er Geld brauchte. Obwohl er Ingenieurwissenschafen und Betriebswirtschaft studiert hatte, zog er das Fließband vor.

Duane hatte festgestellt, daß ein Hang zu ironischer Resignation und die Fähigkeit, Verantwortung zu übernehmen, sich nicht unbedingt allzu gut miteinander vertrugen.

»Was suchst du denn in der Bradley-Bibliothek Ausgefallenes?« fragte Onkel Art.

Duane schob mit dem Mittelfinger die Brille am Nasenrücken hinauf. »Oh, nur ein paar Dinge, die ich in Oak Hill gesucht und nicht gefunden habe.«

»Hast du es in der Bibliothek von Elm Haven versucht? Dem größten Sitz des Wissens seit der Bibliothek von Alexandria?«

Duane lächelte. Die Ein-Zimmer-Bibliothek auf der Broad Avenue war immer für einen Scherz zwischen ihnen gut. Sie nannte vierhundert Bücher ihr eigen. Onkel Arts Bibliothek bestand aus über dreitausend Büchern. Duane hätte dort nach Informationen über die Borgia-Glocke gesucht, aber er kannte die Bibliothek gut und wußte, Onkel Art besaß nur sehr wenig über das Zeitalter der Borgias.

»Habe ich *Sitz* des Wissens gesagt?« fuhr Onkel Art fort. »Ich hätte *Witz* des Wissens sagen sollen. Dein Glück, Junge, daß ich momentan abkömmlich bin.«

»Ja«, sagte Duane. Onkel Art war einen großen Teil des Jahres ›abkömmlich‹, da die Nachfrage nach Fließbandarbeitern Schwankungen unterworfen war. Ihm schien das nichts auszumachen.

»Im Ernst, wonach suchst du?« Onkel Art schaltete die Klimaanlage aus und drückte auf einen Knopf, um das Fenster herunterzulassen. Warme, feuchte Luft strömte herein. Art strich sich mit einer Hand durch sein kurzes Haar; er hatte üppiges weißes Haar, lockig und dicht, wie Duane von den wenigen Gelegenheiten wußte, wenn Onkel Art es lang hatte wachsen lassen. Normalerweise trug er einen Bürstenschnitt, wie jetzt. Duane wußte noch, als er klein war und Onkel Art von einer seiner einjährigen Reisen nach dem Tod seiner dritten Frau zurückgekommen war, hatte er als Vierjähriger seinen damals bärtigen Onkel für den Weihnachtsmann gehalten.

Duane seufzte. »Ich suche Material über die Borgias.«

Onkel Art blinzelte interessiert. »Borgias? Wie Lucrezia, Rodrigo, Cesare . . . diese Bande?«

»Ja«, sagte Duane und setzte sich auf dem Polster höher. »Weißt du ein bißchen was über sie? Oder hast du je von einer Glocke gehört, die sie besessen haben?«

»Nn-nnn. Ich weiß nicht viel über die Borgias. Nur das Übliche über Giftmorde, Inzest und was für schlechte Päpste sie gestellt haben. Mich interessieren die Medici mehr. *Das* ist eine Familie, über die sich zu lesen lohnt.«

Duane nickte. Sie waren auf der Hard Road – jetzt nur noch als State Highway betrachtet – von Elm Haven nach Südosten gefahren und fuhren jetzt ins Tal des Spoon River hinab. Die Felshänge lagen etwa eine Meile auseinander, auf den Hängen wuchsen so dicht Bäume, daß sie hier über die Straße hingen, dann erweiterten sie sich zu fruchtbarem Ackerland, dessen Krume aufgrund der gelegentlichen Überschwemmungen so schwarz war, daß der Mais hier dreißig Zentimeter höher wuchs als auf den Feldern von Elm Haven. Die einzigen Bauwerke, die hier zu sehen waren, waren ein paar Maissilos und die Metallkonstruktion der Brücke über den Fluß. Auf der Brücke verlief ein schmaler Steg zu einem siloförmigen Turm aus rostigem Stahl – nicht mehr als einen Meter zwanzig im Durchmesser –, der auf einem eigenen Betonfundament zehn Meter tiefer stand. Duane wußte, daß sich darin nur eine enge Wendeltreppe befand, die zu einem Lager der Straßenwartung drunten am Flußufer führte.

»Weißt du noch, wie ihr, du und Dad, mir gedroht habt, ihr würdet mich dort zurücklassen, wenn ich nicht aufhören würde, Fragen zu stellen, als wir nach Peoria gefahren sind?« sagte Duane und deutete auf den rostigen Stahlturm. »Ihr habt gesagt, es wäre ein Gefängnisturm für geschwätzige Kinder. Ihr habt gesagt, auf dem Heimweg würdet ihr mich wieder abholen.«

Onkel Art nickte und zündete sich mit dem Anzünder eine Zigarette an. Seine blauen Augen sahen zusammengekniffen zum Hitzeflimmern über der schmalen Straße vor ihnen. »Gilt immer noch, Junge. Noch eine Frage, und du wirst mehr Zeit in diesem Gefängnisturm verbringen als Thomas Morus.«

»Thomas *wer*?« fragte Duane. Er lockte Onkel Art aus der Reserve. Sie waren beide große Bewunderer von Thomas Morus.

»*Das* war ein Mann!« begann Onkel Art und setzte zu einem seiner Monologe an.

Sie erreichten den Highway 150 und bogen nach Osten Richtung der winzigen Stadt Kickapoo und Peoria ab. Duane ließ sich in die tiefen Sitzpolster des Cadillac sinken und dachte über die Borgia-Glocke nach.

Dale, Mike, Kevin und Lawrence hatten die Stadt an diesem Morgen kurz nach dem Frühstück verlassen und waren nach Osten in die bewaldeten Hügel hinter dem Friedhof Calvary gefahren. Sie passierten mit den Rädern den Friedhof – wo Mike zum Schuppen und der Tür mit dem Vorhängeschloß sah, den anderen Jungs aber nichts sagte – und ließen sie am hinteren Zaun zurück. Sie überquerten die Wiese bis zum dichten Wald und kamen eine Viertelmeile später zu dem Tagebausteinbruch, den sie Billy Goat Mountains nannten. Dort kletterten sie und brüllten und warfen eine Stunde lang Lehmklumpen, dann zogen sie sich aus und schwammen in dem flachen See.

Gerry Daysinger, Bob McKown, Bill und Barry Fussner, Chuck Sperling, Digger Taylor und noch ein paar Jungs kamen gegen zehn Uhr hin, als Dale und die anderen gerade wieder ihre Kleidung anzogen. Die Fussner-Zwillinge fingen an zu brüllen, worauf der Rest der Eindringlinge anfing, Dreckklumpen zu werfen – Mike, Dale und die anderen waren um die Ostseite des Steinbruchs herumgeklettert, ehe sie schwimmen gegangen waren –, dann tauschten beide Seiten über das Wasser hinweg Beleidigungen aus und warfen Klumpen, bis sich die Neuankömmlinge in zwei Gruppen aufteilten und um die unkrautüberwucherten Flanken der Klippen gelaufen kamen.

»Sie wollen uns umzingeln«, sagte Mike und zog den Reißverschluß der Jeans hoch.

Kevin warf einen Lehmklumpen, der drei Meter vor der Nordklippe herunterfiel. Daysinger schrie etwas Garstiges und rannte weiter am Rand entlang, wobei er sich gelegentlich bückte, einen Stein vom Boden aufhob und in ihre Richtung schleuderte.

Dale half Lawrence eilig in die Turnschuhe, dann warf er einen Lehmklumpen – keinen Stein – und hatte das Vergnügen zu sehen, daß Chuck Sperling sich ducken mußte.

Dreckklumpen und Steine hagelten jetzt um sie herum runter,

platschten in den flachen See und rissen Löcher in die Sanddünen hinter ihnen. Die Angreifer hatten das andere Ende des Steinbruchs erreicht und nahmen sie von Norden und Süden in die Zange. Aber der Wald fing zwanzig Schritte hinter dem Steinbruch an und erstreckte sich meilenweit.

»Vergeßt nicht«, sagte Mike, »wenn sie euch erwischen, müssen sie euch tatsächlich festhalten, damit ihr gefangen seid. Wenn ihr euch losreißen könnt, könnt ihr weiterlaufen.«

»Klar«, sagte Kevin und sah zum Wald. »Gehen wir, ja?«

Mike packte den anderen Jungen am T-Shirt. »Aber *wenn* sie dich erwischen, verrätst du ihnen nicht, wo die Treffpunkte und was die Rufsignale sind. Klar?«

Kevin verzog mißfällig das Gesicht. Jim Harlen hatte sie einmal verpfiffen – deswegen konnten sie das ehemalige Lager Fünf immer noch nicht benützen –, aber keiner der anderen hatte je geredet, obwohl das einmal zu einem Faustkampf zwischen Dale und Digger Taylor geführt hatte.

Die Angreifer waren jetzt so nahe, daß sie sich in dem Glauben wogen, ihre Scherentaktik würde funktionieren. Klumpen sausten durch die Luft und prasselten ins Unterholz. Lawrence zielte, holte aus und warf einen Klumpen, der Gerry Daysinger selbst auf dreißig Schritt Entfernung so fest traf, daß der ältere Junge umkippte und unter einem Schwall von Flüchen zurückblieb.

»Lager *Drei*!« rief Mike und verriet ihnen damit, wo sie sich dreißig Minuten, nachdem sie die Angreifer abgehängt hatten, treffen wollten. »Auf geht's!«

Sie stürmten los. Dale versuchte, Lawrence bei sich zu behalten, während sie durch das Unterholz in den dichten Wald rannten, Kevin und Mike wandten sich nach Süden Richtung Gypsy Lane und der Klamm, wo der Leichenbach unter den Schieferfelsen floß, Dale und sein Bruder liefen Richtung Bach, der nördlich vom Friedhof verlief, und des versteckten Teichs am Südrain des Grundstücks von Onkel Henry und Tante Lena.

Hinter ihnen brüllten und johlten die Fussner-Zwillinge, McKown und die anderen wie Hunde bei der Jagd. Aber hier wuchsen jede Menge frische Triebe im Wald, Schößlinge und Gestrüpp und Unkraut und Hecken und Flecken Giftsumach, und alle waren zu sehr mit Laufen und Jagen oder Laufen und Entkommen beschäftigt, als daß noch jemand Zeit gehabt hätte, Dreckklumpen zu werfen.

Dale lief, was er konnte, zog Lawrence gelegentlich mit sich, wenn er auf einen alten Trampelpfad abbog oder einen Hügel hinaufrannte, und versuchte gleichzeitig, den Verfolgern zu entkommen und sich im Geiste eine Karte zu machen, damit er zurück ins Lager Drei gelangen konnte, ohne dabei der Meute hinter ihnen in die Arme zu laufen.

Schreie von Gefangennahme und Aggression ertönten in den Hügeln.

Die Bibliothek der Bradley-Universität war nicht die beste – schließlich hatte sich die Schule auf Ingenieurwissenschaften und Betriebswirtschaft spezialisiert –, aber Duane kannte sich aus und fand ein paar Informationen zum Thema. Er ging von Katalog zu Kartei, zu Katalog, zu Mikrofilm und wieder zu Kartei, während Onkel Art es sich auf einem Sessel im Aufenthaltsraum bequem gemacht hatte und die letzten zwei Monate Zeitungen und Zeitschriftenlektüre nachholte.

Es gab nicht besonders viel Material über die Borgias, geschweige denn über eine Glocke. Duane mußte sämtliche Oberflächlichkeiten durchforsten, bis er schließlich den ersten Hinweis fand. Es handelte sich um eine nebensächliche Anmerkung über die Krönung von Päpsten:

> Es war ein Schock für die Italiener und selbst für seine spanischen Anverwandten eine Überraschung, als Seine Exzellenz Don Alonso y Borja, Erzbischof von Valencia, Kardinal von Quattro Coronati, im Alter von siebenundsiebzig Jahren vom Konklave im Jahre 1455 zum Papst gewählt wurde. Die wenigsten zweifelten daran, daß die primäre Qualifikation im fortgeschrittenen Alter und der offensichtlichen Krankheit des Kardinals; das Konklave hatte einen Lückenbüßer-Papst gebraucht, und niemand zweifelte daran, daß Borgia, wie die Italiener seinen rauhen spanischen Namen zivilisiert hatten, genau das sein würde.
>
> Als Papst Kalixtus III. schien Borgia neue Energie aus seinem Amt zu beziehen und machte sich daran, die Macht des Papstes zu konsolidieren und einen neuen Kreuzzug, den letzten, wie sich erweisen sollte, gegen die Türken zu beginnen, die Konstantinopel besetzt hielten.
>
> Um seine Wahl zum Papst und den Aufstieg des Hauses Borgia zu feiern, gab Kalixtus eine große Glocke in Auftrag, die aus in den Bergen von Aragon geschürftem legendären Metall gegossen werden sollte. Die Glocke wurde schließlich auch gegossen. Die Legende behauptet, das Eisen sei aus dem berühmten Coronati-Sternstein gewonnen worden, möglicherweise ein Meteorit, aber sicher eine Quelle des qualitativ kostbarsten Rohstoffs für Metallarbeiter aus Valencia und Toledo seit vielen Generationen. Sie wurde 1457 in Valencia ausgestellt und im Triumphzug nach Rom gebracht, wobei man sie in jeder größeren Stadt der Königreiche Aragon und Kastilien zur Schau stellte. Zu lange zur Schau stellte, wie sich erweisen sollte.

Kalixtus' Triumphglocke traf am 7. August 1458 in Rom ein. Der achtzigjährige Papst konnte sie nicht mehr bewundern; er war in der Nacht zuvor in seinem verdunkelten Gemach gestorben.

Duane suchte im Index und überflog den Rest des Buchs, aber Kalixtus' Glocke wurde nicht mehr erwähnt. Er unternahm einen raschen Ausflug zur Kartei und kam mit Notizen über Bücher zurück, in denen Rodrigo, der Neffe von Papst Kalixtus, erwähnt wurde.

Über Rodrigo gab es eine Fülle Informationen. Duane schrieb hastig und war froh, daß er mehrere seiner kleinen Notizbücher mitgebracht hatte.

Der siebenundzwanzigjährige Kardinal Rodrigo Borgia war die treibende Kraft des folgenden Konklave von 1458 gewesen. Der jüngere Borgia, der selbst nicht einmal entfernt als Kandidat für die Papstwürde in Frage kam, beeinflußte die Wahl des nächsten Pontifex auf kluge Weise, indem er Unterstützung für Bischof Aeneas Silvius Piccolomini mobilisierte, der von dem Konklave zum Papst Pius II. gewählt wurde. Pius vergaß die Hilfe des jungen Kardinals, als er sie am dringendsten brauchte, niemals, und der einstige Piccolomini stellte sicher, daß die kommenden Jahre fruchtbar für den jungen Rodrigo Borgia waren.

Aber eine Glocke wurde nicht erwähnt. Duane überflog zwei Bücher im Schnelldurchlauf und blätterte in einem dritten, bis er den nächsten Hinweis fand.

Es handelte sich um einen historischen Abriß, den Piccolomini selbst geschrieben hatte. Papst Pius II. schien der geborene Chronist gewesen zu sein, mehr Historiker als Theologe. Seine Aufzeichnungen über das Konklave von 1458 – Aufzeichnungen, die durch Vorschrift und Tradition verboten waren – zeigten in allen Einzelheiten auf, wie er Rodrigo Borgia gedrängt hatte, ihn zu unterstützen, und wie wichtig diese Unterstützung gewesen war. In einem Abschnitt über den Palmsonntag des Jahres 1462, vier Jahre später, beschrieb Pius eine prunkvolle Prozession zu Ehren der Ankunft des Kopfes des Heiligen Andreas in Rom. Darüber mußte Duane lächeln; eine Feier für die Ankunft eines Kopfes.

Der Absatz war recht geschwätzig:

Sämtliche Kardinäle, die an der Wegstrecke wohnten, hatten ihre Häuser prächtig geschmückt . . . aber alle wurden an Aufwand, Anstrengung und Genialität von Vizekanzler Rodrigo übertroffen. Sein gewaltiges, überragendes Haus, welches er an der Stätte der alten Münze erbaut hatte, war mit kostbaren und wunderbaren Gobelins behängt, und darüber hinaus hatte er einen luftigen Baldachin errichtet, an welchem zahlreiche

> und bestaunenswerte Wunder angebracht waren. Über diesem Baldachin hing in einem Gerüst aus verzierten und dekorativen Holzbalken die große Glocke, welche der Bruder des Vizekanzlers, Unser Vorgänger, in Auftrag gegeben hatte. Obschon noch vergleichsweise neu, behauptete man, diese Glocke wäre Talisman und Quelle der Macht des Hauses Borgia.
> Die Prozession verweilte vor der Festung des Vizekanzlers, einem Hort lieblicher Gesänge und Laute, oder ein großer, golden glänzender Palast, wie man es dem von Nero nachsagt. Rodrigo hatte nicht nur sein eigenes Haus für Unsere Festlichkeit geschmückt, sondern auch die angrenzenden, wodurch der Platz ringsum eine Art Park voll der ausgelassensten Feierlichkeiten zu sein schien. Wir erboten uns, Rodrigos Heim und Boden und Glocke zu segnen, jedoch bestätigte der Vizekanzler, daß die Glocke vor zwei Jahren beim Bau des Palastes bereits auf ihre Weise geweiht worden sei. Versonnen schritten Wir mit Unserer unschätzbaren Reliquie weiter durch die andächtigen und feierlichen Straßen.

Duane schüttelte den Kopf, schob die Brille höher und lächelte. Die Vorstellung, diese Glocke könnte vergessen im zugenagelten Dachgestühl von Old Central hängen, war unglaublich.

Er überflog seine Notizen, ging zur Kartei, zog noch ein paar Bücher aus dem Regal und begab sich wieder zu seiner Lesenische.

Er fand noch mehr.

Lager Drei lag auf einem Hügel eine Viertelmeile nordöstlich vom Friedhof. Der Wald war dort besonders dicht, an vielen Stellen reichten die Zweige bis anderthalb Meter über den Boden, und das Dikkicht erschwerte das Vorankommen, abgesehen von wenigen Trampelpfaden, die Wild oder Jäger im Unterholz gebahnt hatten. Lager Drei sah aus jedwedem Blickwinkel wie ein solides, undurchdringliches Gestrüpp aus: ein Ring von Büschen mit einer Vielzahl von Stämmen, so dick wie der Unterarm eines Jungen, ein Wirrwarr von Blättern darüber, die sich fast mit dem Laubbaldachin der Bäume vereinten. Aber wenn man sich an der richtigen Stelle auf die Knie niederließ, und genau im richtigen Winkel durch den Irrgarten von Ästen und Stämmen kroch, tauchte der Eingang zu einem wahrhaft wunderbaren Versteck auf.

Dale und Lawrence trafen als erste ein, keuchten und sahen über die Schultern, hörten die Schreie von McKown und den anderen nur hundert Meter hinter sich. Sie vergewisserten sich, daß niemand in der Nähe war, ließen sich auf dem grasbewachsenen Hügel auf die Knie nieder und krochen ins Lager Drei hinein.

Das Innere war solide und sicher wie ein Iglu, ein fast perfekter Kreis mit einem Durchmesser von zweieinhalb Metern, und in den Mauern des Gestrüpps einige Gucklöcher, das Ganze aber dennoch von außen vollkommen vor suchenden Augen verborgen. Eine Laune der Hügelbildung – möglicherweise aufgrund des palisadenähnlichen Rings aus Buschwerk selbst – hatte hier für eine fast waagerechte Bodenbeschaffenheit gesorgt, wogegen der Rest der Bergflanke recht steil war. In diesem Ring wuchs ein weiches, niederes Gras, das eine Oberfläche so glatt wie grüner Filz lieferte.

Dale hatte einmal während eines heftigen Sommergewitters im Lager Drei gelegen und war so trocken geblieben wie in seinem eigenen Zimmer daheim. In einem verschneiten Winter hatten er und Lawrence und Mike sich einmal durch den Wald gekämpft und Lager Drei mit einiger Mühe gefunden – die Büsche und Gehölze hier sahen ohne ihr Laub ganz anders aus –, waren hineingekrochen und hatten festgestellt, daß das Innere fast schneefrei und die Palisade der Holzstämme so undurchsichtig wie immer war.

Jetzt lagen er und sein Bruder da, atmeten so leise wie möglich und lauschten den aufgeregten Rufen von McKown und den anderen, die lärmend durch den Wald trampelten.

»Sie sind da lang!« sagte Chuck Sperlings Stimme. Er befand sich auf dem alten Waldweg, der zwanzig Schritte am Lager Drei vorbeiführte.

Plötzlich ertönte Rascheln und Knacksen unmittelbar außerhalb, Dale und Lawrence hoben die Stöcke, die sie getragen hatten, wie Speere, aber dann kam Mike O'Rourke durch die niedere Tunnelöffnung gekrochen. Mikes Gesicht war gerötet, seine blauen Augen glänzten, er hatte sich an einem Zweig gekratzt, so daß sich ein dünner Blutfaden über seine linke Schläfe zog. Er grinste breit.

»Wo haben sie . . .«, begann Lawrence.

Mike hielt dem kleineren Jungen mit der Hand den Mund zu und schüttelte den Kopf. »Direkt draußen«, flüsterte er. Alle drei Jungs warfen sich flach auf den Boden und drückten die Gesichter neben die Stämme der Büsche.

»*Verdammt*«, sagte Digger Taylors Stimme keine fünf Schritte bergauf. »Ich habe *gesehen,* wie O'Rourke in diese Richtung gelaufen ist.«

»Barry!« Das war Chuck Sperlings Stimme dicht außerhalb des Gestrüpps. »Siehst du sie da unten?«

»Nö«, brüllte der dicke Fussner-Zwillingsbruder. »Den Weg hier ist niemand lang gekommen.«

»Scheiße«, sagte Digger. »Ich hab ihn *gesehen.* Und die beiden Stewart-Tüpfelscheißer sind auch da entlanggelaufen.«

Im Lager Drei ballte Lawrence die Faust und wollte aufstehen. Dale zog seinen Bruder nach unten, obwohl man in dem Kreis stehen konnte und trotzdem nicht gesehen wurde. Dale forderte gestikulierend Schweigen, mußte aber grinsen, weil Lawrences Gesicht so rot wurde. Diese dunkle Röte war ein sicheres Zeichen dafür, daß sein Bruder bereit war, den Kopf zu senken und gegen jemanden loszustürmen. Dale hatte es schon oft genug gesehen.

»Vielleicht sind sie bergauf zum Friedhof oder zurück zum Steinbruch.« Gerry Daysingers Stimme, keine fünfzehn Schritte vom Lager entfernt.

»Sucht zuerst hier in der Gegend!« befahl Sperling im hochnäsigen Tonfall, dessen er sich in der Jugendliga befleißigte, weil sein Dad Trainer war.

Mike, Dale und Lawrence hielten ihre Stöcke wie Gewehre, während sie dem Stapfen und Rascheln auf dem Hügel lauschten, als die anderen Jungs buchstäblich auf die Büsche klopften, hinter umgestürzten Stämmen nachsahen und durchs Unterholz brachen. Jemand schlug sogar mit einem Stock gegen die Südseite von Lager Drei, aber das war, als würde man gegen eine solide Wand schlagen. Wenn man das Zick und Zack auf der Ostseite nicht kannte und durch die letzte Öffnung kroch, die schmaler als ein Ablaufrohr war, fand man den Weg herein nie.

Das jedenfalls hofften die Jungs im Lager Drei inbrünstig.

Von weit oben am Weg ertönten Rufe.

»Sie haben Kev«, flüsterte Lawrence. Dale nickte und mahnte seinen Bruder wieder zu schweigen.

Die Geräusche von Stiefeln und Turnschuhen entfernten sich bergauf. Weitere Rufe ertönten. Mike setzte sich auf und strich Gras und Disteln von seinem gestreiften Polohemd.

»Glaubst du, Kev wird uns verraten?« fragte Dale.

Mike grinste. »Nicht Lager Drei. Er zeigt ihnen vielleicht Lager Fünf oder die Höhle. Aber niemals Lager Drei.«

»Sie wissen seit letztem Sommer schon, wo Lager Fünf ist«, sagte Lawrence, der endlich flüsterte, wo es nicht mehr nötig war. »Und die Höhle benützen wir nicht mehr.«

Mike grinste nur.

Sie lagen noch eine halbe Stunde dort und waren müde vom stundenlangen Laufen durch den Wald und der Erschöpfung nach dem Adrenalinstoß der Verfolgung. Sie verglichen ähnliche knappe Situationen, machten sich Gedanken über Kevins Schicksal – er würde Gefangener sein, wenn er sich nicht ›zu ihnen‹ gesellte und bei der Jagd mithalf – und kramten Eßbares aus den Taschen. Keiner hatte richtige Rationen mitgebracht, aber Mike hatte einen Apfel in der Hosentasche, Dale einen Hershey-Riegel mit Mandeln, der mehrmals geschmolzen und plattgesessen worden war, und Lawrence hatte eine Pez-Box, in der sich noch ein paar Bonbons befanden. Sie verschlangen ihre Mahlzeit heißhungrig, dann betrachteten sie liegend die winzigen Flecke Sonnenschein am Himmel, die durch das fast solide Dach der Zweige zu sehen waren.

Sie beratschlagten gerade, ob sie weiterziehen und einen Dreckklumpenhinterhalt beim Steinbruch legen sollten, als Mike plötzlich sagte: »Pssst!« Er deutete bergauf.

Dale legte sich auf den Bauch, drückte das Gesicht gegen die Stämme der Sträucher und versuchte, einen der wenigen Winkel zu erwischen, die ihm Einblick auf den Weg gewähren würden.

Da draußen waren Stiefel. Männerstiefel, braun und groß. Einen Augenblick lang dachte Dale, der Bursche würde schmutzige Bandagen tragen, aber dann wurde ihm klar, es waren die Gamaschen, die Soldaten laut Duane früher getragen hatten. Wie hatte Duane sie genannt? *Wickelgamaschen.* Ein Mann stand sechs Schritte vom Lager Drei entfernt, der derbe Stiefel und Wickelgamaschen trug. Dale konnte gerade noch braunen Hosenstoff erkennen, der sich über den braunen Bandagen bauschte.

»Was . . .?« flüsterte Lawrence und verdrehte den Hals, um zu sehen.

Dale drehte sich um und legte seinem Bruder eine Hand auf den Mund. Lawrence kämpfte sich frei und knuffte ihn, blieb aber zur Abwechslung einmal still.

Als Dale wieder hinsah, waren die Stiefel fort. Mike klopfte ihm auf die Schulter und nickte zur Ostwand des Kreises.

Schritte zermalmten Blätter und Zweige direkt vor dem geheimen Eingang.

Duane fand mehr über die Borgias heraus, als er eigentlich wissen wollte.

Er überflog und las quer, wie er es häufig machte, wenn er versuchte, die größtmögliche Informationsmenge in der kürzestmöglichen Zeit in den Kopf zu bekommen. Es war ein seltsames Gefühl; Duane verglich es mit dem Effekt, wenn eines seiner selbstgebauten Kristallradios nicht richtig eingestellt war und mehrere Sender auf einmal hereinkamen. Diese Art des schnellen Lernens machte Duane müde und ein wenig schwindlig, aber er hatte keine andere Wahl. Onkel Art würde nicht den ganzen Tag hier in der Bibliothek verbringen.

Als erstes erfuhr Duane, daß fast alles, was er vom ›Allgemeingut‹ über die Borgias wußte, falsch oder völlig verzerrt war. Er hielt einen Moment lang inne, kaute am Bügel seiner Brille und blickte ins Leere, während er überlegte, daß er die ganze Zeit seiner ernsthaften Studien über hatte feststellen dürfen, wie unzuverlässig das Allgemeinwissen doch war. Nichts war so einfach, wie dumme Menschen das voraussetzten. Duane fragte sich, ob dies ein Naturgesetz des Universums war. Wenn ja, wurde ihm ganz krank beim Gedanken an die vielen Jahre des Ent-Lernens, die vor ihm lagen, bevor er richtig zu *lernen* anfangen konnte. Er sah sich in den Regalen um und war niedergeschlagen, weil er all diese Bücher niemals lesen würde ... ganz zu schweigen von allem, was die Universitätsbibliotheken von Princeton, Yale, Harvard und allen anderen Schulen bargen, das er in sich aufnehmen wollte.

Duane rüttelte sich wach, rückte die Brille zurecht und las die Notizen, die er sich gemacht hatte.

Erstens: Lucrezia Borgia schien mehr ein Opfer schlechter Presse zu sein als tatsächliche Schuldige in allen Legenden, die er gekannt hatte. Kein vergifteter Ring, der Liebhaber und Essensgäste auslöschte, keine Bankette, wo beim Dessert Leichen wie Palisadenpfähle aneinandergereiht waren. Nein, Lucrezia entpuppte sich als Opfer gemeiner Historiker. Duane betrachtete einige Bände auf seinem Lesetisch: Guicciardinis *Geschichte Italiens,* Machiavellis *Der Fürst* und seine *Diskurse* und Auszüge aus *Die Geschichte von Florenz und die Staatsangelegenheiten Italiens,* Piccolomini/Pius' geschwätzige *Kommentare,* Gregorovius' Buch über Lucrezia, Burchards *Liber Notarum* mit seinen Fußnoten zu alltäglichen Trivia am päpstlichen Hof zu seiner Zeit.

Aber nichts mehr über die Glocke.

Dann überprüfte Duane einer Eingebung folgend sämtliche Primärquellen über Benvenuto Cellini, eine der historischen Lieblingspersönlichkeiten des Alten, obwohl Duane wußte, der reizbare Künstler wurde erst 1500 geboren, acht Jahre nachdem Rodrigo Borgia Papst Alexander VI. geworden war.

An einer Stelle schilderte Cellini seine Gefangenschaft im Kastell Sant Angelo, dem gewaltigen, unförmigen Steinklotz, den Hadrian vierzehnhundert Jahre früher als Familiengruft hatte erbauen lassen. Papst Alexander – Rodrigo Borgia – hatte befohlen, daß die gigantische Grabstätte zur Festung ausgebaut und zur Palastresidenz umgestaltet werden sollte. Gemächer und Schächte im Stein, die weit über tausend Jahre nur Leichen und Dunkelheit gekannt hatten, waren zur Wohnstatt und Festung des Borgia-Papstes geworden.

Darüber hatte Cellini geschrieben:

> Ich wurde in einem düsteren Kerker unter der Ebene eines Gartens eingesperrt, welcher von Wasser überflutet war und in dem es von Spinnen und giftigen Würmern wimmelte. Sie warfen mir eine fadenscheinige Matratze aus grobem Sacktuch herunter, gaben mir nichts zu essen und verriegelten vier Türen hinter mir ... Anderthalb Stunden täglich wurde mir ein Fünk-

chen Licht gewährt, welches durch eine überaus schmale Scharte in jene unglückselige Höhle fiel. Den Rest des Tages und die Nacht vegetierte ich in Finsternis. Und dies war eine der angenehmeren Zellen. Von anderen Unglücklichen erfuhr ich von den verlorenen Seelen, welche ihre letzten Tage in der abscheulichsten aller Gruben verbrachten, den tiefergelegenen Kerkern am Grunde des Luftschachts zur unrühmlichen Glocke des bösen Borgia-Papstes. In ganz Rom und den Provinzen erzählte man sich, daß diese Glocke aus unheiligem Metall gegossen und mit bösen Taten geweiht worden war und nun als Wahrzeichen des Pakts zwischen dem ehemaligen Papst und dem Teufel persönlich im Turme hing. Wir in unseren Zellen, die wir in fauligem Wasser hockten und unsere ranzigen Küchenabfälle aßen, wußten alle, daß der Schlag dieser Glocke das Ende der Welt verkünden würde. Ich muß gestehen, zuzeiten wäre mit dieser Klang durchaus willkommen gewesen.

Duane kritzelte Notizen. Merkwürdig, immer merkwürdiger. Später wurde die Glocke nicht mehr in Cellinis Autobiographie oder Aufzeichnungen erwähnt, aber in einem früheren Abschnitt über den Künstler Pinturicchio – offenbar ein Zeitgenosse des Borgia-Papstes, nicht von Cellini selbst – fand sich etwas Relevantes:

Auf Verlangen und Geheiß des Papstes . . .

Duane schlug nach und vergewisserte sich, daß Alexander alias Rodrigo Borgia gemeint war. So war es.

Auf Verlangen und Geheiß seines Papstes, machte sich dieser taube und kleinwüchsige Künstler . . .

Duane schlug nach und vergewisserte sich, daß Cellini von Pinturicchio sprach, dem Künstler Borgias. So war es.

. . . von garstigem Äußeren und ebensolcher Persönlichkeit, dann daran, die Wandbilder zu malen, welche den Torre Borgia mit bizarrer Wirkung schmückten und ihren Höhepunkt im Saal der Sieben Mysterien in den abscheulichen Borgia-Gemächern fanden.

Duane hielt inne und legte Cellinis Aufzeichnungen beiseite, um nachzusehen, worum es sich beim Torre Borgia handelte. In einem Führer durch die Anlagen des Vatikan stand zu lesen, daß es sich um einen festen Turm handelte, der auf Geheiß von Papst Alexander VI.

dem Vatikanpalast hinzugefügt worden war. Eine frühere Erweiterung durch Papst Sixtus war ein dunkles und scheußlich zugiges Lagerhaus namens Sixtinische Kapelle gewesen. Papst Innozenz hatte sich für ein liebliches Sommerhaus in einem entlegeneren Teil der vatikanischen Gärten entschieden. Borgia hatte einen Turm gebaut. In einem Architekturlexikon von 1886 war vermerkt, der Torre Borgia wäre mit einem massiven Glockenstuhl als Krönung der säulenförmigen Festung versehen worden, aber keinem anderen als dem Papst und seinen illegitimen Nachkommen war es gestattet, durch ein Labyrinth verschlossener Türen und Passagen so hoch auf den Turm hinaufzusteigen.

Duane wandte sich wieder Cellinis Aufzeichnungen zu:

> Pinturicchio stieg auf Weisung seines Pontifex in die Stadt der Toten unter der Stadt hinab, um Inspiration und Modelle für die Wandbilder in den Borgia-Gemächern zu suchen. Dort lagen nicht die Christenkatakomben mit ihren geweihten Gebeinen, sondern die wahllosen Ausgrabungen des heidnischen Rom in all ihrem verfallenen Ruhm.
>
> Man behauptet, daß Pinturicchio Lehrlinge und neugierige Kollegen auf diese unterirdische Expedition mitgenommen habe: man stelle sich den Fackelschein in diesen Tunneln mit dem Staub der Cäsaren vor, Zugänge zu Grabkammern, Korridoren, ganze Ansiedlungen, ganze Straßen mit den Toten Roms, welche wie vergessene Arterien unter den unkrautüberwucherten Straßen unserer lebendigen, aber minderen Stadt liegen ... man stelle sich die Ausrufe vor, wenn Pinturicchio, nachdem er die Riesenratten und Fledermausschwärme verscheucht hatte, welche sich von Tod und Dunkelheit dort unten nährten, die Fackel hob und die heidnischen Zierate offenbarte, welche von Männern dort angebracht worden waren, die seit fünfzehn Jahrhunderten und länger tot waren.
>
> Dieser kleinwüchsige Mann und gottlose Künstler brachte die heidnischen Zierate und Bilder in die Privatgemächer des Borgia-Papstes in dessen Turm. In der geheimsten aller geheimen Kammern des verderbten Papstes herrschten diese heidnischen Formen vor – bedeckten Wände, Bögen, Decken und selbst die Glocke aus massivem Eisen hoch droben im Torre, der man nachsagte, sie sei der Talisman der Borgias.
>
> Bis auf den heutigen Tag werden die verlorenen Bilder von den Unwissenden *grotesques* genannt, weil sie in den unheiligen unterirdischen Höhlen oder *grotte* in der Dunkelheit unter Rom gefunden und von dort kopiert wurden.

Onkel Art beugte sich über Duanes Schulter und sagte: »Bist du noch nicht fertig?« Der Junge zuckte zusammen, rückte die Brille auf der Nase zurecht und brachte ein Lächeln zustande.

»Fast.«

Während Onkel Art rastlos zu den nächstgelegenen Regalen schlenderte, blätterte Duane die letzten Bände durch. Er fand nur noch eine Erwähnung der Glocke, wieder im Zusammenhang mit der Kunst des unrühmlichen Wandmalers namens Pinturicchio:

> Aber in der Kammer, welche vom Saal der Sieben Mysterien zur verschlossenen Treppe zum Glockenturm führte, welche ausschließlich die Borgias betreten durften, hatte der Maler die Essenz der begrabenen und vergessenen Fresken verewigt, welche er gewahr geworden im Licht flackernder Fackeln, während Wasser aus geborstenen Steinen herabtröpfelte. Hier, in dem Raum, welcher später aufgrund der sieben großen Wandgemälde daselbst Saal der Heiligen genannt wurde, war Pinturicchio seiner Verpflichtung nachgekommen, indem er jeden Raum zwischen den Bildern, jeden Bogen, jede Nische und Säule mit Hunderten – manche Fachleute sagen Tausenden – Bildern von Bullen bedeckt hat.
> Geheimnisvoll ist nicht, daß Bullen in seinem Werk oder diesem verborgenen Ort dargestellt wurden; der Bulle war das Wahrzeichen der Familie Borgia; der gütige Ochse war seit langem eine Metapher der päpstlichen Prozession.
> Aber diese Bullen, fast endlos in den dunklen Fluren und Grotten und dem Zugang zur verbotenen Treppe über dem Saal der Sieben Mysterien wiederholt, gehörten keinem dieser Embleme an.
> Es handelte sich weder um das edle Wahrzeichen der Borgias noch um den friedfertigen Ochsen. Unzählige Male in den Gemächern reproduziert, fand man die stilisierte aber unverwechselbare Gestalt des Opferstiers von Osiris, dem ägyptischen Gott, der über das Reich der Toten herrschte.

Duane schlug das Buch zu und nahm die Brille ab.

»Fertig?« fragte Onkel Art.

Duane nickte.

»Versuchen wir das McDonald's Drive-In beim War Memorial Drive«, sagte sein Onkel. »Ihre Hamburger haben einen Vierteldollar aufgeschlagen, aber sie sind ziemlich gut.«

Duane nickte immer noch in Gedanken verloren und folgte seinem Onkel aus dem Keller ins Licht.

Die Schritte vor Lager Drei hatten aufgehört. Sie waren nicht weggegangen, hatten sich nicht entfernt, lediglich – aufgehört. Mike, Dale und Lawrence kauerten am niederen Eingang und warteten; sie atmeten kaum, so sehr bemühten sie sich, keinen Laut von sich zu geben. Die Laute des Waldes waren sehr deutlich: ein Eichhörnchen schalt jemanden oder etwas bergauf in Richtung vom Anwesen von Dales Onkel Henry; ab und zu ein Ruf von Chuck Sperlings Bande, inzwischen weiter entfernt, wahrscheinlich südlich vom Steinbruch; das Kreischen von Krähen in den Baumwipfeln auf dem anderen Hügel Richtung Friedhof Calvary. Aber kein Laut von der Stelle, wo der unsichtbare Soldat direkt vor dem Ring aus Büschen wartete.

Dale glitt zu seinem vorherigen Aussichtspunkt zurück, aber es war nichts zu sehen.

Plötzlich ertönten raschelnde Laute draußen, Schritte hallten auf dem Pfad. Laub raschelte, die Büsche an der Ostseite von Lager Drei zuckten, als sich jemand durch die verwucherte Öffnung zwängte. Dale sprang auf eine Seite des Zugangs und hob den Stock. Mike ebenso auf der anderen Seite. Lawrence wartete mit erhobenem Schläger.

Zweige wurden auseinandergebogen, Blätter zitterten, Kevin Grumbacher kroch in den grasbewachsenen Kreis.

Dale und Mike sahen einander an, ließen ihre Stöcke sinken und atmeten auf.

Kevin grinste sie an. »Was habt ihr vor? Mir den Schädel einschlagen?«

»Wir haben gedacht, du wärst *sie*«, sagte Lawrence und ließ seinen Schläger mit einem Ausdruck des Bedauerns sinken. Lawrence *liebte* Raufereien.

Dale blinzelte, dann wurde ihm klar, daß die anderen die Stiefel mit den Wickelgamaschen nicht gesehen hatten. Mike und Lawrence dachten wahrscheinlich, Sperlings Bande hätte den Lärm gemacht.

»Bist du allein?« fragte Mike, duckte sich und sah in den Laubtunnel.

»Klar bin ich allein. Ich wäre nicht hergekommen, wenn ich nicht allein wäre.«

Lawrence sah den älteren Jungen finster an. »Du hast ihnen das Lager doch nicht verraten, oder?«

Kevin maß Dales Bruder mit einem strafenden Blick und wandte sich an Mike. »Sie haben gesagt, ich könnte auf ihrer Seite sein, wenn ich ihnen das Versteck verrate. Ich hab' mich geweigert. Darauf haben sie mir mit einer Wäscheleine die Arme auf den Rücken gebunden und mich mit sich geschleppt als wäre ich eine Art Sklave oder so.« Kev streckte die Arme aus und zeigte die roten Aufschürfungen an Handgelenken und Oberarmen.

»Wie bist du entkommen?« fragte Dale.

Kevin grinste wieder, seine großen Zähne, der Bürstenschnitt und der hüpfende Adamsapfel vermittelten ein erheiterndes Bild der Selbstzufriedenheit. »Als sie euch in diese Richtung verfolgt haben, kam Fussner nicht mehr mit, weil er mich ziehen mußte. Der Depp hat mich an einen Baum gebunden und ist den Weg hochgelaufen, um zu sehen, in welche Richtung sie gegangen waren. Ich hatte die Finger noch frei, daher habe ich mich einfach an den Stamm gedrückt und die Schnur losgebunden.«

»Bleib da«, flüsterte Mike und schlüpfte durch die Öffnung, ohne einen Zweig zu berühren. Die anderen drei saßen ein paar Minuten schweigend da, Kev rieb sich die Arme, Lawrence aß ein paar Milchriegel, die er mitgebracht hatte. Dale wartete auf einen Schrei, ein Schlurfen . . . einen Hinweis auf den Burschen, den er durch das Gebüsch gesehen hatte.

Mike kam wieder herein. »Sie sind von hier weg. Ich habe ihre Stimmen drüben bei der County Six gehört. Sieht so aus, als würden Sperling und Digger nach Hause gehen.«

»Ja«, sagte Kevin. »Die haben sich gelangweilt. Haben gesagt, sie hätten Wichtigeres zu tun. Daysinger wollte, daß sie bleiben. Die Fussners wollten bei Sperling bleiben.«

Mike nickte. »Daysinger und McKown werden in der Gegend bleiben und warten, bis wir rauskommen, damit sie uns einen Hinterhalt legen können.« Er zeichnete mit einem Zweig eine Karte auf ein Stück bloßen Boden beim Eingang. »Ich kenne Gerry, der geht zum Steinbruch zurück, wo es jede Menge Klumpen gibt, um zu sehen, ob wir von der Wiese von Dales Onkel oder dem Wald und Gypsy Lane aus dorthin zurückgehen. Er und Bob werden sich wahrscheinlich dort in der Höhe verstecken . . .« Er hatte die Wege, den Teich im Steinbruch eingezeichnet und fügte jetzt eine Erhebung an der Westseite der Kiesgrube hinzu. »Auf dem höchsten Hügel ist eine Art Mulde, wißt ihr noch?«

»Dort haben wir vor zwei Jahren gezeltet«, sagte Dale.

Lawrence schüttelte den Kopf. »Daran kann ich mich nicht erinnern.«

Dale sah ihn an. »Du warst zu klein und hast nicht über Nacht mitgedurft.« Er sah Mike an. »Weiter.«

Mike zeichnete Linien in den Sand und zeigte einen Pfad von Lager Drei über den Hügel durch den Wald und die Wiese hinter dem Friedhof und den Kiesberg hinauf, wo Daysinger und McKown sich seiner Meinung nach verstecken würden. »Sie werden in diese drei Richtungen schauen«, sagte er und zeichnete Pfeile nach Süden, Osten und Westen. »Aber wenn wir diese Pinien am Südhang als Deckung benützen, können wir zu ihnen hochklettern, ohne daß sie uns sehen.«

Kevin betrachtete die Karte stirnrunzelnd. »Die letzten fünfzehn Meter sind offenes Gelände. Die Hügelkuppe besteht dort nur aus Erdboden.«

»Richtig«, sagte Mike immer noch grinsend. »Wir müssen besonders leise sein. Aber vergeßt nicht, die Schießscharten in ihrem kleinen Fort da oben gehen zur anderen Seite. Solange wir keinen Lärm machen, sind wir über und hinter ihnen, ehe sie es mitbekommen.«

Dale spürte, wie seine Aufregung wuchs. »Und wir können beim Hinaufsteigen Klumpen aufsammeln. Dort gibt es jede Menge Munition.«

Kevin runzelte immer noch die Stirn. »Wenn sie uns im offenen Gelände erwischen, sind wir tot. Ich meine, sie werfen *Steine.*«

»Wenn es darum geht«, sagte Mike, »können wir auch Steine werfen.« Er sah sie an. »Wer ist dafür?«

»Ich!« Lawrences Votum war fast ein Aufschrei. Sein Gesicht strahlte vor Vorfreude.

»Ja«, sagte Dale, der immer noch die Karte studierte und sich fragte, wie sich Mike diesen komplizierten Plan fast ohne jedes Zögern hatte zurechtlegen können. Jeder Schritt des Wegs, den er zwischen Lager Drei und dem Sandhügel aufgezeichnet hatte, nutzte die maximale Deckung aus. Dale streifte seit Jahren durch diese Wälder, aber er hätte nie daran gedacht, den flachen Graben jenseits der Wiese hinter dem Friedhof als Deckung zu nutzen. »Klar«, sagte er wieder. »Machen wir es.«

Kevin zuckte die Achseln. »Solange sie mich nicht wieder gefangennehmen.«

Mike grinste sie an, ballte die Faust und duckte sich durch die Öffnung. Die anderen folgten ihm so leise sie konnten.

»Du machst einen nachdenklichen Eindruck, Junge«, sagte Onkel Art auf dem Heimweg. Sie fuhren gerade ins Spoon River Valley hinab. Der Himmel war wolkenlos, und nach den vielen Stunden in der klimatisierten, trockenen Atmosphäre der Bibliothek wirkte die Junihitze um so schlimmer. Onkel Art hatte die Fenster heruntergefahren, damit Luft durchwehen konnte, obwohl die Klimaanlage des Caddy gleichzeitig brummte. Er sah Duane an. »Kann ich dir helfen?«

Duane zögerte. Es schien irgendwie nicht richtig zu sein, es Onkel Art zu erzählen. Aber warum nicht? Er versuchte nur, Hintergrundmaterial über Old Central zu finden. Sie überquerten dröhnend die Brücke über den Spoon River. Duane sah in das dunkle Wasser unten, das sich unter überhängenden Ästen nach Norden wand, und wieder seinen Onkel an. *Warum nicht?*

Duane erzählte ihm von den Zeitungsartikeln. Von der Borgia-Glocke. Von den Anmerkungen Cellinis, die er in der Bibliothek gefunden hatte. Als er fertig war, kam er sich seltsam ausgelaugt und verlegen vor, fast als hätte er etwas von sich preisgegeben, dessen er sich schämen müßte. Aber gleichzeitig fühlte er sich erleichtert.

Onkel Art pfiff und sagte einen Moment lang gar nichts, klopfte nur mit den Fingern auf dem Lenkrad. Seine blauen Augen schienen auf etwas anderes als die Fahrbahn zu blicken. Sie kamen zur Schotterstraße Richtung Norden zur County Six, wo Onkel Art nach rechts abbog und bremste, damit der Cadillac keine Steine gegen den Unterboden schleuderte oder zu heftig in die Spurrillen plumpste. »Glaubst du, die Glocke könnte noch dort sein?« fragte er schließlich. »Noch in der Schule?«

Duane rückte die Brille zurecht. »Ich weiß nicht. Ich habe noch nie davon gehört. Du?«

Onkel Art schüttelte den Kopf. »In all den Jahren nicht, seit ich hier wohne. Das ist natürlich erst seit dem Krieg. Die Familie deiner Mutter stammte von hier. Wie auch immer, *etwas* hätte ich gehört, wenn das Wissen um die Glocke allgemein zugänglich wäre.« Sie kamen zur Kreuzung County Six und Jubelee College Road, wo Onkel Art anhielt. Sein Haus lag drei Meilen entfernt an der Schotterstraße Jubilee College Road, aber er mußte Duane nach Hause bringen. Links vor ihnen konnte man die Black Tree Tavern gerade unter den Ulmen und Eichen erkennen. Es standen schon ein paar Pritschenwagen dort, obwohl es erst früher Nachmittag war. Duane sah weg, ehe er ausmachen konnte, daß der Wagen seines Alten dabei war.

»Ich mach dir einen Vorschlag, Junge«, sagte Onkel Art. »Ich werde mich wegen der Glocke in der Stadt umhören ... ein paar andere alte Fürze fragen, die ich kenne ... und ich werde in meiner Bibliothek nachlesen, ob ich noch etwas über die Legende um das verdammte Ding finde. Okay?«

Duane strahlte. »Glaubst du, du könntest etwas darüber haben?«

Onkel Art zuckte die Achseln. »Hört sich ganz so an, als wäre sie eher Mythos als Metall. Aber das Übernatürliche hat mich schon immer interessiert – ich entlarve es gerne. Daher werde ich in meinen Quellen nachschlagen, Crowley und so. In Ordnung?«

»Prima!« sagte Duane. Ihm war, als wäre ihm eine Last von der Schulter genommen worden.

Bevor sie den Hügel hinabfuhren, sah er doch hin. Der Laster des Alten stand nicht vor dem Black Tree! Vielleicht wurde es doch ein schöner Tag. Als sie am Friedhof vorbeifuhren, sah Duane ein paar Fahrräder beim hinteren Zaun: das konnten Dale und die anderen sein, und wenn er jetzt ausstieg, fand er sie vielleicht im Wald. Duane schüttelte den Kopf. Er hatte seine Pflichten schon genügend vernachlässigt.

Der Alte war nüchtern und zu Hause und arbeitete in ihrem Gemüsegarten, der dreißig Ar groß war. Sein Gesicht war von der Sonne gebräunt, und er schien Blasen an den Händen zu haben, aber er war guter Laune, und Onkel Art blieb auf ein Bier, während Duane eine RC-Cola trank und ihrem Geplauder zuhörte. Die Glocke erwähnte Onkel Art nicht.

Nachdem sein Onkel gegangen war, krempelte Duane die Ärmel seines Flanellhemds hoch und ging mit dem Alten die Reihen jäten und hacken. Sie arbeiteten etwa zwei Stunden in behaglichem Schweigen zusammen, dann gingen sie rein und wuschen sich zum Abendessen; der Alte ging mit einer seiner Erfindungen spielen, Duane briet Hamburger und kochte Reis und machte Kaffee.

Beim Essen unterhielten sie sich über Politik, wobei der Alte seine Arbeit für Adlai Stevenson bei den früheren Wahlen beschrieb. »Von Kennedy weiß ich nichts«, sagte er. »Die Nominierung ist ihm sicher, aber ich habe Millionären nie getraut. Wäre aber nicht schlecht, wenn ein Katholik gewählt werden würde. Das würde der Diskriminierung in diesem Land etwas Einhalt gebieten.« Er erzählte Duane von Alfred E. Smiths erfolgloser Bewerbung im Jahre 1928.

Duane hatte davon gelesen, aber er hörte zu und nickte, weil es ihm gefiel, dem Alten zuzuhören, wenn er nüchtern und nicht auf jemand wütend war.

»Die Chancen, daß ein Katholik gewählt wird, sind daher ziemlich gering«, kam der Alte zum Ende. Er überlegte einen Moment lang, als überprüfte er, ob kein logischer Fehler in seinen Ausführungen war, dann stand er auf, räumte den Tisch ab, spülte die Teller unter dem Hahn ab und stellte sie zum Abwasch beiseite.

Duane sah nach draußen. Es war nach fünf, noch früh, aber der Schatten der Pappel hinter dem Haus wanderte über das Fenster. Er stellte die Frage, vor der ihm schon den ganzen Nachmittag graute, und versuchte, sie mit unbekümmerter und beiläufiger Stimme zu stellen. »Gehst du heute abend weg?«

Der Alte, der die Spüle vollaufen ließ, hielt inne. Der Dampf hatte seine Brille beschlagen. Er nahm sie ab und wischte sie am Hemdzipfel ab, als müßte er über die Frage nachdenken. »Glaub nicht«, sagte er schließlich. »Ich habe in der Werkstatt zu tun, und ich würde sagen, wir bringen einmal die Partie Schach zu Ende, die schon so lange Staub angesetzt hat.«

Duane nickte. »Dann sollte ich besser gleich meine Arbeit machen«, sagte er, trank den Kaffee leer und stellte die Tasse auf die Spüle. Er war schon draußen im Stall und hatte den Futtereimer in der Hand, als er endlich lächelte.

Der Überraschungsangriff war ein voller Erfolg.

Die letzten dreißig Schritte oder so waren verdammt haarig gewesen – sie waren auf dem Bauch den Erdhang hinaufgekrochen und hätten überhaupt keine Deckung gehabt, falls McKown oder Daysinger sich umgedreht hätten –, aber Mike und Dale und Lawrence hatten es geschafft, obwohl Lawrence einmal ein nervöses Kichern unterdrücken mußte, und als sie oben ankamen, sahen sie Gerry und Bob, die in die andere Richtung starrten und einen Berg Munition in Form von Dreckklumpen sechs Schritte hinter sich gestapelt hatten.

Mike warf als erster und traf Bob McKown direkt über der Gürtellinie am Rücken. Dann stürzten sich die sechs Jungs in einen Nahkampf, bewarfen einander mit Dreckklumpen, versuchten beim Werfen die Gesichter zu schützen und wälzten sich schließlich auf der Kuppe des kegelförmigen Hügels herum. Kevin und Daysinger und Dale waren als erste gekippt und zehn Meter bröckelnden Hang hinuntergerollt. Kevin rappelte sich als erster auf und rannte zur Munition am Hang, aber McKown bombardierte ihn mit Klumpen, bis Mike den kleineren Jungen von hinten packte und die beiden an der Reihe waren, den Hügel hinunterzupurzeln und eine Staubwolke aufzuwirbeln.

Fünfzehn Minuten lang hieß es König der Berge, wobei die Verteidiger des höhergelegenen Geländes den Berg hinabgezwungen wurden und sich dann bemühten, ihn zurückzuerobern, normalerweise im Hagel von Dreckklumpen.

Nachdem sie hinabgerungen worden waren, wichen Daysinger und McKown zum Rand des Steinbruchsees zurück und warfen aus sicherer Entfernung, aber das König der Berge-Fieber führte dazu, daß unter Mikes Truppe eine Meuterei ausbrach, wodurch es bald jeder gegen jeden hieß.

Dale bekam einen Klumpen in den Solarplexus, worauf er drei Minuten am Boden saß und nach Luft rang, das Treiben ringsum aber ohne Rücksicht auf Verluste weiterging. Dann stürzte Mike, als er den Hügel hinunterpurzelte, über einen halb vergrabenen Stein und holte sich eine Schnittwunde über der Braue; der Schnitt war nicht tief, aber die Menge Blut beeindruckend. Daysinger hob den Kopf gerade so lange über die Kuppe, daß er einen Klumpen aus kurzer Entfernung voll in den Mund bekam. Er zog sich laut fluchend zum Fuß des Hügels zurück und ging ein paar Minuten lang mit beiden Händen vor dem Mund herum, bis er sicher war, daß er keine Zähne verloren hatte. Dann wischte er sich den Sand von der geplatzten Unterlippe und setzte mit blut- und sandverklebtem Kinn erneut zum Angriff an. Kevin befand sich unmittelbar hinter seinem ehemaligen Anführer, als Mike ausholte, um einen Klumpen zu werfen, und Kev bekam seine Faust direkt an die Stirn. Das Geschehen kam einen Moment zum Erliegen, während die anderen Jungs auf dem Berg neugierig beobachteten, aber Grumbacher nutzte den Vorfall zu einer komischen Einlage, verdrehte die Augen, taumelte in immer kleineren Kreisen, bis seine Beine nachgaben und er mit steifen Beinen wie eine Leiche den Hügel hinunterrutschte. Die anderen Jungs lachten und spendeten Beifall, indem sie Dreckklumpen auf ihn niederregnen ließen.

Lawrence destillierte die Essenz aus dem Spiel.

Eine strahlende, glorreiche Minute war er als einziger auf dem Gipfel, als die rangelnden älteren Jungs allesamt hinunterrutschten. Lawrence stand mit hoch über dem Kopf ausgebreiteten Armen auf der Gipfelkuppe und rief: »Ich bin König!«

Es folgte ein Augenblick respektvollen Schweigens, dann drei Salven Dreckklumpen. Mindestens sechs oder sieben trafen. Lawrence hatte im letzten Augenblick das Gesicht abgewendet, aber aus seinen verdreckten Kleidungsstücken stob tatsächlich Staub, als er getroffen wurde, die Aufschläge zogen sich über seinen Rücken und die Beine wie Maschinengewehrfeuer und rissen ihm die Baseballmütze vom Kopf.

»He!« rief Dale und bat die anderen winkend um einen Waffenstillstand. Lawrence war in der Haltung erstarrt, in der er getroffen worden war, und Dale wußte, wenn er anfing zu weinen, tat es ihm *wirklich* weh.

Lawrence machte eine langsame, anmutige Pirouette, wobei immer noch Staub der Treffer ringsherum von ihm aufwirbelte, und fiel nach vorne.

Eigentlich *fiel* er nicht nach vorne; er warf sich mit der ›Sterbender Schwan‹-Grazie eines sterbenden Cowboy-Stuntman nach vorne, machte einen vollen Salto in der Luft, bevor er wieder auf dem Boden landete, und schnellte dann in einem neuerlichen Todeszucken empor. Er hatte die Gliedmaßen weit, schlaff und sterbend von sich gestreckt. Die anderen Jungs wichen zurück, als der fliegende, zukkende Körper an ihnen vorbeihüpfte, auf dem flachen Gelände am Teichufer ausrollte und mit einem über das Wasser ausgestreckten Arm liegenblieb.

»Mann«, sagte Kevin. Die anderen drückten johlend Begeisterung aus.

Lawrence stand auf, strich sich Staub von Kleidung und Bürstenschnitt und verbeugte sich knapp.

Von nun an, die nächsten paar Stunden bis sich der Nachmittag im Wald zum Abend schwächte, starben die Jungs. Sie stellten sich abwechselnd auf den Gipfel, während die anderen Dreckklumpen warfen. Wenn sie getroffen wurden, ging das Sterben los.

Kevins Sterben war unbeschreiblich komisch, wenn auch steif. Er war wie ein altersschwacher Schauspieler, der sich hinlegen mußte, nachdem er erschossen worden war. Normalerweise hielt er die

Mütze beim Runterrutschen fest. Daysinger und McKown waren die besten Schreier, sie taumelten mit einem Maximum an Stöhnen, Brüllen und Grunzen dem Ende entgegen. Mike war beim Fallen seltsam anmutig und behielt die Pose am Boden am längsten bei. Auch ein zweiter Klumpenhagel brachte ihn erst dazu, sich zu regen, wenn er es wollte. Dale erntete Beifall, indem er den ersten Todessturz, Faust voraus, ausführte und sich dabei die Haut von der Nase schürfte, als er mit dem Kopf eine Furche in den steilen Hang pflügte.

Aber Lawrence behielt die Krone. Sein letzter *coup de grâce* bestand darin, daß er rückwärts taumelte und eine halbe Minute verschwand – die anderen grollten schon und fragten sich, wo der Balg steckte –, bis er plötzlich nicht laufend, sondern mit Höchstgeschwindigkeit springend über den Gipfel kam. Dale stöhnte regelrecht und spürte, wie ihm das Herz in der Brust hüpfte, als er sah, wie sein Bruder zehn Meter über ihm buchstäblich in die Luft sprang. Sein erster Gedanke war: *Herrgott, er wird sterben.* Darauf folgte unverzüglich der zweite Gedanke: *Mama wird mich umbringen.*

Lawrence starb nicht. Nicht ganz. Der Sprung war so kräftig und weit, daß Lawrence bis in den Teich des Steinbruchs getragen wurde – er verfehlte den harten Rand um fünf Zentimeter –, und das hochspritzende Wasser machte McKown und Kevin naß.

Dieses Ende des Teichs war das flachste – an dieser Stelle kaum anderthalb Meter tief –, daher hatte Dale schon Schreckensvisionen, wie sein kleiner Bruder mit im Uferschlamm steckendem Kopf sterben würde. Dale zog das T-Shirt hoch, um ihn zu retten, und dachte mit einem Teil seines Verstandes schon würgend daran, wie er dem kleinen Aas Mund-zu-Mund-Beatmung verpassen mußte, als Lawrence zur Oberfläche geschnellt kam und seinen Überbiß in einem breiten Grinsen sehen ließ.

Diesmal war der Applaus echt.

Nun mußten alle den Todessprung versuchen, wie Kev ihn nannte. Als Dale ihn ausführte, schaffte er ihn erst nach drei Fehlstarts und auch nur, weil es kein Zurück gab, da die anderen unten zusahen. Der Teich war *so weit* weg. Selbst mit den langen Beinen eines Sechstkläßlers mußte man verdammt schnell den Berg hinauflaufen, über die Kuppe stürmen und genau mit dem richtigen Schwung abspringen, wenn man über das harte Ufer unten hinauskommen wollte. Dale hätte es niemals versucht – keiner der anderen Jungs –, wenn er nicht selbst gesehen hätte, daß es möglich war. Dale mußte seinem kleinen Bruder insgeheim grollende Bewunderung zollen, während er sich selbst überraschte, als er beim vierten Versuch tatsächlich sprang.

Ein paar Sekunden flog Dale Stewart, schien acht Meter über den Köpfen seiner Freunde zu schweben, noch auf einer Ebene mit dem

Gipfel ihres kleinen Bergs, und der Teich war unendlich weit entfernt hinter einer Schlammfläche, die die Sonne so hart wie Beton getrocknet hatte. Dann gedachte die Schwerkraft seiner, und er stürzte mit rudernden Armen und Beinen ab, als wollte er die Luft treten ... war überzeugt, er würde es schaffen ... und dann völlig sicher, daß er es *nicht* schaffen würde ... und dann hatte er es geschafft, um Zentimeter, und das grüne und lauwarme Wasser des Steinbruchteichs war um ihn und über ihm und drang ihm in die Nase; er stieß sich mit gekrümmten Beinen vom schlingpflanzenübersäten Boden ab und war wieder in Luft und Licht und schrie vor lauter Hochstimmung, während die anderen Jungs johlten und applaudierten.

Kevin ging als letzter – er ließ die anderen zehn Minuten warten, während er viel Getue und Gepluster vollführte, sich mehrmals die Schnürsenkel band, die Windrichtung prüfte und eine kleine Rampe aufwarf, ehe er schließlich wie eine Kanonenkugel über den Gipfel schoß, von seinem Sprung am weitesten getragen wurde und über einen Meter vom Ufer entfernt ins Wasser klatschte – mit zusammengekniffenen Beinen und zugehaltener Nase. Kev hatte als einziger genug Verstand gehabt, Jeans und T-Shirt auszuziehen, er hatte zum Sprung nur Boxershorts und Turnschuhe an.

Er kam grinsend zur Oberfläche. Die anderen johlten und applaudierten und warfen seine Jeans und das T-Shirt und die Socken in den Teich. Kevin fluchte auf deutsch, als er herauskam, und sah kaum hin, als Lawrence seinen sechsten Sprung machte und diesmal einen vollen Salto hinlegte, ehe er ins Wasser eintauchte.

Da sie schon naß waren, liefen die Jungs auf quietschenden Tennisschuhen um den Steinbruch herum und gingen richtig schwimmen; auf der anderen Seite sprangen sie von den zweieinhalb Meter hohen Klippen in den tieferen Teil des Sees. Normalerweise schwammen sie hier nicht – wegen zu vieler Mokassinschlangen und elterlicher Sorge wegen dem ›bodenlosen Steinbruch‹ warteten sie normalerweise, bis jemand sie zum Hartley's Pond an der Oak Hill Road fuhr –, daher war der spätnachmittägliche Ausflug ins kühle Naß um so reizvoller.

Hinterher ließen sie sich eine Weile am Ufer trocknen – wobei Dale richtiggehend eindöste und mit einem Ruck wieder wach wurde und hochschreckte –, dann bildeten sie Mannschaften und spielten wieder Verstecken im Wald. Mike betrachtete lächelnd die Meute Jungs, deren Kleidungsstücke in seltsamen Winkeln festgetrocknet waren. »Wer ist bei mir?«

Es stellte sich heraus, daß Lawrence und McKown bei ihm waren. Dale und Gerry und Kev gaben ihnen fünf Minuten Vorsprung – die sie bestimmten, indem sie nach Pfadfinderart bis dreihundert zählten –, ehe sie in den Wald stürzten, um sie zu suchen. Dale wußte in stillschweigender Übereinstimmung, daß Mike und Lawrence keines ihrer geheimen Lager als Versteck benützen würden.

Sie jagten einander noch einmal anderthalb Stunden oder so durch den Wald, wechselten die Mannschaften, wie es ihnen gerade in den Sinn kam, tranken dazwischen ab und zu Wasser aus der Flasche, die McKown mitgebracht und am Teich nachgefüllt hatte – auch wenn die grünliche Färbung Kevin nicht behagte –, und beendeten den Ausflug, indem sie gemeinsam nach Hause gingen und die erste halbe Meile auf der Gypsy Lane an der Südseite des Steinbruchs zurückschlenderten.

Die Räder standen am Zaun, wo sie sie zurückgelassen hatten. Die Sonne war eine aufgeblähte rote Kugel und hing dicht über den Maisfeldern des alten Johnson im Westen. Die Luft schimmerte vor Abenddunst, Pollen, Staub und Feuchtigkeit, aber irgendwie sah der Himmel endlos und durchscheinend aus, während sich das Blau anschickte, zur Dämmerung hin nachzudunkeln.

»Der letzte beim Black Tree ist ein Homo«, sagte Gerry Daysinger und startete sofort durch, indem er auf der festgestampften Schotterstraße in die Pedale stieg, die sich in den Schatten am Fuß des Hügels hinabsenkte.

Die anderen brüllten und versuchten ihn einzuholen, brausten den Hügel hinab und mit Höchstgeschwindigkeit durch die Dunkelheit unten, spürten die kühlere Luft beim Bach, die durch ihre Bürstenschnitte strich, dann stellten sie sich auf den Rädern auf und strampelten den steilen gegenüberliegenden Hang hinauf. Wäre ein Auto über die Anhöhe bei der Black Tree Tavern gekommen, hätten die Jungs in den tieferen Kies außerhalb der Fahrspuren lenken müssen und aufgeschürfte Knie und zerrissene Kleidung wäre fast unvermeidlich gewesen. Das war ihnen einerlei. Sie fuhren, was das Zeug hielt, und verstummten schließlich, weil sie die Puste für die letzten zwanzig Meter brauchten, und alle schnauften und keuchten, als sie die flache Stelle bei der Zufahrt zur Tavern erreichten.

Mike wurde Sieger. Er sah zurück und grinste, dann senkte er den Kopf und setzte das Rennen bis zur Jubilee College Road fort, die mehrere hundert Meter weiter vorne anfing.

Sie entspannten sich, als sie nach Westen Richtung Elm Haven fuhren, die sechs in zwei Dreiergruppen nebeneinander, und Lawrence war der erste, der die Hände von der Lenkstange nahm und sich mit verschränkten Armen, aber immer noch strampelnd zurücklehnte. Dann fuhren alle sechs freihändig zwischen den aufragenden Mauern aus Mais dahin.

Dale sah nicht einmal zur Seite, als er an der Stelle vorbeikam, wo der Zaun nach Duane McBrides beinahe fatalem Unfall repariert worden war. Immer noch waren aufgeworfene Reifenspuren im Straßengraben zu sehen, und der Mais war Meter über den Zaun hinaus zerquetscht, aber Dale sah nicht hin – er sah nach Westen, wo die Sonne die Baumreihen von Elm Haven krönte.

Dale war müde, hatte ein Dutzend schmerzende Prellungen und Muskelkater, Kratzer an den Armen und Beinen, Abschürfungen von den jetzt steifen Jeans, war ausgetrocknet bis zum Punkt von trockenen Lippen und Kopfschmerzen und ausgehungert, weil er seit dem Frühstück vor dreizehn Stunden nichts Richtiges mehr gegessen hatte. Er fühlte sich großartig.

Der Eindruck von Alpträumen und umfassender Dunkelheit, den er empfand, seit die Schule zu Ende gegangen war, schien sich heute verzogen zu haben. Der Schrecken von C. J. und seinem Gewehr war dahin. Dale war froh, daß er und Mike und die anderen stillschweigend beschlossen hatten, die alberne Sache mit Tubby und Old Central sein zu lassen.

Der Sommer war so, wie er sein sollte.

Die sechs Jungen griffen wieder nach den Lenkstangen, als sie vom Schotter auf den abkühlenden, aber immer noch weichen Asphalt am Anfang der First Avenue kamen. Dale sah die Bäume vor Mikes Haus an der Kreuzung ein Stück entfernt an der Straße, ebenso flüchtig die Rückfassade seines eigenen Hauses jenseits der weiten Rasenflächen und Spielfelder des Stadtparks.

McKown und Daysinger winkten und fuhren weiter – sie hatten es eilig, zu ihrem wie auch immer gearteten Ziel zu gelangen. Dale und Kev und Mike und Lawrence legten die letzten fünfzig Meter bei relativer Dunkelheit unter den ersten der hohen Bäume von Elm Haven zurück.

Dale war glücklich, als sie Mike zum Abschied winkten und entspannt die Depot Street entlang in Richtung nach Hause strampelten. So sollte der Sommer sein. So *würde* er sein.

Dale hatte sich noch nie so geirrt.

14

Duanes Alter war den Rest der Woche nüchtern. Das war nicht gerade ein Rekord, aber es machte Duanes erste Woche der Sommerferien viel glücklicher.

Am Donnerstag, dem neunten Juni, dem Tag nach dem Ausflug zur Bibliothek der Bradley-Universität, hatte Onkel Art angerufen und die Nachricht hinterlassen, daß er nach Duanes Glocke suche – keine Bange, er würde etwas darüber herausfinden. Später am Abend rief er noch einmal an, sprach persönlich mit Duane und erzählte ihm, er habe den Bürgermeister von Elm Haven angerufen – Ross Catton –, aber weder der Bürgermeister noch ein anderer, mit denen Art gesprochen hatte, konnten sich an eine Glocke erinnern. Er hatte sogar Miß Moon gefragt, die Bibliothekarin, die ihre Mutter gefragt und dann zurückgerufen hatte. Miß Moon sagte, ihre Mutter habe nur verneinend den Kopf geschüttelt, wäre angesichts der Frage aber ziemlich aufgeregt geworden. Freilich, fügte sie hinzu, wurde ihre Mutter neuerdings bei einer ganzen Menge Dinge aufgeregt.

An diesem Abend kam der Alte von einem Ausflug zum A & P zurück – Duane hatte den Atem angehalten und abgewartet, ob das A & P wirklich das Ziel gewesen war –, aber der Alte kam nüchtern herein, und als sie Mehl und Konservendosen verstauten, sagte er: »Oh, ich habe übrigens von Mrs. O'Rourke gehört, daß eine Klassenkameradin von dir gestern verhaftet worden ist.«

Duane hielt, eine schwere Dose rote Bohnen in der rechten Hand, mitten in der Bewegung inne. Er schob mit der freien Hand die Brille hoch. »Echt?«

Der Alte nickte, leckte sich die Lippen und kratzte sich die Wangen, wie er es immer machte, wenn er nüchtern war und Schmerzen hatte. »Ja, jemand namens Cordie. Mrs. O'Rourke hat gesagt, sie wäre ihrem Sohn Mike ein Jahr voraus.« Er sah zu Duane auf. »Damit müßte sie in deiner Klasse sein, richtig?«

Duane nickte.

»Wie auch immer«, fuhr der Alte fort. »Sie ist nicht richtig festgenommen worden. Barney hat sie erwischt, wie sie mit einer geladenen Schrotflinte in der Hand in der Stadt herumspaziert ist. Er hat sie ihr weggenommen und sie nach Hause gebracht. Sie wollte nicht sagen, was sie vorhatte, nur, daß es etwas mit ihrem Bruder zu tun habe, Tubby.« Er kratzte sich an der Wange und schien überrascht, daß er sich heute rasiert hatte. »Ist Tubby nicht der Junge, der vor ein paar Tagen weggelaufen ist?«

»Ja.« Duane stapelte weiter Konservendosen.

»Hast du eine Ahnung, warum seine Schwester mit einer Schrotflinte in der Stadt herumspaziert?«

Duane hielt wieder inne. »Hinter wem war sie her?«

Der Alte zuckte die Achseln. »Nellie O'Rourke hat gesagt, der Rektor – wie heißt er doch gleich? –, Mr. Roon, hätte Barney angerufen und sich beschwert. Er sagte, das Mädchen würde vor der Schule und seinem Zimmer mit einem Gewehr herumlungern. Warum sollte das Mädchen so etwas tun?«

Duane nickte. Ihm wurde klar, daß der Alte neugierig war und hier stehenbleiben würde, bis er zumindest *eine* Bemerkung aus seinem Sohn herausgelockt hatte, daher stellte er die restlichen Dosen auf das Regal, drehte sich auf seinem Stuhl um, auf dem er stand, und sagte: »Cordie ist ganz in Ordnung, aber sie spinnt ein bißchen.«

Der Alte blieb noch einen Moment lang stehen und nickte, als würde er die Antwort akzeptieren, dann ging er in seine Werkstatt.

Am Freitag kehrte Duane nach Oak Hill zurück und brach schon bei Sonnenuntergang auf, damit er am frühen Vormittag wieder daheim sein konnte. Er wollte die Bücher und Zeitungen dort mit den Notizen abgleichen, die er sich in der Universität gemacht hatte, aber es gab nichts Neues. Der Artikel in der *New York Times* über die Party zu Ehren der Glocke im Jahre 1876 war interessant – ein externer Beweis, daß das Ding außerhalb von Elm Haven tatsächlich existierte –, aber andere Hinweise darauf konnte er nicht finden. Er versuchte, von der dortigen Bibliothekarin die Telefonnummer der Ashley-Montagues zu bekommen und sagte, er könne seinen Aufsatz für die Schule nicht beenden, wenn er nicht die Bücher der Historischen Gesellschaft einsehen konnte, die der Familie vererbt worden waren, aber Mrs. Frazier sagte, sie habe keine Ahnung, wie die Nummer war – reiche Familien hatten immer eine Geheimnummer, was, wie Duane herausfand, zumindest bei *dieser* reichen Familie zutraf –, dann strich sie Duane verspielt über den Kopf und sagte: »Es ist sowieso nicht gesund, in den Sommerferien Schularbeiten zu machen. Und jetzt raus mit dir an die frische Luft, zieh dir etwas Leichteres an und geh spielen! Wirklich, deine Mutter sollte dir andere Sachen zurechtlegen – man stelle sich vor, bei Temperaturen über dreißig Grad heute.«

»Ja, Ma'am«, hatte Duane gesagt, die Brille genommen und war gegangen. Er kam rechtzeitig nach Hause, daß er dem Alten helfen konnte, vier Schweine zu verladen und zum Markt nach Oak Hill zu fahren. Duane seufzte, als er sah, wie sein vierstündiger Ausflug in zehn Minuten mit dem Auto zu bewerkstelligen war. Nächstes Mal würde er sich nach den Plänen des Alten erkundigen, bevor er wieder zu Fuß aufbrach.

Am Samstag war in der zweiten Gratisvorstellung des Sommers *Herkules* zu sehen, ein älterer Film, den Mr. Ashley-Montague offenbar von einer Autokinovorstellung mit drei Spielfilmen in Peoria zurückbehalten hatte. Duane besuchte die Gratisvorstellungen selten, und zwar aus demselben Grund, weshalb er und der Alte einen Fernseher besaßen, den sie nie einschalteten – in erster Linie fanden sie Bücher und Rundfunksendungen anregender für die Fantasie als Filme und Fernsehserien.

Aber Duane mochte Filme mit italienischen Muskelmännern. Und auch die Synchronisation gefiel ihm: Der Schauspieler bewegte zwei Minuten wie von Sinnen die Lippen, aber von der Tonspur kamen nur ein paar Silben. Außerdem hatte Duane einmal gelesen, daß ein alter Mann in einem Studio in Rom sämtliche Geräuscheffekte für diese Filme machte – Schritte, Schwertkämpfe, Pferdehufe, ausbrechende Vulkane, *rein alles* –, und dieser Gedanke versetzte ihn regelrecht in Verzückung.

Aber nicht aus diesem Grund ging er am Samstagabend in die Stadt. Duane wollte mit Mr. Ashley-Montague sprechen, und dies war die einzige Möglichkeit, wie er ihn erwischen konnte.

Duane hätte seinen Vater gebeten, ihn zu fahren, aber der Alte hatte nach dem Abendessen angefangen, mit einer seiner Lernmaschinen zu experimentieren, und Duane wollte das Schicksal nicht herausfordern, indem er um eine Fahrt in die Stadt bat, die an Carl's Tavern vorbeiführen würde.

Der Alte lötete und blickte nicht auf, als Duane ihm sagte, wohin er ging. »In Ordnung«, sagte er mit einem Gesicht, das hinter Rauch vom Schaltbrett verborgen war, »aber geh nicht zu Fuß nach Hause, wenn es dunkel ist.«

»Okay«, sagte Duane und fragte sich, was der Alte für Vorstellungen haben mochte, *wie* er nach Hause kommen sollte.

Wie sich herausstellte, mußte er nicht den ganzen Weg gehen. Er war gerade am Haus von Dales Onkel Henry vorbeigekommen, als der Laster mit Onkel Henry und Tante Lena aus der Einfahrt stieß.

»Wohin des Weges, Junge?« Onkel Henry kannte Duanes Namen, nannte aber jeden Mann unter vierzig ›Junge‹.

»In die Stadt, Sir.«

»Zur Gratisvorstellung?«

»Jawoll, Sir.«

»Spring rein, Junge!«

Tante Lena hielt die Tür des alten International-Lasters auf, und Duane kletterte hinein. Es war eng.

»Ich kann gerne hinten mitfahren«, sagte Duane, der merkte, daß er die Hälfte der gepolsterten Sitzbank einnahm.

»Papperlapapp«, sagte Onkel Henry. »Ist gemütlicher so. Halt dich fest!« Der Laster begann die Achterbahnfahrt des ersten Hügels, ratterte durch die Dunkelheit in der Sohle und kletterte den Gipfel des Hügels hinauf, wo der Friedhof Calvary lag.

»Fahr rechts, Henry«, sagte Tante Lena. Duane stellte sich vor, daß die alte Dame das jedesmal gesagt hatte, wenn sie diese Strecke gefahren waren – also jedesmal, wenn sie in die Stadt oder fast überall sonstwo hin gefahren waren – und fragte sich, wie oft das in sechzig Jahren ergab? Eine Million?

Onkel Henry nickte aufmerksam und blieb, wo er war, nämlich mitten auf der Straße. Er hatte nicht vor, die Spurrillen einem anderen zu überlassen. Hier oben war es heller, obwohl die Sonne vor zwanzig Minuten untergegangen war. Auf der unebenen Fahrbahn hier oben ratterte der Laster noch lauter, dann dröhnte er in die Dunkelheit unter den Bäumen über dem Leichenbach. Auf beiden Seiten leuchteten Glühwürmchen vor dem schwarzen Wald. Das Unkraut am Straßenrand war von der Staubschicht des ganzen Tages bedeckt und sah wie Albinomutationen aus.

Als sie Richtung Wasserturm fuhren, betrachtete Duane Henry und Lena Nyquist von der Seite. Sie waren beide Mitte siebzig – Duane wußte, daß sie in Wirklichkeit Dales Uronkel und -tante mütterlicherseits waren –, aber *alle* in Creve Coeur County nannten sie Onkel Henry und Tante Lena. Sie waren ein attraktives Paar und hatten diese typisch skandinavische Freiheit von allen verwüstenden Alterserscheinungen an sich. Tante Lenas Haar war weiß, aber dicht und lang, ihr Gesicht wies unter allen Fältchen noch feste, rosige Wangen auf. Ihre Augen waren strahlend. Onkel Henry hatte einiges Haar verloren, aber eine Locke hing ihm immer noch in die Stirn und verlieh ihm ein Aussehen, welches man nur als das eines schalkhaften Jungen bezeichnen konnte, der vermutet, daß er demnächst von den Behörden geschnappt wird. Duane wußte von seinem Vater, daß Onkel Henry ein Gentleman alter Schule war, aber nichtdestoweniger bei einem Bier gerne eine zotige Geschichte erzählte.

»Ist das nicht die Stelle, wo du fast überfahren worden bist?« sagte Onkel Henry und deutete auf das Stück Feld, wo die Narben noch deutlich zu sehen waren.

»Jawoll, Sir«, sagte Duane.

»Laß beide Hände am Lenkrad, Henry«, sagte Tante Lena.

»Haben sie den Burschen erwischt, der es war?«

Duane holte Luft. »Nein, Sir.«

Onkel Henry schnaubte. »Ich würde fünf zu eins wetten, daß es dieser Tunichtgut Van Syke gewesen ist. Der Hur . . .« Der alte Mann fing den warnenden Blick seiner Frau auf. »Der Hundesohn hat überhaupt nie für eine Arbeit getaugt, schon gar nicht als Schulhausmeister und Friedhofswärter. Wir können den Winter und einen Teil des Frühlings hinübersehen, und dieser . . . dieser Kerl Van Syke ist *nie* da. Würden nicht jeden Monat die Helfer von St. Malachy's kommen, würde der ganze Friedhof völlig im Unkraut ersticken.«

Duane nickte, da er nichts sagen wollte.

»Psst, Henry«, sagte Tante Lena leise. »Der junge Duane möchte nicht hören, wie du auf Mr. Van Syke schimpfst.« Sie wandte sich an Duane und strich ihm mit der rauhen, runzligen Hand über die Wange. »Wir waren so traurig, als wir das mit deinem Hund gehört haben, Duane. Ich weiß noch, wie wir deinem Daddy geholfen haben, ihn aus dem Wurf von 'Vira Whittackers Hündin auszusuchen, bevor du auf die Welt gekommen bist. Das Hündchen war ein Geschenk für deine Mutter.«

Duane nickte und blickte zum städtischen Spielfeld hinüber, das er so gründlich studierte, als hätte er es noch nie gesehen.

Die Main Street war überfüllt. Die schrägen Parkplätze standen bereits voller Autos, Familien gingen mit ihren Körben und Decken Richtung Bandstand Park. Eine Gruppe Männer saß auf dem hohen Bordstein vor Carl's; sie hielten Flaschen Marke Pabst in den geröteten Händen und unterhielten sich lautstark. Wegen der Menge mußte Onkel Henry ganz unten beim A & P parken. Der alte Mann murrte, daß es ihm nicht gefiel, auf den Klappstühlen zu sitzen, die sie mitgebracht hatten; er wäre lieber im Laster sitzengeblieben und hätte so getan, als wäre er im Autokino.

Duane bedankte sich bei ihnen und eilte zum Bandstand Park. Es war schon so spät, daß er nicht mehr viel Zeit mit Mr. Ashley-Montague verbringen konnte, ehe der Film anfing, aber er wollte ihn wenigstens kurz sprechen.

Dale und Lawrence hatte nicht vorgehabt, zur Gratisvorstellung zu gehen, aber ihr Vater war zu Hause – er hatte sich den Samstag freigenommen, was selten vorkam –, *Rauchende Colts* und alle anderen Abendserien waren Wiederholungen, und beide Elternteile wollten ins Kino gehen. Sie brachten eine Decke und eine große Tüte Popcorn mit und schlenderten durch die sanfte Dämmerung zur Innenstadt. Dale bemerkte ein paar fliegende Schatten über den Bäumen, aber es waren nur Fledermäuse; die Angst der vergangenen Woche schien ein schlechter und ferner Traum zu sein.

Die Vorstellung war überdurchschnittlich besucht. Die Rasenflächen östlich des Pavillons und direkt vor der Leinwand waren fast mit Decken belegt, daher lief Lawrence voraus und besetzte einen Platz unter einer alten Eiche. Dale suchte nach Mike, aber dann fiel ihm ein, daß der heute abend auf seine Großmutter aufpaßte, wie meistens an Samstagen. Kevin und seine Leute kamen nie zur Gratisvorstellung; sie besaßen ein Farbfernsehgerät, eines von nur zweien in der Stadt. Chuck Sperlings Familie hatte das andere.

In der Stille nach dem endgültigen Einbruch der Dunkelheit und vor dem ersten Zeichentrickfilm sah Dale Duane McBride die Stufen zum Musikpavillon hochgehen. Dale murmelte seinen Leuten etwas zu und lief durch den Park, sprang über ausgestreckte Beine und mindestens ein jugendliches Pärchen, das der Länge nach ausgestreckt auf einer Decke lag und miteinander beschäftigt war. Dale sprang auf die oberste Stufe des Pavillons, der normalerweise für Mr. Ashley-Montague und den Vorführer reserviert war, den er mitbrachte, und wollte Duane Hallo sagen, als er feststellte, daß sich der größere Junge mit dem Millionär am Projektor unterhielt. Dale lehnte sich ans Geländer, sagte nichts und hörte zu.

»... und welche Verwendung hättest du für so ein Buch ... wenn es existieren würde«, sagte Mr. Ashley-Montague gerade. Neben ihm hatte ein junger Mann mit Krawatte gerade die Lautsprecher eingestöpselt und fädelte die kurze Spule des Trickfilms ein. Duane war eine breite Silhouette neben dem Wohltäter der Stadt.

»Ich habe doch gesagt, ich schreibe einen Aufsatz über die Geschichte der Old Central-Schule.«

Mr. Ashley-Montague sagte: »Die Schule ist in den Sommerferien geschlossen, junger Mann«, und drehte sich zu seinem Assistenten um. Er nickte, worauf die Leinwand am Parkside Café zu grellem Leben erwachte. Die Menge auf dem Rasen und in den Lastern und Autos zählte lautstark den Countdown mit, als der Zähler von zehn bis eins lief. Ein Tom-und-Jerry-Trickfilm fing an. Der Assistent stellte das Bild scharf und den Ton ein.

»Bitte, Sir«, sagte Duane McBride und ging einen Schritt auf den Millionär zu, »ich verspreche, ich bringe die Bücher unversehrt zurück. Ich brauche sie nur, um meine Recherchen zu beenden.«

Mr. Ashley-Montague setzte sich auf den Klappstuhl, den sein Assistent ihm hingestellt hatte. Dale war noch nie so nahe bei dem Mann gewesen; er hatte sich Mr. Ashley-Montague immer als jungen Mann vorgestellt, aber im Licht von der Seite des Projektors und dem Widerschein von der Leinwand bemerkte er, daß der Millionär mindestens vierzig Jahre alt war. Vielleicht sogar älter. Mit der Krawatte und seiner steifen Kleidung wirkte er älter. Er trug einen weißen Baumwollanzug, der fast im Dunkeln leuchtete.

»Recherchen«, kicherte Mr. Ashley-Montague. »Wie alt bist du, mein Sohn? Vierzehn?«

»Zwölf in drei Wochen«, sagte Duane. Dale hatte nicht gewußt, daß sein Freund im Juli Geburtstag hatte.

»*Zwölf*«, sagte Mr. Ashley-Montague. »Zwölfjährige *recherchieren* nicht, mein Freund. Such dir in der Schulbibliothek, was du für deinen Bericht brauchst.«

»Ich war in der Bibliothek, Sir«, sagte Duane. Obwohl er das Wort ›Sir‹ gebrauchte, konnte Dale keinerlei Unterwürfigkeit in Duanes Stimme erkennen. Es war, als würde ein Erwachsener mit einem anderen sprechen. »Die hatte die erforderlichen Daten nicht. Die Bibliothekarin in Oak Hill hat gesagt, die restlichen Unterlagen der Historischen Gesellschaft des County seien Ihnen vererbt worden. Ich denke, die Veröffentlichungen der Historischen Gesellschaft sollten der Öffentlichkeit immer noch zugänglich sein ... und ich bitte ja nur um ein paar Stunden, damit ich das Material durchsehen kann, das mit Old Central zu tun hat.«

Mr. Ashley-Montague verschränkte die Arme und sah zur Leinwand, wo Tom gerade Jerry verprügelte. Oder vielleicht verprügelte Jerry Tom. Duane konnte die Namen von Katze und Maus nie auseinanderhalten. Schließlich sagte der sitzende Mann: »Und welcher Art ist dein Aufsatz genau?«

Duane schien Luft zu holen. »Die *Porshah*-Glocke«, sagte er schließlich. *Glaubte* Dale ihn sagen zu hören. In diesem Augenblick übertönte ohrenbetäubender Lärm des Zeichentrickfilms fast jeden anderen Laut.

Mr. Ashley-Montague schnellte vom Sessel hoch, packte Duanes Oberarme, ließ sie wieder los und wich zurück, als wäre es ihm peinlich. »So was gibt es nicht«, hörte Dale den Mann unter Maschinengewehrlauten vom Lautsprecher sagen.

Duane sagte etwas, das *wirklich* nicht zu hören war, als ein gigantischer Kanonenschlag unter der Katze explodierte. Sogar Mr. Ashley-Montague mußte sich nach vorne beugen, damit er Duanes Worte hören konnte.

». . . es *gab* eine Glocke«, sagte der Millionär, als Dale wieder hören konnte, »aber die wurde schon vor Jahren entfernt. Vor Jahrzehnten. Ich glaube, schon vor dem Ersten Weltkrieg. Sie war natürlich eine Fälschung. Mein Großvater wurde . . . übertölpelt, sagt man wohl. Aufs Kreuz gelegt. Betrogen.«

»Nun, genau das brauche ich für meinen Aufsatz«, sagte Duane. »Andernfalls müßte ich ein Referat abgeben, in dem steht, daß der derzeitige Aufenthaltsort der Glocke ein Geheimnis ist.«

Mr. Ashley-Montague ging neben dem Projektor hin und her. Der Zeichentrickfilm war vorbei, der Assistent beeilte sich, den Kurzfilm einzulegen – ein Nachrichtenfilm von *20th Century Fox* über die Ausbreitung des Kommunismus, den Walter Cronkite kommentierte. Dale sah auf und erblickte den dunkelhaarigen Reporter, der an einem Schreibtisch saß. Der Kurzfilm war in Schwarzweiß . . . Dale hatte ihn letztes Jahr in einer Sondervorstellung der Schule gesehen. Plötzlich wurde eine Karte von Europa und Asien ganz schwarz, weil sich die kommunistische Bedrohung ausbreitete. Pfeile zeigten nach Westeuropa, China und andere Länder, die Dale nicht einmal kannte.

»Es gibt kein Geheimnis«, sagte Mr. Ashley-Montague brüsk. »Jetzt fällt es mir wieder ein. Großvaters Glocke wurde kurz nach der Jahrhundertwende heruntergeholt und eingelagert. Ich glaube, sie konnte aufgrund von Rissen nicht einmal läuten. Sie wurde aus dem Lager geholt und eingeschmolzen, und das Metall wurde im Ersten Weltkrieg für Rüstungszwecke verwendet.« Er verstummte, drehte sich um und setzte sich wieder, als wäre die Unterhaltung beendet.

»Es wäre toll, wenn ich das aus dem Buch zitieren und vielleicht ein paar der alten Bilder für mein Referat fotokopieren könnte«, sagte Duane.

Der Millionär seufzte wie als Antwort auf das zunehmende Meer kommunistischer Bedrohung auf der Leinwand. Walter Cronkites Stimme dröhnte so laut wie der Tom-und-Jerry-Zeichentrickfilm. »Junger Mann, es *existiert* kein Buch. Doktor Priestmann hat mir einen Berg zusammenhangloses, unsortiertes und nicht gekennzeichnetes Material hinterlassen. Mehrere Kartons voll, wenn ich mich recht entsinne. Ich versichere dir, daß ich sie nicht behalten habe.«

»Könnten Sie mir sagen, wem Sie sie gespendet haben ...«, begann Duane.

»Ich habe sie *nicht* gespendet!« sagte Mr. Ashley-Montague, dessen Stimme fast zu einem Brüllen anschwoll. »Ich habe sie verbrannt. Ich habe die Arbeiten des guten Professors unterstützt, aber *ich* hatte keine Verwendung dafür. Ich versichere dir, es gibt keinen geheimnisvollen Band, der deine Nachforschungen vervollständigen würde. Zitiere *mich,* junger Mann. Die Glocke war ein Fehler ... einer von vielen weißen Elefanten, die mein Großvater von seinen Flitterwochen in Europa mitgebracht hat ... sie wurde um die Jahrhundertwende aus Old Central entfernt, in einem Lagerhaus eingelagert ... irgendwo in Chicago, glaube ich ... und 1917 oder so eingeschmolzen, als wir in den Krieg eingegriffen haben. Und *das ist alles.*«

Der Film von *20th Century Fox* war zu Ende, der Assistent legte hastig die erste große Spule von *Herkules* ein, mehrere Köpfe sahen zum Pavillon hoch, als Mr. Ashley-Montagues Stimme durch die relative Stille dröhnte.

»Wenn ich nur ...«, begann Duane.

»Es gibt kein ›Nur‹«, zischte der Millionär. »Die Unterhaltung ist beendet, junger Mann. Es existiert keine *Glocke.* Und *das ist alles.*« Er deutete mit einer, wie Dale fand, femininen Geste der Hand zur Treppe des Pavillons. Eine zweite Geste rief den Assistenten herbei – der Film begann wieder mit einem brüllenden Countdown der Menge –, und Duane sah sich einem einsachtzig großen Mann mit hochgekrempelten Ärmeln gegenüber. Der Assistent hätte ein Butler, Leibwächter oder Platzanweiser in einem von Mr. Ashley-Montagues Kino sein können; Dale wußte es nicht.

Duane schien die Achseln zu zucken und wandte sich ab; er ging die Treppe viel langsamer hinunter, als Dale getan haben würde, hätte ein Erwachsener *ihn* angeschrien. Dale wußte, er würde in der hinteren Ecke des Pavillons im Schutz der Dunkelheit nicht zu sehen sein, sprang aber trotzdem vom Geländer herunter, landete einen Meter zwanzig tiefer und wäre beinahe über Onkel Henry und Tante Lena gestolpert, als er landete.

Er lief, damit er Duane einholte, aber der schwere Junge hatte den Park bereits verlassen, ging mit den Händen in den Taschen die Broad Avenue entlang, pfiff eine Melodie und hatte offenbar die Ruine des alten Herrenhauses der Ashleys zwei Blocks südlich als Ziel. Dale hatte keine Angst mehr vor der Nacht – diesen Unsinn hatte er *hinter sich* –, aber er wollte eigentlich nicht in der Dunkelheit unter den alten Ulmen gehen. Außerdem ertönten Musik und synchronisierte Dialoge hinter ihm, und er wollte *Herkules* sehen.

Dale drehte sich wieder zum Park um und überlegte sich, wenn er heute abend nicht mehr mit Duane sprechen konnte ... nun ... dann würde er in den nächsten paar Tagen mit ihm sprechen. Kein Grund zur Eile. Es war Sommer. Und es waren Ferien.

Duane ging auf der Broad Avenue nach Westen und war so aufgeregt, daß er sich nicht auf den Film konzentrieren konnte. Der Schatten des Laubs fiel dunkel auf die Straße. Straßenlaternen, die südlich verliefen, wurden von Zweigen und Blättern verdeckt. Im Norden lag eine einzige Zeile kleiner Häuser, deren schmucklose Vorgärten ineinander übergingen und in Unkraut ausliefen, wo die Eisenbahnschienen sich nach Süden krümmten und zwischen den Maisfeldern verschwanden, wo die Straße aufhörte. Nur das alte Anwesen der Ashley-Montagues, das die Leute immer noch Villa Ashley nannten, lag am Ende dieses dunklen Weges.

Duane betrachtete die gekrümmte Einfahrt, die durch überhängende Zweige und ungeschnittene Hecken zu einem Tunnel gemacht wurde. Von dem Haus war wenig übrig, abgesehen von den verkohlten Überresten zweier Säulen und dreier Kamine sowie ein paar schwarzen Balken, die in den Keller gestürzt waren, wo es von Ratten wimmelte. Duane wußte, Dale und die anderen Jungs machten oft ein Spiel daraus, diese Einfahrt entlangzufahren, an der vorderen Veranda vorbei, wo sie sich weit hinaus lehnten, damit sie die Säulen oder Verandastufen berühren konnten, ohne abzusteigen oder zu bremsen. Aber es war sehr dunkel – nicht einmal Glühwürmchen glommen in den buschigen Tiefen der kreisförmigen Einfahrt. Lärm und Licht und die Menschenmenge der Gratisvorstellung lagen zwei Blocks hinter ihm und wirkten durch die dazwischenliegenden Bäume noch weiter entfernt.

Duane hatte keine Angst vor der Dunkelheit. Eigentlich nicht. Aber heute hatte er kein Interesse daran, diese Einfahrt entlangzuschlendern. Er ging pfeifend einen Kiesweg hinunter, der sich mit den neuen Straßen kreuzte, wo Chuck Sperling lebte.

Hinter ihm in der Dunkelheit, wo die Einfahrt am dichtesten zugewuchert war, regte sich etwas, bewegte Zweige und wuselte um die Peripherie eines vergessenen Springbrunnens herum, der sich auflöste zwischen Unkraut und Verfall.

15

Sonntag, der 12. Juni, war warm und dunstig, eine Wolkendecke verwandelte den Himmel in eine über das Land gestülpte graue Schüssel. Um acht Uhr lag die Temperatur schon bei fünfundzwanzig Grad, gegen Mittag waren es über dreißig. Der Alte stand früh auf und ging auf die Felder, daher verschob Duane die Lektüre der *New York Times,* bis ein Teil der Arbeit getan war.

Er ging die Bohnenreihen hinter der Scheune entlang und riß das Unkraut aus, das dort wuchs – als er das Auto sah, das in die lange Einfahrt einbog. Zuerst dachte er, es wäre Onkel Art, aber dann wurde ihm klar, daß es ein kleineres weißes Auto war. Dann sah er das rote Licht auf dem Dach.

Duane kam aus dem Feld und wischte sich das Gesicht mit einem Zipfel seines offenen Hemdes ab. Es war nicht Barneys Constableauto; auf der Fahrertür stand in grünen Buchstaben CREVE COEUR COUNTY SHERIFF. Ein Mann mit schmalem, braungebranntem Gesicht, dessen Augen hinter einer spiegelnden Fliegerbrille verborgen waren, sagte: »Ist Mr. McBride da, Junge?«

Duane nickte, ging zum Rain des Bohnenfeldes, steckte zwei Finger in den Mund und pfiff laut. Er sah, wie die ferne Silhouette seines Vaters innehielt, sich aufrichtete und näherkam. Duane rechnete fest damit, daß Wittgenstein aus der Scheune gehinkt kommen würde.

Der Sheriff stieg aus seinem Auto: ein großer Mann, stellte Duane fest, mindestens einsfünfundachtzig. Möglicherweise mehr. Er setzte den breitkrempigen Sheriffshut auf, und der Gesamteindruck der Größe des Mannes, des kantigen Kiefers, der Sonnenbrille, des Pistolengürtels und der Lederstiefel erinnerte Duane an ein Rekrutierungsplakat. Die Wirkung wurde von den dunklen, vollgesogenen Halbmonden aus Schweiß unter den Armen des Khakihemds nur unwesentlich getrübt.

»Stimmt was nicht?« fragte Duane und überlegte, ob Mr. Ashley-Montague möglicherweise einen Polizisten auf ihn angesetzt hatte. Der Millionär war am Abend zuvor sichtlich aufgewühlt gewesen und nicht mehr bei der Gratisvorstellung anwesend, als Duane zurückgekehrt war, um mit Onkel Henry und Tante Lena nach Hause zu fahren.

Der Sheriff nickte. »Fürchte ja, Junge.«

Duane stand da, während ihm Schweiß vom Kinn tropfte, bis der Alte die letzten zehn Meter die Reihe entlangkam.

»Mr. McBride?« sagte der Sheriff.

Der Alte nickte und wischte sich mit einem Taschentuch über das Gesicht, wobei eine sandige Schliere in den grauen Stoppeln zurückblieb. »Ganz recht. Und wenn es um das gottverdammte Telefon geht, ich habe Ma Bell klipp und klar gesagt . . .«

»Nein, Sir. Es geht um einen Unfall.«

Der Alte erstarrte, als wäre er geschlagen worden. Duane sah seinem Vater ins Gesicht, erblickte ein Zögern, das nur für einen Augenblick anhielt, und dann die Wucht der Gewißheit. Nur ein lebender Mensch hatte den Namen des Alten auf einer ›Im Falle eines Unfalls‹-Karte in der Brieftasche.

»Art«, sagte der Alte. Es war keine Frage. »Ist er tot?«

»Ja, Sir.« Der Sheriff rückte seine Brille fast im selben Augenblick zurecht, als Duane selbst den Bügel seiner Brille mit dem Mittelfinger berührte.

»Wie?« Die Augen des Alten schienen auf etwas im Feld hinter dem Sheriff zu sehen. Oder gar nichts.

»Autounfall. Vor etwa einer Stunde.«

»Wo?« Der Alte nickte unmerklich, als hätte er so eine Nachricht erwartet. Duane kannte das Nicken, wenn sie gemeinsam Radio hörten oder der Alte über Korruption in der Politik sprach.

»Jubilee College Road«, sagte der Sheriff, dessen Stimme fest, aber nicht so tonlos wie die des Alten klang. »Stone Creek Bridge. Etwa zwei Meilen von . . .«

»Ich weiß, wo die Brücke ist«, unterbrach ihn der Alte. »Art und ich sind dort immer schwimmen gegangen.« Seine Augen wurden wieder etwas klarer, er wandte sich an Duane, als wollte er etwas sagen, etwas tun. Statt dessen drehte er sich wieder zum Sheriff um. »Wo ist er?«

»Als ich weggefahren bin, haben sie den Leichnam gerade abtransportiert«, sagte der Sheriff. »Ich bring Sie hin, wenn Sie wollen.«

Der Alte nickte und stieg auf der Beifahrerseite des Sheriffsautos ein. Duane sprang auf den Rücksitz.

Das ist nicht wahr, dachte er, als sie am Haus von Onkel Henry und Tante Lena vorbeifuhren, mit mindestens siebzig Meilen über den ersten Hügel donnerten und am Friedhof vorbeirasten. Duane stieß sich fast den Kopf an der Decke an, als sie wieder in den Wald hinunterfuhren. *Er wird uns auch umbringen.* Das rasende Auto des Sheriffs schleuderte Staub und Kies zehn Meter in den Wald. Als sie zum Black Tree fuhren, waren sämtliche Bäume, Unkräuter, Büsche und Zweige am Straßenrand grauweiß, wie mit pulverisierter Kreide überzogen. Duane wußte, es war nur Staub der anderen Fahrzeuge, aber als er das graue Laub und den grauen Himmel sah, mußte Duane an den Hades denken, an die Schemen der Toten, die im grauen Nichts warteten, an die Szene, die ihm Onkel Art vorgelesen hatte, als er noch sehr klein war, wie Odysseus in den Hades hinabgestiegen war und dem grauen Nebel getrotzt hatte, um den Schatten seiner Mutter und ehemaligen Kampfgefährten gegenüberzutreten.

Der Sheriff hielt nicht am Stopschild an der Kreuzung County Six und Jubilee College Road, sondern raste kontrolliert schlitternd auf den festgefahrenen Kies. Duane merkte, daß das Licht über ihren Köpfen blinkte, aber keine Sirene zu hören war. Er fragte sich, was die Eile sollte. Der Alte vor ihm saß vollkommen gerade, hatte den Kopf nach vorn gewandt und bewegte sich nur, wenn das Auto bockte.

Sie brausten die zwei Meilen nach Osten. Duane sah über die Felder zur Linken zum langen Ausläufer des Waldes, wo die Gypsy Lane verborgen lag. Dann waren rechts und links nur noch Maisfelder zu sehen, abgesehen von Bäumen zwischen den Hügeln.

Duane zählte die Talsohlen; er wußte, in der vierten kleinen Niederung lag der Stone Creek.

Sie fuhren zum viertenmal abwärts, bremsten heftig, dann steuerte der Sheriff an den linken Straßenrand und parkte in der falschen Richtung, aber es war kein Verkehr unterwegs. Die Talsohle und die spärlich bewaldeten Hügel hüllten sich in sonntagvormittägliches Schweigen.

Duane bemerkte die anderen Fahrzeuge, die bei der Betonbrücke an der Böschung parkten: ein Abschleppwagen, J. P. Congdens häßlicher schwarzer Chevy, ein dunkler Kombi, den er nicht kannte, ein Schrottlaster von Ernies Texaco-Tankstelle am Ostende von Elm Haven. *Kein Krankenwagen! Keine Spur von Onkel Arts Auto. Vielleicht war es ein Irrtum.*

Duane sah die Schäden am Brückengeländer zuerst. Die alte Betonmauer mit den zinnenartigen Vertiefungen in ihrem neunzig Zentimeter hohen Wall war vor vierzig oder fünfzig Jahren errichtet worden. Jetzt war am Ostende ein fast anderthalb Meter langes Stück dieser Betonmauer weggebrochen. Duane sah rostige Eisenstäbe, die aus dem Beton ragten wie eine unheimliche Knochenhand, die die Böschung hinunterdeutete.

Duane stellte sich neben den Alten und sah das Geländer hinunter. Ernie von Ernies Texaco war unten, zusammen mit drei oder vier anderen Männern, einschließlich des rattengesichtigen Friedensrichters. Und Onkel Arts Cadillac.

Duane sah sofort, was passiert war. Art war so weit nach rechts gedrängt worden, als er über die einspurige Brücke fuhr, daß der *linke* Vorderreifen des großen Autos gegen die Betonmauer geprallt war, so daß der Motor in die Fahrerseite gedrückt wurde und der Caddy wie ein verdrehtes Spielzeug über den Stone Creek geflogen war. Dann waren zwei Tonnen Automobil in die Bäume gegenüber geprallt und hatten Schößlinge und eine Eiche mit zwanzig Zentimeter durchmessendem Stamm umgemäht, bevor die große Ulme auf dem Hügel sie gebremst hatten. Duane sah die tiefe Wunde dort, eine neunzig Zentimeter lange Narbe in der Rinde, aus der noch Harz blutete. Er fragte sich, ob die Ulme überleben würde.

Nachdem die rechte hintere Tür und der Kotflügel vom zweiten Aufprall eingedrückt worden waren, war der Caddy zehn bis fünfzehn Meter bergauf gerollt, hatte Sträucher und kleine Bäume ausgerissen und war über einen Stein geschnellt – dabei war die Windschutzscheibe herausgeflogen, sie lag zerschellt gleich hinter dem Stein –, dann war das Wrack aufgrund der Schwerkraft oder des Zusammenpralls mit einem weiteren großen Baum den Berg wieder hinabgerollt in den Bach.

Da lag es nun auf dem Dach. Das linke Vorderrad fehlte; die drei anderen sahen seltsam entblößt aus, fast unanständig. Duane stellte fest, daß sie noch genügend Profil hatten; Onkel Art machte sich immer wegen abgefahrener Reifen Sorgen. Der bloßliegende Unterboden sah sauber und neu aus, abgesehen von der Stelle, wo ein Teil der Kraftübertragung abgerissen worden war.

Eine Tür des Caddy war offen und fast zur Hälfte zusammengeknickt. Die Passagierkabine war nicht untergetaucht, obwohl sie in etwa dreißig Zentimeter tiefem Wasser lag. Trümmer und Bruchstücke aus Metall, Chrom und Glas glitzerten auf dem Hügel, obwohl keine direkte Sonne schien. Duane fielen noch andere Einzelheiten auf: eine gestreifte Socke lag im Gras, eine Schachtel Zigaretten bei dem Stein, Straßenkarten flatterten in den Büschen.

»Sie haben den Leichnam weggebracht, Bob«, rief Ernie, der kaum aufsah, während er ein Kabel an einer Achse befestigte. »Donnie und Mr. Mercer sind auch zurückgefahren, im ... oh, hallo, Mr. McBride.« Ernie wandte sich wieder seiner Arbeit zu.

Der Alte leckte sich die Lippen und sprach zum Sheriff, ohne sich umzudrehen. »War er schon tot, als Sie hierher gekommen sind?«

Duane sah den Wald und die Hügelkuppe, die sich in der Brille des Sheriffs spiegelten. »Ja, Sir. Er war tot, als Mr. Carter hier vorbeigefahren ist und unten etwas gesehen hat, das war etwa eine halbe Stunde, bevor ich hierher gekommen bin. Mr. Mercer ... wissen Sie, das ist der Gerichtsmediziner des County ... er hat gesagt, daß Mr. McBr ... äh ... Ihr Bruder sofort beim Aufprall ums Leben gekommen ist.«

J. P. Congden kam schnaufend die Böschung herauf, atmete ihnen eine Whiskyfahne ins Gesicht und zog den ausgebeulten Overall hoch. »Tut mir echt leid mit Ihrem ...«

Der Alte schenkte dem Friedensrichter keine Beachtung und ging den steilen Hang hinunter, rutschte an schlammigen Stellen aus und hielt sich an Ästen fest, um nach unten zu gelangen. Duane folgte ihm. Der Sheriff hangelte sich mit Bedacht nach unten und achtete darauf, daß er keine Schlammspritzer auf die gebügelte braune Uniformhose bekam.

Der Alter kauerte am Bachufer und starrte in den schrottreifen Caddy. Das Dach war eingedrückt, das Wasser reichte bis zum umgekehrten Amaturenbrett. Duane sah, daß der strahlenkanonenförmige Dimmer abgerissen war. Die Beifahrerseite war relativ unbeschädigt, nicht einmal das eingedrückte Dach hatte ihr etwas anhaben können, aber der Fahrersitz war nach hinten durch die Polster der *Rückbank* gedrückt worden. Das Lenkrad war nicht mehr da, wohl aber die Lenksäule, die ins Wasser fünfzig Zentimeter tiefer ragte. Vorne, wo der Fahrer saß, beanspruchten eine Masse verbogenen Motormetalls und zerfetzter Trennwand den Platz wie der Leichnam eines ermordeten Roboters.

Der Sheriff zog die Hose hoch, ging in die Hocke und hielt die polierten Schuhe sorgfältig aus Schlamm und Wasser. Er räusperte sich. »Als er die Kontrolle über das Fahrzeug verloren hatte, hat Ihr Bruder das Brückengeländer getroffen, und ... äh ... wie Sie sehen können, muß der Aufprall ihn sofort getötet haben.«

Der Alte nickte wie zuvor. Er kauerte mit Füßen und Knöcheln im Bach und hatte die Hände auf den Knien. Er betrachtete seine Finger und studierte sie, als wären sie etwas Fremdes. »Wo ist er?«

»Mr. Mercer hat ihn ins Bestattungsinstitut Taylor gebracht«, sagte der Sheriff. »Er muß ... äh ... noch einiges erledigen, dann können Sie Absprachen mit Mr. Taylor treffen.«

Der Alte schüttelte sachte den Kopf. »Art hat nie ein Begräbnis gewollt. Schon gar nicht bei Taylor.«

Der Sheriff rückte die Brille zurecht. »Mr. McBride, hat Ihr Bruder getrunken?«

Der Alte drehte sich um und sah den Sheriff zum ersten Mal an. »Sonntagsvormittags nicht.« Seine Stimme sprach in dem vollkommen tonlosen, beherrschten Tonfall, der, wie Duane wußte, einen Wutanfall ankündigte.

»Ja, Sir«, sagte der Sheriff. Sie mußten alle aus dem Weg, als Ernie das Kabel mit der Seilwinde am Schrottauto spannte. Der Bug des Caddy hob sich, Wasser floß aus den Fenstern, dann drehte er sich langsam Richtung Ufer. »Nun, vielleicht hat er einen Herzanfall gehabt, oder eine Biene ist ihm ins Auto geflogen. Viele Leute verlieren dabei die Kontrolle.«

»Wie schnell ist er gefahren?« fragte Duane. Er hörte seine eigene Stimme mit Erstaunen.

Der Alte und der Sheriff sahen ihn beide an. Duane bemerkte, wie blaß und dick er in der Brille des Sheriffs aussah.

»Wir schätzen fünfundsiebzig bis achtzig Meilen«, sagte der Sheriff. »Ich habe die Bremsspuren nur angesehen, bin sie nicht abgeschritten. Aber gerast ist er.«

»Mein Bruder war kein Raser«, sagte der Alte, dessen Gesicht dicht vor dem des Sheriffs war. »Er hat immer genau das Gesetz eingehalten. Ich habe ihm immer gesagt, daß das albern wäre.«

Der Sheriff stand dem Alten einen Moment von Angesicht zu Angesicht gegenüber, dann sah er zu der zertrümmerten Brücke hinauf. »Ja, nun, heute morgen ist er gerast. Darum müssen wir einen Test durchführen, um festzustellen, ob er getrunken hatte.«

»Aufpassen!« rief Ernie; die drei wichen zurück, als der Caddy vertikal aus dem Wasser kam. Duane sah mit dem schmutzigen Wasser und den durchweichten Landkarten einen Flußkrebs herauspurzeln. Er erinnerte sich, wie er mit Dale und Mike und den anderen Kindern aus der Stadt vorvorigen Sommer Flußkrebse hier gejagt hatte.

»Könnte ihn jemand von der Straße abgedrängt haben?« fragte Duane.

Der Sheriff sah ihn lange an. »Spricht nichts dafür, Junge. Und niemand hat den Unfall gemeldet.«

Der Alte schnaubte.

Duane ging näher zu dem Caddy, der jetzt so gedreht war, daß sie die Fahrerseite sehen konnten. Er deutete auf eine rote Delle, die man gerade an der verbogenen Fahrertür erkennen konnte. »Könnte diese Farbe nicht von dem Fahrzeug übrig sein, das Onkel Arts Auto gegen das Geländer gedrängt hat?«

Der Sheriff kam näher und ging mit der Sonnenbrille dicht vor das tropfende Wrack. »Sieht älter aus, Junge. Aber wir werden uns darum kümmern.« Er trat zurück, steckte die Daumen in den Pistolengürtel und kicherte. »Nicht viele Fahrzeuge könnten einen Caddy von dieser Größe von der Straße drängen, wenn er es nicht wollte.«

»Etwas so Großes wie ein Abdeckereilaster könnte es«, sagte Duane. Er sah zur Böschung und bekam mit, daß J. P. Congden zu ihm heruntersah.

»Ihr müßt alle da raus, wenn wir das elende Ding hochwinden!« brüllte Ernie.

»Komm mit!« sagte der Alte. Es waren die ersten Worte, die er seit Ankunft des Sheriffs mit Duane gewechselt hatte. Die beiden gingen mit rutschenden Füßen die steile Böschung hinauf. Der Alte machte etwas, das er seit fünf Jahren nicht mehr gemacht hatte. Er nahm Duanes Hand in seine.

Die Farm schien anders zu sein, als sie zurückkamen. Die Wolkendecke brach ein wenig auf, strahlendes Licht fiel auf die Felder. Haus und Scheune wirkten wie frisch gestrichen, der alte Pritschenwagen auf dem Hof wie durch ein Wunder erneuert. Duane stand vor der Küchentür und dachte nach, während der Alte sich die letzten Worte des Sheriffs anhörte. Als das Auto wegfuhr, riß es Duane aus benommenem Nachdenken.

»Ich gehe in die Stadt«, sagte der Alte. »Warte, bis ich wiederkomme.«

Duane ging zum Laster. »Ich komme mit.«

Sein Vater hielt ihn auf, indem er ihm sacht eine Hand auf die Schulter legte. »*Nein,* Duanie. Ich gehe zu Taylor, bevor der verdammte Geier anfängt, Art zu verschönern. Und ich muß ein paar Fragen stellen.«

Duane wollte Einwände vorbringen, aber dann sah er seinem Vater in die Augen und spürte, daß der Alte allein sein wollte, allein sein *mußte,* und wenn es nur die paar Minuten während der Fahrt in die Stadt war. Duanc nickte, machte kehrt und setzte sich auf die Stufe.

Er überlegte, ob er weiter die Reihen abgehen sollte, entschied sich aber dagegen. Er stellte unter Schuldgefühlen fest, daß er Hunger hatte. Obwohl er ein Brennen im Hals verspürte, viel schlimmer als bei Witt, und obwohl seine Brust unter dem gewaltigen Druck, der sich dort aufbaute, fast zu explodieren schien, hatte Duane Hunger. Er schüttelte den Kopf und schlurfte ins Haus.

Er aß ein Sandwich mit Leberwurst, Käse, Speck und Salat, wanderte durch die Werkstatt des Alten und fragte sich, wo er die *New York Times* liegen gelassen hatte, während ein großer Teil seines Verstands immer wieder Bilder des verwüsteten Cadillac abspulte, der Chrom- und Glassplitter und der Spur roter Farbe an der Fahrertür.

Das grüne Licht an der Anrufbeantwortermaschine des Alten blinkte. Duane, der immer noch kaute und nachdachte, spulte das Tonbandgerät geistesabwesend zurück und drückte die PLAY-Taste.

»Darren? Duane? Verdammt, warum schaltet ihr diese verfluchte Maschine nicht aus und geht ans Telefon?« sagte Onkel Art.

Duane erstarrte mitten im Biß und hielt das Band an. Sein Herz schien stillzustehen, dann schlug es einmal – laut –, dann setzte es unter großen Schmerzen wieder ein. Dale schluckte mühsam, holte Luft und drückte erst die Rückspul- und dann die PLAY-Taste.

». . . und geht ans Telefon? Duane, dieser Anruf ist für dich. Ich habe gefunden, wonach du gesucht hast. Die Sache mit der Glocke. In meiner Bibliothek. Da war es die ganze Zeit. Duane, es ist verblüffend. Wirklich. Unglaublich, aber beunruhigend. Ich habe etwa zehn meiner älteren Freunde in Elm Haven gefragt, aber keiner kann sich an eine Glocke erinnern. Spielt keine Rolle . . . in dem Buch steht ... nun, ich werde es dir selbst zeigen. Es ist jetzt ... äh ... etwa zwanzig nach neun. Ich bin vor halb elf da. Bis gleich, Junge.«

Duane spielte das Band noch zweimal ab, dann schaltete er das Gerät aus, tastete hinter sich, fand einen Sessel und ließ sich darauf plumpsen. Der Druck in seiner Brust war jetzt so stark, daß er ihm nicht mehr widerstehen konnte, daher ließ er ihn heraus; die Tränen rannen ihm die Wangen hinab, ab und zu wurde er von einem stummen Schluchzen geschüttelt. Hin und wieder nahm er die Brille ab, rieb sich die Augen mit dem Handrücken und biß von seinem Sandwich ab. Es verging viel Zeit, bis er wieder aufstand und in die Küche zurückging.

Unter der Nummer des Büros des Sheriffs nahm niemand das Telefon ab, aber Duane erwischte den Mann schließlich zu Hause. Duane hatte vergessen, daß Sonntag war.

»Ein Buch?« sagte der Sheriff. »Nn-nnn, ich habe kein Buch gesehen. Ist es wichtig, Junge?«

»Ja«, sagte Duane. Und fügte hinzu: »Für mich.«

»Nun, an der Unfallstelle habe ich keins gesehen. Natürlich ist noch nicht das ganze Gelände aufgeräumt worden. Es hätte in dem Schlamassel sein können ... es hätte auch in dem Auto sein können.«

»Wo ist das Auto jetzt? Bei Ernie?«

»Ja. Bei Ernie oder J. P. Congden.«

»Congden?« Duane warf die Brotkruste in den Mülleimer. »Wieso denn bei Congden?«

Duane hörte den Sheriff ausatmen, was ein leiser Mißfallenslaut gewesen sein konnte. »Nun, J. P. hört über Polizeifunk von Unfällen und macht ab und zu ein Geschäft mit Ernie. J. P. bezahlt Ernie für das Wrack und verkauft es dem Schrottplatz drüben in Oak Hill. Jedenfalls glauben wir, daß er das damit macht.«

Wie die meisten Kinder in der Stadt, hatte auch Duane die Erwachsenen über die Gerüchte sprechen hören, wonach der Friedensrichter mit gestohlenen Autos handelte. Duane fragte sich, ob Teile der Wracks bei dieser Gaunerei nützlich sein konnten. Er sagte: »Wissen Sie, wohin das von heute gebracht wurde?«

»Nee«, sagte der Sheriff. »Aber wahrscheinlich zu Ernie, weil er den Abschleppwagen wiederhaben mußte. Sonntags ist er allein, und seiner Frau stinkt es, wenn sie Benzin pumpen muß. Aber keine Bange, Junge, persönliche Habseligkeiten, die wir finden, geben wir dir und deinem Dad. Ihr seid die nächsten Verwandten, oder nicht?«

»Ja«, sagte Duane und überlegte, was für ein altes und ehrbares Wort ›Verwandte‹ doch war. Er erinnerte sich, wie er Chaucer gelesen hatte – Onkel Arts Ausgabe –, wo das Wort *Verwante* lautete. Onkel Art war ein Verwandter. »Ja«, sagte er noch einmal leise.

»Nun, sei unbesorgt, Junge. Wenn ein Buch oder sonst etwas in dem Auto war, werdet ihr es bekommen. Ich gehe morgen früh zu Ernie und vergewissere mich selbst. Bis dahin muß ich vielleicht noch etwas für den Bericht wissen, den ich schreibe. Sind du und dein Dad heute abend zu Hause?«

»Ja.«

Als die Unterhaltung zu Ende war, machte das Haus einen verlassenen Eindruck. Duane hörte das Ticken der großen Uhr über dem Herd und das Vieh weit draußen auf der Westwiese muhen. Der Himmel hatte sich wieder bewölkt. Trotz der Hitze war kein richtiges Sonnenlicht zu sehen.

Dale Stewart hörte am Spätnachmittag von seiner Mom vom Tod von Duanes Onkel; sie hatte mit Mrs. Grumbacher gesprochen, die es von Mrs. Sperling gehört hatte, einer guten Freundin von Mrs. Taylor. Er und Lawrence bauten eine Modell-Spad, als ihre Mutter es ihnen mit leiser Stimme erzählte. Lawrences Augen füllten sich mit Tränen, er sagte: »Herrje, der arme Duane. Erst sein Hund und jetzt sein Onkel.«

Da hatte Dale seinen Bruder fest auf die Schulter geschlagen; er war nicht sicher, warum.

Er hatte eine Weile gebraucht, bis er den Mut aufbrachte, aber dann ging er zum Telefon in der Diele und wählte Duanes Nummer, wobei er das Gemeinschaftstelefon zweimal läuten ließ, wie erforderlich. Ein Klick war zu hören, dann ging diese unheimliche Antwortmaschine an und sagte mit Duanes emotionsloser Stimme: »Hi. Wir können momentan nicht ans Telefon, aber was Sie sagen, wird aufgenommen und wir melden uns bei Ihnen. Bitte zählen Sie bis drei und sprechen Sie.«

Dale zählte bis drei, dann legte er mit brennendem Gesicht auf. Es würde ihm momentan schwer genug fallen, mit dem armen Duane selbst zu reden; aber einem Tonband sein Beileid auszusprechen, das brachte er nicht fertig. Dale ließ Lawrence an dem Modell weiterarbeiten, wobei sein Bruder die Zunge herausstreckte und vor Konzentration fast schielte, und fuhr die Straße entlang zu Mike.

»Eeawkee!« Dale stieß den Schrei aus, sprang vom Fahrrad und ließ es ein paar Meter allein weiterrollen, ehe es auf den Rasen kippte.

»Keeawee.« Mikes Antwortruf kam von einem gigantischen Ahornbaum, der über die Straße hing.

Dale lief zurück, kletterte die paar Sprossen zum unteren Baumhaus in einer Höhe von viereinhalb Metern hinauf und dann weiter zu der neun Meter höher gelegenen geheimen Plattform. Mike saß mit dem Rücken an einem kräftigen Ausläufer des zweigeteilten

Stamms und ließ die Beine über die aus drei Brettern zusammengenagelte Plattform baumeln. Dale zog sich hoch und lehnte sich gegen den anderen Stamm. Er sah nach unten, aber der Boden versteckte sich hinter Blättern und er wußte, sie waren vom Boden aus nicht zu sehen. »He«, sagte er, »ich hab' grade gehört . . .«

»Ja«, sagte Mike. Er kaute auf einem langen Grashalm. »Hab' ich auch vor einer Weile gehört. Ich wollte nachher noch vorbeikommen und mit dir reden. Du kennst Duane besser.«

Dale nickte. Er und Duane waren Freunde geworden, als sie in der vierten Klasse ein gemeinsames Interesse an Büchern und Raketen entdeckt hatten. Aber Dale hatte von Raketen geträumt; Duane hatte sie *gebaut.* Dales Lesefähigkeit war früh entwickelt – in der vierten Klasse hatte er *Die Schatzinsel* und den echten *Robinson Crusoe* gelesen –, aber Duanes Leseliste war unglaublich. Die beiden waren Freunde geblieben, hatten in den Pausen zusammengesteckt und einander in den Sommerferien ein paarmal besucht. Dale glaubte, daß er der einzige war, dem Duane von seiner Ambition erzählt hatte, Schriftsteller zu werden. »Es nimmt niemand ab«, sagte Dale. Er machte eine verlegene Geste. »Ich habe angerufen.«

Mike betrachtete den Grashalm, den er gekaut hatte, und ließ ihn auf das viereinhalb Meter tiefer gelegene Laubdach fallen. »Ja. Meine Mom hat heute nachmittag auch angerufen. Diese Maschine war dran. Sie geht später mit einer Gruppe Frauen hin und bringt was zu essen raus. Deine Mom geht wahrscheinlich auch mit.«

Dale nickte wieder. Ein Todesfall in Elm Haven oder auf einer der umliegenden Farmen hatte immer zur Folge, daß ein Bataillon Frauen wie Walküren herniederstießen und Essen brachten. *Duane hat mir von Walküren erzählt.* Dale konnte sich nicht mehr genau erinnern, was Walküren machten, aber er wußte noch, sie kamen herunter, wenn jemand gestorben war. Er sagte: »Ich habe seinen Onkel nur ein paarmal gesehen. Schien echt nett zu sein. Schlau, aber nett. Nicht so empfindlich wie Duanes Dad.«

»Duanes Dad ist Alkoholiker«, sagte Mike. Seiner Stimme konnte man entnehmen, daß es kein Urteil und keine Kritik war, lediglich eine Feststellung.

Dale zuckte die Achseln. »Sein Onkel hat . . . hatte weißes Haar und einen weißen Bart. Ich habe mich einmal mit ihm unterhalten, als wir zum Spielen auf der Farm waren, und er war . . . komisch.«

Mike riß ein Blatt ab und zupfte es in Streifen. »Ich habe gehört, wie Mrs. Somerset meiner Mom erzählt hat, Mrs. Taylor hätte gesagt, er wäre entzweigerissen worden, als die Lenksäule durch ihn hindurch ist. Sie hat gesagt, Mr. Taylor hätte gesagt, sie können unmöglich einen offenen Sarg haben. Sie hat gesagt, Duanes Dad wäre reingekommen und hat gedroht, Mr. Taylor ein zweites Arschloch zu reißen, wenn er seinen Bruder auch nur anrührte. Mr. McBrides Bruder, meine ich.«

Dale nahm sich auch ein Blatt. Er nickte. Er hatte den Ausdruck ›ein zweites Arschloch reißen‹ noch nie gehört und mußte sich zusammennehmen, daß er nicht lächelte. Es war ein guter Ausdruck. Dann fiel ihm wieder ein, worüber sie sprachen, und das aufkeimende Lächeln verschwand.

»Pater Cavanaugh war auch im Bestattungsinstitut«, sagte Mike. »Niemand wußte, welcher Religion Mr. McBride angehörte – der Onkel Mr. McBride –, daher hat ihm Pater Cavanaugh die Letzte Ölung für alle Fälle gegeben.«

»Was ist die Letzte . . . Ölung?« fragte Dale. Er war mit seinem Blatt fertig und zerriß ein neues. Ein paar Mädchen liefen weit unten vorbei und ahnten nicht einmal, daß sich zwölf Meter über ihnen leise jemand unterhielt.

»Das letzte Ritual«, sagte Mike.

Dale nickte, obwohl er nicht schlauer als zuvor war. Katholiken machten eine Menge komischer Sachen und gingen davon aus, daß jeder darüber Bescheid wußte. Dale war in der vierten Klasse Zeuge geworden, wie Gerry Daysinger sich über Mikes Rosenkranz lustig gemacht hatte – Gerry hatte ihn sich um den Hals geschlungen, war damit herumgetanzt und hatte Mike ausgelacht, weil er eine Halskette bei sich trug. Mike hatte kein Wort gesagt, er hatte Daysinger lediglich die Fresse poliert, war auf seine Brust gesessen und hatte sich den Rosenkranz zurückgeholt. Seither hatte niemand mehr Mike verspottet.

»Pater C. war da, als Duanes Dad reingekommen ist«, fuhr Mike fort, »aber er wollte nichts besprechen oder so. Er hat Mr. Taylor nur gesagt, er solle seine Leichenfleddererhände von seinem Bruder lassen, und ihm mitgeteilt, wohin er den Leichnam zur Einäscherung bringen sollte.«

»Einäscherung«, flüsterte Dale.

»Das ist, wenn sie dich verbrennen statt zu begraben.«

»Weiß ich, Dummkopf«, fauchte Dale. »Ich war nur . . . überrascht.« Und erleichtert, wurde ihm klar. In den vergangenen fünfzehn Minuten hatte ein Teil seines Verstandes sich vorgestellt, er müßte zur Beerdigung zu Taylor gehen, den Leichnam während der Aufbahrung ansehen, neben Duane sitzen. Aber Einäscherung . . . das hieß keine Beerdigung, oder doch? »Wann wird das sein?« fragte er. »Die Einäscherung?« Es war so ein erwachsenes und endgültiges Wort.

Mike zuckte die Achseln. »Möchtest du ihn besuchen?«

»Wen besuchen?« fragte Dale. Er wußte, daß Digger Taylor seine Freunde manchmal vor der Aufbahrung in die Leichenhalle schmuggelte und ihnen die Toten zeigte. Chuck Sperling hatte einmal geprahlt, er und Digger hätten Mrs. Duggan nackt gesehen, als sie im Einbalsamierungszimmer gelegen hatte.

»Wen? Natürlich Duane«, sagte Mike. »Was meinst du denn, wen wir sonst besuchen sollen, Schwachkopf?«

Dale grunzte, knüllte den Rest des Blatts zusammen und versuchte, sich Harz von der Hand zu wischen. Er sah mit zusammengekniffenen Augen durch den dünnen Blätterbaldachin über ihnen zum Himmel. »Wird bald dunkel sein.«

»Nein, nie. Wir haben noch zwei Stunden. Diese Woche sind die Tage länger als in jeder anderen Woche des Jahres, Schafskopf. Es ist heute abend nur bewölkt.«

Dale dachte an den langen Weg zu Duanes Haus. Er erinnerte sich an Duanes Schilderung, wie ihn der Abdeckereilaster überfahren wollte. Das war auf derselben Straße gewesen. Er dachte daran, daß er mit Mr. McBride und allen anderen Erwachsenen da draußen sprechen mußte. Was konnte schwerer sein, als jemand nach einem Todesfall zu besuchen?

»Okay«, sagte er. »Gehen wir.«

Sie kletterten hinunter, holten ihre Räder und fuhren zur Stadt hinaus. Im Osten war der Himmel fast schwarz, als würde ein Gewitter aufziehen. Die Luft war totenstill. Auf halbem Weg zur County Six tauchte vor ihnen in einer Staubwolke ein Lastwagen auf. Dale und Mike fuhren ganz rechts, fast in den Graben, um ihn vorbei zu lassen.

Es waren Duane und sein Dad, die mit dem Pritschenwagen in die andere Richtung fuhren. Der Lieferwagen hielt nicht an.

Duane sah seine beiden Freunde auf den Fahrrädern und dachte sich, daß sie wahrscheinlich zur Farm unterwegs waren, um ihn zu besuchen, und er sah über die Schulter, wie sie anhielten, abstiegen und dem Laster nachsahen, bis die Staubwolke sie wenige Sekunden später einhüllte. Der Alte hatte Mike und Dale gar nicht bemerkt. Duane sagte nichts.

Es war nicht leicht gewesen, den Alten davon zu überzeugen, daß es wichtig war, noch an diesem Abend nach dem Buch zu suchen. Duane hatte ihm das Band vorgespielt.

»Und was soll das alles?« hatte der Alte gefragt. Seit er von Taylor zurückgekommen war, hatte er mörderische Depressionen gehabt.

Duane zögerte einen Augenblick lang. Er konnte dem Alten alles erzählen, so wie er es Onkel Art erzählt hatte. Aber der Zeitpunkt schien nicht richtig. Die Sache mit der Borgia-Glocke schien müßiger Unsinn angesichts des schweren Verlustes des Alten zu sein. Duane erklärte, daß er und Onkel Art über diese Glocke geforscht hatten ... ein Kunstgegenstand, den die Ashley-Montagues aus Europa mitgebracht hatten und den alle anderen vergessen zu haben schienen. Duane stellte es wie einen Jux dar, eines der zahllosen Projekte, die er mit Onkel Art ausgeheckt hatte, wie damals, als sie beide voll auf Astronomie abgefahren waren und sich ihre eigenen Teleskope gebaut hatten, oder der Herbst, als sie versucht hatten, jeden Mechanismus zu bauen, den Leonardo da Vinci sich ausgedacht hatte. So etwas.

Der Alte hatte Verständnis, sah aber nicht ein, wieso es so dringend sein sollte, in die Stadt zu fahren, um sich das Wrack des Cadillac an diesem Abend noch einmal anzusehen. Duane wußte, der vorübergehende Alkoholverzicht des Alten zerfleischte ihn wie ein Messer. Er wußte auch, wenn er den Alten allein ins Carl's oder Black Tree gehen ließ, würde es Tage dauern, bis er ihn wiedersah. Die Tavernen hatten sonntags offiziell geschlossen, aber manche Kunden kamen problemlos durch den Hintereingang rein.

»Vielleicht könnte ich nach dem Buch suchen und du eine Flasche Wein kaufen oder so«, sagte Duane. »Du weißt schon, heute abend einen auf Onkel Arts Andenken trinken.«

Der Alte sah ihn finster an, aber seine Züge entspannten sich langsam. Er selbst ließ sich selten auf einen Kompromiß ein, wußte aber einen guten zu schätzen, wenn er an ihn herangetragen wurde. Duane wußte, der Alte war hin und her gerissen zwischen der Notwendigkeit, nüchtern zu bleiben, bis die Vorbereitungen für Onkel Arts Bestattung abgeschlossen waren, und dem essentiellen Bedürfnis, sich einen hinter die Binde zu kippen.

»Okay«, sagte der Alte. »Wir sehen es uns an, und ich besorge was für zu Hause. Du kannst auch einen mittrinken.«

Duane nickte. Bisher hatte er nur vor einem Sterbensangst gehabt – vor Alkohol. Er hatte Angst, die Krankheit könnte familienbedingt sein und ein Schluck ausreichen und ihn über die Schwelle bringen, das Verlangen in ihm wecken, das den Alten seit über dreißig Jahren verzehrte. Aber er hatte genickt, und sie waren in die Stadt aufgebrochen, nachdem sie ein Abendessen angestarrt hatten, das keiner auch nur anrührte.

Ernies Texaco hatte geschlossen. Sonntags machte er normalerweise um vier Uhr zu, und heute war keine Ausnahme. Drei Wracks standen im Hof, aber kein Caddy. Duane sagte dem Alten, was ihm der Sheriff über Congden erzählt hatte.

Der Alte wandte sich ab, aber zuvor hörte Duane noch ein gemurmeltes: »Verdammter diebischer kapitalistischer Hurensohn.«

Old Central lag im Schatten, als sie auf der Second Avenue daran vorbeifuhren und in die Depot Street einbogen. Duane sah Dale Stewarts Eltern auf der Veranda sitzen und bemerkte, wie sich ihre Haltung veränderte, als sie ihn erkannten. Sie fuhren weiter nach Westen auf der Depot und kreuzten die Broad Avenue.

Congdens schwarzer Chevy stand nicht im Hof oder parkte auf den schlammigen Fahrspuren neben dem Haus, die als Einfahrt gelten mochte. Der Alte hämmerte gegen die Tür, bekam aber keine Antwort, außer dem wütenden Bellen eines, wie es sich anhörte, sehr großen Hundes. Duane folgte dem Alten nach hinten über einen Hof voll Sprungfedern, Bierdosen, einer alten Waschmaschine und einer Ansammlung rostiger *Sachen* hinter einem kleinen Schuppen.

Acht Autos standen dort. Zwei standen auf Klötzen und sahen aus, als könnten sie eines Tages repariert werden; die anderen lagen wie metallene Leichen im hohen Gras. Onkel Arts Cadillac stand am dichtesten bei dem Schuppen.

»Geh nicht rein«, sagte er. Seine Stimme hatte einen seltsamen Klang. »Wenn du das Buch siehst, hole ich es heraus.«

Da der Cadillac wieder auf den Reifen stand, waren die Schäden um so deutlicher zu erkennen. Das Dach war fast bis auf die Höhe der Türen eingedrückt. Schon von der Beifahrerseite, wo sie standen, konnte man erkennen, daß der Rahmen durch die Kollision mit der Brücke völlig verzogen war. Die Haube war fort, und Congden oder sonst jemand hatte schon angefangen, Teile im Gras auszubreiten. Duane ging zur Fahrerseite.

»Dad.«

Der Alte kam herüber und half Duane beim Inspizieren. Die Fahrertür und die linke hintere Tür waren nicht mehr da.

»Sie waren noch da, als sie das Auto hochgezogen haben«, sagte Duane. »Ich habe dem Sheriff die rote Farbe in der Delle gezeigt.«

»Weiß ich noch.« Der Alte nahm eine Kupplungsstange und stocherte damit im Gras, als könnte er die Türen dort finden. Duane duckte sich und sah hinein, dann ging er nach hinten und sah durch das Loch, wo die Heckscheibe gewesen war. Er zog die hintere Tür der rechten Seite auf und beugte sich über die Reste der Rückbank.

Verbogenes Metall. Zerrissene Polster. Sprungfedern. Bespannung und Isolierung des Dachs hingen wie Stalaktiten herunter. Ein Geruch nach Blut, Benzin und Getriebeöl. Kein Buch.

Der Alte kam durch das hüfthohe Gras zurück. »Keine Spur der Türen. Hast du gefunden, was du gesucht hast?«

Duane schüttelte den Kopf. »Wir müssen zur Unfallstelle zurück.«

»Nein.« Duane hörte in der Stimme seines Vaters den Ton, der keinen Widerspruch duldete. »Nicht heute abend.«

Duane drehte sich um und spürte, wie sich eine tiefe Depression auf seine Schultern senkte, noch schwerer als der bittere Kummer, den er zuvor empfunden hatte. Er ging um den Schuppen herum und dachte an den bevorstehenden Abend mit dem Alten und einer Flasche. Das Opfer war vergebens gewesen.

Er hatte die Hände in den Taschen, als er um die Ecke des Schuppens ging. Der Hund war über ihm, bevor er die Hände herausziehen konnte.

Zuerst wußte Duane gar nicht, daß es ein Hund war. Es war nur etwas Riesiges und Schwarzes, das auf eine Art und Weise knurrte, die Duane noch nie gehört hatte. Dann sprang das Ding, Zähne glänzten in Augenhöhe, und Duane fiel rückwärts auf Sprungfedern und Glasscherben; die Masse des Hundes warf sich über ihn, wand sich, knurrte und versuchte, an ihn ranzukommen.

Als er in diesem Augenblick auf dem abfallübersäten Boden lag, die Hände inzwischen frei, aber leer und hilflos, erfuhr Duane wieder, wie es war, dem Tod gegenüberzustehen. Die Zeit schien zu erstarren, und er war darin erstarrt. Nur der riesige Hund konnte sich bewegen – so schnell bewegen, daß er kaum mehr als ein schwarzer Schemen war –, und er bewegte sich auf Duane zu, überragte ihn und schien nur aus Zähnen und fliegendem Speichel zu bestehen, als er das riesige Maul aufriß, um Duane McBrides Hals zu zerfleischen.

Der Alte trat zwischen den Hund und seinen gestürzten Sohn und holte aus. Die Kupplungsstange traf den Dobermann in den Rippen und schleuderte ihn drei Meter in Richtung Haus. Das Tier stieß ein Winseln aus, das sich wie festgefahrene Zahnräder anhörte.

»Steh auf!« keuchte der Alte, der zwischen Duane und dem Hund kauerte, der sich bereits wieder aufrappelte. Duane wußte nicht, ob sein Vater ihn oder den Dobermann gemeint hatte.

Duane war auf den Knien, als das Tier wieder sprang. Diesmal mußte das Vieh den Alten überwinden, wenn es den Jungen wollte, und es zeigte alle Anzeichen, genau das zu tun; es sprang mit einem Knurren, bei dem sich Duanes Magen verkrampfte.

Der Alte machte eine Pirouette, hielt die Stange mit beiden Händen, ließ den Hund vorbeispringen und schwang die Metallstange nach oben. Duane fand, er sah wie ein Schläger aus, der Bälle zu einem fernen Spielfeld schlägt.

Die Stange erwischte den Dobermann unter dem Kiefer, riß den Kopf in eine unmögliche Haltung zurück und bewirkte, daß der ganze Körper einen Purzelbaum schlug, bevor er gegen die Schuppenwand krachte und daran herunterrutschte.

Er rappelte sich hoch und entfernte sich von dem Tier, aber diesmal stand der Dobermann nicht mehr auf. Der Alte ging hin und kickte dem Vieh unters Kinn; der Kopf wackelte wie etwas an einem losen Faden. Die Augen waren weit aufgerissen und bereits vom Tod glasig.

»Mann«, sagte Duane, der spürte, wenn er nicht versuchte, einen Witz zu machen, würde er sich einfach hinlegen und anfangen zu plärren. »Das wird aber eine Überraschung für Mr. Congden sein.«

»Scheiß auf Congden!« sagte der Alte mit teilnahmsloser Stimme.

Seit das Auto des Sheriffs vor acht Stunden in die Einfahrt gefahren war, hörte er sich zum erstenmal entspannt an. »Bleib dicht bei mir.«

Der Alte ging mit erhobener Stange um die Ecke des Hauses auf Betonklötzen herum und zur Eingangstür hoch. Diese war immer noch verschlossen. Niemand reagierte auf das Klopfen.

»Hörst du was?« Der Alte pochte mit der Metallstange.

Duane schüttelte den Kopf.

»Ich auch nicht.«

Da begriff Duane. Entweder war der Hund da drinnen plötzlich stumm geworden, oder er lag tot im Hof. Jemand hatte ihn herausgelassen.

Der Alte ging zum Bordstein und sah die Depot Street rauf und runter. Unter den Bäumen war es fast dunkel. Grollen aus dem Osten kündigte ein Gewitter an. »Komm mit, Duanie!« sagte der Alte. »Wir suchen dein Buch morgen.«

Sie waren fast beim Wasserturm und Duane hatte beinahe aufgehört zu zittern, als ihm die Abmachung wieder einfiel. »Deine Flasche«, sagte er und verabscheute sich, weil er den Alten daran erinnerte, dachte aber, daß er es verdient hatte.

»Scheiß auf die Flasche!« Der Alte sah Duane an und lächelte fast unmerklich. »Wir trinken Pepsi auf Onkel Art. Das habt ihr beiden doch ständig miteinander getrunken, oder nicht? Wir trinken auf ihn und erzählen Geschichten von ihm und halten eine richtige Totenwache. Dann gehen wir früh ins Bett, damit wir morgen beizeiten rauskommen und erledigen können, was zu erledigen ist. Okay?«

Duane nickte.

Jim Harlen durfte das Krankenhaus am Sonntag verlassen, genau eine Woche nach seiner Einlieferung. Sein linker Arm war in einem hinderlichen Gips, Kopf und Rippen noch verbunden, er hatte durch den Bluterguß Augen wie ein Pandabär und mußte immer noch Mittel gegen die Schmerzen nehmen. Aber der Arzt und seine Mutter hatten entschieden, es wurde Zeit, daß er nach Hause kam.

Harlen wollte nicht nach Hause.

Er konnte sich nicht richtig an den Unfall erinnern. Er wußte aber mehr, als er zugab: wie er an diesem Samstag zur Gratisvorstellung geschlichen war, wie er Old Double-Butt gefolgt war und beschlossen hatte, an der Schule hinaufzuklettern, um einen Blick hineinzuwerfen. Aber an den eigentlichen Absturz – und was ihn verursacht hatte –, daran konnte sich Harlen nicht erinnern. Jede Nacht im Krankenhaus war er aus Alpträumen aufgewacht, hatte gestöhnt und mit klopfendem Herzen und hämmerndem Kopf das Metallgestell des Krankenbetts umklammert. In den ersten Nächten war seine Mutter dagewesen; nach einer Weile lernte er, der Nachtschwester zu läuten, nur damit er einen anderen Menschen bei sich hatte. Die Schwestern – besonders Mrs. Carpenter, die ältere – taten ihm den Gefallen, blieben im Zimmer und strichen ihm manchmal über das kurze Haar, bis er wieder eingeschlafen war.

Harlen konnte sich nicht an die Träume erinnern, derentwegen er schreiend aus dem Schlaf hochschreckte, aber er erinnerte sich an das *Gefühl*, das sie hinterließen, und das reichte aus, daß er eine Gänsehaut bekam und ihm übel wurde. Dasselbe Gefühl hatte er, wenn er daran dachte, nach Hause zu gehen.

Ein Freund seiner Mutter, den Harlen nie gesehen hatte, fuhr sie nach Hause, wobei Harlen hinten im Kombi des Mannes ausgestreckt lag. Er kam sich in dem Gips albern und unbeholfen vor und mußte den Kopf vom Kissen heben, damit er die vorbeiziehende Landschaft sehen konnte. Jede Meile der fünfzehnminütigen Fahrt von Oak Hill nach Elm Haven schien Licht zu absorbieren, als würde das Auto in eine Zone der Dunkelheit hineinfahren.

»Sieht so aus, als würde es regnen«, sagte der Freund seiner Mutter. »Weiß Gott, das Getreide kann es gebrauchen.«

Harlen grunzte. Wer dieser Tüpfelscheißer auch sein mochte – Harlen hatte den Namen schon wieder vergessen, den seine Mutter ihm beim Vorstellen so sorglos und unbekümmert zugezwitschert hatte, als wäre der Typ ein alter Freund der Familie, den Harlen kennen und lieben müßte –, wer er auch sein mochte, ein Farmer war er nicht. Der saubere, eingewachste Kombi, ein Woody, und die weichen Hände sowie der schnieke Städteranzug bewiesen es. Dieser Heini wußte wahrscheinlich gar nicht, ob das Getreide Regen oder Kuhscheiße brauchte, und wahrscheinlich war es ihm auch egal.

Sie waren um sechs zu Hause – seine Mutter hatte ihn um zwei abholen sollen, war aber erst Stunden später gekommen –, und Heini machte ein Mordsgetue darum, Harlen zu seinem Zimmer zu helfen, als wäre sein Bein gebrochen, nicht sein Arm. Harlen mußte zugeben, ihm wurde schwindlig, als er die Treppe hinaufstieg. Er saß auf seinem Bett, sah sich in seinem Zimmer um – das ihm sehr seltsam und fremd vorkam – und versuchte, die Kopfschmerzen wegzublinzeln, während seine Mutter unten die Medikamente holte. Harlen konnte eine gedämpfte Unterhaltung hören, dann längeres Schweigen. Er stellte sich den Kuß vor, stellte sich vor, wie Heini die Zunge reinschob und seine Mutter das rechte Bein hochhob und abknickte, wobei der schwarze Stöckelschuh baumelte, wie immer, wenn sie ihren Heinis einen Gutenachtkuß gab, während Harlen es vom Fenster seines Zimmers beobachtete.

Ein widerlich gelbes Licht, das durchs Fenster drang, erfüllte das Zimmer mit Schwefelfärbung. Plötzlich merkte er, warum das Zimmer so seltsam aussah: seine Mutter hatte es aufgeräumt. Hatte die

Kleidungsstücke weggeräumt, die Stapel der Comics, die Spielzeugsoldaten und kaputten Modelle, den staubigen Plunder unter dem Bett, sogar den Berg der Zeitschrift *Boy's Life*, der seit Jahren in der Ecke gelegen hatte. Mit einem Anflug heißer Schuldgefühle fragte sich Harlen, ob sie seinen Schrank tief genug aufgeräumt hatte, daß sie die Pornoheftchen gefunden hatte. Er wollte aufstehen und nachsehen, aber Schwindelgefühl und Erschöpfung zwangen ihn aufs Kissen zurück. Drauf gepfiffen. Um den Chor der Schmerzen komplett zu machen, stimmte nun auch noch sein Arm in die abendlichen Qualen ein. Herrgott, sie hatten eine *Stahlnadel* eingesetzt! Harlen machte die Augen zu und stellte sich einen Stahlnagel von der Größe einer Schwellenschraube vor, der durch seinen gesplitterten Knochen gejagt worden war.

Stahl im Knochen abgebrochen, reimte Jim Harlen und merkte, wie gefährlich nahe er den Tränen war. *Fick noch mal, wo steckt sie? Oder vielleicht, wo steckt sie und fickt?*

Seine Mutter kam ins Zimmer und schnatterte und zwitscherte vor Freude, daß sie ihren Jimmy wieder zu Hause hatte. Harlen sah, wie dick das Make-up auf ihren Wangen war. Und ihr Parfum war auch nicht der angenehme blumige Duft der Krankenschwestern, die nachts nach ihm gesehen hatten, sie roch moschusartig, wie ein jagendes Nachtlebewesen. Ein Nerz oder ein läufiges Wiesel.

»Nimm deine Tabletten, dann werde ich rasch das Essen machen«, trällerte sie.

Sie gab ihm die ganze Flasche Tabletten, keinen kleinen Becher mit der vorgeschriebenen Dosis wie die Schwestern. Harlen schluckte drei der Kodeintabletten und nicht eine, wie er sollte. *Scheiß auf die Schmerzen!* Seine Mutter war zu sehr damit beschäftigt, durch das Zimmer zu wirbeln und Kissen aufzuschütteln, und merkte es nicht. Harlen wurde klar, wenn sie ein Gezeter wegen der Pornoheftchen veranstalten wollte, würde sie sich das für einen anderen Tag aufheben.

Ihm war das egal. Sie konnte runtergehen und das Essen anbrennen lassen, das sie machte – sie kochte etwa zweimal im Jahr und es war immer eine Katastrophe –, Harlen spürte bereits das lähmende Summen der Medikamente und war bereit, an diesen armen, hübschen, grenzenlosen Ort zu entschlüpfen, wo er die ersten paar Tage im Krankenhaus soviel Zeit verbracht hatte, als sie ihm stärkere Schmerzmittel gegeben hatten.

Er fragte seine Mutter etwas.

»Was, Liebes?« Sie hängte seinen Morgenmantel auf und hielt inne, und Harlen stellte fest, daß seine Stimme ziemlich nuschelnd geklungen hatte. Er versuchte es noch einmal:

»Sind meine Freunde dagewesen?«

»Deine Freunde? Aber ja, Liebes, sie haben sich Sorgen gemacht und gesagt, ich soll dir schöne Größe bestellen.«

»Wer?«

»Pardon, Liebes?«

»*Wer?*« fragte Harlen schroff, bemühte sich dann aber, seine Stimme zu beherrschen. »Wer ist hier gewesen?«

»Nun, dieser nette Farmersjunge – wie heißt er doch gleich – Donald, ist letzte Woche im Krankenhaus gewesen ...«

»Duane«, sagte Harlen. »Der ist kein Freund. Er ist ein Bauernlümmel mit Stroh hinter den Ohren. Ich meine, wer ist hier im Haus gewesen?«

Seine Mutter runzelte die Stirn und spielte mit den Fingern, wie sie es immer machte, wenn sie nervös war. Harlen fand, durch den grellroten Nagellack sahen ihre weißen Finger aus, als würden sie in blutigen Stummeln enden. Die Vorstellung amüsierte ihn irgendwie. »Wer?« sagte er. »O'Rourke? Stewart? Daysinger? Grumbacher?«

Seine Mutter seufzte. »Ich kann mir die Namen deiner kleinen Freunde nicht merken, Jimmy, aber ich habe von ihnen gehört. Jedenfalls von ihren Müttern. Sie machen sich alle große Sorgen. Die nette Dame, die im A & P arbeitet, war ganz besonders besorgt.«

»Mrs. O'Rourke«, seufzte Harlen. »Aber Mike und die anderen Jungs sind nicht vorbeigekommen.«

Sie legte seinen Krankenhauspyjama zusammen, als wäre es das Allerwichtigste, ihn aufzuräumen. Als wären seine schmutzigen Pyjamas und die Unterwäsche nicht wochenlang auf genau diesem Boden herumgelegen, bevor er ins Krankenhaus gekommen war. »Ich bin sicher, Liebling, daß sie hier gewesen sind, aber ich war ... nun, natürlich sehr beschäftigt, häufig im Krankenhaus und dann mußte ich mich auch um ... andere Dinge kümmern.«

Harlen versuchte, sich auf die rechte Seite zu drehen; der Gips war ein hinderlicher Auswuchs am linken Arm, am Ellbogen abgewinkelt, aber schwer und steif. Er spürte, wie ihn das Kodein forttrug. Vielleicht brachte er sie dazu, daß sie sämtliche Fläschchen hier ließ, damit er sich selbst um die Schmerzen kümmern konnte. Den Ärzten war es egal, ob man Schmerzen hatte; *ihnen* machte es keinen Harten, wenn man mitten in der Nacht aufwachte, Angst hatte und solche Qualen litt, daß man sich in die Schlafanzughose pissen wollte. Sogar die Krankenschwestern, die so gut rochen, scherten sich einen Dreck darum; sie kamen, wenn man sie rief, aber dann gingen sie wieder mit ihren quietschenden Schuhen fort, beendeten ihren Dienst und gingen nach Hause, um dort mit irgendeinem Scheißtypen zu vögeln.

Seine Mutter gab ihm einen Kuß, und er konnte Heinis Rasierwasser an ihr riechen. Er wandte das Gesicht ab, bevor ihm von ihrem Zigarettenatem und Heinis Kölnisch übel wurde.

»Schlaf gut, Liebes.« Sie deckte ihn zu, als wäre er ein Baby, aber der Gips paßte nicht unter die Decke, deshalb mußte sie sie sorgfältig um ihn herum arrangieren wie eine Christbaumgirlande. Harlen schwebte in plötzlicher Freiheit von Schmerzen und einer Betäubung, in der er sich lebendiger fühlte als die ganze Woche bisher.

Es war noch nicht dunkel. Bei Tage schlief Harlen gern ein ... die gottverdammte Dunkelheit haßte er. Er konnte ein Nickerchen machen, bis er wieder aufwachte und seine stumme Nachtwache hielt. Er wollte wach sein, falls *es* kam.

Falls *was* kam?

Die Medikamente schienen sein Denken freizusetzen, als würden die Barrieren zu dem Geschehenen – was er *gesehen* hatte – eingerissen werden. Als würden sich die Vorhänge öffnen ...

Harlen wollte sich umdrehen, stieß den Gips an, stöhnte gequält und empfand den Schmerz als etwas außerhalb, wie einen kleinen aber hartnäckigen Hund, der an seinem Ärmel zupfte. Er ließ nicht zu, daß die Barrieren einstürzten, die Vorhänge sich hoben. Was immer ihn jede Nacht schweißgebadet und mit klopfendem Herzen weckte, *er wollte nicht, daß es zurückkam.*

Sollte der Teufel O'Rourke und Stewart und Daysinger und die anderen holen! Alle miteinander! Sie waren sowieso keine richtigen Freunde. Wer brauchte sie schon? Harlen haßte die ganze beschissene Stadt mit ihren fetten, beschissenen Bewohnern und den beschissenen dummen Kindern.

Und die Schule.

Jim Harlen fiel in ein unruhiges Dösen. Das schwefelgelbe Licht auf der Tapete wurde rötlich, dann wich es der Dunkelheit, während sich das Gewitter knurrend näherschlich.

Mehrere Blocks östlich in der Depot Street saßen Dale und Lawrence eine Stunde nach Einbruch der Dunkelheit auf dem Verandageländer und sahen, wie Wetterleuchten den dunklen Himmel erhellte. Ihre Eltern entspannten sich auf den Korbsesseln. Jedesmal, wenn ein stummer Blitz herniederzuckte, konnte man Old Central hinter der Abschirmung der Ulmen auf der anderen Straßenseite erkennen; das Stroboskoplicht färbte Mauerstein und Verputz elektrisierend blau. Es war still, der Wind, der der Gewitterfront vorausging, war noch nicht aufgekommen.

»Ist irgendwie kein Tornadowetter«, sagte Dales Dad.

Ihre Mutter trank Limonade und sagte nichts. Die Luft war schwül und vom aufziehenden Unwetter geschwängert. Jedesmal, wenn das Wetterleuchten die Schule, den Spielplatz und die Second Avenue erhellte, die nach Süden zur Hard Road führte, zuckte sie ein wenig zusammen.

Dale war fasziniert von den plötzlichen Explosionen des Lichts und den seltsamen Farben, die sie Gras, Häusern, Bäumen und dem Asphalt der Straße verliehen. Es war, als würden sie vor ihrem Sylvania Halolight-Schwarzweißfernseher sitzen, der plötzlich angefangen hatte, zumindest ab und zu, in Farbe zu erstrahlen.

Das Wetterleuchten toste um den östlichen und südlichen Horizont und flackerte über den Baumwipfeln wie ein grelles Nordlicht. Dale erinnerte sich an Geschichten, die Onkel Henry von Artilleriefeuer im Ersten Weltkrieg erzählt hatte. Dales Dad hatte im letzten großen Krieg in Europa gedient, sprach aber nie darüber.

»Sieh mal«, sagte Lawrence leise und deutete zum Schulhof.

Dale bückte sich und sah da hin, wo der Arm seines Bruders hindeutete. Als das Wetterleuchten aufblitzte, konnte er die Furche über dem diamantförmigen Baseballfeld sehen. Seit die Schule aus war, hatte man mehrere solcher Furchen sehen können, als würde jemand Rohre verlegen. Aber weder Dale noch sonst jemand der Familie hatte tagsüber Arbeiter auf dem Gelände des Schulhofs gesehen. Warum sollte auch jemand Rohre zu einem Schulhaus verlegen, das sowieso eines Tages abgerissen werden würde?

»Komm mit!« flüsterte Dale, worauf er und sein Bruder vom Geländer auf die Steintreppe und von der Steintreppe in den Vorgarten sprangen.

»Geht nicht zu weit weg!« rief ihre Mutter. »Es wird gleich regnen.«

»Nein, nein«, rief Dale über die Schulter. Sie liefen über die Depot Street, sprangen über die flachen, grasbewachsenen Gräben rechts und links, die im Stadtgebiet als Abwasserkanäle fungierten, und verschwanden unter den ausgestreckten Ästen des gigantischen Ulmenwächters, der auf der anderen Straßenseite gegenüber von ihrem Haus stand.

Dale sah sich um und merkte zum ersten Mal, was für eine solide Barriere die alten Ulmen bildeten. Es war einfach, zwischen ihnen hindurch auf den Spielplatz zu gehen, aber die Wirkung war so, als würde man durch eine Festungsmauer den Innenhof einer Burg betreten.

Und an diesem Abend sah Old Central in jeder Hinsicht so düster wie eine Burg aus. Blitze flackerten und spiegelten sich in den Fenstern der hohen Gauben, die noch nicht zugenagelt worden waren. In diesem Licht sahen Stein und Mauerwerk seltsam grünlich aus. Der Bogen des Eingangs barg nur Dunkelheit.

»Da«, sagte Lawrence. Er war sechs Schritte von der maulwurfsähnlichen Aufwerfung entfernt stehengeblieben, die sich quer durch den Spielplatz zog. Es war, als hätte jemand eine Pipeline von der Schule verlegt – Dale sah, wo die Aufwerfung am Backstein neben einem Kellerfenster anfing –, die genau durchs zweite Base zum Werferhügel führte. Aber auf halbem Weg über das Spielfeld hatten sie aufgehört.

Dale drehte sich um und sah in die Richtung, die die Aufwerfung genommen hätte, wäre sie fortgesetzt worden. Er sah zu seiner eigenen, dreißig Meter entfernten Vorderveranda.

Lawrence stieß einen Schrei aus und sprang zurück. Dale wirbelte herum.

In einer kurzen Explosion von Licht vom Himmel konnte Dale beobachten, wie sich der Boden wölbte, Schollen hochgedrückt wurden – Rasen noch unversehrt – und die lange Linie aufgeworfener Erde vier Schritte länger wurde und weniger als einen Meter von seinen Turnschuhen entfernt aufhörte.

Mike O'Rourke fütterte Memo, während Wetterleuchten vor dem Vorhang pulsierte. Es war nicht angenehm, die alte Dame zu füttern: ihr Hals und das Verdauungssystem funktionierten noch richtig, andernfalls hätten sie sich nicht zu Hause um sie kümmern können und sie wäre im Pflegeheim in Oak Hill. Aber sie konnte nur weiche Babynahrung zu sich nehmen, und man mußte ihr bei jedem Bissen den Mund auf- und zumachen. Das Schlucken schien mehr ein Hinunterwürgen zu sein. Unweigerlich landete mehr Essen auf dem Kinn seiner Großmutter und dem breiten Latz, den sie ihr um den Hals banden.

Aber Mike erledigte seine Aufgabe geduldig und erzählte ihr dabei von Kleinigkeiten – wie er die Sonntagszeitung ausgetragen hatte, vom bevorstehenden Regen, dem Treiben seiner Schwestern –, während er ihr Löffel für Löffel einflößte.

Plötzlich riß Memo die Augen auf und fing rasch an zu blinzeln; sie versuchte, ihm etwas mitzuteilen. Mike wünschte sich oft, sie und die Familie hätten vor ihrem Schlaganfall das Morsealphabet gelernt, aber wer hätte daran denken können, daß sie das je brauchen würden? Jetzt wäre es prima gewesen, da die alte Frau blinzelte, innehielt, wiederholt blinzelte, wieder innehielt.

»Was ist denn, Memo?« flüsterte Mike, beugte sich näher und wischte ihr das Kinn mit einer Serviette ab. Er sah über die Schulter und rechnete fast damit, eine dunkle Gestalt am Fenster zu sehen. Aber er erblickte nur Dunkelheit zwischen den Vorhängen, und dann ein Aufleuchten, das die Blätter der Linde und die Felder auf der anderen Straßenseite sichtbar machte. »Schon gut«, sagte Mike und hielt einen weiteren Löffel pürierte Karotten hoch.

Es war ganz eindeutig nicht gut. Memos Blinzeln wurde aufgeregter, ihre Halsmuskeln arbeiteten so hektisch, daß Mike fürchtete, sie würde das Abendessen wieder hochwürgen. Er beugte sich über sie und vergewisserte sich, daß sie nicht erstickte, aber sie schien normal zu atmen. Das Blinzeln wurde zu einem panischen Stakkato. Mike fragte sich, ob sie wieder einen Schlaganfall hatte, ob sie diesmal wirklich starb. Aber er rief nicht nach seinen Eltern. Die Ruhe vor dem Sturm hatte sich über sein Tun und seine Emotionen gesenkt und ihn auf den Stuhl gebannt, wo er sich mit ausgestrecktem Löffel über Memo beugte.

Das Blinzeln hörte auf; Memos Augen wurden ganz groß. Gleichzeitig kratzte etwas an den Bodendielen des alten Hauses – Mike wußte, es befand sich ein Raum darunter, der kaum zum Kriechen ausreichte –, ein Kratzen, das unter dem Küchenboden und der südwestlichen Ecke des Hauses zu hören war und dann schneller als eine Katze oder ein Hund quer durch die Küche wuselte, durch eine Ecke des Wohnzimmers und ein Stück der Diele, unter dem Boden des Salons dahin – Memos Zimmer –, unter Mikes Füßen und dem massiven Messingbett, wo die alte Dame lag.

Mike sah an seinem immer noch ausgestreckten Arm vorbei auf den fadenscheinigen Teppich zwischen seinen Turnschuhen. Das Kratzen war so laut, als wäre jemand mit einer Draisine unter das Haus gerollt und würde mit einem Messer oder einer Eisenstange über jede Unebenheit der alten Bodendielen streifen. Dann wurde es zu einem Pochen, einem Hacken, als würde dieselbe Klinge dazu benützt werden, ein Loch in die Dielen zwischen Mikes Füßen zu schlagen.

Er sah mit offenem Mund nach unten und wartete darauf, daß das Ding durch die Dielen brechen würde, dachte an Finger mit Messerklingen, die durchkamen und sein Bein packten. Ein Blick zeigte ihm, Memo hatte die Augen nicht mehr aufgerissen, sondern so fest sie konnte zugekniffen.

Dann hörte das Hacken unvermittelt auf. Mike konnte wieder sprechen. »Mom! Dad! Peg!« brüllte er ohne richtig zu schreien. Die Hand, die den Löffel hielt, war immer noch ausgestreckt, zitterte jetzt aber.

Sein Vater kam aus dem Bad auf der anderen Seite der Diele; seine Hosenträger hingen herunter, der gewaltige Bauch und das Unterhemd ragten weit über den Hosenbund hinaus. Seine Mutter kam aus dem Schlafzimmer und machte den alten Morgenmantel zu. Das Trampeln auf der Treppe war nicht Peg, sondern Mary, die sich um den Türrahmen beugte und in den Salon sah.

Ein Bombardement an Fragen wurde ihm entgegengeschleudert. »Warum schreist du denn so?« wiederholte sein Vater in einer Pause.

Mike sah von einem Gesicht zum anderen. »Habt ihr denn nichts gehört?«

»Was gehört?« fragte seine Mutter mit ihrer Stimme, die immer schroffer klang als beabsichtigt.

Mike betrachtete den Teppich zwischen seinen Turnschuhen. Er *spürte,* daß da was unten war. Es wartete. Er sah zu Memo. Sie hatte immer noch die Augen zugekniffen und den ganzen Körper verkrampft.

»Ein Geräusch«, sagte Mike und merkte selbst, wie lahm sich seine Stimme anhörte. »Ein schreckliches Geräusch unter dem Haus.«

Sein Vater schüttelte den Kopf, hob das Handtuch und trocknete sich den Kiefer ab. »Ich hab' im Bad nichts gehört. Muß eine dieser gottver . . .« Er sah zu seiner stirnrunzelnden Frau. »Eine dieser elenden Katzen gewesen sein. Oder vielleicht wieder ein Stinktier. Ich geh mit einer Taschenlampe und dem Besen raus und scheuch es weg.«

»Nein!« rief Mike viel lauter, als er gewollt hatte. Mary verzog das Gesicht, seine Eltern sahen ihn fragend an. »Ich meine, es regnet doch gleich«, sagte er. »Warten wir bis morgen, bis es hell ist. Dann geh ich selber raus und scheuche es fort.«

»Gib auf die schwarzen Witwen acht«, sagte Mary erschauernd und hüpfte wieder die Treppe hinauf. Mike konnte Rock and Roll aus ihrem Radio hören.

Sein Vater ging wieder ins Bad. Mikes Mutter kam herein, strich Memo über den Kopf, tastete nach ihrer Wange und sagte: »Sieht aus, als wäre Mutter eingeschlafen. Ich warte, bis sie wach wird, und gebe ihr zu essen, wenn du rauf und ins Bett gehen möchtest.«

Mike schluckte, ließ den zitternden Arm sinken und legte ihn auf sein Knie, das auch nicht fest war. Er konnte etwas da unten *spüren,* unter zwei Zentimetern Holz und einem alten Teppich. Er konnte es da unten in der Dunkelheit spüren, wo es nur darauf wartete, bis er ging.

»Nein«, sagte er zu seiner Mutter. »Ich bleibe und bringe es zu Ende.« Er lächelte ihr zu. Sie strich ihm über den Kopf und ging wieder ins Schlafzimmer zurück.

Mike wartete. Nach einem Moment schlug Memo die Augen auf. Draußen tobte lautlos das Wetterleuchten.

16

Es regnete Sonntagnacht nicht, und am Montag auch nicht, obwohl der Tag grau und schwül war. Duanes Vater hatte die Einäscherung Onkel Arts in Peoria auf Mittwoch angesetzt, und sie mußten sich um jede Menge Einzelheiten kümmern und Leute benachrichtigen.

Immerhin drei Menschen – ein alter Kriegskamerad von Onkel Art, ein Vetter, den er gut gekannt hatte, und eine Exfrau – bestanden darauf, zu kommen, daher wurde doch ein kurzer Gedenkgottesdienst abgehalten. Der Alte bestellte ihn auf drei Uhr in der einzigen Leichenhalle von Peoria, wo Verbrennungen vorgenommen wurden.

Der Alte versuchte fast den ganzen Montag über, J. P. Congden anzurufen, aber der war nie daheim. Duane stand unter der Tür und lauschte am Nachmittag, als Constable Barney mit einer Beschwerde vorgefahren kam.

»Nun, Darren«, sagte Barney zum Alten. »J. P. erzählt allen, daß du seinen Hund totgeschlagen hast.«

Der Alte zeigte die Zähne. »Der verdammte Köter hat meinen Jungen angegriffen. Es war ein großer dummer Dobermann mit einem mikroskopischen Gehirn, das etwa so groß wie der Pimmel von J. P. gewesen sein dürfte.«

Barney drehte den Hut in den Händen und ließ die Finger an dem glatten Schweißband entlangwandern. »J. P. sagt, daß der Hund *im Haus* war. Er hätte das Tier im Haus gefunden. Jemand wäre eingebrochen und hätte es getötet.«

Der Alte spie in den Staub. »Gottverdammt, du weißt genau, daß das ebenso erstunken und erlogen ist wie die meisten Verkehrssünder, die J. P. festnimmt. Der Hund *war* im Haus, als wir geklopft haben. Als mein Junge und ich um den Schuppen gekommen sind, nachdem wir Arts Cadillac angesehen hatten . . . der übrigens gar nichts dort zu suchen hätte, wie du sehr wohl weißt. Es ist gegen das Gesetz, daß eine dritte Gruppe ein Autowrack kauft, wenn die Unfallermittlungen noch nicht abgeschlossen sind. Wie auch immer, der Hund hat Duane angefallen, *nachdem* wir im Hof waren, was bedeutet, der Drecksack Congden hat ihn rausgelassen und gewußt, daß er uns angreifen würde.«

Barney sah dem Alten in die Augen. »Dafür hast du keine Beweise, oder?«

Der Alte lachte. »Warum hat er dich zu mir geschickt? Hat Congden einen Beweis, daß ich seinen Dobermann getötet habe?«

»Er hat gesagt, die Nachbarn haben dich gesehen.«

»Dummes Zeug. Mrs. Dumont wohnt neben Congden, und die ist blind. Sonst kennt mich in dem Block nur noch Miz Jensen, und die ist bei ihrem Jungen Jimmy in Oak Hill. Außerdem war es mein gesetzliches Recht, auf diesem Grundstück zu sein. Congden hat sich das Auto meines Bruders illegal unter den Nagel gerissen und dann die Türen weggeschafft, damit der wahre Hergang des Unfalls nicht ans Licht kommt.«

Barney setzte den Hut auf und zupfte an der Schnur. »Wovon redest du, Darren?«

»Ich rede von zwei Türen der Fahrerseite, die fehlen und Beweise für die Art des Unfalls zeigten. Rote Farbe. Rote Farbe wie von dem Lastwagen, der heute vor einer Woche versucht hat, meinen Jungen zu überfahren.«

Barney holte ein Notizbuch aus der Tasche, schrieb mit einem Bleistiftstummel etwas hinein und sah auf. »Hast du Sheriff Conway informiert?«

»Worauf du dich verlassen kannst«, sagte der Alte. Er war aufgeregt und rieb sich die Wangen. Er hatte sich heute morgen rasiert, es schien ihn zu verwirren, daß keine Stoppeln da waren. »Er hat gesagt, er würde ›sich darum kümmern‹. Ich habe ihm gesagt, daß er gut daran tun würde, sich gründlich darum zu kümmern, weil ich ihn und Congden anzeigen werde, wenn sie keine ordentliche Ermittlung durchführen.«

»Du glaubst an ein zweites Fahrzeug?«

Der Alte sah zu Duane, der unter der Tür stand. »Ich *weiß*, daß mein Bruder den Cadillac nicht allein mit siebzig Stundenmeilen gegen das Brückengeländer gefahren hat«, sagte er zu Constable Barney. »Art war ein Fanatiker, wenn es darum ging, Geschwindigkeitsbegrenzungen einzuhalten, sogar auf beschissenen Feldwegen wie der Jubilee College Road. Nein, jemand hat ihn von der Straße abgedrängt.«

Barney ging zu seinem Auto. »Ich rufe Conway an und sage, daß ich mich ebenfalls darum kümmere.«

Hinter dem Fliegengitter blinzelte Duane. Es war nicht Aufgabe des städtischen Constable, sich um Todesfälle auf Highways des County zu kümmern. Er tat dem Alten einen Gefallen, schlicht und einfach.

»Bis dahin«, sagte der Constable, »werde ich unserem Friedensrichter sagen, daß seine Nachbarn sich geirrt haben müssen. Vielleicht ist der Hund eines natürlichen Todes gestorben. Das gemeine Vieh war auch ein paarmal hinter *mir* her.« Er hielt dem Alten die Hand hin. »Das mit Art tut mir wirklich leid, Darren.«

Der Alte schüttelte dem Constable verblüfft die Hand. Duane kam heraus und stand neben seinem Vater, und so sahen sie dem Auto nach, wie es die lange Einfahrt entlangfuhr. Duane dachte, wenn er sich jetzt umdrehen würde, würde er wahrscheinlich zum erstenmal seit dem Unfall Tränen in den Augen des Alten sehen. Er drehte sich nicht um.

An diesem Abend fuhren sie zu Onkel Arts Haus, um einen Anzug zu holen, den sie am nächsten Morgen zur Leichenhalle von Peoria bringen wollten.

»Verdammter Unsinn«, murmelte der Alte, als sie die vier Meilen mit dem Laster fuhren. »Sie werden ihn nicht zeigen, sondern einfach mit dem Sarg verbrennen. Art könnte nackt sein, was schert uns oder ihn das?«

Duane spürte in dem Murren die Anzeichen eines weiteren Tages ohne Alkohol, ebenso wie Trauer und eine allgemeine Gereiztheit. Der Alte hatte in den zurückliegenden Tagen einen Rekord aufgestellt.

Duane hatte auf diesen Ausflug gewartet. Er hatte kein großes Aufhebens aus der Suche nach dem Buch machen wollen, das Onkel Art gefunden hatte und vorbeibringen wollte, als er gestorben war, aber er hatte gewußt, der Alte würde vor der Beerdigung einmal hinfahren müssen.

Als sie eintrafen, war es dunkel. Onkel Art hatte in einem kleinen weißen Farmhaus gewohnt, das ein paar hundert Meter abseits der Straße stand. Er hatte das Haus von der Familie gemietet, die noch die umliegenden Felder beackerte – diesen Sommer Bohnen –, nur der Gemüsegarten hinter dem Haus gehörte Onkel Art. Der Alte betrachtete den Garten einen Augenblick lang, bevor sie das Haus durch die Haustür betraten, und Duane wußte, er dachte daran, daß sie herkommen und sich darum kümmern mußten. In ein paar Wochen würden sie die Tomaten essen, die Onkel Art so gern gehabt hatte.

Das Haus war nicht abgeschlossen. Duane blinzelte und rückte beim Eintreten die Brille zurecht; er verspürte aufs neue Trauer und das Gefühl des Verlustes. Er roch den Geruch von Onkel Arts Pfeifentabak in der abgestandenen, gefangenen Luft. In diesem Augenblick wurde Duane bewußt, wie vergänglich das Leben war, wie flüchtig die Präsenz eines Menschen: ein paar Bücher, der Geruch von Tabak, den der Betreffende nie mehr genießen würde, ein paar Kleidungsstücke, die andere tragen würden, die unvermeidlichen Schnappschüsse, Dokumente und Briefwechsel, die für einen anderen kaum eine Bedeutung hatten. In dieser Welt hinterließ ein Mensch, wurde Duane mit einem Schock klar, der fast einen Schwindelanfall auslöste, kaum mehr Wirkung als eine Hand, die man ins Wasser hält. Zog man die Hand heraus, strömte das Wasser und füllte die Leere, als wäre gar nichts dagewesen.

»Dauert nur einen Augenblick«, sagte der Alte und flüsterte aus einem Grund, den beide nicht verstanden, aber dennoch anerkannten. »Du kannst hier bleiben.« Sie waren durch die Küche in das dunklere ›Arbeitszimmer‹ gegangen.

Duane machte das Licht an und nickte. Der Alte verschwand im Schlafzimmer. Duane hörte, wie die Schranktür aufgemacht wurde.

Onkel Arts Haus war klein: nur eine Küche, ein ›Arbeitszimmer‹, zu dem das unbenützte Eßzimmer umgestaltet worden war, ein Wohnzimmer, das gerade groß genug für ein Sofa Marke BarcaLounger, viele Bücherregale, zwei Ohrensessel bei einem Tischchen mit einem Schachbrett – Duane sah, daß es sich um das Spiel handelte, das er und Onkel Art vor drei Wochen gespielt hatten – und einen großen Fernseher war. Das kleine Schlafzimmer war das letzte Zimmer. Die Eingangstür führte auf eine kleine betonierte Veranda mit rund achtzig Ar Hof. Keine Besucher kamen je zur Eingangstür herein oder gingen, aber Duane wußte, daß Onkel Art abends gern auf der Veranda gesessen, seine Pfeife geraucht und nach Norden über die Felder geblickt hatte. Man konnte den Verkehr auf der Jubilee College Road zwar hören, aber durch den Hügel waren die Autos nicht zu sehen.

Duane riß sich aus seinem Nachdenken und versuchte sich zu konzentrieren. Onkel Art hatte einmal erwähnt, daß er ein Tagebuch führte – jedes Jahr seit 1941. Duane dachte, das Buch, das er am Telefon erwähnt hatte, wäre fort – Congden oder sonst jemand hatte es genommen –, aber es könnte sein, daß es im Tagebuch erwähnt wurde.

Er schaltete die Lampe auf Arts unordentlichem Schreibtisch ein. Das Eßzimmer war das größte Zimmer im ganzen Haus gewesen, das ›Arbeitszimmer‹ bestand aus Regalen vom Boden bis zur Decke an allen Wänden, in denen größtenteils gebundene Ausgaben standen, und noch mehr Regalen mitten im Zimmer rechts und links der riesigen Tür, die Onkel Art als Schreibtisch gedient hatte.

Auf diesem Schreibtisch waren Rechnungen, das Telefon, Briefstapel, die Duane nur flüchtig durchsah, Schachaufgaben aus Zeitungen von New York und Chicago, Zeitschriften, Cartoons aus dem *New Yorker*, eine gerahmte Fotografie von Arts zweiter Frau, ein zweiter Rahmen mit einer Skizze von Leonardo, die ein hubschrauberähnliches Gerät zeigte, ein Glas mit Murmeln, ein Glas mit roter Lakritze – Duane hatte dieses Glas geplündert, solange er sich erinnern konnte –, und Zettel mit Einkaufslisten, Listen mit Gewerkschaftsmitgliedern der Planierraupenfabrik, Listen mit Nobelpreisträgern und eine Myriade sonstiges Zeug. Kein Tagebuch.

Der Schreibtisch hatte keine Schubladen. Duane sah sich im Zimmer um. Er hörte, wie der Alte im Schlafzimmer Schubladen aufzog. Nein, im Bett hätte Art nichts geschrieben. Er hatte seine täglichen Eintragungen hier gemacht, im Arbeitszimmer. Aber es war kein Buch hier. Und keine Schubladen.

Bücher. Duane setzte sich auf den alten Kapitänsstuhl und spürte, wie die Arme seines Onkels die Armlehnen abgenutzt hatten. *Er hat jeden Tag in sein Tagebuch geschrieben. Wahrscheinlich saß er jeden Abend hier.* Duane streckte die linke Hand aus. *Onkel Art war Linkshänder.*

Eines der unteren Regale neben dem linken Gestell unter der Tür, die den Schreibtisch bildete, war in Reichweite. Es handelte sich eigentlich um ein doppeltes Regal, auf dem Bücher nach außen standen, und andere – mehr als ein Dutzend Bände ohne Titel – nach innen. Sie waren in der Dunkelheit unter dem Schreibtisch fast unsichtbar. Duane zog eines der Bücher heraus: ledergebunden; schweres, hochwertiges Papier; etwa fünfhundert Seiten. Nichts Gedrucktes, sondern eine enge Handschrift, die mit einem altmodischen Füller geschrieben worden war. Die Schrift füllte jede Seite und war nicht nur winzig klein, sie war unlesbar. Buchstäblich.

Duane klappte den Band auf und beugte sich unter der Lampe dichter darüber, während er gleichzeitig die Brille zurechtrückte. Die Einträge waren nicht in Englisch. Die eng bekritzelten Seiten sahen aus, als wären sie in einer Mischung aus Hindi und Arabisch gefüllt worden, eine solide Mauer aus Krakeln, Schleifen, Arabesken und Schnörkeln. Es gab keine separaten Worte; die Zeilen bildeten ein einziges unentwirrbares, nicht zu entziffferndes Durcheinander unbekannter Symbole. Aber ganz oben über jeder Textspalte befanden sich Zahlen, und diese waren nicht verschlüsselt. Duane las die oben auf der Seite und sah *19. 3. 1957.*

Duane wußte, Onkel Art hatte oft gesagt, die in Europa – und fast überall sonst auf der Welt – gebräuchliche Art und Weise, das Datum zu schreiben, zuerst der Tag, dann der Monat, dann das Jahr, wäre logischer als die amerikanische. ›Vom Kleinsten zum Größten‹, hatte er zu seinem Neffen gesagt, als Duane sechs war. ›So ist das viel, viel sinnvoller.‹ Duane hatte immer zugestimmt. Er hatte den Tagebucheintrag seines Onkels vom 19. März 1957 vor sich.

Er stellte das Buch zurück und zog das am weitesten links heraus. Das am einfachsten zu erreichen war. Auf der ersten gekrakelten Seite stand 1. 1. 60. Die letzte, unvollendete Seite trug die Überschrift 11. 1. 60. Onkel Art hatte am Sonntagmorgen keinen Eintrag geschrieben, aber am Samstagabend etwas in sein Tagebuch eingetragen.

»Alles bereit?« Der Alte stand unter der Tür und hielt einen Anzug, der noch in die Plastikfolie der Reinigung gehüllt war, in der einen und Onkel Arts alten Seesack in der anderen Hand. Er kam zum Lichtkreis beim Schreibtisch und nickte zu dem Buch, das Duane instinktiv zugeklappt hatte. »Ist das das Buch, das Art dir bringen wollte?«

Duane zögerte nur einen Sekundenbruchteil. »Ich glaube ja.«

»Dann nimm es mit!« Der Alte ging in die Küche.

Duane machte das Licht aus, dachte an die restlichen persönlichen Aufzeichnungen aus achtzehn Jahren, die in den Bänden unter dem Schreibtisch gesammelt waren, und fragte sich, ob er falsch handelte. Die Tagebücher waren offensichtlich in einem persönlichen Code verfaßt. Wenn er diesen Code knackte, würde er Sachen lesen, die Onkel Art nicht für ihn oder jemand anderen bestimmt gehabt hatte.

Aber er wollte mir sagen, was er herausgefunden hatte. Er hat sich ganz aufgeregt angehört. Ernst, aber aufgeregt. Und möglicherweise ein wenig ängstlich.

Duane holte tief Luft und hob das Buch hoch; er spürte die Gegenwart seines Onkels jetzt überall – im Tabakgeruch, im staubigen Aroma der Hunderte und Aberhunderte Bücher, dem Geruch des Einbandleders, selbst im schwachen, angenehmen Schweißgeruch seines Onkels – dem sauberen Schweiß eines arbeitenden Mannes.

Es war jetzt sehr dunkel in dem Zimmer. Das Gefühl der Gegenwart seines Onkels war ein wenig beunruhigend, als würde der Geist des Mannes hinter Duane stehen, ihn drängen, das Buch zu nehmen, sich zu setzen, das Licht einzuschalten und es zu lesen, solange der Geist hinter ihm stand. Duane rechnete halb mit der kalten Berührung einer Hand im Nacken.

Duane ging ohne Eile durch die Küche und setzte sich neben seinen Vater in den Lieferwagen.

Dale und Lawrence hatten den ganzen Tag Ball gespielt, obwohl es bedrohlich bewölkt und schwül gewesen war; vor dem Abendessen waren sie förmlich paniert mit Dreck, der zu Schlamm geworden war, als ihnen der Schweiß in Strömen floß. Ihre Mutter sah sie vom Küchenfenster aus kommen und befahl ihnen, auf der hinteren Treppe stehenzubleiben und sich bis auf die Boxershorts auszuziehen, bevor sie sie hereinließ. Dale bekam den Auftrag, den Kleiderstapel in den hinteren Kellerraum zu tragen, wo die Waschmaschine stand.

Dale haßte den Keller. Dieser Teil des großen alten Hauses machte ihn nervös. Im Sommer war es prima, weil er dann so gut wie nie hinunter mußte, aber im Winter hatte er die Aufgabe, jeden Abend herunterzukommen und Kohlen in den Eimer zu schaufeln.

Die Stufen der Kellertreppe waren jeweils mindestens sechzig Zentimeter hoch und für jemanden mit einem übermenschlichen Gang geschaffen. Die massive Betontreppe wand sich nach links und führte zwischen der Außen- und der Küchenwand nach unten, daraus ergab sich, daß der Keller viel weiter unten zu liegen schien als er eigentlich sollte. *Die Kerkertreppe,* nannte Lawrence sie.

Hier unten, wo der Flur zum Heizofen verlief, warf die kahle Glühbirne oben so gut wie kein Licht hin. Hinter dem Ofen befand sich noch eine Birne, aber die mußte man an einer Kordel einschalten, ebenso die im Kohlenkeller. Dale sah im Vorbeigehen nach rechts in die Öffnung zum Kohlenkeller. Es war eigentlich keine Tür, sondern eine einszwanzig große Öffnung in der Mauer, die zur höhergelegenen Ebene des Kohlenkellers führte. Vom Boden bis zur Decke war der kleine Raum nur einen Meter fünfzig hoch, und Dale wußte, wie schwer es seinem Vater fiel, sich selbst hineinzuzwängen und Kohlen zu schaufeln. Die Schüttgutluke, die jetzt geschlossen war, verlief schräg vom Flur zum Kohlenkeller, so daß man in das klaffende Maul *hinunter*schaufeln mußte. Hinter der Schüttgutluke befand sich der gigantische Heizofen selbst, der den ganzen Rest des Korridors einzunehmen schien: eine riesige, schorfige Metallhülle, von der tentakelartig Rohre in alle Richtungen verliefen.

Was Dale am meisten am Kohlenkeller störte, wenn er an Winterabenden hier schaufeln mußte, war nicht die Arbeit an sich – auch wenn er den ganzen Winter über Schwielen an den Händen hatte –, auch nicht der Kohlenstaub, dessen Geschmack ihm im Rachen blieb, auch wenn er sich die Zähne geputzt hatte; nein; es war der Kriechraum am hinteren Ende des Kohlenkellers.

Die gegenüberliegende Mauer reichte etwa einen Meter vom Betonboden in die Höhe und endete ein paar Zentimeter unter der Decke, so daß man einen Boden aus Lehm und Steinen, Wasserrohre und eine Andeutung von Spinnweben sehen konnte. Dale wußte, dieser freie Raum erstreckte sich unter einem Großteil des Zimmers, das sein Vater als Büro benützte, wenn er zu Hause war, und weiter unter der großen vorderen Veranda. Wenn er Kohlen schaufelte, konnte er Mäuse und größere Nagetiere dort wuseln hören, und in einer kalten Nacht hatte er sich einmal rasch umgedreht und rötliche Augen erblickt, die ihn angestarrt hatten.

Dales Eltern lobten ihn manchmal, wie ordentlich er den Schüttgutbehälter füllte und wie schnell er arbeitete. Für Dale waren diese zwanzig Minuten jeden Abend die schlimmste Zeit des Tages, und er arbeitete stets mit halsbrecherischer Geschwindigkeit, damit er den verdammten Schüttgutkasten voll bekam und wieder hinaus konnte. Es gefiel ihm, wenn der Kohlenkeller gerade gefüllt worden war und er nur neben der Luke stehen und schaufeln mußte. Später im Winter, wenn die Kohlenhalde zu einem kleinen Haufen in der hinteren Ecke geschrumpft war, mußte er durch den ganzen Kohlenkeller gehen, die Schaufel füllen, neun Schritte durch den Raum tragen, sie hineinschütten und *dabei dem Kriechraum den Rücken zuwenden.*

Dale mochte den Sommer unter anderem, weil er da keine Kohlen schaufeln mußte. Jetzt zeigte ihm ein Blick, daß nur noch ein winziges Häufchen schwarzer Kohle in der hinteren Ecke lag. Das Licht von der Treppe oben warf kaum einen Schein in den Kohlenkeller; der Kriechraum lag in völliger Schwärze.

Dale ertastete die erste Lichtkordel, blinzelte in der plötzlichen Helligkeit, ging um die Masse des Ofens herum in den zweiten Raum – der einzig und allein den Ofen enthielt –, schritt durch den dritten Raum, wo sein Dad eine Werkbank mit nur ganz wenig Werkzeugen stehen hatte, und bog dann nach rechts in den hintersten Raum ein, wo seine Mutter Waschmaschine und Trockner stehen hatte.

Sein Vater hatte einmal gesagt, es wäre eine Heidenarbeit gewesen, die Maschine und den Trockner dort hinunter zu bekommen, und sollten sie je umziehen, würden beide da unten bleiben. Dale glaubte ihm; er konnte sich noch erinnern, wie sein Dad, die Lieferanten von Sears, Mrs. Somerset und zwei andere Nachbarn sich über eine Stunde lang mit den beiden Maschinen geplagt hatten. Es gab keine Fenster im hinteren Raum – in keinem Keller –, und die Lichtkordel hing in der Mitte. An der Südwand schien eine neunzig Zentimeter durchmessende Öffnung in die Dunkelheit hinabzuführen. Das war eine große Sickergrube, die Wasser aus dem Keller fernhielt, der unter dem hiesigen Wasserspiegel gelegen war. Dennoch war der Keller in den viereinhalb Jahren, seit sie hier wohnten, viermal überschwemmt worden, und Dales Dad mußte einmal durch Wasser waten, das mehr als sechzig Zentimeter hoch stand, um die Pumpe zu reparieren.

Dale warf die schmutzigen Kleidungsstücke auf die Waschmaschine, machte im Vorbeigehen das Licht durch ein Ziehen an der Kordel wieder aus und eilte zurück – vom hinteren Raum in die Werkstatt, von der Werkstatt zum Heizraum, vom Heizraum zum Flur – diesmal ohne in den Kohlenkeller zu sehen –, dann die zehn Riesenstufen hinauf und herum zur obersten Stufe. Es war so kühl und feucht im Keller, daß es fast wie ein Schock war, die schwüle Luft zu spüren, die zum Fliegengitter der Verandatür hereindrang, und die samtene Dämmerung im Westen über dem Haus der Grumbachers zu sehen.

Dale watschelte hastig durch die Küche, weil es ihm peinlich war, daß er nur Unterhosen trug. Lawrence plätscherte schon in der Wanne und machte Angriffsgeräusche eines Unterseeboots. Glücklicherweise war Dales Mutter draußen auf der vorderen Veranda, daher schlitterte er fast auf bloßen Füßen durch die Diele, lief die Treppe hinauf und ging über den Treppenabsatz in sein Zimmer, wo er sich den Bademantel anzog, bevor seine Mutter wieder hereinkam. Er legte sich aufs Bett, schaltete das kleine Leselämpchen ein, blätterte eine alte Ausgabe von *Astounding Science Fiction* durch und wartete, bis er mit Baden an der Reihe war.

Als er unten in der steilen und beleuchteten Ecke seines Kellers war, brauchte Duane McBride keine fünf Minuten, um den Code zu knakken.

Onkel Arts Tagebuch sah aus, als hätte er es in Hindi geführt, aber es war in schlichtem Englisch. Nicht einmal Umstellungen. Natürlich kam ihm zugute, daß Dale wie sein Onkel von Leonardo da Vinci fasziniert war.

Das große Genie der Renaissance hatte sein Tagebuch in einem sehr einfachen Code geführt: er hatte es verkehrt herum geschrieben, so daß man es mit Hilfe eines Spiegels lesen konnte. Duane holte einen Taschenspiegel zum Schreibtisch und sah den Eintrag in Englisch vor sich, das von rechts nach links verlief. Onkel Art hatte die Worte zusammengeschrieben, damit der Code nicht allzu ersichtlich wurde; außerdem hatte er die Buchstaben oben verbunden, was dem Geschriebenen das seltsam arabische oder wedische Aussehen gab. Anstelle von Absätzen hatte er ein Symbol benützt, das wie ein auf dem Kopf stehendes großes F mit zwei Punkten davor aussah. Ein umgekehrtes F mit einem Punkt war ein Komma.

Duane sah, daß Seite und Abschnitt, die er aufgeschlagen hatte, sich mit Problemen bei der Arbeit beschäftigten, einem Vorarbeiter der Gewerkschaft, der im Verdacht stand, Gewerkschaftsgelder zu unterschlagen, sowie einem Dialog, der ein politisches Streitgespräch zwischen Art und seinem Bruder wiedergab. Duane überflog den Absatz, erinnerte sich an die fragliche Unterhaltung – der Alte war ziemlich betrunken gewesen und hatte einen gewaltsamen Sturz der Regierung verlangt – und blätterte rasch weiter zum letzten Eintrag:

11. 6. 60
Habe den Absatz über die Glocke gefunden, nach der Duane sucht! Er befindet sich in *Apokryphen: Nachschrift zum Buch der Gesetze* von Aleister Crowley. Mir hätte klar sein müssen, daß Crowley, der selbsternannte Magier unserer Zeit, etwas darüber wissen müßte.
Habe heute abend ein paar Stunden auf der Veranda gesessen und nachgedacht. Anfangs wollte ich es für mich behalten, aber der kleine Duane hat schwer an diesem hiesigen Geheimnis gearbeitet, daher entschied ich, daß er ein Recht hat, es zu erfahren. Morgen bringe ich ihm das Buch und gehe den ganzen Abschnitt über ›Hilfsgeister‹ mit ihm durch. Der Teil über die Borgias ist eine unheimliche Lektüre.
Ein paar wichtige Auszüge:
›Zogen die Medici die traditionellen Tiere als Hilfsgeister und Brücken zur Welt der Magie vor, so sagt man der Familie Borgia nach, daß sie in den produktivsten Jahrhunderten der Renaissance (vom Standpunkt der Ausübung der Kunst aus betrachtet) einen unbelebten Gegenstand zu ihrem Talisman erkor.
Der Legende zufolge wurde die große Bildsäule der Offenbarung, der ägyptische Obelisk aus Eisen im Tempel des Osiris,

im fünften oder sechsten Jahrhundert (christlicher Zeitrechnung) von ihrem angestammten Platz gestohlen und war lange Quell der Macht der Familie Borja aus Valencia, Spanien.
1455, als ein Mitglied dieser alteingesessenen Familie von Zauberern Papst wurde – eine große Ironie, da sein politischer Aufstieg auf die Dunklen Mächte dieses vorchristlichen Symbols zurückzuführen war –, bestand eine seiner ersten Amtshandlungen darin, daß er eine große Glocke in Auftrag gab. Es besteht kaum ein Zweifel daran, daß diese Glocke – die ungefähr in der Todesstunde des Borgia-Papstes nach Rom gebracht wurde – aus der Bildsäule der Offenbarung bestand, die eingeschmolzen und in eine Form gegossen worden war, welche die Massen der Christenheit, die ihrer Ankunft harrten, eher akzeptieren konnten.
Man sagte von dieser Glocke, daß sie viel mehr als ein magischer Gegenstand der Art war, wie man ihn damals in jedem maurischen oder spanischen Haushalt finden konnte: die Borjas betrachteten sie als die ›Allesverschlingende‹, ›Allesverzehrende‹. In Ägypten kannte man die Bildsäule der Offenbarung als ›Krone des Todes‹, und ihre Umwandlung war im Buch des Abgrunds vorhergesagt worden.
Anders als organische Hilfsgeister, die lediglich als Medium fungieren, verlangte die Säule auch in ihrer Inkarnation als Glocke ihre eigenen Opfer. Der Legende zufolge opferte Don Alonso y Borja der Glocke eine neugeborene Enkelin, bevor er zum Konklave von 1455 nach Rom reiste, die ihn – wider alle Chancen – zum Papst wählte. Aber Don Alonso, der als Papst Kalixtus III. bekannt wurde, gebrach es entweder an Mumm, die Opfergaben fortzuführen, oder er glaubte, die Macht der Säule wäre verbraucht worden, indem sie ihm Zugang zur Macht verschafft hatte. Aus welchen Gründen auch immer, die Opfer wurden aufgegeben. Papst Kalixtus starb. Die Glocke wurde im Turm des Palastes von Don Alfonsos Neffen Rodrigo y Borja, Kardinal von Rom, Nachfolger des Erzbischofs von Valencia und erster wahrer Erbe der Borgia-Dynastie, aufgehängt.
Doch die Legende berichtet weiter, daß die Säule, die nun als Glocke verkleidet war, ihre eigenen Bedürfnisse noch lange nicht erschöpft hatte.‹

Nach dem Bad ging Dale Stewart in sein Zimmer. Lawrence lag in seinem Bett. Besser gesagt, er war *darauf* und saß mit überkreuzten Beinen in der Mitte. Er stellte einen seltsamen Gesichtsausdruck zur Schau.

»Was ist denn los?« fragte Dale.

Lawrence war so blaß, daß seine Sommersprossen sich abzeichneten. »Ich ... ich weiß nicht. Ich bin reingekommen, um das Licht anzuschalten und ... und, ich hab' was gehört.«

Dale schüttelte den Kopf. Er erinnerte sich, vor drei Jahren hatten sie einmal allein ferngesehen, als ihre Mutter einkaufen gewesen war. Es war ein Winternachmittag gewesen, und sie hatten sich als samstagnachmittäglichen Monsterfilm *Die Rache der Mumie* angesehen. Kaum war der Film vorbei gewesen, hatte Lawrence etwas in der Küche ›gehört‹ ... denselben langsamen, schleppenden Schritt der Mumie in dem Film. Damals hatte sich Dale von der Panik seines kleinen Bruders anstecken lassen; sie hatten das Fenster aufgemacht und waren in den Vorgarten gesprungen, als die ›Schritte‹ nähergekommen waren. Ihre Mutter war nach Hause gekommen und hatte sie zitternd in Socken und T-Shirts auf der Veranda gefunden.

Nun, jetzt war Dale elf, keine acht mehr. »Was hast du gehört?« fragte er.

Lawrence sah sich um. »Weiß nicht. Ich habe es eigentlich nicht richtig *gehört* ... ich habe es mehr *gespürt.* Als wäre noch etwas im Zimmer.«

Dale seufzte. Er warf schmutzige Socken in den Wäschekorb und machte das Deckenlicht aus.

Die Schranktür stand einen Spalt offen. Dale schubste sie zu, als er zu seinem Bett ging.

Die Tür fiel nicht ins Schloß.

Dale dachte, daß ein Hausschuh oder etwas im Weg wäre, blieb stehen und drückte fester.

Die Tür erwiderte den Druck. Etwas im Schrank drückte dagegen, weil es herauswollte.

Im Keller wischte sich Duane das Gesicht mit einem Taschentuch ab. Normalerweise war es selbst an den heißesten Sommertagen kühl hier unten, aber er stellte fest, daß er schwitzte. Das Buch lag offen auf seinem ›Schreibtisch‹, der aus einer Tür und Sägeböcken bestand. Duane hatte so schnell er konnte wichtige Informationen in sein Notizbuch übertragen, aber jetzt legte er den Stift weg und las nur noch.

Er konnte die verkehrte Schrift seines Onkels jetzt fast ohne Spiegel entziffern, hielt das Glas aber trotzdem an das Tagebuch:

> Die Bildsäule der Offenbarung, nun zur Glocke gegossen, war durch das Opfer der Enkelin des ersten Borgia-Papstes teilweise aktiviert worden. Aber laut dem Buch des Ottaviano fürchteten die Borgias die Macht der Säule und waren nicht bereit für die Apokalypse, die den Legenden und Überlieferungen zufolge mit dem völligen Erwachen der Säule einhergehen

sollte. Wie im *Buch des Gesetzes* aufgezeichnet ist, verlieh die Säule der Offenbarung allen, die ihr dienten, große Macht. Gleichzeitig aber wurde der Talisman, wenn alle erforderlichen Opfer vollzogen waren, zur Totenglocke der Letzten Tage: einem Vorboten der Apokalypse, die der Belebung der Säule nach sechzig Jahren, sechs Monaten und sechs Tagen folgen sollte.
Rodrigo, der nächste Papst der Borgia-Dynastie, ließ die Glocke in den Turm bringen, den er den Anlagen des Vatikan hinzugefügt hatte. Dort, im Torre Borgia, soll Alexander – wie Rodrigo Borgia sich als Papst nannte – angeblich die Glocke durch mystische Wandbilder eines halb derangierten Gnoms von einem Künstler mit Namen Pinturicchio an der endgültigen Belebung gehindert haben. Diese ›grotesques‹ – Malereien, die man nach den Grotten unter Rom gestaltet hatte – dienten dazu, das Böse der Säule zu bannen, während sie der Familie gleichzeitig ermöglichten, von den Kräften des Talismans zu profitieren.
Das jedenfalls dachte Papst Alexander.
Sowohl im *Buch des Gesetzes* als auch in Ottavianos geheimen Büchern findet man Hinweise darauf, daß die Säule allmählich das Leben der Borgias beherrschte. Jahre später ließ Alexander die Glocke in das massive und uneinnehmbare *Castel Sant' Angelo* schaffen, aber nicht einmal als der Gegenstand in dieser Gruft aus Stein und Gebeinen begraben war, wurde die Macht des Dings über die Menschen, die es sich zunutze machen wollten, geringer.
Ottavianos knapper Bericht erzählt von dem Wahnsinn, der in diesen Jahrzehnten sowohl die Borgias wie auch Rom im Griff hielt: die Morde und Intrigen, die selbst nach den brutalen Maßstäben von damals schrecklich waren; Berichte über Dämonen, die durch die Katakomben unter Rom schlichen, über nichtmenschliche Dinge, die durch das *Castel Sant' Angelo* und die Straßen der Stadt schritten; und Geschichten vom Einfluß der Säule der Offenbarung, die auf ihre eigene Belebung hinarbeitete.
An diesem Punkt, nach dem schrecklichen Tod von Ottaviano, verläuft die Legende der Säule im dunkeln. Der Niedergang des Hauses Borgia wurde aufgezeichnet. Man sagt, eine Generation später, als der erste Papst der Medici den Schlüssel von St. Peter übernahm, war seine erste Amtshandlung als Papst, die Glocke aus Rom entfernen und einschmelzen und das verfluchte Metall in geweihtem Boden fern vom Vatikan vergraben zu lassen.

Bis heute haben sich keine Hinweise über Verbleib und Schicksal der Säule der Offenbarung ergeben. Doch die Legende der Macht der Säule als ›Allesverschlingende‹, ›Allesverzehrende‹ hat sich bis auf den heutigen Tag in der Schwarzen Kunst gehalten.

Duane legte Onkel Arts Tagebuch beiseite. Er hörte, wie sich der Alte oben in der Küche zu schaffen machte. Dann war ein Murmeln zu hören, die Tür wurde zugeschlagen, und Duane hörte, wie der Lieferwagen keuchend ansprang und die Einfahrt hinabfuhr. Die Enthaltsamkeit vom Fusel des Alten war vorbei. Duane hatte nicht gehört, ob der Alte Richtung Carl's oder dem Black Tree fuhr, aber er wußte, es würde Stunden dauern, bis sein Vater heimkam.

Duane blieb ein paar Minuten im Kreis des Lampenscheins sitzen und betrachtete das Buch und die Notizen, die er sich gemacht hatte. Dann ging er nach oben und schloß die Tür ab.

Die Schranktür ging langsam auf.

Dale lehnte sich dagegen, brachte das langsame Öffnen bei einem zehn Zentimeter breiten Spalt in die Dunkelheit zum Stillstand und drehte sich zu Lawrence um. Sein Bruder sah ihn mit großen Augen an.

»Hilf mir!« flüsterte Dale. Die Anstrengungen auf der anderen Seite wurden verstärkt, die Tür ging weitere zwei Zentimeter auf, weil Dales Socken auf dem Holzboden abrutschten.

»Mom!« kreischte Lawrence, während er vom Bett sprang und an Dales Seite eilte. Gemeinsam stemmten beide Jungs die Schultern an die Tür und drückten sie fünf Zentimeter weiter zu. »Mom!« Jetzt schrien sie gemeinsam.

Die Tür verharrte, der Druck auf die gelb gestrichenen Bretter nahm zu, dann ging sie langsam wieder auf.

Dale und Lawrence sahen einander an, drückten die Wangen gegen die rauhen Bretter und *spürten* die schreckliche Kraft, die durch das Holz übertragen wurde.

Die Tür ging wieder sechs Zentimeter weit auf. Aus dem Inneren des Schrankes war kein Laut zu hören; aber draußen schnauften und keuchten beide Jungs. Dales Socken und Lawrences bloße Füße rutschten über den Boden.

Wieder ging die Tür ein paar Zentimeter weiter auf. Der Spalt war jetzt über dreißig Zentimeter breit, ein kalter Lufthauch schien daraus hervorzukommen.

»Herrgott . . . kann sie . . . nicht halten«, stöhnte Dale. Er hatte das linke Bein gegen die alte Kommode gestemmt, konnte aber nicht genügend Hebelwirkung aufbringen, die Tür wieder zuzudrücken.

Was immer im Innern war, verfügte mindestens über die Kraft eines Erwachsenen.

Die Tür ging weitere fünf Zentimeter auf.

»Mom!« kreischte Lawrence. »Mom, Hilfe! Mom!«

Sie hörten eine Art Antwort von der vorderen Veranda, aber Dale wurde klar, sie konnten die Tür niemals so lange zudrücken, bis ihre Mutter heraufkam. »Lauf!« keuchte er.

Lawrence sah ihn an, das entsetzte Gesicht war nur Zentimeter von seinem entfernt, und ließ los. Er lief, aber nicht aus dem Zimmer. Mit zwei Schritten und einem gewaltigen Sprung hüpfte Lawrence auf sein Bett.

Ohne die Hilfe von Lawrence konnte Dale die Tür nicht halten. Der Druck war unbarmherzig. Er ergab sich, sprang auf die einszwanzig hohe Kommode und zog die Beine hoch. Die Lampe auf der Kommode und ein paar Bücher fielen polternd zu Boden.

Die Tür wurde aufgestoßen und prallte gegen Dales Knie. Lawrence brüllte wie am Spieß.

Dale hörte die Schritte ihrer Mutter auf der Treppe, hörte sie eine Frage rufen, aber ehe er den Mund aufmachen und antworten konnte, kam ein Schwall kalter Luft heraus, als wäre die Tür zu einer Kühlhalle aufgestoßen worden, und dann kam etwas aus dem Schrank.

Es war sehr flach und lang – mindestens einen Meter zwanzig lang – und substanzlos wie ein Schatten, nur viel dunkler. Es war eine Schwärze, die über den Boden wuselte wie ein aufgeschrecktes Insekt, das man gerade aus einem Glas herausgelassen hatte. Dale konnte beinähnliche Auswüchse erkennen, die sich rasend bewegten. Er hob die Füße auf die Kommode hoch. Ein gerahmtes Foto fiel auf den Boden.

»Mom!« kreischten er und Lawrence wieder wie aus einem Mund.

Das schwarze Ding sauste wie ein Schemen über den Boden. Dale fand, es sah wie eine Küchenschabe aus, wenn Küchenschaben einen Meter zwanzig lang wären, wenige Zentimeter hoch und aus schwarzem Rauch gemacht. Dunkle Extremitäten peitschten und krabbelten über die Bodendielen.

»Mom!«

Das Ding sauste unter Lawrences Bett.

Lawrence sagte keinen Ton, während er aufstand, auf Dales Bett sprang und hüpfte wie auf einem Trampolin.

Ihre Mutter stand unter der Tür und sah von einem kreischenden Jungen zum anderen.

»Ein Ding . . . aus dem Schrank . . . ist unter . . .«

»Unter dem Bett . . . schwarzes Ding . . . *groß!*«

Ihre Mom lief zum Wandschrank in der Diele und kam mit einem Besen zurück. »Raus!« sagte sie. Sie zog an der Lichtkordel oben.

Dale zögerte nur für einen Augenblick, dann sprang er von der Kommode, hinter seine Mutter und lief zur Tür hinaus. Lawrence sprang von Dales Bett auf sein Bett und dann zur Tür. Beide Jungs schlitterten auf den Flur und krachten gegen das Treppengeländer. Dale spähte ins Zimmer.

Seine Mutter war auf allen vieren und hob den Staubteppich unter Lawrences Bett.

»Mom! Nein!« rief Dale und versuchte, sie zurückzuziehen.

Sie ließ den Besen fallen und hielt ihren ältesten Sohn am Oberarm fest. »Dale ... *Dale* ... hör jetzt auf. *Aufhören!* Da ist nichts. Sieh selbst.«

Zwischen Keuchlauten, die zunehmend in Schluchzen übergingen, sah Dale hin. Es war nichts unter dem Bett.

»Wahrscheinlich ist es jetzt unter Dales Bett«, sagte Lawrence von der Tür.

Mit Dale, der sich immer noch an sie klammerte, drehte sich ihre Mutter um und hob dic Umrandung vor Dales Bett. Dale blieb fast das Herz stehen, als sie sich auf alle viere niederließ und den Besen vor sich schob.

»Siehst du«, sagte sie, stand auf und wischte sich Rock und Knie ab. »Da ist nichts. Was wollt ihr denn gesehen haben?«

Beide Jungs fingen sofort an zu plappern. Dale hörte seine eigene Stimme und merkte, wie sich ihre Beschreibung anhören mußte: etwas Großes, Schwarzes, Schattenhaftes, Flaches. Es hatte die Schranktür aufgedrückt und war wie ein Rieseninsekt unter das Bett gewuselt.

Nn-nnn.

»Vielleicht ist es in den Schrank zurück«, schlug Lawrence vor, der kaum die Tränen zurückhalten konnte und keuchend nach Luft rang.

Ihre Mutter sah die beiden lange an, ging dann aber zum Schrank und riß die Tür ganz auf. Dale wich weiter zur Tür in den Flur zurück, als seine Mutter Kleidungsstücke auf der Stange verschob, Tennisschuhe beiseite kickte und um die Kanten des Türrahmens sah. Der Schrank war nicht tief. Er war leer.

Sie verschränkte die Arme und wartete. Die Jungs blieben unter der Tür stehen und sahen über die Schultern zu den dunklen Türöffnungen des Elternschlafzimmers und des Gästezimmers, als könnte der Schatten von dort auf dem Holzboden zu ihnen gewuselt kommen.

»Habt ihr euch gegenseitig Angst gemacht?« fragte sie.

Beide Jungs bestritten das und fingen wieder an zu plappern, beschrieben das Ding erneut und Dale führte vor, wie er die Schranktür hatte zudrücken wollen.

»Und dieser Käfer hat sie aufgedrückt?« Ihre Mutter lächelte verhalten.

Dale seufzte. Lawrence sah zu ihm auf, als wollte er sagen: *Irgendwie ist es immer noch unter meinem Bett. Wir können es nur nicht sehen.*

»Mom«, sagte Dale so ruhig er konnte im vernünftigen Plauderton, »können wir heute nacht in deinem Zimmer schlafen? In unseren Schlafsäcken?«

Sie zögerte einen Augenblick lang. Dale vermutete, sie dachte daran, wie sie sich einmal wegen der ›Mumie‹ ausgesperrt hatten ... oder vielleicht an letzten Sommer, als sie mitten in der Nacht auf dem Platz beim Spielfeld gesessen und versucht hatten, telepathisch Kontakt mit außerirdischen Raumschiffen aufzunehmen ... und voller Entsetzen heimgekommen waren, als sich das Positionslicht eines Flugzeugs gezeigt hatte.

»Na gut«, sagte sie. »Holt eure Schlafsäcke und das Klappbett. Ich muß rausgehen und Mrs. Somerset sagen, daß meine beiden großen Jungs mit ihren Schreien unser Gespräch unterbrochen haben, weil sie den Schatten eines Rieseninsekts gesehen haben.«

Sie ging nach unten, und ihre beiden Söhne folgten ihr in Armeslänge. Sie warteten, bis sie wieder hereinkam, dann erst gingen sie nach oben, wo sie vor der Tür der Rumpelkammer warten mußte, während sie nach den Schlafsäcken und dem Feldbett suchten.

Sie weigerte sich, nachts auch nur das Licht auf dem Flur anzulassen. Beide Jungs hielten den Atem an, als sie in ihr Zimmer ging und das Deckenlicht ausmachte, aber sie kam unversehrt zurück und ließ den Besen wie eine Waffe an der Tür stehen. Dale dachte an die Schrotflinte, die ihr Vater im Schrank neben der Savage aufbewahrte. Die Patronen waren in der untersten Schublade der Zedernholzkommode.

Dale hatte sein Feldbett so nahe am Bett stehen, daß überhaupt kein Spalt dazwischen war. Als ihre Mutter schon lange eingeschlafen war, spürte Dale noch, daß sein Bruder wach und aufmerksam war wie er selbst.

Als Lawrence die Hand unter der Decke hervor in Dales Liege schob, stieß Dale sie nicht weg. Er vergewisserte sich, daß es sich tatsächlich um Hand und Arm seines Bruders handelte – nicht um etwas aus der Dunkelheit unter dem Bett –, dann hielt er sie ganz fest, bis er schließlich selbst einschlief.

17

Am Mittwoch, dem 15. Juni, nachdem er seine Zeitungen ausgetragen hatte, aber bevor er zur Kirche St. Malachy's ging, um Pater C. bei der Messe zu helfen, kroch Mike unter das Haus.

Das Morgenlicht war strahlend, die Sonne stand schon hoch genug, daß sich Schatten unter den Ulmen und Pfirsichbäumen im Garten gebildet hatten, als Mike das Metallgitter vor dem Zugang zum Kriechraum abnahm. Alle anderen, die er kannte, hatten einen Keller. *Nun,* dachte er, *alle anderen, die ich kenne, haben auch Abwasser im Haus.*

Er hatte seine Pfadfindertaschenlampe mitgebracht und leuchtete jetzt in den flachen Raum hinein. Spinnweben. Erdboden. Rohre, die dunklen Holzbalken unter dem Boden. Noch mehr Spinnweben. Der Raum war kaum vierzig Zentimeter hoch und roch nach altem Katzenurin und frischer Erde.

Spinnennetze gab es mehr als Spinnweben. Mike wich den soliden, milchigen Netzen aus, die, wie er wußte, von schwarzen Witwen erbaut worden waren, und kroch und wand sich zur Vorderseite des Hauses. Um dorthin zu gelangen, mußte er unter dem Schlafzimmer seiner Eltern und dem kurzen Flur entlang. Die Dunkelheit schien sich ewig auszudehnen, das schwache Licht der Öffnung hinter ihm verblaßte zusehends. In plötzlicher Panik drehte Mike sich um, bis er das sonnige Rechteck sehen konnte und sich vergewissert hatte, daß er den Weg hinaus wieder finden konnte. Die Öffnung schien sehr weit entfernt zu sein. Mike kroch weiter.

Als er sich ausmalte, daß er unter dem Salon sein mußte – er konnte drei Meter weiter vorne das Betonfundament sehen –, blieb Mike keuchend liegen und drehte sich auf die Seite. Sein rechter Arm berührte eine Kreuzstütze aus Holz unter dem Boden, die linke Hand steckte in dichten Spinnweben. Staub stieg um ihn herum auf, geriet ihm in die Nase und bewirkte, daß er blinzeln mußte. Die pulvrigen Staubkörnchen schwebten vor ihm im Licht der Taschenlampe.

Herrje, ich werde toll aussehen, wenn ich Pater C. bei der Messe helfen muß, dachte er.

Mike wand sich nach links, und der Lichtstrahl drang zur fünf Meter entfernten Nordwand vor. Das Gestein sah schwarz aus. Verdammt . . . verdammt, wonach suchte er eigentlich? Mike wand sich und kroch raupengleich im Kreis, wobei er den Boden nach Spuren absuchte.

Es war schwer zu sagen. Der Boden aus Steinen und Erde war vom Wetter ausgewaschen und von Generationen Katzen der O'Rourkes, ebenso wie von anderen Tieren aufgescharrt worden, die dort Zuflucht gesucht hatten. Ein paar getrocknete Häufchen Katzenkot lagen verstreut umher.

Es war eine Katze oder ein Stinktier, dachte Mike mit einem Seufzer der Erleichterung. Dann sah er das Loch.

Zuerst war es nur ein Schatten von vielen, aber die Schwärze wich nicht, als der Lichtstrahl der Taschenlampe darüber hinwegstrich. Mike fragte sich, ob es sich um einen Kreis aus dunklem Plastik handelte, ein Stück Dachpappe oder etwas, das sein Dad dort liegengelassen hatte. Er wand sich einen Meter näher hin und hielt inne.

Es war ein Loch, makellos rund, etwa vierzig Zentimeter im Durchmesser. Mike hätte Kopf voran hinunterkriechen können, wenn er gewollt hätte. Er wollte nicht.

Er konnte es riechen. Mike schüttelte seinen Ekel ab und kroch näher hin. Ein Gestank kam aus dem Tunnel wie aus der Abdeckerei.

Mike hob einen Stein hoch und warf ihn in das Loch. Kein Geräusch.

Er keuchte leise, und sein Herz klopfte so laut, daß er sicher war, Memo würde es durch den Holzboden hören können; er hob die Taschenlampe zum Balken, stieß sie nach vorne und versuchte, den Lichtstrahl in das Loch hinunterzurichten

Zuerst dachte er, die Tunnelwände bestünden aus rotem Ton, aber dann sah er die gerippten Wände gleich blutroten Gefäßen, wie die Eingeweide eines Lebewesens. *Wie der Tunnel im Friedhofsschuppen.*

Mike wich zurück, wirbelte beim Rückzug eine Staubwolke auf und walzte in seiner panischen Flucht über Spinnennetze und Katzendreck. Als er sich umdrehte, verlor er einen Moment das erleuchtete Rechteck aus den Augen und war überzeugt, daß etwas den Eingang versiegelt hatte.

Nein, da ist er.

Mike kroch auf Ellbogen und Knien, stieß sich den Kopf an den Balken an, spürte die Spinnweben im Gesicht und kümmerte sich gar nicht darum. Die Taschenlampe war jetzt halb unter seinem Körper und nützte ihm nichts mehr. Mike glaubte, er könnte noch mehr Tunnelöffnungen wenige Meter links erkennen, unter der Küche, aber er kroch nicht näher hin, um es zu bestätigen.

Eine Gestalt trat vor die Öffnung zum Kriechraum und verdunkelte das Licht. Mike konnte zwei Arme und zwei Beine sehen, möglicherweise mit Wickelgamaschen.

Er drehte sich auf die Seite und hob die Lampe. Die Gestalt kroch halb in die Öffnung und nahm noch mehr Licht weg.

»Mikey?« Es war die Stimme seiner Schwester Kathleen, sanft, rein, auf ihre langsame Weise unschuldig. »Mikey, Mom sagt, du mußt dich auf den Weg machen, wenn du rechtzeitig in der Kirche sein willst.«

Mike brach fast auf dem feuchten Erdboden zusammen. Sein rechter Arm zitterte. »Okay, Kathy, geh zurück, damit ich raus kann.«

Der Schatten gab den Eingang frei.

Mit vor Anstrengung buchstäblich schmerzendem Herzen kroch

Mike vorwärts und kletterte hinaus. Er machte den Zugang wieder dicht, indem er Nägel oben in das Rechteck hineinschlug.

»Herrje, du siehst schlimm aus, Mikey«, sagte Kathleen und lächelte ihn an.

Mike sah an sich hinab. Er war mit grauem Staub und Spinnweben überzogen. Seine Ellbogen bluteten. Er schmeckte Erde auf den Lippen. Impulsiv nahm er seine Schwester in die Arme. Sie umarmte ihn ebenfalls und störte sich offensichtlich nicht im geringsten daran, daß sie auch schmutzig wurde.

Mehr als vierzig Menschen kamen zu der ›privaten‹ Gedenkfeier in der Howell-Leichenhalle in Peoria. Duane hatte den Eindruck, als wäre der Alte fast enttäuscht über den Lauf der Ereignisse, als hätte er sich die letzte Feier für seinen Bruder ganz für sich allein gewünscht. Aber die Todesanzeige in der Zeitung von Peoria und ein paar Anrufe, die der Alte erledigt hatte, hatten immerhin Leute selbst von Chicago und Boston hergeführt. Mehrere Mitarbeiter von Onkel Art in der Planierraupenfabrik kamen, einer weinte unverhohlen während des kurzen Festakts.

Es war kein Priester anwesend – Onkel Art hatte sich an die Familientradition gehalten und war militanter Agnostiker gewesen –, aber mehrere Anwesende hielten kurze Nachrufe: der Mitarbeiter, der geweint hatte und während seiner Rede wieder weinte; Cousine Carol, die von Chicago hergeflogen war und am selben Abend wieder zurück mußte; eine attraktive Frau mittleren Alters aus Peoria mit Namen Dolores Stephens, die der Alte als ›eine Freundin von Onkel Art‹ vorgestellt hatte. Duane fragte sich, wie lange sie und Onkel Art schon ein Liebespaar gewesen waren.

Schließlich hatte der Alte selbst gesprochen: Duane fand, daß es eine überaus rührende Ansprache war – kein Geschwätz von einem nächsten Leben oder von Lohn für ein ordentliches Leben, nur traurige Worte um einen verlorenen Bruder nebst der Beschreibung einer Persönlichkeit, die sich nicht vor falschen Ikonen verneigt, sich aber bemüht hatte, Mitmenschen stets anständig und gut zu behandeln. Der Alte endete mit einem Zitat von Shakespeare – Onkel Arts Lieblingsschriftsteller –, und Duane hatte mit ›Und Engelsscharen betten dich zur Ruh . . .‹ gerechnet, wohl wissend, daß Onkel Art die Ironie zu schätzen gewußt hätte, aber statt dessen bekam er ein Lied zu hören. Die Stimme des Alten drohte mehrmals zu brechen, aber er machte weiter, und als er zu dem seltsamen Ende kam, klang seine Stimme felsenfest:

Fear no more the heat o' the sun,
Nor the furious winter's rages;
Thou thy worldly task hast done,
Home art gone, and ta'en thy wages:
Golden lads and girls all must,
As chimney-sweepers, come to dust.

Fear no more the frown o' the great,
Thou art past the tyrant's stroke;
Care no more to clothe and eat;
To thee the reed is as the oak;
The scepter, learning, physic, must
All follow this, and come to dust.

Fear no more the lightning flash,
Not the all-dreaded thunder stone;
Fear not slander, censure rash;
Thou hast finished joy and moan;
All lovers young, all lovers must
Consign to thee, and come to dust.

No exorciser harm thee!
Nor no witchcraft charm thee!
Ghost unlaid forbear thee!
Quiet consummation have;
And renowned be thy grave!

Fürchte nicht der Sonne Glut,
Noch Wintes grimmes, kaltes Bangen;
Dein irdisch Wirken ist vollbracht
Und friedlich bist du heimgegangen:
Fürst, Bettler, Weib in Treu und Glaub
Vergehen muß und wird zu Staub.

Fürchte nicht der Mächt'gen Wut,
Bist fern nun der Tyrannen Macht;
Für dich hinfort, und das ist gut,
Sind Grashalm, Eiche gleich gemacht;
Und Krone, Wissen, wie das Laub
Vergehen muß und wird zu Staub.

Fürchte nicht der Blitze Licht,
Noch des Donners Widerhall;
Zensur und Folter stör'n dich nicht,
Denn du bist fern von Freud und Qual,
Denn auch die Liebe, mit Verlaub,
Vergehen muß und wird zu Staub.

Kein Teufelsfluch befange dich!
Kein Hexenzauber banne dich!
Kein Fluch bereit' dir Gram!
Laß Ungemach und Kummer ab
Und finde Frieden dort im Grab!

Schluchzen wurde in der Kapelle laut. Der Alte hatte das Sonett ohne Buch oder Zettel rezitiert, jetzt senkte er den Kopf und ging zu seinem Sitz zurück.

In dem Alkoven hinter dem Vorhang begann jemand Orgel zu spielen. Die kleine Gruppe löste sich langsam einzeln oder zu mehreren auf. Cousine Carol und eine Handvoll andere warteten, unterhielten sich mit dem Alten, strichen Duane über den Kopf. Der hochgeknöpfte Kragen und die Krawatte waren ihm fremd; er stellte sich vor, wie Onkel Art in die Kapelle kommen und sagen würde: ›Um Himmels willen, Junge, zieh das alberne Ding aus. Krawatten sind was für Buchhalter und Politiker.‹

Schließlich waren nur noch Duane und der Alte da. Sie gingen in den Keller der Leichenhalle, wo sich der Krematoriumsofen befand, und sahen zu, wie Onkel Art den Flammen übergeben wurde.

Mike wartete, bis Pater C. ihn nach der Kommunion zum üblichen Frühstück mit Kaffee und Hörnchen in der Pfarrei einlud, ehe er mit ihm über das Ding im Kriechraum sprach.

Mike hatte noch nie ein Hörnchen gesehen gehabt, bevor Pater Cavanaugh vor drei Jahren den Brauch eingeführt hatte, sie den zuverlässigsten Meßknaben zu servieren. Inzwischen war er ein Experte und strich reichlich Butter oder Frischkäse darauf. Er hatte eine Weile gebraucht, bis er den Priester überzeugt hatte, daß es einem Elfjährigen nicht schadete, wenn er Kaffee trank; es war ein Geheimnis zwischen den beiden, wie die Tatsache, daß das Auto der Diözese Papstmobil genannt wurde.

Mike kaute das Hörnchen und fragte sich, wie er seine Frage ausdrücken sollte: *Pater C., ich habe ein kleines Problem mit einem toten Soldaten, der Tunnel unter meinem Haus gräbt und versucht, meine Großmutter zu holen. Kennt die Kirche nicht ein Mittel dagegen?*

Schließlich sagte er: »Pater, glauben Sie an das Böse?«

»Das Böse?« sagte der dunkle Priester und sah von seiner Zeitung auf. »Du meinst das Böse als etwas Abstraktes?«

»Ich weiß nicht, was das heißt«, sagte Mike. In Gegenwart von Pater C. kam er sich häufig dumm vor.

»Das Böse als eine Wesenheit oder Kraft, unabhängig vom Tun der Menschen?« fragte der Priester. »Oder meinst du das Böse wie dieses hier?« Er hielt ein Foto in der Zeitung hoch.

Mike sah hin. Es war das Bild eines Mannes namens Eichmann, der an einem Ort namens Israel gefangengehalten wurde. Davon wußte Mike nichts. »Ich glaube, ich meine das unabhängige Böse«, sagte er.

Pater Cavanaugh faltete die Zeitung zusammen. »Aha, die uralte Frage der Inkarnation des Bösen. Nun, du kennst ja die Lehren der Kirche.«

Mike errötete, schüttelte aber den Kopf.

»Tss, tss«, sagte der Priester, der nun eindeutig spöttelte. »Du wirst deine Katechismuslektionen wiederholen, Michael.«

Mike nickte. »Möglich, aber was *sagt* die Kirche über das Böse?«

Pater Cavanaugh holte eine Packung Marlboro aus der Tasche seines Baumwollhemds, schüttelte eine Zigarette heraus und zündete sie an. Er pickte einen Tabakkrümel von der Zunge. Seine Stimme wurde ernst. »Nun, du weißt, die Kirche anerkennt die Existenz des Bösen als eine unabhängige Kraft...« Er sah Mikes verständnislosen Blick. »Zum Beispiel Satan. Der Teufel.«

»Ach ja.« Mike mußte an den Gestank denken, der aus den Tunneln kam. *Satan.* Plötzlich kam ihm das Ganze ein wenig albern vor.

»Thomas von Aquin und andere Theologen haben sich jahrhundertelang mit dem Problem des Bösen beschäftigt und zu ergründen versucht, wie es eine separate Kraft sein kann, während die Dreieinigkeit zugleich die allmächtige, unbesiegbare Macht ist, wie es in der Schrift steht. Die Antworten sind größtenteils unbefriedigend, aber das Kirchendogma sagt uns, wir müssen glauben, daß das Böse seinen eigenen Einflußbereich und seine eigenen Agenten hat... Kannst du mir folgen, Michael?«

»Ja, gewissermaßen.« Mike war nicht ganz sicher. »Demnach kann es böse Mächte geben, so wie... Engel?«

Pater Cavanaugh seufzte. »Nun, jetzt bewegen wir uns in mittelalterlichen Vorstellungen, Michael, oder nicht? Aber im großen und ganzen, ja, das lehrt die Tradition der Kirche.«

»Was sind diese bösen Mächte, Pater?«

Der Priester klopfte sich mit den langen Fingern an die Wange. »Was sind diese Mächte? Nun, zunächst einmal natürlich Dämonen. Und Inkubi. Und Sukkubi. Und Dante kategorisiert ganze Familien und Spezies von Dämonen, herrliche Geschöpfe mit Namen wie Draghignazzo – das heißt ›einem großen Drachen gleich‹ – und Barbariccia, ›der mit dem krausen Bart‹, und Graffiacane, ›der Hunde kratzt‹, und...«

»Wer ist Dante?« fragte Mike, der ganz aufgeregt wurde bei dem Gedanken, jemand könnte hier in der Nähe wohnen, der sozusagen ein Experte auf dem Gebiet war.

Pater C. seufzte wieder und drückte die Zigarette aus. »Ich habe ganz vergessen, daß wir hier im siebten Kreis der Einsamkeit vom Bildungssystem abhängig sind. Dante, Michael, ist ein Dichter, der vor rund sechshundert Jahren gelebt hat. Ich fürchte, ich bin vom Gegenstand unserer Diskussion abgekommen.«

Mike trank seinen Kaffee leer, trug die Tasse zur Spüle und wusch sie gründlich aus. »Können diese Wesen... diese Dämonen... Menschen *Schaden* zufügen?«

Pater Cavanaugh sah ihn stirnrunzelnd an. »Wir sprechen von den geistigen Schöpfungen der Menschen, die in einer unwissenden Zeit lebten, Michael. Wenn Menschen krank wurden, gaben sie Dämonen die Schuld. Ihre einzige Medizin bestand darin, Egel anzusetzen . . .«

»Blutsauger?« Mike war schockiert.

»Ja. Man gab Dämonen die Schuld an Krankheit, geistiger Zurückgebliebenheit . . .« Er verstummte, weil ihm möglicherweise eingefallen war, daß eine Schwester seines Meßknaben zurückgeblieben war. »Schlagfluß, schlechtes Wetter, Geisteskrankheiten . . . alles, das sie nicht erklären konnten. Und sie konnten *sehr wenig* erklären.«

Mike drehte sich wieder zum Tisch um. »Aber glauben Sie, daß so was existierte . . . existiert? Daß sie immer noch hinter den Menschen her sind?«

Pater Cavanaugh verschränkte die Arme. »Ich glaube, die Kirche hat uns eine wunderbare Theologie gegeben, Michael. Aber betrachte die Kirche als riesigen Schaufelbagger, der auf dem Grund des Flusses nach Gold sucht. Er fördert jede Menge Gold zutage, aber auch jede Menge Schlamm und Dreck vom Baggern.«

Mike runzelte die Stirn. Es gefiel ihm nicht, wenn Pater C. solche Vergleiche anstellte. Der Priester nannte sie Metaphern; Mike nannte es, einer Frage ausweichen. »Existieren sie?«

Pater Cavanaugh breitete die Hände mit nach oben gekehrten Handflächen aus. »Möglicherweise nicht im wortwörtlichen Sinn, Michael. Sicher mehr im übertragenen.«

»*Falls* sie existieren würden«, beharrte Mike, »würden Kirchensachen sie aufhalten, so wie Vampire in Filmen?«

Der Priester lächelte verhalten. »Kirchensachen?«

»Sie wissen schon . . . Kruzifix, Weihwasser, Hostien . . . solche Sachen.«

Pater C. zog die dunklen Brauen hoch, als würde er auf den Arm genommen werden. Mike, der auf eine Antwort wartete, bemerkte es nicht.

»Gewiß«, sagte der Priester. »Wenn diese . . . äh . . . Kirchensachen bei Vampiren funktionieren, dann doch sicher auch bei Dämonen. Oder nicht?«

Mike nickte. Er entschied, daß er fürs erste genug gelernt hatte; Pater C. würde ihn für plemplem halten, wenn er nach den ganzen Ausführungen über Dämonen und Vampire jetzt von dem Soldaten erzählen würde. Pater C. lud Mike zu einem ›Junggesellendinner‹ am Freitag im Pfarrhaus ein, was er etwa einmal im Monat tat, aber Mike mußte ablehnen. Dale hatte ihn für Freitag zur Farm von Onkel Henry eingeladen, um nach der Schmugglerhöhle zu suchen, die sie finden wollten, seit er die Familie Stewart kennengelernt hatte. Mike argwöhnte, daß es gar keine Schmugglerhöhle gab, aber es hatte ihm immer Spaß gemacht, auf den Feldern von Onkel Henry zu spielen. Dazu kam das Abendessen bei Onkel Henry, das stets besondere Köstlichkeiten versprach – auch wenn Mike das Steak am Freitag nicht essen konnte – und jede Menge frisches Gemüse direkt aus dem Garten.

Mike verabschiedete sich, holte sein Rad und fuhr eilig nach Hause, weil er am frühen Nachmittag den Rasen gemäht und alle anderen Arbeiten im Haushalt erledigt haben wollte, damit er spielen konnte. Als er an Old Central vorbeiradelte, fiel ihm ein, daß Jim Harlen seit ein paar Tagen wieder zu Hause war und weder er noch einer der anderen Jungs, überlegte er sich schuldbewußt, hatten ihn bisher besucht. Dieser Gedanke führte zu der Erinnerung, daß Duanes Onkel heute in Peoria beerdigt wurde.

Als er an den Tod dachte, mußte Mike an Memo denken, die um diese Tageszeit wahrscheinlich allein zu Hause war, natürlich abgesehen von Kathleen.

Mike strampelte schneller, an der Schule vorbei nach Hause.

Dale rief Duane McBride am Mittwochabend an, aber die Unterhaltung war kurz und gequält. Duane hörte sich unvorstellbar müde an, und Dales Beileidsbezeigung war ihnen beiden peinlich. Dale erzählte dem anderen Jungen vom Treffen bei Onkel Henry am Freitagabend und setzte ihm so lange zu, bis Duane versprach, er würde zusehen, ob er kommen konnte. Dale ging deprimiert ins Bett.

»Glaubst du, das Ding ist noch unter dem Bett?« flüsterte Lawrence eine Stunde später. Sie hatten die Nachttischlämpchen angelassen.

»Wir haben doch nachgesehen«, flüsterte Dale zurück. »Du hast gesehen, daß nichts dort ist.« Lawrence hatte darauf bestanden, seine Hand zu halten. Dale war einen Kompromiß eingegangen und hatte zugelassen, daß sein kleiner Bruder sich am Ärmel seines Pyjamas festhielt.

»Aber wir haben es *gesehen* . . .«

»Mom hat gesagt, wir haben einen Schatten gesehen, der sich bewegt hat.«

Lawrence gab ein furzendes Geräusch von sich. »Hat dieser Schatten auch gegen die Tür gedrückt?«

Dale fröstelte. Er erinnerte sich an den unbarmherzigen, beharrlichen Druck der Schranktür. Was da drinnen gewesen war, hatte sich nicht einsperren lassen wollen. »Was es auch war«, flüsterte er und hörte die Nervosität in seiner Stimme, »jetzt ist es fort.«

»Ist es nicht.« Lawrences Stimme war kaum zu hören.

»Woher weißt du das?«

»Ich weiß es eben.«

»Na gut, und wo ist es dann?«

»Es wartet.«

»*Wo?*« Dale sah über den schmalen Spalt zwischen den Betten und stellte fest, daß sein Bruder ihn ansah. Ohne Brille sahen Lawrences Augen sehr groß und dunkel aus.

»Es ist immer noch unter dem Bett«, flüsterte sein Bruder verschlafen. Er machte die Augen zu. Dale ließ zu, daß er seine Hand hielt, nicht nur den Ärmel. »Es wartet«, murmelte Lawrence und schlief ein.

Dale betrachtete den zwanzig Zentimeter breiten Spalt, der übriggeblieben war, als sie die Betten zusammengeschoben hatten. Sie hatten sie ganz zusammenschieben wollen, aber ihre Mutter hatte gesagt, dann wäre zu schwer staubzusaugen. Zwanzig Zentimeter war so schmal, daß man mühelos hinübergreifen konnte, und schmal genug, daß nichts Großes heraufkommen konnte.

Aber ein Arm könnte hochgreifen. Eine Hand mit Krallen. Vielleicht ein Kopf an einem langen Hals.

Dale fröstelte wieder. Es war albern. Mom hatte recht, sie hatten sich alles eingebildet so wie vor ein paar Jahren die Schritte der Mumie. Oder den Besuch von UFOs.

Aber das alles haben wir nicht gesehen.

Dale machte die Augen zu. Aber ein letzter Gedanke vor dem Eindösen machte ihn wieder wach, er blinzelte und sah in den dunklen Spalt zwischen den Betten, wo seine ungeschützte Hand immer noch die von Lawrence hielt.

Verdammt, wenn unsere Betten so dicht beisammen sind, kann es unter meins, *ohne daß ich es sehe. Es könnte die schwarzen Beine rechts und links von unseren Betten hochheben und uns beide schnappen.*

Lawrence schnarchte leise und sabberte ein wenig auf seinen Roy Rogers-Kissenbezug. Dale sah zur gegenüberliegenden Wand und zählte die Spiere und Masten der Segelschiffe auf der Tapete. Er bemühte sich, nicht zu laut zu atmen. Damit er besser hören konnte. Damit er besser hörte, falls etwas ein Geräusch machte, bevor es zuschlug.

18

Donnerstags ging der Alte zum Haus von Onkel Art, um ein paar Dokumente zu suchen, und Duane begleitete ihn, obwohl es seinem Vater nicht gefiel, ihn dabei zu haben.

Der Alte war gereizt und fahrig und offenbar kurz davor, so richtig aus der Kurve zu schießen. Duane wußte, er hatte nur aus Liebe zu seinem Bruder und dem Bedürfnis, vor der Familie keine Schande zu machen, so lange durchgehalten.

Teilweise war die Nervosität des Alten darauf zurückzuführen, daß er nicht gewußt hatte, was er mit Onkel Arts Asche machen sollte. Er war entsetzt gewesen, als die Leute von der Leichenhalle ihm die schwere verzierte Urne gegeben hatten, die wie ein stummer und unerwünschter Passagier mit ihnen von Peoria zurückgefahren war.

Mittwochabend nach dem Abendessen, bevor Dale Stewart angerufen hatte, hatte Duane in die Urne hineingesehen. In diesem Augenblick war der Alte ins Zimmer gekommen und hatte seine Pfeife angezündet.

»Die weißen Stücke, die wie Kreidescherben aussehen, sind Knochen«, hatte der Alte gesagt und die Pfeife gepafft.

Duane hatte den Deckel wieder zugemacht.

»Man sollte meinen, wenn sie einen Leichnam in einen Ofen stekken, der Temperaturen wie die Sonnenoberfläche zustande bringt, sollte außer Asche und Erinnerungen nichts übrig bleiben«, hatte sein Vater gesagt. »Aber Knochen sind haltbare Dinger.«

Duane hatte sich auf einen selten benützten Sessel beim Kamin gesetzt. Plötzlich waren seine Beine schwach und schwer zugleich gewesen. »Erinnerungen sind auch haltbar«, hatte er laut gesagt und sich gefragt, warum er so ein Klischee ausgesprochen hatte.

Der Alte hatte gegrunzt. »Ich habe nicht die leiseste Ahnung, wo ich die verteilen soll. Barbarischer Brauch, wenn man darüber nachdenkt.«

Duane hatte die Urne betrachtet. »Ich glaube, man muß sie an einem Ort verstreuen, der im Leben des Betreffenden wichtig gewesen ist«, sagte er leise. »Einem Ort, wo sie glücklich gewesen sind.«

Der Alte grunzte wieder. »Du weißt, daß Art ein Testament hinterlassen hat, Duanie. Aber in dem verdammten Testament steht kein Wort, wo ich diese Asche loswerden soll. Ein Ort, wo er glücklich war . . .« Er versank in Nachdenken und paffte die Pfeife.

Duane sagte: »Der Hauptlesesaal der Bradley-Bibliothek wäre gut.«

Der Alte kicherte. »Darüber müßte Art auch lachen.« Er nahm die Pfeife aus dem Mund und sah seinen Moment lang weg. »Sonst noch Vorschläge?«

»Er hat für sein Leben gern am Spoon geangelt.« Duane spürte, wie die beißende Peristaltik des Kummers erneut seinen Hals und sein Herz würgte. Er ging in die Küche, ein Glas Wasser holen. Als er zurückkam, war die Pfeife des Alten ausgegangen und er machte sie sauber und klopfte die Asche in den Kamin. *Asche.*

»Du hast recht«, sagte der Alte plötzlich. »Das war wahrscheinlich der Ort, wo es ihm am besten gefallen hat. Er und ich sind schon zum Angeln dorthin gefahren, bevor Art von Chicago hergezogen ist. Er hat dich immer dorthin mitgenommen, oder nicht?«

Duane nickte und trank einen Schluck Wasser als Ausrede, nicht reden zu müssen. In diesem Augenblick hatte das Telefon geläutet, Dales Anruf, und als Duane wieder hereingekommen war, hatte sich der Alte in die Werkstatt zurückgezogen und bastelte an seiner Mark V-Lernmaschine.

Sie waren kurz nach Sonnenaufgang zum Fluß gegangen, als die Fische zum Fressen zur Oberfläche kamen und große Kreise erzeugten, so daß Duane sich wünschte, er hätte seine Gerte mitgebracht. Eine richtige Feier gab es nicht; der Alte hielt die Urne einen Moment lang fest, als wollte er den Inhalt plötzlich nicht mehr hergeben, doch als das Sonnenlicht dann auf die Zypressen und Weiden über ihnen fiel, verstreute er die Asche und klopfte auf den Boden des Gefäßes, bis das letzte Restchen draußen war.

Es waren *wirklich* Knochenstücke darin. Wasser spritzte, als sie hineinfielen und Katzenwelse und mindestens einen Barsch anlockten, den Duane im flachen Wasser beim Ufer sah. Anfangs blieb die Asche zusammen und bildete einen grauen Film, der der Strömung folgte und um die Strudel kreiste, die Duane nach jahrelangem Fischen so gut kannte. Dann wurde sie von den schnelleren Strömungen flußabwärts bei der Brücke erfaßt, der graue Fleck wurde zerrissen, hinuntergezogen und vereinte sich mit dem Wasser des Flusses.

Duane warf einen Stein hinein und dachte an die Zeiten zurück, in denen er sich als kleiner Junge gelangweilt und das gemacht hatte. Wahrscheinlich hatte er damit sämtliche Fische verscheucht, die Onkel Art fangen wollte. Sein Onkel hatte sich nie beschwert.

Danach hatte er sich die Hände abgewischt und war dem Pfad den steilen Hügel hinauf zum Auto gefolgt, und dabei fiel ihm auf, wie mager sein Vater in den zurückliegenden Wochen geworden und wie sonnenverbrannt und faltig sein Hals geworden war. Mit seinen frischen weißen Stoppeln, fand Duane, sah der Alte schließlich endgültig *alt* aus.

Onkel Arts Haus hatte den Geruch seines Bewohners verloren und roch nur noch stickig und unbewohnt.

Während der Alte die Schubladen und den Aktenschrank durchsuchte, überprüfte Duane unauffällig alte Notizblöcke und kramte im Papierkorb. Onkel Art hatte, wie Duane auch, fast zwanghaft Notizen gemacht, Merkzettel geschrieben und Aufzeichnungen geführt.

Bingo! Der zerknüllte Zettel lag im Papierkorb unter einer Zigarrenhülle und anderem Plunder. Wahrscheinlich hatte er ihn am Samstagabend geschrieben, in der Nacht vor dem Unfall.

1. Die verdammte Borgia-Glocke oder Säule der Offenbarung hat doch überlebt. Wird im Kapitel über die Medici im Buch des Gesetzes erwähnt.
2. Sechzig Jahre, sechs Monate, sechs Tage. Angenommen, das Absurde und Unmögliche ist Wirklichkeit geworden, die Ereignisse, von denen Duane spricht, finden statt, weil das Ding nach all den Jahrhunderten ›aktiviert‹ worden ist, dann müßte das Opfer um die Jahrhundertwende gemacht worden sein. Nach Silvester 1900. In der Stadt herumfragen. Leute sprechen, die sich erinnern. Nicht mit Duane sprechen, bis ich ein paar Antworten gefunden habe.
3. Crowley sagt, die Glocke, die Bildsäule, *benützt* Menschen. Und ruft ›Agenten der Dunklen Welt‹, was das auch immer heißen mag. Berichte über ›Unheimliches auf den Straßen Roms‹ zur Zeit des Borgia-Papstes und im Kapitel über die Medici nachlesen.
4. Mit Ashley-Montague Verbindung aufnehmen. Er muß reden.

Duane legte den Zettel zusammen, steckte ihn in die Brusttasche seines Flanellhemds und ging auf die Veranda. Das Gras des Rasens wuchs ungehindert. Insekten hüpften. Irgendwo entlang der Baumgrenze gaben Zikaden ihr lautes Schrillen von sich, das Duane ein wenig benommen machte. Er setzte sich auf den Metallstuhl, legte die Füße aufs Geländer, starrte ins Leere und dachte nach. Erst als der Alte herauskam und unter der Verandatür stehenblieb, wurde Duane klar, wie er auf diesem Stuhl, in der Haltung aussehen ... *wem* er ähnlich sehen mußte.

Der Alte hatte die Dokumente gefunden. Sie sperrten das Haus sorgfältig ab, weil sie wußten, es konnte Wochen, wenn nicht gar Monate dauern, bis sie wiederkamen und es vor der Auktion saubermachten.

Duane sah nicht zurück, als sie den Weg entlangholperten.

Duane entschied sich für Mrs. Moon.

Die Mutter der Bibliothekarin war über achtzig, hatte ihr ganzes Leben in Elm Haven verbracht und gegenüber von Old Central an der südöstlichen Ecke von Depot Street und Second gewohnt, seit sie eine junge Frau war. Duane kannte sie nur flüchtig, und das auch nur, weil er sie ab und zu mit Miß Moon spazierengehen gesehen hatte, wenn er in der Stadt gewesen war.

Miß Moon kannte er gut. Duane war vier gewesen, als Onkel Art ihn mit in die Stadt genommen hatte, damit er einen Leihausweis bekam.

Miß Moon hatte die Stirn gerunzelt, den Kopf geschüttelt und den pummeligen kleinen Jungen vor ihrem Schreibtisch gemustert. »Wir haben sehr wenig Bilderbücher, Mr. McBride. Uns ist es lieber, wenn die Eltern von . . . äh . . . Kindern im Vorlesealter ihre eigenen Karten benützen, wenn sie Bücher für die Kleinen ausleihen.«

Onkel Art hatte nichts gesagt. Er hatte den erstbesten Band aus dem nächsten Regal gezogen und dem vierjährigen Duane gegeben. »Lies!« hatte er gesagt.

»Erstes Kapitel . . . Ich werde geboren«, las Duane. »Ob ich der Held meines eigenen Lebens werde oder ob jemand anders diese Stelle ausfüllen soll, werden diese Seiten zeigen. Um mit dem Anfange meines Lebens zu beginnen, berichte ich, daß ich, wie man mir gesagt hat und wie ich glaube, an einem Freitag um zwölf Uhr nachts geboren worden bin. Es fiel auf, daß zu gleicher Zeit die Uhr zu schlagen . . .«

»Gut«, hatte Onkel Art gesagt und das Buch wieder ins Regal gestellt.

Miß Moon hatte die Stirn gerunzelt und mit der Kette ihrer Brille gespielt, aber sie hatte Duane McBride einen Leihausweis ausgestellt. Dieser Ausweis war jahrelang Duanes kostbarster Besitz gewesen, wenngleich Miß Moon ihn mit einer Frostigkeit behandelte, die an Beleidigung grenzte. Schließlich beschränkte sie ihre Rolle darauf, die Anzahl der Bücher einzuschränken, die der übergewichtige Junge ausleihen durfte, und streng mit ihm zu schimpfen, wenn er etwas verspätet zurückbrachte – nicht, wie sich herausstellte, weil er säumig gelesen hatte, nein, er verschlang die Bücherstapel immer in den ersten paar Tagen nach der Rückkehr auf die Farm, mußte dann aber wochenlang warten, bis der Alte wieder einmal die Zeit fand, ihn in die Stadt zu fahren.

In der zweiten Klasse hatte Duane die Nancy Drew-Kriminalromane entdeckt und die Abenteuer der jungen Detektivin abwechselnd mit C. S. Forester und allem von Robert Louis Stevenson gelesen, und da hatte Miß Moon ihn darauf hingewiesen, daß Nancy Drew *Mädchenbücher* waren – den Ausdruck hatte sie gebraucht – und vielsagend gefragt, ob Duane denn eine Schwester hätte.

Duane hatte sie angegrinst, seine Brille zurechtgerückt, »Nö« gesagt und sein Limit von fünf Büchern, alle über Nancy Drew, mit nach Hause genommen. Als er diese Serie zu Ende gelesen hatte, hatte er Edgar Rice Burroughs entdeckt und einen berauschten Sommer die Steppen von Barsoom und die Dschungel der Venus durchstreift, am enthusiastischsten allerdings hatte er sich von der »Mittelterrasse‹ von Lord Greystokes Dschungel geschwungen. Duane war nicht sicher, was diese Mittelterrasse war, aber er hatte versucht, sie auf den niederen Eichen beim Bach zu simulieren, wo Witt mit schiefgelegtem Kopf und verwirrtem Blick mit angesehen hatte, wie sich Duane von Ast zu Ast schwang und sein Vesper auf den Zweigen einnahm.

Im Sommer darauf las Duane Jane Austen, und diesmal sagte Miß Moon nichts von wegen Mädchenbüchern.

Duane machte sich in die Stadt auf, nachdem er seine morgendlichen Aufgaben erledigt hatte. Der Alte baute jedes Jahr weniger Land an und verpachtete das meiste an Mrs. Johnson, daher hatte Duane nicht allzu viel zu tun. Duane kümmerte sich um das Vieh, vergewisserte sich, daß die Kühe auf der hinteren Wiese Wasser hatten, aber da sie nicht im Stall waren, machten sie kaum Mühe. Das verabscheute Ausmisten war schon im Mai erledigt worden, daher mußte Duane sich darum nicht kümmern.

An diesem Morgen hatte er den sechsscharigen Pflug repariert; der Hydrauliklift senkte sich zu schnell, daher hatte Duane den tragbaren Hydraulikzylinder des Lifts geölt und neu eingestellt und den Halterahmen nachgezogen. Die ganze Zeit, während Duane am Pflug gearbeitet hatte, ragte der große Mähdrescher mit Maisenthülser in der Scheune über ihm auf. Der Alte hatte das Ding in den Wartungsbereich gefahren, damit er sich an der Ernteeinheit zu schaffen machen konnte; er versuchte immer, alles zu verbessern, war ständig am Umbauen, Anbauen und Ausbauen, bis die Landmaschinen kaum noch Ähnlichkeit mit den fabrikneuen Modellen hatten. Beim Maisdrescher, bemerkte Duane, hatte der Alte etwas mit dem Dreschkopf vor. Die Schutzbleche waren an allen acht Reihen der Einheit entfernt, Duane konnte hineinsehen und erblickte den glänzenden Stahl von Schneidemessern, Förderbändern und Antriebsketten.

Die meisten Farmer in der Gegend besaßen Maisdrescher, die man am Traktor befestigen konnte, oder welche, die selbst fuhren, aber der Alte hatte einen alten, ausgewachsenen Mähdrescher gekauft und den Maisernter für acht Reihen daran angeschlossen. In den guten Jahren hatte man damit schnell arbeiten können, aber es war eine Menge Wartungsarbeit zu investieren, damit der alte Mähdrescher lief, und die ›Verbesserung‹ von Drescheinheit, Enthülser und Reiniger kostete ebenfalls Zeit.

Manchmal glaubte Duane, der Alte blieb nur deshalb bei der Landwirtschaft, damit er mit den Maschinen herumspielen konnte.

Als Duane am Vormittag mit dem Pflug fertig war, hatte er den Mähdrescher angesehen, der hinter ihm aufragte und dessen

Schnittklingen ihm wie Schwerter im Lichtkreis von oben entgegenragten, und er hatte beschlossen, einige der offensichtlicheren Veränderungen selbst vorzunehmen, um seinen Vater zu überraschen. Aber dann hatte er beschlossen, dem Alten den Spaß nicht zu verderben. Außerdem mußte er noch die Tiere füttern und im Garten Unkraut jäten, frühstücken, und er wollte vor zehn in die Stadt.

Duane hätte gerne auf eine Mitfahrgelegenheit gewartet – die Vorstellung gefiel ihm nicht, die letzten anderthalb Meilen auf der Jubilee College Road zu gehen –, aber er wußte, der Alte hatte sich die ganze Zeit beherrscht, damit er am Freitagabend im Carl's oder dem Black Tree seine richtige Sauftour starten konnte, und dann wollte Duane nicht mit ihm fahren.

Also ging er zu Fuß. Der Tag war hell und strahlend und sengend heiß. Duane knöpfte die drei obersten Knöpfe seines karierten Hemds auf und sah, wo das braungebrannte V aufhörte und die blasse Haut anfing.

Bei Mike O'Rourkes Haus am Stadtrand machte er Rast. Mike war nicht zu Hause, aber eine seiner älteren Schwestern sagte, Duane könne gerne am Brunnen im Hof etwas trinken. Duane trank in großen Zügen, schmeckte Eisen und andere Elemente im Wasser und spritzte sich anschließend Gesicht und Unterarme naß.

Als er an Mrs. Moons Verandatür klopfte, kam die alte Frau mit ihren Krücken und einer Gefolgschaft von Katzen zum Licht gehinkt.

»Kenne ich dich, junger Mann?« Duane fand, Mrs. Moons Stimme hörte sich wie die Parodie einer Altfrauenstimme an – hoch, zitternd, über die gesamte Skala der Modulation.

»Ja, Ma'am. Ich bin Duane McBride. Ich war ein paarmal mit Dale Stewart und Michael O'Rourke hier, als sie mit Ihnen spazierengegangen sind.«

»Was hast du gesagt?«

Duane seufzte und wiederholte alles lauter.

»Ich bin noch nicht bereit für meinen Spaziergang. Ich habe noch nicht zu Mittag gegessen.« Mrs. Moon hörte sich quengelnd und ein wenig zweifelnd an. Die Katzenmeute scharwenzelte um ihre Krükken und rieb sich an den geschwollenen, fleischfarben bandagierten Beinen. Duane mußte an den Soldaten mit seinen Wickelgamaschen denken.

»Nein, Ma'am«, sagte er. »Ich wollte Ihnen nur ein paar Fragen über etwas stellen.«

»Fragen?« Sie wich einen Schritt in den Salon zurück. Das alte Haus war klein, aus weißem Holz und roch, als wäre es ein Zuhause für zahllose Generationen von Katzen gewesen, die nie ins Freie gegangen waren.

»Ja, Ma'am. Nur ein paar.«

»Worüber?« Sie sah ihn kurzsichtig an, und Duane wurde klar, für sie mußte er nur ein rundlicher Schatten unter ihrer Haustür sein. Er wich einen Schritt zurück – das gerissene Vorgehen eines Vertreters, der zeigen will, daß er ehrfürchtig und keinerlei Bedrohung ist.

»Nur über . . . die alten Zeiten«, sagte er. »Ich schreibe einen Schulaufsatz darüber, wie das Leben in Elm Haven um die Jahrhundertwende gewesen ist. Ich habe mich gefragt, ob Sie so freundlich sein und mir . . . nun, etwas Atmosphäre liefern könnten?«

»Was?«

»Einzelheiten«, sagte Duane. »Bitte?«

Die alte Frau zögerte, drehte sich mit ungelenken Bewegungen beider Krücken um, wich mit ihrem Katzengefolge zurück und ließ ihn allein unter der Tür stehen. Duane zögerte.

»Nun«, sagte ihre Stimme aus dem Halbdunkel, »steh da nicht rum. Komm rein! Ich mach uns einen Tee.«

Duane setzte sich, trank Tee, mampfte Kekse, stellte Fragen und hörte sich Geschichten von Mrs. Moons Kindheit und ihrem Vater und Elm Haven in der guten alten Zeit an. Mrs. Moon knabberte beim Erzählen Kekse; langsam aber sicher bildete sich ein Häufchen Krümel auf ihrem Schoß. Die Katzen sprangen abwechselnd aufs Sofa und fraßen die Krümel, während sie sie geistesabwesend streichelte.

»Und was ist mit der Glocke?« fragte er schließlich, nachdem er einen hinreichend guten Eindruck erhalten hatte, wie gut das Gedächtnis der alten Dame funktionierte.

»Glocke?« Mrs. Moon hielt mit Knabbern inne. Eine Katze streckte sich nach oben, als wollte sie ihr den Keks aus den Fingern stehlen.

»Sie haben einige der Besonderheiten der Stadt erwähnt«, drängte Duane. »Was ist mit der großen Glocke im Schulturm? Können Sie sich erinnern, daß darüber gesprochen wurde?«

Mrs. Moon sah einen Augenblick lang ratlos drein. »Glocke? Was soll denn dort für eine Glocke gewesen sein?«

Duane seufzte. Die ganze Geheimnistuerei war unsinnig. »Achtzehnhundertsechsundsiebzig«, sagte er leise. »Mr. Ashley hat sie aus Europa mitgebracht . . .«

Mrs. Moon kicherte. Ihr oberes Gebiß war etwas locker und fiel klickernd auf den unteren Teil. Sie drückte es mit der Zunge hinauf. »Dummer Junge. Ich bin achtzehnhundertsechsundsiebzig *geboren.* Wie sollte ich mich an etwas im Jahr meiner Geburt erinnern?«

Duane blinzelte. Er stellte sich diese runzlige und etwas senile alte Dame als runzliges Baby vor, rosig und frisch, das die Welt in dem Jahr begrüßte, als General Custers Männer abgeschlachtet wurden. Er dachte an die Veränderungen, die sie miterlebt hatte – Droschken ohne Pferde, das Telefon, der Erste Weltkrieg, Amerikas Aufstieg zur Weltmacht, Sputnik – und alles aus der Perspektive unter den Ulmen der Depot Street.

Er sagte: »Sie können sich also nicht an eine Glocke erinnern?« Er steckte Stift und Notizbuch weg.

»Aber freilich erinnere ich mich an die Glocke«, sagte sie und nahm sich noch einen der Kekse ihrer Tochter. »Es war eine wunderschöne Glocke. Mr. Ashleys Vater hat sie von einer Europareise mitgebracht. Als ich in Central zur Schule gegangen bin, hat die Glocke jeden Tag um Viertel nach acht und um drei geläutet.«

Duane sah sie an. Er bemerkte, daß seine Hand leicht zitterte, als er das Notizbuch wieder herausholte und anfing zu schreiben. Dies war die *erste* Bestätigung – außer in den Büchern –, daß die Glocke existierte.

»Erinnern Sie sich an etwas Besonderes an der Glocke?«

»Guter Junge, alles an der Schulglocke war damals etwas Besonderes. Einer von uns ... von den jüngeren Kindern ... wurde jeden Freitag ausgewählt, um am Seil zu ziehen und den Unterrichtsbeginn einzuläuten. Ich weiß noch, ich wurde auch einmal ausgewählt. Es war eine wunderschöne Glocke ...«

»Wissen Sie, was aus ihr geworden ist?«

»Nun, ja. Ich meine, ich bin nicht sicher ...« Ein seltsamer Ausdruck huschte über Mrs. Moons Gesicht, sie ließ den Keks in den Schoß sinken. Zwei Katzen verschlangen ihn, während sie sich mit zitternden Fingern zum Mund griff. »Mr. Moon ... ich meine meinen Orville, nicht meinen Vater ... Mr. Moon hatte nichts mit dem zu tun, was geschah. Überhaupt nichts ...« Sie klopfte mit einem knochigen Finger auf Duanes Notizblock. »Schreib das auf. Weder Orville noch Vater sind dabeigewesen, als ... diese schreckliche Geschichte passiert ist.«

»Ja, Ma'am«, sagte Duane und hielt den Stift bereit. »Was *ist* denn passiert?«

Jetzt zitterten beide Hände von Mrs. Moon. Die Katzen sprangen von ihrem Schoß. »Nun, diese schreckliche Sache. Du weißt schon, die schlimme Sache, über die wir alle nicht sprechen wollen. Warum solltest du *darüber* schreiben wollen? Du scheinst mir so ein netter Junge zu sein.«

»Ja, Ma'am«, sagte Duane, der fast den Atem anhielt. »Aber man hat mir gesagt, ich soll über *alles* schreiben. Ich wäre Ihnen wirklich sehr dankbar für Ihre Hilfe. Von was für einer schrecklichen Sache reden wir denn? Hat sie etwas mit der Glocke zu tun?«

Mrs. Moon schien vergessen zu haben, daß er bei ihr im Zimmer war. Sie sah in den Schatten, wo ihre Katzen nur als Flüstern einer Bewegung zu erkennen waren. »Aber nein ...«, begann sie mit einer

Stimme, die kaum mehr als ein brüchiges Flüstern zustande brachte. Duane konnte draußen auf der Straße einen Laster vorbeifahren hören, aber Mrs. Moon blinzelte nicht. »Nicht mit der Glocke«, sagte sie. »Aber natürlich haben sie ihn daran aufgehängt, richtig?«

»Wen aufgehängt?« Duane flüsterte jetzt auch.

Mrs. Moon drehte das Gesicht in seine Richtung, aber ihre Augen schienen immer noch blind zu sein. »Aber selbstverständlich diesen schrecklichen Mann. Der das ...« Sie gab ein Geräusch von sich, und Duane sah, daß Mrs. Moon Tränen auf den Wangen hatte. Eine fand einen Weg durch den Irrgarten der Falten zu ihrem Mundwinkel. »Der das kleine Mädchen umgebracht und gegessen hat«, sprach sie mit fester Stimme weiter.

Duane hörte auf zu schreiben und sah sie an.

»Du schreibst das jetzt auf!« befahl die alte Dame und deutete auf ihn. Ihr Blick war aus der weiten Ferne zurückgekehrt und bohrte sich in Duane. »Es wird *Zeit,* daß das aufgeschrieben wird. Schreib alles auf! Vergiß nur nicht, in deinem Bericht zu erwähnen, daß weder Orville noch Mr. Moon dabei gewesen sind ... sie waren nicht einmal im *County,* als diese schreckliche Sache passiert ist. Schreib jetzt alles auf!«

Und während sie mit einer Stimme sprach, die sich für Duane wie altes Pergament in einem lange verschlossenen Kästchen anhörte, schrieb er alles auf.

19

Dale ging persönlich vorbei, um Harlen zur Versammlung bei Onkel Henry am Freitag einzuladen, und da wurde ihm erst klar, wie einsam ihr Freund gewesen sein mußte. Miß Jensen, Harlens Mutter, hatte Zweifel, ob es Jimmy gut genug für so einen Ausflug ging, aber Dale hatte auch für sie eine Einladung mitgebracht, und sie erhörte Harlens Flehen.

Dales Dad kam gegen zwei Uhr nach Hause, um halb vier brachen sie alle gemeinsam zur Farm auf, Harlen mit seinem sperrigen Gips saß neben seiner Mutter auf dem Rücksitz, zusammen mit Kev, während Mike und Dale und Lawrence sich hinten drängten. Sie waren bester Laune und sangen brüllend, als sie die Hügel hinauf und hinunter und am Friedhof vorbeifuhren.

Onkel Henry und Tante Lena hatten Stühle im schattigen Teil des Gartens aufgestellt, und es wurde jede Menge begrüßt und geschnattert, während Biff, Onkel Henrys großer deutscher Schäferhund, in einer wahren Ekstase der Begrüßung herumsprang. Die Erwachsenen ließen sich auf den Adirondack-Stühlen mit ihren breiten Brettern nieder, während die Jungs Schaufeln aus der Scheune holten und zur hinteren Wiese aufbrachen. Sie gingen langsamer als sonst und machten Tore für Harlen auf, statt über Zäune zu klettern, so kam der verletzte Junge gut mit.

Auf der hintersten Wiese vor dem Waldrand, unten am Bach, der von Süden verlief, fanden sie schließlich ihre Grabspuren vom vergangenen Sommer und fingen an, nach der Schmugglerhöhle zu graben.

Die Schmugglerhöhle hatte als Legende angefangen, war zu einer Geschichte verfeinert worden, die Onkel Henry ihnen vor Jahren erzählt hatte, und war heute ein Evangelium für die Jungs. Anscheinend hatte der Vorbesitzer in den zwanziger Jahren, während der Prohibition und bevor Onkel Henry die Farm gekauft hatte, Schmugglern aus dem benachbarten County gestattet, eine alte Höhle auf dem Gut zu benützen, um ihre Ware zu lagern. Die Höhle war zu einem zentralen Warenlager geworden. Ein Feldweg wurde angelegt. Die Höhle wurde erweitert, der Zugang versteckt, eine richtige Flüsterkneipe unterirdisch angelegt.

»Viele der großen Gangster haben hier haltgemacht, wenn sie von Chicago durchgefahren sind«, hatte Onkel Henry ihnen erzählt. »Ich würde auf einen Stapel Bibeln schwören, daß John Dillinger einmal hier war und drei Jungs von Al Capone runtergekommen sind, um Mickey Shaughnessy allezumachen . . . aber Mickey hat erfahren, daß sie kommen, und hat sich bei seiner Schwester drüben am Spoon River versteckt. Daher haben die drei Jungs von Capone den Laden mit Maschinenpistolen in Stücke geballert und einen Teil vom Fusel gestohlen.«

Das Ende der Geschichte war der aufregendste Teil. Der Legende zufolge war die Schmugglerhöhle kurz vor Beendigung der Prohibition von der Finanzbehörde ausgehoben worden. Aber anstatt die Ware zu entfernen, hatten die Bundesagenten einfach den Eingang mit Dynamit gesprengt, so daß die Höhle über dem Alkoholvorrat, der Flüsterkneipe mit ihren Tischen und der Mahagonibar und dem Pianola und sogar über drei Lastwagen und einem Model A zusammengestürzt war, die im Lagerraum gestanden hatten. Dann hatten sie die Straße aufgerissen, damit niemand mehr die Höhle finden konnte.

Dale und die anderen Jungs waren überzeugt, daß die Höhle selbst nicht eingestürzt war, nur der Eingang. Wahrscheinlich trennten nur anderthalb bis zwei Meter Erdaushub diesen archäologischen Fund von der Außenwelt. Wenn sie die richtige Stelle am Hang finden konnten und gruben . . .

Onkel Henry war im Laufe der Jahre eine große Hilfe gewesen, hatte den Jungs alte Reifenspuren gezeigt und verrostetes Metall, das seinem Bekunden zufolge in der Nähe der Höhle zurückgelassen worden war, hatte auf Mulden im Hang hingewiesen, die moglicherweise der Eingang, zumindest aber Notausgänge gewesen sein konnten, und ihm waren auch immer wieder neue Einzelheiten der Geschichte eingefallen, wenn das Interesse der Jungs nach tagelangem Graben und Suchen in der heißen Sonne nachgelassen hatte.

»Henry«, hatte Tante Lena einmal mit ungewöhnlich schneidender, warnender Stimme gesagt, »verdreh diesen Kindern nicht mit Ammenmärchen den Kopf.«

Onkel Henry hatte sich aufgerichtet, den Pfriem Kautabak in die andere Wange geschoben und gesagt: »Das sind keine Ammenmärchen, Mutter. Die Höhle *ist* irgendwo da draußen.«

Mehr hatten die Kinder nicht gebraucht. Im Lauf der Jahre sah Onkel Henrys Ostwiese – auf der ausschließlich der Stier weidete, wenn er einen hatte – wie die Berghänge um Sutter's Creek zirka 1849 aus, da Dale und Lawrence und ihre Freunde in jeder Mulde und Vertiefung und unter jedem grasbewachsenen Überhang gruben und überzeugt waren, daß sie *diesmal* den Eingang finden würden. Dale hatte oft davon geträumt, wie sich der letzte Spatenstich anfühlen würde, wenn sie durchbrachen – wie sich die dunkle Höhle vor ihnen auftun würde, möglicherweise mit einer noch brennenden Petroleumlampe im Innern und einem Geruch von gepanschtem Gin, der mit einem Hauch Luft herausdrang, die seit dreißig Jahren versiegelt gewesen war.

Duane traf gegen sechs Uhr ein – sein Vater setzte ihn auf dem Weg zum Black Tree ab – und unterhielt sich eine halbe Stunde mit den Erwachsenen auf dem schattigen Rasen, bevor er durch den Hof zu den hinteren Wiesen ging. Es fiel niemandem auf, aber er hatte sich für den Anlaß die neuesten braunen Cordhosen und das rote Flanellhemd angezogen, das ihm Onkel Art zu Weihnachten geschenkt hatte.

Auf der letzten Wiese fand er einen Kreis schmutziger und erschöpfter Jungs, die sich um ein neunzig Zentimeter tief in den Hügel gegrabenes Loch kauerten. Der Hang unter ihnen war mit großen Steinen übersät, die sie ausgegraben hatten.

»Hi.« Duane setzte sich auf einen der größeren Steine. »Glaubt ihr, ihr habt sie diesmal gefunden?« Die Schatten wurden länger, und diese Seite des Hügels lag im Schatten. Der Bach war wenig mehr als ein Rinnsal sechs Meter weiter unten, gleich neben dem flachen Abschnitt, den Dale in völliger Überzeugung immer für die ›Schmugglerstraße‹ gehalten hatte.

Dale wischte sich die Stirn ab und hinterließ eine Schmutzschliere.

»Wir haben es gedacht. Sieh mal ... wir haben dieses alte verfaulte Holz hinter dem großen Stein gefunden.«

Duane nickte. »Alter Baumstamm, hm?«

»Nein!« sagte Lawrence wütend. Sein T-Shirt starrte vor Dreck. »Es ist einer der Balken vor dem Eingang zur Höhle.«

»Verschalung«, sagte Mike.

Duane nickte und stieß das Holz mit dem Fuß an. Es waren Stummel von Zweigen daran. »Hm-hmm.«

»Ich habe ihnen gesagt, sie haben nicht alle Tassen im Schrank«, sagte Jim Harlen schadenfroh. Er verlagerte das Gewicht, damit der Gips nicht so störte. Es war ersichtlich, daß ihm der Arm immer noch weh tat, und er trug einen Verband um den Kopf, der Duane an Cranes *Die rote Tapferkeitsmedaille* erinnerte. Er versuchte, sich Jim Harlen als Henry Fleming vorzustellen.

»Hast du auch gegraben?« fragte Duane.

Harlen schnaubte. »Im Leben nicht. Meine Aufgabe ist es, den Fusel zu verhökern, wenn wir ihn finden.«

»Glaubt ihr, daß der immer noch gut ist?« Duanes Stimme klang unschuldig.

»He, der reift mit dem Alter, oder nicht?« sagte Harlen. »Wein und so was sind nach einer Weile viel Geld wert, richtig?«

Mike O'Rourke grinste. »Wir sind aber nicht sicher, ob das bei Gin auch so ist. Was meinst du, Duane?«

Duane hob einen Zweig auf und zeichnete Muster in den frischen Erdhaufen, den sie ausgehoben hatten. Das Loch war so tief, wenn Lawrence den Kopf hineinsteckte, sahen nur die Füße von den Knien an heraus. Duane stellte fest, daß es trotzdem eigentlich kein Tunnel war – keine Spur von einer Höhle –, lediglich eine Mulde im Hang. Die neueste von vielen.

»Ich vermute, ihr werdet mehr Geld machen, wenn ihr die alten Autos verkauft, die drinnen sind«, sagte er und ließ sich auf das Spiel ein. Was konnte es schon schaden, wenn man sich eine prallvolle Höhle wenige Meter unter dem weichen Erdboden vorstellte? War das weiter hergeholt als die ›Recherchen‹, die er in den letzten zwei Wochen durchgeführt hatte?

Aber Duane wußte jetzt, daß seine Recherchen keineswegs so weit hergeholt waren. Er griff zur Brusttasche, dann fiel ihm ein, daß er sein Notizbuch zu Hause bei den anderen in seinem Versteck gelassen hatte.

»Klar«, sagte Dale. »Oder wir machen ein Vermögen mit Führungen durch die Anlage. Onkel Henry sagt, wir können elektrisches Licht legen und sonst alles unverändert lassen.«

»Klasse«, sagte Duane. »Übrigens hat eure Mom gesagt, ihr sollt ins Haus kommen und euch waschen. Sie haben Steaks auf dem Grill.«

Die Jungs zögerten und kämpften zwischen ihrer nachlassenden Fixierung und dem wachsenden Hunger. Der Hunger gewann die Oberhand.

Sie gingen in Harlens Tempo zurück, hielten die Schaufeln wie Gewehre über den Schultern, redeten und lachten. Die Milchkühe trotteten zum Stall zurück, sahen die Gruppe fragend an und machten einen großen Bogen um sie. Die Jungs waren noch hundert Meter vom letzten Zaun entfernt, da rochen sie schon das Aroma brutzelnder Steaks im Abendwind.

Sie aßen auf der Steinveranda an der Ostseite des Hauses, während Schatten das goldene Licht auf dem Rasen verschluckten. Rauch stieg vom Grill auf, den Onkel Henry hinter dem Brunnen beim Holzzaun gemauert hatte. Obwohl Mike betont hatte, Maiskolben und Salat und Brötchen und Dessert wären mehr als ausreichend, hatte Tante Lena zwei Katzenwelsfilets paniert und in der Pfanne für ihn gebraten, so daß sie besonders knusprig waren. Mit Fisch und Steak bekamen die Jungs zwei große Körbchen Zwiebelringe mit dem Gemüse, das vor einer Stunde aus dem Garten geholt worden war. Die Milch war eiskalt und sahnig und ebenfalls an diesem Tag in Onkel Henrys Stall gemolken und eingelagert worden.

Sie aßen, während die Hitze des Tages nachließ. Eine Brise war aufgekommen, die die Schwüle vertrieb und in den Zweigen über dem Rasen raschelte. Die endlosen Maisfelder an der Westseite der Straße und im Norden schienen in einer seidigen Sprache zu flüstern.

Die Jungs saßen ein Stück abseits auf Steinstufen und Blumenpflanzmaschinen – Tante Lena hatte zwölf Ar des Gartens mit Blumen an allen strategischen Stellen bepflanzt –, während die Erwachsenen im Kreis saßen und die Teller auf dem Schoß oder den breiten Armlehnen ihrer Holzstühle hatten. Onkel Henry hatte einen Krug seines selbstgebrauten Biers geholt und Gläser im Kühlschrank in der Garage vorgekühlt.

Die Stimmen bildeten ein Medley, das Dale so vertraut war, daß er sich nicht vorstellen konnte, sie könnten eines Tages, und sei es nur teilweise, nicht mehr als Hintergrund da sein. Kevs schrilles Kichern und aufgeregte Stimme, Harlens bärbeißiger Sarkasmus, der stets Lachsalven auslöste, Mikes gesäuselte Anmerkungen, Lawrence schrill und hastig, als müßte er alles schnell herunterhaspeln, damit ihm überhaupt zugehört wurde, und Duanes seltene Bemerkungen. Die Stimmen der Erwachsenen waren gleichermaßen vertraut: Onkel Henrys krächzender Tonfall, mit dem er schilderte, wie er erst letzten Monat die Kühlerfigur eines 1928er Pierce Arrow gefunden hatte – ein todsicheres Zeichen, daß ein Gangster zur Schmugglerhöhle gefahren war und ein schlimmes Ende gefunden hatte; Tante Lenas heiseres Lachen – schlichtweg der sinnlichste und einmaligste menschliche Laut, den Dale je gehört hatte; die Stimmen seiner Eltern, die ihm so vertraut waren wie der Wind, der durch die Bäume wehte, sein Dad war heute entspannter denn je und erzählte lustige Erlebnisse aus seinem Vertreteralltag; das irgendwie pubertäre Kichern von Harlens Mom, hastig und aufgeregt, als hätte sie schon zuviel getrunken oder glaubte wie Lawrence, sie müßte sich beeilen, wenn sie sich überhaupt Gehör verschaffen wollte.

Ihre Messer hinterließen hellrote Spuren auf den Papptellern. Alle holten sich einen Nachschlag, viele sogar zwei. Die riesige Salatschüssel wurde zunehmend leerer; die in Folie gewickelten Maiskolben auf dem Grill wurden nach und nach abgeräumt; Onkel Henry lachte und plänkelte, während er frische Steaks auf den Grill legte und mit einer langen Gabel in der Hand alle in seiner Schürze mit der Aufschrift ›Kommt und holt's euch‹ anstrahlte.

Nach dem Essen nahmen die Jungs ihren Nachtisch, selbstgebakkener Rhabarberkuchen und Schokoladentorte – keiner begnügte sich mit nur einem Stück –, mit auf die Terrasse.

Onkel Henry und Tante Lena hatten im Lauf der Jahre verschiedene Anbauten an ihr Haus gemacht, ohne je etwas fertigzustellen oder wirklich umzubauen, sie hatten sich einfach immer dem nächsten Projekt zugewandt: Dale erinnerte sich an ein weißes Holzhaus mit vier Zimmern, als er mit sechs Jahren zum Begräbnis seiner Großmutter von Chicago hergekommen war. Jetzt war das Haus selbst aus Backsteinen erbaut, hatte vier Zimmer im ersten Stock und einen ausgebauten Keller. Onkel Henry hatte die Garage im ersten Jahr angebaut, als die Stewarts nach Elm Haven gezogen waren; Dale wußte noch, wie er in ihrem Rohbau gespielt hatte, während Onkel Henry Schlackesteine zur richtigen Höhe aufgeschichtet hatte. Jetzt war die Garage riesig – sie bot drei Autos und einem weiteren Fahrzeug Platz – und am Südhang des flachen Hügels erbaut, wo das Haus stand, so daß man von der Garage aus direkt in die Werkstatt im Keller konnte, und darüber befand sich, an das Gästezimmer und das große Schlafzimmer angrenzend, die Terrasse.

Die Kinder liebten die Terrasse am Abend, und sie wußten, früher oder später würden die Erwachsenen sich ebenfalls von der Steinveranda losreißen und heraufkommen. Die Terrasse war so groß wie ein Tennisplatz (obwohl keiner der Gruppe, außer Dale und Duane, je einen Tennisplatz gesehen hatte) und bestand aus mehreren Ebenen angebauter Plattformen, Treppchen und Wege; sie bot Ausblick nach Westen bis zur Straße und Mr. Johnsons Feldern; im Süden konnte man über die Einfahrt sehen, den Swimmingpool, den Onkel Henry gebaut hatte, den Wald und manchmal sogar bis zum Friedhof Calvary, wenn die Bäume im Herbst ihr Laub verloren hatten; im

Osten sah man auf Höhe des Heuschobers zum Stall und den Pferchen, und Dale stellte sich vor, er wäre ein mittelalterlicher Ritter, der von den Zinnen heruntersah und den Irrgarten der Schweinepferche, Futtertröge, Rampen, Hühnerställe und Hofumrandungen als Bollwerke seiner Festungswelt betrachtete.

Auf der Terrasse standen noch mehr Adirondack-Stühle – massive, seltsam bequeme Gebilde aus Holzplanken, die jeden Winter in Onkel Henrys Werkstatt im Keller entstanden –, aber die Kinder entschieden sich immer für die Hollywoodschaukeln. Auf der südlichsten Plattform standen drei: zwei an Metallgestängen und eine an den Holzpfosten mit den Scheinwerfern für die fünf Meter tiefer gelegene Einfahrt. Die ersten, die dort waren – Lawrence, Kev und Mike –, zwängten sich auf diese Schaukel und schwangen gefährlich weit über das Geländer hinaus. Mütter ließen sie auf dieser Schaukel nicht aus den Augen, die Stimmen von Vätern wurden warnend laut, aber bis jetzt war noch niemand hinausgefallen – doch Onkel Henry schwor, daß er eines Sommerabends auf dieser Schaukel eingeschlafen war, am nächsten Morgen von Ben – seinem größten Hahn – geweckt wurde, einen Schritt in Richtung Bad gemacht hatte, wie er meinte – und sich plötzlich zwischen den Purina-Futtersäcken wiederfand, die unten auf der Pritsche des Lieferwagens gelagert waren.

Sie zwängten sich auf die Schaukeln und schwangen hin und her und redeten und vergaßen darüber völlig, daß sie noch an der Schmugglerhöhle hatten arbeiten wollen. Es war sowieso zu dunkel. Der Himmel zeigte zwar noch etwas Blau, aber mehrere Sterne waren zu sehen, und von der Baumreihe südlich des Teichs waren keine Stämme mehr zu erkennen, nur eine einheitlich schwarze Linie. Glühwürmchen blinkten vor dem dunklen Hintergrund. Um den Teich herum und weiter unten am Hügel begannen Frösche und Laubfrösche ihren traurigen Chor. Schwalben flatterten unsichtbar in der Scheune, und irgendwo schrie ein Uhu.

Die hereinbrechende Nacht schien die Unterhaltung der Erwachsenen auf der Veranda zu einem angenehmen Summen zu dämpfen, und sogar das Plappern der Kinder wurde leiser und verstummte eine Zeitlang völlig, so daß nichts zu hören war außer dem Knirschen der Schaukelseile und den nächtlichen Geräuschen am Hügel, während der Himmel sich den Sternen öffnete.

Onkel Henry hatte die automatische Sicherheitsbeleuchtung abgeschaltet und die Terrassenlichter nicht angemacht, daher konnte Dale sich vorstellen, sie befänden sich auf dem Achterdeck eines Piratenschiffs unter dem tropischen Sternenzelt. Die Maisreihen auf der anderen Straßenseite erzeugten ein Geräusch, das sich ganz wie das Rauschen des Kielwassers eines Schiffes anhörte. Dale wünschte sich, er hätte einen Sextanten. Er spürte die Hitze des Tages und die verbrauchte Energie als Sonnenbrandwärme auf Wangen und Hals sowie Schmerzen in den Oberarmen und Beinen.

»Seht mal«, sagte Mike leise, »ein Satellit.«

Alle lehnten sich auf den Schaukeln zurück. Innerhalb der letzten halben Stunde war der Himmel merklich dunkler geworden, hier draußen, fernab der Stadt, konnte man die Milchstraße deutlich erkennen, und es bewegte sich *tatsächlich* etwas zwischen den Sternen. Ein Pünktchen, das zu hoch und schnell und schwach für ein Flugzeug war.

»Wahrscheinlich *Echo*«, sagte Kevin mit seiner Professorenstimme. Er erzählte ihnen alles über den gewaltigen reflektierenden Ballon, den die Vereinigen Staaten in den Orbit schießen wollten, um Radiowellen um die Erdkrümmung herum zu senden.

»Ich glaube, sie haben *Echo* noch gar nicht abgeschossen«, sagte Duane mit der schüchternen Stimme, die auch dann zum Vorschein kam, wenn er als einziger den Sachverhalt kannte. »Ich glaube, der soll im August gestartet werden.«

»Was ist es dann?« fragte Kevin.

Duane rückte die Brille an der Nase hoch und sah zum Himmel. »Wenn es ein Satellit ist, dann wahrscheinlich *Tiros*. *Echo* müßte richtig hell sein . . . so hell wie ein Stern. Ich freue mich schon darauf, ihn zu sehen.«

»Kommen wir im August noch mal hierher zu Onkel Henry«, sagte Dale. »Wir veranstalten eine *Echo*-Beobachtungsparty und graben wieder nach der Schmugglerhöhle.«

Ein zustimmender Chor antwortete. Dann sagte Lawrence: »Seht mal! Er verschwindet.«

Das Leuchten des Satelliten wurde schwächer. Sie verfolgten seine Bahn einen Moment schweigend. Dann sagte Mike: »Ich frage mich, ob wir je einen Menschen da hochschießen werden.«

»Die Russen arbeiten daran«, sagte Duane aus der Tiefe der Schaukel, die er für sich allein hatte. Dale und Harlen saßen ihm gegenüber.

»Ha . . . die Russen!« schnaubte Kevin. »Die schlagen wir um eine Meile!«

Duanes dunkler Umriß bewegte sich, seine Turnschuhe tapsten auf den Boden. »Ich weiß nicht. Mit dem Sputnik haben sie uns überrascht. Wißt ihr noch?«

Dale wußte es noch. Er erinnerte sich wie er an einem Oktoberabend vor drei Jahren im Garten gestanden hatte – er hatte den Müll hinausgebracht, und seine Eltern waren auch hinausgekommen, als sie im Radio gehört hatten, wann der Satellit über ihnen hinwegziehen sollte. Lawrence, damals noch ein kleiner Erstkläßler, hatte oben geschlafen. Gemeinsam hatten die drei durch die fast kahlen Zweige gesehen, bis sich das winzige Lichtchen zwischen den Sternen bewegt hatte. »Unglaublich«, hatte Dales Dad geflüstert, aber Dale erfuhr nie, ob es unglaublich war, daß die Menschheit endlich etwas ins All geschossen hatte, oder unglaublich, daß die *Russen* das geschafft hatten.

Sie beobachteten eine Weile den Himmel. Duane brach das Schweigen. »Ihr habt euch doch um Van Syke und Roon und die anderen gekümmert, oder nicht?«

Mike und Kevin und Dale wechselten Blicke. Dale stellte zu seinem Erstaunen fest, daß er sich schuldig fühlte, als wäre er schlampig gewesen oder hätte ein Versprechen nicht eingehalten. »Nun, wir haben angefangen, aber . . .«

»Schon gut«, sagte Duane. »Es war sowieso ein bißchen albern. Aber ich muß über Verschiedenes reden. Können wir uns morgen treffen . . . bei Tage?«

»Wie wäre es mit der Höhle?« fragte Harlen.

Die anderen brüllten ihn nieder.

»*Dahin* geh ich nicht mehr«, sagte Kev. »Wie wäre es mit Mikes Hühnerhaus?«

Mike nickte. Duane sagte okay.

»Zehn Uhr?« sagte Dale. Die Zeichentrickfilme, die er und Lawrence samstagvormittags gerne ansahen – Heckle und Jeckle, Ruff und Reddy – würden bis dahin vorbei sein.

»Lieber später«, sagte Duane. »Ich muß morgens ein paar Arbeiten erledigen. Wie wäre es mit ein Uhr? Nach dem Mittagessen.«

Alle willigten ein, zur Stelle zu sein, außer Harlen. »Ich hab' was Besseres zu tun«, sagte er.

»Kann ich mir denken«, sagte Kevin. »Zum Beispiel bei Michelle Staffney ein Autogramm für deinen Gips holen?«

Diesmal hörte das Lachen und Knuffen erst auf, als die Erwachsenen zu ihnen kamen.

Duane genoß den Rest des Abends. Er war froh, daß er erst später über seine Recherchen hinsichtlich der Borgia-Glocke sprechen mußte – besonders Mrs. Moons Enthüllungen –, da die Kinder und Erwachsenen sich über die Sterne und Raumfahrt und wie es sein würde, da draußen zu leben, unterhielten, und die Stunden vergingen, während sie schwatzten und den Himmel beobachteten. Dale hatte seinem Vater von ihrem Einfall erzählt, eine Party zu veranstalten, um *Echo* zu sehen, wenn der große Satellit im August sichtbar sein würde, und Onkel Henry und Tante Lena hatten dem Vorschlag sofort zugestimmt. Kevin versprach, er würde ein Teleskop mitbringen, und Duane hörte sich sagen, er würde auch sein selbstgebautes mitbringen.

Gegen elf löste sich die Party auf, und Duane bereitete sich auf den Fußmarsch nach Hause vor – er wußte, der Alte würde nicht vor den frühen Morgenstunden heimkommen –, aber Dales Dad bestand darauf, daß sie ihn die anderthalb Meilen fuhren. Es war ein überfüllter Kombi, der Duane vor seiner Küchentür absetzte.

»Sieht reichlich dunkel aus«, hatte Mrs. Stewart gesagt. »Glaubst du, dein Vater ist schon zu Bett gegangen?«

»Wahrscheinlich«, sagte Duane. Er gab sich in Gedanken einen Tritt, weil er vergessen hatte, ein Licht anzulassen.

Mr. Stewart wartete, bis Duane das Küchenlicht angemacht hatte und ihnen vom Fenster zuwinkte. Duane sah den roten Heckleuchten nach, die die Einfahrt hinabfuhren.

Duane wußte, er war paranoid, dennoch durchsuchte er das ganze Erdgeschoß und schloß die Hintertür ab, ehe er in sein Kellerzimmer hinunterging. Er zog die guten Sachen aus und duschte in der Ecke unten, aber anstatt einen Pyjama anzuziehen, zog Duane eine alte Cordhose, Halbschuhe und ein geflicktes aber sauberes Flanellhemd an. Er war müde; der lange Tag lag wie eine Zentnerlast auf ihm, aber sein Verstand war hellwach, daher dachte er, er könnte ein bißchen schreiben. Da er die Tür abgeschlossen hatte, mußte er sowieso auf den Alten warten. Er stellte das Radio auf WHO in Des Moines und machte sich an die Arbeit.

Versuchte es jedenfalls. Seine Skizzen und Aufzeichnungen kamen ihm nun kindisch und leer vor. Er fragte sich, ob er versuchen sollte, eine ganze Geschichte zu schreiben. Nein, dazu war er noch nicht bereit. Sein Zeitplan sah vor, daß er sich frühestens im nächsten Jahr an einer vollständigen Geschichte versuchte. Duane betrachtete seine Notizbücher voll Charakterstudien; Übungen im Schildern von *Action*-Szenen; Übungen, bei denen er verschiedene Schriftsteller und deren Stil nachgeahmt hatte – Hemingway, Mailer, Capote, Irwin Shaw –, seine Helden. Er seufzte, verstaute alles in seinem Versteck, legte sich aufs Bett und stützte die Schuhe auf das Metallgitter des Fußendes. Im vergangenen Winter war er aus seinem Bett herausgewachsen, daher mußte er jetzt diagonal schlafen, Füße an der Wand, oder die Beine anziehen. Er hatte es dem Alten noch nicht gesagt. Momentan konnten sie es sich nicht leisten, ein neues Bett zu kaufen. Duane wußte, im ersten Stock stand ein überzähliges, unbenutztes Bett – aber das war das Bett seines Vaters und seiner Mutter gewesen, als sie noch gelebt hatten, und er wollte nicht darum bitten.

Er sah zur Decke und dachte an Mrs. Moon, die Glocke und das fast unglaubliche Netz von Fakten, Hirngespinsten, Mutmaßungen und Schlußfolgerungen, die sich darum rankten. Onkel Art hatte die Ansätze erkannt. Wenn er die Geschehnisse von 1900 gekannt hätte, was hätte er dann gedacht? Duane fragte sich, ob er es den anderen Jungs verschweigen sollte.

Nein, sie haben ein Recht, es zu erfahren. Was auch passiert, es passiert auch mit ihnen.

Duane war gerade am Eindösen, als er den Laster des Alten die Einfahrt entlangkommen hörte.

Duane schlurfte verschlafen nach oben, ging durch die dunkle Küche und machte die Verandatür auf. Er war schon halb die Kellertreppe unten, als ihm auffiel, daß er den Motor des Pritschenwagens immer noch hören konnte; das Geräusch des fehlenden Zylinders war unmißverständlich. Duane ging zurück zur Tür.

Der Laster parkte mitten auf dem Hof, die Fahrertür stand offen, die Scheinwerfer brannten noch. Das Licht im Fahrerhaus war an, Duane sah, daß es leer war. Plötzlich ertönte ein Dröhnen aus der Scheune, bei dem Duane unwillkürlich einen Schritt in die Küche zurückwich. Er sah, wie der Mähdrescher aus dem großen Südtor kam und den neun Meter langen Maisernter wie eine Planierraupenschaufel mit scharfen Klingen vor sich herschob. Duane sah, wie sich das Scheinwerferlicht auf rotierenden Rädern und laufenden Ketten spiegelte und wurde sich bewußt, daß der Alte die roten Schutzbleche der acht Ernteeinheiten noch nicht wieder befestigt hatte.

Aber das Tor zu den südlichen Feldern *hatte* er geöffnet, stellte Duane fest, während die riesige Maschine über den Hof und ins Maisfeld polterte. Er sah ganz flüchtig seinen Vater als Umriß in der offenen Kabine – der Alte haßte verglaste Kabinen und benützte eben deshalb eine der älteren, offenen Dreschmaschinen –, dann war die Maschine im Mais.

Duane stöhnte. Der Alte war schon öfter betrunken heimgekommen und hatte den Laster beschädigt, aber noch nie eine der Landmaschinen kaputtgemacht. Ein neuer Mähdrescher oder eine Ernteeinheit für den Traktor würde ein Vermögen kosten.

Duane lief in Hausschuhen über den Hof und versuchte, über das Dröhnen des Motors hinweg zu brüllen. Es war sinnlos. Die Dreschmaschine drang in die erste Reihe ein und fraß sich nach Süden vor. Der Mais war erst rund vierzig Zentimeter hoch und hatte noch keine Kolben, aber das wußte die Erntemaschine nicht; Duane stöhnte wieder, als er sah, wie die schwachen Pflanzen sich bogen und abbrachen, wie die acht Sammelheber sie zu den Ketten führten, die sie wiederum zu den langen Metallschnappklingen brachten. Die Ketten dort zogen die Stengel zwischen die Räder und hätten Kolben abgetrennt, wären welche da gewesen.

Staub und Spreu der Maisstauden flogen durch die Luft, als die Mähmaschine nach rechts schwenkte, dann nach links und dann gerade mitten ins Feld hinein, wo sie eine neun Meter breite Schneise durch die Frucht fraß. Duane lief durch das offene Tor und folgte ihr brüllend und mit rudernden Armen. Der Alte sah nicht einmal zurück.

Die riesige Maschine war fast zweihundert Meter ins Feld vorgedrungen, als sie plötzlich ruckartig zum Stillstand kam. Der Motor wurde abgewürgt. Duane blieb stehen, rang keuchend nach Luft und stellte sich vor, wie der Alte über dem Steuer hing und ob der Frustration weinte, die ihn dazu getrieben hatte.

Duane holte tief Luft und rannte zu der verstummten Dreschmaschine.

Die Fahrtlichter oben an der Kabine waren aus, die Tür war offen, aber die Innenbeleuchtung war kaputt und die Kabine leer. Duane ging langsam näher und spürte die scharfen Stoppeln unter den Hausschuhen; er zog sich zu der schmalen Plattform an der linken Seite der Kabine hinauf.

Nichts.

Duane blickte über das Feld. Der Mais war wenig mehr als kniehoch, aber er erstreckte sich mehr als eine halbe Meile zu dunklen Grenzen in jeder Richtung, abgesehen von der zur Scheune zurück. Die Spur der Verwüstung hinter dem Mähdrescher war selbst im spärlichen Sternenlicht zu erkennen. Das Licht in der Scheune schien so fern zu sein wie die Sterne droben.

Duanes Herz hatte während des Laufs heftig geschlagen, und jetzt klopfte es wieder schneller. Er beugte sich über das Metallgeländer der Plattform und rechnete fast damit, den Umriß eines Menschen im Mais zu sehen, wo der Alte heruntergefallen war. Nichts.

Der Mais wuchs sehr dicht, die Reihen waren nicht mehr zu unterscheiden, da die Blätter der Pflanzen sich überlappten. Duane wußte, noch ein paar Wochen, dann würde das Feld schulterhoch stehen, ein Monolith aus Mais.

Aber jetzt hätte er den Alten sehen müssen. Er trat auf die Vorderseite der Plattform und sah über den Maisernter und die rechte Seite des Mähdreschers, so gut er konnte.

»Dad?« Seine Stimme schien piepsig. Duane rief noch einmal.

Keine Antwort. Nicht einmal das Rascheln der Pflanzen verriet ihm, in welche Richtung der Alte gegangen war.

Vom Hof ertönte ein Geräusch. Duane ging zum hinteren Rand der Plattform und sah, wie der Pritschenwagen im Hof auftauchte. Er verschwand hinter dem Haus, kam wieder vor dem Haus zum Vorschein und fuhr die Einfahrt zurück. Die Scheinwerfer waren aus, die Tür noch offen. Es sah aus, als würde ein Film rückwärts laufen. Duane wollte rufen, doch dann wurde ihm klar, wie nutzlos das sein würde; er sah schweigend zu, wie der Lastwagen das Ende der langen

Einfahrt erreichte und – immer noch unbeleuchtet – die County Six hinunterfuhr.

Das war nicht der Alte. Der Gedanke traf ihn wie kaltes Wasser, das seinen Rücken hinuntergeschüttet wurde.

Duane stieg in die Kabine und setzte sich auf den hohen Sitz. Er würde das gottverdammte Ding zum Haus zurückfahren.

Er sah keinen Schlüssel. Duane machte die Augen zu und versuchte, sich sämtliche Veränderungen vorzustellen, die der Alte am Zündsystem des Dings vorgenommen hatte. Er zog trotzdem am Starter. Nichts. Der Mähdrescher würde ohne den Zündschlüssel nicht anspringen.

Duane kippte den Schalter für die hellen Scheinwerfer; er würde damit die Batterie ziemlich schnell verbrauchen, aber dafür sechzig Meter des Felds beleuchten wie den lichten Tag.

Nichts. Der Schlüssel mußte stecken, fiel Duane wieder ein.

Er ging auf die Plattform hinaus, spürte den Schweiß auf dem Gesicht und atmete langsam und regelmäßig, um sich zu beruhigen. Der Mais, der vor wenigen Stunden noch so klein gewirkt hatte, schien nun groß genug zu sein und für alles mögliche ein Versteck zu bieten. Nur die neun Meter breite Schneise abgemähter Stoppeln bot einen überschaubaren Weg zur Scheune zurück.

Duane war noch nicht bereit, diesen Weg zu gehen.

Er trat auf einen Metallsims hinter der Kabine und zog sich zu dem leeren Getreidetank hoch. Die Metallabdeckung ächzte ein wenig unter seinem Gewicht. Duane beugte sich nach vorne, fand einen Handgriff und zog sich aufs Dach der Kabine. Aus einer Höhe von vier Metern war das Feld eine schwarze Masse, die sich bis zum Rand der Welt erstreckte. Die Westwiese lag eine halbe Meile rechts von ihm, die schwarze Linie von Mr. Johnsons Bäumen befand sich mehrere hundert Meter direkt voraus. Links verlief der Mais eine Viertelmeile bis zur Straße, wo er den Pritschenwagen davonfahren hörte. Duane konnte die Lichter von Onkel Henrys Farm eine Meile oder so südöstlich erkennen.

Leichter Wind kam auf; Duane zitterte und machte die obersten Knöpfe seines Hemdes zu. *Ich bleibe hier. Sie erwarten, daß ich zu Fuß zurückkehre, aber ich bleibe hier.* Noch während er das dachte, fragte er sich, wer ›sie‹ sein mochten.

Plötzlich war das leiseste Flüstern einer Bewegung im Mais zu hören; Duane beugte sich nach vorne und sah, wie sich etwas zwischen den niederen Pflanzen bewegte ... *dahinglitt.* Ein anderes Wort gab es nicht für das, was er sah: etwas Langes und Großes glitt mit wenig mehr als einem Rascheln wie Seide zwischen dem Mais dahin. Es war etwa fünfzehn Meter entfernt, und lediglich die schwache Bewegung der Pflanzen kennzeichnete sein Kielwasser.

Wäre er auf dem Meer gewesen, dachte Duane, hätte er geglaubt, daß ein Delphin neben dem Schiff herschwamm und ab und zu mit einem glatten, glänzenden Rücken durch die Oberfläche brach.

Das Sternenlicht glänzte *tatsächlich,* als etwas über die Höhe des Maises herauskam und wieder darunter verschwand, aber der feuchte Schimmer, den Duane sah, schien das Spiegeln von Sternenlicht auf Schuppen zu sein, nicht auf Haut.

Der Gedanke, es könnte der Alte da draußen sein, der im niederen Mais herumtaumelte, verschwand völlig, während Duane das Kielwasser des Dings beobachtete, das im Gegenuhrzeigersinn einen gewaltigen Kreis beschrieb und sich schneller bewegte als es einem Menschen möglich gewesen wäre. Duane hatte den Eindruck, als würde sich eine gigantische Schlange durch den Mais bewegen, ein Ding mit einem Körper so dick wie der von Duane selbst. Etwas, das viele Meter lang war.

Duane gab einen Laut wie ein verschlucktes Lachen von sich. Das war Irrsinn.

Das Ding im Mais hatte ein Viertel des Umkreises seines Weges um den Mähdrescher zurückgelegt, als es den kahlen Streifen erreichte, wo die Maschine die Pflanzen abgeerntet hatte.

Das Kielwasser lief so glatt aus wie bei einem Fisch, der das Ende seines Spielraums an einem Angelhaken erreicht, machte kehrt und lief entlang derselben unsichtbaren Linie nach Süden. Duane hörte ein Geräusch und kroch zum anderen Ende des Dachs. Auf der Westseite der Maschine kroch etwas gleichermaßen Großes und Stummes durch den Mais. Duane stellte fest, daß die Dinger jedesmal, wenn sie das Ende ihres Kreises erreichten, etwa dreißig Zentimeter einwärts rückten.

O Scheiße, hauchte Duane im präzisen Ton eines Gebets. Er würde auf jeden Fall auf dem Mähdrescher bleiben. Wenn er zurückgegangen wäre, als es logisch erschien, würden diese beiden Dinger jetzt neben ihm hergleiten.

Das ist Wahnsinn. Er verdrängte diesen Gedanken. Es *war* Wahnsinn ... unmöglich ... und doch geschah es. Duane spürte das kalte Metall der Dreschmaschine unter Handflächen und Unterarmen, roch die kühle Luft und feuchte Erde und wußte, so unmöglich es war, es passierte wirklich. Er mußte sich damit auseinandersetzen und nicht einfach so tun, als wäre es gar nicht da.

Das Sternenlicht spiegelte sich auf etwas Langem und Glitschigem, während die beiden Schlangen-Schnecken-Wesen ihre unermüdlichen Kreise beschrieben. Duane mußte an ein Neunauge denken, das er einmal im Spoon River gefangen hatte, als er mit Onkel Art angeln gewesen war. Das Ding hatte nur aus einem Maul und Zahnreihen bestanden, die in einen roten Schlund hinabführten und nur darauf warteten, bis sie etwas packen und ihm die Lebenssäfte aussaugen konnten. Duane hatte monatelang Alpträume gehabt. Er beobachtete, wie die Dinger auf ihren Patrouillen aneinander vorbeiglitten und lediglich mit einem leisen Rascheln und der Andeutung einer Bewegung ihren Standort verrieten.

Ich bleibe bis zum Morgen hier. Und dann? Duane wußte, es war noch nicht Mitternacht. Was wollte er machen, wenn er die fünf Stunden bis zum Morgen durchhielt? Vielleicht würden die Dinger bei Tageslicht verschwinden. Wenn nicht, konnte er auf dem Dach stehen, das Hemd als Flagge benützen und dem Verkehr auf der County Six winken. Jemand würde ihn sehen.

Duane trat von der Kabine auf den Getreidetank und sah hinter den Mähdrescher. Nichts war in der Nähe. Falls die kreisenden Bewegungen näher zur Maschine kommen würden, konnte er in Null Komma nichts wieder aufs Dach springen.

Ein Geräusch von der so weit entfernten Einfahrt, das Geräusch eines Lastermotors, keine Scheinwerfer.

Es war der Alte! Er kam zurück.

Duane stellte fest, daß das Motorengeräusch nicht das richtige war, und im selben Augenblick konnte er das Fahrerhaus im Hoflicht sehen.

Rot. Hohe Seitenwände. Schorfiges Fahrerhaus.

Der Abdeckereilaster fuhr durch den Hof und vorsichtig zum Tor hinaus auf das Feld.

Duane sprang auf das Dach des Mähdreschers und mußte sich setzen, damit die plötzliche Übelkeit vorbeiging. *Oh, verdammt!*

Der Abdeckereilaster fuhr etwa hundert Meter die abgemähte Schneise entlang aufs Feld, hielt dann an, stellte sich aber vorher quer, als wollte er Duanes Fluchtweg versperren. Er war immer noch fast hundert Meter entfernt, aber Duane konnte die Kadaver im Laderaum riechen, als der Wind von Nordosten in seine Richtung wehte.

Bleib dort! Bleib dort! befahl er dem Laster im Geiste.

Er blieb, wo er war, aber vor dem fernen Schein des Hoflichts konnte Duane Bewegungen hinten auf der Ladefläche sehen. Bleiche Gestalten kletterten an den hohen Seiten herunter und sprangen von der Heckklappe des Lasters. Sie schlurften auf den Mähdrescher zu.

Scheiße! Duane schlug mit den Fäusten aufs Dach. Als die Gestalten zwischen ihn und das ferne Licht kamen, konnte er erkennen, daß sie Menschengestalt hatten. Aber sie bewegten sich seltsam ... merkwürdig schlurfend. Es waren eine, zwei ... er zählte sechs.

Duane schwang sich in die Kabine und suchte hinter dem Sitz nach dem Werkzeugkasten, den der Alte dort aufbewahrte. Er steckte sich einen Neun-Zoll-Schraubenzieher in den Gürtel und zog das größte und schwerste Werkzeug heraus – einen vierzig Zentimeter langen

Schraubenschlüssel. Er wog ihn in der Hand und ging auf das Dach zurück.

Die gleitenden Ungeheuer waren näher, keine zehn Meter von der Mähmaschine mehr entfernt. Die sechs Gestalten schlurften die abgemähte Schneise entlang. Duane konnte nur noch vier davon erkennen, aber ohne das Licht hinter ihnen war es sehr dunkel. Sie waren weniger als zwanzig Meter entfernt.

»Hilfe!« schrie Duane. »Helft mir!« Er rief es in die ungefähre Richtung von Onkel Henrys Haus, das eine Meile entfernt war. »Bitte, helft mir!«

Er verstummte. Sein Herz schlug so heftig, daß er sicher war, es würde ihm die Brust sprengen, wenn er sich nicht beruhigte.

Versteck dich im Getreidetank! Nein. Es dauerte zu lange, die Blechabdeckung hochzuziehen, außerdem war das kein richtiges Versteck.

Schließ dieses Ding kurz. Sein Herz machte einen Sprung vor Hoffnung. Er ließ sich auf ein Knie nieder und machte sich unter dem schmalen Armaturenbrett zu schaffen. Unter dem Lenkrad verlief ein Wust Kabel, die der Alte ausnahmslos modifiziert und neu angeschlossen hatte. Ohne Licht konnte Duane die Farben der Isolierung nicht erkennen und abschätzen, welche Kabel zur Zündung verliefen und welche nur zu den Ventilatoren oder Lichtern oder so gehörten. Er zog wahllos vier heraus, biß die Isolierung an den Enden ab und hielt sie rasch aneinander. Die erste Kombination ergab gar nichts. Die zweite auch nicht. Er sah nach der dritten auf und spähte hinaus, weil Schritte ertönten.

Die menschlichen Gestalten waren nur noch rund fünf Meter vom Mähdrescher entfernt.

Die beiden ersten schienen Männer zu sein . . . der größere hätte Van Syke sein können. Die dritte Gestalt sah wie eine Frau in Lumpen oder in einem Leichentuch aus; Fetzen schleiften hinter ihr her. Duane blinzelte, als ihm auffiel, daß das Sternenlicht auf ihrer Wange bloßliegenden Knochen zu erhellen schien.

Drei weitere Gestalten waren in den kniehohen Mais gegangen. Die erste war kleiner und trug einen Uniformhut, der das Gesicht in Schatten hüllte.

Duane seufzte, trat auf die Plattform und hob den Schraubenschlüssel. Sechs. Mindestens.

Er sprang über das Geländer auf den breiten Maisernter, wo er auf der schmalen Haltestrebe balancierte. Die acht Ernteeinheiten glänzten kalt, die langen Enthülserrollen und Ketten waren zum Boden geneigt, die Schnauzen waren in die Maispflanzen vergraben, wo die Maschine aufgehört hatte zu fressen.

Metallstufen hallten hinter ihm, als jemand auf die Plattform stieg. Ein Schatten kam um die rechte Seite des Mähdreschers, war aber noch ein paar Meter entfernt. Der Gestank des Abdeckereilasters war stärker denn je.

Duane hatte gewartet, bis die im Mais gleitenden Wesen einander passiert hatten und sich an den entferntesten Punkten ihrer Bahn befanden. *Jetzt.*

Er sprang über den Maisernter, knickte Pflanzen um, als er auf dem weichen Boden landete, dann rappelte er sich hoch, rannte, spürte den Schraubenzieher, der an seinen Bauch drückte, und vergewisserte sich, daß er den Schraubenschlüssel noch in der Hand hielt.

Maispflanzen raschelten rechts und links von ihm, als die Neunaugenmonster den Kurs umkehrten und auf ihn zupflügten. Hinter ihm waren Schritte auf Metall zu hören und knirschende Geräusche, wenn Maispflanzen geknickt wurden.

Duane rannte so schnell er konnte, schneller als er sich je zu träumen gewagt hätte. Die Baumreihe von Mr. Johnsons Wald war direkt voraus; er konnte die Glühwürmchen dort flimmern sehen wie glühende Augen.

Etwas strich rechts von ihm vorbei, eine Woge knickender Maispflanzen verlief direkt vor ihm. Duane stolperte, versuchte stehenzubleiben, wäre beinahe darauf gestürzt.

Einmal hatten er und der Alte Onkel Art geholfen, eine Rolle Teppichboden ins neue Haus eines Freundes zu tragen. Diese Teppichrolle mußte elf Meter lang und gerollt neunzig Zentimeter hoch gewesen sein. Sie hatte eine Tonne gewogen. Das Ding vor Duane im Mais war länger.

Duane schwankte, als sich das Ding zu ihm herumdrehte. Es war unter den Maispflanzen geblieben, weil sich der größte Teil davon im feuchten Erdboden befand und sich hindurchgrub wie ein Riesenwurm. Das Vorderteil kam jetzt an die Oberfläche, Sternenlicht funkelte auf seinen Zähnen.

Genau wie bei dem Neunauge.

Das Ding schnellte auf Duane zu wie ein angreifender Wachhund. Er machte eine Pirouette wie ein Matador und schlug mit dem Schraubenschlüssel so fest zu, daß er einen Schädel damit hätte einschlagen können.

Das Ding hatte keinen Schädel. Der Schlüssel prallte von dicker, feuchter Haut ab. *Als würde man auf ein unterirdisches Kabel schlagen,* dachte Duane bruchstückartig, während der Schlund des Dings wieder im Erdboden verschwand, der Rücken sich wie der einer Seeschlange aufbäumte und Sternenlicht auf der Haut funkelte. Duane mußte an die schleimige Haut eines Katzenwels denken.

Wenige Meter hinter ihm ertönten rasche Schritte und das Geräusch brechender Pflanzen.

Der Soldat. Bleiche Hände wurden ausgestreckt.

Duane wich gewandt aus und warf den schweren Schraubenschlüssel. Der Mann in der Uniform versuchte erst gar nicht, sich zu ducken. Der Uniformhut flog davon, der Schlüssel traf mit einem ekelerregenden Knirschen auf Knochen.

Die Gestalt hielt weder inne, noch taumelte sie. Die Arme waren ausgestreckt, die Finger wanden sich wie Maden. Jemand anders – eine große, dunkle Gestalt – bewegte sich rechts von Duane. Eine dritte lief weiter hinaus, um Duane den Weg abzuschneiden. In den Schatten waren weitere Bewegungen auszumachen.

Duane zog den Schraubenzieher aus dem Gürtel, duckte sich, wandte sich nach links und versuchte, geduckt im Mais zu bleiben. Er wirbelte herum, als er eine Bewegung hinter und unter sich spürte und sprang nach rechts.

Nicht schnell genug. Das Schneckending war wieder hochgekommen, strich an Duanes linkem Bein entlang und tauchte wieder in den Boden ein.

Duane rollte sich durch den Mais und bemühte sich, wieder auf die Beine zu kommen, während er ein Kribbeln im linken Bein spürte, als hätte jemand ein Stromkabel daran gehalten. Er stolperte, hielt den Schraubenzieher wie ein Messer, balancierte auf dem rechten Bein und sah nach unten.

Etwas hatte ein handtellergroßes Stück aus der Wade seines linken Beins herausgerissen. Ein unregelmäßiges Loch war in seiner Cordhose, ein noch unregelmäßigeres in seinem Fleisch. Duane schluckte, als er feststellte, daß er dort bloßliegendes Muskelgewebe sah. Im Sternenlicht wirkte das Blut schwarz.

Duane hüpfte auf einem Bein, holte das Taschentuch aus der Tasche und band es direkt unterhalb des Knies fest um das andere. Er würde später darüber nachdenken.

Er hüpfte auf die dunkle, so weit entfernte Baumreihe zu. Ein plötzlicher Aufruhr vor ihm im Mais bewog ihn, nach links zur County Road auszuweichen.

Drei Gestalten warteten auf ihn. Duane sah Zähne im spärlichen Licht funkeln. Die kleinste Gestalt – der Soldat – bewegte sich nach vorne, als stünde sie auf einer Plattform auf Rollen, die von einem Kabel gezogen wurde; das Ding glitt steif aufrecht und mit Beinen, die sich kaum bewegten, auf Duane zu.

Duane versuchte gar nicht erst wegzulaufen. Als die weißen Finger nach seinem Hals griffen, gab Duane einen Laut von sich, der teils Grunzen und teils Knurren war, senkte den Kopf und stieß den Schraubenzieher durch die Khakiuniform in den Bauch des Mannes. Das Werkzeug glitt so mühelos hinein wie in eine verfaulte Wassermelone, drang bis zum Heft ein und durchschnitt etwas Weiches, Nachgiebiges im Innern.

Duane keuchte und wich zurück. Die dunkle Gestalt stand noch. Sie hatte beide Hände um Duanes linken Arm geklammert. Duane wollte sich losreißen, schaffte es aber nicht. Er schlug mit der Schraubenzieherspitze nach der Hand.

Etwas Schweres traf Duane im Nacken, er fiel hin und trat um sich; Blut von seinem linken Bein hatte inzwischen die Hose getränkt und sein Hemd bespritzt. Seine Brille flog in die Nacht. Er hatte beide Hausschuhe verloren, an seinen Füßen klebte Schlamm, während er panisch nach den Gestalten trat, die sich ihm näherten. Etwas Langes und Feuchtes glitt an seinem Gesicht vorbei und vergrub sich im Boden. Er wollte danach stechen, mußte aber feststellen, daß ihm der Schraubenzieher aus der Hand gewunden worden war. Viele Finger griffen mittlerweile nach seinen Armen und zerrten daran.

Mindestens vier hielten ihn fest. Eine Knochenhand wurde auf sein Gesicht gedrückt und zwang seine Wange in den Lehm. Duane biß in die Hand, kaute Fleisch, das wie Hähnchen schmeckte, das zu lange in der Sonne gelegen hatte, spie es aus und spürte, wie seine Zähne auf Knochen bissen. Die Hand ließ nicht locker. Er sah flüchtig das von Lepra und Fäulnis zerfressene Gesicht einer alten Frau.

Das ist ein Alptraum, betete er, wußte aber, daß es keiner war. Etwas – nicht das Schlangenmonster – nagte an seinem anderen Bein und knurrte wie ein tollwütiger Hund.

Witt, dachte er und spürte, wie die Hoffnungslosigkeit schließlich wie eine Flutwelle über ihm zusammenschlug, *hilf mir!*

Jemand duckte sich neben seinem Kopf, stellte ihm einen schweren Stiefel auf die Wange und drückte ihn tiefer in den Lehm. Eine abgebrochene Maisstaude riß ihm die Kopfhaut auf. Ein Geräusch war zu hören, als würde eine große Katze einen Fellballen auswürgen.

Noch ein Geräusch. Die Welt dröhnte und kreiste jetzt um ihn herum, doch während Duane am Rand der Bewußtlosigkeit taumelte und mit einem klinischen, distanzierten Teil einsah, daß diese ebensosehr von Schock und Angst wie vom Blutverlust herrührte, wurde ihm klar, worum es sich bei diesem Dröhnen handelte.

Der Mähdrescher war angelassen worden. Er kam in der Dunkelheit auf ihn zugefahren. Duane hörte, wie Maispflanzen ausgerissen, zerkaut und ins ungeschützte Maul der Enthülserrollen gezogen wurden. In der Luft lagen die Gerüche von Verwesung mit denen von frisch geernteten Pflanzen im Widerstreit.

Duane bemühte sich aufzustehen, trat um sich, biß und versuchte, eine Hand freizubekommen, damit er nach den dunklen Gestalten und Gewichten greifen konnte, die ihn niederdrückten. Der Stiefel auf seinem Gesicht übte stärkeren Druck aus. Duane spürte, wie sein Wangenknochen brach, hielt aber nicht inne mit seinem wütenden

Bemühen, aufzustehen, gegen diese Gestalten zu kämpfen und auf die Beine zu kommen.

Plötzlich erfolgte eine Bewegung, der Gestank um ihm herum veränderte sich, er konnte kurz die Sterne sehen, und dann füllten Lärm und Masse des Mähdreschers die ganze Welt aus.

In dem Augenblick, als der Stiefel von seinem Gesicht verschwand, hob Duane den Kopf aus dem Lehm. Ein gewaltiger Sog ergriff seine Beine, eine unwiderstehliche Kraft hob ihn hoch und drehte ihn herum und zog ihn auf den Strudel zu, den er mit jeder Faser seines Körpers spüren konnte, aber einen Sekundenbruchteil, den allerkürzesten Augenblick, war er frei – er konnte die Sterne sehen – und hob ihnen das Gesicht entgegen, während er in die Dunkelheit gezogen wurde, die unter ihm und um ihn herum dröhnte.

In Elm Haven war Mike O'Rourke in Memos Zimmer eingenickt, während er mit einem Baseballschläger über den Knien in dem Polstersessel vor dem Fenster saß. Er erwachte ruckartig, als er ein Geräusch hörte.

Am Südrand der Stadt schreckte Jim Harlen aus seinem Alptraum von dem Gesicht am Fenster hoch. Es war dunkel im Zimmer. Sein Arm schmerzte vom Knochen heraus, und er hatte einen schrecklichen Geschmack im Mund. Ihm wurde klar, daß ihn ein ferner, aber gewaltiger Lärm geweckt hatte.

Kevin Grumbacher hatte geträumt, als ihn etwas weckte und er sich im Bett aufrichtete und in der sterilen Dunkelheit seines Zimmers nach Luft schnappte. Ein Geräusch hatte ihn geweckt. Kevin lauschte, hörte aber nur das laute Summen der Klimaanlage durch die Lüftungsgitter. Dann hörte er es wieder. Und wieder.

Dale wachte mit einem Ruck auf, genauso wie immer, wenn er einschlief und träumte, daß er fiele. Sein Herz klopfte, als wäre etwas Schreckliches passiert. Er sah blinzelnd in das schattige Zimmer und spähte zum Nachttischlämpchen. Er konnte Bewegungen im Bett nebenan spüren und merkte, wie Lawrences warme Finger an seinem Pyjamaärmel zupften und fragten, was nicht in Ordnung war.

Dale schlug die Decke zurück und fragte sich, was ihn geweckt hatte, während er in die Dunkelheit blinzelte.

Dann erklang es wieder. Ein schrecklicher Laut, und tief, der in Dales Gehirn widerhallte. Er sah zu Lawrence und stellte fest, daß sein Bruder sich die Ohren zuhielt und mit großen Augen zu ihm herüberblickte.

Er hört es auch.

Es ertönte wieder. Eine Glocke . . . lauter, tiefer, schrecklicher hallend als jede Kirchenglocke in Elm Haven. Der erste Schlag hatte ihn geweckt. Der zweite verhallte in der schwülen Dunkelheit. Beim dritten zuckte Dale zusammen, hielt sich ebenfalls die Ohren zu und drückte sich ins Bettzeug, als könnte er sich vor dem Geräusch verstecken. Er rechnete damit, daß seine Mutter und sein Vater ins Zimmer gelaufen kommen würden, wartete auf Rufe der Nachbarn, aber außer der Glocke war kein Laut zu hören, keine Reaktion als die, daß er und sein Bruder dem schrecklichen Laut entfliehen wollten.

Die große Glocke schien bei ihnen im Zimmer zu sein, als sie vier schlug, und dann weiter – unbarmherzig –, Schlag für Schlag bis Mitternacht.

20

Dale spielte am Samstagvormittag Baseball mit den Jungs, als er die Neuigkeit erfuhr. Chuck Sperling und einige seiner Freunde waren gerade mit ihren teuren Fahrrädern vorbeigefahren.

»He, dein Freund Duane ist tot«, rief Sperling Dale zu, der auf dem Werferhügel stand.

Dale sah ihn fassungslos an.

»Du spinnst«, sagte Dale schließlich und spürte, wie trocken sein Mund plötzlich geworden war. Dann wurde ihm klar, wovon sie sprachen. »Du meinst Duanes Onkel, richtig?«

»Nn-nnn«, sagte Sperling. »Nn-nnn, ich spreche nicht von seinem *Onkel*. Das war letzten Montag, oder? Ich spreche von Duane McBride. Der ist mausetot.«

Dale machte den Mund auf, wußte aber nichts zu sagen. Er versuchte zu spucken. Sein Mund war zu trocken. »Verdammter Lügner«, brachte er heraus.

»Nn-nnn«, sagte Digger Taylor, der Sohn des Bestattungsunternehmers. »Er lügt nicht.«

Dale blinzelte und sah Sperling wieder an, als wäre der große Junge der einzige, der dem Scherz ein Ende machen konnte.

»Ohne Scheiß«, sagte Sperling, warf den Ball in die Luft und fing ihn wieder auf. »Sie haben Diggers Dad heute morgen zu McBrides Farm geholt. Der Dicke ist in einen Mähdrescher geraten . . . Einen Mähdrescher, Herrgott noch mal. Sie haben über eine Stunde gebraucht, bis sie die Leichenteile aus den Messern und Zahnrädern und allem heraus hatten. Nur noch Hackfleisch. Dein Dad hat gesagt, sie können den Sarg unmöglich offen lassen bei der Beerdigung, oder etwa nicht, Digger?«

Digger sagte nichts. Er sah Dale direkt an, aber in seinen hellgrauen Augen war nichts zu sehen. Chuck Sperling warf weiter den Ball in die Luft.

»Nimm das zurück!« Dale hatte Handschuh und Ball fallengelassen und ging langsam auf den größeren Jungen zu.

Sperling machte die Hand frei und runzelte die Stirn. »He, was ist denn mit dir los, Stewart? Ich hab' gedacht, dich interessiert, daß . . .«

»Nimm es zurück!« flüsterte Dale, wartete aber nicht auf eine Antwort. Er stürmte mit gesenktem Kopf los und warf sich auf Chuck Sperling. Sperling konnte die Arme hochreißen und Dale einen Schlag auf den Kopf verpassen, als Dale in Reichweite kam und anfing, auf ihn einzudreschen. Er kickte Sperling in den Magen, hörte den Atem entweichen und konnte noch drei oder vier feste Schläge auf den Rippen landen, einen direkt über dem Herzen.

Sperling wurde die Luft aus den Lungen gepreßt. Er sackte gegen den Drahtzaun. Als er die Arme senkte, schlug Dale ihm ins Gesicht. Beim zweiten Schlag floß Blut aus Sperlings Nase, beim dritten knirschten Zähne, aber Dale spürte keine Schmerzen, als die Haut von seinen Knöcheln geschürft wurde. Sperling klappte zusammen, wimmerte, schützte das Gesicht mit den Unterarmen und preßte die Hände auf den Kopf.

Dale kickte ihn zweimal ganz fest in die Seite. Als Sperling die Arme sinken ließ, packte Dale ihn am Hals und drückte ihn gegen den Zaun. Er würgte ihn mit der linken Hand; die rechte war frei und schlug wieder zu, traf am Ohr, auf der Stirn, am Mund . . .

Sehr weit entfernt ertönten Schreie. Hände zogen und zerrten an Dales T-Shirt. Er achtete nicht darauf. Sperling fuchtelte panisch und schlug Dale mit den Handflächen ins Gesicht. Dale blinzelte und schlug dem größeren Jungen so fest er konnte die Faust aufs linke Auge.

Plötzlich spürte Dale schreckliche Schmerzen in den Nieren, eine Hand griff ihm unters Kinn und zog, und dann wurde er weggezerrt.

Digger Taylor trat zwischen ihn und Sperling. Dale brüllte etwas und versuchte, den kleineren Jungen niederzuwerfen. Digger krümmte die Schulter und rempelte Dale einmal fest unter dem Solarplexus.

Dale fiel keuchend und würgend in den Staub. Er rollte sich zum Drahtzaun und versuchte, sich hochzuziehen. Er bekam keine Luft in die Lungen, und ihm war, als wäre sein Herz stehengeblieben.

Lawrence kam kreischend von der alten Bank beim Zaun gestürmt, schnellte fast zwei Meter durch die Luft und landete auf Diggers Rücken. Digger warf den Achtjährigen gegen den Zaun.

Lawrence prallte ab und landete auf den Füßen, als wäre der Zaun ein vertikales Trampolin. Er hatte den Kopf gesenkt, seine rudernden Arme verschwammen fast, als er auf Taylor sprang. Digger wich zurück und versuchte, Lawrences Kopf unten und von sich fernzuhalten. Beide stolperten über den wimmernden Chuck Sperling und fielen ineinander verschlungen zu Boden, wobei Lawrence nicht aufhörte, um sich zu schlagen und Dreckklumpen zu werfen. Barry Fussner kam dazu, schritt um die zuckenden Gestalten herum und versuchte, einen feigen Fußtritt auf Lawrences Kopf zu landen.

»He!« rief Kevin, der jetzt auch hinzukam. Er schob Fussner weg. Barry versuchte, nach Kevin zu treten, aber Kev packte den Fuß des schweren Jungen und stieß ihn in den Dreck hinter dem Schlagmal. Bill Fussner brüllte etwas und stürmte los, wich aber zurück, als Kevin sich zu ihm umdrehte. Bob McKown und Gerry Daysinger johlten allgemeine Aufmunterungen. Tom Castanatti war auf dem Feld geblieben, wo er war.

Digger packte Lawrence am T-Shirt, wirbelte ihn in die Luft und warf ihn über die lange Bank. Er zog Sperling hoch und wich mit ihm zu ihren beiden Fahrrädern zurück. Lawrence sprang mit geballten Fäusten auf die Beine.

Dale taumelte vom Zaun weg; er bekam noch immer keine Luft, ließ sich davon aber nicht aufhalten und hob die Fäuste. Er ging drei Schritte auf Sperling zu und wußte, diesmal würde er nicht aufhören, bis sie ihn umbrachten oder Sperling die Lüge zurücknahm.

Schwere Hände senkten sich von hinten auf Dales Schultern. Er versuchte sie abzuschütteln, schaffte es nicht, fluchte, trat nach hinten aus und drehte sich um, damit er das Hindernis beseitigen und es Sperling wieder zeigen konnte.

»Dale! Hör auf, Dale!« Sein Vater ragte über ihm auf und hielt ihn mit einem Arm um die Taille fest.

Dale wand sich einen Augenblick, aber dann sah er zu seinem Dad auf, blickte in die Augen seines Vaters und wußte es. Er sank im Staub auf die Knie, und lediglich der stützende Arm seines Vaters verhinderte, daß er nach vorne fiel.

Digger Taylor und Chuck Sperling fuhren davon; Sperlings Rad schwankte, da der Junge fuhr, aber gleichzeitig in sich zusammengesunken war und weinte. Die Fussners fuhren hinterher. Lawrence stand am Rand des Parkplatzes und warf Steine hinter ihnen her, bis sein Vater ihm befahl, damit aufzuhören.

Dale konnte sich an den Marsch zum Haus zurück nicht erinnern. Möglicherweise stützte er sich auf den Arm seines Vaters. Möglicherweise ging er allein. Er wußte noch, daß er nicht weinte. Da nicht. Noch nicht.

Mike bereitete sich gerade darauf vor, beim Begräbnis einer alten Dame als Meßknabe zu fungieren, als er das von Duane hörte. Er zog gerade das Meßgewand über die Soutane, als Rusty Ramirez, der einzige andere Meßknabe, der an diesem Tag erschienen war, zu ihm sagte: »Herrje, haste von dem Jungen gehört, der heute morgen auf der Farm gestorben ist?«

Mike erstarrte. Irgendwie wußte er sofort, welche Farm, welcher Junge. Aber er sagte: »War es Duane McBride?«

Ramirez erzählte es ihm. »Sie haben gesagt, er ist in eine Art Landmaschine gefallen. Möglicherweise heute früh. Mein Dad ist bei der Freiwilligen Feuerwehr, die sind heute morgen hingerufen worden. Konnten nichts mehr für den Jungen tun ... er war tot ... aber sie haben eine ganze Zeit gebraucht, bis sie ihn aus der Maschine raushatten und so.«

Mike setzte sich auf die nächste Bank. Seine Arme und Beine fühlten sich an wie Wasser. Die Ränder seines Sehbereichs wurden irgendwie dunkel, daher legte er die Ellbogen auf die Knie und den Kopf darauf. »Bist du sicher, daß es Duane McBride war?« fragte er.

»Klar doch. Mein Dad kennt seinen Dad. Er hat ihn erst gestern abend im Black Tree gesehen. Mein Dad sagt, der Junge muß einen Mähdrescher zum Maisernten gefahren haben, weißt du? Als wäre er übergeschnappt oder so. Im Juni ernten! Und irgendwie ist er rausgefallen und wurde in den Drescher gezogen ... du weißt doch, wo die Klingen und der Enthülser und das alles ist? Dad hat mir nicht alles verraten, aber er hat gesagt, sie konnten den Jungen nicht an einem Stück rausholen, und als sie versucht haben, am Arm zu ziehen ...«

»Das reicht!« sagte Pater Cavanaugh barsch von der Tür. »Rusty, geh raus und mach Wein und Wasser fertig! *Sofort*!« Als der Junge gegangen war, kam der Priester zu Mike und legte ihm behutsam die Hand auf die Schulter. Mike konnte jetzt wieder gut sehen, aber aus irgendeinem Grund zitterte er. Er umklammerte die Schenkel fest, damit das Zittern aufhörte, aber es ging nicht.

»Hast du ihn gekannt, Michael?«

Mike nickte.

»Ein enger Freund?«

Mike holte tief Luf. Er zuckte die Achseln, dann nickte er. Das Zittern schien jetzt bis in seine Knochen vorgedrungen zu sein.

»War er katholisch?« fragte Pater C.

Mike senkte wieder den Kopf. Seine erste Reaktion war zu sagen: *Wen kümmert das einen Scheißdreck?* »Nein«, sagte er. »Das glaube ich nicht. Er ist nie zur Kirche gegangen. Ich glaube, er und sein Dad gehören gar keiner Kirche an.«

Pater C. gab ein leises Geräusch von sich. »Einerlei. Ich werde ihn gleich nach diesem Gottesdienst besuchen.«

»Sie können nicht zu Mr. McBride gehen, Pater«, sagte Rusty von der Tür. Er hatte die kleinen Flaschen mit Wein und Weihwasser in den Händen. »Die Polizei hat den Vater des Jungen nach Oak Hill gebracht. Sie glauben, er hat ihn vielleicht ermordet.«

»Das reicht, Rusty«, sagte Pater C. mit tieferer Stimme als Mike es jemals gehört hatte. Und dann sagte der Priester unglaublicherweise: »Und jetzt verpiß dich und warte auf Michael und mich!«

Rustys Kiefer klappte herunter, er sah Pater C. einen Moment lang mit aufgerissenen Augen an, dann wuselte er zum Altar. Mike hörte, wie sich die Trauergemeinde zu Mrs. Sarranzas Begräbnis einfand.

»Wir denken an deinen Freund Duane, während wir die Messe lesen und Gott um seine Barmherzigkeit bitten«, sagte Pater Cavanaugh leise und berührte Mike zum letzten Mal an der Schulter. »Bereit?«

Mike nickte, hob das große Kruzifix, das an einer Wand bereitstand, und folgte dem Priester in einer feierlichen Prozession zum Altar.

Am Spätnachmittag kam Dales Vaters nach oben, um mit ihm zu reden. Dale lag auf dem Bett und lauschte den Rufen und Schreien der jüngeren Kinder auf dem Schulhof auf der anderen Straßenseite. Die glücklichen Stimmen schienen sehr weit entfernt zu sein.

»Wie geht es dir, Tiger?«

»Prima.«

»Lawrence ißt etwas. Bist du sicher, daß du uns nicht Gesellschaft leisten willst?«

»Nein. Danke.«

Sein Dad räusperte sich und setzte sich auf Lawrences Bett. Dale lag auf dem Rücken, hatte die Finger über der Stirn verschränkt und betrachtete die winzigen Risse in der Decke. Er lauschte, als sich sein Vater setzte, und rechnete halb damit, eine Bewegung unter dem Bett zu hören. Aber nur die Geräusche von draußen drangen wie die schwüle Luft durch die Fliegengitter. Der Tag war grau und drückend schwül.

»Ich habe Constable Sills noch einmal angerufen«, sagte sein Dad. »Und diesmal bin ich durchgekommen.«

Dale wartete.

»Das mit dem Unfall stimmt«, sagte sein Dad. Seine Stimme klang heiser und gepreßt. »Es gab einen schrecklichen Unfall mit ihrer Maisdreschmaschine. Duane ... Nun, Barney denkt, daß es wahrscheinlich sehr schnell passiert ist. Aller Wahrscheinlichkeit nach hat Duane nicht gelitten ...«

Dale zuckte leicht zusammen und konzentrierte sich darauf, ein Muster in den Rissen an der Decke zu entdecken.

»Die Polizei war den ganzen Vormittag draußen«, fuhr sein Dad fort, der offenbar begriff, daß Dale alle Einzelheiten wissen mußte, wie schrecklich sie auch sein mochten. »Sie werden die Ermittlungen fortsetzen, sind aber ziemlich sicher, daß es ein Unfall war.«

»Was ist mit seinem Vater?« flüsterte Dale.

»Was?«

»Duanes Vater. Hat die Polizei ihn nicht festgenommen?«

Dales Vater kratzte sich an der Oberlippe. »Wer hat dir das gesagt?«

»Mike war hier. Er hat es von einem Jungen gehört. Sie sagen, Duanes Vater wäre wegen Mordes festgenommen worden.«

Sein Vater schüttelte den Kopf. »Darren McBride wurde verhört, wie der Constable gesagt hat. Er war ... weg und hat bis spät in die Nacht getrunken und konnte keine Rechenschaft über ein Tun heute morgen ablegen. Aber Mr. Taylor und der Gerichtsmediziner sagen beide ... Dale, willst du das wirklich hören ...«

»*Ja*«, verlangte Dale.

»Nun, ich glaube, sie können feststellen, wie lange es her ist, seit jemand ... verschieden ist. Zuerst haben sie gedacht, daß der Unfall heute morgen passiert sei, nachdem Mr. McBride nach Hause gegangen war und ... geschlafen hat ...«

»Seinen Rausch ausgeschlafen«, sagte Dale.

»Ja. Nun, zuerst waren sie der Meinung, daß der Unfall heute morgen passiert sei, wie gesagt, aber dann war der Gerichtsmediziner ganz sicher, daß es etwa gegen Mitternacht geschehen sein mußte. Mr. McBride ist aber bis lange nach Mitternacht im Black Tree gewesen. Er hat Zeugen. Außerdem sagt Barney, der Mann ist außer sich ... wie von Sinnen ...«

Dale nickte. Mitternacht war zutreffend. Er erinnerte sich an den Schlag der Glocke um zwölf. Der Glocke, die gar nicht in Elm Haven existierte. Er sagte: »Ich will hin.«

Sein Vater beugte sich nach vorne. Dale konnte den Geruch von Seife und Tabak an seinen Händen und Unterarmen riechen. »Zur Farm raus?«

Dale nickte wieder. Er dachte, daß er jetzt ein Muster in den Rissen erkennen konnte. Ein Muster wie ein großes Fragezeichen aus Zickzacklinien.

»Ich glaube, das wäre heute nicht sehr klug«, sagte sein Vater leise. »Ich rufe später an. Mal sehen, wie Mr. McBride sich hält. Fragen, ob es einen Gedenkgottesdienst oder eine Begräbniszeremonie gibt. Dann bringen wir etwas zu essen vorbei. Vielleicht morgen ...«

»Ich gehe«, sagte Dale.

Sein Vater dachte, er würde von der Beerdigung sprechen. Er nickte, strich seinem Sohn über den Kopf und ging nach unten.

Dale blieb noch eine Zeitlang liegen und dachte nach. Er mußte eingedöst sein, denn als er die Augen wieder aufschlug, war das Zimmer dämmerig grau, die Rufe der Kinder waren den Grillen und nächtlichen Geräuschen gewichen, und Dunkelheit war aus den Ekken gekrochen. Dale lag vollkommen reglos, atmete kaum und wartete auf einen Laut unter Lawrences Bett, auf den Schlag der Glocke, auf irgend etwas ...

Als es zu regnen anfing, und der Regen kam so schnell und heftig, als würde man einen Wasserhahn aufdrehen, saß Dale am Fenster und sah die Umrisse der Blätter vor stummem Wetterleuchten, hörte das Gluckern des Wassers in den Rinnen und das Prasseln des Regens auf Blättern und der Schlackeeinfahrt, als der Wolkenbruch nachließ. Ein Blitz erleuchtete die Depot Street, naß und schwarz in der Nacht, und das Dachgestühl von Old Central ragte über den Wachtposten der Ulmen auf der anderen Straßenseite auf.

Die Brise, die jetzt durch das Fliegengitter strich, war frisch. Dale erzitterte, schlüpfte aber nicht unter die Decke. Noch nicht. Er mußte nachdenken.

Er und Mike zogen los, nachdem jeder am nächsten Tag seine jeweilige Kirche besucht hatte. Für Dale war Reverend Millers Predigt ein fernes Murmeln; später, während der Heimfahrt, hatte seine Mutter bemerkt, wie verständnisvoll die Worte des Reverend über die Tragödie der McBrides gewesen waren, aber Dale hatte sie nicht einmal gehört.

Er sagte seiner Mom, daß er zu Mikes Hühnerhaus fahren würde; er wußte nicht, was Mike seiner Familie gesagt hatte, wenn überhaupt. Dale mußte den Eeawkee-Ruf nicht anbringen – Mike wartete unter der großen Ulme, wo sie sich zum ersten Mal getroffen hatten. Mike trug einen Gummimantel, den ihm das *Peoria Journal-Star* für das Zeitungsaustragen gegeben hatte.

»Du wirst tropfnaß«, sagte Mike, als Dale auf dem Gehweg zum Stillstand kam.

Dale sah durch die Äste hoch. Es regnete immer noch heftig; es war ihm gar nicht aufgefallen, obwohl er feststellte, daß er eine Windjacke angezogen hatte. Vom Schirm seiner Baseballmütze tropfte es bereits. Er zuckte die Achseln. »Gehen wir!«

Regen prasselte auf den kniehohen Mais, als sie am Wasserturm vorbeistrampelten, auf der Jubilee College Road nach Osten und dann wieder nach Norden auf der County Six. Sie versteckten die Fahrräder im hohen Gras am Hügel zu Onkel Henrys Haus. Es regnete jetzt noch stärker, und Mike machte einen Aufstand, weil das Fahrrad naß wurde.

»Komm schon!« flüsterte Dale.

Sie kletterten über den Zaun und gingen in Mr. Johnsons Wald. Auf dem nächsten Hügel hinter ihnen konnten sie den Friedhof erkennen; der schmiedeeiserne schwarze Zaun vor dem grauen Himmel machte einen winterlichen Eindruck. Im Wald tropfte es, und

Dale spürte, wie seine Tennisschuhe sich noch mehr vollsogen, während er und Mike durch die Schirmbäume und kniehohen Gräser stapften. Der Hang war schlüpfrig, an den steileren Stellen mußten sie sich an Bäumen oder Büschen festhalten und sich hochziehen.

Sie kamen auf der schmalen Wiese heraus, die an die Südseite der Farm der McBrides grenzte, und Mike ging voraus nach Westen, zum hinteren Feld. Duanes Farm war hinter fast einer Meile niederer Maispflanzen gerade noch zu sehen. Der Himmel bestand aus einer Vielzahl verschiedener Grautöne und schien so nieder wie eine Decke über ihnen zu hängen. Am Zaun blieben sie stehen.

»Ich glaube, das verstößt gegen das Gesetz«, flüsterte Mike.

Dale zuckte die Achseln.

»Nicht nur das unbefugte Betreten«, sagte Mike. Er rückte die Kapuze seines Regenmantels zurecht, Wasser platschte herunter. »Spuren am Schauplatz eines Verbrechens vernichten oder so.«

»Sie sagen, daß es ein Unfall war.« Dale stellte fest, daß er flüsterte, obwohl im Umkreis von einer Meile niemand zu sehen war. »Wie kann es der Schauplatz eines Verbrechens sein, wenn es ein Unfall war?«

»Du weißt, was ich meine.« Mike zog die Kapuze ab und sah über das Feld. Keine Spur von einem Mähdrescher. Überhaupt nichts zu sehen. Die Scheune der McBrides war weit entfernt und sah wie jede x-beliebige Scheune aus.

»Machen wir es, oder nicht?« fragte Dale.

»Klar.« Mike zog die Kapuze wieder auf, dann kletterten sie über den Zaun.

Sie schlichen geduckt über das Feld. Die Straße war mehrere hundert Meter entfernt, aber sie fühlten sich in dem niederen Mais wie auf dem Präsentierteller. Dale kam sich vor wie beim Kriegspielen; er lief blitzschnell vorwärts, duckte sich und winkte Mike nach. Auf diese Weise überquerten sie das Feld.

Sie hatten schon über die Hälfte hinter sich, als sie die Schneise des gemähten Maises erblickten. Es war, als hätte jemand einen Rasenmäher auf das Feld gebracht und eine trunkene Spur Stoppeln in den grünen Pflanzen hinterlassen. Dann sahen sie das gelbe Band.

Die letzten zwanzig Meter legten sie so tief gebückt zurück, daß ihre Knie und Hände sandig wurden.

»Großer Gott«, flüsterte Mike.

Auf dem gelben Band stand POLIZEILICHE ERMITTLUNGEN – BETRETEN VERBOTEN, eine Warnung, die unendlich oft wiederholt wurde, das Plastikband war in einem ungefähren Quadrat gespannt, dessen Seite mindestens fünfzehn Meter maß. Innerhalb dieses Areals hörte die Schneise des abgeernteten Maises plötzlich auf und es begann eine Fläche, die von vielen Füßen zertrampelt war.

Dale hielt einen Augenblick inne, wo das Band über die Maispflanzen gespannt war, dann überquerte er es und schritt rasch zu dem geräumten Areal. Mike folgte ihm.

»Großer Gott«, flüsterte Mike noch einmal.

Dale wußte nicht, was er erwartet hatte; möglicherweise, daß die Dreschmaschine noch dastehen würde, oder den mit Kreide gezeichneten Umriß eines menschlichen Körpers am Boden, wie in den Fernsehserien, die er immer ansah. Aber da war nur niedergetrampelter Mais ... er konnte erkennen, wo die große Maschine gewendet hatte, wo die Reifen tiefe Spuren im Sand hinterlassen hatten, der inzwischen zu Schlamm geworden war. Es sah aus wie auf dem Feld, wo jedes Jahr der Old-Settlers-Jahrmarkt abgehalten wurde; von zahllosen Füßen niedergetreten. Dale sah Zigaretten zwischen den nassen und umgeknickten Maispflanzen liegen, einen Tabaksbeutel Marke Red Pouch, Papierschnipsel, ein paar Plastikverpackungen. Es war schwer, genau zu bestimmen, wo die Dreschmaschine gewesen war ... wo der Unfall stattgefunden hatte.

»Hier«, rief Mike.

Dale kam hin, blieb aber geduckt, falls Mr. McBride oder jemand von der Farm hersah. Er sah den Laster nicht in der Einfahrt oder auf dem Hof, aber Haus und Scheune verdeckten einen Teil des Blickfelds.

»Was?« sagte er.

Mike deutete. Ein Teil des niedergetrampelten Maises hier sah aus, als wäre er mit dunkelrotbrauner Farbe bespritzt worden. Wegen des Regens war ein Teil der Farbe verblaßt, aber die Unterseiten der Maisblätter waren noch besudelt.

Dale ging in die Hocke, berührte eine Pflanze, hielt die Finger hoch. In den Sekunden, ehe sie der Regen von seinen Fingern spülte, konnte er rostfarbene Schlieren sehen.

Duanes Blut? Der Gedanke war unerträglich. Er stand auf und ging um den Kreis der verwüsteten Pflanzen herum, sah allerorten Chaos und erinnerte sich, wie sein Vater seiner Mutter erzählt hatte, Barney hätte gesagt, die Staatspolizisten und freiwilligen Feuerwehrmänner hätten die Unfallstelle so sehr niedergetrampelt, daß die Polizei von Oak Hill nicht viel rekonstruieren konnte. *Rekonstruieren,* dachte Dale. *Seltsames Wort für die Aufklärung, wie etwas oder jemand vernichtet worden ist.*

»Wonach suchen wir eigentlich?« flüsterte Mike aus zwanzig Schritt Entfernung. »Hier liegt nur jede Menge Plunder herum.«

»Such weiter!« flüsterte Dale. »Wenn wir es gefunden haben, wissen wir es.« Er trat zwischen den Mais außerhalb der Polizeiabsperrung und ging geduckt die Reihe entlang.

Nach fünf Minuten hatte er es gefunden, keine zehn Meter von dem verwüsteten Areal entfernt. Es war unter den Blättern des wachsenden Maises kaum zu sehen, aber sein Turnschuh war in etwas steckengeblieben, und er hatte sich gebückt und nachgesehen. Als er winkte, kam Mike gelaufen. Die beiden kauerten auf Händen und Knien, der Regen prasselte auf Maispflanzen neben ihren Ohren.

»Ein Loch«, flüsterte Dale. Er maß es mit zwei Händen. Nicht ganz dreißig Zentimeter im Durchmesser, aber die Erde um das Loch herum sah aufgewühlt und seltsam aus. Er steckte eine Hand hinein, aber Mike zog sie hastig wieder zurück.

»Nicht.«

»Warum?« sagte Dale. »Ich wollte nur sehen, ob es weiter drinnen breiter ist. Ist es. Überzeug dich selbst.«

Mike schüttelte den Kopf.

»Die Seiten fühlen sich auch komisch an«, sagte Dale. »Irgendwie steif. Und das Loch hat Furchen an den Seiten.« Er hob den Kopf. Auf der Farm der McBrides regte sich nichts, aber er hatte das deutliche Gefühl, daß sie beobachtet wurden. »Suchen wir, ob wir noch mehr finden.«

Sie fanden noch sechs weitere. Das größte hatte einen Durchmesser von über vierzig Zentimetern, das kleinste war kaum größer als ein Mauseloch. Ein Muster war nicht ersichtlich, aber die meisten befanden sich näher zur Farm auf beiden Seiten der abgeernteten Schneise.

Dale wollte sich in die Scheune schleichen und feststellen, ob der Mähdrescher dort war.

»Herrgott noch mal . . . warum willst du das?« flüsterte Mike und zog seinen Freund weiter herunter. Sie waren zu nahe. Die Jungs konnten schon die Ziffern auf den Klipsen in den Ohren der wenigen Kühe hinter der Scheune lesen.

»Ich will nur . . . ich muß . . .« Dale holte tief Luft.

Als eine Tür zugeschlagen wurde, warfen sich beide Jungs zwischen den Reihen in den Schlamm. Als sie da lagen und hörten, wie ein Lastwagenmotor angelassen wurde, stellte Dale fest, daß es fast aufgehört hatte zu regnen. Die Luft war noch von einem feinen Nebel erfüllt, aber der Wolkenbruch hatte aufgehört.

»Er ist die Einfahrt runter«, flüsterte Mike. »Aber mir ist, als wäre noch jemand da. Gehen wir in den Wald zurück.«

»Ein Blick in die Scheune«, flüsterte Dale und wollte aufstehen.

Mike zog ihn nach unten. »Ich habe diese Dinger schon gesehen.«

Dale duckte sich und sah Mike in seinem Regenmantel blinzelnd an. »Was für Dinger?«

»Die Löcher. Diese Tunnel.«

»Wo?«

Mike drehte sich um und entfernte sich von der Farm. »Komm mit, dann erzähle ich es dir.« Er ging geduckt zur nächsten Reihe.

Dale zögerte. Er war nur rund dreißig Meter von der Scheune entfernt. Das Gefühl, daß er beobachtet – observiert – wurde, war immer noch stark, aber ebenso der Wunsch, die Maschine zu sehen. Dieser Wunsch war kaum von morbider Neugier begleitet; der Gedanke, die Schneiden oder Räder oder was auch immer zu sehen, die seinen Freund zerfleischt hatten, machten ihn krank, aber er *mußte* es wissen . . . damit er verstehen konnte.

Es hatte wieder angefangen zu regnen. Dale sah nach Süden, sah flüchtig Mikes Regenmantel zwischen den Maispflanzen, dann drehte er sich um und folgte ihm.

Es würde später noch Zeit sein.

21

Es regnete mit Unterbrechungen drei Wochen lang. Jeden Morgen fand am Himmel ein blitzschnell umschlagender Krieg zwischen Sonnenschein und Wolken statt, aber gegen zehn fing es stets an zu nieseln und zur Mittagszeit regnete es vom tiefhängenden Himmel.

Am 25. Juni und 2. Juli wurde die Gratisvorstellung abgesetzt, obwohl am zweiten Samstag der Himmel klar und der Abend mild waren. Am nächsten Morgen stellte sich der Regen wieder ein. Rings um Elm Haven schien die durstige Erde von Illinois die Feuchtigkeit zu trinken und nach mehr zu verlangen. Die schwarze Erde wurde noch schwärzer. Fast überall in Amerika kannten Farmer die Faustregel, wonach der Mais am vierten Juli kniehoch sein sollte; in Illinois hatte diese Faustregel stets auf ›hüfthoch‹ gelautet, aber diesen Sommer stand der Mais am 4. schon fast schulterhoch.

Der 4. fiel auf einen Montag, und obwohl sich die Erwachsenen über das seltene lange Wochenende zu freuen schienen, wurde ihre Freude doch ein wenig durch den Regen getrübt, wegen dem die Parade und das Feuerwerk abgesagt werden mußten. Elm Haven verfügte nicht über einen Etat für ein städtisches Feuerwerk, aber aufgrund einer hundert Jahre zurückreichenden Tradition brachten die Leute ihre eigenen Wunderkerzen, Raketen und Kracher auf den Schulhof mit. Einige wenige ließen sich auch in diesem Sommer sehen, aber am Abend war Wind aufgekommen, der nächtliche Sturm setzte früh ein und die Feuerwerker gaben ihre Bemühungen auf, als Streichhölzer nicht brannten und Zündschnüre kein Feuer fingen.

Dale und Lawrence betrachteten die Blitze, welche anstelle des Feuerwerks zuckten, wohlbehalten von der Veranda. Explosionen weißen Lichts liefen am südwestlichen Horizont entlang und zeichneten die Umrisse von Bäumen, Giebeldächern und die wuchtige Masse von Old Central ab. In den dunklen Intervallen zwischen den Blitzen schien die Schule in einem inneren Licht zu leuchten, einer weichen, pilzartigen Phosphoreszenz, die den Schulhof in blaugrünes Leuchten tauchte und einen Dunst statischer Elektrizität um die uralten Ulmen aufzubauen schien, die den Block umgaben. Eine dieser Ulmen explodierte und starb vor ihren Augen am Abend des 4. Juli, aber ob sie von einem Blitz getroffen worden oder einfach vom Wind geknickt worden war, vermochten Dale und Lawrence nicht zu sagen. Der Lärm war selbst aus sechzig Meter Entfernung ohrenbetäubend. Der halbe Baum blieb stehen, ein zerklüfteter, abgebrochener Zahn, während der belaubte, lebende Teil mit einem lauten Krachen auf den Schulhof stürzte.

Nachdem das Gewitter vorbeigezogen war, gingen Dale und Lawrence hinein. Sie hatten ein paar Kracher von der Veranda geworfen, Wunderkerzen angezündet und Heuler auf den Stufen hochgehen lassen, aber der Wind war kalt, und sie waren eigentlich nicht mit dem Herzen dabei.

In der Stille nach dem Unwetter wuchsen die Millionen Hektar Mais um die Stadt herum immer höher und bildeten eine dichte grüne Masse, die die Landstraßen zu Korridoren zwischen hohen Mauern machte, den Horizont vor Blicken verbarg und Substanz aus dem Sonnenlicht des nächsten Tages herauszusaugen schien, bis der hellste Fleck der Gegend nicht heller war als die dunklen Schatten unter den Ulmen der Stadt.

Dales Familie brachte Mr. McBride etwas zu essen. Das hatte die Hälfte aller Familien in der Stadt getan. Dale kam mit, als sie die bekannte aber seltsam unbekannte Landstraße am Friedhof und bei Onkel Henry vorbeifuhren und in die lange Einfahrt einbogen. Hier schien der Mais noch höher als auf den umliegenden Feldern zu sein, die Einfahrt war praktisch ein Tunnel.

Bei ihren ersten beiden Besuchen machte niemand die Tür auf, obwohl Mr. McBrides Pritschenwagen auf dem Hof parkte. Beim drittenmal machte er die Tür auf, nahm die Pasteten und den Kuchen mit einem gemurmelten Dank entgegen und murmelte noch etwas, als Dales Eltern ihr Beileid aussprachen. Dale hatte Duanes Vater stets älter als alle anderen Eltern eingeschätzt, aber McBrides Aussehen machte ihn betroffen: Die verbliebenen Haarsträhnen schienen in den letzten paar Wochen grau geworden zu sein, die Augen lagen tief in den Höhlen und waren blutunterlaufen, das linke fast geschlossen, wie nach einem Schlaganfall, das Gesicht sah mehr wie das einer zersprungenen und schlecht wieder zusammengeklebten Büste als nach dem eines Mannes mit Falten aus, und die grauen Bartstoppeln verliefen an den Wangen hinab über den Hals bis in das schmutzige Unterhemd.

Während der langen Fahrt zurück unterhielten sich Dales Eltern mit leisen, traurigen Stimmen miteinander.

Niemand wußte mit Bestimmtheit, welche Maßnahmen für Duanes Beerdigung oder Gedenkgottesdienst getroffen worden waren. Man munkelte in der Stadt, Mr. Taylor hätte den Leichnam einem Bestattungsinstitut in Peoria übergeben – demselben, das auch Onkel Arts Einäscherung übernommen hatte. Man munkelte weiter, der Junge wäre nach einer privaten Gedenkfeier ebenfalls verbrannt worden.

Niemand wußte, was Mr. McBride mit der Asche gemacht hatte.

Nachts, kurz vor dem Einschlafen, mußte Dale daran denken, daß sein Freund jetzt nur noch als Häufchen Asche existierte, und bei dem Gedanken richtete er sich mit klopfendem Herzen im Bett auf, und die tiefempfundene Erkenntnis keimte in ihm, daß mit dem Universum etwas *nicht stimmte.*

Wenn er manchmal zwischen Regenschauern den Rasen mähte oder etwas anderes machte, wobei er seiner Fantasie freien Lauf lassen konnte, stellte sich Dale vor, daß Duane McBride noch lebte, daß er seinen Tod nur vorgetäuscht hatte und sich irgendwo versteckte, wie der Comic-Held Spirit oder Mickymaus in den Comic-Abenteuern, in denen er das Phantom jagte. Dann rechnete Dale immer halb damit, er würde einen Anruf bekommen und die ruhige Stimme seines Freundes würde sagen: »Wir treffen uns in der Höhle. Ich habe Informationen.«

Dale fragte sich, *welche* Informationen ihnen Duane beim Treffen im Hühnerhaus hatte geben wollen. Dem Treffen, das nie zustande gekommen war. Er konnte sich nicht vorstellen, wie Duane viel über Tubby und die Schule herausgefunden haben konnte, wo er doch nur die Farm und die Bibliothek hatte. Aber im Lauf der vier Jahre ihrer Freundschaft hatte Dale gelernt, Duane nie zu unterschätzen.

Nach Mikes Enthüllungen über den Tunnel auf dem Friedhof und ähnlichen Tunneln unter seinem Haus hatten sich die Jungs immer seltener getroffen. Jeder schien sich in sein eigenes Schneckenhaus von Familie und tagtäglichen Arbeiten zurückzuziehen, als könnten sie dort Sicherheit vor der umliegenden Dunkelheit finden.

Lawrence hatte mehr denn je Angst vor dem Dunkel. Manchmal weinte er im Schlaf und bestand auf einer Vierzig-Watt-Birne in der Lampe auf der Kommode statt dem schwachen Nachttischlämpchen. Ihre Mutter kam häufig herein und machte das hellere Licht aus, wenn Lawrence eingeschlafen war, aber der Achtjährige wachte mehrmals kreischend auf.

Bevor ihr Dad zu einer achttägigen Verkaufsreise durch Indiana und den Norden von Kentucky aufbrach, brachte ihre Mutter Lawrence und Dale zum ortsansässigen Arzt, um mit ihm über ihre Ängste und die wilde Anschuldigung zu sprechen, die Dale eines Abends beim Essen ausgesprochen hatte, daß nämlich Erwachsene Duane und Tubby Cooke ermordet hätten. Der Arzt namens Viskes war ein ungarischer Flüchtling, der erst seit achtzehn Monaten im Land war und noch Probleme mit dem Englischen hatte. Die Kinder nannten ihn alle Dr. Vicious – Dr. Böse –, weil er sich keine neuen Nadeln für die Spritzen leisten konnte und die alten immer wieder sterilisierte, bis jede die schiere Qual war.

Dr. Viskes verschrieb schwere Arbeit und frische Luft als Mittel gegen den Unsinn der Kinder. Dale hörte, wie Dr. Vicious seiner Mutter erzählte, es wäre jammerschade um den jungen McBride und seinen Onkel, aber Unfälle traten nun manchmal zweimal auf.

Unfälle treten auch dreimal auf, dachte Dale.

Die anderen Kinder trafen sich ab und zu. Fünf Tage nach dem Vierten spielten Kev und Mike und Dale und Lawrence fast ununterbrochen Monopoly auf der langen Veranda der Stewarts, während es regnete. Sie ließen das Spiel über Nacht draußen stehen und beschwerten ihr Geld und die Karten mit Steinen; wenn jemand pleite machte, änderten sie die Regeln, so daß der Betreffende als ›Penner‹ über das Spielfeld konnte, bis die Bank ein Darlehen gab oder ein Grundbesitz wieder Geld ins Haus brachte. Mit diesen veränderten Regeln nahm das Spiel überhaupt kein Ende, und sie spielten unermüdlich – sie trafen sich nach dem Frühstück und blieben, bis ihre Mütter sie zum Essen riefen.

Dale träumte zwei Nächte von Monopoly und war froh darum.

Am fünften Tag schlich sich Brandy, der dumme Labrador der Grumbachers, schnuppernd auf die Veranda, während die Jungs beim Mittagessen waren, brachte das Geld durcheinander und fraß vier Spielkarten. Sie beendeten das Spiel in stummer Übereinkunft und sahen sich zwei Tage lang nicht.

Am 10. Juli, einem Sonntag, der überhaupt nicht wie ein Sonntag war, weil Dales Dad ins Hauptgeschäft nach Chicago mußte, wurde der Keller überflutet.

Danach war nichts mehr wie früher.

Zwei Tage kam Dales Mutter mit der Überschwemmung zurecht, stapelte alles vom Boden auf die Werkbank und versuchte, die Pumpe am Laufen zu halten. In den vier Jahren, seit sie im Haus wohnten, war der Keller zweimal überschwemmt worden, aber ihrem Vater war es beide Male gelungen, die Flut in einer Höhe von wenigen Zentimetern einzudämmen. Diesmal stieg das Wasser immer weiter.

Dienstagmorgen fiel die Pumpe aus. Zur Mittagszeit war auch der Strom im Haus weg.

Dale kam aus seinem Zimmer nach unten, als seine Mutter rief. Die gigantischen Stufen der Kellertreppe führten in undurchdringliche Schwärze hinab. Seine Mutter stand auf der vorletzten Stufe, ihr Rock war vollgesogen, und sie hatte sich ein Taschentuch um den Kopf gewickelt. Sie sah aus, als wäre sie den Tränen nahe.

Dale sah fassungslos nach unten. Das Wasser war höher als die erste Stufe gestiegen. Es war mindestens sechzig Zentimeter tief, wahrscheinlich mehr. Es leckte über die Stufe, auf der seine Mutter stand, und war wie ein dunkles Meer.

»O Dale, es ist zum Verzweifeln . . .«

Dale sah sie an. Er glaubte nicht, daß er sie schon einmal so wütend gesehen hatte.

»Tut mir leid, Liebes, aber ich habe die Pumpe nicht anwerfen können, und es steht schon bis zur Höhe der Waschmaschine, und ich muß in den hinteren Raum und eine neue Sicherung reinschrauben und . . . verdammt, ich wünschte, dein Vater wäre hier.«

»Ich mach es, Mom.« Dale stellte zu seinem Erstaunen fest, daß er das gesagt hatte. Er haßte den elenden Keller schon unter günstigsten Bedingungen.

Etwas trieb in der Nähe der Stufe. Es hätte sich um ein Gewirr von Staubflusen im Wasser handeln können, aber es sah wie der Rücken einer ertrunkenen Ratte aus.

»Zieh deine ältesten Jeans an«, sagte seine Mutter. »Und bring deine Pfadfindertaschenlampe mit.«

Dale ging halb betäubt nach oben und zog sich um. Das Gefühl von Losgelöstheit und Teilnahmslosigkeit, das er seit Duanes Tod empfunden hatte, umgab ihn jetzt wie eine dicke Schicht Isoliermaterial. Er betrachtete seine Hände, als gehörten sie jemand anderem. *In den Keller? Im Dunkeln?* Er wechselte die Hose, zog sein heiligstes Paar alte Turnschuhe an, krempelte die Hosenbeine hoch, holte die Taschenlampe aus der Rumpelkammer, probierte sie aus und stieg die Treppe hinunter.

Seine Mutter gab ihm die Sicherung. »Sie ist gleich über dem Trockner hinten im . . .«

»Ich weiß, wo sie ist.« Das Wasser war in den vergangenen paar Minuten nicht nennenswert gestiegen, aber es floß dennoch schon über die zweite Stufe. Der kurze Flur zum Heizraum sah wie der dunkle Zugang zu einer überfluteten Gruft aus.

»Bleib nur nicht im Wasser stehen, wenn du sie einsetzt. Steig auf die Bank neben dem Trockner. Sieh zu, daß deine Hände trocken sind und der Schalter auf ›Aus‹ steht und . . .«

»Ja, Mom.« Er machte den Schritt hinunter, bevor er wirklich die

Nerven verlor, die Treppe hinaufrannte und zur Hintertür hinaus floh.

Das Wasser reichte ihm bis über die Knie und war eiskalt. Seine Zehen schmerzten und verkrampften sich fast auf der Stelle.

»Das gesamte Abwassersystem ist überlastet . . .«, hörte er seine Mutter sagen, als er den schmalen Flur entlangging und mit der Taschenlampe die Schlackesteinwände anstrahlte. Der Lichtstrahl war schwach; er hätte die Batterien wechseln sollen.

Die Öffnung zum Kohlenkeller war ein schwarzes Rechteck rechts von ihm, der untere Rand gerade über der Wasseroberfläche. Schwarzes Wasser floß um die Schüttgutluke herum, und dort trieben dunkle Klumpen, die wie Häufchen von Menschenasche aussahen. *Kohlen,* dachte Dale und hielt den trüben Lichtstrahl auf das Tentakelmonster des Ofens selbst gerichtet.

Die Wasseroberfläche war noch nicht ganz bis zum Gitter gestiegen. Dale hatte keine Ahnung, was passieren würde, wenn der Ofen mit Wasser vollief.

Als er rechts von sich ein Geräusch hörte, wirbelte er herum, sprang platschend zur Wand zurück und richtete den Lichtstrahl in den Kohlenkeller.

Da drinnen war es trocken, aber etwas war auf der anderen Seite, wo das unvollendete Areal anfing, zur Decke gewuselt. Dale sah, wie winzige Lichtfünkchen in der Dunkelheit reflektiert wurden. *Nur die Rohre. Nur die Isolierung. Keine Augen. Keine Augen.*

Er ging links um den Ofen herum. Hier schien das Wasser tiefer zu sein, obwohl er wußte, daß das nicht sein konnte. *Vielleicht könnte es sein. Vielleicht ist jeder Raum ein wenig schief. Vielleicht steht der hintere Raum völlig unter Wasser.*

»Bist du schon dort?« ertönte die Stimme seiner Mutter verzerrt durch Mauern und Wasser und die Krümmung der Wände.

»Fast«, rief er, obwohl er noch nicht einmal die Hälfte hinter sich hatte.

In diesem Keller gab es keine Fenster; er war zu nieder. Dales Lichtstrahl huschte über öliges Wasser und konnte nur einen Bruchteil des Heizraums erhellen – Rohre, etwas Treibendes – ein Stück Holz – noch mehr Rohre, ein aufgeweichtes Blatt Papier, das an eine Wand gespült worden war, die Tür zur Werkstatt.

Die Werkstatt war ein tiefer, schwarzer Raum. Das Wasser saugte sich höher in Dales Jeans, bis sie fast bis zum Schritt feucht waren. Im letzten Raum mußte er vorsichtig sein, weil die Pumpe über einem Loch angebracht war, das einen Durchmesser von rund vierzig Zentimetern hatte, ein kleiner Brunnen, der das Wasser in ein behelfsmäßiges Abwassersystem pumpte.

Wie die Tunnel, die Mike gesehen hat. Die Tunnel auf Duanes Farm.

Dale merkte, daß der Lichtstrahl der Taschenlampe zitterte. Er stützte die rechte mit der linken Hand, watete weiter in die Werkstatt hinein und stellte fest, daß die Werkzeuge seines Vaters alle hoch und trocken waren, nur eine kleine Werkzeugkiste aus Holz in der Ecke hatten sie vergessen, die jetzt unter der Werkbank schwamm. Lawrence hatte diese Kiste vergangenen Winter gebastelt.

»Ich kann Mr. Grumbacher rufen!« rief seine Mutter. Ihre Stimme schien Lichtjahre entfernt zu sein; eine leise Schallplatte in einem fernen Zimmer.

»Nein«, sagte Dale. Er glaubte, er hatte es gesagt; vielleicht hatte er es auch nur geflüstert.

Die Kellerräume waren fast S-förmig miteinander verbunden, die Treppe befand sich am Anfang des S, der Heizraum in der Mitte, die Werkstatt kurz vor der oberen Krümmung und die Waschküche ganz am anderen Ende, wieder zurück Richtung Kohlenkeller und dem unvollendeten Kriechraum.

Dale leuchtete in die Waschküche.

Diese schien größer zu sein als bei normalem Licht. Die Dunkelheit erzeugte die Illusion, die gegenüberliegende Wand wäre entfernt worden und nur Schwärze würde sich dort erstrecken ... unter dem Haus, unter den Gärten, unter der Straße und dem Schulhof bis zum Schulgebäude selbst.

Dale fand die Pumpe, deren Motor auf dem klobigen Dreifuß aus Rohren gerade noch über der Wasseroberfläche lag. Er machte auf dem Weg zur Südwand mit Waschmaschine und Trockner und Wäschetisch einen großen Bogen um sie herum.

Es war herrlich, auf die Bank zu klettern und die Beine aus dem Wasser zu ziehen. Er zitterte jetzt vor Kälte, und der Lichtstrahl der Taschenlampe glitt über die spinnwebverhangenen Balken und das Labyrinth der Rohrleitungen über ihm, aber das Schlimmste hatte er immerhin überstanden. Wenn die neue Sicherung eingeschraubt war, würde das Licht wieder funktionieren, die Pumpe würde einsetzen und er mußte nicht nur im schwachen Licht der Taschenlampe zurückgehen.

Er griff mit fast abgestorbenen Fingern in die Tasche, ließ die Sicherung beinahe ins Wasser fallen, hob sie dann aber vorsichtig mit beiden Händen hoch. Dale klemmte die Taschenlampe unter das Kinn, vergewisserte sich, daß der Hauptschalter auf AUS stand und machte den Sicherungskasten auf.

Er sah gleich, welche Sicherung durchgeschmort war. Die dritte. Immer die dritte. Seine Mutter rief etwas Unverständliches aus großer Entfernung, aber Dale war zu beschäftigt, um zu antworten; wenn er den Mund aufgemacht hätte, wäre sowieso die Taschenlampe heruntergefallen. Er setzte die neue Sicherung ein und drückte den Schalter hoch.

Licht. Die gegenüberliegende Wand *war* da. Ein Stapel Wäsche stand noch in einem Korb am Tischrand. Eine Ansammlung Plunder, die er und seine Mutter auf Waschmaschine und Trockner geworfen hatten, damit es trocken blieb, löste sich aus geheimnisvollen Schatten und wurde zu Stapeln alter Zeitschriften, einem Bügeleisen, einem Baseball, den Lawrence verloren hatte ... nur Plunder.

Seine Mutter rief wieder. Dale hörte sie in die Hände klatschen.

»Geschafft!« rief er überflüssigerweise. Er steckte die Pfadfindertaschenlampe in den Gürtel, krempelte die durchnäßten Hosenbeine etwas höher und sprang ins Wasser hinunter. Die Wellen bewegten sich durch den Raum wie das Kielwasser eines Hais.

Dale lächelte über seine Angst, ging zurück und stellte sich schon die Geschichte vor, die er seinem Dad über dies alles erzählen würde. Er war schon fast an der Tür zur Werkstatt, als er das deutliche Klick hinter sich hörte.

Das Licht ging aus. Dale bekam auf jedem Zentimeter seines Körpers eine Gänsehaut.

Jemand hatte den Hauptschalter auf AUS geschaltet. Das Klick war unmißverständlich gewesen.

Seine Mutter rief, aber es war das fernste, sinnloseste Geräusch. Dale atmete durch den Mund, versuchte das Dröhnen seines Pulses in den Ohren zu ignorieren, versuchte zu *hören.*

Wenige Schritte von ihm entfernt bewegte sich das Wasser. Zuerst hörte er es, dann spürte er die Wellen an den bloßen Füßen.

Dale wich zurück, bis er gegen eine Wand stieß. Spinnweben verfingen sich in seinem Haar und kitzelten ihn an der Stirn, aber er achtete nicht darauf und tastete nach der Taschenlampe am Gürtel. *Nicht fallenlassen bitte lieber Gott nicht fallenlassen bitte.*

Er drückte den Schalter mit dem Daumen. Nichts. Die Dunkelheit war undurchdringlich.

Fünf Schritte von ihm entfernt ertönte ein schlitterndes, platschendes Geräusch, als würde ein Alligator vom Ufer in dunkles Wasser gleiten.

Dale klopfte gegen den Ansatz der Taschenlampe und schlug sich damit auf den Oberschenkel. Ein schwaches, filmartiges Licht fiel auf die Balken. Er hielt die Taschenlampe wie eine Waffe vor sich und schwenkte den erlöschenden Strahl hin und her.

Der ferne Trockner. Die Waschmaschine. Bank. Schwärze der gegenüberliegenden Wand. Die verstummte Pumpe. Sicherungskasten. Schalter auf AUS.

Dale atmete stöhnend durch den Mund. Plötzlich war ihm schwindlig und er wollte die Augen zumachen, hatte aber Angst, er würde das Gleichgewicht verlieren und ins Wasser fallen. In das dunkle Wasser ringsum. In das Wasser, in dem Wesen lauerten.

Hör auf, verdammt! Hör auf! Der Gedanke war so laut, daß er einen Moment überzeugt war, seine Mutter würde rufen. *Hör auf! Beruhige dich, du verdammte Memme!* Er atmete in kurzen Zügen und befahl sich weiterhin, seine Panik zu überwinden. Es half ein wenig.

Der Schalter war nicht ganz oben. Er ist wieder runtergekippt.

Wie? Du hast ihn doch fest hochgedrückt.

Nein, hast du nicht! Geh hin und bring es in Ordnung!

Der Lichtstrahl der Taschenlampe erlosch. Dale erweckte ihn durch Klopfen wieder zum Leben. Überall in dem Raum waren jetzt Bewegungen und Wellen zu sehen. Es war, als wären ganze Generationen von Spinnen erwacht und hätten sich von den Deckenbalken herabgelassen. Das Licht flackerte durch den Raum, fiel auf alles und erhellte nichts. Überall waren mehr Schatten als Substanz. *Spinnenbeine.*

Dale verfluchte sich, weil er so ein Feigling war, und ging einen Schritt vorwärts. Wasser wogte um ihn herum. Er machte noch einen Schritt und klopfte jedesmal auf die Taschenlampe, wenn der Lichtstrahl zu erlöschen drohte. Das Wasser reichte ihm jetzt über die Hüften. *Unmöglich.* Aber es war so. *Gib auf das Loch bei der Pumpe acht.* Er ging nach links und hielt sich dichter an der Wand.

Jetzt hatte er sich umgedreht und war nicht sicher, in welche Richtung er ging. Der Lichtstrahl war so schwach, daß er nicht bis zu den Wänden, der Waschmaschine oder dem Trockner durchdrang. Er hatte Angst, er könnte zum hinteren Teil des Zimmers gehen, wo die Wand nicht bis zur Decke reichte und funkelnde kleine Augen aus dem Kriechraum starrten, selbst *wenn* Licht brannte und ... *Hör auf!*

Dale blieb stehen. Er klopfte den Ansatz der L-förmigen Pfadfindertaschenlampe, und einen Augenblick lang war der Strahl gerade und kräftig. Die Bank stand zehn Schritte links von ihm. Er *war* in die falsche Richtung gegangen. Noch zehn Schritte und er wäre ins Loch der Pumpe gefallen. Dale drehte sich um und watete auf die Bank zu.

Die Taschenlampe ging aus. Bevor Dale sie gegen den Schenkel schlagen konnte, berührte etwas anderes sein Bein. Etwas Langes und Kaltes. Es schien an ihm zu schnuppern wie die Schnauze eines alten Hundes.

Dale schrie nicht. Er dachte an schwimmende Zeitungen und schwimmende Werkzeugkisten und gab sich große Mühe, an nichts anderes zu denken. Die Kälte, die an seinem Bein entlangglitt, ließ nach, kam wieder, wurde stärker. Er schrie nicht. Er klopfte die Taschenlampe, schob den Schalter hin und her und stellte die Linse enger. Ein schwacher Schimmer kam heraus, mehr das Flackern einer winzigen Kerze als der Lichtstrahl einer Taschenlampe.

Dale bückte sich und richtete den erlöschenden Strahl auf die Wasseroberfläche.

Tubby Cookes Leichnam trieb wenige Zentimeter unter der Oberfläche. Dale erkannte ihn sofort, obwohl er nackt und seine Haut rein weiß – das Weiß fauliger Pilze – und sein Körper schrecklich aufgedunsen war. Sogar das Gesicht wirkte zwei- bis dreimal so aufgedunsen wie ein normales Gesicht, wie ein Hefekuchen, der so sehr aufgegangen war, daß der Teig kurz davor schien, durch den inneren Druck zu reißen. Der Mund unter der Wasseroberfläche war weit offen – keine Luftbläschen kamen heraus –, das Zahnfleisch war schwarz und so weit von den Zähnen weggefault, daß jeder Backen- und jeder Schneidezahn wie ein gelber Hauer vorstand. Der Leichnam schwebte behäbig dicht unter der Oberfläche, als wäre er schon seit Wochen da und würde immer da sein. Eine Hand trieb so weit an der Oberfläche, daß Dale weiße, wie Albinowürstchen aufgequollene Finger sehen konnte. Sie schienen ansatzweise zu winken, wenn sanfte Strömungen sie erfaßten.

Da schlug das Tubby-Ding dreißig Zentimeter von Dales Gesicht entfernt die Augen auf.

22

In den drei Wochen des Regens und Halbdunkels lernte Mike, wer und was der Soldat war und wie man ihn bekämpfen konnte.

Der Tod von Duane McBride hatte Mike zutiefst betroffen gemacht, auch wenn er sich nicht als enger Freund so wie Dale betrachtet hatte. Nachdem Mike in der vierten Klasse sitzengeblieben war – vor allem weil ihm das Lesen so schwerfiel, weil die Buchstaben der Worte sich zu wahllosen Kombinationen zu verändern schienen, während er sich noch darauf konzentrierte, sie zu entziffern –, nachdem er sitzengeblieben war, war ihm klar geworden, daß er das genaue Gegenteil von Duane McBride war. Duane las und schrieb flüssiger als jeder Erwachsene, den Mike kennengelernt hatte, ausgenommen vielleicht Pater Cavanaugh, wohingegen Mike sich kaum durch die Zeitung beißen konnte, die er jeden Tag austrug. Dieser Unterschied hatte ihn nie gestört – Duane konnte nichts dafür, daß er brillant war. Mike respektierte das mit derselben Gelassenheit, mit der er kräftige Athleten oder geborene Geschichtenerzähler wie Dale Stewart respektierte, doch der Abgrund zwischen den beiden Jungs gleichen Alters war unendlich viel größer als das eine Schuljahr, das sie trennte. Mike hatte Duane McBride um die unendliche Zahl von Türen beneidet, die ihm offenstanden: keine Türen von Privilegien –

Mike wußte, daß die McBrides fast ebenso arm waren wie die O'Rourkes –, sondern Türen des Verstehens und Pforten der Wahrnehmung, die Mike selbst bei den Gesprächen mit Pater Cavanaugh kaum erahnen konnte. Er vermutete, daß Duane in jenen luftigen Gefilden des Denkens zu Hause war und die Stimmen lange toter Menschen hörte, die aus Büchern emporstiegen, so wie er, hatte er selbst einmal gesagt, in seinem Keller spätabends Radiosendungen anhörte.

Mike hatte ein schreckliches Gefühl ... nicht nur des Verlusts, sondern eines *Ungleichgewichts.* Ihm war, als hätten er und Duane McBride gemeinsam auf einer Wippschaukel gesessen, seit sie als kleine Kinder in Mrs. Blackwoods Kindergarten gewesen waren, und jetzt war das Gegengewicht nicht mehr da und das Gleichgewicht zerstört.

Nur das dumme Kind war noch da.

Der Regen hielt den Soldaten nicht fern. Auch nicht das Kratzen unter dem Boden.

Mike war kein Narr; er erzählte seinem Dad, daß ein unheimlicher Typ das Haus beobachtete. Er erzählte ihm sogar von den Tunnels unter dem Kriechraum.

Mr. O'Rourke war so dick, daß er nicht unter das Haus paßte, aber er schickte Mike mit einem Seil hinein, um die Tiefe auszuloten, und gab ihm verschiedene vergiftete Köder mit, als hätte sich ein gigantisches Opossum dort eingenistet. Mike kroch mit klopfendem Herzen unter das Haus, aber seine Angst erwies sich als unbegründet. Die Löcher waren nicht mehr da.

Sein Dad glaubte ihm, was den unheimlichen Mann in der Armeeuniform anbetraf – soweit sich beide zurückerinnern konnten, hatte Mike ihn noch nie belogen –, aber er glaubte, daß es ein Halbstarker war, der einem der Mädchen nachstellte. Was konnte Mike darauf erwidern – daß es sich um etwas *anderes* handelte, das Memo wollte? Vielleicht *war* er ja ein Soldat, den Peg oder Mary in Peoria kennengelernt hatten und der ihnen nun nachstellte. Die älteren Mädchen bestritten es – sie kannten keine Soldaten, abgesehen von Buzz Whittaker, der sich vor acht Monaten zur Armee gemeldet hatte. Aber Buzz Whittaker war in Kaiserslautern in Deutschland stationiert, wie seine Mutter jedem stolz erzählte und dazu seine Analphabetenbriefe und gelegentlichen Ansichtskarten herumzeigte.

Es war nicht Buzz Whittaker. Mike kannte Buzz, und der Soldat hatte nicht sein Gesicht. Strenggenommen hatte er überhaupt kein Gesicht.

Am späten Abend des Vierten hatte Mike ein Geräusch gehört – eigentlich mehr gespürt – und war mit dem Schläger in der Hand die

Treppe hinuntergeeilt, wobei er halb damit gerechnet hatte, Memo in ihrer Embryonalhaltung auf dem Bett vorzufinden, bei brennender Lampe, während Falter gegen die Scheiben prallten und versuchten, zum Licht zu kommen. So war es, aber der Soldat stand auch vor dem Fenster und drückte das Gesicht gegen die Scheibe.

Mike stand nur da und sah ihn an.

Es regnete heftig draußen, das innere Fenster war geschlossen, bis auf einen schmalen Spalt, durch den der frische Geruch der nassen Felder auf der anderen Straßenseite hereindrang, und der Soldat hatte sich gegen das Fliegengitter gedrückt, bis dieses sich nach innen bog und die Scheibe berührte. Mike sah den Uniformhut, von dessen Krempe Wasser tropfte, das nasse Khakihemd, das nur sechzig Zentimeter entfernt von Memos Lampe beschienen wurde, den Sam Browne-Gürtel und die Messingknöpfe.

Vom Hut eines Gespensts tropft kein Wasser.

Der Soldat hatte das Gesicht gegen das Fenster gedrückt: nicht gegen das Fliegengitter, sondern gegen das *Glas*. Mike stand mit offenem Mund und herunterhängender Baseballmütze zwischen Memo und der Erscheinung. Er war keine drei Schritte von der Gestalt am Fenster entfernt.

Als Mike den Soldaten beim letztenmal gesehen hatte, hatte er den Eindruck gehabt, als wäre das Gesicht des jungen Mannes glänzend, fettig, weniger ein Gesicht als vielmehr der Abguß eines Gesichts in weichem Wachs. Jetzt war das weiche Wachs dieses Gesichts *durch* die Drahtmaschen des Fliegengitters gedrungen und drückte sich am Glas platt, zerfloß und breitete sich auf der Scheibe aus wie das fleischähnliche Pseudopodium einer fleischfarbenen Schnecke.

Der Soldat hob vor Mikes Augen die Hände und legte sie flach auf den feinen Maschendraht. Seine Finger und Handflächen flossen durch das Gitter wie eine Kerze, die in Zeitraffer schmilzt. Am Glas bildeten sie sich neu und wurden zu wachsartigen Fingern und einer glänzenden Handfläche. Der Arm floß aus dem Khakiärmel wie eine langsame Wasserfontäne, die Hand glitt am Fensterglas entlang. Mike sah auf und erblickte, wie das Gesicht versuchte, Form anzunehmen, wie die Augen in der Wüstenei schwammen wie Rosinen in einem Reispudding. Die Hände glitten tiefer.

Zur Öffnung.

Da schrie Mike und rief nach seiner Mutter und seinem Vater. Er ging nach vorne und schlug mit dem Baseballschläger auf den Fensterrahmen, so daß das Fenster zufiel, als zehn geschmolzene Fingerstränge gerade versuchten, durch den Spalt zu dringen. Die Arme und Hände – die inzwischen über einen Meter lang geschmolzen waren – flossen zur Seite wie fleischige Tentakel und suchten nach einer Öffnung.

Mike hörte die Stimme seiner Mutter, sein Vater stand unter Quietschen von Bettfedern auf. Peg rief die Treppe herunter und Kathleen fing an zu weinen. Sein Vater knurrte etwas, dann waren die Schritte von bloßen Füßen im Flur zu hören.

Finger und Gesicht des Soldaten flossen von der Scheibe weg, durch das Fliegengitter zurück und formierten sich wieder so schnell wie ein rückwärts laufender Film zu einem Simulakrum der menschlichen Gestalt. Mike schrie wieder, ließ den Schläger fallen, beugte sich nach vorne, um das Fenster noch fester zuzudrücken, wobei er die Petroleumlampe vom Tisch stieß. Der Schirm zerschellte, aber die Lampe landete auf dem Metallfuß, und Mike bückte sich und hob sie auf, bevor Petroleum auf den Teppich auslaufen und diesen entflammen konnte.

In diesem Augenblick erschien sein Vater unter der Tür und die Gestalt am Fenster verschwand – sie sackte mit angelegten Armen senkrecht nach unten, als würde sie auf einem Lastenaufzug stehen.

»Was ist hier los?« brüllte Jonathan O'Rourke. Seine Frau kam hereingestürzt und sah nach Memo, die heftig im flackernden Licht blinzelte.

»Habt ihr ihn gesehen?« rief Mike und hob die Lampe mit der offenen Flamme. Er hielt sie gefährlich nahe an die Vorhänge. »Habt ihr ihn gesehen?«

Sein Vater betrachtete böse die zerschellte Lampe, den unordentlichen Tisch, das zugeschlagene Fenster und den Baseballschläger auf dem Boden. »Gottverdammt, das ist jetzt weit genug gegangen.« Er riß die Vorhänge so wütend auf, daß die Kordel sich löste und die Gardine hinter den Tisch fiel. Im hohen Rechteck des Fensters war nur Nacht und der Regen zu sehen, der von den Rinnen tropfte. »Verdammt, da draußen ist niemand.«

Mike sah seine Mutter an. »Er hat versucht hereinzukommen.«

Sein Vater stieß das Fenster hoch. Nach dem Gestank von Petroleum und Angst im Zimmer tat die frische Luft gut. Sein Vater schlug mit der schweren Hand auf den Sims. »Der verdammte *Riegel* am Fliegengitter ist zu. Wie sollte er denn reinkommen?« Er sah Mike an, als würde sein Sohn den Verstand verlieren. »Hat dieser . . . dieser Soldat versucht, das Fliegengitter wegzureißen? Das hätte ich gehört!«

Da das elektrische Licht angeschaltet worden war, machte Mike die Petroleumlampe aus und stellte sie mit zitternden Fingern auf den Tisch. »Nein, er ist *durch*gekommen . . .« Er verstummte, weil ihm selbst klar war, wie unglaubwürdig sich das anhörte.

Seine Mutter kam zu ihm, strich ihm über die Schulter und legte ihm eine Hand auf die Stirn. »Du bist heiß, Liebes. Du hast Fieber.«

Mike fühlte sich tatsächlich fiebrig. Das Zimmer schien um ihn herum zu kippen und sich wieder aufzurichten; sein Herz schlug nicht langsamer. Er sah seinen Vater so ruhig er konnte an. »Dad, ich hab' was gehört und bin runtergekommen. Er hat sich ... fest gegen das Gitter gelehnt. Es war durchgebogen und kurz vor dem Brechen. Ich schwöre es, ich lüge nicht.«

Mr. O'Rourke sah seinen Sohn einen Moment lang schweigend an, drehte sich ohne ein Wort um und kam wenig später mit über den Pyjama gezogenen Hosen und Arbeitsstiefeln an zurück. »Bleib hier«, sagte er leise.

»Dad!« rief Mike und packte ihn am Arm. Er gab ihm den Baseballschläger.

Mikes Mutter strich Memo über das Haar, scheuchte die Mädchen wieder nach oben und wechselte Memos Kissenbezug, während sie warteten. Draußen war der Schatten einer Bewegung zu sehen. Mike zuckte vom Fenster weg. Sein Vater stand da, hielt eine Taschenlampe in der Hand, und die Unterkante des Fensters reichte ihm fast bis zur Brust. Mike blinzelte; er hatte fast den ganzen Körper des Soldaten gesehen, aber sein Vater war viel größer als der Soldat, den Mike auf der Jubilee College Road gesehen hatte. Wie kam es, daß sein Dad soviel weiter unten zu stehen schien? Konnte der Soldat draußen auf etwas gestanden haben? Das würde erklären, wieso er senkrecht nach unten gesunken war ...

Sein Vater war verschwunden, blieb fünf Minuten weg und kam stampfend zur Küchentür herein. Mike lief ihm in der Diele entgegen.

Das Pyjamaoberteil und die Hose seines Dad waren durch und durch naß, die Stiefel lehmverschmiert. Sein weniges rotes Haar klebte über den Ohren. Regentropfen glitzerten auf seiner Stirn und der kahlen Stelle. Er packte mit einer großen Pranke zu und zog Mike in die Küche. »Es waren keine Fußabdrücke draußen«, sagte er leise und wollte offenbar nicht, daß Mikes Mutter oder Schwestern mithörten. »Alles ist schlammig, Mike. Es regnet seit Tagen. Aber keine Fußspuren unter dem Fenster. Das Blumenbeet verläuft drei Meter am Haus entlang, aber nirgendwo Fußspuren. Und keine im Hof.«

Mike spürte seine Augen brennen, wie damals, als er noch klein war und geweint hatte. Seine Brust tat weh. »Ich hab' ihn *gesehen*«, mehr brachte er mit seiner zugeschnürten Kehle nicht heraus.

Sein Dad sah ihn lange an. »Und du bist der einzige, der ihn gesehen hat. Vor Memos Fenster. Ist das die einzige Stelle?«

»Einmal ist er mir auf der County Six und der Jubilee Road gefolgt«, sagte er und wünschte sich auf der Stelle, er hätte es seinem Vater schon früher erzählt und jetzt nichts gesagt.

Der Blick seines Vaters zog sich in die Länge.

»Er könnte auf einer Leiter gestanden haben oder so«, brachte Mike heraus und fand selbst, wie verzweifelt sich das anhörte.

Sein Vater schüttelte langsam den Kopf. »Keine Spuren. Keine Leiter. Nichts.« Er streckte die große Pranke aus und drückte Mike die Handfläche auf die Stirn. »Du bist heiß.«

Mike spürte das Zittern wieder in sich und erkannte den Beginn einer Grippe. »Aber ich habe mir den Soldaten nicht eingebildet. Ich schwöre es. Ich habe ihn *gesehen*.«

Mr. O'Rourke hatte ein breites, freundliches Gesicht, einen kantigen Kiefer, die Überreste von tausend Sommersprossen, die er seinen Kindern vererbt hatte – sehr zum Mißfallen von dreien seiner vier Töchter. Jetzt bebte sein Kiefer etwas, als er nickte. »Ich glaube dir, daß du etwas gesehen hast. Ich glaube aber auch, du wirst krank, weil du ganze Nächte lang aufbleibst, um diesen Spanner zu fangen ...«

Mike wollte protestieren. Es war kein Spanner. Aber er wußte, momentan war es besser, den Mund zu halten.

»... geh ins Bett und laß dir von deiner Mutter Fieber messen«, sagte sein Vater. »Ich stell das Feldbett in Memos Zimmer und schlaf selbst eine Weile dort. Ich habe erst in einer Woche wieder Nachtschicht.« Er legte den Baseballschläger weg, ging zur abgeschlossenen Vorratskammer, kramte den Schlüssel aus dem Riß über dem Sims und holte Memos ›Eichhörnchenbüchse‹ heraus – eine Schrotflinte mit kurzem Lauf und Pistolengriff. »Und wenn dieser ... Soldat ... wiederkommen sollte, bekommt er mehr als nur einen Louisville Slugger zu spüren.«

Mike wollte etwas sagen, aber ihm war tatsächlich schwindlig vor Erleichterung und dem Fieber, das er jetzt als Pochen in den Ohren und allgemeines Schwindelgefühl spürte. Er umarmte seinen Vater und wandte sich ab, bevor er weinen mußte.

Seine Mutter kam ins Zimmer und runzelte fast unmerklich die Stirn, während sie ihn nach oben ins Bett brachte.

Mike mußte vier Tage lang das Bett hüten. Manchmal war das Fieber so schlimm, daß er aus einem Traum erwachte und feststellte, das Erwachen selbst war ein Traum. Er träumte noch von dem Soldaten, Duane McBride oder allem anderen, das ihn gequält hatte: am häufigsten träumte er von St. Malachy's und wie er mit Pater Cavanaugh die Messe las. Aber in seinen Fieberträumen war er – Mike – der Priester und Pater C. war ein kleiner Junge in zu großer Soutane und Meßgewand, der mit seinen Antworten durcheinanderkam, obwohl eine laminierte Karte mit dem gedruckten Text auf der Altarstufe lag, wo der Junge/Mann kniete. Mike träumte, daß er die Eucharistie weihte, die Hostie im heiligsten Augenblick hochhielt, den ein Katholik erleben, ja vollziehen konnte ...

Das Seltsame in dem Traum war, St. Malachy's war eine große

Höhle, und es war keine Gemeinde anwesend. Nur dunkle Schemen, die sich gerade außerhalb des Lichtkreises bewegten, den die Altarkerzen erzeugten. Und in seinem Traum wußte Mike, daß der Meßknabe Pater C. mit seinem lateinischen Text durcheinanderkam, weil er Angst vor der Dunkelheit und den Wesen darin hatte. Aber solange der Traumpriester Michael O'Brian O'Rourke die Eucharistie hochhielt, solange er die heiligen Zauberworte der Hohen Messe flüsterte, so lange waren sie in Sicherheit.

Außerhalb des Lichtkreises aber bewegten sich große Wesen und warteten.

Jim Harlen dachte, dies war der Sommer, der ausgefallen war.

Zuerst bricht er sich den verfluchten Arm und schlägt sich den Schädel auf und verliert die Erinnerung daran, wie es passiert ist – *das Gesicht ist nur ein Traum, nur ein Alptraum* –, und als es ihm schließlich wieder so gutgeht, daß er raus und mitmischen kann, stirbt einer der Jungs, die er kennt, bei einem saublöden Unfall und die anderen scheinen sich in ihre Häuser zurückgezogen zu haben wie Schildkröten, die ihre brunzdummen Köpfe einziehen.

Die ersten Wochen, die er zu Hause war, blieb seine Mom jeden Abend zu Hause, beeilte sich, ihm etwas zu bringen, wenn er Hunger oder Durst hatte, und saß zum Fernsehen bei ihm. Es war fast wie in alten Zeiten, natürlich ohne seinen Dad. Harlen war nervös wie der Teufel gewesen, als die Stewarts seine Ma zu Dales Onkel Henry eingeladen hatten – Ma hatte die Angewohnheit, zuviel zu trinken, zu laut zu lachen und ganz allgemein eine betrunkene dumme Suse aus sich zu machen –, aber der Abend war eigentlich recht angenehm verlaufen. Harlen selbst hatte nicht soviel geredet, aber es hatte ihm gefallen, bei seinen Kumpels zu sitzen und zuzuhören, auch als McBride angefangen hatte, von interstellaren Reisen und dem Raum-/Zeit-Kontinuum und solchem Zeug zu sprechen, bei denen Harlen null Durchblick hatte. Trotzdem war es ein sehr schöner Abend gewesen . . . davon abgesehen, daß Duane McBride gestorben war.

Harlens Unfall und der lange Aufenthalt im Krankenhaus hatten ihm eine andere Einstellung dem Tod gegenüber vermittelt; er hatte ihn gehört und gerochen und war ihm nahe gekommen . . . der alte Mann im Nebenzimmer, der am Morgen nicht mehr da war, nachdem sämtliche Ärzte und Krankenschwestern mit einer Rollbahre zu ihm hineingestürmt waren . . . und er hatte nicht die Absicht, ihm in den nächsten sechzig oder siebzig Jahren noch einmal nahe zu kommen, herzlichen Dank. McBrides Tod hatte ihn aufgerüttelt, das mußte er sich selbst eingestehen, aber so was passierte nun mal, wenn man auf einer Farm lebte und mit Traktoren und Pflügen und solchem Scheiß herumhantierte.

Harlens Ma verbrachte jetzt nicht mehr jeden Abend bei ihm. Sie fuhr ihn an, wenn er sein Bett nicht machte oder das Frühstücksgeschirr nicht wegräumte. Er litt noch unter Kopfschmerzen, aber der schwere Gips war abgenommen worden, und der leichtere Gips konnte nicht einmal mit Schlinge – die Harlen irgendwie romantisch fand, damit müßte er doch Michelle Staffney regelrecht aus ihren Spitzenunterhöschen hauen können, wenn er zu ihrer Geburtstagsparty am Vierzehnten eingeladen wurde –, der leichtere Gips konnte nicht einmal mit Schlinge soviel Mitgefühl bei seiner Mutter wecken. Vielleicht hatte sie auch alles Mitgefühl verbraucht, das sie erübrigen konnte. Manchmal war sie nett und unterhielt sich in dieser sanften, etwas verzeihungheischenden Stimme mit ihm, die sie in den Wochen nach dem Unfall gehabt hatte, aber in letzter Zeit fauchte sie immer öfter böse oder hüllte sich in das Schweigen, das schon so lange zwischen ihnen herrschte.

Zuerst bezahlte sie Mona Shepard, damit sie herüberkam und ihn im Auge behielt. Aber im Grunde genommen behielt Harlen Mona im Auge und versuchte ununterbrochen, einen Blick auf die Titten der Sechzehnjährigen zu erhaschen oder ihr unter den Rock zu sehen. Manchmal reizte Mona ihn ... zum Beispiel ließ sie beim Pinkeln die Klotür einen Spalt auf und zeterte dann los, wenn er auf Zehenspitzen hinschlich. Aber sonst beachtete sie ihn weitestgehend überhaupt nicht – ebensogut hätte auch Ma daheim sein können –, und ab und zu schickte sie ihn sogar früh ins Bett, damit sie einen ihrer schlappschwänzigen Freunde anrufen und herbestellen konnte. Harlen haßte die Laute, die aus dem Wohnzimmer herauftönten; und er haßte noch mehr seine Reaktion darauf. Er fragte sich, ob O'Rourke recht hatte und man blind wurde, wenn man es zu oft machte. Wie auch immer, er hatte Mona gedroht, er würde seiner Ma alles über ihre ausgedehnten Stöhnorgien auf dem Wohnzimmersofa erzählen, daher blieb sie fort. Ma war stinksauer, weil Mona ständig etwas anderes vorhatte und sie diesen Sommer praktisch niemand anderen anrufen konnte – die Mädchen der O'Rourkes hatten normalerweise den Babysitter gemacht, aber die waren diesen Sommer zu sehr damit beschäftigt, auf den Rücksitzen irgendwelcher Autos zu stöhnen.

Daher war Harlen häufig allein zu Hause.

Manchmal ging er weg und fuhr mit dem Fahrrad – obwohl der Arzt es ihm verboten hatte, bis der zweite Gips abgenommen wurde. Es war nicht schwer, einhändig zu fahren. Verdammt, er war oft genug *freihändig* gefahren, wie alle anderen Memmen der ehemaligen Fahrradpatrouille. Mit dem Gips war es nur ein bißchen komplizierter.

Am Neunten war er zur Gratisvorstellung geradelt und hatte damit gerechnet, eine Wiederholung von *Somebody Up There Likes Me* zu sehen, einem Boxerfilm, den Mr. Ashley-Montague vor ein paar Jahren gezeigt hatte; er hatte allen so gut gefallen, daß er ihn jeden Sommer einmal wiederholte. Aber statt eines Films fand Harlen nur den leeren Pavillon und ein paar Bauerntölpel vor, die – wie er – nicht mitbekommen hatten, daß die Vorstellung zum drittenmal nacheinander wegen dem Scheißwetter abgesagt worden war.

Aber es war kein Scheißwetter. Das beinahe allabendliche Gewitter war ausgeblieben, das Sonnenlicht fiel schräg und leuchtend über lange Gärten, wo man das Gras wachsen sehen konnte. Harlen haßte es, daß die Gärten hier so verdammt groß waren, fast Felder, aber ordentlich gemäht. Es gab fast keine Zäune, und es war schwer zu sehen, wo ein Garten in den nächsten überging. Er war nicht sicher, warum er sie haßte, aber er wußte, daß Gärten so nicht sein sollten; so sahen sie in den Fernsehserien, die er gerne sah, nicht aus ... *Naked City*, zum Beispiel. In *Naked City* gab es überhaupt keine Gärten. Acht Millionen Stockwerke, aber keinen einzigen Garten.

An jenem Abend war Harlen mit dem Rad in der Stadt herumgefahren, ohne mitzubekommen, daß es dunkel wurde, bis die Fledermäuse herauskamen und am Himmel kreischten. Er war der Schule aus Gewohnheit ferngeblieben – sie war ein Grund, warum er nicht öfter zu Stewart oder einem der anderen Knallköpfe ging –, aber er stellte fest, daß es ihn nervös machte, allein auf der Main oder Broad zu fahren, wenn es dunkel war.

An der Church Street bog er nach links ab, damit er nicht an Mrs. Doubbets Haus vorbei mußte – wobei er nicht einmal sicher war, warum er das tat – und strampelte schneller durch die dunkleren Abschnitte, wo die Häuser kleiner und die Straßenlampen weniger wurden und weiter auseinander standen. O'Rourkes kleine Kirche und das Haus des Priesters daneben waren hell erleuchtet; Harlen verweilte für einen Moment an der Ecke, ehe er den West End Drive entlangfuhr, der unzureichend beleuchteten Straße, die zu seinem Haus und dem alten Güterbahnhof führte.

Er fuhr rasch und trat fest in die Pedale, weil er sicher war, daß ihn niemand in den dunklen Stellen zwischen den Laternenmasten erwischen konnte – *es sei denn, sie würden einen Stock in die Speichen stecken, damit du durch die Luft fliegst, und dich dann umzingeln* –, daß ihn nichts packen konnte. Er schüttelte beim Treten den Kopf, die schwüle Luft war eine Brise in seinem kurzen Haar, und versuchte, die bösen Gedanken zu vertreiben. *Der Teufel soll sie holen! Vor eins oder zwei kommt sie sowieso nicht nach Hause. Ich seh' mir wieder den Spätfilm an. Nein, verdammt. Das ist der Monsterfilm auf Kanal 19. Den kann ich mir nicht ansehen.*

Harlen beschloß, daß er das Radio richtig laut aufdrehen und sich vielleicht wieder an einer von Mas Flaschen im untersten Fach des Buffets vergreifen würde. Er hatte festgestellt, wenn er sie richtig vorsichtig abmaß und bis zum Füllrand mit Wasser auffüllte, merkte sie gar nichts. Sie würde es wahrscheinlich sowieso nicht merken, weil sie dauernd neue Flaschen reinstellte oder aus den alten soff, wenn sie beschwipst war. Er würde Radio hören, den Rock and Roll echt laut spielen und ein paar Drinks mit Cola trinken, wie er es am liebsten hatte.

Er fuhr volle Pulle am Güterbahnhof vorbei – dort hatte es ihn immer gegruselt, schon als Kind – und schlitterte um die breite Kurve in die Depot Street. Er sah die drei langen Blocks an der Straße – in einer richtigen Stadt wären es mindestens sieben oder acht Blocks gewesen, wie er wußte, hier waren sie nur länger, weil sie nicht genügend Straßen hatten –, den ganzen Tunnel aus Ästen und Laubschatten und halb verborgenen Lichtern und Veranden hinunter bis dahin, wo die Stewarts und der olle Grummelbacher wohnten.

Und die Schule war.

Er schüttelte den Kopf, fuhr in die Einfahrt, rollte bis zur Garage aus und schob das Fahrrad unter das Dach.

Ma war nicht daheim; das Auto war nicht da. Alle Lichter waren an, wie er sie hinterlassen hatte. Harlen wollte zur Hintertür gehen.

Etwas bewegte sich vor dem Licht in seinem Zimmer oben.

Harlen verharrte mit einer Hand auf dem Türknauf. Ma *war* also daheim. Das verdammte Auto war wieder kaputt, oder ihr neuer Freund hatte sie gefahren, weil sie zuviel intus hatte. Herrgott, sie würde ihm die Hölle heiß machen, weil er bei Dunkelheit das Haus verlassen hatte. Er würde ihr sagen, daß Dale und seine kleine Laß-das-den-Papa-machen-Familie vorbeigekommen waren und ihn zur Gratisvorstellung mitgenommen hatten. Sie würde nie erfahren, daß die ausgefallen war.

Der Schatten trat wieder vor das Licht.

Verdammt, was hat sie in meinem Zimmer herumzuspionieren? Voll Schuldgefühlen dachte er an die neuen Magazine, die er von Archie Kreck gekauft und unter den Bodendielen versteckt hatte. Sie hatte seine sämtlichen alten gefunden und weggeworfen, als er im Krankenhaus war, aber sie hatte erst zwei Wochen nach seiner Rückkehr nach Hause mit ihm herumgebrüllt.

Harlen errötete und wurde kalt beim Gedanken an die Konfrontation – besonders wenn sie beschwipst war –, ging drei Schritte zur Garage zurück und versuchte, sich etwas auszudenken. *Vielleicht gehören sie Mona. Oder einem ihrer Freunde. Sie hat sie dort versteckt. Wenn sie es abstreitet, erzähle ich Ma von dem benutzten Kondom, das ich in der Toilette gefunden habe, als sie das letztemal zum Babysitten dagewesen ist.*

Er holte Luft. Es war nicht perfekt, aber besser als nichts. Er sah nach oben und versuchte zu erkennen, ob sie an seinem Schrank war. Es war nicht Ma.

Die Frau in seinem Zimmer ging wieder an dem hell erleuchteten Rechteck des Fensters vorbei. Er sah flüchtig einen Pullover, der halb verfault aussah, einen buckligen Rücken und weiße Haarsträhnen, die auf einem zu kleinen Kopf leuchteten.

Harlen wich blind von der Haustür zurück und stieß gegen sein Fahrrad. Es fiel um und knallte mit einem lauten Poltern gegen die Garagentür.

Der Schatten verdunkelte das Licht wieder. Ein Gesicht drückte sich ans Fenster und sah zu ihm herunter.

Das Gesicht . . . sah ihn an . . . drehte sich um und sah ihn an.

Harlen sank auf die Knie, erbrach sich auf den Kies der Einfahrt, wischte sich mit dem Ärmel den Mund ab, sprang auf sein Rad und strampelte vom Haus weg, noch ehe der Schatten vom Fenster verschwand. Er drehte sich nicht um, als er die Depot Street entlangraste und wilde Kurven fuhr, als würde jemand auf ihn schießen, während er versuchte, sich dicht an den Laternen zu halten. C. J. Congden, Archie Kreck und ein paar ihrer Schlägerfreunde saßen auf den Hauben einiger Autos, die vor dem ungepflegten Rasen von J. P.'s Haus parkten, und riefen ihm Gemeinheiten über das Plärren der Autoradios hinweg nach.

Harlen hielt weder an, noch sah er zurück. Auf der breiten Kreuzung von Depot und Broad kam er schlitternd zum Stillstand. Old Central lag direkt vor ihm. Die Häuser von Double-Butt und Mrs. Duggan lagen rechts.

Das Gesicht am Fenster. Löcher anstelle von Augen. Maden unter der Zunge. Glänzende Zähne.

In meinem Zimmer!

Harlen hing keuchend über der Lenkstange und versuchte, sich nicht noch einmal zu übergeben. Weiter unten an der Depot Street, wo die Lichter der Schule noch durch die Ulmen leuchteten, bog die schwarze Silhouette eines Lastwagens von der Third links ab in seine Richtung.

Der Abdeckereilaster. Er konnte ihn riechen.

Harlen strampelte auf der Broad nach Norden. Hier waren die Bäume riesig und hingen sogar über die fast zehn Meter breite Straße; die Schatten waren dunkel. Aber hier waren mehr Verandaleuchten und Straßenlampen an.

Er hörte, wie sich der Laster der Kreuzung hinter ihm näherte; das Getriebe knirschte. Harlen lenkte auf den Gehweg, rollte über die schiefen Bordsteinplatten und schwenkte in eine Einfahrt. Da hinten lagen Schuppen, Garagen und endlose Gärten, die alle ohne Zäune ineinander übergingen. Er glaubte, daß er am Haus von Dr. Staffney vorbeifuhr, als ein Hund vor ihm durchdrehte, bellte und an der Wäscheleine zerrte, mit der er angebunden war, während seine Zähne im gelben Licht der hinteren Veranda funkelten.

Harlen schwenkte nach links, fuhr in die schlackegedeckte Gasse zwischen den Schuppen und Garagen und weiter nach Norden. Er konnte über das Tohuwabohu sämtlicher Hunde, die im ganzen Block durchdrehten, den Laster die Broad Avenue entlangkommen hören. Er hatte keine Ahnung, wohin er fahren sollte.

Er mußte sich etwas einfallen lassen!

Dale Stewart ließ die Taschenlampe fallen, lief durch das knietiefe Wasser, schrie nach seiner Mutter, prallte im Dunkeln gegen eine Wand und taumelte zurück, erschrak und verlor das Gleichgewicht. Er fiel bis zum Hals in eiskalte Schwärze und schrie wieder, als etwas unter der Oberfläche an seinen bloßen Arm stieß. Er mühte sich auf die Füße und watete weiter, obwohl er in der völligen Dunkelheit im Keller keine Ahnung hatte, wohin er ging.

Und wenn ich versehentlich in den hinteren Raum zurückgehe? Zum Loch unter der Pumpe?

Nein! Raus hier! Er konnte nicht in der mitternächtlichen Schwärze und dem Wasser stehenbleiben, das wie kaltes *Öl* um seine Füße strömte, und darauf *warten,* daß das verdammte Ding ihn fand. Er stellte sich vor, wie das Tubby-Ding den toten Mund weiter aufriß und sich die langen, entblößten Zähne unter Wasser in sein Bein gruben.

Dale hörte auf, sich so etwas vorzustellen, und konzentrierte sich aufs Laufen und stieß gegen etwas, das die Werkbank seines Vaters im zweiten oder die Wäschebank im hinteren Raum sein konnte. Er wirbelte nach links, ging in Wasser, das plötzlich so warm wie Urin oder Blut war, auf alle viere und taumelte weiter, bis er schließlich ein helleres Rechteck sah – *zu sehen glaubte* –, einen nicht ganz so dunklen Umriß, bei dem es sich um die Tür von der Werkstatt zum Heizraum handeln konnte.

Er stieß gegen etwas hohl Hallendes und holte sich eine Schnittverletzung am Kopf, achtete aber nicht darauf. *Der Ofen! Geh um ihn herum. Du mußt den Korridor am Kohlenkeller vorbei finden* ... Er rief wieder und hörte, wie die Antwort seiner Mutter in dem hallenden Irrgarten in seine eigenen Schreie einstimmte. Er spürte, wie hinter ihm etwas durch das Wasser glitt, drehte sich um, konnte nichts sehen, stolperte wieder rückwärts, stieß gegen etwas Härteres als den Ofen oder die Schüttgutluke und fiel Kopf voraus ins Wasser ... und spürte den fauligen Geschmack von Abwasser und schwarzer Erde zusammen mit dem salzig-süßlichen Blutgeschmack in seinem Mund.

Arme schlossen sich um ihn, Hände drückten ihn tiefer und hoben ihn hoch.

Dale trat um sich und krallte und schlug nach dem Ding. Sein Gesicht ging wieder unter, dann wurde es gegen nasse Wolle gedrückt.

»Dale! Dale, hör auf! Hör auf! Beruhige dich ... ich bin es, Mom. Dale!« Sie schlug ihn nicht, aber die Worte hatten dieselbe Wirkung. Er wurde schlaff und versuchte, nicht zu wimmern, mußte aber an das schwarze Wasser um sie herum denken. *Es wird uns beide fangen. Es wird uns abschneiden und nach unten ziehen.*

Seine Mutter half ihm, durch den Flur zu waten, wo das Wasser irgendwie viel flacher war. Jetzt konnte er das schwache Licht der Wendeltreppe sehen. Seine Mutter drückte ihn fester an sich, als er so richtig zu schlottern anfing.

»Schon gut«, sagte sie, obwohl sie auch zitterte, als sie die übergroßen Treppenstufen hinaufstiegen. »Es ist überstanden«, flüsterte sie, als sie hinausgingen – nicht in die Küche, sondern durch die Außentür – und im strahlenden Nachmittagssonnenschein vom Haus wegwankten wie zwei Überlebende eines Unfalls, die versuchen, sichere Distanz zwischen sich und die Unfallstelle zu bringen.

Sie ließen sich unter dem kleinen Apfelbaum auf den Rasen fallen; beide waren sie naß und zitterten, Dale blinzelte und war fast blind im Licht. Hitze und Sonnenschein und die Farben wirkten unwirklich, ein Traum nach der alptraumhaften Wirklichkeit der Dunkelheit und sich bewegender Leichname im Wasser ... er machte die Augen zu und konzentrierte sich darauf, nicht zu zittern.

Mr. Grumbacher hatte den Rasen mit seinem fahrbaren Mäher gemäht, jetzt hörte Dale, wie der Motor ausging, wie der Mann etwas rief – ob alles in Ordnung sei – und dann ausgreifende Schritte über den Rasen. Dale versuchte die Lage zu erklären, ohne sich wie ein Irrer anzuhören.

»Et ... et ... etwas im W-W-Wasser«, sagte er und war wütend, daß seine Zähne so klapperten. »Et-was hat versucht, mich zu p-p-p-packen.« Seine Mutter nahm ihn in die Arme, beruhigte ihn, versuchte zu witzeln, obwohl ihre Stimme den Tränen nahe schien. Mr. Grumbacher sah herunter – er war groß und hatte die graue Uniform an, die er jeden Tag trug, wenn er den Milchlaster fuhr; er sah darin irgendwie offiziell aus –, dann war er fort, Dales Mutter umarmte ihn wieder und versicherte ihm, daß alles in Ordnung sei, und dann war Mr. Grumbacher wieder da, Kevin stand unter der Tür ihres Ranchhauses und sah neugierig über den breiten Rasen zu der Stelle, wo sie unter dem Apfelbaum lagen, dann hatte Dale eine Decke um die Schultern, ebenso seine Mutter, und dann ging Mr. Grumbacher zu ihrer Tür hinein, in den Keller hinunter ...

»Nicht!« schrie Dale unwillkürlich. Er versuchte zu lächeln. »Bitte gehen Sie nicht da runter.«

Mr. Grumbacher sah zu Kevin, der immer noch gaffend unter der Tür stand. Er winkte ihm zu, klopfte mit der langen Taschenlampe mit ihren fünf Batterien in die Hand und machte das Fliegengitter der Tür zu. Die Kellertreppe führte von einem abgeschiedenen kleinen Nebenkämmerchen an der Straßenseite der Küche in den Keller hinunter; dieser Windfang hielt im Winter die Kälte ab; sie hängten ihre Mäntel an Nägeln dort auf. *Es wartete da unten auf sie. Mr. Grumbacher hatte keine Chance.*

Dale schlotterte einen Moment lang, dann stand er auf und schüttelte die Decke ab. Seine Mutter hielt ihn am Handgelenk, aber er wand sich aus ihrem Griff. »Ich muß ihm zeigen, wo es war ... muß ihn warnen vor ...«

Die Fliegengittertür ging auf. Kevins Dad kam heraus, seine ordentlich gebügelte graue Uniformhose war bis zu den Knien naß, seine Stiefel quietschten auf den Platten. Er knipste die lange Taschenlampe aus, die er in der linken Hand hielt; in der rechten trug er etwas anderes. Etwas Langes und Weißes und Nasses.

»Ist es tot?« fragte seine Mutter. Eine dumme Frage. Der Leichnam war auf doppelte Größe aufgedunsen.

Mr. Grumbacher nickte. »Ist wahrscheinlich nicht ertrunken«, sagte er mit seiner leisen, aber nachdrücklichen Stimme, die Dale schon so oft gehört hatte, wenn er Kevin angesprochen hatte. »Muß Gift gefressen haben oder so. Vielleicht ist es mit dem Rückstau reingekommen, als die Abflußrohre überlastet waren.«

»Ist es eine von Mrs. Moon?« fragte seine Mutter und kam näher. Dale spürte, daß sie am ganzen Körper zitterte.

Mr. Grumbacher zuckte die Achseln und legte den Kadaver neben der Einfahrt ins Gras. Dale hörte, wie es leise plitschte und Wasser zwischen den spitzen Zähnen herausfloß. Er kam näher und stieß sie mit der Schuhspitze an.

»Dale!« sagte seine Mutter.

Er zog den Fuß zurück. »Das habe ich nicht gesehen«, sagte er und versuchte, nicht zu zittern und nicht überdreht zu klingen. »Es war keine Katze. Das da ist eine K-K-Katze.« Er stieß wieder gegen das aufgedunsene Ding.

Mr. Grumbacher schenkte ihnen sein knappes, gepreßtes Lächeln. »Es war das einzige da unten, abgesehen von einer schwimmenden Werkzeugkiste und ein bißchen Plunder. Der Strom ist wieder an. Die Pumpe läuft.«

Dale sah zum Haus. Der Schalter war unten gewesen ... auf *AUS*.

Kevin kam den Hang herunter und hielt sich die Ellbogen wie immer, wenn er nervös war. Er betrachtete Dales blasses Gesicht, die tropfnasse Kleidung, das nasse Haar, leckte sich die Lippen, als wollte er etwas Sarkastisches sagen, sah den Blick seines Vaters und nickte Dale nur zu. Er stieß die tote Katze auch mit der Schuhspitze an. Mehr Wasser floß aus ihrem Mund.

»Ich glaube, es ist eine von Mrs. Moon«, sagte Dales Mutter, als wäre damit alles geregelt.

Mr. Grumbacher klopfte Dale auf den Rücken. »Ich kann dir nicht verdenken, daß du dich ein wenig gegruselt hast. Auf diese Mieze hier zu treten, die voll Wasser war, und dann noch im Dunkeln ... das hätte jedem Angst gemacht, mein Sohn.«

Dale wollte zurückweichen und diesem Grump-backer sagen, daß er nicht sein Sohn sei und er sich nicht wegen der toten Katze gegruselt habe. Statt dessen brachte er ein Nicken zustande. Er schmeckte immer noch den säuerlichen, bitteren Geschmack des Wassers, das er geschluckt hatte. *Tubby ist immer noch da unten.*

»Gehen wir rauf, uns umziehen«, sagte seine Mutter schließlich. »Wir können später darüber reden.«

Dale nickte, ging einen Schritt auf die Verandatür zu und blieb stehen. »Können wir vorne reingehen?« fragte er.

Jim Harlen strampelte durch die Dunkelheit, hörte überall im ganzen Block Hunde ausrasten und lauschte angestrengt nach dem Motorenlärm des Abdeckereilasters. Es schien an der Ecke Depot und Broad zu verweilen. *Er will mir den Weg abschneiden.*

Die Gasse, in die er blindlings hineingeradelt war, verlief zwischen den Schuppen, Garagen und langen Gärten hinter den Häusern der Broad und Fifth nach Norden und Süden. Die Gärten lagen so tief, die Häuser so von Büschen und Sträuchern umgeben, die Gasse selbst so von Laub überhangen, das durch die monsunartigen Regenfälle der vergangenen Wochen üppig geworden war, daß Harlen wußte, weiter vorne mußte es Hunderte dunkle Stellen geben, wo man sich verstecken konnte: Schuppendächer, offene Garagen, die dunkle Baumgruppe, der Hain der Millers links vorne, das leere Haus am Catton Drive ...

Sie wollen, daß ich genau das mache.

Harlen brachte sein Rad auf der schwarzen Schlacke der Gasse schlitternd zum Stillstand. Die Hunde hörten auf zu bellen. Selbst die Feuchtigkeit der Luft schien stillzustehen, ein schwacher Nebel, der die Luft zwischen den fernen Verandalichtern und Harlen trübte, der versuchte, zu einer Entscheidung zu gelangen.

Er traf seine Entscheidung. Seine Mutter hatte keinen Narren großgezogen.

Er kürzte durch einen Garten ab, strampelte verbissen durch Gemüsebeete, wo die Reifen Dreckklumpen hinter ihm hochwarfen, verließ den dunklen Schutz der Gasse und zischte unmittelbar vor einem verblüfften Labrador vorbei, der so überrascht herumfuhr, daß er sich fast selbst mit seiner Leine erdrosselte, bis ihm einfiel, daß er ja bellen mußte.

Harlen duckte sich blitzschnell, weil er den Wäschedraht gerade eine Sekunde vorher sah, bevor dieser ihn enthauptet hätte, legte sich auf die Seite, um einem Pfosten auszuweichen – wobei er das Rad fast umwarf, weil sein eingegipster linker Arm das Gleichgewicht zunichte machte –, kam wieder hoch, schlitterte die lange Einfahrt der Staffneys entlang – machte aber einen großen Bogen um die schwarze Masse ihres Schuppens – und kam auf ihrem Türweg zum Stillstand – vier Schritte von der Laterne entfernt, die sie dort brennen ließen.

Einen halben Block entfernt wurde in dem dunklen Lastwagen mit dem hohen Seitenpferch der Gang eingelegt, dann setzte er sich unter dem Tunnel der Äste über der Straße in Harlens Richtung in Bewegung. Die Scheinwerfer waren ausgeschaltet.

Jim Harlen sprang von seinem Fahrrad, rannte die fünf Stufen zur Veranda der Staffneys hoch und lehnte sich auf die Klingel.

Der Laster beschleunigte. Er war keine sechzig Meter mehr entfernt und steuerte auf diese Seite der breiten Straße zu. Das Haus der Staffneys war achtzehn bis zwanzig Meter vom Bordstein entfernt, Ulmen, ein großer Vorgarten und Blumenbeete trennten es von der Straße, aber Harlen wäre nur beruhigt gewesen, wenn Panzerbarrikaden und Gräben zwischen ihm und dem Laster gewesen wären. Er hämmerte mit der Faust an die Tür, während er den Ellbogen seines Gipses auf die Klingel preßte.

Die Tür wurde aufgerissen. Michelle Staffney stand im Nachthemd da, das Licht hinter ihr schien durch den leichten Stoff und erzeugte einen Heiligenschein um ihr rotes Haar. Normalerweise hätte Jim Harlen verweilt, um den Anblick zu genießen, aber jetzt drängte er sich an ihr vorbei in die hell erleuchtete Diele.

»Jimmy, was machst du denn . . . he!« brachte die Rothaarige heraus, bevor er sich an ihr vorbeigedrängt hatte. Sie machte die Tür zu und sah ihn finster an.

Harlen blieb unter dem Lüster stehen und sah sich um. Er war nur dreimal in Michelles Haus gewesen – einmal pro Jahr zu ihrer Geburtstagsparty am 14. Juli, die für sie und ihre Eltern so wichtig zu sein schien –, aber er konnte sich an die großen Zimmer, hohen Dekken und gewaltigen Fenster erinnern. Viel zu viele Fenster. Harlen fragte sich, ob sie eine Toilette ohne Fenster aber mit vielen kräftigen Schlössern im Erdgeschoß hatten, als Dr. Staffney die Treppe herunterkam. »Können wir dir helfen, junger Mann?«

Harlen setzte sein bestes Hilfloser-Junge-vor-dem-Weinkrampf-

Gesicht auf, wozu er sich nicht besonders verstellen mußte, wie er innewurde, und schluchzte: »Meine Mom ist ausgegangen, und es dürfte niemand daheim sein, aber als ich von der Gratisvorstellung heimgekommen bin – die wegen Regen ausgefallen ist –, war eine seltsame Frau im ersten Stock, in meinem Zimmer. Leute haben mich verfolgt, und ein Laster war hinter mir her, und ich habe mir gedacht . . . könnten Sie mir helfen? Bitte?«

Michelle Staffney sah ihn mit ihren hübschen blauen Augen und schiefgelegtem Kopf an, als wäre er hereingekommen und hätte auf ihren Teppich gepinkelt. Dr. Staffney stand in Anzughose, Weste und Krawatte und allem da; er sah Harlen an, zog die Brille auf, zog sie wieder ab und kam die Treppe herunter.

»Sag das noch mal«, sagte er.

Harlen sagte es noch einmal und erwähnte nur die Höhepunkte. Eine fremde Frau war in seinem Zimmer. *Er erwähnte nicht, daß sie tot war und trotzdem herumlief.* Ein Mann in einem Laster hatte ihn verfolgt. *Vorerst unwichtig, daß es der Abdeckereilaster gewesen war.* Seine Mutter war in einer wichtigen Sache nach Peoria gegangen. *Wahrscheinlich zum Vögeln, aber das mußte man ihnen ja jetzt nicht unbedingt sagen.* Er hatte Angst. *Ohne Scheiß.*

Mrs. Staffney kam aus dem Eßzimmer. Harlen hatte von C. J. Congden oder Archie Kreck oder einem dieser Typen gehört, wenn man wissen wollte, wie ein Mädchen in ein paar Jahren aussah – Euter und so –, mußte man nur ihre Mom ansehen. Michelle Staffney konnte sich noch auf eine Menge freuen.

Michelles Mutter machte ein Aufhebens um Harlen – sie sagte, sie könnte sich von den Geburtstagspartys an ihn erinnern, aber Harlen wußte, es waren zu viele Kinder anwesend gewesen, und er war nur eingeladen worden, weil alle aus der Klasse es waren – und bestand darauf, daß er auf eine Tasse Kakao in die Küche mitkam, während Dr. Staffney den Constable anrief.

Der Doktor sah ein wenig verwirrt drein, wenn nicht regelrecht skeptisch, aber er sah zur Tür hinaus – der Laster war logischerweise nicht zu sehen, Harlen spähte hinter Staffney raus –, dann ging er zum Telefon und rief Barney an. Mrs. Staffney bestand darauf, daß sämtliche Türen abgeschlossen wurden, während sie auf ihn warteten. Das war ganz in Harlens Sinne; es hätte ihm auch nichts ausgemacht, die Läden der vielen großen Fenster zuzumachen, aber so reich diese Leute waren, sie hatten keine Klimaanlage in dem riesengroßen Haus, und wenn die Fenster nicht offen waren, würde es wahrscheinlich ziemlich schnell ziemlich heiß werden. Harlen begnügte sich damit, sich sicher zu fühlen, während sich Mrs. S. in der Küche zu schaffen machte und die Reste eines Gulaschs für ihn wärmte – er hatte gesagt, er hätte noch nichts gegessen, obwohl er die

Spaghetti gewärmt hatte, die Ma ihm in einer Tupperschüssel hingestellt hatte –, während Dr. S. ihn zum schätzungsweise viertenmal befragte und während Michelle ihn mit einem Blick ihrer großen Augen ansah, der alles bedeuten konnte, von Heldenverehrung angesichts seiner tapferen Flucht bis hin zu reinster Verachtung darüber, was er für ein dämliches Arschloch war.

Was Harlen momentan eigentlich ziemlich einerlei war.

Die alte Dame in seinem Zimmer. *Ihr Gesicht am Fenster, wo es heruntersah.* Zuerst hatte er gedacht, es wäre Old Double-Butt, aber dann hatte ihm etwas gesagt, daß es Mrs. Duggan war. Die andere. Die Tote. *Der Traum. Das Gesicht am Fenster. Fallen.*

Harlen erschauerte, und Mrs. S. brachte ihm ein Stück Kuchen. Dr. Staffney fragte hartnäckig, wie häufig seine Mutter diese Aufträge zu erledigen hätte und ihn allein im Haus ließ. Ob sie wußte, daß es Gesetze darüber gab, Kinder unbeaufsichtigt im Haus zu lassen.

Harlen versuchte zu antworten, aber es war schwer; er hatte den Mund voll Kuchen und wollte vor Michelle nicht ungehobelt erscheinen.

Barney traf schon fünfunddreißig Minuten nach dem Anruf ein, wahrscheinlich ein neuer Rekord für die Stadt, dachte Harlen.

Er erzählte seine Geschichte noch einmal, diesmal mit etwas weniger Panik, aber auf eine flüssigere Weise. Als er zu der Stelle mit dem Gesicht am Fenster und dem Laster auf der Straße kam, bebte seine Stimme hinreichend realistisch. Er mußte daran denken, wie dicht daran er gewesen war, die Gasse entlangzufahren und sich in einem der dunklen Schuppen oder leeren Häuser am Catton Drive zu verstecken, und er fragte sich, was *dort* auf ihn gewartet haben könnte.

Er hatte echte Tränen in den Augen, als er dem Constable die Situation erläutert hatte, aber er blinzelte sie weg. Auf gar keinen Fall würde er vor Michelle Staffney weinen. Er wünschte sich nur, sie wäre nicht nach oben gelaufen, um einen Frotteebademantel anzuziehen, während ihre Mutter die heiße Schokolade gemacht hatte. Ihr sexy Aussehen, als er gekommen war, vermischte sich bereits mit der Erinnerung an nacktes Entsetzen und dem körperlichen Hochgefühl des vorangegangenen Adrenalinstoßes.

Constable Barney fuhr ihn nach Hause. Dr. Staffney kam mit und saß bei ihm im Auto, während Barney das Haus durchsuchte. Das war so, wie Harlen es verlassen hatte – hell erleuchtet, Tür offen –, aber Barney war zur Hintertür gegangen und hatte geklopft – *geklopft!* –, bevor er eingetreten war. Harlen wäre geduckt und schnell und mit schußbereitem Revolver hineingegangen, genau wie die Polypen in *Naked City*. Barney *hatte* nicht einmal einen Revolver, jedenfalls nicht bei sich.

Harlen beantwortete Dr. S.s Fragen nach den Wochenendreisegewohnheiten seiner Ma, während er die ganze Zeit auf einen Schrei aus dem Haus wartete.

Barney kam heraus und winkte sie hinein. »Keine Spur eines gewaltsamen Eindringens«, sagte er, als sie wieder die Stufen hinaufgingen. Harlen wurde klar, daß der Constable mit dem Doktor sprach, nicht mit ihm. »Das Haus sieht aus, als wäre es ein wenig durcheinandergebracht worden. Als hätte jemand etwas gesucht.« Er wandte sich an Harlen. »Ist das so, Junge, oder sieht es immer so aus?«

Harlen sah Eßzimmer und Küche mit neuem Blick. Pfannen auf dem Herd voll altem Fett. Ein Stapel schmutziges Geschirr in der Spüle, auf der Platte, sogar auf dem Tisch. Der Stapel Zeitschriften, Kisten und Abfall auf dem Boden. Die überquellenden Mülltüten. Im Wohnzimmer sah es nicht viel besser aus. Harlen wußte, unter den vielen Stapeln von Zeitungen und Fertiggerichtepackungen und Klamotten und Zeug befand sich ein Sofa, aber er sah ein, warum der Bulle und der Arzt nicht so sicher sein konnten.

Er zuckte die Achseln. »Ma ist nicht die ordentlichste.« Er haßte es, wie seine Stimme klang, als er das sagte. Als müßte er sich bei diesen beiden Arschlöchern entschuldigen.

»Fällt dir auf, daß etwas fehlt, Jimmy?« fragte Barney, als wäre ihm sein Name gerade wieder eingefallen. Es stank Harlen am allermeisten, wenn er Jimmy genannt wurde, ausgenommen, wenn er ins Gesicht geschlagen wurde. *Aber als Michelle es heute abend gesagt hat, nicht.* Er schüttelte den Kopf und ging im kleinen Erdgeschoß von Zimmer zu Zimmer und versuchte im Vorübergehen verstohlen, das eine oder andere aufzuräumen. »Nn-nnn«, sagte er. »Ich glaube nicht, daß etwas fehlt, aber ich bin nicht sicher.« *Scheiße, was sollten sie schon stehlen? Das elektrische Heizkissen? Unsere alten Fernsehzeitschriften? Meine Pornoheftchen?* Harlen errötete plötzlich bei dem Gedanken, Barney oder das FBI oder jemand könnte eine gründliche Durchsuchung durchführen und sie unter dem losen Bodenbrett seines Schranks finden.

»Die alte Dame war oben, nicht hier unten«, sagte er ein wenig trotziger als beabsichtigt.

»Ich habe oben nachgesehen«, sagte der Constable. Er sah Dr. S. an. »Ein einziges Durcheinander, aber keine ersichtlichen Spuren von Vandalismus.«

Die drei gingen gemeinsam nach oben, und Harlen fühlte sich mit jedem Augenblick beschissener. Er stellte sich vor, wie der etepetete Arzt seiner etepeteten Frau und dem Kind erzählte, was für eine Schweinerei er gesehen hatte. Wahrscheinlich würde er nach Hause gehen, Michelle wecken und ihr befehlen, sich von diesem Schlamper Harlen fernzuhalten. *Sie hat Jimmy gesagt.*

»Fehlt etwas?« fragte Barney vom Flur, als Harlen ins Zimmer seiner Ma und dann in seines sah. Gottverdammt, wenigstens *sie* hätte ihr Bett machen und die verfluchten vollgerotzten Kleenex und Zeitschriften wegräumen können . . .

»Nn-nnn«, sagte er und merkte selbst, wie albern er sich anhörte. Er stellte sich vor, wie der gutgekleidete Dr. S. seiner Frau und Michelle am nächsten Morgen beim Frühstück sagte: *Der Junge ist nicht nur ein Schlamper, sondern auch durch und durch verblödet.* »Ich glaube nicht«, fügte er hinzu. Und dann, mit regelrecht verzweifelter Stimme: »Haben Sie in den Schränken nachgesehen?«

»Als allererstes«, sagte Barney. »Aber wir sehen noch mal gemeinsam nach.«

Harlen hielt sich im Hintergrund, während der Doktor und Barney in die Schränke sahen. *Sie spielen meinetwegen mit. Und wenn sie fort sind, wird dieser verweste Leichnam von irgendwo auftauchen und mir das Herz rausbeißen.*

Als hätte er seine Gedanken gelesen, sagte Barney: »Ich bleibe hier, bis deine Mom nach Hause kommt, Junge.«

»Ich auch«, sagte der Doktor. Er wechselte einen Blick mit dem Polizisten. »Jim, hast du eine Ahnung, wann sie zurückkommen könnte?«

»Nn-nnn.« Harlen biß sich auf die Unterlippe. Wenn er diese beiden Silben noch ein einziges Mal grunzte, würde er den alten Revolver seines Dad holen und sich vor den Augen dieser beiden das Gehirn rauspusten. *Die Waffe. Hat Dad sie nicht Ma gelassen, damit sie sich schützen kann?* Sein Denkapparat setzte sich in Bewegung.

»Zieh den Schlafanzug an, Junge«, sagte der Constable. Harlen hätte sich nicht an den richtigen Namen des Mannes erinnern können, wenn sein Leben davon abgehangen hätte. »Habt ihr Kaffee?«

»Ja«, sagte Harlen. Fast hätte er *Nn-nnn* gesagt. »Auf der Theke. In der Küche. Unten.« *Depp, wir sind alle eben erst durch die Küche gegangen.*

»Mach dich fertig fürs Bett«, sagte der Constable noch einmal. Er ging mit dem Arzt nach unten.

Es war ein kleines Haus. Er konnte sie ohne Probleme hören. Er und seine Ma konnten keinen Furz lassen, ohne daß der andere es hörte; manchmal fragte sich Harlen, ob sein Dad deshalb mit der Schlampe abgehauen war. Aber heute war das Haus nicht klein genung. Er ging hinaus auf den schmalen Treppenabsatz.

»Haben Sie unter den Betten nachgesehen . . . Sir?« rief er nach unten.

Barney kam zur Treppe. »Aber gewiß doch. Und in den Ecken. Niemand ist da oben. Niemand ist hier unten. Der Doc hat sich gerade im Garten umgesehen. Ich überprüfe gleich die Garage. Ihr habt keinen Keller, Junge, oder?«

»Nn-nnn«, sagte Harlen. *Verdammt!*

Barney nickte und ging wieder in die Küche. Harlen hörte Michelles Dad etwas über das Gesundheitsamt sagen.

Harlen trat ein, ohne die Tür zuzumachen, kickte die Tennisschuhe in die Ecke, warf die Socken auf den Boden, wand sich aus Jeans und T-Shirt. Dann bückte er sich, hob Socken und Jeans auf und warf sie in den Schrank, ohne ihm zu nahe zu kommen. *Sie stand genau da drüben. Am Fenster. Sie ist hin und her gegangen.*

Er setzte sich auf die Bettkante. Der Wecker zeigte 10.48 Uhr. Früh. Die beiden Jungs würden noch vier bis fünf Stunden hier sein, wenn es eine typische Samstagnacht war. Würden sie wirklich bleiben? Wenn nicht, würde Harlen hinter dem Auto des Constable herlaufen. Auf gar keinen Fall würde er heute nacht alleine hier bleiben.

Verflixt und zugenäht, wo hat sie die Waffe? Es war keine große Waffe, aber sie war aus blauem Stahl und sah tödlich aus. Eine blauweiße Schachtel Munition war auch noch da gewesen. Sein Dad hatte ihm befohlen, Waffe und Munition niemals anzurühren; beides war in Dads Schublade gewesen, aber Ma hatte sie versteckt, als er mit der Schlampe abgehauen war. *Wo?* Wahrscheinlich illegal. Barney würde sie finden und sie beide ins Gefängnis werfen.

Die Hintertür schlug zu. Harlen zog gerade die Pyjamajacke an und zuckte bei dem Geräusch zusammen. Er hörte ihre Stimmen.

Schritte waren zu hören, dann drang Barneys Stimme viel lauter die Treppe herauf. »Möchtest du eine heiße Schokolade, bevor du dich hinlegst, Junge?«

Harlens Magen blubberte, weil Mrs. Staffney ihm schätzungsweise fünf Liter von dem Zeug eingetrichtert hatte. »Gern!« rief er zurück. »Bin gleich unten.« Er hob das Kissen und zog die Pyjamahose hervor, die er darunter aufbewahrte.

Eine graue, klebrige Pampe war daran. Harlen betrachtete stirnrunzelnd seine Hände, wischte sie am Pyjamaunterteil ab und schlug die Bettdecke zurück.

Das Laken sah aus, als wäre es mit mehreren Litern einer Substanz beschmiert worden, die wie eine Mischung aus Rotz und Sperma aussah. Das Zeug glänzte im Licht der Nachttischlampe und der Dekkenbeleuchtung. Es sah aus, als wäre das Bett ein Sandwichbrot, auf das jemand tonnenweise graue Marmelade gestrichen hatte – dicke, zähe, schleimige Masse, in der sich das Licht spiegelte, die die Laken durchnäßte und schon langsam zu kleinen Schollen und Schuppen trocknete. Es roch, als hätte jemand ein nasses Handtuch drei Jahre lang in einem Dreckloch schimmeln und anschließend eine Hundemeute darauf pissen lassen.

Harlen taumelte rückwärts, ließ den Pyjama fallen und lehnte sich an den Türrahmen. Ihm war, als müßte er sich übergeben. Der Holzboden schien zu schwanken wie das Deck eines kleinen Boots bei schwerem Seegang. Harlen ging hinauf und lehnte sich auf das wogende Geländer.

»Sir? Constable?«

»Ja, Junge?« rief Barney aus der Küche. Harlen roch Nescafé und heiße Milch.

Harlen sah in sein Zimmer zurück und rechnete fast damit, saubere Laken zu sehen – zumindest die schmutzigen von heute morgen –, wie im Kino, wenn der Held Halluzinationen hatte oder Visionen sah.

Der graue Schleim glänzte fast weiß im Licht.

»Ja?« sagte Barney und kam zur Treppe. Der Mann hatte die Stirn gerunzelt, als würde ihm wirklich etwas an Harlen liegen. Seine dunklen Augen blickten – wie? Besorgt? Möglicherweise mitfühlend.

»Nichts«, sagte Harlen. »Ich komm' gleich runter den Kakao trinken.« Er ging in sein Zimmer, zog das Bett ab, ohne die Schweinerei zu berühren, warf das ganze Schlamassel samt Pyjamaober- und -unterteil in eine Ecke seines Schranks, holte einen frischen Schlafanzug aus der untersten Kommodenschublade, der ihm zu klein, aber sauber war, nahm seinen abgewetzten alten Morgenmantel, wusch sich die Hände und ging nach unten zu ihnen.

Auch später konnte Jim Harlen nicht sagen, warum er den beiden Männern diesen schlagenden Beweis dafür, daß etwas oder jemand in seinem Haus gewesen war, nicht gezeigt hatte. Vielleicht war ihm in diesem Augenblick klar geworden, daß er allein damit fertig werden mußte. Vielleicht lag es auch daran, daß manches so peinlich war, daß man es anderen nicht zeigen wollte . . . ihnen das Bett zu zeigen, wäre zu sehr gewesen, als hätte er die Heftchen aus dem Schrank geholt und damit geprahlt.

Sie war *da. Es* war *da.*

Die heiße Schokolade war ziemlich gut. Dr. Staffney hatte den Küchentisch abgewischt, die drei saßen etwa bis halb eins dort und unterhielten sich, bis Harlens Mutter zur Hintertür hereinkam.

Dann ging Harlen nach oben, holte eine frische Decke aus dem Schrank und zog sie über sich, ohne sich um ein Laken zu kümmern. Er schlief gleich ein und lächelte verhalten über die wütenden Stimmen von unten.

Es war fast wie früher, als sein Dad noch hier gewohnt hatte.

23

Auf dem Höhepunkt seines Fiebers träumte Mike, daß er sich mit Duane McBride unterhielt.

Duane sah gar nicht tot aus. Er war nicht in Stücke gerissen, wie alle in der Stadt behauptet hatten. Er schlurfte nicht herum wie ein Zombie oder so; er war einfach nur der Duane, den Mike all die Jahre gekannt hatte – dick, langsam, Cordhosen und kariertes Flanellhemd. Selbst im Traum rückte Duane ab und zu die Hornbrille zurecht.

Sie befanden sich an einem Ort, der Mike unbekannt und doch seltsam vertraut war: eine bucklige Wiese mit hohem, dichtem Gras. Mike war nicht sicher, was er hier machte, aber er sah Duane und gesellte sich auf einem Felsen beim Hang einer Klippe zu ihm. Die Klippe war höher als alle, die Mike im Leben gesehen hatte, sogar noch höher als der staatliche Park Staved Rock, den seine Familie besucht hatte, als er sechs war. Das Panorama reichte unendlich weit. Da unten waren Städte und ein Fluß mit Booten. Duane widmete der Aussicht nicht einmal einen Blick; er schrieb in ein Notizbuch. Als Mike sich neben ihn setzte, blickte er auf.

»Tut mir leid, daß du krank bist«, sagte Duane und rückte die Brille zurecht. Er steckte das Notizbuch weg.

Mike nickte. Er war nicht sicher, ob er sagen sollte, was er sagen wollte, aber er sagte es trotzdem. »Tut mir leid, daß du gestorben bist.«

Duane zuckte die Achseln.

Mike biß sich auf die Lippe. Er mußte es fragen. »Hat es weh getan? Das Sterben, meine ich.«

Duane aß einen Apfel. Jetzt hielt er inne. »Klar hat es wehgetan.«

»Tut mir leid.« Mike wußte nicht, was er sonst sagen sollte. Auf der anderen Seite von Duanes Felsen spielte ein Welpe mit einem Beißspielzeug, aber Mike stellte mit der unbekümmerten Gelassenheit fest, die Träumen eigen ist, daß es sich nicht um einen Hund, sondern um einen kleinen Dinosaurier handelte. Das Beißspielzeug war ein grüner Gorilla.

»Du hast ein echtes Problem mit diesem Soldaten«, sagte Duane. Er bot Mike einen Bissen von seinem Apfel an.

Mike schüttelte den Kopf. »Stimmt.«

»Weißt du, die anderen Jungs haben auch Probleme.«

»Ach ja?« sagte Mike. Ein Flugzeug, das teilweise ein Vogel war, verdeckte die Sonne. Es brauste über das Tal dahin. »Welche anderen Jungs?«

»Du weißt schon, die anderen Jungs.«

Das sagte Mike alles. Er sprach von Dale und Harlen. Eventuell Kev.

»Wenn ihr Jungs weiter versucht, auf euch allein gestellt gegen dieses Ding zu kämpfen«, sagte Duane, der sich die Brille zurechtrückte und endlich die Aussicht bewunderte, »wird es euch wie mir ergehen.«

»Was können wir tun?« fragte Mike. Er bekam am Rande mit, daß irgendwo ein Hund bellte – ein richtiger Hund – und Geräusche im Hintergrund zu hören waren, die ihn mehr an sein Haus am Nachmittag als an diesen Ort hier erinnerten.

Duane sah ihn nicht an. »Findet heraus, wer diese Typen sind. Fangt mit dem Soldaten an.«

Mike stand auf und ging zum Rand der Klippe. Jetzt konnte er nichts mehr da unten sehen; nur noch Wolken oder Nebel oder so etwas. »Wie soll ich das machen?«

Duane seufzte. »Nun, hinter wem ist es her?«

Mike fand es nicht einmal seltsam, daß Duane ›es‹ und nicht ›er‹ gesagt hatte. Der Soldat *war* ein Es. »Hinter Memo.«

Duane nickte und rückte mit einer ungeduldigen Bewegung seines Fingers die Brille zurecht. »Na dann frag Memo eben!«

»Okay«, stimmte Mike zu. »Aber wie sollen wir den ganzen anderen Plunder rauskriegen? Ich meine, wir sind nicht so schlau wie du.«

Duane hatte sich nicht bewegt, aber jetzt saß er irgendwie viel weiter weg. Auf demselben Felsen, aber weiter weg. Und sie waren nicht mehr auf einem Gipfel, sondern auf der Straße einer Stadt. Es war dunkel, irgendwie kalt . . . vielleicht ein Wintertag. Duanes Fels war in Wirklichkeit eine Bank. Es sah aus, als würde er auf einen Bus warten. Er sah Mike stirnrunzelnd, beinahe wütend an. »Du kannst mich jederzeit fragen«, sagte er. Als er sah, daß Mike das nicht verstand, fügte er hinzu: »Außerdem *bist* du schlau.«

Mike wollte Einwände erheben, wollte Duane sagen, daß er normalerweise nicht die Hälfte von dem verstanden hatte, was der größere Junge sagte, und schätzungsweise ein Buch pro Jahr las, mehr nicht, aber er stellte fest, daß Duane in seinen Bus einstieg. Aber es war gar kein Bus, es war mehr eine gigantische Landmaschine mit Fenstern an der Seite, einem kleinen Fahrerhaus oben wie bei Flußschiffen, von denen Mike Bilder gesehen hatte, und einem Schaufelrad vorne, das aus kreisenden Schneiden zu bestehen schien.

Duane lehnte sich aus einem der Fenster hinaus. »Du bist schlau«, rief er zu Mike herunter. »Schlauer als du denkst. Außerdem hast du einen echten Vorteil.«

»Was für einen?« rief Mike, der jetzt laufen mußte, um mit dem Bus/der Landmaschine Schritt zu halten. Er konnte nicht sagen, welcher der rudernden Arme und nickenden Köpfe Duane McBride gehörte.

»Du *lebst*«, sagte Duane McBrides Stimme. Die Straße war verlassen.

Mike wachte auf. Er war immer noch heiß, und alles tat ihm weh, aber sein Pyjama und das Laken waren durchgeschwitzt. Es schien früher Nachmittag zu sein. Gespiegeltes Sonnenlicht und ein träger Lufthauch drangen durch das Fliegengitter. Obwohl der Ventilator in der Diele lief, mußte es fünfunddreißig Grad hier oben haben. Mike konnte hören, wie seine Mutter oder eine seiner Schwestern unten staubsaugte.

Mike wäre für einen Schluck Wasser gestorben, aber er fühlte sich momentan zu schwach zum Aufstehen und wußte, über den Lärm des Hoover hinweg konnten sie ihn unten nicht hören. Er begnügte sich damit, sich näher zum Fenster zu drehen, damit er ein wenig von der Brise abbekam. Er betrachtete das Gras im Vorgarten beim Vogelbad, das sein Großvater ihnen vor Jahren gegeben hatte.

Frag Memo!

Okay, sobald er sich kräftig genug fühlte, die Jeans anzuziehen und nach unten zu gehen, würde er es machen.

Den ganzen nächsten Tag, Sonntag den Zehnten, war Harlens Mutter wütend auf *ihn,* als hätte *er* sie angeschrien, und nicht Barney und Dr. Staffney. Im Haus herrschte die stille Gereiztheit, die Harlen von den Streits seiner Mutter und seines Vaters nur zu gut kannte: eine oder zwei Stunden anschreien, danach drei Wochen kaltes Schweigen. Das war Harlen scheißegal. Wenn sie nicht zu Hause blieb, wenn sie nicht zwischen ihm und dem Gesicht am Fenster blieb, würde er den Constable jeden Abend rufen, damit er ihr gehörig die Leviten las.

»Es ist ja nicht so, daß ich dich *vernachlässigen* würde«, hatte sie ihn angefahren, als er sich eine Dose Suppe zum Mittagessen gewärmt hatte. Es war das erste Mal den ganzen Tag, daß sie ihn angesprochen hatte. »Weiß Gott, ich arbeite mir lange genug die Finger wund und versorge dich, versorge dieses Haus . . .«

Harlen sah ins Wohnzimmer. Die einzigen freien Oberflächen waren die, die er und die beiden Männer vergangenen Abend freigeräumt hatten. Barney hatte vergangene Nacht das Geschirr gespült, die blitzblanke Spüle kam Harlen direkt fremd vor.

»*Wag* es nicht, mir mit diesem Ton zu kommen, junger Mann«, fauchte Ma.

Harlen sah sie an. Er hatte kein Wort gesagt.

»Du weißt, was ich meine. Diese beiden . . . Eindringlinge . . . kommen hier herein und maßen sich an, *mir* zu sagen, wie *ich* auf mein Kind aufzupassen habe. Vernachlässigung der Aufsichtspflicht hat er gesagt!« Ihre Stimme zitterte. Sie verstummte, um sich eine Zigarette anzuzünden, und ihre Hände zitterten ebenfalls. Sie wedelte das Streichholz aus, blies Rauch aus und klopfte mit den lackierten Nägeln auf den Tisch. Harlen betrachtete den Lippenstiftring um die Zigarette. Das – Lippenstift an Zigaretten überall im Haus – haßte er mehr als alles andere. Es machte ihn verrückt, und er hatte keine Ahnung, warum.

»Schließlich«, fuhr sie dann mit beherrschterer Stimme fort, »bist du elf Jahre alt. Fast ein junger Mann. Als ich elf war, mußte ich mich um drei jüngere Kinder der Familie kümmern und habe noch halbtags im One Fifty One-Imbiß drüben in Princeville gearbeitet.«

Harlen nickte. Die Geschichte hatte er schon oft genug gehört.

Seine Mutter inhalierte Rauch und wandte sich ab, während die Finger ihrer linken Hand weiterhin einen erbosten Trommelwirbel auf dem Tisch klopften und die Zigarette aggressiv in der Art und Weise von der Hand abstand, wie nur eine Frau sie halten konnte. »Die haben vielleicht *Nerven*, diese beiden Idioten.«

Harlen goß seine Tomatensuppe in einen Teller, fand einen Löffel, beugte sich darüber und ließ sie abkühlen. »Ma, sie waren nur hier, weil diese verrückte Frau im Haus war. Sie haben Angst gehabt, sie könnte zurückkommen.«

Sie drehte sich nicht zu ihm um. Ihr Rücken hatte dieselbe starre Haltung, die er so oft Harlens Vater gegenüber eingenommen hatte.

Er kostete die Suppe. Sie war zu heiß. »Wirklich, Ma«, sagte er. »Sie wollten nichts Böses. Sie haben nur ...«

»Sag du *mir* nicht, was sie wollten, James Richard!« fauchte sie, drehte sich schließlich doch zu ihm um, hielt einen Arm vor sich und den anderen, von dem Rauch kräuselte, vertikal hoch. »Ich weiß, wenn man mich beleidigt. *Sie* haben natürlich nicht daran gedacht, daß du dir mit Sicherheit *eingebildet* hast, du hättest jemand durch das Fenster gesehen. *Sie* haben nicht gewußt, daß Dr. Armitage im Krankenhaus gesagt hat, du hättest einen schlimmen Stoß am Kopf abbekommen ... ein subdurales Hemmy ... Hemo ...«

»Subdurales Hämatom«, sagte Harlen. Die Suppe war jetzt kalt genug.

»Eine *sehr* ernste Gehirnerschütterung«, meinte sie und nahm einen Zug. »Dr. Armitage hat mich gewarnt, du könntest – wie sagt man doch gleich? – Halluzinationen haben. Ich meine, schließlich hast du ja niemand gesehen, den du *kennst*, oder? Jemand Richtigen.«

Es gibt Menschen auf der Welt, die ich nicht kenne, war Harlen versucht zu antworten. Er ließ es bleiben. Einen Tag lang die kalte Schulter reichte aus. »Nn-nnn«, sagte er.

Ma nickte, als wäre damit alles geklärt. Sie drehte sich um und sah zum Küchenfenster hinaus, während sie die Zigarette zu Ende rauchte. »Ich frage mich, wo diese hohen und allmächtigen Herren waren, als ich vierundzwanzig Stunden täglich an deinem Krankenbett verbracht habe«, murmelte sie.

Harlen konzentrierte sich darauf, seine Suppe zu essen. Er ging zum Kühlschrank, aber der einzige Milchkarton, der dort war, stand schon lange, lange darin, und Harlen hatte nicht die Absicht, ihn aufzumachen. Er füllte Wasser aus dem Hahn in ein leeres Marmeladeglas. »Du hast recht, Ma. Aber ich war froh, dich zu sehen, als du nach Hause gekommen bist.«

Ihr plötzlich starrer Rücken verriet ihm, daß es besser war, dieses Thema nicht weiter zu verfolgen. »Wolltest du heute nicht in Adelle's Salon dein Haar richten lassen?«

»Ich nehme an, wenn ich das mache, wirst du diesen Polizisten wieder rufen und Anklage gegen mich erheben, weil ich eine pflichtvergessene Mutter bin«, sagte sie mit einer Stimme voll Sarkasmus, wie Dale sie nicht mehr gehört hatte, seit Dad gegangen war. Der Rauch stieg über ihren dunklen Haarschopf und fing das Sonnenlicht als blasser Heiligenschein.

»Ma«, sagte er, »es ist Tag. Bei Tag habe ich vor nichts Angst. Bei Tag wird sie nicht zurückkommen.« Harlen wußte, eigentlich war nur die erste Behauptung wirklich zutreffend. Die zweite war eine Lüge. Die dritte – das wußte er nicht.

Ma strich sich über das Haar und drückte die Zigarette im Spülbekken aus. »Na gut, ich bin in einer Stunde zurück, vielleicht etwas mehr. Du hast Adelles Nummer?«

»Ja.«

Er spülte den Suppenteller aus und stellte ihn zum Frühstücksgeschirr. Der Nash vollführte seinen gewohnten Lärm, als er die Depot Street hinunter verschwand. Harlen wartete noch zwei Minuten – Ma vergaß häufig etwas und kam zurückgehastet, um danach zu suchen –, aber als er sicher war, sie war fort, ging er langsam in ihr Zimmer hinauf. Sein Herz schlug wie verrückt.

Heute morgen, als Ma noch geschlafen hatte, hatte er Laken und Kissenbezug in der Badewanne gewaschen und sie danach in die Waschmaschine in der Waschküche geworfen. Den Pyjama hatte er in den Mülleimer neben der Garage geworfen. Darin würde er auf gar keinen Fall noch einmal schlafen.

Er durchsuchte die Schubladen seiner Ma, kramte unter ihrer Spitzenunterwäsche und spürte dieselbe Erregung wie damals, als er zum ersten Mal ein Heftchen von C. J. gekauft und nach Hause gebracht hatte. Es war heiß in dem Zimmer. Grelles Sonnenlicht fiel auf das zerwühlte Laken und die Decke von Mas Bett; er konnte ihr durchdringendes Parfum riechen. Die Sonntagszeitung hatte sie verstreut auf dem Bett liegenlassen.

Der Revolver war nicht in der Schublade. Harlen sah im Nachttisch neben ihrem Bett nach, wobei er leere Zigarettenpackungen und ein fast volles Päckchen Kondome beiseite schieben mußte. Ringe, Kugelschreiber, die nicht mehr funktionierten, Streichholzbriefchen verschiedener Restaurants und Nachtklubs, Papierschnipsel und Servietten mit daraufgekritzelten Männernamen, eine Art mechanischer Muskelentspanner, ein Taschenbuch. Keine Waffe.

Harlen setzte sich aufs Bett und sah sich im Zimmer um. Im Schrank waren nur ihre Schuhe, Kleider und ... Moment mal! Er zog einen Stuhl hin, damit er auf dem einzigen Regalboden ganz nach hinten greifen konnte, und tastete hinter Hutschachteln und alten Pullovern. Seine Hand spürte kaltes Metall. Er zog ein gerahmtes Foto heraus. Sein Dad lächelte und hatte einen Arm um Ma und den anderen um einen grinsenden, dummen Vierjährigen, in dem Harlen vage sich selbst erkannte. Dem Jungen fehlte ein Schneidezahn, was ihn aber nicht zu stören schien, denn er grinste breit. Die drei standen vor einem Picknicktisch; Harlen erkannte den Bandstand Park in der Stadt. Vielleicht war das vor einer Gratisvorstellung gewesen.

Er warf das Bild aufs Bett und tastete unter dem letzten Pullover da oben. Ein geschwungener Griff, Abzugsbügel aus Metall.

Er holte ihn langsam und mit beiden Händen herunter, wobei er sorgsam darauf achtete, daß sein Finger nicht in die Nähe des Abzugs kam. Das Ding war überraschend schwer für seine Größe. Die Metallteile bestanden aus dunkelblauem Stahl; der Lauf war erstaunlich kurz, rund fünf Zentimeter nur. Der Griff bestand aus einem hübschen, polierten Holz. Sah ganz wie die Spielzeugachtunddreißiger aus, mit der Harlen gespielt hatte, als er noch klein war, so vor einem oder zwei Jahren, und er vermutete, dies war eine richtige Achtunddreißiger. Wie hatte sein Dad sie genannt, als er Ma vor Jahren gezeigt hatte, wie man sie halten mußte? Eine Bauchwaffe. Harlen war nicht sicher, ob der Name daher kam, daß sie so klein war, daß man sie in den Gürtel stecken konnte – natürlich nur, wenn man ein Mann war –, oder weil man damit jemand in den Bauch schießen sollte.

Er sprang hinunter, fand einen Hebel und zog daran, damit er in den Zylinder sehen konnte ... er würde sie todsicher nicht herumdrehen, so daß die Mündung in sein Gesicht zeigte. Das eine Loch, das er sehen konnte, war leer. Er brauchte noch eine Minute, bis er herausgefunden hatte, wie er den Zylinder frei drehen konnte; alle Löcher waren leer. Harlen fluchte, steckte den Revolver in den Gürtel – spürte den kalten Stahl an der warmen Haut seines Bauchs – und suchte auf dem restlichen Regal nach den Kugeln. Nichts. Wahrscheinlich hatte Ma sie alle weggeworfen. Er räumte das Fach auf, stellte den Stuhl zurück, nahm die Waffe mit hinaus, stand da und betrachtete sie.

Was sollte das verdammte Ding nützen, wenn er keine Kugeln hatte?

Er sah noch einmal unter Mas Bett nach, durchsuchte das ganze Zimmer und stöberte sogar den Plunder in der Zedernholztruhe durch. Keine Kugeln. Er war sicher, daß sie in einem Karton gewesen waren.

Harlen überprüfte ein letztes Mal, daß er keine verräterischen Spuren seiner Suche hinterlassen hatte – in dem Durcheinander im Zimmer war das schwer zu sagen – und ging nach unten.

Verdammt, wo kann ich Kugeln kaufen? Verkaufen sie die an Kinder? Könnte ich einfach in Meyers Eisenwarenladen oder Jensens A & P gehen und nach Patronen Kaliber .38 fragen? Harlen glaubte nicht, daß das A & P welche führte, und Mr. Meyers konnte ihn nicht ausstehen; er hätte sich fast geweigert, ihm Nägel zu verkaufen, als er letzten Sommer an seinem Baumhaus gearbeitet hatte ... Kugeln würde er ihm auf gar keinen Fall verkaufen.

Harlen kam ein letzter Einfall. Seine Ma bewahrte jede Menge Fusel in der Hausbar auf, aber sie hatte immer eine Flasche auf dem letzten Regal in der Küche ganz oben versteckt. Als könnte jemand die anderen Vorräte stehlen und sie die versteckte Reserve brauchen. Da oben standen noch andere Flaschen und Krempel.

Harlen stand am Tresen und hatte beim Suchen den stupsnasigen Revolver in der bandagierten Linken. Zwei Flaschen Wodka waren da oben versteckt. Eine Art Einmachglas voll Reis, ein anderes mit Erbsen, wie es aussah. Vom dritten Glas ging ein metallisches Glitzern aus. Harlen hielt es ans Licht.

Die Kugeln waren alle in das Einmachglas geworfen worden. Der Deckel war zugeschraubt. Harlen zählte mindestens dreißig. Er holte ein Messer, schnitt die Versiegelung des Deckels durch, schraubte ihn auf und ließ die Kugeln auf den Tisch kullern. Er war aufgeregter als damals, als er zum ersten Mal C. J.s Pornoheftchen nach Hause gebracht hatte. Harlen brauchte nur wenige Augenblicke, bis er herausgefunden hatte, wie man die leeren Kammern lud und dann den Zylinder drehte, um sich zu vergewissern, daß er voll geladen war. Er steckte die restlichen Patronen in die Jeanstaschen, stellte das Glas an seinen Platz zurück, ging hinten raus, kletterte über den Zaun und ging auf der Suche nach einem Platz zum Üben in den Wald.

Und nach etwas zum Üben.

Memo war wach. Manchmal hatte sie die Augen offen, bekam aber wenig mit. Jetzt nicht. Mike kauerte sich neben ihrem Bett nieder. Seine Mutter war zu Hause – es war Sonntag, der 10. Juli, die erste

Sonntagsmesse seit fast drei Jahren, die Mike versäumte –, der Staubsauger lief jetzt oben in seinem Zimmer. Mike beugte sich dichter ans Bett und sah, wie Memos braune Augen seinen Bewegungen folgten. Eine ihrer Hände lag verkrümmt wie eine Klaue auf der Bettdecke, die Finger knotig, der Handrücken von blauen Venen durchzogen.

»Kannst du mich hören, Memo?« flüsterte er mit dem Mund nahe an ihrem Ohr. Er lehnte sich zurück und sah ihr in die Augen.

Blinzel. Ja. Der Code war einmal für ja, zweimal für nein, dreimal für ›ich weiß nicht‹ oder ›Ich verstehe nicht‹. So vermittelten sie ihr die einfachsten Dinge: wenn es Zeit war, das Bettzeug oder die Wäsche zu wechseln, Zeit für die Bettpfanne – solche Sachen.

»Memo«, flüsterte Mike, dessen Lippen nach vier Tagen Fieber noch trocken und rissig waren, »hast du den Soldaten am Fenster auch gesehen?«

Blinzel. Ja.

»Hast du ihn schon einmal gesehen?«

Ja.

»Hast du Angst vor ihm?«

Ja.

»Glaubst du, er will uns etwas zuleide tun?«

Ja.

»Glaubst du immer noch, daß er der Tod ist?«

Blinzel. Blinzel. Blinzel. Ich weiß nicht.

Mike holte Luft. Die Last seiner Fieberträume hing wie mit Ketten an ihm. »Kommt er dir . . . bekannt vor?«

Ja.

»Jemand, den du kennst?«

Ja.

»Jemand, den Mom und Dad auch kennen könnten?«

Nein.

»Würde ich ihn kennen?«

Nein.

»Aber du?«

Memo machte lange die Augen zu, wie unter Schmerzen oder Anstrengung. Mike kam sich wie ein Idiot vor, aber er wußte nicht, was er fragen sollte. *Ja.* Sie kannte ihn eindeutig.

»Jemand . . . der noch lebt?«

Nein.

Das überraschte Mike nicht. »Also jemand, der tot ist?«

Ja.

»Aber ein richtiger Mensch. Ich meine, jemand, der einmal gelebt hat?«

Ja.

»Glaubst du . . . glaubst du, er ist ein Gespenst, Memo?«

Dreimal Blinzeln. Eine Pause. Dann einmal.

»Habt du und Großpapa ihn gekannt?«

Pause. *Ja.*

»Ein Freund?«

Sie blinzelte überhaupt nicht. Ihre dunklen Augen brannten sich in Mikes Blick und forderten, daß er die richtigen Fragen stellte.

»Ein Freund von Großpapa?«

Nein.

»Ein Feind von Großpapa?«

Sie zögerte. Blinzelte einmal. Ihr Mund und Kinn waren feucht von Speichel. Mike benützte das Leinentaschentuch auf ihrem Nachttisch und trocknete sie ab. »Also war er ein Feind von Großpapa und dir?«

Nein.

Mike war sicher, daß sie zweimal geblinzelt hatte, aber er verstand nicht warum. Gerade hatte sie gesagt . . .

»Ein Feind von Großpapa«, flüsterte er. Oben war der Staubsauger verstummt, aber er konnte seine Mutter summen hören, als sie in den Zimmern der Mädchen abstaubte. »Ein Feind von Großpapa, aber nicht von dir?«

Ja.

»Der Soldat war dein Freund?«

Ja.

Mike wippte auf den Absätzen. Prima, und was nun? Wie konnte er herausfinden, *wer* dieser Mann war und warum er Memo heimsuchte?

»Weißt du, warum er zurückgekommen ist, Memo?«

Nein.

»Aber du hast Angst vor ihm?« Mike wußte, das war eine dumme Frage.

Ja. Pause. *Ja.* Pause. *Ja.*

»Hast du Angst vor ihm gehabt als . . . als er noch gelebt hat?«

Ja.

»Kann ich irgendwie herausfinden, wer er war?«

Ja. Ja.

Mike stand auf und ging in dem kleinen Zimmer auf und ab. Draußen fuhr ein Auto die First Avenue entlang. Der Geruch von Blumen und frisch gemähtem Gras drang durch das Fliegengitter. Mike überlegte mit einem Anflug von Schuldgefühlen, daß sein Vater den Rasen gemäht haben mußte, als er krank war. Er kauerte sich wieder neben Memo. »Memo, kann ich mir deine Sachen ansehen? Macht es dir etwas aus, wenn ich deine Sachen durchsehe?« Mike merkte, daß er die Frage so formuliert hatte, daß sie nicht antworten konnte. Sie sah ihn wartend an.

»Habe ich deine Erlaubnis?« flüsterte er.

Ja.

Memos Truhe stand in der Ecke. Alle Kinder hatten den strengen Befehl, sich nicht daran zu vergreifen: die Sachen darin waren die kostbarsten und privatesten Dinge ihrer Großmutter, und Mikes Mutter verwahrte sie, als könnte die alte Dame sie eines Tages wieder benützen.

Mike wühlte sich durch die Kleidungsstücke, bis er zu einem Bündel Briefe kam, die meisten von seinem Großvater während seiner Verkaufsreisen durch den Bundesstaat.

»Hier drinnen, Memo?«

Nein.

Eine Schachtel mit Fotos war auch darin; die meisten davon sepiafarben. Mike hielt sie hoch.

Ja.

Er blätterte sie rasch durch, weil er hörte, daß seine Mom mit den Zimmern der Mädchen fertig war und nur noch seines hatte. Er sollte im Wohnzimmer ausruhen, während sie das Zimmer lüftete und das Bett frisch bezog.

Es mußten hundert Bilder in der Schachtel sein: ovale Porträts von Verwandten und unbekannte Gesichter, Brownie-Schnappschüsse ihres Opas, als er noch jung, groß und stark war – Opa vor seinem Pierce Arrow, Opa stolz zusammen mit zwei anderen Männern vor dem Zigarrengeschäft, das ihnen eine kurze – und ruinöse – Zeit in Oak Hill gehört hatte, Opa und Memo bei der Weltausstellung in Chicago, Familienbilder, Bilder von Picknicks und Ferien und Augenblicken der Muße auf der Veranda, ein Foto eines Kindes in Weiß, das anscheinend auf einem Seidenkissen schlief – dann stellte Mike betroffen fest, daß es Dads Zwillingsbruder war, der kurz nach der Geburt starb – das Foto war aufgenommen worden, *nachdem* das Baby gestorben war. Was für ein schrecklicher Brauch!

Mike blätterte die Bilder schneller durch. Fotos von Memo als älterer Dame – Opa, der Hufeisen warf, ein Familienfoto mit Mike als Baby, auf dem die älteren Mädchen in die Kamera grinsten, noch mehr alte Bilder . . .

Mike stieß einen langen Seufzer aus. Er legte die anderen Fotos in die Schachtel zurück und hielt das auf Pappe aufgezogene Bild auf Armeslänge von sich, als wäre es verseucht. Der Soldat sah ihm stolz entgegen. Dieselbe Khakiuniform, dieselben Wickelgamaschen – wie Duane sie immer genannt hatte, derselbe Uniformhut und Sam Browne-Gürtel . . . es war derselbe Soldat! Nur war das Gesicht hier nicht unfertig in Wachs gegossen, es war das Gesicht eines Menschen: kleine, in die Kamera zugekniffene Augen, ein Lächeln dünner Lippen, eine Andeutung von pomadisiertem Haar über großen

Ohren, ein spitzes Kinn, vorstehende Nase. Mike drehte das Foto um. Die Inschrift in der perfekten Palmer-Schrift seiner Mutter lautete: *William Campbell Phillips: 9. Nov. 1917.*

Mike hielt das Bild hoch.

Ja.

»Dann ist er es? Er ist es wirklich?«

Ja.

»Ist sonst noch etwas in der Truhe, Memo? Etwas, das mir etwas über ihn verraten könnte?« Mike konnte es sich kaum vorstellen. Er wollte alles wieder in Ordnung bringen, bevor seine Mom herunterkam.

Ja.

Er blinzelte überrascht. Er hielt die Schachtel mit den Fotos hoch.

Nein.

Was sonst? Nichts außer einem kleinen, ledergebundenen Notizbuch. Er hob es hoch und schlug eine Seite etwa in der Mitte auf. Der Eintrag war in der Handschrift seiner Großmutter. Das Datum lautete Januar 1918.

»Ein Tagebuch«, hauchte er.

Ja. Pause. *Ja.* Die alte Dame machte die Augen zu und nicht wieder auf.

Mike schlug die Truhe zu, behielt Foto und Tagebuch, ging rasch an ihre Seite und senkte den Kopf, bis seine Wange fast ihren Mund berührte. Sanfter, trockener Atem strich durch ihre Lippen.

Er berührte einmal ihr Haar, dann versteckte er Foto und Tagebuch in seinem Hemd und ging zum Sofa, um sich ›auszuruhen‹.

Jim Harlen fand heraus, der Ausdruck ›Bauchwaffe‹ seines Vaters bedeutete wahrscheinlich, daß man das verdammte Ding jemanden in den Bauch drücken mußte, um zu treffen. Der kleine Revolver traf keinen Scheiß.

Er war etwa zweihundert Meter in den kleinen Hain hinter seinem Haus und dem der Congdens gegangen, hatte einen Baum gefunden, der wie ein gutes Ziel aussah, hatte sich etwa zwanzig Schritte davon entfernt, den gesunden Arm steif und gerade gehoben und abgedrückt.

Nichts war passiert. Besser gesagt, der Hahn hob sich ein Stück und klappte wieder zurück. Harlen fragte sich, ob das verdammte Ding eine Sicherung hatte . . . nein, es waren keine Schalter und Hebel zu sehen, außer dem, der ihm Einblick in den Zylinder verschafft hatte. Es war nur schwerer, den Abzug zu ziehen, als er gedacht hatte. Außerdem brachte ihn der elende Gips irgendwie aus dem Gleichgewicht.

Er duckte sich ein wenig und zog den Hahn mit dem Daumen zurück, bis er klickte und einrastete. Harlen umfaßte den Griff erneut, zielte auf den Baum – während er sich die ganze Zeit wünschte, das kleine Ding hätte eine bessere Zieleinrichtung als das kleine Metallzäpfchen am Ende des winzigen Laufs – und drückte wieder ab.

Bei dem Knall ließ er die Waffe beinahe fallen. Es war eine ziemlich kleine Pistole; er hatte damit gerechnet, daß Knall und Rückstoß gering sein würden ... wie bei der .22er, die Congden ihn ab und zu abfeuern ließ. Es war anders.

Nach dem lauten *Bumm* klingelten Harlen die Ohren. Hunde fingen in den Gärten entlang der Fifth Avenue an zu bellen. Harlen roch etwas, das er für Schießpulver hielt – obwohl es ganz anders stank als die Kracher, die er vor einer Woche losgelassen hatte –, und in seinem Handgelenk hallte die Erinnerung an freigesetzte Energie wider. Er ging zu dem Baum, um zu sehen, wo die Kugel getroffen hatte.

Nichts. Er hatte den Baum nicht getroffen. Vierzig Zentimeter Durchmesser, und er hatte das verdammte Ding nicht getroffen. Diesmal ging Harlen nur fünfzehn Schritte weit, spannte das elende Ding sorgfältig, zielte genauer, hielt den Atem an und feuerte noch einen Schuß ab.

Die Pistole knallte und hüpfte in seiner Hand. Die Hunde drehten wieder durch. Harlen lief zu dem Baum und erwartete, genau in der Mitte ein Loch zu sehen. Nichts. Er sah sich auf dem Boden um, als könnte er dort ein sichtbares Einschußloch sehen.

»Scheiß drauf«, flüsterte er. Er ging zehn kleine Schritte zurück, zielte sorgfältig und feuerte wieder. Diesmal stellte er fest, daß er gerade die Rinde an der rechten Seite gestreift hatte, aber einen Meter höher als gezielt. *Aus einer Scheißentfernung von zehn Schritten!* Die Hunde drehten durch, und irgendwo hinter den Bäumen wurde heftig eine Verandatür aufgestoßen.

Harlen ging nach Westen zu den Gleisen und dann nach Norden, weg von der Stadt, an den leeren Getreidesilos vorbei fast bis zur Talgfabrik. Westlich der Gleise befand sich ein sumpfiges Dickicht mit Bäumen und Sträuchern, und er dachte sich, er könnte die Böschung als Schutzwall benützen. Daran hatte er bis jetzt gar nicht gedacht gehabt, und jetzt spürte er einen Anflug von Kälte, als er sich fragte, ob eine der Kugeln vielleicht bis ganz über die Catton Road und auf die Wiese geflogen sein könnte – womöglich zu einer der Milchkühe. *Überraschung, Bessie!*

Im sicheren Dickicht eine halbe Meile südlich der Müllhalde lud Harlen nach, fand auf dem Weg zur Halde ein paar Flaschen und Dosen, stellte sie als Ziele auf die unkrautüberwucherte Böschung, stützte den Griff an die Hüfte, als er nachlud, und fing an zu üben.

Die Waffe war keinen Scheißdreck wert. Oh, sie feuerte durchaus ... Harlens Handgelenk tat weh und seine Ohren dröhnten ...

aber die Kugeln gingen nicht dahin, wohin er zielte. Es sah so einfach aus, wenn Hugh O'Brian als Wyatt Earp jemand aus fünfzig oder sechzig Schritt Entfernung erschoß – und das nur, um sie *kampfunfähig* zu machen. Harlens Lieblingsheld war der Texas Ranger Hoby Gilman in *Trackdown* mit Robert Culp in der Hauptrolle. Hoby hatte eine echt flotte Pistole und Harlen hatte die Serie gern gesehen, bis *Trackdown* vergangenes Jahr abgesetzt worden war.

Vielleicht lag es am kurzen Lauf von dem Scheißding einer Waffe seines Vaters. Wie auch immer, Harlen stellte fest, daß er nicht weiter als zehn Schritte von etwas entfernt sein durfte, wenn er es treffen wollte, und selbst dann waren drei oder vier Schuß erforderlich, nur um eine blöde Bierdose oder was auch immer zu treffen. Spannen konnte er sie langsam besser, obwohl er das Gefühl hatte, man müßte nur abdrücken und den Hahn von ganz alleine hochsteigen und herunterklappen lassen. Das gelang ihm, kostete aber soviel Kraft, daß es seine Zielgenauigkeit vollends versaute.

Nun, wenn ich dieses Miststück gegen jemand einsetze, muß ich eben warten, bis ich es dem Betreffenden auf die Brust oder sonstwohin drücken kann, damit ich nicht vorbeischieße.

Harlen hatte zwölf Kugeln geladen und lud gerade sechs neue, als er ein leises Geräusch hinter sich hörte. Er wirbelte mit halb erhobener Pistole herum, aber der Zylinder war noch herausgeklappt und nur zwei Kugeln blieben darin. Die anderen fielen ins Gras.

Cordie Cooke trat hinter ihm zwischen den Bäumen hervor. Sie trug eine doppelläufige Schrotflinte bei sich, die so groß wie sie war, aber am Schloß abgeknickt, wie Harlen schon Männer auf der Jagd ihre Gewehre hatte tragen sehen. Sie sah ihn mit zusammengekniffenen kleinen Schweinsäuglein an.

Herrgott, dachte Harlen, *ich hab' ganz vergessen gehabt, wie häßlich sie ist.* Cordies Gesicht erinnerte ihn an einen Käsekuchen, in den jemand Augen, dünne Lippen und eine Kartoffelnase gesteckt hatte. Ihr Haar war dicht über den Ohren abgehackt und hing ihr in fettigen Strähnen in die Stirn. Sie trug denselben formlosen Sack von einem Kleid, an den sich Harlen vom Unterricht erinnerte, nur sah es jetzt noch verschwitzter und schmutziger aus, graue Socken, die einmal weiß gewesen waren, und klobige braune Schuhe. Ihre kleinen windschiefen Zähne hatten etwa dieselbe Farbe wie ihre Socken.

»He, Cordie«, sagte er, ließ die Pistole sinken und bemühte sich, beiläufig dreinzusehen. »Was geht ab?«

Sie sah ihn weiterhin verkniffen an. Es war schwer zu sagen, ob sie die Augen unter den Wülsten überhaupt offen hatte. Sie kam drei Schritte auf ihn zu. »Hast deine Kugeln fallen lassen«, sagte sie mit ihrer nasalen, monotonen Stimme, die Harlen schon so oft nachgemacht hatte, um die anderen Kinder zum Lachen zu bringen.

Er lächelte ihr verkrampft zu, bückte sich und sammelte sie ein. Er fand nur zwei.

»Eine ist hinter deinem linken Fuß«, sagte sie. »Die andere ist *unter* deinem linken Fuß.«

Harlen fand sie, steckte sie in die Tasche, statt fertig zu laden, klappte die Ladekammer zu und steckte den Revolver in den Bund seiner Jeans.

»Sei bloß vorsichtig«, sagte Cordie. »Du schießt dir den Piephahn ab.«

Harlen spürte, wie er vom Halsansatz zu den Wangen rot wurde. Er rückte die Schlinge zurecht und sah das Mädchen finster an. »Verdammt, was willst du?«

Sie zuckte die Achseln und nahm die große Schrotflinte von einem Arm auf den anderen. »War nur neugierig, wer hier rumballert. Hab' gedacht, C. J. hat vielleicht 'ne größere Pistole bekommen.«

Harlen fiel Dale Stewarts Geschichte von seiner Konfrontation mit Congden ein. »Trägst du deshalb die Kanone mit dir herum?« fragte er so sarkastisch er konnte.

»Nn-nnn. Ich habe keine Angst vor C. J. Vor den anderen muß ich mich hüten.«

»Welchen anderen?«

Sie sah ihn noch verkniffener an. »Roon, dieser Hundefurz. Van Syke. Alle, die Tubby geholt haben.«

»Du glaubst, sie haben Tubby entführt?«

Das Mädchen drehte das teigige Gesicht zur Sonne und der Eisenbahnböschung herum. »Die haben ihn nicht entführt, die haben ihn umgebracht.«

»Umgebracht?« Harlen spürte, wie sich sein Inneres zusammenzog. »Woher weißt du das?«

Sie zuckte die Achseln und stellte die Schrotflinte auf einen Baumstumpf. Ihre Arme sahen wie schwabbelige, weiße Röhren aus. Sie kratzte einen Schorf von der Haut. »Ich hab' ihn gesehn.«

Harlen klappte der Kiefer herunter. »Du hast deinen Bruder *gesehen*? Wo?«

»An mei'm Fenster.«

Das Gesicht am Fenster. Nein, das war die alte Dame ... Mrs. Duggan. »Du lügst«, sagte er.

Cordie sah ihn mit Augen an, die die Farbe von altem Geschirrspülwasser hatten. »Ich lüge *nicht.*«

»Du hast ihn an deinem Fenster gesehen? Vor eurem Haus?«

»Was für ein Fenster habe ich denn sonst noch, du Arschloch?«

Harlen überlegte, ob er ihr in das flache Gesicht dreschen sollte. Er betrachtete die Schrotflinte und zögerte. »Warum hat ihn die Polizei nicht geholt?«

»Weil er nich mehr dagewesen wär, wenn sie gekommen wär'n. Außerdem ham wir kein Telefon zum Anrufen.«

»Wäre nicht mehr da gewesen?« Der Tag war heiß. Die Sonne schien. Harlens T-Shirt klebte am Rücken, sein Arm schwitzte unter dem Gips; es juckte. Aber momentan zitterte er.

Cordie kam näher, bis sie flüstern konnte und er sie trotzdem verstand. »Er wäre nicht mehr da gewesen, weil er rumgegeistert ist. Er war an meinem Fenster, dann ist er unters Haus gekrochen. Wo die Hunde immer sind, aber die woll'n jetzt nich mehr hin.«

»Aber du hast gesagt, er ist . . .«

»Tot, ja«, sagte Cordie. »Ich hab' gedacht, sie hätten ihn vielleicht nur geholt, aber wie ich'n gesehen hab', da hab' ich gewußt, dasser tot is.« Sie betrachtete seine Reihe Dosen und Flaschen. Nur zwei Dosen hatten ein Loch, alle Flaschen waren unversehrt. Sie schüttelte den Kopf. »Meine Ma hat ihn auch gesehen, aber die denkt, er ist'n Gespenst. Sie denkt, er will nur nach Hause kommen.«

»Will er das?« Harlen stellte erstaunt fest, daß er nur heiser flüstern konnte.

»Nö.« Cordie kam näher und betrachtete ihn unter ihren Sauerkrautlocken hervor. Harlen konnte sie riechen, wie ein schmutziges Handtuch. »Eigentlich isses nich Tubby. Tubby ist tot. Sie benützten nur seinen Körper irgendwie. Er versucht, *mich* zu erwischen. Wegen dem, was ich Roon getan hab'.«

»Was hast du Roon denn getan?« fragte Harlen. Die .38er war ein kaltes Gewicht an seinem Bauch. Als die Schrotflinte offen gewesen war, hatte er zwei Messingkreise gesehen. Cordie trug sie geladen in der Gegend herum. Und sie war verrückt. Er fragte sich, ob er den Revolver rechtzeitig ziehen würde können, wenn sie die Schrotflinte durchlud und auf ihn richtete.

»Hab' auf ihn geschossen«, sagte Cordie im selben tonlosen Tonfall. »Aber ich hab' ihn nicht umgebracht. Wünschte, ich hätte es.«

»Du hast auf Dr. Roon geschossen? Unseren Rektor?«

»Jawoll.« Plötzlich streckte sie die Hände aus, zog sein T-Shirt hoch und holte den Revolver heraus. »Gottverdammt, wo hast du denn das kleine Ding her?« Sie hielt die Waffe dicht vors Gesicht und schnupperte am Zylinder.

»Mein Dad . . .«, brachte Harlen heraus.

»Ich hab' mal'n Onkel gehabt, der wo so einen gehabt hat. Über zwanzig Schritt sind die stupsnasigen Dinger kein' Scheißdreck wert«, sagte sie, hielt die Schrotflinte immer noch in der linken Armbeuge und drehte sich um, damit sie die Pistole auf die Reihe der Flaschen richten konnte. »Ka-wumm«, sagte sie. Sie gab sie ihm Griff voraus zurück. »War kein Scheiß, als ich dir gesagt hab', du sollst sie nicht so inne Hose stecken. Mein Onkel hat sich echt mal fast den

Piephahn abgeschossen, als er sie da reingesteckt hat, weil er betrunken und die Waffe nicht gesichert war. Steck sie in die hintere Tasche und zieh das T-Shirt drüber.«

Harlen gehorchte. Sie war klobig und hinderlich, aber er konnte sie schnell ziehen, falls erforderlich. »Warum hast du auf Dr. Roon geschossen?«

»Vor ein paar Tagen«, sagte sie. »Gleich nach der Nacht, als Tubby mich verfolgt hat. Ich hab' gewußt, daß Roon ihn auf mich gehetzt hat.«

»Nicht *wann*«, sagte Harlen. »*Warum.*«

Cordie schüttelte den Kopf, als wäre er der Langsamste auf der Welt. »Weil er mein' Bruder umgebracht und sein Körper-Ding auf mich gehetzt hat«, sagte sie geduldig. »Diesen Sommer geht was verflucht Merkwürdiges ab. Mama weiß es. Papa auch, aber der ist nie da und kriegt nix mit.«

»Du hast ihn nicht umgebracht?« sagte Harlen. Plötzlich war der Wald um sie herum dunkel und geheimnisvoll.

»Wen getötet?«

»Roon.«

»Nee.« Sie seufzte. »Ich war zu weit weg. Die Schrotkugeln haben seinem Scheißplymouth nur die Seite durchsiebt und ihn ein wenig am Arm verletzt. Vielleicht hab' ich ihn auch am Arsch erwischt, aber ich bin nicht sicher.«

»Wo?«

»Am Arm und am Arsch«, wiederholte sie ergeben.

»Nein, ich meine, wo hast du auf ihn geschossen? In der Stadt?«

Cordie setzte sich auf die Böschung. Zwischen den mageren, blassen Schenkeln konnte man ihr Unterhöschen sehen. Harlen hätte nie gedacht, daß er einmal den Schlüpfer eines Mädchens – am Körper – sehen würde, ohne daß ihn der Anblick interessierte. Jetzt interessierte er ihn nicht. Ihre Unterhose war so grau wie ihre Socken. »Wenn ich ihn in der Stadt angeschossen hätte, Pißkopf, meinste nicht, daß ich dann im Gefängnis wäre oder so?«

Harlen nickte.

»Nn-nnn. Ich hab' auf ihn geschossen, als er draußen bei der Talgfabrik war. Als er grad aus seinem elenden Auto ausgestiegen ist. Ich wär näher ran, aber der Wald hört etwa zehn, zwölf Meter vor dem Tor auf. Er hat gehinkt . . . darum glaub' ich, daß ich ihn am Arsch erwischt hab', ich konnte sehen, wo der Stoff von seinem Anzug zerrissen war . . . dann ist er in den Laster gesprungen und mit Van Syke abgehauen. Ich glaube, sie haben mich gesehen.«

»Welchen Laster?« fragte Harlen. Er wußte es.

»Du weißt, welchen Laster«, seufzte Cordie. »Den gottverdammten Abdeckereilaster.« Sie packte Harlen am Handgelenk und zerrte heftig. Er plumpste auf der Eisenbahnböschung neben ihr auf die Knie. Irgendwo im Wald fing ein Specht an zu klopfen. Harlen konnte ein Auto oder einen Laster eine Viertelmeile südlich auf der Catton Road hören.

»Hör mal«, sagte Cordie, die sein Handgelenk nicht losließ, »man braucht nicht viel Grips, um zu wissen, daß du was in Old Central gesehen hast. Darum bist du gestürzt und hast dich wundgekloppt. Und vielleicht hast du noch was anderes gesehen.«

Harlen schüttelte den Kopf, aber sie beachtete ihn gar nicht.

»Deinen Freund haben sie auch umgebracht«, sagte sie. »Duane. Weiß nicht, wie sie's gemacht haben, aber ich weiß, daß sie es waren.« Sie wandte sich ab; ihr Gesicht nahm einen seltsamen, entrückten Ausdruck an. »Komisch, ich bin in Duanes Klasse, seit wir zusammen im Kindergarten waren, aber ich weiß nicht, ob er je was zu mir gesagt hat. Aber ich fand immer, daß er ein netter Kerl war. Hat immer viel gedacht, aber das mach ich ihm nicht zum Vorwurf. Hab' mir imma vorgestellt, er und ich würden mal 'n Spaziergang machen, nur über Sachen reden und ...« Ihr Blick wurde wieder klar, sie betrachtete Harlens Handgelenk. Ließ es los. »Hör mal, du bist nich hier und ballerst mit der Knarre von deinem Dad rum, weil du es satt hast, deinen Piephahn zu wichsen, und frische Luft brauchst. Du hast eine Scheißangst. Und ich weiß, was dir Angst gemacht hat.«

Harlen holte tief Luft. »Okay«, sagte er mit krächzender Stimme. »Was machen wir jetzt?«

Cordie Cooke nickte, als würde es Zeit werden. »Wir trommeln deine Kumpels zusammen«, sagte sie. »Alle, die was von dieser Sache mitgekriegt haben. Wir trommeln sie zusammen und stellen Roon und den anderen nach – den Toten und den Lebenden. Schließlich sind alle hinter uns her.«

»Und was dann?« Harlen beugte sich so weit zu ihr, daß er die feinen Härchen auf Cordies Oberlippe sehen konnte.

»Dann bringen wir die Lebenden um«, sagte Cordie, lächelte und ließ graue Zähne sehen. »Wir töten die Lebenden und die Toten ... – nun, uns wird schon was einfallen.« Plötzlich streckte sie die Hand aus, griff Harlen zwischen die Beine und knetete sanft durch die Jeans seinen Pimmel.

Er zuckte zusammen. Das hatte noch kein Mädchen gemacht. Und jetzt, wo es eins machte, überlegte er sich allen Ernstes, ob er sie erschießen sollte, damit sie losließ.

»Willst du ihn nicht da rausholen?« flüsterte sie mit dem Zerrbild einer verführerischen Stimme. »Sollen wir uns beide nackt ausziehen? Ist niemand in der Nähe.«

Harlen leckte sich die Lippen. »Jetzt nicht«, brachte er heraus. »Vielleicht später.«

Cordie seufzte, zuckte die Achseln, stand auf und hob die Schrotflinte hoch. Sie ließ das Schloß einrasten. »Hokay-dokay. Was meinst du dazu, daß wir in die Stadt gehen, ein paar von deinen Kumpels suchen und die Sache ins Rollen bringen?«

»Jetzt?« *Wir bringen die Lebenden um,* dröhnte es in Harlens Kopf. Er mußte an Barneys freundliche Augen vergangene Nacht denken und fragte sich, wie freundlich sie noch sein würden, wenn er und die Staatspolizei kommen und ihm Handschellen anlegen würden, weil er den Rektor, den Hausmeister und weiß Gott wen sonst noch erschossen hatte.

»Logisch, jetzt«, sagte Cordie. »Was bringt es, wenn wir warten? Nicht mehr lange, und es ist dunkel, dann kommen *sie* wieder raus.«

»Na gut«, hörte Harlen sich sagen. Er stand auf, klopfte die Jeans ab, rückte den Revolver seines Vaters in der Gesäßtasche zurecht und folgte Cordie auf den Gleisen zur Stadt.

24

Mike mußte zum Friedhof gehen. Das wollte er um nichts auf der Welt alleine machen, daher überzeugte er seine Mutter, daß es längst überfällig war, Blumen auf Großvaters Grab zu bringen. Sein Dad fing am nächsten Tag mit der Nachtschicht an, daher schien der Sonntag wie geschaffen, den Friedhof mit der Familie zu besuchen.

Er war sich wie ein Spion vorgekommen, als er Memos Tagebücher gelesen und unter der Bettdecke versteckt hatte, wenn seine Mutter nach ihm sehen kam. Aber es war ja Memos Idee gewesen, oder nicht?

Das Tagebuch war in Leder gebunden und dick und enthielt fast drei Jahre von Memos tagtäglichen Einträgen vom Dezember 1916 bis zum Ende des Jahres 1919. Daraus erfuhr Mike alles, was er wissen mußte.

Auf dem Foto hatte *William Campbell Phillips* gestanden, und der wurde bereits im Sommer 1916 erwähnt. Offenbar war Phillips ein Schulkamerad von Memo gewesen . . . Mehr noch, eine Jugendliebe. Da hatte Mike innehalten müssen, weil es seltsam gewesen war, sich Memo als Schulmädchen vorzustellen.

Phillips hatte 1904, im selben Jahr wie Memo, den Abschluß an der High-School gemacht, aber während Memo eine weiterbildende Schule in Chicago besucht hatte – wo sie, wie Mike aus Familienerzählungen wußte, Großvater in einem Imbißrestaurant kennengelernt hatte –, war William Campbell Phillips offenbar nur um die Ecke ins Jubilee College gegangen und zum Lehrer ausgebildet worden. Soweit Mike den Eintragungen in makelloser Palmer-Schrift entnehmen konnte, war er Lehrer im Old Central gewesen, als Memo 1910 als Ehefrau und Mutter aus Chicago zurückgekehrt war.

Aber soweit Mike den zurückhaltenden Eintragungen in Memos Tagebuch des Jahres 1916 entnehmen konnte, hatte Phillips nicht aufgehört, ihr seine Zuneigung zu bekunden. Er war mehrmals mit Geschenken ins Haus gekommen, wenn Großpapa im Getreidesilo arbeiten war. Er hatte offensichtlich Briefe geschickt, über deren Inhalt Mike mutmaßen konnte, auch wenn im Tagebuch nichts davon erwähnt wurde. Memo hatte sie verbrannt.

Ein Eintrag faszinierte Mike:

29. Juli 1917
Heute auf dem Basar, den ich mit Katrina und Eloise besucht habe, bin ich dem schändlichen Mr. Phillips über den Weg gelaufen. Ich habe William als stillen und liebenswerten Jungen in Erinnerung, der kaum je etwas sagte und die Welt stets mit seinen unergründlichen dunklen Augen betrachtete, aber er hat sich verändert. Katrina hat eine diesbezügliche Bemerkung gemacht. Mütter haben sich wegen Mr. Phillips' Temperament schon beim Rektor beschwert. Er prügelt die Kinder bei der geringsten Unbotmäßigkeit. Ich bin froh, daß der kleine John noch ein paar Jahre lang keinen Unterricht bei ihm nehmen muß.
Die Avancen des Herrn sind durchaus beunruhigend. Heute bestand er trotz meines eindeutigen Widerwillens darauf, mich in ein Gespräch zu verwickeln. Ich habe Mr. Phillips schon vor Jahren mitgeteilt, daß es keinen gesellschaftlichen Verkehr zwischen uns geben kann, solange er ein derart ungebührliches Verhalten an den Tag legt. Es hat nichts genützt.
Ryan hält es für einen Witz. Die Männer aus der Stadt sind offenbar der Überzeugung, daß William Campbell immer noch ein Muttersöhnchen ist und für niemand eine Bedrohung darstellt. Freilich habe ich Ryan nie von den Briefen erzählt, die ich verbrannt habe.

Dann fand Mike einen interessanten Eintrag Ende Oktober desselben Jahres:

27. Oktober
Da sich das Mannsvolk nach der harten Arbeit der Ernte langsam entspannen kann, kreist das Gerede in der Stadt um Mr. Phillips, den Lehrer, der sich freiwillig gemeldet hat, um gegen die Teutonen zu kämpfen.
Anfangs hielten alle es für einen Witz, da der Herr fast dreißig

ist, aber er kam gestern nachmittag schon in Uniform ins Haus seiner Mutter in Peoria. Katrina behauptet, er habe recht stattlich ausgesehen, aber Gerüchten zufolge mußte Mr. Phillips die Stadt ohnehin verlassen, da man im Begriff stand, ihm die Kündigung auszusprechen. Seit die Eltern des kleinen Catton an den Schulrat geschrieben und sich über Mr. Phillips übertriebene Anwendung von Gewalt im Klassenzimmer beschwert haben – Tommy Catton mußte mehrere Tage ins Krankenhaus von Oak Hill, aber Mr. P. behauptete, der Junge wäre die Treppe hinuntergestürzt, nachdem er das Klassenzimmer bereits verlassen hatte –, seitdem haben sich auch andere Eltern beschwert.

Nun, welche Gründe ihn auch immer bewogen haben, er hat eine ehrenhafte Entscheidung getroffen. Ryan sagt, er würde auf der Stelle gehen, wenn da nicht John und Katherine und Ryan jr. wären.

Und am 9. November 1917:

Mr. Phillips hat heute vorbeigeschaut. Ich kann nicht schreiben, was sich zugetragen hat, aber ich werde auf ewig dankbar sein, daß der Eismann ein paar Minuten nach Eintreffen des Lehrers gekommen ist. Andernfalls . . .

Er besteht darauf, daß er mich wieder besuchen möchte. Der Mann ist ein Schuft, er anerkennt weder die Gültigkeit meines Ehegelübdes noch die heilige Verpflichtung als Mutter meiner drei Kinder.

Alle reden davon, wie stattlich er in seiner Uniform aussieht, aber ich fand ihn erbärmlich – ein Kind in einem zu großen Kostüm.

Ich hoffe, er kommt nie wieder.

Und letztmals wurde er am 27. April des Jahres 1918 erwähnt:

Der größte Teil der Stadt hat heute am Begräbnis von Mr. William Campbell Phillips teilgenommen. Ich konnte wegen meiner Kopfschmerzen nicht teilnehmen.

Ryan sagt, die Armee wollte ihn zusammen mit den anderen Männern, die in der Schlacht gefallen sind, auf einem amerikanischen Friedhof in Frankreich begraben, aber seine Mutter hätte darauf bestanden, daß der Leichnam nach Hause gebracht wurde.

Seinen letzten Brief an mich erhielt ich erst, als wir schon von seinem Tod erfahren hatten. Ich habe, wohl aus Sentimentalität, nehme ich an, den Fehler gemacht und ihn gelesen. Er hatte ihn während seiner Genesung in einem französischen Lazarett geschrieben, ohne zu wissen, daß die Grippe vollenden würde, was die Kugeln der Deutschen nicht geschafft hatten. In dem Brief schrieb er, seine Entschlossenheit habe sich in den Schützengräben gefestigt, nichts könne ihn daran hindern, mich zu beanspruchen. Das war sein Ausdruck: ›beanspruchen‹.

Aber etwas hat ihn gehindert.

Meine Kopfschmerzen sind heute nachmittag sehr schlimm. Ich muß mich ausruhen. Ich werde diesen traurigen, besessenen Mann nie wieder erwähnen.

Großvaters Grab lag im vorderen Teil des Friedhofs Calvary, links vom Fußgängertor und etwa drei Reihen weiter hinten. Alle O'Rourkes und Reillys lagen dort, und nördlich davon befand sich ein noch freier Platz, wo Mikes Eltern, er selbst und seine Schwestern dereinst liegen würden.

Sie legten die Blumen ab und sprachen ihre üblichen stummen Gebete. Während sich die anderen anschließend damit beschäftigten, Unkraut zu zupfen und das Areal zu säubern, schritt Mike rasch die Reihen entlang.

Er mußte nicht alle Grabsteine ansehen; viele kannte er, aber die größte Hilfe waren die kleinen amerikanischen Flaggen, welche die Pfadfinder am Memorial Day angebracht hatten. Diese waren inzwischen verblichen, die Farben von schweren Regenfällen und grellem Sonnenschein ausgebleicht, aber die meisten Flaggen waren noch vorhanden und kennzeichneten die Gräber der Veteranen. Es waren viele Veteranen.

Phillips lag weit hinten auf der anderen Seite des Friedhofs. Die Grabinschrift lautete: WILLIAM CAMPBELL PHILLIPS, 9. AUGUST 1888 – 3. MÄRZ 1918. ER STARB, DAMIT DIE DEMOKRATIE LEBEN KONNTE.

Der Boden über dem Grab war frisch aufgeworfen, so als hätte jemand kürzlich hier gegraben und die Erde achtlos wieder aufgeschüttet. In der Nähe fanden sich mehrere kreisförmige Vertiefungen, manche mit einem Durchmesser von fast vierzig Zentimetern, wo die konkave Erde eingesunken zu sein schien.

Mikes Eltern riefen ihm vom Rasen des Parkstreifens hinter dem schwarzen Zaun. Er rannte zu ihnen.

Pater C. freute sich, ihn zu sehen. »Rusty kommt mit dem Lateinischen nicht einmal dann zurecht, wenn er es abliest«, sagte der Priester. »Hier, nimm noch einen Keks.«

Mike hatte immer noch keinen Appetit, aber er nahm den Keks. »Ich brauche Hilfe, Pater«, sagte er beim Kauen. »Ihre Hilfe.«

»Jederzeit, Michael«, sagte der Priester. »Jederzeit.«

Mike holte tief Luft, dann fing er an und erzählte die ganze Geschichte. Er hatte sich in den klaren Perioden seines Fiebers dazu entschlossen, aber als er nun angefangen hatte, hörte es sich noch verrückter an, als er dachte. Dennoch machte er weiter.

Als er fertig war, folgte ein kurzes Schweigen. Pater Cavanaugh sah ihn mit umwölkter Stirn und nachdenklichem Blick an. Der Fünf-Uhr-Bartschatten des Priesters war deutlich zu sehen.

»Michael, das ist doch alles dein Ernst, oder? Du nimmst mich nicht auf den Arm?«

Mike sah ihn nur an.

»Nein, bestimmt nicht.« Pater C. stieß einen langen Seufzer aus. »Du glaubst also, du hast den Geist dieses Soldaten gesehen ...«

»Nn-nnn«, entgegnete Mike nachdrücklich. »Das heißt, ich glaube nicht, daß es ein *Geist* war. Ich sah, wie er das Fliegengitter nach innen gedrückt hat. Er war – solide.«

Pater C. nickte und sah Mike weiterhin durchdringend an. »Aber es kann sich ja schwerlich um *den* William Campbell ... wie auch immer ... gehandelt haben ...«

»Phillips.«

»William Campbell Phillips, ja. Er kann es kaum gewesen sein, nach zweiundvierzig Jahren ... demnach sprechen wir von einem Geist oder einer Art spiritueller Manifestation, korrekt?«

Jetzt war Mike an der Reihe zu nicken.

»Und was soll ich jetzt tun, Michael?«

»Einen Exorzismus, Pater. Ich habe in *True* darüber gelesen und ...«

Der Priester schüttelte den Kopf. »Michael, Michael ... Exorzismen waren ein Produkt des Mittelalters, eine Art Volkszauber, um Dämonen aus Menschen auszutreiben, als jeder noch glaubte, von Krankheiten über wundgelegene Stellen würde alles von Dämonen verursacht werden. Du glaubst doch nicht etwa, daß diese ... diese Erscheinung, die du im Fieber gesehen hast, ein Dämon war, oder?«

Mike verbesserte den Priester nicht in bezug auf *wann* er den Soldaten gesehen hatte. »Ich weiß nicht«, sagte er wahrheitsgemäß. »Ich weiß nur, er ist hinter Memo her und ich bin der Meinung, Sie können etwas dagegen tun. Werden Sie mich zum Friedhof begleiten?«

Pater Cavanaugh runzelte die Stirn. »Der Friedhof Calvary ist geweihter Boden, Michael. Ich könnte dort wenig tun, das nicht schon getan worden wäre. Die Toten ruhen dort in Frieden.«

»Aber ein Exorzismus ...«

»Ein Exorzismus soll dazu dienen, Geister aus einem Körper oder einem Ort zu vertreiben, von dem sie Besitz ergriffen haben«, unterbrach ihn der Priester. »Du möchtest doch nicht andeuten, daß der Geist dieses Soldaten entweder in deine Großmutter oder dein Haus gefahren ist, oder?«

Mike zögerte »Nein . . .«

»Und Exorzismen wendet man gegen dämonische Mächte an, nicht gegen die Geister der Verstorbenen. Du weißt doch, daß wir für unsere Toten beten, Michael, oder nicht? Wir geben uns nicht primitivem Stammesaberglauben hin, wonach die Seelen der Toten böse sind – daß man ihnen aus dem Weg gehen sollte.«

Mike schüttelte verwirrt den Kopf. »Aber werden Sie mit mir zum Friedhof kommen, Pater?« Er wußte nicht, warum das so wichtig war, er wußte nur, es *war* wichtig.

»Selbstverständlich. Wir können gleich gehen.«

Mike sah zu den Pfarrhausfenstern. Es war fast dunkel. »Nein, ich habe gemeint morgen.«

»Morgen muß ich gleich nach der Messe nach Peoria fahren, weil ich einen Freund von den Jesuiten treffen möchte«, sagte der Priester. »Ich werde erst sehr spät zurückkommen. Dienstag und Mittwoch werde ich in St. Mary's in Klausur verbringen. Hat es bis Donnerstag Zeit?»

Mike biß sich auf die Lippen. »Gehen wir jetzt«, sagte er. Es war immer noch etwas Licht. »Können Sie etwas mitnehmen?«

Pater Cavanaugh, der sich gerade eine Windjacke überstreifte, hielt inne. »Was meinst du damit?«

»Sie wissen schon, ein Kruzifix. Noch besser wäre eine Hostie vom Altar. Irgend etwas, falls er da ist.«

Der Priester schüttelte den Kopf. »Der Tod deines Freundes hat dich betroffen gemacht, Michael, richtig? Leben wir jetzt in einem Vampirfilm? Möchtest du, daß ich den Leib des Herrn wegen eines Spiels aus dem Allerheiligsten hole?«

»Dann eben etwas Weihwasser«, sagte Mike. Er zog ein Plastikfläschchen aus der Tasche. »Ich hab' die hier mitgebracht.«

»Na gut«, seufzte Pater C. »Hol deine flüssige Munition, derweil fahre ich das Papstmobil aus der Garage. Wir müssen uns beeilen, wenn wir dort sein wollen, bevor die Vampire zu ihren nächtlichen Umtrieben herauskommen.« Er kicherte, aber das hörte Mike nicht. Er war schon zur Tür draußen und lief mit der Wasserflasche in der Hand zur Kirche St. Malachy's.

Dales Mutter hatte tags zuvor, am Samstag, Dr. Viskes angerufen. Der Flüchtling aus Ungarn nahm eine hastige Untersuchung an Dale vor, bemerkte die klappernden Zähne und verhaltenen Symptome des Schreckens, verkündete, er wäre ›kein Kinderpsychologe‹, verschrieb warme Suppe und keine Comics oder samstäglichen Gruselfilme mehr und stapfte vor sich hin murmelnd davon.

Dales Mom war aus dem Häuschen gewesen, hatte Freunde angerufen, um den Namen eines Arztes in Oak Hill oder Peoria herauszufinden, der Kinderpsychologe *war*, und hatte sogar zweimal nach Chicago telefoniert, um Nachrichten im Hotel zu hinterlassen, wo ihr Mann untergebracht war, aber Dale hatte sie beruhigen können. »Es tut mir leid, Mom«, hatte er gesagt, während er im Bett saß, gegen das Schlottern ankämpfte und sich bemühte, mit beherrschter Stimme zu sprechen. Daß es Tag war, half ihm dabei., »Ich habe einfach immer Angst vor dem Keller gehabt«, sagte er. »Als das Licht wieder ausgegangen ist und ich diese Katze im Wasser gespürt habe . . . nun . . .« Es gelang ihm, beschämt und verlegen und gleichzeitig wieder normal auszusehen. Nur letzteres bereitete ihm Mühe.

Seine Mutter beruhigte sich und brachte ihm soviel Suppe, daß er die tote Katze noch einmal hätte ertränken können. Kevin kam vorbei. Ihm wurde aber gesagt, Dale müsse sich ausruhen. Lawrence, der Freunde besucht hatte, kam zurück, wartete ab, bis ihre Mutter wieder nach unten gegangen war, und flüsterte: »Hast du *echt* was gesehen?«

Dale zögerte für einen Moment. Lawrence besaß sein gerüttelt Maß an ärgerlichen Kleiner-Bruder-Gewohnheiten, aber Geheimnisse auszuplaudern gehörte nicht dazu. »Klar«, sagte er.

»Was denn?« flüsterte Lawrence, der näher an Dales Bett rückte, die Füße aber nicht zu nahe an sein eigenes Bett brachte. Er traute der Dunkelheit darunter nicht einmal bei Tage.

»Tubby Cooke«, flüsterte Dale, der allein, als er nur den Namen aussprach, das Grauen wie Übelkeit in sich emporsteigen fühlte. »Er war tot . . . aber er hat die Augen aufgeschlagen.« Kaum hatte Dale das gesagt, war er froh darüber, daß er bei seiner Mom oder Mr. Grumbacher nicht so sehr ins Detail gegangen war. Hätte er es getan, würde er jetzt wahrscheinlich irgendwo in einer Gummizelle sitzen.

Lawrence nickte nur. Dale stellte betroffen fest, daß sein Bruder ihm augenblicklich, vollständig und vorbehaltlos glaubte. »Wahrscheinlich wird es bis heute nacht nicht zurückkommen«, sagte Lawrence. »Wir sorgen dafür, daß Mom *alle* Lichter anläßt.«

Dale stieß langsam die Luft aus. Er wünschte sich nur, alles ließe sich so einfach lösen, wie Lawrence sich das vorstellte: einfach alle Lichter anlassen.

Samstagnacht ließen sie die Lichter an. Und schliefen abwechselnd und standen Wache . . . oder besser gesagt, lagen Wache, denn Dale lag im Bett, las Superman-Comics und behielt die dunklen Ecken im Auge. Einmal, gegen drei, hörte er das leiseste Rascheln unter Lawrences Bett . . . das leiseste Rascheln, als würde sich ein Kätzchen im Schlaf regen . . . und Dale richtete sich auf und griff nach dem Tennisschläger, den er mit ins Bett genommen hatte.

Aber das Kratzen wiederholte sich nicht. Gegen Morgen, als die Zwischenräume zwischen den Blättern jenseits des Fliegengitters allmählich heller wurden als die Blätter selbst, schlief auch Dale. Seine Mutter kam gegen acht, um sie zum Kirchgang zu wecken, aber sie fand beide Jungs so todmüde, daß sie ihnen erlaubte, im Bett zu bleiben.

Es war Sonntagabend nach dem Essen . . . zur selben Zeit, als Mike O'Rourke mit Pater C. auf der Jubelee College Road Richtung Friedhof fuhr . . . und Dale und Lawrence waren im Garten, wo sie im letzten Tageslicht Fangen spielten, als sie das leise *Eawkee* vom Vorgarten hörten.

Jim Harlen war mit Cordie Cooke da. Das Paar erschien Dale so seltsam, so ganz und gar nicht zueinander passend – er hatte nie gesehen, daß sie im Unterricht auch nur miteinander *gesprochen* hätten –, daß er gelacht hätte, wären da nicht Harlens verbissener Gesichtsausdruck, die schwarze Schlinge und der Gips an seinem linken Arm und die Schrotflinte gewesen, die die Cooke bei sich hatte.

»Herrje«, flüsterte Lawrence und deutete auf die Flinte, »du wirst echten Ärger kriegen, wenn du die mit dir rumschleppst.«

»Halt doch die Klappe«, sagte Cordie gleichgültig.

Lawrence wechselte die Farbe, ballte die Fäuste und ging einen Schritt auf das Mädchen zu, aber Dale kam näher, nahm seinen Bruder in den Arm, hielt ihn so auf und brachte ihn gleichzeitig zum Schweigen. »Was ist?« sagte er zu den beiden.

»Etwas geht hier vor«, flüsterte Harlen. Er blickte auf und runzelte die Stirn, als Kevin Grumbacher den kleinen Hügel von ihrer Einfahrt herunterkam.

Kev sah Cordie an, nickte der Schrotflinte langsam zweimal zu, zog die Brauen fast bis zum Ansatz seines Bürstenschnitts hoch und verschränkte die Arme. Er wartete.

»Kev ist einer von uns«, sagte Dale.

»Etwas geht hier vor«, flüsterte Harlen erneut. »Holen wir O'Rourke und reden wir darüber.«

Dale nickte, ließ Lawrence los und warnte ihn mit einem Blick, keinen Streit anzufangen. Sie holten ihre Räder aus dem Hof. Kev fuhr bergab und gesellte sich zu ihnen. Cordie hatte kein Rad, daher fuhren die vier aufgestiegenen Jungs im Schrittempo neben ihr auf dem Gehweg her. Dale wünschte sich, sie würden sich beeilen, damit nicht ein Erwachsener des Wegs gefahren kam, die Schrotflinte sah und sich aufregte.

Es kamen keine Autos. Die Depot Street war ein verlassener Tunnel, der im Westen am hellsten war. Third und Second Avenue waren bis zur Hard Road verlassen, dort fuhr kein Auto. Die Straßen waren sonntäglich leer. Durch das Laub konnten sie die Wolken sehen, die immer noch von den letzten Sonnenstrahlen entflammt wurden, aber hier, unter den Ulmen, war es fast dunkel. Die Maispflanzen am östlichen Ende der Depot Street waren höher als ihre Köpfe und im schwindenden Tageslicht zu einer soliden, dunkelgrünen Mauer zusammengewachsen.

Obwohl sein Rad an der hinteren Veranda lehnte, reagierte Mike nicht auf ihre *Eawkees.* Im Haus der O'Rourkes gingen die Lichter an, und während sie hinter den Birnbäumen hinten lauerten, kam Mr. O'Rourke in seiner grauen Arbeitskleidung heraus, ließ das Auto an und fuhr die First hinab nach Süden zur Hard Road.

Die fünf tuschelten und schlichen verstohlen in die Zuflucht des Hühnerhauses, um auf Mikes Rückkehr zu warten.

Als er mit Pater C. im Papstmobil zwischen den hohen Maisreihen entlang der Jubilee College Road dahinfuhr, hatte Mike das Gefühl: *Aufgepaßt, jetzt kommt mein großer Bruder.* Er hatte nie einen großen Bruder gehabt, der ihn vor Schlägern beschützte oder aus Zwickmühlen befreite – diese Aufgabe hatte Mike selbst für kleinere Jungs übernommen –, daher tat es nun gut, das Problem jemand anderem zu übergeben.

Mikes Angst, sich vor Pater C. zum Narren zu machen, wurde ausgeglichen – und schließlich übertrumpft – von der Angst um Memo und der Angst vor *dem,* was den Soldaten nachts zu ihrem Fenster führte. Mike berührte die kleine Plastikwasserflasche in der Hosentasche, als sie auf die County Six abbogen und an der dunklen und verlassenen Black Tree Tavern vorbeifuhren, die sonntagabends geschlossen hatte.

Am Fuß des Hügels war es dunkel – der Wald war schwarz, das Laub auf beiden Straßenseiten dicht und staubverkrustet. Mike war froh, daß er nicht in der Höhle unter der Straße saß. Im vergleichsweise offenen Gelände oben auf dem Hügel war es besser: die Sonne war untergegangen, aber hohe Zirruswolken leuchteten korallenrot und rosa. Granitfelsen spiegelten das Licht von oben und glommen anheimelnd. Schatten waren keine zu sehen.

Pater Cavanaugh hielt inne, als das schwarze Tor mit einem lauten Klicken hinter ihnen ins Schloß fiel. Er deutete auf die bronzegrüne Statue Christi weit hinten in dem langgestreckten Friedhof. »Siehst du, Michael, dies ist ein Ort des Friedens. *Er* wacht mit ebenso großer Güte über die Toten wie über die Lebenden.«

Mike nickte, aber in diesem Augenblick mußte er an Duane

McBride denken, der sich allein auf seiner Farm befand und sich dem stellte, dem er sich stellen mußte. Wachte *er* auch über ...? *Aber Duane war nicht katholisch,* beharrte ein Teil seines Verstands. Mike wußte, das war unwichtig. »Hier entlang, Pater.«

Er ging zwischen den langen Reihen der Gräber voraus. Eine Brise war aufgekommen, raschelte in den Blättern der wenigen Bäume am Zaun entlang und brachte die Veteranenflaggen zwischen den Grabsteinen zum Flattern. Das Grab des Soldaten war so, wie er es zuvor verlassen hatte, die Erde immer noch wie von Schaufeln durchwühlt aufgeworfen.

Pater Cavanaugh rieb sich das Kinn. »Beunruhigt dich der Zustand des Grabes, Michael?«

»Nun ... ja.«

»Das hat nichts zu sagen«, meinte der Priester. »Manchmal haben ältere Gräber die Angewohnheit, sich abzusenken, und die Totengräber füllen sie mit Mutterboden auf. Siehst du, da ist Grassamen ausgestreut worden. In zwei Wochen wird das Gras wieder alles zudekken.«

Mike kaute auf einem Fingernagel. »Karl Van Syke ist hier Friedhofswärter«, sagte er leise.

»Und?«

Mike schüttelte den Kopf. »Können Sie das Grab segnen, Pater?«

Pater C. runzelte irritiert die Stirn. »Ein Exorzismus, Michael?« Dann lächelte er unbekümmert. »Ich fürchte, so einfach ist das nicht, mein Freund. Nur die wenigsten Priester wissen überhaupt, wie man einen Exorzismus durchführt – Gott sei Dank ist es ein fast vergessenes Ritual –, und selbst sie müssen die Erlaubnis von einem Erzbischof oder dem Vatikan selbst haben, ehe sie damit anfangen.«

Mike zuckte die Achseln. »Nur segnen«, sagte er.

Der Priester seufzte. Der Wind, der jetzt um sie wehte, war kühler, als würde er einem unsichtbaren Sturm vorauswehen. Das Licht war bis zu dem Punkt erloschen, da die Farbe aus der Welt wich: die Grabsteine waren grau, die ausgedehnte Rasenfläche einförmig blaß, die Baumreihe wurde schwarz, während das letzte Sonnenlicht verschwand. Selbst die Wolken hatten ihren rosigen Schimmer verloren. Ein heller Stern leuchtete über dem westlichen Horizont.

»Ich denke, bei diesem unglücklichen Soldaten dürfte ein Segen überfällig sein«, sagte Pater Cavanaugh.

Mike griff zum Weihwasser, aber der Priester hatte schon die rechte Hand bewegt, drei Finger erhoben, Daumen und kleinen Finger aufeinandergepreßt – eine Geste, die Mike stets für die allmächtigste von allen hielt.

»In nomine Patri, et Filii, et Spiritus Sancti«, sagte der Priester. »Amen.«

Mike gab ihm die Wasserflasche mit einem drängenden Gefühl. Pater C. schüttelte den Kopf und lächelte, spritzte aber ein paar Tropfen auf das Grab und machte wieder das Zeichen des Kreuzes. Mike ebenfalls, etwas verspätet.

»Zufrieden?« fragte Pater Cavanaugh.

Mike betrachtete das Grab eindringlich. Kein Knurren unter der Erde. Keine Rauchwölkchen, wo die Tropfen des Weihwassers aufgetroffen waren. Er fragte sich, ob er ein Idiot gewesen war.

Sie gingen langsam zum Auto zurück, wobei Pater C. leise von den Begräbnisritualen vergangener Zeiten erzählte.

»Pater«, sagte Mike, packte den Ärmel der Windjacke des Priesters und blieb stehen. Er deutete mit dem Finger.

Nur wenige Reihen vom Zaun entfernt. Bei den immergrünen Büschen handelte es sich um eine Art Wacholder – dicke Zweige, spitze Nadeln, nur ungefähr viereinhalb Meter hoch. Sie waren so alt wie die Grabsteine der Jahrhundertwende dort. Die drei Bäume bildeten ein grobes Dreieck und schufen einen dunklen Schatten zwischen sich.

Der Soldat stand unmittelbar im Schutz der Zweige. Im letzten Schein der Dämmerung waren sein Uniformhut, das Messing seines Sam Browne-Gürtels und die schlammigen Bandagen der Wickelgamaschen zu sehen.

Etwas in Mike raste vor Euphorie, während gleichzeitig sein Herz anfing, schneller zu schlagen. *Er ist echt! Pater C. kann ihn sehen! Er ist echt!*

Pater Cavanaugh konnte ihn sehen. Der Körper des Priesters wurde einen Augenblick lang starr, dann entspannte er sich. Er sah Mike an und lächelte verhalten. »Na also, Michael«, flüsterte er. »Mir hätte klar sein müssen, daß du unschuldig bist, wer immer hier einen Streich spielen mag.«

Der Soldat regte sich nicht. Sein Gesicht lag im Schatten unter der breiten Hutkrempe.

Pater Cavanaugh ging drei Schritte auf ihn zu und schob den Arm weg, als Mike ihn zurückhalten wollte. Mike folgte ihm nicht.

»Junge«, sagte der Priester, »komm da raus.« Seine Stimme war leise und eindringlich, als wollte er ein Kätzchen von einem Baum locken. »Komm raus und sprich mit uns.«

Keine Bewegung in den Schatten. Der Soldat hätte ein Denkmal aus grauem Stein sein können.

»Junge, unterhalten wir uns einen Moment«, sagte Pater Cavanaugh. Er ging noch zwei Schritte auf den Schatten zu und blieb etwa anderthalb Meter von der Gestalt entfernt stehen.

»Pater«, flüsterte Mike drängend.

Pater Cavanaugh sah lächelnd über die Schulter. »Was hier auch gespielt werden mag, Michael, ich glaube, wir können ...«

Der Soldat sprang nicht, er schien regelrecht aus dem Kreis der Bäume katapultiert zu werden. Er gab einen Laut von sich, der Mike an den tollen Hund erinnerte, den Memo vor Jahren abgewehrt hatte.

Pater C. war einen ganzen Kopf größer als der Soldat, aber die khakigekleidete Gestalt prallte weit oben gegen ihn und ruderte dabei mit Armen und Beinen wie eine große Katze auf einem rutschenden Schal, so daß sie beide durcheinanderpurzelnd stürzten – der Priester war so überrascht, daß er nur ein Grunzen von sich geben konnte, das Knurren des Soldaten kam tief aus seiner Brust. Sie rollten über das kurz gemähte Gras, bis sie gegen einen uralten Grabstein stießen, wo sich der Soldat breitbeinig über Pater C. setzte und die langen Finger um den Hals des Priesters krallte.

Pater Cavanaugh hatte die Augen aufgerissen, ebenso den Mund, als er endlich zu schreien versuchte. Aber nur ein Gurgeln kam heraus. Der Soldat hatte immer noch den Hut auf, aber jetzt war die Krempe zurückgeschoben und Mike konnte das glatte, wächserne Gesicht und Augen wie weiße Murmeln sehen. Der Soldat machte den Mund auf – nein, machte ihn nicht auf, der Mund wurde rund wie ein in Ton gedrücktes Loch –, und Mike konnte Zähne darin sehen, viel zu viele Zähne, einen ganzen Ring kurzer, weißer Zähne, die die gesamte Innenseite des runden, lippenlosen Rings von einem Mund säumten.

»Michael!« keuchte Pater C. Er mußte eindeutig seine gesamte nicht unerhebliche Kraft aufwenden, um nur zu verhindern, daß die unvorstellbar langen Finger des Soldaten ihn bewußtlos würgten. Pater C. wand sich und krümmte sich, aber die kleinere Gestalt blieb fest auf seiner Leibesmitte und schien sich mit den khakibekleideten Knien am Gras festzusaugen. »Michael!«

Mike löste sich aus der Starre, lief die zehn Schritte, die ihn von dem ringenden Paar trennten, und schlug auf den schlanken Rücken des Soldaten ein. Es war nicht, als würde er Fleisch berühren, sondern mehr, als schlüge er auf einen Sack sich windender Aale ein. Der Rücken des Dings wogte und zuckte unter dem Hemdenstoff. Mike schlug nach dem Kopf des Soldaten, so daß der Hut hinter einen Grabstein flog. Der Scheitel des Soldaten war unbehaart und rosa-weiß. Mike schlug dem Ding wieder auf den Kopf.

Der Soldat nahm eine Hand von Pater C.'s Hals und schlug hinter sich. Mikes Hemd riß; er selbst wurde fast zwei Meter in die Dunkelheit unter den Wacholderbäumen geschleudert.

Er wälzte sich herum, kam auf die Knie und riß einen dicken Ast vom erstbesten Stamm.

Der Soldat senkte den Kopf über Gesicht und Hals von Pater C. Die Wangen des Soldaten schienen sich aufzublähen, als wollte er einen Pfriem Kautabak ausspucken, der Mund selbst streckte sich in die Länge, als würden neue Zähne aus dem Zahnfleisch wachsen.

Inzwischen hatte Pater Cavanaugh die linke Hand freibekommen und schlug mit einer großen Faust nach Gesicht und Brust des Soldaten. Mike sah, wie Male auf Wangen und Stirn des Dings auftauchten; die Faust eines wütenden Bildhauers hieb Vertiefungen in den Ton. Die Male glätteten sich binnen Sekunden wieder. Das Gesicht des Soldaten schmolz und gestaltete sich neu, die weißen Murmelaugen bewegten sich im Fleisch und konzentrierten sich ohne Andeutung von Blindheit auf den Priester.

Die Schnauze des Dings waberte, wurde länger, wurde zu einer Art fleischigem Rüssel, der sich vor Mikes Augen dehnte, während Pater Cavanaugh schrie. Der obszöne Rüssel war jetzt vierzehn Zentimeter lang ... dann zwanzig – und senkte sich Pater Cavanaughs Hals entgegen.

Mike rannte los, stemmte die Füße auf den Boden, als würde er auf das Schlagmal steigen, schwang den schweren Ast zu einem Rundschlag und traf den Soldaten über dem linken Ohr. Das Geräusch hallte über den Friedhof und in den Baum.

Einen Augenblick dachte Mike, er hätte der Kreatur buchstäblich den Kopf abgeschlagen. Schädel und Kiefer des Soldaten knickten in einem unmöglichen Winkel ab und blieben, auf der rechten Schulter ruhend, an einem in die Länge gezogenen Stück Hals hängen. Keine Wirbelsäule hätte diesen Winkel aushalten können.

Weiße Augen glitten durch Fleisch, das sich immer noch wie fleischfarbener flüssiger Schlamm bewegte, und richteten sich auf Mike. Der linke Arm des Soldaten schoß schneller als eine Schlange in die Höhe, packte den Ast und rang ihn Mike aus den Händen. Er zerbrach den sieben Zentimeter dicken Ast wie ein Streichholz.

Der Kopf des Soldaten richtete sich auf, bildete sich neu, die Rüsselschnauze wurde länger und senkte sich Pater Cavanaughs zappelnder Gestalt entgegen.

»Mein Gott!« rief Pater C. aus. Der Ausruf wurde abgewürgt, als sich der Soldat auf ihn erbrach. Mike wich zurück und riß vor Entsetzen die Augen auf, als er sah, daß die Sturzflut, die sich aus dem langgezogenen Kiefer ergoß, eine braune und zuckende Masse von Maden war.

Die Maden fielen auf das Gesicht von Pater C., auf Hals und Brust. Sie purzelten auf die geschlossenen Lider des Priesters und kullerten ihm in den offenen Hemdkragen. Einige fielen ihm in den offenen Mund.

Pater Cavanaugh würgte und wimmerte; er versuchte, die lebenden Maden aufs Gras zu spucken, versuchte den Kopf auf die Seite zu drehen. Aber der Soldat beugte sich weiter über ihn, sein Gesicht wurde noch länger, und hielt den Kopf des Priesters mit unvorstellbar langen Fingern fest wie ein Liebender, der das Antlitz seiner Geliebten für einen langersehnten Kuß festhält. Immer noch ergossen sich Maden aus den aufgeblähten Wangen und dem offenen Rüsselmaul.

Mike ging weiter, dann blieb er stehen, und sein Herzschlag schien auszusetzen, so groß war die neue Stufe des Grauens, als er sah, wie sich einige der braunen Maden auf der Brust von Pater C. krümmten und sich dann *ins Fleisch hineingruben.* In Pater Cavanaugh verschwanden. Andere bohrten sich in die Wangen und den verkrampften Hals des Priesters.

Mike kreischte und griff nach dem abgebrochenen Ast, dann fiel ihm die Plastikflasche in der Tasche ein.

Er packte den wulstigen Stoff am Kragen des Soldaten, spürte die derbe Wolle und die abscheuliche Substanz darunter, und entleerte die Flasche den Rücken des Dings hinunter, wobei er ebensowenig Reaktion wie beim Segnen des Grabes erwartete.

Aber es erfolgte eine gewaltige Reaktion.

Das Weihwasser erzeugte ein Geräusch wie von Säure, die sich durch Fleisch frißt. Eine Reihe Löcher erschienen in dem Khakistoff, die sich über den Rücken zogen wie Maschinengewehrkugeln. Der Soldat gab ein Geräusch wie ein großes Tier von sich, das in brühend heißes Wasser geworfen wurde, mehr Zischen und Gurgeln als Schrei, und krümmte sich nach hinten, wobei er sich unmöglich weit streckte, bis die Rückseite seines wächsernen Kopfs beinahe die Fersen der Kampfstiefel berührte. Arme ohne Knochen zuckten und peitschten wie Tentakel, die Finger waren jetzt zwanzig Zentimeter lang und mit scharfen Klauen versehen.

Mike sprang zurück und schüttete dem Ding den letzten Rest aus der Flasche auf die Vorderseite.

Schwefelgestank machte sich breit, das Hemd des Soldaten brach an der Vorderseite in grüne Flammen aus, die Kreatur rollte mit unfaßbarer Geschwindigkeit davon und wand und krümmte sich dabei, wie es einem menschlichen Skelett unmöglich gewesen wäre. Pater Cavanaugh rollte sich ebenfalls weg und blieb würgend an einem Grabstein liegen.

Mike kam einen Schritt nach vorne, dachte daran, daß er nun sein ganzes Weihwasser aufgebraucht hatte, und blieb fünf Schritte vom Kreis der Wacholderbäume entfernt stehen, wo der Soldat sich in der Dunkelheit wand, Gesicht und Unterarme auf den flachen Boden drückte und sich *eingrub* – er glitt so mühelos in die schwarze Erde und die trockenen Nadeln wie die Maden sich in den Körper von Pater C. gebohrt hatten.

Der Soldat war innerhalb von zwanzig Sekunden verschwunden

und nicht mehr zu sehen. Mike ging näher hin, sah den rohen Tunnel, roch den Gestank von Abwasser und verwesendem Fleisch und blinzelte, als der Tunnel einstürzte, zurieselte und zu einer weiteren Vertiefung frisch aufgeworfener Erde wurde. Er drehte sich wieder zu Pater C. um.

Der Priester hatte sich auf die Knie hochgerappelt, beugte sich allerdings über den Grabstein, hielt den Kopf gesenkt und erbrach sich mehrmals, bis er nichts mehr zum Erbrechen in sich hatte. Von den Maden war keine Spur mehr zu erkennen, abgesehen von roten Malen auf Wangen und Brust. Er hatte anscheinend selbst das Hemd aufgerissen, um sie zu finden. Zwischen trockenem Würgen und keuchenden Atemzügen flüsterte der Priester: »O Heiland, Heiland, Heiland, Heiland.« Es war eine Litanei.

Mike holte tief Luft, kam näher und legte die Arme um den Mann.

Jetzt weinte Pater Cavanaugh. Er duldete, daß Mike ihm auf die Füße half; er stützte sich auf Mike, als sie zum Tor des Friedhofs stolperten.

Inzwischen war es ziemlich dunkel. Das Papstmobil war ein dunkler Umriß hinter dem schwarzen Schmiedeeisen. Jeder Lufthauch raschelte in den Blättern und dem Mais gegenüber, wobei Mike an das Geräusch von *Wesen* denken mußte, die hinter ihm über das Gras glitten und sich *unter* dem Boden durchbohrten, auf dem er schritt. Er versuchte, Pater C. zur Eile anzutreiben.

Es fiel schwer, in Kontakt mit dem Priester zu bleiben – Mike stellte sich vor, wie sich die braun-schwarzen Maden durch das Fleisch zu ihm durchfraßen –, aber Pater C. war außerstande, auch nur zu stehen.

Sie schafften es bis zum Tor und dem Parkplatz. Er bugsierte Pater Cavanaugh hinter das Lenkrad, lief um das Auto herum, stieg ein, beugte sich über den stöhnenden Mann und versperrte die elektrisch betriebenen Türen und Fenster. Pater C. hatte den Zündschlüssel stecken lassen, den Mike jetzt umdrehte. Das Papstmobil sprang an, und Mike schaltete sofort die Scheinwerfer ein und beleuchtete Grabsteine und die Gruppe der dreißig Schritte entfernten Wacholderbäume. Das hohe Kruzifix ganz hinten im Friedhof wurde von den Scheinwerfern nicht mehr erreicht.

Der Priester flüsterte etwas zwischen keuchenden, gequälten Atemzügen.

»Was?« sagte Mike, dem das Atmen selbst schwerfiel. *Bewegen sich diese dunklen Gestalten auf dem Friedhof?* Es war schwer zu sagen.

»Du . . . mußt . . . fahren«, keuchte Pater Cavanaugh. Er kippte zur Seite und blockierte den Sitz.

Mike zählte bis drei, machte die Türen auf, rannte zur Fahrerseite und schob den stöhnenden Priester beiseite, während er hinter dem

Lenkrad Platz nahm und die Türen wieder versperrte. Etwas *hatte* sich da draußen bewegt – beim Lagerschuppen im hinteren Bereich des Friedhofs.

Mike hatte ein paarmal das Auto seines Dad gefahren, und Pater C. hatte ihn einmal während eines Hausbesuchs das Papstmobil einen Grashang hinunter steuern lassen. Mike konnte kaum über das hohe Armaturenbrett und die Motorhaube des Lincoln sehen, aber er kam mit den Füßen an die Pedale. Er dankte Gott für das Automatikgetriebe.

Mike gelang es, den niederen Gang einzulegen, er fuhr ohne auf Verkehr zu achten auf die County Six, setzte den Wagen auf der anderen Seite fast in den Graben und würgte ihn ab, als er zu heftig auf die Bremse trat. Als er ihn wieder anließ, roch er Benzin, doch das Auto sprang ohne Probleme an.

Schatten zwischen den Grabsteinen kamen auf das Tor zu.

Mike gab Gas und schleuderte Kies zehn Meter hinter sich, als er den steilen Hügel hinabraste, über der Höhle immer noch beschleunigte und am Black Tree vorbeiraste, wobei er am peripheren Sichtbereich nur den dunklen Wald wahrnahm, die Kurve zur Jubilee College Road fast nicht schaffte und schließlich bremste, als ihm klar wurde, daß er sich dem städtischen Wasserturm mit siebenundachtzig Meilen pro Stunde näherte.

Er kroch durch die dunklen Straßen von Elm Haven und war überzeugt, Barney oder jemand anders würde ihn sehen und anhalten, was er sich halb wünschte. Pater Cavanaugh lag stumm und schlotternd auf dem Vordersitz.

Mike machte den Motor aus und weinte fast, als er unter der Straßenlampe bei der Pfarrei parkte. Er ging auf die andere Seite und half Pater C. heraus.

Der Priester war blaß und fiebrig, die Augen waren unter flatternden Lidern fast bis in den Kopf zurückgerollt. Die Male auf Brust und Wangen sahen wie Ringelflechte aus. Im grellen Licht von oben zeichneten sie sich deutlich ab.

Mike stand vor dem Pfarrhaustor, brüllte und betete, daß Mrs. McCafferty – die Haushälterin des Priesters – noch mit dem Essen auf Pater C. warten würde. Das Verandalicht ging an, und die kleinwüchsige Frau kam mit gerötetem Gesicht herausgeeilt.

»Gütiger Himmel«, rief sie, wischte die rauhen Hände an der Schürze ab und hob sie ans Gesicht. »Was um alles in der Welt ...?« Sie sah Mike böse an, als hätte er den jungen Priester angegriffen.

»Ihm ist schlecht geworden.« Mehr brachte Mike nicht heraus.

Mrs. McCafferty betrachtete Pater Cavanaughs Äußeres, nickte und half Mike, ihn die Treppe hinauf zu seinem Schlafzimmer zu bringen. Mike fand es seltsam, daß die Dame half, den Priester auszuziehen und ihm ein altes Nachtgewand anzulegen, während der stöhnend auf dem Bettrand saß. Aber dann sagte er sich, daß sie wie eine Mutter für Pater C. war.

Schließlich lag der Priester unter den frischen Laken und stöhnte leise; sein Gesicht war von einem Schweißfilm überzogen. Mrs. McCafferty hatte ihm schon Fieber gemessen – neununddreißig Grad – und wischte ihm das Gesicht mit einem feuchten Waschlappen ab. »Was sind das für Wunden?« fragte sie und berührte eines der Ringelflechtenmale mit dem Finger.

Mike zuckte die Achseln, weil er nicht wußte, ob er ein Wort herausbringen würde. Als sie dann das Zimmer verlassen hatte, hatte er sein eigenes Hemd hochgezogen und sich vergewissert, daß er selbst keine Male auf Brust und Wangen hatte. *Sie haben sich einfach in ihn hineingegraben.* Der Adrenalinstoß des Kampfes klang ab, Mike verspürte die Übelkeit und das leichte Schwindelgefühl der Nachwirkungen.

»Ich rufe einen Arzt«, sagte Mrs. McCafferty. »Nicht diesen Viskes, sondern Dr. Staffney.«

Mike nickte. Doktor Staffney hatte keine hiesige Praxis – er war orthopädischer Chirurg im St. Francis Hospital in Peoria –, aber er war katholisch, irgendwie – Mike sah ihn schätzungsweise zweimal im Jahr zur Messe –, und Mrs. McCafferty traute dem protestantischen Arzt aus Ungarn nicht über den Weg.

»Du bleibst hier«, sagte sie. Es war keine Frage. Sie erwartete, daß Mike dableiben und dem Arzt erzählen würde, was er wußte. *Die Maden haben sich einfach in seinen Körper eingegraben.*

Mike schüttelte den Kopf. Er wollte, aber es war dunkel, und sein Vater mußte ab heute Nachtschicht arbeiten. *Memo ist allein mit Mom und den Mädchen zu Hause.* Er schüttelte noch einmal den Kopf.

Mrs. McCafferty wollte ihn zurechtweisen, aber er nahm die Hand von Pater C. – sie war kalt und feucht – und lief auf zitternden Beinen die Treppe hinunter und in die Nacht hinaus.

Er war schon einen halben Block entfernt, als ihm etwas einfiel. Keuchend und den Tränen nahe lief er zur Pfarrei zurück, am Gebäude vorbei und zur Seitentür von St. Malachy's hinein. Er holte ein sauberes Altartuch aus dem Umkleidezimmer und ging ins dunkle Allerheiligste.

Das Innere der Kirche war warm und still, roch nach dem Weihrauch längst vergangener Messen, und die roten Lichter der geweihten Kerzen verliehen den Bildern des Kreuzwegs an den Wänden einen sanften Schimmer. Mike füllte die Plastikflasche mit Weihwasser aus dem Brunnen am Eingang, bekreuzigte sich und näherte sich wieder dem Altar.

Dort kniete er einen Augenblick und wußte tief in seinem Herzen, was er vorhatte, kam einer Todsünde gleich. Er durfte die Hostie nicht einmal dann mit seinen Händen berühren, wenn sie während der Messe herunterfiel und Mike sie nicht mit dem kleinen Bronzeteller auffangen konnte, den er dem Abendmahlsempfänger unter das Kinn hielt. Nur Pater Cavanaugh – ein geweihter Priester – durfte das Gebäck oder Brot anfassen, wenn es zum wahrhaften Leib Christi geweiht worden war.

Mike sprach ein stummes Bußgebet, ging die Stufen hinauf und entnahm eine gesegnete Eucharistie aus dem geschlossenen und verhangenen Alkoven im kleinen Allerheiligsten über dem Altar. Er bekreuzigte sich noch einmal, sprach ein kurzes Gebet, wickelte die Hostie in das frische Leinen ein und steckte sie in die Tasche.

Er rannte den ganzen Weg bis nach Hause.

Mike wollte zur Hintertür gehen, als er eine Bewegung in der Dunkelheit hinter dem Abort in der Nähe des Hühnerhauses wahrnahm. Er hielt inne – sein Herz pochte, aber seine Emotionen waren seltsam betäubt. Er holte die Weihwasserflasche heraus, schraubte den Dekkel auf und hielt sie hoch.

Er sah eine Bewegung in der Dunkelheit im Hühnerhaus.

»Hol dich der Teufel«, flüsterte Mike und ging näher hin. »Komm schon, wenn du dich traust.«

»He, O'Rourke«, sagte die Stimme von Jim Harlen. »Verdammt, was hat dich aufgehalten?« Ein Feuerzeug wurde angezündet, und Mike konnte die Gesichter von Harlen, Kev, Dale, Lawrence und Cordie Cooke sehen. Nicht einmal die befremdliche Anwesenheit des Mädchens überraschte ihn. Er betrat den dunklen Schuppen.

Harlens Feuerzeug ging aus und nicht mehr an. Mike wartete, bis sich seine Augen an die Dunkelheit gewöhnt hatten.

»Du wirst nicht glauben, was hier abgeht«, begann Dale Stewart mit gepreßter Stimme.

Mike lächelte, obwohl er wußte, sie konnten das Lächeln in der Dunkelheit nicht sehen. »Abwarten«, flüsterte er.

25

Die Jungs brachen am Morgen zu Duanes Farm auf. Sie waren alle mit Fahrrädern gekommen, und über der Fahrt lag etwas Nervöses, aber Mike schlug eine Strategie vor, sollte der Abdeckereilaster auftauchen: Die Hälfte sollte sich ins Feld an der Nordseite der Straße schlagen, die andere Hälfte in das an der Südseite. Harlen hatte darauf gesagt: »Duane war auf einem Feld. Ihn haben sie trotzdem erwischt.«

Niemand hatte eine bessere Idee.

Dale hatte den Vorschlag gemacht, Duanes Farm einen Besuch abzustatten. Samstagabend hatten sie über eine Stunde im Hühnerhaus miteinander gesprochen, wobei jeder eine Geschichte erzählt hatte. Die Regel war, daß niemand irgendwelche Geheimnisse wahrte, sofern sie mit den unheimlichen Geschehnissen dieses Sommers zu tun hatten. Jede Geschichte wirkte seltsamer als die vorhergehende, aber niemand stellte etwas in Abrede oder bezeichnete jemanden als Verrückten.

»Okey-dokey«, hatte Cordie schließlich gesagt, »wir haben gehört, was jeder zu sagen gehabt hat. Ein paar verfluchte Jemande haben meinen Bruder getötet und euren Freund und sie versuchen, den Rest von uns auch zu töten. Was sollen wa machen?«

An diesem Punkt war ein allgemeines Gemurmel ausgebrochen. Kevin hatte schließlich gefragt: »Wie kommt es, daß keiner von euch den Erwachsenen was gesagt hat?«

»Hab ich!« sagte Dale. »Ich habe deinem Dad gesagt, daß etwas Schreckliches im Keller ist.«

»Er hat eine tote Katze gefunden.«

»Ja, aber das habe *ich* nicht gesehen . . .«

»Ich glaube dir«, sagte Kevin. »Aber warum hast du ihm oder deiner Mom nicht gesagt, daß es Tubby Cooke gewesen ist? Ich meine seine Leiche. 'tschuldigung, Cordie.«

»Ich hab ihn auch gesehen«, sagte Cordie.

»Also, warum hast du nichts gesagt?« wandte sich Kev an Dale. »Oder du, Jim? Warum hast du Barney und Dr. Staffney die Beweise nicht gezeigt?«

Harlen zögerte. »Ich habe gedacht, sie würden mich für verrückt halten und mich einsperren. Es war alles total unlogisch. Als ich gesagt habe, daß es nur ein Eindringling war, haben sie auf mich gehört.«

»Genau«, sagte Dale. »Hört her, ich hab da unten im Keller nur ein kleines bißchen durchgedreht, und meine Mom hat mich schon zu einem Kinderpsychologen in Oak Hill geschickt. Stellt euch vor, was sie getan hätte, wenn ich . . .«

»Ich hab es meiner Ma gesagt«, sagte Cordie leise.

In dem dunklen Schuppen herrschte Schweigen; alle warteten.

»Sie hat mir geglaubt«, sagte Cordie. »Aber natürlich hat sie nächste Nacht selber Tubbys Leiche im Hof rumschleichen sehen.«

»Was hat sie unternommen?« fragte Mike.

Cordie zuckte die Achseln. »Was *konnte* sie unternehmen? Sie hat es meinem Alten erzählt, aber der hat sie verprügelt und gesagt, sie soll das Maul halten. Sie läßt die Kleinen bei Dunkelheit nicht mehr raus und verriegelt die Tür. Was kann sie sonst machen? Sie denkt, es ist Tubbys Seele, die nach Hause will. Ma ist im Süden aufgewachsen und hat 'ne Menge Niggergeschichten über Spuk gehört.«

Dale zuckte bei dem Wort »Nigger« zusammen. Eine Minute sagte niemand etwas. Schließlich meinte Harlen: »Und du, O'Rourke, du hast es auch jemandem erzählt. Und wozu ist es gekommen?«

Mike hatte geseufzt. »Wenigstens weiß Pater C. jetzt, was vor sich geht.«

»Klar, wenn er nicht an den Würmern in seinem Innern stirbt«, sagte Harlen.

»Sei still!« Mike ging hin und her. »Ich weiß, was ihr meint. Mein Dad hat mir geglaubt, als ich gesagt habe, daß ein Typ bei uns zum Fenster reinspechtet. Wenn ich ihm sagen würde, daß es ein alter Freund von Memo ist, der von den Toten auferstanden ist, würde mein Dad mich für verrückt halten. Er würde mir nie glauben.«

»Wir brauchen Beweise«, sagte Lawrence.

Alle sahen ihn in der Dunkelheit an. Lawrence hatte nichts gesagt, seit er das Ding aus dem Schrank beschrieben hatte, das unter sein Bett gelaufen war.

»Was wissen wir denn?« fragte Kevin mit seiner kleinen Professorenstimme.

»Wir wissen, daß du ein Schisser bist«, sagte Harlen.

»Nein, halt den Mund, er hat recht«, sagte Mike. »Denken wir nach. Gegen wen kämpfen wir?«

»Deinen Soldaten«, sagte Mike. »Wenn du ihn nicht mit dem heiligen Wasser getötet hast.«

»Weihwasser«, korrigierte Mike. »Nn-nnn, er war nicht tot . . . ich meine vernichtet . . . das habe ich gesehen. Er ist noch irgendwo da draußen.« Mike stand auf und sah durch das Fenster zum Haus.

»Schon gut«, sagte Dale leise. »Deine Mom und deine Schwestern sind noch auf. Deiner Großmutter kann nichts passieren.«

Mike nickte. »Der Soldat«, sagte er, als würde er eine Liste abhaken.

»Roon«, sagte Cordie. »Der Pißbruder.«

»Sind wir sicher, daß Roon mit drinsteckt?« fragte Harlen von der dunklen Masse des Sofas.

»Jawoll«, sagte Cordie. Ihr Tonfall duldete keinen Widerspruch.

»Der Soldat und Roon«, sagte Mike. »Wer noch?«

»Van Syke«, sagte Dale. »Duane war ziemlich sicher, daß Van Syke derjenige war, der ihn auf der Straße überfahren wollte.«

»Vielleicht hat er ihn schließlich zu Hause erwischt«, sagte Harlen.

Dale, der an dem alten Rundfunkschränkchen lehnte, gab einen gequälten Laut von sich.

»Roon, der Soldat, Van Syke«, sagte Mike.

»Old Double-Butt und Mrs. Duggan«, sagte Harlen mit gepreßter Stimme.

»Duggan ist irgendwie wie Tubby«, sagte Kevin. »Sie könnte ein *Ding* sein, das benützt wird. Wir können bei Mrs. Doubbet nicht sicher sein.«

»Ich habe sie *gesehen*«, sagte Harlen heftig. »Zusammen.«

Mike ging hin und her. »Also gut. Old Double-Butt ist entweder eine von ihnen oder steckt mit ihnen unter einer Decke.«

»Wo ist da der Unterschied?« fragte Kevin aus der hinteren Ecke.

»Sei still!« sagte Kevin auf und ab gehend. »Wir haben den Soldaten, Van Syke, Roon, das Duggan-Ding, Mrs. Doubbet . . . Wen haben wir vergessen?«

»Terence«, sagte Cordie. Ihre Stimme war so leise, daß sie sie kaum hören konnten.

»Wer?« fragten fünf Stimmen.

»Terence Mulready Cooke«, sagte sie. »Tubby.«

»Ach ja«, sagte Mike. Er zählte die Namen noch einmal auf und fügte Tubby hinzu. »Das sind schon sechs. Wer noch?«

»Congden«, sagte Dale.

Mike blieb stehen. »J. P. oder sein Bengel C. J.?«

Dale zuckte die Achseln. »Womöglich beide.«

»Das glaube ich nicht«, sagte Harlen. »Zumindest nicht von C. J. Der ist zu dumm. Sein Alter hängt dauernd mit Van Syke rum, aber ich glaube nicht, daß er was damit zu tun hat, was hier läuft.«

»Wir setzen J. P. auf die Liste«, sagte Mike. »Bis wir es sicher wissen. Nun gut, das sind mindestens sieben. Manche sind Menschen. Manche sind . . .«

»Tot«, half Dale aus. »Wesen, die sie irgendwie benützen.«

»Gütiger Himmel«, flüsterte Harlen.

»Was?«

»Wenn sie nun Duane wiederkehren lassen wie Tubby? Was ist, wenn sein Leichnam an unseren Fenstern kratzen kommt wie der von Tubby?«

»Geht nicht«, sagte Dale. Er konnte kaum sprechen. »Sein Dad hat die sterblichen Überreste verbrennen lassen.«

»Sicher?« fragte Kevin.

»Ja.«

Mike nickte zum Zentrum des Kreises und hockte sich dort hin. »Also, was machen wir?« flüsterte er.

Dale brach das Schweigen. »Ich glaube, Duane hatte sich etwas ausgedacht gehabt. Darum wollte er, daß wir uns am Samstag treffen.«

Harlen räusperte sich. »Ja, aber er ist . . .«

»Ja«, sagte Dale. »Aber wißt ihr noch, wie Duane immer alles aufgeschrieben hat?«

Mike schnippte mit den Fingern. »Seine Notizbücher! Aber wie sollen wir an die rankommen?«

»Gehen wir jetzt gleich«, sagte Cordie. »Es ist noch nicht mal zehn.«

Ein ganzer Chor von Stimmen zählte Gründe auf, warum niemand noch in dieser Nacht gehen konnte. Alle waren zutreffend – Mike mußte bei Memo bleiben, Harlens Mutter würde ihm bei lebendigem Leib die Haut abziehen, wenn er nicht bald nach Hause kam, nachdem *sie* seinetwegen daheim bleiben mußte, Kevin hatte seinen Zapfenstreich eh schon überschritten und Dale wurde noch als krank eingestuft. Niemand erwähnte den wahren Grund, weshalb sie nicht gehen konnten. Weil es dunkel war.

»Angsthasen«, sagte Cordie.

»Wir fahren gleich morgen früh«, sagte Dale. »Spätestens um acht.«

»Alle?« sagte Harlen.

»Warum nicht. Wenn wir zusammen sind, überlegen sie es sich vielleicht zweimal, ob sie uns überfallen wollen. Sie versuchen immer, uns allein zu erwischen. Denkt daran, was mit Duane passiert ist.«

»Ja«, sagte Harlen. »Vielleicht warten sie auch nur darauf, daß sie uns alle auf einem Fleck haben.«

Mike beendete die Diskussion. »Wir fahren morgen früh alle gemeinsam raus. Aber nur einer geht zum Haus. Die anderen halten Wache und helfen, wenn es nötig sein sollte.«

Cordie räusperte sich und spuckte auf den Dielenboden. »Da wäre noch ein Ding«, sagte sie.

»Und das wäre?«

»Ich hab's wörtlich gemeint, noch ein Ding. Mindestens eins.«

»Scheiße, was meinst du damit, Cooke?« fragte Harlen.

Cordie drehte sich auf dem Sessel herum. Der Doppellauf der Schrotflinte drehte sich mit ihr, bis er in Harlens Richtung deutete. »Komm mir nicht mit deinem Schandmaul«, sagte sie zu ihm. »Ich mein damit, ich hab' noch was gesehen. Etwas hat sich beim Haus im Boden bewegt.«

»Der Soldat ist im Boden verschwunden«, sagte Mike.

»Nn-nnn. Es war groß . . . größer als'n Mensch . . . irgendwie wie 'ne Schlange oder so.«

Die Jungs sahen einander im Dämmerlicht an.

»Unter der Erde?« fragte Harlen.

»Woll.«

»Die Löcher . . .«, sagte Dale in die Runde. Die Vorstellung von etwas anderem, das sie noch nicht gesehen hatten, machte ihn hundeelend.

»Vielleicht ist es so was wie das, was unter meinem Bett war«, sagte Lawrence.

An dieser Stelle hörte Dale die Unterhaltung nur noch wie aus weiter Ferne, als würde er ein Gespräch im Irrenhaus belauschen. Und er war einer der Insassen.

»Abgemacht«, sagte Mike. »Wir treffen uns morgen um acht, fahren zu Duanes Haus und sehen nach, ob er Aufzeichnungen hatte, die uns weiterhelfen können.«

Niemand hatte allein im Dunkeln nach Hause gehen wollen. Sie gingen in Gruppen und blieben so lange wie möglich zusammen, bis sie einer nach dem anderen zu den Verandalichtern und Lichtern hinter Fliegengittern laufen konnten. Zuletzt war nur Cordie Cooke allein in die Dunkelheit gegangen.

Mike trat in die Pedale, damit er den Anschluß an die Gruppe nicht verlor. So früh es war, der Tag war schon sehr heiß, der Himmel wolkenlos, Spiegelungen und Hitzeflimmern stiegen von der langen Schotterstraße vor ihnen auf. Und Mike war müde.

Er war fast die ganze Nacht bei Memo wach gewesen, zu der er sich hinuntergeschlichen hatte, nachdem seine Mutter ins Bett gegangen war. Er hatte etwas von dem Weihwasser auf den Fensterrahmen gesprinkelt, obwohl er keine Ahnung hatte, ob es etwas nützen würde. Ließ die Wirkung nach, wenn das Wasser verdunstet war? Wie auch immer, es hatte sich kein nächtlicher Besucher sehen lassen, und Mike war nur einmal hochgeschreckt, als er ein Geräusch unter dem Haus gehört hatte, bei dem es sich ebensogut um einen Setzlaut des Hauses selbst hätte handeln können. Der Chor der Grillen und Zikaden war laut durch die Fliegengitter gedrungen, und Mike glaubte sich zu erinnern, daß Stille geherrscht hatte, bevor der Soldat das letztemal am Fenster aufgetaucht war.

Mike hatte seine Zeitungen rechtzeitig ausgetragen, wobei er wegen der ein bis zwei Stunden fehlenden Schlafs ständig gähnen mußte, dann war er zur Pfarrei gehetzt, damit er vor der Messe noch mit Pater C. reden konnte.

Aber heute wurde keine Messe gelesen. Mrs. McCafferty hatte Mike befohlen, leiser zu sein, und die Unterhaltung von der Pfarreiküche auf die hintere Treppe verlagert; der Priester war schwer krank; Dr. Staffney hatte Bettruhe und eine Einweisung ins Krankenhaus empfohlen, falls es Pater C. bis Dienstag nicht besser gehen sollte. Bis dahin, sagte die Haushälterin, hatte Pater Dinmen, der Assistenzpfarrer von St. Bonaventure's in Oak Hill, sich bereit erklärt, am Mittwoch die Frühmesse zu lesen. Mike sollte es der Gemeinde mitteilen.

Mike wandte ein, er *müsse* Pater C. sprechen, es wäre überaus dringend, aber Mrs. McCafferty war unnachgiebig gewesen. Vielleicht am Abend, wenn es dem Pater bis dahin besser ginge.

Und so war Mike gerade lange genug in der Kirche geblieben, bis er das runde halbe Dutzend der älteren Gemeindemitglieder informiert und seinen Weihwasservorrat aufgefrischt hatte – diesmal hatte er seine Feldflasche mitgebracht und den Inhalt eines ganzen Beckens hineingegossen –, dann war er zum Treffen mit Dale und den anderen gegangen.

Er hatte seine Zweifel, was die Rückkehr zur Farm der McBrides anbetraf – zunächst einmal bedeutete es, sie mußten am Friedhof vorbei –, aber im grellen Sonnenlicht und in Gegenwart der vier anderen Jungs konnte er nicht nein sagen. Außerdem hatte Dale möglicherweise recht: vielleicht hatte Duane ihnen wirklich einen Hinweis hinterlassen.

Sie schoben die Räder unmittelbar vor dem Tor zur Einfahrt der McBrides ins Maisfeld und gingen zu Fuß weiter bis zur letzten Maisreihe, von wo aus sie zur Farm der McBrides spähten. Das Haus war dunkel und stumm. McBrides Laster war nirgends auf dem Gelände zu sehen, die Scheune, in der der Mähdrescher und die anderen landwirtschaftlichen Maschinen standen, war verschlossen und verriegelt; sie konnten das große Vorhängeschloß und die Kette an der Tür erkennen.

»Ich glaube, er ist fort«, flüsterte Harlen. Die Fahrt und der geduckte Lauf durch das Maisfeld schienen den kleineren Jungen erschöpft zu haben; Harlens Gesicht war blaß und schweißfeucht. Er kratzte sich dauernd an der Schlinge und dem Gips. Die Hitze war jetzt noch schlimmer und drückte wie eine glühende Faust auf die Felder.

»Darauf würde ich mich nicht verlassen«, flüsterte Mike. »Kann ich da durchsehen?« fragte er Kev, der sein Fernglas mitgebracht hatte.

»Trinken wir was«, zischte Harlen und griff nach der Feldflasche, die Mike über der Schulter hängen hatte.

Mike zog sie weg. »Lawrence hat auch eine Wasserflasche. Nimm doch von ihm.«

»Gieriges Arschloch«, flüsterte Harlen und winkte Lawrence her. Dales Bruder schüttelte den Kopf, holte aber die Wasserflasche aus dem kleinen Pfadfinderrucksack, den er trug.

»Ich kann nichts sehen«, sagte Mike und gab Dale das Fernglas. »Aber wir müssen davon ausgehen, daß er daheim ist.«

Dale nahm Harlen die Wasserflasche ab. Nachdem er den Mund ausgespült und auf den staubigen Boden gespuckt hatte, spähte er wieder zwischen den Maisstauden hinaus. »Ich gehe.«

Mike schüttelte den Kopf. »Wir gehen alle.«

»Nein«, sagte Dale. »Daß ich herkomme, ist einleuchtend. Und wenn es Ärger gibt, müßt ihr hier sein und zu Hilfe kommen.«

»Ich werde dir helfen«, sagte Harlen und zog eine kleine Pistole aus der Schlinge.

»Herrgott«, zischte Dale. »Ist die echt?«

»Mann«, sagte Lawrence und kam näher.

»Ach du Scheiße«, sagte Kevin. »Halt das Ding bloß nicht in meine Richtung!«

»Nimm sie weg!« befahl Mike mit tonloser Stimme.

»Halt's Maul und leck mich im Arsch!« sagte Harlen. Aber er steckte die Pistole weg und sagte zu Dale: »Darauf kannst du Gift nehmen, daß die echt ist. Wir sollten alle so etwas haben. Die andere Seite macht Ernst. Ich glaube . . .«

»Wir sprechen später darüber«, flüsterte Mike. Er gab Kevin das Fernglas zurück. »Geh, Dale. Wir stehen Schmiere.«

Es waren lange zwanzig Meter vom Feld bis zum Haus. Dale sah den Lieferwagen weder auf dem Parkplatz noch auf dem Ausschnitt des Hofes, den er überblicken konnte, aber er hatte, während er durch den Hof und die Einfahrt ging, die ganze Zeit das Gefühl, als würde er beobachtet werden.

Er klopfte an der Hintertür wie jedesmal, wenn er Duane besuchen gekommen war. Er rechnete halb damit, Wittgenstein aus der Garage bellen zu hören und dann angetrottet kommen zu sehen, wobei er mit dem Schwanz wedeln würde, wenn er Dales Geruch aufnahm. Dann würde Duane aus dem Haus kommen, die Cordhose hochziehen und die Brille zurechtrücken.

Niemand antwortete. Die Tür war nicht verriegelt. Dale zögerte einen Moment lang, dann zog er das Fliegengitter auf und zuckte zusammen, als es quietschte.

In der Küche war es dunkel, aber nicht kühl; die Hitze staute sich in dem kleinen Raum. Ein Geruch von abgestandener Luft und erhitztem Abfall herrschte vor. Dale sah schmutziges Geschirr im Spülbecken, das sich bis auf die Arbeitsplatte ausbreitete. Der Tisch war übersät.

Dale ging so leise er konnte durch den Raum – er schlich auf den Spitzen seiner Turnschuhe. Das Haus machte einen stummen und verlassenen Eindruck, was Dale in dem Gefühl bestärkte, daß Duanes Vater nicht zu Hause war. Bevor er nach unten ging, wo Duane geschlafen hatte, blieb Dale stehen und warf einen Blick ins Eßzimmer.

Auf einem Stuhl bei der Werkbank, die einmal der Eßtisch gewesen war, saß eine dunkle Gestalt. Diese hielt etwas. Dale konnte den Lauf einer Schrotflinte erkennen, die in seine Richtung deutete.

Dale erstarrte auf Zehenspitzen, sein Herz setzte aus, schlug einmal pochend und setzte wieder aus.

»Was willst du, Junge?«

Es war die Stimme von Mr. McBride – langsam, nuschelnd, seltsam ohne Betonung, aber eindeutig seine Stimme.

»Tut mir leid«, brachte Dale hervor und spürte, wie sein Herz pochte und wieder aussetzte. »Ich habe gedacht, Sie wären nicht da. Ich meine, ich habe geklopft . . .« Jetzt konnte er den Mann sehen, da sich seine Augen an die Dunkelheit gewöhnten. Mr. McBride saß im Unterhemd und einer dunklen Drillichhose da. Seine Schultern hingen nach vorn, als würde eine große Last darauf ruhen. Auf dem Tisch und dem Boden standen überall Flaschen. Bei dem Gewehr handelte es sich um eine Pump-Schrotflinte, deren Lauf nicht ein einziges Mal zuckte.

»Was willst du, Junge?«

Dale dachte sich verschiedene Lügen aus, verwarf sie aber wieder. »Ich wollte nachsehen, ob Duane Notizbücher hinterlassen hat.«

»Warum?«

Dale verspürte einen großen Schmerz in der Brust, als sein Herz sich anstrengte, pochte und dann wie rasend schlug. Er wollte die Hände heben wie im Film, hatte aber Angst, überhaupt eine Bewegung zu machen. »Ich glaube, Duane besaß Informationen, die uns helfen könnten herauszufinden, wer . . . wer ihn getötet hat«, sagte er.

»Wer ist ›uns‹?« fragte der Schatten.

»Andere Jungs. Freunde von ihm«, brachte Dale heraus. Jetzt konnte er Mr. McBrides Gesicht sehen. Es sah schrecklich aus, noch schlimmer als vor wenigen Wochen, als Dales Familie etwas zu essen vorbeigebracht hatte. Mit den grauen Stoppeln sah Duanes Dad wie ein uralter Mann aus, Wangen und Nase waren von roten, geplatzten Äderchen überzogen. Die Augen lagen so tief in den Höhlen, daß sie fast unsichtbar waren. Dale konnte den Geruch von Schweiß und Whisky des Mannes riechen.

»Ihr glaubt, jemand hat meinen Duane getötet?« Es war eine Herausforderung. Die Schrotflinte blieb auf Dales Gesicht gerichtet.

»Ja«, sagte Dale. Seine Knie fühlten sich komisch an, als könnten sie ihn nicht mehr lange tragen.

Mr. McBride ließ die Schrotflinte sinken. »Junge, außer mir bist du der einzige, der das denkt.« Er trank aus einer der Flaschen auf dem Tisch. »Ich hab's diesem Arschloch von einem Constable gesagt, der Polizei von Oak Hill, der State Patrol . . . allen, die mir zugehört haben. Aber niemand hat mir geglaubt.« Er hob die Flasche hoch, trank sie leer und warf sie auf den Boden. Er rülpste. »Ich habe ihnen gesagt, sie sollen Congden fragen, den elenden Scheißer . . . er hat Arts Auto gestohlen, hat die *Tür* abgemacht, damit wir die Farbe nicht identifizieren konnten . . .«

Dale hatte keine Ahnung, wovon Mr. McBride sprach, hatte aber nicht die Absicht, ihn mit einer Frage zu unterbrechen.

»Hab' ihnen gesagt, sie sollen Congden fragen, wer meinen Jungen getötet hat . . .« Duanes Vater suchte die Flaschen ab, bis er eine gefunden hatte, die nicht leer war. Er trank einen großen Schluck. »Hab' ihnen gesagt, Congden weiß etwas darüber, wer meinen Jungen getötet hat . . . sie haben gesagt, mein Junge wäre wegen Arts Tod nicht bei Verstand gewesen . . . Hast du gewußt, daß mein Bruder gestorben ist, Junge?«

»Ja, Sir«, hauchte Dale.

»Ihn haben sie auch getötet. Ihn zuerst. Dann meinen Jungen. Sie haben Duane getötet.« Er hob die Schrotflinte, als hätte er vergessen gehabt, daß er sie auf dem Schoß liegen hatte, stellte sie hin, tätschelte sie und sah Dale blinzelnd an.

»Wie heißt du, Junge?«

Dale sagte es ihm.

»O ja. Du warst schon mal hier und hast mit Duanie gespielt, richtig?«

»Ja, Sir«, sagte Dale und dachte: *Duanie*?

»Weißt *du*, wer meinen Jungen getötet hat?«

»Nein, Sir«, sagte Dale. *Nicht mit Sicherheit. Erst wenn ich Duanes Notizbücher gesehen habe.*

Mr. McBride trank die nächste Flasche leer. »Ich hab' ihnen gesagt, fragt den Wichser Congden, den sogenannten Friedensrichter. Sie sagen, Congden wird seit dem Tag, nachdem mein Duanie gestorben ist, vermißt, und ob ich etwas darüber wüßte? Denken die, daß *ich* ihn getötet habe? Blöde Arschlöcher.« Er tastete auf dem Tisch herum, wobei er mehrere Flaschen umstieß, konnte aber keine mehr finden, die noch voll war. McBride stand auf, stolperte zu einem Sofa an der Wand, fegte Plunder herunter, ließ sich darauf fallen und nahm die Schrotflinte wieder quer über die Schenkel. »Ich hätte ihn umbringen sollen. Hätte ihn zwingen sollen, mir zu sagen, wer Art und meinen Jungen getötet hat, und dann ihn töten . . .« Plötzlich richtete er sich auf. »Was willst du, hast du gesagt, Junge? Duane ist nicht hier.«

Dale spürte, wie er Gänsehaut am Rücken bekam. »Ja, Sir. Das weiß ich. Ich wollte ein Notizbuch suchen, das Duane gehabt hat. Möglicherweise mehr als eines. Es muß etwas für mich darin stehen.«

Mr. McBride schüttelte den Kopf, dann hielt er sich stützend an der Rückenlehne des Sofas fest. »Nn-nnn. Er hat nur seine Einfälle für *Geschichten* in den Notizbüchern aufgeschrieben, Junge. Nichts für dich. Nichts für mich . . .« Er senkte den Kopf auf die Armlehne des Sofas und machte die Augen zu. »Vielleicht hätte ich die Beerdigung nicht so geheimhalten sollen«, flüsterte er. »Ich habe ganz vergessen, daß er seine Freunde gehabt hat.«

»Ja, Sir«, flüsterte Dale.

»Ich war nicht sicher, wo ich die Asche ausstreuen sollte«, murmelte Mr. McBride, als würde er im Schlaf sprechen. »Sie sagen Asche, aber es sind noch Knochenstücke darin. Hast du das gewußt, Junge?«

»Nein, Sir.«

Der Mann auf dem Sofa murmelte weiter. »Einen Teil habe ich wie die von Art in den Fluß gestreut ... Ich glaube, da hat es Duanie gefallen ... und den Rest auf dem Feld, wo er und der Hund immer gespielt haben. Wo der Hund begraben ist.« Mr. McBride schlug die Augen auf und sah Dale starr an. »Glaubst du, es war falsch, daß ich sie so aufgeteilt habe, Junge?«

Dale schluckte. Der Hals tat ihm weh, es fiel ihm schwer zu sprechen. »Nein, Sir«, flüsterte er.

»Ich auch nicht«, flüsterte Duanes Vater und machte wieder die Augen zu.

»Könnte ich sie mir ansehen, Sir?« fragte Dale.

»Was denn, Junge?« Es war eine schläfrige, zerstreute Stimme.

»Duanes Notizbücher. Von denen wir gesprochen haben.«

»Konnte sie nicht finden«, sagte Mr. McBride, ohne die Augen aufzumachen. »Hab' unten gesucht ... überall ... konnte Duanes Notizbücher nicht finden. Wie die Scheißtür vom Cadillac ...« Er verstummte.

Dale wartete eine geschlagene Minute, hörte den Atem des Mannes, der zum Schnarchen wurde, und ging einen Schritt auf die Kellertreppe zu.

Mr. McBride pumpte den Abzug der Schrotflinte. »Geh weg, Junge!« murmelte er. »Geh sofort! Geh weit weg!«

Dale sah zur Treppe – *so nahe* – und sagte: »Ja, Sir«, und ging zurück durch die Küchentür.

Das Licht war überaus grell. Dale ging die dreißig Schritte die Einfahrt entlang, wobei er spürte, wie ihm das T-Shirt am Körper klebte, dann duckte er sich unter den chinesischen Ulmen durch ins Maisfeld. Er glaubte nicht, daß Mr. McBride in die Küche gegangen war, um ihm nachzusehen. Er ging durch die dichten Maispflanzen, bis er fast über Mike und die anderen stolperte, die noch dort warteten.

»Herrje«, zischte Harlen, »was hat dich aufgehalten?«

Dale erzählte es ihnen.

Mike seufzte, drehte sich auf den Rücken und sah zwischen den Maispflanzen zum strahlenden Himmel hinauf. »Das war's dann für heute. Wahrscheinlich geht er erst in die Stadt, wenn er heute abend aufwacht.«

»Nn-nnn«, sagte Dale. »Ich geh' wieder rein.«

Das Fenster war schmaler als Dale gedacht hatte. Er zerriß sich das T-Shirt und schürfte dabei auch noch etwas Haut ab.

Unter dem Fenster stand noch eine Werkbank – das elende Haus schien voll davon zu sein –; Dale stellte vorsichtig die Füße darauf und ließ sich hinunter, wobei er das Gestell unter sich knirschen hörte.

In dem Keller war es viel kühler als draußen, und es roch auch nach Keller: ein schwacher Geruch nach Schimmel, Waschmittel, verstopften Abflußrohren, Sägemehl, Beton und Ozon, wahrscheinlich von allen Radios und Elektronikbauteilen, die auf jeder freien Oberfläche herumlagen.

Dale war früher schon einmal in Duanes Kellerzimmer gewesen und wußte, er befand sich im hinteren Teil, wo Dusche und Waschküche lagen. Duanes ›Zimmer‹ war näher bei der Treppe. *Toll. Wo der Alte oben mich hören kann. Und wo ich nicht an dieses Fenster gelangen und winken kann.*

Er schlich auf Zehenspitzen durch den Raum und blieb an der Tür stehen, um zu lauschen. Von der Treppe und von oben war kein Laut zu vernehmen. Dale wünschte sich, die Kellertür wäre geschlossen.

In diesem Zimmer war es dunkler; es gab keine Fenster. *Kein Fluchtweg.* Verschiedene Lichtquellen waren vorhanden – eine Kordel für ein Deckenlicht, eine Lampe neben dem dunklen Klotz des Betts, eine Art Schreibtischlampe am großen Tisch neben dem Bett –, aber Dale konnte keine einschalten, da man das Licht oben an der Treppe gesehen hätte. *Wenn er schläft, wird er es nicht sehen.* Ein nicht so dreister Teil von Dales Verstand verriet ihm, daß der Mann mit der Schrotflinte es aber doch sehen würde, wenn er *wach* war. Schon das Klikken beim Einschalten konnte ihn wecken.

Dale konnte kaum atmen, während er neben dem Bett kauerte und wartete, bis sich seine Augen an die fast völlige Dunkelheit gewöhnt hatten. *Und wenn etwas unter dem Bett hervorkommt ... ein weißer Arm ... Duane! Duanes Gesicht, aufgedunsen und tot wie das von Tubby ... nein, wie Hackfleisch, so wie Digger es gesagt hat ...*

Dale zwang sich aufzuhören. Das Bett war ordentlich gemacht, und als Dales Augen sich anpaßten, konnte er die sanften Falten und Wülste der Bettdecke erkennen. Nichts kam unter dem Bett hervor.

Überall waren Bücher. Bücher auf selbstgebauten Regalen, Bücherstapel auf Möbelstücken hinter dem Bett, Bücherreihen auf Schreibtisch und Fenstersims, Kartons voller Bücher unter dem Schreibtisch, sogar reihenweise Taschenbücher auf dem Betonsims, der um den ganzen Keller verlief. Einzig die Anzahl der Radios konnte es mit der der Bücher aufnehmen: Radiowecker und Standmodelle, alte Radios mit Art deco-Bakelit-Kurven und nackte Radios aus Bausätzen, winzige Transistorradios und eine ausgewachsene

Musiktruhe von Atwater Kent zwischen Duanes Bett und dem Schreibtisch, die mindestens einen Meter zwanzig hoch war.

Dale sah zuerst in den langen Reihen und den Bücherkartons nach. Er wußte, wie Duanes Notizbücher ausgesehen hatten: kleine Spiralblocks, manche so groß wie Ringbücher der Schule, aber größtenteils kleiner. Sie mußten irgendwo sein, eine ganze Menge davon.

Auf dem Schreibtisch lagen Blocks gelben Kanzleipapiers, standen Tassen voller Bleistifte und Kugelschreiber, sogar ein Stapel Schreibmaschinenpapier und eine alte Schreibmaschine Marke Smith Corona waren da, aber keine Notizbücher. Dale schlich auf Zehenspitzen zum Bett, tastete unter der Matratze und warf die Kissen auf. Nichts. Er ging zum behelfsmäßigen Schrank und tastete unter Duanes wenigen Flanellhemden und sorgfältig zusammengelegten Cordhosen herum, wobei ihm immer unheimlicher und unheimlicher zumute wurde, weil er die Habseligkeiten seines toten Freundes durchwühlte ... als er mit dem Knie eines der niederen Tischchen beim Bett streifte und ein Bücherstapel zu Boden purzeltc. Dalc erstarrte.

»Wer ist da?«

Mr. McBrides Stimme klang belegt und verwirrt, aber sie schien unmittelbar oben an der Treppe zu sein.

»Wer ist da unten, gottverdammt?« Stapfende Schritte waren oben zu hören, die vom Eßzimmer zum kurzen Flur bei der Küche gingen, wo die Treppe war.

Dale sah durch das längliche Zimmer, durch die offene Tür zum schwachen Umriß des kleinen Fensters an der gegenüberliegenden Wand. Er würde es nie *zum* Fenster schaffen, geschweige denn hinaus. Mr. McBride war gerade aus seinem trunkenen Schlaf erwacht – er konnte sich wahrscheinlich nicht einmal mehr an Dales Besuch erinnern –, und Dale würde für ihn nur ein dunkler Schemen sein, der im Keller herumhastete. Sein Rücken juckte, als er sich vorstellte, wie eine Ladung Schrot ihm die Wirbelsäule vorne zum Körper hinauspustete.

Schritte im Flur. »Ich komm runter, verdammt. Ich hab' dich.«

Dale hörte, wie die Schrotflinte durchgeladen wurde. Die Patrone, die Mr. McBride vorhin hatte einrasten lassen, fiel klirrend auf den Boden. Dann Schritte auf den obersten Stufen.

Unters Bett, dachte Dale. Nein, dort würde der Mann als erstes nachsehen. Er hatte noch zehn Sekunden, bis McBride die Treppe heruntergekommen war und sich ins Zimmer wenden würde.

Dale fiel ein, wie sie manchmal mit dem leeren Radiogehäuse in Mikes Hühnerhaus herumalberten. Die Schritte waren halb die Treppe unten, als er über das Bett stieg, den Atwater Kent von der Wand wegzog, sich dahinter duckte und wieder zurechtrückte, als die stapfenden Schritte gerade das untere Ende der Treppe erreichten.

»Du bist wieder hier, verdammt!« Es war ein wütender Aufschrei. »Glaubst du, mich kannst du auch holen, wie meinen Bruder und den Jungen?«

Schritte stolperten in die Zimmermitte. Dort war eine Wäscheleine gespannt, und Dale hörte, wie etwas daran streifte – wahrscheinlich der Lauf der Schrotflinte –, dann das Geräusch, wie die Leine heruntergerissen wurde.

»Komm da raus, gottverdammt!«

Die Funktionsteile des Radios waren noch vorhanden, dennoch hatte Dale gerade genügend Platz in der Truhe, daß er sich unten zusammenkugeln konnte. Er schützte das Gesicht mit den Unterarmen und versuchte, nicht zu winseln, obwohl er sich vorstellte, wie die Schrotflinte aus einer Entfernung von acht Schritten auf ihn gerichtet war. Dale hatte schon mit der Pump-Flinte Kaliber 12 seines Vaters geschossen, und mit seiner eigenen .410er Doppelläufigen. Er wußte, das Sperrholz würde ihm nicht den geringsten Schutz bieten. Normalerweise hätte er jetzt geschrien ... hätte aufgegeben, hätte er mit einem anderen Jungen Verstecken gespielt ... aber seine Stimme versagte den Dienst. Er hechelte, um nicht zu schreien.

»Du bist hier!« schrie der Vater des toten Jungen. Seine Schritte verschwanden in einen anderen Teil des Kellers. »Gottverdammt, ich weiß, daß jemand hier unten ist! Komm raus!«

Etwas Scharfes, möglicherweise der Teil einer zerbrochenen Röhre, bohrte sich in Dales Rücken. Elektronische Teile zerkratzten ihm den gebückten Hals. Eine Art Regal hier unten schnitt ihm in die Schulter. Dale hatte nicht vor, sich zu bewegen und es sich gemütlicher zu machen.

Die Schritte kamen in den Schlafzimmerbereich des Kellers zurück. Sie gingen langsam – pirschend – zur Wand gegenüber, zum Schrank, zur Treppe zurück und dann ... verstohlen ... zum Schreibtisch, keine drei Schritte von dem Atwater Kent entfernt, hinter dem Dale kauerte.

Ein plötzliches Geräusch, als sich Mr. McBride duckte, die Bettdecke zurückschlug und den Lauf der Schrotflinte unter das Bett schob. Dann stand er auf und lehnte sich fast gegen die Musiktruhe; er konnte den Mann riechen. *Kann er mich auch riechen?*

Einen langen Augenblick herrschte eine so allumfassende Stille, daß Dale sicher war, der halb irrsinnige Vater würde sein Herz hinter dem Radiogehäuse schlagen hören. Dann hörte Dale etwas, bei dem er fast laut aufschluchzte.

»Duanie?« sagte die Stimme von Mr. McBride, nicht mehr wütend, nicht mehr bedrohlich, sondern brüchig und schluchzend. »Duanie, bist du das, Junge?«

Dale hielt den Atem an.

Nach einer Ewigkeit schleppten sich die Schritte, nun noch schwerer, zur Treppe zurück, verweilten dort und gingen dann hinauf. Splittern von Glas ertönte im Eßzimmer, als eine Flasche zu Boden fiel. Schritte. Die Küchentür ging auf und zu. Einen Moment später hörte er, wie hinter dem Haus ein Motor angelassen wurde – *Da hinten konnten wir es nicht sehen* – und der Lieferwagen Kies aufwirbelnd die Einfahrt hinunterfuhr.

Dale wartete noch vier oder fünf Minuten, obwohl sein Rücken und Nacken jetzt wie irre weh taten, aber er wollte sich vergewissern, daß die Stille echt war. Dann schob er die Musiktruhe weiter von der Wand weg, kroch hinaus und massierte sich den Arm, den er gegen das Regal oder so was gedrückt gehabt hatte.

Er hielt auf allen vieren beim Bett inne, dann schob er die Musiktruhe beiseite. Das Licht reichte gerade aus, etwas zu erkennen.

Duanes Spiralnotizblocks waren auf dem Regal gestapelt, gegen das er sich gepreßt hatte, mindestens ein Dutzend. Dale sah, wie einfach es gewesen war, sich vom Schreibtisch oder Bett herüberzubeugen und sie hier zu verstecken.

Dale zog sein T-Shirt aus, so zerrissen und verschwitzt es war, wikkelte die Notizbücher darin ein und ging ins andere Zimmer, um durchs Fenster zu klettern. Er hätte die Treppe hinauf und durch die Küche gehen können, ohne sich noch mehr Haut abzuschürfen, aber er war nicht sicher, ob Mr. McBride auch wirklich weggefahren war.

Dale war gerade auf dem Weg zu der Stelle, wo er die anderen zurückgelassen hatte, als ein halbes Dutzend Arme aus der ersten Maisreihe schnellten und ihn hineinzerrten. Er stolperte zwischen die Pflanzen. Eine schmutzige Hand wurde ihm auf den Mund gedrückt.

»Herrgott«, flüsterte Mike. »Wir waren gerade überzeugt, daß er dich umgebracht hat. Laß ihn los, Harlen!«

Jim Harlen nahm die Hand weg.

Dale spie aus und wischte sich Blut von der aufgerissenen Lippe. »Warum hast du das gemacht, du Pißkopf?«

Harlen sah ihn finster an, sagte aber nichts.

»Du hast sie!« rief Lawrence und hielt das Bündel Notizbücher hoch.

Die Jungs fingen an, sie durchzublättern.

»Scheiße!« sagte Harlen.

»He«, sagte Kevin. Er sah Dale fragend an. »Kapierst du das?«

Dale schüttelte den Kopf. Die Notizbücher waren voll von Schnörkeln und Krakeln, seltsamen Schleifen und Linien und Kringeln. Es handelte sich entweder um einen unmöglichen Code oder Marsianisch.

»Wir sind angeschmiert«, sagte Harlen. »Gehen wir heim.«

»Moment«, sagte Mike. Er sah stirnrunzelnd in eines der kleinen Notizbücher. Plötzlich grinste er. »Das kenne ich.«

»Kannst du es lesen?« Lawrences Stimme klang baff vor Ehrfurcht.

»Nn-nnn«, sagte Mike. »Ich kann es nicht lesen, aber ich *kenne* es.«

Dale beugte sich zu ihm. »Kommst du hinter den Code?«

»Es ist kein Code«, sagte Mike, dessen Grinsen nicht verschwand. »Meine dumme Schwester Peg hat einen Kurs darin belegt. Es ist Kurzschrift ... eine Schnellschrift, wie sie die Sekretärinnen schreiben.«

Die Jungs johlten und jubelten, bis Kevin vorschlug, sie sollten leiser sein. Sie verstauten die Notizbücher so behutsam wie frisch eingesammelte Eier in Lawrences Rucksack, dann liefen sie in geduckter Gefechtshaltung zu der Stelle zurück, wo sie die Fahrräder gelassen hatten.

Lange bevor sie zur Jubilee College Road kamen, spürte Dale, wie die Sonne ihm trotz der Bräune auf Hals und Armen brannte. Der ferne Wasserturm waberte im Hitzeflimmern, als wäre die ganze Stadt eine Illusion, ein Trugbild kurz vor dem Verblassen.

Sie waren halb in der Stadt, als hinter ihnen eine Staubwolke sichtbar wurde und ein Lastwagen zusehends aufholte.

Mike machte eine Geste, worauf er und Harlen und Kev sich auf die eine Seite schlugen, Dale und Lawrence auf die andere. Sie überquerten den Straßengraben, ließen die Räder fallen und waren bereit, über den Zaun zu klettern und in den Feldern zu verschwinden.

Der Laster bremste, die dunkle Kabine schien im Hitzeflimmern der Straße und der Motorhaube zu flackern. Der Fahrer sah im Vorbeifahren neugierig heraus. Der Laster blieb stehen und setzte zurück.

»Was macht ihr denn da?« rief Kevins Vater aus dem hohen Fahrerhaus des Milchlasters. Der polierte Edelstahl des langen Tanks gleißte so hell in der Mittagssonne, daß man ihn fast nicht ansehen konnte. »Was habt ihr Jungs denn vor?«

Kevin grinste und machte eine unbestimmte Geste Richtung Stadt. »Nur so rumfahren.«

Sein Vater betrachtete die Jungs, die auf den Zäunen hockten wie abflugbereite Vögel, mit zusammengekniffenen Augen. »Komm rasch nach Hause«, sagte er. »Ich brauche Hilfe, wenn ich den Tank saubermache, und deine Mutter möchte, daß du heute nachmittag den Garten jätest.«

»Jawoll, Sir«, sagte Kevin und salutierte. Sein Dad runzelte die

Stirn, worauf sich der lange Laster in Bewegung setzte und in einer Staubwolke verschwand.

Sie standen eine Zeitlang auf der Straße und hielten die Fahrräder, ehe sie wieder aufstiegen. Dale fragte sich, ob die anderen auch weiche Knie hatten.

Bis sie den Stadtrand erreichten, tauchten keine Laster oder Autos mehr auf. In der Stadt war es dunkler, überall an den Straßen filterten Dutzende Laubschichten das Licht, aber der Tag war nicht weniger heiß, der Sommer schien sie immer noch unter den Fersen zermalmen zu wollen, als sie sich noch einmal kurz im Hühnerhaus trafen und dann zum Mittagessen und ihren verschiedenen Aufgaben nach Hause gingen.

Mike behielt die Notizbücher. Seine Schwester hatte immer noch eines ihrer Kurzschriftlehrbücher von Gregg herumliegen, und er versprach, er würde es suchen und entschlüsseln anfangen. Nach dem Mittagessen kam Dale und half ihm.

Mike sah nach Memo, fand Pegs Lehrbuch auf dem Regal seiner Schwester gleich neben ihrem blöden Tagebuch – sie würde ihn umbringen, wenn sie ihn in ihrem Zimmer erwischte – und nahm den ganzen Stapel Notizbücher mit ins Hühnerhaus.

Er und Dale stellten Vergleiche an, um sicherzustellen, daß es sich wirklich um Kurzschrift handelte, beschlossen dann, eine oder zwei Zeilen zu entschlüsseln, hatten am Anfang ihre Schwierigkeiten, fanden aber bald den Rhythmus. Duane McBrides Schnörkel waren nicht exakt dieselben wie in dem Lehrbuch, aber hinreichend ähnlich. Mike ging ins Haus zurück, fand ein Big Chief-Tablett und zwei Bleistifte und kehrte ins Hühnerhaus zurück. Die Jungs arbeiteten schweigend.

Sechs Stunden später lasen sie immer noch, als Mikes Mutter ihn zum Essen rief.

26

Mike wollte freiwillig mit Mrs. Moon sprechen. Er kannte sie am besten.

Nach dem Abendessen, während Hitze und Licht des Tages langsam nachließen, hatten sich alle außer Cordie im Hühnerhaus getroffen, um zu erfahren, was in den Notizbüchern stand.

»Wo ist das Mädchen?« fragte Mike.

Jim Harlen zuckte die Achseln. »Ich war bei ihrem Rattenloch von einem Haus . . .«

»Allein?« unterbrach ihn Lawrence.

Harlen sah den kleineren Jungen blinzelnd an, dann achtete er nicht mehr auf ihn. »Ich war heute nachmittag dort, war aber niemand zu Hause.«

»Vielleicht war sie einkaufen oder so«, meinte Dale.

Harlen schüttelte den Kopf. Heute abend sah er mit seinem Gips und der Schlinge seltsam blaß und verwundbar aus. »Nn-nnn, ich hab' gemeint, es war *verlassen*. Überall Plunder verstreut ... alte Zeitungen ... Möbelstücke, eine Axt ... als hätte die Familie alles auf einen Laster geworfen und die Flatter gemacht.«

»Keine schlechte Idee«, flüsterte Mike. Er hatte Duanes Notizbücher vollständig entziffert.

»Hm?« sagte Kevin.

»Hört zu«, sagte Mike O'Rourke, hob die betreffenden Notizbücher hoch und fing an zu lesen.

Die vier Jungs hörten fast eine Stunde lang zu; Dale las weiter, als Mikes Stimme heiser wurde. Dale hatte alles schon einmal gelesen – er und Mike hatten Notizen verglichen, während sie das Material entschlüsselt hatten –, aber allein es noch einmal mit seiner eigenen Stimme laut ausgesprochen zu hören, machte seine Beine zittrig.

»Heiliger Himmel«, flüsterte Harlen, als sie alles von der Borgia-Glocke und Dales Onkel gelesen hatten. »Ach du Scheiße«, fügte er im selben ehrfürchtigen Tonfall hinzu.

Kevin verschränkte die Arme. Es wurde mittlerweile ziemlich dunkel draußen, und Kevs T-Shirt leuchtete am hellsten von allen. »Diese Glocke hängt die ganze Zeit da oben, seit wir zur Schule gehen ... all die Jahre?«

»Mr. Ashley-Montague hat Duane gesagt, sie wäre abgenommen und eingeschmolzen worden, und so weiter«, sagte Dale. »Das steht auch in einem der Notizbücher hier, und ich habe es letzten Monat selbst bei der Gratisvorstellung gehört.«

»Es hat schon lange keine Gratisvorstellung mehr gegeben«, quengelte Lawrence.

»Sei still!« sagte Dale. »Hier ... ich werde ein bißchen überspringen ... das ist die Stelle, als Duane mit Mrs. Moon gesprochen hatte ... an dem Tag, als wir alle bei Onkel Henry zum Essen waren, der Tag, als ...«

» ... als Duane getötet wurde«, sprach Mike zu Ende.

»Ja«, sagte Dale. »Hört zu!« Er las die Aufzeichnungen wortwörtlich vor:

> 17. Juni:
> Mit Mrs. Emma Moon gesprochen. Erinnert sich an die Glocke! Spricht von einer *schrecklichen Sache*. Sagt, ihr Orville hätte nichts damit zu tun gehabt. Eine schreckliche Sache mit der

Glocke. Im Winter 1899–1900. Mehrere Kinder aus der Stadt – eines von einer Farm, glaubt sie – sind verschwunden. Mr. Ashley (ohne Montague, vor Bildung des Doppelnamens) setzte $ 1000 Belohnung aus. Keine Hinweise.

Dann im Januar ... Mrs. Moon ist ziemlich sicher, daß es im Januar 1900 war ... fanden sie die Leiche eines elfjährigen Mädchens, das kurz vor Weihnachten verschwunden war. Name: Sarah Lewellyn Campbell.

AUFZEICHNUNGEN ÜBERPRÜFEN! WARUM KEINE ZEITUNGSBERICHTE?

Mrs. Moon ist ganz sicher ... Sarah L. Campbell. Will nicht darüber reden, aber ich frage immerzu: das Mädchen wurde getötet, möglicherweise vergewaltigt, geköpft und teilweise gegessen. Was Letzteres betrifft, ist Mrs. M. sicher.

Haben einen Neger gefangen – ›einen Farbigen‹ – hat hinter der Talgfabrik geschlafen. Lynchmob gebildet. Behauptet, ihr Mann Orville war nicht einmal im County. War in Galesburg, ›Pferde kaufen‹. Vier Tage unterwegs. (Später überprüfen, was er für einen Job gehabt hat ...)

Damals war Elm Haven eine Hochburg des Ku-Klux-Klan. Mrs. M. sagt, daß ihr Orville zu den Versammlungen gegangen ist – wie die meisten Männer –, aber er ging nie nachts auf Tour. Außerdem war er nicht in der Stadt – hat Pferde gekauft.

Die anderen Männer der Stadt, angeführt von Mr. Ashley (der die Glocke gekauft hat) und Mr. Ashleys Sohn – 21 J. alt – haben den Neger zur Old Central geschleift. Mrs. M. kennt den Namen des Negers nicht. Ein Landstreicher.

Hielten eine Art Gerichtsverhandlung ab. (Klan-Justiz?) Verurteilten ihn auf der Stelle. Hängten ihn auf.

An der Glocke.

Mrs. Moon erinnert sich, daß sie spät in der Nacht die Glocke läuten gehört hat. Ihr Mann hat ihr gesagt, weil der Neger noch gestrampelt und sich gewunden hat. (Mrs. M. hat vergessen, daß ihr Mann angeblich in Galesburg war!) – (Anmerkung: normales Hängen, Exekution – läßt man das Opfer stürzen, damit es das Genick bricht; dieser Mann wurde also qualvoll erdrosselt, hat lange gebaumelt ...)

Im Glockenturm? Das wußte Mrs. Moon nicht. Glaubt es. Oder im Treppenhaus.

Will mir das Schlimmste nicht erzählen ... Überredungskünste ...

Das Schlimmste ist, sie haben den Leichnam des Negers im Glockenstuhl gelassen. Haben den Glockenturm vernagelt und ihn dort hängen lassen.

Warum? – Das weiß sie nicht. Ihr Orville wußte es nicht. Mr. Ashley bestand darauf, daß sie den Leichnam des Negers dort ließen. (MUSS BEI ASHLEY-MONTAGUE NACHFRAGEN. IHN IN SEINEM HAUS BESUCHEN, DIE BÜCHER DER HISTORISCHEN GESELLSCHAFT DURCHSEHEN, DIE ER GESTOHLEN HAT.)

Mrs. M. weint. Warum? Sagt, daß da noch etwas Schlimmeres war.

Ich warte. (Diese Kekse sind abscheulich.) Warte. Sie redet jetzt mehr mit ihren Katzen als mit mir.

Sie sagt, das Schlimmste ... schlimmer als das Hängen ... war gewesen, daß zwei Monate, nachdem sie den Neger gelyncht hatten, wieder ein Kind verschwunden ist, das man kurz darauf ermordet und verstümmelt auffand.

Sie hatten den falschen Mann gehängt.

»Es steht noch mehr da«, sagte Dale, »aber es handelt sich nur noch um Wiederholungen. Laut seinen letzten Eintragungen muß er vorgehabt haben, Mr. Dennis Ashley-Montague persönlich zu besuchen, damit er mehr Einzelheiten erfährt.«

Die fünf Jungs im Hühnerhaus sahen einander an.

»Die Borgia-Glocke«, flüsterte Kevin. »Herrje.«

»Verdammt richtig, herrje«, flüsterte Harlen. »Etwas daran wirkt immer noch, ist immer noch böse.«

Mike bückte sich und berührte eines der Notizbücher, als wäre es ein Talisman. »Glaubst du, daß sich alles um diese Glocke dreht?« fragte er Dale.

Dale nickte.

»Glaubst du, Roon und Van Syke und Old Double-Butt stecken mit drin, weil sie zur Schule gehören?« fragte Mike.

»Ja«, flüsterte Dale. »Ich weiß nicht, wie oder warum, aber irgendwie.«

»Ich auch«, sagte Mike. Er drehte sich zu Jim Harlen um. »Hast du deine Pistole noch?«

Harlen griff mit der rechten Hand in die Schlinge und holte den stupsnasigen Revolver heraus.

Mike nickte. »Dale? Ihr habt Waffen im Haus, oder nicht?«

Dale betrachtete seinen kleinen Bruder, dann sah er Mike an. »Ja. Dad hat eine Schrotflinte. Ich habe die Savage.«

Mike blinzelte nicht. »Das Ding, mit dem er dich Schnepfen jagen läßt?«

»Nn-nnn. Wenn ich zwölf bin, ist es mein Gewehr.«

»Eine Schrotflinte, richtig?«

»Vierzehn unten«, sagte Dale. »Zweiundzwanzig oben.«

»Feuert nur eine Patrone aus jedem Lauf, richtig?« Mikes Stimme klang tonlos, fast unbeteiligt.

»Ja«, sagte Dale. »Zum Nachladen muß man sie aufklappen.«

Mike nickte. »Kannst du sie beschaffen?«

Dale schwieg einen Augenblick lang. »Dad würde mich umbringen, wenn ich sie ohne Erlaubnis und ohne daß er dabei ist aus dem Haus nehme.« Er sah zur Tür hinaus in die Dunkelheit. Glühwürmchen glommen bei den Apfelbäumen in Mikes Garten. »Ja«, sagte Dale. »Ich kann sie beschaffen.«

»Gut.« Mike wandte sich langsam an Kevin. »Hast du was?«

Kevin rieb sich die Wange. »Nein. Ich meine, mein Dad hat seine Fünfundvierziger Automatik – eigentlich Halbautomatik –, aber die ist in der untersten Schublade seines Schreibtischs. Eingeschlossen.«

»Könntest du sie rausholen?«

Kevin ging hin und her und rieb sich unablässig die Wange. »Es ist seine *Armeewaffe*! Eine Art ... Trophäe oder Souvenir, das ihm die Jungs seiner Schwadron gegeben haben. Er war Offizier im Zweiten Weltkrieg und ...« Kevin blieb stehen. »Glaubst du, *Gewehre* nützen etwas gegen die Wesen, die Duane getötet haben?«

Mike war ein geduckter, kauernder Schatten im Halbdunkel, er glich einem Tier, das zum Sprung bereit ist. Aber die ganze Spannung lag in seiner Körperhaltung, nicht in der Stimme. »Ich weiß nicht«, sagte er leise – so leise, daß man seine Stimme kaum im Summen der Insekten im Garten hinter dem Hühnerhaus hören konnte. »Aber ich glaube, Roon und Van Syke gehören dazu, und es hat niemand gesagt, daß man sie nicht verletzen kann. Kannst du die Waffe besorgen?«

»Ja«, sagte Kevin nach dreißigsekündigem Schweigen.

»Und Munition dazu?«

»Ja. Mein Vater bewahrt sie in derselben Schublade auf.«

»Wir lassen alles hier«, sagte Mike. »So kommen wir dran, wenn wir es brauchen. Ich habe eine Idee ...«

»Was ist mit dir?« sagte Dale. »Dein Dad geht nicht auf die Jagd, oder?«

»Nein«, sagte Mike, »aber da ist Memos Eichhornbüchse.«

»Was ist das?«

Mike hielt die Hände ungefähr vierzig Zentimeter auseinander. »Kennst du die lange Pistole, die Wyatt Earp in der Fernsehserie benützt?«

»Die Buntline Special?« fragte Harlen mit zu lauter Stimme. »Deine Großmutter hat eine Buntline Special?«

»Nn-nnn«, sagte Mike, »sieht aber so ähnlich aus. Mein Großvater hat sie vor rund vierzig Jahren in Chicago für sie anfertigen lassen. Es handelt sich um eine Vierzehner-Schrotflinte, wie die von Dale, nur ist sie an einem ... wie sagt man gleich?«

»Einem Pistolengriff«, sagte Kevin.

»Ja. Der Lauf ist etwa vierzig Zentimeter lang, und sie hat einen hübschen Pistolengriff aus Holz. Memo hat sie immer ihre Eichhornbüchse genannt, aber ich glaube, Großvater hat sie ihr gekauft, weil es da, wo sie damals gewohnt haben – in Cicero –, immer ziemlich derb zugegangen ist.«

Kevin Grumbacher pfiff. »Mann o Mann, so eine Waffe ist illegal, illegaler geht's nicht. Das ist eine abgesägte Schrotflinte, mehr nicht. Hat dein Großvater zu Capones Bande gehört, Mike?«

»Halt die Klappe, Grumbacher«, sagte Mike gelassen. »Okay, wir besorgen uns die Waffen und soviel Munition wie möglich. Wir sehen zu, daß unsere Alten nichts davon mitbekommen. Und wir verstecken sie . . .« Er sah sich um und klopfte dabei auf das Sprungfedersofa.

»Hinter dem großen Radio«, sagte Dale.

Mike drehte sich langsam um, und sein breites Grinsen war selbst im Halbdunkel zu sehen. »Bingo. Morgen haben wir einiges zu tun. Wer spricht mit Mrs. Moon?«

Die Jungs rutschten herum und blieben stumm. Schließlich sagte Lawrence: »Okay. Ich mach's.«

»Nein«, sagte Mike behutsam. »Dich brauchen wir für andere wichtige Aufgaben.«

»Zum Beispiel?« fragte Lawrence und kickte nach einer Dose auf dem Holzboden. »Ich hab' nicht mal eine Waffe, so wie ihr.«

»Du bist zu jung . . .«, begann Dale schroff.

Mike berührte Dale am Arm und wandte sich an Lawrence. »Wenn du eine brauchst, kannst du die Flinte von Dale mitbenützen. Hast du schon mal damit geschossen?«

»Klar, schon oft . . . na ja, ein paarmal.«

»Gut«, sagte Mike. »Vorerst brauchen wir jemand, der echt schnell radfahren kann, damit er Roon findet und Bericht erstattet.«

Lawrence nickte; er merkte eindeutig, daß er abgeschoben wurde, war sich aber darüber im klaren, daß er nicht besser davonkommen würde.

»Ich rede mit Mrs. Moon«, sagte Mike. »Ich kenne sie ziemlich gut, weil ich schon ihren Rasen gemäht habe, mit ihr spazierengegangen bin und so weiter. Ich will rauskriegen, ob sie Informationen besitzt, die sie Duane nicht preisgegeben hat.«

Sie saßen noch ein paar Augenblicke beisammen und wußten, das Treffen war vorbei, aber keiner wollte allein im Dunkeln nach Hause gehen.

»Was machst du, wenn dieser Soldat heute nacht kommt?« fragte Harlen Mike.

»Ich suche die Eichhornflinte«, flüsterte Mike, »aber vorher versuche ich es mit dem Weihwasser.« Er schnippte mit den Fingern, als wäre ihm gerade noch etwas eingefallen. »Ich werde noch mehr für euch besorgen. Bringt Flaschen mit, damit ihr es transportieren könnt.«

Kevin verschränkte die Arme. »Wie kommt es, daß nur dein katholisches Weihwasser wirkt? Müßten meine lutheranischen Sachen nicht auch wirken, oder Dales presbyterianischer Plunder?«

»Nenn meine presbyterianischen Sachen nicht Plunder!« fauchte Dale.

Mike sah sie neugierig an. »Habt ihr Jungs denn Weihwasser in euren Kirchen?«

Die drei Jungs schüttelten den Kopf. »Außer euch Katholiken hat niemand so abgefahrene Sachen, du Pißkopf.«

Mike zuckte die Achseln. »Bei dem Soldaten hat es funktioniert. Zumindest das Weihwasser ... die heilige Hostie habe ich noch nicht ausprobiert. Habt ihr Jungs denn kein Abendmahl?«

»Doch«, antworteten Dale und Kevin.

»Wir könnten was vom Kommunionsbrot holen«, sagte Dale zu Lawrence.

»Wie?« fragte sein kleinerer Bruder.

Dale dachte einen Moment lang nach. »Du hast recht, es ist einfacher, die Flinte zu stehlen, als an das Abendmahlszeug ranzukommen.« Er deutete auf Mike. »Okay, da wir wissen, daß das Zeug funktioniert, kannst du uns von deinem Weihwasser mitbringen.«

»Wir könnten Wasserballons damit füllen«, sagte Harlen. »Die Wichser bombardieren. So daß sie zischen und zusammenschrumpeln wie Schnecken, wenn man Salz draufschüttet.«

Die anderen wußten nicht, ob Harlen sie auf den Arm nehmen wollte. Sie beschlossen, es sich zu überlegen und bis morgen darüber nachzudenken.

Mike erledigte seine Zeitungsroute in Rekordzeit und war um sieben in der Pfarrei. Mrs. McCafferty war schon da. »Er schläft«, flüsterte sie unten in der Diele. »Doktor Powell hat ihm etwas gegeben.«

Mike war verwirrt. »Wer ist Dr. Powell?«

Die bestürzte Haushälterin rang weiterhin die Hände an der Schürze. »Ein Arzt aus Peoria, den Dr. Staffney gestern abend geholt hat.«

»Ist es so ernst?« flüsterte Mike, aber ein Teil von ihm erinnerte sich deutlich: *Die braunen Maden fielen vom rüsselförmigen Schlund des Soldaten, die Maden wanden sich, gruben sich ein.*

Mrs. McCafferty legte eine ihrer roten Hände vor den Mund, als wollte sie gleich zu weinen anfangen. »Sie wissen nicht, *was* es ist. Ich habe gehört, wie Dr. Powell zu Dr. Staffney gesagt hat, sie würden ihn heute ins St. Francis-Krankenhaus verlegen, wenn das Fieber nicht sinkt . . .«

»St. Francis«, flüsterte Mike und sah die Treppe hinauf. »Nach Peoria?«

»Dort haben sie eiserne Lungen«, flüsterte die alte Dame und schien dann nicht mehr weitersprechen zu können. Wie zu sich selbst sagte sie: »Ich war die ganze Nacht wach, habe den Rosenkranz gebetet und die Heilige Jungfrau angefleht, sie möge dem jungen Mann helfen . . .«

»Kann ich ihn nur mal sehen?« beharrte Mike.

»O nein, sie haben Angst, es könnte ansteckend sein. Niemand darf zu ihm, außer mir und den Ärzten.«

»Ich war bei ihm, als er krank geworden ist«, sagte Mike, ohne sie darauf hinzuweisen, daß sie ihn ohnehin schon angesteckt hätte, wenn sie infiziert wäre. Er glaubte nicht, daß die Maden auf eine andere Person übergehen würden . . . aber der Gedanke erfüllte ihn einen Moment mit Unbehagen. »Bitte«, bat er und legte seinen engelhaftesten Meßknabenblick auf, »ich gehe nicht ins Zimmer, ich will nur reinsehen.«

Sie gab nach. Sie gingen gemeinsam auf Zehenspitzen den Flur entlang und stießen die dunkle Mahagonitür so behutsam sie konnten auf. Sie quietschte nicht.

Der Geruch wallte aus dem Zimmer, bevor Mike in dem Schwall überhitzter Luft einen Schritt rückwärts stolperte. Der Geruch war wie der Gestank des Abdeckereilasters und der aus den Tunneln, nur schlimmer, und er ritt auf den Wellen heißer, stickiger Luft in dem abgedunkelten Zimmer. Mike hielt die Hand vor Mund und Nase.

»Wir lassen die Fenster geschlossen«, sagte Mrs. McCafferty entschuldigend. »Er hat die beiden letzten Nächte so schlimmen Schüttelfrost gehabt.«

»Der Geruch . . .«, brachte Mike heraus, dem fast übel wurde.

Die Haushälterin sah ihn stirnrunzelnd an. »Du meinst die Medizin? Ich wechsle die Bettwäsche jeden Tag . . . Macht dir das bißchen Medizingeruch so zu schaffen?«

Medizingeruch? Mike fand, es war nur ein Medizingeruch, wenn man Medizin aus toten und verwesenden Leichen machte. Es war ein Medizingeruch, wenn man den Kupfergeruch von Blut und den Gestank von wochenalter Fäulnis als Medizin betrachtete. Er sah Mrs. McCafferty an. Sie konnte es eindeutig nicht riechen. *Bilde ich es mir nur ein*? Mike kam näher, ohne die Hand vom Mund zu nehmen, blinzelte in die Dunkelheit und rechnete damit, einen verwesenden Leichnam auf dem Bett zu sehen.

Pater C. sah schlimm aus, aber er war kein verwesender Leichnam. Noch nicht. Doch der junge Priester war eindeutig gealtert, erschrekkend gealtert: die Augen waren geschlossen, aber in blauschwarze Höhlen gesunken, die Lippen weiß und rissig, als wäre er tagelang in der Wüste gewesen, seine Haut leuchtete – nicht der gesunde Glanz eines Sonnenbrands, sondern das innere radioaktive Strahlen intensivsten Fiebers –, sein Haar war glanzlos und strähnig, die Hände wie Tierkrallen auf der Brust gekrümmt. Der Mund von Pater C. stand weit offen, ein dünner Speichelfaden rann auf den Pyjamakragen, der Atem rasselte ihm in der Brust wie Geröll. Im Augenblick sah er nicht gerade wie ein Priester aus.

»Genug«, flüsterte Mrs. McCafferty und schob Mike zur Treppe.

Es war wahrhaftig genug. Mike fuhr mit dem Rad so schnell zu Mrs. Moon, daß ihm der Wind Tränen in die Augen trieb.

Sie war tot.

Er hatte es sich schon gedacht, als er ans Fliegengitter geklopft und keine Antwort bekommen hatte. Er hatte es gewußt, als er in den kleinen, dunklen Salon gekommen und nicht augenblicklich von ihren Katzen umringt worden war.

Er wußte, daß Miß Moon, die Bibliothekarin, normalerweise zu Fuß von ihrem ›Apartment‹ – eigentlich einem Stockwerk in einem alten Mietshaus in der Broad Street, das sie mit Mrs. Groissant teilte, der Lehrerin der vierten Klasse – herüberkam, um gegen acht mit ihrer Mutter zu frühstücken. Es war noch nicht ganz halb acht.

Mike ging in dem kleinen Haus von einem Zimmer zum nächsten und spürte dieselbe Übelkeit wie in der Pfarrei. *Hör auf, so ein Schwarzseher zu sein. Sie ist früh spazierengegangen. Und die Katzen mit ihr.* Aber er wußte, daß die Katzen sich um nichts aus der Welt aus dem kleinen weißen Holzhaus bequemt hätten. *Na gut, die Katzen sind in der Nacht weggelaufen, und sie ist nach ihnen suchen gegangen. Oder vielleicht hat Miß Moon Mrs. M. in den letzten Tagen endlich ins Altersheim in Oak Hill gebracht. Es war auch höchste Zeit.* Das war die logische Erklärung. Mike wußte, daß es nicht die richtige war.

Er fand sie auf dem winzigen Absatz am oberen Ende der Treppe. Der erste Stock war eng – gerade groß genug für Mrs. Moons Schlafzimmer und ein winziges Bad –, der Treppenabsatz kaum groß genug für die kleine Leiche.

Mike kauerte auf der obersten Stufe; sein Herz pochte so heftig, daß es ihn um ein Haar aus dem Gleichgewicht brachte und er fast rückwärts die Treppe hinuntergepurzelt wäre. Abgesehen von der Beerdigung seines Großvaters väterlicherseits vor ein paar Jahren hatte er noch nie eine Leiche gesehen – wenn man den Soldaten nicht mitzählte. Diese betrachtete Mike nun mit einer schrecklichen Mischung aus Traurigkeit, Entsetzen und Neugier.

Sie war schon so lange tot, daß ihre Hände und Arme steif geworden waren: die linke hatte sie um das Geländer gekrallt, als wäre sie gestürzt und im Begriff gewesen, sich wieder hochzuziehen, die rechte Hand stand vertikal von dem grünen Teppich ab, die Finger waren gekrümmt, als hätten sie in die Luft gekrallt ... oder etwas Gräßliches abwehren wollen.

Mrs. Moons Augen standen offen ... Mike wurde klar, daß von den Hunderten von Toten, die er in den Fernsehern anderer Leute gesehen hatte, für gewöhnlich bei Dale, keiner je die Augen offen gehabt hatte ... aber die von Mrs. Moon waren so weit aufgerissen, daß sie aus den Höhlen zu quellen schienen. Keine Frage, daß sie alles sehen konnte; Mike betrachtete die umwölkten, glasigen Kugeln und dachte sich: *Das also ist* ›tot‹.

Weil das Blut aus ihrer Haut gewichen war, zeichneten sich die Leberflecke fast dreidimensional ab. Ihr Hals war selbst im Tod straff, die Muskeln und Sehnen im Nacken waren gespannt, als würden sie jeden Moment vor Verkrampfung reißen. Sie trug einen gesteppten Morgenmantel über einer Art rosa Nachthemd, die knochigen Beine ragten starr daraus hervor, als wäre sie steif und kerzengerade gefallen, so wie ein Stummfilmkomiker, der einen Sturz hinlegte. Ein rosa Plüschpantoffel war weggerutscht. Die alte Dame hatte die Zehennägel im selben Farbton wie die Pantoffeln lackiert, aber dadurch sahen ihre runzligen, warzigen, knotigen Füße, die mit ihren Altfrauenzehen himmelwärts deuteten, nur um so bizarrer aus.

Mike beugte sich nach vorne, berührte zaghaft Mrs. Moons linke Hand, zuckte zurück. Obwohl es im Haus ausgesprochen heiß war, war sie eiskalt. Er zwang sich, das Schrecklichste von allem anzusehen – ihren Gesichtsausdruck.

Mrs. Moons Mund stand sperrangelweit offen, als wäre sie schreiend gestorben. Ihr Gebiß hatte sich gelockert und hing wie ein buntes, fremdes Stück Plastik, das von anderswo heruntergefallen war, in der dunklen Mundhöhle. Die Runzeln ihres Gesichts waren umgeformt und zu einer Maske reinsten Entsetzens gestaltet worden.

Mike drehte sich um und holperte auf dem Hintern die Treppe hinunter, weil er zu zittrig zum Aufstehen war. Nur ein ganz schwacher Hauch von Verwesung lag in der Luft, wie von Blumen, die man an einem heißen Tag in einem geschlossenen Auto hatte liegenlassen. Längst nicht so schlimm wie in der Pfarrei.

Wer sie getötet hat, könnte noch im Haus sein. Könnte da oben hinter der Schlafzimmertür lauern.

Mike stand nicht auf, um nachzusehen oder wegzulaufen. Er mußte eine geschlagene Minute so sitzenbleiben. In seinen Ohren ertönte ein lautes Dröhnen, als hätten die Grillen bei Tage angefangen zu zirpen, und er stellte fest, daß kleine schwarze Pünktchen am Rand seines Gesichtsfelds tanzten. Er ließ den Kopf zwischen die Knie sinken und rieb sich heftig die Wangen.

Miß Moon wird in ein paar Minuten hier sein. Sie wird ihre Mutter so finden.

Mike konnte die hochnäsige altjüngferliche Bibliothekarin nicht leiden – denn sie hatte ihn einmal gefragt, was er in der Bibliothek zu suchen habe, wenn er so dumm sei, daß er schon die vierte Klasse geschmissen habe. Mike hatte gegrinst und gesagt, er wäre nur mit Freunden hier – an dem Tag hatte das sogar gestimmt –, aber aus irgendwelchen Gründen hatte ihn ihre Bemerkung tief verletzt und er hatte an vielen Abenden danach, in den Sekunden vor dem Einschlafen, mit Erbitterung daran gedacht.

Trotzdem verdient es niemand, seine Mutter so zu finden.

Mike wußte, wäre er Duane gewesen, oder Dale, wären ihm ein paar schlaue detektivische Kniffe eingefallen, Indizien finden und so – er hatte nicht den geringsten Zweifel, daß dieselbe ... Macht ... die Duane und seinen Onkel getötet hatte, auch Mrs. Moon ermordet hatte –, aber Mike konnte sich lediglich räuspern und rufen: »Komm, Miez, Miez! Komm, Miez!«

Keine Bewegung oben im Schlafzimmer oder Bad – beide Türen standen einen Spalt offen –, keine Regung in den Schatten von Küche oder hinterem Flur.

Mike stand mit wackligen Beinen auf und zwang sich, die Treppe hinaufzugehen, stehenzubleiben und ein letztes Mal auf Mrs. Moon hinabzusehen. Aus diesem Blickwinkel sah sie noch kleiner und älter aus. Mike verspürte den fast übermächtigen Drang, das gelokkerte Gebiß aus ihrem Mund zu nehmen, damit sie nicht daran erstickte. Dann stellte er sich vor, wie ihr Schildkrötenkiefer nach oben schnalzte, der Schnabel des Mundes nach unten schnappte und seine Finger im Mund der Leiche feststeckten, während die toten Augen blinzelten und ihn ansahen ...

Hör auf, du Pißkopf. Wenn Mike fluchte, hörte er häufig die Stimme von Jim Harlen in Gedanken, die den Wortschatz lieferte. Momentan sagte ihm Harlens Stimme im Geiste gerade, er sollte den Arsch heben und aus dem Haus verschwinden.

Mike hob die rechte Hand zu der Geste, die er schon tausendmal bei Pater Cavanaugh gesehen hatte, segnete die alte Dame und machte das Zeichen des Kreuzes über ihr. Er wußte, Mrs. Moon war nicht katholisch, aber hätte er den Wortlaut gekannt, hätte Mike in diesem Augenblick die Letzte Ölung vorgenommen.

Statt dessen sprach er ein kurzes, stummes Gebet und begab sich danach zu der angelehnten Schlafzimmertür. Die Tür stand gerade so weit offen, daß er den Kopf hineinstecken konnte.

Da waren die Katzen! Einige der zerfleischten und zerfetzten Kadaver lagen auf dem ordentlich gemachten Bett selbst; drei waren auf Bettpfosten aufgespießt; die Köpfe von einigen weiteren Katzen bildeten eine Reihe auf der Kommode von Mrs. Moon neben ihren Pinseln und Parfumflaschen und Lotions. Eine Katze, eine lohfarbene, die Mrs. Moons Liebling gewesen war, wie Mike wußte, hing an der Perlenkordel des Deckenlichts; der Kater hatte ein blaues und ein gelbes Auge; sie sahen Mike abwechselnd an, wenn der überraschend lange Körper eine seiner langsamen, stummen Drehungen vollendet hatte.

Mike rannte die Treppe hinunter und war fast an der Hintertür, als er stehenblieb und nicht auf den brennenden Drang achtete, sich zu übergeben. *Ich kann Miß Moon nicht hereinkommen und sie ihre Mutter so finden lassen.* Ihm blieben nur Minuten, möglicherweise weniger.

Bei dem antiken Stück an der Salonwand handelte es sich um eine Art Schreibtisch. Lavendelfarbenes Briefpapier lag bereit; Mike hob einen altmodischen Federhalter, tauchte ihn ins Tintenfaß und schrieb mit riesigen Großbuchstaben: GEHEN SIE NICHT REIN! RUFEN SIE DIE POLIZEI!

Er wußte nicht, ob er die Fingerabdrücke von Federhalter und Tintenfaß abwischen konnte, daher steckte er sie in die Tasche, klemmte den Zettel zwischen Türrahmen und Fliegengitter, wo jeder ihn als erstes bemerken mußte, machte die Tür mit dem um die Hand gewickeltem T-Shirt auf, wischte den Außenknauf ab, als er die Tür geschlossen hatte, sprang über Azaleen und Iris, hüpfte über das kleinere von zwei Vogelbädern und eine niedere Hecke, kam in die Gasse hinter dem Haus der Somersets, rannte so schnell er konnte nach Hause und dankte Gott für das dichte Laub, das die Gasse in einen Tunnel verwandelte.

Er erklomm die höchste Ebene des Baumhauses über der Depot Street, wo er im Laub verborgen saß und schlotterte; und dann stach ihm die Spitze des Federhalters in den Schenkel – Gott sei Dank hatte er immerhin soviel Verstand gehabt, ihn mit der Feder nach außen einzustecken, sonst hätte er jetzt einen riesigen Tintenfleck auf den Jeans; er konnte schon die Schlagzeile HIRNLOSER MÖRDER VERRÄT SICH DURCH TINTENFLECK vor sich sehen – daher steckte Mike Tintenfaß und Federhalter in einen natürlichen Riß im Holz und bedeckte sie mit Blättern, die er von den Zweigen abriß.

Es war möglich, daß sie im Herbst jemand finden würde, wenn die Blätter abfielen, aber Mike überlegte sich, daß er sich darüber im Herbst den Kopf zerbrechen würde. *Wenn einer von uns so lange lebt.*

Er lehnte mit dem Rücken am breiten Baumstamm, hörte das gelegentliche Dröhnen des Verkehrs zehn Meter tiefer und das leise

Kratzen seiner Schwester Kathleen, die alleine Seilhüpfen spielte, und er dachte nach.

Zuerst versuchte Mike, alles zu überdenken, um die schrecklichen Bilder loszuwerden, die er an diesem heißen und wunderschönen Morgen schon gesehen hatte, aber dann wurde ihm klar, daß er sie niemals loswerden würde – Pater C.'s fiebriges Atmen, Mrs. Moons klaffender Mund, der nicht mehr atmete –, daher setzte er seine Angst und den Adrenalinstoß in Arbeit um und versuchte, sich einen Plan zurechtzulegen.

Mike saß fast drei Stunden im Baumhaus. Anfangs hörte er Autos weiter unten am Block halten, gefolgt von einer Sirene – eine Seltenheit in Elm Haven –, dann die murmelnden Stimmen von Erwachsenen einen Block entfernt, und da wußte er, die Behörden kümmerten sich um Mrs. M. Aber da war Mike schon in tiefes Nachdenken versunken und drehte seinen Plan hin und her wie einen Baseball, der nach Kratzern und schlecht vernähten Nähten untersucht wurde.

Als Mike wieder vom Baumhaus herunterkam, war es später Vormittag. Seine Beine waren verkrampft, weil er so lange auf der kleinen Plattform gesessen hatte, Harz klebte an Jeans und dem Rücken des T-Shirts, aber er merkte es nicht. Er nahm sein Rad und fuhr zu Dale.

Beide Jungs rissen vor Aufregung und Sorge die Augen auf, als sie vom Tod von Mrs. Moon erfuhren. Hätte er sie lediglich tot gefunden, und die Katzen am Leben, hätte niemand etwas Böses vermutet. Aber die verstümmelten Katzen brachten die kleine Stadt auf wie nichts in den zurückliegenden Monaten.

Darüber schüttelte Mike den Kopf. Duane McBride war tot, ebenso Duanes Onkel, aber die Leute akzeptierten den Unfalltod – selbst den schrecklichen Tod eines Jungen –, wohingegen die Verstümmelung der Katzen sie furchtbar aufregte und für Monate Gesprächsstoff liefern würde. Für Mike war der Tod von Mrs. Moon bereits in weite Ferne gerückt; er war nur ein Bestandteil der schrecklichen Dunkelheit, die schon den ganzen Sommer über Memo und ihm und den anderen Kindern hing, lediglich eine weitere Gewitterwolke am finsteren Himmel.

»Kommt mit!« sagte er zu Dale und Lawrence und zog sie zu ihren Fahrrädern. »Wir holen Kev und Harlen und ziehen uns an einen *echt abgeschiedenen* Ort zurück. Ich möchte mit euch über etwas reden.«

Mike konnte nicht anders, er mußte Old Central betrachten, als sie nach Westen in Richtung Harlens Haus fuhren. Die Schule wirkte größer und häßlicher denn je, ihre Geheimnisse im Inneren verborgen, vernagelt, einem Inneren, wo es immer dunkel war, wie hell die Sonne hier draußen in der Welt auch scheinen mochte.

Und Mike wußte, das verdammte Gebäude wartete auf ihn.

27

Sie fuhren zum Baseballfeld und beratschlagten. Mike redete etwa zehn Minuten lang, die anderen starrten ihn nur an. Sie stellten keine Fragen, als er Mrs. Moons Leichnam beschrieb. Sie widersprachen nicht, als er sagte, sie selbst würden bald so tot daliegen, wenn sie nicht schleunigst etwas unternahmen. Sie sagten kein Wort, als er ausführte, was sie tun mußten.

»Schaffen wir das alles bis Sonntagmorgen?« fragte Dale schließlich. Ihre Fahrräder lagen um den flachen Werferhügel herum. Im Umkreis von fünfhundert Metern war niemand zu sehen. Die Sonne brannte auf ihre Bürstenschnitte und bloßen Arme herunter und gleißte auf dem Chrom und dem alten Lack ihrer Räder, so daß sie die Augen zukneifen mußten.

»Ja«, sagte Mike. »Ich glaube schon.«

»Das Camping können wir nicht am Donnerstagabend machen«, sagte Harlen.

Die anderen sahen ihn an. Es war Dienstagvormittag; warum machte er sich Gedanken wegen Donnerstagabend? »Warum nicht?« fragte Kevin.

»Weil ich an dem Abend zu Michelle Staffneys Geburtstagsparty eingeladen bin«, sagte Harlen. »Und ich *gehe hin.*«

Lawrence sah ihn voll Widerwillen an. Die drei anderen Jungs atmeten fast gleichzeitig aus. »Herrje«, sagte Dale, »wir sind *alle* eingeladen. Die Hälfte aller Kinder in dieser verdammten Stadt sind eingeladen, wie jeden 14. Juli. Wo liegt das Problem?«

Es stimmte. Michelles Geburtstagsparty war zu einer Art Sommersonnwendabend für die Kinder von Elm Haven geworden. Die Party fand immer abends statt, immer waren das Haus und der riesige Garten von Staffneys voller Kinder, und immer ging das Fest um zehn Uhr mit einem Feuerwerk zu Ende. Dr. Staffney verkündete jedesmal, daß sie nicht nur Michelles Geburtstag feierten, sondern auch den Tag des Sturms auf die Bastille. Aber wen interessierte das schon, solange Kuchen und Punsch und das Feuerwerk nicht ausgingen?

»Kein Problem«, sagte Harlen verschmitzt, als würde er ein *tolles* Geheimnis hüten, »aber ich gehe hin.«

Dale wollte widersprechen, aber Mike sagte: »Okay, keine Panik. Wir machen das Camping morgen. Mittwoch. So bringen wir es hinter uns. Dann ist alles klar für die Gratisvorstellung am Samstag.«

Lawrence sah zweifelnd drein. Seine Stupsnase war rot und schälte sich. »Woher wollt ihr wissen, daß am Samstag überhaupt eine Gratisvorstellung *stattfindet*?«

Mike seufzte und ging beim Werfergummi in die Hocke. Die anderen hockten sich ebenfalls hin und schlossen die Unterhaltung in der Mauer ihrer Rücken ein. Mike malte müßig mit den Fingern im Sand, als würde er ein Spiel umreißen – aber er kritzelte nur. »Wir sorgen dafür, daß es eine gibt, wenn jemand zu Mr. Ashley-Montague geht. Wenn wir morgen campen gehen, wird das fast den ganzen Mittwoch und Donnerstagvormittag kosten, und wir müssen bis Samstagabend für den Sonntagmorgen gerüstet sein, was bedeutet, wir müssen heute oder am Donnerstagnachmittag zu Mr. Ashley-Montague.« Er sah Harlen an und verzog das Gesicht. »Und am Donnerstag ist ja *Michelles Party.*«

Dale zog die Baseballmütze aus der Gesäßtasche und setzte sie auf. Der Schatten über der oberen Hälfte seines Gesichts glich einem dunklen Visier. »Warum so schnell?« sagte er. Mike hatte gesagt, daß Dale derjenige war, der Mr. Ashley-Montague besuchen mußte.

Mike zuckte die Achseln. »Denk doch mal nach! Wir können alles andere erst durchziehen, wenn wir ganz sicher sind. Der reiche Typ könnte uns sagen, ob wir recht haben.«

Das überzeugte Dale nicht. »Und wenn nicht?«

»Dann nutzen wir das Camping als Test«, sagte Mike. »Aber es wäre viel besser, wenn wir Bescheid wissen, ehe wir gehen.«

Dale rieb sich den verschwitzten Nacken und sah zum Wasserturm und den Maisreihen dahinter. Der Mais reichte ihm jetzt über den Kopf, eine grüne Mauer, die den Stadtrand bildete und hinter der nur noch langsames Wogen und Schatten zu sehen waren. »Kommst du mit?« fragte er Mike. »Ich meine zu Ashley-Montagues Haus.«

»Nn-nnn«, sagte Mike. »Ich versuche, die andere Person zu finden, von der ich gesprochen habe. Ich möchte versuchen, an die Sachen ranzukommen, von denen Mrs. Moon gesprochen hat. Und ich glaube, Pater C. wird mich brauchen.«

»Ich gehe mit dir«, bot Kevin sich an.

Dale ging es augenblicklich besser, aber Mike sagte: »Nein. Du mußt mit deinem Dad im Milchlaster fahren und alles vorbereiten, wie wir es besprochen haben.«

»Aber ich muß doch erst am Wochenende wirklich was mit dem Laster *machen* . . .«, begann Kev.

Mike schüttelte den Kopf. Sein Tonfall duldete keinen Widerspruch. »Aber du mußt heute nachmittag *allein* den Laster saubermachen, ihm nicht nur helfen. Wenn du das die ganze restliche Woche über machst, wird er sich am Samstag nichts weiter dabei denken.«

Kevin nickte. Dale fühlte sich erbärmlich.

»Ich komme mit«, sagte Harlen.

Dale betrachtete den schmächtigen Jungen mit dem hinderlichen Gips. Der Anblick munterte ihn nicht besonders auf.

»Ich auch«, sagte Lawrence.

»Auf gar keinen Fall«, meinte Dale, mit einemmal ganz der große Bruder. »Du bist der Späher, weißt du nicht mehr? Wie sollen wir den Abdeckereilaster finden, wenn du ihn nicht suchst?«

»Och, Scheiße«, sagte Lawrence. Er sah über die Schulter zu ihrem Haus, das hundertfünfzig Meter entfernt unter den Bäumen stand, als könnte ihre Mutter es gehört haben. »Verdammte Scheiße«, bekräftigte er dann.

Jim Harlen lachte entzückt. »Und verflucht noch mal obendrauf«, fügte er hinzu.

»Das mit dem Camping gefällt mir nicht«, sagte Kevin in durch und durch geschäftsmäßigem Ton. »Daß wir alle so vereint sind.«

Mike lächelte. »Ich werde nicht mit dir vereint sein.«

»Du weißt, was ich meine.« Kevin klang ehrlich besorgt.

Mike wußte es. »Darum glaube ich, daß es funktioniert«, sagte er leise und malte weiter Kreise und Pfeile in den Sand. »Wir sind ohne unsere Eltern und so nicht oft zusammen gewesen.« Er blickte auf. »Aber es muß vielleicht nicht sein, wenn Dale – und Jim – Informationen von Ashley-Montague bekommen, die uns sagen, daß es nicht nötig ist.«

Dale sah immer noch zu den fernen Feldern; sein Blick war besorgt. »Das Problem ist, ich weiß nicht, wie ich heute nach Peoria kommen soll. Meine Mom wird mich nicht fahren . . . der alte Buick würde es nicht schaffen, selbst wenn sie wollte . . . und Dad ist bis Sonntag unterwegs.«

Kevin kaute einen gewaltigen Batzen Kaugummi. Er drehte sich um und spuckte ihn über die Schulter. »Wir fahren nicht oft nach Peoria. Zu Thanksgiving, zur Nikolausparade. Ich glaube, so lange wollt ihr nicht warten, richtig?«

Harlen grinste. »Ich habe meine Mom gerade dazu gebracht, von Peoria zu Hause zu bleiben. Wenn ich sie bitten würde, uns zur Villa eines reichen Typen am Grand View Drive zu fahren, würde sie mich wahrscheinlich windelweich prügeln.«

»Klar«, sagte Mike, »aber würde sie dich danach hinfahren?«

Harlen maß ihn mit einem mißfälligen Blick. »He, Miko, dein Vater arbeitet doch bei der Brauerei Pabst, oder nicht? Könnten Dale und ich nicht bei ihm mitfahren?«

»Klar doch, wenn ihr um halb neun fahren und zur Nachtschicht dort sein wollt. Außerdem liegt die Brauerei meilenweit südlich vom Grand View Drive . . . ihr müßtet bei Nacht über die Hügelstraße trampen, Mr. A-M zu nachtschlafener Zeit besuchen und warten, bis mein Dad um sieben in der Frühe Feierabend hat.«

Harlen zuckte die Achseln. Dann strahlte er und schnippte mit den Fingern. »Ich hab' ein Transportmittel, Dale. Wieviel Geld hast du?«

»Alles in allem?«

»Ich meine nicht die Aktien deiner Tante Millie und die Silberdollars von Onkel Paul, du Pißkopf. Ich meine Geld, das du sofort beschaffen kannst. Auf der Stelle.«

»Etwa neunundzwanzig Dollar in meinem Sparstrumpf«, sagte er. »Aber der Bus kommt erst am Freitag wieder, und der würde uns nicht bis . . .«

Harlen schüttelte den Kopf und grinste immer noch. »Ich sprech nicht von dem Scheißbus, Amigo. Ich spreche von unserem eigenen persönlichen Taxi. Neunundzwanzig Dollar müßten genügen. Hol's der Teufel, ich steuere noch einen bei und runde auf dreißig auf. Wir können heute noch fahren. Wahrscheinlich gleich im Anschluß.«

Dale spürte, wie sein Herz schneller schlug. Eigentlich wollte er Mr. Dennis Ashley-Montague nicht besuchen, und Peoria schien Lichtjahre entfernt zu sein. »Jetzt gleich? Ist das dein Ernst?«

»Klar.«

Dale sah zu Mike, sah die ernsten grauen Augen seines Freundes, als dieser ihm zunickte: *Mach es!*

»Na gut«, sagte Dale. Er drückte Lawrence einen Knöchel auf die Brust. »Du bleibst daheim bei Mom, falls Mike keinen Auftrag für dich hat.« Harlen radelte bereits Richtung First Avenue. Dale sah die anderen an. »Das ist Wahnsinn«, sagte er aufrichtig.

Niemand widersprach ihm.

Dale stieg auf sein Rad und strampelte gewaltig, damit er Harlen einholte.

C. J. Congden sah sie blinzelnd vor Fassungslosigkeit an. Der picklige Sechzehnjährige lehnte an der vorderen Stoßstange des aufgemotzten Chevy seines Vaters; Congden hielt ein Bier in der linken Hand, trug die übliche schwarze Lederjacke, ölverschmierte Jeans und Maschinistenstiefel, und sogar beim Sprechen hatte er eine Zigarette im Mundwinkel hängen. »Elende Kacke, was für'n Scheiß soll ich für euch machen?«

»Uns nach Peoria fahren«, sagte Harlen.

»Dich und die Memme da«, höhnte C. J.

Jim sah Dale an. »Ja«, sagte er. »Mich und die Memme da.«

»Und wieviel wollt ihr mir bezahlen?«

Harlen warf Dale einen leicht ergebenen Blick zu, als wollte er sagen: *Habe ich dir nicht gesagt, daß wir es hier mit einem Gehirnamputierten zu tun haben?* »Fünfzehn Mäuse«, sagte er.

»Leck mich!« höhnte der Teenager und kippte einen Schluck Pabst.

Harlen zuckte leicht die Achseln. »Wir können vielleicht auf achtzehn Dollar rauf . . .«

»Fünfundzwanzig, oder nichts geht«, sagte Congden und schnippte Asche von der Zigarette.

Harlen schüttelte den Kopf, als wäre das eine astronomische Summe. Er sah Dale an, dann ruderte er mit den Armen, als wäre er übertrumpft worden. »Nun . . . na gut.«

Congden sah erstaunt auf. »Im *voraus*«, sagte er in einem Tonfall, der verriet, daß er den Ausdruck aus Gangsterfilmen hatte.

»Die Hälfte gleich, die andere nach Ausführung«, sagte Harlen im selben Humphrey Bogart-Ton.

Congden sah sie durch den Rauch seiner Zigarette prüfend an, aber offenbar willigten die Killer im Film immer in diese Vereinbarung ein, daher hatte er keine andere Wahl. »Gebt mir die Hälfte!« befahl er. Dale gehorchte und zählte zwölf Dollar und fünfzig Cent aus seinen Ersparnissen ab.

»Steigt ein!« sagte Congden. Er drückte die Zigarette aus, spuckte über die Schulter, zog die Hose hoch und beobachtete die beiden Jungs, die auf den Rücksitz des mattschwarzen Chevy kletterten.

»Scheiße, das ist kein Taxi«, fauchte Congden. »Einer von euch kleinen Scheißern fährt gefälligst auf dem Vordersitz mit.«

Dale wartete, daß Harlen gehorchen würde, aber Harlen bewegte den gebrochenen Arm in der Schlinge, als wollte er sagen: *Ich brauche Platz hierfür,* und Dale stieg unglücklich aus und ging zum Beifahrersitz vorne. C. J. Congden warf die Bierdose in den Garten, stieg in den Chevy ein und schlug heftig die Tür zu. Er drehte den Zündschlüssel, worauf der starke Motor brüllend zum Leben erwachte.

»Sicher, daß dein Daddy dich damit fahren läßt?« fragte Harlen vom vergleichsweise sicheren Rücksitz.

»Halt dein Scheißmaul, sonst polier ich dir die Fresse«, sagte Congden über den anschwellenden Motorlärm hinweg, als er hochschaltete.

Der Teenager rammte den Hurst-Schalthebel nach links vorne, die großen Hinterreifen spritzten Sand und Kies auf die Fassade von Congdens Haus, als der Wagen anfuhr und mit wild quietschenden Reifen auf den Asphalt der Depot Street bog, dann riß Congden das Lenkrad nach links, vollendete eine kreischende Neunzig-Grad-Wendung und raste dann weiter auf der Depot, bis er zur Broad kam. Dort war die schlitternde Kurve noch ungestümer, Congden brauchte die ganze Breite der Kreuzung, bis er den Wagen wieder unter Kontrolle hatte, kurbelte das Lenkrad vom einen zum anderen Anschlag und ließ eine blaue Rauchwolke hinter ihnen zurück. Als sie die Church Street erreichten, fuhren sie schon sechzig Meilen, und Congden mußte auf die Bremse steigen, damit er schlitternd auf dem Schotter der Kreuzung Broad und Maine zum Stillstand kam. Die knochige, picklige Erscheinung am Lenkrad holte eine Packung Pall Mall aus dem hochgekrempelten Ärmel des T-Shirts, zog mit den Lippen eine heraus und zündete sie mit dem Zigarettenanzünder an, während sie einem ostwärts fahrenden Wohnmobil auf der Hard Road die Vorfahrt nahmen.

Dale machte die Augen zu, als eine Hupe ertönte. Congden zeigte dem Fahrer des Wohnmobils im Rückspiegel den Vogel und ratschte die Gänge hoch.

Auf einem Schild vor dem Parkside Café stand HÖCHSTGESCHWINDIGKEIT 25 MEILEN – RADARKONTROLLE. Congden fuhr sechzig und gab immer noch Gas, als er daran vorbeiraste. Er fuhr quietschend in die geschwungene Kurve hinter der Texaco-Tankstelle und dem letzten Backsteinhaus links, dann hatten sie die Stadt hinter sich, beschleunigten weiter; das Röhren des Doppelauspuffs am Chevy hallte von den Maisreihen auf beiden Seiten wider und wurde in ihr Kielwasser zurückgeschleudert.

Dale hatte sein Rad schlitternd zum Stillstand gebracht, als Harlen ihm gesagt hatte, wohin sie fuhren. »*Congden?* Das ist nicht dein Ernst.« Er war wahrhaftig und aufrichtig und zutiefst entsetzt. Er konnte sich nur noch an den bodenlosen Abgrund der Mündung der .22er erinnern, die der übelste Schläger der Stadt ihm vors Gesicht gehalten hatte. »Vergiß es«, hatte Dale gesagt, das Rad umgedreht und sich bereit gemacht, wieder nach Hause zu fahren.

Harlen hatte ihn am Handgelenk gepackt. »Denk doch mal nach, Dale. Niemand sonst wird uns bis zum Grand View Drive in *Peoria* fahren ... deine Alten würden denken, daß du den Verstand verloren hast. Der Bus kommt erst am Freitag wieder. Wir kennen sonst niemand, der einen Führerschein hat ...«

»Mikes Schwester Peg ...«, begann Dale.

»Ist viermal durch die verdammte Fahrprüfung gefallen«, erklärte Harlen. »Ihre Alten lassen sie nicht mal in die *Nähe* von einem Auto. Außerdem haben die O'Rourkes nur die eine Rostbeule, und damit fährt der alte Herr jeden Abend zur Arbeit. Der wird sich hüten, die Karre aus den Augen zu lassen.«

»Ich finde einen anderen Weg«, beharrte Dale und riß das Handgelenk los.

»Klar, schon gut.« Harlen hatte die Arme verschränkt, sich auf die Stange des Fahrrads gesetzt und Dale böse angefunkelt. »Du hast schon was von einer Memme, Stewart, was?«

Da hatte Dale die Hitze der Wut in sich aufsteigen gespürt und wäre mit Vergnügen vom Rad gestiegen, um Harlen windelweich zu prügeln – das hatte er in den vergangenen Jahren ab und zu gemacht, und er glaubte, er würde es wieder schaffen, auch wenn der kleinere Junge unfair kämpfte –, aber er zwang sich, die Griffe zu umklammern und nachzudenken.

»Denk nach!« sagte Harlen und wiederholte damit Dales Gedanken. »Wir müssen es heute machen. Wir haben sonst niemanden. Congden ist so durch und durch verblödet, er wird es für Geld machen, ohne nach dem Grund zu fragen. Und es ist wahrscheinlich die schnellste Möglichkeit, dorthin zu gelangen, außer einer F-86.«

Dale verzog das Gesicht, als er dachte, wie zutreffend das letztere sicher war. »Sein Alter läßt ihn nicht fahren«, sagte er und dachte dabei, daß er nur bei Typen wie Congden ›Alter‹ sagte, und nicht ›Dad‹ oder ›Vater‹, doch dann fiel ihm ein, was Mr. McBride gesagt hatte.

»Sein Alter ist seit ein paar Tagen verschwunden«, sagte Harlen. Er wippte auf dem Fahrradsattel hin und her. »Man munkelt, daß er und Van Syke oder Mr. Daysinger oder einer von diesen anderen wertlosen Pissern zu einer einwöchigen Sauftour nach Chicago sind, nachdem sie einen Touristendepp wegen ›Geschwindigkeitsüberschreitung‹ ausgenommen haben. Wie auch immer, der schwarze Bomber von J. P. steht noch rum, und C. J. fährt Tag und Nacht damit herum.«

Dale hatte in der Hüfttasche getastet, wo der Sparstrumpf verstaut war. Das ganze Geld, das er hatte, außer den Aktien und Onkel Pauls Silberdollars, die er, das wußte er genau, nie ausgeben würde. »Also gut«, hatte er gesagt, sich nach Westen gewandt und war langsam die Depot Street entlanggeradelt, als ginge es zu seiner Hinrichtung. »Aber wie kommt es, daß ein Arschloch wie C. J. den Führerschein bekommt und Peg O'Rourke die Prüfung nicht besteht?«

Harlen hatte gewartet, bis sie in Sichtweite von Congdens Haus waren – wo der Punker am Fahrzeug ihrer Wahl lehnte –, bevor er so geflüstert hatte, daß nur Dale es hören konnte: »Wer sagt denn, daß C. J. einen Führerschein hat?«

Es war eine Landstraße, die sich achtzehn Meilen nach Südosten bis zum Highway 150 A schlängelte, und sie war nie für derartige Geschwindigkeiten geschaffen worden, nicht einmal damals, als sie noch nicht an ewigen Schlaglöchern und Rissen im Asphalt gelitten hatte. Der schwarze Chevy raste brüllend zum Tal des Spoon River und schien zu schweben, als sie über eine Hügelkuppe fuhren.

Dale spürte den Hub der Schwerkraft, sah, wie Congden verkniffener durch den Zigarettenqualm blinzelte und mit dem Lenkrad kämpfte, und dann blinzelte Dale selbst zwischen den Fingern hindurch, während sie über die gesamte Straßenseite schlingerten, bis sie wieder gerade den steilen Hang hinunterschossen. Wäre ein Fahrzeug in die Gegenrichtung gefahren – gerade waren mehrere Laster

Richtung Nordwesten an ihnen vorbeigekommen –, wären sie jetzt alle tot. Dale beschloß, daß er Harlen doch windelweich prügeln würde – selbst wenn alles gutging.

Plötzlich bremste Congden und hielt mit dem Chevy auf dem Schotterstreifen am Straßenrand kurz vor der Brücke über den Spoon River. Sie hatten erst ein Drittel des Weges nach Peoria zurückgelegt.

»Steig aus!« sagte Congden zu Dale.

»Wieso muß ich . . .«

Congden stieß Dale brutal und schlug ihm den Kopf an den Türrahmen. »Raus, du Arschgesicht!«

Dale kletterte hinaus. Er sah flehentlich zu Harlen auf dem Rücksitz, doch der hätte ein Wildfremder sein können, so wenig Unterstützung bot er. Harlen zuckte die Achseln und begutachtete das Polster der Rückbank.

Congden schenkte Harlen keine Beachtung. Er schubste Dale wieder, so daß dieser fast bis an den Rand des Brückengeländers zurücktaumelte. Der Highway lag hier ein Stück höher; sie befanden sich fast auf der Höhe der Wipfel der Krüppeleichen und Weiden, die unten am Ufer wuchsen. Bis zum Fluß selbst ging es fast zehn Meter hinunter.

Dale wich zurück, spürte das Geländer an den Waden und ballte hilflos die Fäuste. Er hatte große Angst. »Verdammt, was hast du . . .« begann er.

C. J. Congden griff mit der Hand hinter sich und brachte ein Messer mit schwarzem Griff zum Vorschein. Eine zwanzig Zentimeter lange Klinge, in der sich das Sonnenlicht spiegelte, schnappte heraus. »Halt die Klappe und gib mir den Rest von dem Scheißgeld.«

»Am Arsch«, sagte Dale, der die Fäuste hob und spürte, wie sein ganzer Körper im wilden Rhythmus seines Herzschlags pulsierte. *Habe ich das wirklich gesagt?*

Congden bewegte sich sehr schnell. Dale hatte vor langer Zeit durch schlechte Erfahrung lernen müssen, daß der Rat seines Vaters – zumindest was Schläger anbetraf – kalter Kaffee war: sie waren *keine* Feiglinge, jedenfalls nicht in den Situationen, die Dale erlebt hatte; sie zogen nicht ab, wenn man ihnen trotzte; und – am wichtigsten – sie waren nicht nur Prahlerei und Großspurigkeit. Jedenfalls C. J. Congden und sein Kumpan Archie Kreck nicht: sie waren gemeine Drecksäcke, denen es Spaß machte, anderen weh zu tun.

Congden beeilte sich, genau das zu tun. Er schlug Dales dünne Arme beiseite, schleuderte den kleineren Jungen so fest gegen das Geländer, daß Dale beinahe rückwärts hinuntergekippt wäre, und hielt die Klinge fest unter Dales Kinn. Dale spürte Blut fließen.

»Du hirnverbrannter Dummkopf«, zischte Congden, dessen gelbe Zähne nur Zentimeter von Dales Gesicht entfernt waren. »Ich nehm mir deine verfluchte Socke und laß dich von hier aus nach Hause laufen. Weißt du, was ich mit dir machen werde, du Arschgesicht?«

Dale konnte den Kopf nicht schütteln; die Klinge hätte ihm die empfindliche Haut unter dem Kinn aufgeschlitzt. Er blinzelte.

Congden grinste noch breiter. »Siehst du das Scheißblechding da draußen?« sagte er und deutete mit der freien Hand auf den rostigen Turm, zu dem fünfundzwanzig Schritte rechts auf der Brücke ein Steg führte. »Weil du eine dicke Lippe bei mir riskiert hast, nehm ich dich auf das Blechding da, häng dich mit dem Kopf nach unten auf und laß dich in den Scheißfluß fallen. Was sagst'n dazu, Arschgesicht?«

Dale konnte gar nichts dazu sagen, und die Klinge drückte inzwischen noch fester zu, so daß er auch gar nichts dazu sagen wollte. Der Geruch von Schweiß und Bier, den Congden ausströmte, stieg ihm in die Nase, und er entnahm dem Tonfall des Schlägers, daß er *genau* das tun würde. Ohne den Kopf zu drehen, sah Dale zum Silo und dem Steg – und dem weiten Weg bis zum Wasser hinunter.

Congden ließ das Messer sinken, packte Dale aber im Nacken und stieß ihn auf die Straße, auf die Brücke, zu dem Steg. Es waren keine Autos zu sehen. Keine Farmhäuser waren in der Nähe. Dales Plan war einfach: wenn er weglaufen konnte, würde er es tun. Falls Congden ihn auf den Steg bugsierte, was wahrscheinlicher war, dann würde er das Arschloch schubsen, so daß sie *beide* ins Wasser stürzen würden. Es war ein weiter Weg nach unten und der Spoon River war nicht besonders tief, im Frühling nicht, und im heißesten Teil des Juli schon gar nicht, aber dennoch hatte Dale vor, es zu versuchen. Vielleicht konnte er sogar versuchen, *auf* dem pickligen Arschloch zu landen und ihn in den Flußschlamm zu stampfen . . .

Congden schob Dale Richtung Steg und ließ ihn nicht einmal los. Irgendwie gelang es ihm, Dales Sparstrumpf herauszuziehen und in seine eigene Tasche zu stecken. Sie kamen zum Steg. Congden lächelte und hob das Messer dicht vor Dales linkes Auge.

»Laß ihn los!« sagte Jim Harlen. Er war aus dem Auto ausgestiegen, aber nicht näher gekommen. Seine Stimme war so ruhig wie immer.

»Leck mich!« Congden grinste. »Du bist der nächste, du Pißkopf. Glaub bloß nicht, daß ich nicht . . .« Er sah zu Harlen, und da erstarrte er mit erhobenem Messer.

Jim Harlen stand neben der offenen hinteren Tür und sah mit der Schlinge und dem Gips so verwundbar wie immer aus. Aber die Pistole aus blauem Stahl in seiner Hand sah ganz und gar nicht verwundbar aus. »Laß ihn los, C. J.!« wiederholte Harlen ruhig.

Congden blieb nur einen Augenblick starr. Dann nahm er Dale in einen Würgegriff mit dem Unterarm, drehte ihn herum, schob ihn als Schild zwischen sich und die Waffe und ließ das Messer dabei nicht einmal sinken.

Wieder wie im Film, kommentierte ein nervtötend unbeteiligter Teil von Dales Verstand. *Dieses elende Arschloch scheint zu denken, daß sein Leben Bestandteil eines dummen Films ist.* Dann konzentrierte sich Dale nur noch darauf, trotz des schweren Drucks auf seiner Luftröhre zu atmen.

Congden brüllte und spuckte auf Dales rechte Wange. »Harlen, du kleiner Scheißer, mit dem Ding könntest du auf die Entfernung nicht mal ein Scheunentor treffen, von mir ganz zu schweigen, du Wichser. Los doch, schieß! Los doch!« Er schwenkte Dale wie ein Schutzschild.

Dale hätte Congden gern in die Eier getreten, oder zumindest an die Schienbeine, aber der Winkel war nicht richtig. Der Punker war so groß, daß er Dale mit dem Würgegriff fast von den Schuhsohlen hob. Dale mußte auf den Zehenspitzen tanzen, damit er nicht erdrosselt wurde. Und als ob das alles noch nicht schlimm genug gewesen wäre, war er überzeugt, daß Harlen jeden Moment schießen – und ihn treffen würde.

Aber Harlen sah die Waffe nur an, als hätte er gar nicht gemerkt, daß er sie in Händen hielt. »Soll ich denn schießen?« fragte er mit unschuldiger und neugieriger Stimme.

Congden war außer sich vor Wut und Adrenalinrausch. »Los doch, du verdammte Memme, du verschissene kleine Arschkriechermemme, schieß das verdammte Ding ab, Memme . . .«

Harlen zuckte die Achseln, hob die Pistole mit dem kurzen Lauf in die Höhe, zielte in den Chevy und drückte ab. Der Schuß war selbst über dem offenen Gelände des Tals sehr laut.

Congden drehte durch. Er schubste Dale beiseite – Dale taumelte gegen das Geländer und sah in das zehn Meter unten gelegene Wasser, bevor er sich an einer Stahlstrebe festhalten konnte –, und dann rannte Congden Speichel und Verwünschungen ausstoßend über die Brücke.

Harlen ging einen Schritt weiter, richtete die Waffe auf die Windschutzscheibe des Chevy und sagte: »Stop!«

C. J. Congden kam schlitternd zum Stillstand, und die Stahlkappen seiner Maschinistenstiefel warfen Funken einen Meter hoch in die Luft. Er war immer noch zehn Schritte von Jim Harlen entfernt. »Ich bring dich um«, zischte Congden zwischen zusammengebissenen Zähnen hervor. »Scheiße, ich bring dich um!«

»Vielleicht«, wandte Harlen ein, »aber vorher verpasse ich dem Auto deines Daddys schätzungsweise fünf Löcher.« Er zielte auf die Haube.

Congden zuckte zusammen, als wäre die Pistole auf ihn gerichtet worden. »He, Jimmy, bitte, ich wollte nicht . . .«, sagte er in einem flehentlichen Tonfall, der weitaus ekelhafter war als seine sonstige Schlägergroßspurigkeit.

»Halt die Klappe!« sagte Harlen. »Dale, schlepp deinen Arsch hierher, ja?«

Dale riß sich aus seiner Lähmung und schleppte seinen Arsch dorthin, wobei er einen großen Bogen um den starren Congden machte. Dann stand er hinter Harlen neben der offenen hinteren Tür.

»Wirf das Messer über das Geländer«, sagte Harlen und fügte ein »*Sofort!*« hinzu, als er Punker etwas sagen wollte.

Congden warf das Messer über das Geländer zwischen die Bäume am Ufer.

Harlen bedeutete Dale nickend, sich auf die Rückbank zu setzen. »Wir fahren da hinten. Wenn du noch mal einen Scheiß machst – und sei es nur die Geschwindigkeitsbeschränkung überschreiten –, knalle ich ein paar Löcher ins Polster deines Dad und füge vielleicht sogar dem Armaturenbrett ein paar schicke neue Einzelheiten hinzu.« Er setzte sich zu Dale und schlug die Tür zu.

Congden nahm auf dem Fahrersitz Platz. Er versuchte, sich mit derselben naßforschen Dreistigkeit wie zuvor eine Zigarette anzuzünden, aber seine Hände und Lippen zitterten zu sehr. »Du weißt, das bedeutet, ich werde dir früher oder später den Arsch aufreißen«, sagte er und sah blinzelnd in den Rückspiegel; seine Schlägerstimme war wieder da und bebte nur noch unmerklich. »Ich werd' euch Scheißern auflauern, und ich krieg' euch und . . .«

Harlen seufzte, hob die Pistole und richtete sie genau auf den pelzgefaßten Rückspiegel, von dem Filzwürfel hingen. »Halt endlich die Klappe und fahr!« sagte er.

Die Tür zum Pfarrhaus stand offen, und Mrs. McCafferty war nicht in der Nähe und bewachte die Zugbrücke über den Burggraben; Mike schlich leise die Treppe hinauf zum Zimmer von Pater C. Als er Männerstimmen hörte, drückte er sich an die Wand und tastete sich lautlos zur Tür.

»Wenn das Fieber und Erbrechen anhalten«, sagte Dr. Staffneys Stimme, »müssen wir ihn ins St. Francis bringen und an den Tropf anschließen, um eine Dehydrierung zu verhindern.«

Eine andere Männerstimme, die Mike nicht kannte, die aber Dr. Powell gehören mußte, antwortete: »Ich transportiere ihn in diesem Zustand ungern vierzig Meilen weit. Fangen wir hier mit den Infusionen an und lassen die Haushälterin und die Krankenschwester nach ihm sehen . . . Warten wir ab, ob das Fieber nachläßt oder wir sekundäre Symptome sehen, bevor wir ihn verlegen.«

Einen Augenblick herrschte Stille, dann sagte Dr. Staffney: »Obacht, Charles.«

Mike sah durch einen Spalt in der Tür, als das Würgen anfing. Der Arzt, den Mike nicht kannte, hielt eine Bettpfanne – eindeutig eine

Aufgabe, an die er nicht gewöhnt war –, während Pater C. mit geschlossenen Augen und einem Gesicht so weiß wie das Kissen, auf dem er lag, sich krampfartig in das Metallrechteck erbrach.

»Großer Gott«, sagte Dr. Powell, »hat alles Erbrochene diese Konsistenz gehabt?« Ekel klang in der Stimme des Mannes mit, aber auch berufliche Neugier.

Mike bückte sich tiefer und drückte ein Auge an den Spalt. Er konnte den Kopf von Pater C. sehen, der auf dem Kissen schwankte und die Bettpfanne fast an der Wange hatte. Das Erbrochene schien seine Wangen zu blähen und wie Melasse in die Bettpfanne zu quellen. Es war nicht flüssig, sondern mehr eine solide braune Masse teilweise verdauter schleimiger Partikel. Die Bettpfanne war fast voll, und es sah nicht so aus, als würde der Priester aufhören.

Dr. Staffney beantwortete die Frage des anderen Arztes, aber Mike hörte die Bemerkung nicht. Er hatte sich von dem Spalt entfernt, kauerte an der Wand und kämpfte gegen Schwindelgefühl und Übelkeit, die über ihn gekommen waren.

». . . wo steckt überhaupt diese Haushälterin?« fragte Dr. Powell.

»Sie ist losgefahren, um Schwester Billings von Oak Hill zu holen«, antwortete Dr. Staffneys vertraute Stimme. »Hier . . . nehmen Sie das hier.«

Mike ging auf Zehenspitzen die Treppe hinunter und war trotz der schrecklichen Tageshitze froh, an der frischen Luft zu sein. Der Himmel hatte sich von morgendlichem Blau über das vormittägliche ausgebleichte Blau zum metallgrauen Mittagsgleißen gewandelt. Das grelle Sonnenlicht und die hohe Luftfeuchtigkeit lagen wie eine schwere aber unsichtbare Decke über allem.

Die Straßen waren verlassen, als er durch die Stadt radelte und einen Bogen um Jensen's A & P machte, damit seine Mutter ihn nicht sah und sich Arbeiten für ihn ausdachte. Momentan hatte er seine eigenen Arbeiten zu erledigen.

Mink Harper war der Trunkenbold der Stadt. Mike kannte ihn wie jedes Kind in der Stadt: Mink war bei Kindern stets freundlich und gesprächig und stets bereit, seine kleinen Funde zu teilen, die er bei der endlosen Suche nach ›vergrabenen Schätzen‹ zutage gefördert hatte. Mink war eine Landplage für die Erwachsenen und bettelte ständig um eine milde Gabe, aber die Kinder behelligte er nie. Mink hatte keinen festen Wohnsitz – an heißen Sommertagen schlief er oft unter dem Pavillon im Park und schlich, wenn es abends kühler wurde, zu seinem ›Freiluftbett‹ auf einer der Parkbänke. Mink hatte stets einen reservierten Sitz bei der Gratisvorstellung und war stets bereit, Kinder ins kühle Dunkel unter dem Pavillon kriechen zu lassen, wo sie den Film neben ihm durch das brüchige Gitter hindurch ansehen konnten.

Im Winter war Mink nicht so präsent; manche sagten, er schliefe in der verlassenen Talgfabrik oder im Schuppen hinter der Traktorhandlung gegenüber vom Park, andere behaupteten, daß Familien mit einem weichen Herzen – wie die Staffneys oder Whittakers – ihn in ihren Scheunen schlafen und ab und zu sogar auf eine warme Mahlzeit hereinkommen ließen. Aber Mink machte sich um Mahlzeiten weniger Sorgen; ihn interessierte nur, wo die nächste Flasche herkam. Die Typen in Carl's Tavern spendierten ihm häufig einen Drink – auch wenn der Inhaber Mink nicht zum Trinken im Lokal duldete –, aber normalerweise schlug ihre Güte schnell in Gemeinheit um, und Mink war stets das Opfer der Streiche, die sie so gern spielten.

Mink schien es nichts auszumachen, solange er nur was zu trinken bekam. Niemand in der Stadt schien zu wissen, wie alt Mink Harper war, aber er war seit mindestens drei Generationen der Buhmann, den Mütter ihren Söhnen vorhielten. Mike vermutete, daß Mink Anfang siebzig sein mußte, dann hätte er zumindest genau das richtige Alter. Minks Status als Trunkenbold der Stadt und Gelegenheitsarbeiter machte ihn für den größten Teil der Bevölkerung unsichtbar, und genau aus dieser Unsichtbarkeit wollte Mike jetzt Kapital schlagen.

Mikes Problem war, er hatte keine Flasche als gültige Währung; nicht einmal eine Dose Bier. Obwohl Mikes Vater in der Brauerei arbeitete und nichts lieber tat, als sich ab und zu mit den Jungs einen hinter die Binde zu kippen, duldete Mrs. O'Rourke keine alkoholischen Getränke im Haus. Niemals.

Mike hielt vor dem Barbierladen zwischen der Fifth Avenue und den Gleisen an, sah vom Hitzeflimmern der Hard Road zum kühlen Schatten des Parks und dachte nach. Hätte er seinen Verstand benützt, dann hätte Mike sich von Harlen etwas Fusel bringen lassen können, bevor dieser mit Dale losgezogen war. Harlens Mom hatte das Zeug literweise daheim und bemerkte nie, wenn etwas davon fehlte – behauptete Harlen. Aber jetzt war Harlen irgendwo mit Dale unterwegs und versuchte, die Mission zu erledigen, auf die Mike sie geschickt hatte, und Mike – der furchtlose Anführer selbst – saß buchstäblich auf dem Trockenen. Selbst wenn er Mink fand, würde er den hilfsbereiten alten Penner ohne Bestechung nie dazu bringen, ihm etwas zu verraten.

Mike ließ einen Laster vorbeibrausen, der nicht einmal vor den Radarkontrollen der Geschwindigkeitsbegrenzung von Elm Haven bremste, dann radelte er über die Hard Road, kürzte durch die Traktorhandlung ab, fuhr in südlicher Richtung um den kleinen Park herum und strampelte in die schmale Gasse hinter dem Parkside Café und Carl's.

Mike stellte das Rad an der Backsteinmauer ab und ging zur offenen Hintertür. Er konnte rund ein halbes Dutzend Männer im Schankraum lachen und das Drehen des großen Ventilators dort hören. Fast alle Männer in der Stadt hatten einmal eine Petition unterschrieben, in der gefordert wurde, daß Carl's mit einer Klimaanlage ausgerüstet werden sollte – damit wäre es das einzige klimatisierte Gebäude der Stadt gewesen, außer dem neuen Postamt –, aber Gerüchten zufolge, die Mike gehört hatte, sollte Dom Steagle nur gelacht und gesagt haben, für wen sie ihn eigentlich hielten, einen Politiker oder was? Er würde dafür sorgen, daß das *Bier* kalt blieb, und wer bei ihm nicht trinken wollte, konnte gerne ins Black Tree gehen.

Mike duckte sich, als eine Toilettenspülung rauschte, ein paar Schritte den Flur entlang eine Tür aufging und jemand mit stapfenden Schritten in den Schankraum ging und etwas brüllte, bei dem die Anwesenden in lautstarkes Gelächter ausbrachen. Mike sah noch einmal hinein: zwei Toiletten – auf einer stand HENGSTE, auf der anderen STUTEN – und eine dritte Tür, auf der stand DRAUSSEN BLEIBEN. Mike wußte, diese letzte, verschlossene Tür führte zum Keller: er hatte schon einmal geholfen, Kisten hinunterzutragen, um etwas Geld zu verdienen.

Mike stahl sich hinein, machte die Tür auf, trat auf die oberste Stufe der Kellertreppe und machte die Tür leise hinter sich zu. Er rechnete damit, Johlen und Schritte zu hören, aber der Lärm von vorne drang kaum bis hierher, und Tonfall und Timbre veränderten sich nicht. Er ging vorsichtig die Treppe hinunter und blinzelte in der Dunkelheit. Über dem breiten Steinsims befanden sich Fenster, aber die waren schon vor Jahrzehnten mit Brettern vernagelt worden; das einzige Licht war das bißchen, das durch gesplittertes Holz und die Staubschicht auf den Scheiben draußen hereindrang.

Am unteren Ende der Treppe blieb Mike stehen und sah zu den Pappkartons und Metallkisten weiter hinten im Keller. Hinter einer halbhohen Backsteinwand schienen sich hohe Regale zu befinden, und Mike konnte sich vage erinnern, daß Dom dort den Wein aufbewahrte. Er ging auf Zehenspitzen durch den breiten Raum.

Es war kein Weinkeller – keiner, wie ihn Dale aus Büchern beschrieben hatte, wo staubige alte Flaschen in ihren Mulden auf dem Regal lagen –, es handelte sich lediglich um ein paar Regale, auf die Dom seine Weinkartons gepackt hatte. Mike tastete sich nach rechts, fand die Kartons mehr durch Berühren als durch Sehen, lauschte nach dem Geräusch der aufgehenden Tür und atmete den vollen Biergeruch nach Malz und Hopfen ein. Eine Spinnwebe verfing sich auf seinem Gesicht, und er wischte sie weg. *Kein Wunder, haßt Dale Keller.*

Mike fand einen offenen Karton auf dem hintersten Regal, tastete darin herum, bis er eine Flasche in der Hand hatte, dann hielt er inne.

Wenn er sie nahm, wäre dies – schlicht und einfach – das erste Mal in seinem Leben, daß er wissentlich etwas gestohlen hatte. Von allen Sünden, die er kannte, war ihm Diebstahl irgendwie stets als die schwerwiegendste vorgekommen. Er hatte nie mit jemandem darüber gesprochen, nicht einmal mit seinen Eltern, aber jemand, der stahl, war für Mike unter jeder Verachtung – als Barry Fussner in der zweiten Klasse erwischt worden war, wie er anderen Kindern Buntstifte gestohlen hatte, mußte Barry nur ein paar Minuten ins Büro des Rektors – aber Mike hatte nie wieder mit dem dicken Jungen gesprochen. Wenn er ihn nur ansah, wurde Mike übel.

Mike stellte sich vor, wie er den Diebstahl beichten mußte. Sein Nacken brannte vor Verlegenheit, als er die Szene vor sich sah: er kniete in dem dunklen Beichtstuhl, die Klappe war zurückgeschoben worden, so daß er gerade noch das Profil von Pater C. durch das Gitter erkennen konnte, und dann flüsterte Mike: ›Segne mich, Vater, denn ich habe gesündigt‹, berichtete, wie lange seine letzte Beichte zurücklag und legte dann los ... Aber plötzlich ruckte der geneigte, aufmerksame Kopf von Pater C. ans Gitter, Mike würde die toten Augen und den Rüsselmund ans Holz gedrückt sehen, und dann würden die Maden strömen, kullern, auf Mikes gefaltete Hände und ausgestreckte Arme und den wartenden Schoß fallen, ihn mit ihrer wuselnden braunen Masse zudecken und sich durch die Haut graben ...

Mike nahm die verdammte Flasche und machte, daß er hinauskam.

Im Bandstand Park war es schattig, aber nicht kühl. Hitze und Feuchtigkeit lauerten ebenso in den schattigen Flecken wie in der Sonne, aber wenigstens brannte die Sonne hier nicht durch Mikes Bürstenschnitt auf die Kopfhaut. Etwas – oder jemand – hielt sich unter dem großen Aussichtspavillon auf. Mike duckte sich zu der gebrochenen Öffnung im Unterbau und sah hinein: die Stützbalken ragten nur rund einen Meter vom Boden zum Betonfundament auf, aber der ›Keller‹ unter dem Pavillon bestand nur aus Erde, und die war aus irgendwelchen Gründen bis fast auf dreißig Zentimeter Tiefe unter dem umliegenden Erdboden ausgehoben worden. Es roch nach nassem Boden und Lehm und dem sanften Aroma von Fäulnis. Mike dachte: *Dale haßt Keller, ich hasse diese verdammten Kriechräume.*

Eigentlich war es gar kein Kriechraum. Mike hätte darin stehen können, hätte er Kopf und Schultern tiefer als normal gebeugt. Aber er ließ es sein; er kauerte an der Öffnung und versuchte, die sich verhalten regende dunkle Gestalt auf der gegenüberliegenden Seite des niederen Stauraums zu erkennen.

Cordie sagt, es gibt noch andere Wesen, die geholfen haben, Duane zu töten – Wesen, die sich eingraben.

Mike blinzelte und kämpfte gegen den Impuls, auf sein Rad zu steigen und davonzufahren. Der Schemen auf der anderen Seite des Pavillonkriechraums sah wie ein alter Mann im zerlumpten Trenchcoat *aus* – Mink trug diesen Mantel seit mindestens sechzig Jahren sommers wie winters –, und was noch entscheidender war, er *roch* wie Mink. Neben dem scharfen Geruch von billigem Wein und Urin herrschte eine eigentümlich moschusartige Ausdünstung vor, der typisch war für den alten Wermutbruder, und wahrscheinlich hatte er deswegen vor Jahrzehnten seinen Spitznamen bekommen: Nerz.

»Wer ist da?« fragte die brüchige und belegte Stimme.

»Ich bin es, Mink . . . Mike.«

»Mike?« Der Tonfall des alten Mannes war der eines Schlafwandlers, der an einem fremden Ort geweckt worden ist. »Mike Gernold? Ich habe gedacht, du wärst in Bataan getötet worden . . .«

»Nein, Mink, Mike O'Rourke. Weißt du noch, wir beide haben vergangenen Sommer Mrs. Duggans Rasen in Ordnung gebracht. Ich habe gemäht und du hast die Büsche zurückgeschnitten.« Mike schlüpfte durch das Loch im Gitter. Hier unten war es dunkel, aber längst nicht so wie im Keller von Carl's. Kleine Diamanten aus Sonnenschein waren über dem unebenen Boden der Westseite der kreisrunden Grube verstreut, und jetzt konnte Mike auch Minks Gesicht sehen: die blutunterlaufenen Augen und stoppeligen Wangen, die rote Nase und den eigentümlich blassen Hals, den Mund des alten Mannes – Mike mußte daran denken, wie Dale tags zuvor Mr. McBride beschrieben hatte.

»Mike«, knurrte Mink und kaute auf dem Namen herum, als wäre er ein Stück zähes Fleisch, das er mit so wenigen Zähnen nicht beißen konnte. »Mike . . . ja, der Junge von Johnny O'Rourke.«

»Stimmt genau«, sagte Mike und ging näher, blieb aber vier Schritte von Mink entfernt hocken. Mit dem alten und zu großen Trenchcoat des Penners, dem Durcheinander von Zeitungen um ihn herum, einer Dose Sterno und dem Funkeln leerer Flaschen – nun, dieser Teil des Kreises unter dem Pavillon war wie ein Territorium abgesteckt. Mike wollte nicht in die Privatsphäre des alten Burschen eindringen.

»Was willst'n, Junge?« Minks Stimme klang müde und abwesend, nicht das übliche muntere Geplänkel, das er bei Kindern fertigbrachte. *Vielleicht,* dachte Mike, *werde ich zu alt. Mink albert lieber mit kleineren Kindern herum.*

»Ich hab' was für dich, Mink.« Er holte die gestohlene Flasche hinter dem Rücken hervor. Er hatte im Sonnenschein keine Gelegenheit gehabt, das Etikett zu lesen, und jetzt war es zu dunkel. Mike hoffte, daß er nicht eine Weinflasche voll Putzmittel aus dem Keller von Carl's mitgenommen hatte. *Nicht, daß Mink den Unterschied bemerken würde.*

Die blutunterlaufenen Augen blinzelten rasch, als sie die Form von Mikes Gabe erkannten. »Das haste mir mitgebracht?«

»Klar«, sagte Mike, der Schuldgefühle hatte, als er das Geschenk ein kleines Stückchen zurückzog. Es war, als würde man einen Hund anmachen. »Aber ich will es gegen etwas eintauschen.«

Der alte Mann im zerlumpten Mantel hauchte Mike Alkoholdämpfe und Mundgeruch entgegen. »Scheiße. Immer Bedingungen. Okay, Junge, was willst'n? Soll der alte Mink dir im A & P was zu rauchen kaufen? Ein Bier im Carl's?«

»Nn-nnn«, sagte Mike, der auf dem weichen Erdboden kniete. »Ich gebe dir den Wein, wenn du mir etwas erzählst.«

Mink streckte den Hals ein wenig und sah Mike prüfend an. Seine Stimme klang argwöhnisch. »Und das wäre?«

»Erzähl mir von dem Neger, den sie gleich nach Neujahr 1900 in Old Central aufgehängt haben«, flüsterte Mike.

Er rechnete damit, daß der alte Wermutbruder sagen würde, er könne sich nicht erinnern – der alte Kerl hatte weiß Gott genügend Gehirnzellen ersäuft, daß diese Bemerkung logisch gewesen wäre –, oder er wäre nicht dabei gewesen, er wäre damals erst zehn gewesen – oder er wolle einfach nicht darüber sprechen –, aber statt dessen atmete er nur eine Weile keuchend, und dann breitete Mink beide Arme aus, als wollte er ein Baby halten. »Na gut«, sagte er.

Mike gab ihm die Flasche. Der alte Mann mühte sich eine Minute mit dem Verschluß ab – »Was ist das denn, eine Art Kork oder so?« –, dann ertönte ein lautes Plop, etwas prallte dreißig Zentimeter über Mikes Kopf gegen die Decke, und Mike warf sich zur Seite auf den weichen Boden, während Mink fluchte und dann sein eigentümliches, verschleimtes, hustendes Lachen krächzte. »Gottverdammt, Junge, weißt du, was du mir da gebracht hast? Champagner! Echten Guy Lombardo-Schaumwein!«

Mike konnte Minks Stimme nicht entnehmen, ob das gut oder schlecht war. Er vermutete gut, als Mink einen zögernden Schluck trank, einmal rülpste und es dann in vollen Zügen gluckern ließ.

Dann erzählte Mink seine Geschichte zwischen Schlucken und leisem, unterdrücktem Rülpsen.

Dale und Harlen sahen an C. J. Congdens pomadisiertem Kopf vorbei und durch ein hohes schmiedeeisernes Gitter zur Villa von Mr. Dennis Ashley-Montague. Dale stellte fest, daß es die erste richtige Villa war, die er je gesehen hatte: inmitten von unzähligen Ar Rasen gelegen, am Rande eines dichten grünen Walds, direkt auf der Klippe über dem Illinois River – da stand die Heimstatt der Ashley-Montagues als Tudorsches Durcheinander von Backsteinen und Giebeln und Fenstern mit diamantförmigen Gittern, alles zusammengehalten von Efeu, der amoklaufend bis zu den Zinnen und darüber hinaus gewuchert war. Jenseits des Tores krümmte sich die halbkreisförmige asphaltierte Zufahrt – die in wesentlich besserem Zustand war als der Grand View Drive selbst – anmutig den sanften Hang zum Haus hinauf, das hundert Meter oder mehr entfernt war. Eingebaute Sprinkler bewässerten verschiedene Areale des Rasens mit einem einlullenden *Tschik-tschik-tschik*.

An der Backsteinsäule, in welcher der linke Torflügel verankert war, befand sich eine Lautsprecheranlage mit Gitter. Dale stieg aus und ging hinten um den schwarzen Chevy herum. Die heiße Luft, die während der Fahrt hereingeströmt war, war wie unsichtbares Schmirgelpapier auf Dales Haut gewesen, aber jetzt, wo sie stillstanden, waren die stehende Luft und die drückende Hitze des Sonnenlichts noch viel schlimmer. Dale spürte, daß sein T-Shirt durchnäßt war. Er zog die Baseballmütze tiefer und studierte mit zusammengekniffenen Augen die Laubschatten auf der im Sonnenschein gleißenden Straße hinter ihnen.

Dale war bisher noch nie im Grand View Drive gewesen. Alle in diesem Teil des Bundesstaats schienen die Straße zu kennen, die sich an den Felsen des nördlichen Peoria entlangwand, und natürlich die großen Villen, wo die wenigen Millionäre hier in der Gegend wohnten, aber Dales Familie war noch nie hierher gefahren. Ihre Ausflüge in die Stadt konzentrierten sich mehr auf die Innenstadt – was sie zu bieten hatte – oder das neue Sherwood-Einkaufszentrum (sämtliche sechs Stockwerke), oder auf Peorias ersten und einzigen McDonald's an der Sheridan Road kurz vor dem War Memorial Drive. Diese steile und überlaubte Straße hier war eigenartig; *Hügel* dieser Größe kamen Dale schon seltsam vor. Er hatte sein Leben im flachen Land zwischen Peoria und Chicago verbracht, daher kamen ihm alle Hügel seltsam vor, die höher waren als diejenigen beim Friedhof Calvary oder an der Jubilee College Road – kleine, bewaldete Ausnahmen in einer Welt, die sich flach wie eine Tischplatte erstreckte.

Die Anwesen, die sich samt und sonders in belaubter Abgeschiedenheit befanden, die größeren an den Felsen geschmiegt wie das von Mr. Ashley-Montague, waren für Dale wie etwas aus einem Roman.

Harlen rief etwas aus dem Auto, und Dale wurde klar, daß er eine halbe Minute oder länger wie ein ausgemachter Idiot hier auf der Straße gestanden haben mußte. Außerdem merkte er, daß er Angst hatte. Er beugte sich näher ans schwarze Gitter der Sprechanlage, spürte nervöse Anspannung in Nacken und Magen und hatte keine Ahnung, wie er das Ding einschalten sollte, als plötzlich Worte aus dem Lautsprecher platzten. »Kann ich dir helfen, junger Mann?«

Es war eine Männerstimme mit dem vage abgehackten Akzent,

den Dale immer mit britischen Schauspielern verband. Er mußte an George Sanders in den ›Falcon‹-Filmen im Fernsehen denken. Plötzlich blinzelte Dale und sah sich um. Weder auf der Säule noch am Tor schien sich eine Kamera zu befinden; wie konnten sie wissen, wer hier war? Beobachtete sie jemand in dem großen Haus mit einem Fernglas?

»Kann ich dir helfen?« wiederholte die Stimme.

»Äh ... ja«, sagte Dale und spürte, wie trocken sein Mund war, »Mr. Ashley-Montague?« Kaum hatte er das gesagt, wollte er sich selbst in den Hintern treten.

»Mr. Ashley-Montague ist beschäftigt«, sagte die Stimme. »Haben die Herren etwas hier zu suchen, oder soll ich die Polizei rufen?«

Angesichts dieser Drohung setzte Dales Herzschlag einmal aus, aber ein Teil seines Verstandes nahm zur Kenntnis: *Wo immer der Typ sitzt, er kann uns alle sehen.*

»Äh ... nein«, sagte Dale, der nicht genau wußte, was er verneinte. »Ich meine, wir wollen etwas von Mr. Ashley-Montague.«

»Bitte sag mir genau, was du willst«, sagte das schwarze Kästchen. Das schwarze schmiedeeiserne Tor schien so hoch und breit zu sein, es schien unmöglich, daß es sich jemals öffnen konnte.

Dale sah ins Auto, als wollte er Harlen um Hilfe bitten. Jim saß noch mit der Pistole in der Hand da, hielt sie aber unter der Ebene der Rückbank, wo sie von der Kamera oder dem Periskop oder was der Typ, dessen Stimme er hörte, auch immer benützte, nicht gesehen werden konnte. *Herrgott, wenn die Polizei* echt *kommt*?

Congden beugte sich aus dem Auto und brüllte zum Lautsprecherkästchen: »He, sag ihnen, daß diese Wichser eine Knarre auf mein Auto richten, klar! Sag ihnen das!«

Dale trat näher an die Sprechanlage und versuchte, den Körper zwischen Congden und das Mikrofon zu bringen. Er wußte nicht, ob das Kästchen die Worte gehört hatte; die britische Stimme sagte nichts mehr. Alles – das Tor, der Wald, die Hügel, der Rasen, der metallgraue Himmel –, alles schien darauf zu warten, daß Dale etwas sagte. Er fragte sich, warum, zum Teufel, er seine Ansprache nicht während der irren Fahrt hierher einstudiert hatte.

»Sagen Sie Mr ... äh ... sagen Sie ihm, wir sind wegen der Borgia-Glocke hier«, sagte Dale. »Sagen Sie ihm, es ist wichtig, daß ich mit ihm sprechen kann.«

»Einen Augenblick bitte«, sagte die Stimme. Dale blinzelte Schweiß aus den Augen und mußte an eine Szene aus dem Film *Das zauberhafte Land* denken, wo der Typ am Tor der Smaragdstadt, der Typ, der in Wahrheit der Zauberer von Oz war, es sei denn, sie hatten denselben Schauspieler genommen, um Geld zu sparen ... wo der Typ Dorothy und ihre Freunde nach der langen und gefährlichen Reise dorthin warten läßt.

»Mr. Ashley-Montague ist beschäftigt«, sagte die Stimme endgültig. »Er möchte nicht gestört werden. Guten Tag.«

Dale rieb sich die Nase. Bis jetzt hatte noch niemand je ›Guten Tag‹ zu ihm gesagt. Heute schien der Tag der ersten Male zu sein. »He!« schrie er und schlug auf die Sprechanlage ein, um deren Aufmerksamkeit zu gewinnen. »Sagen Sie ihm, es ist wichtig! Sagen Sie ihm, wir müssen ihn sprechen! Sagen Sie ihm, wir sind den weiten Weg gekommen . . .«

Das Kästchen blieb still. Das Tor blieb verschlossen. Nichts und niemand bewegte sich zwischen dem Tor und der Villa.

Dale wich zurück und sah die hohe Backsteinmauer entlang, die das Anwesen vom Grand View Drive trennte. Es wäre möglich gewesen, darüberzuklettern, wenn Harlen ihm geholfen hätte, aber Dale sah im Geiste wütende deutsche Schäferhunde und Dobermänner, die über das Gelände streiften, von Schützen mit Schrotflinten auf den Bäumen, von Polizisten, die aufkreuzten und Harlen mit der Pistole erwischten . . .

Lieber Himmel, Mom denkt, ich spiele Ball oder bin bei Mike, und sie wird einen Anruf vom Polizeirevier in Peoria bekommen und erfahren, daß ich wegen Einbruch und Hausfriedensbruch und illegalem Waffenbesitz und versuchter Entführung verhaftet worden bin. Nein, wurde ihm dann klar, Harlen würde wegen illegalem Waffenbesitz angeklagt werden.

Dale packte die Sprechanlage, drückte das Gesicht fast gegen das Mikrofongitter und brüllte los, ohne zu wissen, ob das Ding abgeschaltet worden war oder ob sich der Zuhörer am anderen Ende seinen Verpflichtungen in der Smaragdstadt nachging. »Hören Sie mir zu, verdammt!« tobte er. »Sagen Sie Mr. Ashley-Montague, daß ich alles über die Borgia-Glocke weiß, und über den Farbigen, den sie daran aufgehängt haben, und über die Kinder, die getötet worden sind . . . damals und heute. Sagen Sie ihm, mein Freund ist wegen der verfluchten Glocke seines Großvaters gestorben und . . . o Scheiße!« Dale ging die Luft aus, er setzte sich auf den heißen Beton.

Das Kästchen sagte nichts mehr, aber ein elektrisches Summen ertönte, ein mechanisches Klick, und dann ging das breite Tor auf.

Es war nicht George Sanders, der Dale einließ; der stille Mann mit dem schmalen Gesicht sah mehr wie Mr. Taylor aus, Diggers Dad, der Bestattungsunternehmer von Elm Haven.

Harlen blieb im Auto. Es lag auf der Hand, wenn beide Jungs ins Haus gegangen wären, hätte sich Congden wie aus der Pistole geschossen davongemacht und falls erforderlich wahrscheinlich sogar das Tor mitgenommen. Die Aussicht auf die restlichen 12 Dollar 50 reichte nicht aus, ihn daran zu hindern, sie im Stich zu lassen ... oder sie umzubringen, wenn er die Gelegenheit dazu bekommen sollte. Nur die buchstäbliche Präsenz der Achtunddreißiger, die auf seinen 57er Chevy gerichtet war, hielt ihn am Ball, und die wurde zunehmend unsicherer.

»Geh rein!« sagte Harlen mit verkniffenen Lippen. »Aber bleib nicht bis zur Teestunde oder zum Dinner. Bring in Erfahrung, was du wissen mußt, und sieh zu, daß du schleunigst wieder rauskommst.«

Dale hatte genickt und war aus dem Auto geklettert. Congden drohte, er würde reingehen und die Polizei rufen, aber Harlen sagte: »Geh nur! Ich hab' noch achtzehn Kugeln in der Tasche. Ich kann also dieses Ding hier in einen Schweizerkäse verwandeln, bis die Bullen hier sind. Und dann werde ich Ihnen erzählen, daß *du uns* entführt hast. Dale und ich sind noch nicht in der Jugendstrafanstalt gewesen wie jemand, den ich gut kenne ...«

Congden hatte sich noch eine Zigarette angezündet, sich an den Türrahmen gelehnt und Harlen angesehen, als würde er sich gerade überlegen, wie genau er Rache nehmen würde. »Laß knacken«, hatte Harlen unnötigerweise hinzugefügt.

Dale folgte dem Mann, den er für einen Butler hielt, durch eine Anzahl Räume, von denen jeder so groß war wie das gesamte Erdgeschoß im Haus der Stewarts. Dann machte der Typ im dunklen Anzug eine riesige Tür auf und winkte Dale in ein Gemach, bei dem es sich um die Bibliothek oder ein Studierzimmer der Villa handeln mußte: Wände mit Mahagonipaneelen und endlosen eingebauten Regalen ragten dreieinhalb Meter zu einer Zwischengeschoßgalerie empor, Messinggeländer, dann noch mehr Mahagoni und *noch mehr* Bücherregale bis zu einer Decke mit naturbelassenen Holzbalken. An den unteren Regalen und auf der Galerie selbst befanden sich Schiebeleitern. Die Ostseite des Raums, etwa dreißig Schritte von der Stelle entfernt, wo Dale eingetreten war, wurde von einer gigantischen Fensterfront eingenommen, durch die Sonnenlicht auf den großen Schreibtisch fiel, wo Mr. Ashley-Montague saß. Der Millionär sah hinter dem Schreibtisch ziemlich winzig aus, und die schmalen Schultern des Mannes, der graue Anzug, die Brille und die Krawatte machten ihn auch nicht größer.

Er stand nicht auf, als Dale näherkam. »Was willst du?«

Dale holte tief Luft. Jetzt, wo er hier drinnen war, verspürte er keine Angst mehr, und nur ein wenig Nervosität. »Ich habe Ihnen gesagt, was ich will. Etwas hat meinen Freund getötet, und ich glaube, es hat etwas mit der Glocke zu tun, die Ihr Großvater für die Schule gekauft hat.«

»Das ist Unsinn«, sagte Mr. Ashley-Montague heftig. »Diese

Glocke war bloß ein Kuriosum – ein Stück Plunder, das man meinem Großvater als etwas von historischer Bedeutung aufgeschwätzt hat. Und ich habe einem deiner kleinen Freunde schon gesagt, daß die Glocke vor über vierzig Jahren zerstört worden ist.«

Dale schüttelte den Kopf. »Das wissen wir besser«, sagte er, obwohl er gar nichts wußte. »Sie ist noch da. Sie beeinflußt die Menschen immer noch so, wie sie die Borgias beeinflußt hat. Und dieser ›kleine Freund‹, von dem Sie sprechen, war Duane McBride, und der ist jetzt tot. Wie die Kinder, die vor sechzig Jahren getötet worden sind. Wie der Neger, den Ihr Großvater auch mit aufgehängt hat.«

Dale hörte seine eigene Stimme kräftig, abgehackt, überzeugt und so fern wie die Tonspur eines Films. Ein Teil seines Verstandes genoß das Panorama vor dem Fenster: der Illinois River glitzerte breit und grau zwischen bewaldeten Klippen, weiter unten Eisenbahnschienen, ein Stück des Highway 29, der nach Süden Richtung Peoria verlief.

»Davon weiß ich nichts«, sagte Dennis Ashley-Montague und rückte Ordner auf seinem Schreibtisch zurecht. »Der Unfall deines Freundes tut mir leid. Ich habe natürlich in der Zeitung davon gelesen.«

»Es war kein Unfall«, sagte Dale. »Ein paar Typen waren zu lange bei dieser Glocke und haben ihn umgebracht. Und es sind noch andere Wesen im Spiel ... Wesen, die nachts herauskommen ...«

Der magere Mann stand hinter dem Schreibtisch auf. Er hatte eine runde Hornbrille auf, die Dale an einen Stummfilmkomiker erinnerte. Einen Typen, der dauernd von Wolkenkratzern herunterhing.

»Was für Wesen?« Mr. Ashley-Montagues Stimme war nur noch ein Flüstern. Sie schien in dem großen Zimmer unterzugehen.

Dale zuckte die Achseln. Er wußte, er sollte nicht soviel preisgeben, aber er wußte keine andere Möglichkeit, diesem Mann zu beweisen, daß er tatsächlich wußte, was hier vor sich ging. In diesem Augenblick stellte sich Dale vor, wie eine Geheimtür in der Regalwand aufging und Van Syke und Dr. Roon durch die Öffnung hinter ihm geschlichen kamen, und hinter *ihnen* wiederum andere Wesen, die in den Schatten nach vorne schlurften.

Dale widerstand dem Impuls, über die Schulter zu sehen. Er fragte sich, ob Harlen ohne ihn zurückkehren würde, wenn er nicht mehr hinaus kam. *Ich würde es.*

»Zum Beispiel ein toter Soldat, der zurückgekehrt ist«, sagte Dale. »Ein Mann namens William Campbell Phillips, um genau zu sein. Zum Beispiel eine tote Lehrerin, die zurückgekehrt ist. Und andere Wesen ... Wesen in der Erde.«

Selbst Dale fand, daß es sich verrückt anhörte. Er war froh, daß er verstummt war, ehe er von dem Schatten erzählte, der aus dem

Schrank gekommen und unter dem Bett seines Bruders verschwunden war. Plötzlich kam ihm ein Gedanke. *Ich habe das alles nicht gesehen. Ich glaube es Mike und Harlen. Ich habe nur ein paar Löcher im Boden gesehen, Herrgott, der Mann wird das hiesige Irrenhaus anrufen, und sie werden mich in eine Gummizelle sperren, noch bevor Mom merkt, daß ich zu spät zum Abendessen bin.* Das klang logisch, aber Dale glaubte nicht einen Augenblick lang daran. Er glaubte Mike. Er glaubte Duanes Notizbüchern. Er glaubte seinen Freunden.

Mr. Ashley-Montague schien fast auf dem hohen Sessel zusammenzubrechen. »Mein Gott, mein Gott«, flüsterte er und beugte sich nach vorne, als wollte er das Gesicht in den Händen vergraben. Statt dessen nahm er die Brille ab und wischte sie an einem Taschentuch aus der Anzugtasche ab. »Was willst du?« fragte er.

Dale widerstand dem Impuls, tief auszuatmen. »Ich will wissen, was los ist«, sagte er. »Ich will die Bücher, die der County-Historiker ... Dr. Priestmann ... geschrieben hat. Ich will alles wissen, was Sie mir über die Glocke und was sie bewirkt sagen können. Und am meisten ...« Jetzt atmete Dale tief aus. »Am meisten möchte ich wissen, wie wir dieses Ding aufhalten können.«

28

Das Gitter an der Westseite des Pavillons teilte das Nachmittagslicht in ein diamantförmiges Muster, das über den dunklen Boden auf Mike und Mink Harper zukroch, während der alte Mann sich in kräftigen Schlucken Champagner, Perioden versonnenen Schweigens und längeren Perioden nuschelnden Sprechens erging.

»Es war in dem kalten Winter gleich nach Neujahr ... das neue Jahrhundert hatte auch gerade angefangen ... und ich war'n kleiner Wicht, nicht älter als du jetzt. Wie alt bist du? Zwölf? Nein ... elf? Ja, so alt war ich auch ungefähr, als sie den Nigger aufgehängt haben.

Ich war nicht mehr in der Schule. Die meisten von uns sind nicht länger als unbedingt notwendig geblieben – bißchen lesen, unsere Namen schreiben können, bißchen rechnen, mehr mußte ein Mann damals nicht wissen. Mein Daddy, der hat uns Jungs alle zur Farmarbeit gebraucht ... Daher kommt's, daß ich meine Schulzeit schon hinter mir hatte, als sie den Nigger dort aufgehängt haben.

In diesem Jahr sind Kinder verschwunden. Das kleine Mädchen der Campbells bekam die ganze Aufmerksamkeit, weil ihre Leiche gefunden wurde und ihre Familie reich war und alles, aber es waren noch vier oder fünf andere, die diesen Winter nicht von ihren Besorgungen nach Hause kamen. Ich kann mich an einen kleinen Polackenjungen namens Strbnsky erinnern, dem sein Daddy hat beim Eisenbahnbautrupp gearbeitet, der durch die Stadt gekommen is' und geblieben is'. Stefan hat er geheißen ... nun, Stefan und ich sind ein paar Wochen vor Weihnachten vor dem Saloon rumgehängt und haben nach unseren Daddys gesucht, und ich hab' mein' gefunden und hinten in dem Wagen heimgebracht, in dem mein Bruder Ben und ich gefahren sind, aber Stefan, der is' nicht nach Hause gekommen. Danach hat ihn keiner mehr gesehen. Ich weiß noch, wie ich ihn zum letztenmal geseh'n hab', da isser mit seinen geflickten Knickerbockern über die verschneite Main Street gestapft und hat den Eimer geschleift, in dem er das Bier von seiner Alten heimgebracht hat ... Etwas hat Stefan erwischt, so wie die Myers-Zwillinge und den – wie hieß er noch gleich? – den kleinen Spanier, der draußen gewohnt hat, wo jetzt die Müllhalde ist ... aber die kleine Campbell hat alle Aufmerksamkeit erhalten, wo sie doch die Nichte des Doktors war und alles.

Und als der Cousin der kleinen Campbell, der kleine Billy Phillips, in den Saloon gekommen ist ... nicht Carl's, Carl's war damals noch nicht gebaut ... war das große Haus, wo jetzt das verdammte Trokkenfutter ist ... wie auch immer, als diese kleine Rotznase Billy Phillips eines Abends aus der Kälte reingekommen ist und gesagt hat, daß 'n Nigger unten bei den Gleisen ist, der das Nachthemd seiner Schwester im Rucksack hatte, nun, verdammt, da war das Lokal in schätzungsweise dreißig Sekunden verlassen ... ich auch, ich weiß noch, wie ich gelaufen bin, damit ich mit den großen Schritten meines Alten mitgekommen bin ... und Mr. Ashley saß in seiner schicken Karre, eine Schrotflinte auf dem Schoß – dieselbe Waffe, mit der er sich 'n paar Jahre später selber erschossen hat –, saß einfach da, als hätte er auf uns alle gewartet.

›Kommt mit, Jungs‹, rief er. ›Es muß Gerechtigkeit geschehen.‹

Und die ganze Menge der Männer hat gebrüllt und gejohlt, wie Mobs das an sich haben ... Mobs haben nicht mehr Verstand als ein Rüde, der hinter 'ner läufigen Hündin her ist, Junge ... und dann zogen wir alle los, und unser Atem bildete Wölkchen im Licht des Spätnachmittags, das irgendwie ganz golden war ... sogar der Atem der Pferde, das fällt mir jetzt wieder ein, Mr. Ashleys Gespann schwarzer Mähren und ein paar Gespanne der Männer ... wir sausten wie ein geölter Blitz nach Norden zur Stadt raus, wo der alte Bahnübergang hinter der Talgfabrik gewesen is', und der Nigger kauerte über einem Feuer und hat 'nen Hasen gebraten, hat einmal aufgeschaut, und dann waren die Männer über ihm. Ein paar seiner Niggerfreunde waren da – sie gingen damals nie allein wo hin und wurden nach Dunkelheit natürlich nich' in der Stadt geduldet –, aber seine Freunde ham nicht gekämpft, sie sind einfach so davongeschlichen wie Hunde, die spüren, daß Prügel in der Luft liegen.

Der Nigger hatte einen großen alten Schlafsack, die Männer haben ihn umgestülpt, und todsicher . . . da war das Nachthemd der kleinen Campbell, voll trockenem Blut . . . und anderem Zeug, Junge. Eines Tages wirst du wissen, was ich meine.

Also ham sie ihn zum Schulhaus geschleppt, das war damals sozusagen das Zentrum von allem. Die Stadtversammlungen wurden im Schulhaus abgehalten, die Stimmabgabe, wenn gewählt wurde, und alle möglichen Basare und alle erdenklichen Veranstaltungen. Also ham sie den Nigger dorthin geschleppt . . . Ich weiß noch, daß ich draußen gestanden hab', während die Glocke geläutet wurde, um jedem zu sagen, daß sie schnell kommen sollten, daß was Wichtiges los war. Später, das weiß ich auch noch, war ich draußen und hab' mit Lester Collins und Merriweather Whittacker und Coony Daysingers Daddy eine Schneeballschlacht gemacht . . . weiß nich mehr, wie der geheißen hat . . . und dazu noch 'ne ganze Bande andere Jungs, die mit ihren Daddys gekommen waren. Aber nach und nach wurde es echt dunkel . . . und kalt . . . dieser Winter war kälter als arschkalt, die ganze Stadt war abgeschnitten, weißt du, durch vereiste Straßen und Schneeverwehungen abgeriegelt. Den Winter konnte man nicht mal nach Oak Hill, so schlimm war'n die verdammten Straßen. Der Zug kam durch, aber nicht jeden Tag. Um die Jahreszeit manchmal wochenlang nicht, mit den Verwehungen nördlich der Stadt, wo der Bahnübergang war, und wo die Züge damals auf dieser Strecke keine Schneepflüge hatten und so was. Also waren wir auf uns allein gestellt.

Als uns kalt wurde, sind wir reingegangen, da war die Verhandlung . . . sie haben es eine Verhandlung genannt . . . war fast vorbei. Kann nich' mehr als 'ne Stunde gedauert haben. War kein *richtiger* Richter dabei . . . Richter Ashley ist früh in den Ruhestand gegangen und war'n bißchen verrückt . . . aber sie haben's trotzdem eine Verhandlung genannt. Mr. Ashley, der sah so *aus*. Ich weiß noch, wie ich mit den anderen Jungs auf dem Zwischenstock gestanden hab', wo die vielen Bücher gewesen sind, und in die zentrale Halle gesehen hab', wo sich die Männer alle gedrängt haben, und gestaunt habe, wie stattlich Richter Ashley ausgesehen hat, so mit seinem teuren grauen Anzug und der Seidenkrawatte und dem Seidenzylinder, den er überall aufgehabt hat. 'türlich hat er den Zylinder beim Richten nich' aufgehabt . . . ich weiß noch, wie das Lampenlicht irgendwie auf seinem weißen Haar geschimmert hat und hab' mich gefragt, wie ein so junger Mann so weise aussehen konnte . . .

Wie auch immer, Billy Phillips hatte gerade erzählt, wie er heimgelaufen war und der Nigger versucht hatte, *ihn* zu schnappen . . . behauptete, der Nigger sei hinter ihm hergelaufen und hätte gesagt, er würde ihn umbringen und essen, so wie das kleine Mädchen . . . und

Billy, Herrgott, der Bengel war der größte Lügner, den ich je kennengelernt gehabt hab' ... der kleine Scheißer ist immer ausgerissen, wie ich noch inner Schule gewesen war, und dann isser reingekommen und hat gesagt, er habe seiner kranken Mommy helfen müssen – die alte Mutter Phillips war immer krank und ist dauernd wegen irgendwas im Sterben gelegen – hat behauptet, er wär krank gewesen, dabei ham wir alle gewußt, dasser draußen war und rumgestreunert ist oder geangelt hat oder so was. Wie dem auch sei, Billy hat gesagt, er wäre dem Nigger entkommen, aber er war zum Lager des Niggers zurückgeschlichen und hätte gesehen, wie der Nigger das Höschen der kleinen Campbell rausgeholt hat – sie war Billys Cousine, hab' ich dir das schon gesagt? – wie er das Höschen rausgeholt und am Lagerfeuer irgendwie dran rumgemacht hat, reingewichst oder so. Er sagte, dann wär er in die Stadt gerannt und hätte es den Männern im Saloon gesagt.

Ein anderer Kerl – könnte Clement Daysinger gewesen sein, wo ich jetzt drüber nachdenke ... ja, so hat er geheißen, Clement –, der sagte, er hätte den Nigger vor Weihnachten um Dr. Campbells Haus schleichen sehen, etwa zu der Zeit, als das kleine Mädchen verschwunden ist. Sagte, bis jetzt hätte er sich nicht dran erinnert, aber jetzt wär es ihm wieder eingefallen, und er wäre sicher, daß der Nigger echt verdächtig dort rumgehangen hatte. Nach Clement ist noch'n paar anderen Männern eingefallen, daß sie den Nigger dort herumlungern gesehen haben.

Also haut Richter Ashley mit seinem großen alten Colt wie mit einem – wie sagt man doch gleich? – einem Hammer ... und er sagt: ›Haben Sie etwas zu Ihrer Verteidigung zu sagen?‹ zu dem Nigger, aber der Nigger hat alle nur mit seinen gelben Augen angeglotzt und nix gesagt. 'türlich waren seine an sich schon dicken Lippen noch dikker geschwollen, weil'n paar der Männer Grund gefunden haben, ihn zu verprügeln, aber ich schätze, der Nigger hätte was sagen können, wenn er gewollt hätte. Ich schätze, er hat nich' gewollt.

Also schlägt Richter Ashley – bis dahin ham wir ihn alle schon wieder als richtigen Richter angesehen –, er schlägt mit dem Colt und sagt: ›Sie sind schuldig, bei Gott, und ich verurteile Sie hiermit dazu, daß Sie am Hals aufgehängt werden, bis Sie tot sind, und möge Gott Ihrer Seele gnädig sein.‹ Dann standen die Männer im Mob nur eine Weile so da, bis der Richter schließlich was brüllte, worauf der alte Carl Doubbet den Nigger packte, und wenig später haben ein paar Dutzend Männer den Nigger an den Klassenzimmern der kleinen Kinder vorbeigezerrt, und dann die große Treppe unter dem Buntglasfenster hinauf, und dann hoch dahin, wo wir Jungs zugesehen haben – sie ham ihn so nahe an mir vorbeigezerrt, ich hätte die Hand ausstrecken und die dicken Lippen berühren können, die ganz purpurn wurden –, und dann sind wir Kinder mitgegangen, als sie ihn die Treppe zum Stock der High-School raufgeschleppt haben – dort hat Carl oder Clement oder einer der Männer ihm 'ne schwarze Kapuze aufgezogen –, und dann haben sie ihn die letzten Stufen raufgeschleppt, die nicht mehr einsichtig sind, wo sie später die Mauer eingezogen haben, weißt du ... und sie haben ihn auf den schmalen Laufsteg gebracht, der um den Glockenturm verläuft.

Den kann man nicht mehr sehen ... ich hab' Karl Van Syke und vor ihm Miller vierzig Jahre lang geholfen, das Gebäude zu putzen, drum weiß ich, wovon ich spreche ... man kann ihn nicht mehr sehen, aber's war mal so, daß der Glockenturm den kleinen Laufsteg innen hatte, und man konnte bis ganz runter ins Erdgeschoß schauen, als wären drei Etagen wie Balkone direkt unter der großen alten Glocke, die Mr. Ashley aus Europa mitgebracht hatte. Wie auch immer, wir ham alle auf diesen Balkonen gestanden, und im Erdgeschoß ham sich die Männer gedrängt ... und'n paar Weibsbilder auch, ich weiß noch, ich hab' Sally Moons Mutter Emma mit ihrem kleinen Schlappschwanz Oliver dort gesehen, und ihre Gesichter ham gestrahlt, so glücklich und so aufgeregt sind se gewesen ... alle ham raufgestarrt zu Richter Ashley und den paar anderen, die im Glockenturm um den Nigger rumgestanden sind.

Ich weiß noch, ich hab' gedacht, sie würden dem Nigger 'nen richtigen Schrecken einjagen ... ihm den Strick um sein' dürren schwarzen Hals legen und ihm so Angst machen, daß er einfach zu reden anfangen müßte, daß er die Wahrheit sagen müßte ... aber das ham sie nich' getan. Nein, Sir, Richter Ashley hat ein Messer von einem Mann dort geborgt, könnte Cecil Whittacker gewesen sein, und er hat das verdammte Glockenseil durchgeschnitten, das bis zum Erdgeschoß runtergehangen hat. Ich weiß noch, wie ich mich über den Balkon auf der High-School-Etage gebeugt und nach unten gesehen hab', als sich das Seil gerade irgendwie zusammengerollt hat und runtergekracht ist, und die Leute sind aus dem Weg gesprungen und haben dann wieder nach vorne gedrängt und wieder rauf zu dem Nigger geguckt. Und dann hat Richter Ashley was Seltsames gemacht.

Ich hätt schon draufkommen müssen, als er das Seil durchgeschnitten hat, bin ich aber nicht. Sie haben an der Kapuze von dem Nigger rumgemacht, und ich hab' mir gedacht: *Jetzt nehmen sie sie ab und machen ihm Angst, sagen ihm, sie würden ihn zu der Meute runterwerfen oder so was* ... aber das haben sie nicht. Statt dessen haben sie das kürzere Ende des Glockenseils genommen und dem Nigger um den Hals geknüpft, als er die Kapuze noch aufgehabt hat, und Richter Ashley nickt den Männern zu, die da oben bei ihm sind, und irgendwie haben sie den Nigger auf den schmalen Steg raufgeschafft, der um den Glockenturm verlaufen ist ... und dann, Junge, kam es zu dieser verdammten Pause ... ich konnte kein' Ton von der Menge hören. Müssen dreihundert Leute gewesen sein, aber man konnte nix von dem üblichen Schlurfen und Treten und Murmeln hören, nicht mal Atmen, das man bei 'ner Menge dieser Größe hören müßte. Nur Stille. Alle Männer, Frauen und Kinder – ich eingeschlossen – ham die drei Stockwerke zu dem Nigger raufgeschaut, der auf der Kante des Balkons getaumelt ist, das Gesicht unter der verdammten schwarzen Kapuze verborgen, Hände hinter den Rücken gefesselt, und nix hielt ihn da oben fest, außer den Händen einiger Männer an den Armen.

Und dann hat ihn jemand – ich vermute, es war Richter Ashley selber, obwohl ich's nicht allzu deutlich gesehen hab', weil es in dem Glockenturm dunkel war, und ich wie alle anderen auch nur Augen für den Nigger gehabt hab' –, dann hat ihn jemand runtergeschubst.

Der Nigger hat 'türlich gestrampelt. Der Sturz war nicht tief genug, daß er ihm das Genick gebrochen hätte, wie bei einem richtigen Hängen. Er hat gestrampelt wie der Weltmeister im Zappeln, ist von einer Seite des offenen Treppenhauses zur anderen geschwungen, hat sich den schwarzen Arsch abgestrampelt, und ein schreckliches Röcheln war unter der schwarzen Kapuze zu hören. Ich hab' ihn echt gut hören können. Jedesmal, wenn er zu unserer Seite des Schulbalkons rübergeschwungen ist, waren seine Füße nicht mal 'nen Meter von meinem Kopf weg. Ich weiß noch, daß der Nigger einen Schuh verloren hat und im anderen ein Loch war, aus dem der große Zeh rausgeguckt hat, während er strampelte. Ich weiß auch noch, daß Coony Daysinger die Hand ausgestreckt und versucht hat, den Nigger zu packen, wie er da geschwungen ist und gestrampelt hat ... nicht um das Schwingen zu beenden oder ihn reinzuziehen oder so was, nur um ihn zu berühren, so wie man was im Gruselkabinett berühren würde, wenn sie einen ließen ... aber genau in dem Augenblick konnten wir sehen, wie sich der Nigger in die Hose gepißt hat ... ich schwör bei Gott, man konnte sehen, wie seine verschlissenen Hosen einen dunklen Fleck bekamen und es ihm an den Beinen runtergelaufen ist, und dann ham die Leute unten im Erdgeschoß aber echt losgebrüllt und gedrängelt, daß sie aus'm Weg gekommen sind. Dann hat der Nigger langsam aufgehört zu strampeln und ist einfach still geschwungen, und drum hat Cooney die Hand zurückgezogen, und von uns anderen hat's auch keiner mehr probiert.

Und weißt du, was komisch war, Junge? Als der Nigger vom Steg gefallen ist, hat die große olle Glocke zu läuten angefangen, was logisch war. Sie hat weiter geläutet, während der Nigger geschwungen ist und gezappelt und geröchelt hat, was keinem aufgefallen ist, weil das Rauf- und Runterzappeln am Seilende jede Glocke wie verrückt zum Läuten gebracht hätte ... aber weißt du, was wirklich seltsam war, Junge? Ein paar von uns sind sozusagen noch 'ne Weile dort rumgehängt, bis sie den Nigger losgeschnitten und seinen Leichnam zur Müllkippe oder sonstwo hin gebracht haben, um ihn loszuwerden ... *aber diese gottverdammte Glocke hat immer weiter geläutet.* Ich glaub', das verdammte Ding hat die ganze Nacht geläutet, und am nächsten Tag, als würde der Nigger immer noch dran baumeln. Jemand hat gesagt, das Hängen müßte das Gleichgewicht der Glocke irgendwie gestört haben oder so was. Aber es war ein seltsamer Laut ... ich schwöre dir ... als ich in jener Nacht mit dem Alten zur Stadt rausgefahren bin, die kalte Luft und den Schnee und die Whiskyfahne des Alten gerochen und die Hufe der Pferde auf dem Eis und dem gefrorenen Boden gehört habe und Elm Haven nur aus dunklen Bäumen und kaltem Schornsteinrauch bestand, der hinter uns im Mondenschein schimmerte ... da hat sich die verdammte Glocke immer noch den Arsch abgeläutet.

Sag mal, hast du nicht noch eine Flasche von dem guten Champagner dabei, Junge? Die hier ist bis auf'n letzten Tropfen geköpft.«

»Du siehst also«, sagte Mr. Dennis Ashley-Montague, »deine sogenannte Legende der Borgia-Glocke ist ebenso eine Fälschung wie die sogenannten Echtheitszertifikate, die meinen Großvater überhaupt erst dazu gebracht haben, sie zu kaufen. Es gibt keine Legende ... nur eine alte, schlecht gegossene Glocke, die einem gutgläubigen Reisenden aus Illinois verkauft wurde.«

»Nn-nnn«, sagte Dale. Mr. Ashley-Montague redete seit ein paar Minuten, das Sonnenlicht des facettengerahmten Fensters hinter ihm fiel hell leuchtend über den schweren, massiven Eichenschreibtisch und schuf eine Korona aus Licht um Mr. Ashley-Montagues schütteres Haar. »Ich glaube Ihnen das nicht«, sagte Dale.

Der Millionär runzelte die Stirn und verschränkte die Arme; er war offenbar nicht daran gewöhnt, von einem Elfjährigen ein Lügner genannt zu werden. Er zog eine weiße Braue hoch. »So? Und was glaubst du dann, junger Mann? Daß diese Glocke alle möglichen übernatürlichen Ereignisse auslöst? Bist du dafür nicht schon ein bißchen zu alt?«

Dale ging nicht auf die Frage ein. Er dachte an Harlen draußen im Chevy, der einen unberechenbaren Congden daran hinderte, einfach loszufahren, und wußte, er hatte nicht mehr viel Zeit. »Haben Sie nicht Duane McBride gesagt, daß die Glocke eingeschmolzen worden ist?«

Mr. Ashley-Montague runzelte die Stirn. »Ich kann mich nicht an die Unterhaltung erinnern.« Aber Dale fand, daß sich seine Stimme hohl anhörte, als wüßte er, daß es Zeugen gegeben haben könnte. »Na ja, es kann sein, daß er mich gefragt hat. Die Glocke *wurde* eingeschmolzen, sie wurde im Großen Krieg wie viele andere zu Kanonen verarbeitet.«

»Was ist mit dem Neger?« beharrte Dale.

Der hagere Mann lächelte verhalten. Dale kannte das Wort ›herablassend‹ und fand, daß es durchaus für dieses Lächeln zutraf. »Was für ein Neger, junger Mann?«

»Der Neger, der in Old Central aufgehängt worden ist«, sagte Dale. »Der an der Glocke aufgehängt worden ist.«

Mr. Ashley-Montague schüttelte langsam den Kopf. »Anfang des Jahrhunderts kam es zu einem bedauerlichen Vorfall mit einem farbigen Mann, aber ich versichere dir, daß niemand aufgehängt worden ist, wie du es ausdrückst, ganz gewiß nicht an der Glocke in der Schule von Elm Haven.«

»Okay«, sagte Dale, der auf dem hochlehnigen Stuhl gegenüber vom Schreibtisch saß und die Beine übereinanderschlug, als hätte er alle Zeit der Welt. »Erzählen Sie mir, was passiert ist.«

Mr. Ashley-Montague seufzte, sah aus, als würde er selbst überlegen, ob er sich setzen sollte, begnügte sich dann aber damit, beim Sprechen vor dem Fenster auf und ab zu gehen. Weit hinter ihm sah Dale ein großes Boot, das den Illinois River hinaufschipperte.

»Ich kenne nur die Umrisse«, sagte der Mann. »Ich war damals noch gar nicht auf der Welt. Mein Vater war Ende Zwanzig, aber noch nicht verheiratet ... die Ashley-Montagues sind stolz darauf, daß sie sich erst spät im Leben eine Braut nehmen. Wie auch immer, was ich weiß, weiß ich durch Familienklatsch ... mein Vater ist 1928 gestorben, weißt du, kurz nach meiner Geburt, daher kann ich nicht nachprüfen, ob die Einzelheiten stimmen. Dr. Priestmann hat den Vorfall nicht in seiner Geschichte des County erwähnt.

Wie dem auch sei, mir ist bekannt, daß es um die Jahrhundertwende zu unangenehmen Vorfällen in diesem Teil des County gekommen ist. Ein paar Kinder sind verschwunden, glaube ich, obwohl es durchaus möglich ist, daß sie Ausreißer gewesen sind. Damals war das Leben auf einer Farm sehr hart, und es war nichts Ungewöhnliches, daß Kinder weggelaufen sind, statt ein schweres, arbeitsames Leben mit der Familie auf sich zu nehmen. Jedenfalls gab es ein Kind – die Tochter eines dortigen Arztes, wenn ich mich nicht irre –, die *tatsächlich* gefunden wurde. Es schien, als hätte man sie nicht nur ermordet, sondern ihr auch ... äh ... Gewalt angetan. Wenig später wurden einigen der bekannteren Leute in der Stadt – darunter auch meinem Großvater, der die Ehre hatte, Richter im Ruhestand zu sein, weißt du – unwiderlegbare Beweise präsentiert, daß ein umherstreunender Neger das Verbrechen begangen hatte ...«

»Was für Beweise?« unterbrach ihn Dale.

Mr. Ashley-Montague hielt inne und runzelte die Stirn. »Unwiderlegbare. Ein schwieriges Wort, nicht? Es bedeutet . . .«

»Ich weiß, was ›unwiderlegbar‹ bedeutet«, sagte Dale und biß sich gerade noch rechtzeitig auf die Lippe, bevor er das ›Pißkopf‹ hinzufügen konnte. Er fing schon an, wie Harlen zu denken und zu sprechen. »Es bedeutet, man kann sie nicht entkräften. Ich meine aber, *was für* Beweise?«

Der Millionär hob einen gekrümmten Brieföffner auf und klopfte damit gereizt auf den Eichenschreibtisch. Dale fragte sich, ob der Mann seinen Butler rufen und ihn hinauswerfen lassen würde. Er machte es nicht. »Ist das wichtig, was für Beweise?« sagte er, ging wieder auf und ab und klopfte nach jeder Drehung mit dem kleinen Messer auf den Schreibtisch. »Ich glaube mich zu erinnern, daß es sich um ein Kleidungsstück des Kindes gehandelt hat. Möglicherweise auch um die Mordwaffe. Was auch immer, es war unwider . . . es war über jeden Zweifel erhaben.«

»Und dann haben sie ihn aufgehängt?« fragte Dale und dachte an C. J. Congden, der draußen zappelig wurde.

Mr. Ashley-Montague sah Dale böse an, aber die Wirkung wurde irgendwie durch die dicke Brille des Millionärs ruiniert. »Ich habe dir schon gesagt, niemand wurde aufgehängt. Es kam zu einem Stegreifprozeß . . . der fand vielleicht in der Schule statt, obwohl das mehr als ungewöhnlich gewesen wäre. Die anwesenden Stadtbewohner . . . allesamt geachtete Bürger, wie ich betonen möchte . . . dienten als eine Art De-facto-Anklagekammer . . . Weißt du, was eine Anklagekammer ist?«

»Klar«, sagte Dale, obwohl er sie nicht hätte definieren können. Er schloß aus dem Zusammenhang, was de facto bedeutete.

»Nun, mein Großvater war die Stimme von Gesetz und Vernunft, junger Mann, und nicht der Anführer des fanatischen Lynchmobs, den du anscheinend porträtieren willst. Vielleicht gab es Elemente, die den Neger auf der Stelle bestrafen wollten . . . ich weiß es nicht, mein Vater hat es nie gesagt . . . aber mein Großvater bestand darauf, daß der Mann nach Oak Hill gebracht wurde, wo man ihn den Gesetzeshütern übergeben wollte . . . dem Büro des Sheriffs, wenn du so willst.«

»Und wurde das getan?« fragte Dale.

Mr. Ashley-Montague blieb stehen. »Nein. Das war die Tragödie . . . und die lag meinem Großvater und Vater schwer auf dem Gewissen. Es scheint, als wäre der Neger mit einer Kutsche nach Oak Hill transportiert worden und ausgerissen . . . geflohen . . . und obwohl er Handschellen und Fußketten trug, kam er bis zu einer sumpfigen Stelle an der Oak Hill Road, wo die Farm der Whittackers heute ist. Die Männer, die ihn eskortierten, kamen nicht mehr rechtzeitig hin, weil der trügerische Boden auch ihr Gewicht nicht getragen hat. Er ist ertrunken ... erstickt, besser gesagt, denn der Sumpf bestand überwiegend aus Schlamm.«

»Ich dachte, das wäre im Winter passiert«, sagte Dale. »Im Januar.«

Mr. Ashley-Montague zuckte die Achseln. »Ein milder Tag«, sagte er. »Möglicherweise ... wahrscheinlich ... ist der beschuldigte Mann durch die Oberfläche des Eises gebrochen. Tauperioden mitten im Winter sind hier nichts Ungewöhnliches.«

Dazu hatte Dale nichts zu sagen. »Könnten wir die Geschichte des County ausleihen, die Dr. Priestmann geschrieben hat?«

Mr. Ashley-Montague ließ deutlich erkennen, was er von so einer anmaßenden Bitte hielt, aber er verschränkte die Arme und sagte: »Wirst du mir dann gestatten, mich wieder meiner Arbeit zu widmen?«

»Aber sicher«, sagte Dale. Er fragte sich, was Mike sagen würde, wenn er von dieser fruchtlosen Unterredung berichtete. *Und jetzt wird Congden mich umbringen ... und wofür?*

»Warte hier«, sagte der Millionär und stieg die Leiter zur Bibliotheksgalerie hinauf. Er las die Titel mit seiner dicken Brille und schritt langsam die Reihe entlang.

Dale ging unter den überhängenden Balkon und betrachtete die Buchreihe auf Augenhöhe gleich beim Schreibtisch des Millionärs. Dale bewahrte seine Lieblingsbücher gerne an Stellen auf, wo er sie sofort zur Hand hatte; vielleicht dachte der Millionär ebenso.

»Wo bist du?« rief die Stimme von oben.

»Ich seh nur zum Fenster raus«, antwortete Dale, während er die Reihe der alten, ledergebundenen Bände studierte. Viele Titel waren in Latein. Die wenigen englischen sagten ihm nichts. Der Staub alter Bücher in der Luft brachte ihn fast zum Niesen.

»Ich weiß nicht, ob ich etwas habe ... aha ... da ist es«, sagte Mr. Ashley-Montague oben auf der Galerie. Dale hörte, wie ein schwerer Band herausgezogen wurde.

Dale strich mit dem Finger über die Buchrücken, sonst wäre ihm vielleicht gar nicht aufgefallen, daß ein schmales Bändchen weiter herausstand als die anderen. Er konnte die verschnörkelten Symbole auf dem Rücken nicht lesen, aber als er es herauszog, sah er einen englischen Untertitel unter denselben Symbolen auf dem Einband: *Das Buch des Gesetzes.* Unter dem Titel standen in Goldbuchstaben die Worte – *Scire, Audre, Velle, Tacere.* Dale wußte, daß Duane McBride Lateinisch hatte mühelos lesen können – und Griechisch, ein bißchen – und wünschte sich, sein Freund wäre hier.

»Ja, das ist es«, sagte die Stimme direkt über Dale. Schritte gingen auf der Galerie Richtung Leiter.

Dale zog das schmale Buch ganz heraus, sah mehrere weiße Lesezeichen zwischen den Seiten, steckte es in einem Augenblick reinster Tollkühnheit in den Bund seiner Jeans und ließ das T-Shirt locker darüber hängen, damit es nicht zu sehen war.

»Junger Mann?« sagte Mr. Ashley-Montague, dessen polierte schwarze Schuhe und graue Hosen drei Schritte von Dales Kopf entfernt auf der Leiter sichtbar wurden.

Dale rückte hastig die anderen Bücher zurecht, so daß die Lücke, die das schmale Bändchen hinterlassen hatte, nicht allzu deutlich war, ging mit drei raschen Schritten zum Fenster, drehte sich halb zu dem herabsteigenden Mann um, ließ den Rücken aber zur Wand gedreht und sah zu dem großen Fenster hinaus, als sei er von dem Ausblick vollkommen in Anspruch genommen.

Mr. Ashley-Montague schnaufte etwas, während er über den Teppich schritt und das Geschichtsbuch von sich hielt. »Hier. Dieses Buch mit Notizen und willkürlich zusammengewürfelten Fotos ist das einzige, was Dr. Priestmann mir geschickt hat. Ich habe keine Ahnung, was du darin zu finden wünschst ... es steht nichts über die Glocke oder den traurigen Zwischenfall mit dem beschuldigten Neger drin ... aber du kannst es gerne mit nach Hause nehmen und durchlesen, wenn du mir versprichst, es mit der Post zurückzuschikken ... *in dem guten Zustand, wie du es mitgenommen hast.*«

»Klar«, sagte Dale, nahm das schwere Buch entgegen und spürte, wie das kleinere Bändchen tiefer in seine Hose rutschte. Jetzt mußte sein Umriß unter dem T-Shirt zu sehen sein. »Tut mir leid, daß ich Sie gestört habe.«

Mr. Ashley-Montague nickte knapp und ging zu seinem Schreibtisch zurück, während Dale im Kreis schritt und versuchte, dem Mann seine Vorderseite zuzuwenden, ohne sich allzu verdächtig zu verhalten. »Du findest wohl allein hinaus«, sagte Mr. Ashley-Montague, der sich bereits wieder den Papieren auf seinem Schreibtisch zugewandt hatte.

»Nun ...«, sagte Dale, der sich vorstellte, er würde sich umdrehen, um das Zimmer zu verlassen, Mr. A-M würde aufblicken und ... war es ein Kapitalverbrechen, ein kostbares Buch zu stehlen? Er vermutete, es kam auf das Buch an. »Eigentlich nicht, Sir«, sagte Dale. Auf dem Schreibtisch des Mannes stand in einer Ecke eine Glocke, und Dale war sicher, er würde läuten, der knochige Butler würde hereinkommen, um ihn hinauszubringen, und dann würden *beide* Männer den plötzlich rechteckigen Hosenboden seiner Jeans sehen. Vielleicht konnte er die Hose unauffällig hochziehen, wenn der Butler eintrat, das Hemd lockerer ziehen ...

»Komm hier entlang«, sagte Mr. Ashley-Montague betont resigniert. Er ging raschen Schritts voran aus dem Arbeitszimmer. Dale mußte sich beeilen, mit ihm Schritt zu halten, er betrachtete im Vorübergehen die riesigen Zimmer, hielt das Buch von Priestmann an die Brust gedrückt und spürte, wie ihm das andere Buch immer tiefer in den Hosenboden rutschte. Der obere Rand mußte inzwischen deutlich am Saum des T-Shirts zu sehen sein.

Sie waren beinahe im Foyer, als der Ton eines Fernsehers in einem kleinen Zimmer am Hauptflur die Aufmerksamkeit von Mr. Ashley-Montague und von Dale gleichermaßen fesselte. Auf dem Bildschirm johlte eine Menge, jemand hielt eine Ansprache, und die Worte drangen bis auf den breiten Flur heraus. Mr. Ashley-Montague blieb einen Moment lang stehen, und Dale eilte an ihm vorbei, drehte sich so, damit er dem Mann die Vorderseite zukehrte, hielt mit einer Hand das Geschichtsbuch fest und tastete mit der anderen nach dem Türknauf. Die Schritte des Butlers hallten auf dem Kachelboden.

Dale hätte hinausschlüpfen können, aber was er auf dem Bildschirm sah, fesselte ihn ebenso wie Mr. Ashley-Montague. David Brunkley sagte mit seiner seltsam abgehackten Stimme: »Und daher haben die Demokraten beschlossen ... uns in diesem Jahr ... das sicherlich umfangreichste Gesetzentwurfpaket ... der Geschichte ... der demokratischen Partei zu geben ... meinen Sie nicht auch ... Chet?«

Chet Huntleys Trübsinnsmiene füllte den kleinen Schwarzweißbildschirm aus. »Das kann man ohne jeden Zweifel sagen, David. Aber das Interessante bei diesem Ringkampf ist ...«

Aber nicht die Worte des Nachrichtensprechers hatten Dales Aufmerksamkeit geweckt, auch nicht die Menge, die die Kamera immer wieder zeigte, sondern das Gesicht des Mannes auf den Hunderten von Plakaten, die über der Menschenmenge wogten und hüpften wie Treibgut auf einem Meer der Politik. Auf den Plakaten stand ALL THE WAY WITH JFK oder nur KENNEDY IS '60. Das Plakat zeigte das Bild eines hübschen Mannes mit blendend weißen Zähnen und einem dichten Haarschopf.

Mr. Ashley-Montague schüttelte den Kopf und gab ein Schnauben von sich, als würde er etwas oder jemanden sehen, dem seine tiefste Verachtung galt. Der Butler hatte sich neben seinen Herrn gestellt, als der Millionär die Aufmerksamkeit wieder auf den Jungen richtete. »Ich hoffe, du hast keine Fragen mehr«, sagte er, als Dale zur Tür hinausging und auf der breiten Stufe stand. Jim Harlen brüllte etwas vom Rücksitz des Autos, das dreißig Schritte entfernt auf der breiten Einfahrt parkte.

»Nur noch eine«, sagte Dale, der fast die Treppe hinuntergefallen wäre, ins Sonnenlicht blinzelte und die Unterhaltung als Grund vorgab, sich rückwärts von den beiden Männern zu entfernen. »Was wird am Samstag bei der Gratisvorstellung gezeigt?«

Mr. Ashley-Montague verdrehte die Augen, sah aber seinen Butler an.

»Ich glaube, ein Film mit Vincent Price, Sir«, sagte der Mann. »Ein Film mit dem Titel *Die Verfluchten.*«

»Toll«, rief Dale. Er war inzwischen fast bis zu dem schwarzen Chevy zurückgewichen. »Nochmals danke!« rief er, während Harlen die Tür hinter ihm aufmachte und er hineinsprang. »Los!« sagte er zu Congden.

Der Teenager schnaubte, schnippte seine Zigarette auf den gepflegten Rasen, trat das Gaspedal bis zum Anschlag durch und schlitterte um die langgezogene Kurve der Einfahrt. Er hatte schon fünfzig Meilen drauf, als sie sich dem massiven Tor näherten.

Das schwarze schmiedeeiserne Portal schwang langsam vor ihnen auf.

Mike wollte nicht mehr da unten bleiben. Das Halbdunkel unter dem Pavillon, der Geruch von Erde und der durchdringende Geruch von Mink selbst, selbst das wandernde diamantförmige Muster auf dem dunklen Boden – das alles wirkte zusammen und erweckte ein gräßliches Gefühl der Klaustrophobie und Hoffnungslosigkeit in Mike, als würden er und der alte Trunkenbold gemeinsam in einem geräumigen Sarg liegen und nur darauf warten, daß die Männer mit den Spaten kamen. Aber Mink war weder mit seiner neuen Flasche fertig, die er unter Zeitungen gefunden hatte, noch mit seiner Geschichte.

»Das wäre das Ende gewesen«, fuhr Mink fort, »das Aufhängen von dem Nigger, und alles, aber es stellte sich heraus, daß nix so war, wie es schien.« Er trank einen großen Schluck aus seiner Weinflasche, hustete, wischte sich das Kinn ab und sah Mike durchdringend an. Seine Augen waren durch und durch rot. »Nächsten Sommer sind wieder'n paar Kinder verschwunden . . .«

Mike richtete sich kerzengerade auf. Er hörte auf der Hard Road einen Laster vorbeifahren, kleine Kinder, die am vorderen Ende des Parks im Schatten beim Kriegerdenkmal spielten, und Farmer, die sich bei der John Deere-Vertretung über die Straße hinweg unterhielten, aber in diesem Augenblick galt seine ganze Aufmerksamkeit Mink Harper.

Mink trank einen Schluck und lächelte, als wäre er sich durchaus über Mikes ungeteilte Aufmerksamkeit im klaren. Das Lächeln war kurz und verstohlen; Mink hatte noch etwa drei Zähne, und keiner war es wert, auch nur ein paar Sekunden lang zur Schau gestellt zu werden. »Jawoll«, sagte er, »im nächsten Sommer . . . dem Sommer des Jahres neunzehnhundert . . . sind noch'n paar kleine Kinder verschwunden. Eins davon war Merriweather Whittacker, mein alter Kumpel. Die Erwachsenen ham gesagt, daß ihn keiner je gefunden hat, aber ich war ein paar Jahre später draußen an der Gypsy Lane – müssen schon 'n paar Jahre gewesen sein, weil ich mit 'nem Mädchen dort war und versucht hab', ihr zwischen die Beine zu kommen, wenn du verstehst, was ich meine.« Mink trank wieder einen Schluck, wischte sich die schmutzige Stirn mit seiner schmutzigen Hand ab und runzelte die Stirn. »Wo war ich stehengeblieben?«

»Du warst draußen an der Gypsy Lane«, flüsterte Mike. Er dachte: *Unheimlich, daß die Jungs* damals *schon von der Gypsy Lane gewußt haben.*

»O ja. Nun, die junge Dame, mit der ich dort war, wollte nix davon wissen, was ich vorhatte – der Teufel soll mich holen, wenn ich weiß, was sie sich gedacht hat, warum ich überhaupt mit ihr da hingefahren bin, ganz bestimmt nicht, um an den Gladiolen zu riechen ... jedenfalls ging sie hastig fort, um ihre Freundin zu suchen ... wir waren angeblich zu 'nem Picknick, wenn ich mich recht entsinne ... und ich hab' sozusagen Gras rausgezupft und Dreckbatzen auf einen Baum geworfen, du weißt ja vielleicht, wie das ist, wenn dir der Philip bis über die Gürtellinie steht und du nichts mit ihm anfangen kannst ... und ich hab'n ganzen Büschel Gras rausgerissen und da war ein Knochen – ein verflucht *weißer* Knochen –, keine Wurzel. 'ne ganze Menge Knochen. *Menschenknochen* ... darunter ein ganzer Schädel etwa so groß wie der von Merriweather. Das verdammte Ding war oben geöffnet und *ausgeschabt* worden, so als hätt jemand irgendwie das Gehirn als Dessert rausgelöffelt.«

Mink trank einen letzten Schluck und schleuderte die Flasche durch den dunklen Raum. Er rieb sich die Wangen, als hätte er wieder den Faden der Geschichte verloren. Als er weitersprach, war es in einem leiseren, fast vertraulichen Tonfall. »Der Sheriff hat mir gesagt, es wären Kuhknochen gewesen ... *Scheis-se!* – als ob ich den Unterschied zwischen Kuhknochen und Menschenknochen nicht kennen würde ... er hat so getan, als hätt ich den Schädel gar nicht gesehen und wüßte gar nix, aber ich hab' ihn gesehen, und ich weiß, daß dieser alte Teil der Gypsy Lane durch das Gelände vom alten Lewis verlaufen ist. Wär nicht schwer für jemand gewesen, Merriweather dorthin zu schleppen, ihm anzutun, was sie ihm eben angetan haben, und dann seine Knochen in 'nem flachen Graben zu verscharren.

Mehr als das ... mehr als Merriweathers verdammte Knochen ... ein paar Jahre danach hab' ich mit Billy Phillips getrunken, bevor er in den Krieg gezogen ist ...«

»William Campbell Phillips?« fragte Mike.

Mink sah ihn blinzelnd an. »Klar, William Campbell Phillips ... was meinst'n, wer Billy Phillips *war*? Cousin der kleinen Campbell, die ermordet worden ist. Billy war immer 'ne Heulsuse, so 'ne echte kleine Kröte ... hat sich ständig die Rotznase abgewischt, sich Möglichkeiten überlegt, wie er sich vor der Arbeit drücken konnte, und ist zu seiner Mama gelaufen, wenn er sich Ärger eingehandelt hat ... ein Scheißtyp ... Ich kann dir sagen, mir ist fast das Gebiß rausgefallen, als er sich in den Krieg gemeldet hat ... Wo war ich stehengeblieben, Junge?«

»Du warst mit Billy Phillips trinken.«

»Ach ja, ich und Billy haben 'n paar gekippt, ehe er nach Übersee innen großen Krieg gezogen ist. Normalerweise hat Billy nicht mit uns Arbeitern getrunken ... schließlich war er ja *Lehrer* ... hat nur die kleinen Rotznasen in der Schule unterrichtet, aber immer so getan, als wär er'n Professor in Harvard ... wie dem auch sei, er und ich war'n eines Abends im Black Tree, er in seiner Uniform und alles, und nach'n paar Drinks fing dieser hochnäsige Billy Phillips direkt an zu *menscheln.* Hat mir unter Tränen erzählt, was für ein Miststück seine Ma war und wie sie ihn dauernd hinderte, mal'n bißchen Spaß zu haben ... wie sie ihn ins College geschickt hatte und alles, anstatt ihn das Mädchen heiraten zu lassen, das er liebte ...«

Mike unterbrach ihn. »Hat er gesagt, wer dieses Mädchen gewesen ist?«

Mink blinzelte und leckte sich die Lippen. »Hm? Nein ... ich glaub' nicht ... nein, ich bin sicher, er hat niemanden erwähnt ... Wahrscheinlich eine von den Schulmamselln, mit denen er rumgehangen hat. Eine kleine Memme unter Zimperliesen, so ham wir Billy Phillips gesehen. Wo war ich?«

»Du hast mit Billy getrunken ... er hat sich richtig wie ein Mensch benommen ...«

»Okay, ja. Ich und Billy ham ein paar gezischt am Abend, bevor er nach Frankreich rüber mußte, wo er dann ja gestorben ist ... an der Grippe gestorben, oder irgend an so'ner Scheiße ... und nachdem er aufgetaut ist, sagt er zu mir: ›Mink ...‹ haben damals schon alle Mink zu mir gesagt, ›Mink, weißt du noch, das kleine Mädchen und ihr Höschen und das mutmaßliche Verbrechen und alles?‹ Billy hat andauernd Fünfzig-Cent-Wörter wie ›mutmaßlich‹ benützt, hat wahrscheinlich gedacht, daß alle in Elm Haven zu dumm waren, ihn zu verstehen ...«

»Und was hat er über das Höschen gesagt?« drängte Mike.

»Hm? Ach ja, er hat gesagt: ›Mink, das war gar nich dem Nigger sein Höschen. Ich war nicht mal inner Nähe von dem Nigger. Richter Ashley hat mir einen Silberdollar bezahlt, damit ich das Höschen im Schlafsack von dem Nigger verstecke.‹ Weißt du, als kleine Rotznase hat sich Billy gedacht, der Richter wüßte, wer es getan hat und brauchte seine Hilfe, um ihn zu überführen, weil sie einfach keine Beweise hatten. Aber ich denke, als Billy älter wurde, als er aufs College ging, um schlau zu werden und alles, muß er drauf gekommen sein, worauf der dümmste Polack in der Stadt gekommen wäre … und das wäre, wie, um alles in der Welt, ist der *Richter* an die Unterwäsche des kleinen Mädchens gekommen?«

Mike beugte sich näher hin. »Hast du ihn das gefragt?«

»Hmmmm? Nein, ich glaub' nicht. Und wenn, kann ich mich an keine Antwort erinnern. Ich weiß nur noch, Billy hat was gesagt, dasser raus aus der Stadt müsse, ehe der Richter und die andren rauskriegten, daß er nicht mehr zu ihnen gehört.«

»Zu wem ›gehört‹?« flüsterte Mike.

»Verflucht, woher soll ich das wissen, Junge?« knurrte Mink Harper. Er beugte sich herüber, blinzelte und hauchte Mike Weinatem entgegen. »Weißte, das ist schon mehr als vierzig Jahre her. Wofür hältste mich, für 'nen verdammten Gedächtnisspeicher?«

Mike sah über die Schulter zum Eingang des Kriechraums unter dem Pavillon, ein kleiner rechteckiger Fluchtweg, der sehr weit entfernt zu sein schien. Der Lärm der kleineren Kinder, die im Park gespielt hatten, war schon lange verstummt; es herrschte kein Verkehr mehr.

»Fällt dir sonst noch was über Old Central oder die Glocke ein?« fragte Mike, der nicht vor Minks Begutachtung zurückzuckte.

Mink, dessen Gesicht Zentimeter von dem Mikes entfernt war, zeigte wieder seine Zähne. »Ich hab' die Glocke nicht mehr gehört oder gesehen … bis letzten Monat, als sie mich hier in meinem trokkenen kleinen Zuhause aus dem tiefsten Schlaf gerissen hat … aber eines weiß ich …«

»Und das wäre?« Mike fiel es sehr schwer, sich nicht aus der Reichweite von Minks Atem und starrendem Blick zurückzuziehen.

»Ich weiß, als der alte Ashley sich etwa zwei Jahre nach Ende des Krieges … des Ersten Krieges, mein ich … seine doppelläufige Boss-Schrotflinte in den Mund gesteckt und abgedrückt hat, da hat er uns allen 'nen Gefallen getan. Sein gottverdammtes Haus hat er auch niedergebrannt. Sein Junge kam von Peoria nach Hause, wo der Enkel des Alten gerade auf die Welt gekommen war, und der hat seinen Papi – also den Richter – mit rausgepustetem Gehirn aufgefunden. Alle denken, es war entweder ein Unfall oder der alte Richter hat das Haus angesteckt – *niemals*! Ich war zufällig mit einem der Diener im Geräteschuppen, als ich die Kutsche des jungen Mr. Ashley kommen sah – er nannte sich Ashley-*Montague*, nachdem er die schicke Dame aus Venice geheiratet hatte –, ja, ich war im Geräteschuppen, als wir den Schuß gehört und gesehen haben, wie Mr. Ashley-Montague reingegangen ist, dann kam er heulend und zum Himmel fluchend wieder raus und hat überall Petroleum auf das alte Haus geschüttet. Einer der Diener hat versucht, ihn aufzuhalten – es waren früher viel mehr im Haus gewesen, aber während der Wirtschaftskrise nach dem Krieg sind viele entlassen worden –, aber niemand konnte ihn hindern. Er hat das Petroleum überall hingeschüttet und angezündet und hat zugesehen, wie alles abgebrannt ist. Danach sind sie nie wiedergekommen, er und seine Braut und das Baby. Nur wegen der verdammten Gratisvorstellung, aber sonst nicht.«

Mike nickte, dankte Mink und krabbelte zu der Öffnung, weil er es plötzlich eilig hatte, wieder an der Sonne zu sein. Am Ausgang, als er mit dem Körper schon halb draußen an der frischen Luft war, stellte Mike noch eine Frage. »Mink, was hat er gesagt?«

»Was meinste, Junge?« Der alte Mann schien vergessen zu haben, worüber sie gesprochen hatten.

»Der Sohn des Richters. Als er das Haus niedergebrannt hat. Was hat er geflucht?«

Minks Zähne glommen gelblich in der Dunkelheit. »Oh, er hat gebrüllt, daß sie ihn nicht kriegen würden ... nein, bei Gott, *ihn* würden sie nicht kriegen.«

Mike atmete seufzend aus. »Er hat wohl nicht gesagt, wer ›sie‹ waren?«

Mink runzelte die Stirn, schürzte die Lippen wie bei einer Parodie konzentrierten Nachdenkens, dann grinste er wieder. »Doch, wenn ich genau drüber nachdenke, das hat er. Er hat sogar den Namen des Kerls genannt.«

»Kerl?«

»Ja ... Cyrus ... nur hat er's wie diese flachen Wolken ausgesprochen ... Zirrus. Er sagte andauernd: ›Nein, O'Cyrus, mich kriegst du nicht!‹ Wie er es gesagt hat, hab' ich gedacht, es könnte der Name von 'nem Iren sein. O'Zirrus.«

»Danke, Mink.« Mike stand auf, spürte das Hemd, das ihm am Körper klebte, und wischte sich eine Schweißperle von der Nasenspitze. Sein Haar war naß, seine Beine aus unerfindlichen Gründen zittrig. Er fand sein Rad, überquerte die Hard Road, stellte fest, wie lang die Schatten schon waren und strampelte unter dem Baldachin überhängender Äste langsam die Broad entlang. Er mußte an Duanes Notizbücher und die mühselige Übersetzung denken, die er und Dale nach Greggs Kurzschriftlehrbuch gemacht hatten. Der Teil, wo Duane Auszüge aus dem Tagebuch seines Onkels zitiert hatte, war ganz besonders schwierig gewesen. Bei einem Wort hatten sie die Schnörkel und Krakel immer wieder überprüft; Dale hatte es aus einem Buch gekannt, das er über Ägypten gelesen hatte: *Osiris.*

29

Dale, Lawrence, Kevin und Harlen brachen am nächsten Tag nach dem Mittagessen zu ihrem Campingausflug auf, am Mittwoch, dem 13. Juli. Lediglich Harlens Mutter hatte gezögert, ihre Erlaubnis zu dem Ausflug zu geben, aber sie willigte ein, wie Harlen sagte, ›als ihr klar wurde, daß sie selbst ausgehen kann, wenn ich nicht da bin‹.

Sie hatten eine Tonne Ausrüstung zu transportieren, und es war schwer, alles auf die Räder zu stapeln und ordentlich zu verstauen. Nachdem sie sie gesichert hatten, drückten die Berge von Schlafsäkken, Lebensmitteln, Ausrüstung und Rucksäcken die ohnedies schon schweren Fahrräder so sehr nieder, daß sie den ganzen Weg bis zu Onkel Henrys Farm stehend strampeln mußten und sich auf den festgefahrenen Spurrillen zwischen dem Schotter der Jubilee College Road und der County Six auf die Lenkstangen stützten und vor Anstrengung keuchten.

Entlang den Eisenbahnschienen nördlich der Stadt fanden sich Nutzholzhaine – irgendeiner Sorte –, aber diese Wälder waren klein und zu nahe an der Müllkippe fürs Campen. Der richtige Wald lag anderthalb Meilen entfernt, östlich von Onkel Henrys Farm und nördlich des Steinbruchs in den Billy Goat Mountains hinter dem Friedhof. In der Nähe der Stelle, wo Mink Harper vor fast fünfzehn Jahren die Knochen von Merriweather Whittacker an der Gypsy Lane gefunden hatte.

Die Jungs hatten am Dienstagabend fast drei Stunden lang in Mikes Baumhaus gesessen, die Notizen ihrer Ausflüge verglichen und Pläne geschmiedet, bis der gellende Schrei von Kevins Mutter – ›KeVINNN!‹ – durch die Depot Street gehallt war und der Versammlung das definitive Ende bereitet hatte.

Das ledergebundene Buch, das Dale bei Mr. Ashley-Montague gestohlen hatte – eine Tat, die nicht einmal er selbst so richtig glauben konnte, nachdem er nach Elm Haven zurückgekehrt war –, bestand aus einer Masse fremdsprachiger Ausdrücke, heidnischer Rituale, komplizierten Erläuterungen unaussprechlicher Gottheiten und Anti-Gottheiten und einem Wirrwarr kabalistischen und numerologischen doppeldeutigen Geschwafels. »Dafür lohnt es sich kaum, sich in den Knast werfen zu lassen«, hatte Jim Harlens Urteil gelautet.

Aber irgendwo in diesem Kleingedruckten, dessen war Dale ganz sicher, mußte Osiris und die Bildsäule der Offenbarung erwähnt sein, die in Duanes Notizbüchern genannt worden war. Dale nahm das Buch jedenfalls mit auf den Campingausflug, auch wenn sie schon genug Zeug über den Hügel befördern mußten.

Während der Fahrt waren alle vier Jungs nervös gewesen und hatten jedesmal, wenn ein Lastwagen näherkam oder ein Auto vorbeifuhr, über die Schultern geblickt. Aber der Abdeckereilaster ließ sich nicht sehen, und das Unbotmäßigste, das ihnen während der langsamen Fahrt zu Onkel Henry widerfuhr, war ein kleines Kind – möglicherweise ein Junge, aber durch die strähnigen Haare und das schmutzige Gesicht war es schwer zu sagen –, das ihnen vom Rücksitz eines überladenen DeSoto Baujahr '53 die Zunge herausstreckte.

Sie ruhten sich auf der schattigen hinteren Veranda von Onkel Henry aus, während Tante Lena Limonade machte, sich eine Weile auf den Adirondack-Stuhl setzte und sich über die besten Plätze zum Campen ausließ. Sie fand, die brachliegende Wiese wäre gut – man hatte eine hübsche Aussicht auf den Bach und die umliegenden Hügel, aber die Jungs bestanden darauf, daß sie im Wald campen wollten.

»Wo ist Michael O'Rourke?« fragte sie.

»Oh, der hat noch Arbeit in der Stadt. In der Kirche oder so«, log Jim Harlen. »Der kommt später nach.«

Die vier Jungs brachen gegen drei Uhr zu Fuß nach Osten auf und ließen die Fahrräder in der sicheren Obhut von Tante Lena. Ihre Rucksäcke waren behelfsmäßige Angelegenheiten: Lawrences billiger Pfadfinderrucksack aus Nylon; Kevs Segeltuchseesack der Armee, den er von seinem Dad geborgt hatte und der moderig roch; Dales langer, unhandlicher Matchsack, der besser für einen Kanuausflug als die lange Fahrt geeignet gewesen wäre; und Harlens klobiger Schlafsack, kaum mehr als zwei Decken, die um seinen Plunder gewickelt waren und von schätzungsweise hundert Metern Seilen und Schnüren zusammengehalten wurden. Es waren viele Zwischenhalts erforderlich, um zurechtzurücken und die Ladung anders zu verstauen.

Um halb vier hatten sie den Bach bei der Schmugglerhöhle überquert und waren über den Stacheldrahtzaun am südlichen Rand von Onkel Henrys Anwesen geklettert. Der dichte Wald fing fast unvermittelt an. Hier, nicht mehr im direkten Sonnenlicht, war es kühler, obwohl der Baldachin der Blätter nicht so dicht war, daß nicht schekkige Abschnitte und ganze sonnenbeschienene Flächen auf dem Boden zu sehen gewesen wären.

Sie rutschten und stolperten den steileren Abschnitt des Hangs zur Kluft nördlich des Friedhofs hinunter – Harlens Schlafsack gab bei diesem Manöver völlig den Geist auf, so daß sie weitere zehn Minuten aufwenden mußten, seinen Kram wieder einzusammeln –, dann passierten sie den Robin Hood-Baumstamm weniger als hundert Meter vom Lager Drei entfernt und wandten sich wieder nach Osten, folgten Viehpfaden den Hügel hinauf und hielten sich dicht am Waldrand, wo ein kleines Sumpfgebiet lag.

Ab und zu hielten sie inne, legten ihre Lasten ab, verteilten sich, wie Mike es ihnen gesagt hatte, nahmen vorher festgelegte Positionen ein und warteten mehrere Minuten so lautlos, wie sie es fertigbrachten. Abgesehen von einer einsamen Kuh, die beim dritten Versuch in ihr Beobachtungsfeld stapfte – und die wesentlich erschrokkener als die Jungs selbst wirkte, als sie sie wegscheuchen wollten –, war nichts zu hören oder zu sehen, außer ihnen selbst. Sie streiften die Rucksäcke über die Schultern, hoben Säcke und Schlafsäcke auf und machten sich in den tieferen Wald auf.

Sie machten ein gewaltiges Aufhebens um die Diskussion, wo sie campen sollten, aber in Wahrheit war die Stelle schon am Abend zuvor festgelegt worden. Sie bauten die beiden kleinen Zelte – eines gehörte Kevins Dad, das andere war ein Relikt aus der Vergangenheit von Dales Vater – am Rand eines kleinen Hains auf einer Wiese etwa fünfhundert Meter nördlich vom Steinbruch und eine Viertelmeile nordöstlich des Friedhofs Calvary auf. Die Gypsy Lane verlief etwa hundertfünfzig Meter westlich von ihnen von Norden nach Süden.

Die Wiese lag an einem sanften Hang, das Gras war nicht ganz kniehoch und durch den heißen Sommer schon zur Farbe von Getreide verdorrt. Grashüpfer sprangen davon, als die Jungs zielstrebig die Zelte aufschlugen, die Grube für das Lagerfeuer aushoben und Steine als Feuerring aufschichteten. Der dichte Wald fing rund zwanzig Meter weiter westlich an, und kaum zwanzig Schritte südlich und östlich. Im Norden verlief unmittelbar am Hügel ein Bächlein, das weiter unten in einen Bach mündete.

Normalerweise hätten sie Robin Hood oder Verstecken gespielt, um sich die Zeit bis zum Abendessen zu vertreiben, aber an diesem Tag lungerten sie nur um das Lager herum oder lagen unter den Bäumen hinter dem Lager und unterhielten sich. Sie versuchten, sich zum Reden in die Zelte zu legen, aber die stickige Hitze unter der Leinwand war zuviel für sie, und die zerknitterten alten Schlafsäcke waren nicht so weich wie das Gras außerhalb.

Dale versuchte, das gestohlene Buch zu lesen. Osiris *wurde* erwähnt, aber obwohl der Text in Englisch war – weitgehend –, hätte er ebensogut in einer fremden Sprache sein können, so wenig verstand Dale. Es wurde davon gesprochen, daß der Gott über Legionen von Untoten herrschte, von Prophezeiungen und Strafgerichten, aber nichts ergab wirklich einen Sinn.

Der Himmel zwischen den Blättern blieb blau; es kam kein unerwarteter Sturm auf, der sie gezwungen hätte, zu Onkel Henry zurückzukehren. Das war das einzige, wofür sie keine Lösung wußten, als sie den Ausflug geplant hatten – einzig und allein Rückzug schien die logische Reaktion darauf zu sein. Bei einem Gewitter wäre die Sicht zu schlecht gewesen, das Gehör zu sehr beeinträchtigt.

Sie aßen früh; zuerst verschlangen sie sämtliche Süßigkeiten, die sie dabei hatten, dann machten sie das Feuer an und grillten die Würstchen, die sie eingepackt hatten. Es dauerte eine Weile, bis sie die richtigen Stöcke gefunden hatten, um die Würstchen aufzuspießen, und deren Enden richtig zuzuspitzen dauerte noch länger. Jedesmal, wenn Lawrence sagte, daß er sich auf die Würstchen freute, fing Harlen an zu kichern.

»Was ist denn?« sagte Dale schließlich. »Wir wollen auch lachen.«

Harlen fing mit einer Erklärung an, sagte etwas über Cordie Cooke, dann schüttelte er den Kopf. »Vergeßt es!«

Um sieben war es immer noch heiß, und Lawrence wollte zum Steinbruch und in den See springen. Die anderen stimmten dagegen und erinnerten ihn geduldig an den Plan. Harlen wollte Marshmallows über dem Feuer rösten, als es halb acht war, aber die anderen bestanden darauf, daß sie bis Einbruch der Dunkelheit warteten. So entsprach es dem Protokoll. Kevin war zappelig und wollte sich um acht in den Schlafsack verkriechen, aber da waren gerade erst die Abendschatten auf die Wiese gefallen und noch soviel Helligkeit, daß man gut sehen konnte, selbst im Wald.

Aber zwanzig Minuten danach wurde es in den niedriger gelegenen Stellen nördlich von ihnen kühl und dunkel. Kurz danach erschienen Glühwürmchen an den dunklen Stellen zwischen den Bäumen und blitzten auf wie ferne Salven stummen Gewehrfeuers. Etwa zu dem Zeitpunkt setzte auch der Chor der Ochsenfrösche am Steinbruch und der Laubfrösche im sumpfigen Gelände am Fuß des Hügels ein und erfüllte die herannahende Dämmerung mit Lärm. Die Grillen und Zikaden im Wald hinter den Jungs schrillten laut.

Viertel vor neun war der Himmel fahl geworden und bald darauf so dunkel, daß man Sterne erkennen konnte, und ab einem gewissen Punkt war es schwer, die Massen dunkler Blätter vom dunklen Himmel zu unterscheiden. Der Wald wurde schwarz. Der letzte Verkehrslärm von der eine halbe Meile westlich gelegenen County Six hörte auf, als die letzten Arbeiter Richtung Norden nach Hause gefahren waren und die Trinker auf dem Weg zum Black Tree oder in die Stadt nach Süden. Wenn sie sich anstrengten, konnten die Jungs eine Zeitlang das metallische Quietschen der Klappen an den automatischen Futtertrögen in Onkel Henrys Schweinestall hören, aber es war ein ferner, schwacher Laut, der mit dem letzten Rest Licht verschwand.

Schließlich war es dunkel. Bei aller sommerlichen Trägheit schien sich die Nacht urplötzlich um sie herum herniedergesenkt zu haben.

Dale legte kleine Zweige ins Feuer. Fünkchen stoben in die Nacht und schwebten von der Wiese zu den Sternen. Die Jungs rückten dichter zusammen, ihre Gesichter wurden von unten beleuchtet. Sie versuchten zu singen, aber es fehlte ihnen an der Lust dazu. Harlen schlug vor, sie sollten Gespenstergeschichten erzählen, aber die anderen brachten ihn stirnrunzelnd zum Schweigen.

Das Bächlein machte leise gluckernde Geräusche. Man konnte fühlen, wie Wesen in der Dunkelheit des Waldes erwachten, um zu jagen, mußte an viele Augen da draußen denken, die aufgeschlagen wurden, an Pupillen, deren vertikale Iris sich weitete und das bißchen Sternenlicht zunutze machte, um ihre Beute auszuspähen.

Unter dem Chor der Insekten und dem fernen, krächzenden Quaken hundert verschiedener Froscharten konnte man sich das Tapsen von Raubtieren vorstellen, die auf leisen Pfoten durch die Nacht schlichen und frischem Fleisch nachstellten.

Die Jungs zogen Sweatshirts und alte Pullover an, warfen mehr Holz aufs Feuer und rückten noch näher zusammen, bis sich ihre Schultern fast berührten. Das Feuer knisterte und knackte und verwandelte ihre Gesichter in Dämonenfratzen, bis das orangefarbene Leuchten das einzige Licht in ihrer Welt war.

Mikes Hauptproblem bestand darin, wach zu bleiben. Er war den größten Teil der vergangenen Nacht auf gewesen und hatte mit einer Flasche Weihwasser in der einen und der in ein Taschentuch gewikkelten heiligen Hostie in der anderen Hand auf dem alten Sessel in Memos Zimmer gesessen. Seine Mutter kam gegen drei Uhr nachts nach Memo sehen und schickte ihn nach oben, wobei sie ihn schimpfte, weil er so albern war. Mike hatte die Hostie auf dem Fenstersims gelassen.

Als er seine Zeitungen ausgetragen hatte, hatte er nach Pater Cavanaugh gesehen; der Priester war fort und Mrs. McCafferty war außer sich vor Sorge. Die Ärzte hatten beschlossen, Pater C. ins St. Francis-Krankenhaus in Peoria zu bringen, aber als der Krankenwagen am Dienstagabend eintraf, war der Priester verschwunden. Mrs. McCafferty schwor, daß sie die ganze Zeit unten in der Küche gearbeitet hatte und ihn gehört hätte, wenn er die Treppe heruntergekommen wäre ... aber die Ärzte hatten den Kopf geschüttelt und gesagt, der kranke Mann habe ja schließlich nicht wegfliegen können. Während Mike und die anderen Jungs im Baumhaus ihre Notizen verglichen und versucht hatten, einen Teil des geheimnisvollen Buchs zu entziffern, das Dale bei Mr. Ashley-Montague gestohlen hatte, hatten Mrs. McC. und einige andere Mitglieder der Gemeinde die Stadt abgesucht. Keine Spur von Pater Cavanaugh.

»Ich hätte auf den Rosenkranz geschworen, daß der arme Pater zu krank war, auch nur den Kopf zu heben, geschweige denn davonzuspazieren«, hatte Mrs. McCafferty zu Mike gesagt und sich dabei mit der Schürze die Augen gewischt.

»Vielleicht ist er nach Hause gegangen«, sagte Mike, der es selbst nicht glaubte.

»Nach Hause? Nach Chicago?« Die Haushälterin nagte auf der Unterlippe, während sie darüber nachdachte. »Aber wie? Das Auto der Diözese steht noch in der Garage, und der Bus Galesburg – Chicago kommt erst morgen früh durch.«

Mike hatte die Achseln gezuckt, ihr versprochen, sie und Dr. Staffney sofort zu informieren, wenn er etwas über den Verbleib von Pater C. erfahren sollte, und war in die Sakristei gegangen, um dem Aushilfspriester von Oak Hill bei der Messe zu helfen. Den ganzen Gottesdienst über – den der vertretende Priester mit gelangweilter, leiernder Stimme hinter sich brachte und während der besorgte Meßknabe abwesend und zerstreut antwortete – hatte Mike an die braunen Maden denken müssen, die sich windend ins Fleisch von Pater C. eingegraben hatten. *Was ist, wenn er jetzt einer von ihnen ist?*

Der Gedanke machte Mike krank.

Er hatte seine Mutter schwören lassen, daß sie in der Nacht nach Memo sehen würde, dann hatte er seine Chancen verbessert, indem er Boden und Fenster mit Weihwasser besprengt und Krümel der zerdrückten Hostie in die Ecken des Fliegengitters und unter Memos Bett gestreut hatte. Daß er Memo in dieser Nacht allein lassen mußte, war der Teil des Plans, der ihm nicht gefiel.

Dann hatte Mike seinen Drugstore-Rucksack gepackt und war gegangen, bevor die anderen Jungs aufgebrochen waren. Die Nervosität auf der Fahrt zur County Six hatte seinen Kopf ein bißchen klarer gemacht, aber die schlaflosen Nächte machten ihm immer noch zu schaffen und bewirkten ein leises Summen in seinen Ohren.

Mike war nicht ganz bis zur Farm von Onkel Henry gefahren, sondern hatte das Viehgatter unmittelbar nach dem Friedhof Calvary aufgemacht, war auf den ausgefahrenen Reifenspuren dort am Zaun entlang geradelt, hatte das Fahrrad in einem Fichtenhain direkt über der Kluft versteckt, war zurückgeschlichen und hatte gewartet, bis Dale und die anderen vorbeikamen. Sie waren fast anderthalb Stunden später erschienen, und Mike hatte ein erleichtertes Grunzen ausgestoßen: die Möglichkeit, daß der Abdeckereilaster sie attackierte, hatten sie nicht einkalkulieren können; für diesen Fall hatten sie lediglich ein neues Treffen um Mittag beim Wasserturm vereinbart.

Während die Jungs auf der Farm von Onkel Henry verweilten, hatte sich Mike im Wald aufgehalten und durch das Fernglas geblickt, das er sich von seinem Vater geliehen hatte. Die linke Linse des Glases, das sein Dad zur Rennbahn in Chicago mitgenommen hatte, funktionierte nicht besonders gut – sie war leicht milchig –, aber immerhin so gut, daß Mike seine Freunde sitzen und Tante Lenas Limonade trinken sehen konnte, während er selbst unruhig und zappelig im Gebüsch lag.

Später folgte er ihnen tiefer in den Wald, blieb aber stets mindestens fünfzehn Meter entfernt und bewegte sich parallel zu ihrem Weg – es war gut, daß er genau wußte, wohin sie gingen – und versuchte, sich nicht sehen oder hören zu lassen. Er trug ein grünes Polohemd und Baumwollhosen zur Tarnung und hatte dunkle Kleidung zum Wechseln für die Nacht dabei, aber dennoch wünschte er sich, er hätte einen richtigen Tarnanzug gehabt.

Mike schüttelte wieder den Kopf. Das Schwierige war, wach zu bleiben.

Er hatte einen Beobachtungsposten am höchsten Punkt der Kluft ausgekundschaftet, keine zwanzig Meter von der Stelle entfernt, wo Dale und die anderen campten, und es war ein perfekter Posten; zwei Felsen schirmten ihn vor den Blicken anderer ab, boten ihm selbst aber einen vertikalen Beobachtungsschlitz zum Lager und der Wiese dahinter; hinter ihm wuchsen drei Bäume dicht beisammen und ließen keine Annäherung in seinem toten Winkel zu; er hatte einen heruntergestürzten Ast genommen und einen flachen Graben ausgehoben, so daß er und seine Sachen unter der Ebene von Felsen und Gestrüpp vollkommen unsichtbar waren, und trotzdem hatte er die Stelle darüber hinaus mit abgebrochenen Zweigen und einem umgestürzten Stamm getarnt.

Mike legte seine Sachen zurecht: eine Flasche Trinkwasser und eine Flasche Weihwasser – die er mit Filzstift auf Klebeband markiert hatte, damit er sie nicht verwechselte –, seine Sandwiches und Süßigkeiten, das Fernglas, den größten Teil der Hostie, den er sicher verpackt in der Brusttasche des Polohemds verwahrte, und schließlich – mit äußerster Behutsamkeit aus dem Rucksack geholt – Memos Eichhornbüchse.

Jetzt war ihm klar, daß das Ding illegal sein mußte – ein achtzehn Zoll langer Schrotflintenlauf und der Pistolengriff aus Walnußholz, es sah *wirklich* wie eine Waffe aus, die ein Gangster in Chicago der dreißiger Jahre benützt haben konnte, um einen gegnerischen Gangster wegzupusten. Mike klappte den Verschluß mit einem leisen Klick des Sicherungshebels oben auf und roch Öl, als er den Lauf in die Höhe hielt und im letzten Abendlicht die glatte Röhre entlangsah. In der Kiste bei Memos Gewehr waren Patronen gewesen, aber die sahen uralt aus, daher hatte Mike allen Mut zusammengenommen, war zu Meyer's Hardware gegangen und hatte eine neue Schachtel .410er lang gekauft. Mr. Meyers hatte eine Braue hochgezogen und gesagt: »Hab' gar nicht gewußt, daß dein Daddy auf die Jagd geht, Michael.«

»Geht er auch nicht«, hatte Mike wahrheitsgemäß gesagt. »Er hat es nur bis über beide Ohren satt, daß dauernd Krähen in den Garten kommen.«

Jetzt, während die letzten Spuren der Dämmerung verschwanden, stellte Mike die neue Schachtel Patronen vor sich hin, drückte eine in den Lauf, klappte die Eichhornbüchse zu und sah den langen Lauf entlang zu den Jungs um ihr zwanzig Meter entferntes Lagerfeuer. Für die kurze Schrotflinte waren sie zu weit entfernt; das wußte selbst Mike. Nicht einmal mit Dales Gewehr hätte man auf diese Entfernung viel treffen können, und das abgesägte Ding, mit dem Mike zielte, war über ein paar Meter hinaus nutzlos. Aber innerhalb von diesem engen Radius, das wußte er, würde die Wirkung verheerend sein.

Das Dickicht südlich von der Stelle, wo Dale, Kev, Lawrence und Harlen das Lager aufgeschlagen hatten, machte eine lautlose Annäherung unmöglich und jedwede Annäherung *fast* unmöglich. Mike kauerte am Rand der Kluft im Norden; es wäre für jeden ziemlich schwer, den Bach zu überqueren und den Felsen hinaufzuklettern, ohne eine Menge Lärm zu machen. Damit blieb eine Annäherung durch den gangbaren Wald im Osten oder über die Wiese im Westen. Von seinem Beobachtungsposten aus konnte Mike beide Wege deutlich einsehen, auch wenn die zunehmende Dunkelheit es schwierig machte, viele Einzelheiten zu erkennen. Die Stimmen seiner am Feuer schwatzenden Freunde schienen sanft und gedämpft, wie sie über die kühle Abendluft zu ihm drangen.

Die Eichhornbüchse hatte hinten Kimme und vorne, am Ende des Laufs, Korn, doch waren beide mehr Zierde als Hilfsmittel. Man hielt das Ding hoch, drückte ab und überließ das Treffen der breiten Streuung der Schrotladung. Als es vollends dunkel wurde, stellte Mike fest, daß seine Hand am Holzgriff feucht war. Er kramte in der Patronenschachtel, steckte zwei Ersatzpatronen in die Hemdentasche und einige in die Hosentaschen und verstaute die Schachtel wieder im Rucksack. Er sicherte und legte die Waffe auf Piniennadeln neben den Fels, zwang sich, ruhiger zu atmen und verschlang ein Sandwich mit Erdnußbutter und Gelee, das er sich am Morgen in aller Hast eingepackt hatte. Der Geruch der Würstchen, der über die Wiese wehte, hatte ihn hungrig gemacht.

Seine Freunde legten sich kurz nach Einbruch der Dunkelheit hin. Mike hatte den schwarzen Pullover angezogen und war in die dunkle Hose geschlüpft; jetzt beugte er sich erwartungsvoll nach vorne, spähte in die Dunkelheit, versuchte den Hintergrundlärm von Insekten und Fröschen nach anderen Geräuschen abzuhorchen und an den wogenden Laubschatten und blinkenden Glühwürmchen vorbei nach Spuren von Bewegungen zu sehen. Er fand keine.

Er beobachtete, wie Dale und Lawrence sich in das offene Minizelt dicht beim Feuer verkrochen, wo ihre Füße im flackernden Feuerschein als Wölbungen in den Schlafsäcken zu sehen waren. Kevin und Harlen krochen in Kevs Zelt, das ein paar Meter weiter links und weiter vom Feuer entfernt stand. Mike konnte Kevs Baseballmütze gerade noch aus dem Schlafsack herausragen sehen. Harlen hatte es sich offensichtlich in der anderen Richtung bequem gemacht, die Sohlen seiner Turnschuhe ragten aus dem Schlafsack. Mike rieb sich die Augen, sah angestrengter in die Dunkelheit, bemühte sich, nicht direkt ins Feuer zu blicken und hoffte, daß sie ihm alle aufmerksam zugehört hatten.

Wer hat mich eigentlich zum Boß gemacht? Er schüttelte müde den Kopf.

Wach zu bleiben war das schwierigste. Mike döste mehrmals fast ein, zuckte aber jedesmal hoch, wenn sein Kinn die Brust berührte. Er setzte sich so hin, daß er unbequem im Spalt zwischen den Felsen hockte und stemmte den Arm unter sich, so daß er sich, wenn er einschlief, mit dem ganzen Körpergewicht auf den Arm setzen und wieder aufwachen würde.

Trotz der unbequemen Haltung war er halb eingedöst, als er merkte, daß jemand über die Wiese kam.

Zwei Gestalten näherten sich langsam von Westen – aus der Richtung der County Six – und bewegten sich mit der Behutsamkeit von Jägern, die vermeiden, auf Zweige zu treten. Es waren hochgewachsene Gestalten, eindeutig Erwachsene. Sie machten einen Schritt, verweilten. Machten wieder einen Schritt. Sie setzten die Füße vorsichtig auf; ihre Bewegungen glichen einem Ballett lautlosen Anpirschens.

Mike spürte, wie sein Herz so heftig zu schlagen anfing, daß es in der Brust weh tat und ihn schwindlig machte. Er nahm die Eichhornbüchse in beide Hände, hielt sie vor sich, dachte an die Sicherung und löste sie. Seine Finger waren schweißfeucht und fühlten sich seltsam taub an.

Die beiden hochgewachsenen Gestalten waren zwanzig Schritte vom Lager der Jungs entfernt, hielten inne und waren in der Finsternis fast unsichtbar. Nur das Sternenlicht auf ihren Augen und Händen verriet sie, wenn sie sich nicht bewegten. Mike beugte sich nach vorne und strengte sich an, etwas zu erkennen. Die Männer trugen etwas – Gehstöcke? Dann sah Mike das Blitzen von Sternenlicht auf Stahl und stellte fest, daß beide Männer Äxte trugen.

Mikes Atem geriet ins Stocken, setzte aus, fing wieder an. Er zwang sich, sich nicht allein auf die beiden Männer zu konzentrieren – sie waren eindeutig Männer, groß, mit langen Beinen und dunkler Kleidung –, sondern seine Sinne ringsum schweifen zu lassen. Die

Heimlichtuerei und das ganze Planen wären vergebens gewesen, wenn sich jemand von hinten an Mike anschlich.

Es war niemand hinter ihm. Jedenfalls soweit er erkennen konnte nicht. Aber unter den Bäumen *hinter* den Zelten waren nun weitere Bewegungen auszumachen. Mike erkannte mindestens noch einen Mann, der sich so behutsam wie die auf der Wiese näherte, aber nicht ganz so lautlos. Dieser war kleiner und konnte den trockenen Zweigen unter den Füßen nicht so erfolgreich ausweichen. Dennoch – hätte Mike nicht gewußt, aus welchen Richtungen sie kommen mußten, hätte er sie weder gesehen noch gehört.

Wind kam auf und raschelte in den Blättern über ihm. Die beiden Gestalten auf der Wiese machten sich das Geräusch als Deckung zunutze und schlichen näher ans Lager. Die Äxte hatten sie wie in Habtachtstellung vor den Oberkörpern erhoben. Mike versuchte zu schlucken, stellte fest, daß sein Mund trocken war, und sammelte Spucke.

Mike schüttelte heftig den Kopf und bemühte sich, die Wirklichkeit von seinen Träumen zu unterscheiden. Träumte er?

Die drei Männer hatten sich mittlerweile dem Lager genähert. Sie standen unmittelbar am Rand des Feuerscheins, langbeinige Schatten in den Schatten. Mike sah Sternenlicht funkeln und stellte fest, daß die dritte Gestalt, die am weitesten von ihm entfernt war, ebenfalls eine Axt oder etwas langes Metallisches trug. Mike betete, daß es kein Gewehr oder eine Schrotflinte sein würde.

Auf keinen Fall. Sie *wollen keinen Lärm.*

Mikes Hände zitterten, als er beide Arme über die Kuppe des flachen Felsens ausstreckte und auf die beiden Gestalten zielte, wobei er die Waffe hoch genug hielt, daß die Schrotladung nicht in die beiden niederen Zelte einschlagen würde.

Schieß! Schieß sofort! Nein. Er mußte sicher sein. Genau darum ging es ja . . . sicher zu sein. *Wenn die Männer nun Farmer waren, die Holz suchten? – Mitten in der Nacht?* Das glaubte Mike selbst nicht. Aber er schoß nicht. Wenn er daran dachte, auf einen Menschen zu schießen, zitterten seine Hände noch heftiger. Er stützte sie auf den Felsen und biß die Zähne zusammen.

Die beiden Männer auf dieser Seite des Feuers schlichen lautlos um das schwelende Lagerfeuer herum. Die Glut zeigte lediglich dunkle Kleidung und hohe Stiefel. Die Gesichter der Männer waren unter tief heruntergezogenen Mützen verborgen. In den Zelten war kein Laut zu hören, keine Regung zu sehen. Mike konnte immer noch die Wölbungen von Dales und Lawrences Füßen in den Schlafsäcken sehen, Kevs Baseballmütze, Harlens Turnschuhe. Der Mann auf der anderen Seite des Lagers bewegte sich zwischen den Bäumen und trat näher an Kevins Zelt.

Mike spürte den Drang, eine Warnung zu brüllen, die Eichhornbüchse in die Luft abzufeuern. Beides ließ er sein. Er mußte es *wissen.* Er wünschte sich, er hätte den Beobachtungsposten dichter beim Lager gewählt. Er wünschte sich, er hätte ein Gewehr oder eine Pistole mit größerer Reichweite. Alles schien falsch und nicht richtig geplant zu sein . . .

Mike zwang sich, sich zu konzentrieren. Die drei Männer standen da, zwei beim Zelt von Dale und Lawrence, einer bei dem von Kev und Harlen. Sie sprachen kein Wort. Es sah so aus, als würden sie darauf warten, daß die Jungs in den Zelten aufwachten und sich ihnen anschlossen. Mike dachte einen übelkeiterregenden Augenblick, daß dieses Tableau die ganze Nacht so bleiben würde – die stummen Gestalten, die stummen Zelte, das Feuer, das immer düsterer und düsterer wurde, bis er gar nichts mehr sehen konnte.

Plötzlich kamen die beiden Männer näher beim Lager nach vorne, schwangen die Äxte lautlos, schlugen durch die Zeltleinwand in die Schlafsäcke darunter. Einen Sekundenbruchteil später hieb der dritte Mann seine Axt in Kevins Mütze.

Der brutale Angriff erfolgte so plötzlich, so unerwartet, daß Mike vollkommen überrascht wurde. Er stöhnte laut, als ihm die Wirklichkeit des Vorfalls bewußt wurde und den Atem nahm.

Die beiden näheren Männer hoben wieder die Äxte, schlugen wieder zu. Mike hörte, wie die Schneiden durch eingestürzte Leinwand, durch die Schlafsäcke und den Inhalt der Schlafsäcke und in den Erdboden darunter glitten. Sie hoben die Äxte zum drittenmal. Hinter ihnen schwang der kleinere Mann seine wie rasend und grunzte lautstark dabei. Mike sah, wie einer von Harlens Turnschuhen davonflog und beim Feuer landete. Ein zerfetztes Stück roter Socke – oder etwas anderes Rotes – klebte daran.

Die Männer keuchten und stöhnten jetzt, grunzten einander in sinnlosen Silben zu und gaben animalische Laute von sich. Die Äxte wurden erneut erhoben.

Mike zog den Hahn zurück, spannte ihn und drückte ab. Das Mündungsfeuer des Schrotschusses blendete ihn; der Rückstoß riß ihm die aufgestützten Arme und Hände so hoch, daß er die Waffe fast fallengelassen hätte.

Er rang keuchend nach Atem, stellte fest, daß beide Männer noch standen, sich jetzt aber mit im letzten Licht funkelnden Augen zu ihm umdrehten, und dann tastete Mike nach einer neuen Patrone. Sie befanden sich in seiner Brusttasche unter dem schwarzen Pullover, den er angezogen hatte.

Mike stützte sich auf die Knie und tastete in der Jeanstasche nach einer Patrone. Er machte das Schloß auf und versuchte, die verbrauchte Hülse herauszuschütteln. Sie klemmte. Seine Fingernägel fanden Halt am Messingring. Er verbrannte sich die Finger, als er die Hülse herauszog, eine neue hineinschob und das Schloß zuklappte.

Einer der Männer war über das Feuer gesprungen und kam in seine Richtung. Der zweite war mit hoch erhobener Axt erstarrt. Der dritte grunzte etwas und hackte weiter auf die Überreste von Kevins und Harlens eingestürztem Zelt und die zerfetzten Schlafsäcke ein.

Der erste Mann landete auf der anderen Seite des Feuers und kam mit pochenden Stiefelschritten auf Mike zu. Mike hob die Eichhornbüchse, spannte den Hahn und schoß. Der Knall war ungeheuer.

Er duckte sich, warf die verbrauchte Hülse hinaus, lud nach. Als er wieder hochkam, war der Mann fort – im Gras unten oder fort. Die beiden anderen schienen im Feuerschein erstarrt zu sein.

Dann brachen Lärm und Wahnsinn los.

Flammen loderten aus dem dichten Gehölz keine zehn Meter südlich des Lagers empor. Ein weiterer Schrotschuß dröhnte. Der dritte Mann schien an unsichtbaren Schnüren rückwärts gerissen zu werden, die Axt wirbelte durch die Luft und landete direkt in den Flammen, der Mann selbst rollte ins hohe Gras der Wiese. Eine Pistole wurde abgefeuert – Mike erkannte an dem raschen, hustenden Geräusch, daß es sich um eine halbautomatische Fünfundvierziger handeln mußte – drei Schüsse, Pause, noch drei Schüsse. Eine weitere Pistole stimmte in das irrwitzige Stakkato ein und feuerte, so schnell der unsichtbare Schütze den Abzug drücken konnte. Das hohe Peitschen einer .22er war zu hören, dann wieder eine Schrotsalve.

Der dritte Mann lief. Direkt auf Mike zu.

Mike stand auf und wartete, bis die stapfende Gestalt noch zwanzig Schritte von ihm entfernt war, dann feuerte er Memos Eichhornbüchse dahin, wo er die Augen des Mannes funkeln sah.

Die Mütze des Mannes, oder ein Teil seines Schädels flog in hohem Bogen hinter ihn. Die Gestalt schleuderte die Axt in Mikes Richtung, fiel um, torkelte stöhnend im hohen Gras und rutschte unter Krachen und Knacken von Ästen und Schößlingen die Kluft im Nordosten hinunter. Ein großes Insekt flog summend an Mikes Ohr vorbei, er duckte sich in dem Augenblick, als die Axt funkenschlagend gegen den Fels klirrte und nach links abprallte.

Mike lud nach, hob die Eichhornbüchse, umklammerte den Pistolengriff mit beiden Händen und ausgestreckten Armen, atmete durch den Mund und hatte den Hammer schon gespannt und den Finger am Abzug, als er merkte, daß das Lager verlassen war, abgesehen von den zerfetzten und stummen Zelten und dem erlöschenden Feuer. Da fiel ihm der Plan wieder ein.

»Los!« brüllte er, duckte sich, packte den Rucksack und rannte zwischen der Wiese und dem Rand der Kluft nach Nordwesten. Er spürte, wie Zweige brachen, wenn er mit Kopf und Schultern dagegenstieß, spürte, wie etwas einen langen Kratzer über seine Wange zog, und dann war er beim ersten Checkpoint angelangt – dem umgestürzten Baumstamm, wo der Viehpfad am steilsten Abschnitt der Kluft entlang verlief.

Er ließ sich dahinter fallen und hob die Waffe.

Schritte stapften rechts von ihm.

Mike kniff die Augen zusammen und pfiff einmal. Die laufende Gestalt pfiff zweimal als Antwort und rannte ohne langsamer zu werden vorbei. Mike schlug ihr auf die Schulter.

Zwei weitere Gestalten, zwei weitere pfeifende Antworten. Rucksackschnallen klickten, als sie vorbeihasteten. Mike schlug ihnen auf die Schultern. Noch eine Gestalt in der Dunkelheit. Mike pfiff, hörte keine Antwort und richtete Memos Eichhornbüchse auf die Magengegend des laufenden Schemens.

»Ich bin's!« keuchte Jim Harlen.

Mike spürte die Schlinge unter der Hand, als er dem kleineren Jungen im Vorüberlaufen auf die Schulter schlug, ehe dieser mit auf dem kahlen Erdpfad pochenden Keds-Turnschuhen unter den tiefhängenden Bäumen verschwand.

Mike kauerte hinter dem dicken Stamm und wartete noch eine Minute, während er die Sekunden nach der Pfadfindermethode zählte, ohne die Eichhornbüchse zu senken. Es war eine sehr lange Minute. Dann lief er tief geduckt den Pfad entlang, hatte den Rucksack auf der linken Schulter und die Waffe in der rechten Hand, drehte ständig den Kopf hin und her und verließ sich auf seine periphere Sicht. Ihm war, als wäre er meilenweit gelaufen, doch er wußte, daß es nur ein paar hundert Meter waren.

Links vor ihm ertönte ein leises Pfeifen. Er pfiff dreimal als Antwort. Eine Hand schlug ihm im Vorübergehen auf die Schulter, und Mike konnte gerade noch die .45er Automatik von Kevins Dad sehen. Dann fand Mike die Abkürzung, den leichten Knick im Weg, rollte sich ins hohe Gestrüpp, spürte Dornenranken, achtete aber nicht darauf, pfiff einmal, ließ Kevin vorbei und behielt den Weg nach Norden und Süden weitere fünfundvierzig Pfadfindersekunden lang im Auge, bevor er sich selbst den Hügel hinunterrutschen ließ, wobei er versuchte, auf dem weichen Lehmboden und dem dikken Teppich alter Blätter so leise wie möglich zu sein.

Einen Augenblick lang konnte Mike keine Öffnung in der soliden Mauer aus Dornhecken und Büschen finden, aber dann ertastete er mit der Hand den geheimen Eingang, legte sich auf den Bauch und zwängte sich in den geschützten Kreis von Lager Drei.

Eine Taschenlampe strahlte ihm ins Gesicht und ging aus. Die anderen vier flüsterten aufgeregt, ihre Stimmen klangen schrill vor Euphorie, Adrenalin und Schrecken.

»Seid still!« zischte Mike. Er nahm Kevin die Taschenlampe aus der Hand und ging den Kreis der Gesichter ab, wobei er jedem Jungen fast ins Ohr flüsterte: »Alles klar?« – »Bist du okay?« Alle waren unversehrt. Alle fünf, einschließlich Mike, waren anwesend und registriert. Sonst war niemand da.

»Schwärmt aus«, flüsterte Mike, worauf sie zu den Rändern des Kreises gingen und lauschten, Kevin mit gezückter Automatik links vom einzigen Eingang.

Mike spritzte Weihwasser auf Boden und Zweige. Er hatte die Wesen nicht gesehen, die Löcher machten, aber die Nacht war noch lange nicht vorbei.

Sie horchten. Irgendwo schrie eine Eule. Der Chor der Grillen und Frösche – den die Gewehrschüsse eine Zeitlang zum Verstummen gebracht hatten – hatte wieder angefangen, war aber hier, auf halbem Weg den Hügel hinab, etwas gedämpft. Weit entfernt fuhr ein Auto oder Kleinlaster auf der County Six über die Hügel.

Nachdem sie dreißig Minuten lang stumm gelauscht hatten, kauerten sich die Jungs beim Eingang zusammen. Der Drang zu sprechen war überstanden, aber sie flüsterten abwechselnd aufeinander ein und steckten die Köpfe zusammen, damit man sie außerhalb von Lager Drei nicht hören konnte.

»Ich konnte nicht fassen, daß sie es echt *gemacht* haben«, keuchte Lawrence.

»Habt ihr meinen verfluchten Turnschuh gesehen?« zischte Harlen ihnen immer wieder zu. »Den haben Sie arschglatt von dem Sweatshirt losgehackt, das ich reingestopft hatte.«

»Unsere sämtlichen Sachen sind in Fetzen geschlagen«, flüsterte Kev. »Meine Mütze. Alles, was ich in den Schlafsack gestopft hatte.«

Nach und nach brachte Mike sie von ihren leisen Ausrufen und mit wildem Blick vorgetragenen Beschreibungen ab und ließ sie Bericht erstatten. Sie hatten getan, was der Plan vorgesehen hatte. Dale fand, daß das Warten auf die Dunkelheit am schlimmsten gewesen war, Würstchen grillen und Marshmallows rösten, als würden sie wirklich nur campen. Dann hatten sie sich in die Zelte verkrochen, ihre Schlafsäcke ausgestopft und sich nach und nach vorsichtig auf die vorher ausgemachten Positionen im Wäldchen hinter dem Lager geschlichen.

»Ich hab' auf einem beschissenen *Ameisenhügel* gelegen«, flüsterte Harlen, und die anderen unterdrückten Gelächter, bis Mike ihnen sagte, sie sollten still sein.

Mike hatte die Positionen des Hinterhalts so ausgesucht, daß sie nicht über das Lager hinweg aufeinander feuerten – sie hatten alle nach Nordosten oder Nordwesten geschossen –, aber Kevin gestand, daß er in seiner Aufregung, nachdem die Männer die Zelte zerhackt hatten, Richtung Mikes Standort geschossen hatte. Mike zuckte die Achseln, aber dann fiel ihm ein, wie etwas an seinem Ohr vorbeigesaust war, als der zweite Mann die Axt nach ihm geworfen hatte.

»Okay«, flüsterte er, legte den anderen die Arme auf die Schultern und zog sie näher zu sich, »jetzt wissen wir es. Aber es ist noch nicht vorbei. Wir können vor morgen früh nicht aufbrechen – das sind noch Stunden. Sie könnten Verstärkung holen – und diese Verstärkung muß nicht zwangsläufig aus Menschen bestehen.«

Er ließ das einwirken. Er wollte sie nicht so einschüchtern, daß sie nicht mehr handeln konnten, sondern sie nur wachsam halten. »Aber ich glaube nicht, daß es so kommen wird«, flüsterte er und berührte die Köpfe von Kevin und Dale. Sie waren wie eine Footballmannschaft bei der Besprechung. »Ich glaube, wir haben sie geschlagen, für heute nacht sind sie fort. Morgen früh überprüfen wir das Lager, nehmen mit, was wir können, und verschwinden wie der geölte Blitz. Wer hat Decken mitgebracht?«

Sie hatten vorgehabt, fünf für das Lager Drei mitzunehmen, aber irgendwie waren es nur drei. Mike zog eine Ersatzjacke hervor, teilte zwei Leute für die Wache der ersten Stunde ein – Kev besaß eine Uhr mit Leuchtzifferblatt –, übernahm mit Dale die erste Wache und befahl den anderen, sich hinzulegen. Kein Flüstern mehr.

Aber er und Dale flüsterten ein wenig, als sie an der soliden Mauer aus Buschwerk vor der Öffnung kauerten.

»Sie haben es echt getan«, flüsterte Dale kopfschüttelnd und wiederholte die Bemerkung seines kleinen Bruders. »Sie haben wirklich versucht, uns umzubringen.«

Mike nickte, obwohl er nicht sicher war, ob der andere Junge ihn selbst aus zwei Schritt Entfernung sehen konnte. »Ja. Jetzt wissen wir, daß sie mit uns vorhaben, was sie mit Duane gemacht haben.«

»Weil sie sich denken, daß wir Bescheid wissen?«

»Vielleicht nicht«, flüsterte Mike zurück. »Vielleicht haben sie nur vor, uns alle aus Prinzip zu beseitigen. Aber jetzt wissen wir es. Und können weitermachen.«

»Aber wenn sie – andere Wesen schicken?« flüsterte Dale. Harlen oder ein anderer schnarchte ganz leise, weiße Socken waren zu sehen, wo sie unter der Decke herausragten.

Mike hielt noch die Weihwasserflasche umklammert. Die Eichhornbüchse hatte er in der anderen Hand; sie war geladen und mußte nur entsichert und gespannt werden. »Dann schnappen wir uns die auch.« Er war nicht so zuversichtlich, wie er sich anhörte.

»Großer Gott«, flüsterte Dale. Es hörte sich mehr wie ein Gebet an, nicht wie ein Fluch.

Mike nickte, kauerte sich zusammen und wartete auf die Dämmerung.

30

Gleich nach Anbruch der Dämmerung machten sie sich auf die Suche nach Leichen.

Es war eine der längsten Nächte, an die sich Dale Stewart erinnern konnte. Anfangs hatten Schrecken, Aufregung und der Adrenalinstoß ihn aufgeputscht, aber nach der ersten Wache mit Mike, als Dale sich schlafen legte und sie noch mehrere Stunden bis zum Morgen blieben, war nur noch die Angst da. Eine tiefempfundene, übelkeiterregende Angst; es war eine Angst vor der Dunkelheit verbunden mit dem erschreckenden Geräusch von jemand, der unter dem Bett atmete. Es war die Angst vor Einbalsamierungswerkzeug und der Messerklinge am Auge, die Angst vor einer kalten Hand im Nacken in einem dunklen Zimmer. Dale hatte früher schon Angst gehabt, die Angst vor dem Kohlenkeller und dem Keller allgemein, die Angst vor dem allumfassenden schwarzen Kreis der Mündung von C. J. Congdens Gewehr, das auf ihn gerichtet war, die hodenschrumpelnde Angst vor dem Leichnam im Wasser in ihrem Keller ... aber dieses Entsetzen ging über normale Angst hinaus. Dale war, als könnte man sich auf nichts mehr verlassen. Der Boden konnte sich auftun und ihn verschlingen ... buchstäblich ... es lauerten *Wesen* unter dem Erdboden, und andere Wesen der Nacht gleich vor dem schwachen Ring aus Zweigen, der ihren einzigen Schutz bildete. Die Männer mit den Äxten warteten vielleicht gleich hinter den Blättern und Zweigen, ihre Augen tot, aber strahlend, ohne Atem, der die Brust hob und senkte, aber mit erwartungsvollem Hecheln in der Kehle.

Es war eine lange Nacht.

Alle waren wach, als die erste Andeutung von Grau durch die dichten Zweige über ihnen drang. Um halb sechs – laut Kevins Uhr – hatten sie gepackt und gingen den Weg zurück, wobei Mike dreißig Schritte vorausging, die anderen mit Handzeichen weiterwinkte oder mit einer Gebärde zum Stillstand brachte.

Hundert Meter vom Lager entfernt schwärmten sie aus, gingen auseinander und vorwärts, und jeder behielt zwei andere im Blickfeld, während sie sich langsam von Baum zu Baum, Strauch zu Strauch vorarbeiteten und sich geduckt im hohen Gras hielten. Schließlich sahen sie die verwüsteten Zelte – Dale hatte halb damit gerechnet, alles unversehrt vorzufinden, die Brutalität der vergangenen Nacht nur ein gemeinsamer Alptraum –, aber selbst aus der Ferne konnten sie die zerfetzte Leinwand, die eingestürzten Zelte und die verstreuten Kleidungsstücke erkennen. Eine Axt lag schwarz und halb in der Asche des Feuers vergraben. Harlens linker Turnschuh lag daneben.

Sie rückten langsam vor und ließen Mike an der Nord- und Dale an der Südflanke das Lager fast umzingeln. Dale war sicher, daß er die Leichen als erster sehen würde ... eine auf der Wiese, wo Mike den ersten Mann erschossen hatte, und eine am Rand der Kluft ... aber sie fanden keine Leichen.

Ihr erster Impuls war, durch die Trümmer ihres Lagers zu wühlen, Witze zu machen und zu lachen, weil die Nervosität von ihnen gewichen war, aber Mike ließ sie wieder ausschwärmen, nach Südosten bis zum Steinbruch, nach Norden bis zum Zaun von Onkel Henrys Grundstück, nach Osten fast bis zur Straße. Sie fanden keine Leichen.

Aber sie fanden Blut. Blutspritzer auf der Wiese, ungefähr an der Stelle, wo der Mann gestürzt sein mußte, auf den Mike geschossen hatte. Blut auf Felsen und Gestrüpp der Kluft. Und noch mehr Blut an der gegenüberliegenden Seite des kleinen Tals, in der Nähe des Zauns.

»Einen von den Dreckskerlen haben wir zumindest erwischt«, sagte Harlen, aber seine Kaltschnäuzigkeit hatte einen hohlen Klang im Sonnenschein, wo das Blut auf Grashalmen und umgestürzten Baumstämmen bereits zu braunen Flecken trocknete. Es schienen große Flecken zu sein. Der Gedanke, daß sie tatsächlich jemanden erschossen hatten – einen Menschen –, machte Dales Knie weich. Dann dachte er an die Äxte, die auf das Zelt eingeschlagen hatten, in dem er vorgeblich geschlafen hatte.

Sie kehrten zum Lager zurück, weil sie es eilig hatten, zu retten, was noch zu retten war, und wieder zu verschwinden. Eine Axt lag verkohlt und schwarz in der Asche des Lagerfeuers.

»Mein Dad wird sich ganz schön aufregen«, sagte Kev und legte die Überreste des Zelts zusammen.

»Meine Alte wird Backsteine und junge Katzen scheißen«, sagte Harlen, hielt die Fetzen seiner Decke hoch und sah durch ein Loch darin. Er betrachtete Kevin durch den Riß. »Du kannst sagen, es hat das Zelt gegen einen Stacheldrahtzaun geweht, aber was soll ich wegen meiner besten Decke sagen? Daß ich einen wilden feuchten Traum gehabt und sie zu Tode gerammelt habe?«

»Was ist ein feuchter Tr ...«, begann Lawrence.

»Vergiß es!« sagte Dale hastig. »Packen wir das Zeug zusammen, vergraben, was wir nicht mitschleppen wollen, und verschwinden.«

Sie trugen ihre Schrotflinten und Pistolen und Eichhornbüchsen offen, bis sie den Zaun überquert hatten und fast in Sichtweite von Onkel Henrys Haus waren. Dann zerlegten sie sie und verstauten sie in Rucksäcken und Tüten. Dale hatte Lawrence die Savage tragen lassen, als sie aus dem Wald heraus waren, aber er behielt die .410er- und .22er-Patronen in der Tasche. Wenn man sie eine Stunde geschleppt hatte, wirkte die Waffe um so schwerer, dennoch war sie kürzer und leichter als die meisten Schrotflinten. In der Nacht zuvor, während der Schießerei, hatte sich Dale gewünscht, er hätte die Pump-Schrotflinte seines Vaters mitgebracht, trotz deren Gewicht und Größe. Einen Schuß aus jedem Lauf seines Gewehrs abzufeuern und dann das Schloß zum Nachladen aufzuklappen, war nervtötend gewesen. Dale erinnerte sich, wie er an dem Felsen vorbeigesehen hatte, hinter dem Lawrence kauerte, zu Harlen und Kevin, die im Dikkicht auf den Knien lagen und ihre Pistolen abfeuerten – das laute Husten von Kevins .45er und das eindrucksvolle Aufblitzen und Bellen von Harlens stupsnäsiger .38er waren so laut, daß sich Dale die Ohren zuhalten wollte. *Haben wir das wirklich gemacht?*

Sie hatten. Sie hatten gerade dreißig Minuten damit verbracht, sämtliche Hülsen zu suchen, die sie zusammen mit den Decken, Schlafsäcken und Zelten, die so zerfetzt waren, daß es sich nicht lohnte, sie nach Hause zu tragen, fünfzig Schritte von der Lagerstelle entfernt vergraben hatten. Mike hatte sein Fahrrad geholt.

Tante Lena bot ihnen Frühstück an, aber dafür hatten die Jungs keine Zeit. Onkel Henry fuhr in die Stadt, daher beeilten sie sich, die Räder auf die Pritsche seines Lasters zu legen und einzusteigen.

Vor der langen Fahrt nach Hause hatte Dale und den anderen gegraut. Nun waren aus der langen Fahrradfahrt ein paar Minuten Holpern und Staub geworden, und der Kies spritzte hinter dem Lieferwagen hoch, als sie den steilen Hügel am Friedhof hinab in den Schatten der Talsohle fuhren. Auf den Maispflanzen und dem Unkraut am Straßenrand glänzte noch Tau.

»Seht mal!« sagte Lawrence, als sie am Black Tree vorbeifuhren.

Sie sahen. Das Lokal sah unter den großen Bäumen am Rand der Kluft dunkel und geschlossen aus, nicht einmal das Auto des Inhabers war da. Das fast horizontale Licht fiel schräg und drückend auf den Kiesweg.

Aber an der Westseite des Parkplatzes stand etwas weit hinten unter niederen Bäumen. Ein Lastwagen. Dale konnte kurz schorfige rote Farbe erkennen, Laub, das sich auf einer von Zweigen halb verdeckten Windschutzscheibe spiegelte, und eine Andeutung der hohen Pritsche tiefer in den Schatten.

»Der Abdeckereilaster?« rief Kevin über den Lärm im hinteren Teil des Pritschenwagens hinweg. Sie waren schon an der Kreuzung der Jubilee College Road angelangt, und der Laster war nicht vom Parkplatz gefahren.

Mike zuckte die Achseln. »Könnte sein.«

Dale spürte, wie er zitterte, und hielt sich an der Seitenwand der Pritsche fest, um es zu unterbinden. Seine Unterarme taten vor Anstrengung weh. Er stellte sich vor, wie sie keuchend und über die

Lenkstangen gebeugt und nach der langen Nacht müde auf dieser langen Strecke gefahren wären, wie dieser rote Alptraum plötzlich mit einem Brüllen seines V-8-Motors zum Leben erwachte, quietschte und schwankte und Kies hinter sich aufwirbelte, wenn er sein Versteck verließ, innerhalb von zwei Sekunden über die Einfahrt holperte und den Gestank von verwesenden Viehkadavern wie eine Schockwelle vor sich her schob.

An der Stelle war der Straßengraben an der Westseite der Straße tief, der Zaun zwischen ihnen und dem Wald hoch. Hätten sie rechtzeitig von den Rädern springen und zwischen den Bäumen verschwinden können?

Und wenn Van Syke ein Gewehr gehabt hätte? Oder wenn er *gewollt* hätte, daß sie nach Osten in den Wald flohen, Richtung Gypsy Lane?

Als er in diesem Augenblick die hohen Maisreihen auf beiden Straßenseiten sah, die Sonne, die schon höher am Himmel stand, den Wasserturm, auf den sie sich zubewegten, und die Staubwolke hinter dem Pritschenwagen sah, war Dale unumstößlich und völlig sicher, daß *wirklich* etwas im Wald auf sie gewartet hatte.

Immer noch wartete. Onkel Henrys beiläufiges Angebot, sie in die Stadt zu fahren, hatte ihren Plan von einem völligen Alptraum zu dem kleinen Erfolg gemacht, der er war. Dale sah über die Pritsche zu Mike, sah die von Müdigkeit umwölkten grauen Augen seines Freundes und wußte, daß Mike es auch wußte. Dale wollte ihn an der Schulter berühren, wollte ihm sagen, daß es gut war, wenn er nicht alles vorhersehen konnte ... aber seine Arme zitterten so sehr, daß er die Seitenwand des Lastwagens gerade jetzt nicht loslassen konnte. Mehr noch, in diesem Augenblick wußte Dale, daß es *nicht* gut war, daß Mikes Fehleinschätzung sie an diesem wunderschönen Julimorgen alle das Leben hätte kosten können.

Aber *was* wartete da hinten im Dunkel des Waldes?

Dale machte die Augen zu und dachte an Mrs. Duggan, die seit acht Monaten tot war ... an Tubby Cooke, so wie Dale ihn gesehen hatte, weiß und aufgedunsen, die Haut, die sich abschälte wie weißer Gummi, der von innen verfault ist ... an lange, feuchte Wesen, die unterirdische Tunnel gruben und deren Mäuler unter der dünnen Schicht von Lehm und Laub warteten ... an den Soldaten, wie Mike ihn beschrieben hatte, mit zerfließendem Gesicht, das sich zum zähnegesäumten Rüsselmaul eines Neunauges dehnte ...

Sie fuhren wortlos bis in die Stadt und winkten sich müde zu, als Onkel Henry sie nacheinander absetzte.

Der Abend senkte sich an diesem Tag etwas früher hernieder als am vergangenen, fast unmerklich, aber doch ausreichend, dem aufmerksamen Beobachter zu verraten, daß die Sonnenwende überschritten war und die Tage kürzer wurden. Der Sonnenuntergang wahrte das lange, schmerzlich schöne Gleichgewicht der Stille, in dem die Sonne wie ein roter Ballon über dem westlichen Horizont zu hängen schien, wo der ganze Himmel durch den Tod des Tages in Flammen gesetzt wurde – ein Sonnenuntergang, der so einmalig und typisch für den amerikanischen Mittelwesten ist – und von den meisten Bewohnern gar nicht beachtet wird. Die Dämmerung brachte das Versprechen von Abkühlung und die gewißliche Androhung der Nacht mit sich.

Mike hatte den Tag über schlafen wollen – er war so müde, daß seine Lider sich wie Reibeisen anfühlten und ihm der Hals vor Erschöpfung weh tat –, aber es gab zuviel zu tun. ›Vandalen‹ hatten in der Nacht das Fliegengitter von Memos Fenster gerissen; Mikes Mutter hatte den Lärm gehört, war heruntergeeilt und hatte gesehen, wie der Wind Papiere und alte Sepiafotografien von Memos Tisch fegte, und die Vorhänge heftig in den Garten hinauswehten, als wäre gerade jemand hinausgehastet.

Memo war unversehrt, aber so aufgeregt, daß ihr Blinzeln keinen Sinn ergab und sie nicht wartete, um Fragen zu beantworten. Mikes Mutter war beunruhigt – über den Vandalismus und die Tatsache, daß sich die Besessenheit ihres Sohnes anscheinend als begründet erwies. Sie hatte ihren Mann im Geschäft angerufen, und danach Barney, der mitten in der Nacht gekommen war, sich den Kopf gekratzt und gesagt hatte, daß Vandalen diesen Sommer wirklich ein Problem seien, und Mrs. O'Rourke fragte, ob Michael oder eines der Mädchen Ärger mit C. J. Congden oder Archie Kreck hatten. Mikes Mutter hatte geantwortet, den Mädchen wäre verboten, mit Punks wie Congden oder Kreck auch nur zu *reden*, und daß Mike nichts mit ihnen zu tun hatte; dann hatte sie gefragt, ob der Vandalismus und der Spanner, den Mike gesehen hatte, etwas mit dem Gemetzel an Mrs. Moons Katzen zu tun haben könnte – ein Verbrechen, von dem die ganze Stadt sprach. Barney hatte sich wieder am Kopf gekratzt, hatte versprochen, daß er öfter an ihrem Haus vorbeifahren würde und war seiner Wege gegangen. Mikes Dad hatte von der Brauerei angerufen und gesagt, daß es ihm gelungen sei, mit jemandem die Schicht zu tauschen und er nach Samstagabend den ganzen Sommer über nachts zu Hause sein würde, nicht nur drei Wochen lang.

Mike hatte das Fliegengitter repariert – seine Mom hatte es aufgehoben und wieder an Ort und Stelle gestellt, aber der Riegel war aus dem Sims gebrochen gewesen und der Rahmen an zwei Stellen gesplittert – und dabei den Schleim bemerkt. Der war getrocknet und hatte die Farbe und Beschaffenheit von altem Rotz angenommen und war wegen der Splitter des kaputten Fliegengitters nicht sofort sichtbar gewesen. Aber er war da. Mike hatte ihn berührt und gezittert.

Vor ein paar Jahren, als Mike acht oder neun war, waren er und sein Dad an einem dunklen Seitenarm des Spoon angeln gewesen, als Mike einen Aal gefangen hatte. Süßwasseraale waren selbst im breiteren Illinois River eine Seltenheit, und Mike hatte noch nie einen gesehen gehabt. Kaum war der lange, gelb-grüne, schlangenartige Leib durch die Oberfläche gekommen, hatte Mike gedacht: *Wasserschlange,* sich umgedreht und weglaufen wollen und einen Moment nicht daran gedacht, daß er in einem Boot stand. Sein Dad hatte ihn an einer Gürtelschlaufe festgehalten, als Mike gerade mit Höchstgeschwindigkeit über das Ruderboot hinausschießen wollte, dann hatte er – da ihn das zuckende Ding an der Leine seines Sohnes faszinierte – zuerst Mike und dann den Aal hereingezogen und dem Jungen befohlen, das Netz zu halten.

Mike erinnerte sich an seine Faszination und den Ekel vor dem Ding. Der Körper des Aals war dicker als der einer Schlange, reptilienartiger und irgendwie *alt,* und er wand und krümmte sich wie etwas, das nicht von dieser Welt war. Der Körper war darüber hinaus mit einer glitschigen Schicht überzogen, als würde das Ding Schleim ausscheiden. Nadelspitze Zähne säumten die langen schleimigen Kiefer.

Mikes Dad hatte das Netz zugebunden und an der Seite des Boots festgezurrt, damit das Ding am Leben blieb, bis sie zur Brücke kamen, wo sie geparkt hatten, und dahin ruderten sie gemächlich zurück, während Mike immerzu an das zuckende Ding unter der Wasseroberfläche denken mußte. Aber als sie mit dem kleinen Boot anlegten, war der Aal fort. Irgendwie hatte er sich durch ein Loch im Netz gezwängt, das nicht einmal ein Fünftel seines Körperdurchmessers betrug. Zurückgeblieben war lediglich ein Schleimüberzug, als hätten Haut und Fleisch des Dings hauptsächlich aus Flüssigkeit bestanden, die man bedenkenlos zurücklassen konnte.

Genau wie der Schleim auf dem Fliegengitter.

Mike putzte das Gitter mit Benzin, als wollte er haften gebliebene Bazillen töten, leimte den Rahmen so gut er konnte, wechselte das gesplitterte Teil aus, setzte das Fliegengitter wieder ein und brachte noch zwei Riegel an – einen am unteren und einen am oberen Sims.

Auf dem Boden unter dem Fenster fand er einen Krümel der geweihten Hostie. Er stellte sich vor, wie der Soldat mitten in der Nacht zu diesem Fenster hinaufgeglitten war, die Finger durch das Gitter fließen ließ, die lange Schnauze Richtung Memo streckte wie ein Neunauge nach einer besonders köstlichen Beute ...

Hatten Hostie und Weihwasser ihn aufgehalten? War es überhaupt der Soldat gewesen? Möglicherweise war in der Nacht etwas anderes hinter seiner Großmutter her gewesen ...

Mike war zum Weinen zumute. Sein schlauer Plan hatte in Verwirrung und beinahe in einer Katastrophe geendet. Mike hatte den Abdeckereilaster unter den Bäumen beim Black Tree gesehen. Er hatte ihn *gerochen*. Der Gestank des Todes hätte von den verwesenden Leichen seiner Freunde stammen können, wenn sie, wie geplant, mit den Fahrrädern nach Hause geradelt wären.

Mike wußte so sicher, daß sie sich im Krieg befanden, wie es sein Vater im Zweiten Weltkrieg gewußt hatte. Aber in diesem Krieg gab es keine Fronten und keine sicheren Orte, und dem Feind gehörte die Nacht.

Nach dem Mittagessen fuhr er zur Pfarrei St. Malachy's, aber niemand hatte etwas von Pater Cavanaugh gehört. Die Highway Patrol und die Polizei von Oak Hill waren von der Erzdiözese vom Verschwinden des Priesters in Kenntnis gesetzt worden, aber Mrs. McCafferty sagte ihm, alle schienen zu glauben, Pater C. habe angesichts seiner Krankheit den Mut verloren und sei nach Chicago zurückgekehrt. Die Vorstellung, der junge Priester könnte krank und fiebrig irgendwo unterwegs in einer Bushaltestelle sitzen, brachte sie wieder zum Weinen.

Mike versicherte ihr, daß Pater Cavanaugh nicht nach Hause gegangen war.

Er sah kurz bei Harlen vorbei und lieh sich eine Flasche Wein – Harlen sagte, seine Mutter würde sie bestimmt nicht vermissen, es war Ripple, eine ›Elchpisse‹, die ihr ein Cousin geschenkt hatte –, und Mike steckte sie in eine braune Papiertüte und fuhr mit dem Rad zum Bandstand Park. Er glaubte eigentlich nicht, daß er noch nützliche Informationen aus Mink herausbekommen würde, aber er fand, daß er ihm noch etwas schuldete. Außerdem beruhigte ihn, daß jemand die Ereignisse tatsächlich *gesehen* hatte, die heute einen Schatten über Mikes Leben warfen.

Mink war fort. Seine Flaschen und Zeitungen, sogar die Fetzen seines weiten Mantels – den er Sommer wie Winter trug – waren auf dem Boden im Kriechraum unter dem Pavillon verstreut, als hätte ein örtlich begrenzter Wirbelsturm zugeschlagen. Fünf Löcher – jedes mit rotem Rand und vollkommen rund, jedes mit einem Durchmesser von vierzig Zentimetern – waren über den Boden verteilt, als hätte jemand nach Öl gebohrt.

Du rechnest schon wieder mit dem Schlimmsten, sagte sich Mike. *Mink ist wahrscheinlich unterwegs und führt eine Gelegenheitsarbeit aus oder trinkt irgendwo mit seinen Kumpanen.*

Aber Mike war sicher, daß es nicht so war. Mike stellte sich die gräßlichen Augenblicke vor – in der Nacht? –, als Mink aus seinen alkoholisierten Träumen erwacht war, die Erde sich auftat und der Gestank von Verwesung und etwas Schlimmeres in sein Versteck drangen, das ihm sieben Jahrzehnte lang Sicherheit geboten hatte. Mike stellte sich vor, wie der alte Mann im Dunkeln herumhüpfte, während etwas Großes und Weißes und Gräßliches durch die Erdoberfläche brach wie Mikes Aal durch das Wasser – mit langen, schnappenden Kiefern und blinden, suchenden Augen.

Das letzte Loch war keinen Meter vom Eingang zum Kriechraum entfernt. Mike sah die roten, an rohes Fleisch und Knorpel und Sehnen erinnernden roten Wände der Löcher. Der Raum unter dem Pavillon roch noch etwas nach Mink, aber mehr nach dem Leichengeruch der Löcher.

Mike warf die Flasche hinein – sie landete aufrecht bei den Fetzen von Minks Mantel wie ein mahnender Grabstein –, dann machte er sich auf den Weg, radelte wie von Sinnen über die Main Street und so nahe an einem Lieferwagen vorbei, daß der Fahrer erbost hupte, schlitterte um die Second Avenue und an den Sträuchern von Dr. Viskes' Haus vorbei, und dann Richtung Old Central und seinem Zuhause.

Er wollte nicht zur Geburtstagsparty von Michelle Staffney gehen – nach den vergangenen Tagen kam ihm allein der Gedanke absurd vor –, aber Dale kam vorbei und meinte, es wäre nicht schlecht, wenn sie an diesem Abend zusammenblieben.

»Die Party ist um zehn zu Ende, wenn sie das Feuerwerk veranstalten«, sagte Dale. »Wir können früher nach Hause gehen, wenn du willst.«

Mike nickte. Seine Mutter und seine Schwestern würden mindestens bis zehn auf sein – Peg mußte heute abend auf Memo aufpassen –, und er glaubte nicht, daß so kurz nach Sonnenuntergang etwas passieren würde. Bisher war nie etwas so früh passiert. Ob es sich um den Soldaten oder etwas da draußen handelte, sie zogen die Mitternacht vor.

»Warum kommst du nicht«, sagte Dale. »Sie werden jede Menge Lichter anhaben, und es sind Leute da . . . wir brauchen den Spaß.«

»Was ist mit Lawrence?« fragte Mike.

»Er möchte nicht zur dummen Party von einem Mädchen gehen – außerdem ist er nicht eingeladen worden –, aber Mom läßt ihn aufbleiben und spielt Monopoly mit ihm, bis ich nach Hause komme.«

»Wir können unsere Schußwaffen schlecht mit zu der Party nehmen«, sagte Mike und merkte selbst durch den Nebel der Müdigkeit, wie bescheuert sich das anhörte.

Dale lächelte. »Harlen nimmt seine mit. Wir leihen sie, wenn wir sie brauchen. Wir müssen bis Sonntagmorgen noch was anderes machen als *warten.*«

Mike grunzte.
»Also, kommst du?« sagte Dale.
»Wir werden sehen.«

Michelle Staffneys Party begann um neunzehn Uhr, aber als es neunzig Minuten später dämmerte, wurden immer noch Kinder von ihren Eltern in Kombis und Pritschenwagen gebracht. Das große alte Haus und der Garten in der Broad Avenue waren wie immer in ein buntes Märchenland verwandelt worden, teils Jahrmarkt, teils Gebrauchtwagenhandel, teils reinstes Chaos: bunte elektrische Lichter und Papierlampions waren von der langen Veranda zu den Bäumen gespannt worden, von dort zu Pfosten über Tischen mit Essen und Punsch, von den Pfosten zu den Bäumen hinter dem Haus und von dort wiederum zu der riesigen Scheune an der Grenze des Anwesens. Ungeachtet aller Anstrengungen einiger Erwachsener, sie im Zaum zu halten, rannten Kinder überall hin und her, hinten im Garten spielte eine jauchzende Gruppe Kinder Jarts, ein Rasenspiel mit Darts mit Stahlspitzen, die so groß und schwer waren, daß man einem Wasserbüffel den Schädel hätte spalten können, von dem eines Kindes ganz zu schweigen. Andere Kinder hatten sich neben dem Haus versammelt, wo die Staffneys ein Dutzend Hula-Hoop-Reifen verschiedener Farbe ausgegraben hatten und so – wenn auch nur für diesen Abend – die Hysterie wiederaufleben ließen, die die Stadt und eine Nation vor zwei Jahren plötzlich überkommen hatte. Eine noch größere Gruppe ballte sich beim Grillstand zur kritischen Masse zusammen, wo Dr. Staffney und zwei männliche Helfer heiße Würstchen und Hamburger brieten und einer anscheinend endlosen Abfolge von Händen und Mündern entgegenhielten, wo auf Tischen mit rotkarierten Plastiktischdecken Chips und Dips und verfrühte Desserts standen, von denen einige der pummeligeren und hungrigeren Kinder nie weit wichen.

Auf der vorderen Veranda lief ein Plattenspieler; dort drängten sich zahlreiche Mädchen, wiegten sich auf der Verandaschaukel, ließen die Beine vom Verandageländer baumeln und kicherten sich ganz allgemein durch den Abend. Jungs spielten Fangen und jagten einander durch die Menge, wurden gelegentlich von Dr. oder Mrs. Staffney oder einem der Helfer zurechtgewiesen, wurden des Spiels aber häufiger überdrüssig und reduzierten es auf die Essenz, jemanden zu suchen und zu schubsen.

Das runde erste Dutzend Kinder hatte pflichtschuldig die Einladungen gezeigt, aber nachdem fünfzig bis sechzig Kinder eingetroffen waren, wurde Michelles Party zu einer Art offener Kinderparty für den gesamten Umkreis, die Geschwister von Michelles Klassenkameraden anzog, Farmkinder, mit denen sie nie ein Wort gesprochen hatte, sowie ältere Jungs der Junior High-School, die unter wehmütigem Protest der Mädchen auf der Veranda von den Erwachsenen weggescheucht wurden. Sogar C. J. Congden und Archie Kreck fuhren vorbei, ließen den Motor des '57er Chevy aufheulen, hielten aber nicht an. Vor zwei Jahren hatte Dr. Staffney die Highway Patrol gerufen, damit sie C. J. und seine Freunde fortschafften.

Als es dunkel wurde, kam die Party so richtig in Schwung, die Mädchen tanzten – versuchten die Jitterbug-Schritte, die ihre älteren Geschwister oder Eltern ihnen beigebracht hatten, manche wagten Rock and Roll, einige ahmten Elvis nach, bis die Erwachsenen ihnen befahlen, damit aufzuhören –, und selbst einige der älteren Jungs hatten sich auf die Veranda gesellt, sie lachten über die Mädchen, schubsten, drängten und versuchten ganz allgemein, so oft wie möglich Fleisch des anderen Geschlechts zu berühren, ohne richtig mit den Mädchen zu *tanzen*.

Dale und Mike waren früh eingetroffen, hatten sich beizeiten in die Schlange für die heißen Würstchen eingereiht – Dale hatte eins gegessen, während er einen gelben Hula-Hoop-Reifen wirbeln ließ –, und jetzt wanderten sie durch den Garten und bestaunten blinzelnd Lichter und Fröhlichkeit. Beide waren sie müde. Mikes Augen sahen geschwollen und erschöpft aus.

Harlen und Kevin gesellten sich zu ihnen. Kev mußte brüllen, damit man ihn über das Johlen der Jartsspieler hinweg verstehen konnte, wo jemand gerade versehentlich ein Stück Wassermelone durchbohrt hatte. »Ich hab' grade was gesehen, das wir letzte Nacht gebraucht hätten!« rief er.

Mike und Dale beugten sich dichter zu ihm. »Was denn?« Sie hatten sich ermahnt, nicht über die Lage zu sprechen, wo andere mithören konnten, aber beim momentanen Tohuwabohu konnten sie sich ja selbst kaum hören.

»Kommt mit!« sagte Kev und winkte sie zur Seite.

Chuck Sperling und Digger Taylor führten zwei kleinen, aber in völliger Aufmerksamkeit gefesselten Gruppen kleinerer Kinder gerade Walkie-talkies vor. Die Kleinen prügelten sich förmlich um das Privileg, über zwanzig Meter Rasen und Lärm hinweg miteinander sprechen zu dürfen.

»Sind sie echt?« fragte Mike.

»Was?«

Mike beugte sich dichter an Kevins großes linkes Ohr. »Sind ... sie ... *echt*?«

Kevin nickte, während er Cola mit einem Strohhalm trank. Zu Hause erlaubten ihm seine Eltern nie, derartige Erfrischungen zu sich zu nehmen. »Klar sind die echt. Chucks Dad hat sie im Ausverkauf bekommen.«

»Welche Reichweite?« fragte Dale. Er mußte die Frage wiederholen.

»Etwa eine Meile, behauptet Digger«, sagte Kevin. »Die Reichweite ist jedenfalls so kurz, daß sie keine FCC-Lizenz oder so was brauchen. Aber weit genug für richtige Walkie-talkies.«

»Stimmt«, sagte Mike, »die hätten wir brauchen können. Könnten wir immer noch. Ich frage mich, ob wir bis Sonntag zwei davon beschaffen können.«

Harlen trat nach vorne. Er grinste schief und sah merkwürdig aus. Mike brauchte eine Weile, bis er bemerkte, daß Jim seine beste Kleidung trug – Wollhosen, die für so einen Abend viel zu warm waren, blaues Hemd und Krawatte, eine frische Schlinge. »He«, grinste Harlen, »wollt ihr sie haben? Ich beschaff sie euch.«

Mike beugte sich näher hin und schnupperte. »Herrgott, Jim, hast du Whisky oder so was getrunken?«

Harlen richtete sich auf, sah gekränkt drein, grinste aber immer noch. »Nur eine kleine Stärkung«, sagte er langsam und deutlich. »Du hast mich selber draufgebracht, Mike, alter Kumpel, als du dir den Ripple und alles geborgt hast.«

Mike schüttelte den Kopf. »Hast du . . . das andere mitgebracht?«

Harlen sah verwirrt drein. »Das andere? Welches andere? Du meinst Blumen für die Gastgeberin? Mein Päckchen Gummis . . . so was? Wenn ich mich später mit Miß S. treffe?«

Dale griff an Mike vorbei und klopfte so fest auf Mikes Schlinge und Gips, daß er das Pochen an der harten Schale hören konnte. »*Das*, Pißkopf.«

Der kleinere Junge sah mit großen, unschuldigen Augen um sich. »Ach *das?*« Er wollte die Pistole Kaliber .38 ans Licht ziehen.

Mike schob sie wieder zwischen Gips und Schlinge. »Du bist betrunken. Wenn du dieses Ding herumzeigst, wird dich Dr. Staffney bei Kopf und Arsch packen und von der Party rauswerfen, bevor du deine Herzallerliebste auch nur *gesehen* hast.«

Harlen verbeugte sich und vollführte ein anmutiges *salaam.* »Wie Ihr meint, mon Capitain.« Er richtete sich plötzlich wieder auf und mußte die Beine spreizen, um sich aufrecht zu halten. »Nun, wollt ihr sie oder nicht?«

»Was denn?« Mike hatte die Arme verschränkt und sah zur Straße.

»Die Funkgeräte«, sagte Harlen verzweifelt. »Wenn ihr sie wollt, hab' ich sie bis morgen für euch. Sagt nur das Zauberwort.«

»Zauberwort«, sagte Mike.

Harlen bückte sich tief, machte wieder ein *salaam,* verschwand in der Menge und hätte um ein Haar einen Siebenjährigen umgestoßen, der sich darauf vorbereitete, einen Jart zu werfen.

Es war schon spät, nach neun, und Mike wollte alleine nach Hause, wenn Dale und Kevin nicht mitkommen wollten, als Michelle Staffney zu ihm kam, als er gerade den letzten Bissen seines dritten Würstchens verschlang.

»Hi, Mike.«

Mike sagte etwas mit vollem Mund, schob das letzte Stück Brötchen hinterher und versuchte es noch einmal. Beim zweitenmal hatte er nicht mehr Erfolg.

»Ich habe dich in letzter Zeit nicht oft gesehen«, sagte der Rotschopf. »Du weißt schon . . . seit wir nicht mehr in derselben Klasse sind und so.«

»Du meinst, seit ich sitzengeblieben bin«, brachte Mike heraus. Er hatte das meiste ohne zu würgen geschluckt, wollte aber nicht lächeln, weil er befürchtete, er könnte Krümel spucken.

»Hm, ja«, sagte Michelle zurückhaltend. »Unsere Gespräche fehlen mir irgendwie.«

»Klar«, sagte Mike, der nicht die geringste Ahnung hatte, von was für Gesprächen sie redete. Sie waren von der ersten bis zur vierten in derselben Klasse gewesen – Mikes Eltern hatten ihn nicht in den Kindergarten geschickt –, aber er konnte sich nicht daran erinnern, daß er in all den Jahren mehr als ein- oder zweimal mit Michelle Staffney gesprochen hatte, und diese ›Gespräche‹ hatten sich auf ein gebrülltes ›He, Michelle, wirf mal den Ball rüber, ja?‹ auf dem Spielplatz beschränkt. »Klar«, sagte er wieder.

»Du weißt schon«, sagte sie, beugte sich näher zu ihm und flüsterte fast, »diese Gespräche über Religion.«

»Oh, *klar*«, sagte Mike, schluckte den letzten Bissen Würstchen und wünschte sich mit aller Verzweiflung etwas zu trinken, ein Glas Wasser . . . irgend etwas Flüssiges. Er konnte sich erinnern, daß er in der zweiten Klasse einmal mit Michelle gesprochen hatte – sie warteten an nebeneinander gelegenen Schaukeln, bis sie an der Reihe waren – und etwas darüber sagte, wie seltsam es war, der einzige Katholik unter nichtkatholischen Kindern zu sein. »Klar«, sagte er zum viertenmal und fragte sich, ob diese Antwort sich nicht mit der Zeit vielleicht ein bißchen abnutzte.

Michelle sah wunderschön aus. Mike fiel sofort das Wort *›atemberaubend‹* ein. Sie trug ein grünes Chiffonkleid, irgendwie gebauscht wie das einer – wie hieß es doch gleich? Ballerina, aber nicht so kurz, und ihr langes rotes Haar wurde von einem grünen Reif und einer grünen Schleife gehalten. Ihre Augen waren grün. Ihre Beine waren sehr lang. Mike stellte fest, sie hatte sich in den vergangenen paar Monaten . . . nun, *verändert* . . . möglicherweise in den sechs Wochen seit Ende des Schuljahrs. Das Oberteil ihres Kleides war . . . nun, *voller* . . . und ihre Beine waren *anders,* und ihre Hüften waren *anders,* und wenn sie die bloßen Oberarme hob, um einfach nur so ihren Haarreif zurechtzurücken, bemerkte Mike den zartesten Flaum in ihrer Achselhöhle. Ob sie sich dort rasiert? *Wie Peg und Mary? Rasiert sie ihre Beine?*

Mike merkte, daß Michelle etwas zu ihm gesagt hatte. »Pardon ... was?«

»Ich habe gesagt, ich würde mich später gern ein bißchen mit dir unterhalten. Über etwas Wichtiges.«

»Klar«, sagte Mike. »Wann?« Er dachte so an August.

»Wie wäre es in einer halben Stunde? In der Scheune?« Michelle deutete mit einer anmutigen Handbewegung auf das große Gebäude.

Mike drehte sich um, riß die Augen auf und nickte, als hätte er die Scheune noch nie bemerkt. »Klar«, sagte er verblüfft, aber Michelle war schon fort und mischte sich anmutig unter ihre Gäste. *Vielleicht lädt sie alle in die Scheune ein.* Aber irgendwie glaubte Mike das nicht so recht.

Er ging zum Grillstand zurück, und jeder Gedanke an einen frühen Aufbruch war wie weggeblasen. Seine Mom und die Mädchen blieben heute nacht wach und paßten auf Memo auf. Er wünschte sich, Harlen hätte seine Flasche Whisky oder Wein oder was auch immer mit zu der Party gebracht, statt seiner dummen Pistole.

›Wie wäre es in einer halben Stunde? In der Scheune?‹ hallte es durch seinen Schädel, während er die präzise Betonung überdachte und auskostete und sie mit den zugehörigen Bewegungen verband. Wie die meisten Jungs in Elm Haven, war Mike seit ... nun, seit *ewig* in Michelle Staffney verknallt. Aber im Gegensatz zu den anderen Jungs war er nicht so auf das Verknalltsein fixiert – möglicherweise weil er sitzengeblieben und nicht mehr in ihrer Klasse war; aus den Augen, aus dem Sinn. Es fiel leichter, nicht an Michelle Staffney zu denken, wenn man sie nur auf dem Spielplatz oder ab und zu in der Kirche oder in der Pause sah, wenn sie ein Schinkensandwich zum Mittagessen aß.

Mike bezweifelte, daß er sie so bald wieder übersehen würde. *Armer Harlen,* dachte er mit einem Anflug von Mitleid für seinen Freund und dessen Krawatte. Dann dachte er: *Scheiß auf Harlen!*

Mike besaß keine Uhr, daher blieb er die nächsten dreißig Minuten in der Nähe von Kevin und hob manchmal den Arm seines Freundes, um auf die Uhr zu sehen, ohne zu fragen. Einmal bemerkte Mike Donna Lou Perry und ihre Freundin Sandy in einer Gruppe im Vorgarten und verspürte die Neigung, zu ihr zu gehen und mit ihr zu reden – sich wegen der Sache mit dem Ausziehen auf dem Spielfeld letzten Monat zu entschuldigen –, aber Donna Lou lachte und redete mit ihren Freundinnen, und Mike blieben nur noch acht Minuten.

Die Scheune lag außerhalb des Partygeschehens, das große Tor war mit einem Vorhängeschloß versperrt, aber im Schatten der großen Eiche, die die Einfahrt überdachte, befand sich eine kleinere Tür. Mike schob den Riegel zurück und trat ein. »Michelle?« Es roch nach altem Holz und Stroh, das der warme Tag aufgeheizt hatte. Mike wollte gerade noch einmal rufen, als er sich überlegte, daß er verspottet wurde: Michelle hatte nicht im Traum daran gedacht, sich privat mit ihm zu unterhalten – es war lediglich ein Spaß, genau wie sie den dummen armen Harlen angemacht hatte.

Und jetzt den dummen armen Mike, dachte Mike und drehte sich wieder zur Tür um.

»Hier oben«, sagte Michelle Staffneys leise Stimme.

Zuerst konnte Mike den Standort dieser Stimme nicht bestimmen, aber dann offenbarte das Licht der draußen aufgehängten Glühbirnen, so diffus es durch die staubigen Scheiben auch wirkte, eine Leiter zwischen leeren Ställen zu einem Heuschober. Das Dach der Scheune verlor sich fast zehn Meter oben im Schatten.

»Komm rauf, Dummerchen!« rief Michelle.

Mike stieg hinauf und spürte die kleine Phiole Weihwasser in der Tasche – ein Versuch in letzter Minute, sich auf alle Eventualitäten vorzubereiten, bevor er von zu Hause aufgebrochen war. *Hi, ist das da eine Phiole Weihwasser in deiner Tasche, oder freust du dich nur so, mich zu sehen?*

Der Schober war ein dunkler Wirrwarr aus Stroh, aber sanftes Licht fiel durch eine Tür in der Nordwand, die die alte Scheune vom neueren Anbau der Garage trennte. Mike stellte fest, daß die Staffneys über der Garage noch ein kleines Zimmer angebaut hatten.

Michelle lehnte am Türrahmen und lächelte ihn an. Buntes Licht von zwei Fenstern an der Ost- und Westseite des kleinen Zimmers umrahmte sie und erzeugte eine Korona um ihr rotes Haar. »Komm rein«, sagte sie schüchtern, trat beiseite und ließ ihn durch. »Dies ist mein Geheimversteck.«

»Hmmm«, sagte Mike, ging an ihr vorbei und nahm mehr ihre warme Präsenz wahr als das kleine Zimmer unter dem Dachfirst mit dem Schreibtisch, der dunklen Lampe und der Sammlung zu kleiner Stühle. Dicht unter den kahlen Brettern des Dachstuhls stand ein Sofa. »Sozusagen wie ein Clubhaus, hm?« sagte er und gab sich im Geiste einen Tritt. *Idiot.*

Michelle lächelte. Sie kam näher zu ihm. »Weißt du, warum dieser Monat etwas Besonderes ist, Mikey?«

Mikey? »Äh ... weil du Geburtstag hast?«

»Nun, ja«, sagte Michelle und kam noch einen Schritt näher. Mike konnte ihren sauberen Seifen- und Shampoogeruch wahrnehmen. Die blasse Haut ihrer Arme sah im Schein der bunten Glühbirnen in den Zweigen draußen leicht rosa aus. »Der zwölfte Geburtstag eines

Mädchens ist wichtig«, sagte sie fast flüsternd. »Aber es passiert etwas mit einem Mädchen, das *noch* wichtiger ist, wenn du verstehst, was ich meine.«

»Klar«, sagte Mike und flüsterte ebenfalls fast, weil er ihr so nahe war. Er hatte nicht die leiseste Ahnung, wovon um alles in der Welt sie sprach.

Michelle wich einen Schritt zurück, legte einen Finger auf die Lippen und lächelte verhalten, als wäre sie unschlüssig, ob sie ihm ein Geheimnis verraten sollte. »Weißt du, daß ich dich immer gemocht habe, Mikey?«

»Äh . . . nein«, sagte Mike wahrheitsgemäß.

»Doch, das stimmt. Seit wir in der ersten Klasse miteinander gespielt haben. Weißt du noch, wie wir auf dem Spielplatz Familie gespielt haben . . . du warst der Daddy und ich die Mommy?«

Mike konnte sich vage erinnern, daß er in der ersten Klasse eine Zeitlang Mädchenspiele gespielt hatte. Aber er hatte beizeiten gelernt, auf der Jungenseite des Spielplatzes zu bleiben. »Klar«, sagte er mit weitaus mehr Enthusiasmus als er empfand.

Michelle drehte sich halb um, sie machte eine Pirouette wie eine Ballerina oder so. »Magst du mich, Mikey?«

»Klar.« Was hatte sie erwartet – Nn-nnn, du siehst aus wie eine Kröte? Und um die Wahrheit zu sagen, in diesem Augenblick mochte er sie ganz außerordentlich. Er mochte, wie sie aussah und roch und den sanften Klang ihrer Stimme und das warme Kribbeln, in ihrer Nähe zu sein – das so anders war als die kalte, magenverkrampfende Nervosität dieses verrückten Sommers . . . »Ja«, sagte er. »Ich mag dich.«

Michelle nickte, als hätte er ein Zauberwort gesagt. Sie ging zwei Schritte zurück, stellte sich ans Fenster und sagte: »Mach die Augen zu.«

Mike zögerte nur eine Sekunde. Mit geschlossenen Augen konnte er das Stroh von nebenan riechen, eine sanfte Mischung aus Öl und Beton und frisch geschnittenes Pinienholz aus der Garage unten und – flüchtig, aber vorhanden – den Geruch von ihrem Shampoo und warmem Fleisch.

Ein leises Rascheln erklang, dann sagte Michelle: »Gut.«

Mike machte die Augen auf, und ihm war, als hätte ihm jemand in den Solarplexus geschlagen.

Michelle Staffney hatte das Partykleid ausgezogen und stand nur in einem kleinen weißen Büstenhalter und schlichten weißen Unterhosen vor ihm. Mike war, als hätte er noch niemals etwas so klar und deutlich gesehen – ihre blassen, weißen Schultern mit den goldenen Sommersprossen auf Armen und Brust, die weiße Krümmung der Brüste über der Stretchkante des Büstenhalters, ihr langes Haar, das hinter ihr herabfiel – eine Korona roten Lichts, durch die wiederum Licht strömte, die weiche, schwarze Krümmung ihrer Wimpern auf den Wangen, wenn sie blinzelte – Mike versuchte, nicht mit offenem Mund zu gaffen, während er ihre runden Hüften und die vollen, weißen Schenkel studierte, die schlanken Knöchel und die kurzen weißen Söckchen, die sie noch trug ...

Michelle kam näher, und jetzt konnte er ihre geröteten Wangen und die Rötung am Hals erkennen. Ihr Flüstern war kaum zu hören. »Mikey ... ich habe gedacht, wir könnten nur ... du weißt schon ... einander ansehen.« Sie kam noch näher, so nahe, daß er sie hätte umarmen können, wenn seine Arme funktioniert hätten. Sie berührte seine warme Wange mit einer kühlen Hand.

Ihr warmes Gesicht schien noch näher zu sein, und Mike stellte fest, daß sie ihm etwas zugeflüstert hatte.

»Was?« Seine Stimme war zu laut.

»Ich habe gerade gesagt«, flüsterte sie, »wenn du dein Hemd ausziehst, zieh ich auch noch was aus.«

Mike war zumute, als wäre er irgendwo anders, als würde er sich im Fernsehen oder auf einer Kinoleinwand sehen, als er das Hemd über den Kopf zog und es auf das Sofa hinter sich fallen ließ. Jetzt legte er die Arme um Michelle, während sie sich ein wenig drehten, so daß das Licht hinter ihm war, die Scheiben des rückwärtigen Fensters zwei Meter von seinem Gesicht entfernt. Draußen auf dem Rasen sangen Menschen.

»Jetzt bin ich dran«, flüsterte Michelle. Er war sicher, sie würde die Socken ausziehen, aber statt dessen griff sie mit einer Hand hinter den Rücken und hakte mit einer Geste, deren weibliche Fremdartigkeit Mike völlig aus der Fassung brachte, irgendwie den Büstenhalter auf. Er fiel zwischen ihnen auf den Boden.

Mike konnte nicht anders, er mußte nach unten sehen, und dabei fiel ihm auf, daß Michelle die Augen geschlossen hatte, jedenfalls fast, und die langen, kupferfarbenen Wimpern zuckten auf den Wangen. Ihre Brüste waren weiß, die Warzen standen kaum aus dem rosigen Hof hervor.

Michelle legte einen Arm vor die Brüste, als wäre sie plötzlich schüchtern geworden, beugte sich näher und hielt Mike das Gesicht entgegen. Mit einer so heftigen Gefühlsaufwallung, daß ihm schwindlig wurde, sah Mike ein, daß sie ihn küssen würde, daß er sie ebenfalls küssen mußte und daß sein Mund und seine Lippen so trocken wie Holz geworden waren.

Sie drückte die Lippen auf seine, zog das Gesicht ein wenig zurück, als wollte sie ihn fragend ansehen, dann küßte sie ihn wieder und teilte ihre Feuchtigkeit mit ihm.

Mike legte die Arme um sie, spürte seine wachsende Erregung, wußte, daß sie das auch spüren mußte, wich aber nicht zurück. Er dachte an die Beichte, an die Dunkelheit im Beichtstuhl und die leise, fragende Stimme des Priesters. Es war dieselbe Erregung, die er allein verspürt hatte, als Sünde eines einzelnen, und doch war es nicht dieselbe – diese Wärme zwischen ihnen, während sie einander in den Armen hielten, der Kuß, der dauerte und dauerte – die Erregung, die er verspürte, seine Erektion, die an den Boxershorts und Jeans rieb, die Erregung, die Michelle ihm durch die leichteste Berührung ihrer Hüften und der Bewegung des Unterleibs vermittelte – das alles gehörte einem anderen Universum an als seine einsamen Fantasien und Sünden, die Mike in der Dunkelheit gebeichtet hatte. Dies war eine neue Welt der Erfahrungen, und einem Teil von Mikes Gewissen war das auch bewußt, noch während dieses Gewissen von Empfindungen ertränkt wurde, während sie sich einen Moment aus dem Kuß lösten, um unromantisch nach Luft zu schnappen, und dann wieder die Lippen aufeinander preßten, und Michelle ihm die Hand an die Brust legte, mit der Handfläche über seinen Körper glitt und Mikes Finger auf die perfekte Rundung ihres verlängerten Rükkens drückten und nach oben glitten, bis sie die winzigen Schulterblätter spürten.

Sie ließen sich auf die Knie sinken, glitten irgendwie nach rechts auf die Sofakissen und unterbrachen den Kontakt dabei nicht ein einziges Mal. Als der Kuß doch eine Sekunde unterbrochen wurde, spürte Mike Michelles leises Stöhnen im rechten Ohr und staunte für einen Augenblick, wie perfekt die Krümmung ihrer Wange in die Linie zwischen seinem Kiefer und dem Hals paßte. Er spürte, wie sie sich an ihn drückte, und stellte fest, daß nichts in seinem Leben ihn auf den rauschenden Kitzel dieses Augenblicks vorbereitet hatte.

Mike schmeckte ihr Haar auf den Lippen, strich es mit einer zärtlichen Handbewegung beiseite und machte einen Moment die Augen auf.

Knappe anderthalb Meter von ihm entfernt hinter den kleinen Scheiben des Fensters, das ganze sechs Meter über der Gasse in die Wand eingelassen war, starrte Pater Cavanaugh ihn mit toten, weißen Augen an.

Mike stöhnte, wich zurück und prallte gegen die Sofalehne.

Pater Cavanaughs blasses Gesicht und die schwarzen Schultern schienen vor dem Fenster zu schweben. Sein Mund stand weit offen, der Unterkiefer hing schlaff herunter wie der eines Leichnams, den jemand vergessen hatte zuzumachen. Fäden braunen Geifers rannen ihm von Lippen und Kinn. Wangen und Stirn des Priesters waren mit etwas überzogen, das Mike anfangs für Narben oder Schorf hielt, aber dann sah er, daß es sich um vollkommen runde Löcher in der Haut handelte, jedes gut zwei Zentimeter im Durchmesser. Das Haar der Erscheinung schien wie ein elektrisierter Filz um den Kopf zu schweben. Schwarze Lippen waren über langen Zähnen gefletscht.

Pater Cavanaughs Augen waren offen, aber blind und milchig weiß, die Lider flatterten wie bei einem epileptischen Anfall.

Einen Augenblick lang war Mike sicher, daß er den Leichnam des Priesters vor sich sah, daß ihn jemand mit einem Draht um den Hals an den Baum geknüpft hatte, aber dann bewegte sich der Kiefer auf und ab, ein Geräusch war zu hören, als würden Kieselsteine in einen kleinen Eimer fallen, und dann krallten die gekrümmten Finger nach der Glasscheibe.

Michelle hörte den Laut und wich zurück; sie legte die Arme vor die Brust, noch während sie über die Schulter sah.

Einen flüchtigen Blick auf etwas mußte sie erhascht haben, noch während das tote Gesicht und die schwarzen Schultern verschwanden, als wären sie mit einem Hydrauliklift gesenkt worden. Mike drückte dem Mädchen die Hand auf den Mund, als sie zu schreien anfangen wollte.

»Was ist denn?« brachte sie hervor, als der Druck seiner Hand nachließ.

»Zieh dich an«, flüsterte Mike, der einen Pulsschlag an der Seite spürte, aber nicht sicher war, ob es sich um ihren oder seinen handelte. »Rasch!«

Dreißig Sekunden später ertönte ein kurzes Kratzen am rückwärtigen Fenster, aber da kletterten sie schon beide die Leiter vom Heuschober hinunter; Mike ging als erster in die Dunkelheit unten und spürte, wie die Woge sexueller Erregung abebbte, während die Chemikalien der Angst die Hormone verdrängten, die ihn noch vor einem Augenblick beherrscht hatten.

»Was ist denn?« flüsterte Michelle, als sie an der Tür stehenblieben. Sie rückte die Träger ihres Partykleides zurecht und weinte leise.

»Jemand hat uns nachspioniert«, flüstere Mike. Er sah sich an den Wänden der Scheune nach einer Waffe um – eine Gabel, eine Schaufel, irgend etwas –, aber die Wände waren kahl, abgesehen von einem verrotteten Lederhalfter.

Mike beugte sich impulsiv nach vorne, küßte Michelle Staffney rasch, aber fest, und machte die Tür auf.

Niemand sah, wie sie aus den Schatten unter der Eiche kamen.

31

Dale hatte die Party langsam satt und wollte gerade gehen, als er Mike mit Michelle Staffney an der Seite um das Haus kommen sah.

Michelles Dad war schon eine ganze Zeit durch die Menge gegangen und hatte Kinder gefragt, ob sie seine Tochter gesehen hätten. Der Doktor hatte eine neue Polaroidkamera und wollte noch ein paar Bilder machen, bevor das Feuerwerk anfing.

Einmal war Dale durch die Küche und den Flur entlang zur Toilette gegangen – der Teil im Innern des Hauses, der den Kindern in dieser Nacht der Nächte offenstand – und an einem kleinen Zimmer voller Bücher vorbeigekommen, wo unbeachtet ein Fernseher flackerte. Der Bildschirm zeigte eine Menschenmenge unter roten, weißen und blauen Bannern. Seit seinem Besuch im Haus von Ashley-Montague am Dienstag hatte Dale den weltpolitischen Ereignissen gerade soviel Aufmerksamkeit geschenkt, daß er wußte, heute war der vorletzte Abend der Vollversammlung der Demokraten. Dale blieb lange genug in dem Zimmer, daß er das Wesentliche dessen mitbekam, was Huntley und Brinkley sagten: Senator Kennedy war kurz davor, als demokratischer Präsidentschaftskandidat nominiert zu werden. Während Dale zusah, rief ein verschwitzter Mann in einer Menschentraube ins Mikrofon: »Wyoming gibt dem nächsten Präsidenten der Vereinigten Staaten alle fünfzehn Stimmen!«

Die Kamera blendete die Zahl 763 ein. Die Menge drehte durch. David Brinkley sagte: »Wyoming hat ihm den Sieg gebracht.«

Dale war gerade wieder nach draußen gegangen, als Mike und Michelle aus den Schatten des Gartens kamen, wo Michelle eine Gruppe ihrer Freundinnen um sich scharte und ins Haus floh, während Mike sich hektisch umsah.

Dale ging zu ihm. »He, alles klar?« Mike sah nicht aus, als wäre alles klar. Er war blaß – sogar die Lippen waren weiß – und hatte einen Schweißfilm auf Stirn und Oberlippe. Die rechte Hand hatte er zur Faust geballt und schüttelte sie leicht.

»Wo ist Harlen?« antwortete Mike nur.

Dale deutete auf eine Gruppe Kinder, wo Harlen von seinem schrecklichen Unfall schwadronierte und schilderte, wie er auf das Dach von Old Central geklettert war, als ein Windstoß ihn erfaßt hatte und er fünfzehn Meter tief abgestürzt war.

Mike ging hin und zerrte Harlen grob aus der Gruppe.

»He, was soll der Scheiß?«

»Gib sie mir«, sagte Mike in einem Tonfall, den Dale noch nie von seinem Freund gehört hatte. Er schnippte mit den Fingern vor Harlen. »Los!«

»Was geben . . .«, begann Jim, der offenbar zu einem Streit bereit war.

Mike schlug so fest auf die Schlinge, daß der kleinere Junge zusammenzuckte. Er schnippte noch einmal mit den Fingern. *»Gib sie mir! Sofort!«*

Weder Dale noch jemand, den Dale kannte – am allerwenigsten Jim Harlen –, hätte Mike O'Rourke in diesem Augenblick getrotzt. Dale stellte sich vor, daß ein *Erwachsener* Mike in diesem Augenblick gegeben hätte, was er wollte.

Harlen sah sich einmal um, zog die kleine .38er Pistole aus der Schlinge und reichte sie Mike.

Mike sah sie nur einmal an und vergewisserte sich, daß sie geladen war, dann hielt er sie an der Seite – fast beiläufig, fand Dale, so daß niemand zweimal die Hand mit der Pistole ansehen würde, wenn er nicht wußte, daß sie da war. Dann entfernte sich Mike und ging mit großen, ausgreifenden Schritten zur Scheune.

Dale sah Harlen an, der eine Braue hochzog, dann sputeten sich beide Jungs, um ihn einzuholen und drängten sich durch die Kinderschar, die zum Vorgarten strömte, wo Dr. Staffney mit seiner Zauberkamera Bilder machte, während ein paar Freunde die Feuerwerksraketen vorbereiteten.

Mike ging um die Südseite der Scheune in die Schatten. Er hielt sich dicht an der Wand, hatte die rechte Hand aber jetzt erhoben, und in dem kurzen Lauf spiegelte sich ein Rest Licht von den Glühbirnen hoch oben. Er wirbelte herum, als Dale und Harlen in den Schatten kamen, dann winkte er sie zur Wand zurück.

Mike gelangte zum Ende der Scheune, ging dort um einige Büsche herum, duckte sich, damit er darunter sehen konnte, dann wirbelte er herum und richtete die Pistole in die dunkle Gasse. Dale sah Harlen an und mußte an Jims Schilderung denken, wie er durch eben diese Gasse vor dem Abdeckereilaster geflohen war. *Was hatte Mike gesehen?*

Sie kamen um die Rückwand der Scheune. Eine einsame Lampe einen halben Block die Gasse hinunter schien die Dunkelheit hier nur zu betonen – die schwarze Masse des Laubs, die schwarzen Umrisse anderer Scheunen, Garagen und Schuppen. Mike hielt die Pistole erhoben und hielt den Körper seitlich, als wollte er nach Norden die Gasse hinunter zielen, aber er hatte den Kopf gedreht und sah zum Holz hinter der Garage der Staffneys. Dale und Harlen kamen näher und sahen auch hin.

Dale brauchte eine ganze Minute, bis er die unregelmäßige Reihe der Splitter erkennen konnte, die zu dem kleinen Fenster sechs Meter oben verlief. Es sah aus, als hätte ein Telefonarbeiter Stiefel mit Klettereisen benützt, um in der vertikalen Holzwand Halt zu finden. Dale sah Mike an. »Hast du etwas gese . . .«

»Pssst.« Mike brachte ihn mit einer heftigen Geste zum Schweigen, ging über die Gasse und näherte sich einem hohen Himbeerstrauch auf der gegenüberliegenden Seite.

Dale konnte Himbeeren in der Dunkelheit riechen, als die Früchte von Mikes Füßen zertreten wurden. Plötzlich roch er noch etwas – einen stechenden Tiergeruch.

Mike winkte sie erneut zurück, dann hob er die Pistole, richtete die Mündung in Kopfhöhe auf den dunklen Busch und hielt den rechten Arm starr und ruhig. Dale konnte deutlich das Klick hören, als er den Hahn spannte.

Eine Andeutung von Weiß war dort zu erkennen – die blasse Silhouette eines Gesichts zwischen schwarzen Zweigen –, dann ertönte ein Knurren, ein tiefes Fauchen in der Brust eines großen Tiers.

»Herrgott«, flüsterte Harlen ängstlich, »schieß! *Schieß!*«

Mike zielte ungerührt, ließ den Daumen auf dem Hahn, und sein Arm zitterte kein bißchen, als das weiße Gesicht und die dunkle Masse, die zu groß und zu mißgebildet für eine menschliche Gestalt war, sich aus dem Himbeerstrauch löste und auf ihn zukam.

Dale wich zur Scheunenwand zurück; das Herz schlug ihm bis zum Hals, und er spürte, wie Harlen zum Laufen ansetzte. Mike schoß immer noch nicht.

Das Knurren schwoll zu einem Crescendo an; Klauen kratzten dunkel auf der Schlacke und dem Schotter der Gasse; Zähne funkelten im spärlichen Licht.

Mike stellte sich breitbeinig hin, während das Ding näherkam.

»Sitz, ihr verdammten Hunde!« sagte eine nörgelnde Stimme aus dem blassen Kreis des Gesichts. Das letzte Wort war wie »Huundhe« ausgesprochen worden.

»Cordie«, sagte Mike. Er ließ die Waffe sinken.

Jetzt konnte Dale erkennen, daß die Zähne und dunklen Leiber rechts und links von Cordie zwei sehr großen Hunden gehörten – einer war ein Dobermann, der andere eine Art deutscher Schäferhund. Cordie hielt sie an kurzen Leinen, die wie Wildlederschnüre aussahen.

»Was machst du denn hier?« fragte Mike, der immer noch nicht sie ansah, sondern die Gasse entlang.

»Dasselbe könnte ich dich fragen«, erwiderte Cordie Cooke. Dale hörte das letzte Wort als »frachen«.

Mike achtete nicht auf die Frage – falls es überhaupt eine Frage gewesen war. »Hast du hier hinten jemanden gesehen? Jemand – Merkwürdigen?«

Cordie schnaubte, was ein Lachen sein konnte, worauf die beiden Hunde rasch zu ihr aufsahen, sich die Lefzen leckten und abwarteten, ob sie sich mit ihr freuen durften. »Heutzutage sind jede Menge

Merkwürdige bei Nacht unterwegs. Haste an jemand speziellen gedacht?«

Mike drehte sich um, so daß er ebenso zu Dale und Harlen wie zu dem Mädchen sprach: »Ich war da oben.« Er deutete mit der Pistole zum Fenster über ihnen. »Ich hab' etwas vor dem Fenster gesehen. Jemand . . . jemand sehr . . . sehr Merkwürdigen.«

Dale sah zu der Scheibe hinauf und dachte: *mit Michelle?* Er wußte, es war albern, als erstes daran zu denken, aber es schmerzte ihn dennoch ein wenig. Harlen sah lediglich stirnrunzelnd zu dem Fenster und wieder zu Mike, ohne zu verstehen; Dale sagte sich, daß Harlen Mike und Michelle nicht zusammen aus den Schatten hatte kommen sehen.

»Bin grad angekommen«, sagte Cordie. »Ich und Belzybub und Lucifer wollten wissen, wer dieses Jahr zu der Rotznasenparty eingeladen worden ist.«

Harlen kam näher und betrachtete die Hunde. »Belzybub und Lucifer?« Sie scheuchten ihn knurrend ein paar Schritte zurück.

»Ich dachte, ihr seid weggezogen«, sagte Dale. »Deine Familie wäre weggezogen.« Fast hätte er gesagt *auf und davon, abgehaut.* Es war ansteckend, wenn man Cordie reden hörte.

Der formlose Sack von einem Kleid bewegte sich auf und ab, möglicherweise ein Achselzucken. Die riesigen Hunde richteten ihre Aufmerksamkeit wieder von Jim auf ihr Herrchen . . . ihre Herrin . . . was auch immer. »Pa ist abgehauen«, sagte sie tonlos. »Hat die verdammten Dinge nachts nicht ausgehalten. Hat in schweren Zeiten noch nie was getaugt. Ma und die Zwillinge und meine Schwester Maureen und ihr Freund Berk, der Taugenichts, die sind alle zu Vetter Sook in Oak Hill.«

»Wo bist du?« fragte Mike.

Cordie sah ihn an, als könnte sie nicht fassen, daß jemand sie für dumm genug hielt, diese Frage zu beantworten. »Wo es sicher ist«, sagte sie knapp. »Warum hast du die Spritzpistole vom kleinen Jimmy auf mich gerichtet? Hast du mich für eins von den Nachtwesen gehalten?«

»*Nachtwesen*«, wiederholte Mike. »Hast du sie gesehen?«

Cordie schnaubte wieder. »Was meinste, warum Paps abgehaun ist und Ma und die andern 's Haus verlassen haben, hm? Die verdammten Dinger sind fast jede Nacht gekommen, und manchmal tagsüber.«

»Tubby?« sagte Dale innerlich verkrampft. *Die blasse Masse unter dem dunklen Wasser, die Augen, die aufklappten wie die einer Puppe.*

»Tubby und der Soldat und die tote alte Frau und 'n paar andere. Kinder, wie's ausgesehen hat, aber nicht mehr viel dran, außer Knochen und Lumpen.«

Dale schüttelte den Kopf. Daß Cordie die aberwitzigen Geschehnisse so sachlich und nüchtern akzeptierte, hatte etwas an sich, daß er lachen und kichern und nicht mehr aufhören zu kichern wollte.

Mike hob die linke Hand, wurde langsamer, als die Hunde knurrten, und berührte sie an der Schulter. Cordie schien angesichts der Berührung zusammenzuzucken.

»Tut mir leid, daß wir dich nicht besucht haben«, sagte er. »Wir haben selbst versucht, hinter alles zu kommen, was hier los ist, und haben unsere Zeit mit Kämpfen und Fliehen zugebracht. Wir hätten an dich denken müssen.«

Cordie legte den Kopf schief, eine fast hundeähnliche Gebärde. »An mich denken sollen?« Ihre Stimme klang seltsam. »Zum Teufel, wovon redest du, O'Rourke?«

»Wo ist deine Schrotflinte?« fragte Harlen.

Cordie schnaubte wieder. »Die Hunde sind besser als das Gewehr. Ich hab' es noch, aber ich laß lieber die Hunde auf sie los, wenn diese Biester mir wieder nachstellen.« *Nachstählen.*

Mike war die Gasse entlang nach Norden gegangen, und jetzt folgten ihm die anderen. Ihre Schuhe und die Krallen der Hunde erzeugten leise Geräusche auf der Schlacke. Im Vorgarten der Staffneys ertönten Jubelrufe, aber die schienen sehr weit entfernt zu sein.

»Also haben sie auch versucht, dich zu erwischen, hm?« fragte Mike.

Cordie spuckte ins dunkle Unkraut. »Vor zwei Nächten hat Belzybub dem Ding, das Tubby war, die ganze linke Hand abgerissen. Es wollte sich zu mir reinkrallen.«

»Wo rein?« fragte Harlen. Er sah über die Schulter zu den dunklen Sträuchern und dunklen Rasenflächen auf beiden Seiten und bewegte dabei den Kopf wie ein Metronom.

Cordie antwortete nicht. »Wollt ihr Jungs was sehen, das merkwürdiger ist als dein Typ am Fenster?« fragte sie.

Dale hörte die Worte deutlich im Geiste – *Eigentlich nicht, aber trotzdem danke* –, sagte aber nichts. Harlen war zu sehr damit beschäftigt, in die Schatten zu sehen, um etwas zu sagen. Mike sagte: »Wo?«

»Nicht weit. Aber ich hätt' natürlich Verständnis, wenn ihr zur Party von Miß Seidenschlüpfer zurück müßt.«

Dale dachte: *Was ist, wenn es nicht Cordie ist? Was ist, wenn sie sie erwischt haben?* Aber sie sah wie Cordie aus ... sprach wie Cordie ... *roch* wie Cordie.

»Wie weit?« beharrte Mike. Er war stehengeblieben. Sie waren etwa dreißig Meter von der Scheune der Staffneys entfernt, aber noch nicht ganz bei der einsamen Lampe auf der gesamten Länge der Gasse. In vielen Höfen bellten Hunde, aber Belzybub und Lucifer straften sie mit fast königlicher Geringschätzung.

»Beim alten Getreidesilo«, sagte Cordie nach kurzem Schweigen.

Dale zuckte zusammen. Die aufgegebenen Getreidesilos waren keine Viertelmeile von ihrem Standort entfernt: die Gasse entlang bis zur Catton Road, dann nach Westen über die Gleise und den zugewachsenen Weg hinauf, der die Verbindung von der Stadt zur Müllkippe gewesen war. Die Silos waren aufgegeben worden, als die Eisenbahngesellschaft Monon Railroad Anfang der fünfziger Jahre den Verkehr nach Elm Haven eingestellt hatte.

»Da geh' ich nicht hin«, sagte Harlen. »Vergiß es. Auf keinen Fall.« Er sah über die Schulter in Richtung eines unerwarteten Geräuschs, als ein Hund so groß wie Belzybubs Kopf in einem der Gärten an seiner Leine zerrte, um sich zu befreien.

»Was ist da?« fragte Mike. Er steckte die Pistole in den Bund seiner Jeans.

Cordie wollte etwas sagen, verstummte aber. Sie holte Luft. »Das müßt ihr sehen«, sagte sie schließlich. »Ich verstehe nicht, was es bedeutet, aber ich weiß, ihr werdet mir nicht glauben, wenn ihr es nicht selbst seht.«

Mike sah zurück zum Lärm der Staffney-Party. »Wir brauchen eine Lampe.«

Cordie zog eine schwere Taschenlampe mit vier Batterien aus einer tiefen Tasche ihres formlosen Kleides. Sie schaltete sie ein, und der helle Strahl reichte bis zu den Zweigen zwölf Meter über ihnen. Sie schaltete sie wieder aus.

»Gehen wir«, sagte Mike.

Dale folgte ihnen durch den gelblichen Lichtkreis der Lampe, aber Harlen blieb stehen. »Ich geh' da nicht hin«, sagte er.

Mike zuckte die Achseln. »Okay, dann kehr um. Ich bring dir deine Pistole später vorbei.« Er ging mit Dale, Cordie und den beiden Hunden weiter.

Harlen sputete sich, sie einzuholen. »Von wegen. Ich will sie heute nacht noch zurück.« Dale vermutete, daß er den halben Block zu der Party zurück nicht allein laufen wollte.

Sie kamen zum Ende der Gasse und traten auf den Schotter der Catton Road hinaus, wo keine Straßenlampen brannten. Die Maisfelder im Norden raschelten in einem sanften Wind, der ihnen den nächtlichen Geruch von Wachstum entgegentrug. Die Sterne waren sehr hell.

Cordie und die Hunde übernahmen die Führung, und so gingen sie nach Westen zu den Eisenbahnschienen und der dunklen Baumreihe vor ihnen.

Die Leichen hingen an Haken.

Von außen hatte die Tür des alten Getreidelagerhauses solide ausgesehen, mit einem schweren Vorhängeschloß und einer Kette. Aber Cordie hatte ihnen gezeigt, daß man den Metallbeschlag mit dem Schloß mühelos aus dem verrotteten Holz herausziehen konnte.

Die Hunde gingen nicht hinein. Sie winselten, zerrten an den Wildlederschnüren und verdrehten die Augen, bis das Weiße zu sehen war.

»Die lebenden Toten verfolgen sie ohne Probleme«, sagte Cordie und band sie an einem Pfosten vor der Tür fest. »Das da drinnen mögen sie nicht. Können den Geruch nicht ausstehen.«

Dale mochte den Geruch auch nicht. Der Hauptbereich der Lagerhalle war fünfundzwanzig oder dreißig Meter lang und drei Stockwerke hoch, die Decke von einem Gitter von Kreuzstreben aus Holz und Eisen überzogen. An einem dieser Balken hingen die Kadaver.

Cordie ließ den Strahl der Taschenlampe über die zerfetzten Wesen gleiten, während die Jungs die Hemden über Nase und Mund zogen, langsam weitergingen und wegen des Gestanks blinzelten. Das Summen von Fliegen ertönte durch die Luft.

Als Dale die Kadaver zum erstenmal sah – zerfetztes Fleisch und freiliegende Knochen –, hielt er sie für Menschen. Dann erkannte er ein Schaf ... ein Kalb, das an den Hinterbeinen aufgehängt war und mit dem Kopf nach unten baumelte, der Hals in unmöglichem Winkel abgebogen und zu einem obszönen Lächeln aufgeschlitzt ... dann noch ein Schaf ... einen großen Hund ... ein größeres Kalb ... mindestens zwanzig Kadaver hingen über einem langen Trog, der aus halbierten Zweihundert-Liter-Ölfässern gemacht war.

Cordie ging dicht zu dem Kalb und legte die Hand auf den fast völlig durchgeschnittenen Hals. »Seht ihr, was sie gemacht haben? Ich glaube, sie haben sie hier aufgehängt, *bevor* sie ihnen die Kehlen durchgeschnitten haben.« Sie deutete. »Das Blut läuft hier bergab ... durch die Leitung ... durch den Abfluß da drüben raus, so daß sie es aufladen können, ohne das Zeug eimerweise nach draußen zu schleppen.«

»Aufladen?« sagte Dale, aber dann wurde ihm klar, was sie meinte. Jemand hatte den Trog benützt, um das Blut nach draußen zur Laderampe zu befördern ... *Wozu? Wohin brachten sie es?*

Plötzlich erfüllten der Gestank von verwesendem Fleisch, der überwältigende Geruch von Blut und das hohe Summen einer Million Fliegen Dale mit Übelkeit. Er taumelte zum Fenster, schob den alten Riegel auf, hob eine bewegliche Scheibe und sog frische Luft ein. Die Bäume draußen sahen dunkel aus. Sternenlicht wurde von rostigen Schienen reflektiert.

»Seit wann weißt du von dieser Stelle?« sagte Mike zu Cordie. Seine Stimme hatte einen seltsam tonlosen Klang.

Das Mädchen zuckte die Achseln und ließ den Lichtstrahl an den Balken entlangstreichen. »Seit ein paar Tagen. Mein Hund hat neulich nachts eins der Biester erwischt. Sie sind dem Blut hierher gefolgt.«

Harlen versuchte, seine Schlinge als Maske zu benützen. Sein Gesicht über dem schwarzen Stoff war totenblaß. »Du weißt davon und hast es niemandem gesagt?«

Cordie richtete die Taschenlampe auf Harlen. »Wem hätte ich es denn sagen sollen?« antwortete sie gleichgültig. »Vielleicht unserem alten Schulrektor? Oder dem Schwachkopf Barney? Vielleicht unserem Friedensrichter, hm?«

Harlen wandte das Gesicht vom Licht ab. »Das wäre besser gewesen, als es für dich zu behalten, Herrgott.«

Cordie schritt die Reihe der Kadaver entlang und leuchtete mit der grellen Taschenlampe zuerst auf Rippen und Fleisch, dann in den rostigen, blutigen Trog darunter. Im Licht der Taschenlampe sah das Blut schwarz und zäh wie Melasse aus. Der Trog war so voller Fliegen, daß es aussah, als würde das Metall kochen. »Ich habe es doch euch gesagt, oder nicht?« sagte Cordie. »Was ich hier gefunden habe, hat mich überzeugt, daß ich es jemandem sagen mußte.«

Sie war zum Ende der Reihe von Kadavern im hinteren Teil des Lagerhauses gekommen. Sie richtete den Lichtstrahl nach oben.

»Heilige Scheiße«, sagte Harlen und sprang zurück.

Mike hatte die Pistole an der Seite getragen, seit sie hereingekommen waren. Jetzt hob er sie hoch und kam nach vorne.

Der Mann, der dort hing, war wie die Tiere hochgezogen worden – die Beine waren mit Draht zusammengebunden und an einem alten Eisenhaken befestigt – auf den ersten Blick glich sein Körper dem der Schafe und Kälber: nackt, die Rippen hoben sich unter der blassen Haut ab, die Kehle so tief aufgeschlitzt, daß der Kopf beinahe abgetrennt war. Dale fand, daß der Hals wie das Maul eines großen weißen Hais aussah – mit unregelmäßigen Fetzen Fleisch und Knorpel anstelle von Zähnen. Die Unterseite des Kinns des Mannes war so blutüberströmt, daß es aussah, als hätte jemand eimerweise rote Farbe über ihn geschüttet.

Cordie ging zum Trog, ließ den Lichtstrahl auf den Leichnam gerichtet, packte ihn am Haar und zog den baumelnden Kopf nach vorne.

»Herrgott«, stöhnte Dale. Er spürte, wie sein rechtes Bein zu zittern anfing, und stemmte eine Hand darauf, um es zu stützen.

»J. P. Congden«, flüsterte Mike. »Jetzt verstehe ich, warum du es dem Friedensrichter nicht sagen konntest.«

Cordie grunzte und ließ den Kopf wieder herunterhängen. »Der ist neu«, sagte sie. »Gestern war er noch nicht da. Aber kommt her und seht euch noch was an.«

Die Jungs schlurften weiter; Harlen hielt die Schlinge vors Gesicht, Mike ließ die Waffe nicht sinken, Dale war zumute, als würden die Beine unter ihm zusammenklappen. Sie stellten sich am Trog auf wie durstige Männer an einer Bar.

»Seht ihr?« sagte Cordie, packte J. P. Congden wieder an den Haaren und zog ihn nach vorne, bis der Leichnam ins Licht hing und der Draht über ihnen ächzte. »Seht ihr?«

Der Mund des Jungen stand weit offen, als wäre er im Schrei erstarrt. Ein Auge starrte sie blind an, aber das andere war fast geschlossen. Das Gesicht war mit getrocknetem Blut von der Halswunde verkrustet, aber da war noch etwas. Dale brauchte eine Weile, bis er es sah.

Die Schläfen des ehemaligen Friedensrichters wiesen blaue Flekken auf, und die Kopfhaut hing halb herunter, als hätten Indianer angefangen, ihn zu skalpieren, es sich dann aber anders überlegt.

»Die Schultern auch«, sagte Cordie immer noch mit dem gleichgültigen, aber vage interessierten Tonfall – Dale stellte sich vor, daß Diggers Dad oder ein Pathologe bei einer Autopsie oder beim Einbalsamieren so redeten. »Seht ihr die Schultern da?«

Dale sah es. Löcher. Schnitte. Es sah aus, als hätte jemand ein paarmal mit einer scharfen, vollkommen runden Klinge in ihn gestochen – sicher nicht ausreichend, um ihn zu töten, aber dennoch grausam.

Mike begriff als erster. »Eine Schrotflinte«, sagte er und sah die beiden anderen Jungs an. »Er hat nur den Rand der Streuung abbekommen.«

Dale brauchte eine Weile. Dann fiel es ihm wieder ein. *Einer der Männer war vom Lager direkt auf Mikes Versteck zugelaufen. Dann der Knall von Mikes Eichhornbüchse. Die Mütze des Mannes war davongeflogen, er war ins Gras gefallen.*

Dale wurde wieder übel, er ging zum Fenster und hielt sich an dem staubigen Sims fest. Fliegen summten vorbei.

Cordie ließ den Leichnam wieder frei baumeln. »Ich hab' mich nur gefragt, ob das seine eigenen Leute waren, oder ob noch jemand gegen die Biester kämpft.«

»Gehen wir raus«, sagte Mike mit plötzlich bebender Stimme. »Wir müssen reden.«

Dale hatte die dunklen Bäume draußen betrachtet, in langen, tiefen Zügen geatmet und die Augen an die Dunkelheit gewöhnt, als plötzlich grelle Lichter und Lärm in der Nacht explodierten. Er schnellte vom Fenster weg, landete auf den rauhen Brettern und rollte sich ab.

Mike nahm Cordie die Taschenlampe weg, schaltete sie aus und sank mit erhobener Pistole auf ein Knie. Harlen lief los, stieß gegen den Trog und fiel fast hinein; sein unversehrter Arm tauchte tief in das verkrustete Blut. Fliegen stoben in die Höhe.

Plötzlich war die Halle von grellen Lichtblitzen draußen erleuchtet – zuerst phosphorweiß, dann hellrot, dann ein Grün, in dem die baumelnden Leichen aussahen, als wären sie von gleißendem Schimmel überzogen. Das Aufblitzen des Lichts war durch die staubigen Scheiben zu sehen, dann folgten die Geräusche von Explosionen in der Luft, die durch die Scheibe hereindrangen, welche Dale aufgeklappt hatte. Nur Cordie Cooke blieb genau dort, wo sie gewesen war – ihr rundes Gesicht war verkniffen, als sie ins Licht blinzelte. Draußen drehten ihre Hunde durch.

»O Scheiße«, stöhnte Harlen und rieb sich die Hand an den Jeans ab. Das Blut hinterließ braune Schlieren. Die Explosionen draußen wurden doppelt so laut und grell. »Das ist nur das verdammte Feuerwerk von Michelle Staffney.«

Allgemeines Seufzen und Entspannen setzte ein. Dale rappelte sich auf alle viere auf, drehte sich um und betrachtete die Kadaver, die sichtbar wurden und wieder verschwanden, wie die Lichtgarben draußen aufleuchteten – grün und rot, grellrot, nacktes Fleisch und vorstehende Rippen und aufgeschlitzte Kehlen, blau, blau und rot, weiß, rot, rot, rot . . . Dale wußte, er sah etwas, das er nie vergessen würde, solange er lebte. Und etwas, das er vergessen wollen würde, solange er lebte.

Sie sagten nichts zueinander, rückten Metallstrebe und Vorhängeschloß wieder an Ort und Stelle, gingen in die Nacht hinaus und rannten die Straße zur Stadt entlang.

32

Am Freitag, dem 15. Juli, fiel die Dämmerung aus. Die Wolken hingen tief und schwer, der verhangene Himmel nahm lediglich eine hellere Grautönung an, als die Nacht sich zum Morgen wandelte. Die Wolken blieben zwar den ganzen Tag über tief und bedrohlich, doch das angekündigte Gewitter blieb aus. Eine schwüle Hitze lag über allem.

Um zehn Uhr vormittags hatten sich alle Jungs auf dem schrägen Rasen von Kevin Grumbachers Vorgarten versammelt, betrachteten Old Central mit Mikes Fernglas und unterhielten sich mit gedämpften Stimmen.

»Ich würde es gerne selbst sehen«, sagte Kevin. Sein Gesichtsausdruck war zweifelnd.

»Nur zu«, sagte Jim Harlen. »Ich geh' nicht mit. Inzwischen hängen vielleicht noch mehr Leichen dort. Vielleicht wird deine auch eingereiht.«

»Niemand geht hin«, sagte Mike leise. Er betrachtete die vernagelten Fenster und Türen der alten Schule.

»Ich frage mich, wozu sie das Blut benützt haben«, sagte Lawrence. Er lag auf dem Bauch, Kopf hangabwärts. Er kaute ein Kleeblatt.

Niemand wagte eine Vermutung.

»Es ist egal, wozu sie es verwendet haben«, sagte Mike. »Wir wissen, das Ding da drinnen ... das Ding, das als Glocke verkleidet ist ... braucht Opfer. Es nährt sich von Schmerz und Angst. Lies ihnen den Teil aus dem Buch vor, das du von Ashley-Montague mitgebracht hast, Dale.«

Harlen schnaubte. »Von Ashley-Montague *gestohlen* wäre zutreffender.«

»Lies vor, Dale.« Mike ließ das Fernglas nicht sinken.

Dale blätterte das Buch durch. »›Der Tod ist die Krönung von allem‹«, las Dale, »›solchermaßen spricht das *Buch des Gesetzes. Agape* gleich dreiundneunzig, sieben eins acht gleich Bildsäule sechs sechs sechs, spricht die Apokalypse der Kabbala . . .‹«

»Lies das andere Zeug vor«, sagte Mike. Er ließ das Fernglas sinken. Seine Augen sahen sehr müde aus. »Das von der Bildsäule der Offenbarung.«

»Das ist eine Art Gedicht«, sagte Dale. Er zog die Baseballmütze tiefer, um die Augen abzuschirmen.

Mike nickte. »Lies vor!«

Dale las mit leiser Singsangstimme vor:

»Die Bildsäule ist Mutter und Vater des Magus.
Die Bildsäule ist Mund und Anus des Abgrunds.
Die Bildsäule ist Herz und Leber von Osiris;
Beim letzten Äquinoktium
Wird der Thron von Osiris im Osten
Zum Thron des Horus im Westen schauen.
Und die Tage werden gezählt sein.
Die Bildsäule wird als Opfer fordern
Backwerk, Parfüms, Insekten und
Das Blut der Unschuldigen;
Die Bildsäule wird belohnen,
Die ihr treu gedient haben.
Und im Anbeginn der Letzten Tage
Wird die Bildsäule aus zwei Elementen
Geschaffen sein – Erde und Luft,
Und kann zerstört werden nur durch
Die letzten beiden.
Denn die Bildsäule ist Mutter und Vater des Magus;
Denn die Bildsäule ist Mund und Anus des Abgrunds.«

Die Jungs saßen im Kreis. Schließlich sagte Lawrence: »Was ist ein Anus?«

»Du«, sagte Harlen.

»Ein Planet«, sagte Dale. »Weißt du, so wie Uranus?«

Lawrence nickte, daß er verstanden hatte.

»Was sind die beiden anderen – wie heißen sie doch gleich?« sagte Harlen.

»Die beiden anderen Elemente. Mit denen man die Bildsäule vernichten kann?«

Kevin verschränkte die Arme. »Erde, Luft, Feuer und Wasser«, sagte Kevin. »Die Griechen und die Typen vor ihnen haben geglaubt, daß sie die Grundlage von allem sind. Erde und Luft haben das Ding geschaffen ... Feuer und Wasser können es vernichten.«

Mike nahm das Buch und hielt es in der Hand, als könnte er ihm noch etwas entlocken. »Soweit Dale und ich sagen können, ist das die einzige Erwähnung der Bildsäule der Offenbarung in diesem Buch.«

»Und wir haben nur Duanes Aufzeichnungen, wo steht, daß diese Bildsäule etwas mit allem hier zu tun hat«, sagte Harlen.

Mike legte das Buch hin. »Duane und sein Onkel Art. Und beide sind tot.«

Kevin sah auf die Uhr. »Okay, und was nützt uns das?«

Mike lehnte sich zurück. »Erzähl uns wieder vom Milchlaster deines Dad.«

Kevins Stimme nahm denselben Singsang einer Litanei an wie zuvor die von Dale. »Es ist ein Tanklaster mit sechstausend Liter Fassungsvermögen«, sagte er. »Der glänzende Tank besteht aus rostfreiem Edelstahl. Mein Vater fährt jeden Morgen mit dem Laster aus ... außer Sonntag ... und sammelt die Milch von den Tanks der Milchfarmen ein. Er bricht früh auf – normalerweise um halb fünf Uhr morgens – und hat zwei Routen. Diese fährt er einen über den anderen Tag. Abgesehen davon, daß er die Milch zur Molkereizentrale fährt, untersucht er sie, wiegt sie, macht eine Qualitätskontrolle und handhabt das Abpumpen selbst.

Unser Laster verfügt über eine Zentrifugalpumpe, die mit achtzehnhundert Upm arbeitet – das ist viel schneller als eine Durchlaufpumpe mit Elektromotor. Die bringen nur etwa vierhundert Upm. Dad kann rund dreihundert Liter pro Minute von den Sammeltanks der Milchfarmen in seinen Laster befördern. Dazu braucht er eine Zweihundertdreißig-Volt-Steckdose, aber die haben alle Milchfarmen.

Er hat ein Untersuchungstablett und Kühlflüssigkeit in einem Fach hinten am Laster. Dort sitzt auch die Pumpe. Der Schlauch paßt an die roten Klappen an der Seite . . . die irgendwie aussehen wie bei Feuerwehrautos.

Manchmal fahre ich mit ihm, aber meistens kommt er nicht vor zwei Uhr nachmittags nach Hause, und ich habe Arbeiten zu erledigen, daher bekomme ich mein Taschengeld dafür, daß ich den Tank ausschrubbe, den Laster putze und volltanke.« Kevin holte tief Luft.

»Zeig uns die Zapfsäule noch einmal«, sagte Mike.

Die fünf Jungs gingen zum Nordende des Hauses. Dort hatte Mr. Grumbacher einen großen Blechschuppen für den Laster gebaut, und zwischen der riesigen Doppeltür und dem Haus befanden sich der gekieste Wendehammer und die Zapfsäule. Dale hatte es immer toll gefunden, daß seine Nachbarn ihre eigene Zapfsäule hatten.

»Die Molkereizentrale hat die Installation mit bezahlt«, sagte Kevin. »Ernie's Texaco hat früh morgens und an Wochenenden noch nicht geöffnet, und sie wollten nicht, daß Dad zum Tanken nach Oak Hill fahren mußte.«

»Noch einmal«, sagte Mike. »Wieviel faßt der unterirdische Tank?«

»Fünftausend Liter«, sagte Kev.

Mike rieb sich die Unterlippe. »Weniger als der Tanker.«

»Ja.«

»Da ist ein Schloß an der Zapfsäule«, sagte Mike.

Kevin klopfte dagegen. »Ja, aber Dad legt den Schlüssel in die rechte Schreibtischschublade. Die Schublade ist nicht abgeschlossen.«

Mike nickte, wartete.

»Der Einfüllstutzen ist hier im Boden«, sagte Kevin und deutete. »Er ist auch mit einem Schloß gesichert, aber der Schlüssel ist am selben Ring wie der Zapfsäulenschlüssel.«

Die Jungs schwiegen einen Augenblick lang. Mike ging auf und ab; seine Turnschuhe erzeugten leise Geräusche auf dem Kies der Einfahrt. »Ich schätze, dann sind wir bereit.« Er hörte sich nicht überzeugend an.

»Warum Sonntagmorgen?« fragte Dale. »Warum nicht morgen . . . Samstagmorgen . . . oder heute?«

Mike strich mit einer Hand durchs Haar. »Sonntag ist der einzige Tag, an dem Kevins Dad zu Hause bleibt. Nachmittags ist hier zuviel los . . . es muß früh sein. Kurz nach Sonnenaufgang ist am besten. Es sei denn, einige von euch wollen es nachts machen.«

Dale, Kev, Lawrence und Harlen sahen einander an und schwiegen.

»Außerdem«, fuhr Mike fort, »scheint Sonntag irgendwie . . . nun, *richtig* zu sein.« Er sah sich um, ein Sergeant, der seine Truppe um sich schart. »Bis dahin bereiten wir uns vor.«

Harlen schnippte mit den Fingern. »Dabei fällt mir ein, ich hab' eine Überraschung für euch Jungs.« Er führte sie nach vorne, wo sein Fahrrad auf dem Rasen lag. An der Lenkstange hing eine Einkaufstüte; Harlen holte zwei Walkie-talkies heraus. »Du hast gesagt, die könnten wir gebrauchen«, sagte er zu Mike.

»Mann«, sagte Mike und nahm eins. Er drückte auf einen Knopf, Statik rauschte. »Wie hast du die Sperling rauskitzeln können?«

Harlen zuckte die Achseln. »Ich hab' gestern abend noch einen Augenblick zu der Party reingesehen. Alle waren hinten und haben Kuchen gegessen. Sperling hat die Dinger auf einem Tisch liegenlassen. Ich habe mir gedacht, wenn jemand nicht besser auf seine Sachen aufpaßt, kann ihm eigentlich auch nichts daran liegen. Außerdem ist es nur geliehen.«

»Hm-hmm«, sagte Mike. Er klappte ein Fach auf und sah nach den Batterien.

»Ich hab' heute morgen neue reingemacht«, sagte Harlen. »Die Dinger funktionieren bis zu einer Meile ziemlich gut. Ich hab' sie heute morgen mit meiner Mom ausprobiert.«

Kevin zog eine Braue hoch. »Was meint sie, wo du sie herbekommen hast?«

Harlen grinste. »Preis bei der Party der Staffneys. Du kennst ja die reichen Leute ... große Partys, große Preise.«

»Probieren wir sie aus«, sagte Lawrence, nahm eins der Walkie-talkies und stieg auf sein Fahrrad. Eine Minute später war er die Second Avenue hinuntergefahren und nicht mehr zu sehen.

Die Jungs legten sich ins Gras. »Stützpunkt an Red Rover«, sagte Mike ins Mikro. »Wo bist du? Ende.«

Lawrences Stimme war blechern und von Statik überlagert, aber deutlich zu verstehen. »Ich fahr gerade am A & P vorbei. Ich kann deine Mom arbeiten sehen, Mike.«

Harlen nahm das Walkie-talkie. »Sag ›Ende.‹ Ende.«

»Ende-Ende?« sagte Lawrences Stimme.

»Nein«, knurrte Harlen. »Nur *Ende.*«

»Warum?«

»Sag es einfach, wenn du zu Ende gesprochen hast, damit wir auch wissen, daß du fertig bist. Ende.«

»Ende«, sagte Lawrence keuchend. Er strampelte offenbar heftig.

»Nein, du Depp«, sagte Harlen. »Sag etwas anderes und *dann* sag ›Ende‹.«

»He, fall tot um, Harlen! Ende.«

Mike nahm das Mikro wieder. »Wo bist du?«

Lawrences Stimme wurde leiser. »Bin gerade am Park vorbei gefahren und auf der Broad Richtung Süden.« Nach einem Augenblick des Schweigens: »Ende.«

»Das ist fast eine Meile«, sagte Mike. »Ziemlich gut. Du kannst jetzt heimkommen, Red Rover.« Er sah Harlen an. »Zehn-vier.«

»Gott*verdammt*!« sagte die leise Stimme des Jungen.

Dale riß das Walkie-talkie an sich. »Fluch nicht, verdammt. Was ist los?«

Lawrences Stimme klang sehr leise, aber nicht wegen der Entfernung, sondern als würde er flüstern. »He ... ich hab' gerade herausgefunden, wo der Abdeckereilaster ist ...«

Sie brauchten keine dreißig Minuten, bis sie die Colaflaschen mit Benzin gefüllt hatten. Dale hatte die Stoffetzen mitgebracht.

»Was ist mit dem Zähler an der Pumpe?« fragte Mike. »Führt dein Dad nicht Buch über die verbrauchten Liter?«

Kevin nickte. »Schon, aber da ich meistens für ihn tanke, führe ich das Buch. Die paar Liter werden ihm nicht auffallen.« Kevin sah nicht glücklich über das Täuschungsmanöver aus.

»Gut«, sagte Mike. Er bückte sich und zeichnete etwas in den Sand hinter dem Schuppen der Grumbachers, während Dale und Lawrence die Colaflaschen vorsichtig in eine unterteilte Milchkiste stellten, die Kevin geholt hatte. »So ist die Lage«, sagte Mike. Er zeichnete die Main Street, dann die Broad, die nach Süden am Park vorbei verlief. Mit seinem Zweig zeichnete er die halbkreisförmige Einfahrt des alten Hauses der Ashley-Montagues ein. »Bist du sicher, daß der Laster da hinten war?« fragte er Lawrence. »Und daß es der Abdeckereilaster gewesen ist?«

Lawrence sah ihn beleidigt an. »Klar bin ich sicher.«

»Er steht unter den Bäumen? Im alten Hain hinter den Ruinen?«

»Ja, und er ist ganz mit Zweigen und einem Netz und Zeug zugedeckt. Wie die Dinger, die die Soldaten benützen.«

»Tarnnetze«, half Dale aus.

Lawrence nickte heftig.

»Okay«, sagte Mike. »Jetzt wissen wir, wo er gewesen ist. Auf eine unheimliche Weise ist das sogar logisch. Die Frage ist, sind wir uns alle einig, daß wir heute noch etwas dagegen unternehmen wollen?«

»Wir haben schon abgestimmt«, erwiderte Harlen.

»Ja«, sagte Mike. »Aber ihr wißt, wie riskant es ist.«

Kevin hockte sich nieder, hob eine Handvoll Kies und Erde auf und ließ den Staub zwischen den Fingern durchrieseln. »Ich finde, es wäre riskanter, den Laster bis Sonntag in Ruhe zu lassen. Wenn wir mit unseren Plänen weitermachen, kann sich der Laster immer wieder einmischen.«

»Das können die unterirdischen Wesen auch«, sagte Mike. »Was sie auch sein mögen.«

Kevin sah ihn nachdenklich an. »Stimmt, aber gegen die können wir nichts unternehmen. Wenn der Laster nicht mehr da ist, haben wir eine entscheidende Variable eliminiert.«

»Außerdem«, flüsterte Dale mit einer kalten Stimme wie Feuerstein auf Stahl, »haben Van Syke und der verfluchte Laster versucht, Duane umzubringen. Wahrscheinlich waren sie *dabei*, als er gestorben ist.«

Mike kratzte sich mit dem Zweig, mit dem er gezeichnet hatte, an der Stirn. »Also gut. Wir haben abgestimmt. Wir waren uns einig. Jetzt machen wir es. Die Frage ist, wo und wer. Wo wartet der Rest von uns und wer sind die Lockvögel?«

Die vier Jungs beugten sich dichter über die grobe Karte der Stadt, die Mike gezeichnet hatte.

Harlens unversehrte Hand deutete auf den Punkt, der das Anwesen der Ashley-Montagues darstellte. »Und wenn wir ihn einfach dort packen, wo er gerade ist? Das Haus ist sowieso schon abgebrannt.«

Mike bohrte mit dem Zweig das Loch im Boden tiefer. »Klar, ginge, wenn der Laster leer ist. Wenn er aber macht, was wir vermuten?«

»Wir können ihn dorthin bringen«, sagte Dale.

»Wirklich?« Mikes graue Augen sahen fest in die seines Freundes. »Es sind Bäume vorne und der Hain hinten, aber könnten wir uns beizeiten einrichten? Wie kommen wir hin . . . die Schienen entlang? Wir müssen eine Menge Plunder schleppen. Außerdem sind die Ruinen gleich am Stadtrand, nur etwa einen Block vom Feuerwehrhaus entfernt. Und da sind immer ein paar Freiwillige und drehen Däumchen.«

»Na gut, wo dann?« sagte Dale. »Wir müssen auch an die Lockvögel denken.«

Mike kaute einen Moment auf dem Daumennagel. »Ja. Es muß so eine abgelegene Stelle sein, daß Van Syke zuschlägt. Aber nahe genug bei der Stadt, daß wir leicht zurück können, wenn es schiefgeht.«

»Das Black Tree?« sagte Kevin.

Dale und Mike schüttelten beide gleichzeitig und nachdrücklich den Kopf.

»Zu weit«, sagte Mike. Die Erinnerung an das knappe Entkommen am Morgen nach dem Camping war ihm offensichtlich noch frisch im Gedächtnis.

Lawrence verlängerte mit dem Finger die Linie der First Avenue nach Norden. Er riß einen Punkt an der Westseite der Straße an, wo die Jubilee College Road abzweigte. »Was ist mit dem Wasserturm?« sagte er. »Wir könnten über das Spielfeld gehen und durch diese Baumreihe hier. Und wir könnten leicht wieder zurück.«

Mike nickte, dachte eine Weile nach, dann schüttelte er den Kopf. »Nicht genügend Deckung«, sagte er. »Wir müßten beim Rückzug über das ungeschützte Spielfeld, und das könnte der Laster auch mühelos überqueren – und viel schneller.«

Die Jungs betrachteten stirnrunzelnd die Krakel im Sand. Die Wolken hingen tief über ihnen, die Luftfeuchtigkeit war schlimmer denn je.

»Was ist mit dem Westen der Stadt«, sagte Harlen. »Richtung Grange Hall?«

»Nn-nnn«, sagte Mike. »Die Lockvögel mußten auf der Hard Road dorthin, und die hat nicht einmal eine Böschung. Dort würde der Laster sie todsicher erwischen. Außerdem könnten wir nicht mit den Rädern zurück, wir müßten hinter dem Protestantenfriedhof über die Felder.«

»Ich will nichts mit Friedhöfen zu tun haben«, sagte Dale.

Harlen seufzte und strich sich übers Gesicht. »Nun, verdammt, dann bleibt nur noch mein Vorschlag, es gleich auf dem Anwesen zu machen. Es scheint die einzige Möglichkeit zu sein.«

»Moment«, sagte Mike. Er zeichnete die Broad Avenue weiter bis zur Catton Road, dann riß er diese Straße zwei Blocks nach Westen an und kreuzte die Schienen. »Was ist mit den Getreidesilos? Die sind nicht zu sehen . . . aber so nahe, daß die Lockvögel es schaffen könnten.«

»Das ist *ihr* Gebiet«, sagte Dale, den der Gedanke entsetzte, wieder dorthin zu müssen.

Mike nickte. Seine grauen Augen leuchteten jetzt fast, wie öfter, wenn er einen Einfall hatte, der ihm gefiel. »Klar, aber deshalb werden sie uns nur um so zuversichtlicher nachjagen . . . den Lockvögeln. Außerdem haben wir mehrere Rückzugsmöglichkeiten . . .« Er kritzelte hastig mit dem kurzen Zweig. »Den Feldweg an der Ostseite der Schienen hier . . . Catton Road hier . . . die alte Straße zur Müllkippe hier . . . sogar der Wald oder die Bahngleise, wenn wir die Räder zurücklassen müssen.«

»Der Laster könnte auf den Schienen fahren«, sagte Kevin nüchtern. »Seine Reifen sind so weit auseinander, daß er die Schienen schaffen würde . . .

»Mit den Schwellen würde das eine holprige Fahrt werden«, sagte Harlen.

Kevin zuckte die Achseln. »Er hat Duane durch einen Zaun und in ein Maisfeld verfolgt.«

Mike sah die Karte an, als könnte der schiere Wahnsinn des Unterfangens einen besseren Plan herbeizaubern. »Hat jemand einen besseren Vorschlag?«

Niemand.

Mike wischte die Karte weg. »Okay, vier von uns richten uns dort ein, einer spielt den Lockvogel. Das bin ich.«

Lawrence schüttelte den Kopf. »Nn-nnn«, sagte der Achtjährige trotzig. »Ich hab' ihn gefunden. Ich muß der Lockvogel sein.«

»Sei nicht albern«, fauchte Mike. »Du mit deinem kleinen Siebzehn-Zoll-Rad. Du könntest keinem Opa im Rollstuhl davonfahren.«

Lawrence ballte die Hände zu Fäusten. »Deiner alten Rostbeule könnte ich jederzeit davonfahren, O'Rourke. Ich kann *Hochstarts.*«

Mike seufzte und schüttelte den Kopf.

»Er hat recht«, sagte Dale und setzte sich damit selbst in Erstaunen. »Dein Rad ist nicht schnell genug, Mike. Aber er sollte es nicht sein . . .« Er stupste seinen Bruder mit einem Finger an. »Ich müßte es sein. Mein Rad ist das neueste, außerdem mußt du dort warten. Dein Wurfarm ist tausendmal besser als meiner.«

Mike dachte lange nach. »Na gut«, sagte er schließlich. »Aber wenn niemand da ist, wenn du zum Anwesen kommst, sag es uns über Walkie-talkie, dann kommen wir dorthin. Kapiert? Wir machen es dort und kümmern uns nicht darum, daß das Feuerwehrhaus so nahe ist.«

Harlen hielt die Hand hoch wie im Unterricht. »Ich glaube, ich sollte es machen.« Seine Stimme klang fest, aber nicht ganz gelassen, seine Lippen waren blaß. »Ihr habt alle zwei Arme zum Werfen. Ich wäre in dem Fall vielleicht der beste Lockvogel.«

Kevin gab einen abfälligen Laut von sich. »Der Lockvogel braucht auf jeden Fall beide Hände«, sagte er. »Du bist besser aufgehoben, wenn du mit uns anderen wartest.«

Mike sah amüsiert drein. »Möchtest du dich nicht freiwillig melden, den Helden zu spielen, Kev?«

Kevin Grumbacher schüttelte den Kopf ohne zu lächeln. »Ich muß am Sonntag noch genug tun.«

»Wenn wir bis Sonntag überstehen«, murmelte Dale.

»Moment«, sagte Harlen. »Nehmen wir die Schußwaffen mit?«

Mike dachte nach. »Ja. Aber wir benützen sie nur, wenn es sein muß. Das Silo ist nicht so weit von der Stadt entfernt. Jemand könnte die Schüsse hören und Barney anrufen.«

»Die Leute in der Fifth Avenue oder der Catton Road werden denken, daß nur jemand Ratten bei der Müllkippe geschossen hat«, meinte Dale.

»Was ja gar nicht so unrichtig ist«, sagte Mike. Er sah in die Runde. »Sollen wir es machen?«

Lawrence meldete sich zu Wort. »Klar, aber *ich* bin der Lockvogel. Dale kann mitkommen, wenn er will, aber ich hab' den Laster gefunden und werde ihn anlocken. Keine Widerrede.«

Harlen höhnte. »Was willste denn machen, du halbe Portion? Es deiner Mama sagen, wenn wir dich nicht lassen? Die Luft anhalten, bis du blau wirst?«

Lawrence verschränkte die Arme vor der Brust, sah sie alle blinzelnd an und lächelte ein breites, träges Lächeln.

33

Dale und Lawrence radelten über die Main Street und kamen auf dem Schotter des Parkstreifens an der Westseite des Parks schlitternd zum Stillstand. Dale zog den Gurt des Walkie-talkie über den Kopf und drückte den Sendeknopf; sie hatten Mike und Kev und Harlen fünfzehn Minuten Zeit gelassen, sich in Position zu bringen.

»Red Rover an Basis Dresden. Wir sind beim Park. Ende.« Es war Kevs Idee gewesen, das andere Team ›Basis Dresden‹ zu nennen – Kevs Dad hatte im Zweiten Weltkrieg als Navigator bei der Air Force gedient.

»Verstanden, Red Rover.« Mikes Stimme war fern und von Statik überlagert. »Hier ist alles bereit.«

Lawrence war einsatzbereit, er hatte sich über die Lenkstange gebeugt und grinste wie ein Idiot, aber Dale wollte noch nicht los. »Mike«, sagte er und ließ den Funkcode bereits sein, »sie werden die Funkgeräte sehen.«

»Ja, aber dagegen können wir nichts machen. Seht nur zu, daß Chuck Sperling oder Digger sie nicht sehen.«

Dale blickte über die Schulter, bis ihm klar wurde, daß Mike einen Witz gemacht hatte. Haha.

»Red Rover?«

»Ja?«

»Versucht einfach, nur über Funk zu sprechen, wenn der Laster euch nicht sehen kann. Sonst haltet sie über die Schultern geschnallt. Vielleicht bemerken sie sie nicht.«

»Verstanden«, sagte Dale. Er wünschte sich, er hätte eine der Pistolen. Sie hatten beschlossen, Dales Savage-Pump-Flinte zurückzulassen, aber Basis Dresden hatte Harlens .38er, die große .45er von Kevs Dad und die Eichhornbüchse von Mikes Großmutter in einem Leinenrucksack bei sich. Dale und Lawrence hatten die Funkgeräte und ihre Räder.

»Wir starten«, sagte Dale. Er schlang das Funkgerät über die Schultern und strampelte die Broad entlang; Lawrence mit seinem kleineren Rad dicht an seiner Seite. Als sie sich der Kreuzung mit der Straße näherten, wo Sperling lebte, sah Dale Lawrence an. »Hättest du es Mom wirklich gesagt?«

Lawrence grinste. »Klar ... ich hab' ihn gefunden. Es ist *mein* Laster, sozusagen. Ich hätte mich auf gar keinen Fall abschieben lassen.«

»Wenn du nicht genau machst, was ich dir sage, wirst du selber bei den anderen Leichen auf dem Abdeckereilaster landen. Kapiert?«

Sein Bruder zuckte die Achseln.

Am Anfang der halbkreisförmigen Einfahrt des alten Ashley-Hauses hielten sie an. »Von hier kann man ihn nicht sehen«, flüsterte Lawrence. »Man muß um das Haus herum.«

»Einen Augenblick.« Dale zog das Walkie-talkie vor. Seine Blase sandte dringende Signale aus, und er wünschte sich, er wäre vor dem Aufbruch noch einmal ins Haus gegangen. »Basis Dresden, kommen. Ende.« Nach dreimaligem Rufen antwortete Mike.

»Wir fahren die Einfahrt entlang.« Sie fuhren langsam in der Mitte der Einfahrt, damit sie den Ästen und Dornenhecken ausweichen konnten. Plötzlich hielt Dale an und verschwand hinter einem Baum; Lawrence folgte ihm. »Basis Dresden, Basis Dresden – hier Red Rover.«

»Schieß los, Red Rover.«

»Ich sehe ihn. Er steht genau dort, wo der Knirps gesagt hat.«

Lawrence schlug seinen älteren Bruder auf den Oberarm.

»Laß den Sendeknopf gedrückt«, sagte Mike. »Laß das Ding baumeln. Mal sehen, ob ich euch hören kann.«

Dale ließ das Funkgerät herunterhängen. »Test«, sagte er und spürte, wie trocken sein Mund war und wie voll sich seine Blase anfühlte. »Eins, zwei, drei . . .« Er hob das graue Plastikgehäuse.

»Ja, Red Rover, ich höre euch. Sprecht einfach laut, wenn ihr gehört werden wollt. Wir sind hier bereit, Dale. Seid ihr Jungs fertig?«

»Ja.« Dale spürte die Nervosität in sich, als er über die Mittelstange des Rads stieg und mit der linken Hand die Lenkstange umklammerte und wieder losließ.

»Vergeßt nicht«, sagte Mikes krächzende Stimme, »keine Risiken. Ich glaube nicht, daß sie am hellichten Tag etwas in der Stadt machen würden. Wenn er euch den Weg abschneidet, geht einfach in einen Laden oder so. Kapiert?«

»Ja.«

»Geht nicht zu nahe an den Laster ran, auch wenn er nicht reagiert«, sagte Mike. Das hatten sie alles schon besprochen. »Wir treffen uns beim Park. Hängt nicht dort rum.«

»Verstanden«, sagte Dale. Er ließ das Funkgerät sinken. »Wir fahren«, sagte er laut.

Lawrence fuhr ein wenig voraus, als sie das letzte Stück der Einfahrt zum Haus hinter sich brachten und den schmaleren Pfad an der Nordseite der Ruine entlang nahmen. Der Abdeckereilaster war mit einem alten Netz und abgerissenen Zweigen bedeckt und fast unsichtbar. Er stand zwischen einem langen, rostigen Schuppen und dem Gewächshaus mit seinen zerschmetterten Scheiben und dem rostigen Metallgitter. Ein oberflächlicher Passant hätte den Laster für ein weiteres verlassenes Relikt auf dem Anwesen der Ashleys halten können.

Dale wünschte sich von ganzem Herzen, er wäre eins.

Sie hielten dicht hinter dem rußigen Backsteinturm an, der einmal der Kamin gewesen war. Das Haus selbst ging fast in Unkraut und Dorngestrüpp unter, verkohlte Balken ragten aus dem dunklen Loch des Kellers empor. Eine verzierte Pumpe stand auf der ehemaligen hinteren Laube; hiesigen Gerüchten unter Kindern zufolge ertränkten die Leute junge Hunde in dem zugehörigen Brunnenschacht.

Der Abdeckereilaster sah im nüchternen, grauen Schein des Tages heiß und tot aus. Die Fenster reflektierten den grauen Himmel.

Lawrence stieg ab, stellte sich neben sein Rad und sah seinen älteren Bruder an. Dale blickte über die Schulter, vergewisserte sich, daß der Weg die Einfahrt entlang frei war, und sagte: »Fang an!«

Hier lagen jede Menge Steine herum; der Weg war einmal mit Kopfstein gepflastert gewesen. Lawrences erster Wurf war so genau, daß der faustgroße Stein von der Haube des zwölf Meter entfernten Lasters abprallte. Der zweite Wurf traf einen Kotflügel.

»Noch nichts«, sagte Dale so laut, daß das Funkgerät es hören konnte. Sein erster Wurf ging fehl. Der zweite Stein landete auf dem Tarnnetz und den Zweigen. Der Geruch verwesender Tiere war überwältigend.

Lawrences dritter Wurf traf den Metallstreifen zwischen den Glasplatten der Windschutzscheibe. Sein vierter war flach und hart und zertrümmerte den rechten Scheinwerfer. Der Laster blieb stumm, nichts um ihn herum regte sich.

Dale holte aus, und Lawrence sagte gerade: »Ich glaube nicht, daß jemand . . .«, als der Anlasser des Abdeckereilasters knirschte, der Motor aufbrüllte, das Differentialgetriebe heulte und das ganze Ding scheppernd und polternd aus dem Zwischenraum zwischen den Gebäuden hervorkam – das Netz und die Zweige flogen davon, als die Bretter der Heckklappe die dünne Tarnung zerrissen.

»Los!« kreischte Dale, ließ den Stein fallen und sprang auf das Fahrrad. Er verfehlte mit dem linken Fuß das Pedal und wäre beinahe auf die Stange gestürzt – ein Sturz, der einem so die Eier quetschte, daß man sich am liebsten eine Stunde auf dem Boden krümmen wollte –, aber er fing sich, kippte das Rad fast um, senkte den Kopf und hob den Po und trat in die Pedale, was das Zeug hielt; Lawrence war drei Meter vor ihm und drehte sich nicht um; beide Jungs strampelten die lange Einfahrt zwischen den überhängenden Zweigen hinunter, und der Abdeckereilaster war keine fünfzig Meter hinter ihnen, sein Dröhnen und der Gestank folgten wie eine Flutwelle ihren Fersen.

»Gib mir die Feuerzeuge«, sagte Mike zu Harlen. Sie lagen auf dem Bauch hinter dem verblichenen Schild auf dem Blechdach des Getreidesilos, runde fünf Meter über der Laderampe. Kevin befand sich auf der anderen Seite der schmalen Zufahrt und lag flach auf dem Dach der Lagerhalle. Es war Harlens Aufgabe gewesen, die Feuerzeuge mitzubringen, und er hatte vor dem Treffen in der Catton Road die Taschen überprüft und gesagt, daß er sie hatte.

Jetzt strich Harlen über seine Taschen und riß die Augen auf. »Ich muß sie vergessen haben . . .«

Mike packte Harlen am Hemdkragen und hob ihn halb von dem heißen Blechdach hoch. »Mach keinen Scheiß, Jim!«

Harlen brachte fünf Feuerzeuge zum Vorschein, die alle randvoll mit Benzin waren. Harlens Dad hatte die Dinger gesammelt; sie lagen seit drei Jahren ganz unten in einer Schublade.

Mike warf Kevin zwei zu, steckte eins in die Tasche und ließ sich wieder hinter das Schild fallen. Plötzlich krächzte das Funkgerät, und Dales Stimme brüllte: »Er verfolgt uns!«

Der Abdeckereilaster war schneller, als sie gedacht hatten; seine Gänge knirschten, als er aus der Einfahrt hinter ihnen schoß. Obwohl sie einen halben Block Vorsprung hatten, würde das Ding sie eingeholt haben, ehe sie zur Main Street kamen. Große Gärten führten links von ihnen nur zu den Schienen und Maisfeldern links von ihnen; die Straße zu Sperlings Haus rechts war eine Sackgasse.

Dale holte Lawrence ein, überholte ihn ein Stück, sah zurück und erblickte die rote Kabine und den rostigen Kühler des Lasters, der die Entfernung verringerte, dann kippte er nach rechts, kürzte durch den Bandstand Park ab, und das hintere Schutzblech seines Rads schepperte. Die beiden Jungs fuhren auf beiden Seiten des Kriegerdenkmals vorbei, rasten zwischen Parkbänken und dem Parkside Café durch und schlitterten vor dem Café und Carl's Tavern auf den Gehweg.

Dale runzelte die Stirn; er hatte den Kopf tief über die Lenkstange gesenkt und die Ellbogen hochgestreckt. Es lief nicht wie geplant – sie mußten den Laster auf der Broad Richtung Norden locken. Jetzt hatte das Ding angehalten, um einen Pritschenwagen Richtung Osten vorbei zu lassen, und steuerte auf die Main – jagte sie nach *Osten.*

»Komm mit!« rief Dale zu Lawrence und schoß mit dem Rad über den vierzig Zentimeter hohen Bordstein. Lawrence schnellte mit seinem im selben Augenblick hinunter. Ein Kombi, der nach Westen fuhr, hupte laut, als sie vor ihn fuhren, und dann waren sie auf der Nordseite der Straße, fuhren immer noch nach Osten, näherten sich aber der Kreuzung mit der Third Avenue.

Der Abdeckereilaster war einen halben Block hinter ihnen und fuhr mit dreißig Meilen. Dale konnte die Andeutung einer Bewegung hinter der gleißenden Windschutzscheibe erkennen, dann brauste der Laster über den Mittelstreifen. *Van Syke oder wer auch fährt, ist es scheißegal, wer zusieht,* dachte Dale. *Er wird uns gleich hier überfahren.*

Dale rief seinem Bruder etwas zu, dann neigten sie sich nach links, streiften mit den linken Armen die niedere Hecke vor Dr. Viskes' Haus und hinterließen mit den Reifen Gummispuren auf dem unebenen Pflaster des Gehwegs. Zwischen dem Gehweg und der Third Avenue befand sich hier ein Abwassergraben, und wenn einer von ihnen da hinein schlitterte, würde der Abdeckereilaster sie einholen.

Sie rutschten nicht. Dale ließ Lawrence vorbeifahren, als sie den Gehweg an der Westseite der Third entlangrasten und jetzt Richtung Norden fuhren. Ein alter Mann – Cyrus Whittacker, glaubte Dale – brüllte ihnen nach, als sie auf dem Gehweg vorbeischossen.

Der Abdeckereilaster bog auf der Third nach Norden ab.

Noch ein Block, dann würden sie an dem Haus vorbeikommen, wo Dr. Roon ein Zimmer gemietet hatte, und dann würden sie Old Central sehen können. Dale wollte weder das eine noch das andere Gebäude sehen, so sehr er auch versucht war, einfach quer über den Schulhof zur Depot Street und nach Hause zu fahren. Seine Mutter würde den Wahnsinnigen sehen, der sie mit dem Laster verfolgte, und Barney oder den Sheriff anrufen ...

Dale brüllte seinem Bruder etwas zu, und Lawrence bog nach links in die Church Street Richtung Broad zurück. Der Laster kam zwanzig Meter weiter hinten zur Kreuzung, bremste ab und ließ einen Pritschenwagen passieren.

Dale übernahm wieder die Führung, schlitterte auf den Gehweg und raste auf der Broad Richtung Norden – vorbei an der Bibliothek und dem vernagelten Stuckgebäude, das einmal Ewalts Freizeitzentrum gewesen war. Sie hatten Mrs. Doubbets Haus fast erreicht, als Dale über die Schulter sah und feststellte, daß der Laster ihnen nicht mehr folgte. Er hatte nicht gesehen, wie er auf der Church Street nach Westen gebogen war und ihnen hinterher fuhr.

»Scheiße!« schrie Dale, lenkte auf die Broad und schlitterte fast vollständig herum. Lawrence hielt neben ihm an, dann sahen sie gemeinsam die breite Straße entlang nach Süden und warteten darauf, daß die schorfigrote Kabine des Lasters an der Church Street auftauchte.

Der Abdeckereilaster fuhr aus der Gasse zehn Meter hinter ihnen und kam so verstohlen wie eine Katze hinter den Forsythienbüschen am Nordrand des Grundstücks von Old Double-Butt hervor.

Lawrence setzte sich als erster in Bewegung, sprang mit dem Rad an der Westseite der Straße auf den Bordstein und raste die Gasse nördlich des Postamts entlang. Dale folgte ihm auf den Fersen und brüllte ihren Standort ins Walkie-talkie, das an seinem Gurt baumelte. Falls

Mike oder einer der anderen etwas erwiderte, konnte Dale es nicht hören.

Der Abdeckereilaster überquerte die Broad und beschleunigte hinter ihnen die Gasse entlang; seine Stoßstange war keine zehn Meter hinter Dales Hinterreifen. Lawrences Rad fuhr weit rechts, als der Junge den Körper nach links beugte, dann schoß es nach links, als Lawrence auf das rechte Pedal trat. Er schlitterte und kürzte durch Mrs. Andylls Garten ab, duckte sich unter eine Wäscheleine durch, hinterließ Reifenspuren in der Ecke ihres Gemüsegartens und wirbelte Schlacke in die Luft, als er ihre Einfahrt entlang Richtung Church Street strampelte.

Wir hängen den Laster ab, dachte Dale, *aber wir fahren wieder nach Süden. Die falsche Richtung.*

Sie konnten den Laster nicht abhängen. Er folgte ihnen nach links, und die doppelten Hinterreifen wirbelten gewaltige Stücke aus Mrs. Andylls Rasen und Garten. Die Kabine des Lasters riß vier Wäscheleinen aus den Pfosten, fuhr die Einfahrt entlang und zog Laken und Kleider hinter sich her.

Dale und Lawrence fuhren auf der Church Street nach Westen, stellten sich auf, um zu strampeln und hielten die Hintern höher als die Köpfe. Der Abdeckereilaster ließ den Motor aufheulen und raste auf der Straße hinter ihnen her. Dale drehte sich um und sah, daß ein Scheinwerfer eingeschaltet war.

Kurz bevor sie die Kirche St. Malachy's erreichten, lenkte Dale nach links, und sie fuhren zwischen einem Haus und einer Garage durch, die keine anderthalb Meter Zwischenraum hatten, brausten an einer Dame mit Kind vorbei, die in einem Planschbecken saßen, und fuhren wahrhaftig über die Kette eines Dobermanns, bevor der Hund überhaupt merkte, daß sich Eindringlinge auf dem Hof befanden. Sie kamen auf der Gasse heraus und bogen wieder nach Osten; Dale konnte flüchtig den Laster sehen, der die schmale Straße an den Eisenbahnschienen einen halben Block entfernt hinunterraste.

Die beiden Jungs fuhren die Fifth zur Depot Street entlang, und inzwischen keuchten beide schon heftig, und Dale spürte, wie die Energie nachließ, die der erste Ansturm des Schreckens ihm gespendet hatte. Seine Beine waren bereits müde. *Und wir haben noch nicht einmal die halbe Strecke geschafft.*

Der Abdeckereilaster wäre um ein Haar vor ihnen an der Kreuzung Depot Street und Fifth gewesen.

Dale sah die rote Kabine beim Güterbahnhof um die Ecke kommen, dann radelte er über die Straße und in die Gasse, die hinter dem Haus der Staffneys nach Norden und Süden verlief. *Wo Mike Donnerstag abend seinen Freund, den Priester, gesehen hat. Wenn der uns nun den Weg versperrt und unsere Lenkstangen packt?*

Dale kämpfte gegen seine plötzliche Schwäche an, drehte sich um und sah nach Lawrence. Das Gesicht seines Bruders war puterrot, der Bürstenschnitt so naß, als wäre er Schwimmen gewesen, aber er blickte auf und grinste Dale an.

Der Abdeckereilaster bog hinter ihnen in die Gasse, schaltete hoch, die Bretter der Seitenwände rissen im Vorbeifahren Zweige und Büsche ab. Die Hunde in der Gasse drehten durch.

Dale brüllte ihre Position ins Walkie-talkie, als sie durch den Garten des letzten Hauses vor der Catton Road abkürzten. Es würde verdammt knapp werden.

Sie fuhren mit dreißig Stundenmeilen über den Bahnübergang, und ihre Räder flogen fünf Meter durch die Luft, bis die Hinterreifen wieder auf den gestampften Boden des Weges dahinter prallten. Der Abdeckereilaster gab Gas, als würden die Bäume und die Abgeschiedenheit ihn kühner machen.

Dale sah plötzlich ein Bild des Soldaten oder einer anderen Kreatur vor sich, die aus den Schatten auf den schmalen Weg vor ihnen traten, sah den Mund des Dings pulsieren und sich dehnen, wie Mike es beschrieben hatte ... Er strampelte fester und schrie Lawrence zu, er solle sich beeilen, beeilen, beeilen, *beeilen!*

Sie fuhren im Kreis nach Süden zu der Lichtung, wo die aufgegebenen Getreidesilos und die Lagerhalle aus dem Unkraut aufragten. Dale dreht sich um und sah, wie der Laster am Anfang der Einfahrt stehenblieb ... Dale bildete sich ein, daß der Wagen in diesem Augenblick wie ein riesiger, wilder roter Hund aussah, der schnupperte und wußte, seine Beute saß in der Falle, aber dennoch vorsichtig war.

Lawrence fuhr voraus, wie sie es geplant hatten, und radelte zwischen dem Silo mit seinem verblichenen Schild und dem Dach des langen Anbaus der Lagerhalle dahin. Es war ein schmaler Weg, wo die Laster hingefahren waren, gewogen wurden und das Getreide be- oder entluden, aber er war breit genug für den Abdeckereilaster. Gerade noch.

Aber der Laster kam nicht.

Dale war am Anfang der Wiegespur stehengeblieben, jetzt stand er auf einem Bein, hatte das andere über die Stange des Rads gehängt, keuchte und sah den zwanzig Meter entfernten Laster an. *Was ist, wenn Van Syke eine Waffe hat?*

Der Motor dröhnte. Dale konnte die Fracht riechen und die steifen Beine von einigen Kühen und einem Pferd sehen, die über die weißen Bretter des Gatters herausragten, konnte sogar den roten, haarigen Arm des Fahrers erkennen ... aber der Laster kam nicht.

Wartet er auf Verstärkung? Ist ein Funkgerät in dem verfluchten Ding? Kann Van Syke Roon und die anderen rufen?

Dale stieg ab und hielt sein Rad fest. Er spürte die stummen

Schreie seiner Freunde hinter sich mehr als daß er sie hörte. *Wenn sie da sind. Vielleicht hat etwas sie schon erwischt ... hat Lawrence erwischt, als er durch ist ... und hat mich gefangen.*

Er stand da, sah dem Laster entgegen und bemerkte, wie dieser ruckte, als würde der Fahrer die Kupplung bei angezogener Bremse kommen lassen.

Dale hob den rechten Arm und zeigte dem unsichtbaren Fahrer den Mittelfinger.

Der Abdeckereilaster brauste los, Kies flog, eine Staubwolke wurde aufgewirbelt.

Dale hatte keine Zeit mehr, auf sein Fahrrad zu steigen. Er stieß es beiseite, drehte sich um und lief zwischen dem Silo und der Lagerhalle hindurch, wobei seine Keds auf den verfaulten Dielen der Fahrspuren pochten. Er hatte das Ende des Gebäudes noch nicht erreicht, als der Abdeckereilaster hinter ihm hereingedröhnt kam.

Das Feuerzeug flammte beim ersten Versuch auf, die getränkten Stoffetzen fingen Feuer, und Mike stand auf, um die Literflasche Cola voll Shell Super auf das Dach der Kabine zu werfen. Doch als er den Laster unter sich vorbeidröhnen sah, zögerte er den Sekundenbruchteil, der ausreichte, daß er die Kabine verfehlte und die Pritsche traf: Auf dem Abdeckereilaster lagen nicht nur tote Tiere, sondern andere Gestalten – *menschliche* Gestalten, die aussahen, als wären sie gerade aus alten Gräbern ausgegraben worden: braune Erde, braune Fetzen, braunes Fleisch und das helle Weiß von Knochen.

Mike warf, Harlen einen Moment später, beide sahen, wie Kevin aufstand und seine Flasche vom Dach des Lagerhauses warf.

Mikes Molotowcocktail explodierte auf der Pritsche, zündete den aufgedunsenen Kadaver einer Kuh an, das trockene Fleisch eines Pferdes und die Fetzen verschiedener menschlicher Leichen. Harlens Flasche traf die Rückwand der Kabine und bespritzte sie mit Benzin, aber irgendwie ohne zu entflammen. Kevs Flasche traf den linken vorderen Kotflügel und explodierte in einem Feuerball.

Dale sprang nach links, als er um das Gebäude herum kam, und stieß fast mit Lawrence auf dem Fahrrad zusammen. Sein Bruder sah aus, als wäre er bereit, wieder durch die schmale Zufahrt hinauszuradeln, als der Abdeckereilaster durch die Öffnung geschossen kam; die Pritsche stand in Flammen, vom linken Vorderreifen flogen ihnen geschmolzene Gummiklumpen entgegen.

Mike und Harlen zogen die nächsten Flaschen aus dem Rucksack, rannten zum Rand des Blechdachs, ohne sich Gedanken zu machen, ob sie gesehen wurden, und hielten die Feuerzeuge an die nächsten Lappen.

Der Abdeckereilaster schlitterte auf Kies und Sand der hinteren

Zufahrt des Silos und beschrieb einen hektischen Kreis. Er war eingekreist. An der Westseite lag eine zweieinhalb Meter hohe Barriere aus alten Eisenbahnschwellen und Eisenschienen, die auf einer Länge von fünfzehn Metern an dem schmalen Bächlein entlang aufgeschichtet waren. Direkt voraus, im Süden, ragte der Wald wie eine solide Mauer auf. Im Osten verlief ein fast zwei Meter tiefer betonierter Abwassergraben dicht an der Halle, der das Gelände des Anwesens von der Eisenbahnböschung trennte.

Einen Moment lang dachte Mike, der Laster würde versuchen, über diesen betonierten Graben zu springen, aber der Fahrer trat im letzten Moment auf die Bremse, riß das Fahrzeug nach links und vollendete die Drehung. Die beiden rechten Hinterräder hingen einen Augenblick lang in der Luft, dann kam der Laster quietschend Richtung Dale und Lawrence gerast.

»Verschwindet von da! Bewegung!« schrien Mike und Harlen und Kevin, aber diesen Rat brauchten die Jungs unten nicht. Lawrences Rad schepperte eine Schräge zur Laderampe des Lagerhauses hinauf, Dale kam eine Sekunde später hinterhergerannt. Sie verschwanden unter dem Dach, wo Mike und Harlen standen. Die Laderampe auf der anderen Seite war so hoch, daß der Laster nicht hinauffahren konnte, aber das Dach hier wurde nur von drei Säulen gehalten, die parallel zu den Fahrspuren verliefen.

Harlen schrie etwas, er und Mike zündeten die Fetzen an und warfen, dann stürzte das Dach samt ihnen ab, das Schild wurde losgerissen und fiel auf die Fahrspuren, Mikes Rucksack und das Funkgerät flogen durch die Luft, als das Dach vom Südende her einstürzte und die Jungs und alles mit ihnen in einer Staubwolke zusammenstürzen ließ.

Harlens Molotowcocktail explodierte auf der Motorhaube; eine Sekunde später traf Kevins zweiter Wurf die Rückwand der Kabine und entzündete das dort bereits verspritzte Benzin. Kevin rannte zum Rand des Dachs der Lagerhalle und hielt die dritte Flasche bereit.

Der Abdeckereilaster wurde in den Rückwärtsgang geschaltet und kam die schmale Zufahrt entlang zurück, um Harlen und Mike zu überfahren, die beide verblüfft auf Staub und Geröll und Blech des eingestürzten Dachs lagen. Der Laster rammte Blech und Holz, faltete gewaltige Teile des Blechdachs vor sich auf – Mike betrachtete es resigniert und mußte an eine Planierraupe denken, die auf sie zugerollt kam –, aber einige der abgebrochenen Stützpfosten waren tief einbetoniert und behinderten den Laster.

Die Trümmer des Dachs versperrten die Zufahrt.

Mike rappelte sich auf die Füße, hob Harlen unter einen Arm und den Rucksack unter den anderen und stolperte Richtung Laderampe, während der Laster in der vorderen Zufahrt verschwand.

Der linke Teil der Windschutzscheibe war zerschellt, und Mike konnte ganz kurz einen Gewehrlauf und einen muskulösen Arm herausragen sehen, als Dale und Lawrence gerade an der Vorderseite der Lagerhallenrampe auftauchten. »Runter!« kreischte Mike.

Dale zerrte seinen Bruder vom Rad und sprang hinter einen Stapel Holzbalken, als das Gewehr zweimal feuerte – und ein drittes Mal. Eine staubige Fensterscheibe über den geduckten Jungs barst und regnete als Scherben auf sie herab.

Mike hatte das Feuerzeug fallen lassen, zog aber den Ersatz aus der Hosentasche, zündete den getränkten Stoffetzen an und warf die Colaflasche auf den Kühler des dreißig Schritte entfernten Lasters. Sie fiel zu kurz, rollte unter die Fahrerkabine und explodierte; Flammen züngelten um den Motorblock und beide Vorderreifen. Er zog Harlen aus dem Schußfeld, als der Lauf durch die geborstene Windschutzscheibe kam und zweimal feuerte. Holz splitterte an der Ecke der Lagerhalle ab.

Kevin ließ eine Flasche auf das rechte Trittbrett fallen und noch eine in die Masse brennender Kadaver auf der Ladefläche hinter dem Fahrerhaus.

Der Abdeckereilaster wich zurück, wendete und brauste die Zufahrt entlang, bog aber nach links ab, nicht nach rechts Richtung Stadt.

»Wir haben ihn! Wir haben ihn!« schrie Harlen, der auf und ab hüpfte.

»Noch nicht«, sagte Mike, der mit dem schweren Rucksack zu seinem Rad lief, das er hinter dem Getreidesilo versteckt hatte. Dabei merkte er zum ersten Mal, daß der Laster die Holzbalken des Silos angesteckt hatte, ebenso Teile des eingestürzten Dachs. Das Feuer breitete sich bereits zur Wand der Lagerhalle aus, wo hundert Jahre altes Sägemehl und trockenes Holz schneller Feuer fingen als das Benzin es entfacht hatte.

Dale rannte zur vorderen Einfahrt und holte sein Rad wieder – das der Abdeckereilaster beim Zurücksetzen jedesmal wie durch ein Wunder verfehlt hatte –, rückte die Lenkstange gerade und sprang im Laufen darauf. Lawrence raste vorbei – er setzte dem Laster hitzig hinterher, obwohl er keine Waffe hatte. Mike und Harlen stiegen auf die Räder und fuhren an einem Silo vorbei, das bereits bis zum zweiten Stock hinauf loderte.

»Durch den Wald!« schrie Mike, kippte nach links unter die Bäume ab und kürzte zu dem überwucherten Weg ab, der vom Silo zur Straße und Müllkippe führte. Er ging davon aus, daß der Laster auf dieser Straße nach links abbiegen und an den Gleisen entlang zum Güterbahnhof und Richtung Stadt fahren würde, aber als sie aus Unkraut und Unterholz auf die schmale Schotterstraße gefahren kamen, konnten sie den Laster hundert Meter voraus sehen, wo er nach Norden zur Müllkippe fuhr. Flammen und schwarzer Rauch stiegen von dem schwankenden Fahrzeug hoch.

Die Jungs senkten die Köpfe und konzentrierten sich darauf, schneller zu fahren als jemals zuvor; ihre Räder hüpften und flogen über Unebenheiten und Steine auf der doppelten Fahrspur.

Mike übernahm die Führung und holte den Abdeckereilaster ein, als sie gerade den breiteren Abschnitt erreichten, wo die Cookes und eine andere arme Familie gewohnt hatten. Beide Hütten sahen verlassen aus.

Irgendwie gelang es Mike, eine Flasche herauszuholen, sie mit der linken Hand gegen die Lenkstange zu halten und das Feuerzeug aus der Tasche zu kramen, während er neben dem Laster herfuhr.

Der Gewehrlauf wurde aus dem Fahrerfenster geschoben.

Mike bremste, schlitterte, strampelte heftig, um hinter den Laster zu gelangen und fuhr an die rechte Seite, als sie beide auf die letzten hundert Meter der Straße zur Müllkippe einbogen. Dale, Lawrence, Kevin und Harlen strampelten in einer Reihe hinter ihm.

Mike sah zum zweiten Mal kurz Karl Van Sykes langes Gesicht – er grinste irr zwischen Rauch und Flammen von der Haube hindurch –, dann wurde das Gewehr wieder gehoben, und Mike schleuderte die bereits brennende Flasche durch das Fenster der Beifahrerseite.

Die Explosion schleuderte das restliche Glas der Windschutzscheibe nach außen. Die Hitze zwang Mike, hinter den Laster zurückzufallen, und als er dort hineinsah, hätte er sein Schwinn-Rad fast in den Graben neben der Straße gefahren.

Der Kadaver einer Kuh, oder eines Pferdes, oder von beidem, explodierte aufgebläht von Methan und anderen Fäulnisgasen ... Flammen und Fetzen brennenden, verwesten Fleisches regneten auf beiden Seiten in den Wald.

Aber deshalb klappte Mike der Kiefer nicht herunter.

Die braunen, verfaulten, einstmals menschlichen Kreaturen schienen sich zu winden und übereinander herzufallen, als die Flammen sie einhüllten ... die zur Ruhe Gebetteten eines geräumten Friedhofs versuchten, sich auf die Knie zu ziehen, auf die Füße, fanden aber keine Muskeln oder Sehnen oder Knochen, mit denen sie es bewerkstelligen konnten. Die braunen Wesen zuckten und krümmten sich und fielen gegenseitig ineinander verkrallt in die Arme zurück, als die gesamte Ladung Kadaver zu brennen anfing.

Der brennende Laster bremste nicht vor dem Holztor am Eingang zur Müllkippe. Bretter brachen mit Geräuschen wie Gewehrschüsse, dann war der große Laster durch und holperte von fünf Fahrrädern verfolgt über die Furchen und Unebenheiten der Müllhalde.

Der Abdeckereilaster fuhr so weit er konnte in die Berge von Abfall, alten Reifen, zerschlissenen Sofas, rostigen Metallschrotts und faulendem organischem Müll hinein, wie er konnte, dann schwenkte er nach links und kam am Rand eines zwölf Meter tiefen Abschnitts der Kluft zum Stillstand, der noch nicht aufgefüllt worden war. Die Jungs hielten zehn Meter dahinter und warteten, daß der Laster zur Verfolgung ansetzen würde.

Er kam nicht. Die Flammen hatten die Kabine und die Pritsche inzwischen völlig eingehüllt; die Holzbretter hinten waren brennende Feuerstreifen.

»Nichts kann das überleben«, flüsterte Kevin, der mit offenem Mund gaffte.

Als hätte der Fahrer es gehört, wurde die brennende Tür auf dieser Seite aufgestoßen, und Karl Van Syke sprang heraus; sein einteiliger Overall war angesengt und rauchte, das Gesicht war schweiß- und rußverschmiert, die Arme gerötet. Er grinste fast von einem Ohr zum anderen. In den riesigen Händen hielt er ein Gewehr mit Zielfernrohr.

Alle Jungs sahen sich um und stiegen mit den Füßen auf die Fahrradpedale, aber es waren zwanzig bis fünfundzwanzig Meter bis zur nächsten Deckung – einem Maisfeld zur Linken. Bis zum Eingang zur Müllkippe und dem Waldrand waren es fast hundert Meter.

»Runter!« schrie Mike, stieß das Fahrrad von sich und warf sich auf der Suche nach Deckung auf den unebenen Boden.

Die vier anderen Jungs warfen sich ebenfalls flach hin und krochen auf jeden alten Reifen oder rostigen Kübel zu, der Schutz bieten mochte. Harlen hatte die .38er in der Hand, schoß aber nicht ... die Entfernung war für die kleine Pistole zu groß.

Van Syke entfernte sich zwei Schritte von dem brennenden Fahrzeug, hob das Gewehr und zielte sorgfältig auf Mike O'Rourkes Gesicht.

Während des Durcheinanders war eine kleine Gestalt mit zwei Hunden über die Kuppe des höchsten Müllbergs gekommen. Jetzt ließ sie die Leinen los und sagte mit überraschend sanfter Stimme: »Faßt ihn!«

Van Syke sah nach links, als der erste Hund, der Dobermann namens Belzybub, die letzten zwanzig Schritte zurücklegte. Er riß das Gewehr herum und schoß, aber das riesige braune Tier war bereits gesprungen, prallte gegen seine Brust und warf sie beide gegen die brennende Kabine des Lasters. Der große Hund namens Lucifer kam als nächster, er knurrte und sprang nach Van Sykes zappelnden Beinen.

Mike zog Memos Eichhornbüchse aus dem Rucksack, sah, wie Kevin die .45er seines Dad aus dem Gürtel zog, dann stürmten alle fünf Jungs los, während Cordie den Müllberg heruntergeschlittert kam.

Eins von Van Sykes rudernden Beinen verfing sich im halb offenen Fenster der Kabinentür und zog sie hinter sich und dem Hund zu. Cordie und Mike rannten los, aber in diesem Augenblick fing der Benzintank unter dem Laster Feuer und jagte einen Flammenpilz fünfundzwanzig Meter in die Luft. Mike und das Mädchen wurden beide von den Füßen gerissen und über den unebenen Boden geschleudert; der deutsche Schäferhundmischling namens Lucifer landete versengt und heulend vor ihren Füßen. Belzybub war noch in der Kabine; Dale und Lawrence packten Mike und Cordie, zogen sie zurück und betrachteten die beiden dunklen Schemen, die immer noch im wirbelnden Mahlstrom orangefarbener Flammen miteinander rangen.

Dann hörten die Bewegungen auf, der ganze Laster brannte und erfüllte die Welt mit dem Gestank von schmelzendem Gummi und etwas ungleich Schlimmerem.

Die sechs Kinder standen nebeneinander, inzwischen fast dreißig Meter weg – die schreckliche Hitze hatte sie zurückgetrieben –, schirmten die tränenden Augen ab und betrachteten staunend das Inferno. Hinten im Wald, irgendwo beim Getreidesilo ertönte eine Sirene. Eine zweite heulte die Straße zur Müllkippe entlang.

Cordie weinte und hielt ihren anderen Hund in den Armen. Der Schäferhundmischling hatte fast das gesamte Fell verloren. »Habt mein Versteck gefunden, was?« sagte Cordie schluchzend. »Habt mich nicht in Ruhe lassen können, hm?«

Harlen wollte widersprechen, sie hätten nicht gewußt, daß sie auf der verdammten *Müllkippe* hauste, um Himmels willen, aber Mike legte ihm eine Hand auf die Brust, brachte ihn zum Schweigen und sagte: »Gibt es einen anderen Weg von hier weg? Wir müssen verschwinden, bevor die Feuerwehrfahrzeuge eintreffen.«

Cordie deutete zum Maisfeld. »Wenn ihr auf den Schienen zurückgehen würdet, könnten sie euch sehen, aber wenn ihr etwa 'ne halbe Meile durchs Feld der Meehans da geht, kommt ihr etwa eine Viertelmeile oberhalb der Grange Hall auf die Oak Hill Road. Von dort könnt ihr zur Hard Road.«

Mike nickte, weil er die Karte im Geiste vor sich sah. Sie rannten zum Stacheldrahtzaun, warfen die Fahrräder hinüber und fingen an zu klettern. »Kommst du nicht mit uns?« rief Dale Cordie zu.

Die Sirenen waren jetzt nahe. Das Mädchen im weiten, schmutzigen Kleid, das immer noch den Hund trug, war auf den Müllberg geklettert. »Nn-nnn. Geht ihr nur!« Sie drehte sich um und spuckte in Richtung des gewaltigen Scheiterhaufens, der einmal der Abdeckereilaster gewesen war. »Wenigstens ist dieser Arsch endlich tot.« Sie verschwand hinter dem Berg aus Abfall und alten Autoreifen.

Die Jungs schoben die Räder zwischen den Mais, als der erste

Löschzug und seine Gefolgschaft rasender Pritschenwagen durch das zertrümmerte Tor gefahren kamen.

Es war nicht leicht, die Fahrräder durch eine halbe Meile lockeren Boden zwischen zwei Meter hohen Maispflanzen hindurchzuschieben, die nur zwanzig Zentimeter auseinander standen, aber sie schafften es.

Als sie die Oak Hill Road erreichten und nach Süden abbogen, an der alten Grange Hall vorbei, wo Mike und Dale in einem anderen Leben Pfadfindertreffen besucht hatten, stieg die schwarze Rauchwolke immer noch dick und fettig weit im Nordosten über der Müllkippe empor.

34

Es war Freitagabend kurz nach Sonnenuntergang, und Mike döste im Sessel in Memos Zimmer, als seine Schwester Margaret hereinkam und ihm sagte, daß Pater Cavanaugh vor der Tür sei und auf ihn warte.

Die Jungs hatten fast eine ganze Stunde für den Nachhauseweg von der Müllkippe gebraucht. Sie hatten bei Harlen haltgemacht, sich mit dem Gartenschlauch abgespritzt und ihre Kleidung durchnäßt, um den Gestank von verbranntem Gummi und Fleisch wegzubringen. Die letzte Explosion hatte Mikes Brauen fast ganz weggesengt, und er hatte die Achseln gezuckt und gesagt, da könne er nichts machen, aber Harlen hatte ihn mit in das leere Haus genommen und ihm mit dem Augenbrauenstift seiner Mutter neue Brauen gezogen. Kevin hatte versucht, einen Witz über Harlens geschickten Umgang mit Make-up zu machen, aber keiner war in der Stimmung zu lachen gewesen.

Nach den ersten Augenblicken der Euphorie über ihren Triumph bei der Müllkippe war die Realität der Ereignisse des Vormittags mit aller Wucht über die Jungs hereingebrochen. Alle hatten geschlottert – sogar Lawrence –, und Kevin war auf dem Weg in die Stadt zweimal ins Gebüsch gegangen und hatte sich übergeben.

Die Autos und Laster, die immer noch zur Müllkippe fuhren, trugen nicht dazu bei, ihre Nervosität zu lindern. Aber größtenteils war es der Schock der Bilder, die sie den ganzen langen Nachmittag über erschütterten: *Mann und Hund im Zweikampf, die im brennenden Scheiterhaufen der Lasterkabine miteinander rangen; die Schmerzensschreie von Mensch und Tier, die ineinander übergingen und ununterscheidbar wurden, der Geruch vom brennendem Fleisch . . .*

»Warten wir nicht länger«, sagte Harlen mit blassen Lippen. »Brennen wir die Scheißschule heute nachmittag noch nieder.«

»Können wir nicht«, sagte Kevin. Seine Sommersprossen zeichneten sich überdeutlich in dem plötzlich bleichen Gesicht ab. »Freitags ist Dad bis nach sechs mit dem Laster in der Molkereizentrale. Da machen sie Inventur.«

»Dann brennen wir sie heute abend nieder«, beharrte Harlen.

Mike sah in den Spiegel über der Spüle in Jims Küche und versuchte, die aufgemalten Brauen zu sträuben. »Jungs, wollt ihr das wirklich machen, wenn es dunkel ist?« sagte er.

Der Gedanke brachte sie zum Schweigen.

»Also morgen«, sagte Harlen. »Tagsüber.«

Kevin hatte die .45er seines Vaters auf dem Tisch ausgebreitet und putzte und ölte sie. Jetzt sah er auf, hielt den leeren Magazinclip in einer und eine kleine Feder in der anderen Hand. »Dad wird etwa bis gegen vier unterwegs sein. Aber danach muß ich den Laster noch waschen und auftanken.«

Harlen schlug auf den Tisch. »Dann scheißen wir eben auf den Milchlaster. Nehmen wir die Wie-sagt-man?-Cocktails.«

»Molotowcocktails«, sagte Mike von der Spüle. Er drehte sich wieder zu den anderen um. »Habt ihr eine Ahnung, wie dick die Steinmauern von Old Central sind?«

»Mindestens dreißig Zentimeter«, sagte Dale. Er saß schlaff am Tisch und war zu müde, auch nur sein Glas Squirt zu heben. Seine nassen Turnschuhe gaben plitschende Laute von sich, wenn er die Zehen bewegte.

»Sagen wir lieber sechzig«, meinte Mike. »Das verdammte Haus ist wie eine Festung, mehr Backstein und Beton als Holz. Da die Fenster zugenagelt sind, müßten wir rein, um die Molotowcocktails zu werfen. Möchtet ihr das ... da reingehen ... selbst bei Tage?«

Niemand sagte etwas.

»Wir machen es am Sonntagmorgen«, sagte Mike und setzte sich auf die Kante von Harlens Küchentheke. »Kurz nach Tagesanbruch, bevor die Leute zur Kirche in die Stadt kommen. Wir nehmen den Tanklaster und Schläuche, wie geplant.«

»Bis dahin sind es noch zwei Nächte«, hatte Lawrence zu sich selbst geflüstert, aber damit für alle gesprochen.

Der graue Tag war einer fahlen Dämmerung gewichen, die Luft war stehend und drückend schwül, kein Lüftchen regte sich, als Mike in Memos Zimmer einnickte. Sein Vater arbeitete die letzte Nacht seiner Spätschicht, seine Mutter lag mit einem Migräneanfall im Bett. Kathleen und Bonnie hatten in der Kupferwanne in der Küche gebadet, waren oben und bereiteten sich aufs Zubettgehen vor. Mary war zu einer Verabredung gegangen, und Peggy war im Wohnzimmer und las ein Magazin, als es an der Tür klopfte und Mike sich im Schlaf regte.

Peg lehnte stirnrunzelnd am Türrahmen. »Mike ... Pater Cavanaugh ist hier. Er sagt, er müßte mit dir reden ... es sei wichtig.«

Mike wurde wach und hielt sich an den Armlehnen des Sessels fest, damit er nicht herausfiel. Memo hatte die Augen geschlossen. Er konnte kaum den schwachen Puls an ihrem Halsansatz erkennen. »Pater Cavanaugh?« Einen Moment war er so desorientiert, daß er glauben wollte, alles wäre nur ein Traum gewesen. »Pater C.?« wiederholte er, und der Schock machte ihn vollends wach. »Hat er ... hat er mit dir *gesprochen*?«

Peg verzog das Gesicht. »Ich hab' dir doch eben gesagt, was er gesagt hat.«

Mike sah sich in plötzlicher Panik um. Die Eichhornbüchse lag zusammen mit der Wasserpistole im Rucksack zu seinen Füßen, dazu zwei der restlichen Molotowcocktails und Stücke der Hostie, die er sorgfältig in sauberes Leinen gewickelt hatte. Eine Phiole mit Weihwasser stand auf dem Fenstersims neben einem von Memos Schmuckkästchen, in dem sich ebenfalls ein Krümel der Eucharistie befand.

»Du hast ihn doch nicht reingebeten ...«, begann Mike.

»Er hat gesagt, er wartet auf der Veranda«, sagte seine Schwester. »Was ist denn *los* mit dir?»

»Pater C. war krank«, sagte Mike und sah zum Vorgarten und dem Feld auf der anderen Straßenseite. Es war dunkel; der letzte Schein der Dämmerung war ausgeblutet, während er geschlafen hatte.

»Hast du Angst, daß du dich ansteckst?« Pegs Stimme klang verächtlich.

»Wie sieht er aus?« fragte Mike, der zur Tür des Schlafzimmers kam. Von da konnte er das Wohnzimmer sehen, wo eine Lampe brannte, aber nicht die Tür zur vorderen Veranda. Niemand kam zur Vordertür, abgesehen von Vertretern.

»Ausgesehen?« Peggy kaute an einem Nagel. »Irgendwie blaß, würd' ich sagen. Das Verandalicht ist aus, und es war ziemlich dunkel. Hör zu, soll ich ihm sagen, daß Mutter mal wieder ihre Kopfschmerzen hat?«

»Nein«, sagte Mike, der sie mit einem groben Ruck in Memos Zimmer zog. »Bleib hier. Paß auf Memo auf. Komm nicht raus, was du auch hören magst.«

»Michael ...«, begann seine Schwester mit schriller Stimme.

»Das ist mein *Ernst*«, sagte Mike in einem Tonfall, gegen den nicht einmal seine ältere Schwester Widerspruch wagte. Er drückte sie in den Sessel. »Geh erst, wenn ich wieder da bin. Kapiert?«

Peg rieb sich den Oberarm. Ihre Stimme bebte. »Ja, aber . . .«

Aber Mike hatte schon die Wasserpistole genommen, sie unter dem Hemd in den Hosenbund gesteckt, die Hostie im Leinen auf Memos Bett gelegt und war zur Tür hinausgegangen.

»Hallo, Michael«, sagte Pater Cavanaugh. Er saß auf dem Korbstuhl am Ende der Veranda. Er deutete mit einer Hand auf die Hollywoodschaukel. »Komm . . . setz dich.«

Mike ließ das Fliegengitter hinter sich zufallen, kam aber nicht zur Schaukel. Dann wäre Pater Cavanaugh zwischen ihm und dem Haus gewesen.

Das ist nicht Pater Cavanaugh!

Sah aber aus wie Pater Cavanaugh. Er trug einen schwarzen Mantel und den Priesterkragen. Das einzige Licht hier draußen war der Lampenschein, der durchs Fenster fiel, aber obwohl das Gesicht von Pater C. blaß war – fast ausgezehrt –, war nichts von den Narben zu erkennen, die Mike am Abend zuvor gesehen hatte. *Er hing vor Michelles Garagenfenster. Aber woran?*

»Ich dachte, Sie wären krank«, sagte Mike. Seine Stimme klang gepreßt.

»Nicht mehr, Michael«, sagte der Priester mit einem leichten Lächeln. »Ich habe mich nie besser gefühlt.«

Mike spürte, wie sich seine Nackenhärchen aufrichteten, und stellte fest, daß es an der Stimme des Priesters lag. Sie klang nach dem echten Pater C., aber gleichzeitig *stimmte* etwas mit der Stimme nicht – als hätte jemand ein Tonbandgerät mit der Stimme des Priesters im Bauch dieses Mannes versteckt und würde es durch einen Lautsprecher tief im Hals abspielen.

»Gehen Sie weg«, flüsterte Mike. Er wünschte sich bei allen Heiligen und der Jungfrau Maria, er hätte Dale nicht gesagt, er sollte das eine Walkie-talkie nehmen, als Harlen das andere gewollt hatte. Damals schien es logisch zu sein.

Pater Cavanaugh schüttelte den Kopf. »Nein, erst wenn wir miteinander geredet haben, Michael . . . eine Art Übereinkunft getroffen haben.«

Mike preßte die Lippen zusammen und sagte nichts. Er sah über die Schulter zum Rasen vor Memos Fenster; das Rechteck gelblichen Lichts fiel auf eine freie Rasenstelle.

Pater Cavanaugh seufzte, kam zur Schaukel und klopfte auf den jetzt freien Korbstuhl. »Komm her, Michael, Junge. Setz dich! Wir müssen reden.«

»Reden Sie«, sagte Mike, der sich so stellte, daß er mit dem Rücken neben dem erleuchteten Fenster an der Hauswand lehnte. Das Maisfeld auf der anderen Straßenseite war wie eine schwarze Wand. Im

Garten hinter der Schaukel und dem Geländer waren ein paar Glühwürmchen zu sehen.

Pater C. – *es ist nicht Pater C.!* – machte eine Geste mit den blassen Händen. Mike war nie aufgefallen, wie lang die Finger des Priesters waren. »Nun gut, Michael . . . ich bin gekommen, um dir und deinen kleinen Freunden einen . . . wie sollen wir es nennen? Einen Waffenstillstand anzubieten.«

»Was für einen Waffenstillstand?« sagte Mike. Ihm war, als hätte man seiner Zunge eine Novocainspritze gegeben.

Es war jetzt so dunkel, daß die schwarze Kleidung des Priesters mit der Nacht verschmolz und nur seine Hände, das Gesicht und der runde weiße Kragen das Licht reflektierten. »Ein Waffenstillstand, der euch das Leben schenkt«, sagte er gleichgültig. »Vielleicht.«

Mike gab einen Laut von sich, der als Lachen gedacht war. »Warum sollten wir einen Waffenstillstand schließen? Sie haben gesehen, was heute aus eurem Kumpel Van Syke geworden ist.«

Das Ding über der Schaukel machte den Mund auf, und Gelächter kam heraus . . . wenn man ein Geräusch wie Steine in einem Blecheimer als *Gelächter* bezeichnen konnte. »Michael«, sagte er leise, »eure Tat heute hat keine Bedeutung. Unser Kumpel, wie du ihn nennst, hätte heute nacht sowieso . . . äh . . . stillgelegt werden sollen.«

Mike ballte die Fäuste. »So wie ihr C. J. Congdens Alten stillgelegt habt?«

»Ganz genau«, sagte die Stimme des Dings tief im Innern der Priesterkleidung. »Seine Nützlichkeit hatte sich effektiv erschöpft. Er hatte andere . . . äh . . . Dienste zu bieten.«

Mike beugte sich nach vorn. »Verdammt, wer bist du?«

Wieder das Poltern von Steinen. »Michael, Michael . . . alle Erklärungen der Welt könnten dir nicht annähernd den komplizierten Sachverhalt der Situation erhellen, in die du gestolpert bist. Es wäre wie der Versuch, einer Katze oder einem Hund den Katechismus zu lehren.«

»Nur zu«, flüsterte Mike. »Versuchen Sie es!«

»Nein«, sagte das weiße Gesicht scharf. Jetzt hielt die tote Stimme keine Illusion freundlichen Plauderns mehr aufrecht. »Es genügt zu sagen, wenn du und deine Freunde unseren Waffenstillstand annehmt, werdet ihr vielleicht überleben und den Herbst sehen.«

Mike spürte, wie ihm das Herz in der Brust pochte. Seine Beine waren weich, er lehnte sich unvermittelt auf eine, wie er hoffte, entspannte und beiläufige Weise an die Wand. Einmal während einer Hohen Messe mit Pater Harrison vor ein paar Jahren, kurz nachdem Mike Meßknabe geworden war, war er nach fünfundzwanzig Minuten knien ohnmächtig geworden. Jetzt spürte er ein ähnliches Rauschen in den Ohren. *Nein, nein, halt durch, gib acht!*

»Wer ist ›wir‹, wie Sie immer sagen«, sagte Mike und war verblüfft, daß sich seine Stimme so kräftig anhörte. »Ein paar Leichen und eine Glocke?«

Das weiße Gesicht bewegte sich hin und her. »Michael, Michael ...« Der Priester stand auf und kam einen Schritt auf ihn zu.

Mike sah verstohlen nach links, sah etwas von der Größe des Soldaten auf der anderen Straßenseite aus dem Feld kommen und langsam über den Rasen auf Memos Fenster zugleiten.

»Pfeifen Sie ihn zurück!« rief Mike. Er zog die Wasserpistole heraus.

Das Gesicht von Pater Cavanaugh lächelte. Er schnippte mit dem Finger, worauf der Soldat dreißig Schritte entfernt unter der Linde stehenblieb. Pater C.'s Lächeln wurde noch breiter, bis die Backenzähne zu sehen waren, und noch breiter, bis er aussah, als würde das Gesicht des Mannes an Scharnieren in zwei Hälften klappen. Der unmögliche Mund wurde noch weiter aufgesperrt, und Mike konnte noch mehr Zähne sehen – reihenweise Zähne, endlose weiße Reihen, die im Schlund des Dings zu verschwinden schienen.

Das Cavanaugh-Ding tat gar nicht mehr so, als würde es Mund oder Kiefer bewegen, als die Stimme aus seinen Eingeweiden drang. »Ergib dich auf der Stelle, du kriechender kleiner Wurm, sonst reißen wir dir das klägliche Herz aus der Brust ... wir beißen dir die Eier ab und füttern sie unseren Unterdämonen ... löffeln dir die Augen aus den Höhlen, wie deinem verwesten kleinen Freund ...«

»Duane«, flüsterte Mike und spürte, wie ihm der Atem stockte, aussetzte und wieder anfing, wenn auch widerwillig. Sein Hals und Bauch waren so verkrampft, daß sie weh taten. Der Soldat schlich im Schatten auf dem Rasen wieder auf Memos Fenster zu.

»Ah, jaaaaaa«, raunte Pater Cavanaugh und kam noch einen Schritt auf Mike zu. Er hob die langen Finger. Sein Gesicht ... schmolz, fand Mike ... das Fleisch unter der Haut wallte, Knorpel und Knochen gruppierten sich neu, die lange Nase und das Kinn wuchsen zusammen und bildeten die Schnauze, die Mike bei dem Soldaten auf dem Friedhof gesehen hatte. *Als sie Pater C. getötet haben.*

Er konnte die Maden noch nicht sehen, aber das Gesicht des Priesters glich inzwischen mehr einem Trichter als einem Gesicht. Das Ding kam noch einen Schritt näher und streckte die Hände aus.

»Hol dich der Teufel!« schrie Mike, zog die Wasserpistole aus dem Hosenbund und drückte ab.

Das Pater-Cavanaugh-Ding schien einen Moment erstaunt, dann wich es zurück, dann lachte es mit einem Geräusch wie von Vögeln, die auf Schiefer kratzen. Hinter Mike verschwand der Soldat um die Hausecke.

Mike hielt die Spritzpistole mit fester Hand und drückte dem Ding eine zweite Ladung Weihwasser ins Gesicht. *Es funktioniert nicht ... Er glaubt nicht.*

Mrs. Shrives, ihre Lehrerin in der fünften Klasse, hatte einmal ein Experiment durchführen wollen, bei dem sie ein paar Tropfen Salzsäure aus einem Becherglas holen und mit einer Tropfpipette auf eine Orange tröpfeln wollte. Aber die alte Dame hatte aus Versehen das Becherglas umgeschüttet und die Orange und das Tuch, auf dem das Becherglas stand, damit getränkt.

Dasselbe zischende, rauschende Geräusch ging nun von Pater Cavanaughs Gesicht und Kleidung aus. Mike sah, wie das weiße Fleisch des Rüssels schrumpelte und sich krümmte, als würde die Haut selbst vom Weihwasser gefressen werden. Das linke Lid des Mannes zischte und war fort, der Augapfel brodelte, während er Mike zwischen erhobenen Fingern hindurch ansah. Große Löcher taten sich im Priesterkragen und der schwarzen Kleidung auf und ließen den Gestank von totem Fleisch aus dem Innern entweichen.

Pater Cavanaugh schrie wie Cordies Hund vor ein paar Stunden, senkte den mißgestalteten Kopf und stürmte auf den Jungen zu.

Mike sprang beiseite, spritzte noch mehr Weihwasser auf das Ding und sah, wie dickerer Qualm von dem zischenden, brennenden Rükken aufstieg. Peg, Bonnie und Kathleen schrien im Haus. Die Stimme seiner Mutter drang schwach aus ihrem Schlafzimmer hinten.

»Bleibt in euren Zimmern!« schrie er und sprang auf den Rasen.

Der Soldat hatte das Fliegengitter aus dem Rahmen gebrochen, lehnte sich an das erleuchtete Fenster und kratzte mit den Fingern über das Holz.

Mike stürzte hin und spritzte ihm den letzten Rest Weihwasser auf den Hals.

Das Ding schrie nicht. Ein Gestank, schlimmer als von dem brennenden Abdeckereilaster, ging von ihm aus, und er warf sich auf die lockere Erde des Blumenbeets unter dem Fenster und verschwand um sich tretend und kriechend durch das Unterholz in der Dunkelheit.

Mike drehte sich in dem Moment um, als die Gestalt von Pater Cavanaugh von der Veranda sprang und die Hände nach ihm ausstreckte. Mike duckte sich unter den langen Armen durch, ließ die leere Spritzpistole in die Büsche fallen und griff nach Memos kleinem Schmuckkästchen auf dem Fenstersims.

Er sah Peg hinter den gebauschten Vorhängen; sie stand an der Tür von Memos Zimmer und hielt die Hand vor den Mund. »Mike, was ...«

Pater Cavanaughs lange Finger schlossen sich um Mikes Schultern und rissen ihn aus dem Licht zurück in die Dunkelheit unter der Linde. Die hohe Priestergestalt zog Mike enger an sich.

Mike roch den Gestank in dem Gesicht, sah das Gesicht von rissigen Ätznarben überzogen, spürte Wesen, die sich unter diesem Fleisch und in der langgezogenen Schnauze wanden, und dann beugte sich Pater C. nach vorn, und der Knorpel seines Rüssels pulsierte über Mike.

Dieser hatte keine Zeit mehr zu staunen. Er machte das Kästchen auf, holte das große Stück der heiligen Hostie heraus und preßte es in die obszöne Öffnung im Gesicht des Dings, als der Druck der Maden in seinem Innern gerade herauszuplatzen drohte.

Mike hatte einmal gesehen, wie C. J. Congden mit der Schrotflinte Kaliber 12 auf eine Wassermelone auf einem nur zweieinhalb Meter entfernten Pfosten geschossen hatte.

Dies war schlimmer.

Schnauze und Gesicht des Pater-Cavanaugh-Dings schienen zu explodieren, Fetzen teigigen weißen Fleischs prallten vom Haus ab und regneten auf die Lindenblätter. Ein Schrei ertönte, der diesmal aus dem Bauch des Dings zu hören war, und Mike ließ die Hostie fallen, als das Ding rückwärts taumelte und die Finger auf das drückte, was von dem Gesicht noch übrig war.

Mike sprang zurück, als er sah, wie sich zwölf Zentimeter lange braune Maden auf dem Gras wanden und krümmten, während die Hostie in einem blau-grünen inneren Leuchten zu erstrahlen schien. Bruchstücke von Pater Cavanaughs Fleisch zischten und schrumpelten zusammen wie Schnecken, die von einem Salzregen überrascht werden.

Peg schrie aus dem Schlafzimmer. Mike stolperte zur Veranda, wo er seine Mutter zur Tür herauswanken sah – den Schmerz der Migräne in den Augen, und sie hielt einen feuchten Waschlappen an die Schläfen –, dann sahen sie gemeinsam zu, wie der Schatten von Pater Cavanaugh, die Hände immer noch auf dem verwüsteten Gesicht – auf die First Avenue stolperte und ein schreckliches Geräusch von sich gab, wie ein Boiler kurz vor der Explosion.

»Mike, was ...?« sagte seine Mutter trotz ihrer Schmerzen und blinzelte, damit sie besser sehen konnte, als Scheinwerfer die Gestalt anstrahlten, die unter der Linde hervortaumelte.

Autos bremsten kaum ab, wenn sie auf der First Avenue in die Stadt fuhren, obwohl ein Schild dreißig Meter weiter vorne am Straßenrand verkündete, daß die Geschwindigkeitsbegrenzung fünfunddreißig Meilen betrug. Die meisten Autos fuhren mit fünfundvierzig bis fünfzig Stundenmeilen weiter, bis sie drei Blocks weiter südlich zur Hard Road kamen. Der Pritschenwagen mußte sechzig gefahren sein, möglicherweise mehr.

Pater C. taumelte direkt davor; die große Gestalt war vor Schmerzen fast zusammengeklappt und krallte die Finger ins Gesicht. Als die Bremsen in letzter Sekunde quietschten, nahm er die Hände weg.

Der Kühler des Kleinlasters erwischte das Gesicht des Priesters voll, der Körper verschwand unter dem Auto, wurde vierzig Meter weit mitgerissen, Peg schrie im Haus, und Mikes Mutter legte die Arme um ihren Sohn, als wollte sie ihn vor dem Anblick beschützen.

Als er und seine Mutter näher hingingen, um festzustellen, was los war, waren die Somersets und Millers und Meyers schon aus ihren Häusern gekommen, Barneys kaum benützte Sirene heulte zwei Blocks entfernt und kam rasch näher, und der Fahrer des Pritschenwagens lag auf den Knien auf dem Asphalt und bedeckte selbst das Gesicht mit den Händen, während er die Überreste des Priesters unter dem Auto betrachtete und immer wieder murmelte: »Ich hab' ihn nicht gesehen . . . er ist einfach auf die Straße gelaufen.«

Obwohl Schock und Entsetzen Mikes Sinne abgestumpft hatten, erkannte er den Fahrer. Es war Mr. McBride, Duanes Dad. Der Mann schluchzte und stützte sich auf das Trittbrett seines Kleinlasters.

Mike wandte sich von der murmelnden Menge ab, ging zum Haus zurück und biß sich fest auf den fleischigen Handballen unter dem Daumen. Er fürchtete, wenn er nicht zubeißen würde, würde er anfangen zu lachen oder zu weinen, und er war nicht sicher, ob er wieder damit aufhören könnte.

35

Samstag, der 16. Juli, war ein so dunkler Tag, wie es ihn im Mittsommer in Illinois nur geben kann. In Oak Hill, wo die Straßenlaternen von Fotozellen geschaltet wurden, gingen die Lichter um halb sechs aus und um Viertel nach sieben wieder an. Die dunklen Wolken schienen über die Baumkronen zu wandern und dort hängen zu bleiben. In Elm Haven wurden die wenigen Straßenlampen von einer alten elektrischen Zeitschaltuhr in einem Kasten neben der Bank ein- und ausgeschaltet, und niemand dachte daran, sie wieder einzuschalten, als der Tag dunkler wurde statt heller.

Mr. Meyers öffnete seinen Kurzwarenladen Dry Goods auf der Main Street genau um neun Uhr und sah sich zu seiner Überraschung vier Jungs gegenüber – den beiden kleinen Stewarts, Ken Grumbachers Sohn Kevin und einem Jungen mit Gips und Schlinge –, die warteten, daß sie Spritzpistolen kaufen konnten. Drei pro Nase. Die Jungs ließen sich mehrere Minuten Zeit, wählten mit großer Sorgfalt die zuverlässigsten Pistolen mit den größten Wasserbehältern. Das fand Mr. Meyers seltsam . . . aber er fand das meiste in dieser schönen neuen Welt des Jahres 1960 seltsam. In den zwanziger Jahren, als er sein Geschäft eröffnet hatte, war alles einleuchtender gewesen, als der Zug regelmäßig verkehrte und die Leute noch wußten, wie sich zivilisierte Menschen benahmen.

Um halb zehn waren die Jungs wieder fort, hatten ihre neu erworbenen Spritzpistolen in Beuteln verstaut und fuhren ohne ein Abschiedswort davon. Mr. Meyers rief ihnen nach, sie sollten die Fahrräder nicht auf dem Gehweg abstellen, es wäre eine Belästigung für die Fußgänger und obendrein ein Verstoß gegen die Stadtverordnungen, aber die Jungs waren schon die Broad Avenue hinaufgefahren und nicht mehr zu sehen.

Mr. Meyers machte sich wieder daran, Inventur der staubigen Gegenstände auf den obersten Regalen zu machen, sah gelegentlich über die Straße und zum Park und betrachtete stirnrunzelnd die dunklen Wolken. Als er eine Stunde später Kaffeepause im Parkside machte, sprachen die Altvorderen in der hintersten Nische von Tornados.

Mike wurde am Samstag mehrmals verhört: von Barney, vom County-Sheriff und sogar von der Highway Patrol, die zwei Polizisten in einem braunen Auto schickten.

Der Sechstkläßler versuchte, sich das Puzzle vorzustellen, das der Sheriff und Barney zusammensetzen mußten – Duane McBride und sein Onkel starben unter mysteriösen Umständen, Mrs. Moon starb eines natürlichen Todes, aber ihre Katzen wurden niedergemetzelt, der Leichnam des Friedensrichters wurde fast – aber nicht ganz – bis zur Unkenntlichkeit verbrannt im Getreidesilo gefunden – mit durchgeschnittener Kehle, wie der Gerichtsmediziner feststellte, während der Leichnam von Congdens Freund Van Syke – bis zur Unkenntlichkeit verkohlt, aber am goldenen Schneidezahn zu identifizieren – aus der Kabine des ausgebrannten Abdeckereilasters gezogen wurde, der Van Syke und Congden gehörte. Der Kadaver eines nicht identifizierten Hundes war ebenfalls in dem Laster entdeckt worden.

Klatsch und Tratsch in der Stadt präsentierten bereits Motive für die Morde; Congden und Van Syke hätten sich ergaunerte Profite aus den verschiedenen Schwindeln des Friedensrichters geteilt, ein Zwist zwischen Partnern des Verbrechens, ein brutaler Mord, dann ein Unfall mit dem Petroleum, mit dem Van Syke eindeutig das Silo übergossen hatte, ehe er es in Brand steckte, der fliehende Mann zu ängstlich, den brennenden Laster zu verlassen, weil er befürchtete, am Schauplatz des Verbrechens erwischt zu werden, der explodierende Gastank ...

Am Samstagnachmittag hatten die Einheimischen für alles eine Erklärung, außer dem toten Hund ... Van Syke hatte Hunde gehaßt und nie einen auch nur in seiner Nähe geduldet, geschweige denn in seinem Laster. Dann kam Mrs. Whittacker in Betty's Schönheitssalon mit der offensichtlichen Lösung daher – J. P. Congdens großer Wachhund war vor ein paar Wochen verschwunden. Offenbar hatte der Tunichtgut Van Syke ihn gestohlen, und der Streit um den Besitz des Hundes war Teil des Streits, der zu dem grausamen Mord geführt hatte.

Elm Haven hatte seit Jahrzehnten keinen richtigen Mord mehr gehabt. Die Stadtbewohner waren betroffen und aufgeregt – und besonders erfreut, da man nun den logischen Verantwortlichen für das Gemetzel an Mrs. Moons Katzen gefunden hatte.

Nicht ganz sicher war, wie der Unfalltod von Pater Cavanaugh in dieses Bild paßte. Mrs. McCafferty erzählte Mrs. Somerset – die Mrs. Sperling mit der Information anrief –, daß der Priester immer ein wenig unausgeglichen gewesen sei, sich über seine eigene Weihe lustig gemacht habe und sogar so weit gegangen sei, das Automobil der Diözese, eine Leihgabe des Lincoln Mercury-Händlers in Oak Hill, als ›Papstmobil‹ zu bezeichnen, wie Mrs. Meehan beizusteuern wußte, die bei sämtlichen kirchlichen Ämtern aushalf. Mrs. Maher vom Hilfskorps der Lutheranischen Ladys erzählte Mrs. Meehan beim Methodistenbasar, daß es Fälle von Irrsinn in Pater Cavanaughs Familie gegeben hätte – er war schottisch-irischer Abstammung, und man wußte ja, was *das* bedeutete –, und es war ja schließlich allgemein bekannt, daß der junge Priester von einer großen Diözese in Chicago wegen eines merkwürdigen Vorfalls dort hierher strafversetzt worden war.

Nun wußten alle, worum es sich bei diesem merkwürdigen Vorfall handelte: er war ein Spanner, brach in die Häuser von Leuten ein und tötete wahrscheinlich als Bestandteil eines bizarren katholischen Rituals fremder Leute Katzen. Mrs. Whittacker erzählte Mrs. Staffney, die unter dem Siegel der Verschwiegenheit Mrs. Taylor einweihte, daß tote Katzen bei verschiedenen geheimen Ritualen der Katholiken eine Rolle spielten. Mrs. Taylor sagte, ihr Mann habe ihr erzählt, das Gesicht des jungen Priesters wäre vom scharfen Kühlergrill von Mr. McBrides Laster ›eingedrückt und zerfetzt‹ worden – so seine Worte. Mr. Taylor hatte Pater Cavanaugh als ›den wahrscheinlich totesten Unfalltoten‹ seiner Laufbahn bezeichnet. Der Bischof der Erzdiözese rief am Samstagvormittag von St. Mary's in Peoria an und bat Mr. Taylor, den Leichnam des Priesters für Montag zum Transport nach Chicago vorzubereiten, wo die Familie ihn in Empfang nehmen würde. Mr. Taylor stimmte zu, setzte aber dennoch ›kosmetische Behandlung‹ mit auf die Rechnung, da ›die Familie ihn so auf gar keinen Fall sehen könne. Es sah aus, als wäre etwas von seinem Gesicht nach *außen* explodiert.‹ Auch das waren die Worte von Mr. Taylor, die Mrs. Taylor Mrs. Whittacker zitierte.

Die Leute waren jedenfalls so oder so überzeugt, daß das Rätsel seine Lösung gefunden hatte. Mr. Van Syke, dem, wie sich herausstellte, niemand in der Stadt besonders vertraut hatte, ermordete den armen alten Friedensrichter Congden im Streit um Geld oder einen Hund. Der arme Pater Cavanaugh, den, wie sich herausstellte, alle Protestanten und nicht wenige der älteren Katholiken als besonders stabil betrachtet hatten, hatte durch eine Erbkrankheit den Verstand verloren und versucht, seinen Meßknaben Michael O'Rourke anzugreifen, bevor er vor einen Laster gelaufen war.

Die Stadtbevölkerung tratschte, und die Telefonleitungen liefen heiß – Jenny im Amt hatte seit der großen Überschwemmung von '49 nicht mehr so viele Anrufe aus Elm Haven durchgestellt –, und alle hatten ihren Spaß bei der Aufklärung, während sie die dunklen Wolken im Auge behielten, die sich im Süden und Westen über den Maisfeldern zusammenbrauten.

Der Sheriff ließ sich nicht so leicht davon überzeugen, daß das Geschehen aufgeklärt sei. Nach dem Essen kam er zum dritten Verhör mit Mike seit dem vergangenen Abend.

»Und Pater Cavanaugh hat mit deiner Schwester gesprochen?«

»Ja, Sir. Sie hat mir gesagt, daß Pater C. mich sprechen wollte ... daß es wichtig wäre.« Mike wußte, daß der großgewachsene Sheriff auch schon zweimal mit Peg gesprochen hatte.

»Hat er ihr gesagt, worüber er mit dir sprechen wollte?«

»Nein, Sir. Ich glaube nicht. Da müssen Sie sie schon selbst fragen.«

»Mmmm«, sagte der Sheriff und sah in einen kleinen Spiralblock, bei dem Mike an Duanes Notizbücher denken mußte. »Sag mir noch einmal, *worüber* hat er mit dir gesprochen?«

»Nun, Sir, wie ich schon gesagt habe, ich konnte ihn eigentlich nicht verstehen. Es war, als würde er im Fieber sprechen. Manche Worte und Ausdrücke schienen einen Sinn zu ergeben, aber alles zusammen nicht.«

»Sag mir ein paar der Worte, Junge.«

Mike biß sich auf die Lippe. Duane McBride hatte ihm und Dale einmal gesagt, daß die meisten Verbrecher ihre Alibis zunichte machen, weil sie zuviel reden und zu sehr das Bedürfnis verspüren, die Tatsachen auszuschmücken. Unschuldige, hatte Duane gesagt, sind normalerweise nicht so artikuliert. Nach der Unterhaltung war Mike nach Hause gegangen und hatte das Wort ›artikuliert‹ nachgeschlagen.

»Nun, Sir«, sagte Mike langsam, »ich weiß, daß er mehrmals das Wort ›Sünde‹ gebraucht hat. Er sagte, wir hätten alle gesündigt und müßten bestraft werden. Aber ich hatte den Eindruck, als würde er gar nicht richtig über uns sprechen . . . nur über die Leute im allgemeinen.«

Der Sheriff nickte und machte sich Notizen. »War das, als er angefangen hat zu schreien?«

»Ja, Sir. In etwa.«

»Aber deine Schwester hat gesagt, sie hat euer beider Stimmen gehört. Wenn du nicht verstanden hast, wovon der Pater geredet hat, warum hast du dann geantwortet?«

Mike widerstand dem Impuls, sich Schweiß von der Oberlippe zu wischen. »Ich habe ihn gefragt, ob es ihm gutginge. Ich meine, ich hatte Pater C. zum letztenmal gesehen, als Mrs. McCafferty mich am Dienstag zu ihm gelassen hat. Da war er schwer krank.«

»Und hat er gesagt, ob es ihm gutging?«

»Nein, Sir, er hat angefangen zu schreien, daß der Tag des Jüngsten Gerichts nahe sei . . . Das hat er gesagt, Sir, nahe.«

»Und dann ist er von der Veranda gestürmt und hat auf das Fenster deiner Großmutter eingeschlagen«, sagte der Sheriff und verglich seine Notizen. »Ist das richtig?«

»Ja, Sir.«

Der Sheriff kratzte sich langsam die Wange und war offenbar mit etwas nicht einverstanden. »Und was war mit seinem Gesicht, Junge?«

»Seinem Gesicht, Sir?« Das war eine neue Frage.

»Ja. War es . . . seltsam? Verstümmelt oder in irgendeiner Weise entstellt?«

Wenn man es nicht als entstellt betrachtet, daß es sich in den Schlund eines Neunauges verwandelt hat, dann nicht, dachte Mike. Er sagte: »Nein, Sir. Ich glaube nicht. Er war blaß. Aber es war ziemlich dunkel.«

»Aber Narben oder Läsuren hast du nicht gesehen?«

»Was sind Läsuren, Sir?«

»So etwas wie tiefe Kratzer? Oder offene Schwären?«

»Nein, Sir.«

Der Sheriff seufzte und griff in eine kleine Sporttasche. »Gehört die dir, Junge?« Er hielt die Wasserpistole hoch.

Mikes erster Gedanke war, es zu leugnen. »Ja, Sir«, sagte er.

Der Sheriff nickte. »Das hat deine Schwester auch gesagt. Bist du nicht ein bißchen alt, um mit Spritzpistolen zu spielen?«

Mike zuckte die Achseln und brachte einen verlegenen Gesichtsausdruck zustande.

»Hast du das gestern abend auf der Veranda dabei gehabt? Als Pater C. zu Besuch gekommen ist?«

»Nein, Sir«, sagte Mike.

»Bist du sicher?«

»Ja, Sir.«

»Wir haben sie unter dem Fenster gefunden«, sagte der Sheriff. Er setzte den Hut wieder auf den Kopf und lächelte zum erstenmal während des Verhörs. »Es zeigt, wie paranoid ich auf meine alten Tage werde ... ich habe das Polizeilabor in Oak Hill doch tatsächlich den Inhalt analysieren lassen. Wasser. Nur Wasser.«

Mike erwiderte sein Lächeln.

»Hier, Junge. Da hast du dein Spielzeug wieder. Kannst du mir sonst noch was erzählen, das mich weiterbringen könnte? Zum Beispiel, woher der stammt?« Er hielt den Uniformhut des Soldaten hoch.

»Nein, Sir. Vielleicht lag er in den Büschen, Sir. Pater C. hat ihn aufgehabt, als er das Fliegengitter weggerissen hat.«

»Ist das derselbe Hut, den du gesehen hast, als du vor ein paar Wochen einen Soldaten als Spanner gemeldet hast?«

»Kann sein, Sir. Ich weiß nicht.«

»Aber es war so eine Art von Hut?«

»Ja, Sir.«

»Und als du diesen Soldaten das letztemal im Vorgarten gesehen hast, hast du den Priester nicht erkannt?« Der Sheriff sah Mike eindringlich an.

Mike dachte eine Weile nach, wie bei den letzten Malen, als man ihm diese Frage gestellt hatte. »Nein, Sir«, sagte er schließlich. »Vorher hätte ich gesagt, daß es nicht Pater Cavanaugh war ... als ich ihn zum erstenmal gesehen habe, sah er kleiner aus ... aber es war dunkel, und ich habe durch die Vorhänge gesehen.« Mike machte eine unsichere Geste mit der Hand. »Tut mir leid, Sir.«

Der Sheriff stemmte sich von der Couch hoch, auf der er saß, legte Mike eine große Hand auf die Schulter und sagte: »Schon gut, Junge. Danke für deine Hilfe. Tut mir leid, daß du das letzte Nacht sehen mußtest. Wir werden vielleicht nie erfahren, was mit diesem Herrn nicht gestimmt hat – deinem Pater Cavanaugh, meine ich –, aber ich bezweifle, daß er vorhatte, was er getan hat. Ob es an dem Fieber lag, von dem die Ärzte gesprochen haben, oder an etwas anderem, ich glaube nicht, daß der gute Mann seine fünf Sinne beisammen hatte.«

»Ich auch nicht, Sir«, sagte Mike und brachte den Sheriff zur Tür. Mikes Vater und Mutter warteten auf der Veranda. Alle drei winkten, als das Auto des Sheriffs langsam die First davonfuhr.

»Machen wir es heute nachmittag«, sagte Harlen eine Stunde später im Baumhaus. Sie waren alle da ... alle außer Cordie Cooke. Harlen und Dale waren gleich nach dem Frühstück zur Müllkippe gefahren, um sie zu suchen, aber es war keine Spur von ihr zu finden gewesen, abgesehen von ein paar zerfransten Decken in einem baufälligen Schuppen bei den Gleisen.

Mike seufzte; er war zu müde zum Diskutieren. Dale sagte: »Das haben wir schon besprochen, Jim.«

Kevin blätterte einen Onkel-Dagobert-Comic durch – etwas über Wikingergold, wie man dem Umschlag entnehmen konnte –, legte ihn aber weg und sagte: »Wir warten bis morgen. Ich werde Dads Laster nicht vor seinen Augen stehlen. Wir müssen ihn davon überzeugen, daß ihn jemand anders genommen und Old Central mit Benzin überschüttet hat.«

Harlen schnaubte. »Wer denn? Alle Verdächtigen sind tot. Das wird die tollste Woche in der ganzen Geschichte von Elm Haven, und früher oder später wird jemand dahinterkommen, daß wir etwas damit zu tun hatten . . .«

»Wenn du deine große Klappe hältst, nicht«, sagte Dale.

»Wer will mich denn dazu zwingen, Stewart?« höhnte Harlen.

Die beiden Jungs beugten sich zueinander, bis Mike sie auseinanderdrängte. »Hört auf!« Seine Stimme klang sehr müde. »Eines steht fest, wir werden heute nacht nicht allein schlafen und uns nacheinander von diesen Wesen holen lassen.«

»Richtig«, sagte Harlen und lehnte sich an einen dicken Ast, »versammeln wir uns, so daß sie uns auf einen Streich erwischen.«

Mike schüttelte den Kopf. »Zwei Mannschaften. Meine Leute haben schon gesagt, daß ich heute abend bei Dale und Lawrence bleiben kann. Sie denken, ich will wegen gestern abend nicht im Haus sein.«

Die Jungs sagten nichts.

»Harlen, hast du dir klargemacht, daß du die Nacht bei Kev verbringst?«

»Ja.«

»Gut. So können wir die ganze Nacht mit den Walkie-talkies in Kontakt bleiben.«

Dale zupfte ein Blatt vom Baum ab und zerriß es in kleine Stücke. »Klingt nicht schlecht. Dann füllen wir am Morgen den Tanker mit Benzin und sprühen damit die Schule an. Gleich nach der Dämmerung, richtig?«

»Richtig«, sagte Mike. Er wandte sich an Kevin. »Grumbacher, bist du sicher, daß du ihn fahren kannst?«

Kevin zog eine Braue hoch. »Das hab' ich dir doch gesagt, oder nicht?«

»Schon, aber wir wollen morgen früh keine Überraschungen erleben.«

»Keine Überraschungen«, versicherte Kevin. »Mein Vater läßt mich ab und zu auf Nebenstraßen fahren. Ich kann schalten. Ich komme an die Pedale. Ich komme bis zum Schulhof.«

»Fahr ihn leise raus«, sagte Dale. »Wir wollen nicht, daß deine Leute aufwachen.«

Kevin bewegte langsam das Kinn auf und ab. »Ihr Schlafzimmer ist im Keller, und sie werden die Klimaanlage eingeschaltet haben.«

Lawrence hatte geschwiegen, aber jetzt beugte er sich in die Gruppe. »Glaubt ihr wirklich, daß das, was in der Schule ist, nur dasitzt und wartet, bis wir was unternehmen? Daß es nicht zurückschlagen wird?«

Mike brach einen Zweig ab. »Es hat schon zurückgeschlagen. Ich glaube, ihm gehen die Handlanger aus, mit denen er zurückschlagen kann.«

»Niemand kann Dr. Roon finden«, sagte Harlen. Er kratzte sich am Gips, der in ein paar Tagen abgenommen werden sollte. Das Jucken machte ihn verrückt.

»Die Dame, die ihm das Zimmer vermietet hat, sagt, er ist in Minnesota im Urlaub«, sagte Kevin.

»Nn-*nnn*«, sagten die anderen vier in sarkastischer Eintracht.

»Und der Soldat ist immer noch irgendwo da draußen«, sagte Mike. Diesmal machte niemand einen Witz.

»Und Old Double-Butt und ihre Partnerin«, sagte Harlen. »Und die unterirdischen Wesen. Und Tubby.«

»Ohne seine Hand«, sagte Dale. »Wenigstens kann er uns nicht den Stinkefinger zeigen.« Niemand lachte.

»Das macht sieben von ihnen«, sagte Lawrence, der mit den Fingern gezählt hatte. »Wir sind nur fünf.«

»Und Cordie«, sagte Dale. »Manchmal.«

Lawrence verzog das Gesicht. »Mädchen zähle ich nicht mit. Sieben von ihnen ... das Glockending nicht mitgezählt ... und nur fünf von uns.«

»Schon«, sagte Mike, »aber wir haben eine Geheimwaffe.« Er holte die Spritzpistole aus dem Gürtel und schoß Lawrence ins Gesicht.

Der spuckte, und Dale rief: »He, nichts vergeuden!«

»Keine Sorge«, sagte Mike und steckte die Pistole wieder in den Gürtel. »Das ist kein Weihwasser. Das hebe ich für später auf.«

»Hast du die anderen Sachen?« sagte Harlen. »Die Kekse?«

»Die Eucharistie«, sagte Mike. Er biß sich auf die Lippen. »Nn-nnn, das konnte ich nicht. Pater Dinmen ist heute morgen von Oak Hill gekommen, um die Messe zu lesen, und er hat die Kirche hinterher abgeschlossen. Ich kann nicht rein. Ich hatte Glück, daß ich nach der Messe noch den letzten Rest Weihwasser mitnehmen konnte.«

»Du hast noch die Hälfte, die bei deiner Großmutter ist«, erinnerte ihn Dale.

Mike bewegte langsam den Kopf hin und her. »Nee, das bleibt bei Memo. Dad ist heute nacht zu Hause, aber ich will kein Risiko eingehen.«

Dale wollte etwas sagen, aber in diesem Augenblick hörten sie den

Ruf ›Ke-VINNN‹, die Depot Street entlang erschallen. Sie kletterten alle die Eiche hinunter.

»Wir sehen uns nach dem Essen!« rief Dale Mike zu, bevor er und sein Bruder nach Hause liefen.

Mike nickte, ging zum Haus zurück und blieb am Abort stehen, um die schwarzen Wolken zu betrachten, die tief über den Feldern hingen. Obwohl die Wolken sich scheinbar zu bewegen schienen, wehte kein Wind. Das Licht hatte eine gelbliche Tönung.

Mike ging hinein, um abzuwaschen und Schlafsack und Pyjama für die Übernachtung einzupacken.

36

Mr. Dennis Ashley-Montague saß auf dem Rücksitz seiner schwarzen Limousine und betrachtete während der einstündigen Fahrt nach Elm Haven die vorüberziehenden Maisfelder und Straßenkreuzungen. Tyler, sein Chefbutler, Chauffeur und Leibwächter, sagte nichts, und Mr. Ashley-Montague sah keinen Grund, das Schweigen zu brechen. Die getönten Scheiben der Limousine bewirkten immer eine gewisse dunkle Tönung des Panoramas, als zöge ein Gewitter auf, daher schenkte Mr. Ashley-Montague dem dunklen Himmel und gelblichen Licht, das über den Wäldern und Feldern und Flüssen lag wie ein verfaulter Vorhang kurz vor dem Öffnen, keine sonderliche Beachtung.

Die Hauptstraße von Elm Haven war verlassener als üblich, selbst für einen Samstagabend, und als Mr. Ashley-Montague beim Bandstand Park aus der Limousine ausstieg, war er überrascht von der Dunkelheit. Anstelle der sonst üblichen zahllosen Familien, die geduldig auf dem Gras warteten, waren nur wenige Gesichter zu sehen, die verfolgten, wie Tyler den großen Projektor vom Kofferraum der Limousine zum Pavillon trug. Eine Handvoll Kleinlaster und Autos parkten schräg, während Tyler Lautsprecher und andere Ausrüstung anschloß, aber der Zustrom war der geringste in den neunzehn Jahren, seit die Ashley-Montagues die sterbende Kleinstadt mit samstagabendlicher Unterhaltung versorgten.

Dennis Ashley-Montague ging zum Rücksitz der Limousine zurück, schlug die Türen zu und schenkte sich ein großes Glas Scotch Marke Glenlivet aus der Bar hinter dem Fahrer ein. Er hatte überlegt, ob er heute nicht kommen, ob er keine weiteren Gratisvorstellungen mehr dulden sollte –, aber die Tradition reichte tief, und das Gefühl, der Landadlige dieser Bande inzüchtiger Bauerntölpel und Spießer zu sein, gab seinem Leben einen gewissen perversen Sinn.

Und er wollte mit den Jungs reden.

Er hatte sie im Lauf der Jahre bei früheren Gratisvorstellungen gesehen; ihre schmutzigen kleinen Gesichter hatten die Filme angestarrt, als wären sie strahlende Wunder, Kaugummi und Popcorn hatten ihre Wangen aufgebläht ... aber er hatte keines je richtig *angesehen*, bis dieser dicke Junge – der getötet worden war, wie sein Freund gesagt hatte – ihn vor mehr als einem Monat auf dem Pavillon ausgefragt hatte. Und dann dieser erstaunliche kleine Kerl, der vor Mr. Ashley-Montagues Eingangstür erschienen war ... er hatte wahrhaftig die Dreistigkeit besessen, eine ledergebundene Übersetzung von Crowleys *Buch des Gesetzes* zu stehlen. Mr. Ashley-Montague konnte sich an nichts in dem Buch erinnern, das den Jungs helfen konnte, wenn die Bildsäule der Offenbarung seines Großvaters tatsächlich aus ihrem langen Schlummer erwachen sollte. Mr. Ashley-Montague wußte selbst nichts, das ihnen allen helfen könnte, sollte das geschehen.

Er trank sein Glas leer und schlenderte zum Pavillon zurück, wo Tyler inzwischen mit den letzten Vorbereitungen fertig war. Es war noch nicht halb neun Uhr abends – normalerweise dauerte die Dämmerung in diesen Breiten noch dreißig Minuten länger –, aber durch die dunklen Wolken war es früher Nacht geworden.

Mr. Ashley-Montague spürte, wie ihn eine gewisse Klaustrophobie überkam: die ganze Stadt schien von zweieinhalb Meter hohen Maispflanzen umzingelt zu sein – im Süden hinter dem Haus seiner Vorfahren, im Norden vier Blocks den langen, dunklen Tunnel der Broad Avenue entlang, im Westen nur ein paar hundert Meter bis zu der Stelle, wo die Hard Road nach Norden abknickte, und im Osten die stille Main Street mit ihren dunklen Geschäften. Die Beleuchtung war noch nicht eingeschaltet.

Mr. Ashley-Montague sah die Jungs nicht, nach denen er suchte. Er sah Charles Sperling, den verzogenen Balg dieses Sperling, der doch tatsächlich die Stirn besessen hatte, Mr. Ashley-Montague wegen eines Darlehens für eine geschäftliche Investition anzugehen – *sein* Großvater hatte von Dennis Ashley-Montagues Großvater Kapitalzuschüsse erhalten, damit ihm dieser während der Zeit des Skandals den Gefallen getan hatte, einiges zu vergessen.

Aber sonst wenige Kinder und nicht viele Familien an diesem Abend. Vielleicht machten sie sich Sorgen, daß ein Unwetter aufzog.

Mr. Ashley-Montague sah zum gelblichen Himmel auf und stellte fest, daß die Vögel in den hohen Bäumen kein Gezeter vollführten, wie sonst bei Sonnenuntergang. Es waren auch keine Insekten zu hören, und kein Windhauch bewegte die Zweige.

Er zündete sich eine Zigarette an, lehnte sich auf das Geländer des Pavillons und überlegte sich, wo er Unterschlupf suchen würde, sollten plötzlich Sirenen den heranbrausenden Tornado ankündigen. Hier standen ihm keine Häuser offen, und zum alten Anwesen würde er nicht gehen, obwohl der Weinkeller dort noch unversehrt war, da Arbeiter, die die Ruine geräumt hatten, letzten Herbst die verdächtigen Tunnel dort entdeckten, die durch den soliden Fels gebohrt worden waren.

Nein, beschloß Mr. Ashley-Montague, sollte wirklich vor einem schweren Sturm oder Tornado gewarnt werden, würde er einfach in die Limousine einsteigen und sich von Tyler nach Hause fahren lassen. Tornados zertrümmerten vielleicht kleine Städte wie Elm Haven, aber sie gaben sich nicht mit Luxusfahrzeugen auf Straßen ab, und es war nicht bekannt, daß jemals einer dem Grand View Drive etwas angehabt hätte.

Er nickte Tyler zu, worauf der den ersten Zeichentrickfilm einlegte und die Projektorlampe einschaltete. Die wenigen Leute auf ihren Decken und den Parkbänken spendeten verhaltenen Beifall. Tom und Jerry jagten einander um ein Haus herum, während Mr. Ashley-Montague noch eine Zigarette rauchte und den Himmel südlich der Stadt im Auge behielt.

»Tornado? Was meinst du?« sagte Dale, als sie auf der Veranda seines Hauses standen und die Second Avenue hinuntersahen. Wenige Autos fuhren auf der Hard Road, und die wenigen hatten die Scheinwerfer eingeschaltet und fuhren langsam.

»Ich weiß nicht«, sagte Mike. Sie hatten alle schon einmal Tornados erlebt – es war der Fluch des Mittelwestens und das einzige Wetter, das ihre Eltern fürchteten –, aber die blutergußfarbenen Wolken im Süden schienen sich jetzt schon tagelang zusammenzubrauen. Der Himmel wirkte wie eine negative Emulsion des Tageslichts, Bäume und Dächer wurden vom letzten gelblichen Licht erhellt, während der Himmel wie die Öffnung in einen schwarzen Abgrund war. Schwaches Zucken grünlichen Lichts über dem Horizont aus Maisstauden deutete auf Blitze hin, aber Blitze an sich waren keine zu sehen, keine sichtbaren elektrischen Entladungen, nur ein gelegentliches Aufleuchten grün-weißer Phosphoreszenz, bei dem die Altvorderen im Laden von Kettenblitzen und Kugelblitzen und anderen Phänomenen sprachen, von denen sie nichts verstanden.

Mike hob das Walkie-talkie und drückte auf Senden. Zwei Klicks ertönten, die zeigten, daß Kevin mithörte.

»Kannst du reden?« sagte Mike leise ins Mikrofon und spielte nicht mit Codes oder Rufzeichen herum.

»Ja«, antwortete Kevins Stimme. Obwohl der andere Junge keine dreißig Meter entfernt im Ranchhaus nebenan war, wurde der Empfang von Statik und Knistern überlagert. Es war, als würde die Atmosphäre auch auf einer Ebene brodeln, die sie nicht sehen konnten.

»Wir gehen rein und legen uns hin«, sagte Mike. »Wenn ihr nicht zur Gratisvorstellung gehen wollt.«

»Haha«, antwortete Harlens Stimme. Mike sah deutlich vor sich, wie der kleinere Junge sich das Funkgerät geschnappt hatte.

»Seid ihr Jungs da drüben auch schön zugedeckt?« fragte Dale, der sich dicht zu Mikes Walkie-talkie beugte.

»Sehr komisch«, sagte Harlen. »Wir sind im Keller von Krummbagger und sehen fern. Die Bösen haben gerade Miß Kitty entführt.«

Dale grinste. »Sie entführen Miß Kitty jede Woche. Ich finde, Matt sollte sie ihnen einfach überlassen.«

Kevins Stimme mischte sich leise und gepreßt ein. »Ich habe den Schlüssel für morgen.«

Mike seufzte. »Großartig. Angenehme Träume euch beiden ... aber mach frische Batterien rein und sieh zu, daß du auf Empfang bleibst.«

»Verstanden«, lautete Kevs lakonische Antwort. Statik rauschte und knisterte.

Die drei Jungs gingen hinauf ins Zimmer von Dale und Lawrence. Mrs. Stewart hatte ein drittes Bett unter das Südfenster gestellt; sie hatte größtes Verständnis dafür gehabt, daß Mike nach dem schrecklichen Unfall von Pater Cavanaugh gestern beunruhigt war. Es machte ihr nichts aus, daß Mike hier schlafen wollte. Mr. Stewart wollte am Sonntagnachmittag früh zu Hause sein, und vielleicht konnten sie alle ein Picknick am Ufer des Spoon oder Illinois River machen.

Sie zogen die Pyjamas an. Sie hätten an diesem Abend lieber die Kleidung angelassen, aber Dales Mutter würde ganz bestimmt noch nach ihnen sehen, und sie wollten keine Probleme. Sie legten ihre Kleidungsstücke zurecht, und Dale stellte den Wecker auf Viertel vor fünf. Er merkte, daß seine Hand leicht zitterte, als er die Uhr aufzog.

Sie legten sich in die Betten, Mike auf die Pritsche, lasen Comics und redeten über alles mögliche, nur nicht über das, woran sie alle dachten.

»Ich wünschte, wir hätten zur Gratisvorstellung gehen können«, sagte Lawrence während einer Pause in der Unterhaltung über die Chicago Cubs. »Sie zeigen den neuen Film mit Vincent Price – *Die Verflixten.*«

»*Die Verfluchten*«, sagte Dale. »Nach einer Geschichte von Edgar Allan Poe.* Weißt du noch, wie ich dir letztes Halloween ›Die Maske

* »The Fall of the House of Usher«

des Roten Todes‹ vorgelesen habe?« Dale verspürte einen seltsamen Anflug von Traurigkeit und brauchte einen Moment, bis ihm einfiel, daß Duane ihm von den wunderbaren Geschichten und Gedichten von Poe erzählt hatte. Er sah auf den Nachttisch, wo die Notizbücher von Duane fein säuberlich zusammengebunden lagen. Unten läutete das Telefon zweimal. Sie konnten die gedämpfte Stimme von Dales Mutter hören, die antwortete.

»Ist doch egal«, sagte Lawrence und verschränkte auf dem Kissen die Hände hinter dem Kopf. Das Muster seines Pyjamas bestand aus kleinen Cowboys auf bockenden Mustangs. »Ich wünschte nur, wir könnten den Film sehen.«

Mike legte das Batman-Heft weg. Er trug eine einfarbige blaue Pyjamahose und sein T-Shirt. »Du möchtest doch nicht im Dunkeln nach Hause laufen, oder? Deine Mom wollte wegen des Gewitters nicht gehen, und ich finde auch, in so einer Nacht sollte man zu Hause bleiben.«

Schritte erklangen auf der Treppe, und Mike sah zu seinem Rucksack, aber Dale sagte: »Das ist Mom.«

Sie blieb unter der Tür stehen. In ihrem weißen Sommerkleid sah sie sehr attraktiv aus. »Das war Tante Lena. Onkel Henry hat wieder Rückenschmerzen – er hat wieder mal versucht, Baumstümpfe aus der hinteren Wiese zu ziehen –, und jetzt kann er den Rücken überhaupt nicht mehr gerade machen. Dr. Viskes hat ihm ein Schmerzmittel verschrieben, aber ihr wißt ja, wie ungern Tante Lena Auto fährt. Sie hat mich gefragt, ob ich ihr die Tabletten rausbringen könnte.«

Dale richtete sich im Bett auf. »Die Apotheke hat geschlossen.«

»Ich habe Mr. Aikins angerufen. Er geht runter, macht auf und gibt mir das Rezept.« Sie sah zum Fenster hinaus; Wetterleuchten zeichnete die Umrisse von Bäumen und Häusern im Süden. »Ich weiß nicht, ob ich euch Jungs allein hier lassen soll, wenn ein Gewitter aufzieht. Wollt ihr mitkommen?«

Dale wollte etwas sagen, dann sah er zu Mike, der zu dem Walkietalkie neben sich auf dem Boden nickte. Dale begriff: wenn sie zu Onkel Henry fuhren, verloren sie die Verbindung mit Kevin und Harlen. Sie hatten aber ihr Wort gegeben.

»Nn-nnn«, sagte Dale. »Wir kommen zurecht.«

Seine Mutter sah in die Dunkelheit hinaus. »Bist du sicher?«

Dale grinste und winkte mit einem Comic. »Klar ... wir haben Süßigkeiten und Popcorn und Comics ... was könnten wir uns noch wünschen?«

Sie lächelte. »Na gut. Ich bin in zwanzig Minuten oder so wieder da. Ruft die Farm an, wenn ihr mich braucht.« Sie sah auf die Uhr. »Es ist fast elf. Denkt in ein paar Minuten daran, das Licht auszumachen.«

Sie hörten, wie sie sich unten zu schaffen machte, wie die Hintertür zugeschlagen wurde, wie das alte Auto ansprang. Dale ging ans Fenster und sah ihm nach, wie es die Second hinunter Richtung Innenstadt fuhr.

»Gefällt mir nicht besonders«, sagte Mike.

Dale zuckte die Achseln. »Glaubst du, die Glocke oder was hat sich als Baumstumpf verkleidet, um Onkel Henry am Rücken zu verletzen? Glaubst du, das gehört alles zu einem Plan?«

»Es gefällt mir nur nicht.« Mike stand auf und schlüpfte in die Turnschuhe. »Ich finde, wir sollten lieber die Tür unten abschließen.«

Dale zögerte. Ein merkwürdiger Gedanke. Sie schlossen die Tür nur ab, wenn sie in Urlaub gingen oder so. »Ja«, sagte er schließlich. »Ich geh runter und mach's.«

»Du bleibst hier«, sagte Mike und nickte zu Lawrence, der so in seinen Comic vertieft war, daß er nichts mitbekam. »Bin gleich wieder da.« Er nahm den Rucksack und ging auf den Absatz hinaus und die Treppe hinunter. Dale strengte sich an und hörte, wie der Riegel der Eingangstür zugeschoben wurde, dann Schritte den Flur entlang zur Küche. Sie mußten horchen, wann ihre Mom zurückkam, damit sie nach unten gehen und alles wieder aufmachen konnten, bevor sie zur Hintertür kam.

Dale legte sich aufs Bett zurück und betrachtete die lautlosen Blitze und den Laubschatten der großen Ulme vor dem Nordfenster zu seiner Rechten.

»He, sieh dir das an!« sagte Lawrence lachend. Er las den Onkel-Dagobert-Comic – seine liebste Lektüre auf der ganzen Welt –, und etwas in der Geschichte um das Wikingergold hatte ihn zum Lachen gebracht. Er hielt Dale die Seite hin.

Dale war müde; er griff nach dem Comic und verfehlte ihn. Das Heft fiel auf den Boden.

»Ich hab' ihn«, sagte Lawrence, der zwischen den beiden Betten nach unten griff.

Eine weiße Hand schoß unter dem Bett hervor und packte Lawrences Handgelenk.

»He!« sagte Lawrence und wurde sogleich vom Bett gerissen, daß das Bettzeug davonflog. Er landete krachend auf dem Fußboden. Der weiße Arm fing an, ihn unter das Bett zu ziehen.

Dale hatte keine Zeit mehr zu schreien. Er packte die Beine seines Bruders und versuchte, ihn festzuhalten. Der Sog war unerbittlich; Dale wurde selbst vom Bett gezogen, Laken und Bettdecke bildeten einen Wulst um seine Knie.

Lawrence schrie, als sein Kopf unter dem Bett verschwand; dann wurden seine Schultern hinuntergezerrt. Dale versuchte, einen Halt zu finden, um seinen Bruder zurückzuziehen, aber es war, als wären vier oder fünf Erwachsene unter dem Bett. Er hatte Angst, Lawrence würde in zwei Teile zerrissen.

Dale holte tief Luft, sprang zwischen die beiden Betten hinunter und stieß sein Bett beiseite.

Unten herrschte Dunkelheit ... keine normale Dunkelheit, sondern eine Schwärze, die finsterer war als die undurchdringlichen Gewitterwolken am südlichen Horizont, eine Dunkelheit wie auf schwarzen Samt geschüttete Tinte, die die Bodendielen bedeckte und wallte wie ein schwarzer Nebel. Zwei kräftige weiße Arme ragten aus dieser Schwärze heraus und zogen Lawrence in das Loch. Lawrence schrie wieder, aber der Schrei brach unvermittelt ab, als der Kopf in der runden Schwärze inmitten der Schwärze verschwand. Seine Schultern folgten.

Dale packte den Knöchel seines Bruders wieder, aber die weißen Hände waren unerbittlich. Lawrence wand sich stumm und trat um sich, aber er wurde unwiderstehlich in die Schwärze gezogen.

»Mike!« schrie Dale mit schriller Stimme. »Komm schnell! Hilfe!« Er verfluchte sich, weil er seinen eigenen Rucksack auf der anderen Seite des Betts nicht genommen ... die Schrotflinte, die Spritzpistolen ... nein, dazu hätte er keine Zeit gehabt.

Lawrence war schon fast verschwunden. Nur seine Beine ragten noch aus der Schwärze heraus.

Lieber Gott, er wird in den Fußboden gezogen! Vielleicht frißt es ihn Stück für Stück auf! Aber die Beine traten noch um sich; sein Bruder lebte noch.

»Mike!«

Da spürte Dale, wie sich die Schwärze um ihn legte, Schleier und Schwaden Dunkelheit, die dicker und kälter waren als Winternebel. Wo ihn die Schwaden berührten, prickelten Dales Beine und Knöchel, als wären sie von Trockeneis berührt worden.

»Mike!« kreischte er.

Eine der weißen Hände ließ davon ab, Lawrence in die Dunkelheit zu zerren, und griff nach Dales Gesicht. Die Finger waren mindestens zwanzig Zentimeter lang.

Dale zuckte zurück, ließ den Knöchel von Lawrence los und mußte mit ansehen, wie das letzte Stück seines Bruders in der Dunkelheit verschwand. Dann war nichts mehr unter dem Bett, außer dem schwarzen Nebel, der in sich selbst zusammenfiel, und die unglaublich langen Finger, die rückwärts nach unten glitten wie die eines Kanalarbeiters, der sich in einen Gully hinunterläßt.

Dale warf sich unter das Bett, griff in die Dunkelheit und tastete nach seinem kleinen Bruder, während er spürte, wie seine Hände und Unterarme in der schrecklichen Kälte taub wurden, während sich die Schwärze in sich selbst zusammenzog, die Schwaden sich zusammenzogen wie die Zeitrafferaufnahme einer ebenholzfarbenen Blüte, die sich für die Nacht zusammenfaltet – dann war nur noch ein perfekter Kreis der Dunkelheit übrig – *ein Loch! Dale spürte Leere, wo fester Boden sein sollte* –, und dann zog er die Hände zurück, während sich der Kreis allzu schnell zusammenzog wie eine Irisblende aus Stahl, die Dales Finger binnen eines Augenblicks abgeschnitten hätte ...

»Was ist?« schrie Mike, der mit dem Rucksack in einer und der langen Eichhornbüchse in der anderen Hand ins Zimmer gestürzt kam.

Dale schluchzte hemmungslos, stammelte und deutete unters Bett.

Mike ließ sich auf die Knie sinken und klopfte mit dem Lauf der Eichhornbüchse auf die soliden Bodendielen. Dale sank auf Ellbogen und Knie und hämmerte mit den Fäusten auf den Boden. »Scheiße, Scheiße, Scheiße, Scheiße, Scheiße!« Da unten war nichts, außer Dielen und Staubflusen und Lawrences heruntergefallener Onkel-Dagobert-Comic.

Ein Schrei gellte vom Keller herauf.

»Lawrence!« schrie Dale und rannte zur Treppe.

»Moment mal! Moment mal!« brüllte Mike und hielt ihn zurück, bis er Dales Rucksack und das Funkgerät aufgehoben hatte. »Bau die verdammte Savage zusammen.«

»Wir können nicht warten ... Lawrence ...«, keuchte Dale und wollte sich losreißen. Ein zweiter Schrei ertönte aus dem Keller, diesmal weiter entfernt.

Mike ließ die Eichhornbüchse auf das Bett fallen und schüttelte Dale mit beiden Händen. »Bau ... die ... Savage ... zusammen! Sie *wollen*, daß du ohne Waffe da runter gehst! Sie *wollen*, daß du in Panik gerätst! *Denk nach!*«

Dale schlotterte, während er die Schrotflinte zusammenbaute und den Lauf in den Griff einrasten ließ. Mike steckte zwei geladene Patronen in den Gürtel, warf Dale die Schachtel mit der .410er Munition zu, schlang das Walkie-talkie über die Schulter und sagte: »Okay, gehen wir runter!«

Die Schreie hatten aufgehört.

Sie rannten die Treppe hinunter, durch die dunkle Diele, durch die Küche und durch die Tür zur Kellertreppe.

37

»Sollen wir rüberkommen?« fragte Kevin über Walkie-talkie. Er und Harlen saßen angezogen und bereit in Kevs Schlafzimmer.

»Nein, bleibt, wo ihr seid, wenn wir euch nicht rufen«, funkte Mike vom oberen Ende der Treppe. »Wir drücken den Sendeknopf zweimal, wenn wir euch brauchen.«

»Klaro.«

Als Mike abschaltete, gingen die Lichter im Haus der Stewarts aus. Er zog die Taschenlampe aus dem Rucksack und ließ ihn auf die Küchenschwelle plumpsen. Dale griff nach der Taschenlampe, die sein Dad auf einem Stützkreuz aus Holzbalken am oberen Ende der Treppe aufbewahrte. Küche und Haus hinter der offenen Tür ins Innere waren dunkel; der Keller war mehr als dunkel.

Ein kratzendes, gleitendes Geräusch war zu hören.

Dale legte die .410er Patrone ein, ließ den .22er-Lauf leer und klappte das Gewehr zu. Der Strahl seiner Taschenlampe fiel auf die Schlackesteine an der Krümmung der Treppe ziemlich weit unten. Hinter der Ecke ertönten weitere kratzende Geräusche.

»Gehen wir«, sagte er und hielt die Taschenlampe in einer und die Schrotflinte in der anderen Hand bereit. Mike folgte ihm mit der Eichhornbüchse und seiner Schrotflinte.

Sie eilten die beiden letzten, größeren Stufen hinunter, rochen den feuchten Gestank nach der Überschwemmung im Keller. Vor ihnen gingen Rohre vom Ofen und der Kohlenklappe aus wie Medusenhaar. Das schlurfende, kratzende Geräusch kam von rechts, durch die kleine Tür in der Mauer.

Aus dem Kohlenkeller.

Dale sprang mit einem Satz hinein, der Strahl der Taschenlampe schwang von links nach rechts und wieder zurück: der Schüttgutbehälter, Wände, das kleine, vom Winter übriggebliebene Kohlenhäufchen, die Nordmauer mit ihrer Klappe nach draußen und die Kohlenrutsche, die in eine Ecke geschoben worden war, Spinnweben an der Wand direkt nebenan, bis hin zum offenen Raum.

Aus dem Kriechraum unter Haus und Veranda drang ein schwaches Leuchten hervor: kein Licht, so hell war es nicht, aber ein blasses, phosphoreszentes Leuchten, so ähnlich wie die Radiumzeiger von Kevins Uhr. Dale ging näher hin und leuchtete mit der Taschenlampe in den engen, spinnwebverhangenen Raum.

Acht Meter weiter, wo der Kriechraum normalerweise an unverputzten Steinen und Schlackeblocks am Ende der Veranda aufhörte, beleuchtete die Taschenlampe die welligen Wände eines vierzig Zentimeter durchmessenden, völlig runden Lochs, aus dem das grüne Fäulnisleuchten drang, das sie vom Kohlenkeller gesehen hatten.

Dale stellte seine Sachen auf den Sims, stemmte sich in den Kriechraum und achtete nicht auf die Spinnweben im Gesicht, als er über den feuchten Boden auf den Tunnel zukroch.

Mike packte ihn an den Knöcheln.

»Laß mich los! Ich muß hinterher.«

Mike fackelte nicht lange, er zog Dale mit aller Gewalt zurück, bis dessen Pyjamaoberteil über den Schlackesteinsims schabte.

»Laß mich los!« brüllte Dale und versuchte, sich loszureißen. »Ich muß hinterher.«

Mike packte das Gesicht seines Freundes, brachte ihn zum Schweigen und drückte ihn gegen die kalte Wand. »Wir gehen hinterher. Aber damit rechnen sie . . . daß du diesem Tunnel folgst. Oder direkt dorthin gehst, wo sie ihn hinbringen.«

»Und wo wäre das?« keuchte Dale, der noch den Kopf schüttelte und den Druck von Mikes kräftigen Fingern an den Wangen spürte.

»Zieh eine Linie«, sagte Mike und deutete in Richtung des Tunnels.

Dale sah mit umwölkten Augen hin. Südwesten. Über den Schulhof . . . »Old Central«, sagte er. Er schüttelte wieder den Kopf. »Lawrence lebt vielleicht noch.«

»Vielleicht. Wir wissen nicht, daß sie schon einmal jemand geholt haben . . . sonst töten sie nur. Vielleicht wollen sie ihn lebend. Wahrscheinlich als Köder, damit wir alle nachkommen.« Er drückte auf den Sendeknopf. »Kev, Harlen, nehmt eure sämtlichen Sachen, wir treffen uns in etwa drei Minuten bei der Zapfsäule. Wir ziehen uns an und kommen sofort hin.«

Dale wirbelte herum, so daß der Lichtstrahl der Taschenlampe wieder in den Tunnel deutete. »Okay, okay, aber ich folge ihm. Wir gehen zur Schule.«

»Ja«, sagte Mike, lief voraus die Treppe hinauf und beleuchtete die dunkle Diele und die Treppe mit der Taschenlampe, »du und Harlen dringt in die Schule ein, während Kevin seine Sache durchzieht. Ich folge dem Tunnel.«

Sie kamen in ihr Zimmer, Dale zog Jeans, Turnschuhe und ein T-Shirt an und verzichtete auf Unterwäsche und Socken. »Du hast gesagt, sie rechnen damit, daß wir dem Tunnel folgen oder direkt zur Schule gehen.«

»Das eine oder das andere«, antwortete Mike. »Vielleicht nicht beides.«

»Warum solltest du durch den Tunnel gehen? Es ist mein Bruder.«

»Stimmt«, sagte Mike. Er holte müde Luft. »Aber ich habe mehr Erfahrung mit diesen Kreaturen.«

Mr. Ashley-Montague trank noch zwei Drinks auf dem Rücksitz der Limousine, während Trickfilme und Wochenschau gezeigt wurden, aber als der Hauptfilm anfing, kam er heraus. Es war ein neuer Film, der in seinen Kinos in Peoria gut besucht war: Roger Cormans *Die Verfluchten.* Es fing mit dem unvermeidlich stutzerhaften Vincent Price als Roderick Usher an, aber dieser Horror-Film war sehr viel besser als die meisten ihrer Art. Mr. Ashley-Montague gefiel besonders der vorherrschende Einsatz von Schwarz und Rot und die geheimnisvolle Ausleuchtung, die jeden einzelnen Stein im alten Schloß der Ushers scharf hervorzuheben schien.

Die erste Spule war zu Ende, als Wind aufkam. Mr. Ashley-Montague lehnte am Geländer des Pavillons, als die Zweige hoch oben hin und her zu peitschen anfingen, Papierschnipsel über den Rasen des Parks geweht wurden und die wenigen Besucher sich entweder unter Decken verkrochen oder in den Schutz von Autos oder ihren Häusern flohen. Der Millionär sah über das Dach des Parkside Café und erschrank, wie tief die rasenden Wolken hingen, wenn sie von den stummen Blitzen erhellt wurden. ›Hexensturm‹ nannte seine Mutter diese Art immer, die häufiger im Frühling und Herbst als im Hochsommer auftraten.

Auf der Leinwand trugen Vincent Price als Roderick Usher und der junge Besucher den schweren Sarg mit Ushers Schwester in die spinnwebverhangene Tiefe der Familiengruft. Mr. Ashley-Montague wußte, daß das Mädchen nur an der Familienkrankheit Katalepsie litt, das *Publikum* wußte es, Poe hatte es gewußt . . . warum wußte Usher es nicht? *Vielleicht weiß er es,* dachte Mr. Ashley-Montague. *Vielleicht ist er williger Teilnehmer der Tat, seine Schwester lebendig zu begraben.*

Das erste Donnergrollen hallte über die endlosen Felder südlich der Stadt, tönte vom Ultraschall zu Bereichen, bei denen die Zähne klapperten, und endete mit einem schrillen Laut.

»Sollen wir Schluß machen, Sir?« rief Tyler vom Projektor. Der Butler/Chauffeur mußte wegen dem Wind seine Stoffmütze festhalten. Nur vier oder fünf Leute blieben in den Autos oder unter Bäumen im Park, um den Film zu sehen.

Mr. Ashley-Montague sah zur Leinwand. Der Sarg vibrierte; Fingernägel krallten sich ans Innere des Bronzesargs. Vier Stockwerke höher nahm Roderick Ushers fast übernatürliches Gehör jedes Geräusch wahr. Vincent Price erschauerte und legte die Hände auf die Ohren; er brüllte etwas, das in einem Donnerschlag unterging. »Nein«, sagte Mr. Ashley-Montague. »Der Film ist sowieso fast zu Ende. Lassen Sie ihn weiterlaufen.«

Tyler nickte sichtlich unzufrieden und hielt den Anzug dicht um den Hals, als der Wind wieder anschwoll.

»Denisssss.« Das Flüstern kam aus dem Gebüsch unter dem Pavillon. »Deniiissssssss . . .«

Mr. Ashley-Montague runzelte die Stirn und ging zum Geländer. Er konnte niemanden in den Büschen unten sehen, aber das ungestüme Tosen des Windes und die relative Dunkelheit machten es schwer zu erkennen, ob da unten jemand im hohen Gebüsch kauerte. »Wer ist da?« rief er. Niemand in Elm Haven nahm sich die Freiheit heraus, ihn mit seinem Vornamen anzusprechen – und anderswo hatten auch nur sehr wenige Menschen das Recht dazu.

»Deniiiisssssssss.« Es war, als würde der Wind in den Büschen fauchen.

Mr. Ashley-Montague hatte nicht die Absicht, da hinunterzugehen. Er drehte sich um und rief fingerschnippend nach Tyler. »Jemand spielt mir einen Streich. Sehen Sie nach, wer es ist. Entfernen Sie ihn.« Tyler nickte und stieg behende die Stufen hinunter. Tyler war älter, als er aussah – er war britischer Offizier im Zweiten Weltkrieg gewesen und hatte eine kleine Spezialtruppe befehligt, die in Burma und anderswo hinter den japanischen Linien abgesprungen war, um Chaos und Schrecken zu verbreiten. Seit dem Krieg hatte Tylers Familie schwere Zeiten durchgemacht, aber die Erfahrung des Mannes war ausschlaggebender Faktor dafür gewesen, daß Mr. Dennis Ashley-Montague ihn als Butler und Leibwächter eingestellt hatte.

Die breite weiße Leinwand schlug heftige Wellen, als der Wind zwischen sie und die Mauer des Parkside Café fuhr, Vincent Price kreischte, daß seine Schwester noch lebte, lebte, *lebte!* Der junge Mann packte eine Laterne und eilte zur Gruft.

Am Himmel explodierte der erste Blitzstrahl und tauchte die ganze Stadt einen Augenblick lang in stroboskopische Klarheit; Mr. Ashley-Montague mußte mehrere Sekunden lang blinzeln, bis er wieder sehen konnte. Der Donnerknall war ohrenbetäubend. Die letzten Zuschauer liefen nach Hause oder fuhren los, um dem Unwetter zuvorzukommen. Nur die Limousine des Millionärs stand noch auf dem Schotterparkstreifen hinter dem Pavillon.

Mr. Ashley-Montague ging zur Vorderseite des Pavillons und spürte die ersten kalten Regentropfen wie eisige Tränen auf den Wangen. »Tyler . . . lassen Sie's gut sein! Laden wir die Ausrüstung ein und . . .«

Die Armbanduhr sah er zuerst, Tylers goldene Rolex, in der sich das Licht des nächsten Blitzes spiegelte. Sie war noch an Tylers Handgelenk. Die Hand befand sich aber nicht mehr an einem Arm, sondern lag auf dem Boden zwischen den Büschen und dem Pavillon. Ein großes Loch war ins Holzgitter am Fundament des Pavillons getreten . . . *oder gefressen* . . . worden. Aus diesem Loch drangen Geräusche.

Mr. Ashley-Montague wich zum hinteren Geländer des Pavillons zurück. Er machte den Mund auf, um zu rufen, doch dann fiel ihm ein, daß er allein war – die Main Street war verlassen wie um drei Uhr morgens, nicht ein einziges Auto fuhr auf der Hard Road –, aber er schrie trotzdem, doch der Donner grollte jetzt fast ununterbrochen, ein Schlag ging in den nächsten über. Am Himmel tobten die von hinten erleuchteten schwarzen Wolken und der Wind des entfesselten Hexensturms.

Mr. Ashley-Montague blickte zu seiner keine fünfzig Schritte entfernt geparkten Limousine. Über ihm peitschten Äste, einer wurde abgerissen und fiel auf eine Parkbank.

Es will, daß ich zum Auto laufe.

Mr. Ashley-Montague schüttelte den Kopf und blieb, wo er war. Würde er eben ein bißchen naß werden. Das Gewitter würde früher oder später aufhören. Früher oder später würden der Constable der Stadt oder der County Sheriff auf ihrer nächtlichen Runde hier vorbeikommen und nachsehen, ob der Film auch bei Regen gezeigt wurde.

Auf der Leinwand ging eine Frau mit weißem Gesicht, blutigen Fingernägeln und einem zerfetzten Leichenhemd durch einen Geheimgang. Vincent Price schrie.

Unter Mr. Ashley-Montague wölbte sich der Holzboden des zweiundsiebzig Jahre alten Pavillons plötzlich nach oben und splitterte mit einem Krachen, das dem des Donners hoch oben Konkurrenz machte.

Mr. Dennis Ashley-Montague hatte gerade noch Zeit, einmal zu schreien, bevor das Neunaugenmaul und fünfzehn Zentimeter lange Zähne sich um seine Unterschenkel schlossen und ihn durch das gesplitterte Holz zogen.

Auf der Leinwand zeigte eine lange Einstellung Schloß Usher vor Blitzschlägen, die weitaus weniger dramatisch waren als die echten Explosionen über dem Parkside Café.

»Folgender Plan«, sagte Mike. Sie standen bei der Zapfsäule neben Kevins Lasterschuppen. Die Tür des Schuppens stand offen, die Pumpe war aufgeschlossen. Dale füllte Colaflaschen, aber jetzt sah er auf.

»Dale und Harlen gehen zur Schule. Kennt ihr einen Weg hinein?«

Dale schüttelte den Kopf.

»Aber ich«, sagte Harlen.

»Okay«, sagte Mike. »Fang im Keller an. Ich versuche, dort zu euch zu stoßen. Wenn ich anderswo rauskomme, rufe ich *eeawkee.* Wenn ich nicht kann, durchsucht das Gebäude auf eigene Faust.«

»Wer hat die Funkgeräte?« fragte Harlen. Er hatte die Schlinge abgenommen, damit er beide Arme frei hatte, aber durch den leichten Gips war sein linker Arm unbeholfen.

Mike gab Harlen sein Funkgerät. »Du und Kev. Kev, weißt du, was du zu tun hast?«

Der magere Junge nickte, dann schüttelte er den Kopf. »Aber statt ein paar hundert Litern, wie geplant, möchtest du, daß *alles* abgepumpt wird?«

Mike nickte. Er steckte Spritzpistolen am Rücken in den Hosenbund und stopfte die Taschen mit .410er Patronen voll.

Kev ballte die Faust. »Warum? Du hast nur ein bißchen auf Fenster und Türen gepumpt haben wollen.«

»Der Plan wird nicht funktionieren«, sagte Mike. Er klappte die Eichhornbüchse seiner Großmutter auf, überprüfte die Patrone, klappte sie wieder zu. »Ich möchte, daß das Ding *voll* ist. Wenn nötig, fahren wir damit durch die Nordtür dort rein.« Er deutete über den Schulhof. Wind war aufgekommen, Blitze zerrissen den Himmel, die Ulmenwächter winkten mit meterdicken Ästen wie mit verkrüppelten Armen.

Kevin sah Mike an. »Und wie sollen wir das anstellen? Die Eingangsveranda hat vier oder fünf Stufen. Selbst wenn das Ding breit genug für den Laster ist, würden wir nie die Stufen raufkommen.«

Mike deutete auf Dale und Harlen. »Erinnert ihr euch an die dicken alten Bretter, die sie hinten beim Müllcontainer aufgeschichtet haben, als sie voriges Jahr die alte Veranda an der Westseite der Schule abgerissen haben?«

Harlen nickte. »Kenne ich. Vor ein paar Wochen bin ich beinahe auf sie gefallen.«

»Okay – legt die auf die Eingangsveranda der Schule, bevor ihr reingeht. So wie eine Rampe, irgendwie.«

»Wie eine Rampe . . . irgendwie«, äffte Kevin ihn nach und betrachtete den massiven Viertonner-Tanklaster seines Vaters. Jedesmal, wenn ein Blitz am Himmel aufleuchtete – und das war inzwischen fast ununterbrochen –, spiegelte er sich auf dem riesigen Edelstahltank. »Wer will mich da verarschen?« sagte er zu niemand Bestimmtem.

»Gehen wir«, sagte Dale. Er ging bereits den Hang hinunter zur Schule und ließ die anderen hinter sich zurück. »*Gehen* wir!« Vom Auto seiner Mutter war keine Spur zu sehen. In diesem Stadtteil waren sämtliche Lichter erloschen. Nur Old Central schien im selben ekelhaften Licht zu leuchten, das auch das Innere der Wolken erhellte.

Mike schlug Harlen auf die Schulter, ebenso Kevin, dann lief er den Hang hinunter zu Dales Haus. Dale war auf der anderen Straßenseite stehengeblieben und sah zu seinem Freund zurück. Mike hörte den Ansatz eines Rufs, aber die Worte gingen im nächsten Donnergrollen unter. Es hätte ›Gebt acht‹ sein können. Möglicherweise aber auch ›Lebt wohl‹.

Mike winkte und ging in den Keller der Stewarts.

Dale wartete ungeduldig dreißig Sekunden auf Jim Harlen, dann rannte er den Schotterweg entlang und rief: »Kommst du jetzt oder nicht?«

Harlen kramte im Lasterschuppen der Grumbachers herum. »Kev hat gesagt, daß ein Seil hier sein muß ... ah, da.« Er zog zwei dicke Schlaufen Seil von Nägeln an den Brettern. »Ich wette, jedes ist gut und gerne acht Meter lang.« Er stülpte die Schlingen wie Banderolen über Schultern und Brust.

Dale drehte sich verdrossen um. Er lief über den dunklen Spielplatz und kümmerte sich nicht darum, ob Harlen Schritt halten konnte. Lawrence war irgendwo da drinnen. Wie Duane ... »Verdammt, wozu *brauchst* du das Seil überhaupt?« fragte Dale, als Harlen, der nach dem kurzen Lauf schon schnaufte, ihn einholte.

»Wenn wir schon in diese verdammte Schule müssen, möchte ich gerne etwas sanfter als beim letzten Mal wieder herauskönnen.«

Dale schüttelte den Kopf.

Äste wurden abgerissen und fielen ringsum herunter, als Dale und Harlen unter den Ulmen durchgingen. Das kurze Gras des Spielplatzes wogte und wurde vom Wind flach gedrückt, als würden riesige, unsichtbare Hände darüber streichen.

»Sieh mal!« flüsterte Harlen.

Die Furchen der unterirdischen Wesen waren jetzt überall, Wülste braunen Erdbodens, die sich wanden und krümmten und kreuzten und die fünfundzwanzig Ar des Spielplatzes in ein bizarres geometrisches Muster verwandelten.

Dale griff zum Gürtel, zog eine Spritzpistole heraus und überlegte sich noch, während er es tat, wie albern es war. Aber er hakte die Pfadfindertaschenlampe am Gürtel fest, hielt die Spritzpistole in der linken Hand und die Savage-Pump-Flinte in der rechten.

»Hast du was von Mikes Zauberwasser?« flüsterte Harlen.

»Weihwasser.«

»Was auch immer.«

»Komm mit!« flüsterte Dale. Sie stemmten sich gegen den zunehmenden Wind. Der Himmel war eine Masse brodelnder schwarzer Wolken, die von grünlichen Blitzen erhellt wurden. Donner grollte wie Artilleriefeuer.

»Wenn es regnet, versaut das Kevins Plan.«

Dale sagte nichts. Sie gingen an der Nordveranda vorbei, unter den vernagelten Fenstern hindurch ... Dale stellte fest, daß der Wind die Bretter von dem Buntglasfenster über dem Eingang weggerissen hatte, aber das war so hoch, daß man nicht hinkam ... dann liefen sie um die nordwestliche Ecke, am Müllcontainer vorbei, wo Jim zehn

Stunden bewußtlos gelegen hatte, und in den Schatten auf der Nordseite des riesigen Gebäudes.

»Hier sind die Bretter«, stöhnte Harlen. »Schnapp dir eins, dann legen wir sie auf die Eingangsstufen, wie Mike gesagt hat.«

»Scheiß drauf!« sagte Dale. »Zeig mir den Eingang, den du kennst.«

Harlen blieb ruckartig stehen. »Hör mal, es könnte wichtig sein...«

»*Zeig* ihn mir!« Ohne es zu wollen, hob Dale die Schrotflinte, so daß der Lauf ungefähr in Jim Harlens Richtung zeigte.

Harlen hatte seine kleine Pistole im Gürtel stecken – unter den absurden Seilschlingen. »Hör zu, Dale ... ich weiß, du drehst fast durch wegen deines Bruders ... und normalerweise sind mir Befehle anderer Leute scheißegal, aber Mike hat wahrscheinlich seine Gründe. Und jetzt hilf mir mit diesen Dielen, dann zeig ich dir den Weg hinein!«

Dale wollte vor hilfloser Wut schreien. Statt dessen lehnte er die Schrotflinte an die Wand und hob ein Ende der langen, schweren Planke. Sie hatten mehrere Dutzend dieser alten Bretter hier gestapelt, als sie vorigen Herbst die Westveranda der Schule abgerissen hatten; jetzt lagen sie immer noch hier, waren mit Wasser vollgesogen und verrotteten langsam.

Die beiden Jungen brauchten fünf Minuten, um acht der verfluchten Dinger zur Nordveranda zu tragen und auf die Stufen zu legen. »Diese Dinger würden kein Fahrrad aushalten, wenn sie eine Rampe sein sollen«, sagte Dale. »Mike spinnt.«

Harlen zuckte die Achseln. »Wir haben gesagt, wir würden es machen. Jetzt haben wir es gemacht. Okay? Gehen wir!«

Es hatte Dale nervös gemacht, die Schrotflinte unbeaufsichtigt stehenzulassen, aber er stellte erleichtert fest, daß sie noch an der Wand lehnte, als er zurückkam. An dieser Seite der Schule war es ziemlich dunkel, wenn nicht gerade Blitze alles wie mit einem explosionsartigen Gleißen erhellten. Sämtliche Lampen der Schule und die Straßenlaternen waren ausgefallen, aber die oberen Stockwerke des Gebäudes selbst schienen in grünliches Leuchten gehüllt zu sein.

»Hier entlang«, flüsterte Harlen. Sämtliche Kellerfenster waren nicht nur zugenagelt, sondern darüber hinaus mit Maschendraht gesichert worden. Am Fenster unmittelbar vor der südwestlichen Ecke des Schulhauses blieb Harlen stehen, zog ein langes, lockeres Brett zurück und kickte gegen den rostigen Maschendraht. Dieser schwang nach außen. »Gerry Daysinger und ich haben unsere Wut an dem Ding da ausgelassen, als wir letzten April mal nachsitzen mußten und uns langweilig war«, sagte Harlen. »Hilf mir!«

Dale stellte die Schrotflinte an die Wand und half mit, das Drahtgitter von der Wand loszureißen. Rostiges Metall und Mörtelstaub fielen in das Fenster unterhalb der Ebene des Gehwegs.

»Gut«, sagte Harlen, dessen Stimme fast im tosenden Wind und Donnergrollen unterging. Er setzte sich auf den Boden, beugte sich in den Lichtschacht, riß das Drahtgitter vollends los, trat die Scheibe mit einem Turnschuh ein und zertrümmerte, wo er schon dabei war, gleich noch den Holzrahmen. Er trat eine zweite Scheibe ein, dann die dritte. Die Hälfte des Fensters führte offen in die Dunkelheit, in den Glasscherben spiegelte sich der brodelnde Himmel.

Harlen rutschte auf dem Oberkörper zurück und streckte einen Arm aus, Handfläche nach oben. »Nach Ihnen, mein lieber Gaston.«

Dale nahm die Schrotflinte und ließ sich hinunter, tastete mit den Füßen in der Dunkelheit, fand mit dem linken Fuß ein Rohr und ließ das Gewehr fallen, damit er sich mit beiden Händen halten und von dem zerbrochenen Glas fernbleiben konnte. Er sprang von dem Rohr anderthalb Meter nach unten, fand die Schrotflinte und hielt sie vor der Brust.

Harlen polterte hinter ihm herunter. Ein Blitz offenbarte ein Wirrwarr von Metallrohren, gewaltigen Rohrbogen- und T-Stücken, wo Leitungen verbunden waren, die roten Beine einer großen Werkbank und jede Menge Dunkelheit. Dale löste die Taschenlampe vom Gürtel und steckte die Spritzpistole in den Bund zurück.

»Schalt ein, um Gottes willen!« flüsterte Harlen mit gepreßter Stimme.

Dale schaltete die Lampe ein. Sie waren im Heizraum; Röhren verliefen über ihnen in der Dunkelheit, auf beiden Seiten ragten gewaltige Blechtanks wie Krematoriumsöfen empor. Es lagen Schatten zwischen den gigantischen Öfen, Schatten unter Rohren, Schatten an den Balken – und eine Dunkelheit, die dunkler als Schatten war, vor der Tür zum Kellerflur.

»Gehen wir!« flüsterte Dale, der die Taschenlampe direkt über dem Lauf der Savage hielt. Er wünschte sich, er hätte auch die .22er Munition mitgebracht, nicht nur die .410er.

Dale ging voraus in die Dunkelheit.

»Miststück«, flüsterte Kevin Grumbacher. Er fluchte fast nie, aber hier klappte einfach nichts.

Die anderen waren alle gegangen, und Kevin tat sein Bestes, den Laster und Broterwerb seines Dad zu ruinieren. Es machte ihn krank: die Zapfsäule und den unterirdischen Benzintank aufzubrechen, mit dem Milchschlauch das Benzin in den Edelstahltank zu pumpen. Wie sehr sie den Schlauch auch putzen würden, es würde immer ein Rest Benzin bleiben und die Milch versauen. Diese Schläuche kosteten ein kleines Vermögen. Kevin wollte nicht einmal daran denken, was er mit dem Tank selbst machte.

Da der Strom ausgefallen war, war die Klimaanlage im Haus auch aus, und das würde seine Eltern früher oder später wecken ... früher, wenn das Gewitter weiter so tobte. Sein Dad war berühmt für seinen Tiefschlaf, aber seine Mutter ging bei Unwettern öfters durchs Haus. Ein Glück, daß ihr Schlafzimmer unten neben dem Fernsehzimmer lag.

Trotzdem mußte Kevin den Tanklaster aus dem Schuppen bekommen, ohne den Motor anzulassen; er hatte den Schlüssel, war aber sicher, der Lärm würde ohne die Deckung der Klimaanlage seinen Vater aufwecken. Das Gewitter wurde lauter, aber Kevin konnte sich nicht darauf verlassen, daß der Donner den Lastermotor übertönen würde.

Glücklicherweise lag die Zufahrt am Hang, daher hatte Kevin den Laster in Leerlauf geschaltet und die erforderlichen drei Meter rollen lassen, bis er nahe genug an der Zapfsäule stand. Er hatte den Stecker der Zentrifugalpumpe in die 230-Volt-Steckdose in der Garage gesteckt, und dann war ihm eingefallen, daß ja kein Strom da war. *Prima. Echt prima!*

Sein Vater hatte einen Generator Marke Coleman im Schuppen stehen, aber der würde mehr Lärm machen als der Laster selbst.

Er hatte keine andere Wahl, als es zu versuchen. Kevin drückte die entsprechenden Schalter, versetzte den Vergaser des Generators einmal mit Benzin aus dem Ersatzkanister des Lasters und riß heftig am Starterkabel. Der Generator gluckste zweimal, hustete einmal und sprang an.

Ist gar nicht so laut. Nicht lauter als schätzungsweise zehn Go-Karts in einem Aluminiumfaß.

Aber die Haustür wurde nicht aufgerissen, sein Vater kam nicht mit wehendem Nachthemd und vor Wut aufgerissenen Augen herausgestürmt. Noch nicht.

Kevin steckte das Kabel in die entsprechende Steckdose, zog die Schuppentür zu, obwohl der Wind versuchte, sie ihm aus den Händen zu reißen, und suchte den Schlüssel für den Deckel des Tankstutzens. Er nahm den drei Meter langen Stab, den sein Dad neben dem Schuppen liegen hatte, und überprüfte die Füllhöhe: schien fast randvoll zu sein. Kevin machte sich an der hinteren Klappe des Lasters zu schaffen, holte den unförmigen Schlauch heraus, befestigte ihn und rollte ihn über die Einfahrt zum Füllstutzen. Als der Schlauch sich in der Dunkelheit entrollte, mußte er an Dinge denken, an die er lieber nicht denken wollte.

Der Sturm wurde ungestümer. Die Birken und Pappeln vor dem Ranchhaus der Grumbachers gaben sich Mühe, nicht in Stücke gerissen zu werden, während das Himmelsspektakel die Welt unten in unechte Kodachromfarben tauchte.

Kevin drückte auf den Schalter und sah, wie der Schlauch prall wurde und wogte, als die Vakuumpumpe mit dem Abpumpen begann. Er machte die Augen zu, als er hörte, wie das erste Super-Benzin in den sauber geschrubbten und keimfreien Edelstahltank spritzte und blubberte. *Tut mir leid, Kinder, aber eure Milch wird eine Zeitlang nach Shell schmecken.*

Sein Dad würde ihn umbringen, was auch passierte. Kevins Vater ließ seine Wut selten sehen, aber wenn, dann mit einer rasenden teutonischen Heftigkeit, die Kevins Mutter und jedem im tödlichen Umkreis Angst machte.

Kevin machte die Augen auf und blinzelte, als der Wind ihm Staub und Sand entgegenwehte. Dale und Lawrence waren nicht mehr auf dem Schulhof zu sehen, und Mike war im Keller der Stewarts verschwunden. Plötzlich kam sich Kevin ganz allein vor. *Dreihundert Liter pro Minute. Es müssen mindestens dreitausend Liter in dem Tank da unten sein – das halbe Fassungsvermögen des Tanklasters. Was … fünfzehn Minuten Pumpzeit? Das wird Dad niemals alles verschlafen.*

Kevin hatte sechs Minuten Abpumpen hinter sich gebracht, als die Pumpe gluckerte und vibrierte unter seinen Händen, der Generator gab seine Rennmaschinengeräusche in dem hallenden Schuppen von sich, und der Sturm schwoll zu einem aberwitzigen Crescendo an, als er von seinem Hügel heruntersah und die Erdaufwürfe auf dem Spielplatz von Old Central bemerkte.

Sie glichen dem Kielwasser von zwei Haien im Meer, deren Flossen das Wasser teilten wie Wogen in einem Windkanal. Nur handelte es sich nicht um Meer und Wind – was immer näher kam, bahnte sich einen Weg unter dem festen Boden des Spielplatzes hindurch und zielte schnurstracks zur Straße und weiter zum Milchlaster.

Zweimal Kielwasser. Zwei Furchen wurden aufgeworfen, als würden sich zwei Riesenmaulwürfe einen Weg direkt auf ihn zu bahnen.

Und sie kamen schnell.

38

Nach den ersten zehn Metern oder so kam Mike leichter in dem Tunnel voran. Hier war er breiter, um die fünfundfünfzig bis sechzig Zentimeter, nicht mehr die enge Röhre, in die er am Anfang seine Schultern gezwängt hatte. Die welligen Wände des Tunnels waren hart, sie bestanden aus festgedrückter Erde und einer grauen Substanz mit der Konsistenz von getrocknetem Tischlerleim, sie erinnerten ihn an die Spuren von Planierraupen oder Traktoren im Lehm, wenn der Schlamm tagelang in der Sonne getrocknet ist.

Mike fand, durch diesen Tunnel zu kriechen war nicht schwerer, als sich durch eines der kleineren Stahlrohre zu zwängen, die sie unter den Straßen verlegten.

Nur war dieser Hunderte Meter – oder Meilen – lang, nicht nur ein paar Meter.

Der Geruch war schlimm, aber Mike achtete nicht darauf. Das Licht der Taschenlampe wurde rot von den Wellen des Lochs reflektiert, weshalb Mike wieder an Eingeweide denken mußte, an einen langen Darm in die Hölle, aber er versuchte, nicht daran zu denken. Die Schmerzen in seinen Ellbogen und Knien wurden mit jeder Minute schlimmer, aber er dachte nicht daran und betete Ave Marias mit einem gelegentlichen Vaterunser dazwischen. Er wünschte sich, er hätte das letzte Stückchen der Eucharistie mitgebracht, das er auf Memos Bett liegen gelassen hatte.

Mike kroch weiter, er spürte, wie sich der Tunnel nach links und rechts krümmte, manchmal abfiel und manchmal zu einer Höhe anstieg, daß er dachte, er könne nicht mehr als einen Meter Boden über sich haben. Im Augenblick schien er tief unten zu sein. Zweimal war er an Kreuzungen mit anderen Tunnels gekommen, einer war fast senkrecht nach links unten verlaufen, und Mike hatte mit der Taschenlampe hineingeleuchtet, gewartet, gelauscht und war weiter gekrochen, wobei er sich an den seiner Meinung nach frischesten Tunnel gehalten hatte. Jedenfalls *roch* dieser Tunnel am übelsten.

An jeder Biegung rechnete Mike damit, den Leichnam von Lawrence Stewart zu finden, der ihm den Weg versperrte. Vielleicht würden nur Knochen und Fleischfetzen übrig sein . . . vielleicht würde es noch schlimmer sein. Aber wenn er ihn fand, konnte er zumindest den Irrgarten von Tunnels guten Gewissens verlassen.

Aber Mike hätte den Rückweg nie mehr gefunden. Zu viele Biegungen, mehr als genügend Kreuzungen, daß er sich für alle Zeiten verirren konnte. Er hielt sich im Haupttunnel – er *dachte,* daß es der Haupttunnel war – und kroch weiter; inzwischen waren seine Jeans an den Knien durchgescheuert und die Haut darunter blutig. Es war, als würde man auf Beton mit Rillen kriechen. Die Taschenlampe glitt über roten Boden und beleuchtete eben noch zwanzig Meter Schacht, und im nächsten nur noch einen, wenn der Tunnel sich neigte oder wieder eine Biegung machte. Mike rechnete hinter jeder Biegung damit, etwas oder jemanden vorzufinden.

Die Spritzpistolen im Hosenbund tropften, und er kam sich wie ein Narr vor. Monster zu bekämpfen war eines, dachte er. Aber sie mit nassen Unterhosen zu bekämpfen, dachte er, war etwas ganz anderes. Er zog den schlimmsten Tropfer aus dem Bund und klemmte ihn zwischen die Zähne; lieber ein nasses Kinn als aussehen, als brauchte man eine Windel.

Der Tunnel bog wieder nach rechts und fiel steil ab. Mike kämpfte sich zentimeterweise voran und benützte die Ellbogen als Bremsen, der Strahl der Taschenlampe tanzte über rote Rillen. Mike kroch weiter.

Er spürte es, bevor er es sah.

Die Erde fing leicht an zu beben. Mike erinnerte sich an eine längst vergangene Sommernacht, als er und Dale in Oak Hill ein Ballspiel angesehen und danach zu einem Mondscheinspaziergang auf den Gleisen gegangen waren. Sie hatten Vibrationen unter den Sohlen der Turnschuhe gespürt und dann die Ohren auf die Schienen gelegt und *gefühlt*, wie der ferne, tägliche Eilzug zwischen Galesburg und Peoria kam.

Dies war ähnlich. Nur viel stärker, die Vibrationen, die durch die Knochen von Händen und Knien weitergeleitet wurden, schüttelten seine Wirbelsäule durch und brachten seine Zähne zum Klappern. Und mit dem Beben kam der Gestank.

Mike überlegte, ob er das Licht ausmachen sollte, dachte sich dann aber, zum Teufel damit – diese Kreaturen konnten *ihn* auf jeden Fall sehen, warum sollte er den Gefallen nicht erwidern? Er lag still, hatte die Taschenlampe unter dem Kinn, Memos Eichhornbüchse in der rechten und die Spritzpistole in der linken Hand. Dann fiel ihm ein, daß er nachladen mußte und er beeilte sich, noch vier Patronen aus den Taschen zu kramen, die er in den kurzen Ärmel seines T-Shirts steckte, wo er sie rasch herausholen konnte.

Einen Augenblick lang schienen die Vibrationen rings um ihn herum allgegenwärtig zu sein, über ihm, *hinter* ihm, und er erlebte einen Moment nackter Panik, als er sich vorstellte, wie das Ding von hinten über ihn herfiel und ihn packte, bevor er sich umdrehen und die Waffe hinter sich halten konnte. Mike spürte die Panik wie dunkle Galle in sich hochsteigen, aber dann wurden die Vibrationen deutlicher und stärker. *Es ist vor mir.*

Er lag flach auf dem Boden und wartete.

Das Ding kam um eine Biegung des Tunnels etwa vier Meter vor ihm. Es war schlimmer, als Mike sich je hätte ausmalen können.

Fast hätte sich seine Blase entleert, aber sie zu kontrollieren half ihm, auch sein Denken zu kontrollieren. *Es ist nicht so schlimm, es ist nicht so schlimm.*

War es aber.

Es war der Aal, den Mike in dem kleinen Boot gefangen und vor dem er weggelaufen war, und ein Neunauge mit einem allesfressenden Maul und endlosen Zahnreihen, die in dem Darm verschwanden, aus dem der Körper bestand, und es war ein Wurm, so groß wie ein mittleres Abflußrohr mit zitternden Auswüchsen, bei denen es sich um tausend Finger um das Maul herum handeln mochte, oder womöglich winkende Tentakel, oder vernarbte Lippen ... was Mike in diesem Augenblick eigentlich ziemlich egal war.

Die Taschenlampe beleuchtete graues und rosa Fleisch und pulsierende Blutgefäße, die unter der Haut sichtbar waren. Keine Augen. Zähne. Und noch mal Zähne. Rosa Eingeweide, die sich gar nicht so sehr vom Tunnel selbst unterschieden.

Das Ding verharrte, die Tentakellippen zuckten, das Neunaugenmaul pulsierte, und dann kam es mit erschreckender Geschwindigkeit näher.

Mike drückte zuerst die Spritzpistole ab – *Heilige Maria, Mutter Gottes* –, sah den Wasserstrahl, der die drei Meter überbrückte, sah das rosa Fleisch zischen und stellte fest, daß das Ding zu groß war, um von Weihwasser oder Säure getötet oder auch nur ernsthaft verletzt zu werden, sah es immer noch näherkommen, wußte, daß er nie rechtzeitig entkommen konnte und drückte die Eichhornbüchse ab.

Der Knall machte ihn taub und blind.

Er klappte das Schloß auf, schleuderte die leere Hülse heraus, holte eine Patrone aus dem Ärmel, legte sie ein, klappte das Schloß zu.

Er feuerte wieder und blinzelte die Nachbilder auf der Netzhaut weg.

Das Ding war stehengeblieben ... es mußte stehengeblieben sein ... er wäre längst in seinen Eingeweiden, wenn es nicht stehengeblieben wäre. Die Taschenlampe lag schief. Mike lud nach, zielte, richtete die Lampe mit der linken Hand darauf.

Es *war* stehengeblieben. Keine acht Schritte entfernt. Der kreisrunde Kiefer des Dings war an mehreren Stellen gebrochen. Sand vom Tunnel rieselte darauf. Graugrüne Flüssigkeit tröpfelte aus dem gigantischen Wurmkörper.

Es schien mehr erheitert als verletzt, mehr neugierig als ängstlich.

»Hol dich der Teufel!« schrie Mike zwischen Ave Marias. Er feuerte wieder. Lud nach. Rückte mit der Eichhornbüchse einen Meter näher, indem er sich vorwärts zwängte, und feuerte wieder. Er hatte noch mindestens zehn Patronen. Er wand sich und krümmte sich, damit er einige aus der rechten Hosentasche holen konnte.

Das Neunaugending wich um die Biegung im Tunnel zurück.

Mike schrie immer noch, aber nur teilweise zusammenhängend, krabbelte auf wundgescheuerten Ellbogen und Knien durch den Tunnel und folgte ihm so schnell er konnte.

»Wo sind wir?« flüsterte Dale.

Sie waren aus dem Heizraum in einen schmalen Flur gekommen,

diesem um mehrere Biegungen nach links gefolgt, zu einem breiteren Flur gelangt und befanden sich jetzt wieder in einem schmaleren. Gewaltige Rohre verliefen über ihnen. An den Kellerwänden standen aufgestapelte Bänke, leere Pappkartons, zersplitterte Schiefertafeln. Und Spinnweben. Viele, viele Spinnweben.

»Ich weiß nicht, wo wir sind«, flüsterte Harlen zurück. Beide Jungs hatten die Taschenlampen eingeschaltet. Die Lichtstrahlen flackerten wie verwirrte Insekten von Oberfläche zu Oberfläche. »Der Westteil des Kellers gehört Van Syke. Keiner von uns ist je hierher gekommen.«

Das war durchaus richtig. Der Flur war schmal, die Decke niedrig, im schrägen Beton und den Wänden befanden sich jede Menge kleiner Türen und Zugangsklappen. Feuchtigkeit tropfte von den Rohren. Dale fand, daß dieser Teil ein Irrgarten war und sie nie in den Teil gelangen würden, den er kannte, weil er jahrelang dort aufs Klo gegangen war. Die Kellertreppe befand sich unter der zentralen Treppe.

Sie kamen um eine weitere Biegung. Dale hatte seit langen Minuten den Daumen auf dem Hahn der Pump-Flinte verkrampft, obwohl er ihn schon gespannt hatte. Harlen hatte beide Arme ausgestreckt – in dem mit dem Gips hielt er die Taschenlampe, in der anderen den .38er Revolver. Harlen bewegte sich ruckend wie eine eingerostete Wetterfahne bei starkem Wind.

Der Keller von Old Central war alles andere als still. Dale hörte Knirschen, Schlurfen, Quietschen – hohle Echos hallten durch die Rohre, und Stöhnen, als würde ein riesiger Mund von oben in sie hineinatmen –, während die dicken Steinmauern sich unmerklich zu dehnen und zusammenzuziehen schienen, als würde auf der anderen Seite etwas Riesiges pressen, nachlassen und wieder pressen.

Dale kam wieder um eine Ecke, schwenkte das Licht rasch bogenförmig herum und hielt die Savage aufrecht, obwohl ihm der rechte Arm weh tat.

»Ach du Scheiße«, flüsterte Harlen ehrfürchtig, als er hinter ihn trat.

Sie waren jetzt im Hauptkorridor. Dale erkannte ihn, weil er jahrelang hier unten auf die Toilette gegangen und zu den Musik- und Werkräumen am anderen Ende des langen Flurs spaziert war. Die Treppen – eine nach unten, eine nach oben – waren zwanzig Meter weiter in diesem Flur. Vielleicht.

Jetzt tropften feuchte graue Stalaktiten von den Rohren. Die Wände waren, wie es aussah, mit einem dünnen grünlichen Ölfilm überzogen. Berge grauer Masse lagen in dem Flur – wie ungeformte Stalaktiten oder riesige, geschmolzene Kerzen.

Aber das hatte Harlens Bemerkung nicht ausgelöst: die Wände waren von Löchern durchbohrt – einige bis zu fünfundvierzig Zentimeter im Durchmesser, andere taten sich vom Boden zur Decke auf. Tunnel zweigten vom Hauptkorridor ab und verschwanden in Boden und Fels des Spielplatzes. Schwache Phosphoreszenz drang aus diesen Tunnels; Dale und Harlen hätten die Taschenlampen ausschalten und dennoch deutlich an diesem Ort ohne Fenster sehen können.

Sie schalteten die Taschenlampen nicht aus.

»Sieh doch«, sagte Harlen. Er stieß eine Tür auf, auf der das Wort BOY'S geschrieben stand. In der ehemaligen Toilette waren die Metallkabinen aus ihren Verankerungen gerissen und wie dünnes Blech verbogen worden. Toiletten und Pissoirs waren aus den Haltebolzen gezogen und fast bis zur Decke hinauf gedrückt, wo abgerissene Rohrleitungen und Verankerungen an ihnen herunterbaumelten.

Der lange Raum war fast ausgefüllt mit grauen Stalaktiten, Bergen leicht pulsierenden grünen Wachses und Strängen von etwas, das wie ein Spinnennetz aus haarlosem Fleisch aussah. Das runde Loch in der Wand links von ihnen hatte einen Durchmesser von mindestens zweieinhalb Metern. Dale nahm den Geruch von feuchter Erde und Fäulnis wahr, der daraus hervordrang. Darüber hinaus waren Dutzende anderer Tunnels zu sehen, manche im Boden und in der Decke.

»Gehen wir«, flüsterte Harlen.

»Mike hat gesagt, wir treffen uns hier unten.«

»Mike kommt vielleicht gar nicht«, zischte Harlen. »Suchen wir deinen Bruder und *verschwinden* wir!«

Dale zögerte einen Augenblick lang.

Die Treppe war mit Schwingtüren abgetrennt gewesen. Eine an der Nordseite war aus den Scharnieren gerissen und hing schief. Dale lehnte sich dagegen und leuchtete die Treppe hinauf.

Eine dunkle Flüssigkeit pulsierte zwischen grauen Bergen und dem glasigen, wächsernen Überzug an den Wänden die Stufen herunter. Sie strömte unter den Türen durch und bildete Pfützen um die Turnschuhe von Dale und Harlen.

Dale holte dreimal tief Luft, schob die Tür beiseite und ging voraus, die Treppe hinauf zum ersten Absatz. Er hörte, wie seine Tennisschuhe bei jedem Schritt schmatzten. Die Flüssigkeit war dunkel braunrot, aber zu dick für Wasser, wahrscheinlich auch zu dick für Blut. Eher Motorenöl oder Getriebeöl. Sie roch ein wenig nach Katzenurin.

Dale stellte sich eine riesige, dreistöckige Katze vor, die über ihnen kauerte, und mußte fast kichern. Harlen warf ihm einen warnenden Blick zu.

»Mike wird nach oben kommen und nach uns suchen«, flüsterte er Harlen zu, und es war ihm einerlei, wer ihn hören konnte. Aber in diesem Augenblick glaubte er nicht, daß Mike noch am Leben war.

Zwei lange Blocks weiter südlich, jenseits der dunklen und verlassenen Main Street, war der Bandstand Park verlassen, abgesehen von der Limousine, die auf dem Schotterstreifen an der Westseite parkte. Der Projektor lief noch, weil er an die Stromversorgung der Freiwilligen Feuerwehr angeschlossen war. Der Pavillon war still, das große Loch im Boden nur aus einem bestimmten Blickwinkel zu sehen. Ein großer Ast war auf die Lautsprecher gefallen, hatte sie beide zertrümmert und den Film zum Stummfilm gemacht.

Die Leinwand war teilweise aus ihren Ösen an der Seitenmauer des Parkside Café gerissen worden, das viereinhalb mal sechs Meter große Stück Stoff flatterte und knatterte gegen die Mauer wie ein Schnellfeuergewehr. Auf der Leinwand kämpften ein Mann und eine Frau in einem Kerker, wie es aussah. Die Kamera schnitt in ein Zimmer über ihnen, wo ein umgestürzter Kandelaber einen roten Samtvorhang entzündete. Das Feuer breitete sich aus und stieg zur Decke.

Eine Frau machte den Mund auf und schrie, aber es war kein Laut zu hören, abgesehen vom Knattern der Leinwand und dem Rollen des Donners.

Ein langer Pritschenwagen fuhr durch die Hard Road, böige Windstöße rüttelten an den Metallklappen seitlich, die Scheibenwischer bewegten sich, obwohl es noch nicht regnete. Der Laster wurde nicht langsamer, als er durch die GESCHWINDIGKEITSBESCHRÄNKUNG 25 MEILEN, RADARKONTROLLEN-Zone fuhr.

Blitze im Süden offenbarten eine solide schwarze Wand, die sich mit der Schnelligkeit eines galoppierenden Pferdes Elm Haven näherte, aber es war niemand da, der sie sehen konnte.

Auf der flatternden Leinwand und der weißen Wand des Cafés schienen die Flammen dreidimensional zu sein, als sie das Haus Usher verschlangen.

Kevin sprang auf den hohen Kotflügel des Tankers, packte das Walkie-talkie und drückte fünfmal den Sendeknopf. Er hörte kein Klikken als Antwort.

»He, Dale . . . he, etwas kommt hierher!« brüllte er in das Funkgerät. Aus dem Lautsprecher drang nur Statik und ein lautes Knistern bei jedem Blitzschlag.

Es kam wahrhaftig etwas. Das zweifache Kielwasser frischer Erde, das über den Schulhof pflügte, verschwand unter dem Asphalt der Depot Street.

Wie Haie, dachte Kevin. Er hatte den Colt Government Modell .45 seines Vaters in beiden Händen und ließ eine Patrone in die Kammer gleiten und hielt den Griff der Halbautomatik in der linken Hand, Finger am Abzug, während er den Schieber zurückschob. Die erste Runde war drinnen, die Automatik ›rastete und paßte‹, wie sein Vater immer sagte, und Kevin legte den Daumen auf den Hahn, während er darauf wartete, daß die Neunaugenwesen auf dieser Straßenseite auftauchten.

Eine Minute oder länger passierte gar nichts. Kein Laut – zumindest keiner, den man über das Toben des Sturmes und das anhaltende Gurgeln der Zentrifugalpumpe hinweg hätte hören können. Kevin hielt die Automatik mit beiden Händen und ließ den Hahn langsam sinken, bevor er sich selbst den Fuß abschoß. Er betrachtete Pumpe und Schlauch, stellte fest, daß das Benzin immer noch ordnungsgemäß strömte, und beschloß, lieber auf dem Laster zu bleiben als hinunterzuspringen.

Einer der Neunaugenwürmer kam sechs Schritte rechts vom Laster an die Oberfläche, der andere schleuderte Kies in die Luft, als er aus der Einfahrt auftauchte. Die Leiber waren lang und in Segmente unterteilt. Kevin sah die mahlenden Kiefer, als der erste vorbeischoß, sah die zitternden Tentakel und den von Zähnen gesäumten Mund.

Er hob die Pistole, als das Ding zur Oberfläche kam und wieder untertauchte, aber er schoß nicht. *Mein Gott!* Seine Arme zitterten.

Derjenige in der Einfahrt tauchte nach rechts, als er sich wieder eingrub, schleuderte noch mehr Kies hoch und tauchte unter dem Schlauch durch, bis der letzte Rest Schwarz verschwunden war. *Und wenn es den unterirdischen Tank trifft?*

Kevin kletterte höher auf den Laster hinauf, sah in die offene Einfüllklappe oben und rief verzweifelt in das Walkie-talkie. »Dale ... Harlen! Egal, wer! Hilfe! Kommt rüber!«

Statikrauschen. Stille.

Kevin kletterte zur Kabine, beugte sich hinunter, riß die Beifahrertür auf und dachte sich, er könnte hineinklettern, wo er wenigstens vor dem Wind geschützt wäre.

Das Neunaugending kam fünf Schritte rechts von der Kabine an die Oberfläche und stieß zu, das Maul klaffte weiter auf als der Körper breit war, Hautlappen und Tentakel pulsierten. Mit einem *Plitsch* prallte es gegen die Tür, daß das dreieinhalb Tonnen schwere Fahrzeug schwankte.

Kevin hatte die Tür losgelassen und rollte über das Dach der Kabine, weg von dem Ding – er hatte den Mund offen und wollte schreien, brachte aber nur ein kurzatmiges Keuchen heraus. Er schwankte auf der Fahrerseite der Kabine und wollte sich mit den Fingernägeln im glatten Blech des Dachs festkrallen. Er stürzte hinunter, aber es gelang ihm, sich am oberen Rahmen des offenen Fensters festzuhalten, worauf er heftig gegen die Kabine klatschte, mit den Füßen auf das Trittbrett polterte und das Funkgerät auf den Rasen des Gartens fallen ließ.

Das zweite Neunauge kam fünf Meter weiter draußen zum Vorschein und schnellte gekrümmt vorwärts, so daß Erdklumpen drei Meter in die Luft flogen. Kevin sah es kommen, sah das Funkgerät, das vom Kielwasser des Dings noch weiter weggeschleudert wurde, und dann schwang er sich auf die Haube des Lasters und suchte mit strampelnden Füßen dort Halt.

Das zweite Neunaugending knallte mit derselben blinden Wut, die das erste gezeigt hatte, gegen die Fahrertür. Es wich zurück und reckte das zitternde Freßmaul drei Meter in die Luft wie eine Kobra kurz vor dem Zustoßen. Kevin drückte sich flach auf die Motorhaube und sah nach links: das erste Ding war zurückgewichen, wieder im Kies untergetaucht und stieg nun mit voller Wucht in die Höhe, um wieder gegen die rechte Tür zu stoßen. Glas splitterte, die massive Tür wurde nach innen gedrückt.

In dem Augenblick, als das erste Neunauge zurückwich, bevor das zweite zustieß, kletterte Kevin über Haube und Dach des Lasters, sprang auf den höheren Stahltank und rutschte mit den Füßen ab, doch er konnte gerade noch rechtzeitig nach vorne schnellen und die zylindrische Füllklappe in der Mitte des Tanks packen, bevor seine Füße endgültig nach rechts abrutschten.

Drei Meter Neunauge rollten sich aus dem Boden auf und schnappten mit zitternden Tentakeln nach seinen Beinen. Kevin kam in den vollen Genuß des Verwesungsgestanks, der aus dem pulsierenden Innern des Dings aufstieg, dann schwang er die Beine hoch wie ein Kunstreiter, hing einzig und allein an den Armen und spürte, wie seine Bluejeans über die glatte Oberfläche des Tanks schlitterten.

»Schnapp sie!« hörte er eine Stimme über den Wind hinweg sagen.

Kevin blickte über den Tank und erblickte Cordie Cooke, die beim Lasterschuppen stand. Der Wind klebte das formlose Kleid an sie und ließ es wie eine irrsinnige braune Flagge hinter ihr flattern. Ihr kurzes, achtlos geschnittenes Haar stand senkrecht vom Kopf ab.

Cordie ließ den großen Hund los, den sie an einer Lederschnur gehalten hatte. Der Hund sprang über die zehn Meter zu dem Wurmding auf der anderen Seite des Lasters. Kevin riß die Beine hoch und schwang sie wieder herum, als das Ding auf der Rasenseite wieder hochschnellte und zustieß.

Es fiel zurück und hinterließ eine Schleimspur auf der Seite des Edelstahltanks seines Vaters. Keine zehn Zentimeter von Kevins angezogenem Turnschuh entfernt war eine Delle.

Der Hund knurrte und sprang auf das erste Neunauge, er spreizte die gewaltigen Pfoten, als er auf dem segmentierten Rücken des Dings landete. Das Neunauge machte einen Buckel und tauchte weg, der Hund biß zu und beutelte es, knurrte, sprang vom Rücken und rannte sechs Schritte, sprang es erneut an, als das Ding weiter unten an der Einfahrt zum Vorschein kam.

»Komm rauf!« schrie Kevin.

Cordie rannte den Hang herunter und sprang auf den Kotflügel. Sie wäre abgeglitten, hätte Kevin sie nicht am Handgelenk gepackt und heraufgezogen. Das erste Neunauge kam an die Oberfläche und rammte dreißig Zentimeter unter ihren bloßen Füßen die Schnauze gegen den Tank; es glitt vom Kotflügel herunter und fing wieder an zu kreisen, während der knurrende, beißende Hund auf seinem Rükken sich wie rasend gebärdete.

»Hier rauf!« keuchte Kevin und zog sie auf den Tank hinauf. Sie balancierten im Sturmwind, hatten die Arme ausgebreitet und die Füße gegen die höherstehende Füllklappe gestemmt.

Plötzlich krümmte das Neunauge sich, das eine Ende schnellte schneller herum als eine Schlange zustoßen konnte. Der Hund heulte auf und verschwand in dem klaffenden Maul.

»Lucifer!« sagte Cordie schluchzend.

»Paß auf!« schrie Kevin, als das zweite Neunauge vom Garten herangeschnellt kam, das pulsierende Maul zweieinhalb Meter hoch in die Luft reckte und diesmal bei der Einfüllklappe auf den Tank prallte.

Kevin und Cordie sahen über die Schultern, als das erste Ding kehrtmachte und zurückkam.

Die Zentrifugalpumpe gluckerte weiter, das Benzin strömte weiter in den Tank, während beide Neunaugenkreaturen konvergierend in die Höhe schnellten.

39

Dale ging voran zum Erdgeschoß hinauf, blieb aber auf dem Absatz stehen und schwenkte die Taschenlampe um die Ecke. Dort rann noch mehr dunkle Flüssigkeit die Stufen herunter. Geländer, Handläufe und die unteren Abschnitte der grünen Wände waren mit dem wachsartigen, chitingleichen Material überzogen, das er schon im Keller gesehen hatte. Die beiden Jungs hielten sich mit gezückten Waffen in der Mitte der Treppe.

Am oberen Ende der Nordtreppe waren ebenfalls Schwingtüren gewesen, doch die waren beide aus den Angeln gebrochen. Dale verharrte dort, sah die dickliche Flüssigkeit unter das zertrümmerte Holz tröpfeln, beugte sich nach vorne und leuchtete mit der Taschenlampe in den Hauptflur von Old Central.

Das Licht fiel auf eine verwirrende Masse von tropfenden Säulen und Wänden, an die sich Dale überhaupt nicht erinnern konnte. Harlen hatte etwas geflüstert. Dale drehte den Kopf. »Was?«

»Ich habe gesagt«, wiederholte der kleinere Junge mit sorgfältiger Betonung, »daß sich etwas im Keller bewegt.«

»Vielleicht ist es Mike.«

»Das glaube ich nicht«, flüsterte Harlen. Er hielt den Lichtstrahl der Taschenlampe in die Richtung hinter sich. »Hör doch!«

Dale horchte. Es war ein schabendes, kratzendes, gleitendes Geräusch, als hätte etwas Großes und Weiches den gesamten Flur unter ihnen ausgefüllt und würde Bänke, Tafeln und den ganzen anderen Krempel da unten vor sich her schieben.

»Gehen wir«, flüsterte Dale und stieg über die fleckige, schiefhängende Tür.

Er spürte, wie Harlen hinter ihm in den größeren Raum stieg, wie er neben ihn kam, aber Dale drehte sich nicht um. Er war zu sehr mit Staunen beschäftigt.

Das Innere von Old Central glich überhaupt nicht mehr dem Gebäude, das Dale vor sieben Wochen zum letztenmal gesehen hatte. Er drehte den Hals, als er die Szene in sich aufnahm, dann neigte er ihn und sah das zentrale Treppenhaus hinauf.

Der Fußboden war von einer zähen, fast getrockneten braunen Flüssigkeit überspült worden, die bis zum oberen Rand von Dales Tennisschuhen reichte und wie vergossene Melasse aussah. Die Wände waren mit einer Schicht rosa, vage durchscheinendem Materials überzogen, das Dale an das nackte und zitternde Fleisch in einem Nest neugeborener Ratten erinnerte, das er einmal entdeckt hatte. Die Substanz, die organisch aussah, tropfte von Geländern und Handläufen, hing wie dicke Spinnweben von den Porträts George Washingtons und Abraham Lincolns, troff in noch dickeren Strängen von den Haken in den Umkleideräumen, baumelte von Türklinken und Querbalken, hing in den Ecken der vernagelten Fenster wie riesige, unregelmäßige Bilderrahmen aus pulsierendem Fleisch und stieg als ausgedehnte, käseartige Masse von Strängen und Rinnsalen zum Zwischengeschoß und der dunklen Treppe darüber empor.

Aber über ihnen wurde der Alptraum wahrhaftig obszön.

Dale beugte sich noch weiter zurück und sah, wie sich der Strahl von Harlens Taschenlampe mit seinem vereinigte.

Die Galerien des ersten und zweiten Stocks waren fast gänzlich mit grauen und rosa Strängen überzogen, die Fäden wurden immer fleischiger, je mehr sie sich dem zentralen Glockenturm näherten, wo sie den dunklen Raum überspannten und durchzogen wie freischwebende fleischfarbene Zinnen in einer von einem Wahnsinnigen entworfenen Kathedrale. Stalaktiten und Stalagmiten grauen Epoxidharzes waren überall, tropften von dunklen Lampen, stiegen von Geländern und Balustraden empor und hingen über den großen zentralen Freiraum wie Wäscheleinen aus zerfetztem Fleisch und zertrümmertem Knorpel.

Und an diesen ›Wäscheleinen‹ hing eine ekelerregende Wäsche von – wie es aussah – pulsierenden roten Eisäcken. Dale ließ den Lichtstrahl der Taschenlampe auf einem verweilen und sah Dutzende dunkle Schatten darin. Sie bewegten sich. Der ganze Sack pulsierte und pochte wie ein menschliches Herz an einem Blutgefäß. Es hingen noch Dutzende da oben.

Schatten bewegten sich auf den Galerien. Flüssigkeit tropfte von dem dunklen Buntglasfenster. Aber für das alles hatte Dale keinen Blick übrig. Er sah zum Glockenturm.

Über dem Geländer des zweiten Stocks, der ›High-School-Etage‹, die vor so vielen Jahren abgesperrt worden war, hatte jemand die breiten Planken des Glockenstuhlbodens herausgerissen. Und von dort kam das Leuchten.

›Leuchten‹ war nicht das richtige Wort, stellte Dale fest, während er das blaugrüne Pulsieren betrachtete, mit offenem Mund das radioaktive falsche Licht des dicken, fleischigen Netzes aus Fäden anstarrte, das den Glockenturm erfüllte, und das rötlich glühende Ding in dessen Mitte.

Er hätte es eine Spinne nennen können, denn man konnte viele Beine erahnen, und noch mehr Augen; er hätte es ebenfalls als einen Eisack beschreiben können, denn Dale hatte das halb ausgeformte Herz und ein rötliches Auge so eines Dings im Dotter eines befruchteten Eis auf Onkel Henrys Farm gesehen; er hätte sagen können, daß es sich um ein Gesicht oder ein riesiges Herz handelte, denn beidem glich es auf ekelerregende Weise ... aber selbst zwölf Meter unter dem Ding, während er mit wachsender Verzweiflung und Übelkeit hinaufstarrte, wußte Dale, daß es das alles nicht war.

Harlen zupfte ihn am Arm. Zögernd, fast widerwillig riß Dale den Blick vom Zentrum des Fleischnetzes weit über ihm los.

Das Erdgeschoß, das so weit vom ekelerregenden Leuchten des Glockenstuhls entfernt war, war sehr dunkel, ein komplexes Gefüge von Schatten innerhalb von Schatten. Jetzt bewegte sich einer dieser Schatten, löste sich aus dem ins Netz eingesponnenen Tunnel eines Erstkläßlerklassenzimmers und schritt leise auf die Jungs zu.

Dale hob mit zitternden Armen die Schrotflinte, als das blasse Gesicht über dem Schattenriß eines Körpers sichtbar wurde.

Dr. Roon blieb zehn Schritte von ihm entfernt stehen. Sein schwarzer Anzug verschmolz mit der Dunkelheit; Gesicht und Hände schimmerten leicht, als der Lichtstrahl von Harlens Taschenlampe darüber tanzte. Hinter ihm waren weitere Geräusche zu hören, und leisere Geräusche im Keller hinter den Jungs.

Dr. Roon lächelte breiter, als Dale ihn jemals hatte lächeln sehen.

»Herzlich willkommen«, flüsterte er und blinzelte im Licht. Seine Zähne sahen feucht und glänzend aus. »Warum siehst du nicht noch mal hoch?«

Dale riskierte einen Blick hinauf, ohne die Augen länger als eine Sekunde von dem Mann in Schwarz abzuwenden. Als er hinaufgesehen hatte, achtete er jedoch nicht mehr auf Dr. Roon, sondern sah wieder hoch und ließ das Gewehr sinken, damit er die Taschenlampe ruhiger halten konnte.

Lawrence war da oben.

Mike kam zum Ergebnis, daß es nicht die klügste Entscheidung seines Lebens gewesen war, durch den Tunnel zu kriechen. Seine Hände und Knie bluteten jetzt richtiggehend, sein Rücken brachte ihn um, er hatte sich verirrt, ihm war, als wären mehrere Stunden verstrichen, er war sicher, daß er etwas Entscheidendes verpaßt hatte, das sich in der Schule abspielte, daß die Neunaugenwesen zurückkommen würden, seine Munition war fast alle, dic Taschenlampe wurde immer schwächer und er hatte festgestellt, daß er an Klaustrophobie litt.

Davon abgesehen, dachte er, *geht es mir prima.*

Inzwischen enthielt der Tunnel so viele Abzweigungen und Verzweigungen, daß er sicher war, er hatte sich verirrt. Anfangs war es einfach gewesen, den Haupttunnel von den Abzweigungen zu unterscheiden, da der Haupttunnel fester gestampft war und noch schwach nach dem riesigen Wurmding roch, aber jetzt waren *alle* Tunnel so. Er hatte in den letzten fünfzehn Minuten ein dutzendmal zwischen vielfachen Abzweigungen wählen müssen, und er war sicher, daß er die falschen Entscheidungen getroffen hatte. Wahrscheinlich war er irgendwo jenseits der ausgebrannten Ruine des Getreidesilos und kroch immer noch Richtung Norden.

Drauf geschissen, dachte er und fügte dann ein Bußgebet zu seinem geistigen Rosenkranz aus Ave Marias und Vaterunsers hinzu.

Zweimal hatten ihn die Neunaugenwesen beinahe erwischt. Beim erstenmal hatte er die Annäherung hinter sich gehört und gespürt und sich bemüht, die Lage in dem engen Tunnel so zu verändern, daß er die schwächliche Taschenlampe und Memos Eichhornbüchse in der richtigen Position halten konnte, ohne sich Fuß und Knöchel abzuschießen. Er hatte gesehen, wie die Maultentakel wie breiiger weißer Seetang gewogt hatten, bevor er das erstemal geschossen hatte und nicht einmal angesichts des Knalls zusammengezuckt war, bevor er nachgeladen und noch einmal gefeuert hatte. Das Ding hatte sich in den Tunnelboden eingegraben und Mike einen letzten Schuß auf seinen Rücken ermöglicht. Es war, als würde man Kies gegen eine Panzerplatte werfen.

Eine Minute später war dasselbe Neunauge oder sein Zwillingsbruder keine anderthalb Meter vor ihm durch die Tunneldecke gestoßen, hatte mit dem offenen Gesicht pulsiert und sich blind gewunden, um ihn zu finden. Mike hatte vergessen, daß diese Kreaturen nicht in ihren alten Tunnels bleiben mußten, und diese Nachlässigkeit hätte ihn fast das Leben gekostet.

Er hatte dem Ding die nutzlose Spritzpistole ins Maul geworfen, den zahnbewehrten Kiefer deutlich gesehen, als es sich in seine Richtung wandte, und dann hatte er geladen, geschossen, geladen, geschossen.

Als er die Nachbilder auf seiner Netzhaut weggeblinzelt hatte, war es fort gewesen.

Er war hektisch weitergekrochen, war in Panik geraten, hatte zur Decke des Tunnels und zwischen den Händen durch nach unten geblickt und darauf gewartet, daß das Maul sich durchbohren und ihn verschlingen würde.

Es war einen Augenblick später mehrere Meter vor ihm aufgetaucht, hatte sich aber weiter direkt nach unten gebohrt, als wäre es selbst wegen etwas an der Oberfläche in Panik geraten. Der Gestank von Benzin hatte sich im Tunnel ausgebreitet.

Mike hatte selbst einen Moment zu krabbeln aufgehört, weil ihm die Bedeutung dieses Geruchs die Fassung raubte.

Großer Gott, großer Gott, es ist zu Kevs Tanklaster vorgedrungen! Er wünschte sich, er hätte eins der Funkgeräte gehabt. *Funktionieren Funkgeräte unterirdisch?* Kev oder Duane hätten es gewußt. Dann fiel ihm ein: Duane war tot; Kevin möglicherweise auch.

Mike kroch weiter, und sein Körper war zu einem simplen Organ geworden, das dazu geschaffen war, Schmerzen von verschiedenen Extremitäten zu seinem überstrapazierten Gehirn zu übermitteln. Es war kühl hier unten. Es wäre schön, sich hier zu einem gemütlichen warmen Ball zusammenzurollen und einzuschlafen, bis die letzte Batterie leer war und das Licht erlosch ... einfach nur schlafen und von nichts träumen.

Mike kroch weiter; er hatte die Eichhornbüchse wieder geladen, aber am rechten Bein in den Hosenbund gesteckt, und seine Hände hinterließen blutige Abdrücke auf dem welligen Tunnelboden.

Als er das Geräusch hörte, war es lauter als die Neunaugenlaute bei den vorangegangenen Angriffen. Es war, als würden beide Kreaturen ihm den Tunnel entlang folgen. Von hinten. Sehr schnell, der raschen Zunahme von Lärm und Vibrationen nach zu urteilen.

Mike kroch schneller und klemmte die Taschenlampe zwischen die Zähne; er stieß sich den Kopf an der harten Tunneldecke an, als er so schnell kroch, wie er konnte.

Hinter ihm schwollen die Grabgeräusche an. Jetzt konnte er die

Kreaturen riechen – ihren Gestank nach verfaultem Müll und totem Fleisch. Aber da war noch ein Geruch – scharf und beißend. Er drehte sich um und sah ein grelles Licht, das sich hinter der Biegung des Tunnels rasend schnell näherte.

Etwas Großes und Lautes und Grelles füllte den Raum hinter ihm aus. Er spürte die Hitze, als wären Maul und Eingeweide des Neunaugendings zu einem Brennofen geworden.

Plötzlich kippte der Tunnelboden unter ihm weg und Mike purzelte nach vorn, rutschte über lose Steine und kalten, glatten Fels. Es handelte sich hier um eine größere Höhle, so dunkel wie der Tunnel, aber viel breiter. Mike zog Memos Eichhornbüchse heraus und spannte den Hahn, während er sich unablässig weiter seitwärts strampelte, bis er schließlich gegen ein vertikales Stück Fels stieß.

Das Licht aus der Tunnelöffnung wurde heller, die Erde bebte, und plötzlich erschien das Neunauge mit panisch pulsierenden Tentakeln ums Maul. Es schoß an Mike vorbei wie ein Eilzug, der sich nicht die Mühe macht, wegen einer so unbedeutenden Station zu halten, das glühende, schwelende Fleisch zischte keine fünfzig Zentimeter an Mikes Füßen vorbei, der vergeblich versuchte, sich in die solide Felswand hinter sich zu drücken.

Das Ding war vorbei, es hatte sich durch weiteres Gestein gebohrt und eine Spur von Schleim und schwelendem Fleisch hinterlassen, bevor Mike zweierlei klar wurde: das Neunauge hatte *in Flammen* gestanden, und Mike war nicht mehr im Tunnel.

Er befand sich in der Knabentoilette im Keller von Old Central!

Kevin ging in eine Richtung, Cordie in die andere, beide rutschten über die glatte Oberfläche des Stahltanks. Die Neunaugen knallten in die Mitte, wo Cordie und Kevin gewesen waren, schlugen auf den Edelstahl und glitten mit einem Kratzen von Zähnen auf Metall wieder auf den Erdboden zurück. Eine der Kreaturen glitt über den Schlauch, als es zurückrutschte, und riß ihn aus dem Füllstutzen im Boden. Benzin ergoß sich blubbernd hangabwärts über das Gras.

»Scheiße«, flüsterte Kevin. Er rutschte nach vorne und sah in die offene Füllklappe des Tanks: mehr als halb voll, aber nicht voll genug.

Die Neunaugenwesen kreisten beide im weichen Erdboden des Rasens, ihre grau-rosa Rücken buckelten wie eine Karikatur des Ungeheuers von Loch Ness. Kevin hörte eine Tür schlagen und fragte sich, ob es sein Vater oder seine Mutter sein könnten, die am Südostende des Hauses zur Tür herausschauten und über den wogenden Baumwipfeln zu der Gewitterfront blickten. Er hoffte nicht. Zwei Schritte auf den Rasen, und sie würden die kreisenden Neunaugenwesen sehen; noch zwei Schritte und sie würden den Laster auf der Nordeinfahrt sehen.

»Bleib hier!« rief er, ließ sich an der gekrümmten Seite des Tanks hinunterrutschen und sprang mit dem weitesten Sprung, den er zustande brachte, vom Trittbrett über dem linken hinteren Kotflügel ab.

Er landete und rollte zum offenen Ende des Schlauchs. Dieser saugte mittlerweile Luft, da die Zentrifugalpumpe weiterarbeitete. Kevin wollte ihn in den unterirdischen Tank zurückschieben.

»Paß auf!«

Er wirbelte nach rechts und sah beide Neunaugen auf sich zurasen – sie fraßen sich durch den Boden so schnell wie ein Mensch laufen konnte.

Kevin warf sich hinter den Laster und riß instinktiv den Schlauch herum. Aber die Bewegungen seiner rechten Hand an den Schaltern waren nicht instinktiv, aber ein Vorgehen, das dem geistigen Befehl vorauszueilen schien.

Das erste Neunauge war sechs Schritte von Kevins Füßen entfernt, als die Pumpenfunktion sich umkehrte und Benzin aus dem Tank ins offene Maul des Dings spritzte. Es tauchte in den Kies. Kevin bespritzte seinen Rücken, als es sich unter die Erde wand, und ließ Benzin in das Loch fließen, als es fort war.

Das zweite hatte sich nach rechts gewandt und gekreist, jetzt kam es näher. Cordie schrie in dem Augenblick, als Kevin den Benzinbogen fünf Meter auf den Rasen hinausplätschern ließ und das Vorderteil des Dings tränkte.

Benzingeruch warnte ihn, daß das zweite Neunauge hinter ihm an die Oberfläche gekommen war. Kevin sprang auf den hinteren Kotflügel, als das Ding blind vorbeischoß und mit dem Maul nach dem linken Hinterreifen schnappte. Er tränkte es und ließ wieder Benzin in das Loch fließen, das es hinterlassen hatte.

Benzindämpfe stiegen ringsherum auf, als Kevin sich auf das hintere Trittbrett des Lasters schwang, die Pumpenfunktion erneut umkehrte und das Risiko einging, zur Öffnung des unterirdischen Tanks zu laufen und den Schlauch wieder hineinzuhängen. Benzin begann zu fließen. *Noch drei oder vier Minuten. Vielleicht weniger.*

Er sprang aus einer Entfernung von anderthalb Metern auf den Kotflügel und wußte, es war zu weit, aber er sah den Rückenwulst des Neunauges unter dem Laster durchsausen. Seine Füße berührten Metall, rutschten ab, seine Knie schlugen heftig auf, und Kevin krallte mit den Fingern an der fast aalglatten Wand des Tanks. Er fiel zurück auf die brodelnde Fleischmasse unter ihm.

Cordie beugte sich weit herunter, sie hielt sich mit der rechten Hand an der Einfüllklappe oben fest und packte ihn am Handgelenk. Sein Gewicht zog sie fast selbst herunter. Sie grunzte. »Los doch, Grunzhacker, *klettern!*«

Kevin strampelte, fand Halt an dem zerbissenen Reifen und kletterte hinauf, als das Neunaugending gerade wieder gegen den Reifen prallte.

Er lag keuchend und hechelnd auf dem Tank. Wenn sie emporstiegen und wieder so hoch zustießen, würden sie ihn erwischen. Aber für den Augenblick war er zu müde und zittrig. »Sie sind getränkt«, japste er. »Wir müssen sie nur noch anzünden.«

Cordie saß mit überkreuzten Beinen da und beobachtete die Kreaturen, die unter dem Rasen kreisten. »Prima«, sagte sie. »Haste'n Streichholz?«

Kevin tastete in den Taschen nach dem goldenen Feuerzeug seines Vaters. Er hielt sich an der Einfüllklappe fest und beugte sich vornüber. »In meiner Sporttasche«, sagte er und deutete auf die kleine Leinentasche, die er drei Meter entfernt sorgsam auf die Zapfsäule gelegt hatte.

Harlens Taschenlampenstrahl vereinigte sich mit dem von Dale.

Lawrence saß fast zwölf Meter über ihnen am Geländer des zweiten Stocks auf einem Holzstuhl, von dem zwei Füße über dem Abgrund schwebten. Es sah aus, als wäre Dales Bruder an den Stuhl gefesselt, aber bei den ›Seilen‹ schien es sich um dicke Stränge des fleischähnlichen Materials zu handeln, die wie abgerissene Sehnen überall herumhingen. Ein Strang der Substanz verlief um Lawrences Mund und verschwand hinter seinem Kopf.

Ein weiterer Strang, ein dickerer, bildete eine Schlinge um seinen Hals und verschwand oben im Glockenturm . . . in dem pulsierenden roten Eisack da oben.

Der Stuhl schwankte auf dem überwucherten Geländer. Die Gestalt eines Erwachsenen stand da, deren weiße Arme den Stuhl an Ort und Stelle hielten, aber nicht allzu fest.

»Legt eure Waffen weg«, befahl Dr. Roon mit einer befehlsgewohnten Stimme, die wie ein Peitschenschlag knallte. *»Sofort!«*

»Sie werden uns umbringen«, sagte Dale mit taub gewordenen Lippen. Er zwang sich, den Lichtstrahl der Taschenlampe auf Dr. Roon zu senken. Andere mannsgroße Schatten bewegten sich in der Garderobe und dem tropfenden Erstkläßlerklassenzimmer hinter dem Rektor.

Dr. Roon lächelte wieder. »Vielleicht. Aber wenn ihr die Waffen nicht *sofort* niederlegt, werden wir ihn noch in diesem Augenblick hängen. Der Meister würde ein weiteres Opfer begrüßen.«

Dale sah hinauf. Der Treppenabsatz des zweiten Stocks schien meilenweit entfernt zu sein. Lawrence zappelte mit aufgerissenen Augen und versuchte, sich zu befreien. Im rot-grünen Leuchten aus dem Glockenturm konnte Dale das Cowboy-Pyjamaoberteil seines Bruders erkennen. Er wollte ihm zurufen, sich nicht zu bewegen.

»Tu es nicht«, flüsterte Harlen und richtete die .38er auf Roons langes Gesicht. »Erschieß den alten Wichser!«

Dales Herzschlag dröhnte so laut in seinen Ohren, daß er seinen Freund kaum hören konnte. »Er wird ihn töten, Jim. Wirklich.«

»Er wird *uns* töten«, zischte Harlen. »Nein!«

Aber Dale hatte die Savage schon auf den Boden gelegt.

Roon kam näher, fast bis auf Armeslänge. »Deine Waffe«, sagte er zu Harlen. »Sofort.«

Harlen zögerte, fluchte, sah nach oben und legte die Pistole auf den klebrigen Fußboden.

»Die Spielsachen«, sagte Roon und deutete ungeduldig auf die Spritzpistolen in ihren Gürteln.

Dale ließ die Plastikwaffe sinken, riß die Mündung aber im letzten Augenblick hoch und feuerte einen gewaltigen Schuß Weihwasser direkt in Dr. Roons Gesicht.

Der ehemalige Rektor schüttelte tadelnd den Kopf, zog ein Taschentuch aus der Brusttasche des Anzugs, wischte sich das Gesicht ab und nahm gelassen die Brille ab, um sie zu trocknen. »Du dummer Junge. Nur weil der Meister tausend Jahre im Zentrum des Glaubens gelebt hat und immer noch auf alte Gewohnheiten reagiert, bedeutet noch lange nicht, daß wir alle im Land des Papsttums aufgewachsen sind.« Er setzte die Brille wieder auf. »Schließlich glaubst *du* ja auch nicht an dieses wundersam verwandelte Wasser, oder doch?« Er lächelte und schlug Dale ohne Vorwarnung heftig ins Gesicht. Ein Ring an der Hand des Rektors zog einen Striemen von Dales Wange zum Kiefer.

Harlen brüllte etwas und sprang nach seiner Pistole, aber der Mann im schwarzen Anzug war schneller und versetzte dem Jungen einen solchen Hieb gegen die Schläfe, daß das Geräusch durch das offene Treppenhaus hallte. Roon bückte sich und hob die Pistole auf, während Harlen auf die Knie fiel.

Dale wischte Blut von der Wange und sah den Soldaten durch die Dunkelheit unter dem Buntglasfenster gleiten. Etwas anderes, etwas Größeres und Schwärzeres, bewegte sich auf dem Bibliothekszwischengeschoß oben. Durch die dicken Wände und vernagelten Fenster konnte man gerade noch den Donner hören.

Dr. Roon legte die große Hand auf Dales Gesicht, Finger und Daumen drückten direkt unter den Augen tief in die Wangen des Jungen. »Leg das Funkgerät weg ... langsam ... so ist es gut.« Er glitt mit der Hand in Dales Nacken und stieß ihn grob vorwärts – über Schrotflinte, Spritzpistole und Walkie-talkie, die im dicken Sirup auf dem Fußboden lagen. Roon zerrte Harlen mit sich, zertrat im Vorbeigehen die Spritzpistole und kickte das Funkgerät in Richtung Keller zurück.

Dale und Harlen, die Roons Hände wie Schraubstöcke im Nacken spürten, stolperten, um Schritt zu halten, als sie zur Treppe zum ersten Stock hinauf geschubst und gestoßen wurden.

40

»Da komm ich nie rechtzeitig hin«, brüllte Kevin über das Tosen des Unwetters hinweg. Es waren nur fünf Meter vom Heck des Tanklasters bis zur Zapfsäule und der Sporttasche, aber die Neunaugen kreisten mit jeder Drehung näher. Er hatte gesehen, wie schnell sie sich bewegen konnten.

Cordies blasses Gesicht wurde von jedem Blitz beleuchtet. Sie lächelte und hatte die schmalen Lippen geschürzt. »Es sei denn, man hat was anderes«, sagte sie. »Eine Ablenkung.«

Bevor Kevin etwas sagen konnte, war sie auf der anderen Seite des Tanks heruntergerutscht, sprang auf die Kieseinfahrt und rannte den Hang hinunter zur Straße.

Die Neunaugen wandten sich nach links und verfolgten sie wie Haie, die Blut im Wasser wittern.

Kevin rutschte am Tank hinunter, sprang vom hinteren Kotflügel, ergriff die Tasche und lief zum Laster zurück, als der Schlauch gerade anfing, Luft im leeren unterirdischen Tank zu ziehen. Anstatt auf den Tank zu klettern, lief Kevin im Kreis, hob das Walkie-talkie und sprang zur Kabine.

Unten hatte Cordie den Asphalt der Depot Street zwei Meter vor dem ersten Neunauge erreicht. Dieses tauchte tief unter, während sie mitten auf die Straße stolperte, stehenblieb, auf und ab hüpfte und Kevin mit rudernden Armen winkte. Er konnte ihre Rufe wegen des Donners nicht hören.

Schlau, dachte er, aber in diesem Augenblick brach eines der Wesen auf der anderen Straßenseite zur Oberfläche durch und nutzte seinen Schwung aus, um über die Asphaltoberfläche zu schlittern wie ein trainierter Tümmler, der aus einem Pool springt und über nassen Beton rutscht.

Cordie warf sich zur Seite, das Maul verfehlte sie um Zentimeter, fiel hin, trat um sich und schürfte sich die Fersen auf, um von dem zuckenden Ding wegzukommen. Jetzt waren mindestens sechs Meter vom Körper des Neunauges aus dem Loch heraus.

Kevin kramte in der Sporttasche und holte das Feuerzeug und die Lasterschlüssel heraus. Der Motor sprang beim ersten Versuch an. Kevin dachte flüchtig an das viele Benzin, das er vergossen hatte, an die drei- bis dreieinhalbtausend Liter, die hinter ihm in dem offenen

Tank schwappten, und das, was noch aus dem Schlauch tropfte ... und er dachte an den Zündfunken, den er inmitten aller brennbaren Dämpfe entzündete. *Drauf gepfiffen,* dachte er und spürte, wie das Adrenalin wie ein wildes Elixier durch seinen Körper schoß, *wenn das hochgeht, bekomme ich nichts mehr davon mit.*

Cordie wich auf Ellbogen und Fersen auf dem dunklen Asphalt zurück, trat nach dem zuckenden Ding, das sich immer noch wand, um sie zu finden und das Maul zu doppelter Größe des Körperdurchmessers aufriß.

Kevin legte den Gang des Tanklasters ein und donnerte die Kieseinfahrt hinunter, rollte über den Körper des Dings und spürte die Vibrationen durch das Fahrgestell des Lasters, als hätte er ein dickes Telefonkabel oder so etwas erwischt. Dann war er zur Tür draußen und zog Cordie herein, während das Neunauge sich in sein Loch zurückzog wie ein Schlauch auf einer automatischen Rolle, wobei es Flüssigkeit verspritzte.

Kevin stand unter der offenen Tür, hatte das Feuerzeug in der Hand und sah das Ding kaum einen Meter entfernt vorbeigleiten, wußte aber, daß die Flamme des Feuerzeugs bei dem Wind nicht lange genug halten würde, um das Neunauge anzuzünden.

Cordie riß einen langen Streifen von ihrem Kleid ab und gab ihn Kevin.

Dieser duckte sich, knüllte den alten Stoff zu einem Ball zusammen und benützte die Tür des Tanklasters als Windschutz. Das Kleid war selbst halb mit Benzin getränkt und flammte beim zweiten Versuch mit dem Feuerzeug auf.

Kevin ging rasch von dem Tanker weg und warf das brennende Bündel nach dem Neunauge, als das Maul des Dings gerade vom Asphalt glitt.

Es spürte irgendwie, daß das zusammengeknüllte Stück Stoff kam und machte den Fehler, es mit den viellappigen Kiefern zu fangen. Das Vorderteil des Neunauges ging in einem Flammengeysir auf, das Benzin in seinen Falten und Wülsten fing Feuer, blaue Flammen rasten blitzschnell über den Segmentkörper.

Auf der Straße verschüttetes Benzin entzündete sich mit einem *Wusch* und bildete eine lange Zündschnur, die sich zum hinteren Ende des Tanklasters schlängelte.

Cordie wartete nicht, bis die Zündschnur den Tanker eingeholt hatte. Sie war hinters Lenkrad gerückt, sobald Kevin zur Tür draußen war, jetzt trat sie das Gaspedal durch, fuhr die Depot nach Norden hinunter und brachte das Heck des Lastwagens eine Sekunde bevor er entflammte aus dem Kreis verschütteten Benzins heraus.

Kevin brüllte, lief neben dem Laster her, zog sich an der Beifahrertür hoch, stellte fest, daß die Tür dort eingedrückt war und klemmte und zwängte sich Kopf voran und mit rudernden Beinen durch das Fenster.

»Nach links«, keuchte er.

Cordie war gerade groß genug, daß sie an die Pedale kommen und gleichzeitig lenken konnte; doch auch so mußte sie halb hinter dem Lenkrad stehen, den Zeh zum Gaspedal strecken und mit den Ellbogen auf und ab rudern, wenn sie das riesige Lenkrad drehte. Der Laster dröhnte und schlingerte im ersten Gang.

Das Walkie-talkie auf dem Sitz zwischen ihnen plärrte. Es war die Stimme von Mike O'Rourke.

»Mike«, keuchte Kevin und hob das Ding hoch, »was machst du denn mit dem ...«

»Kev!« sagte die drängende Stimme von Mike O'Rourke. Man konnte Schreie und Schüsse über das Statikrauschen aus dem Lautsprecher hören. »Jag es hoch! Sofort! Jag das ganze gottverdammte Gebäude hoch!«

»Ihr müßt zuerst raus!« schrie Kevin in das Walkie-talkie, während Cordie das Lenkrad nach links wuchtete, so daß sie über den Gehweg Richtung Nordtor von Old Central schlitterten. Sie holperten über den Bordstein und schiefe Gehwegplatten. Fünfzehn Meter weiter vorne brach das zweite Neunauge zur Oberfläche durch und stellte sich ihnen entgegen.

»Jag es hoch, Kev!« schrie Mike über Walkie-talkie. Seine Stimme klang panischer, als Kevin sie jemals gehört hatte. »Jag es *sofort* hoch!«

Die Verbindung brach ab, als wäre das andere Funkgerät zerstört worden.

Cordie sah ihn an, sah nach links zu dem Ding, das sich vor ihnen im Boden wand, nickte einmal, entblößte graue Zähne zu einem Grinsen und trat das Gaspedal bis zum Anschlag durch.

Dr. Roon zerrte Dale und Harlen Treppen hinauf, die wie erstarrte Wasserfälle aus geschmolzenem Wachs aussahen, unter dem Buntglasfenster vorbei, dem ein Baldachin aus Pilzen gewachsen zu sein schien, unter riesigen Netzen durch, die aus Sehnen zu bestehen schienen, an Stalagmiten aus Knochen vorbei, unter Stalaktiten hindurch, die aus Horn oder Schildpatt zu bestehen schienen, am Bibliothekszwischengeschoß vorbei zum Treppenabsatz des ersten Stocks und in ihr reguläres Klassenzimmer. Die Tür war nur noch halb so groß wie zuvor und fast unter dünnen Auswüchsen schwarzen Haars verborgen, die aus Noppen in der Wand wuchsen. Roon schob die beiden Jungs hinein, bevor ihnen in seinem eisenharten Griff schwarz vor Augen wurde.

Die Reihen altmodischer Bänke standen an Ort und Stelle. Das

Lehrerpult war, wo Mrs. Doubbet es verlassen hatte. Das Porträt von George Washington war so, wie Dale es in Erinnerung hatte.

Sonst aber war alles anders.

Ein dichter Teppich Schimmelpilze war vom kahlen Dielenboden hochgewachsen und bedeckte die Bänke in wogender blaugrüner Pracht. Von den meisten Bänken ragten Wölbungen empor – Rundungen wie die Köpfe von Kindern, die sich unter einer Decke versteckt haben, die scharfen Kanten von Schultern, das Schimmern blanker Knochen, wo Finger aus dem Teppich aus Algen und Schimmel hervorragten. Dale würgte, als ihm die übelriechende Luft in die Lungen drang; er versuchte, nicht zu atmen, aber schlußendlich mußte er doch das Miasma der Fäulnis einatmen oder ersticken.

Wegen der hängenden Netze aus Gewebe, die die Fenster bedeckten, den größten Teil des Raums zwischen den Bänken und der viereinhalb Meter hohen Decke einnahmen und sich wie große, aufgeblähte Gruppen an den Wänden festklammerten, konnte er kaum das Zimmer überblicken. Es sah wie lebendes Muskelgewebe aus; Dale konnte Venen und Arterien unter der feuchten, durchscheinenden Oberfläche erkennen. Ab und zu bewegte sich etwas Weiches, Faseriges in den breiteren Streifen des Sehnen-Netzes, dann schienen Augen die Anwesenden blinzelnd zu betrachten.

Mrs. Doubbet und Mrs. Duggan saßen vorne im Zimmer am Lehrerpult. Beide waren aufrecht, wachsam und tot. Mrs. Duggan sah man die Auswirkungen von Monaten im Grab an. Etwas Kleines bewegte sich verstohlen in ihrer linken Augenhöhle. Mrs. Doubbet sah aus, als hätte sie das Zimmer vor nicht allzu langer Zeit lebendig betreten, aber ihre Augen waren jetzt vom dünnen Katarakt des Todes überzogen, und das ligamentartige Material wuchs an einem Dutzend Stellen aus ihrem Körper und verband sie mit dem Stuhl und dem Schreibtisch und den Wänden und dem Netz. Ihre Finger zuckten, als Dale und Harlen hineinstolperten.

Die Klasse war versammelt.

Harlen gab einen kehligen Laut von sich und drehte sich um, als wollte er zur Tür hinausstürzen.

Karl Van Syke kam durch die Büschel haarähnlicher Auswüchse, wo die Tür gewesen war. Einen Augenblick lang glaubte Dale, der Neger aus Mrs. Moons Geschichte wäre wiedergekehrt: Van Syke war vollkommen schwarz, abgesehen vom reinen Marmorweiß seiner Augen, aber die Schwärze rührte daher, daß Haut und Fleisch zur schuppigen Karikatur eines Menschen verbrannt waren. Sein Kinn und der Unterkiefer waren nicht mehr da, die Muskeln von Armen und Beinen waren größtenteils verkohlt, die Finger in verkrümmte Knochenklauen verwandelt, die wie die halb abstrakte Skulptur eines Menschen aus Kohle aussahen. Helle Flüssigkeit quoll aus dem Innern des Dings. Es drehte den Kopf zu den beiden Jungs um und schien zu schnuppern wie ein Jagdhund, der eine Witterung aufnimmt.

Dale packte Harlen und wich mit ihm zurück, bis sie an die erste Bankreihe stießen. Etwas regte sich im Schimmelpilzteppich hinter ihren Rücken.

Tubby Cooke stand von einer Reihe im hinteren Teil des Zimmers auf und blieb da stehen. Die aufgedunsenen Finger seiner verbliebenen Hand zuckten wie weiße Würmer.

Dr. Roon kam durch die Tür. »Setzt euch, Kinder!«

Dale, dessen Bewußtsein schlitterte wie ein Auto auf unsichtbarem Eis, begab sich gaffend zu seinem alten Platz und setzte sich. Harlen nahm seinen Sitz ziemlich vorne ein – wo die Lehrer ihn im Auge behalten konnten.

»Ihr seht«, flüsterte Dr. Roon, »der Meister belohnt alle, die nach seinem Willen handeln.« Er deutete mit einer blassen Hand auf die Gestalt von Karl Van Syke. Das Ding schien immer noch zu schnuppern und mit gekrümmten Fingern in der Luft zu tasten. »Wer dem Meister dient, kennt keinen Tod«, sagte Dr. Roon und stellte sich neben das Lehrerpult.

Der Soldat und jemand, der einmal Mink Harper gewesen sein könnte, betraten das Zimmer mit dem Stuhl, auf dem Lawrence immer noch von fleischigen Strängen gefesselt saß. Er hatte den Kopf zurückgelegt, seine Lider flatterten.

Dale wollte nach vorn gehen, blieb aber stehen, als das Van Syke-Ding in seine Richtung kam und schnupperte und tastete wie ein Blinder. Die weiße Gestalt, die Tubby gewesen war, bewegte sich hinter Dale durch die Schatten.

»Nun können wir beginnen«, sagte Dr. Roon, der auf eine goldene Taschenuhr blickte, die er aus der Weste zog. Er sah Dale und Harlen an und lächelte zum letztenmal. »Ich nehme an, ich könnte euch erzählen ... euch alles von dem herrlichen Zeitalter erzählen, das nun beginnt ... euch berichten, welche geringen Unannehmlichkeiten eure kleinen Eskapaden uns bereitet haben ... könnte in allen Einzelheiten ausmalen, wie ihr dem Meister in euren neuen Gestalten dienen werdet ...« Er klappte die Uhr zu und steckte sie wieder in die Weste. »Aber wozu die Mühe? Das Spiel ist vorbei, und es wird Zeit, daß euer Anteil daran ein Ende findet. Lebt wohl.«

Er nickte, worauf der Soldat nach vorne glitt, ohne die Beine zu bewegen, und langsam die Arme hob.

Dale hatte versucht, das Gesicht des Soldaten und der anderen Kreaturen im Zimmer nicht anzusehen, aber jetzt staunte er. Das Gesicht war nicht einmal mehr das Zerrbild eines Menschen: die lange

Schnauze sah aus, als wäre sie ein Krater, der übriggeblieben war, als etwas aus dem in die Länge gezogenen Schädel explodierte. Die weiße Gesichtshaut wies noch andere, tiefere Risse auf. Kleine Lebewesen bewegten sich in diesen Öffnungen.

Der Soldat glitt auf Jim Harlen zu, während der schwarze Van Syke sich zu Dale tastete. Dr. Roon und das zerfetzte Wesen, das einen Teil von Mink Harpers Gesicht trug, versperrten die Tür. Dale hörte ein Quietschen und leises Stöhnen, das aus den Wänden und dem Boden zu kommen schien, und das rosa Netz von Ligamenten und Knoten schien dunkler zu werden und anzuschwellen. Flüssigkeit tropfte als viskose Fäden von der Decke.

»Scheiß drauf!« sagte Harlen, stand von seiner Bank auf und wich zurück, bis er bei Dale stand. Seine Lippen zitterten fast unkontrolliert, als er Dale zuflüsterte: »Ich wußte, daß ich die Schule nicht ausstehen kann.«

Gemeinsam sprangen sie über die erste Bankreihe und wateten durch die Schimmelpilzberge zum hinteren Teil des Zimmers. Der Soldat glitt mühelos rechts von ihnen dahin. Der Leichnam von Tubby Cooke senkte den Kopf auf die Algen und verschwand darunter wie ein Kind, das unter seine Lieblingsdecke kriecht.

Dale und Harlen sprangen auf die nächste Bank und duckten sich, damit sie nicht an die bleichen Eisäcke über ihnen stießen. Schimmel klebte in langen Fäden an ihren Jeans und Turnschuhen.

Dr. Roon sah ungeduldig drein und schnippte mit den Fingern. Das gesamte Gebäude schien den Atem anzuhalten, als Van Syke und der Soldat über die erste Bankreihe krochen.

Unten war ein Gewehrschuß zu hören.

Mike war in den zentralen Flur des Kellers gekommen und hatte Bestandsaufnahme seiner Verluste gemacht: seine Taschenlampe war kaputt, er hatte eine Spritzpistole mit Weihwasser verloren und die zweite zerdrückt, als er aus dem Tunnel herausgekommen war und sich versehentlich darauf gerollt hatte, seine Hosen waren an den Knien durchgeschürft und vorne wie hinten durchnäßt – von den Spritzpistolen –, und der einzige Vorteil, den das brachte, dachte er bei sich, war, daß kein Vampir-Wesen ihn in einen mit Weihwasser getränkten Schritt beißen würde.

Obwohl der Keller keine Fenster hatte, stellte Mike fest, daß er sehen konnte, als sich seine Augen an das Leuchten gewöhnt hatten – das der Phosphoreszenz, die aus den Wänden zu quellen schien, und dem helleren Leuchten des brennenden Neunaugendings im zentralen Flur.

Mike nahm an, daß es tot war. Seine Haut war weitgehend verkohlt, Schlacke glomm, wo die Innereien gewesen waren, und das

Maul ging nicht mehr auf und zu. Er nahm an, daß es tot war, machte aber dennoch einen großen Bogen darum, drückte sich an der Wand daran vorbei und betrachtete ehrfürchtig die Masse von Schutt, die das sterbende Ding die ganze Länge des Kellerflurs vor sich hergeschoben hatte. Dichte Staubwolken und der Geruch von verbranntem Fisch gingen von ihm aus.

Mike beschloß, eine Inventur seiner Mittel zu machen, während er die Treppe zum Erdgeschoß hinaufging. Er hatte Memos geladene Eichhornbüchse und vier Patronen Reserve; den Rest hatte er abgeschossen oder bei der hastigen Flucht aus dem Tunnel verloren. Er hatte blaue Flecken und blutete und schlotterte von Kopf bis Fuß, aber sonst ging es ihm gut. Mike stieg über die herausgerissene Tür in den Hauptflur im Erdgeschoß von Old Central.

Mike blieben nur ein paar Sekunden, um blinzelnd dazustehen und die Veränderungen in sich aufzunehmen, die ein paar Wochen des Sommers in der alten Schule bewirkt hatten, und den pulsierenden roten Sack mit Beinen und Augen zwölf Meter über sich in dem jetzt offenen Glockenturm zu betrachten. Er hatte einen Schritt gemacht und war auf Dale Stewarts Savage-Pump-Flinte getreten, als er eine Bewegung in den Schatten sah und im Niederkauern erstarrte.

Etwas kam von Mr. Gesslers Zweitkläßlerzimmer auf ihn zu, bewegte sich und gab leise miauende Laute von sich. Das Geräusch wäre fast im plötzlichen Ächzen und Stöhnen des Gebäudes untergegangen, weil der Sturm draußen so polterte und heulte.

Mike ließ sich auf ein Knie sinken, hob hastig die Savage und klemmte sie unter den linken Arm, während er auch die Eichhornbüchse mit erhobenem Lauf bereit hielt.

Pater Cavanaugh kam aus den Schatten und gab leise Geräusche von sich, bei denen es sich um Versuche zu sprechen handeln mochte. Seine Lippen waren nicht mehr da, und selbst im schwachen Licht konnte Mike die derben Stiche sehen, wo Mr. Taylor, der Bestattungsunternehmer, das Zahnfleisch zusammengenäht hatte. Es konnte sein, daß er zu sagen versucht hatte: ›Michael.‹

Mike wartete, bis das Ding sieben oder acht Schritte entfernt war, dann senkte er die Eichhornbüchse und schoß ihm ins Gesicht.

Der Knall und die Echos des Knalls waren unglaublich.

Die Überreste des Priesters wurden rückwärts über den harzigen Boden geschleudert, der Körper rollte gegen das überwucherte Treppengeländer, während Teile des Schädels anderswohin flogen. Doch auch ohne Kopf rappelte sich das Ding auf Hände und Knie hoch und kam auf Mike zugekrochen.

In einem Zustand völliger Ruhe, in der sein Körper die Bewegungen ausführte, während sein Verstand sich mit anderen Dingen beschäftigte, nahm Mike den Griff der Eichhornbüchse in die andere

Hand, klappte das Schloß der Savage auf, vergewisserte sich, daß die Patrone darin nicht verbraucht war, drückte den Lauf von Dales Schrotflinte auf den Rucken des Priester-Dings, als dessen Finger gerade nach Mikes Turnschuhen griffen, und drückte ab.

Die Obszönität, die seinem Freund ähnelte, wand sich auf dem klebrigen Boden; die Wirbelsäule war deutlich in zwei Teile durchtrennt. Mike wich zurück, holte zwei seiner vier verbliebenen Patronen aus der Tasche und lud eine in Memos Waffe und eine in die von Dale. Sein Fuß berührte Plastik; er blickte nach unten und sah das Funkgerät unter dem Zeh. Er hob es auf, wischte die Glibberstränge ab, drückte den Sendeknopf, hörte die heißersehnte Statik und schrie hinein.

Kevin antwortete nach dem dritten Ruf.

Danke, gütiger Heiland, betete Mike. Er sagte in das Funkgerät: »Kev! Jag es hoch! Sofort! Jag das gottverdammte Gebäude hoch!« Er wiederholte den Befehl und ließ das Funkgerät fallen, als er Dales Stimme im zweiten Stock schreien hörte. Mike entschied sich für die Gewehre statt für das Walkie-talkie und rannte die Treppe hinauf, so schnell er konnte.

Um ihn herum bebten die Netze und Knoten und die Wände selbst, als wäre die Schule ein lebendiges Wesen und im Begriff zu erwachen.

Mike stolperte und stürzte fast die übersäte, klebrige Treppe hinunter, erlangte das Gleichgewicht wieder und sprang auf den Treppenabsatz im ersten Stock. Das rote Licht oben wurde mit jedem Augenblick kräftiger.

»Mike! Hier drin!« kreischte Dales Stimme hinter eine Abschirmung schwarzer Haare, wo einst die Tür zu Mrs. Doubbets Klassenzimmer gewesen war. Ein plötzliches Knurren ertönte, als wäre eine Meute ausgehungerter Hunde losgelassen worden.

Mike wußte, wenn er nur zwei Sekunden zögerte, würde er nicht mehr die Nerven aufbringen, da hineinzugehen. Er spannte beide Waffen und sprang geduckt und sich abrollend hinein.

41

Das Neunauge würde es vor ihnen zur Eingangstür schaffen.

Cordie Cooke gab sich allergrößte Mühe, den Tanklaster in einer geraden Linie über die rund vierzig Meter Gehweg auf den Eingang zuzusteuern. Einer der linken Hinterreifen hörte sich an, als würde Gummi klatschen, und das Heck des schwer beladenen Lasters schlingerte und rutschte. Kevin hämmerte abwechselnd auf das Armaturenbrett, versuchte Mike wieder ans Walkie-talkie zu bekommen und trieb Cordie an.

Das verbliebene Neunauge kam zum Kiesflecken bei der Nordtür, tauchte ein letztes Mal in die Tiefe und schnellte hoch, als der Laster über die letzten fünfzehn Meter Gehweg darauf zuraste.

Kevin sah die dünnen Bretter auf der Treppe, die Dale und Kevin hingelegt haben mußten, sah sofort, daß sie das Gewicht des Lasters nicht halten konnten und überlegte sich dann, daß er schleunigst aussteigen mußte. Der Zusammenstoß war nur noch Sekunden entfernt.

Seine Tür klemmte fest.

Kevin mühte sich nur eine Sekunde damit ab, dann rutschte er über den Sitz zu Cordie und drückte sie zur Fahrertür, während er über ihren Schoß hinweg zum Türgriff tastete.

»Verdammt, was hast du vor?«

»Spring! Spring! *Spring!*« schrie Kevin und hämmerte gegen sie. Der Laster scherte nach links aus, aber er und Cordie umklammerten das Lenkrad und steuerten dagegen, als das Neunauge aus dem Boden emporschoß wie ein riesiger Schachtelteufel.

Cordie drückte den Türgriff hinunter, dann flogen sie beide hinaus und landeten so fest auf dem Kies, daß einer von Kevins Backenzähnen herausgeschlagen wurde und er sich das Handgelenk brach. Das Mädchen grunzte einmal und rollte bewußtlos aufs Gras, während Laster und Neunauge mit fünfundvierzig Stundenmeilen zusammenstießen und das Maul des Neunauges wie eine Ramme durch die Windschutzscheibe schmetterte.

Kevin richtete sich auf dem Kies auf, krümmte unter Schmerzen den Hals, als sein rechtes Handgelenk nachgab, hoppelte auf Knien und der anderen Hand zu Cordie und zog sie rückwärts, als der Laster und das darin verbissene Neunauge gegen die Veranda prallten.

Die Fahrspur war doch nicht gerade gewesen. Der linke vordere Kotflügel des Lasters streifte das Betongeländer und schmetterte die Kabine zur Seite, als die ersten beiden Stufen die Vorderachse bremsten, so daß die Überreste der Kabine auf das Neunauge stürzten, während vier Tonnen Stahltank wie ein Klappmesser vertikal über die Veranda schlitterten und durch die vernagelte Eingangstür knallten.

Der Tank war zu breit. Er wurde zusammengedrückt wie eine Bierdose, als er Mauer und Türrahmen nach innen drückte und Holzsplitter und vierundachtzig Jahre altes Gebälk zwanzig Meter hoch in die Luft schleuderte. Der Körper des Neunauges wurde aus dem Loch gerissen wie eine Schlange aus den Zähnen eines Kojoten, und Kevin konnte gerade noch sehen, wie der Segmentleib an Tür und Rahmen zerquetscht wurde.

Benzingestank schwängerte die Luft, als Kevin mit Cordie unter dem rechten Arm weitere dreißig bis vierzig Schritte in Richtung der Ulmenreihe stolperte. Er hatte keine Ahnung, wo die .45er und das goldene Feuerzeug seines Vaters waren.

Das Feuerzeug.

Kevin blieb stehen, drehte sich um, ließ sich auf den Rasen fallen und war zu erschöpft, sich wegen dem zweiten Neunauge Gedanken zu machen.

Das Benzin war nicht explodiert. Er konnte die Rinnsale aus dem geborstenen Tank fließen sehen, konnte das Benzin sehen, das auf die Wände gespritzt war und ins Innere troff, konnte das Blubbern hören und die Dämpfe riechen. *Es ist nicht explodiert.*

Verdammt, das war nicht fair. In den Filmen, die Kevin gesehen hatte, stürzte ein Auto über die Klippen und explodierte aus keinem anderen Grund als dem, daß der Regisseur etwas Pyrotechnik brauchte. Er hatte gerade Besitz seines Vaters im Wert von fünfzigtausend Dollar zu Schrott gefahren, vier Tonnen und viertausend Liter Benzin in diesen trockenen Scheiterhaufen von einer Schule gerammt und – nichts! Kein einziger verdammter Funke.

Kevin schleppte Cordie noch sechzig Schritte von dem Wrack fort, lehnte das reglose Mädchen gegen eine Ulme, riß einen langen Streifen Stoff von den Fetzen, die an ihr hingen, und ging zurück ... er stolperte wie ein Betrunkener dahin und hatte keinen blassen Schimmer, wo das Feuerzeug war oder wie er eine Flamme zustande bringen sollte oder wie er mit heiler Haut davonkommen konnte, wenn er eine gefunden hatte.

Er würde sich etwas einfallen lassen.

Dale und Harlen schrien eine Warnung, als sie Mike auf der Treppe hörten. Die beiden Jungs sprangen von Bank zu Bank und versuchten, immer eine Reihe vor dem Soldaten und Van Syke zu bleiben. Die Pilzgewächse und alten Leichen machten es den Wesen schwer, sich zwischen den Bänken zu bewegen. Aber der weiße Klumpen, der Tubby war, tauchte als weiße Hand auf, die nach ihnen tastete, als weißes Gesicht, das aus dem Schimmel unter ihren Füßen emporstieg.

Dr. Roon und Mink Harper stellten sich rechts und links von der Tür auf und warteten auf Mike. Sie stürzten sich in dem Augenblick auf ihn, als er zur Tür hereingerollt kam. Roon war zu schnell; er kickte den Lauf der Savage zur Seite, als Mike gerade abdrückte. Anstatt dem Rektor das Gesicht wegzupusten, zerschmetterte der Schuß ein Stück Netz unter der Decke, brachte einen Eisack zum Platzen und versetzte die ganze Masse von Strängen und Filamenten in zuckende Bewegungen.

Mink Harper war nicht so schnell. Das Ding packte mit den Fingern, die es noch hatte, Mikes rechtes Handgelenk, die Überreste des Mink-Gesichts dehnten sich zu einem Rüssel, aber Mike hatte noch Zeit, den Hahn zu spannen, den vierzig Zentimeter langen Lauf in Minks Bauch zu rammen und abzudrücken. Der Körper schien zu schweben und drapierte sich über einen Strang, der zwischen der Beleuchtung und Gilbert Stuarts Porträt von George Washington hing. Auf der Stelle floß das Netz aus Strängen zusammen und in Minks Fleisch. Mike kramte in der Tasche, ertastete die beiden restlichen Schrotpatronen, holte eine heraus, ließ die verbrauchte Hülse aus dem Schloß der Savage springen und rammte die neue hinein.

Dr. Roon gab ein Geräusch von sich und entwand ihm die Schrotflinte fast mühelos. Er kickte Mike an den Kopf, der Junge rollte von dem Tritt weg, aber nicht schnell genug; dann zielte Roon mit der Kimme der Savage auf Mikes bewußtloses Gesicht.

»Nein!« schrie Dale. Er und Harlen waren nur ein paar Schritte von Van Syke entfernt und sprangen von Bank zu Bank auf den wartenden Soldaten zu, aber jetzt schnellte er über die greifenden Arme des Soldaten hinweg in die Luft. Er prallte gegen Roons Schulter, dann gegen den Türrahmen und rollte sich ab, als die fehlgeleitete Schrotflinte feuerte. Der Schuß traf den Leichnam von Mrs. Duggan in die Brust, zerfetzte die letzten Reste ihres Totenhemds und schleuderte sie gegen die Schiefertafel. Langsam zogen die zuckenden Arme das Ding wieder zum Pult zurück.

Der Leichnam von Mrs. Doubbet erhob sich, Stränge des fleischigen Netzes lösten sich mit leise schmatzenden Geräuschen. Die Lider flatterten wild über weißen Kugeln. Lawrence war auf seinem Stuhl zu sich gekommen und zog und zerrte an seinen Fesseln, während die Lehrerin näherkam.

Dr. Roon packte Dale am Hemdkragen und schüttelte ihn. »*Verflucht*«, sagte der Mann und schnaufte seinen stinkenden Atem in Dales Gesicht. Er schleuderte ihn Kopf voraus durch die Tür und folgte ihm hinaus.

Die schwarze Gestalt von Karl Van Syke beugte sich über Mike.

Jim Harlen war zur ersten Bankreihe gerannt und wollte seinen Freunden zu Hilfe eilen, aber wegen der dicken Seilschlingen, die ihm noch über die Schulter hingen, verlor er das Gleichgewicht für einen Augenblick, stürzte und hielt sich an einem dünnen Strang fest, den er aber lediglich mit sich herunterriß, als er zwischen den Bankreihen in die Pilzwucherungen fiel. Das Netz fühlte sich warm an und tropfte.

Harlen schrie trotzig, als sich der Soldat über die Bank zu ihm herunterbeugte.

Draußen auf dem Treppenabsatz erhaschte Dale einen letzten Blick auf seinen Bruder, der versuchte, die Stränge abzustreifen, die ihn an den Stuhl fesselten, dann war Dr. Roon wieder über ihm, packte ihn am Hals, hob ihn hoch und trug ihn Richtung Geländer.

Dale spürte, wie seine Fersen gegen das Geländer schlugen, als Roon ihn höher hob, über den acht Meter tiefen Abgrund hielt und die Finger tief ins Fleisch von Dales Hals grub. Dale trat um sich und krallte und schlug nach dem Gesicht des Mannes, aber Roon schien keine Schmerzen mehr empfinden zu können. Der Mann blinzelte Blut aus den Augen und verdoppelte den Druck um Dales Hals. Dale spürte Dunkelheit über sich kommen, sein Gesichtsfeld wurde zu einem schmalen Tunnel, und dann spürte er, wie das gesamte Gebäude erbebte und Roon mit ihm rückwärts taumelte, als der gesamte Treppenabsatz vibrierte wie ein Floß auf rauher See, und dann rollten sie beide über die alten Dielen, während Benzingestank die Luft erfüllte.

Obwohl er benommen war und eine Gehirnerschütterung erlitten hatte, versuchte Kevin, wissenschaftlich vorzugehen, als er auf das Wrack zustolperte. Ein Gegenstand seiner Verwunderung war, weshalb nach dem unglaublichen Lärm der Kollision zwischen Tanklaster und Schule keine riesige Menschenmenge zusammengeströmt war. Kevin sah blinzelnd zu den zuckenden Blitzen hinauf, lauschte den ununterbrochenen Donnerschlägen und nickte weise. *Ah-haa.*

Er machte sich wieder daran, wissenschaftlich zu denken. Er brauchte eine Flamme, einen Funken ... womit konnte man Benzin anzünden? Mit dem Feuerzeug seines Dad, aber das hatte er irgendwo verloren. Feuerstein und Stahl würden ihm einen Funken liefern. Kevin klopfte dumpf seine Taschen ab, fand aber weder Feuerstein noch Stahl. *Und wenn ich einen Stein gegen den Stahltank schlage, bis ich einen Funken bekomme?* Etwas an diesem Plan schien nicht richtig zu sein. Kevin speicherte ihn als Ersatzmöglichkeit ab.

Er stolperte noch zwanzig Schritte näher, dann plitschten seine bloßen Füße durch Benzinpfützen. *Bloße Füße.* Er sah nachdenklich an sich hinab. Irgendwie hatte er in dem Tohuwabohu die Schuhe verloren. Das Benzin war kalt an seinen Füßen und brannte, wo er offene Wunden hatte. Sein rechtes Handgelenk fing an zu schwellen, die Hand hing schlaff und *nicht richtig* darunter.

Sei wissenschaftlich, sagte sich Kevin Grumbacher. Er stolperte ein paar Schritte zurück und setzte sich auf ein vergleichsweise trockenes Stück des Gehwegs, um darüber nachzudenken. Er brauchte einen Funken oder eine Flamme. Wie konnte er die bekommen?

Er sah zum Himmel hinauf, aber die Blitze griffen das Stichwort nicht auf und schlugen gerade in diesem Augenblick nicht in den

Tanker ein, obwohl die gezackten Lichtstrahlen feurig genug aussahen. *Vielleicht später.*

Wie stand es mit Elektrizität? Er konnte in die Kabine zurückkriechen, den Zündschlüssel im Schloß drehen und abwarten, ob die Batterie einen Funken gab. Dem Geruch nach mußte ein Funken ausreichen.

Nein, das war auch nicht gut. Obwohl Kevin fast zwanzig Meter vom Schauplatz entfernt saß, konnte er die unter dem Gewicht des Tanks selbst eingedrückte und zerquetschte Kabine deutlich sehen. Und das Fahrerhaus war obendrein wahrscheinlich voll von dem zerquetschten Neunaugending.

Kevin runzelte die Stirn. Vielleicht würde ihm die Lösung einfallen, wenn er sich ein paar Minuten hinlegte und ausruhte. Der Gehweg sah sehr weich und einladend aus.

Er schob einen glänzenden Stein beiseite und legte den Kopf auf den Beton. Der Stein fühlte sich irgendwie nicht richtig an.

Kevin richtete sich auf, wartete darauf, daß der nächste Blitz die Nacht erhellte, und hob den halbautomatischen .45er Colt seines Vaters vom Kies auf. Der Griff war zerbrochen. Der Stahl war zerkratzt, und die kleine Kimme vorn sah auch nicht richtig aus.

Kevin rieb das Blut weg, das ihm in die Augen floß, und blickte blinzelnd zu dem rund zwanzig Meter entfernten auslaufenden Tanklaster. *Warum habe ich das mit Daddys Laster gemacht?* Es schien nicht besonders wichtig zu sein, das jetzt zu beantworten; vielleicht später. Zuerst mußte er eine Flamme oder einen Funken erzeugen.

Er drehte den .45er in den Händen herum, vergewisserte sich, daß der Lauf nicht mit Erde verstopft war, und wischte soviel Staub vom Stahl, wie er konnte. Den konnte er unmöglich in den Waffenschrank seines Vaters zurücklegen, ohne daß diesem auffiel, daß etwas damit nicht stimmte.

Kevin hob die Waffe und ließ sie wieder sinken. War eine Patrone drin? Er glaubte es nicht; sein Vater mochte es nicht, eine geladene und gesicherte Waffe mitzunehmen, wenn sie zum Hartley's Pond zum Zielschießen gingen.

Kevin klemmte die Waffe zwischen die Knie und zog den Schieber mit der linken Hand. Eine Patrone fiel heraus und rollte auf den Gehweg, noch eine schußbereite Patrone war drin. *Verdammt.* Er *hatte* eine eingelegt gehabt. Wie viele blieben jetzt noch? Mal sehen, ein Magazin mit sieben Schuß, minus dem einen ... im Augenblick fiel Kevin das Rechnen zu schwer. Vielleicht später.

Er nahm die Waffe in die linke Hand und zielte auf den Tanker. Die Blitze machten das Zielen irgendwie schwierig. *Wenn du etwas nicht treffen kannst, das buchstäblich größer als ein Scheunentor ist, solltest du es lieber gar nicht erst versuchen.* Aber er war ziemlich weit weg.

Kevin wollte aufstehen, stellte aber fest, daß ihm dabei schwindlig wurde. Er setzte sich plumpsend wieder hin. Okay, er würde es von hier aus machen.

Er dachte daran, den Sicherungshebel zurückzuschieben, dann zielte er, indem er stirnrunzelnd durch die Kimme sah. Erzeugte eine einschlagende Kugel einen Funken oder eine offene Flamme? Er konnte sich nicht erinnern. Nun, es gab nur einen Weg, das herauszufinden.

Der Rückstoß tat seinem unverletzten Handgelenk weh. Er ließ die Waffe sinken und sah den Tanklaster an. Keine Flamme. Kein Funke. Hatte er das verdammte Ding verfehlt? Er hob seinen zitternden Arm und feuerte noch zweimal. Nichts.

Wie viele Kugeln hatte er noch? Zwei oder drei. Mindestens.

Er visierte den Kreis aus Edelstahl sorgfältig an und drückte ab, wie sein Vater es ihm gezeigt hatte. Ein Geräusch war zu hören, als würde ein Klempnerhammer auf eine Kochplatte schlagen, und Kevin grinste triumphierend. Das Grinsen wurde zum Stirnrunzeln.

Kein Feuer. Keine Flamme. Kein großer Knall.

Wie viele Kugeln hatte er noch? Vielleicht sollte er das Magazin herausklappen, die Patronen herausnehmen und sie zählen. Nein, es war besser, wenn er die Messinghülsen zählte, die auf den Gehweg gefallen waren. Er sah zwei oder drei, die die ungestümen Blitze reflektierten, aber hatte er nicht mehr abgefeuert?

Nun, er hatte mindestens noch eine Patrone übrig. Vielleicht zwei.

Kevin hob seinen heftig zitternden Arm, feuerte noch einmal und wußte in dem Augenblick, als er abgedrückt hatte, er hatte wahrscheinlich so hoch geschossen, daß er die Fassade der Schule verfehlt hatte, ganz zu schweigen von dem Stahltank.

Er versuchte sich zu erinnern, warum er das machte. Er kam nicht darauf, wußte aber, daß es wichtig war. Etwas mit seinen Freunden.

Kevin wälzte sich auf den Bauch, stützte die Waffe auf das gebrochene Handgelenk und drückte ab, wobei er halb damit rechnete, daß der Hahn auf eine leere Kammer fallen würde.

Der Rückstoß war zu spüren, ein Funke dicht unterhalb der Einfüllklappe zu sehen, und dann zündeten dreitausend Liter Benzin.

Dr. Roon war gerade aufgestanden, als die Explosion das Geländer in tausend Stücke zerfetzte und eine Feuerwalze das offene Treppenhaus heraufschoß. Roon wich gelassen zur Wand zurück und sah mit fast akademischem Interesse auf das sechzig Zentimeter lange Stück der Balustrade hinab, das ihm in die Brust gedrungen war wie ein Pfahl. Er legte zögernd eine Hand auf das Ende, zog aber nicht. Statt dessen lehnte er sich an die Wand und setzte sich langsam hin.

Dale hatte sich zur Wand gerollt und den Kopf mit den Händen geschützt. Der Rest des Geländers brannte, die Bücherregale auf dem Zwischengeschoß hatten Feuer gefangen, das Buntglas schmolz und floß an der Nordwand hinab, und jeder Zentimeter des Teppenabsatzes im ersten Stock rauchte und schwelte unter ihm.

Sechs Schritte entfernt fing Dr. Roons Hosenbein an zu schwelen und die Sohlen seiner Schuhe wurden weich und formlos. In dem offenen Treppenhaus drei Meter links von Dale gingen die Netze aus rosa Fleisch in Flammen auf und schmolzen wie Wäscheleinen in einer brennenden Mietskaserne. Das Zischen des weichen Materials hörte sich wie Schreien an.

Dale stolperte durch die schwelende Tür.

Das Klassenzimmer stand in Flammen. Die Explosion hatte alle von den Füßen gerissen – Lebende wie Tote gleichermaßen –, aber Harlen hatte Mike aufgeholfen, und beide Jungs waren dabei, die Fesseln von Lawrence zu zerreißen. Dale nahm sich die Zeit, Mikes Eichhornbüchse vom Boden aufzuheben, dann gesellte er sich zu ihnen und half mit, die hart gewordenen Stränge von Armen und Hals seines Bruders zu reißen.

Dale zog Lawrence auf die Füße, während Harlen den Stuhl wegzog. Es waren immer noch ein paar Stränge da, aber Lawrence konnte stehen und sprechen. Er warf einen Arm um Dale, den anderen um Mike. Er lachte und weinte gleichzeitig.

»Später«, rief Dale und deutete auf die brennende Masse von Bänken in der Dunkelheit, wo der Soldat und Van Syke sich ebenfalls aufgerappelt hatten. Tubby war irgendwo da drinnen.

Mike rieb sich Blut und Schweiß aus den Augen und kramte die letzte Schrotpatrone aus der Tasche. Er nahm Dale die Eichhornbüchse ab und lud sie. »Los!« brüllte er durch den Rauch. »Bewegung! Ich gebe euch Deckung.«

Dale führte seinen Bruder halb, halb trug er ihn auf den Treppenabsatz hinaus. Roon war fort. Der Rand des Absatzes war eine einzige Flammenmauer, Teile des Netzes und Eisäcke fielen wie geschmolzene Kugeln von oben herunter.

Dale und Harlen stolperten mit Lawrence zwischen sich zur Treppe. Das Bibliothekszwischengeschoß und eine Treppe darunter waren fort, sie hatten sich in einen neun Meter hohen brennenden Scheiterhaufen verwandelt. Es sah aus, als wäre die Treppe bis in den Keller hinunter zusammengebrochen. Die Backsteine leuchteten weißglühend.

»Rauf!« schrie Dale. Mike kam rückwärts aus dem Klassenzimmer und gesellte sich zu ihnen, als sie die Treppe hinauf zum nächsten Absatz hasteten und dann weiter zum zweiten Stock, der seit so vielen Jahren abgesperrt gewesen war.

Aus den Klassenzimmern der High-School drangen Zischen und

Schreie – Zimmer, die seit Jahrzehnten Dunkelheit und Spinnweben überlassen gewesen waren. Die Jungs nahmen sich nicht die Zeit, sie zu untersuchen.

»Rauf!« Diesmal hatte Mike es geschrien, der zur Treppe zum Glockenturm deutete. Die Bretter und Dielen schwelten unter ihren Füßen, als sie hinaufkletterten. Dale hörte von unten Geräusche, als würde das zentrale Treppenhaus in dem Inferno einstürzen.

Sie kamen auf dem schmalen Steg heraus, der um die Innenseite des Glockenturms führte. Die Bretter waren schmal und brüchig; Dale sah einmal nach unten, erblickte Flammen, die vom fünfzehn Meter tiefer gelegenen Boden zu ihm heraufloderten, und sah nicht mehr hinab.

Statt dessen sah er unverwandt zu dem Ding, das in seinem Netz in der Mitte des Glockenturms hing.

Der kugelförmige, durchscheinende Sack war vielleicht einmal glockenförmig gewesen. Dale glaubte, Befestigungen und Verankerungen für eine Glocke zu erkennen, wo das Ding sich mit der größten Zahl von Fäden und Netzauswüchsen verankert hatte. Es spielte keine Rolle.

Was er jetzt sah, betrachtete ihn ebenfalls – sie alle – mit tausend Augen, und es hatte hundert pulsierende Mäuler. Dale spürte die Wut des Dings, die absolute Fassungslosigkeit, daß zehntausend Jahre Vorherrschaft mit so einer Groteske zu Ende gehen sollten ... aber am meisten spürte er seinen Zorn und seine Macht.

Ihr könnt mir immer noch dienen. Das Dunkle Zeitalter kann immer noch beginnen.

Dale, Lawrence und Harlen starrten das Ding an. Sie spürten, wie eine gewaltige Wärme sie anrührte – nicht nur die Hitze der Flammen, sondern eine tiefere Wärme des Wissens, daß sie dem Meister dienen, ihn möglicherweise durch ihre Dienste sogar retten konnten.

Mit Beinen, die sich bewegten, als seien sie ein einziges Wesen, gingen die drei zum Rand des Stegs auf den Meister zu.

Mike hob Memos Eichhornbüchse und feuerte aus einer Entfernung von zwei Metern in den Eisack. Der Sack riß und ergoß seinen Inhalt zischend in die lodernden Flammen.

Mike zog seine Freunde zurück und benützte die Waffe als Hammer, um die verrotteten Bretter an der Seitenwand des Glockenturms wegzuschlagen.

Cordie wachte noch rechtzeitig auf, um den bewußtlosen Grumbacher von der Feuersbrunst wegzuzerren. Seine Kleidung war an der Vorderseite rußig, die Augenbrauen versengt, und es sah aus, als hätte ihn die Explosion ein paar Meter zurückgeschleudert.

Sie zog ihn zu den Ulmen und schlug ihm ins Gesicht, bis er zu sich kam. Sie sahen beide, wie die winzigen Gestalten auf das Dach der Schule kletterten.

»Scheiße«, sagte Harlen, der den steilen Giebel zum Rand des Daches hinunterrutschte, »ich glaube, ich habe diese Szene in *Panik um King Kong* gesehen.«

Sie befanden sich am südlichen Rand des Schulhausdachs und nutzten jeden Halt aus, den sie finden konnten. Es waren mindestens vier Stockwerke zum festgestampften Kies und den betonierten Wegen des Spielplatzes direkt unter ihnen.

»Du solltest es mal so sehen«, keuchte Dale, der sich an Lawrence festklammerte, während Lawrence sich an einem faustgroßen Loch im Dach festhielt. »Wenigstens haben wir jetzt Verwendung für deine Seile.«

Harlen hatte das erste von zwei acht Meter langen Seilen aufgerollt. Es war teilweise verkohlt und sah alles andere als sicher aus. »Klar«, sagte er. »Aber wie?«

»Uh-oh«, sagte Mike. Er hatte die Ecke eines Kamins umklammert und sah in die Richtung, aus der sie über das Dach gekommen waren.

Hinter ihnen zwängte sich eine dunkle Gestalt durch die rauchenden Dielen des Glockenturms.

Dale konnte lediglich eine schwarze Silhouette erkennen. »Ist es der Soldat? Van Syke?«

»Glaube ich nicht«, sagte Mike. »Es muß Roon sein. Ich glaube nicht, daß die anderen Wesen sich bewegen oder handeln können, nachdem ihr Meister tot ist. Sie waren alle nur Teile dieses größeren Wesens.« Die Jungs sahen zu, wie die dunkle Gestalt hinter einem Giebel verschwand, während sie rasch auf sie zukam. Mike drehte sich zu Harlen um und sagte leise: »Wenn du dieses Seil noch benützen willst, solltest du dich besser beeilen.«

Harlen hatte einen beweglichen Knoten gebunden und machte jetzt ein Lasso. »Ich könnte es um den Ast da schlingen, dann könnten wir uns rüberschwingen.«

Dale und Lawrence und Mike sahen zu den hohen Ästen der Ulme. Diese waren fast zehn Meter entfernt und viel zu dünn, als daß sie einen der Jungs getragen hätten.

Hinter ihnen tauchte auf dem zentralen Dachfirst die Gestalt wieder auf und folgte derselben Route zum Südgiebel, die sie eingeschlagen hatten. Rauch quoll unter den alten Ziegeln hervor und hüllte die Gestalt ein, aber Dale glaubte, daß er den dunklen Anzug und die blutigen Gesichtszüge von Dr. Roon erkennen konnte.

Die Hitze vom brennenden Nordende des Gebäudes wurde allmählich unerträglich. Die Jungs mußten die Gesichter abwenden, als der gesamte Glockenturm in Flammen aufging.

»He«, sagte Lawrence. »Seht mal!«

Zwei oder drei Meilen entfernt hatte sich, von zuckenden Blitzen erhellt, ein Tornado aus den schwarzen Wolken herabgesenkt, der mit steigendem und fallendem Trichter aus Südwesten herangewirbelt kam. Eine Sekunde, die sich ewig zu dehnen schien, sahen die Jungs nur hin. Dale stellte fest, daß er den Wirbelsturm insgeheim hierher wünschte, damit er mit einem letzten Mahlstrom der Zerstörung allem hier ein Ende machte.

Der Tornado stieg in die Höhe, stieß hinter Bäumen und Feldern weit im Osten wieder herunter, setzte irgendwo jenseits der Stadt auf und sauste Richtung Norden in die Dunkelheit davon. Der Wind schwoll plötzlich an, als die Gewitterfront vorüberzog, überschüttete die Jungs mit Zweigen und Blättern und drohte, sie vom Dachrand zu reißen.

»Gib her!« sagte Mike zu Harlen. Er nahm das Seil, band den Knoten neu, schlang es um den anderthalb Meter hohen Kamin und glitt zum Rand, wo er die beiden Seile mit raschen Bewegungen zu einem sicheren Knoten zusammenband. Als er fertig war, zog er probeweise an dem Seil, warf das Ende über den Dachrand und sagte: »Du zuerst!« zu Dale.

Dale zögerte nicht. Er schwang sich auf den Rand der Regenrinne, sah lediglich Luft unter sich, klammerte die Beine um das Seil und ließ sich hinunter. Beim Überhang schwang er leicht hin und her und spürte, wie dünn das Seil war.

Harlen half mit, Lawrence an das Seil zu bringen, dann kletterten die beiden Brüder zusammen hinunter, wobei Dale als Bremse für den kleineren Jungen fungierte. Er spürte, wie seine Hände sich erhitzten und die Haut aufgeschürft wurde.

»Los!« sagte Mike zu Harlen. Er sah das steile Dach hinauf zum First, aber Roon war noch nicht aufgetaucht.

»Mein Arm«, sagte Harlen.

Mike nickte und trat an den Rand. Dale und sein Bruder waren sechs Meter weiter unten und kletterten immer noch langsam abwärts. Das Seil reichte nicht bis zum Boden, aber Mike konnte nicht erkennen, wo es endete.

»Wir gehen zusammen«, sagte Mike. Er blieb stehen und zog Harlens Arme von hinten um sich. »Halt dich an mir fest. Ich kümmere mich um das Seil.«

Dr. Roon kam über den schwelenden Dachfirst; er bewegte sich auf allen vieren wie eine Spinne, der Beine fehlten. Ein Stück des zertrümmerten Geländers ragte ihm immer noch aus der Brust. Er keuchte und knurrte und hatte den Mund weit geöffnet.

»Festhalten!« sagte Mike und schwang Harlen und sich über den Rand. Das gesamte Dach rauchte und schwelte bereits; das Feuer hatte den Dachboden erreicht. Der Kamin, an dem das Seil befestigt war, mußte schon ziemlich heiß sein, sagte sich Mike.

»Das schaffen wir nie«, keuchte ihm Harlen ins Ohr.

»Wir schaffen es«, sagte Mike, der wußte, sie hatten keine Zeit, sich weit nach unten zu lassen, bis Roon den Dachrand über ihnen erreichte. *Er muß nur das Seil durchschneiden.*

Unter ihnen hatten Lawrence und Dale das Ende erreicht. Sie waren immer noch auf der Höhe des oberen Randes der Erdgeschoßfenster, gut viereinhalb Meter vom Boden entfernt.

»Ist doch gar nichts«, flüsterte Lawrence. »Spring!«

Sie ließen beide im selben Augenblick los, schlugen auf und rollten sich im weichen Sand bei der Rutschbahn des Spielplatzes ab. Es war gar nichts.

Sie standen auf zitternden Beinen und rannten vor den Flammen davon, die aus den Fenstern und dem Südtor schlugen. Dale schirmte die Augen ab und sah zu den Gestalten der beiden Jungs vor den Mauersteinen hoch. Sie waren erst halb unten, noch etwa zehn Meter vom Boden entfernt, und Harlen klammerte sich wie ein Besessener an Mikes Rücken fest.

»Los! Los!« schrien die Brüder Mike zu, als eine dunkle Gestalt am Dachrand auftauchte.

Mike sah hoch, schlang Arme und Beine um das Seil, so daß es an der Innenseite seines Arms und zwischen den Knöcheln verlief, schrie Harlen zu: »Festhalten«, und ließ sich hinabrutschen, während das Seil zwischen seinen Handflächen durchsauste.

Dale und Lawrence beobachteten, wie Roon am Dachrand zu zögern schien, zu den Flammen hinaufsah, die inzwischen aus dem Giebel selbst schlugen, und dann rasch eine Seilschlinge um das Handgelenk schlang. Roon bewegte sich wie eine schwarze Spinne und ließ sich über Mike und Harlen vom Dachrand herunter. Er kam rasch abwärts.

»O Scheiße!« flüsterte Lawrence.

Dale deutete nach oben und schrie zu Mike hinauf. Über dem Dachrand, wo weder Mike noch der in Windeseile herunterkletternde Roon es sehen konnten, brachen plötzlich an tausend Stellen Flammen aus dem Dach – wie ein Stück Filmazetat, das plötzlich braun wird, schmilzt und durchbrennt, dachte Dale –, dann stürzte der lange Südgiebel in sich zusammen und ein Funkenschauer erhellte den Nachthimmel. Der alte Kamin stand noch einen Augenblick lang, ein Backsteinturm in einem Geysir aus Feuer, doch dann stürzte er nach innen.

»Spring!« schrien Dale und Lawrence wie aus einem Mund.

Mike und Harlen sprangen die letzten sechs oder sieben Meter, landeten plumpsend und rollten sich im Sand ab.

Über ihnen wurde die kletternde Gestalt von Dr. Roon plötzlich ruckartig nach oben gezogen, als sich das Seil straff um sein Handgelenk spannte. Er streckte den freien Arm im letzten Moment aus, bevor er den Überhang des brennenden Dachgiebels berührte, hochgezogen wurde und in dem Flammenmeer verschwand, wobei er einen Moment wie ein um sich schlagendes Insekt an einer Schnur aussah, das in ein Lagerfeuer gezogen wurde.

Dale und Lawrence stürzten davon, die Arme wegen der Hitze schützend erhoben, und zogen Mike und Harlen vom Spielplatz zum Graben am Rand der School Street. Kevin und Cordie machten einen großen Bogen um die brennende, einstürzende Schule und gesellten sich zu ihnen.

Unvermittelt gingen die Straßenlampen und Hausbeleuchtungen von Elm Haven wieder an. Die Kinder kauerten sich zusammen, Cordie riß den letzten Rest ihres Kleides zu Streifen und wickelte sie um Mikes blutende Hände. Keiner fand es seltsam, daß sie in ihrem grauen Schlüpfer vor ihnen stand, daß Kevin barfuß war und blutete, und auch nicht, daß die anderen vier Jungs aussahen wie Schornsteinfeger in rußigen Fetzen. Plötzlich fing Lawrence an zu kichern, dann lachten sie alle, bis ihnen die Tränen aus den Augen quollen, hielten einander in den Armen und klopften sich auf die Schultern.

Dann, als das Gelächter verstummte, bevor es in Weinen überging, zog Mike Kevin dicht zu sich und flüsterte: »Du hast gehört, wie jemand den Laster deines Dad gestohlen hat«, flüsterte er zwischen Hustenanfällen. Er hatte zuviel Rauch eingeatmet. »Du hast uns mit den Walkie-talkies gerufen und wir haben versucht, ihn einzuholen. Wir dachten, wir hätten Dr. Roon am Steuer gesehen. Dann ist er in die Schule gerast und das Feuer hat angefangen.«

»Nein«, sagte Kevin dumpf und rieb sich die Schläfen, »so ist es nicht gewesen . . .«

»*Kevin!*« sagte Mike, packte das rußige T-Shirt des Jungen mit einer blutigen Hand und schüttelte ihn.

Kevins Augen wurden klar. »Jaaa«, sagte er langsam. »Jemand hat Dads Laster gestohlen. Ich bin rausgerannt, um ihn zu verfolgen.«

»Wir konnten ihn nicht einholen«, sagte Dale.

»Dann hat das Feuer angefangen«, sagte Lawrence. Er sah blinzelnd in die Flammen. Das Dach war eingestürzt, der Glockenturm verschwunden, die Fenster waren verbrannt und die Mauern stürzten ein. »Junge, und wie es angefangen hat.«

»Wir wissen nicht, wer oder warum«, sagte Mike hustend und sank auf das Gras zurück. »Wir haben versucht, den Mann aus dem Laster zu ziehen, und dabei sind wir alle so zugerichtet worden. Aber sonst wissen wir von nichts.«

Zwei Sirenen fingen an zu heulen – die Bürgerschutzsirene auf dem Bankgebäude warnte vor einem Tornado, der schon vorbeigezogen war, dazu gesellte sich die höhere, schrillere Sirene der einen halben Block südlich gelegenen Freiwilligen Feuerwehr. Scheinwerfer tauchten auf der Second Avenue und der Depot Street auf; dann hörten sie schwere Laster näherkommen. Leute erschienen auf den Gehwegen und an Straßenecken.

Die sechs Kinder gingen auf die heimeligen Lichter der Häuser zu; die lodernden Flammen des brennenden Gebäudes warfen ihre Schatten weit über den Spielplatz.

42

Am Freitag, dem 12. August 1960, wurde von Cape Canaveral aus der ballonförmige Kommunikationssatellit *Echo* erfolgreich gestartet.

An diesem Nachmittag fuhren Dale, Lawrence, Kevin, Harlen und Mike mit ihren Farrädern zu Onkel Henry und Tante Lena, wo sie sich auf die hintere Wiese verzogen und Stunden damit verbrachten, am Bach nach der verschütteten Schmugglerhöhle zu graben. Es war sehr heiß.

Cordie Cooke kam kurz vor dem Mittagessen und sah ihnen beim Graben zu. Ihre Familie war wieder in das Haus an der Straße zur Müllkippe eingezogen, und die Kinder in der Stadt tuschelten schon darüber, wieviel Zeit sie mit Mike und den anderen verbrachte.

Das Graben ging sehr langsam vonstatten. Harlens Gips war vor zwei Wochen abgenommen worden, Kevins kleinerer Gips eine Woche danach, aber beide Jungs schonten die Arme, und außer Harlen hatten alle Jungs heilenden Schorf auf den Handflächen. Sie gingen behutsam mit Spaten und Schaufel um.

Kurz vor dem Essen – der Kombi von Dales und Lawrences Eltern war gerade eine Viertelmeile entfernt in die Einfahrt gebogen und hatte gehupt –, stieß Mikes Schaufel verblüffenderweise in Leere und Dunkelheit durch.

Alte, kühle Luft strömte aus dem zwanzig Zentimeter durchmessenden Loch, das sie in den Hang gebohrt hatten. Lawrence, der ewige Optimist, hatte eine Taschenlampe mitgebracht. Sie machten das Loch ein bißchen größer und leuchteten mit der Taschenlampe hinein.

Es war nicht nur ein Wühlmausloch. Ein Eingangsschacht, in dem staubige Flaschen und anderes, hastig herbeigeschafftes Füllmaterial glitzerten, schien zu einem breiteren, größeren Raum dahinter zu führen. Die Jungs konnten dunkles Holz erkennen, bei dem es sich um eine Kiste oder das Ende einer Bar handeln mochte. Eine dunkle

Rundung war mit Sicherheit ein Autoreifen, möglicherweise der eines Modell A, welcher immer noch da unten verborgen war, wie Onkel Henry stets gesagt hatte.

Die Jungs machten sich an dem Loch zu schaffen, vergrößerten es und warfen Erdklumpen und Steine in Richtung Bach hinunter, als sie plötzlich wie in stummer Übereinkunft innehielten. Cordie, die auf der anderen Seite des Bachs im Schatten saß, blickte auf. Ihre neuen Jeans von Meyer's Dry Goods sahen steif und frisch an ihr aus. Sie wischte Staub von ihren Schuhen. Mike zog die Schaufel zurück und sah die vier anderen Jungs an. »Sie ist es wirklich«, flüsterte er. Er stellte die Schaufel weg und rieb sich die Oberlippe. »Aber es besteht kein Grund zur Eile, oder?«

Kevin stützte sich auf den kurzen Spaten und strich mit einer Hand durch seinen Bürstenschnitt. Die Narbe an der Stirn dicht unter dem Haaransatz war klein und weiß und fast nicht mehr zu sehen. »Ich sehe keinen Grund zur Eile«, sagte er. »Sie ist seit über dreißig Jahren da. Sie kann auch noch warten.«

Dale nickte. »Onkel Henry würde sicher nicht wollen, daß die ganzen Leute und Reporter und Touristen hier herumschwärmen. Nicht jetzt. Wo sein Rücken noch heilen muß und so.«

Harlen verschränkte die Arme. »Ich weiß nicht«, sagte er und sah von einem Gesicht zum anderen. »Es könnte etwas Wertvolles da unten sein.«

Lawrence zuckte die Achseln und grinste. Er hatte wie von Sinnen im Boden gewühlt und hart gearbeitet, damit der Eingangstunnel breiter wurde. »Kapierst du das nicht, Jim? Sie wird immer hier sein. Sie geht nicht weg. Wenn das Material da unten heute wertvoll ist, überleg doch mal, welchen Wert es erst haben wird, wenn wir in ein paar Jahren zurückkommen und es ausgraben.« Er schaufelte wieder Dreck in die Öffnung. »Bleibt unser Geheimnis«, sagte er, grinste sie an und rückte die Brille auf der Stupsnase zurecht. »Nur unseres.«

Sie arbeiteten mit soviel Enthusiasmus und Begeisterung daran, den Tunnel wieder zuzudecken, wie sie auf seine Freilegung verwendet hatten. Sie füllten das Loch auf, befestigten die Erde, schafften Steine wieder an ihre ursprünglichen Plätze, indem sie sie wieder den Berg heraufschleppten, setzten Büsche und Grasbüschel wieder an Ort und Stelle und holten sogar einen Baumstumpf wieder, den sie unter Mühen ausgegraben hatten. Sie blieben einen Augenblick stehen und bewunderten ihre Arbeit – die Stelle sah aufgewühlt aus, aber in einer Woche oder zwei würde sie wieder zugewachsen sein – und im Herbst würde niemand mehr sehen, daß sie je hier gegraben hatten.

Dann gingen sie zum Mittagessen ins Haus.

Mike blieb an dem Viehpfad auf der Hügelkuppe stehen und sah zu Cordie, die immer noch auf dem Hang gegenüber saß und Blätter von einem Busch zupfte. »Kommst du?« sagte er.

»Jungs«, sagte sie und schüttelte den Kopf. »Als Gott keinen Grips für die Schlauen mehr gehabt hat, hat er eben Dumme gemacht.«

Sie warteten in den langen Schatten des Hangs, während sie den Bach auf einem Baumstamm überquerte und heraufkletterte, um zu ihnen zu stoßen.

Die öffentliche Untersuchung der seltsamen Geschehnisse in der Woche vom 10. bis zum 16. Juli hatte Wochen gedauert und dauerte immer noch an, wenn auch nicht mehr öffentlich, anderswo und nicht mehr so vordringlich.

Als bedeutendstes Ereignis hatte sich das Verschwinden von Mr. Dennis Ashley-Montague nebst Diener erwiesen. Als die Limousine in der Nacht des Feuers lange nach Mitternacht verlassen am Bandstand Park gefunden worden war, wo der Projektor immer noch ein Rechteck weißen Lichts auf die Wand des Parkside Café warf, hatten sich das Büro des Sheriffs, die Polizei von Oak Hill und schließlich das FBI in die Suche eingeschaltet. Wochenlang hatten FBI-Agenten in engen schwarzen Anzügen, schmalen schwarzen Krawatten und polierten Florsheims die Straßen von Elm Haven überwacht, hingen im Café herum und tranken sogar Pepsi im Carl's und dem Black Tree – ›mischten sich unters Volk‹ und hörten sich den lokalen Klatsch an.

Und es gab genügend lokalen Klatsch.

Eine Million Theorien wurden aufgestellt, um den Diebstahl von Ken Grumbachers Laster zu erklären, der wahrscheinlich von Dr. Roon gestohlen worden war, dem ehemaligen Rektor, sowie das Feuer, den Diebstahl mehrerer Leichen aus Mr. Taylors Bestattungsinstitut und das Verschwinden von Elm Havens millionenschwerem Patron. Gerüchte wollten wissen, daß die Experten der Spurensicherung nicht nur die Gebeine von Dr. Roon und den verschwundenen Leichen in der Brandruine von Old Central gefunden hatten, sondern so viele Knochen, daß man hätte denken können, die Schule wäre voller Schüler gewesen, als sie abbrannte. Einige Tage später erzählte man sich im Schönheitssalon und beim Friseur, Untersuchungen hätten ergeben, daß viele der Knochen alt waren, ziemlich alt sogar, danach rankten sich weitere Gerüchte um das sonderbare Verhalten des Friedhofswärters von Calvary und des Hausmeisters von Old Central, Karl Van Syke. Mrs. Whittacker wußte aus erster Hand von ihrem Vetter bei der Polizei von Oak Hill, daß man Mr. Van Sykes Goldzahn in einem verbrannten Schädel in der Ruine gefunden hatte.

Zehn Tage nach dem Feuer, am selben Tag, als die Abbruchkräne kamen, um die letzten verkohlten Backsteinmauern einzureißen, und die Planierraupen, um die Backsteine auf Lastwagen zu laden und den überraschend tiefen Keller von Old Central zu füllen, erzählte man sich im Parkside Café und anderen Tratschzentralen, daß dem FBI der Durchbruch in dem Fall gelungen sei. Anscheinend hatte man den schwarzen Chevrolet, Baujahr 1957, der Friedensrichter Congden gehörte, an dem Tag, als J. P. mutmaßlich gestorben war, am Grand View Drive in der Nähe von Mr. Ashley-Montagues Villa gesehen – vier Tage vor dem Feuer im Getreidesilo und fünf Tage vor dem Brand von Old Central und dem Verschwinden des Millionärs. Mr. Caspar Jonathan (›C. J.‹) Congden wurde zwecks Verhör vom FBI gesucht.

Jim Harlen könnte der Letzte gewesen sein, der C. J. in Elm Haven gesehen hatte – Harlen sah den Sechzehnjährigen, der an dem Morgen, als bekannt wurde, daß er verhört werden sollte, mit dem Chevy die Hard Road entlangrasen. Er kam nicht zurück.

Kevin erzählte der Polizei, dem Sheriff, dem FBI und seinem Vater die Geschichte, wie er und Harlen aufgewacht seien, weil sie den laufenden Generator gehört hätten, herausgekommen seien und gerade noch gesehen hätten, wie der Tanklaster weggefahren wurde. Keiner der Jungs wußte mit Sicherheit zu sagen, weshalb der Fahrer in Richtung Old Central abgebogen war.

Mehrere Tage nach dem Feuer fand der Sheriff persönlich Metalltrümmer mit Patronen Kaliber .45 darin. Daraufhin gestand Kevin, daß er die .45er seines Vaters geholt und mehrere Schüsse auf den Fahrer abgegeben hätte, als er sah, daß der Laster gestohlen wurde. Er glaubte nicht, daß der Fahrer deswegen die Kontrolle über das Fahrzeug verloren hätte, war aber nicht sicher.

Ken Grumbacher schrie seinen Sohn wegen dieser Verantwortungslosigkeit an und erteilte ihm eine Woche Stubenarrest, schien aber insgeheim stolz auf die Tat seines Sohnes zu sein, wenn er sich beim Morgenkaffee oder wenn er Milch in den neuen Tanker pumpte mit anderen Männern darüber unterhielt. Der Laster war ausreichend versichert gewesen.

Alle anderen Kinder – ausgenommen vielleicht Cordie Cooke, die später in dieser Nacht in der Dunkelheit verschwand, während die Stadt zusah, wie die Feuerwehr dem Feuer unterlag, und die über eine Woche nicht mehr gesehen wurde – wurden ausgiebig von Eltern und Polizei verhört. Mikes und Dales und Lawrences Eltern waren schokkiert, daß ihre Kinder Brand- und Schürfwunden abbekommen hatten, als sie versuchten, die eingeklemmte Tür des Lasters aufzureißen, bevor dieser explodiert war, um den Fahrer zu retten, dessen Identität sie nicht mit Sicherheit kannten. Jim Harlen blieb in der Samstagnacht beim Sheriff, und seine Mutter war angemessen betroffen und beeindruckt, als sie am nächsten Morgen aus Peoria nach Hause kam.

Memo, Mikes Großmutter, starb nicht. Vielmehr machte ihre Genesung deutliche Fortschritte, und sie konnte in der zweiten Augustwoche ein paar Worte flüstern und den rechten Arm bewegen. »Manche alte Leute sind gute Kämpfernaturen«, lautete die Diagnose von Dr. Viskes. Mr. und Mrs. O'Rourke unterhielten sich mit Dr. Staffney über Spezialisten für die Therapie, die zu ihrer vollständigen Genesung erforderlich war.

In der Woche nach dem Brand fingen die Jungs wieder an, häufiger Baseball zu spielen – manchmal zehn bis zwölf Stunden am Stück –, und es war Mike, der zu Donna Lou Perry ging, sich entschuldigte und sie bat, wieder als Werferin mitzuspielen. Sie schlug ihm die Tür vor der Nase zu, aber ihre Freundin Sandy Whittacker spielte vom nächsten Tag an wieder mit, und wenig später ließen sich auch einige andere sportlich veranlagte Mädchen bei der morgendlichen Mannschaftsaufstellung sehen. Michelle Staffney erwies sich als akzeptable Spielerin auf dem dritten Base.

Cordie Cooke spielte nicht Baseball, aber sie kam mit auf Radtouren und saß häufig stumm bei ihnen, wenn sie an regnerischen Tagen Monopoly spielten oder einfach nur im Hühnerhaus herumhingen. Ihr Bruder Terence wurde vom Büro des Sheriffs und der State Highway Patrol offiziell als Ausreißer geführt. Mrs. Grumbacher half der Familie Cooke, als feststand, daß Mr. Cooke endgültig abgehauen war, und einige andere Damen der Lutheran Care Society statteten dem Haus mit Lebensmitteln und anderen nützlichen Dingen Besuche ab.

Pater Dinmen kam nur mittwochs und samstags von Oak Hill, um die Messe zu lesen, und Mike diente weiter als Meßknabe, überlegte sich aber, ob er damit aufhören sollte, wenn im Oktober der neue Priester der Diözese zugeteilt wurde.

Die Tage vergingen. Der Mais wuchs. Die Alpträume der Jungs ließen nicht völlig nach, waren aber bald nicht mehr so schlimm.

Die Nächte wurden mit jedem Tag etwas länger, schienen aber viel kürzer zu sein.

Mr. und Mrs. Stewart waren zum Steakessen zu Onkel Henry gekommen und hatten die O'Rourkes und die Grumbachers mitgebracht. Harlens Mutter kam später mit einem Herrn, mit dem sie sich ›jetzt regelmäßig‹ traf. Der Mann, der Cooper hieß, war groß und still und sah tatsächlich ein wenig wie der Schauspieler aus, nur waren seine Schneidezähne ein wenig schief. Vielleicht lag es daran, daß er selten lächelte. Als er am Wochenende zu Besuch kam, brachte er Harlen einen Mickey Mantle-Handschuh als Geschenk und lächelte sein schüchternes Lächeln, als sie sich die Hände schüttelten.

Die Kinder aßen auf der Veranda über Onkel Henrys Garage, verschlangen ihre Steaks und tranken frische Milch oder Limonade. Nach dem Essen gingen die Kinder zur Schaukel am Südende der Veranda und betrachteten die Sterne.

Als die Unterhaltung über Leben auf anderen Sternen und ob die Kinder auf anderen Planeten auch Lehrer hätten oder nicht, einmal ins Stocken kam, sagte Dale: »Ich bin gestern bei Mr. McBride gewesen.«

Mike legte die Hände hinter den Kopf und schaukelte mit der Hängematte über das Geländer hinaus. »Ich habe gedacht, er zieht nach Chicago oder so was.«

»Macht er«, sagte Dale. »Zu seiner Schwester. Er ist schon fort. Ich hab' ihn am Dienstag erwischt, bevor er aufgebrochen ist. Das Haus steht jetzt leer.«

Die fünf Jungs und das Mädchen schwiegen für einen Moment. Dicht über dem Horizont verglühte lautlos ein Meteorit. »Worüber habt ihr gesprochen?« fragte Mike nach einer Weile.

Dale sah ihn an. »Alles.«

Harlen band sich den Schuh und schaukelte in der Hängematte. »Hat er dir geglaubt?«

»Ja«, sagte Dale. »Er hat mir alle Notizbücher von Duane gegeben. Die alten mit allem, worüber er geschrieben hat.«

Sie schwiegen wieder eine Zeitlang. Die leise Unterhaltung der Erwachsenen verschmolz irgendwie mit dem Zirpen der Grillen und dem Lärm der Ochsenfrösche an Onkel Henrys Teich. »Eines weiß ich«, sagte Mike. »Ich werde nie Farmer, wenn ich groß bin. Zuviel Arbeit. Bauarbeiter vielleicht, draußen arbeiten ist gut, aber niemals Farmer.«

»Ich auch nicht«, sagte Kevin. Er kaute noch an einem Rettich. »Ich gehe auf die Ingenieurschule. Kernenergie. Vielleicht diene ich auf einem U-Boot.«

Harlen schwang die Füße übers Geländer und schaukelte mit der Hängematte. »Ich werde was machen, das mir viel Geld einbringt. Vielleicht Grundstücksmakler. Oder Banker. Bill ist Banker.«

»Bill?« sagte Mike.

»Bill Cooper«, sagte Harlen. »Oder vielleicht werde ich Schmuggler.«

»Whisky ist legal«, sagte Kevin.

Harlen grinste. »Klar, aber andere Sachen nicht. Die Leute bezahlen eine Menge Geld für Sachen, die sie dumm machen.«

»Ich werde Profispieler«, sagte Lawrence, der auf dem Geländer saß. »Wahrscheinlich Fänger. Wie Yogi Berra.«

»Hm-*hmm*«, sagten die vier Jungs wie aus einem Mund. »*Klar.*«

Cordie saß ebenfalls auf dem Geländer. Sie hatte den Himmel betrachtet, aber jetzt sah sie Dale an. »Was willst du werden?«

»Schriftsteller«, sagte Dale leise.

Die anderen sahen ihn an. Dale hatte bisher noch nie so etwas angedeutet. Er holte verlegen eines von Duanes Notizbüchern aus der Tasche, das er bei sich hatte. »Ihr solltet das lesen. Wirklich. Duane hat Stunden – *Jahre* – damit verbracht, alles aufzuschreiben, wie die Leute aussehen, was sie sagen und wie sie gehen . . .« Er verstummte und wußte, wie albern er sich anhörte, aber es war ihm einerlei. »Nun, es sieht so aus, als hätte er genau gewußt, was er werden wollte und wie lange er brauchen würde, es zu werden . . . jahrelanges Arbeiten und Üben, bevor er so etwas Schwieriges wie eine Geschichte auch nur *versuchen* konnte . . .«

Harlen sah ihn blinzelnd und zweifelnd an. »Und du möchtest Duanes Bücher schreiben? Die Bücher, die er geschrieben hätte?«

»Nein«, sagte Dale leise und schüttelte den Kopf. »Ich schreibe meine eigenen Geschichten. Aber ich werde Duane nicht vergessen. Und ich werde versuchen, aus dem zu lernen, was er gemacht hat . . . was er sich selbst beigebracht hat . . .«

Lawrence war aufgeregt. »Du willst über alles Wahre schreiben? Was wirklich passiert ist?«

Dale war verlegen und wollte diesen Teil der Unterhaltung gerne beenden. »Wenn ich das mache, Naseweis, dann werde ich genau beschreiben, wie groß deine Ohren sind. Und wie klein dein Gehirn . . .«

»Seht!« unterbrach ihn Cordie und deutete zum Himmel.

Sie sahen alle nach oben, wo *Echo* lautlos über den Himmel zog. Selbst die Erwachsenen stellten ihre Unterhaltung ein und betrachteten das kleine Pünktchen des Satelliten, der zwischen den Sternen vorbeizog.

»Mann«, flüsterte Lawrence.

»Er ist da oben, richtig?« flüsterte Cordie, deren Gesicht im Sternenlicht seltsam sanft und leuchtend wirkte.

»Genau wo und wann Duane gesagt hat«, flüsterte Mike.

Und während Mike und Lawrence und Kevin und Harlen und Cordie zusahen, wie der Satellit über ihnen dahinzog, während sie die Gesichter dem strahlenden neuen Zeitalter zugewendet hatten, das jetzt begann, beobachtete Dale sie, dachte an seinen Freund Duane und sah alles durch die Worte, die Duane benützt haben könnte, um sie zu beschreiben.

Dabei wurde ihm instinktiv klar, daß man solche Augenblicke beobachten mußte, aber nicht durch die Beobachtung zerstören durfte, und so beobachtete Dale wie seine Freunde, wie Echo den Zenit erreichte und langsam verblaßte.